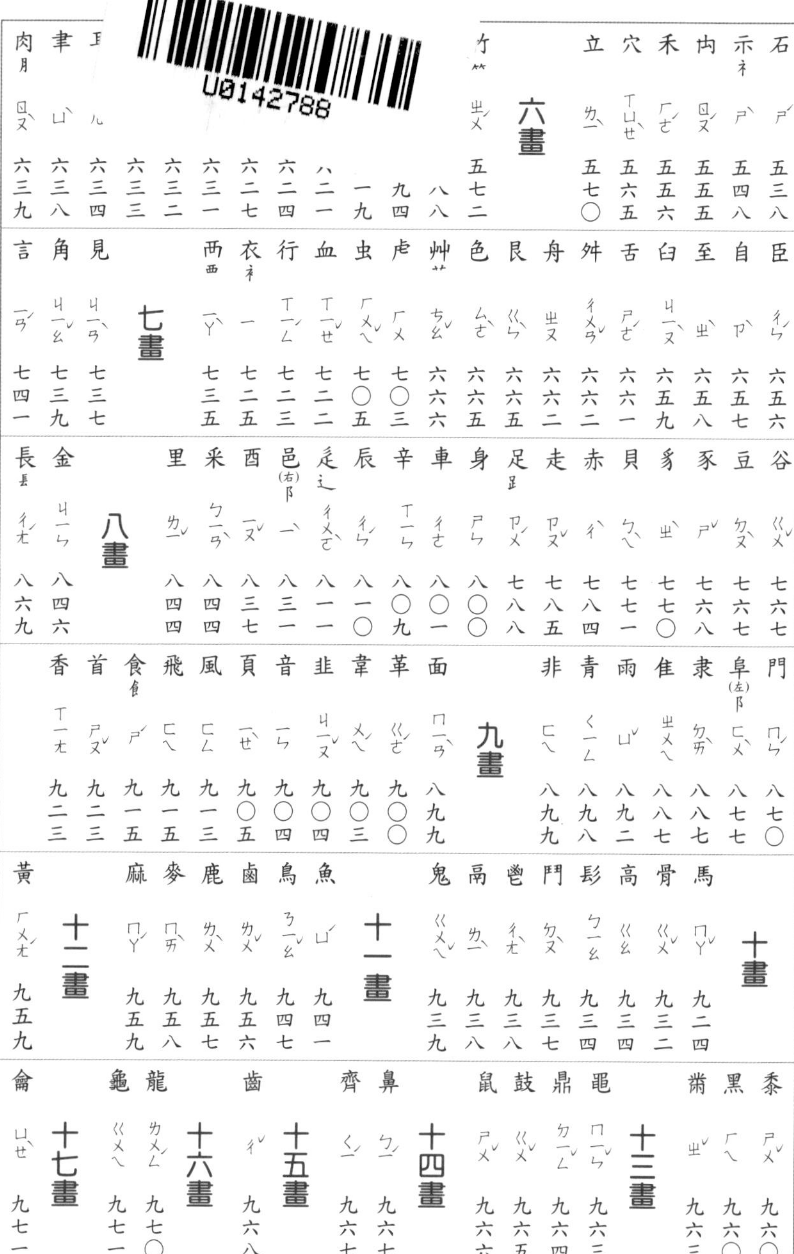

- 石 ㄕˊ 五三八
- 示（礻） ㄕˋ 五四八
- 禸 ㄖㄡˊ 五五五
- 禾 ㄏㄜˊ 五五六
- 穴 ㄒㄩㄝˋ 五六五
- 立 ㄌㄧˋ 五七〇

六畫

- 竹（⺮） ㄓㄨˊ 五七二
- 八八
- 九四
- 一九
- 六二一
- 六二四
- 六二七
- 六三一
- 六三二
- 六三三
- 耳 ㄦˇ 六三四
- 聿 ㄩˋ 六三八
- 肉（月） ㄖㄡˋ 六三九
- 臣 ㄔㄣˊ 六五六
- 自 ㄗˋ 六五七
- 至 ㄓˋ 六五八
- 臼 ㄐㄧㄡˋ 六五九
- 舌 ㄕㄜˊ 六六一
- 舛 ㄔㄨㄢˇ 六六二
- 舟 ㄓㄡ 六六二
- 艮 ㄍㄣˋ 六六五
- 色 ㄙㄜˋ 六六五
- 艸（艹） ㄘㄠˇ 六六六
- 虍 ㄏㄨ 七〇三
- 虫 ㄏㄨㄟˇ 七〇五
- 血 ㄒㄧㄝˇ 七二二
- 行 ㄒㄧㄥˊ 七二三
- 衣（衤） ㄧ 七二五
- 襾（覀） ㄧㄚˋ 七三五

七畫

- 見 ㄐㄧㄢˋ 七三七
- 角 ㄐㄧㄠˇ 七三九
- 言 ㄧㄢˊ 七四一
- 谷 ㄍㄨˇ 七六七
- 豆 ㄉㄡˋ 七六七
- 豕 ㄕˇ 七六八
- 豸 ㄓˋ 七七〇
- 貝 ㄅㄟˋ 七七一
- 赤 ㄔˋ 七八四
- 走 ㄗㄡˇ 七八五
- 足（⻊） ㄗㄨˊ 七八八
- 身 ㄕㄣ 八〇〇
- 車 ㄔㄜ 八〇一
- 辛 ㄒㄧㄣ 八〇九
- 辰 ㄔㄣˊ 八一〇
- 辵（辶） ㄔㄨㄛˋ 八一一
- 邑（右阝） ㄧˋ 八三一
- 酉 ㄧㄡˇ 八三七
- 釆 ㄅㄧㄢˋ 八四四
- 里 ㄌㄧˇ 八四四

八畫

- 金 ㄐㄧㄣ 八四六
- 長（镸） ㄔㄤˊ 八六九
- 門 ㄇㄣˊ 八七〇
- 阜（左阝） ㄈㄨˋ 八七七
- 隶 ㄉㄞˋ 八八七
- 隹 ㄓㄨㄟ 八八七
- 雨 ㄩˇ 八九二
- 青 ㄑㄧㄥ 八九八
- 非 ㄈㄟ 八九九

九畫

- 面 ㄇㄧㄢˋ 八九九
- 革 ㄍㄜˊ 九〇〇
- 韋 ㄨㄟˊ 九〇三
- 韭 ㄐㄧㄡˇ 九〇四
- 音 ㄧㄣ 九〇四
- 頁 ㄧㄝˋ 九〇五
- 風 ㄈㄥ 九一三
- 飛 ㄈㄟ 九一五
- 食（飠） ㄕˊ 九一五
- 首 ㄕㄡˇ 九二三
- 香 ㄒㄧㄤ 九二三

十畫

- 馬 ㄇㄚˇ 九二四
- 骨 ㄍㄨˇ 九三二
- 高 ㄍㄠ 九三四
- 髟 ㄅㄧㄠ 九三四
- 鬥 ㄉㄡˋ 九三七
- 鬯 ㄔㄤˋ 九三八
- 鬲 ㄌㄧˋ 九三八
- 鬼 ㄍㄨㄟˇ 九三九

十一畫

- 魚 ㄩˊ 九四一
- 鳥 ㄋㄧㄠˇ 九四七
- 鹵 ㄌㄨˇ 九五六
- 鹿 ㄌㄨˋ 九五七
- 麥 ㄇㄞˋ 九五八
- 麻 ㄇㄚˊ 九五九

十二畫

- 黃 ㄏㄨㄤˊ 九五九
- 黍 ㄕㄨˇ 九六〇
- 黑 ㄏㄟ 九六〇
- 黹 ㄓˇ 九六三

十三畫

- 黽 ㄇㄧㄣˇ 九六三
- 鼎 ㄉㄧㄥˇ 九六四
- 鼓 ㄍㄨˇ 九六五
- 鼠 ㄕㄨˇ 九六六

十四畫

- 鼻 ㄅㄧˊ 九六七
- 齊 ㄑㄧˊ 九六七

十五畫

- 齒 ㄔˇ 九六八

十六畫

- 龍 ㄌㄨㄥˊ 九七〇
- 龜 ㄍㄨㄟ 九七一

十七畫

- 龠 ㄩㄝˋ 九七一

特點圖例

標示部首
部首外筆畫數
標準字體
部首附國語注音
口部 ㄎㄡˇ
可 口部2畫 一ㄧ𠃍可可
ㄎㄜˇ ①同意、允許：〈可以〉②適合：〈可口〉③能夠：〈牢不可破〉④值得：〈可愛、可憐〉⑤表示疑問：〈你可知道？〉⑥表示強調的語氣：〈你可真狠〉⑦但是：〈可是〉⑧姓。
ㄎㄜˋ 古代中國北方的各民族對領袖的稱呼：〈可汗〉。
補充相關的語詞
造詞 可怕、可笑、可恥、可能、可惜、可惡、可疑、可靠／大可、尚可、許可、認可／可有可無、可歌可泣、可想而知、非同小可。
標示筆順
古 口部2畫 一十十古古
ㄍㄨˇ ①距離現在久遠的時代：〈古往今來〉②過去的：〈古人〉③不合潮流的：〈古板〉④純樸敦厚的：〈古道熱腸〉⑤典雅的：〈古典〉⑥姓。
造詞 古代、古老、古怪、古董／考古、復古、作古、講古／古今中外、古色古香。
標示同義字和反義字
同 昔。
反 今。
噹 口部13畫
ㄉㄤ 形容金屬器物撞擊的聲音：〈叮噹〉。
ㄉㄤˋ 指無知識沒有見過世面的人：〈噹噹兒〉。
有多種讀音時分別列舉說明
噩 口部13畫
ㄜˋ ①不吉祥而驚人的：〈噩耗、噩夢〉②愚昧無知的樣子：〈渾渾噩噩〉。
請注意：「噩」和「惡」都有不吉利的意思，但是「噩」還有驚人的意味。
譟 口部13畫
ㄗㄠˋ ①吵鬧：〈鼓譟、聒譟、噪音〉②蟲鳥大聲鳴叫：〈蟬譟〉。
若有多種字義均分別註明和舉例
請注意：①「譟」有喧鬧的意思，通「噪」②性急、輕浮要用「躁」③「乾燥」的「燥」，不能寫成「噪」或「譟」。
對於容易寫錯或混淆的字詞，加以說明。

最新審訂音

小學生字典

周何 審訂

五南圖書出版公司 印行

審訂者序

做任何事，都需要好工具；讀書的工具就是字典。有了一部好字典，就像有一位最好的老師跟在身邊；遇到疑難問題，可以隨時翻查，得到正確的答案。即使是漫無目的隨便翻翻，也往往會有意想不到的收穫。所以一部好字典，能令人有富有和滿足的感覺。

書店的架子上，陳列著各式各樣的字典、辭典，不僅數量多，而且種類也不少。怎樣去選擇購買，倒也真是件麻煩事。就以小學生所用的字典來說，在選購時，我有三點建議：

第一、必須注意程度的適合

小學生需要的是基礎知識，艱深或過多的資料，反而增加不必要的負擔。所以必須根據實際需要，精細選字，字數最多不宜超過六千。編寫的方式必須以小學生為特定對象。如果家長給小朋友買了一本康熙字典，不僅許多字看不懂，而且小學生所需要的資料卻又查不到，這就是程度上的不適合。

第二、必須注意內容的正確

一個字的解釋，必須包含「形」、「音」、「義」三項主要的成分，字典所提供的必須是最正確的解釋：

㈠字形：必須符合教育部所頒布的「標準字體表」，因為這是國家的標準字體。小學是國民的基礎教育，基礎教育就是在開始時，對標準字體有正確的認識。

㈡字音：必須符合教育部所審訂的注音，因為這也是國家所訂定的標準。

㈢字義：正確的解釋，當然是必要的；此外必須使用淺近簡潔的語體，以適應小學生的閱讀能力；而且須採入現代通行的意義，以滿足現代小學生認知的需要。

第三、必須注意編纂的體例

譬如查字的方法一定要簡明容易；對於相同義、相反義及容易用錯的字或意義，都能有詳細而實用的分析說明；單字組合而成的詞例，具有啟發聯想的作用，應該盡量收集；還有寫字的筆順，能指導小朋友正確的寫字順序。這些都是小學生最需要的項目，編輯體例能注意到這些資料的採入，才能編成一部關心小朋友的好字典。

民國七十六年初，我為五南圖書出版公司，前後花了五年時間，編出了一部國語活用辭典，適用對象是一般社會大眾及大、中學生。出版以來，反應非常好，很受讀者的歡迎。最近五南又推出一部專為小學程度而編的小學生字典，送來給我審閱。五南的編校向來非常嚴謹，翻閱之下，深切地感覺到，這是一部具特色，而且符合上面所說的三項條件，值得向大家鄭重推薦的好字典。

周何

編輯者的話

這本字典是針對國民小學的小朋友編寫的，目的是幫助小朋友辨清字形，讀準字音，了解字義，進而活用字詞。

我們的編輯原則是：用詞力求淺顯明白，解釋及舉例力求正確貼切。

我們的編輯體例是：每一個字分為字形欄、字義欄、詞彙欄，以及辨析欄。

分別舉例說明如下：

一、字形欄

我們根據教育部公布的常用國字標準字體表及國民小學各科課本中的單字，精選出約六、〇〇〇個單字，先按照部首的順序歸類，再依照筆畫數的多少排列。字形則是以教育部公布的標準字體為準。每個單字都以欄位處理，欄位分成上中下，上欄標示部首和部首以外的筆畫數，中欄有九方格設計，小學生可以清楚地了解每個字形的比例大小，下欄則寫出筆畫順序，例如：

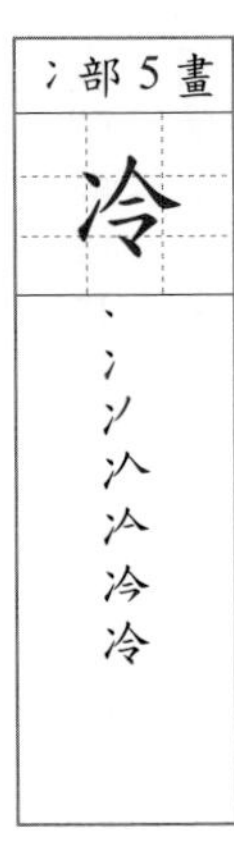

二、字義欄

我們根據教育部的最新審訂音標注每個單字的標準國音，再依次解釋字義，並舉出適當的詞句做為例子。所選的字義盡量符合小朋友的語文程度及實際需要，解釋和舉例也都盡量口語化。例如：

ㄌㄥˇ ①溫度低，與「熱」相反：〈寒冷〉②不熱情的：〈冷淡〉③寂靜的：〈冷清〉④生僻、少見的：〈冷門〉⑤有理智的：〈冷靜〉⑥輕視、看不起：〈冷笑〉⑦突然，趁人不注意：〈冷不防〉⑧姓。

三、詞彙欄

我們廣泛搜集國民小學各科課本中出現的詞語，以常用、實用為原則，挑選出以各單字為詞首及詞尾的詞彙，供小朋友造詞時參考。例如：

造詞 冷卻、冷落、冷漠、冷酷、冷場、冷僻、冷鋒、冷戰、冷藏／冰冷、清冷、陰冷、淒冷／冷清清、冷言冷語、冷若冰霜、冷眼旁觀。

四、辨析欄

為了增加小朋友使用字詞的正確性，凡是同義、反義，以及容易寫錯、讀錯或富趣味的字詞，我們都收入辨析欄或「請注意」單元。例如：

同 寒。

反 熱。

請注意：「泠」很容易和「泠」混淆。「泠」音ㄌㄥˊ，「水部」，是形容聲音清澈。而「冷若冰霜」是形容人的表情嚴肅，如寒冰般，所以當用「冷」才正確。

五、附錄

除了書首的「部首查字表」、書末的「注音查字表」外，為了加強實用性，方便小朋友的日常檢索，附錄了以下資料供參考。

(一)國語注音與通用拼音暨漢語拼音對照表
(二)標點符號用法表
(三)認識中國文字
(四)國語文法表
(五)中國歷代系統表

目錄

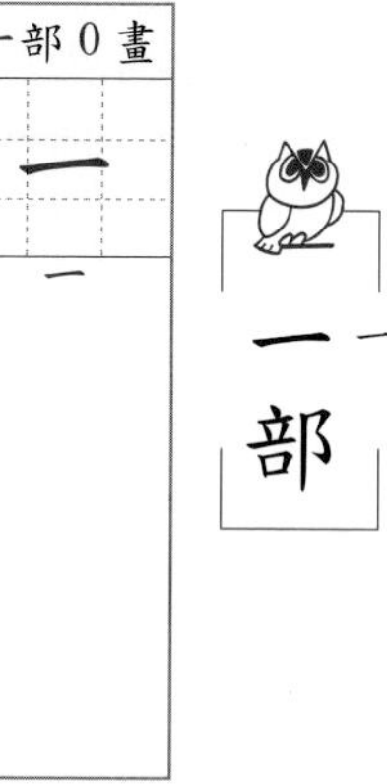

一部

一部0畫

一

一

ㄧ　①數目名，大寫是「壹」，阿拉伯數字寫作「1」②事物的一部分：〈其中之一〉③單個：〈一人、一隻〉④全部，滿的：〈一身大汗〉⑤相同的：〈一模一樣〉⑥每、各：〈一班有五十人〉⑦專、純：〈一心一意〉⑧第一的：〈一流設備〉⑨偶然、稍微：〈一不小心〉⑩才、剛剛：〈一聽就懂〉⑪另外的、又：〈老鼠，一名耗子〉⑫某一：〈一天，他來了〉⑬表示突然的動作或現象：〈登高一呼〉⑭姓。

造詞 一一、一切、一心、一旦、一生、一再、一向、一共、一同、一念、一併、一定、一些、一直、一律、一度、一陣、一般、一貫、一帶、一頓、一概、一齊、一樣、一陣子、一連串、一會兒、一窩蜂、一團糟、一轉眼／不一、均一、逐一、統一、單一、萬一、唯一、專一／一了百了、一五一十、一日千里、一毛不拔、一本正經、一成不變、一帆風順、一步登天、一言難盡、一知半解、一針見血、一視同仁、一馬當先、一望無際、一朝一夕、一勞永逸、一無是處、一落千丈、一意孤行、一葉知秋、一鳴驚人、一箭雙鵰、一臂之力、一舉兩得、一竅不通、一籌莫展、一覽無遺。

請注意：「一」字單獨使用或用在句尾時，讀ㄧ。用在輕聲字或四聲字前時，讀ㄧˊ。用在一聲字、二聲字或三聲字前時，讀ㄧˋ。

一部1畫

丁

一丁

ㄉㄧㄥ　①天干的第四位，用來表示「第四」：〈甲、乙、丙、丁……〉②和地支相配，作為計算時日的代號：〈丁卯〉③人口：〈人丁〉④成年的男子：〈壯丁〉⑤男孩子：〈添丁〉⑥僕人：〈家丁〉⑦小方塊：〈肉丁〉⑧遭到：〈丁憂〉⑨形容聲音的字：〈丁丁〉⑩姓。

造詞 丁男、丁香、丁艱／白丁、庖丁／目不識丁。

一部1畫

七

一七

ㄑㄧ　數目名，大寫是「柒」，阿拉伯數字寫作「7」。

造詞 七夕、七律、七絕／七情六慾、七上八下、七手八腳、七老八十。

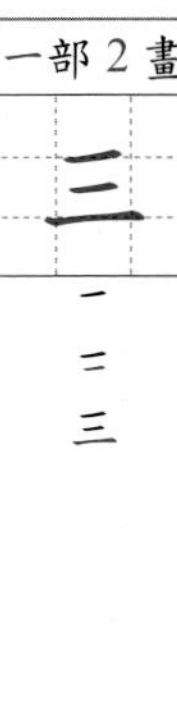

ㄙㄢ ①數目名，大寫是「叁」，阿拉伯數字寫作「3」②表示多數、多次：〈再三〉③姓。

造詞 三代、三更、三秋、三思／三三兩兩、三五成群、三心二意、三教九流、三頭六臂、三從四德。

一部 2 畫

下

一 丅 下

ㄒㄧㄚˋ ①低的地方：〈山下〉②計算動作次數的單位：〈打一下〉③中、裡：〈言下之意〉④由高處向低處降落：〈下雨〉⑤克服：〈攻下〉⑥煮：〈下餃子〉⑦放入：〈下毒〉⑧生產：〈下蛋〉⑨做某種動作或事情：〈下手、下筆〉⑩投送：〈下帖〉⑪退讓：〈僵持不下〉⑫結束：〈下課〉⑬低劣的：〈下等〉⑭不妥的：〈下策〉⑮次序在後面的：〈下次〉⑯接在動詞後面，表示動作的繼續：〈說下去〉⑰少於：〈不下十人〉⑱對上司自稱的詞：〈下官〉。

造詞 下文、下令、下場、下落、下游、下臺／目下、足下、以下、陛下／下不為例、下回分解。

反 上。

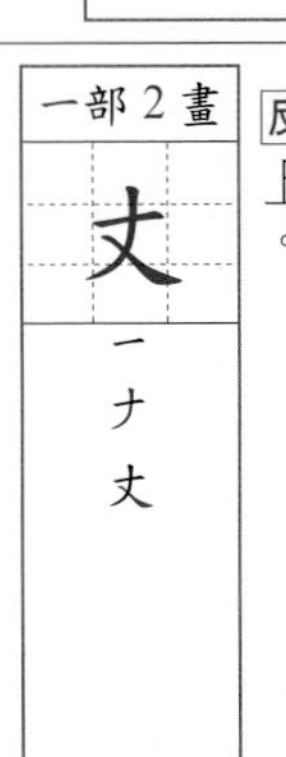

ㄓㄤˋ ①計算長度的單位，一丈等於十尺②對長輩的尊稱：〈姑丈〉③測量：〈丈量〉。

造詞 丈人、丈夫、丈母娘／方丈、岳丈、師丈、姨丈／一落千丈、雄心萬丈。

一部 2 畫

上

丨 ⺊ 上

ㄕㄤˋ ①高處：〈山上〉②古代稱皇帝：〈皇上〉③某方面：〈理論上〉④升，由低處往高處移動：〈上船、上山〉⑤去某個地方：〈上街〉⑥在規定的時間開始工作或學習：〈上班、上課〉⑦進呈：〈上奏〉⑧登載：〈上報〉⑨塗抹、擦：〈上藥〉⑩安裝：〈上刺刀〉⑪旋緊：〈上發條〉⑫達到：〈上百人〉⑬等級或品質高的：〈上等〉⑭次序或時間在前面的：〈上集、上次〉⑮階級或職位高的：〈上級〉⑯表示動作的發生或結束：

〈喝上兩杯〉。

ㄕㄤˇ　注音符號的第三聲：〈上聲〉。

造詞 上下、上升、上古、上市、上好、上衣、上帝、上香、上映、上進、上菜、上當、上癮／以上、世上、早上／上下一心、至高無上。

反 下。

一部2畫

万

一 丆 万

ㄨㄢˋ　「萬」的異體。

ㄇㄛˋ　複姓：〈万俟（ㄑㄧˊ）〉。

一部3畫

丑

㇆ 刀 丑 丑

ㄔㄡˇ　①十二地支的第二位 ②時辰名，指深夜一點到三點：〈丑時〉③戲劇中表演滑稽的角色：〈小丑〉④姓。

造詞 丑旦、丑角。

一部3畫

丐

一 丅 下 丐

ㄍㄞˋ　①乞討的人：〈乞丐〉②請求：〈乞求〉。

請注意：「丐」與「丏」不同。「丐」是請求的意思，「丏」音ㄇㄧㄢˇ有遮蔽的意思，不可以混用。

一部3畫

不

一 丆 不 不

ㄅㄨˋ　①表示否定：〈不好、不可、不去〉②表示未定：〈不日可成〉③用在句末，表示疑問：〈好不？來不？〉④與「好」連用，表示加強語氣：〈好不快活〉。

ㄈㄡ　人名：〈不準〉。

ㄈㄡˇ　表示疑問，和「否」相通。

ㄈㄨ　花萼的蒂。

造詞 不久、不只、不外、不平、不必、不如、不安、不但、不免、不妨、不幸、不料、不曾、不僅、不愧、不過、不滿、不管、不論、不錯、不在乎、不得已、不得不／不二法門、不三不四、不可思議、不可理喻、不打自招、不同凡響、不自量力、不屈不撓、不約而同、不期而遇、不謀而合、不翼而飛。

請注意：「不」字單獨使用，或用在一聲字、二聲字或三聲字前面時讀ㄅㄨˋ；用在四聲字前面時讀ㄅㄨˊ。本書採審訂音，讀ㄅㄨˋ。

丙　一部4畫

ㄅㄧㄥˇ　①天干的第三位，用來表示「第三」：〈甲、乙、丙……〉②和地支相配，作為計算時日的代號：〈丙寅〉③第三順位的：〈丙等〉④火的別稱：〈付丙〉⑤姓。

世　一部4畫

ㄕˋ　①三十年為一世②人的一生：〈一生一世〉③父子相傳，一代叫一世：〈五世同堂〉④時代：〈當世〉⑤人間：〈世間〉⑥朝代：〈秦世〉⑦一代傳一代的：〈世交〉⑧社會的、世界的：〈世人〉⑨和自己先輩有交情的人：〈世伯、世侄〉⑩姓。

造詞　世代、世局、世俗、世故、世界、世紀、世風／出世、去世、前世、後世／世外桃源、世態炎涼、世界大同、不可一世。

丕　一部4畫

ㄆㄧ　大的：〈丕業、丕變〉。

造詞　丕績、丕基、丕顯。

且　一部4畫

ㄑㄧㄝˇ　①表示同時做兩件事：〈且說且笑〉②又：〈既快且好〉③暫時：〈你且等一等〉④還、尚：〈死且不怕，何況困難〉⑤將要、快要：〈年且五十〉⑥表示更深入的談話：〈況且〉⑦姓。

ㄐㄩ　語尾助詞，沒有意義。

造詞　且如、且慢、且說／而且、姑且、並且、暫且。

丘　一部4畫

ㄑㄧㄡ　①小土堆：〈沙丘、山丘〉②墳墓：〈丘墓〉③姓。

造詞　丘陵、丘域、丘壑。

丞　一部5畫

ㄔㄥˊ　①古代專門輔佐皇帝或主管處理事物的官：〈丞相、縣丞〉②幫助、輔助：〈丞輔〉。

一部 5 畫

丟

一 二 千 王 丟 丟

ㄉㄧㄡ　①遺失：〈鉛筆丟了〉②拋棄：〈丟掉〉③投送：〈丟個眼色〉④放下、擱置：〈這件工作丟不開〉⑤失去：〈丟臉〉。

造詞 丟人現眼、丟三落四。

請注意：「丟」上面是一橫，不是一撇。

一部 7 畫

並

丶 丷 䒑 丫 并 并 並

ㄅㄧㄥˋ　①同時、一起：〈手腦並用〉②靠在一起：〈並立〉③用於否定詞前，表示輕微的反駁：〈並非〉。

造詞 並且、並肩、並重、並攏／並行不悖、並駕齊驅。

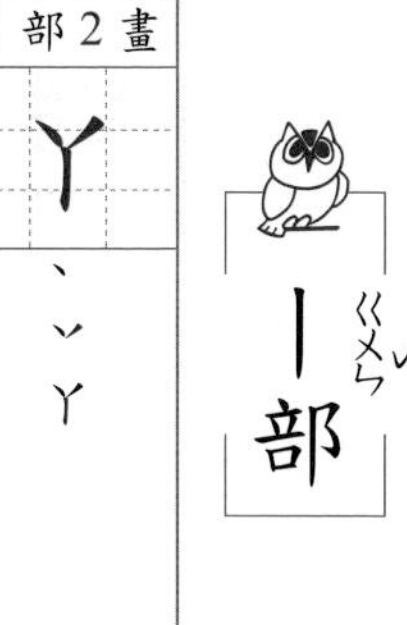

丨部 ㄍㄨㄣˇ

丨部 2 畫

丫

丶 丷 丫

ㄧㄚ　①長形物體上面分叉的地方：〈樹丫、腳丫〉②將頭髮梳成雙髻，好像樹枝分歧。用來稱呼小女孩或女傭人：〈丫頭〉。

造詞 丫子、丫叉、丫鬟。

丨部 3 畫

中

丨 ㄇ 口 中

ㄓㄨㄥ　①距離四方或兩端相等的位置：〈中央〉②內部、裡面：〈心中、山中〉③正在進行：〈工作中〉④泛指某個時間：〈一生中〉⑤泛指某個地區：〈關中〉⑥中國的簡稱⑦中學的簡稱：〈國中、高中〉⑧一半的：〈中途〉⑨不高不低的：〈中等〉⑩不偏不倚的：〈中立〉⑪居間介紹或協調的：〈中人〉。

ㄓㄨㄥˋ　①達到、得到：〈考中、中獎〉②滿意：〈中意〉③遭受：〈中毒〉④應驗、恰好對上：〈猜中〉。

造詞 中心、中止、中醫、中庸、中用、中計／人中、其中、當中、集中／中流砥柱、中途而廢。

丨部 4 畫

丱

㇄ 丩 丱 丱 丱

ㄍㄨㄢˋ　小孩子的髮辮綁成像兩個犄角的模樣；用來指兒童時代：〈丱角〉。

串
丨部6畫

丨 冂 口 𠮛 吕 吕 串

ㄔㄨㄢˋ ①量詞，許多東西相連在一起：〈一串〉②把東西連在一起：〈連串、串珠子〉③互相勾結：〈串通〉④扮演：〈客串〉⑤隨意往來：〈串門子〉。

造詞 串供、串聯。

丶部

ㄓㄨˇ

丸
丶部2畫

丿 九 丸

ㄨㄢˊ ①形狀小而圓的東西：〈藥丸、肉丸、彈丸〉②量詞：〈一丸藥〉③墨的別稱：〈松丸〉④將物揉成丸形：〈丸藥〉。

凡
丶部2畫

丿 几 凡

ㄈㄢˊ ①人世間：〈凡塵〉②大概：〈舉凡〉③總共：〈全書凡八卷〉④平常的、普通的：〈平凡〉⑤皆、都：〈凡是、大凡〉。

造詞 凡人、凡心、凡例、凡俗／不凡、非凡、超凡、庸凡／凡夫俗子、自命不凡。

丹
丶部3畫

丿 冂 月 丹

ㄉㄢ ①精煉配製的藥劑：〈仙丹〉②紅色的：〈丹楓〉③赤誠的：〈丹心〉④礦石：〈丹沙〉⑤姓。

造詞 丹田、丹青、丹毒、丹曦／牡丹、煉丹、萬靈丹。

主
丶部4畫

丶 亠 亠 丰 主

ㄓㄨˇ ①邀請別人作客的人，與「客」相對：〈主人〉②古代臣民對帝王的稱呼：〈君主〉③教徒對神的稱呼：〈佛主、真主〉④當事人：〈失主、買主〉⑤財物或權力的所有人：〈地主、物主〉⑥死人的牌位：〈神主〉⑦負責：〈主辦〉⑧作決定：〈主戰、主和〉⑨以自身出發的：〈主觀〉⑩最重要的：〈主力〉⑪預示自然現象或吉凶的一種說法：〈右眼跳主財〉。

造詞 主任、主角、主要、主持、主席、主張、主動、主體／公主、盟主、作主／六神無主、不由自主。

丿部 ㄆㄧㄝˇ

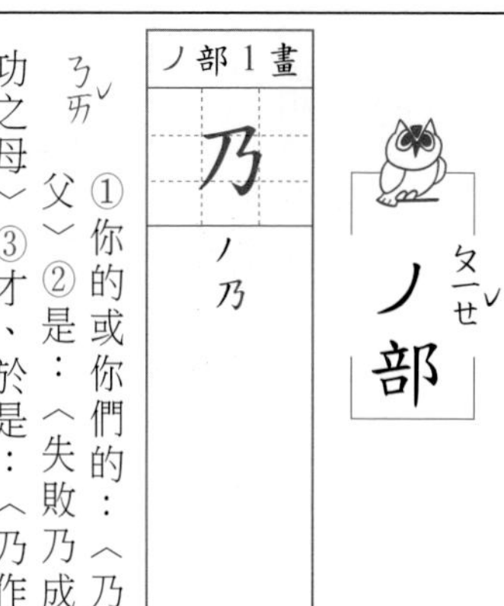

丿部1畫 **乃** 丿乃

ㄋㄞˇ ①你的或你們的：〈乃父〉②是：〈失敗乃成功之母〉③才、於是：〈乃作罷〉④竟：〈乃至如此〉⑤只：〈乃能解其一，不能解其二〉⑥發語詞：〈乃聖乃神〉。

造詞 乃至、乃爾、乃是。

同 迺。

丿部1畫 **乂** 丿乂

ㄧˋ ①治平無事：〈乂安〉②有才德的人：〈俊乂〉③割草，是「刈」的本字。

ㄞˋ 懲戒：〈懲乂〉。

丿部2畫 **久** 丿ク久

ㄐㄧㄡˇ ①經過的時間：〈多久了〉②時間長遠：〈長久〉。

造詞 久仰、久遠、久違／不久、永久、持久／久病成醫、天長地久。

丿部2畫 **么** 丿ㄠ么

ㄧㄠ ①排行最小的子女：〈老么〉②「一」的俗稱③最小的：〈么弟〉④姓。

同 幺。

丿部3畫 **之** 丶ㄓ之

ㄓ ①文言文裡代替人、事、物的第三人稱代名詞：〈置之不理〉②文言文裡的助詞，用法相當於「的」：〈星星之火〉③往、到：〈先生將何之？〉④用於句首、句中或句尾，無義：〈總之〉。

造詞 一笑置之、不了了之。

丿部3畫 **尹** ㇕ㇴ彐尹

ㄧㄣˇ ①古代的行政官名：〈令尹、府尹、道尹〉②治理：〈以尹天下〉③姓。

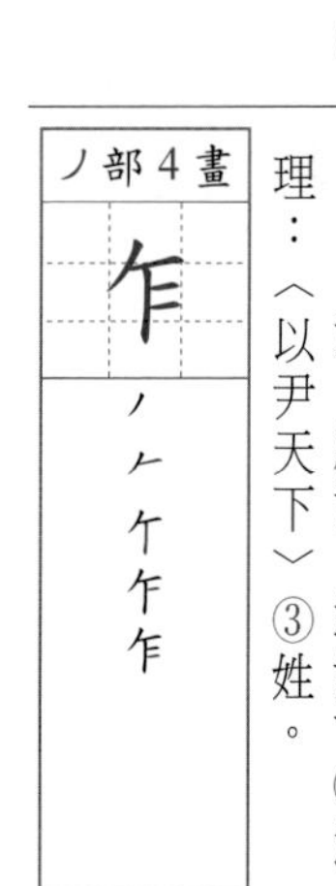

丿部4畫 **乍** 丿𠂉𠂇乍乍

ㄓㄚˋ ①忽然：〈乍冷乍熱〉②剛剛：〈初來乍到〉。

造詞 乍見、乍然、乍聽。

ㄈㄚˊ ①欠缺、沒有：〈乏味〉②貧窮：〈貧乏〉③疲倦：〈疲乏〉。

造詞 乏困／空乏、缺乏、匱乏／乏人問津、乏善可陳。

丿部4畫

乎

ㄏㄨ ①文言文裡的助詞，表示疑問或推測語氣，用法相當於「嗎」「呢」「吧」：〈此為真理乎？〉②讚嘆或驚呼的語氣，用法相當於「啊」「呀」：〈悲乎！〉③接在動詞後面，相當於「於」：〈出乎意料〉。

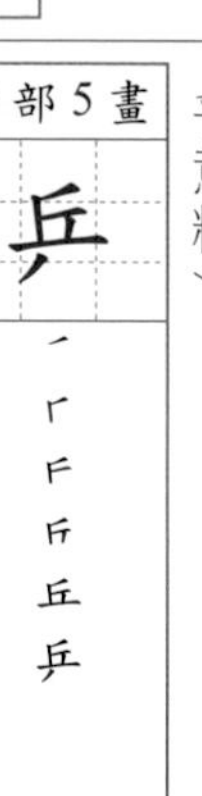

ㄆㄧㄥ ①一種室內球類運動，也稱為桌球。在長方形的球桌中間加上網子，雙方用球拍擊球，球落在對方的區域就算得分：〈乒乓球〉②形容槍聲、關門聲：〈乒乓作響〉。

丿部5畫

乓

ㄆㄤ 與「乒」連用，見「乒」字。

丿部7畫

乖

ㄍㄨㄞ ①形容小孩聽話、順從：〈乖孩子〉②聰明、靈巧的：〈乖巧〉③性情古怪、偏激的：〈乖僻〉④違背：〈乖違〉。

造詞 乖戾、乖張、乖異。

丿部9畫

乘

ㄔㄥˊ ①算法的一種，符號為「×」，用來求算某數的若干倍：〈乘法〉②坐、搭：〈乘車、乘船〉③利用、藉機：〈乘便、乘機〉④姓。

ㄕㄥˋ ①車子的代稱，古代稱一車四馬為「一乘」②記載歷史的書籍：〈史乘〉③佛教的教派：〈大乘、小乘〉。

造詞 乘客、乘涼、乘隙、乘勢／上乘、下乘、陪乘／乘風破浪、乘龍快婿。

乙部 一ˇ

乙部 0 畫

乙

乙

ㄧˇ　①天干的第二位，用來代表「第二」，可和地支相配，作為計算時日的代號：〈乙丑〉②某人或某地的代稱：〈乙方〉③勾改脫落的字：〈塗乙〉④姓。

乙部 1 畫

九

ノ 九

ㄐㄧㄡˇ　①數目名，大寫是「玖」，阿拉伯數字寫作「9」②形容很多：〈九牛一毛〉③姓。

ㄐㄧㄡ　通「糾」。

造詞 九流、九泉、九族／九死一生、九牛二虎。

乙部 2 畫

也

ㄱ ㄊ 也

ㄧㄝˇ　①同樣：〈你去，我也去〉②在文言文裡，表示說明、疑問、感嘆或停頓的語助詞：〈張飛，三國時人也〉〈何也？〉〈非不能也，是不為也！〉〈大道之行也，天下為公〉。

造詞 也好、也許、也罷。

同 又。

乙部 2 畫

乞

ノ 𠂉 乞

ㄑㄧˇ　①請求、討取：〈乞食〉②姓。

造詞 乞丐、乞討、乞憐。

乙部 5 畫

乩

丨 ⺊ ⺊ 占 占 乩

ㄐㄧ　一種占卜問疑，求神降示吉凶的法術：〈扶乩、乩童〉。

乙部 7 畫

乳

一 乛 乛 爫 孚 孚 乳

ㄖㄨˇ　①雌性哺乳類動物在生子之後，從乳房分泌出來哺育幼兒的汁液：〈母乳〉②哺乳類動物胸部或腹部隆起的器官：〈乳房〉③初生的、幼小的：〈乳燕〉④滋生：〈孳乳〉。

造詞 乳牛、乳名、乳齒／牛乳、授乳、鮮乳／乳臭未乾。

同 奶。

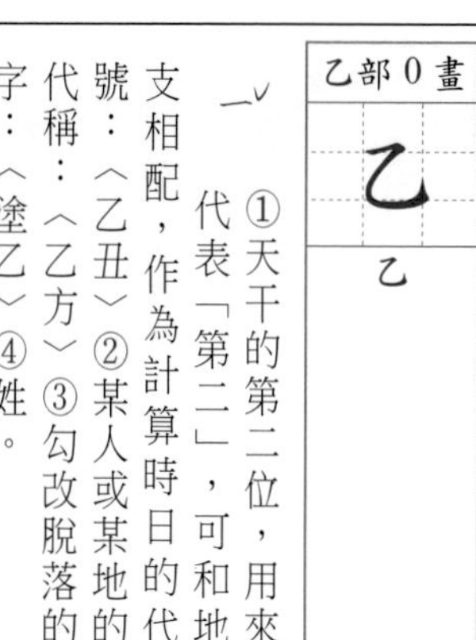

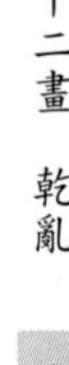

乙部 10 畫

乾

一 十 𠂇 古 古 古 直 卓 𠦝 𠦝 乾

ㄍㄢ　①去掉水分的食品：〈肉乾〉②使空無一物：〈乾杯〉③失去水分：〈乾枯〉④缺乏水分的，和「溼」相反：〈乾燥〉⑤沒有血緣關係，只是拜認結成的親戚：〈乾媽〉⑥空的、沒有作用的：〈乾等〉⑦只、僅：〈乾說不做〉⑧表面的、不真實的：〈乾笑〉。

ㄑㄧㄢˊ　①易經八卦之一，代表「天」：〈乾坤〉②男性的代稱：〈乾宅〉③姓。

造詞 乾洗、乾脆、乾淨、乾糧／乾柴烈火。

反 溼。

乙部 12 畫

亂

亂

ㄌㄨㄢˋ　①禍患的事：〈作亂〉②破壞：〈搗亂〉③混淆：〈以假亂真〉④沒有秩序和條理的：〈混亂〉⑤騷擾不安的：〈亂世〉⑥不安寧的：〈心煩意亂〉⑦任意的：〈亂跑〉。

造詞 亂用、亂紀、亂倫／內亂、忙亂、胡亂、戰亂／亂七八糟、亂臣賊子。

反 治。

亅部 ㄐㄩㄝˊ

亅部 1 畫

了

乛 了

ㄌㄧㄠˇ　①明白：〈了解〉②結束：〈了結〉③實現：〈心願未了〉④完全：〈了無起色〉⑤語氣詞，放在動詞後面，表示可能或不可能：〈辦得了〉。

·ㄌㄜ　①表示動作或變化已經完成的助詞：〈走了一段路〉②表示繼續或有新情況發生的助詞：〈下雨了〉③表示肯定的語氣：〈他五歲了〉。

造詞 了不起、了卻、了得、了解／大不了、完了、終了／了無起色、小時了了。

亅部 3 畫

予

乛 乛 ⺄ 予

ㄩˊ　通「余」，我：〈予認為不可〉。

ㄩˇ　①通「與」，給：〈給予〉②許可：〈准予〉。

造詞 授予、頒予、賦予／予取予求。

亅部7畫

事

一 丆 𠮛 㠯 亊 事

ㄕˋ ①人的所作所為和遭遇，或自然界的一切現象：〈萬事萬物〉②職業、工作：〈謀事〉③變故、動亂：〈出事了〉④量詞，器物一件稱「一事」⑤做、從事：〈從事、無所事事〉⑥侍奉：〈事親〉。

造詞 事件、事情、事實、事業／人事、心事、公事、故事、往事、瑣事、惹事、國事／事半功倍、事在人為、事必躬親、事過境遷。

二部 ㄦˋ

二部0畫

二

一 二

ㄦˋ ①數目名，大寫是「貳」，阿拉伯數字寫作「2」②次序排第二的：〈二月〉③兩樣、別的：〈二心、不二價〉。

造詞 二胡、二輪／說一不二、獨一無二。

同 雙、兩、再。

二部1畫

于

一 二 于

ㄩˊ ①通「於」②文言文裡的助詞，後接動詞、名詞、形容詞，構成動作：〈于歸〉③姓。

ㄒㄩ 通「吁」，嘆息：〈長于短嘆〉。

造詞 于時、于飛。

同 於。

請注意：「于」「干」「千」的字形很相近。「于」字的豎畫要鉤，「干」字的豎畫不用鉤，「千」字上面是撇（丿），不是橫畫。

二部2畫

云

一 二 亍 云

ㄩㄣˊ ①說：〈云云、人云亦云〉②語尾助詞，多無義：〈云爾〉③姓。

二部2畫

井

一 二 井 井

ㄐㄧㄥˇ ①為了汲取地下水而挖的深洞：〈水井〉②形狀像井的：〈油井〉③家鄉：〈離鄉背井〉④整齊的：〈井井有條〉⑤周制以九百畝田為一井：〈井田〉⑥姓。

造詞 井然有序、井底之蛙。

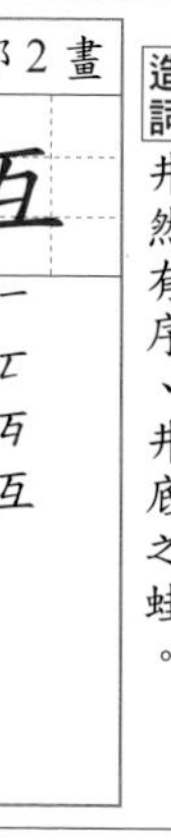

二部 2 畫
互
一 ㄷ 互 互

ㄏㄨˋ 彼此有關連：〈互相〉。

造詞 互助、互通、互惠／交互／互爭長短、互通聲氣。

二部 2 畫
五
一 丅 五 五

ㄨˇ ①數目名，大寫是「伍」，阿拉伯數字寫作「5」②姓。

造詞 五行、五金、五官、五音、五香、五穀、五臟／五光十色、五花八門、五彩繽紛、五顏六色、五體投地。

二部 4 畫
亙
一 丆 丂 丂 亙 亙

ㄍㄣˋ ①從這一邊延長到那一邊：〈綿亙〉②時間延續不斷：〈亙古〉③姓。

造詞 連亙、橫亙。

二部 4 畫
亘
一 丆 丙 丙 百 亘

ㄍㄣˋ 通「亙」。

ㄒㄩㄢ 「宣」的本字。

二部 6 畫
些
丨 ㅏ 止 止 止 此 些 些

ㄒㄧㄝ ①放在指示代名詞後面，表示多數：〈這些〉②少：〈些微〉③放在形容詞後面，表示一點點：〈多些〉。

ㄙㄨㄛˋ 楚辭裡的語助詞，沒有意義：〈何為四方些〉。

ㄙㄨㄛ 民族名：〈蹙些〉。

同 點。

二部 6 畫
亞
一 丅 丅 亞 亞 亞 亞 亞

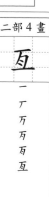

ㄧㄚˋ ①亞細亞洲的簡稱，是世界五大洲之一：〈亞洲〉②次一等的：〈亞軍〉③次於：〈亞於〉④連襟：〈姻亞〉⑤開啟：〈半亞朱扉〉。

造詞 亞東、亞聖／歐亞、東南亞。

二部 7 畫
亟
一 丆 丂 丂 丂 亟 亟 亟

ㄐㄧˊ 迫切、緊急：〈亟需、亟待〉。

ㄑㄧˋ 屢次：〈亟求、亟聞其聲〉。

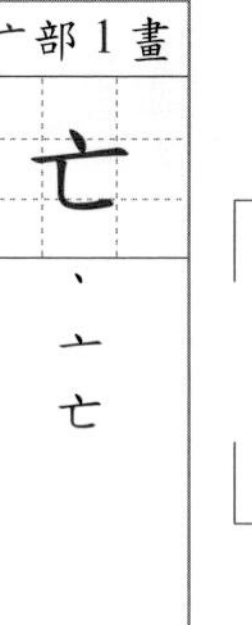

亠部 ㄊㄡˊ

亠部1畫 亡 、亠亡

ㄨㄤˊ ①逃走：〈逃亡〉②失去：〈亡羊補牢〉③毀滅：〈亡國〉④死：〈死亡〉⑤死去的：〈亡夫〉。

ㄨˊ 通「無」，沒有：〈亡有〉。

造詞 亡命、亡故／存亡、流亡、興亡、衰亡／名存實亡、家破人亡。

亠部2畫 亢 、亠亠亢

ㄎㄤˋ ①高、高傲的：〈高亢〉②極、很、過分：〈亢強〉③星名，二十八星宿之一④姓。

ㄍㄤ 脖子、喉嚨。

造詞 亢旱、亢直、亢厲、亢禮／不卑不亢。

反 卑。

亠部4畫 交 、亠亠六亣交

ㄐㄧㄠ ①朋友：〈至交〉②相互的關係：〈外交〉③相接的時候：〈秋冬之交〉④買賣：〈交易〉⑤互相往來：〈交往〉⑥相會：〈交兵〉⑦付給、拜託人家做某事：〈交貨、交付〉⑧互相的：〈交換〉⑨同「跤」，跌倒：〈跌了一交〉⑩動物配種：〈交配〉⑪同時並作：〈雷電交加〉。

造詞 交叉、交友、交加、交保、交相、交界、交流、交涉、交情、交通、交際、交戰／世交、結交、深交、斷交／交頭接耳、泛泛之交、不可開交。

亠部4畫 亦 、亠广亣亦亦

ㄧˋ ①也：〈人云亦云〉②又：〈亦師亦友〉③襯托語氣：〈不亦樂乎〉④姓。

造詞 亦且、亦復、亦發。

亠部4畫 亥 、亠亡亥亥亥

ㄏㄞˋ ①十二地支的最後一位②時辰名，指午後九點到十一點：〈亥時〉③姓。

亠部5畫

亨

、 亠 亠 亠 亨 亨

ㄏㄥ 通達、順利：〈萬事亨通〉。

ㄆㄥ 同「烹」：〈亨飪〉。

亠部6畫

享

、 亠 亠 亠 亨 享 享

ㄒㄧㄤˇ ①消受、受用：〈享受〉②供奉、祭祀：〈享神〉③設宴請客：〈享客〉④稱剛死者的年壽：〈享年七十〉。

造詞 享用、享福、享樂。

亠部6畫

京

、 亠 亠 亠 亠 亠 京 京

ㄐㄧㄥ ①高聳的房子：〈京觀〉②首都：〈京城〉③北京的簡稱：〈京片子〉④數目名，十兆為京，一說萬兆為京⑤大型倉庫：〈囷京〉⑥大、齊：〈莫與之京〉⑦姓。

造詞 京師、京調、京戲／北京、南京、東京、故京。

亠部7畫

亭

、 亠 亠 亠 亠 亠 亠 亭

ㄊㄧㄥˊ ①有屋頂而沒有牆壁的小型建築物，可以供人休息：〈涼亭〉②路旁以營利為目的的簡單小屋子：〈票亭〉③高聳直立的樣子：〈亭亭玉立〉④妥貼：〈亭當〉。

造詞 長亭、驛亭、亭午。

亠部7畫

亮

、 亠 亠 亠 亠 亠 亠 亮

ㄌㄧㄤˋ ①閃光、發光：〈燈亮了〉②表露、揭開：〈亮相〉③黑夜過去，天明了：〈天亮〉④光線強而清楚的樣子：〈明亮〉⑤聲音高而清楚的樣子：〈響亮〉⑥人品清高：〈高風亮節〉。

造詞 亮光、亮度、亮話、亮晶晶／閃亮、照亮、漂亮。

人部 ㄖㄣˊ

人部0畫

人

丿 人

ㄖㄣˊ ①天地間最具靈性和智慧的動物：〈人類〉②指成年人：〈成人〉③別人：〈待人誠懇〉④指人的品質、性格或名譽：〈丟人〉⑤泛指每個人：〈人手一冊〉⑥人才、人手：〈缺人〉⑦法律上指權利義務的主體：〈自然人、法人〉⑧泛指國籍：〈美國人〉⑨姓。

造詞 人力、人工、人口、人民、人生、人員、人家、人格、人群、人緣、人質、人選、人權／文人、巨人、古人、仇人、犯人、詩人、聖人、動人、病人、壞人／人山人海、人心不古、人才濟濟、人定勝天、人面獸心、人盡其才。

人部2畫

仁

ノ 亻 亻一 仁

ㄖㄣˊ ①對人關心、同情、寬厚的思想感情：〈仁愛〉②有德的人：〈仁人〉③一種崇高的道德標準：〈仁道〉④果核的最內部、種子：〈杏仁〉⑤節肢動物硬殼內的肉：〈蝦仁〉⑥同「人」：〈同仁〉⑦感覺、知覺：〈麻木不仁〉。

造詞 仁政、仁慈、仁德、仁義／核仁、果仁／仁人君子、仁至義盡、仁者無敵、一視同仁。

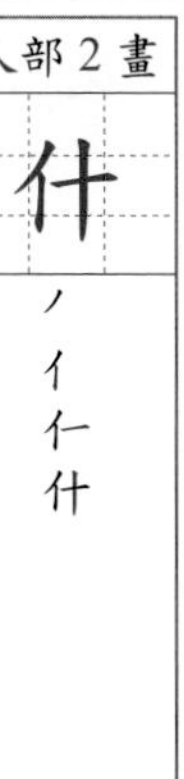

ㄕˊ ①古代軍隊十人組成的單位：〈二伍為什〉②數目名，同「十」：〈什佰〉③各式各樣的：〈什錦〉④姓。

ㄕㄣˊ 同「甚」，表示疑問：〈什麼〉。

同 甚。

人部2畫

仃

ノ 亻 亻一 仃

ㄉㄧㄥ 孤獨，沒有依靠：〈孤苦伶仃〉。

人部2畫

仆

ノ 亻 亻丨 仆

ㄆㄨ ①向前傾斜跌倒：〈仆倒〉②困頓：〈顛仆〉③敗亡：〈日以仆滅〉。

造詞 前仆後繼。

同 伏、倒。

人部2畫

仇

ノ 亻 亻几 仇

ㄔㄡˊ ①敵對者：〈仇人〉②怨恨：〈仇恨〉③視為敵人：〈仇視〉。

ㄑㄧㄡˊ 姓。

造詞 仇敵、仇隙／血海深仇、嫉惡如仇。

同 讎。

人部2畫

仍

ノ 亻 亻乃 仍

ㄖㄥˊ ①還是，和以前一樣：〈仍然、仍舊〉②經常：

〈頻仍〉③古國名：〈有仍氏〉④姓。

同 猶。

人部2畫

今

ノ 人 亼 今

ㄐㄧㄣ ①現在，與過去、將來相對：〈今昔〉②當前的：〈今夏〉③姓。

造詞 今天、今生、今朝／古今、自今、如今、至今／今是昨非、博古通今。

反 昔、古。

人部2畫

介

ノ 人 亽 介

ㄐㄧㄝˋ ①有甲殼的水族動物：〈介類〉②古代打仗時所穿的護身衣：〈介冑〉③本分：〈人各有介〉④小草，通「芥」：〈一介不取〉⑤單位名，通「個」：〈一介書生〉⑥代人引進，居中接洽：〈介紹〉⑦在兩者中間：〈媒介〉⑧放在心裡：〈介意〉⑨正直不屈的：〈耿介〉⑩特立獨行的：〈狷介〉⑪單獨的：〈孤介〉⑫細小的：〈纖介〉⑬姓。

造詞 介入、介詞、介壽／推介、紹介。

人部2畫

仄

一 厂 仄 仄

ㄗㄜˋ ①古代稱四聲中的上（第三聲）、去（第四聲）、入（聲音短促的）為「仄聲」，和「平聲」相對②心裡感到不安：〈歉仄〉③狹窄的：〈寬仄〉。

反 平。

人部3畫

以

丨 𠄌 𠄌 以 以

ㄧˇ ①原因：〈良有以也〉②用：〈以誠待人〉③按照：〈以次入座〉④認為：〈以為〉⑤因為：〈不以得獎而驕傲〉⑥表示目的：〈以待時機〉⑦因此：〈所以〉⑧用在方位詞前，表示時間、空間、數量的界限：〈以前、以上、以東、一百以內〉⑨姓。

造詞 以及、以往、以後、以下／可以、何以、是以、難以／以牙還牙、以身作則、以卵擊石、以德報怨、以毒攻毒、以貌取人、以偏概全、以逸待勞。

人部3畫

付

ノ 亻 仁 付 付

ㄈㄨˋ ①量詞：〈一付中藥〉②交給：〈交付〉③支出金錢：〈付款〉。

造詞 付予、付出、付印、付託／支付、給付、對付、應付／付之一炬、付諸東流。

請注意：「付」有交給義；而「副」有成雙成對的意思。所以是：「付」錢、託「付」、一「副」眼鏡。

人部 3 畫

仔

ノ 亻 仃 仔

ㄗˇ ①細心、當心：〈仔細〉②編織物紋絲細密完美：〈仔密〉③負荷、負擔：〈仔肩〉。

ㄗㄞˇ 粵語稱幼小的東西為仔：〈牛仔、豬仔〉。

造詞 公仔、歌仔戲、擔仔麵。

請注意：牛仔褲的「仔」和人名用字音ㄗˇ。

人部 3 畫

仕

ノ 亻 仁 什 仕

ㄕˋ ①官吏：〈仕宦〉②做官：〈學而優則仕〉③姓。

造詞 仕女、仕途、仕隱／入仕、出仕。

人部 3 畫

他

ノ 亻 仂 仲 他

ㄊㄚ ①第三人稱代名詞，指你、我以外的第三人：〈你我他〉②別的：〈他國、他鄉、不作他想〉。

造詞 他日、他們／其他、吉他、無他、排他。

請注意：「他」可指男、女及一切事物，現代書面語中一般只用來指男性，但在性別不明或沒有必要區分性別時也用「他」。「其他」的「他」通常寫作「他」，不作「它」。

人部 3 畫

仗

ノ 亻 仁 付 仗

ㄓㄤˋ ①兵器的總稱：〈兵仗〉②執兵器的儀隊：〈儀仗〉③戰爭：〈打仗〉④倚靠、憑藉：〈仗恃〉⑤拿著：〈仗劍而行〉。

造詞 仗義、仗勢／仰仗／仗義執言、仗勢欺人。

人部 3 畫

代

ノ 亻 仁 代 代

ㄉㄞˋ ①歷史的分期：〈古代、近代〉②輩分，年紀相近的為一代：〈新生代〉③稱過去的朝代：〈唐代〉④時世：〈時代〉⑤繼承的人：〈後代〉

⑥更換：〈代謝〉⑦替：〈代課〉⑧姓。

造詞 代表、代理、代替、代價、代書、代溝、代辦／世代、年代、現代、歷代／代代相傳。

人部 3 畫

令

ノ 人 亼 今 令

ㄌㄧㄥˋ ①古代官名：〈縣令〉②上級對下級的指示：〈命令〉③季節：〈夏令〉④詞牌、曲牌名：〈如夢令〉⑤使得：〈令人欽佩〉⑥美好的：〈巧言令色〉⑦尊稱別人的親屬：〈令堂〉⑧計算紙張的單位，五百張全開紙為一令⑨姓。

造詞 令名、令郎、令嬡、令尊／司令、法令、號令、詔令、受令／三申五令、發號施令。

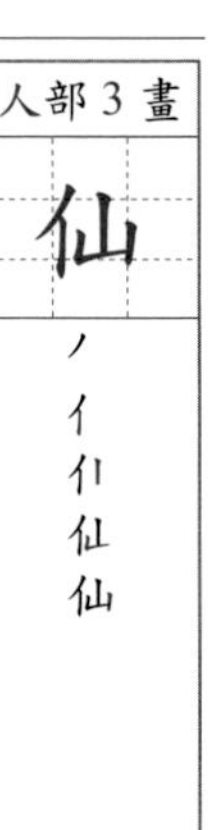

人部 3 畫

仙

ノ 亻 仆 仙 仙

ㄒㄧㄢ ①能長生不老的人：〈仙人〉②風格特異或成就超凡的人：〈詩仙〉③形容超凡出眾的：〈仙品〉④稱頌死者：〈仙逝〉。

造詞 仙女、仙丹、仙境、仙姿／水仙、八仙、酒仙、神仙／仙風道骨、飄飄欲仙。

人部 3 畫

仞

ノ 亻 仃 仞 仞

ㄖㄣˋ 古代計算長度的單位，七尺或八尺為一仞：〈萬仞高峰〉。

人部 3 畫

仨

ノ 亻 仁 仁 仨

ㄙㄚ 北方話，表示三個，後面不必加數量詞「個」：〈仨人〉。

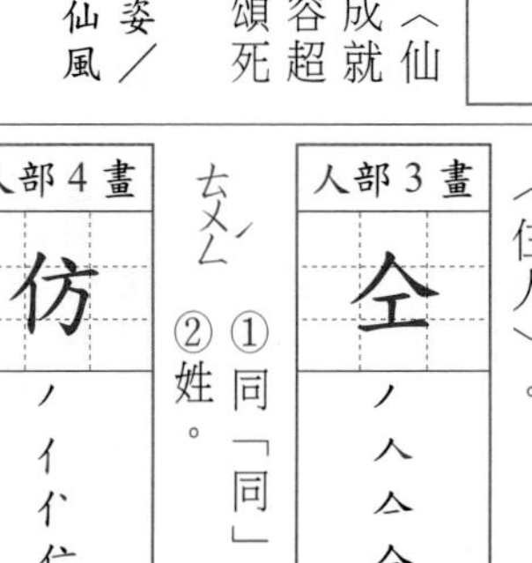

人部 3 畫

仝

ノ 人 亼 仐 仝

ㄊㄨㄥˊ ①同「同」：〈仝上〉②姓。

人部 4 畫

仿

ノ 亻 亻 仿 仿 仿

ㄈㄤˇ 俗字「仿」①效法：〈仿效〉②學習別人的模樣：〈摹仿〉③好像、相似：〈仿佛〉。

造詞 仿古、仿造、仿照。

人部 4 畫

伉

ノ 亻 亻 伫 伉 伉

ㄎㄤˋ ①配偶：〈伉儷〉②抵擋，通「抗」③強健的：〈伉健〉④正直的：〈伉俠〉。

人部4畫　伙

ノ 亻 亻 伙 伙 伙

ㄏㄨㄛˇ ①在一起生活或工作的同伴：〈伙伴〉②以前對被雇用的人的稱呼：〈伙計〉③計算人群的單位：〈一伙人〉④共同、聯合：〈伙同〉⑤飲食：〈伙食〉⑥家用雜物：〈傢伙〉。

人部4畫　伊

ノ 亻 仴 伊 伊 伊

一 ①第三人稱「他」或「她」：〈伊人〉②文言助詞，剛剛：〈伊始〉③姓。

造詞 伊甸園／伊索寓言。

人部4畫　伕

ノ 亻 仁 仁 伕 伕

ㄈㄨ 做粗重工作的人：〈馬伕、挑伕〉。

人部4畫　伍

ノ 亻 仁 仃 伍 伍

ㄨˇ ①數字「五」的大寫：〈伍拾元〉②古代軍隊的最小單位，五人為一伍，現在用來指稱軍隊：〈入伍、退伍〉③結伴在一起的：〈與牛為伍〉④姓。

造詞 行伍、隊伍、落伍。

人部4畫　伐

ノ 亻 仁 代 代 伐

ㄈㄚ ①攻打、進攻：〈討伐〉②砍：〈伐木〉③誇耀自己：〈伐善〉④做媒：〈伐柯〉。

造詞 採伐、砍伐／口誅筆伐。

人部4畫　休

ノ 亻 仁 什 付 休

ㄒㄧㄡ ①停止：〈休會〉②歇息：〈休息〉③不要、禁止：〈休想〉④古代丈夫主動與妻子解除婚約：〈休妻〉⑤辭去官職：〈休官〉⑥喜樂：〈休戚與共〉⑦美善的：〈休德〉⑧語尾助詞⑨姓。

ㄒㄩˇ 通「咻」，呻吟聲。

造詞 休克、休養、休閒、休假、休戰、休學／午休、公休、罷休、輪休／不眠不休、喋喋不休。

同 止。

人部4畫

伏

丿亻仁仕伏伏

ㄈㄨˊ　①時令名：〈三伏天〉②臉向下趴著：〈伏地〉③承認錯誤：〈伏罪〉④隱藏起來、準備攻擊：〈埋伏〉⑤承認，同「服」：〈伏輸〉⑥屈服：〈降伏〉⑦落下去：〈起伏〉⑧隱藏不露的：〈伏筆〉⑨姓。

造詞 伏兵、伏屍、伏案、伏貼／折伏、屈伏、低伏。

同 仆、俯、俛、偃。

人部4畫

仲

丿亻仁仲仲仲

ㄓㄨㄥˋ　①兄弟：〈昆仲〉②每季的第二個月：〈仲秋〉③兄弟排行第二的：〈伯仲叔季〉④兩方對立，處在中間協調公斷的：〈仲裁〉⑤姓。

人部4畫

件

丿亻仁仵仵件

ㄐㄧㄢˋ　①計算事或物的單位：〈一件事〉②物品、器具：〈零件、配件〉③歷史上發生某種事情的個案：〈九一一事件〉④車輛、箱櫃、刀劍等所附的金屬飾物：〈什件兒〉。

造詞 文件、信件、稿件。

人部4畫

任

丿亻仁仁任任

ㄖㄣˋ　①職責：〈責任〉②承受：〈任勞任怨〉③委派：〈任用〉④相信：〈信任〉⑤聽憑、由著：〈任由〉⑥擔當：〈任職〉⑦無論：〈任你怎麼說，我都不去〉。

ㄖㄣˊ　姓。

造詞 任何、任性、任意、任務、任憑／大任、主任、級任、放任、勝任、擔任／任人宰割、任重道遠。

請注意：右邊是「壬」（ㄖㄣˊ），不是「王」（ㄊㄧㄥˇ）。最上面是一橫，不是一撇。中間一橫最長。

人部4畫

仰

丿亻亻仰仰仰

ㄧㄤˇ　①抬頭向上：〈仰望〉②佩服、敬慕：〈仰慕〉③依賴：〈仰仗〉④飲用：〈仰藥〉⑤欽佩的樣子：〈高山仰止〉⑥姓。

造詞 仰臥、仰泳、仰毒、仰賴／久仰、信仰、俯仰、敬仰／仰天長嘯、仰首伸眉。

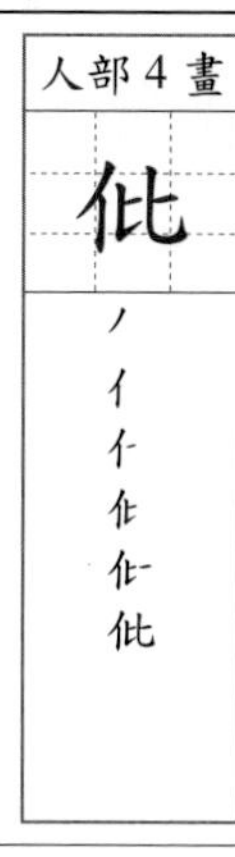

人部 4 畫

仳

ㄆㄧˇ　指夫妻別離、分離，特別是指妻子被遺棄：〈仳離〉。

人部 4 畫

份

ノ 亻 亻 亻八 份 份

ㄈㄣˋ　①整體中的一部分：〈股份〉②量詞，一組或一件：〈一份報紙、一份禮物〉。

人部 4 畫

企

ノ 人 个 仐 企 企

ㄑㄧˇ　①計畫經營的事業：〈企業〉②踮起腳尖：〈企足〉③盼望：〈企盼〉④計畫工作：〈企畫〉。

造詞 企求、企圖、企踵。

同 跂。

人部 4 畫

伎

ノ 亻 仁 什 伎 伎

ㄐㄧˋ　①通「技」，技藝、才能：〈伎藝〉②通「妓」，古代稱以歌舞為業的女子③手腕、手段：〈伎倆〉。

同 技、巧、慧、智。

人部 5 畫

位

ノ 亻 亻 仁 位 位 位

ㄨㄟˋ　①人或事物所在的地方：〈部位〉②職務、等級：〈地位〉③指君主的身分地位：〈即位〉④事物的固定分量：〈單位〉⑤數目群的單位：〈個位〉⑥指稱人的量詞：〈三位同學〉⑦處在：〈位於〉。

造詞 位子、位置／方位、各位、座位、職位、學位。

人部 5 畫

住

ノ 亻 亻 仁 仁 住 住

ㄓㄨˋ　①居留：〈居住〉②歇宿：〈住宿〉③停止：〈住手〉④得到：〈捉住〉⑤穩固：〈記住〉。

造詞 住口、住戶、住院／困住、留住、網住。

人部 5 畫

佇

ノ 亻 亻 亻 亻 佇 佇

ㄓㄨˋ　①長久站著：〈佇立〉②期待、盼望：〈佇望〉。

造詞 佇候。

人部 5 畫

佗

ノ 亻 亻 亻 亻 佗 佗

ㄊㄨㄛˊ ①通「駝」，負荷②歪斜的③人名，三國時的名醫：〈華佗〉。

ㄊㄨㄛ 通「它」、「他」。

人部 5 畫
佞
ノ 亻 仁 仁 佞 佞 佞

ㄋㄧㄥˋ ①才能：〈不佞（謙說自己沒有才能）〉②用花言巧語奉承別人或巧辯：〈佞奉〉③善於討好人的：〈佞人〉。

造詞 佞口、佞幸、佞臣／奸佞、邪佞。

人部 5 畫
伴
ノ 亻 亻 亻 伫 伫 伴

ㄅㄢˋ ①同在一起的人：〈同伴〉②陪著：〈陪伴〉。

造詞 伴侶、伴娘、伴奏、伴隨／伙伴、玩伴、老伴。

人部 5 畫
佛
ノ 亻 仁 仴 佀 佛 佛

ㄈㄛˊ ①古印度語「佛陀」的略稱②佛教的簡稱③佛教稱修行得道的人為「佛」，特別是指佛教始祖釋迦牟尼。

ㄈㄨˊ 通「佛」：〈仿佛〉。

ㄅㄧˋ ①通「弼」，輔佐②姓。

造詞 佛祖、佛經、佛堂、佛學／立地成佛、佛口蛇心。

人部 5 畫
何
ノ 亻 仁 仃 何 何 何

ㄏㄜˊ ①什麼，表示疑問：〈何人、為何〉②怎麼、哪裡：〈何敢〉③多麼：〈何其不幸〉④姓。

ㄏㄜˋ 通「負荷」的「荷」。

造詞 何以、何必、何況、何苦／如何、若何、幾何／何去何從、何樂不為。

人部 5 畫
估
ノ 亻 仁 什 仕 估 估

ㄍㄨ ①大概推算：〈估計、估價〉②忖度：〈估量〉。

ㄍㄨˋ 出售：〈估衣〉。

人部 5 畫
佐
ノ 亻 仁 什 佐 佐 佐

ㄗㄨㄛˇ ①輔助的人：〈警佐〉②輔助、幫助：〈輔佐〉③姓。

造詞 佐治、佐料、佐證。

人部5畫

佑

ノ亻仁什仕佑佑

ㄧㄡˋ　保護、扶助：〈保佑〉。

造詞 天佑、庇佑、助佑。

同 祐。

人部5畫

伽

ノ亻仂伪伽伽伽

ㄑㄧㄝˊ　音譯外文常用的字：〈伽利略、伽藍〉。

ㄐㄧㄚ　音譯外文常用的字：〈瑜伽〉。

人部5畫

佈

ノ亻仁什仕佑佈

ㄅㄨˋ　通「布」①利用語言或文字傳達事情：〈公佈、宣佈〉②安排：〈佈置〉③陳列、散開：〈分佈〉。

造詞 佈告、佈局、佈景、佈道／發佈、遍佈。

人部5畫

伺

ノ亻们伺伺伺伺

ㄙˋ　①偵察：〈窺伺〉②守候：〈伺機〉。

ㄘˋ　服侍：〈伺候〉。

造詞 伺便、伺探、伺隙。

同 窺。

人部5畫

伸

ノ亻亻们伯伸伸

ㄕㄣ　①把彎的拉直、短的拉長：〈伸直、伸長〉②舒展：〈伸懶腰〉③表白、陳述：〈伸冤〉。

造詞 伸出、伸展、伸訴、伸縮／引伸、延伸、屈伸／伸頭探腦、有志未伸。

人部5畫

佃

ノ亻亻们佃佃佃

ㄉㄧㄢˋ　向別人承租田地耕種，並且繳納田租的人：〈佃農〉。

造詞 佃戶、佃作。

人部5畫

佔

ノ亻仆什佔佔佔

ㄓㄢˋ　同「占」①強取、據有：〈佔領〉②處在：〈佔優勢〉。

ㄓㄢ　同「覘」，窺視。

造詞 佔據、佔上風、佔便宜。

人部5畫

似

ノ亻亻化似似似

ㄙˋ　①相像：〈相似〉②好像：〈似乎〉③勝過：〈一天好似一天〉。

造詞 近似、恰似、疑似、類似／似是而非。

人部 5 畫

但

ノ 亻 亻丨 仴 伯 但

ㄉㄢˋ　①只、僅：〈不但、但願〉②儘管：〈但說何妨〉③只要、凡是：〈但能節約就節約〉④不過、可是：〈但是〉⑤姓。

造詞 但凡、但使、但書。

人部 5 畫

佣

ノ 亻 仉 们 仴 伺 佣

ㄩㄥˋ　①受雇用的人，通「傭」：〈佣人〉②做生意時，付給中間介紹人的酬勞：〈佣金〉。

請注意：「佣」與「傭」意義不完全相同。「傭」，音ㄩㄥ，作被雇用或僕人解；「佣」是專指酬勞。

人部 5 畫

作

ノ 亻 亻' 亻𠂉 作 作 作

ㄗㄨㄛˋ　①詩文書畫或藝術品：〈大作、佳作〉②所做的事情：〈工作〉③同「做」：〈作證、作媒、作事〉④興起：〈振作〉⑤創造：〈作曲〉⑥裝出：〈裝腔作勢〉⑦進行、舉行：〈作戰〉⑧當成：〈認賊作父〉⑨發生：〈發作〉⑩工人：〈瓦作、木作〉⑪招惹、自找：〈自作自受〉。

ㄗㄨㄛˊ　①猜測：〈作摩〉②調和食味的材料：〈作料〉③糟蹋：〈作踐〉。

造詞 作文、作用、作弄、作者、作品、作為、作風、作業、作對、作孽／名作、勞作、做作、發作／作威作福、作壁上觀。

人部 5 畫

你

ノ 亻 亻' 亻𠂉 你 你 你

ㄋㄧˇ　第二人稱代名詞：〈你們〉。

造詞 你死我活。

人部 5 畫

伯

ノ 亻 亻' 亻白 伯 伯 伯

ㄅㄛˊ　①古代五等爵位中的第三等：〈公、侯、伯、子、男〉②稱父親的哥哥：〈伯伯〉③尊稱父親的朋友或朋友的父親：〈伯父、世伯〉④婦女稱丈夫的哥哥：〈大伯〉⑤尊稱擅長某種才藝的人：〈詩伯〉⑥兄弟排行最大的：〈伯、仲、叔、季〉⑦姓。

ㄅㄚˋ　通「霸」，周代諸侯的領袖：〈五伯〉。

造詞　伯仲、伯樂、伯勞。

低

人部5畫

ノ亻亻仁仾低低

ㄉㄧ　①垂下去：〈低頭〉②矮，和「高」相對：〈低空〉③下等的：〈低級〉④便宜的：〈低價〉。

造詞　低劣、低迷、低能、低落、低潮、低廉／高低、降低／低三下四、低聲下氣。

同　矮、下。

反　高。

伶

人部5畫

ノ亻亻仒仒伶伶

ㄌㄧㄥˊ　①從事演藝工作的人：〈名伶〉②孤獨的：〈伶仃〉③聰明靈巧的：〈伶俐〉④姓。

造詞　伶牙俐齒。

余

人部5畫

ノ人亼今佘余余

ㄩˊ　①我：〈余致力國民革命，凡四十年〉②姓。

ㄒㄩˊ　通「徐」，安穩、遲緩的樣子：〈余余〉。

同　我。

佝

人部5畫

ノ亻亻仃仢佝佝

ㄎㄡˋ　彎腰駝背的樣子：〈佝僂〉。

佚

人部5畫

ノ亻亻仁仁佚佚

ㄧˋ　①過錯②通「遺」，散失：〈佚失〉③通「逸」，逃跑④隱居的：〈佚民〉⑤不被人知道的：〈佚名〉⑥通「逸」，安樂、放蕩的：〈淫佚〉⑦散缺不全的：〈佚文〉⑧姓。

造詞　佚遊、佚書、佚樂／安佚、放佚、散佚、遺佚。

佯

人部6畫

ノ亻亻亻'亻''佯佯

ㄧㄤˊ　假裝：〈佯裝〉。

造詞　佯死、佯言、佯狂／倘佯、裝佯／佯若無事。

依

人部6畫

ノ亻亻亻𠂉亻𠂉依依

ㄧ　①倚靠：〈相依為命〉②按照：〈依次前進〉③順從、同意：〈百依百順〉④傍、靠：〈依山傍水〉⑤仍然：〈依然〉⑥姓。

造詞 依照、依靠、依賴、依舊／相依、無依、皈依、憑依／依依不捨、依然故我。

人部6畫

侍

ノ亻亻什仕仕侍侍

ㄕˋ ①服侍或隨從他人的人：〈侍從〉②伺候：〈服侍〉③陪伴尊長：〈隨侍〉④姓。

造詞 侍者、侍奉、侍衛。

人部6畫

佳

ノ亻亻什仕佳佳佳

ㄐㄧㄚ ①美好的：〈佳人〉②姓。

造詞 佳作、佳音、佳節、佳境／不佳、尚佳、更佳／佳人才子、佳偶天成。

人部6畫

使

ノ亻亻仁佢伃使使

ㄕˇ ①奉命到外國的官員：〈大使〉②奉命到外國去執行任務：〈出使〉③差遣：〈使喚〉④用：〈使用〉⑤放縱：〈使性子〉⑥令：〈使人高興〉⑦行、做：〈使不得〉⑧如果：〈假使〉。

造詞 使命、使勁、使壞／天使、即使、指使、縱使。

同 令、教。

人部6畫

佬

ノ亻亻什仕佬佬佬

ㄌㄠˇ 廣東人稱呼成年男子為佬，有時含有輕視、不尊敬的意思：〈鄉巴佬、闊佬〉。

人部6畫

供

ノ亻亻什什世供供

ㄍㄨㄥ ①犯人答覆審訊的話：〈口供〉②給、準備東西給需要的人使用：〈供給〉③被告在法庭上說出事實：〈供認〉。

ㄍㄨㄥˋ ①祭祖拜神的祭品：〈上供〉②奉獻：〈供神〉③擺設：〈桌上供著花瓶〉。

造詞 供求、供奉、供桌、供詞、供稱、供需、供應／自供、串供、逼供、提供／供不應求、供過於求。

人部6畫

例

ノ亻亻仿伤伤例例

ㄌㄧˋ ①用來說明情況或作為依據的事物：〈慣例〉②規則：〈條例〉③比照：〈以

古例今〉④遵照規定的：〈例行公事〉⑤姓。

造詞 例子、例句、例外、例如／凡例、比例、實例、舉例／下不為例、史無前例。

人部6畫

來

ㄌㄞˊ ①將到的日子：〈繼往開來〉②從別的地方到這裡，與「去」相對：〈往來〉③做：〈再來一次〉④將到的：〈來年〉⑤表示大約估計的數字：〈三十來歲〉⑥表示可能或不可能：〈我做不來〉⑦加強語氣的助詞：〈拿筆來寫字〉⑧表示動作趨向的助詞：〈惹出禍來〉⑨慰勞、安撫，同「徠」：〈勞之來之〉⑩姓。

造詞 來生、來源、來賓、來臨／由來、未來、本來、近來、胡來、原來、從來／來日方長、來龍去脈、死去活來、繼往開來。

人部6畫

侃

ㄎㄢˇ ①剛直的樣子：〈侃然〉②和樂的樣子③從容不迫的樣子：〈侃侃而談〉。

人部6畫

佰

ㄅㄞˇ ①數目名，「百」的大寫②古時一百個錢為「佰」。

人部6畫

併

ㄅㄧㄥˋ ①同「并」，把兩件東西合在一起：〈合併〉②通「摒」，除去③通「並」，一起：〈併起〉。

造詞 併吞、併發、併攏。

人部6畫

侈

ㄔˇ ①浪費：〈奢侈〉②誇大不實在：〈侈言、侈論〉。

造詞 侈淫、豪侈。

人部6畫

佩

ㄆㄟˋ ①衣服上的裝飾品：〈佩件〉②把東西繫掛在身上：〈佩劍〉③敬仰信服而常記在心：〈敬佩〉④姓。

造詞 佩玉、佩服、佩帶／欽佩、感佩、胸佩、腰佩。

請注意：「佩」與「配」二字的用法常被混淆。「佩」有把飾物掛在衣服上的意思；「配」有結合、安排義，所以應寫作「佩帶」、「婚配」。

人部6畫

佻

ノ 亻 仆 仈 仉 佻 佻

ㄊㄧㄠ ①行為輕浮，不莊重：〈輕佻〉②偷盜。

造詞 佻巧、佻佻、佻薄。

人部6畫

侖

ノ 人 亼 仒 合 侖 侖 侖

ㄌㄨㄣˊ 反省；自我檢討：〈肚子裡侖一侖〉。

人部6畫

佾

ノ 亻 亻 仈 份 佾 佾 佾

ㄧˋ 古代一種排成方陣的樂舞，八行八列，共六十四人：〈八佾〉。

人部6畫

侏

ノ 亻 仁 仁 件 件 侏

ㄓㄨ ①矮小的：〈侏儒〉②姓。

人部6畫

佼

ノ 亻 亻 亠 仧 佼 佼

ㄐㄧㄠˇ ①通「姣」，美好的：〈佼人〉②超凡出眾的：〈佼黠、佼佼者〉。

人部7畫

信

信

ノ 亻 亻 仁 信 信 信 信

ㄒㄧㄣˋ ①傳達消息的函件：〈信件〉②憑證、憑據：〈印信、信物〉③消息：〈信息〉④不懷疑：〈相信〉⑤隨意：〈信手〉⑥誠實的：〈信實〉⑦定期而來的：〈信風〉⑧果真：〈此語信然〉。

ㄕㄣ 通「申」、「伸」。

造詞 信心、信用、信任、信仰、信念、信函、信賴、信譽、信號／口信、自信、迷信、背信、家信、電信、書信、通信／信口開河、信口雌黃、信手拈來、信誓旦旦。

人部7畫

侵

侵

ノ 亻 亻 仁 伊 伊 伊 侵

ㄑㄧㄣ ①奪取別人的東西：〈侵占〉②出兵攻打別國：〈侵略〉③漸進：〈侵淫〉④姓。

造詞 侵犯、侵蝕、侵襲。

人部7畫

侯

侯

ノ 亻 亻 仁 伊 伊 伊 侯

ㄏㄡˊ ①古代五等爵位的第二等：〈公、侯、伯、子、男〉②封建時代小國的君王：〈諸侯〉③官宦人家：〈侯門〉④姓。

造詞 王侯、公侯、封侯。

人部7畫

便

便 丿 亻 … 便

ㄅㄧㄢˋ ①糞、尿等排泄物：〈大便〉②有利的形勢：〈乘便〉③減少麻煩：〈便民〉④順利、適宜的：〈便利〉⑤平常的、簡單的：〈便衣〉⑥就：〈說了便做〉。

ㄆㄧㄢˊ ①東西不貴：〈便宜〉②身體肥胖：〈大腹便便〉③姓。

造詞 便車、便祕、便條、便當／方便、以便、順便、隨便／因利乘便。

人部7畫

俠

俠 丿 亻 … 俠

ㄒㄧㄚˊ ①仗義勇為，抑強扶弱的人：〈豪俠〉②義勇的：〈俠義〉③姓。

造詞 俠士、俠客、俠氣／大俠、遊俠、行俠、武俠。

人部7畫

俑

俑 丿 亻 … 俑

ㄩㄥˇ 古代殉葬用的泥人或木頭人：〈陶俑、兵馬俑〉。

人部7畫

俏

俏 丿 亻 … 俏

ㄑㄧㄠˋ ①容貌美好的：〈俊俏、俏麗〉②活潑頑皮的樣子：〈俏皮〉③東西銷路好，可能會漲價：〈行情看俏〉④非常像：〈俏成俏敗〉。

造詞 俏佳人、俏冤家。

人部7畫

保

保 丿 亻 … 保

ㄅㄠˇ ①傭工、服務生：〈酒保〉②舊時地方自治的組織：〈保甲〉③替人擔負責任的制度：〈人保〉④守衛、守護：〈保護〉⑤維持：〈保持〉⑥擔負責任：〈擔保〉⑦收存：〈保存〉⑧姓。

造詞 保守、保佑、保育、保留、保重、保健、保險、保障、保衛／太保、交保、投保、確保。

人部7畫

促

促 丿 亻 … 促

ㄘㄨˋ ①催迫：〈催促〉②靠近：〈促膝長談〉③形

容時間很短：〈短促〉④不安的：〈侷促〉⑤迫切的：〈迫促〉。

造詞 促成、促進、促銷／匆促、急促、督促、倉促。

侶

人部7畫

侶 ノ 亻 … 侶

ㄌㄩˇ 同伴：〈伴侶〉。

造詞 情侶、僧侶。

俘

人部7畫

俘 ノ 亻 … 俘

ㄈㄨˊ ①戰爭時被虜獲的敵人：〈戰俘、人俘〉②捉住、擄獲：〈俘獲〉。

造詞 俘囚、俘虜。

俟

人部7畫

俟 ノ 亻 … 俟

ㄙˋ 等待：〈俟命〉。

ㄑㄧˊ 複姓：〈万(ㄇㄛˋ)俟〉。

造詞 俟時、俟機。

俊

人部7畫

俊 ノ 亻 … 俊

ㄐㄩㄣˋ ①才智品德過人的：〈俊傑〉②才智超群的：〈俊哲〉③容貌美好的：〈英俊〉。

造詞 俊秀、俊彥、俊俏／才俊、清俊、豪俊、賢俊。

俗

人部7畫

俗 ノ 亻 … 俗

ㄙㄨˊ ①一個地區的風土人情及習慣：〈風俗〉②淺顯易懂的：〈通俗〉③平凡的、趣味不高的：〈俗氣〉④流行的：〈俗語〉⑤塵凡人間的：〈俗念〉。

造詞 俗人、俗字、俗套、俗稱／民俗、低俗、脫俗、庸俗／俗不可耐、入境隨俗。

同 庸。

反 雅。

侮

人部7畫

侮 ノ 亻 … 侮

ㄨˇ ①侵略：〈抵禦外侮〉②欺負、作弄：〈欺侮〉③態度傲慢的：〈侮慢〉。

造詞 侮弄、侮辱、侮蔑／輕侮、狎侮、禦侮。

請注意：「侮」和「悔」並不同。「悔」音ㄏㄨㄟˇ，心部，有改過、追恨的意思。

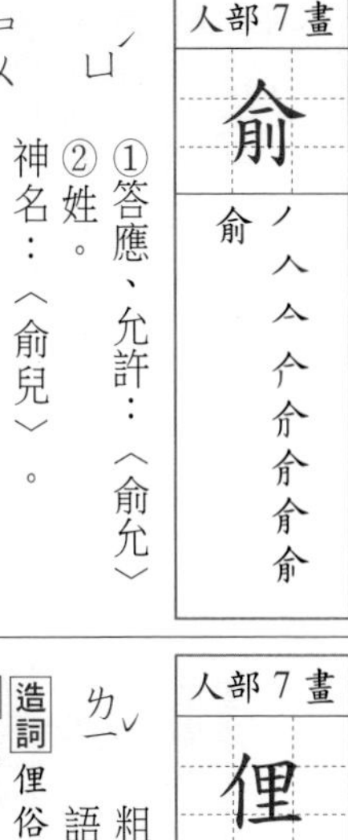

人部 7 畫

俞

俞 ノ 人 亼 今 介 俞

ㄩˊ ①答應、允許：〈俞允〉②姓。

ㄕㄨˋ 神名：〈俞兒〉。

人部 7 畫

俐

俐 ノ 亻 仁 仟 俐

ㄌㄧˋ 聰明靈活：〈伶俐〉。

造詞 俐亮、俐落。

人部 7 畫

俄

俄 ノ 亻 仁 仟 伐 俄

ㄜˊ ①國名：〈俄國、俄羅斯〉②一會兒：〈俄而、俄頃〉。

造詞 俄延、俄然。

人部 7 畫

俚

俚 ノ 亻 亻 伄 伵 伹 俚

ㄌㄧˇ 粗俗的、通俗的：〈俚語、俚歌〉。

造詞 俚俗、俚婦、俚鄙。

同 卑。

人部 7 畫

俎

俎 ノ 人 久 夂 知 俎

ㄗㄨˇ ①古代祭祀時，用來放祭品的器具②切肉用的砧板：〈刀俎〉③姓。

造詞 俎上肉。

人部 7 畫

係

係 ノ 亻 亻 伀 係

ㄒㄧˋ ①綁，同「繫」②關聯：〈關係〉③是：〈係屬事實〉④牽涉：〈干係〉。

人部 8 畫

倌

倌倌 ノ 亻 亻 𠆢 倌

ㄍㄨㄢ ①茶樓、酒館、飯館裡的侍者：〈堂倌〉②古代專管駕車馬的官③妓女的別稱：〈倌人〉。

人部 8 畫

倍

倍倍 ノ 亻 亻 仁 位 倍

ㄅㄟˋ ①同一數量重複相加：〈加倍、五倍、事半功倍〉②更加：〈倍受寵愛〉。

造詞 倍稱、倍數、倍率。

請注意：「倍」與「備」二字在用法上經常被混淆。「倍」有格外義，而「備」有齊全的意思，所以是「倍」感動人；「備」嘗艱辛。

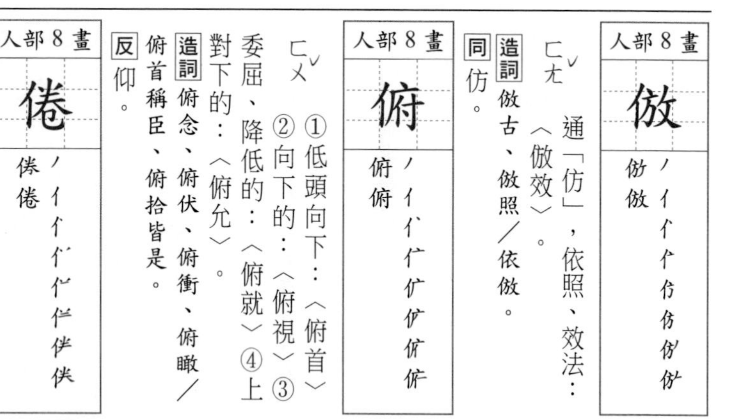

倣
人部8畫

ㄈㄤˇ　通「仿」，依照、效法：〈倣效〉。

造詞 倣古、倣照／依倣。

同 仿。

俯
人部8畫

ㄈㄨˇ　①低頭向下：〈俯首〉②向下的：〈俯視〉③委屈、降低的：〈俯就〉④上對下的：〈俯允〉。

造詞 俯念、俯伏、俯衝、俯瞰／俯首稱臣、俯拾皆是。

反 仰。

倦
人部8畫

ㄐㄩㄢˋ　①身心疲乏：〈困倦〉②厭煩而生倦意：〈倦怠〉③疲憊的：〈倦鳥知返〉。

造詞 倦勤、倦憊／疲倦、厭倦／孜孜不倦、誨人不倦。

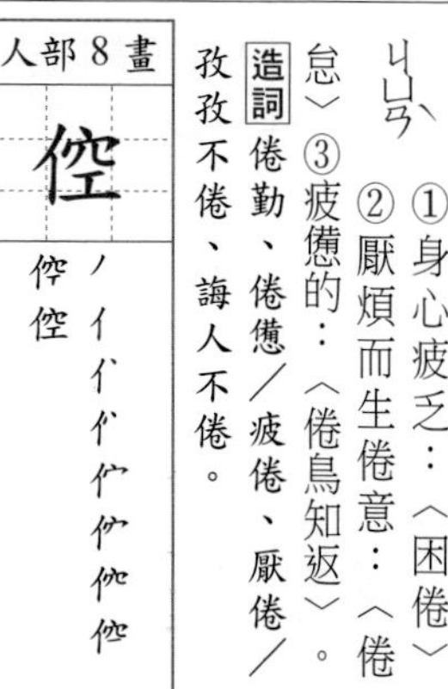

倥
人部8畫

ㄎㄨㄥ　無知的樣子：〈倥侗〉。

ㄎㄨㄥˇ　急促忙碌的樣子：〈倥傯〉。

俸
人部8畫

ㄈㄥˋ　做官或做事的人所應得的薪資酬勞：〈薪俸〉。

造詞 俸給、俸祿、俸金／月俸、官俸、終生俸。

倩
人部8畫

ㄑㄧㄢˋ　①古時候男子的美稱：〈姊倩（姊夫的意思）〉②美好的：〈倩人、倩影〉。

倖
人部8畫

ㄒㄧㄥˋ　①特別受寵的：〈倖臣〉②意外得到成功或免去災害：〈僥倖、倖免〉。

造詞 倖存／恩倖、寵倖、薄倖。

倆
人部8畫

ㄌㄧㄤˇ　手段，技能：〈伎倆〉。

ㄌㄧㄚˇ　①兩個：〈你們倆、哥兒倆〉②不多、幾個：

〈多花倆錢〉。

人部8畫

值

值值

ㄓˊ ①東西的價錢：〈價值〉②數學上計算的結果：〈平均值〉③輪流擔任職務：〈值班〉④正好遇到：〈值此佳節〉⑤東西和價錢相當、抵得上：〈值多少錢？〉。

造詞 值日、值得、值錢／數值、近似值、絕對值／一文不值。

人部8畫

借

借借

ㄐㄧㄝˋ ①經他人同意，暫時使用別人的財物，或將自己的財物暫時讓別人使用，用完後必須歸還：〈借錢〉②利用：〈借刀殺人〉③倚靠、憑藉：〈借鏡、借重〉。

造詞 借光、借宿、借問、借貸／租借、假借／借水行舟、借花獻佛、借題發揮。

人部8畫

倚

倚倚

ㄧˇ ①依靠、依賴：〈倚賴〉②靠著：〈倚門而立〉③仗恃：〈倚老賣老〉④偏、歪：〈不偏不倚〉⑤姓。

造詞 倚仗、倚靠、倚重。

人部8畫

倒

倒倒

ㄉㄠˇ ①跌躺下去：〈跌倒、臥倒〉②物體塌下來：〈倒塌〉③失敗、垮臺：〈倒閉、倒臺〉④更換、推翻：〈倒閣〉⑤上下或左右調換：〈顛倒〉。

ㄉㄠˋ ①傾出：〈倒水〉②扔掉：〈倒垃圾〉③向後退：〈倒退〉④相反的：〈倒彩、開倒車〉⑤卻、反而：〈反倒、倒不如〉⑥表示事情並不是那樣：〈你說的倒簡單〉。

造詞 倒立、倒影／昏倒、滑倒、傾倒／倒吃甘蔗、神魂顛倒。

人部8畫

們

們們

ㄇㄣˊ 水名：〈圖們江〉。

˙ㄇㄣ 表示複數的詞尾，常用在名詞或代名詞後面：〈我們、同學們〉。

人部8畫

俺

俺俺

ㄢˇ 北方有些方言裡稱「我」為「俺」：〈俺家〉。

ㄧㄢ 大的意思。

倀

人部8畫

ㄔㄤ 古時傳說中被老虎吃掉的人變的鬼，專門替老虎帶路去吃人：〈為虎作倀（比喻幫助壞人作惡）〉。

倡

人部8畫

ㄔㄤˋ 帶頭發起，首先提出：〈倡導、提倡〉。

ㄔㄤ ①通「娼」，妓女：〈倡妓〉②古代表演歌舞的人：〈倡優〉③通「猖」，狂妄的：〈倡狂〉。

造詞 倡女、倡隨、倡議。

倔

人部8畫

ㄐㄩㄝˊ 強硬、固執的樣子：〈倔強〉。

ㄐㄩㄝˋ 脾氣大，言語粗魯直率的樣子：〈他這個人很倔〉。

倨

人部8畫

ㄐㄩˋ 態度傲慢、不謙遜的：〈倨傲〉。

俱

人部8畫

ㄐㄩˋ ①偕、同：〈與生俱來〉②全部、都：〈面面俱到、萬事俱備〉③姓。

造詞 俱樂部。

個

人部8畫

ㄍㄜˋ ①數學名詞，十進位法的基本位：〈個位〉②量詞，人一位或物一件：〈一個人、一個蘋果〉③人的身材高矮：〈個子〉④單一的：〈個人〉⑤此、這：〈個中滋味〉。

ㄍㄜˇ 自己：〈自個兒〉。

造詞 個性、個別、個案、個體／各個、幾個、好個。

候

人部8畫

ㄏㄡˋ ①事物的狀況：〈氣候、症候〉②時間、時節：〈時候、節候〉③等待：〈等候〉④看望、問好：〈問候〉

⑤診斷：〈候脈〉。

造詞 候教、候補、候選／守候、伺候、火候、久候。

人部8畫

倘

ノ亻仆仆仆仆倘倘倘倘

ㄊㄤˇ 同「儻」，如果、假使：〈倘若、倘使〉。

ㄔㄤˊ 通「徜」，徘徊：〈倘佯〉。

造詞 倘或、倘然。

人部8畫

修

ノ亻亻亻亻亻攸修修修

ㄒㄧㄡ ①興建：〈修建〉②整理：〈修飾、修繕〉③學習和鍛鍊：〈修養〉④研習：〈自修〉⑤編寫：〈修書〉⑥削剪：〈修鉛筆、修指甲〉⑦細長的：〈修長〉⑧姓。

造詞 修女、修正、修改、修理／必修、進修、重修、整修／修齊治平。

請注意：修和脩、休，二字音同義不同：「脩」是肉乾的意思，例如：束脩。但當學習、研究的解釋時，與「修」同。「休」是停止的意思，例如：休息。

人部8畫

倭

ノ亻亻仁仟仟仸倭倭倭

ㄨㄛ 身材矮小的人種，是我國古時候對日本人的稱呼：〈倭奴、倭寇〉。

人部8畫

倪

ノ亻亻亻亻亻伯伯倪倪

ㄋㄧˊ ①事情的起頭、頭緒：〈端倪〉②姓。

人部8畫

俾

ノ亻亻伯伯伯伸俾俾

ㄅㄧˋ ①使：〈俾能自立〉②益。

造詞 俾使、俾然。

同 使。

人部8畫

倫

ノ亻亻个伶伶伶倫倫倫

ㄌㄨㄣˊ ①人與人之間的正常關係：〈人倫〉②道理：〈倫理〉③條理、次序：〈語無倫次〉④同類、物類：〈不倫不類〉⑤匹配、比較：〈無與倫比〉⑥姓。

造詞 倫常、倫理／天倫、常倫／荒謬絕倫。

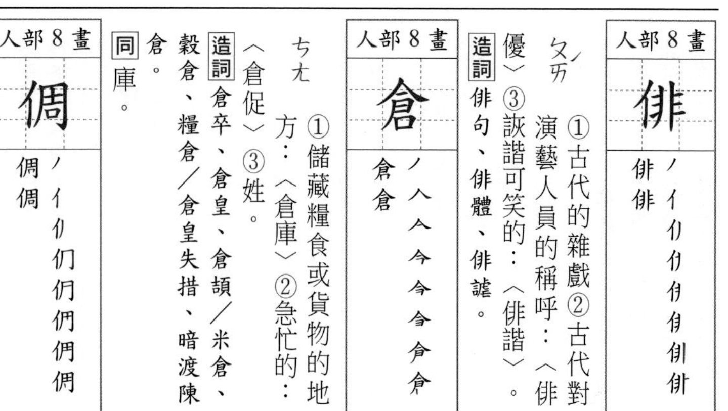

俳
人部8畫

俳俳

ㄆㄞˊ　①古代的雜戲②古代對演藝人員的稱呼：〈俳優〉③詼諧可笑的：〈俳諧〉。

造詞 俳句、俳體、俳謔。

倉
人部8畫

倉倉

ㄘㄤ　①儲藏糧食或貨物的地方：〈倉庫〉②急忙的：〈倉促〉③姓。

造詞 倉卒、倉皇、倉頡／米倉、穀倉、糧倉／倉皇失措、暗渡陳倉。

同 庫。

倜
人部8畫

倜倜

ㄊㄧˋ　①豪爽大方、不受拘束：〈倜儻〉②高遠的：〈倜然〉。

偺
人部9畫

偺偺偺

ㄗㄢˊ　同「咱」，北方人稱「我」、「我們」為「偺」：〈偺們〉。

偽
人部9畫

偽偽偽

ㄨㄟˋ　①欺騙：〈詐偽〉②假的、不真實的：〈偽裝、虛偽〉③不合法的：〈偽政權〉。

造詞 偽造、偽善、偽鈔、偽證、偽君子。

同 佯、詐、假。

停
人部9畫

停停停

ㄊㄧㄥˊ　①止住、不動：〈停止〉②中斷：〈停電〉③安置：〈停車〉④排解糾紛：〈調停〉。

造詞 停工、停火、停留、停頓、停業、停滯、停職。

同 止。

偈
人部9畫

偈偈偈

ㄐㄧㄝˊ　①雄健的樣子②疾馳的樣子。

ㄐㄧˋ　佛家所唱的詞句，四句為一偈，多為頌詞。

假
人部9畫

假假假

ㄐㄧㄚˇ ①借、利用：〈假借〉②不真實的：〈虛假〉③如果：〈假使〉④姓。

ㄐㄧㄚˋ 休息的日子：〈休假〉。

ㄍㄜˊ 通「格」。

ㄒㄧㄚˊ 通「遐」。

造詞 假手、假如、假裝、假日／請假、暑假／假公濟私、假以時日、假戲真做。

反 真。

人部9畫

偃

ㄧㄢˇ ①通「堰」，防水的土堤②仰面倒地：〈偃臥〉③停止：〈偃兵〉④收起、藏起：〈偃旗息鼓〉。

造詞 偃仆、偃仰、偃草／息偃、棲偃。

人部9畫

偌

ㄖㄨㄛˋ ①這麼、那麼：〈偌大〉②姓。

人部9畫

做

ㄗㄨㄛˋ ①從事某種工作或活動：〈做事、做工〉②製造：〈做衣服〉③擔任、當：〈做官〉④舉辦：〈做生日〉。

造詞 做人、做主、做手、做作、做弄、做夢、做壽／做賊心虛、小題大做。

同 作。

人部9畫

偉

ㄨㄟˇ ①大、壯：〈魁偉〉②超出平常的：〈偉大〉③姓。

造詞 偉人、偉業、偉麗／壯偉、雄偉、俊偉。

人部9畫

健

ㄐㄧㄢˋ ①強壯：〈強健〉②善長：〈健談〉③態度莊嚴穩重：〈穩健〉。

造詞 健全、健忘、健康、健將／保健、勇健、剛健。

人部9畫

偶

ㄡˇ ①雕塑的人像：〈木偶〉②伴侶：〈配偶〉③雙數的、成對的：〈偶數〉④恰巧、不經常的：〈偶然、偶遇〉⑤姓。

造詞 偶發、偶像、偶爾／玩偶、佳偶／偶一為之、無獨有偶。

人部9畫

偎

ㄨㄟ　親熱的靠著：〈依偎〉。

造詞 偎留、偎傍、偎愛。

人部9畫

偕

ㄒㄧㄝˊ　共同、一起：〈偕同〉。

ㄐㄧㄝ　人名：〈馬偕〉，加拿大人，對臺灣醫療貢獻良多。

造詞 偕行、偕老。

人部9畫

偵

ㄓㄣ　暗中察看：〈偵察〉。

造詞 偵測、偵候、偵訊、偵探、偵破、偵查、偵緝、偵騎／偵察衛星。

人部9畫

側

ㄘㄜˋ　①傾斜：〈側著身體〉②旁邊的：〈側門〉③偏的：〈側重〉。

造詞 側目、側耳、側面、側聞／兩側、偏側、傾側。

請注意：側和測、廁，音同義不同：「測」是量東西長短或考試，例如：測量、測驗。「廁」是大小便的地方，例如：廁所。

人部9畫

偷

ㄊㄡ　①竊取別人東西的人：〈小偷〉②暗中把別人的東西拿走：〈偷竊〉③抽出時間：〈忙裡偷閒〉④苟且、敷衍：〈偷生〉⑤刻薄的：〈偷薄〉⑥暗地裡、私下：〈偷聽〉。

造詞 偷安、偷情、偷懶、偷襲／偷工減料、偷天換日、偷香竊玉、偷偷摸摸、偷梁換柱、偷雞摸狗。

同 盜。

人部9畫

偏

ㄆㄧㄢ　①不正的、歪的：〈偏旁〉②不公平的：〈偏心〉③非正式的：〈偏房〉④出乎意料的：〈偏不湊巧〉⑤表示相反的意思：〈偏偏〉。

造詞 偏方、偏好、偏向、偏見、偏重、偏食、偏遠。

人部 9 畫

倏

ノ 亻 亻 亻' 亻' 攸 攸 倏 倏 倏

ㄕㄨˋ　急速的：〈倏忽〉。

造詞　倏閃、倏然、倏瞬。

人部 10 畫

傢

ノ 亻 亻' 亻' 亻宀 亻宀 傢 傢 傢 傢

ㄐㄧㄚ　①指一切日用器具：〈傢具〉②對人輕蔑的稱呼：〈傢伙〉。

人部 10 畫

傍

ノ 亻 亻' 亻' 亻' 亻' 亻' 傍 傍 傍

ㄅㄤ　臨近：〈傍晚〉。

ㄅㄤˋ　靠近、依附：〈依山傍水〉。

ㄆㄤˊ　①同「旁」②姓。

造詞　依傍、偏傍、斜傍。

人部 10 畫

傅

ノ 亻 亻 亻 亻 亻 亻 傅 傅 傅

ㄈㄨˋ　①傳授技藝的人：〈師傅〉②姓。

ㄈㄨ　通「敷」，塗抹：〈傅粉〉。

人部 10 畫

備

ノ 亻 亻 亻 亻 亻 亻 備 備 備

ㄅㄟˋ　①裝置、設施：〈設備〉②預防：〈戒備〉③具有：〈具備〉④齊全的：〈完備〉⑤充分的：〈備加辛苦〉。

造詞　備用、備取、備註、備忘／守備、防備、預備、籌備／備而不用、居家必備。

人部 10 畫

傑

ノ 亻 亻 亻 亻 亻 亻 傑 傑 傑

ㄐㄧㄝˊ　①才能出眾的人：〈豪傑〉②特別優秀的：〈傑作〉③才能或成就高超的：〈傑出〉。

造詞　怪傑、俊傑、英傑／地靈人傑。

人部 10 畫

傀

ノ 亻 亻 亻 亻 亻 亻 傀 傀 傀

ㄎㄨㄟˇ　演戲用的木頭人，比喻受人操縱的人：〈傀儡〉。

ㄍㄨㄟ　①偉大的：〈傀偉〉②怪異的：〈傀異、傀奇〉。

人部 10 畫

傖

ノ 亻 亻 亻 亻 亻 亻 傖 傖 傖

ㄘㄤ 鄙視的人：〈傖父〉。

人部 10 畫

傘

ノ 人 人 亼 仐 仐 仐 仐 仐 仐 仐 傘

ㄙㄢˇ ①用來擋雨或遮太陽的器具，用防水的布或油紙製成，有柄可開合：〈雨傘〉②像傘的東西：〈降落傘〉③姓。

造詞 洋傘、打傘、借傘、良心傘、油紙傘。

人部 11 畫

傭

ノ 亻 亻 仁 仿 仿 伂 伂 傭 傭 傭 傭 傭

ㄩㄥ 僕役、受雇做事的人：〈女傭、傭工〉。

造詞 傭兵、傭保／家傭、童傭、僱傭。

人部 11 畫

債

ノ 亻 仁 仁 仕 佳 佳 倩 倩 倩 倩 債 債

ㄓㄞˋ ①欠人家的錢財：〈債務〉②虧欠人家而尚未報答的恩惠或事物：〈人情債〉。

造詞 債主、債券、債權／公債、討債、欠債、負債、還債／債臺高築。

人部 11 畫

傲

ノ 亻 仁 仕 仕 佳 佳 傍 傍 傲 傲 傲 傲

ㄠˋ ①自大而看不起人的樣子：〈傲慢〉②不屈服的：〈傲骨〉。

造詞 傲世、傲睨／狂傲、高傲、驕傲。

同 驕。

人部 11 畫

傳

ノ 亻 亻 仁 伫 伂 伂 伂 俥 俥 俥 傳 傳

ㄔㄨㄢˊ ①古典小說或戲劇的一種：〈傳奇〉②遞、交、轉達：〈傳話〉③散布：〈傳染〉④授與：〈傳授〉⑤命令人來：〈傳喚〉⑥世代相承的：〈龍的傳人〉⑦表達得很像的：〈傳神〉。

ㄓㄨㄢˋ ①解釋經義的書：〈左傳〉②記述個人生平事蹟的作品：〈傳記〉。

造詞 傳布、傳世、傳統、傳說、傳頌、傳播、傳聞、傳遞／自傳、宣傳、家傳、遺傳／傳宗接代、名不虛傳。

人部 11 畫

僅

ノ 亻 仁 什 卄 卄 卄 卄 借 借 僅 僅 僅

ㄐㄧㄣˇ ①少、不多：〈絕無僅有〉②只、不過：〈僅僅〉③大約：〈士卒僅萬人〉。

造詞 僅可、僅夠。

人部 11 畫

傾

ノ亻仁化佢佢佢佰佰佰佰佰傾

ㄑㄧㄥ ①歪、斜：〈傾斜〉②倒出：〈傾酒〉③倒塌：〈傾覆〉④趨向：〈左傾〉⑤嚮往：〈傾慕〉⑥全部：〈傾訴〉⑦設計害人：〈傾陷〉。

造詞 傾心、傾向、傾倒、傾聽／傾盆大雨、傾家蕩產。

人部 11 畫

催

ノ亻亻仙仙仙仙仙伴伴伴催催

ㄘㄨㄟ ①叫人趕快做：〈催促〉②使事物的產生或變化加快：〈催生、催眠〉。

造詞 催科、催趲、催化劑、催淚彈。

人部 11 畫

傷

ノ亻亻仵仵仵仵佰佰傷傷傷

ㄕㄤ ①身體或東西受到的損壞：〈內傷〉②身體受到損壞的人：〈遍地死傷〉③損害：〈傷身〉④冒犯、得罪：〈出口傷人〉⑤妨礙：〈無傷大雅〉⑥悲哀：〈傷心〉⑦因事故得病：〈傷風〉。

造詞 傷口、傷亡、傷神、傷感情／中傷、受傷、悲傷、損傷、負傷、療傷／傷天害理、傷風害俗。

人部 11 畫

傻

ノ亻亻亻伯伯伯伯伯傀傀傻傻

ㄕㄚˇ ①愚笨不聰明的：〈傻瓜〉②忠厚老實而不狡猾：〈傻呼呼〉③發呆的樣子：〈嚇傻了〉。

造詞 傻子、傻眼／傻里傻氣、裝瘋賣傻。

人部 11 畫

傯

ノ亻亻亻伯伯伯伯伯傯傯傯

ㄗㄨㄥˇ 匆忙急促的樣子：〈倥傯〉。

人部 11 畫

傴

ノ亻亻仁仁佢佢佢佢佢佢傴傴

ㄩˇ 駝背的：〈傴僂、傴者不祖〉。

人部 11 畫

僂

ノ亻亻亻伊伊伊伊伊伊僂僂僂

ㄌㄡˇ ①姓②屈曲：〈僂指〉③駝背的：〈傴僂〉。

僧　人部 12 畫

ㄙㄥ　①皈依佛教，出家受戒的男子，即和尚：〈僧侶〉②姓。

造詞　僧人、僧尼、僧徒／法僧、高僧／僧多粥少。

僮　人部 12 畫

ㄊㄨㄥˊ　①通「童」，未成年的人：〈僮子〉②供人使喚的年輕僕人：〈書僮〉③無知的④姓。

ㄓㄨㄤˋ　中國少數民族之一，主要聚居在廣西、雲南：〈僮族〉。現在寫作「壯族」。

造詞　僮僕、僮僮／侍僮、家僮、馬僮、蒙僮。

僥　人部 12 畫

ㄐㄧㄠˇ　①意外獲得利益或免於不幸的事：〈僥幸〉②姓。

ㄧㄠˊ　古代傳說中的矮人族：〈僬（ㄐㄧㄠ）僥〉。

造詞　僥人、僥競。

同　儌、徼。

僭　人部 12 畫

ㄐㄧㄢˋ　超過本分、職權或資格：〈僭越〉。

造詞　僭用、僭取、僭稱。

僚　人部 12 畫

ㄌㄠˊ　①官吏：〈官僚〉②同事：〈同僚〉。

僕　人部 12 畫

ㄆㄨˊ　①供人使喚服勞役的人：〈僕人、僕役〉②自稱的謙虛用詞，常用在書信上③勞苦的樣子：〈風塵僕僕〉。

造詞　家僕、老僕、奴僕。

像　人部 12 畫

ㄒㄧㄤˋ　①人物的形象：〈肖像〉②模仿人物的外形而做成的作品：〈畫像、神像〉③相似：〈他長得很像他爸爸〉④譬如，舉例、引證所用的詞：〈像他這樣做，一定不會成功〉⑤似乎：〈像要下雨了〉。

造詞 像是、像話／幻像、好像、現像、想像、形像、照像、偶像、假像／像模像樣。

請注意：「像」和「象」不同。同是名詞用法，「像」指以模仿、比照等方法製成的人或物的形象，如：「畫像」「錄像」「偶像」「人像」「神像」「塑像」「圖像」「肖像」「繡像」「遺像」「影像」「攝像」等；「象」指自然界、人或物等的形態、樣子，如：「表象」「病象」「形象」「脈象」「氣象」「旱象」「景象」「幻象」「天象」「意象」「印象」「星象」「假象」「險象」「萬象更新」「物象」等。

人部 12 畫

僑

ノ 亻 亻 仁 仟 仸 仸 仸 侨 侨 侨 僑 僑 僑

ㄑㄧㄠˊ 僑 ①寄居外國的人：〈華僑〉②寄居異地的人：〈僑商〉③旅居、寄居：〈僑居〉④姓。

造詞 僑生、僑民、僑胞、僑領／外僑、美僑。

人部 12 畫

僱

ノ 亻 亻 亻 仿 仿 仿 仿 仿 仿 仿 僱 僱 僱

ㄍㄨˋ 僱 ①出錢請人做事：〈僱人搬運〉②租用：〈僱車〉③受人聘用的：〈僱員〉。

造詞 僱主、僱役、僱傭。

同 雇。

人部 13 畫

億

ノ 亻 亻 亻 亻 亻 亻 倍 倍 倍 倍 億 億 億

ㄧˋ ①數目名，就是一萬萬。表示數目非常多：〈億兆、億萬富翁〉②通「臆」，推測：〈億測〉③姓。

人部 13 畫

儀

ノ 亻 亻 亻 亻 亻 亻 佯 佯 佯 佯 儀 儀 儀

ㄧˊ ①舉止容貌：〈儀容〉②按程序進行的禮節：〈儀式〉③禮物：〈賀儀〉④測量、繪圖等可作準則的器具：〈儀器〉⑤愛慕、傾向：〈心儀〉。

造詞 儀仗、儀表、儀隊、儀態／奠儀、禮儀、葬儀、地球儀／儀態萬千。

人部 13 畫

僻

ノ 亻 亻 亻 亻 亻 亻 侣 侣 侣 侣 僻 僻 僻

ㄆㄧˋ ①偏遠的、不熱鬧的：〈偏僻〉②不常見的：〈冷僻〉③性情古怪不合群的：〈孤僻〉④不正的：〈邪僻〉⑤不普通的：〈生僻〉⑥幽隱的：〈僻靜〉。

造詞 僻見、僻陋、僻壞／怪僻。

人部 13 畫

僵

丿 亻 仁 𠆢 佰 佰 佰 僵 僵 僵 僵 僵 僵

ㄐㄧㄤ ①跌倒：〈僵仆〉②不靈活：〈僵化、僵硬〉③雙方相持不下：〈僵持〉。

造詞 僵局、僵立／凍僵。

人部 13 畫

價

丿 亻 仁 𠆢 佰 佰 佰 價 價 價 價 價 價

ㄐㄧㄚˋ ①東西所值的錢：〈價錢〉②人、事、物抽象的名望或價值：〈身價〉。

˙ㄍㄚ 語尾助詞，相當於「地」字：〈震天價響〉。

造詞 價目、價格、價值、價碼／代價、估價、定價、物價、評價、特價、廉價、漲價／價廉物美、討價還價。

人部 13 畫

儂

丿 亻 仆 仰 仰 伂 伂 伂 儂 儂 儂 儂 儂

ㄋㄨㄥˊ ①同「我」，江、浙一帶的方言，舊時常用於詩文、小說中：〈儂家〉②同「你」，上海一帶的方言：〈謝謝儂〉③姓。

人部 13 畫

儈

丿 亻 个 伶 伶 伶 伶 儈 儈 儈 儈 儈 儈

ㄎㄨㄞˋ ①替別人做買賣，從中抽取佣金的人，俗稱「掮客」：〈市儈〉②姓。

人部 13 畫

儆

丿 亻 仁 仁 仁 仁 仁 儆 儆 儆 儆 儆 儆

ㄐㄧㄥˇ 警戒，通「警」：〈儆戒無虞、儆醒〉。

人部 13 畫

儉

丿 亻 个 伶 伶 伶 伶 儉 儉 儉 儉 儉 儉

ㄐㄧㄢˇ ①節省不浪費：〈節儉〉②樸素不華麗：〈儉樸〉③姓。

造詞 儉約、儉素／勤儉、廉儉／儉以養廉、克勤克儉。

人部 14 畫

儒

丿 亻 仁 仁 仁 仁 仁 儒 儒 儒 儒 儒 儒 儒

ㄖㄨˊ ①有學問道德的人：〈儒生〉②孔子和孟子的學說：〈儒家〉③矮小的人：〈侏儒〉。

造詞 儒士、儒林、儒雅、儒學／名儒、碩儒、雅儒／博學鴻儒。

人部 14 畫

儘

丿 亻 仁 伊 伊 伊 伊 儘 儘 儘 儘 儘 儘 儘

ㄐㄧㄣˇ ①極盡、最：〈儘可能〉②任憑、不加限制：〈儘管〉。

造詞 儘快、儘量、儘讓。

請注意：①「儘」和「盡」音異義不完全相同：「盡」音ㄐㄧㄣˋ有完全用出的意思，例如：盡情②「儘量」也寫作「盡量」，都指盡力去做。

人部 14 畫

儐

ㄅㄧㄣ 導引、接待：〈儐相〉。

人部 14 畫

儔

ㄔㄡˊ ①伴侶：〈鸞儔鳳侶〉②類別：〈儔類〉。

人部 15 畫

優

ㄧㄡ ①舊時稱演藝人員：〈優伶〉②美好的：〈優美〉③好的、上等的：〈優勢〉④充足的：〈優裕〉。

造詞 優先、優劣、優良、優秀、優待、優異、優勝／特優、績優／優柔寡斷、優遊自在。

同 豐、勝。

反 劣。

人部 15 畫

償

ㄔㄤˊ ①報酬：〈償金〉②歸還：〈償還〉③補足：〈得不償失〉④滿足：〈如願以償〉。

造詞 償命、償債、償願／清償、賠償、補償、報償。

人部 15 畫

儡

ㄌㄟˇ ①演戲用的木偶：〈傀儡〉②敗壞：〈儡身〉。

人部 15 畫

儲

ㄔㄨˊ ①即將繼承王位的人：〈皇儲〉②把東西收藏存放起來：〈儲藏〉③姓。

造詞 儲存、儲君、儲蓄／屯儲、積儲。

人部 19 畫

儷

ㄌㄧˋ ①配偶：〈伉儷（夫婦）〉②成雙成對的：〈儷人〉。

造詞 儷句、儷影、儷辭／淑儷、

駢儷。

儼 人部20畫

丿亻亻'亻''亻'''亻''''伵伵伵伵儼儼儼儼儼儼儼儼儼

ㄧㄢˇ ①莊重恭敬的樣子：〈道貌儼然〉②好像：〈儼若、儼然〉。

儻 人部20畫

丿亻亻'亻''亻'''亻''''亻'''''亻'''''儻儻儻儻儻儻儻儻儻儻儻儻儻

ㄊㄤˇ ①意外的：〈儻來〉②通「倘」，如果：〈儻使〉③不受拘束，豪爽大方：〈倜儻〉。

儿部 ㄖㄣˊ

兀 儿部1畫

一丆兀

ㄨˋ ①高聳而頂端平坦的：〈奇峰突兀〉②獨自：〈兀立、兀坐〉③還是：〈兀自〉。

造詞 兀兀、兀傲、兀鷹。

元 儿部2畫

一二テ元

ㄩㄢˊ ①我國朝代名：〈元朝〉②通「圓」，貨幣的單位：〈銀元〉③代數中表示未知數：〈一元一次方程式〉④開始的：〈元年、元旦〉⑤為首的、領導的：〈元首〉⑥居正位的：〈元配〉⑦構成整體的：〈單元〉⑧姓。

造詞 元老、元帥、元氣、元宵、元素、元寶／上元、中元、紀元、美元／元元本本。

允 儿部2畫

ㄥㄙ允允

ㄩㄣˇ ①答應、准許：〈允許〉②恰當的、適當的：〈公允、允當〉③確實的：〈允稱妥善〉④姓。

造詞 允洽、允從、允諾／允文允武、允執厥中。

同 許。

充 儿部3畫

一ㄊ云产充

ㄔㄨㄥ ①擔任：〈充任〉②裝滿、塞滿：〈充滿〉③假冒：〈冒充〉④盡：〈充其量〉⑤姓。

造詞 充分、充公、充斥、充沛、充足、充裕、充電、充實／補充、填充、擴充、假充／充耳不聞。

同 滿。

兄

儿部 3 畫

丨 ㄇ 口 尸 兄

ㄒㄩㄥ ①哥哥：〈兄長、兄弟〉②朋友之間的敬稱：〈仁兄、老兄〉。

造詞 令兄、父兄、弟兄、家兄／兄友弟恭、兄終弟及。

同 哥。

光

儿部 4 畫

丨 ⺌ 业 ⺍ 屰 光

ㄍㄨㄤ ①物體本身發出或因反射而發出的明亮現象：〈陽光〉②榮耀：〈為國爭光〉③景色：〈湖光山色〉④露出：〈光著腳〉⑤用完：〈花光〉⑥發展、顯揚：〈發揚光大〉⑦明亮的：〈光明〉⑧平滑的：〈光滑〉⑨只：〈光說不做〉⑩稱人來的敬詞：〈光臨〉⑪姓。

造詞 光年、光芒、光陰、光復、光榮、光澤、光線、光輝／月光、精光、借光、餘光、觀光、風光／光明正大、光天化日、光陰似箭、光耀奪目。

兇

儿部 4 畫

ノ 乂 凶 凶 兇 兇

ㄒㄩㄥ ①同「凶」，殺害人的人或事：〈兇手、行兇〉②驚慌恐懼：〈兇懼〉③強悍不講理的：〈兇惡〉。

造詞 兇狠、兇猛、兇險。

同 惡。

兆

儿部 4 畫

丿 丬 丬 兆 兆 兆

ㄓㄠˋ ①古代燒龜甲獸骨後所顯現的裂痕，用來預卜吉凶②事前顯示的跡象：〈預兆〉③數目名，就是一萬億④眾多的：〈兆名〉⑤姓。

造詞 兆庶、兆頭／吉兆、前兆、先兆、徵兆。

同 占。

先

儿部 4 畫

ノ ㇒ 屮 生 失 先

ㄒㄧㄢ ①祖宗：〈祖先〉②很重要，必須急著去做的事：〈救人為先〉③時間或次序在前的：〈先例〉④稱已死的人：〈先父〉⑤首要的：〈百善孝為先〉。

造詞 先天、先知、先烈／爭先、原先、搶先／先入為主、先見之明、先睹為快。

反 後。

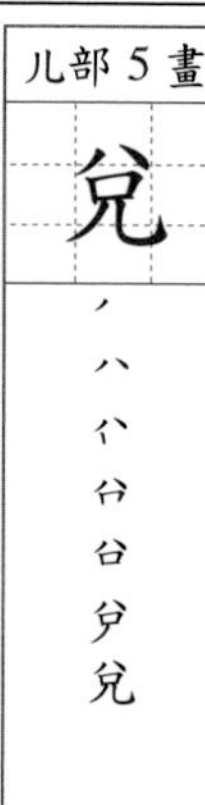

儿部 5 畫

兌

ㄉㄨㄟˋ　①易經八卦之一，卦形是「☱」，代表沼澤②交換：〈兌現、兌換〉③支出：〈兌付〉。

ㄩㄝˋ　通「說」：〈兌命〉。

儿部 5 畫

克

一 十 𠂇 古 古 声 克

ㄎㄜˋ　①國際制定的標準重量單位名，公克的簡稱②制服：〈克服〉③戰勝：〈克復〉④節制：〈克己〉⑤能夠：〈克勤克儉、不克〉。

造詞　克制、克難、克敵／克己愛人、克敵致勝。

同　勝、能。

儿部 5 畫

免

ㄇㄧㄢˇ　①逃避：〈避免〉②不被某些事務所牽涉：〈免禮、免疫〉③除去：〈免費〉④不可：〈閒人免進〉⑤姓。

ㄨㄣˋ　通「絻（ㄨㄣˋ）」，喪服：〈免服〉。

造詞　免稅、免罪、免不了／不免、任免、罷免、難免／免開尊口。

儿部 6 畫

兔

ㄊㄨˋ　哺乳動物名，耳長尾短，跳得很快：〈兔脫〉。

造詞　兔毫、兔脣／守株待兔、兔死狗烹。

請注意：「兔」指兔子或引申作逃跑，如：「兔脫」；「菟」是一種草本植物，如：「菟絲花」。二字不可通用。

儿部 6 畫

兒

ㄦˊ　①小孩子：〈兒童〉②父母稱子女，或子女對父母的自稱：〈我兒、孩兒〉③年輕男子：〈中華男兒〉。

ㄋㄧˊ　姓，通「倪」。

造詞　兒女、兒孫、兒歌、兒媳／女兒、胎兒、花兒、一會兒／兒女情長。

儿部 7 畫

兗

ㄧㄢˇ　古代的九州之一，在今河北、山東一帶：〈兗州〉。

兜
儿部 9 畫

ㄉㄡ ①衣服等物的小口袋，可用來裝東西：〈布兜〉②穿在胸腹前的衣物：〈肚兜、圍兜〉③圍繞：〈兜圈子〉④招攬：〈兜售〉⑤把衣物弄成袋形，用來裝東西：〈兜了一裙子的草莓〉。

造詞 兜風、兜攬。

兢
儿部 12 畫

ㄐㄧㄥ 小心謹慎的樣子：〈戰戰兢兢、兢兢業業〉。

入部 ㄖㄨˋ

入
入部 0 畫

ㄖㄨˋ ①古音中的第四聲，發音短促而急：〈入聲〉②進，由外面到裡面：〈入場〉③收進的錢、所得：〈收入〉④參加組織，成為成員：〈入學〉⑤到、達：〈入夜〉⑥沉沒：〈日入而息〉⑦適合、切合：〈入耳〉⑧隨便亂放：〈鞋子不知入到哪裡去了？〉⑨私下把東西給人：〈他入給我一個蘋果〉⑩陷入：〈一腳入到泥裡去了〉。

造詞 入土、入口、入伍、入門、入迷、入骨、入席、入神、入超、入圍、入境、入選／介入、出入、納入、歲入／入不敷出、入木三分。

反 出。

內
入部 2 畫

ㄋㄟˋ ①裡面，和「外」相對：〈內衣〉②家務事：〈女主內〉③對別人稱自己的妻子：〈內人〉④裡面的：〈內部組織〉⑤熟悉的：〈內行〉。

ㄋㄚˋ 同「納」，接受：〈內職〉。

造詞 內功、內疚、內科、內急、內政、內容、內幕／戶內、校內、圈內、國內／內憂外患。

全
入部 4 畫

ㄑㄩㄢˊ ①使完整不受損害：〈保全〉②整個的：〈全家〉③都、皆：〈全來了〉④完備的：〈齊全〉⑤平安：〈安全〉⑥姓。

造詞 全民、全班、全面、全部、全然、全集、全勤、全體／完全、齊全、萬全／全神貫注、全力以赴、十全十美。

入部6畫 兩

一 丅 帀 帀 兩 兩 兩 兩

ㄌㄧㄤˇ ①重量單位，一兩等於十錢②數目：〈兩個人〉③成雙的：〈兩岸〉④另外的、不同的：〈兩回事〉⑤幾個、少數的（不一定是二）：〈過兩天〉。

ㄌㄧㄤˋ 通「輛」，計算車子的單位。

造詞 兩性、兩極、兩口子／兩小無猜、兩全其美。

同 二。

八部 ㄅㄚ

八部0畫 八

ノ 八

ㄅㄚ 用在四聲或輕聲字前時，可讀ㄅㄚˊ。①數目名，大寫是「捌」，阿拉伯數字寫作「8」②表示多方面：〈四通八達〉③形容很亂：〈亂七八糟〉。

造詞 八仙、八成、八字、八卦／三八、王八、臘八／八面玲瓏、八拜之交。

八部2畫 六

丶 亠 六 六

ㄌㄧㄡˋ 數目名，大寫是「陸」，阿拉伯數字寫作「6」。

ㄌㄨˋ ①古國名，今安徽省六安縣②姓。

造詞 六合、六書、六畜／六神無主、六親不認。

八部2畫 兮

ノ 八 八 兮

ㄒㄧ 文言文的語助詞，沒有意義：〈風蕭蕭兮易水寒……〉。

八部2畫 公

ノ 八 公 公

ㄍㄨㄥ ①祖父：〈外公〉②丈夫的父親：〈公婆〉③古時五等爵位的第一等：〈公、侯、伯、子、男〉④稱年老的男子：〈張公〉⑤有關眾人的事：〈辦公、洽公〉⑥宣布：〈公告〉⑦屬於大家共有的：〈公物〉⑧雄性的：〈公雞〉⑨沒有私心的：〈公平〉⑩國際通用的：〈公斤〉。

造詞 公元、公司、公民、公共、公式、公休、公害、公道／天公、從公、奉公／公而忘私、公事公辦。

八部 4 畫

共

一 十 廾 廾 共 共

ㄍㄨㄥˋ ①共產黨的簡稱：〈中共〉②總計：〈總共〉③一起：〈共同〉。

ㄍㄨㄥ ①通「恭」，恭敬②通「供」，給予③姓。

ㄍㄨㄥˇ 通「拱」，兩手環繞胸前，表示尊敬：〈共手〉。

造詞 共犯、共和、共享、共事／一共、反共、公共、與共／共聚一堂、共襄盛舉。

八部 5 畫

兵

㇀ 𠂆 𠂇 斤 丘 乒 兵

ㄅㄧㄥ ①打仗用的武器：〈兵器〉②打仗的軍人：〈士兵〉③戰事：〈紙上談兵〉④軍隊：〈用兵〉⑤用武器攻打：〈先禮後兵〉⑥屬於軍事的：〈兵書〉。

造詞 兵力、兵家、兵營、兵變／步兵、砲兵、騎兵、傘兵／兵來將擋、兵荒馬亂。

八部 6 畫

具

丨 冂 日 月 目 且 具 具

ㄐㄩˋ ①器物：〈工具〉②才能：〈才具〉③計算器物的單位：〈一具電話〉④備有：〈具備〉⑤寫出來：〈具名〉⑥準備：〈謹具薄禮〉⑦有形體且實際存在的：〈具象〉⑧姓。

造詞 具結、具體、具保／文具、器具、玩具、面具／具體而微。

八部 6 畫

其

一 十 廿 廿 甘 甘 其 其

ㄑㄧˊ ①第三人稱代名詞，他(它)、他們(它們)：〈出其不意、順其自然〉②他的、他們的：〈其貌不揚〉③這、那：〈正當其時〉④語末助詞：〈尤其、極其〉。

ㄐㄧ ①人名：〈酈食(ㄧˋ)其〉(漢代人)②放在語尾，表示疑問：〈夜如何其〉。

造詞 其中、其他、其次、其實／其樂無窮。

八部 6 畫

典

丨 冂 日 由 曲 曲 典 典

ㄉㄧㄢˇ ①可以當作依據或模仿的標準：〈字典、典型〉②儀式：〈典禮〉③古書中可以引用的故事：〈典故〉④主持、掌管：〈典試、典獄〉⑤抵押：〈典當〉⑥姓。

造詞 典雅、典範、典藏、典籍／古典、事典、經典。

八部 8 畫

兼

丶 丷 䒑 ⺷ ⺷ ⺷ 兼 兼 兼 兼

ㄐㄧㄢ ①合併：〈兼併〉②同時擔任幾種工作：〈兼任、兼差〉③同時涉及或具有幾方面的情況：〈兼備〉④姓。

造詞 兼程、兼職、兼愛、兼顧／兼善天下、兼容並蓄。

八部 14 畫

冀

丨 丬 丬 北 北 北 北 北 北 北 冀 冀 冀 冀

ㄐㄧˋ ①河北省的簡稱②希望：〈希冀、冀望〉③姓。

同 希。

冂部

ㄐㄩㄥ

冂部 3 畫

冉

丨 冂 冂 冄 冉

ㄖㄢˇ ①慢慢移動的樣子：〈冉冉〉②姓。

冂部 3 畫

冊

丨 冂 冂 冂 冊

ㄘㄜˋ ①古代寫在竹片上串結而成的書，泛稱整本書或簿本：〈畫冊、紀念冊〉②計算書的單位：〈十冊好書〉③夾有繡花圖樣的紙本：〈樣冊子〉。

造詞 冊子、冊封、冊府／名冊、手冊、簡冊、集郵冊。

同 策。

冂部 4 畫

再

一 𠂆 丆 百 再 再

ㄗㄞˋ ①又一次：〈再版〉②持續下去：〈再接再厲〉③更加：〈再好也沒有了〉。

造詞 再三、再生、再見、再來、再度、再現、再會、再說、再審。

同 二。

冂部 7 畫

冒

丨 冂 冃 冃 冃 冐 冐 冒 冒

ㄇㄠˋ ①頂著，不顧一切去做：〈冒著風雨、冒險犯難〉②假裝：〈冒充〉③言行輕率，侵犯到別人：〈冒昧、冒犯〉④向上衝、散發：〈冒煙〉⑤姓。

ㄇㄛˋ 人名，漢初匈奴領袖：〈冒頓（ㄉㄨˊ）〉。

造詞 冒火、冒失、冒名、冒牌、

冒險、冒號／仿冒、假冒、感冒。

同 犯。

請注意：「冒」字上半是「冃」(ㄇㄠˋ)，不是「曰」(ㄩㄝ)。

冂部 7 畫

冑

ㄓㄡˋ 古代戰士打仗時所穿戴的衣飾：〈甲冑〉。

請注意：「冑」和「胄」音同義不同。從「肉」部的「胄」指後世子孫。

冂部 9 畫

冕

ㄇㄧㄢˇ ①古時大夫以上的官所戴的禮帽：〈加冕、冠冕〉②姓。

冂部 10 畫

最

ㄗㄨㄟˋ ①極、尤、無比的：〈最好〉②姓。

造詞 最近、最後、最大、最速件／最後通牒。

冖部 ㄇㄧˋ

冖部 2 畫

冗

ㄖㄨㄥˇ ①沒有必要，多餘的：〈冗員〉②繁雜的：〈冗雜〉。

造詞 冗兵、冗長、冗費、冗筆、冗職。

冖部 7 畫

冠

ㄍㄨㄢ ①指帽子：〈王冠、衣冠楚楚〉②形狀像帽子的東西：〈雞冠〉③姓。

ㄍㄨㄢˋ ①古時男子二十歲時，所舉行的成人儀式：〈冠禮〉②首位、第一名：〈冠軍〉③最優秀的：〈技冠群倫〉④附加的：〈冠夫姓〉。

造詞 冠冕、冠詞、冠毛／桂冠、皇冠、弱冠、高冠／冠蓋雲集、怒髮衝冠。

冖部 8 畫

冤

ㄩㄢ 俗字寫作「寃」①仇恨：〈結冤〉②被加上不該有的罪名、委屈：〈冤枉〉③無辜而受刑罰的：〈冤獄〉。

造詞 冤仇、冤屈、冤家、冤魂／含冤、伸冤、蒙冤／冤家路窄、冤冤相報。

冖部 8畫

冥

丶 冖 冖 冂 冃 冐 冒 冥 冥

ㄇㄧㄥˊ ①人死後所住的世界：〈冥間〉②和人死後有關的事物：〈冥紙〉③昏暗不明的：〈晦冥〉④愚昧的：〈冥頑不靈〉⑤深沉的：〈冥想〉。

造詞 冥合、冥府、冥冥、冥器、冥誕。

冖部 8畫

冢

丶 冖 冖 冖 冢 冢 冢 冢 冢 冢

ㄓㄨㄥˇ ①高大的墳墓：〈野冢〉②山頂：〈山冢〉③排行最大的：〈冢子〉④偉大的：〈冢宰（周代最大的官）〉。

冖部 14畫

冪

丶 冖 冖 冖 冖 冖 冖 冪 冪 冪 冪 冪 冪 冪

ㄇㄧˋ ①覆蓋器物的布巾②數學上把一數自乘若干次的積數，例如：二次冪就是平方。

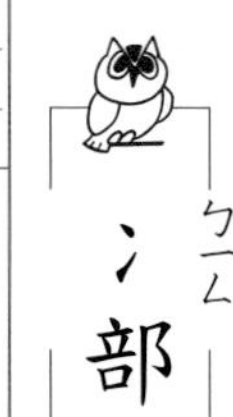

冫部

ㄅㄧㄥ

冫部 3畫

冬

ノ ク 夂 冬 冬

ㄉㄨㄥ ①一年四季中的最後一季，陽曆的十二月到次年二月，陰曆的十月到十二月：〈冬季〉②代表一年的時間：〈好年冬〉③姓。

造詞 冬令、冬至、冬瓜、冬眠、冬烘／立冬、寒冬、嚴冬、補冬。

冫部 4畫

冰

丶 冫 冫 冰 冰 冰

ㄅㄧㄥ ①水在攝氏零度以下所凝結成的固體：〈冰塊〉②用冰塊或冰箱來防腐或降低溫度：〈冰凍〉③像冰的東西：〈冰糖〉④寒冷的：〈冰冷〉⑤清高不俗的：〈冰心〉⑥潔白像冰的：〈冰肌玉膚〉⑦用冷淡的態度對待人：〈冷冰冰的面孔〉⑧姓。

造詞 冰山、冰刀、冰河、冰涼、冰箱、冰枕、冰點／刨冰、結冰、溜冰／冰天雪地、冰清玉潔。

冫部 5畫

冶

丶 冫 冫 冶 冶 冶 冶

ㄧㄝˇ ①把金屬鎔化：〈冶金、冶煉〉②造就、訓練：〈陶冶〉③裝飾容貌：〈冶容〉

④美麗的：〈妖冶、冶豔〉⑤姓。

同 鑄。

冷

冫部5畫

丶 冫 冫丿 冫人 冫亼 冷 冷

ㄌㄥˇ ①溫度低，與「熱」相反：〈寒冷〉②不熱情的：〈冷淡〉③寂靜的：〈冷清〉④生僻、少見的：〈冷門〉⑤有理智的：〈冷靜〉⑥輕視、看不起：〈冷笑〉⑦突然，趁人不注意：〈冷不防〉⑧姓。

造詞 冷卻、冷落、冷漠、冷酷、冷場、冷僻、冷鋒、冷戰、冷藏／冰冷、清冷、陰冷、淒冷／冷清清、冷言冷語、冷若冰霜、冷眼旁觀。

同 寒。

反 熱。

請注意：「冷」很容易和「泠」混淆。「泠」音ㄌㄧㄥˊ，「水部」，是形容聲音清澈。而「冷若冰霜」是形容人的表情嚴肅，如寒冰般，所以當用「冷」才正確。

冽

冫部6畫

丶 冫 冫一 冫丆 冫歹 冫歹 冽 冽

ㄌㄧㄝˋ 寒冷：〈北風凜冽〉。

造詞 清冽、嚴冽。

凍

冫部8畫

丶 冫 冫一 冫丆 冫丙 冫百 冫亘 凍 凍 凍

ㄉㄨㄥˋ ①含有膠質的食品遇冷而凝結成塊狀：〈果凍〉②液體遇冷而凝結：〈冷凍〉③受寒氣侵襲：〈凍得發抖〉④停止提取或支付存款：〈凍結資金〉⑤不暖的：〈凍餒〉⑥姓。

造詞 凍結、凍僵、凍瘡／天寒地凍。

請注意：冰和凍不同：水剛凝結叫「冰」，冰硬了叫「凍」。

凌

冫部8畫

丶 冫 冫十 冫土 冫夫 冫夫 凌 凌

ㄌㄧㄥˊ ①堆積的冰塊：〈冰凌〉②侵犯、欺侮：〈欺凌〉③升高：〈凌空〉④逼近、接近：〈凌晨〉⑤雜亂的：〈凌亂〉⑥姓。

造詞 凌虐、凌辱、凌駕、凌霄／凌雲壯志。

准

冫部8畫

丶 冫 冫丿 冫亻 冫亻 冫仁 准 准 准

ㄓㄨㄣˇ ①同意、許可：〈准許〉②依據、按照，是公文上的用語：〈准此〉③決定：〈准於某日公演〉④比照、非正式的：〈准尉〉。

造詞 不准、批准、照准。

冫部 8 畫

凋

丶 冫 冫 冂 冃 冋 凋 凋 凋 凋

ㄉㄧㄠ ①枯萎：〈凋謝〉②衰敗：〈民生凋敝〉。

造詞 凋萎、凋零、凋落。

冫部 13 畫

凜

丶 冫 冫 冫 冫 冫 冫 冫 冫 凜 凜 凜 凜

ㄌㄧㄣˇ ①寒冷的：〈凜冽〉②嚴肅可畏的樣子：〈凜然、凜烈〉。

造詞 威風凜凜。

冫部 14 畫

凝

丶 冫 冫 冫 冫 冫 冫 冫 冫 凝 凝 凝 凝 凝

ㄋㄧㄥˊ ①受冷而由氣體變成液體或由液體變成固體：〈凝結〉②注意力集中：〈凝神〉。

造詞 凝固、凝望、凝重、凝視、凝聚。

几部 ㄐㄧ

几部 0 畫

几

丿 几

ㄐㄧ 矮小的桌子：〈茶几〉。

造詞 明窗淨几。

几部 9 畫

凰

丿 几 几 几 几 几 几 凰 凰 凰 凰

ㄏㄨㄤˊ 古代傳說中的一種吉祥鳥，雌的叫「凰」，雄的叫「鳳」：〈鳳凰〉。

几部 10 畫

凱

丨 山 山 山 岂 岂 岂 岂 凱 凱

ㄎㄞˇ ①戰勝時所演奏的樂曲：〈奏凱〉②勝利：〈凱旋〉。

造詞 凱子、凱歌、凱旋門。

几部 12 畫

凳

丿 ㇇ 癶 癶 癶 癶 癶 登 登 登 凳 凳

ㄉㄥˋ 指一種沒有扶手、靠背的椅子：〈凳子、板凳、矮凳〉。

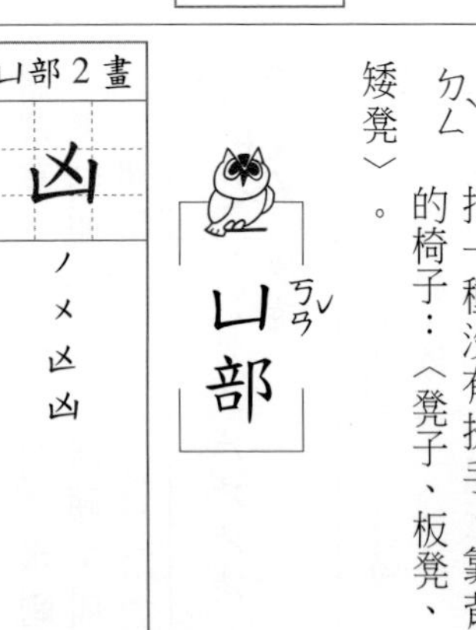

凵部 2 畫

凶

丿 乂 㐫 凶

ㄒㄩㄥ ①殺害人的行為：〈行凶〉②狠惡、殘暴的：〈凶狠〉③不幸的、不好的，和「吉」相反：〈凶兆〉④嚴重的、厲害的：〈雨勢很凶〉⑤農作物收成不好：〈凶年〉。

造詞 凶手、凶惡、凶悍、凶器／元凶、吉凶、除凶。

同 兇。

反 吉。

凵部3畫

凹

ㄠ ①物體某部分陷下或縮進：〈凹進去〉②四周高、中間低的：〈凹透鏡〉③凹入的地方：〈鼻凹〉。

同 窪。

反 凸。

凵部3畫

凸

ㄊㄨˊ ①周圍低，中間高的：〈凸透鏡〉②漸漸突起來：〈凸著腮幫子〉。

反 凹。

凵部3畫

出

ㄔㄨ ①從裡面到外面：〈出去〉②發生：〈出事〉③生產、生長：〈出產〉④支付：〈出錢、支出〉⑤顯露：〈出面、出沒〉⑥超過：〈出界、不出三年〉⑦做某些事：〈出席、出勤〉⑧來到：〈出題、出主意〉⑨發洩：〈出怨氣〉⑩孩子生下來：〈出生〉。

造詞 出口、出手、出色、出身、出來、出版、出息、出神、出現、出發、出賣、出錯、出國、出醜、出風頭／日出、進出、傑出、特出／出人頭地、出口成章、出奇制勝、出生入死、出神入化、出類拔萃。

反 進、入。

凵部6畫

函

ㄏㄢˊ ①書信：〈信函〉②盒子：〈劍函〉③姓。

造詞 函件、函授、函數／來函、密函、電函、邀請函。

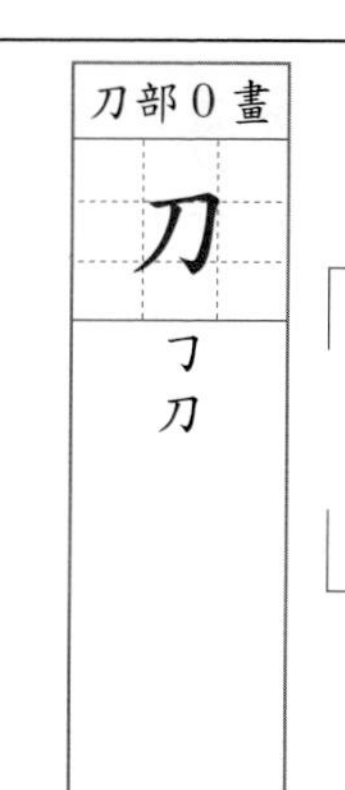

刀部

ㄉㄠ

刀部0畫

刀

ㄉㄠ　①兵器：〈刀劍〉②用鐵或鋼製成，用來切、割、削、斬的器具：〈菜刀、剪刀〉③計算紙張的單位，一百張叫一刀：〈一刀稿紙〉④姓。

造詞 刀刃、刀背、刀鋒／寶刀、快刀／刀光劍影、笑裡藏刀。

刀部0畫

刁

ㄱ 刁

ㄉㄧㄠ　①狡猾、狡詐：〈刁鑽古怪〉②姓。

造詞 刁滑、刁悍、刁頑、刁難、刁蠻。

刀部1畫

刃

ㄱ 刀 刃

ㄖㄣˋ　①刀口，刀劍最鋒利的部分：〈刀刃〉②刀、劍的代稱：〈利刃〉③用刀殺人：〈手刃仇敵〉。

造詞 兵刃、劍刃、自刃。

刀部2畫

分

ノ 八 分 分

ㄈㄣ　①長度名，一寸的十分之一 ②重量名，一錢的十分之一 ③面積名，一畝的十分之一 ④幣制名，一角的十分之一 ⑤角度名，一度的六十分之一 ⑥時間名，一小時的六十分之一 ⑦計算成績的單位：〈一百分〉⑧節氣名：〈春分〉⑨數學名詞：〈真分數〉⑩差別：〈大小之分〉⑪區隔開，和「合」相反：〈分開〉⑫散發：〈分配〉⑬辨別：〈分辨〉⑭由總機構分出來的：〈分公司〉⑮表示程度：〈十分高興〉。

ㄈㄣˋ　①通「份」，數量單位，一組或一件：〈二分禮物〉②名位、職責與權利的範圍：〈職分、身分〉③整體中的一個單位：〈部分、成分〉。

造詞 分子、分外、分別、分明、分析、分發、分裂、分量、分號、分離、分類／天分、區分、十分、本分、滿分、處分、股分／分工合作、分身乏術。

刀部2畫

切

一 七 切 切

ㄑㄧㄝ　①數學名詞，幾何學上直線與圓周，或圓周與圓周在一點上相遇，稱為「切」：〈切點〉②用器具割斷：〈切開〉。

ㄑㄧㄝˋ　①接近、符合：〈切題〉②磨：〈咬牙切齒〉③密合、親近：〈切身、親切〉④急迫：〈迫切、求好心切〉⑤務必：〈切記〉⑥實在：〈切實〉。

造詞 切中、切合、切磋、切膚／一切、深切、熱切、殷切／切切私語、切中時弊。

同 斬、割。

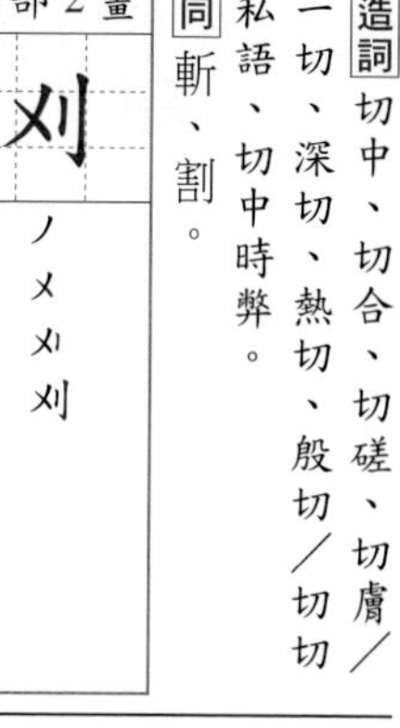

刀部 2 畫

刈

ノ ㄨ ㄨ丨 刈

ㄧˋ ①鐮刀 ②割：〈刈草、刈麥〉。

刀部 3 畫

刊

一 二 干 刊 刊

ㄎㄢ ①書報雜誌的總稱：〈週刊、月刊、校刊〉②書報的排印：〈刊行〉③刻：〈刊石〉④發表、登載：〈刊登、刊載〉。

造詞 刊印、刊物、刊頭／創刊、停刊、增刊、新刊。

請注意：「刊」的第一筆是一橫，不是一撇。

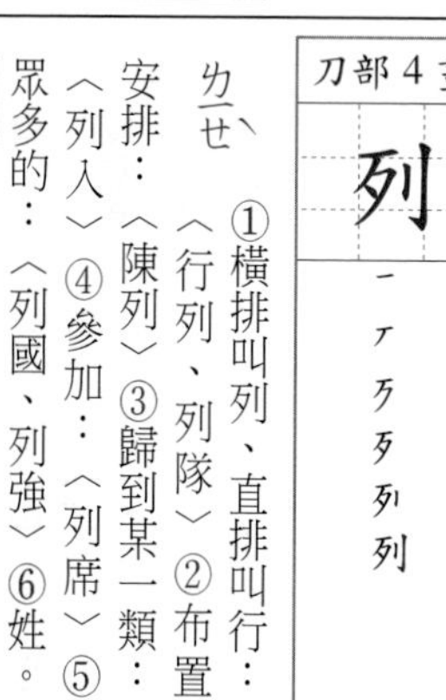

刀部 4 畫

列

一 ア 歹 歹 列 列

ㄌㄧㄝˋ ①橫排叫列、直排叫行：〈行列、列隊〉②布置安排：〈陳列〉③歸到某一類：〈列入〉④參加：〈列席〉⑤眾多的：〈列國、列強〉⑥姓。

造詞 列位、列車、列舉／分列、系列、排列、羅列。

刀部 4 畫

刑

一 二 于 开 刑 刑

ㄒㄧㄥˊ ①處罰罪犯方法的總稱：〈死刑、無期徒刑〉②用殘暴的手段，摧殘人體的處罰：〈用刑〉③殺：〈自刑〉。

造詞 刑法、刑事、刑具、刑期、刑罰／主刑、從刑、緩刑、重刑。

刀部 4 畫

划

一 七 弋 戈 戈 划

ㄏㄨㄚˊ ①撥動水流，讓東西前進：〈划船〉②合算：〈划得來〉。

造詞 划水、划算。

刀部 4 畫

刎

ノ 勹 勺 勿 勿 刎

ㄨㄣˇ 用刀割脖子自殺：〈自刎〉。

刀部 5 畫

別

丶 口 口 另 另 別

ㄅㄧㄝˊ ①種類：〈派別、類別〉②區分：〈辨別、識別〉③分離：〈告別、永別〉④用針使東西附著固定：〈胸前別了一朵花〉⑤轉動：〈別過臉去〉⑥另外的：〈別人〉⑦特殊的：〈特別、別裁〉⑧不要：〈你別走〉⑨姓。

造詞 別字、別致、別針、別墅／分別、差別、惜別、區別／別出心裁、別有用心、別開生面、別樹一幟。

刀部5畫

判

丶 丷 ⺷ 兰 半 半 判

ㄆㄢˋ ①古代官名：〈判官〉②分辨：〈判別〉③斷定是非曲直：〈裁判、審判〉④決定：〈判刑〉。

造詞 判決、判罪、判斷／批判、談判、評判／判若兩人。

刀部5畫

利

丿 二 千 禾 禾 和 利

ㄌㄧˋ ①好處、益處：〈利益〉②錢財：〈利祿、見利忘義〉③由本錢生出的子金：〈利息、紅利〉④功能：〈水利〉⑤有益於：〈利人利己〉⑥方便：〈便利〉⑦尖銳的：〈鋒利〉⑧巧言善辯的：〈伶牙利齒〉⑨吉祥的：〈吉利〉⑩姓。

造詞 利用、利害、利弊、利潤／名利、福利、勝利、流利／利弊得失、一本萬利、漁翁得利、無往不利。

請注意：「水利」是指利用水資源及防止水災害；「水力」是水流動沖擊所產生的力量。所以「水利工程」當用「利」不用「力」。

刀部5畫

刪

丨 冂 冂 冊 冊 冊 刪

ㄕㄢ 把不好的或無用的去掉：〈刪改、刪去〉。

造詞 刪訂、刪除、刪節號。

刀部5畫

刨

丿 勹 勺 匂 包 包 刨

ㄅㄠˋ ①同「鉋」，削去：〈刨木頭〉②削成碎屑狀：〈刨冰〉。

ㄆㄠˊ ①挖掘：〈刨土〉②除去：〈刨除〉。

刀部6畫

刻

丶 亠 亡 亥 亥 亥 亥 刻

ㄎㄜˋ ①時間單位，十五分鐘為一刻：〈時刻〉②時候：〈刻不容緩〉③用刀在物體上雕鏤：〈刻印〉④限定：〈刻日起程〉⑤忍受：〈刻苦耐勞〉⑥深入：〈深刻〉。

造詞 刻度、刻意、刻板、刻薄／立刻、即刻、雕刻、苛刻／刻骨銘心、刻畫入微。

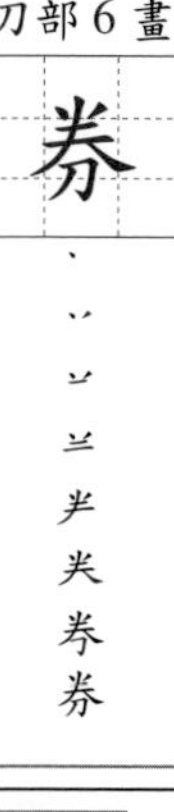

ㄑㄩㄢˋ ①可以作為憑據的票：〈入場券、優待券〉②具有價值，可以買賣、轉讓、抵押的票據：〈債券、禮券〉。

造詞 證券、招待券。

請注意：「券」下面是「刀」，不是「力」。

刀部6畫

刷

ㄕㄨㄚ ①去除汙垢的用具：〈牙刷〉②清除：〈洗刷〉③塗抹：〈刷油漆〉④印製：〈印刷〉⑤淘汰：〈你在決賽中被刷下來了〉⑥形容聲音，同「唰」：〈刷刷作響〉⑦選擇：〈刷選〉⑧顏色白裡帶青：〈臉色刷白〉。

造詞 毛刷、雨刷、塗刷。

刀部6畫

刺

ㄘˋ ①頭部細長尖銳的東西：〈魚刺、玫瑰刺〉②名片、名帖：〈名刺、投刺〉③用尖的東西插入或穿過物體：〈刺繡〉④殺害：〈刺殺〉⑤譏笑：〈諷刺〉⑥暗中打聽：〈刺探〉⑦多話的：〈刺刺不休〉。

造詞 刺刀、刺客、刺眼、刺激／遇刺、芒刺、竹刺。

請注意：「刺」與「剌」不同。「剌」音ㄌㄚˋ，乖剌，違反的意思。

刀部6畫

到

ㄉㄠˋ ①至、抵達：〈到家〉②往、去：〈到學校去〉③得著：〈到手〉④普遍：〈到處〉⑤周密的：〈周到〉⑥放在動詞後，表示結果：〈見到、說到〉⑦姓。

造詞 到底、到達、到齊、到場／遇到、想到、精到。

刀部6畫

刮

ㄍㄨㄚ ①用刀口平削或用鋒利的東西在物體上摩擦：〈刮鬍子、刮痧〉②通「颳」，大風吹襲：〈刮大風〉③擦：〈刮目相看〉④用非法的手段榨取財物：〈搜刮〉。

刀部6畫

制

ㄓˋ ①一定的法度、規範：〈制度、法制〉②父母的喪事：〈守制〉③限定、管束：〈限制〉④擬定、規定：〈制定〉⑤抗拒：〈抵制〉⑥處罰：〈制裁〉⑦姓。

造詞 制止、制服、制衡／克制、自制、抑制、壓制、強制、牽制、控制、管制／制禮作樂。

剁

刀部6畫

剁　丿 几 几 朵 朵 朵 剁 剁

ㄉㄨㄛˋ ①用刀砍斷：〈剁雞頭〉②用刀細細的切：〈剁肉〉。

同 切。

剎

刀部7畫

剎　ノ ㄨ 㐅 杀 杀 杀 杀 剎

ㄔㄚˋ ①佛教的寺廟：〈名山古剎〉②指很短的時間：〈剎那（ㄋㄨㄛˇ）〉。

造詞 名剎、佛剎、寶剎。

剃

刀部7畫

剃　丶 丷 当 当 弟 弟 弟 剃

ㄊㄧˋ 用刀削去毛、髮：〈剃頭〉。

造詞 剃刀、剃度。

削

刀部7畫

削　丨 ㇑ 小 肖 肖 肖 肖 削

ㄒㄩㄝˋ ①割：〈削足適履〉②剝：〈削髮〉③奪去、革除：〈削奪、削職〉④減弱：〈國勢日削〉⑤清瘦的：〈瘦削〉。

ㄒㄧㄠ 語音。用刀斜刮：〈削梨、削鉛筆、刀削麵〉。

造詞 削平、削弱、削減。

同 刮、剷。

前

刀部7畫

前　丶 丷 䒑 产 肖 前 前 前

ㄑㄧㄢˊ ①直向進行：〈勇往直前〉②與「後」相反，次序或位置在先的：〈前面、前鋒〉③未來的：〈前途、前程〉④過去的：〈前輩、前科〉⑤上一任的：〈前任〉。

造詞 前方、前夫、前提、前言／目前、以前、空前、眼前／前功盡棄、前車之鑒、前所未有、勇往直前。

同 先、進。

反 後。

剌

刀部7畫

剌　一 ㄒ 丙 百 申 束 束 剌

ㄌㄚˋ ①違背常情、不合事理：〈乖剌〉②魚跳的聲音：〈潑剌〉③表示聲音：〈嘩剌剌〉。

ㄌㄚˊ　用刀把東西切斷或割開：〈剌破、剌開〉。

刀部7畫　剋

ㄎㄜˋ　①通「克」，勝：〈剋服、剋星〉②限定：〈剋期、剋日〉③約束：〈奉公剋己〉④私自削減：〈剋扣〉。

造詞　相生相剋。

同　勝。

刀部7畫　則

ㄗㄜˊ　①榜樣、標準：〈以身作則〉②法度、規章：〈法則、規則〉③計算分項或自成段落文字的單位名詞：〈一則新聞、一則日記〉④效法：〈則天〉⑤乃是，表示肯定判斷：〈此則小事也〉⑥就，表示因果關係：〈不進則退、有過則改〉⑦卻、反而，表示轉折或對比：〈欲速則不達〉⑧做、作：〈則甚（做什麼）、不則聲〉⑨姓。

造詞　守則、原則、細則、準則、否則。

刀部8畫　剖

ㄆㄡˇ　①從中間割開：〈解剖〉②分析、辨明：〈剖析〉。

造詞　剖白、剖心、剖開、剖腹／切剖、自剖／剖腹挖心。

刀部8畫　剜

ㄨㄢ　用刀挖：〈剜肉補瘡〉。

刀部8畫　剔

ㄊㄧ　①把骨頭上的肉刮下來：〈剔骨頭〉②把縫隙中的東西挑出來：〈剔牙〉③把不好的東西除去：〈剔除〉④理除毛髮：〈剔頭〉。

造詞　剔透／挑剔。

刀部8畫　剛

ㄍㄤ　①「柔」的相反，堅強：〈剛直、剛強〉②恰巧：〈剛巧〉③時間過去不久，才：〈他剛走〉④姓。

造詞　剛正、剛好、剛才、剛毅／剛剛／剛柔並濟、剛愎自用、外柔內剛、血氣方剛。

同　強、硬。

反　柔。

刀部 8 畫

剝

ㄅㄛ ①除去物體的外皮：〈剝皮〉②脫落：〈剝落〉③榨取：〈剝奪〉④脫掉：〈剝去外衣〉。

ㄅㄛˋ 通「駁」，指顏色或事物雜亂：〈斑剝〉。

造詞 剝削、剝殼、剝離／剝絲抽繭、生吞活剝。

刀部 9 畫

剪

ㄐㄧㄢˇ ①兩刀刃交叉而成，用來截斷物品的器具：〈剪刀、剪子〉②形容像剪刀的器具：〈火剪〉③用剪刀把東西截斷：〈剪布、剪草〉④打穿：〈在車票上剪個洞〉⑤除掉：〈剪除〉⑥兩手在背後交叉：〈倒剪雙手〉。

造詞 剪紙、剪裁、指甲剪。

同 切、翦。

刀部 9 畫

副

ㄈㄨˋ ①計算成套器物的單位名詞：〈一副耳環、一副春聯〉②相稱、符合：〈名副其實〉③助理的、第二的：〈副理、副手〉④附帶的：〈副業、副產品〉。

ㄆㄧˋ 裂開：〈不坼不副〉。

造詞 副本、副刊、副詞、副作用／大副、正副、軍副／名實不副。

刀部 9 畫

剮

ㄍㄨㄚˇ ①古代處死犯人的一種方法，用刀慢慢割犯人的肉，直到犯人死掉為止，又稱「凌遲」：〈剮刑〉②刮去骨頭上的肉：〈剮骨〉③碰到尖銳的物體而被割破：〈衣服被釘子剮破了〉。

刀部 10 畫

割

ㄍㄜ ①用刀切開、切斷：〈割肉、割草〉②分開、畫分：〈割讓〉③放棄：〈割愛〉④宰殺：〈割雞焉用牛刀〉。

造詞 割地、割捨、割據、割製／分割、切割、宰割、交割／痛如刀割。

同 切。

刀部 10 畫

剴

ㄎㄞˇ 切實合理：〈剴切〉。

刀部 10 畫

創

ノ 𠆢 𠆢 今 今 合 合 佥 倉 倉 倉 創

ㄔㄨㄤˋ ①出於自己的構想、不是模仿的：〈創造、創作〉②開始：〈首創、創業〉③首先造做的：〈創舉〉④初有、初創：〈創始〉。

˙ㄔㄨㄤ ①傷：〈創傷〉②瘡疤，通「瘡」。

造詞 創立、創刊、創新／自創、開創、草創。

同 傷。

刀部 10 畫

剩

一 二 千 千 千 乖 乖 乖 乘 乘 剩 剩

ㄕㄥˋ ①餘下：〈我只剩下一百元〉②多餘的：〈剩菜、剩餘〉。

造詞 過剩、僅剩、餘剩。

同 殘。

刀部 11 畫

剿

〈 巛 巛 巛 巛 巛 巛 巛 單 巢 巢 巢 剿

ㄐㄧㄠˇ 用武力消滅：〈剿匪、剿平、剿滅〉。

造詞 剿撫並用。

刀部 11 畫

剷

丶 亠 亠 文 产 产 产 产 产 产 產 剷

ㄔㄢˇ 削除、割除：〈剷除、剷平〉。

同 削。

刀部 11 畫

剽

一 ㄏ 币 币 西 西 西 西 票 票 票 剽

ㄆㄧㄠˋ ①搶奪：〈剽掠〉②竊取：〈剽竊〉③動作輕快敏捷：〈剽悍〉。

刀部 12 畫

劃

ㄱ ㅋ ㅋ ㅋ 聿 聿 聿 書 書 書 書 畫 畫 劃

ㄏㄨㄚˋ ①通「畫」，設計：〈籌劃、規劃〉②通「畫」，分開、分界：〈劃分、劃歸〉③調撥、匯寄金錢：〈劃撥、劃款〉④一致的：〈劃一〉。

ㄏㄨㄚˊ ①用利器割破東西：〈劃開〉②用物體在平面上擦過：〈劃火柴〉。

造詞 劃時代。

刀部 13 畫

劇

丶 ト 卜 广 卢 卢 卢 虍 虏 虏 虏 豦 豦 劇

ㄐㄩˋ ①戲：〈話劇、喜劇〉②強猛的：〈劇毒、劇烈〉③繁雜的：〈繁劇〉④極、很：〈劇寒〉⑤姓。

造詞 劇曲、劇本、劇情、劇場、劇團／平劇、歌劇、戲劇、惡作劇。

劈 刀部 13 畫

ㄆㄧ ①用刀、斧等用具把東西破開：〈劈柴〉②正對準、朝著：〈劈頭就打、劈面而來〉③拉開：〈劈腿〉④擊：〈雷劈〉⑤用力把東西分開：〈劈下樹枝、一劈兩半〉。

造詞 劈哩啪啦。

同 裂。

劉 刀部 13 畫

ㄌㄧㄡˊ ①古代像斧的兵器②姓。

造詞 劉邦、劉海。

請注意：「劉海」俗稱「劉海兒髮」，本指仙人劉海額前的一綹頭髮，後來泛指額頭前的短髮。

劍 刀部 13 畫

ㄐㄧㄢˋ 古代兵器，短柄，兩邊有鋒利的刀刃，中間有脊。

造詞 劍客、劍術、劍道、劍蘭／刀劍、利劍、佩劍、寶劍／口蜜腹劍、脣槍舌劍。

劊 刀部 13 畫

ㄎㄨㄞˋ 斬斷：〈劊切、劊子手〉。

劑 刀部 14 畫

ㄐㄧˋ ①計算中藥的單位名詞：〈一劑中藥〉②經過配製而成的東西：〈藥劑、消毒劑〉③調和：〈調劑〉。

造詞 丸劑、清潔劑、鎮定劑、強心劑。

力部 ㄌㄧˋ

力 力部 0 畫

ㄌㄧˋ ①改變物體運動狀態的作用：〈電力〉②人體筋肉運動所產生的作用：〈臂力、腕力〉③一切事物所具有的效能或作用：〈藥力、彈力〉④由腦中所產生的作用：〈智力〉⑤出賣勞力的人：〈苦力〉⑥權勢：〈權力〉⑦才能：〈才力〉⑧積極的、努力的：〈力戰、力爭〉⑨務必、一定：〈力求精確〉⑩姓。

造詞 力行、力氣、力量、力圖／用力、引力、威力、精力、武力、能力、潛力、暴力、想像力、影響力／力不從心、力爭上游、一臂之力、自食其力。

同 務。

請注意：「身體力行」是親身體驗，努力實踐的意思，不可把「力行」寫成「立行」。

力部3畫

加

フ カ 力 加 加

ㄐㄧㄚ ①算法的一種，符號為「＋」，把兩個或兩個以上的數目或東西合併在一起計算總和：〈加法〉②增添：〈增加〉③給予：〈加害、嚴加管教〉④穿戴、安放：〈加冕〉⑤更、勝過：〈更加〉。

造詞 加工、加油、加倍、加班、加速、加盟、加緊、加薪／附加、參加、追加、添加／加油添醋、無以復加。

同 增。

反 減。

力部3畫

功

一 丅 工 功 功

ㄍㄨㄥ ①對國家、社會或人們有貢獻的事：〈功績、功勞〉②事業：〈功業〉③成就、效果：〈功效、大功告成〉④課業：〈功課〉⑤本領：〈功夫〉⑥勤奮努力：〈用功〉。

造詞 功力、功用、功臣、功能／成功、武功、內功、氣功／功成名就、功敗垂成、功德圓滿、馬到成功。

同 勛、績。

力部4畫

劣

丨 小 小 少 劣 劣

ㄌㄧㄝˋ 不好的、極壞的：〈劣等、惡劣〉。

造詞 劣跡、劣勢、劣根性／低劣、卑劣、優劣、頑劣。

反 優。

力部5畫

劫

一 十 土 去 去 刦 劫

ㄐㄧㄝˊ ①不幸的事件、災禍：〈浩劫〉②奪取他人的財物：〈搶劫〉③災難的：〈劫數〉。

造詞 劫持、劫掠、劫奪、劫機／死劫、萬劫／趁火打劫、劫後餘生。

力部5畫

助

丨 冂 月 月 且 助 助

ㄓㄨˋ ①幫忙、輔佐：〈幫助、輔助〉②有益：〈助益〉。

造詞 助手、助長、助理、助教／互助、自助、補助、協助／天助自助、愛莫能助。

同 益、援、輔、佐。

反 害。

力部5畫

努

ㄑ ㄆ 女 如 奴 努 努

ㄋㄨˇ ①書法直筆的筆法：〈豎為努〉②用力、盡力：〈努力〉③翹起：〈努嘴〉。

造詞 努目、努勁兒。

力部5畫

劬

ノ 勹 勹 句 句 句 劬

ㄑㄩˊ 勞累、辛苦：〈劬勞〉。

力部5畫

劭

ㄱ 刀 刀 召 召 召 劭

ㄕㄠˋ 美好、高尚：〈年高德劭〉。

力部6畫

劾

丶 亠 亠 亥 亥 亥 亥 劾

ㄏㄜˊ 揭發他人的不法行為：〈糾劾、彈劾〉。

力部7畫

勇

勇 ㄱ ㄱ 尸 丙 丙 甬 甬 勇

ㄩㄥˇ ①形容人力氣大或膽量大：〈勇敢、勇士〉②敢作敢當：〈勇於認錯〉③全力以赴：〈勇往直前〉。

造詞 勇武、勇猛、勇氣、勇者／忠勇、英勇、神勇、義勇／匹夫之勇。

同 驍。

反 懦、怯。

力部7畫

勉

勉 ノ ク ク 名 名 名 免 免 勉

ㄇㄧㄢˇ ①力量不夠仍然盡力去做，或強迫別人去做不容易做或不願意做的事：〈勉強〉②盡力、努力：〈勤勉〉③勸導、鼓勵：〈勉勵〉④姓。

造詞 自勉、互勉、期勉、共勉／勉為其難。

力部7畫

勃

勃 一 十 十 圥 孛 孛 孛 勃

ㄅㄛˊ ①旺盛的：〈朝氣蓬勃、興致勃勃〉②突然：〈勃然大怒〉。

造詞 勃興、勃發、勃起。

同 興、盛。

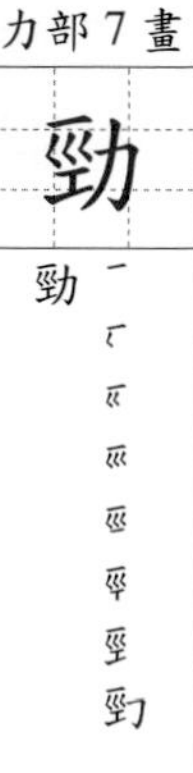

力部7畫

勁

一 𡿨 巛 巛 巛 巠 巠 巠 勁

ㄐㄧㄥˋ ①力氣：〈使勁、用勁〉②精神、情緒：〈幹勁、帶勁〉③興趣：〈起勁、沒勁〉④表情、態度：〈傻勁、親熱勁〉⑤堅強的：〈勁敵、勁旅〉⑥猛烈的：〈勁風〉。

造詞 強勁、剛勁、差勁。

力部9畫

勒

一 十 廾 廿 廿 芇 苩 苩 苩 革 靪 勒

ㄌㄜˋ ①書法中橫的筆畫②套在馬頭上，用來控制馬行動的繩子：〈韁勒〉③收住韁繩使馬停止：〈懸崖勒馬〉④刻上記號：〈勒碑〉⑤強迫：〈勒索、勒令退學〉。

ㄌㄟ 用繩索捆住或套住，再用力拉緊：〈勒死、勒緊〉。

造詞 部勒、通勒、彌勒。

力部9畫

務

ㄱ ㄱ ㄡ 予 矛 矛 矛 敄 敄 務 務

ㄨˋ ①事情：〈事務、公務〉②從事：〈務農〉③專心做事：〈務本、務實〉④一定、必須：〈務必〉。

造詞 任務、服務、財務、職務、義務、債務、雜務／不識時務。

力部9畫

勘

一 十 卄 廿 甘 甘 其 其 其 甚 勘 勘

ㄎㄢ ①核對文字以訂正錯誤：〈勘誤〉②察看、探測：〈勘驗、勘察〉③審問：〈勘問〉。

造詞 校勘、查勘、審勘。

力部9畫

動

一 二 千 𠂤 𠂤 旨 盲 重 重 動 動

ㄉㄨㄥˋ ①行為：〈行動、動作〉②改變位置：〈移動〉③使用：〈動腦筋〉④開始做：〈動工、動筆〉⑤使人的情緒改變：〈感動〉⑥行走：〈走動〉⑦常常：〈動輒得咎〉⑧放在動詞後，表示能力或效果：〈提不動、說動〉。

造詞 動人、動心、動手、動用、動向、動身、動物、動機、動搖、動彈、動靜、動聽／生動、活動、自動、激動、舉動、發動、衝動、變動／動手動腳、非禮勿動、原封不動、輕舉妄動。

反 靜。

力部9畫

勖

丨 冂 冂 日 尸 冃 冃 冃 冒 勖 勖

ㄒㄩˋ　也可寫作「勗」，勉勵：〈勖勉〉。

力部 10 畫

勞

ㄌㄠˊ　①出力做事得到的成績：〈功勞〉②受雇於人，為人工作者：〈勞工〉③勤苦做事：〈勞動〉④煩擾、打擾：〈勞駕〉⑤辛苦、疲倦：〈勞苦、任勞任怨〉⑥姓。

ㄌㄠˋ　慰問：〈勞軍〉。

造詞 勞力、勞保、勞神、勞作／辛勞、偏勞、疲勞、慰勞／勞民傷財、勞苦功高、以逸待勞、能者多勞。

力部 10 畫

勝

ㄕㄥˋ　①風景優美的地方：〈名勝〉②占優勢、打敗對方：〈勝利、戰勝〉③超過：〈勝過、略勝一籌〉④優美的：〈勝地〉。

ㄕㄥ　①擔當得起：〈勝任〉②承受得了：〈喜不自勝〉③窮盡：〈美不勝收〉④姓。

造詞 勝負、勝算、勝訴、勝境／必勝、全勝、常勝、險勝／勝券在握、百戰百勝。

同 贏。

反 敗。

力部 10 畫

勛

ㄒㄩㄣ　同「勳」，大的功績：〈功勛〉。

造詞 勛章、勛勞、勛業。

力部 11 畫

募

ㄇㄨˋ　多方面徵收財物或召集人員：〈募捐、募兵〉。

造詞 募集、募款／徵募。

力部 11 畫

勦

ㄐㄧㄠˇ　討伐、消滅：〈勦平、勦匪〉。

ㄔㄠ　抄襲：〈勦襲〉。

力部 11 畫

勤

ㄑㄧㄣˊ　①職務，在一定的時間內規定的工作：〈內勤、勤務〉②盡力去做、不斷的做：〈勤勞〉③常常：〈勤於打掃〉④誠懇、周到：〈殷勤〉⑤姓。

造詞 勤快、勤勉、勤儉／出勤、辛勤、憂勤／勤政愛民、勤能補拙。

反 懶。

力部 11 畫

勢

一 十 土 夫 夫 去 坴 坴 埶 埶 埶 勢 勢

ㄕˋ ①權力、威力：〈勢力、仗勢欺人〉②由某種事物的力量所激發的動向：〈火勢、風勢〉③動作的狀態：〈手勢、姿勢〉④形狀、狀況：〈地勢、情勢〉⑤機會、時機：〈乘勢追擊〉。

造詞 勢利、勢必／大勢、去勢、時勢、權勢／勢不兩立、勢如破竹、勢均力敵、裝腔作勢。

同 權、力。

力部 14 畫

勳

一 二 千 千 千 舌 亩 重 重 重 熏 熏 勳 勳

ㄒㄩㄣ 同「勛」，是「勛」的異體字。

力部 15 畫

勵

一 厂 厂 厂 厂 厉 厉 厉 厉 厲 厲 厲 厲 厲 勵

ㄌㄧˋ ①努力、奮勉振作：〈勵志、勵行〉②勸勉：〈鼓勵、勉勵〉。

造詞 獎勵、激勵、砥勵、策勵／勵精圖治。

同 勉。

力部 18 畫

勸

丶 丷 艹 艹 艹 艹 艹 艹 艹 艹 艹 艹 萨 萨 萨 萨 雚 雚 勸 勸

ㄑㄩㄢˋ ①拿道理說服人，使人聽從：〈勸告、規勸〉②勉勵、獎勵：〈勸勉〉③姓。

造詞 勸戒、勸阻、勸架、勸解／勸善規過。

同 獎。

勹部 ㄅㄠ

勹部 1 畫

勺

ノ 勹 勺

ㄕㄠˊ ①盛液體的器具：〈勺子、湯勺〉②容量的單位，一公勺等於百分之一公升③姓。

ㄓㄨㄛˊ 古時的樂舞名，相傳是周公所作：〈誦詩舞勺〉。

勹部 2 畫

匀

ノ 勹 勺 匀

ㄩㄣˊ ①抽出一部分給別人：〈匀出一點空位讓你坐〉②平均：〈均匀、匀稱〉③姓。

勹部 2 畫

勾

ノ 勹 勺 勾

ㄍㄡ ①同「鉤」，彎曲的東西：〈魚勾〉②書法上末筆向上趯（ㄊㄧˋ）稱作「勾」③引起：〈勾起回憶〉④引誘：〈勾引、勾搭〉⑤串通：〈勾結〉⑥描繪：〈勾勒〉⑦由筆畫出鉤形符號，表示刪除或值得注意：〈一筆勾去、把這篇文章的好句子勾起來〉⑧在湯汁中調和太白粉、麵粉等，使湯汁變濃：〈勾芡〉⑨姓。

ㄍㄡˋ ①通「搆」，伸手探取：〈勾不著〉②辦理：〈勾當〉。

造詞 勾情、勾銷／勾肩搭背、勾心鬥角。

勹部 2 畫

勿

ノ 勹 勺 勿

ㄨˋ 不要、不可，表示禁止或勸阻：〈請勿動手〉。

造詞 勿忘我、勿忘草／勿失良機。

同 莫、弗、不。

勹部 3 畫

包

ノ 勹 勺 匀 包

ㄅㄠ ①裝東西的器具：〈皮包、書包〉②一種用麵粉做成的食物：〈包子、麵包〉③計算包裝物的單位：〈一包餅乾、三包鹽〉④負責、保證：〈包辦、包你滿意〉⑤將東西裹起來：〈包水餃、包紮〉⑥容忍：〈包涵〉⑦總括、含有：〈包括〉⑧四面圍攻：〈包抄、包圍〉⑨約定專用的：〈包廂、包車〉⑩姓。

造詞 包庇、包容、包裹、包打聽／打包、荷包、全包／包羅萬象、包藏禍心。

同 裹、藏。

勹部 3 畫

匆

ノ 勹 勺 勿 匆

ㄘㄨㄥ 急忙的樣子：〈匆忙〉。

造詞 匆匆、匆促。

勹部 4 畫

匈

ノ 勹 勺 匀 匃 匈

ㄒㄩㄥ ①「胸」在古文中寫作「匈」②同「洶、訩」，嘈雜不安的③我國古代的北方民族：〈匈奴〉④國名：〈匈牙利〉。

勹部7畫
匍
ㄆㄨˊ 以手著地爬行：〈匍匐前進〉。

勹部9畫
匐
ㄈㄨˊ 見「匍」字。

勹部9畫
匏
ㄆㄠˊ ①葫蘆的一種，果實比葫蘆大，可食用，外殼晒乾後可做水瓢②古代的八音之一，指用匏做成的樂器，如竽、笙之類。

匕部 ㄅㄧˇ

匕部0畫
匕
ㄅㄧˇ ①古人舀取食物的器具，像現代人用的湯匙、勺子之類：〈匕箸〉②箭頭③短劍：〈匕首〉。

匕部2畫
化
ㄏㄨㄚˋ ①習俗：〈風化〉②指各種禮樂制度：〈文化〉③天地生成萬物：〈化育〉④改變：〈化名、變化〉⑤教導使向善：〈教化、感化〉⑥融解：〈雪化了〉⑦向人乞討：〈化緣〉⑧燒掉：〈火化〉⑨表示轉變成某種性質或狀態：〈綠化、自動化〉。

ㄏㄨㄚ 乞丐：〈化子〉。

造詞 化石、化身、化妝、化學／神化、惡化、進化／化為烏有、化整為零、化險為宜、出神入化。

同 變。

匕部3畫
北
ㄅㄟˇ ①方位名，和「南」相對②敗走的敵人：〈追亡逐北〉③打敗仗：〈敗北〉④在北的：〈北方、北極、北回歸線〉⑤向北：〈北上、北伐〉。

ㄅㄟˋ 通「背」，違背：〈分北三苗〉。

造詞 北斗、北緯、北京人／大江南北、天南地北。

匕部 9 畫

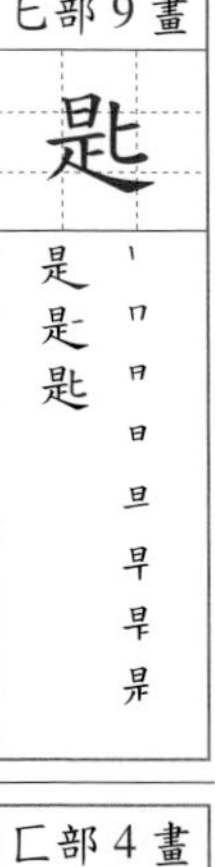

匙

ㄔˊ ①舀取流質食物的器具，俗稱「調羹」：〈湯匙〉②姓。

˙ㄕ 開鎖的器具：〈鎖匙、鑰匙〉。

匚部 ㄈㄤ

匚部 3 畫

匝

ㄗㄚ ①環繞一圈稱「一匝」：〈繞城三匝〉②滿、遍：〈柳蔭匝地〉。

匚部 4 畫

匡

ㄎㄨㄤ ①改正：〈匡正〉②幫助、救助：〈匡助、匡救〉③姓。

造詞 匡坐、匡時、匡復。

匚部 4 畫

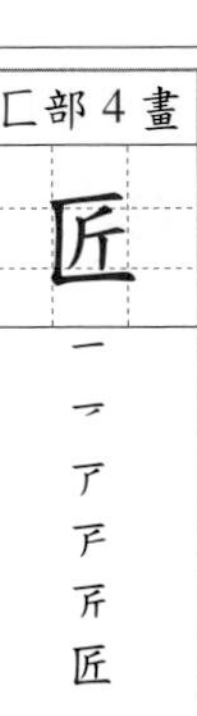

匠

ㄐㄧㄤˋ ①有專門技術的工人：〈木匠、鐵匠〉②指專精於某種技藝，而且有特殊成就的人：〈畫壇巨匠〉③靈巧的：〈匠心獨運〉。

造詞 匠人、匠氣、匠學／巧匠、名匠、神匠、教書匠。

匚部 5 畫

匣

ㄒㄧㄚˊ 藏東西的小箱子：〈匣子、木匣〉。

匚部 8 畫

匪

ㄈㄟˇ ①搶奪別人財物的人：〈土匪、盜匪〉②不，表示否定：〈獲益匪淺、夙夜匪懈〉。

造詞 匪諜、匪徒。

匚部 11 畫

匯

ㄏㄨㄟˋ ①兩條或兩條以上的河流會合在一起：〈匯合〉②在甲地的金融機構或郵局交寄金錢，而在乙地憑單領取的過程：〈匯款〉。

造詞 匯聚、匯兌、匯票、匯率、匯流。

匚部 12 畫

匱

ㄎㄨㄟˋ 缺乏：〈匱乏〉。

ㄍㄨㄟˋ 通「櫃」：〈金匱〉。

匚部 ㄒㄧˋ

匚部 2 畫

匹

一 丆 兀 匹

ㄆㄧ 計算馬的單位：〈一匹馬〉。

ㄆㄧˇ ①計算布的單位：〈一匹布〉②配合、相配：〈匹配〉③比得上、相當：〈匹敵〉④單獨的：〈匹夫之勇、單槍匹馬、匹夫有責〉。

匚部 9 畫

匿

ㄋㄧˋ 隱藏、躲避：〈匿名、逃匿〉。

ㄊㄜˋ 通「慝」，心裡藏著惡意：〈邪匿〉。

造詞 匿伏、匿情／藏匿、隱匿、潛匿。

匚部 9 畫

區

ㄑㄩ ①特定的地域範圍：〈區域、工業區、住宅區〉②地方自治單位，在縣、市以下分若干區：〈大安區、城中區〉③分別：〈區別、區分〉④微薄的、小或少：〈區區小錢〉。

ㄡ ①古代容器的名稱，可以裝一斗六升②姓。

造詞 學區、轄區、文化區。

匚部 9 畫

匾

ㄅㄧㄢˇ ①圓形淺邊的竹器②橫掛在門頂或廳堂前，上面刻寫大字的木板：〈匾額、牌匾〉。

十部 ㄕˊ

十部 0 畫

十

一 十

ㄕˊ ①數目名，大寫是「拾」，阿拉伯數字寫作「10」②完全的：〈十足、十全十美〉。

造詞 十分、十成、十誡／十之八九、十拿九穩、十萬火急、一五一十。

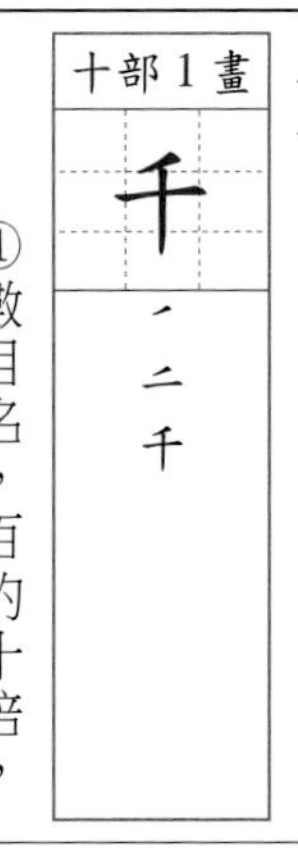

ㄑㄧㄢ　①數目名，百的十倍，大寫是「仟」②比喻多數：〈千方百計、千山萬水〉③姓。

造詞 千金、千秋、千萬、千歲／大千、秋千、老千／千辛萬苦、千真萬確、千奇百怪、千嬌百媚、千鈞一髮、千篇一律、千載難逢、千里鵝毛、感慨萬千。

十部 2 畫　**午**　丿 𠂉 𠂇 午

ㄨˇ　①地支的第七位②時辰名，指上午十一點到下午一點：〈午時〉③日正當中的時候：〈中午〉。

˙ㄏㄨㄛ　正午：〈晌午〉。

造詞 午夜、午覺／子午、上午、端午。

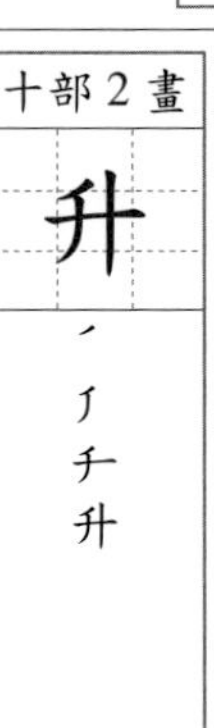

ㄕㄥ　①容量單位，一公升等於十分之一公斗②向上移動：〈升旗〉③等級或職務提高：〈升級〉④姓。

造詞 升天、升學、升遷、升降／上升、提升、躍升／升斗小民、步步高升。

十部 2 畫　**卅**　一 ㄊ 卄 卅

ㄙㄚˋ　數目名，三十的合寫：〈卅年〉。

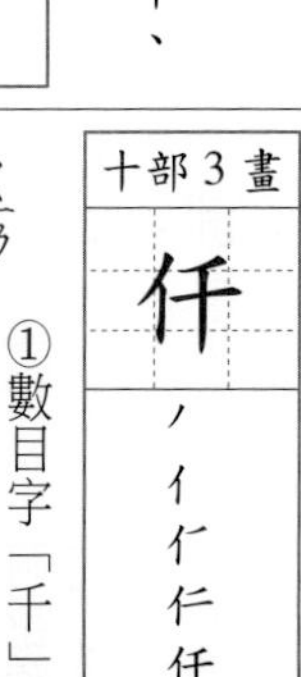

ㄑㄧㄢ　①數目字「千」的大寫：〈壹仟貳佰元〉②通「阡」，田間的小路：〈仟陌〉。

十部 3 畫　**半**　丶 丷 䒑 兰 半

ㄅㄢˋ　①二分之一：〈一半、半年〉②中間的：〈半山腰、半途〉③部分、不完全的：〈半生不熟〉④姓。

造詞 半子、半天、半夜、半徑／大半、過半、兩半、折半／半斤八兩、半身不遂、半信半疑、半途而廢。

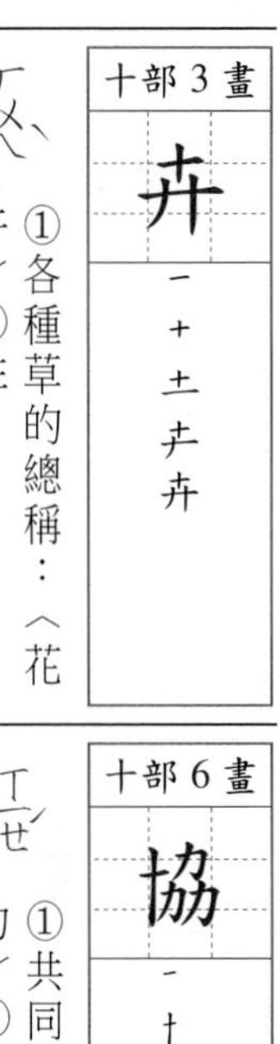

卉 十部3畫

ㄏㄨㄟˋ ①各種草的總稱：〈花卉〉②姓。

卒 十部6畫

ㄗㄨˊ ①通「兵」，古代對士兵的稱呼：〈士卒〉②供人差遣的人：〈販夫走卒〉③通「畢」，完成：〈卒業〉④同「死」，死亡：〈暴卒、病卒〉⑤最後、終於：〈卒能成功〉。

ㄘㄨˋ 通「猝」，急忙：〈卒死、倉卒〉。

造詞 卒子、卒然／兵卒、獄卒、傷卒、敗卒。

協 十部6畫

ㄒㄧㄝˊ ①共同合作：〈同心協力〉②輔助：〈協助〉③和睦、融洽：〈協和〉。

造詞 協定、協商、協調、協議／妥協、不協、體協。

卓 十部6畫

ㄓㄨㄛˊ ①高超、不平凡的：〈卓越、卓見〉②直立的樣子：〈卓立〉③姓。

造詞 卓拔、卓著、卓絕、卓然／卓然不拔、卓爾不群。

卑 十部6畫

ㄅㄟ ①比較低的地方：〈登高自卑〉②輕視、看不起：〈卑視、自卑〉③低劣、下等：〈卑賤、卑鄙〉。

造詞 卑下、卑劣、卑微、卑職／謙卑、尊卑／卑躬屈膝、不亢不卑。

南 十部7畫

ㄋㄢˊ ①方位名，和「北」相對：〈坐北朝南、南方〉②南方的：〈南腔北調〉③向南走：〈南下〉④姓。

ㄋㄚˊ 梵語的譯音，有合掌、叩頭、歸向、敬禮的意思：〈南無(ㄇㄛˊ)〉。

造詞 南瓜、南胡、南極、南投／江南、河南、台南、指南／南來北往。

反 北。

十部 10 畫

博

ㄅㄛˊ ①賭財物：〈賭博〉②換取：〈博取、博君一笑〉③多、豐富：〈地大物博〉④見識深廣：〈博古通今、淵博〉⑤姓。

造詞 博士、博愛、博學／廣博、精博／博物館、博大精深、博施濟眾。

請注意：「博」與「搏」、「摶」意義完全不同。「搏」音ㄅㄛˊ有撲打的意思，例如：搏擊。「摶」音ㄊㄨㄢˊ，是揉聚的意思，例如：摶飯（把飯揉成一團）。

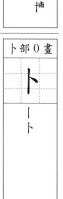

卜部 ㄅㄨˇ

卜部 0 畫

卜

ㄅㄨˇ ①古人燒龜甲，從燒出的裂紋來推斷吉凶禍福：〈占卜〉②預測：〈未卜先知〉③選擇：〈卜居〉④姓。

造詞 卜卦、卜辭、卜兆、卜筮、卜鄰。

同 測、算。

卜部 2 畫

卞

ㄅㄧㄢˋ ①急躁的：〈卞急〉②姓。

卜部 3 畫

卡

ㄎㄚˇ ①card的音譯，指硬紙片：〈卡片、聖誕卡〉②熱量單位「卡路里」的簡稱：〈二百卡〉③一種兒童喜歡的動畫影片：〈卡通〉④堵塞不通：〈卡住、魚刺卡在喉嚨裡〉⑤在重要的地方設兵防守或政府收稅的機關：〈關卡〉。⑥夾在兩物之間：〈卡在中間〉。

ㄑㄧㄚˇ 夾東西的用具：〈卡子〉

造詞 卡式、卡車、卡帶。

卜部 3 畫

占

ㄓㄢ 看兆象推斷吉凶：〈占卜〉。

ㄓㄢˋ ①通「佔」，據有：〈占有、侵占〉②口授；作詩文時，在腦海裡先構想好，再用口唸出來，請別人書寫：〈口占、自占〉。

造詞 占領、占據、占星術／強

占、霸占、獨占。

卜部6畫

卦

一 十 土 圭 圭 圭 封 卦

ㄍㄨㄚˋ 古代占卜吉凶用的符號，相傳是伏羲氏所創，基本卦形有八個，以「⚋」及「⚊」相配而成，後來演變為六十四卦：〈八卦〉。

卩部 ㄐㄧㄝˊ

卩部3畫

卯

丿 𠃌 𠂎 卯 卯

ㄇㄠˇ ①地支的第四位：〈子、丑、寅、卯〉②時辰名，指早晨五點到七點：〈卯時〉③古代官署辦公時間從卯時開始，所以點名稱作「點卯」，回答稱作「應卯」，登記名字的本子稱作：「卯皿」④姓。

造詞 卯勁、卯酒。

卩部3畫

卮

一 厂 𠂆 𠂆 卮

ㄓ ①盛酒的器具：〈酒卮〉②支離的：〈卮言〉。

卩部4畫

印

丿 𠂉 𠂉 𠂉 印

ㄧㄣˋ ①用木、石、牛角、金屬等刻鑄的圖記、圖章：〈印章、官印〉②事物留下的痕跡：〈腳印、印象〉③把文字或圖像印在紙上：〈印刷〉④契合、符合：〈心心相印〉⑤驗證：〈印證〉⑥姓。

造詞 印行、印信、印堂、印泥、印鑑／手印、刻印、蓋印、烙印。

卩部4畫

危

丿 ⺈ ⺈ 产 产 危

ㄨㄟˊ ①傷害、損害：〈危害、危及安全〉②險惡不安全：〈危險、轉危為安〉③高而險的樣子：〈危樓〉④端正：〈正襟危坐〉⑤人將死：〈病危、臨危〉⑥姓。

造詞 危急、危難、危機／危在旦夕、危言聳聽、岌岌可危、居安思危。

同 殆、險。

卩部5畫

即

𠃍 ㇇ 彐 艮 艮 即 即

ㄐㄧˊ ①登上：〈即位〉②靠近：〈若即若離〉③當時或當地：〈即日啟程、即席演講〉④立刻、就：〈即刻、立即、一觸即發〉⑤是、就是：〈色即是空〉⑥假定、就算是：〈即使、即或〉。

造詞 即今、即便、即興／不即、當即、隨即／即知即行。

請注意：「即」和「既」讀音、意義都不同，「既」音ㄐㄧˋ，是已經的意思，例如：既然、既往不究。

卩部5畫

卵

ㄌㄨㄢˇ ①鳥類、魚類、蟲類所生的蛋：〈蟲卵〉②成熟的雌性生殖細胞：〈卵子〉③俗稱男性生殖器官的睪丸為「卵」。

造詞 卵生、卵石、卵巢、卵殼／生卵、排卵、孵卵／殺雞取卵、危如累卵。

同 蛋。

卩部6畫

卷

ㄐㄩㄢˋ ①公文、文件：〈卷宗〉②書籍的通稱：〈開卷有益〉③可以捲起來的書畫：〈書卷、手卷〉④考試時命題或作答所用的紙：〈試卷〉⑤計算書籍的單位，古代書籍都寫在竹片上，因此用「卷」當計算單位：〈行萬里路，讀萬卷書〉⑥書的分篇：〈卷上〉。

ㄐㄩㄢˇ 通「捲」，把東西收藏起來。

ㄑㄩㄢˊ 彎曲：〈卷髮、卷曲〉。

造詞 考卷、開卷、交卷／卷宗／手不釋卷。

卩部6畫

卸

ㄒㄧㄝˋ ①解除、推脫：〈卸職、推卸〉②放下、安頓：〈卸貨、卸下行李〉③拆解：〈卸零件〉④除掉：〈卸妝、卸衣〉。

造詞 卸任、卸除、卸責。

卩部6畫

卹

ㄒㄩˋ ①通「恤」，憂慮②憐惜、照顧：〈體卹、憐卹〉③救濟：〈撫卹、卹金〉。

卩部7畫

卻

却

ㄑㄩㄝˋ ①推辭、不接受：〈推卻〉②後退：〈卻步、退卻〉③反倒：〈大家都到了，主人卻沒來〉④還、再：〈卻說〉⑤表示轉折的語氣，相當於「但」、「可是」：〈文章雖短卻有力〉⑥放在動詞後面，表示完結：〈忘卻、了卻〉。

造詞 丟卻、消卻、冷卻。

卩部8畫

卿

卿卿

ㄑㄧㄥ ①古代的高級官名，位在大夫之上：〈上卿、公卿〉②古代君主對臣子的美稱：〈卿家〉③現代某些國家的官名：〈國務卿〉④丈夫對妻子的稱呼：〈愛卿〉⑤形容男女間親愛相處：〈卿卿我我〉⑥姓。

厂部 ㄏㄢˇ

厂部2畫

厄

一 厂 厄

ㄜˋ 困苦、災難：〈困厄、厄運〉。

厂部7畫

厚

一 厂 厚

厚

ㄏㄡˋ ①扁平物體的表面和底面的距離，就是體積的高度：〈厚度〉②與「薄」相反：〈厚棉被〉③大的、多的、濃的、深的、重的：〈厚禮、厚利、厚酒、厚重〉④優待、重視：〈優厚、厚待〉。

造詞 厚道、厚生、厚望、厚遇／仁厚、忠厚、敦厚、深厚／厚此薄彼、天高地厚。

厂部8畫

原

一 厂 原

原原

ㄩㄢˊ ①廣大而平坦的地方：〈平原〉②未加工的物品：〈原料、原油〉③根本、因由：〈原因〉④寬恕、諒解：〈原諒〉⑤最早的：〈原始、原人〉⑥本來的：〈原地、原班人馬〉⑦姓。

ㄩㄢˋ 通「愿」，忠厚、老實：〈鄉原〉。

造詞 原先、原則、原理、原野、原稿、原裝、原子筆／中原、高原、還原、復原／原封不動、原來如此。

厂部8畫

厝

一 厂 厝

厝厝

ㄘㄨㄛˋ ①我國南方人稱家或屋子為「厝」②停放棺材，

等待下葬：〈暫厝、奉厝大典〉③安置：〈厝身〉。

厂部10畫
厥
一厂厂严严屰屰屰屰厥厥厥

ㄐㄩㄝˊ ①暈倒：〈昏厥、暈厥〉②他的、那個：〈大放厥詞〉③姓。

厂部12畫
厭
一厂厂厂厂厂厂厂屑屑屑屑厭厭

ㄧㄢˋ ①通「饜」，滿足：〈貪得無厭〉②很不喜歡、憎惡：〈厭世、討厭〉。

ㄧㄢ ㄧㄢ，安和愉快的樣子：〈厭厭〉。只有在「厭厭」一詞讀

造詞 厭食、厭倦、厭煩／生厭、惹厭。

厂部13畫
厲
一厂厂厂厂厂厂厂厝厝厝厝厲厲厲

ㄌㄧˋ ①疾病、瘟疫：〈厲疾〉②磨得銳利：〈秣馬厲兵〉③猛烈的、粗暴的：〈厲鬼、雷厲風行〉④嚴格、切實：〈厲行節約〉⑤態度嚴肅認真：〈正言厲色〉⑥姓。

ㄌㄞˋ 通「癩」，痲瘋病。

造詞 厲害、厲聲／激厲、暴厲、振厲、嚴厲／聲色俱厲、變本加厲。

請注意：「變本加厲」、「再接再厲」中的「厲」，常被人誤寫成「利」、「勵」，該三字的區別為：「利」有益處的意思；「勵」是勸勉的意思。「變本加厲」是比喻改變原有的狀況而且更加嚴重，所以當用「厲」，不用「利」。「再接再厲」指勇往直前，更加振奮，當用「厲」不用「勵」。

厶部
ㄙ

厶部3畫
去
一十土去去

ㄑㄩˋ ①古音中的第三聲，相當於現在注音符號的第四聲②走：〈還不快去？〉③從這裡到那裡，往：〈去學校〉④距離：〈相去不遠〉⑤失掉、除掉：〈去除〉⑥離開：〈去職、去世〉⑦送、發出：〈去信〉⑧已經過去的：〈去年〉⑨放在動詞的前面或後面，表示某種情況：〈自己去想辦法、吃飯去了〉⑩姓。

造詞 去向、去留、去處／回去、

過去、遠去、失去、離去、相去、逝去、退去／去蕪存精、大勢已去。

同 往、除、到。

厶部6畫

叁

ㄥ ㄙ 厶 ㄙ𠂇 ㄙ矢 叁 叁 叁

ㄙㄢ　同「參」，「三」的大寫俗字：〈叁佰元〉。

厶部9畫

參

ㄥ ㄙ ㄙ𠂇 ㄙ𠂇 ㄙㄙ ㄙㄙ 𠁥 𠫭 𠫭 參 參

ㄘㄢ　①加入：〈參加〉②拜訪、進見：〈參見〉③查驗：〈參考、參閱〉④高出的：〈參天〉⑤彈劾：〈參革〉。

ㄕㄣ　①通「蔘」，藥名：〈人參〉②星宿名：〈參星〉③人名：〈曾參〉。

ㄘㄣ　不整齊的：〈參差不齊〉。

ㄙㄢ　同「叁」，「三」的大寫：〈參分三下〉。

造詞 參照、參與、參謀、參觀、參雜。

同 加。

又部 ㄧㄡˋ

又部0畫

又

ㄱ 又

ㄧㄡˋ　①再、重複、反覆：〈他又來了、看了又看〉②表示加強或加重的語氣：〈你又不是不知道，為什麼不說呢？〉③更進一層：〈他的病又加重了〉④表示幾種情形同時出現：〈又快又好〉⑤表示動作或情況先後接連：〈他剛回家，又跑出去了〉⑥整數外再附加的分數：〈一又二分之一〉⑦表示轉折，有「可是」的意思：〈剛才有事要問你，現在又忘了〉⑧在某個範圍外還有補充：〈除了薪水，又多了獎金〉。

同 再、有。

請注意：「又」和「再」都可用來表示行為的重複或繼續，但有不同：「又」主要指已發生的情況，如「唱過一遍，又唱了一遍」；「再」主要指未發生的情況，如「唱過一遍，還要再唱一遍」。

又部1畫

叉

ㄱ 又 叉

ㄔㄚ　①上端有分歧的器具：〈刀叉、魚叉〉②用叉子挑或刺：〈叉魚〉③交錯：

〈交叉〉④用手卡住人的脖子，把他推開：〈叉出門去〉⑤分歧的：〈叉路〉⑥阻塞、卡住：〈骨頭叉在喉嚨裡〉⑦分開、張開：〈叉腿、叉開雙手〉。

造詞 叉手、叉車、叉開、叉燒／三叉、夜叉、枝叉。

又部 2 畫

友

一ナ方友

ㄧㄡˇ ①彼此有交情、情投意合的人：〈朋友〉②交情：〈友誼〉③親愛和睦：〈友愛、兄友弟恭〉④親善的、有友好關係的：〈友邦〉。

造詞 友好、友情、友善、友諒／交友、親友、師友、盟友／良師益友。

同 好、善、朋。

又部 2 畫

及

ノア乃及

ㄐㄧˊ ①達到：〈及格、普及〉②比得上：〈我不及他聰明〉③趁著：〈及時努力〉④趕上：〈來得及〉⑤推廣：〈老吾老，以及人之老〉⑥等到：〈及至末世〉⑦關連：〈言不及義〉⑧繼續：〈兄終弟及〉⑨連接詞，有「和」、「與」、「跟」的意思：〈書及筆〉⑩姓。

造詞 及第、及門／言及、波及、殃及／及時行樂、措手不及、望塵莫及、過猶不及。

又部 2 畫

反

一厂反反

ㄈㄢˇ ①背叛：〈造反、反叛〉②不贊成、對抗：〈反對、反抗〉③類推、推及：〈舉一反三〉④自我省察：〈反省〉⑤扭轉：〈反敗為勝〉⑥違背：〈相反、反常〉⑦與「正」相對，方向顛倒：〈反面、穿反了〉⑧回、還：〈反攻、反射〉⑨連接詞，表示意外：〈反而〉⑩古代注音的方法：〈反切〉⑪翻案：〈平反冤獄〉⑫慎重的樣子：〈反反〉。

造詞 反正、反共、反映、反胃、反悔、反感、反應／違反、倒反、往反／反老還童、反璞歸真、反覆無常、物極必反。

同 背。

反 正。

又部 6 畫

取

一丅丌丌耳耳耴取

ㄑㄩˇ ①用手拿東西：〈取書〉②獲得：〈取信、取得〉

③占有、接受：〈分文不取〉④採用、選中：〈取材、錄取〉⑤求得：〈取火〉⑥自找的：〈取笑、自取滅亡〉⑦在動詞後面，表示動作的進行：〈聽取〉。

造詞 取代、取捨、取悅、取消／進取、換取、奪取、盜取／取而代之、一無可取。

同 拿、領。

又部 6 畫

叔

丨 ⺊ 上 于 扌 尗 叔 叔

ㄕㄨˊ ①父親的弟弟：〈叔叔〉②稱呼和父親同輩而年紀較小的男子：〈張叔叔〉③婦女稱丈夫的弟弟：〈小叔〉④兄弟中排行第三的：〈伯、仲、叔、季〉⑤衰弱不強的：〈叔世〉⑥姓。

造詞 叔父、叔公、叔姪。

又部 6 畫

受

ノ ⺈ ⺈ 爫 爫 爫 孚 受

ㄕㄡˋ ①收取：〈接受、受禮〉②遭到、得到：〈遭受、受苦〉③忍耐：〈忍受、受不了〉。

造詞 受用、受氣、受害、受傷、受理、受教、受罪、受騙／享受、授受、承受、感受／受寵若驚、自作自受。

同 收、接、納。

又部 7 畫

叛

丶 丷 丷 兰 半 半 扩 扳 叛

ㄆㄢˋ 背離、作戰：〈眾叛親離、反叛〉。

造詞 叛徒、叛逆、叛亂、叛變／背叛、違叛、謀叛。

同 反、亂、背、變。

又部 8 畫

叟

ノ 𠂇 𠂉 𠃊 臼 臼 臼 申 叟 叟

ㄙㄡˇ 年老的男子，俗稱「老頭兒」：〈童叟無欺、老叟〉。

又部 9 畫

曼

丨 口 日 日 日 昌 昌 昌 昌 曼 曼

ㄇㄢˋ ①延長：〈曼延、曼聲而歌〉②動作柔和的：〈輕歌曼舞〉③美好的：〈曼妙〉④長而且廣。

造詞 曼麗、曼靡、曼辭／美曼、婉曼。

又部 14 畫

叡

丨 ⺊ 卜 占 占 卢 卢 卢 卢 宊 宊 睿 睿 睿 叡 叡

ㄖㄨㄟˋ 同「睿」，聰明通達：〈叡智〉。

又部16畫

叢

丶 丷 丷 业 业 业 业 丵 丵 丵 丵 丵 丵 丵 叢 叢

ㄘㄨㄥˊ ①聚集在一起的許多人或物：〈草叢、人叢〉②聚集：〈叢生、叢集〉③聚集在一起的：〈叢書、叢林〉④混雜的：〈草木叢生〉⑤姓。

造詞 花叢、樹叢。

同 多、群。

口部 ㄎㄡˇ

口部0畫

口

丨 ㄇ 口

ㄎㄡˇ ①人與動物用來飲食、發聲的器官，也稱「嘴」：〈病從口入〉②出入通過的地方：〈門口〉③器物內部與外面相通的地方：〈瓶口、槍口〉④計算人、物的單位：〈一口井、八口人〉⑤破裂的地方：〈缺口、傷口〉⑥刀剪的鋒刃：〈刀口〉。

造詞 口吃、口才、口紅、口氣、口袋、口腔、口號、口福／開口、戶口、誇口、出口／口口聲聲、口是心非、口若懸河、口說無憑。

口部2畫

可

一 丁 叮 可 可

ㄎㄜˇ ①同意、允許：〈可以〉②適合：〈可口〉③能夠：〈牢不可破〉④值得：〈可愛、可憐〉⑤表示疑問：〈你可知道？〉⑥表示強調的語氣：〈你可真狠〉⑦但是：〈可是〉⑧姓。

ㄎㄜˋ 古代中國北方各民族對領袖的稱呼：〈可汗〉。

造詞 可怕、可笑、可恥、可能、可惜、可惡、可疑、可靠／大可、尚可、許可、認可／可有可無、可歌可泣、可想而知、非同小可。

口部2畫

古

一 十 十 古 古

ㄍㄨˇ ①距離現在久遠的時代：〈古往今來〉②過去的：〈古人〉③不合潮流的：〈古板〉④純樸敦厚的：〈古道熱腸〉⑤典雅的：〈古典〉⑥姓。

造詞 古代、古老、古怪、古董／考古、復古、作古、講古／古今中外、古色古香。

同 昔。

反 今。

口部2畫

右

一 ナ 才 右 右

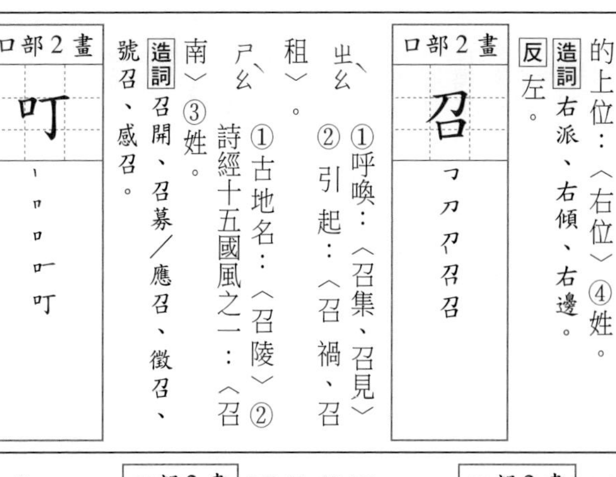

ㄧㄡˋ ①表示方向、位置，與「左」相對：〈靠右邊走〉②方位名，指西方③尊貴的上位：〈右位〉④姓。

造詞 右派、右傾、右邊。

反 左。

口部2畫

召

ㄓㄠˋ ①呼喚：〈召集、召見〉②引起：〈召禍、召租〉。

ㄕㄠˋ ①古地名：〈召陵〉②詩經十五國風之一：〈召南〉③姓。

造詞 召開、召募／應召、徵召、號召、感召。

口部2畫

叮

ㄉㄧㄥ ①蚊蟲咬：〈叮咬〉②吩咐：〈叮嚀、叮囑〉③形容金玉撞擊的聲音：〈叮叮噹噹〉。

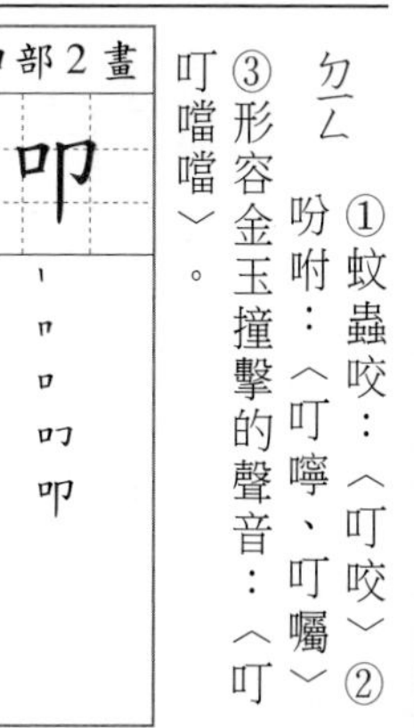

口部2畫

叩

ㄎㄡˋ ①敲、擊：〈叩門〉②請問、慰問：〈叩問、叩安〉③牽馬：〈叩馬〉④跪著行禮，額頭碰到地上，表示最高敬意：〈叩頭、叩謝〉。

造詞 叩拜、叩首。

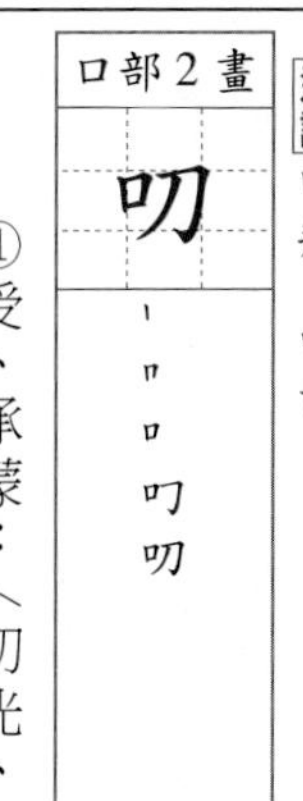

口部2畫

叨

ㄊㄠ ①受、承蒙：〈叨光、叨教〉②自謙的話：〈叨陪末座〉。

ㄉㄠ 話多嚕嗦的樣子：〈嘮叨〉。

造詞 叨念、叨擾。

口部2畫

叼

ㄉㄧㄠ 用嘴銜住：〈叼著香菸〉。

口部2畫

司

ㄙ ①古代的官吏或官署名稱：〈司馬、布政使司〉②中央政府機關的組織單位：〈教育部社會教育司〉③經商的一種團體，資本由多人集合而成：〈公司〉④掌管：〈司法、職司〉⑤姓。

造詞 司令、司儀、司機、司鐸／上司、官司、祭司／司空見慣。

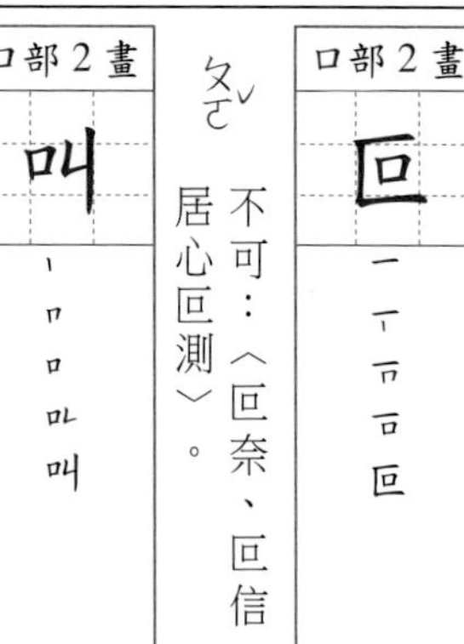

口部2畫 叵

ㄆㄛˇ 不可：〈叵奈、叵信、居心叵測〉。

口部2畫 叫

ㄐㄧㄠˋ ①稱呼、命名：〈你叫什麼名字？〉②呼喊：〈呼叫、叫囂〉③鳥獸蟲類發出的聲音：〈雞叫〉④招喚：〈叫車〉⑤被、受：〈叫人給打傷了〉⑥交待：〈叫他早點回家〉⑦使、讓：〈真叫人生氣〉。

造詞 叫座、叫嚷、叫陣、叫賣／呼叫、吼叫、鳴叫、驚叫／叫苦連天。

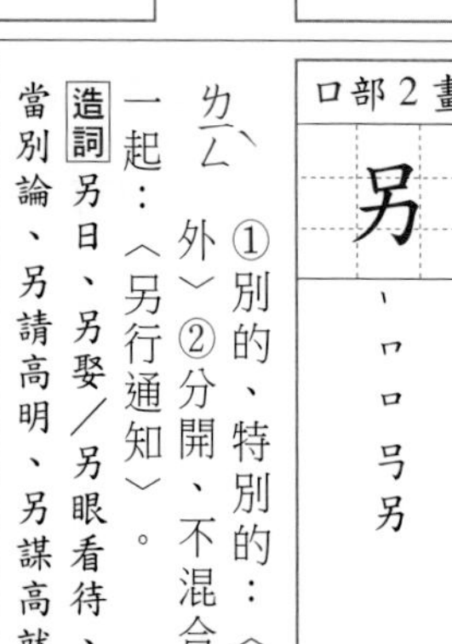

口部2畫 另

ㄌㄧㄥˋ ①別的、特別的：〈另外〉②分開、不混合在一起：〈另行通知〉。

造詞 另日、另娶／另眼看待、另當別論、另請高明、另謀高就。

口部2畫 只

ㄓˇ ①僅僅：〈只此一家〉②儘：〈只管去做〉③姓。

ㄓ 通「隻」，量詞：〈一只鞋子〉。

造詞 只好、只怕、只是、只要。

同 祇、僅。

口部2畫 史

ㄕˇ ①記載過去事跡的書籍：〈正史、通史〉②古代掌管文書記錄的官員：〈太史、左史〉③姓。

造詞 史料、史跡、史實／歷史、國史／史無前例。

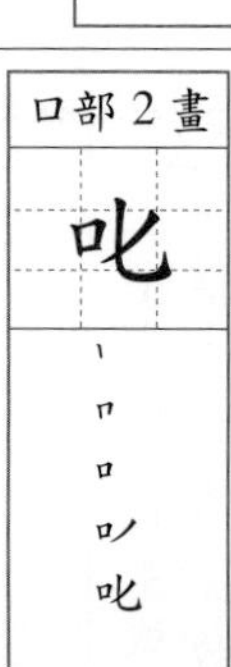

口部2畫 叱

ㄔˋ ①大聲責罵：〈叱責、怒叱〉②大聲呼喝。

造詞 叱咤風雲。

口部2畫 台

ㄊㄞˊ ①對人的尊稱：〈台端〉②通「臺」，「臺」的簡寫，臺灣簡稱「台」③數量單位：〈一台冰箱〉。

ㄧˊ ①我，古代稱自己為「台」②通「怡」，喜悅③姓。

造詞 台風、台啟、台詞、台步／舞台。

口部2畫

句

ノ 勹 勺 句 句

ㄐㄩˋ ①由兩個以上的詞或短語連接，而能表達完整意思的，叫「句」：〈文句、語句〉②量詞，語文或詩詞一組叫「一句」。

ㄍㄡ ①數學名詞，直角三角形中直角旁的短邊叫「句」②同「鉤」，彎曲而末端銳利、向內的東西：〈魚句〉③通「勾」④姓：〈句踐〉。

ㄍㄡˋ 通「勾」：〈句當〉。

造詞 句子、句法、句型、句號／例句、詞句、絕句。

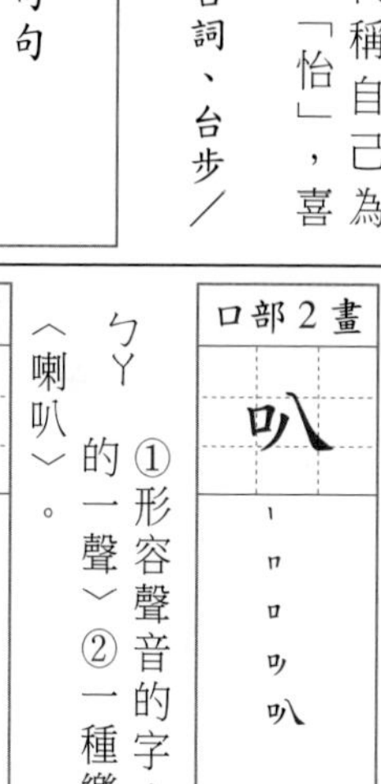

口部2畫

叭

丨 ㄇ 口 叭 叭

ㄅㄚ ①形容聲音的字：〈叭的一聲〉②一種樂器：〈喇叭〉。

口部3畫

吉

一 十 士 吉 吉 吉

ㄐㄧˊ ①福、善：〈逢凶化吉〉②美好的、順利的：〈吉日、吉利、吉祥〉③吉林省的簡稱④姓。

造詞 吉人、吉期、吉他／大吉、凶吉、納吉／吉人天相、吉光片羽、開工大吉。

口部3畫

吏

一 𠂇 𠮛 𠮛 吏 吏

ㄌㄧˋ ①辦理公務的官員：〈官吏〉②姓。

造詞 吏治、吏部／稅吏、苛吏、汙吏、廉吏。

請注意：「吏」和「史」二字形似，音義卻不同。「史」音ㄕˇ，是指過去的事跡。「官吏」就是官員，所以當用「吏」而非「史」。

口部3畫

同

丨 冂 冂 同 同 同

ㄊㄨㄥˊ ①和平、安樂的境界：〈世界大同〉②聚集在一起：〈會同〉③一樣的：〈同年、同姓〉④在一起：〈同享〉⑤和、與：〈你同我一起走〉⑥小巷子：〈胡同〉⑦姓。

造詞 同化、同伴、同事、同時、同情、同意、同感、同樣／相同、異同、苟同、贊同、雷同、共同、協同、合同／同甘共苦、同心協力、同舟共濟、同流合汙、同病相憐、同歸於盡。

同 仝。

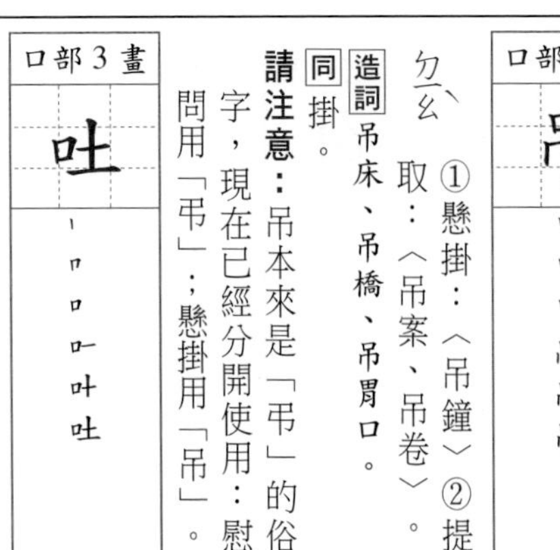

口部3畫 吊

ㄉㄧㄠˋ ①懸掛：〈吊鐘〉②提取：〈吊案、吊卷〉。

造詞 吊床、吊橋、吊胃口。

同 掛。

請注意：吊本來是「弔」的俗字，現在已經分開使用：慰問用「弔」，懸掛用「吊」。

口部3畫 吐

ㄊㄨˇ ①東西從嘴裡出來：〈吐痰〉②從嘴巴或夾縫裡長出或露出：〈蠶吐絲、吐新芽〉③說出來：〈吐露〉。

ㄊㄨˋ ①東西從胃裡或肺裡嘔出來：〈嘔吐、吐血〉②被迫退還侵占的東西：〈把你騙來的錢吐出來〉。

造詞 吐氣、吐沫、吐實、吐苦水／吞吐、傾吐、談吐／吐氣如蘭。

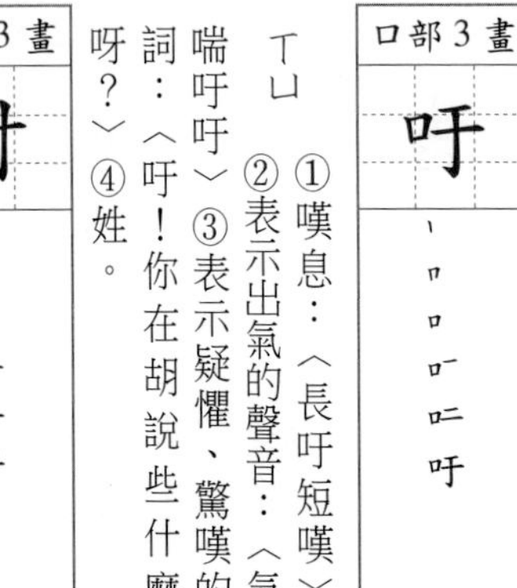

口部3畫 吁

ㄒㄩ ①嘆息：〈長吁短嘆〉②表示出氣的聲音：〈氣喘吁吁〉③表示疑懼、驚嘆的詞：〈吁！你在胡說些什麼呀？〉④姓。

口部3畫 吋

ㄘㄨㄣˋ 「英吋」的簡稱，英、美等國家的長度單位，一吋大約等於二・五四公分。

口部3畫 各

ㄍㄜˋ ①每個：〈各地、各國〉②分別的：〈各奔東西〉。

造詞 各人、各別、各位、各種／各色各樣、各自為政、各有千秋、各得其所。

請注意：「各」是指每一個，或很多種，「個」是指單獨的、私自的，例如：個人。

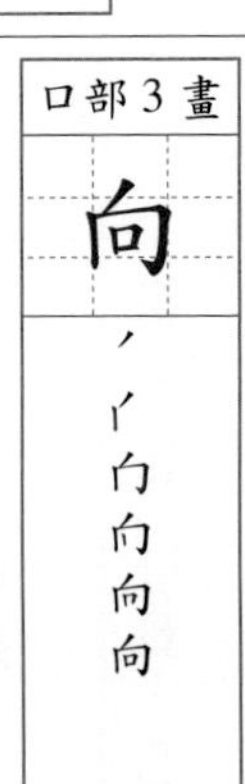

口部3畫 向

ㄒㄧㄤˋ ①方位、目標：〈方向、風向〉②對著、朝著：〈向前〉③接近：〈向晚〉④偏袒：〈向著他、偏向〉⑤傾於某一方面：〈趨向、意向〉⑥從來、一直：〈向來、一向〉⑦姓。

造詞 向上、向陽、向隅、向學／內向、傾向、志向、去向／暈頭轉向。

口部3畫

名

ノ ク タ タ 名 名

ㄇㄧㄥˊ ①稱呼：〈國名、人名、地名〉②計算人數的單位：〈三名學生〉③聲望：〈名望〉④等第：〈第一名〉⑤官職的封號：〈功名〉⑥說出、形容：〈莫名其妙、無以名之〉⑦大多數人都知道：〈名著、名人〉⑧貴重的：〈名畫〉⑨大的：〈名山〉。

造詞 名片、名家、名堂、名單、名勝、名詞、名額、名譽／匿名、著名、命名、姓名、知名、本名、指名、報名／名不虛傳、名正言順、名列前茅、名副其實、名揚四海、名落孫山。

口部3畫

合

ノ 人 亼 亽 合 合

ㄏㄜˊ ①配偶：〈天作之合〉②閉上：〈合眼〉③聚集：〈集合、會合〉④相符：〈合身、合意〉⑤配：〈合婚〉⑥折算：〈一公尺合一百公分〉⑦全部的：〈合計〉⑧環繞著：〈合抱、合圍〉⑨應該：〈理合如此〉。

ㄍㄜˇ 容量單位，一公合等於十分之一公升。

造詞 合力、合作、合法、合奏、合約、合格、合唱、合群、合夥、合算、合適、合歡／結合、融合、配合、混合、符合、聯合、綜合、組合／不謀而合、志同道合。

請注意：「合」與「和」不同。「合」有聚集的意思；和氣的「和」有和諧的意思。

口部3畫

吃

丨 ㄇ 口 口ノ 口𠂉 吃

ㄔ ①用嘴嚼吞食物：〈吃飯、吃飽〉②遭受：〈吃虧、吃驚〉③擔負、承受：〈吃重、吃不消〉④吸：〈吃墨、吃油〉⑤船舶浸入水中：〈這艘船吃水很深〉⑥下棋或玩牌時，奪取對方的棋子或牌時：〈吃牌〉⑦耗費：〈吃力〉⑧侵吞：〈這筆錢被他吃了〉。

ㄐㄧˊ 說話不流利而常帶有重疊音，也叫「結巴」：〈口吃〉。

造詞 吃苦、吃香、吃素、吃醋／

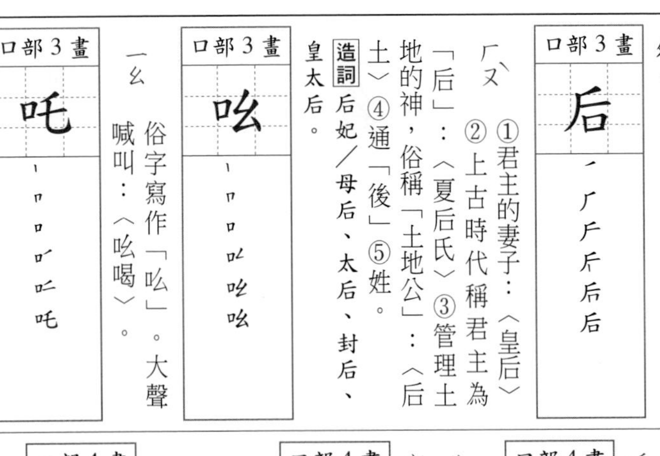

小吃、貪吃／吃苦耐勞、吃裡扒外。

口部3畫 **后**

一 厂 厂 斤 后 后

ㄏㄡˋ ①君主的妻子：〈皇后〉②上古時代稱君主為「后」：〈夏后氏〉③管理土地的神，俗稱「土地公」：〈后土〉④通「後」⑤姓。

造詞 后妃／母后、太后、封后、皇太后。

口部3畫 **吆**

丨 口 口 口ㄥ 吆 吆

ㄧㄠ 俗字寫作「吆」。大聲喊叫：〈吆喝〉。

口部3畫 **吒**

丨 口 口 口ˊ 口ˊ 吒

ㄓㄚˋ ①神話中的人名：〈哪吒〉②通「咤」：〈叱吒〉。

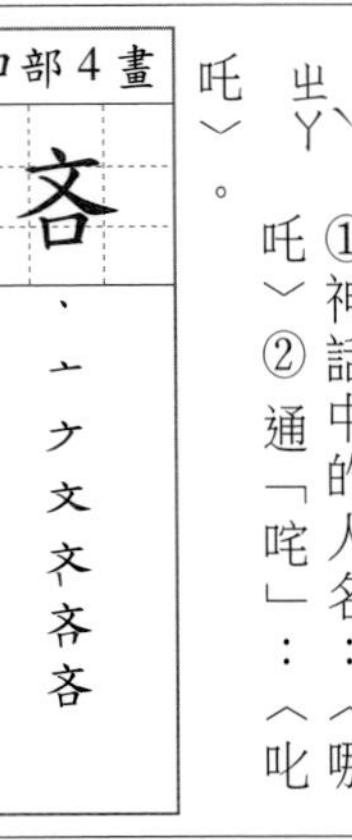

口部4畫 **吝**

丶 亠 ナ 文 文 吝 吝

ㄌㄧㄣˋ ①小氣、捨不得：〈吝嗇、吝惜〉②恨：〈悔吝〉。

口部4畫 **吭**

丨 口 口 口丶 口亠 吭 吭

ㄏㄤˊ 咽喉：〈引吭高歌〉。

ㄎㄥ 出聲、作聲：〈吭氣、悶不吭聲〉。

口部4畫 **吞**

一 二 チ 天 天 吞 吞

ㄊㄨㄣ ①嚥下去：〈吞藥丸〉②侵占、沒收：〈併吞、吞沒〉③想說話又不敢說：〈吞吞吐吐〉④忍受：〈忍氣吞聲〉⑤姓。

造詞 吞咽、吞金、吞滅、吞蝕／吞雲吐霧。

同 嚥。

反 吐。

口部4畫 **吾**

一 丁 五 五 吾 吾 吾

ㄨˊ ①我：〈吾人〉②我的、我們的：〈吾友、吾國、吾土吾民〉③說話含糊：〈支吾〉④姓。

造詞 吾兄、吾輩、吾儕。

同 予、我、余、咱、俺。

口部4畫 **否**

一 ア 不 不 不 否 否

ㄈㄡˇ ①不是、沒有：〈是否、有否〉②不同意、反對：〈否決、否定、否認〉③通「嗎」，表示疑問：〈你知道否？〉④要不然，不這樣就：〈否則〉。

ㄆㄧˇ ①易經卦名：〈否卦〉②壞、不好：〈否極泰來〉③貶斥：〈臧否〉。

造詞 可否、能否、當否／不置可否。

同 不、非。

口部4畫

呎

ㄔˇ 也稱「英呎」，英美等國計算長度的單位，一呎等於十二吋，大約等於〇・三〇四八公尺。

口部4畫

吧

·ㄅㄚ ①通「罷」，語尾助詞②表示指示或指使：〈快去吧！〉③表示商量或請求：〈給我吧！幫個忙吧！〉④表示允許：〈好吧！〉⑤表示推測：〈他大概不來了吧！〉⑥表示懷疑：〈該不會下雨吧！〉⑦用在停頓：〈去吧，不好；不去吧，也不好〉⑧表示放棄：〈唉！算了吧！〉。

ㄅㄚ 供人喝酒的場所，是英文 bar 的音譯字：〈酒吧〉。

口部4畫

呆

ㄉㄞ ①同「獃」，傻、愚蠢：〈呆子、呆頭鵝〉②不靈活、死板：〈呆板、發呆〉。

造詞 呆滯、呆帳、呆笨／痴呆、書呆、憨呆／呆若木雞、呆頭呆腦。

口部4畫

呃

ㄜˋ ①氣從心胸往上逆衝所發出的聲音：〈打呃〉②雞叫聲。

口部4畫

吳

ㄨˊ ①古代國名，三國之一，由孫權建立：〈吳國〉②姓。

口部4畫

呈

ㄔㄥˊ ①下級對上級的一種公文：〈呈文〉②顯露：〈呈現〉③恭敬的奉上：〈呈上、呈閱〉。

造詞 呈獻、呈報、呈請、呈遞／面呈、敬呈、奉呈、進呈／吉便帶呈。

請注意：「呈」下面是「𡈼」（ㄊㄥˇ），不是「王」（ㄖㄣˊ）。

呂

口部4畫

ㄌㄩˇ ①古代校正樂器聲音的器具：〈律呂〉②姓。

君

口部4畫

ㄐㄩㄣ ①封建時代一國之王：〈國君〉②封號：〈孟嘗君〉③妻子稱呼丈夫：〈夫君〉④從前尊稱他人的母親：〈太君〉⑤對人的尊稱：〈諸君、張君〉⑥有才德的賢人：〈君子〉⑦姓。

造詞 君王、君主、君臣、君權／家君、郎君、昏君、先君／君臨天下。

吩

口部4畫

ㄈㄣ 交代別人做事：〈吩咐〉。

告

口部4畫

ㄍㄠˋ ①對大眾宣示的公文：〈布告、通告〉②訴訟的兩方當事人：〈原告、被告〉③用話或文字說明，使別人知道：〈告訴、報告〉④請求：〈告退、告假〉⑤提出檢舉或控訴：〈告狀、控告〉⑥宣布某件事情完成：〈告一段落〉⑦姓⑧勸說：〈忠告〉。

ㄍㄨˋ 古時一種祭祀禮儀：〈告朔〉。

造詞 告示、告知、告別、告密、告發、告貸、告誡、告辭／宣告、警告、誣告、勸告／告貸無門。

吹

口部4畫

ㄔㄨㄟ ①合攏嘴脣，用力將氣呼出來：〈吹氣球、吹口哨〉②空氣流動或推進：〈風吹雨打〉③宣傳提倡：〈鼓吹〉④說大話、自誇：〈吹牛〉⑤事情失敗：〈這件事吹了〉。

造詞 吹拂、吹噓／胡吹、齊吹／吹毛求疵、吹灰之力。

吻
口部4畫

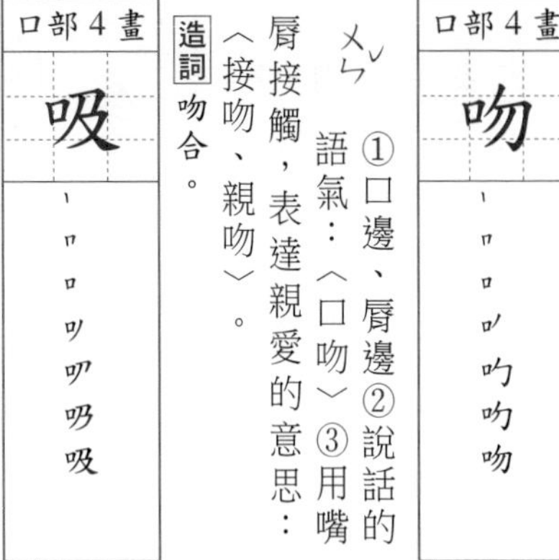

ㄨㄣˇ ①口邊、脣邊②說話的語氣：〈口吻〉③用嘴脣接觸，表達親愛的意思：〈接吻、親吻〉。

造詞 吻合。

吸
口部4畫

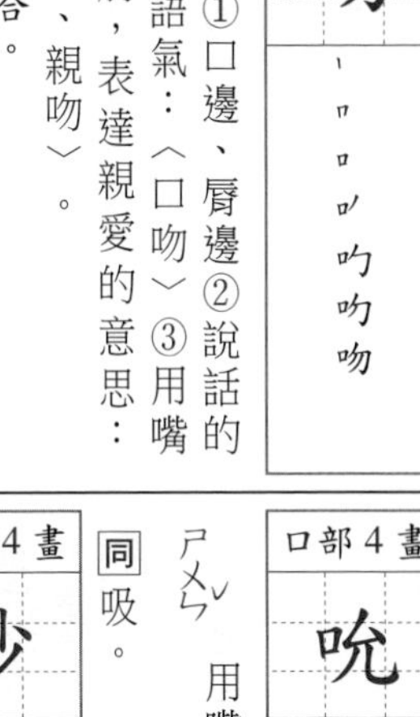

ㄒㄧ ①用口或鼻把液體或氣體引入體內：〈吸氣〉②招引：〈吸引〉③收取、引取：〈吸收、吸取〉。

造詞 吸煙、吸盤、吸血鬼／呼吸、虹吸／吸風飲露。

同 引、飲。

反 呼、吐。

吮
口部4畫

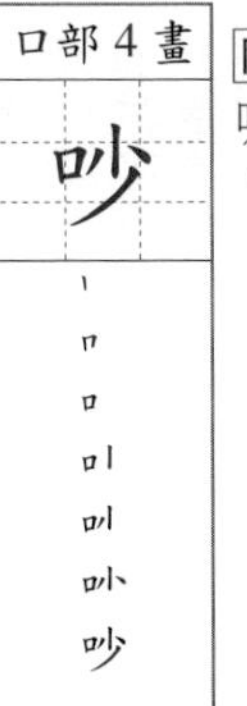

ㄕㄨㄣˇ 用嘴吸取：〈吸吮〉。

同 吸。

吵
口部4畫

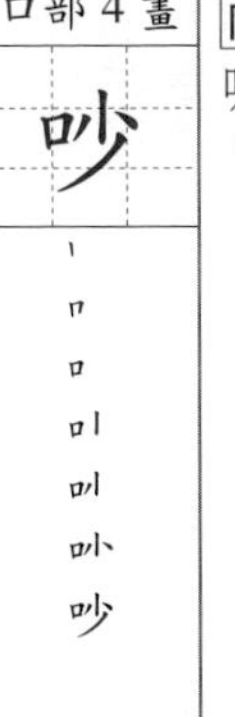

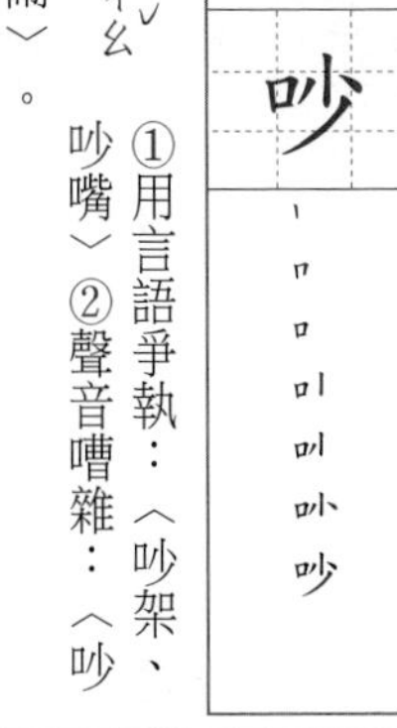

ㄔㄠˇ ①用言語爭執：〈吵架、吵嘴〉②聲音嘈雜：〈吵鬧〉。

造詞 吵醒、吵嘴。

同 鬧、罵、嘈。

吶
口部4畫

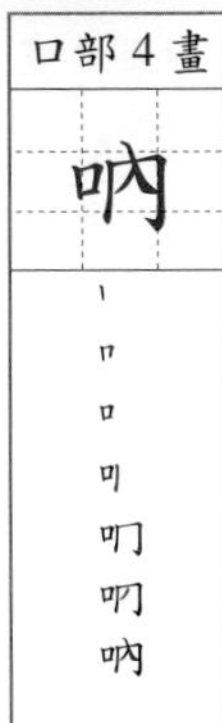

ㄋㄚˋ ①大聲喊叫：〈吶喊〉②通「訥」，說話遲鈍、困難、不流利：〈吶吶〉。

吠
口部4畫

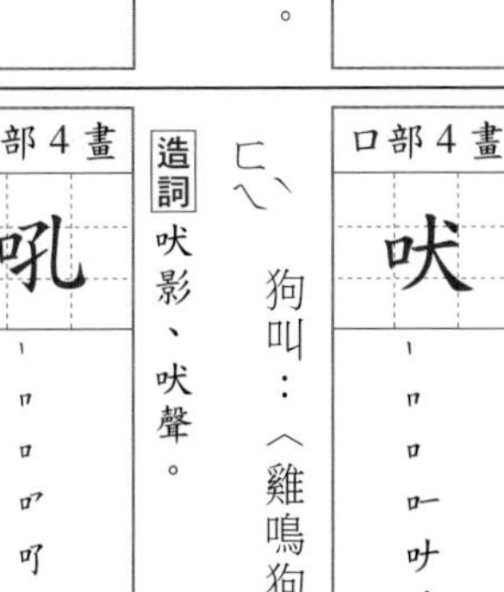

ㄈㄟˋ 狗叫：〈雞鳴狗吠〉。

造詞 吠影、吠聲。

吼
口部4畫

ㄏㄡˇ ①猛獸叫：〈獅吼〉②大聲喊叫或發出大的聲響：〈大吼一聲、北風怒吼〉。

造詞 河東獅吼。

呀
口部4畫

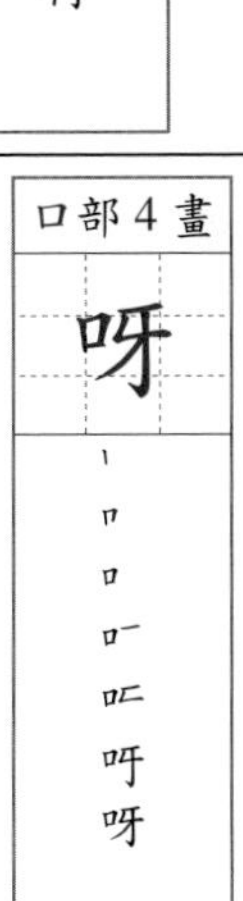

ㄧㄚ ①形容聲音的語調：〈門「呀」的一聲開了〉②驚嘆詞：〈哎呀！〉。

•ㄧㄚ　表示驚訝或肯定，用在語尾：〈是呀！〉。

ㄒㄧㄚ　呀然，吃驚的樣子。

吱　口部4畫

ㄓ　形容聲音的字，多指小鳥或老鼠的叫聲：〈吱吱叫〉。

含　口部4畫

ㄏㄢˊ　①東西放在嘴裡，不吐出來也不嚥下去：〈含著糖〉②藏在裡面：〈含淚、含苞待放〉③包容：〈包含〉④帶著某種意思、感情，不完全表露出來：〈含笑、含羞〉⑤古禮把珠玉放在死人嘴裡，叫「含」，也寫作「琀」。

造詞　含義、含蓄、含糊、含蘊／內含、口含、容含／含血噴人、含沙射影、含辛茹苦、含飴弄孫。

吟　口部4畫

ㄧㄣˊ　①詩歌名：〈遊子吟〉②拉長聲音，聲調抑揚頓挫的誦讀：〈吟詩〉③動物鳴叫：〈蟬吟〉④因病發出痛苦的嘆息聲：〈呻吟〉⑤聲調拖長：〈低吟〉。

造詞　吟哦、吟詠、吟誦、吟嘯／微吟、歌吟、龍吟、哀吟／無病呻吟。

味　口部5畫

ㄨㄟˋ　①舌頭嘗東西所得到的感覺：〈甜味、苦味〉②鼻子聞東西所得到的感覺：〈香味、臭味〉③量詞，食物或中藥一種叫「一味」④內心的感受：〈趣味〉⑤意義：〈禪味〉⑥體會、研究：〈意味、玩味〉。

造詞　味道、味精、味蕾、味覺／口味、滋味、意味、調味、美味、體味、乏味／味如嚼蠟、津津有味、食不知味、耐人尋味。

請注意：「味」字右邊是「未」(ㄨㄟˋ)，不是「末」(ㄇㄛˋ)。

呵　口部5畫

ㄏㄜ　①生氣時大聲責罵：〈呵責〉②吹、吐：〈呵氣〉③吹氣使手溫暖：〈呵手〉④形容大聲笑：〈笑呵呵〉⑤表示驚訝的口氣：〈呵！你可來了！〉。

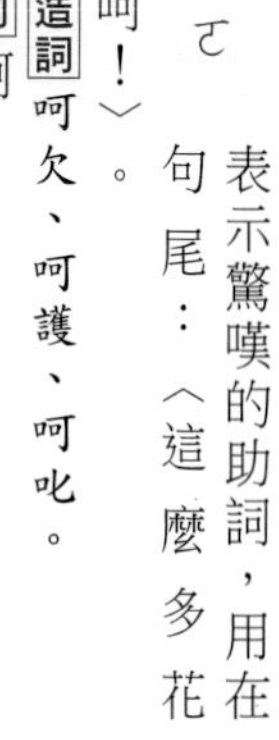

ㄛ 表示驚嘆的助詞，用在句尾：〈這麼多花呵！〉。

造詞 呵欠、呵護、呵叱。

同 訶。

口部5畫 **咖**

丨 ㄇ 口 叮 叻 叻 咖 咖

ㄎㄚ ①「咖啡」的譯音，是一種黑褐色的飲料，可用來提神②「咖哩」的譯音，是一種辛香的調味料。

口部5畫 **呸**

丨 ㄇ 口 口一 口丆 口不 口不 呸

ㄆㄟ 爭吵時表示憤怒或鄙視的唾罵聲：〈呸，憑你也配！〉。

口部5畫 **咕**

丨 ㄇ 口 口一 叶 叶 咕 咕

ㄍㄨ 形容聲音的字：〈咕嚕、咕咕〉。

造詞 咕咚、咕唧、咕噥。

口部5畫 **咀**

丨 ㄇ 口 口丨 叩 叩 呾 咀

ㄐㄩˇ ①用牙齒咬細並磨碎食物：〈咀嚼〉②經玩味而加以理解：〈含英咀華〉。

口部5畫 **呻**

丨 ㄇ 口 口丨 叩 叩 叩 呻

ㄕㄣ 身心痛苦時發出的聲音：〈呻吟〉。

口部5畫 **呷**

丨 ㄇ 口 口丨 叩 叩 叩 呷

ㄒㄧㄚˊ ①吸飲、小口的喝：〈呷一口水〉②鴨子的叫聲：〈呷呷叫〉。

口部5畫 **咄**

丨 ㄇ 口 口丨 叫 叫 咄 咄

ㄉㄨㄛˋ ①呵斥聲：〈咄叱〉②嘆息聲：〈咄咄〉。

造詞 咄咄逼人、咄咄怪事。

口部5畫 **咒**

丨 ㄇ 口 口丨 吅 吅 咒 咒

ㄓㄡˋ ①佛教經書文體的一種：〈大悲咒〉②宗教迷信或巫術中用來驅鬼、除邪、治病的口訣：〈符咒、念咒〉③用惡毒、不吉祥的話罵人或求神降禍給別人：〈詛咒〉④發誓的話：〈賭咒〉。

造詞 咒語、咒水、咒罵。

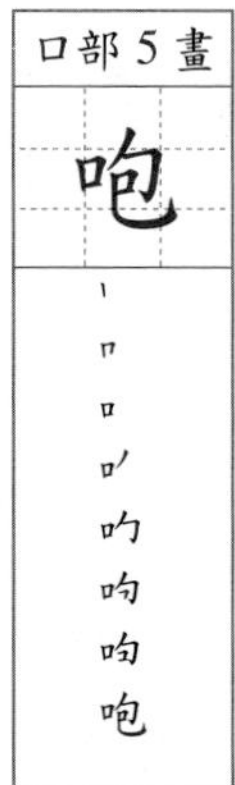

ㄆㄠˊ 發怒而吼叫：〈咆哮〉。

同 吼、哮、嗥。

口部5畫

呼

ㄏㄨ ①把氣從口中吐出：〈呼氣〉②大聲喊叫：〈歡呼〉③叫、喚：〈呼喚、直呼其名〉④稱謂：〈稱呼〉⑤招引：〈呼朋引伴〉⑥形容聲音的語詞：〈北風呼呼的吹〉⑦文言文中表示嘆息的語氣：〈嗚呼！〉。

造詞 呼吸、呼救、呼號、呼應／招呼、叫呼／呼天搶地、呼風喚雨、呼么喝六、呼之欲出。

反 吸。

口部5畫

咐

ㄈㄨˋ 交代人做事：〈吩咐〉。

口部5畫

呱

ㄍㄨ 嬰兒的啼哭聲：〈呱呱大哭、呱呱墜地〉。

ㄍㄨㄚ 形容聲音的字：〈呱呱叫〉。

口部5畫

呶

ㄋㄠˊ ①大聲喧嘩：〈喧呶〉②說話不停的樣子：〈呶呶不休〉。

口部5畫

和

ㄏㄢˋ 連詞，與、同、跟、及：〈你和我〉。

ㄏㄜˊ ①兩個以上的數加起來的總數：〈和數〉②日本的別名：〈大和民族〉③相處得好：〈不和〉④連帶：〈和衣而睡〉⑤溫暖的：〈和風〉⑥親愛、友好：〈和睦、和氣〉⑦日本的：〈和服〉⑧溫順、不猛烈：〈和順〉⑨不分勝敗：〈和局〉⑩調解：〈和解、和談〉⑪姓。

ㄏㄨㄛˋ 混合調配：〈用水和麵〉。

˙ㄏㄨㄛ 氣候溫暖：〈暖和〉。

ㄏㄜˋ 聲音或詩詞的韻腳相應：〈唱和〉。

ㄏㄨˊ　通「胡」，打麻將時，牌張已湊成一副而獲勝，〈和了！〉。

造詞 和平、和好、和尚、和諧、和聲、和藹／柔和、飽和、隨和、調和／和好如初、和氣生財、和盤托出、和顏悅色。

同 與、同、向、對、跟。

口部5畫

咚

丨 ㄇ 口 口ノ 口ク 吣 咚 咚

ㄉㄨㄥ　①重東西掉下來的撞擊聲：〈咕咚〉②打鼓的聲音：〈咚咚〉。

口部5畫

呢

丨 ㄇ 口 口ㄱ 口ㄕ 口尸 呎 呢

ㄋㄧˊ　①毛織品的一種：〈呢絨〉②燕子的叫聲：〈呢喃〉。

·ㄋㄜ　①表示疑問的語氣：〈怎麼辦呢？〉②表示確定的語氣：〈還早呢！〉。

口部5畫

周

丿 冂 月 円 用 周 周 周

ㄓㄡ　①古代朝代名：〈周朝〉②外圍的地域：〈四周〉③環繞外圍一圈叫「一周」④通「週」，一星期叫「一周」⑤滿一年叫「周年」⑥接濟：〈周濟〉⑦完備：〈周密〉⑧全、都：〈周身、眾所周知〉⑨姓。

造詞 周全、周到、周圍、周遭／周而復始、周轉不靈。

同 週。

口部5畫

咋

丨 ㄇ 口 口ノ 口𠂉 口ㄏ 咋 咋

ㄗㄜˊ　咬住：〈咋舌〉。

口部5畫

命

ノ 人 亼 𠆢 合 命 命 命

ㄇㄧㄥˋ　①一生中註定的遭遇：〈命運〉②生物生存的機能：〈生命〉③上級對下級的指示：〈命令〉④差遣：〈任命〉⑤取定、指定：〈命題、命名〉⑥擊：〈命中〉⑦認為：〈自命不凡〉。

造詞 命象、命脈／天命、宿命、革命、待命、奉命、長命、薄命、使命／命中注定、命在旦夕、耳提面命、相依為命。

同 運、令、使、叫。

口部5畫

咎

ノ ク 夂 夂ノ 夂卜 咎 咎 咎

ㄐㄧㄡˋ ①過失、罪過：〈引咎辭職〉②災禍：〈咎由自取〉③歸罪、追究責任：〈既往不咎〉。

ㄍㄠ ①大鼓②姓：〈咎陶（ㄧㄠˊ）〉。

造詞 咎悔、咎責／天咎、愧咎、災咎、歸咎／動輒得咎。

口部5畫

咔

ㄎㄚ 形容聲音的字：〈咔嚓、「咔」的一聲切斷〉。

口部6畫

咬

咬

ㄧㄠˇ ①用牙齒夾住東西，或切斷、弄碎東西：〈咬住、咬斷〉②吃：〈咬一口麵包〉③誣告：〈反咬一口〉④讀出字的音：〈咬字清楚〉⑤說話堅定，不再改變：〈一口咬定〉。

ㄐㄧㄠ 鳥叫聲：〈咬咬〉。

造詞 咬嚼、咬耳朵／咬牙切齒、咬文嚼字。

請注意：「咬」和「齧」（ㄋㄧㄝˋ）有別，「齧」是小口的咬。

口部6畫

哀

哀

ㄞ ①悲痛憂傷的情緒：〈哀傷、悲哀〉②同情、憐惜：〈哀憐〉③追念死人：〈默哀、哀悼〉④苦苦的：〈哀求〉⑤姓。

造詞 哀思、哀愁、哀痛／哀兵必敗、節哀順變。

請注意：「哀」的中間是「口」，有悲傷的意思。「衰」的中間是「⊟」，形容虛弱的樣子，例如：衰弱。

口部6畫

咨

咨

ㄗ ①公文的一種，僅限用於總統和立法、監察兩院的公文往返：〈咨文〉②嘆息的聲音：〈咨嗟〉③通「諮」，商量：〈咨詢〉。

同 諮。

口部6畫

哎

哎

ㄞ ①嘆息聲，表示哀傷惋惜：〈哎！真想不到〉②表示驚訝或不滿的語氣詞：〈哎呀、哎喲〉。

口部6畫

哉

哉

ㄗㄞ　①表示疑問：〈何足道哉？〉②表示感嘆：〈嗚呼哀哉！〉。

咸

口部6畫

咸　一厂厂厂后后咸咸

ㄒㄧㄢˊ　①易經卦名之一②全、都：〈老少咸宜〉③姓。

請注意：咸和都、皆、全，意義相同，在作文時，可作不同的運用；作副詞時用「皆」，文言文用「咸」，白話文用「都」。

咦

口部6畫

咦　丶口口口一口彐口彐口彐咦

ㄧˊ　表示驚訝或疑問的感嘆詞：〈咦！這是怎麼一回事？〉。

咳

口部6畫

咳　丶口口口丶口亠口亡口方咳

ㄎㄜˊ　①氣管黏膜受到痰或氣體的刺激而振動發出聲音：〈咳嗽〉②同「咯」，用力排出梗塞在喉嚨中的異物：〈咳痰、咳出〉。

ㄏㄞ　①表示感嘆或驚疑：〈咳聲嘆氣、咳！這怎麼辦？〉②表示惋惜或後悔：〈咳！完了！〉③小孩子笑。

造詞 百日咳、傷風咳。

哇

口部6畫

哇　丶口口口一口十口土口圭哇

ㄨㄚ　小孩學說話的聲音、啼哭聲：〈哇哇〉。

˙ㄨㄚ　語尾助詞，表示驚嘆：〈好哇〉。

哂

口部6畫

哂　丶口口口一口冂口丙口两哂

ㄕㄣˇ　①微笑：〈哂納〉②譏諷：〈哂笑〉。

同 笑。

反 哭、泣、啼。

請注意：哂與晒字形相似；日部的「晒」是在太陽下照射的意思。

咽

口部6畫

咽　丶口口口冂口冂口円口因咽

ㄧㄢ　口腔的深處，通食道和氣管的地方：〈咽喉〉。

ㄧㄢˋ　通「嚥」，吞下：〈狼吞虎咽〉。

ㄧㄝˋ　聲音堵塞：〈哽咽〉。

造詞 咽塞、咽頭／悲咽、哀咽、感咽。

同 嚥、吞。
反 嘔、吐。

口部6畫

咪

ㄇㄧ ①放在詞尾，形容輕小：〈笑咪咪〉②形容貓叫的聲音：〈咪咪叫〉。

口部6畫

品

ㄆㄧㄣˇ ①人的德行：〈人品、品德〉②物類的總稱：〈物品、商品〉③古代官吏的等級：〈三品、九品〉④物的等級：〈上品、下品〉⑤種類：〈品種〉⑥細辨滋味：〈品茗〉⑦評量：〈品評〉⑧吹奏樂器：〈品簫〉⑨姓。

造詞 品味、品格、品嘗、品牌／人品、珍品、補品、禮品、酒品、貢品、舶來品／品學兼優、品頭論足。

同 類、種、等、級、德、質。

口部6畫

哄

ㄏㄨㄥ 眾人同時發出聲音：〈一哄而散、哄堂大笑〉。

ㄏㄨㄥˇ ①欺騙：〈你別哄我，我可不上當〉②安撫小孩，使他乖順：〈哄小孩〉。

造詞 哄動、哄騙、哄賺。

同 欺、騙、蓋。

口部6畫

哈

ㄏㄚ ①張口呼氣：〈哈氣〉②上身稍微向下彎：〈哈腰〉③形容大聲笑：〈哈哈大笑〉④表示得意或滿意：〈哈哈！我猜到了〉。

ㄏㄚˇ ①毛長而密的小狗：〈哈巴狗〉②姓。

ㄎㄚ 毛織品：〈哈喇〉。

造詞 哈囉、哈密瓜、打哈哈、苦哈哈。

口部6畫

咯

˙ㄌㄛ 同「了」，表示肯定或語氣結束：〈當然咯〉。

ㄍㄜ 形容聲音的字：〈咯咯叫〉。

ㄎㄚˇ ①同「咳」，吐：〈把魚刺咯出來〉②咳嗽吐血：〈咯血〉。

ㄍㄜˊ 通「嗝」：〈打咯兒〉。

口部6畫

咫

ㄓˇ ①周代一咫等於八寸②比喻極近：〈咫尺天涯、咫聞〉。

口部6畫 咱

ㄗㄢˊ 北方人稱「我」為「咱」：〈咱們〉。

ㄗㄚˊ 古典小說中稱「我」為「咱家」。

口部6畫 咻

ㄒㄧㄡ 形容聲音的字：〈咻的一聲〉。

ㄒㄩˇ 病人呻吟的聲音：〈噢咻〉。

口部6畫 咩

ㄇㄧㄝ 羊叫的聲音：〈小羊咩咩的叫〉。

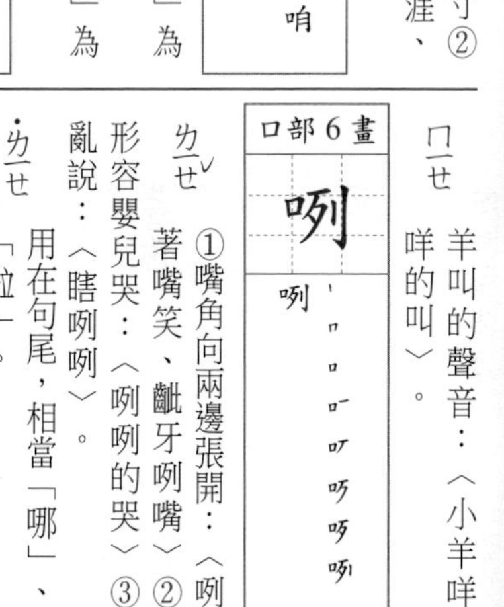

口部6畫 咧

ㄌㄧㄝˇ ①嘴角向兩邊張開：〈咧著嘴笑、齜牙咧嘴〉②形容嬰兒哭：〈咧咧的哭〉③亂說：〈瞎咧咧〉。

˙ㄌㄧㄝ 用在句尾，相當「哪」、「啦」。

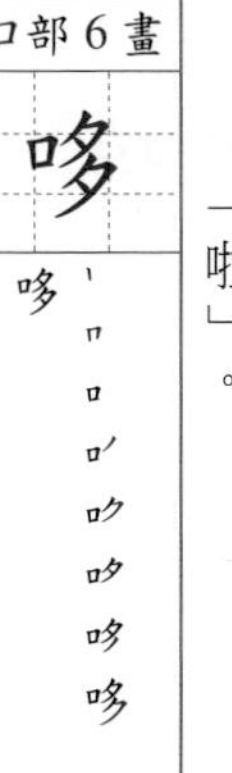

口部6畫 哆

ㄉㄨㄛ 因為寒冷或害怕，身體發抖的樣子：〈冷得打哆嗦〉。

ㄔㄜˇ 張口：〈哆著嘴〉。

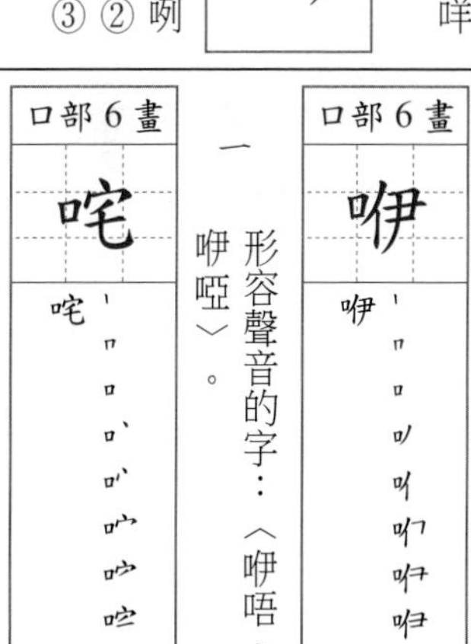

口部6畫 咿

ㄧ 形容聲音的字：〈咿唔、咿啞〉。

口部6畫 咤

ㄓㄚˋ ①發怒時吼叫：〈叱咤〉②吃東西時嘴裡出聲：〈咤咤〉。

口部7畫 哨

ㄕㄠˋ ①用嘴唇吹氣發出的尖銳聲音：〈呼哨〉②能發出尖銳聲音的器物：〈哨子〉③巡邏、警戒、防守的崗位：〈崗哨〉④軍隊佈崗巡察：〈巡哨〉。

造詞 哨兵、哨棒／口哨、站哨、警哨。

請注意：「哨」右邊是「肖」，不可寫成嗩吶（樂器）的「嗩」（ㄙㄨㄛˇ）。

口部7畫 **唐**

唐唐

ㄊㄤˊ ①我國朝代名：〈唐朝〉②中國的代稱：〈唐人街、唐裝〉③說話或做事誇大：〈荒唐〉④衝突、牴觸：〈唐突〉⑤虛、空：〈唐捐〉⑥姓。

口部7畫 **唁**

唁唁

ㄧㄢˋ 慰問死者的家屬：〈弔唁〉。

造詞 唁勞、唁電。

口部7畫 **唷**

唷唷

ㄧㄛ ①表示疑問：〈唷，真的嗎？〉②表示驚嘆或驚訝：〈哎唷，這麼多！〉③表示痛苦：〈唷，痛死我了！〉。

口部7畫 **哼**

哼哼

ㄏㄥ ①低聲唱歌：〈哼一首歌〉②呻吟：〈他躺在床上哼個不停〉③表示憤怒或不滿、不屑：〈哼！有什麼了不起〉。

造詞 哼哼唧唧。

口部7畫 **哥**

哥哥

ㄍㄜ ①弟妹對兄長的稱呼：〈哥哥〉②對同輩男子的尊稱：〈老哥、林大哥〉③同輩親戚比自己年齡大的男子：〈表哥、堂哥〉。

同 兄。

反 弟。

口部7畫 **哲**

哲哲

ㄓㄜˊ ①有賢德、有智慧的人：〈先哲、聖哲〉②智慧高、明事理的：〈哲理〉③明智的：〈明哲〉④姓。

造詞 哲人、哲學／賢哲、英哲、前哲。

口部7畫 **唆**

唆唆

ㄙㄨㄛ ①誘使別人做壞事：〈教唆、唆使〉②多話的樣子：〈囉唆〉。

造詞 暗唆、挑唆。

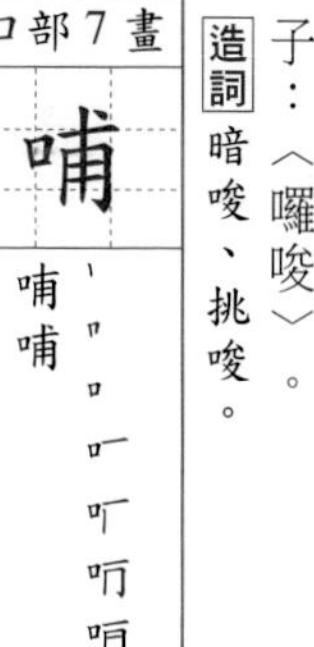

口部7畫

哺

哺哺

ㄅㄨˇ ①餵食：〈哺乳、哺育〉②嘴裡咀嚼著食物：〈吐哺〉。

造詞 反哺、含哺、乳哺。

口部7畫

唔

唔唔

ㄨˊ ①讀書吟哦的聲音：〈咿唔〉②表示允許或同意：〈唔！有道理〉③表示驚訝：〈唔！真有這回事？〉。

口部7畫

哩

哩哩

ㄌㄧ ①說話不清楚的樣子：〈哩嚕〉②語尾助詞，表示肯定：〈我才不去哩！〉。

ㄌㄧˇ 「英里」的省略字，英美長度單位，一哩大約等於一六〇九・三一公尺。

口部7畫

哭

哭哭

ㄎㄨ 因傷心或痛苦而流淚出聲：〈痛哭流涕〉。

造詞 好哭、啼哭、號哭、慟哭／哭哭啼啼、哭笑不得。

反 笑。

口部7畫

員

員員

ㄩㄢˊ ①計算人的單位詞：〈兩員大將〉②在學校、公司等機關團體中工作的人：〈職員、教員〉③團體中的一分子：〈團員〉④土地的面積：〈幅員〉。

ㄩㄣˊ ①增加：〈員于爾輻〉②人名：〈伍員（即伍子胥）〉。

造詞 員工、員外／人員、官員、店員、船員、委員、會員、成員、議員。

口部7畫

唉

唉唉

ㄞ ①答應聲：〈唉！我聽到了〉②表示感傷或嘆息聲：〈唉！好人不長壽！〉③表示無可奈何：〈唉！只有這樣了〉。

造詞 唉聲嘆氣。

同 哎。

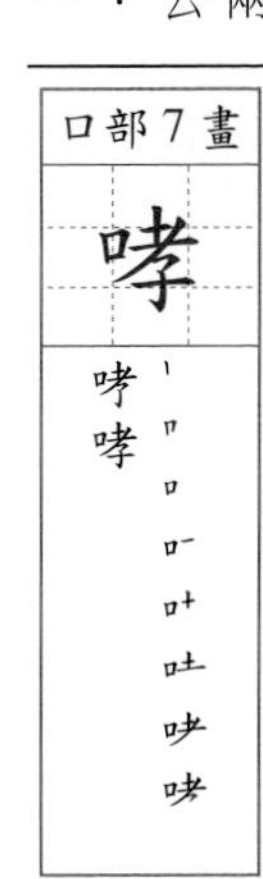

口部7畫

哮

哮哮

ㄒㄧㄠ　①一種支氣管的病，俗稱「氣喘」：〈哮喘〉②野獸吼叫：〈咆哮〉③高聲呼叫。

造詞 怒哮、跳哮、嘲哮。

同 咆、吼、喊、呼、喚。

口部7畫　哪

哪　哪

ㄋㄚˇ　①疑問或質問的詞：〈哪裡？〉②通「那」，如何、怎麼：〈哪能〉。

˙ㄋㄚ　語尾助詞：〈這件事還沒完哪！〉。

ㄋㄨㄛˊ　神話裡的人物：〈哪吒〉。

口部7畫　哦

哦　哦

ㄜˊ　吟詠、吟唱：〈吟哦〉。

ㄛˊ　表示疑問或驚奇、領會：〈哦！原來是你！〉〈哦！是真的嗎？〉。

口部7畫　唧

唧　唧

ㄐㄧˊ　①細小的聲音：〈唧唧〉②形容蟲叫聲或小聲的說話：〈唧唧咕咕〉③吸水或噴水的裝置：〈唧筒〉。

口部7畫　唇

唇　唇

ㄔㄨㄣˊ　同「脣」。人或動物口邊的周圍：〈嘴唇〉。

造詞 唇舌、唇膏／朱唇、丹唇、紅唇、兔唇／唇亡齒寒。

口部8畫　商

商　商　商

ㄕㄤ　①做生意的人：〈布商、書商〉②我國古代的朝代名：〈商朝〉③兩數相除後所得的數：〈八除以二的商是四〉④古代五音之一：〈宮、商、角、徵、羽〉⑤星座名：〈商星〉⑥討論：〈洽商〉⑦姓。

造詞 商人、商行、商店、商品、商討、商量、商場、商業、商標／研商、經商、磋商、富商。

口部8畫　啪

啪　啪

ㄆㄚ　形容打擊、撞落的聲音：〈「啪」的一聲，他被打了一記耳光〉。

口部8畫　啦

啦

ㄌㄚ 表示聲音的字：〈嘩啦〉。

·ㄌㄚ 是「了啊」二字的連音，表示語氣完結而帶有感嘆的助詞：〈好啦！走吧！〉。

造詞 啦啦隊／淅瀝嘩啦。

啄 口部8畫

ㄓㄨㄛˊ ①鳥類用嘴取食物：〈啄食〉②書法中的短撇。

啞 口部8畫

ㄧㄚˇ ①聲帶有毛病，不能發聲：〈啞巴〉②發聲困難或不清楚：〈聲音沙啞〉③無聲的：〈啞鈴、啞劇〉④形容笑聲：〈啞然失笑〉。

ㄧㄚ 形容聲音的字：〈啞啞吐哀音〉。

造詞 啞子、啞謎／聾啞、盲啞、裝啞、低啞／啞口無言。

啡 口部8畫

ㄈㄟ ①麻醉藥品，有止痛和催眠的效果：〈嗎啡〉②飲料名：〈咖啡〉。

啃 口部8畫

ㄎㄣˇ ①用力咬東西：〈啃骨頭〉②用功讀書：〈啃書本〉。

啊 口部8畫

ㄚ 嘆詞。①表示驚訝：〈啊！失火了！〉②表示意外：〈啊！是你！〉③表示疑問或反問：〈啊！難道是你做的？〉④表示忽然明白：〈啊！我知道了！〉。

·ㄚ 語尾助詞：〈真不錯啊！〉。

唱 口部8畫

ㄔㄤˋ ①通稱詩歌詞曲：〈小唱〉②口裡發出歌聲：〈唱歌〉③大聲念：〈唱名〉。

造詞 唱片、唱和、唱票、唱遊、唱反調／合唱、獨唱、歌唱、歡唱。

啖 口部8畫

ㄉㄢˋ ①吃：〈大啖一頓〉②以私利誘使別人聽從自己：〈啖以私利〉③姓。

造詞 咀啖、大啖。

同 食、吃。

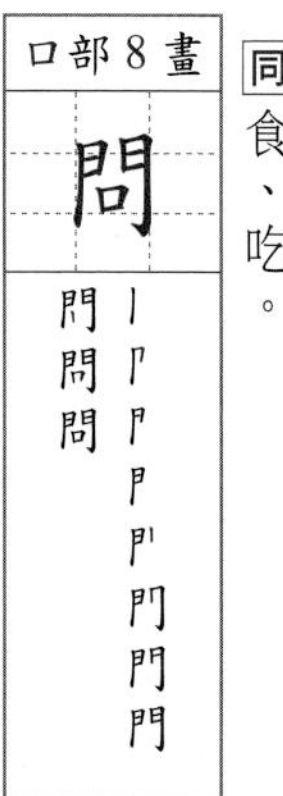

口部8畫 問

ㄨㄣˋ ①向人請教，請人解答：〈詢問〉②慰勞、請安：〈慰問、問候〉③審訊：〈審問、問案〉④理睬：〈不聞不問〉⑤責備：〈責問、問罪〉⑥向：〈問他要〉。

造詞 問世、問安、問號、問題／訪問、疑問、學問、顧問／問心無愧、問長問短、不恥下問、反躬自問。

反 答。

口部8畫 啕

ㄊㄠˊ 放聲大哭：〈嚎啕大哭〉。

口部8畫 唯

ㄨㄟˊ ①只、獨、單單：〈唯有、唯一〉②謙恭答應的詞：〈唯唯諾諾〉。

造詞 唯恐、唯獨／唯妙唯肖、唯利是圖。

同 惟、獨、僅、但、只、祇。

口部8畫 啤

ㄆㄧˊ 是英文beer的音譯字。「啤酒」是一種以大麥為原料釀成的酒。

口部8畫 唸

ㄋㄧㄢˋ 通「念」，出聲誦讀：〈唸書、唸經、唸咒〉。

口部8畫 售

ㄕㄡˋ ①賣出：〈銷售一空、售價〉②實行、成功：〈詭計得售〉。

造詞 出售、零售、廉售。

同 賣。

反 買、購。

口部8畫 啜

ㄔㄨㄛˋ ①喝、吃、嚐食物：〈啜茗、啜粥〉②哭泣時抽噎的樣子：〈啜泣〉。

同 喝、飲。

口部8畫 唬

ㄏㄨˇ　虛張聲勢、誇大事實來威嚇別人或騙人：〈嚇唬、你少唬我！〉。

口部8畫　啣

ㄒㄧㄢˊ　①通「銜」，用嘴含著：〈啣一根煙〉②存在心裡：〈啣冤〉。同銜。

口部8畫　唳

ㄌㄧˋ　鳥類高聲叫：〈風聲鶴唳〉。

口部8畫　啐

ㄘㄨㄟˋ　①吐：〈啐一口痰〉②感嘆詞，表示鄙棄：〈啐！你是什麼東西？〉。

口部8畫　啁

ㄓㄡ　①形容鳥叫的聲音：〈啁啾〉②嘲笑：〈詼啁〉。

口部8畫　啥

ㄕㄚˊ　什麼：〈你姓啥？有啥說啥〉。

口部9畫　唾

ㄊㄨㄛˋ　①由口腔的唾腺所分泌的消化液，俗稱「口水」：〈唾液〉②吐口水：〈唾面自乾、唾手可得〉③輕視、看不起：〈唾棄〉。

口部9畫　啻

ㄔˋ　僅、只、但：〈不啻〉。

口部9畫　喀

ㄎㄚ　①人名或地名的譯音字：〈喀什噶爾〉②表示聲音的字：〈喀的一聲，吐了一口痰〉③東西折斷的聲音：〈喀吧一聲，樹枝斷了〉④嘔吐：〈喀血〉⑤嘔吐的聲音：〈喀喀〉。

口部9畫　喧

ㄒㄩㄢ　①大聲說話：〈喧嘩〉②吵鬧的：〈喧賓奪主〉

③聲音大的：〈鑼鼓喧天〉。

造詞 喧鬧、喧噪、喧擾、喧嚷、喧囂。

口部9畫

喪

ㄙㄤ ①有關安葬死者的事：〈治喪〉②死亡：〈喪亡〉③姓。

ㄙㄤˋ ①失去：〈喪失、喪命〉②意志消沉：〈喪氣、喪膽〉。

造詞 喪志、喪事、喪家、喪禮／居喪、服喪／喪心病狂、喪家之犬。

同 死、亡、失、敗。

口部9畫

喊

ㄏㄢˇ ①大聲呼叫：〈呼喊〉②叫人：〈你去喊他來〉。

造詞 喊叫、喊冤／喊口號。

同 叫、喚、呼、吼。

口部9畫

喝

ㄏㄜ 通「飲」，吸食液體飲料或流體食物：〈喝水、喝稀飯〉。

ㄏㄜˋ ①發怒而大叫：〈大喝一聲〉②表示不滿或驚訝：〈喝！你可來了！〉③通「呵」，大聲責備：〈喝責〉。

造詞 喝令、喝采、喝醉／叱喝、怒喝、喝醉／當頭棒喝。

口部9畫

喘

ㄔㄨㄢˇ ①氣息：〈苟延殘喘〉②呼吸急促：〈氣喘如牛〉③吐：〈喘一口氣〉。

造詞 喘氣、喘息、喘噓噓。

口部9畫

喂

ㄨㄟˋ ①招呼人的聲音，用來引起對方注意：〈喂！請等一下〉②接聽電話時，常說「喂」，聲調也變為第二聲。

口部9畫

喜

ㄒㄧˇ ①美好吉祥的事：〈喜事〉②稱婦人懷孕：〈有喜、害喜〉③愛好：〈喜歡、好大喜功〉④快樂、高興：〈欣喜〉⑤姓。

造詞 喜好、喜悅、喜愛／歡喜、驚喜、恭喜、隨喜／喜上眉梢、喜出望外、喜怒哀樂、喜氣洋洋、喜從天降、喜新厭舊。

同 歡、愛、悅、欣、樂。

反 厭、惡、恨、悲、苦、痛。

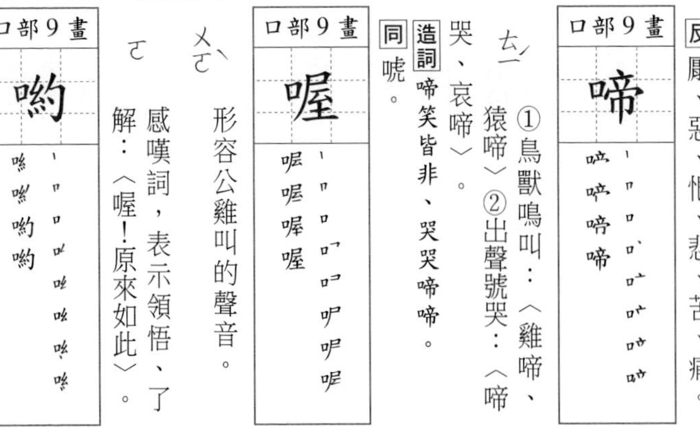

口部9畫
啼

ㄊㄧˊ ①鳥獸鳴叫：〈雞啼、猿啼〉②出聲號哭：〈啼哭、哀啼〉。

造詞 啼笑皆非、哭哭啼啼。

同 嗁。

口部9畫
喔

ㄨㄛ 形容公雞叫的聲音。

ㄛ 感嘆詞，表示領悟、了解：〈喔！原來如此〉。

口部9畫
喲

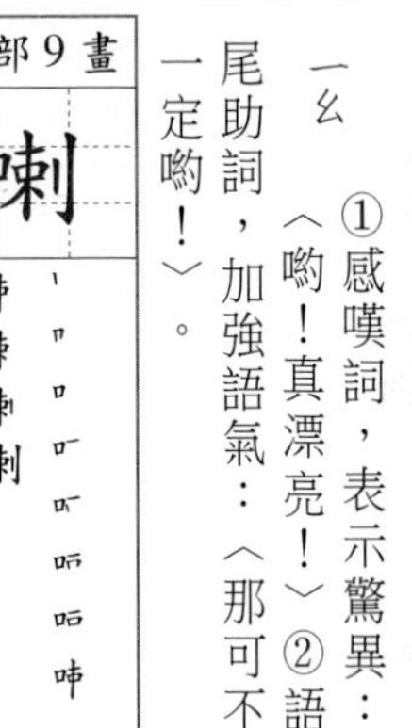

ㄧㄠ ①感嘆詞，表示驚異：〈喲！真漂亮！〉②語尾助詞，加強語氣：〈那可不一定喲！〉。

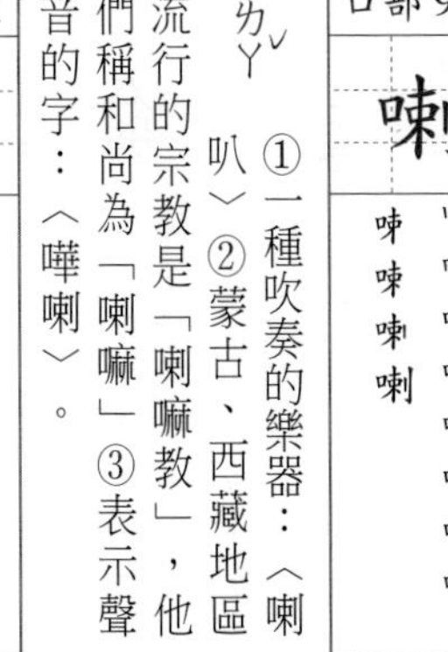

口部9畫
喇

ㄌㄚˇ ①一種吹奏的樂器：〈喇叭〉②蒙古、西藏地區流行的宗教是「喇嘛教」，他們稱和尚為「喇嘛」③表示聲音的字：〈嘩喇〉。

口部9畫
喋

ㄉㄧㄝˊ ①通「蹀」，踐踏：〈喋血〉②話多的樣子：〈喋喋不休〉。

口部9畫
喃

ㄋㄢˊ ①聲音細小而不停：〈喃喃自語〉②燕子的叫聲：〈呢喃〉。

口部9畫
喳

ㄓㄚ ①鳥雀的叫聲：〈吱吱喳喳〉②古代清朝奴隸恭敬的答應聲：〈喳！奴才立即去辦〉③形容低聲說話：〈嘁嘁（ㄑㄧ）喳喳〉。

口部9畫
單

ㄉㄢ ①記事或記數目的紙張：〈名單、帳單〉②用一層布帛製成的衣物：〈床單〉

③獨個：〈單人床、單身〉④不複雜的：〈單純、簡單〉⑤孤獨的：〈孤單〉⑥薄弱的：〈單薄〉⑦只有一層的：〈單衣〉⑧奇數的，和「雙」相對：〈單數、單號〉⑨只、僅：〈單說不做〉。

ㄕㄢˋ ①縣名，在山東省②姓。

ㄔㄢˊ 匈奴的君主：〈單于〉。

造詞 單元、單字、單車、單位、單調、單槓、單據／訂單、成績單／單刀直入、單槍匹馬。

同 孤、獨。

口部9畫

喟

ㄎㄨㄟˋ 嘆氣：〈喟嘆、喟然而嘆〉。

口部9畫

喚

ㄏㄨㄢˋ 大聲呼叫，使對方注意或聽到聲音而過來：〈呼喚〉。

造詞 喚起、喚作、喚醒／召喚、傳喚。

同 呼、喊、叫。

口部9畫

喻

ㄩˋ ①比方，舉例說明：〈比喻〉②告訴：〈曉喻〉③知道、明白：〈家喻戶曉〉④姓。

造詞 引喻、訓喻、譬喻、隱喻／不可理喻、不言而喻。

同 諭。

口部9畫

喬

ㄑㄧㄠˊ ①高大的：〈喬木〉②改變成不一樣：〈喬裝〉③姓。

造詞 喬遷／喬模喬樣。

口部9畫

喱

ㄌㄧˇ ①英美等國的重量單位，一喱等於〇·〇六四八克，也稱「英釐」②一種香辣的調味料：〈咖喱〉。

口部9畫

啾

ㄐㄧㄡ 形容鳥、蟲等細小的叫聲：〈啾啾、啁啾〉。

口部9畫
喉
丨 口 口 口' 口亻 口亻 口仁 口仨 口侯 喉

ㄏㄡˊ　俗稱「喉嚨」。介於咽頭和氣管之間，是呼吸器官的一部分。主要功能是發出聲音、防止異物進入氣管。

造詞 喉舌、喉音、喉結／咽喉、歌喉。

口部9畫
喏
丨 口 口 口' 口十 口廾 口艹 口芏 口芓 喏

ㄖㄜˇ　唱諾。宋元小說中把「作揖」叫「唱喏」。

ㄋㄨㄛˋ　①同「諾」，回答人呼喚的詞語：〈喏喏連聲〉②含有指示的感嘆詞：〈喏！你的傘在這兒〉。

口部9畫
喵
丨 口 口 口' 口十 口廾 口艹 口苗 喵

ㄇㄧㄠ　貓叫的聲音：〈小貓喵喵叫〉。

口部10畫
嗟
丨 口 口 口' 口丷 口兰 口羊 口差 嗟

ㄐㄧㄝ　①感嘆詞：〈嗟乎〉②嘆息：〈嗟嘆〉。

造詞 嗟夫、嗟來食。

口部10畫
嗇
一 十 十 木 亦 亦 亦 𠓜 嗇

ㄙㄜˋ　小器，該用的財物也捨不得用：〈吝嗇〉。

造詞 嗇己奉公。

口部10畫
嗓
丨 口 口 口ㄡ 口又 口叒 口桑 嗓

ㄙㄤˇ　①喉嚨：〈嗓子喊啞了〉②說話的聲音：〈嗓音、嗓門〉。

口部10畫
嗦
丨 口 口 口一 口十 口土 口去 口索 嗦

ㄙㄨㄛ　①用嘴吸吮或用舌頭舔長條形的東西：〈嗦手指頭〉②顫抖的：〈哆嗦〉。

口部10畫
嗎
丨 口 口 口一 口厂 口F 口F 口馬 嗎

˙ㄇㄚ　①表示疑問：〈你知道嗎？〉②表示反問：〈是這樣的嗎？〉。

ㄇㄚˇ　一種麻醉品，一般人吸食或注射都會上癮，毒害很大：〈嗎啡〉。

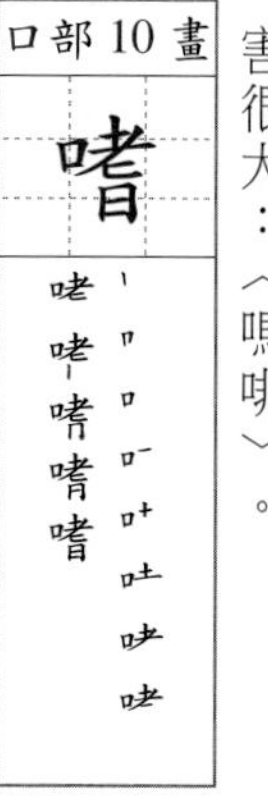
口部10畫 嗜

ㄕˋ ①喜好：〈嗜好〉②過度愛好而沉迷：〈嗜酒如命〉。

造詞 嗜性、嗜食。

同 愛、好、喜。

口部10畫 嗑

ㄎㄜˋ ①用牙齒咬裂堅硬的東西：〈嗑瓜子〉②閒談，話多的樣子：〈嗑牙〉③笑聲：〈嗑然而笑〉④吸食毒品：〈嗑藥〉。

ㄏㄜˊ 易經卦名：〈噬嗑〉。

口部10畫 嗣

ㄙˋ ①子孫：〈子嗣、後嗣〉②繼承：〈嗣位〉③從此以後：〈嗣後〉④姓。

造詞 嗣子、嗣基、嗣續。

同 承、繼。

口部10畫 嗤

ㄔ ①譏笑：〈嗤之以鼻〉②形容笑的樣子或笑聲：〈嗤的一聲笑出來〉③紙張破裂的聲音：〈嗤的一聲，把簿子撕破了〉。

口部10畫 嗯

·ㄣ ①表示答應：〈嗯！我們可以走了！〉②表示疑問：〈嗯！有這回事〉③表示出乎意料之外或不以為然：〈嗯！你怎麼還不走？〉〈嗯！那怎麼行？〉。

口部10畫 嗚

ㄨ ①哭泣：〈嗚咽〉②形容聲音：〈汽笛嗚嗚叫、小孩嗚嗚的哭著〉③表示感傷的嘆息聲：〈嗚呼！〉。

造詞 嗚呼哀哉。

口部10畫 嗡

ㄨㄥ ①昆蟲振動翅膀的聲音：〈蜜蜂嗡嗡的穿梭在花叢裡〉②飛機飛行的聲音：〈飛機嗡嗡的飛過天空〉。

嗅
口部10畫

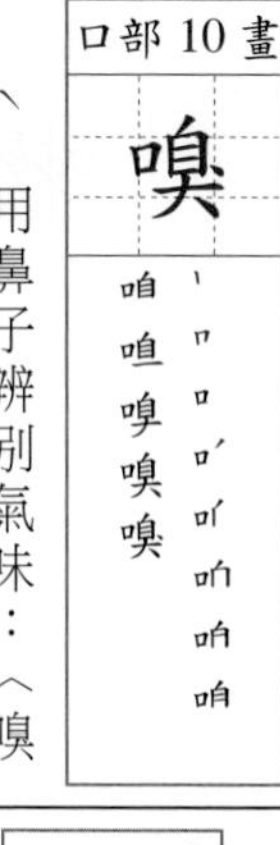

ㄒㄧㄡˋ 用鼻子辨別氣味：〈嗅覺、嗅一嗅〉。

同 聞。

嗨
口部10畫

ㄏㄞ ①表示親切的招呼聲：〈嗨！好久不見〉②表示悔恨的嘆詞：〈嗨！真可惜！〉。

嗆
口部10畫

ㄑㄧㄤˋ ①因飲食太急，使水或食物進入氣管而引起咳嗽：〈嗆到了！〉②氣味刺激鼻腔，引起不舒服的感覺：〈嗆鼻子〉。

嗥
口部10畫

ㄏㄠˊ ①野獸吼叫聲：〈狼嗥〉②號哭：〈嗥叫〉。

嗝
口部10畫

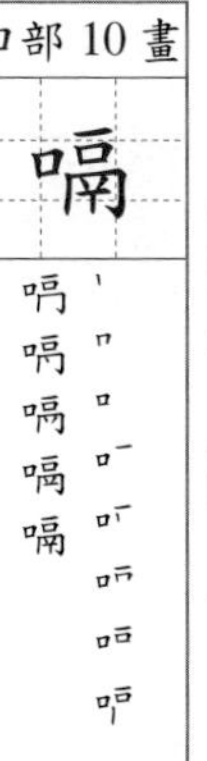

ㄍㄜˊ 因為噎氣或吃得太飽，食道裡的空氣向上升，經過喉嚨發出聲音：〈打嗝〉。

嗔
口部10畫

ㄔㄣ ①生氣：〈嗔怒、嬌嗔〉②對人不滿、怪罪：〈嗔怪〉。

造詞 嗔怒、嗔喝、嗔睨。

嘛
口部11畫

ㄇㄚˊ 什麼，表示疑問或請求的語氣：〈你要幹嘛？〉。

˙ㄇㄚ ①見「喇嘛」②表示決定的語氣：〈快點走嘛！〉。

嗾
口部11畫

ㄙㄡˇ 指使別人做壞事：〈嗾使〉。

嘀
口部11畫

ㄉㄧˊ 私底下低聲說話：〈嘀咕〉。

口部 11 畫

嘗

ㄔㄤˊ ①用口舌辨別滋味：〈嘗一口、嘗嘗〉②經歷：〈飽嘗世事〉③試驗：〈嘗試〉④曾經：〈未嘗〉。

請注意：解釋為用口舌辨別味道時，「嚐」和「嘗」相通。

口部 11 畫

嘈

ㄘㄠˊ 形容聲音繁雜：〈人聲嘈雜〉。

同 吵。

口部 11 畫

嗽

ㄙㄡˋ ①見「咳嗽」②用口吸啜：〈嗽飲〉。

口部 11 畫

嘔

ㄡˇ 吐：〈嘔吐、作嘔〉。

ㄡ 通「謳」，唱歌：〈歌嘔〉。

ㄡˋ 故意惹人生氣：〈嘔氣、你別嘔我〉。

造詞 嘔心瀝血。

同 吐。

口部 11 畫

嘆

ㄊㄢˋ ①因愁悶、悲傷而發出長聲：〈嘆氣、感嘆〉②因讚美而發出長聲：〈讚嘆、嘆為觀止〉。

造詞 嘆息、嘆服、嘆賞、嘆詞／悲嘆、怨嘆、驚嘆、慨嘆／望洋興嘆。

同 歎。

口部 11 畫

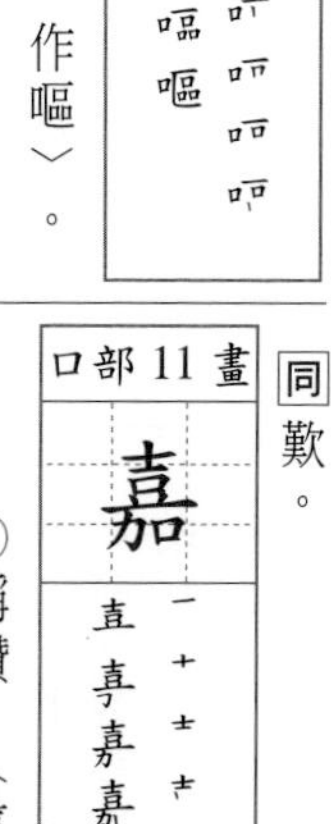

嘉

ㄐㄧㄚ ①稱讚：〈嘉許、勇氣可嘉〉②美好的：〈嘉言、嘉賓〉③姓。

造詞 嘉勉、嘉獎、嘉惠／嘉言善行。

同 佳。

口部 11 畫

嘍

ㄌㄡˊ ①強盜手下的小兵：〈嘍囉〉②表示語氣完結：〈起床嘍！〉。

口部 11 畫

嘎

ㄍㄚ ①東西折斷的聲音：〈嘎吱〉②鳥鳴聲或笑聲：〈嘎嘎〉。

口部 11 畫 **嗷**

ㄠˊ ①形容飢民的哀號聲：〈嗷嗷〉②形容動物呼號聲。

造詞 嗷嗷待哺。

口部 11 畫 **嘖**

ㄗㄜˊ ①爭辯，許多人搶著說：〈嘖有煩言〉②讚美聲：〈嘖嘖稱奇〉。

口部 11 畫 **嘟**

ㄉㄨ ①形容聲音的字：〈汽車喇叭嘟嘟的響〉②自言自語：〈嘟囔、嘟囔〉③翹起嘴唇：〈嘟著嘴〉。

口部 11 畫 **嘓**

ㄍㄨㄛ 形容吞嚥食物的聲音或形容蛙叫的聲音：〈嘓嘓〉。

口部 11 畫 **嗶**

ㄅㄧˋ 音譯詞。指一種斜紋的薄毛織品：〈嗶嘰〉。

口部 12 畫 **嘩**

ㄏㄨㄚˊ 通「譁」，吵鬧：〈喧嘩〉。

ㄏㄨㄚ 形容聲音的字：〈雨嘩啦嘩啦的下〉。

口部 12 畫 **嘮**

ㄌㄠˊ 話多的樣子：〈嘮叨〉。

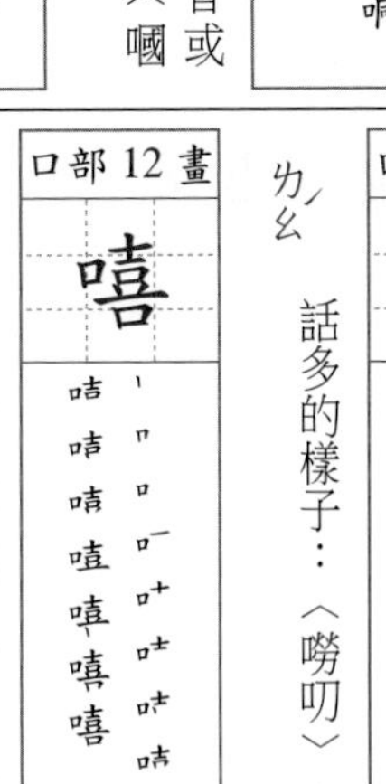

口部 12 畫 **嘻**

ㄒㄧ 歡笑的樣子或聲音：〈笑嘻嘻〉。

造詞 嘻笑、嘻嘻／嘻皮笑臉、嘻嘻哈哈。

口部 12 畫 **嘹**

ㄌㄧㄠˊ 形容聲音清亮：〈嘹亮〉。

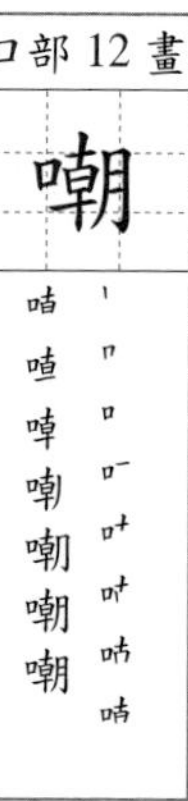

ㄔㄠˊ　①用言語取笑別人：〈嘲笑、譏嘲〉②鳥叫的聲音：〈嘲啾〉。

造詞 嘲弄、嘲諷、嘲謔、嘲戲／自嘲、解嘲、諷嘲／嘲風詠月、自我解嘲。

同 譏、諷、訕。

口部 12 畫

嘿

ㄏㄟ　①表示招呼或引起注意：〈嘿！走吧！〉②表示得意：〈嘿！我的球打得不錯吧！〉③表示驚嘆：〈嘿！這太棒了！〉。

ㄇㄛˋ　通「默」。

口部 12 畫

噓

ㄒㄩ　①慢慢的吐氣：〈噓一口氣〉②說人家的好話：〈吹噓〉③嘆息：〈唏噓、長噓短嘆〉④問候：〈噓寒問暖〉⑤發出不滿、反對的聲音：〈全場觀眾都噓他下臺、噓聲〉⑥警告人安靜的詞：〈噓！小聲點兒〉⑦表示鄙斥、反對的聲音：〈噓！滾出去！〉。

造詞 自我吹噓。

口部 12 畫

噎

ㄧㄝ　食物阻塞在咽喉，透不過氣來：〈慢慢吃，別噎著了！〉。

口部 12 畫

噗

ㄆㄨ　形容短促的出氣聲或笑聲：〈噗哧一聲，笑了出來〉。

口部 12 畫

噴

ㄆㄣ　液體或氣體猛然的往外射出：〈噴水、噴火〉。

ㄆㄣˋ　香氣濃厚四散：〈香氣噴鼻〉。

˙ㄈㄣ　「嚏噴」就是「噴(ㄆㄣ)嚏」。

造詞 噴泉、噴飯、噴漆、噴射機。

口部 12 畫

嘶

ㄙ ①馬鳴叫：〈人喊馬嘶〉②鳥蟲鳴叫：〈蟬嘶、雁嘶〉③形容聲音沙啞：〈聲嘶力竭〉。

造詞 嘶啞、嘶喊、嘶噪。

同 鳴。

口部 12 畫 嘯

ㄒㄧㄠˋ ①撮口作聲：〈其嘯也歌〉②長鳴：〈虎嘯猿吟〉。

口部 12 畫 嘰

ㄐㄧ ①一種斜紋的薄毛織品：〈嗶嘰〉②小聲說話：〈嘰嘰咕咕、嘰哩咕嚕〉。

口部 12 畫 噁

ㄜˇ 想吐的感覺：〈噁心〉。

口部 12 畫 噘

ㄐㄩㄝ 將嘴脣翹起來：〈噘嘴〉。

口部 13 畫 嘴

ㄗㄨㄟˇ ①「口」的通稱，動物吃東西的器官：〈嘴巴〉②器具尖形的口：〈奶嘴、壺嘴〉③尖形而突出的地形：〈山嘴、沙嘴〉④形容愛說話：〈多嘴、快嘴〉。

造詞 嘴脣、嘴硬、嘴臉、嘴尖／嘴上掛油瓶。

同 口。

口部 13 畫 噙

ㄑㄧㄣˊ 含著：〈噙著淚水〉。

同 含。

口部 13 畫 噫

ㄧˋ ①吃飽後，胃裡的氣向上冒而發出的聲音②表示悲痛或嘆息的聲音。

口部 13 畫 噹

ㄉㄤ 形容金屬器物撞擊的聲音：〈叮噹〉。

ㄉㄤ 指無知識沒有見過世面的人：〈噹噹兒〉。

口部 13 畫

噩

ㄜˋ ①不吉祥而驚人的：〈噩耗、噩夢〉②愚昧無知的樣子：〈渾渾噩噩〉。

請注意：「噩」和「惡」都有不吉利的意思，但是「噩」還有驚人的意味。

口部 13 畫

噤

ㄐㄧㄣˋ ①閉口不出聲：〈噤口、噤聲〉②因受驚或受寒而使身體顫抖：〈寒噤、噤戰〉。

造詞 噤若寒蟬。

同 關、閉、合、住。

口部 13 畫

噸

ㄉㄨㄣˋ ①英國的重量名，一噸約二二四〇磅，合一〇一六・〇四八公斤②美國重量名，一噸約二〇〇〇磅，合九〇七・一八五八公斤③計算船隻載貨的容積單位，每四十立方英尺是一噸。

造詞 噸位。

口部 13 畫

噪

ㄗㄠˋ ①吵鬧：〈鼓噪、聒噪、噪音〉②蟲鳥大聲鳴叫：〈蟬噪〉。

請注意：①「譟」有喧鬧的意思，可以通「噪」②性急、輕浮要用「躁」③「乾燥」的「燥」，不能寫成「噪」或「譟」。

口部 13 畫

器

ㄑㄧˋ ①用具的總稱：〈器具、武器〉②生物體的構成部分：〈器官〉③才能：〈才器、大器晚成〉④胸襟、度量：〈器量、小器〉⑤任用：〈器重〉⑥姓。

造詞 器皿、器材、器物、器識／容器、陶器、利器、機器／玉不琢不成器。

口部 13 畫

噥

ㄋㄨㄥˊ ①輕聲說話的樣子：〈噥噥細語〉②口中發出模糊的聲音：〈嘟噥、唧唧噥噥〉。

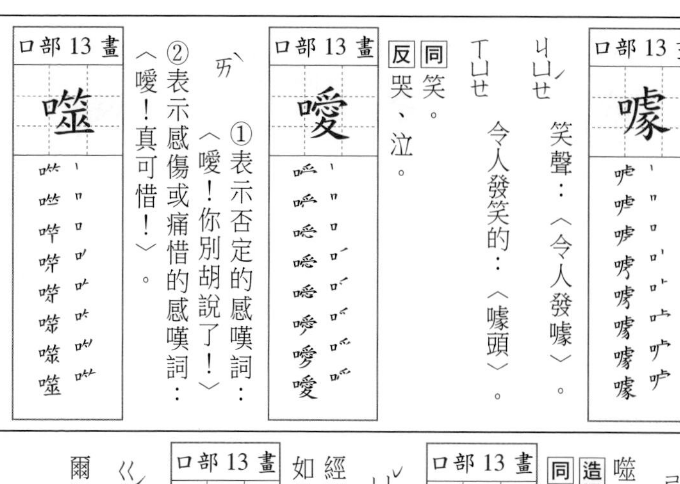

口部13畫 噱

ㄐㄩㄝˊ 笑聲：〈令人發噱〉。

ㄒㄩㄝ 令人發笑的：〈噱頭〉。

同 笑。

反 哭、泣。

口部13畫 噯

ㄞˋ ①表示否定的感嘆詞：〈噯！你別胡說了！〉②表示感傷或痛惜的感嘆詞：〈噯！真可惜！〉。

口部13畫 噬

ㄕˋ ①咬：〈噬臍莫及〉（比喻後悔莫及）②吃：〈吞噬〉。

造詞 反噬、嚙噬。

同 咬、齧。

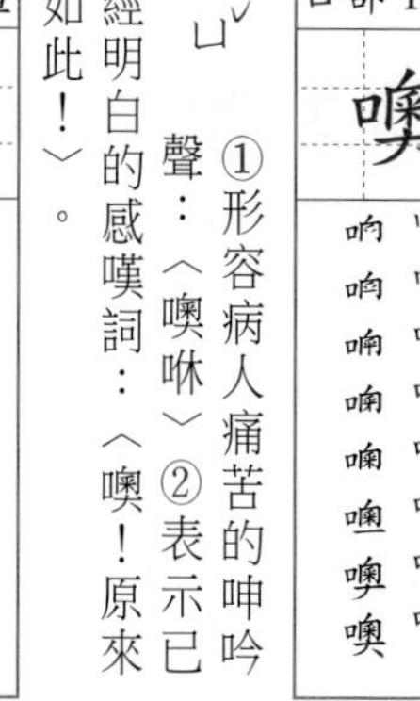

口部13畫 噢

ㄩˋ ①形容病人痛苦的呻吟聲：〈噢咻〉②表示已經明白的感嘆詞：〈噢！原來如此！〉。

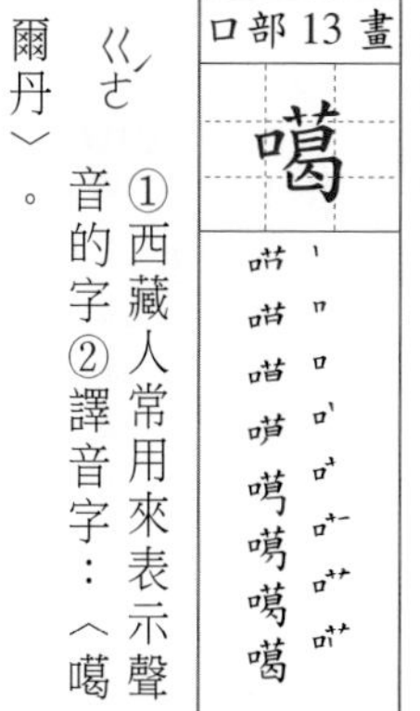

口部13畫 噶

ㄍㄜˊ ①西藏人常用來表示聲音的字②譯音字：〈噶爾丹〉。

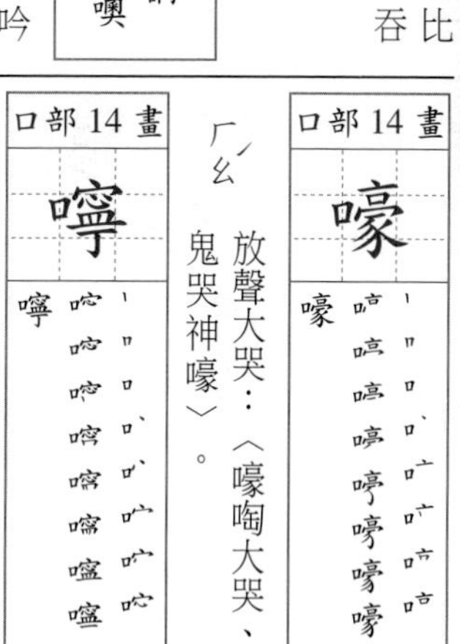

口部14畫 嚎

ㄏㄠˊ 放聲大哭：〈嚎啕大哭、鬼哭神嚎〉。

口部14畫 嚀

ㄋㄧㄥˊ 再三交代，鄭重囑咐：〈叮嚀〉。

口部14畫 嚐

ㄔㄤˊ 通「嘗」，用口舌分辨味道：〈嚐一口〉。

口部14畫 嚅

ㄖㄨˋ 想說卻又不說的樣子：〈囁嚅（或「嚅囁」）〉。

口部 14 畫 嚇

ㄒㄧㄚˋ 害怕：〈嚇一跳〉。

ㄏㄜˋ 用嚴厲的話或暴力使人害怕：〈恐嚇、威嚇〉。

造詞 嚇死、嚇殺、嚇唬、嚇阻／嚇眉詫眼。

口部 14 畫 嚏

ㄊㄧˋ 鼻子受到刺激，猛然出氣而發聲：〈打噴嚏〉。

口部 14 畫 嚆

ㄏㄠ 呼叫：〈嚆矢〉（會發出聲音的箭，比喻事物的開端）。

口部 15 畫 嚕

ㄌㄨ ①形容話多的樣子：〈嚕囌（同「囉嗦」）〉②形容喝水的聲音：〈咕嚕咕嚕〉。

口部 15 畫 嚮

ㄒㄧㄤˋ ①歸向、趨向：〈嚮往〉②引導、帶領：〈嚮導〉③接近：〈嚮午〉④假設：〈嚮使〉。

請注意：嚮與響、饗，用法不同：「響」是指聲音，例如：響亮。「饗」有宴請的意思，例如：宴饗。

口部 16 畫 嚥

ㄧㄢˋ ①把食物吞下去：〈吞嚥〉②指人瀕死氣絕：〈嚥氣〉。

造詞 狼吞虎嚥、細嚼慢嚥。

同 吞、咽。

口部 16 畫 嚨

ㄌㄨㄥˊ 咽喉：〈喉嚨〉。

口部 17 畫 嚷

ㄖㄤˇ ①大聲喊叫：〈大嚷大叫〉②吵鬧：〈吵嚷〉。

同 叫、喊、吵、呼。

口部 17 畫

嚶

ㄧㄥ 形容鳥叫聲：〈嚶鳴、嚶嚶〉。

口部 17 畫

嚴

ㄧㄢˊ ①尊稱父親：〈家嚴、先嚴〉②軍中一種為維護國家安全，於全國或特定區域施以兵力戒備：〈戒嚴、解嚴〉③認真、不放鬆：〈嚴格〉④凜寒的：〈嚴霜、嚴冬〉⑤緊密的：〈嚴密〉⑥緊急的：〈嚴重〉⑦酷烈的：〈嚴刑峻法〉⑧姓。

造詞 嚴父、嚴厲、嚴肅／威嚴、莊嚴、尊嚴、森嚴／義正辭嚴、壁壘森嚴。

同 峻、厲、烈。

口部 17 畫

嚼

ㄐㄧㄠˊ ①鑽研字句：〈咬文嚼字〉②話太多令人討厭：〈嚼舌、你別聽他窮嚼〉③動物反芻：〈反嚼、倒嚼〉。

ㄐㄩㄝˊ 用牙齒咬碎食物：〈咀嚼〉。

造詞 嚼舌、嚼蠟、嚼菜根。

同 咀。

口部 17 畫

嚳

ㄎㄨˋ 我國古代傳說中的帝王，是黃帝的曾孫：〈帝嚳〉。

口部 18 畫

囁

ㄋㄧㄝˋ 想說話而又不敢說出來的樣子：〈囁嚅〉。

口部 18 畫

囀

ㄓㄨㄢˋ 鳥鳴：〈清囀、黃鶯巧囀〉。

口部 18 畫

囂

ㄒㄧㄠ ①吵鬧，嘈雜：〈叫囂、喧囂〉②放肆、猖狂：〈氣焰囂張〉。

造詞 囂浮、囂塵、囂競／繁囂、塵囂。

同 喧、嘩、嚷、譁。

口部 19 畫

囈

一ˋ 說夢話：〈夢囈、囈語〉。

囊 口部 19 畫

ㄋㄤˊ ①裝東西的袋子：〈行囊、皮囊、香囊〉②像袋子的東西：〈膽囊〉③包括、包羅：〈囊括〉④姓。

造詞 囊蟲、囊腫、囊中物／包囊、解囊、傾囊、智囊／囊空如洗、囊無一物。

囉 口部 19 畫

ㄌㄨㄛ 多話的樣子：〈囉嗦〉。

ㄌㄨㄛˊ 強盜的部下：〈嘍囉〉。

˙ㄌㄨㄛ 語尾助詞：〈好囉、夠囉、出發囉〉。

囌 口部 20 畫

ㄙㄨ 多話的樣子：〈嚕囌〉。

囑 口部 21 畫

ㄓㄨˇ ①吩咐、託付：〈囑咐、叮囑〉②臨死前所交代的話：〈遺囑〉。

造詞 囑目／懇囑、託囑。

請注意：囑和屬、矚，字義不同。「屬」（ㄕㄨˇ）是所有、專注的意思，例如：屬於……。「矚」（ㄓㄨˇ）是注視的意思，例如：凝神遠矚。

口部 ㄨㄟˊ

四 口部 2 畫

ㄙˋ ①數目名，大寫是「肆」，阿拉伯數字寫作「4」②第四：〈四年級、四更天〉③姓。

造詞 四方、四季、四周、四肢、四海、四維、四處、四聲／四大皆空、四分五裂、四平八穩、四面楚歌、四眼田雞、四腳朝天、不三不四、朝三暮四。

囚 口部 2 畫

ㄑㄧㄡˊ ①因犯罪而被關在監獄裡的人：〈死囚、罪囚、囚犯〉②拘禁：〈囚禁〉。

造詞 囚牢、囚車、囚徒、囚籠／俘囚、拘囚、階下囚。

同 禁、犯。

口部 3 畫

因

丨冂冃冂因因

ㄧㄣ　①事情的起源：〈原因、事出有因〉②依照、根據：〈因人成事、因材施教〉③沿襲：〈因循苟且、陳陳相因〉④由於某種緣故：〈因小失大、因病請假〉⑤經由：〈我因他的引荐，得到這個職位〉。

造詞 因為、因此、因而、因果、因素、因循、因緣、因應／近因、病因、起因、前因、推因、無因、誘因／因事制宜、因勢利導、因噎廢食。

口部 3 畫

回

丨冂冂冋回回

ㄏㄨㄟˊ　①事情或動作的次數：〈我來過三回〉②說書的段落、小說的章節：〈紅樓夢第二十六回〉③宗教名：〈回教〉④種族名：〈回族〉⑤答覆：〈回信、回答〉⑥掉轉：〈回頭〉⑦從別的地方歸來：〈回家、一去不回〉⑧對抗、還擊：〈回手、回嘴〉⑨謝絕、退掉：〈回絕〉⑩通「迴」，曲折環繞：〈回旋、回廊〉。

造詞 回去、回生、回合、回扣、回收、回來、回味、回首、回音、回條、回報、回憶、回想、回聲、回饋、回顧／挽回、退回、章回／回心轉意、回光返照、回頭是岸、千折百回。

同 返、歸、覆。

口部 3 畫

囟

丿亻门冂囟囟

ㄒㄧㄣˋ　嬰兒頭頂上，靠近前額有一處尚未密合而會跳動的腦蓋，也稱「囟門」、「囟窩」，俗稱「性命塘」。

口部 4 畫

囱

丿亻门门囱囱囱

ㄘㄨㄥ　爐灶上方出煙的通道：〈煙囱〉。

ㄔㄨㄤ　「窗」的古字。

口部 4 畫

困

丨冂冃冃用困困

ㄎㄨㄣˋ　①包圍住：〈把敵人困在城裡〉②受環境或其他因素的限制，而陷在痛苦艱難中：〈被這個問題困住了、為病所困〉③窮苦、缺乏：〈貧困、窮困〉④疲倦：〈困倦、人困馬乏〉⑤艱難的：〈困境、艱困〉。

造詞 困苦、困擾、困惑、困難、

困頓／圍困、解困、受困／困而知之、困獸猶鬥。

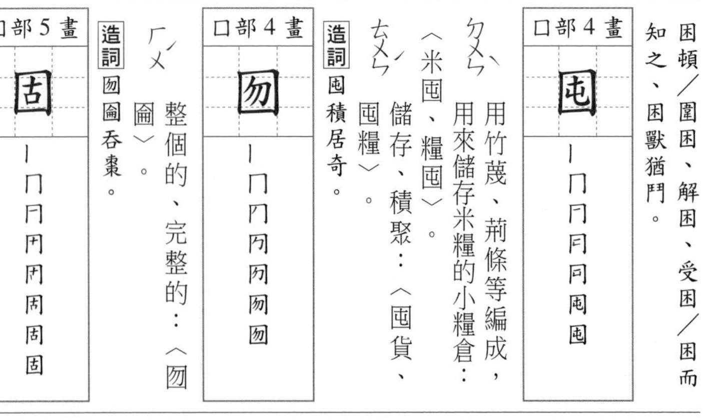

口部4畫 囤

ㄉㄨㄣˋ 用竹篾、荊條等編成，用來儲存米糧的小糧倉：〈米囤、糧囤〉。

ㄊㄨㄣˊ 儲存、積聚：〈囤貨、囤糧〉。

造詞 囤積居奇。

口部4畫 囫

ㄏㄨˊ 整個的、完整的：〈囫圇〉。

造詞 囫圇吞棗。

口部5畫 固

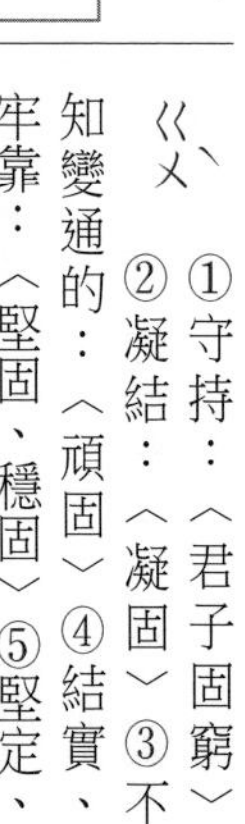

ㄍㄨˋ ①守持：〈君子固窮〉②凝結：〈凝固〉③不知變通的：〈頑固〉④結實、牢靠：〈堅固、穩固〉⑤堅定、堅持：〈擇善固執、固守陣地〉⑥本來：〈固有〉⑦堅硬、不變動：〈固體、固定〉⑧姓。

造詞 固然、固請、固辭／牢固、鞏固／固執己見、固若金湯、根深蒂固。

口部5畫 囹

ㄌㄧㄥˊ 古代把監獄稱作「囹圄」或「囹圉」：〈身陷囹圄〉。

口部6畫 囿

ㄧㄡˋ ①飼養動物的園子：〈鹿囿〉②拘泥、局限：〈囿於成見〉。

口部7畫 圃

ㄆㄨˇ ①種植蔬菜、瓜果、花草的地方：〈花圃、菜圃、園圃〉②場所：〈學圃〉③從事園藝工作的人：〈老圃〉。

口部7畫 圄

ㄩˇ 監獄：〈囹圄〉。

口部8畫 圈

ㄑㄩㄢ ①外圓中空的東西：〈花圈、橡皮圈〉②一定的地區、範圍：〈電影圈、文化圈〉③量詞，一周為「一圈」：〈慢跑一圈〉④關住：〈把鴨圈住〉⑤圍住：〈把這塊地圈起來〉⑥用筆畫圓：〈圈出重點〉⑦四周有東西圍擋起來的地方：〈城圈兒、墳圈子〉。

ㄐㄩㄢˋ　飼養牲畜的柵欄：〈豬圈〉。

造詞 圈子、圈套、圈選、圈檻、圓圈。

同 圍。

口部 8 畫

國

ㄍㄨㄛˊ　①具有土地、人民、主權的政治團體：〈國家、民主共和國〉②古代諸侯的封地：〈侯國〉③代表國家的：〈國旗、國花〉④本國的：〈國貨、國產〉⑤超出一般人之上的：〈國色天香〉⑥姓。

造詞 國手、國王、國民、國防、國法、國事、國界、國軍、國恥、國情、國術、國策、國畫、國會、國歌、國際、國語、國劇、國樂、國籍／外國、天國、報國、救國、中立國、聯合國／國仇家恨、國泰民安、精忠報國、傾城傾國。

同 邦。

口部 8 畫

圇

ㄌㄨㄣˊ　整個的、完整的：〈囫圇〉。

口部 9 畫

圍

ㄨㄟˊ　①兩手合抱起來的長度：〈樹粗八圍〉②敵軍擺列的圈子：〈突圍而出〉③環繞：〈包圍、圍攻〉④四周：〈周圍、外圍〉。

造詞 圍捕、圍兜、圍棋、圍裙、圍牆、圍繞、圍攏／腰圍、胸圍、範圍、解圍。

同 圈。

口部 10 畫

園

ㄩㄢˊ　①種植蔬菜、花卉、瓜果的地方：〈果園、花園、菜園〉②供人休息遊覽的地方：〈公園〉③姓。

造詞 園丁、園地、園林、園藝／田園、庭園、樂園、墓園、動物園、幼稚園。

口部 10 畫

圓

ㄩㄢˊ　①從中心到周圍每一點的距離都相等的環形：〈圓形〉②貨幣的名稱，也作「元」：〈銀圓〉③貨幣的單位：〈拾圓〉④補足不周全的地方或掩飾矛盾：〈自圓其說、圓謊〉⑤完滿、周全：〈圓滿〉⑥形容聲音宛轉悅耳：〈字正腔圓〉⑦說話做事很周到，善於應付：〈圓滑、圓通〉⑧姓。

造詞 圓柱、圓規、圓心／方圓、月圓、橢圓、團圓／內方外圓、破鏡重圓。

反 方。

團 口部 11 畫

丨 冂 … 團

ㄊㄨㄢˊ ①聚集成球狀的東西：〈棉花團、紙團〉②在一起工作或活動的一群人：〈旅行團、代表團〉③陸軍的編制，旅下為團、團下為營：〈兵團〉④計算圓形東西的單位：〈一團毛線〉⑤結合、聯合在一起：〈團結〉⑥圓形的：〈團扇〉。

造詞 團員、團圓、團長、團體／軍團、集團、劇團、樂團、陪審團、救國團。

圖 口部 11 畫

丨 冂 … 圖

ㄊㄨˊ ①表現出各種形狀、色彩的畫面：〈地圖、插圖、圖畫〉②計、打算：〈企圖、宏圖〉③謀求、策劃：〈圖謀不軌、不圖名利〉。

造詞 圖片、圖形、圖案、圖章、圖書、圖解、圖表／版圖、意圖、構圖、試圖、天氣圖、設計圖／圖窮匕見、唯利是圖。

同 畫、繪、形、謀。

土部 ㄊㄨˇ

土 土部 0 畫

一 十 土

ㄊㄨˇ ①地面泥沙等混合物：〈泥土〉②疆域：〈國土〉③家鄉：〈故土〉④五行之一：〈金、木、水、火、土〉⑤星球名：〈土星〉⑥本地的：〈土產〉⑦不合潮流的：〈土裡土氣〉⑧未開化的：〈土人、土著〉⑨姓。

造詞 土地、土匪、土話、土壤、土包子、土風舞／本土、風土、黃土、黏土／土生土長、土頭土腦、皇天后土、揮金如土。

同 泥。

圳 土部 3 畫

一 十 土 … 圳

ㄗㄨㄣˋ 臺灣、廣東、福建一帶稱灌溉水渠為「圳」：

〈嘉南大圳〉。

ㄓㄣˋ　地名：〈深圳〉（位於廣東）。

地　土部3畫

一 十 土 圤 地 地

ㄉㄧˋ　①人類萬物賴以棲息生長的場所：〈大地〉②土壤：〈農地、耕地〉③所處的位置或環境：〈境地、地點〉④區域：〈本地、地區〉⑤意志所在：〈見地、心地〉⑥品質：〈質地〉⑦底子：〈紅地白花的布〉⑧副詞語尾，有「忽然」的意思：〈忽地、驀地〉。

·ㄉㄜ　副詞語尾，就是「的樣子」：〈慢慢地、悄悄地〉。

造詞　地方、地瓜、地步、地形、地板、地帶、地理、地球、地毯、地勢、地圖、地獄、地震、地點、地攤、地下室／土地、陸地、墓地、道地、餘地、闢地、殖民地／地老天荒、地大物博、一敗塗地、不毛之地、五體投地、花天酒地。

反　天。

在　土部3畫

一 ナ 𠂇 圥 存 在

ㄗㄞˋ　①保存、生存：〈健在、留得青山在〉②居住：〈在鄉、在野〉③依靠、決定於：〈事在人為、謀事在人〉④表示動作正在進行：〈我在寫功課〉⑤表示人或事物的位置：〈我在公司裡〉⑥表示事情的時間、地點、範圍：〈在白天工作、在圖書館看書〉。

造詞　在下、在乎、在行、在在、在位、在座、在望、在場、在意、在握、在職／存在、自在、所在、實在、何在／在所不惜、在商言商、在天之靈、無所不在。

同　於。

請注意：表示「又」、「仍然」、「重複」的意思時，不能用「在」，而必須用「再」，例如：再寫一遍。

圭　土部3畫

一 十 土 圭 圭 圭

ㄍㄨㄟ　①上尖下方的玉器：〈圭璧〉②古代測量日影以定時間的器具：〈圭臬〉。

造詞　白圭、桓圭、鎮圭。

圬　土部3畫

一 十 土 圢 圬 圬

ㄨ　①塗抹泥灰的工具：〈圬鏝〉②塗刷牆壁。

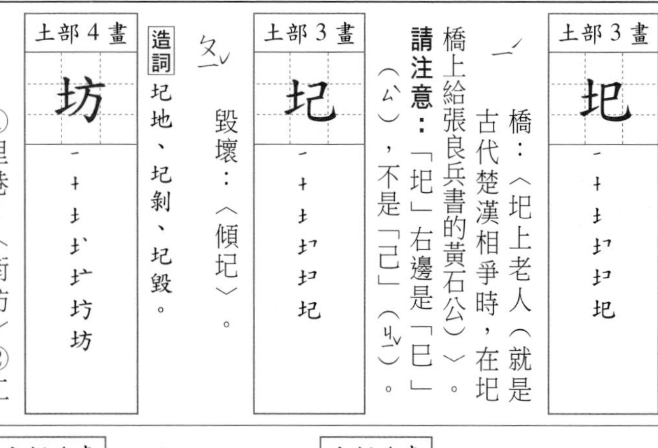

圯　土部3畫

一 十 土 圠 圠 圯

ㄧˊ　橋：〈圯上老人（就是古代楚漢相爭時，在圯橋上給張良兵書的黃石公）〉。

請注意：「圯」右邊是「巳」（ㄙˋ），不是「己」（ㄐㄧˇ）。

圮　土部3畫

一 十 土 圠 圠 圮

ㄆㄧˇ　毀壞：〈傾圮〉。

造詞 圮地、圮剝、圮毀。

坊　土部4畫

一 十 土 圵 圹 坊 坊

ㄈㄤ　①里巷：〈街坊〉②工作的地方：〈作坊、染坊、磨坊〉③古代為了表揚功德、名節及現代為了慶典所搭建的臨時建築物：〈牌坊〉④店鋪：〈茶坊〉⑤姓。

ㄈㄤˊ　通「防」，沿河或沿海修築的防水建築物：〈堤坊〉。

造詞 坊本、坊間。

坑　土部4畫

一 十 土 圵 圹 圹 坑

ㄎㄥ　①地面深陷的地方：〈水坑、坑道〉②俗稱廁所：〈毛坑〉③活埋：〈焚書坑儒〉④陷害：〈坑人、坑騙〉。

造詞 坑谷、坑陷／土坑、炭坑、礦坑／坑坑洞洞。

址　土部4畫

一 十 土 圵 圵 圵 址

ㄓˇ　①地基②處所、地點：〈地址、遺址〉。

坍　土部4畫

一 十 土 圵 坍 坍 坍

ㄊㄢ　①土石崩落：〈坍方〉②建築物或高大的東西崩壞倒塌：〈坍塌〉。

造詞 坍圮、坍臺。

均　土部4畫

一 十 土 圴 均 均 均

ㄐㄩㄣ　①等分不同數量的東西：〈把蘋果均分一下〉②相等、一致：〈平均、勢均力敵〉③全、都：〈均可、均是〉。

ㄩㄣˋ　通「韻」。

造詞 均勻、均富、均等、均衡、均權。

同 勻。

土部4畫

坎

ㄎㄢˇ ①地面低陷的地方：〈坎穴〉②易經八卦之一，代表「水」，卦形是「☵」③姓。

造詞 坎穽、坎井、坎坷。

土部4畫

圾

ㄙㄜˋ 廢棄物：〈垃圾〉。

土部4畫

坐

ㄗㄨㄛˋ ①所在地：〈坐落〉②把臀部放在物體上，以支持身體的重量：〈坐下、坐好〉③建築物背對的方向：〈坐北朝南〉④搭乘：〈坐車、坐船〉⑤觸犯法令而被判刑：〈坐法自斃〉⑥駐守某地：〈坐鎮〉⑦白白的、不費力氣的：〈坐享其成〉。

造詞 坐大、坐牢、坐莊、坐視、坐禪、坐月子／上坐、打坐、安坐、端坐／坐井觀天、坐立不安、坐失良機、坐吃山空、坐收漁利、坐擁書城、正襟危坐。

反 站。

土部4畫

坏

ㄆㄟˊ ①通「坯」，未經燒過的磚瓦陶器：〈土坏、陶坏〉②低的土堆：〈一坏土〉。

土部5畫

垃

ㄌㄜˋ 廢棄物：〈垃圾〉。

土部5畫

坷

ㄎㄜˇ 形容地勢不平或人遭受挫折：〈坎坷〉。

土部5畫

坪

ㄆㄧㄥˊ ①平坦的地方：〈草坪〉②日本測量土地面積的單位名稱，一坪約合三・三〇五七平方公尺③台灣測量土地面積的單位名稱，一坪等於六台尺見方。

造詞 地坪、建坪。

土部5畫

坩

ㄍㄢ 盛物的土器：〈坩堝（熔化玻璃或金屬的器具，用陶土燒成）〉。

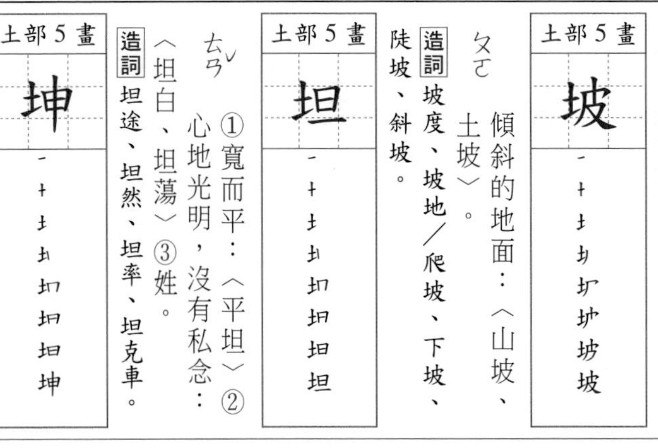

土部5畫 坡

ㄆㄛ 傾斜的地面：〈山坡、土坡〉。

造詞 坡度、坡地／爬坡、下坡、陡坡、斜坡。

土部5畫 坦

ㄊㄢˇ ①寬而平：〈平坦〉②心地光明，沒有私念：〈坦白、坦蕩〉③姓。

造詞 坦途、坦然、坦率、坦克車。

土部5畫 坤

ㄎㄨㄣ ①易經八卦之一，代表「地」，卦形是「☷」②指婚姻中的女方：〈坤宅〉③柔順的：〈坤順〉。

造詞 坤角、坤範、坤輿／乾坤／扭轉乾坤。

反 乾。

土部5畫 坼

ㄔㄜˋ ①破裂：〈天崩地坼〉②分開：〈坼書〉。

同 毀。

土部5畫 坨

ㄊㄨㄛˊ 圓形的塊狀物：〈秤坨〉。

土部5畫 坳

ㄠ 低窪的地方：〈山坳〉。

土部6畫 垂

ㄔㄨㄟˊ ①從上面直掛下來或掉落下來：〈垂簾、垂淚、垂涎〉②流傳：〈名垂千古、永垂不朽〉③將要：〈垂老、垂死〉④上級對下級或長輩對晚輩表示關懷：〈垂念、垂愛、垂憐〉。⑤邊界，通「陲」。

造詞 垂危、垂青、垂釣、垂詢／邊垂、低垂／垂頭喪氣、垂涎三尺。

同 弔、掛、留。

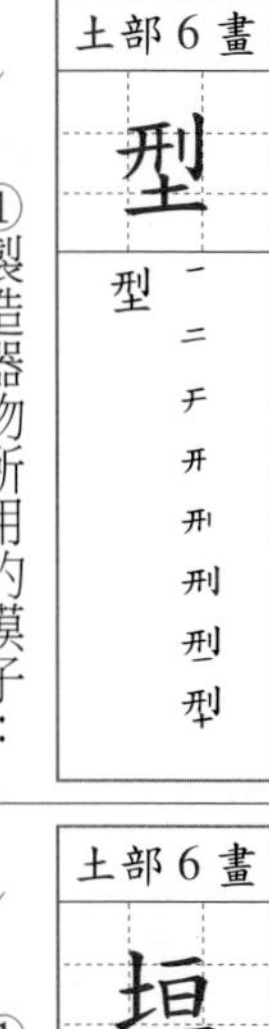

土部6畫

型

ㄒㄧㄥˊ ①製造器物所用的模子：〈模型〉②法式：〈典型〉③樣式、種類：〈血型、體型、髮型〉。

造詞 造型、類型、雛型。

同 模、樣。

請注意：「型」和「形」都有樣式的意思，但是「型」比較接近標準形式。

土部6畫

垠

垠 一 十 土 圴 圵 垀 垠 垠

ㄧㄣˊ ①水涯、河邊②界限、邊際：〈垠際、一望無垠〉。

土部6畫

垣

垣 一 十 土 圹 圻 垣 垣 垣

ㄩㄢˊ ①低矮的牆：〈城垣、短垣、斷垣殘壁〉②城：〈省垣（省城、省會）〉③姓。

造詞 垣牆／門垣、荒垣、斷垣、頹垣。

土部6畫

垢

垢 一 十 土 圹 圻 垆 垢 垢

ㄍㄡˋ ①灰塵、油汙等髒物：〈塵垢、汙垢〉②通「詬」，恥辱：〈含垢忍辱〉③骯髒的：〈垢衣、蓬頭垢面〉。

造詞 垢泥、垢弊／含垢、忍垢／藏汙納垢。

土部6畫

城

城 一 十 土 圹 圻 坊 城 城

ㄔㄥˊ ①古代圍繞一個地方的大圍牆，用來防守敵人：〈城牆、萬里長城〉②都市，範圍大、人口多，成為政治、經濟、文化中心的地方：〈城市、京城〉③姓。

造詞 城郭、城堡、城隍／內城、外城、傾城、古城／城下之盟、價值連城。

同 郭。

土部6畫

垮

垮 一 十 土 圹 圹 坎 垮 垮

ㄎㄨㄚˇ ①坍塌、倒下：〈房子垮了、洪水沖垮河堤〉②輸、失敗：〈敵人被打垮了、垮臺〉。

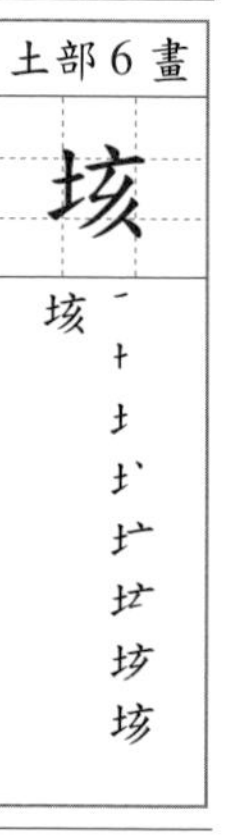

ㄍㄞ ①界限②荒涼偏遠的地方：〈垓極、八荒九垓〉③地名：〈垓下〉。

土部 6 畫

垛

ㄉㄨㄛˇ ①牆壁兩側或上面外突的部分：〈城垛、門垛〉②箭靶：〈箭垛〉。

ㄉㄨㄛˋ ①成堆的東西：〈土垛、麥垛〉②堆疊：〈垛磚塊〉。

土部 7 畫

埋

ㄇㄞˊ ①把人或動物的屍體葬入土中：〈埋葬〉②掩蓋住，不顯露出來：〈掩埋、埋藏〉③隱藏，不使人知道：〈埋伏、隱姓埋名〉④有本事而沒有人知道：〈埋沒〉。

ㄇㄢˊ 抱怨，說出怨天尤人的話：〈埋怨〉。

造詞 埋首、埋憂／活埋、深埋、沉埋／埋頭苦幹。

同 葬、藏、掩。

土部 7 畫

埃

ㄞ 細微的塵土：〈塵埃、土埃〉。

造詞 埃及、埃佛勒斯峰。

土部 7 畫

埂

ㄍㄥˇ ①田邊高起的土堤或小路：〈田埂〉②用泥土築成的堤防：〈堤埂〉。

土部 7 畫

埔

ㄆㄨˇ 廣東、福建一帶稱河邊的沙洲為「埔」。

土部 7 畫

埕

ㄔㄥˊ ①閩南語稱庭院為「埕」：〈稻埕〉〈晒穀場〉②沿海養殖蟶類的田地：〈鹽埕〉。

土部 8 畫

域

ㄩˋ ①一定範圍內的地方：〈區域、地域、疆域〉②邦國：〈域外、域中〉。

造詞 西域、流域、異域、境域、領域。

土部8畫

堅

一 ㄏ ㄋ ㄋ ㄋ 臣 臤 臤 臤 臤 堅 堅

ㄐㄧㄢ　①指盔甲之類的東西：〈披堅執銳〉②敵兵強盛處：〈攻堅〉③安定，使確信：〈堅其心〉④結實、牢固：〈堅固〉⑤硬的：〈堅果、堅甲〉⑥人或事的重心：〈中堅〉⑦不動搖：〈堅定、堅毅〉⑧盡力：〈堅持〉⑨姓。

造詞 堅守、堅貞、堅強、堅決、堅硬／貞堅、執堅／堅忍不拔、堅苦卓絕。

土部8畫

堊

一 ㄒ ㄒ ㄒ 亞 亞 亞 亞 亞 亞 堊 堊

ㄜˋ　①白色的土：〈堊粉〉②用白土粉刷：〈堊壁〉③不加塗飾的：〈堊室〉。

造詞 白堊、塗堊。

土部8畫

堆

一 十 土 圠 圠 圠 圠 圠 圠 堆 堆

ㄉㄨㄟ　①積聚在一起的東西：〈土堆、雪堆〉②計算積聚物的量詞：〈一堆土、三堆石頭〉③累積、聚集：〈堆積〉。

造詞 堆肥、堆砌、堆棧／堆山積海、堆積如山。

同 積、砌、疊。

土部8畫

埠

一 十 土 圠 圠 圠 圠 圠 埠 埠 埠

ㄅㄨˋ　①船隻停泊的地方：〈港埠、埠口〉②指有碼頭的城鎮：〈外埠〉③通商的口岸：〈商埠〉。

土部8畫

埤

一 十 土 圠 圠 圠 圠 圠 埤 埤 埤

ㄆㄧˊ　①低牆：〈埤堄〉②增加：〈埤益〉。

ㄅㄧˋ　①低窪潮溼的地方②池塘、水池或土壩。臺灣水利設施的名稱：〈埤圳〉。

ㄅㄟ　地名：〈虎頭埤〉。

土部8畫

基

一 ㄊ ㄊ ㄊ 甘 甘 其 其 其 基 基

ㄐㄧ　①建築物的底部：〈地基、牆基〉②根本：〈根基、邦家之基〉③帝位：〈登基〉④依據：〈基此理由〉⑤根本的：〈基層〉⑥姓。

造詞 基本、基地、基因、基金、基準、基督、基礎／土基、德基、國基。

同 根。

堂

土部8畫

ㄊㄤˊ ①正房大廳：〈廳堂、堂屋〉②用來作某種用途的大房間：〈食堂、禮堂〉③法庭：〈公堂〉④量詞，課一節叫「一堂」⑤尊稱別人的母親：〈令堂〉⑥同祖父的親屬：〈堂兄弟〉⑦盛大的：〈堂皇〉。

造詞 堂上、堂堂、堂奧／教堂、祠堂、靈堂、廟堂、課堂、學堂、高堂、滿堂／堂堂正正、濟濟一堂／不能登大雅之堂。

堵

土部8畫

ㄉㄨˇ ①牆：〈牆堵〉②計算牆的單位：〈一堵牆〉③錢的別稱：〈阿堵物〉④阻塞、擋住：〈堵住、堵塞〉⑤姓。

ㄓㄜˇ 水名：〈堵水（在湖北省境內）〉。

造詞 堵口、堵心、堵截、堵嘴、堵噎。

執

土部8畫

ㄓˊ ①朋友、至交：〈友執〉②憑證：〈執照、收執〉③持、拿著：〈執筆〉④掌管治理：〈執政、執掌〉⑤堅持：〈各執一詞〉⑥捉住、拘捕：〈戰敗被執〉⑦施行：〈執法〉⑧頑固不知變通：〈固執、執拗〉⑨姓。

造詞 執行、執事、執著、執意、執業、執牛耳／父執、秉執、拘執／執法如山、執迷不悟。

同 拿、持、握。

培

土部8畫

ㄆㄟˊ ①在植物、堤岸等的根基上堆土：〈培土〉②栽種、養育：〈栽培、培育、培植〉。

ㄆㄡˇ 小土山：〈培塿〉。

堯

土部9畫

ㄧㄠˊ ①我國傳說中上古時代的君王：〈唐堯〉②姓。

造詞 堯天舜日。

堪

土部9畫

ㄎㄢ ①忍受：〈難堪、痛苦不堪〉②可以、能夠：

〈堪稱美人、不堪設想〉③姓。

造詞 不堪、可堪／情何以堪、狼狽不堪。

堰
土部9畫

一 十 土 土ㄧ 圢 坧 坧 埇 埂 堰 堰 堰

ㄧㄢˋ 防水的土堤：〈堰塞〉。

堤
土部9畫

一 十 土 土' 坦 坦 坦 坦 埕 埕 堤 堤

ㄊㄧˊ 河邊防水的土石建築物：〈堤防、堤岸〉。

造詞 堤堰、水堤、海堤、河堤、長堤。

場
土部9畫

一 十 土 土' 坦 坦 坦 坦 埸 場 場 場

ㄔㄤˊ ①寬廣平坦的空地：〈廣場、操場〉②辦事或聚會的地方：〈商場、試場、會場〉③戲劇的一個段落：〈三幕四場〉④事情從開始到結束的經過：〈一場球賽、大鬧一場〉。

造詞 場地、場合、場所、場面、場景、場記／上場、馬場、現場、登場、戰場、劇場、終場、收場、情場、清場、沙場／粉墨登場。

請注意：「場」與「廠」不同。「廠」是指有房子的地方；「場」可指有房子的地方，也可指沒房子的地方。

堡
土部9畫

ノ イ 亻' 仁 仁 但 保 保 保 保 堡 堡

ㄅㄠˇ ①用土石建造的小城，可作為防禦用：〈堡壘、城堡〉②北方人稱村落為「堡」：〈張家堡〉。

造詞 哨堡、碉堡、橋頭堡。

報
土部9畫

一 十 土 圭 圭 圭 幸 幸' 幸フ 報 報 報

ㄅㄠˋ ①由某種原因而得到的結果：〈報應、好心有好報〉②傳送新聞、消息的文字或信號：〈報紙、電報〉③消息：〈情報〉④告訴：〈通報、報告〉⑤向對方採取行動：〈報答、報仇、報復〉。

造詞 報名、報刊、報到、報效、報案、報恩、報喜、報導／日報、公報、通報、警報／感恩圖報、恩將仇報。

同 復、答。

堙
土部9畫

一 十 土 土ㄧ 圻 坧 坜 坜 堙 堙 堙 堙

ㄧㄣ ①土山②填塞：〈堙塞、堙井〉③埋沒：〈堙沒、堙滅〉。

造詞 堙圮、堙窒、堙替。

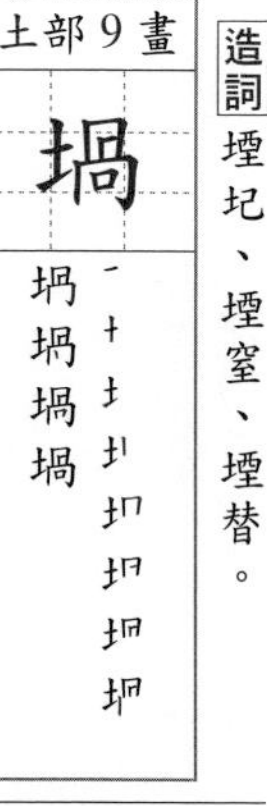

堝
土部9畫

ㄍㄨㄛ　盛物的土器：〈坩堝〉。

堞
土部9畫

ㄉㄧㄝˊ　城上的矮牆。

塞
土部10畫

ㄙㄜˋ　①阻隔不通：〈阻塞、堵塞〉②充滿：〈充塞〉③敷衍了事：〈塞責〉④姓。

ㄙㄞ　①器皿上封住開口的東西：〈瓶塞〉②填滿空隙：〈塞住、肚子塞滿了〉。

ㄙㄞˋ　①邊境：〈塞外〉②邊境險要的地方：〈要塞、邊塞〉。

造詞 塞子、塞住、塞牙、塞滿／出塞、閉塞、填塞／塞翁失馬。

同 閉、封。

塑
土部10畫

ㄙㄨˋ　用泥土捏造成人或物的形狀：〈雕塑、泥塑、塑造〉。

造詞 塑性、塑像、塑膠／土塑、銅塑。

塘
土部10畫

ㄊㄤˊ　①堤岸：〈河塘、堤塘〉②水池：〈池塘、荷塘〉③浴室：〈澡塘〉。

塗
土部10畫

ㄊㄨˊ　①通「途」，道路：〈道聽塗說〉②汙泥：〈泥塗、塗地〉③因刪改而抹去：〈塗改〉④畫上顏色或油彩等：〈塗上顏色、塗抹〉⑤不明事理的：〈糊塗〉⑥困苦的：〈塗炭〉⑦姓。

造詞 塗料、塗飾、塗鴉／當塗／塗不拾遺、難得糊塗。

塚
土部10畫

ㄓㄨㄥˇ　高大的墳墓：〈古塚、荒塚〉。

塔
土部10畫

ㄊㄚˇ　①一種尖頂、高而多層的佛教建築物：〈寶塔〉②高聳像塔形的建築物：〈燈塔〉③姓。

造詞 塔臺／水塔、鐵塔、佛塔、紀念塔／塔里木盆地。

填 土部10畫

ㄊㄧㄢˊ　①把空的地方塞滿：〈填滿〉②在表格上按項目寫上所需文字：〈填表〉③補充：〈填補〉④依譜作詞：〈填詞〉。

造詞 填充、填飽、填鴨、填寫／裝填、補填、配填／填街塞巷、義憤填膺。

塌 土部10畫

ㄊㄚ　①倒下來：〈倒塌〉②凹下：〈塌鼻子〉③下陷：〈塌陷〉。

同 倒、陷。

請注意：「塌」「榻」「遢」「蹋」四字的用法常被混淆。「塌」有倒下的意思；「榻」音ㄊㄚˋ，泛指床；「遢」，音ㄊㄚˋ，有不整潔義；「蹋」，音ㄊㄚˋ，作「踢」解。所以該四字的正確用法是：天「塌」下來我也不怕；「榻榻」米；下「榻」五星級飯店；邋邋「遢遢」的模樣；別蹧「蹋」食物。

塭 土部10畫

ㄨㄣ　我國沿海一帶專作養魚用的池塘：〈魚塭〉。

塊 土部10畫

ㄎㄨㄞˋ　①結聚成一團或呈固體的東西：〈冰塊〉②計算東西數量的單位：〈一塊糖〉③平面的一片：〈一塊地〉④計算錢的單位：〈一塊錢〉。

造詞 塊根、塊莖／煤塊、土塊、方塊、磚塊。

塢 土部10畫

ㄨˋ　①村落中防禦盜匪的小城堡：〈村塢〉②四面高而中央低的地方：〈花塢、山塢〉③建築在水邊供停船、修船、造船的長方形大池子：〈船塢〉。

土部 11 畫

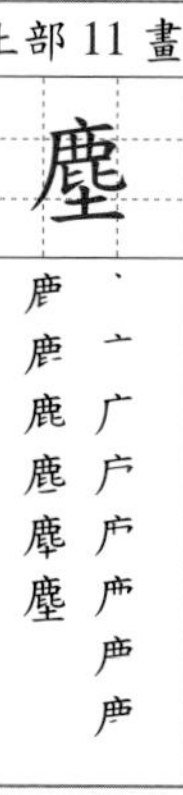

丶 亠 广 户 户 庐 声 声 声 鹿 鹿 鹿 鹿 塵 塵

ㄔㄣˊ ①飛散的灰土：〈塵埃〉②佛教、道教所指的現實世界：〈塵世〉③俗世：〈紅塵〉④事跡：〈步人後塵〉⑤姓。

造詞 塵土、塵囂、塵垢、塵俗／灰塵、洗塵、吸塵器／塵土不沾、僕僕風塵。

同 灰、埃。

土部 11 畫

塾

丶 亠 亠 古 古 亨 亨 享 郭 孰 孰 孰 孰 塾

ㄕㄨˊ ①古代私人設立的教學場所：〈私塾〉②古代設在大門旁的廳堂：〈東西塾〉。

造詞 塾師／村塾、家塾、義塾、鄉塾。

土部 11 畫

境

一 十 土 土 圹 圹 圹 垃 垃 培 培 培 境 境

ㄐㄧㄥˋ ①疆界、邊界：〈國境〉②地方、區域：〈環境〉③遭遇的情況：〈順境、逆境〉④程度、地步：〈漸入佳境〉。

造詞 境遇、境界、境況、境地／心境、絕境、家境、意境／身臨其境、漫無止境。

土部 11 畫

墓

丶 亠 十 廾 廾 艹 苩 苩 苩 莫 莫 莫 墓

ㄇㄨˋ 埋葬死人的地方：〈墳墓〉。

造詞 墓穴、墓地、墓碑、墓誌銘／陵墓、掃墓、古墓。

同 墳、坆。

土部 11 畫

墊

一 十 土 夫 去 去 幸 幸 執 執 執 執 墊

ㄉㄧㄢˋ ①襯在下面的東西：〈鞋墊〉②把一種東西襯在另一種東西的下面：〈墊一張紙〉③暫時替別人付錢：〈墊款〉。

造詞 墊板、墊肩、墊背、墊付／牀墊、椅墊、皮墊、木墊／切割墊。

土部 11 畫

塹

一 丆 百 百 亘 車 車 軒 軒 斬 斬 塹 塹

ㄑㄧㄢˋ ①繞城的深河：〈深塹〉②深坑：〈塹谷〉③舊稱長江為天然的險阻：〈天塹〉。

造詞 塹壕／地塹、坑塹。

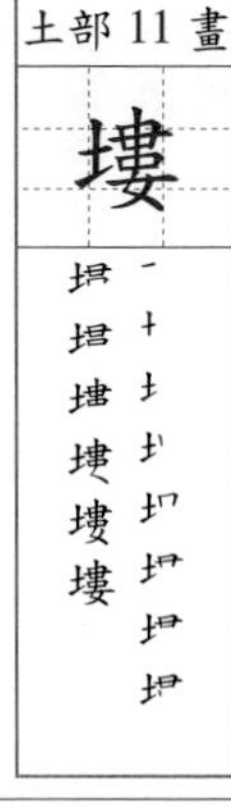

ㄌㄡˇ　小土山：〈培塿〉。

土部 11 畫

墅

ㄕㄨˋ　①田間的房舍：〈田墅〉②住宅以外，供作遊樂休閒的房舍：〈別墅〉。

土部 11 畫

墁

ㄇㄢˋ　①塗泥的用具：〈墁刀〉②塗：〈墁牆〉。

土部 12 畫

墟

ㄒㄩ　①大的土堆：〈土墟〉②荒廢的舊城：〈廢墟〉③村里：〈墟落〉④古代農村定期的臨時市場：〈墟市〉。

造詞　墟里／丘墟、郊墟、故墟、般墟。

土部 12 畫

增

ㄗㄥ　①添加、加多：〈增加〉②高的樣子：〈增逝〉。

造詞　增色、增長、增產、增減／急增、漸增、倍增、激增／增廣見聞、馬齒徒增。

同　加、添。

土部 12 畫

墳

ㄈㄣˊ　埋葬死人高起的土堆：〈墳墓〉。

造詞　墳地、墳場、墳塋、墳頭／祖墳、孤墳、荒墳。

同　墓。

土部 12 畫

墜

ㄓㄨㄟˋ　①落下、掉下：〈墜落〉②掛在器物上的裝飾品：〈墜子〉③曲調名：〈河南墜子〉。

造詞　墜地、墜毀、墜歡／下墜、耳墜、失墜、傾墜／搖搖欲墜、天花亂墜。

同　落。

請注意：①不可寫成墮落的「墮」②「墜」是指東西掉落，「墮」是指人的思想、品格變壞。

土部 12 畫

墮

ㄉㄨㄛˋ 掉落：〈墮落〉。

ㄏㄨㄟ 毀壞，通「隳」。

造詞 墮胎、墮民、墮地。

土部 12 畫

墩

一 十 土 圵 圹 圹 埣 埣 埻 埻 墩 墩 墩

ㄉㄨㄣ ①土堆：〈土墩〉②用厚大的泥石或木頭築成的基石：〈橋墩〉③積藏，通「囤」。

造詞 墩子、墩基、墩臺。

土部 13 畫

壁

ㄱ ㄱ 尸 尸 居 居 启 启 辟 辟 辟 辟 壁 壁 壁 壁

ㄅㄧˋ ①牆：〈牆壁〉②高而直立的山崖：〈峭壁〉③軍隊駐守的營壘：〈壁壘〉④姓。

造詞 壁虎、壁紙、壁報、壁上觀／壁壘分明、銅牆鐵壁。

土部 13 畫

墾

ˊ ㄑ 彡 豸 豸 豸 豸 豸 豸 豸 貇 貇 貇 墾 墾 墾

ㄎㄣˇ 翻土耕種：〈開墾〉。

造詞 墾荒、墾殖／拓墾、闢墾、移墾。

同 開。

土部 13 畫

壇

一 十 土 圵 圹 圹 圹 圹 坾 坾 坛 壇 壇 壇 壇 壇

ㄊㄢˊ ①用土築成的高臺：〈花壇〉②用土築成祭祀或典禮用的高臺：〈祭壇〉③從事某種活動的團體的總稱：〈文壇、體壇〉。

造詞 天壇、歌壇、影壇。

土部 13 畫

壅

丶 亠 亠 玄 玄 玄 玄 玄 雍 雍 雍 雍 雍 壅 壅 壅

ㄩㄥ ①堵塞：〈壅塞〉②用培土或肥料培養植物根部：〈培壅〉。

造詞 壅疾、壅閉、壅蔽。

同 雍。

土部 14 畫

壕

一 十 土 圵 圹 圹 圹 圹 坾 坾 坾 壕 壕 壕 壕 壕 壕

ㄏㄠˊ ①城下長形的深池：〈城壕〉②在戰地挖掘的溝道，供軍隊藏身：〈戰壕、壕溝〉。

同 濠。

土部 14 畫

壓

一 厂 厂 厂 厂 厂 厂 厍 厍 厍 厍 厭 厭 厭 壓 壓 壓

ㄧㄚ　①由上往下施加重力：〈壓平〉②用權威禁止：〈鎮壓〉③擱置：〈積壓〉④逼近：〈大軍壓境〉。

造詞 壓力、壓抑、壓迫、壓軸／血壓、氣壓、高壓、水壓、擠壓。

同 擠、迫。

土部 14 畫

壑

ㄏㄨㄛˋ　①坑谷、深溝：〈溝壑〉②山中低窪的地方：〈壑谷〉。

造詞 丘壑、林壑。

土部 15 畫

壙

ㄎㄨㄤˋ　①墓穴：〈入壙〉②郊野③空洞的，通「曠」：〈壙遠〉。

請注意： 壙與礦、曠音同義不同：「礦」是可煉製金屬的石頭，例如：礦石。「曠」有荒廢的意思，例如：曠野。

土部 15 畫

壘

ㄌㄟˇ　①戰時防守用的建築：〈堡壘〉②堆砌：〈壘牆〉③姓。

ㄌㄩˋ　門神名：〈鬱壘〉。

造詞 壘球、壘塊、壘塹／本壘、跑壘、滿壘、盜壘。

土部 16 畫

壞

ㄏㄨㄞˋ　①毀損：〈損壞〉②腐朽：〈肉壞了〉③不好的：〈壞人〉④極、非常：〈氣壞了〉。

造詞 壞處、壞蛋、壞話、壞死／破壞、敗壞、毀壞、好壞／金剛不壞、氣急敗壞。

同 惡。

反 好。

土部 16 畫

壟

ㄌㄨㄥˇ　①田中分界的高地：〈田壟〉②墳墓：〈丘壟〉③獨占：〈壟斷〉。

造詞 祖壟、高壟、麥壟。

土部 16 畫

壢

ㄌㄧˋ　①臺灣地名：〈中壢〉②坑谷：〈山壢〉。

土部 17 畫

壤

ㄖㄤˇ ①鬆軟的泥土：〈土壤〉②大地：〈天壤之別〉③區域：〈接壤〉④古代遊戲用的玩具：〈擊壤〉⑤姓。

造詞 壤土、壤室、壤隔／肥壤、沃壤、瘠壤／窮鄉僻壤。

土部21畫

壩

一 十 土 圹 圹 圹 圹 圹 坵 坼 坼 坼 坼 坼 坼 坼 壩 壩 壩 壩 壩

ㄅㄚˋ ①建築在河流中，用來攔截水流的建築物：〈水壩〉②我國西南地區稱平原或平地為壩：〈壩子〉。

士部

ㄕˋ

士部0畫

士

一 十 士

ㄕˋ ①古代對讀書人的稱呼②人的通稱：〈壯士〉③成年人：〈男士、女士〉④軍中的官階：〈上士〉⑤古代的爵位：〈士大夫〉⑥有學位或專才的人：〈碩士、護士〉⑦姓。

造詞 士人、士兵、士氣、士官、士林／義士、隱士、烈士、博士。

士部1畫

壬

一 二 千 壬

ㄖㄣˊ ①天干中的第九位：〈甲、乙、丙、丁、戊、己、庚、辛、壬〉②奸佞：〈壬人〉③姓。

士部4畫

壯

丨 丬 丬 爿 爿 壯 壯

ㄓㄨㄤˋ ①強健、有力：〈強壯〉②大、雄偉：〈壯觀〉③增強：〈壯聲勢〉④人的年齡，三十歲到四十歲的時期：〈壯年〉⑤姓。

造詞 壯士、壯志、壯烈、壯膽／豪壯、悲壯、雄壯、少壯／壯士斷腕、壯志未酬。

同 強、盛。

士部9畫

壹

一 十 士 士 声 声 声 壴 壴 壹 壹 壹

ㄧ ①「一」的大寫：〈壹仟元〉②姓。

士部9畫

壺

一 十 士 士 声 声 声 壴 壺 壺 壺 壺

ㄏㄨˊ ①口小腹大，用來盛液體的容器：〈水壺、茶壺〉②古代的一種遊戲，把箭投進一個長頸瓶子：〈投壺〉。

請注意：「壺」下面是「亞」，不是「亞」，不可寫成「壼」

（ㄎㄨㄣ）。

士部 10 畫

壼

ㄎㄨㄣˇ 女子所住的房間，現在用來敬稱女子：〈閨壼〉。

士部 11 畫

壽

ㄕㄡˋ ①活的歲數很大：〈長壽〉②生命：〈壽命〉③年齡：〈您今年高壽〉④生日：〈壽誕〉⑤生前預製的葬具：〈壽材〉⑥姓。

造詞 壽星、壽桃、壽考、壽衣／福壽、夭壽、年壽、祝壽／壽終正寢、壽比南山。

同 歲、齡。

夊部 ㄙㄨㄟ

夊部 7 畫

夏

ㄒㄧㄚˋ ①四季中的第二季，相當於國曆六、七、八月：〈夏季〉②古時候把中國稱作「夏」：〈華夏〉③中國朝代名：〈夏朝〉④姓。

ㄐㄧㄚˇ 古時體罰學生的木杖：〈夏楚〉。

造詞 夏天、夏至、夏娃／仲夏、立夏、炎夏。

夊部 18 畫

夔

ㄎㄨㄟˊ ①古代傳說裡一種形狀像龍的獨腳怪獸②古國名、地名：〈夔州（今四川奉節縣）〉③姓。

夕部 ㄒㄧ

夕部 0 畫

夕

ㄒㄧˋ ①傍晚，太陽下山的時候：〈夕陽〉②晚上、夜晚：〈一夕沒睡〉③某一天或很接近某種情況之前：〈畢業前夕〉④姓。

造詞 夕照、夕至／七夕、朝夕、除夕、旦夕／朝不保夕、一朝一夕。

同 暮。

反 朝。

夕部2畫

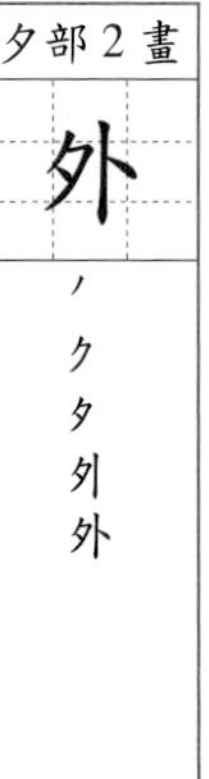

ㄨㄞˋ ①「內」的相反，不屬於一個範圍內的：〈門外〉②不是自己方面的，相對於「本」：〈外地〉③其他國家的：〈外僑〉④妻子稱呼丈夫：〈外子〉⑤稱呼母親、姊妹這邊的親戚：〈外婆、外甥〉⑥疏遠的：〈外人〉⑦不是正式的、原來的：〈外號、外加〉⑧對事情沒有經驗：〈外行〉。

造詞 外交、外表、外套、外貿、外務、外景、外匯、外患／見外、除外、例外、格外、另外、局外、意外、老外／九霄雲外、喜出望外。

反 內、裡、中。

夕部3畫

多

ノ ク 夕 夕 多 多

ㄉㄨㄛ ①數量大、不少：〈很多〉②有餘：〈一百多人〉③不該有而有：〈多話〉④超過，不必有而加出來：〈多出來〉⑤很、非常：〈多謝〉⑥大概：〈多半〉⑦常常：〈多讀多寫〉⑧姓。

造詞 多餘、多疑、多虧、多事／許多、增多、太多、差不多／多才多藝、多多益善。

同 眾。

反 少、寡。

夕部3畫

夙

丿 几 凡 凡 夙 夙

ㄙㄨˋ ①早上：〈夙夜〉②以前的、一向的：〈夙願〉③積學而充實的：〈夙儒〉。

造詞 夙昔、夙志、夙怨、夙性／夙興夜寐、夙夜夢寐。

同 早、晨。

反 夜、夕、晚。

夕部5畫

夜

丶 亠 广 疒 疒 夜 夜

ㄧㄝˋ ①晚上，從日落後到日出前的一段時間：〈夜晚〉②姓。

造詞 夜闌、夜行、夜半、夜叉／午夜、徹夜、晝夜、深夜／夜以繼日、夜深人靜。

同 晚、宵。

反 晝、日。

夕部8畫

夠

ノ ク 夕 夕 多 多 多 㚉 夠 夠 夠

ㄍㄡˋ ①達到：〈夠資格〉②足、滿足：〈足夠〉③膩、厭煩：〈受夠了〉。

同 足。

夕部 11 畫

夥

ㄏㄨㄛˇ ①結合成群的許多人：〈大夥〉②商店裡雇用的人：〈夥計〉③聯合起來：〈合夥〉④年輕力壯的男子：〈小夥子〉⑤很多：〈獲益甚夥〉。

造詞 夥伴、夥同／結夥。

同 伴、多。

反 少、寡。

夕部 11 畫

夢

ㄇㄥˋ ①睡眠時，腦波受到內外刺激而引起的種種思維活動或幻象：〈做夢〉②不切實際的：〈夢想〉。

造詞 夢幻、夢寐、夢遊、夢境／美夢、殘夢、白日夢／夢筆生花、同床異夢。

反 醒。

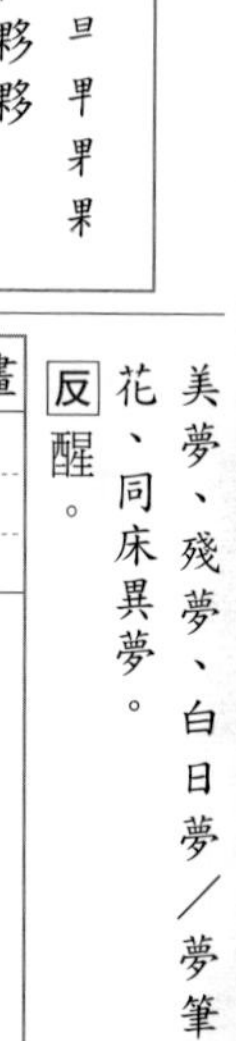

夕部 11 畫

夤

ㄧㄣˊ ①深：〈夤夜〉②攀附：〈夤緣〉。

大部 ㄉㄚˋ

大部 0 畫

大

一 ナ 大

ㄉㄚˋ ①與「小」相對，不小：〈大國〉②年長的：〈大妹〉③數量多的：〈大批〉④程度深的、高的：〈大紅大紫、大學〉⑤猛烈的：〈大浪〉⑥敬詞：〈大名〉⑦不平常的：〈大事〉⑧很：〈不大好〉⑨約略：〈大概〉⑩經常：〈不大運動〉⑪再，指時間更前或更後：〈大前天、大後年〉⑫官名：〈大夫〉。

ㄉㄞˋ 醫生：〈大夫〉。

ㄊㄞˋ 至上的，通「太」：〈大上皇〉。

造詞 大方、大亨、大局、大使、大約、大眾、大話、大家、大陸、大嫂、大廈、大體／偉大、自大、長大、龐大／大刀闊斧、大公無私、大同小異、大而化之、大材小用、大海撈針、大智若愚。

同 巨、碩。

反 小、微、渺。

大部 1 畫

天

一 二 チ 天

ㄊㄧㄢ ①地球周圍的太空：〈天空〉②位置在頭頂的：〈天棚〉③地球自轉一周的二十四小時：〈一天〉④時節、氣候：〈春天、雨天〉⑤不是人工的：〈天然〉⑥與生俱來的：〈天資〉⑦宗教中至善至美的地方：〈天堂〉⑧命運：〈怨天尤人〉⑨姓。

造詞 天才、天文、天平、天下、天使、天倫、天賦、天機、天籟／蒼天、陰天、樂天／天下為公、天衣無縫、天助自助、天涯海角、天經地義。

大部1畫

夫

一 二 ナ 夫

ㄈㄨ ①成年男子的稱呼：〈匹夫〉②從事體力勞動的人：〈農夫〉③男女結婚以後，男子叫夫，女子叫婦：〈夫婦〉④姓。

ㄈㄨˊ 助詞，可當語首發語詞、語中、語末助詞。

造詞 夫人、夫差、夫子、夫妻／丈夫、大夫、漁夫、工夫／夫唱婦隨、女中丈夫。

大部1畫

太

一 ナ 大 太

ㄊㄞˋ ①對婦人的尊稱：〈太太〉②對長輩或高貴的人的尊稱：〈太爺〉③極、過於：〈太好〉④海洋名：〈太平洋〉⑤大，表示不可能：〈太半〉⑥極大：〈太空〉⑦安寧的：〈太平〉⑧姓。

造詞 太極、太公、太古、太陽／國太、師太。

同 極、甚。

大部1畫

夭

一 二 チ 夭

ㄧㄠ ①自然災害：〈天夭〉②草木茂盛美麗：〈桃之夭夭〉③美好的：〈夭姣〉④未成年而短命早死⑤古代形容初生的禽獸或草木。

造詞 夭邪、夭娜、夭厲、夭矯／早夭、壽夭、桃夭。

請注意：「夭」上面是一撇。

大部2畫

央

丶 冂 口 央 央

ㄧㄤ ①懇求：〈央求〉②中間：〈中央〉③終止、完：〈夜未央〉④色彩鮮明的：〈央央〉。

造詞 央及、央人／央央大度。

大部2畫

失

ノ 𠂉 二 牛 失

ㄕ ①錯誤：〈過失〉②遺落、找不到：〈遺失〉

③放過、錯過：〈失手〉④無、沒有：〈失業〉⑤違背：〈失約〉⑥改變正常的狀態：〈失神〉⑦發生意外：〈失事〉⑧洩露：〈失密〉。

造詞 失色、失火、失和、失明、失敬、失望、失聲、失戀、失竊／得失、損失、消失、缺失／失之交臂、失魂落魄。

同 遺。

反 得。

請注意：「失」中間的「大」有出頭。

大部3畫

夷

一ˊ ①古時我國對東方未開化的種族的稱呼：〈東夷〉②泛指外國或外國人：〈夷情〉③台灣省的古稱：〈夷洲〉④平安：〈化險為夷〉⑤剷平：〈夷為平地〉⑥消滅：〈夷滅〉⑦常理，通「彝」⑧喜悅的，通「怡」。

造詞 夷白、夷易、夷悅、夷戮／誅夷、蠻夷、平夷。

同 平、鄙、滅。

大部3畫

夸

ㄎㄨㄚ ①炫耀、說大話、通「誇」：〈夸大〉②奢侈③美好的：〈夸容〉④姓。

造詞 夸人、夸姣、夸誕、夸飾／夸父追日。

大部4畫

夾

ㄐㄧㄚˊ ①箝東西的器具：〈夾子〉②把東西從兩旁箝住：〈夾住〉③混合：〈夾雜〉④分在兩旁：〈夾道〉⑤雙層的：〈夾板〉⑥從兩旁向中間圍過來：〈夾擊〉⑦熱帶常綠灌木，葉子像竹葉，花嬌豔如桃，含有毒素：〈夾竹桃〉。

造詞 夾克、夾攻、夾帶、夾注號／書夾、皮夾、髮夾、紙夾／夾七夾八。

大部5畫

奉

ㄈㄥˋ ①恭敬的送給或接受：〈奉上〉②恭敬的捧著：〈奉茶〉③侍候：〈侍奉〉④遵守：〈奉行〉⑤尊重、信仰：〈信奉〉⑥表示恭敬的詞：〈奉告〉⑦姓。

ㄆㄥˇ 通「捧」。

造詞 奉命、奉承、奉送、奉養、奉還／遵奉、供奉、敬奉、順奉。

同 供、送、獻、承。

大部5畫

ㄑㄧˊ ①不平常的，很少見的：〈奇觀〉②驚訝：〈驚奇〉③非常的：〈奇恥〉④出乎意料之外：〈奇遇〉⑤珍貴的：〈奇石〉⑥姓。

ㄐㄧ 單數，與「偶數」相對，如一、三、五：〈奇數〉。

造詞 奇怪、奇蹟、奇異、奇妙／神奇、傳奇、好奇、出奇／奇裝異服、奇形怪狀、奇貨可居、奇恥大辱。

反 偶。

大部5畫

奈

ㄋㄞˋ ①怎麼辦、怎樣：〈無可奈何、怎奈〉②對付：〈奈何不了他〉。

大部5畫

奄

ㄧㄢˇ ①覆蓋：〈奄有四方〉②忽然：〈奄忽〉。

ㄧㄢ ①太監，通「閹」：〈奄人〉②停滯，通「淹」：〈奄留〉③氣息微弱的樣子：〈奄奄一息〉。

造詞 奄冉、奄官、奄息／氣息奄奄。

大部5畫

奔

ㄅㄣ ①急跑：〈奔跑〉②逃走：〈奔逃〉③男女不舉行婚禮而私自結合：〈私奔〉④迅速的：〈奔流〉⑤投向、直往：〈投奔〉。

造詞 奔亡、奔走、奔馳、奔喪／飛奔、狂奔、出奔、夜奔／奔逃四散、奔相走告。

大部6畫

奕

ㄧˋ ①高大的、美好的：〈奕奕〉②積累的：〈奕世〉。

造詞 博奕、神采奕奕。

大部6畫

契

ㄑㄧˋ ①當作憑據的文件：〈契約〉②中國古代的種族：〈契丹〉③用刀刻的文字：〈殷契〉④朋友：〈老契〉⑤相合、相投：〈契合〉⑥用刀雕刻，通「鍥」：〈契舟求劍〉⑦怯懦的，通「怯」⑧分別隔離：〈契闊〉。

ㄒㄧㄝˋ 人名，中國商朝的祖先。

造詞 契友、契文、契機／心契、投契、默契、地契。

同 據、合。

大部6畫

奏

一 二 三 丰 夫 夫 奏 奏 奏

ㄗㄡˋ ①古代臣子向君主進言或上書的意見：〈章奏〉②音樂高低抑揚的拍子：〈節奏〉③吹彈樂器：〈奏樂〉④發生、顯現：〈奏效〉⑤取得：〈奏功〉⑥陳述：〈面奏〉。

造詞 奏明、奏摺、奏捷、奏鳴曲／演奏、伴奏、前奏、表奏。

同 演、彈、述。

請注意：奏與秦，字形相似，「奏」字下面是「天」，「秦」字下面是「禾」，讀ㄑㄧㄣˊ，用於專有名詞，例如：國名或姓氏。

大部6畫

奎

一 ナ 大 太 夲 夲 奎 奎 奎

ㄎㄨㄟˊ ①星名，即文曲星：〈奎宿〉②與文事有關的：〈奎運〉。

造詞 奎章、奎寧。

大部6畫

奐

ノ ク ク 各 各 各 奂 奐 奐

ㄏㄨㄢˋ ①盛大的、眾多的：〈美輪美奐〉②文采鮮明的③散漫的：〈奐衍〉。

請注意：「奐」和「渙」音同，都有盛大的意思，但「渙」是指水勢盛大，而「奐」是指文采盛大。

大部7畫

套

一 ナ 大 犬 本 夲 夲 套 套 套

ㄊㄠˋ ①計算成組事務的單位名詞：〈一套茶具〉②地形或河流曲折處：〈河套〉③陷害或籠絡人的計策：〈圈套〉④用繩子結成的東西：〈繩套〉⑤罩在物體外的東西：〈書套〉⑥固定的格調：〈老套〉⑦應酬話：〈客套〉⑧罩上：〈套件外衣〉⑨綁緊：〈套手腳〉⑩用計謀問出事情真相：〈套話〉⑪獲取：〈套利〉。

造詞 套房、套問、套匯、套裝／外套、筆套、被套、有一套／套頭裹腦。

請注意：「套」和「組」都是事物的量詞，但用法略有差異：「套」是指完整系統的組合，「組」是指東西經由組合而成的，例如：一組音響。

大部 7 畫

奘

丬 丬 爿 爿 壯 壯 壯 壯 奘 奘

ㄗㄤˋ　①人名，唐朝的高僧，曾到印度去求取佛經：〈玄奘〉②壯大的③北方話，指物體粗大：〈身高腰奘〉。

大部 7 畫

奚

丿 ⺈ ⺈ ⺈ 奚 奚 奚 奚 奚 奚

ㄒㄧ　①為什麼：〈子奚不為政〉②僕役：〈奚童〉③姓。

造詞 奚落、奚奴、奚官。

大部 8 畫

奢

一 ナ 大 太 本 夲 夲 奆 奢 奢 奢

ㄕㄜ　①浪費：〈奢侈〉②過分的：〈奢望〉。

造詞 奢求、奢言、奢華、奢靡／驕奢、華奢、豪奢。

同 侈。

反 省、儉。

大部 9 畫

奠

丶 丷 丷 䒑 芇 芮 酋 酋 酋 奠 奠

ㄉㄧㄢˋ　①用牲禮祭祀鬼神：〈祭奠〉②安置、建立：〈奠定〉。

造詞 奠基、奠都、奠儀、奠秋／香奠、遙奠、禮奠。

同 祭。

大部 10 畫

奧

丿 冂 冂 向 向 向 向 甪 甪 奥 奧 奧 奧

ㄠˋ　①房子的西南角：〈堂奧〉②含義深，不容易了解：〈深奧〉③精妙的：〈奧妙〉④國名，奧地利的簡稱⑤暖和的，通「燠」：〈日月方奧〉。

造詞 奧旨、奧祕、奧義、奧博／玄奧、幽奧、禁奧。

大部 11 畫

奪

一 ナ 大 六 木 木 本 奞 奞 奞 奞 奪 奪 奪

ㄉㄨㄛˊ　①搶、強取：〈搶奪〉②削除：〈剝奪〉③作決定：〈裁奪〉④衝過：〈奪門而出〉⑤暈眩：〈光彩奪目〉⑥爭先獲得：〈奪標〉。

造詞 奪取、奪志、奪魄、奪權、褫奪、掠奪／奪胎換骨、巧取豪奪。

同 搶、掠。

大部 11 畫

奩

一 ナ 大 太 本 夲 夲 奩 奩 奩 奩 奩 奩 奩

ㄌㄧㄢˊ　①女子梳妝用的鏡匣②裝東西的小匣子：〈粉奩〉③女子陪嫁的衣物：〈妝奩〉。

造詞 奩具、奩敬、奩幣。

大部 13 畫

奮

一 ナ 大 大 衣 夵 夵 夵 奞 奞 奞 奪 奮 奮 奮 奮

ㄈㄣˋ ①振動：〈奮翅而飛〉②舉起：〈奮臂高呼〉③振作：〈奮發〉④勇敢不怕死：〈奮戰〉⑤姓。

造詞 奮鬥、奮勇、奮起、奮勉／發奮、振奮、激奮／奮不顧身、奮發圖強。

請注意：「奮」與「憤」二字音同義不同。「奮」有振翅高飛、發揚義，與憤怒的「憤」並不通用。

女部 ㄋㄩˇ

女部 0 畫

女

ㄑ 㐅 女

ㄋㄩˇ ①性別的一種，與「男」相對：〈女性〉②女兒：〈小女〉③女性用的東西：〈女裝〉④二十八宿之一：〈女宿〉。

ㄋㄩˋ 把女兒嫁人。

ㄖㄨˇ ①你，通「汝」：〈女知之乎？〉②姓。

造詞 女紅、女巫、女流、女婿／下女、才女、養女、淑女、修女、處女、妓女、歌女／女扮男裝。

反 男。

女部 2 畫

奴

ㄑ 㐅 女 女 奴 奴

ㄋㄨˊ ①供人役使的人：〈奴隸〉②女子自己的謙稱：〈奴家〉③驅遣勞動：〈奴役百姓〉。

造詞 奴才、奴僕、奴婢／黑奴、守財奴、賣國奴／奴顏婢膝、奴顏曲承。

女部 2 畫

奶

ㄑ 㐅 女 奶 奶

ㄋㄞˇ ①乳房：〈奶子〉②乳汁：〈牛奶〉③祖母：〈奶奶〉④對主婦的尊稱：〈少奶奶〉⑤哺乳：〈奶孩子〉。

造詞 奶媽、奶油、奶名、奶粉、奶精。

同 乳。

女部 3 畫

妄

丶 亠 亡 妄 妄 妄

ㄨㄤˋ ①胡亂的、狂亂的：〈狂妄〉②無知的：〈妄人〉③非分的：〈妄想〉。

造詞 妄言、妄動、妄為／虛妄、無妄、迷妄／妄自菲薄、妄自尊大。

同 狂、亂。

女部3畫 奸 ㄑㄠ女女 女' 女= 奸

ㄐㄧㄢ ①犯罪的事：〈作奸犯科〉②和敵人勾結的人：〈奸細〉③虛偽的、狡猾的：〈奸詐〉④淫亂：〈奸殺〉。

造詞 奸險、奸計、奸商、奸臣／漢奸、內奸、老奸／狼狽為奸、姑息養奸。

同 詐、狡、姦。

女部3畫 妃 ㄑㄠ女女' 女ㄱ 妃

ㄈㄟ ①帝王的配偶，地位次於「后」的妾：〈嬪妃〉②對女神的尊稱：〈天妃〉。

ㄆㄟˋ 通「配」。

造詞 妃子、妃嬪、妃姬／王妃、貴妃、后妃、正妃。

女部3畫 好 ㄑㄠ女女' 女ㄱ 好

ㄏㄠˇ ①友愛：〈友好〉②完成：〈做好〉③美的、善的：〈美好〉④親善的：〈好同學〉⑤很：〈好快〉⑥容易的：〈好辦〉⑦可以：〈只好如此〉⑧表示同意或結束的語氣：〈好，就這麼辦〉。

ㄏㄠˋ ①喜歡做的事：〈嗜好〉②喜愛：〈好學〉。

造詞 好比、好手、好歹、好意、好在、好奇、好強、好事／恰好、愛好／好大喜功、好事多磨、好高騖遠、好逸惡勞、好整以暇。

同 佳、美、善。

反 壞、難。

女部3畫 她 ㄑㄠ女 女ㄱ 如 她

ㄊㄚ 女性的第三人稱代名詞。

ㄧ 通「伊」。

女部3畫 如 ㄑㄠ女 如 如 如

ㄖㄨˊ ①依照：〈如期完成〉②像、相似：〈骨瘦如柴〉③比得上：〈不如人〉④到：〈如廁〉⑤假使：〈如果〉⑥姓。

造詞 如今、如何、如此、如意／例如、突如、假如／如魚得水、如坐針氈、如花似玉、如願以償、如意算盤。

妁 女部3畫

ㄕㄨㄛˋ 介紹婚姻的人，媒人：〈媒妁之言〉。

同 媒。

妝 女部4畫

ㄓㄨㄤ ①婦女的裝飾：〈卸妝〉②修飾或打扮容貌：〈妝扮〉③女子出嫁時，隨身帶到夫家的東西：〈嫁妝〉。

造詞 妝奩、妝臺、妝點／盛妝、梳妝、素妝、女妝。

請注意：妝、裝讀音相同，意義不同：「妝」只用在修飾容貌。「裝」除了修飾容貌之外，還可用在人以外的修飾，例如：裝潢。

妒 女部4畫

ㄉㄨˋ 忌恨別人比自己好：〈妒忌、忌妒、嫉妒〉。

同 妬。

妨 女部4畫

ㄈㄤˊ ①阻礙：〈妨礙〉②損害：〈妨害〉。

請注意：「妨」和「防」不同。「妨」的基本義是阻礙、損害，「防」的常用義是防備、防衛。

妞 女部4畫

ㄋㄧㄡ 我國北方對女孩子的稱呼：〈小妞、妞兒〉。

妣 女部4畫

ㄅㄧˇ 稱自己已經去世的母親：〈先妣〉。

造詞 考妣、祖妣。

妙 女部4畫

ㄇㄧㄠˋ ①精巧的：〈巧妙〉②神奇的：〈妙用〉③有趣的：〈妙語〉④美好的：〈美妙〉⑤年輕的：〈妙齡〉。

造詞 妙計、妙訣、妙境／奧妙、微妙、玄妙、不妙／妙手回春、妙語如珠。

同 美、佳。

女部4畫

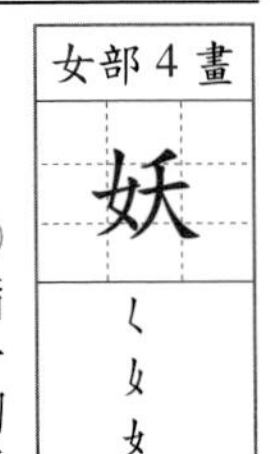

妖

一ㄠ　①指一切怪異反常，會害人的東西：〈妖怪〉②荒謬、怪誕的：〈妖言〉③豔麗而不莊重：〈妖豔〉。

造詞 妖孽、妖冶、妖術、妖精／人妖、女妖、狐妖／妖魔鬼怪、妖裡妖氣。

同 怪。

女部4畫

姸

一ㄢˊ　美麗：〈姸麗〉。

造詞 嬌姸、妖姸／爭姸鬥豔。

同 豔、媚。

反 醜。

女部4畫

妤

ㄩˊ　我國漢朝宮中的女官名：〈婕妤〉。

同 伃。

女部4畫

妗

ㄐㄧㄣˋ　舅母。

女部4畫

妓

ㄐㄧˋ　①古代以歌舞娛樂賓客的女子：〈歌舞妓〉②出賣肉體的女人：〈妓女〉。

造詞 妓院／藝妓、娼妓、雛妓、嫖妓。

女部4畫

妊

ㄖㄣˋ　女人懷孕：〈妊娠、妊婦〉。

同 姙。

女部4畫

妥

ㄊㄨㄛˇ　①適當的：〈不妥〉②安穩的：〈妥當〉③完成：〈辦妥〉④姓。

造詞 妥協、妥善、妥貼。

同 好、善。

女部5畫

妾

ㄑㄧㄝˋ　①古代女子謙稱自己：〈臣妾、妾身〉②男子續娶的女子，俗稱「姨太太」

或「小老婆」：〈三妻四妾〉。

造詞 賤妾、寵妾、侍妾。

妻　女部5畫

ㄑㄧ　男子正式而合法的配偶：〈妻子〉。

ㄑㄧˋ　把女兒嫁給他人：〈以女妻之〉。

造詞 夫妻、髮妻、前妻、賢妻／妻離子散。

委　女部5畫

ㄨㄟˇ　①事情的結果：〈原委〉②託付：〈委託〉③推脫、推卸：〈推委〉④捨棄：〈委棄〉⑤衰頹不振作：〈委靡〉⑥曲折的：〈委婉〉⑦確實的：〈委實〉⑧姓。

ㄨㄟ　敷衍：〈委蛇〉。

造詞 委屈、委員、委命、委派／立委、主委、任委／委曲求全。

同 派、任。

妹　女部5畫

ㄇㄟˋ　同父母所生，或親戚中年紀比自己小的女子：〈妹妹、表妹〉。

造詞 學妹、令妹、堂妹、師妹、姊妹。

反 姊。

妮　女部5畫

ㄋㄧ　①小女孩：〈小妮子〉②ㄚ頭或侍女：〈婢妮〉。

姑　女部5畫

ㄍㄨ　①年輕未出嫁的女子：〈姑娘〉②稱父親的姊妹：〈姑媽〉③丈夫的姐妹：〈小姑〉④古代對丈夫的母親的稱呼：〈翁姑〉⑤暫時如此：〈姑且〉。

造詞 姑息、姑爺、姑丈、姑奶奶／道姑、仙姑／姑妄言之、姑息養奸。

反 姨。

姆　女部5畫

ㄇㄨˇ　①幫人照顧或餵養小孩的婦女：〈保姆〉②對丈夫的兄嫂的尊稱：〈姆姆〉。

請注意：「姆」和「母」不同。「姆」是由「母」演變而來，沒有「生」的意思，只是養育、照顧，所以不可寫成母親的「母」。

女部5畫

姐

ㄐㄧㄝˇ ①通「姊」，比自己年長的女子：〈姐姐〉②指成年且未婚的女性：〈小姐〉。

女部5畫

姊

ㄗˇ 同父母所生比自己大的女子：〈兄弟姊妹〉。

ㄐㄧㄝˇ 「姊姊」(ㄐㄧㄝˇ・ㄐㄧㄝ) 通「姐姐」，尊稱同輩中比自己年長的女子。

造詞 姊妹、姊夫／令姊、學姊、胞姊、師姊。

同 姐。

反 妹。

女部5畫

姍

ㄕㄢ ①譏笑，通「訕」：〈姍笑〉②走路遲緩的樣子：〈姍姍〉。

造詞 姍姍來遲。

女部5畫

始

ㄕˇ ①最初、開頭：〈開始〉②才：〈始能成功〉③曾經：〈未始不能〉。

造詞 始祖、始末、始終／創始、原始、起始、初始／始作俑者、始亂終棄。

同 起、初。

反 終。

女部5畫

姓

ㄒㄧㄥˋ ①表明家族系統的字：〈姓氏、姓名〉②民眾：〈百姓〉。

造詞 同姓、異姓、本姓、夫姓、賜姓。

同 氏。

女部5畫

妯

ㄓㄡˊ 兄弟的妻子相互的稱呼：〈妯娌〉。

女部5畫

妳

ㄋㄞˇ 「嬭」的異體字。

ㄋㄧˇ　用於女性的第二人稱代名詞。

女部5畫
姒

ㄙˋ　①古代同一個丈夫的眾妾，相互間稱呼年長者為「姒」，年幼者為「娣」②古代妯娌間相互的稱呼。

女部5畫
妲

ㄉㄚˊ　商朝紂王的妃子名叫妲己。

女部6畫
姜

ㄐㄧㄤ　姓：〈姜太公〉。

女部6畫
姘

ㄆㄧㄣ　男女未經合法的婚姻關係而私自結合：〈姘居〉。

造詞 姘頭。

女部6畫
姿

ㄗ　①樣子、體態：〈姿態〉②容貌：〈姿色〉③氣質，通「資」：〈姿質〉。

造詞 姿勢、姿容／英姿、丰姿、舞姿、雄姿。

同 形、態。

女部6畫
姣

ㄐㄧㄠˇ　美好的：〈姣好、姣美〉。

ㄒㄧㄠˊ　淫亂的意思。

請注意：「嬌」與「姣」不同。「嬌」是指柔嫩、可愛的，如：嬌媚。

女部6畫
姨

ㄧˊ　①稱母親的姊妹：〈姨媽〉②稱妻子的姊妹：〈小姨子〉③妾的通稱：〈姨太太、細姨〉。

造詞 姨丈、姨婆、姨娘、姨表、姨兄弟。

女部6畫
娃

ㄨㄚˊ　①小孩：〈娃娃〉②美貌的女子：〈嬌娃〉。

女部6畫

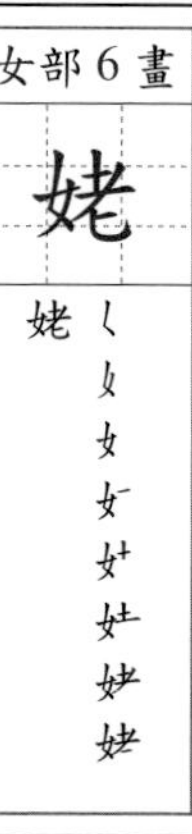

ㄇㄨˇ　①老婦人：〈老姥〉②通「姆」，幫人照顧小孩的婦人：〈保姥〉。

ㄌㄠˇ　我國北方對外祖母的俗稱：〈姥姥〉。

女部6畫

姪

ㄓˊ　稱兄弟的兒女：〈姪子、姪女〉。

同 侄。

女部6畫

姚

ㄧㄠˊ　①姓②通「窕」，美好的樣子：〈姚冶〉。

女部6畫

姦

ㄐㄧㄢ　①不正當的男女性行為：〈通姦〉②奸詐：〈姦邪〉③強暴：〈強姦〉。

造詞 姦人、姦情、姦淫。

同 奸、淫。

女部6畫

威

ㄨㄟ　①尊嚴：〈天威〉②能使人害怕或服從的力量：〈權威〉③震驚：〈聲威天下〉④使用壓力：〈威脅〉。

造詞 威力、威風、威望、威嚴／示威、發威、天威、恩威／威脅利誘、威武不屈。

同 嚴、勢。

女部6畫

姻

ㄧㄣ　①古代稱女婿的家屬為姻：〈姻親〉②指結婚的事：〈婚姻〉③因婚姻關係而成的親戚關係：〈外姻〉。

造詞 姻緣、姻伯、姻舊、姻家／聯姻、族姻。

女部6畫

姝

ㄕㄨ　①美貌的女子：〈名姝〉②形容女子容貌美麗：〈姝麗〉。

同 好。

女部7畫

娑

ㄙㄨㄛ ①飄忽搖曳的樣子：〈婆娑起舞〉②鬆散、飄揚的樣子：〈娑娑〉。

女部7畫

娘

ㄋㄧㄤˊ ①母親：〈爹娘〉②稱年輕的女子：〈姑娘〉③年長婦女的通稱：〈大娘〉。

造詞 娘胎、娘家、娘娘腔／親娘、嬌娘、奶娘、婆娘。

女部7畫

娜

ㄋㄨㄛˊ ①柔美的樣子：〈婀娜〉②輕柔的樣子：〈裊娜〉。

ㄋㄚˋ 外國女子名的譯音字：〈安娜〉。

女部7畫

娟

ㄐㄩㄢ 清麗美好的：〈娟秀〉。

造詞 嬋娟。

女部7畫

娛

ㄩˊ ①快樂、樂趣：〈歡娛〉②使人快樂：〈自娛娛人〉。

造詞 娛樂、娛悅、娛親／宴娛、共娛、遊娛。

請注意：愉快的「愉」和娛樂的「娛」音義相似，都有快樂的意思，所以「歡娛」也可寫作「歡愉」。

女部7畫

娓

ㄨㄟˇ 說話久而不斷，或說話動聽的樣子：〈娓娓道來、娓娓動聽〉。

女部7畫

姬

ㄐㄧ ①古代對貌美婦女的通稱：〈妖姬〉②古代對女子的通稱：〈虞姬〉③妾：〈姬妾〉④姓。

造詞 寵姬、豔姬、愛姬。

請注意：姬字的右邊是「𦣞」，不是「臣」。

女部7畫

娠

ㄕㄣ 懷孕：〈妊娠〉。

同 孕。

女部7畫

娣

ㄉㄧˋ ①姊姊稱妹妹：〈娣姒〉②稱丈夫的弟弟的妻子：〈娣婦〉。

女部7畫

娩

ㄇㄧㄢˇ 女人生孩子：〈分娩〉。

ㄨㄢˇ 嫵媚的：〈婉娩〉。

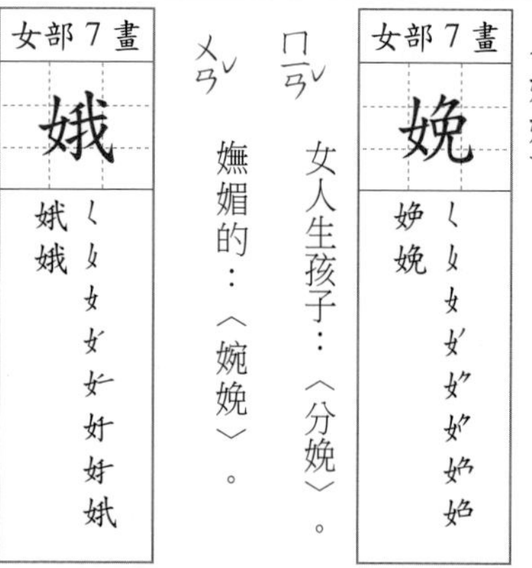

女部7畫

娥

ㄜˊ ①美女：〈宮娥〉②美好的：〈娥眉〉。

造詞 嫦娥、姮娥。

女部7畫

娌

ㄌㄧˇ 兄弟的妻子間互相的稱呼：〈妯娌〉。

女部7畫

娉

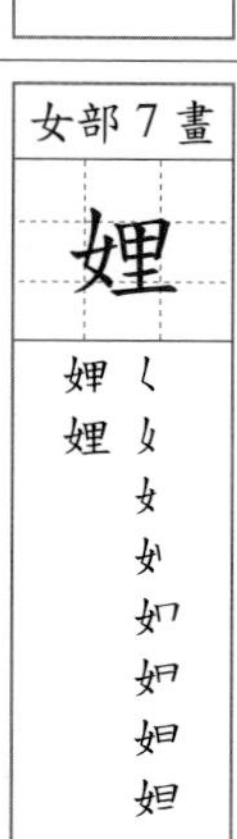

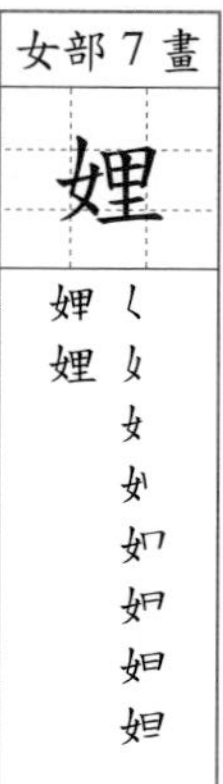

ㄆㄧㄥ 形容女子姿態輕盈美好的樣子：〈娉婷〉。

女部8畫

娶

ㄑㄩˇ 婚禮中，男方把女方迎取過來：〈娶妻、娶親〉。

造詞 嫁娶、再娶、婚娶。

女部8畫

婁

ㄌㄡˊ ①星名，二十八星宿之一：〈婁宿〉②姓。

ㄌㄩˇ 通「屢」，屢次。

女部8畫

婉

ㄨㄢˇ ①溫和、和順：〈委婉〉②美好的：〈婉麗〉。

造詞 婉曲、婉約、婉謝、婉轉／淑婉、溫婉、柔婉。

請注意：「婉」當作曲折的意思時，和「宛(ㄨㄢˇ)」相同，例如：婉延。

女部8畫

婦

ㄈㄨˋ　①女性的通稱：〈婦女〉②已婚的女子：〈少婦〉③妻子：〈夫婦〉④兒子的妻子：〈媳婦〉⑤與女性有關的：〈婦道〉。

造詞 婦德、婦容、婦產科／寡婦、主婦、孕婦、情婦／婦人之仁、婦孺皆知。

同 女。

反 孺。

婪

女部8畫

一 十 才 木 木 村 材 林 林 梦 婪 婪

ㄌㄢˊ　貪愛：〈貪婪〉。

造詞 婪婪、婪酣。

婀

女部8畫

ㄑ ㄆ 女 女 女 女 女 女 婀 婀 婀

ㄜ　姿態輕盈柔美的樣子：〈婀娜〉。

娼

女部8畫

ㄑ ㄆ 女 女 女 女 女 女 娼 娼 娼

ㄔㄤ　妓女：〈娼妓、娼婦〉。

同 妓。

婢

女部8畫

ㄑ ㄆ 女 女 女 女 女 女 婢 婢 婢

ㄅㄧˋ　古代供人使喚的女子：〈婢女、奴婢〉。

造詞 女婢、侍婢、僕婢。

同 奴、僕。

婚

女部8畫

ㄑ ㄆ 女 女 女 女 女 女 婚 婚 婚

ㄏㄨㄣ　①有關嫁娶的事：〈婚姻〉②嫁娶：〈結婚〉。

造詞 婚約、婚嫁、婚禮／未婚、再婚、適婚、離婚。

同 姻。

婆

女部8畫

丶 丶 氵 氵 氵 氵 波 波 波 婆 婆

ㄆㄛˊ　①年老的婦女：〈老太婆〉②丈夫的母親：〈婆婆〉③稱祖母輩的女性：〈外婆〉④對從事某些職業的婦女的稱呼：〈媒婆〉。

造詞 婆娑、婆媳、婆家／公婆、老婆、姑婆、產婆／婆婆媽媽。

婊

女部8畫

ㄑ ㄆ 女 女 女 女 女 女 婊 婊 婊

ㄅㄧㄠˇ　妓女、娼妓：〈婊子〉。

婷

女部9畫

ㄑ ㄆ 女 女 女 女 女 女 女 婷 婷 婷

ㄊㄧㄥˊ　美好挺拔的樣子：〈娉婷〉。

造詞　婷婷玉立。

媚（女部9畫）

ㄑ ㄆ 女

ㄇㄟˋ　①說好話討人喜歡：〈諂媚〉②美好的：〈春光明媚〉③溫柔可愛的：〈嫵媚〉。

造詞　媚外、媚眼、媚態／秀媚、柔媚、嬌媚／媚世阿俗、千嬌百媚。

同　諂、美。

婿（女部9畫）

ㄑ ㄆ 女

ㄒㄩˋ　①稱女兒的丈夫：〈女婿〉②稱丈夫：〈夫婿〉。

同　夫。

媒（女部9畫）

ㄑ ㄆ 女

ㄇㄟˊ　①婚姻的介紹人：〈媒人〉②在中間聯繫雙方的人或物：〈媒介〉。

造詞　媒妁、媒婆、媒體／水媒、作媒、良媒、風媒。

媛（女部9畫）

ㄑ ㄆ 女

ㄩㄢˋ　①美女：〈名媛〉②形貌美好的：〈嬋媛〉。

造詞　令媛、美媛、淑媛。

媧（女部9畫）

ㄑ ㄆ 女

ㄨㄚ　女媧：我國古代神話中的女神，相傳曾煉五色石補天。

嫁（女部10畫）

ㄑ ㄆ 女

ㄐㄧㄚˋ　①女子結婚：〈出嫁〉②轉移：〈嫁禍他人〉。

造詞　嫁妝、嫁接、嫁娶／作嫁、陪嫁、待嫁、婚嫁。

嫉（女部10畫）

ㄑ ㄆ 女

ㄐㄧˊ　①恨別人比自己強：〈嫉妒〉②痛恨：〈嫉惡如仇〉。

造詞　怨嫉、恨嫉、憎嫉。

同　恨、憎、惡。

嫌（女部10畫）

ㄑ ㄆ 女

ㄒㄧㄢˊ　①可疑的地方：〈避嫌〉②厭惡：〈嫌惡〉③不

滿意：〈嫌少〉④懷疑：〈猜嫌〉。

造詞 嫌忌、嫌疑、嫌棄、嫌隙／前嫌、畏嫌、罪嫌。

同 惡、疑。

女部 10 畫

媾

ㄍㄡˋ ①和解：〈媾和〉②連合、結成婚姻：〈婚媾〉③人或動物雌雄交配：〈交媾〉。

同 交、婚、姻。

女部 10 畫

媽

ㄇㄚ ①稱母親：〈媽媽〉②對女性親屬長輩或已婚婦女的尊稱：〈姑媽、大媽〉。

造詞 媽祖／婆婆媽媽。

同 娘。

女部 10 畫

媼

ㄠˇ 對年老婦人的通稱：〈老媼〉。

女部 10 畫

媳

ㄒㄧˊ 稱兒子、弟弟或其他晚輩的妻子：〈媳婦、弟媳〉。

女部 10 畫

嫂

ㄙㄠˇ ①稱兄長的妻子：〈嫂嫂、表嫂〉②稱同輩的妻子：〈嫂夫人〉③對老婦人的尊稱：〈王嫂〉。

女部 10 畫

媲

ㄆㄧˋ 比得上：〈媲美〉。

女部 10 畫

嫋

ㄋㄧㄠˇ ①柔弱纖細的樣子：〈嫋娜〉②音調悠揚的樣子：〈餘音嫋嫋〉。

女部 11 畫

嫡

ㄉㄧˊ ①正式娶的第一位妻子：〈嫡室〉②正妻所生的兒子：〈嫡子〉③正宗的、血統最近的：〈嫡親〉。

造詞 嫡出、嫡宗、嫡傳、嫡長子／正嫡、世嫡、長嫡。

女部 11 畫

嫦

ㄔㄤˊ　人名、我國古代的神話人物，傳說她是后羿的妻子，因為偷吃長生不老藥，而飛到月亮裡，變成仙女：〈嫦娥〉。

女部 11 畫

嫩

ㄋㄣˋ　①初生柔弱的樣子：〈嫩芽〉②閱歷少、不老練的：〈嫩手〉③指食物柔軟，容易嚼：〈肉片炒得很嫩〉④顏色淡薄的：〈嫩綠〉。

同 柔、弱。

女部 11 畫

嫗

ㄩˋ　①年老的婦女：〈老嫗〉②婦女的通稱：〈少嫗、村嫗〉。

女部 11 畫

嫖

ㄆㄧㄠˊ　男子花錢玩弄妓女：〈嫖妓〉。

ㄆㄧㄠ　輕捷的樣子：〈嫖姚、嫖疾〉。

造詞 吃喝嫖賭。

女部 11 畫

嫘

ㄌㄟˊ　人名，相傳是古代黃帝的正妃，發明養蠶取絲：〈嫘祖〉。

女部 11 畫

嫣

ㄧㄢ　①豔麗的：〈嫣紅〉②柔媚的樣子：〈嫣然一笑〉。

女部 12 畫

嬉

ㄒㄧ　玩耍、遊戲：〈嬉戲〉。

造詞 嬉皮、嬉笑／嬉皮笑臉、嬉笑怒罵。

女部 12 畫

嫻

ㄒㄧㄢˊ　①熟練：〈嫻熟〉②沉靜、文雅：〈嫻靜、嫻雅〉。

同 靜、雅。

女部 12 畫

嬋

ㄔㄢˊ　指女子姿態美好的樣子。古詩文裡也用來指月亮：〈嬋娟〉。

女部 12 畫　嫵

ㄨˇ　指女子神態嬌美可愛的樣子：〈嫵媚〉。

女部 12 畫　嬌

ㄐㄧㄠ　①可愛的姿態：〈撒嬌〉②美好、可愛的：〈嬌美〉③柔弱的：〈嬌氣〉④過分寵愛的：〈嬌生慣養〉。

造詞　嬌小、嬌娃、嬌妻、嬌羞、嬌媚、嬌豔、嬌滴滴。

女部 13 畫　嬝

ㄋㄧㄠˇ　宛轉柔美的樣子：〈嬝娜〉。

同　嫋。

女部 13 畫　嬴

ㄧㄥˊ　①同「贏」，盈滿、有餘：〈嬴利、嬴餘〉②得勝：〈嬴得〉③姓：〈嬴政（秦始皇）〉。

同　滿、勝。

女部 14 畫　嬰

ㄧㄥ　初生的小孩：〈嬰兒、嬰孩〉。

造詞　育嬰、棄嬰、連體嬰。

女部 14 畫　嬪

ㄆㄧㄣˊ　①古代婦女的美稱：〈嬪婦〉②古代的女官名：〈嬪妃〉。

女部 14 畫　嬤

ㄇㄚ　同「媽」，母親、奶媽、老婦人：〈嬤嬤〉。

女部 15 畫　嬸

ㄕㄣˇ　①稱叔父的妻子：〈嬸嬸〉②稱與父母同輩而年紀較輕的婦女：〈大嬸〉③妯娌間稱呼年紀較小的：〈小嬸〉。

女部 17 畫　孀

ㄕㄨㄤ 死了丈夫的婦人、寡婦：〈遺孀、孀居〉。

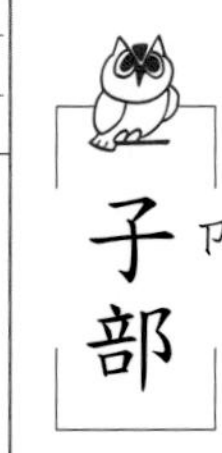

子部 ㄗˇ

子部0畫

子

ㄱ 了 子

ㄗˇ ①十二地支的第一位，可以用來表明時間，是指晚上十一點到次日凌晨一點：〈子時〉②男兒：〈子女〉③後代：〈子孫〉④人的通稱：〈女子〉⑤尊稱有學識道德的人：〈孔子〉⑥植物的果實或動物的卵：〈種子、烏魚子〉⑦周代五等爵位中的第四等：〈公、侯、伯、子、男〉⑧夫妻互相的稱呼：〈內子、外子〉⑨微粒的東西：〈原子、分子〉⑩輩分小的：〈子弟〉。

˙ㄗ 名詞後綴：〈桌子、孫子、筷子、車子〉。

造詞 子夜、子息、子宮、子彈／才子、夫子、公子、妻子、例子、銀子、養子／凡夫俗子、正人君子。

子部0畫

孑

ㄱ 了 孑

ㄐㄧㄝˊ ①蚊子的幼蟲：〈孑孓〉②孤獨的：〈孑立〉③姓。

造詞 孑然一生。

同 孤、獨。

子部0畫

孓

ㄱ 了 孓

ㄐㄩㄝˊ 蚊子的幼蟲：〈孑孓〉。

子部1畫

孔

ㄱ 了 子 孔

ㄎㄨㄥˇ ①小洞：〈毛孔〉②鳥名：〈孔雀〉③通達的：〈孔道〉④很：〈孔急〉⑤姓。

造詞 孔子、孔穴、孔隙、孔方兄／面孔、氣孔、鼻孔、瞳孔、毛細孔／孔武有力、孔雀開屏。

同 洞。

子部2畫

孕

ノ 乃 𠃓 孕 孕

ㄩㄣˋ ①哺乳類的動物腹中懷有胎兒：〈懷孕〉②培養：〈孕育〉③懷胎的：〈孕婦〉。

造詞 受孕、身孕、避孕。

同 胎。

子部 3 畫

字

丶 丷 宀 宁 字 字

ㄗˋ ①記錄語言的一種符號：〈文字〉②本名以外的另一個稱呼：〈孔子名丘，字仲尼〉③發音：〈字正腔圓〉④女子未嫁：〈待字閨中〉⑤撫愛：〈字愛〉⑥姓。

造詞 字形、字典、字帖、字音、字眼、字義、字幕、字體／八字、正字、別字、俗字／片紙隻字、咬文嚼字。

子部 3 畫

存

一 ナ 才 𡴀 存 存

ㄘㄨㄣˊ ①活著、還在：〈生存、存在〉②寄放、儲蓄：〈存放、存錢〉③保有、含有：〈存疑、存心〉④姓。

造詞 存亡、存留、存根、存貨／依存、定存、殘存。

同 留、放、生。

子部 4 畫

孝

一 十 土 耂 考 孝 孝

ㄒㄧㄠˋ ①長輩死後的居喪期中所穿的衣服：〈戴孝〉②居喪：〈守孝〉③盡心侍奉父母：〈孝順〉④奉養父母：〈孝悌〉⑤姓。

造詞 孝子、孝心、孝敬、孝悌、孝道／大孝、不孝、至孝、盡孝。

子部 4 畫

孜

ㄱ 了 子 孑 孒 孜 孜

ㄗ 勤勉的樣子：〈孜孜不倦〉。

造詞 孜孜汲汲。

同 孳。

子部 4 畫

孚

一 𠂇 爫 爫 孚 孚 孚

ㄈㄨˊ ①使人信賴：〈孚命〉②信實的：〈信孚〉③同「孵」，鳥類孵蛋：〈孚育〉。

造詞 孚佑、孚乳／中孚。

同 孵。

子部 5 畫

孟

ㄱ 了 子 子 舌 舌 孟 孟

ㄇㄥˋ ①排行老大的：〈孟兄〉②古人按月令將每季分為孟、仲、季，孟是第一個月：〈孟春〉③勇猛的，行為魯莽的，通「猛」：〈孟浪〉④姓。

造詞 孟月、孟冬。

孤（子部5畫）

㇇ 了 子 孑 孒 孤 孤 孤

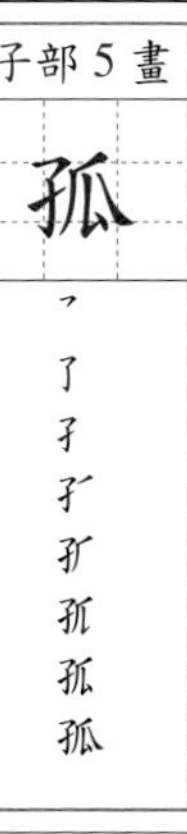

ㄍㄨ ①幼時失去父親或父母都去世的人：〈孤兒〉②古代王侯的自稱：〈孤王〉③單獨的：〈孤獨〉④姓。

造詞 孤立、孤單、孤寒、孤僻／託孤、遺孤／孤芳自賞、孤掌難鳴。

同 單、獨。

季（子部5畫）

一 二 千 禾 禾 季 季 季

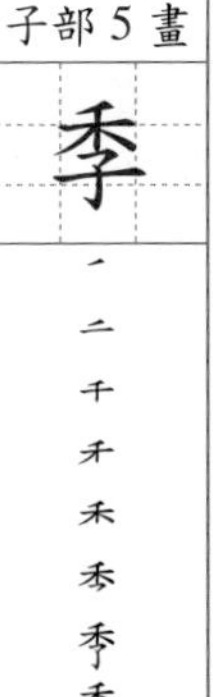

ㄐㄧˋ ①三個月稱為一季：〈春季〉②時期：〈雨季〉③古人按月令將每一季分為孟、仲、季，季是最後一個月：〈季春〉④兄弟排行最小的：〈季父（最小的叔叔）〉⑤第三的：〈季軍〉⑥姓。

造詞 季子、季刊、季風、季節／花季、旺季、淡季。

孢（子部5畫）

㇇ 了 子 孑 孒 孢 孢 孢

ㄅㄠ 植物或低等動物的繁殖體：〈孢子〉。

孩（子部6畫）

㇇ 了 子 孑 孒 孩 孩 孩 孩

ㄏㄞˊ ①幼童：〈孩童〉②泛稱子女：〈孩子〉③姓。

造詞 孩提／小孩、男孩、女孩、嬰孩／孩子氣。

孫（子部7畫）

㇇ 了 子 孑 孒 孫 孫 孫 孫 孫

ㄙㄨㄣ ①子女所生的子女：〈孫子、外孫〉②孫子以後的後代：〈曾孫〉③姓。

ㄒㄩㄣˋ 通「遜」，謙虛和順：〈謙孫〉。

造詞 孫文／子孫、王孫、兒孫、長孫／孫悟空。

孰（子部8畫）

丶 亠 亣 亨 亨 享 享 孰 孰 孰

ㄕㄨˊ ①誰、哪個：〈孰是孰非〉②何、什麼：〈是可忍，孰不可忍〉。

造詞 孰若、孰誰。

孳（子部9畫）

丶 丷 䒑 艹 兹 兹 兹 兹 孳 孳 孳

ㄗ ①生長繁榮，通「滋」：〈孳生〉②勤勉不息的樣子，通「孜」：〈孳孳〉。

造詞 孳乳、孳息、孳萌。

子部 9 畫

孱

㇇ ㇇ 尸 尸 屖 屖 屖 屖 孱 孱 孱 孱

ㄔㄢˊ ①軟弱、虛弱的樣子：〈孱弱〉②譏諷他人怯弱無能：〈孱頭〉。

造詞 孱夫、孱瑣、孱顏。

子部 11 畫

孵

丿 ㇄ 卯 卯 卯 卵 卵 卵 孵 孵 孵

ㄈㄨ 鳥類伏在蛋上，使胚胎受熱而成長的過程，或蟲魚由產卵到出生的過程：〈孵化〉。

子部 13 畫

學

丿 ㇀ ㇀ ㇀ 𦥑 𦥑 𦥑 𦥑 𦥑 𦥑 𦥯 𦥯 學 學 學 學

ㄒㄩㄝˊ ①實施教育的場所：〈學校〉②有條理、有系統、有組織的知識：〈數學〉③學習的人：〈初學〉④才識：〈才學〉⑤研習：〈學習〉⑥模仿：〈學鳥叫〉。

造詞 學分、學生、學者、學科、學徒、學海、學院、學說／好學、休學、留學、國學／學以致用、學而不厭。

子部 14 畫

孺

㇇ 了 子 子 孑 孑 孑 孑 孑 孺 孺 孺 孺 孺 孺 孺

ㄖㄨˊ ①孩童：〈孺子〉②像小孩子般的：〈孺慕〉。

造詞 孺人、孺齒／婦孺。

子部 17 畫

孽

丶 ㇀ 十 廾 廾 艹 艹 艹 艹 艹 艹 艹 艹 薛 薛 孽 孽

ㄋㄧㄝˋ ①妾所生的兒子：〈孽子〉②邪惡、禍害：〈妖孽、餘孽〉③惡因：〈造孽〉。

造詞 孽因、孽障、孽種／作孽、遺孽、殘孽。

子部 19 畫

孿

丶 ㇀ 言 言 言 言 言 言 結 結 結 結 結 結 絲 絲 絲 絲 孿 孿 孿 孿

ㄌㄨㄢˊ 雙胞胎，一胎生二子：〈孿生子〉。

宀部

ㄇㄧㄢˊ

宀部 2 畫

它

丶 ㇀ 宀 宀 它

ㄊㄚ ①指無生物的第三人稱代名詞②那：〈它山之石，可以攻錯〉③姓。

ㄕㄜˊ 通「蛇」。

宀部 3 畫

宇

丶 ㇀ 宀 宀 宇 宇

ㄩˇ ①屋簷、房屋：〈屋宇〉②天地四方，所有的空間：〈宇宙〉③儀表風度：〈眉宇〉④氣量：〈器宇〉。

造詞 宇內／殿宇、寰宇。

守

宀部3畫

丶 丷 宀 宀 守 守

ㄕㄡˇ ①看管：〈看守〉②遵行：〈守法〉③防禦：〈守衛〉④等待：〈守候〉⑤保持：〈保守〉⑥品行、節操：〈操守〉⑦古代的官名：〈太守〉⑧通「狩」，打獵：〈守獵〉⑨姓。

造詞 守分、守信、守時、守密、守節、守歲、守寡、守護／固守、防守、留守、遵守／守望相助、守株待兔。

同 保。

宅

宀部3畫

丶 丷 宀 宀 宀 宅

ㄓㄞˊ ①人住的房子：〈住宅〉②墳墓：〈陰宅〉③保有、存有：〈宅心仁厚〉。

造詞 宅心、宅第、宅眷／居宅、私宅、國宅、舊宅。

同 居、住。

安

宀部3畫

丶 丷 宀 它 安 安

ㄢ ①平靜、穩定：〈安定〉②說話使人安定：〈安慰〉③放在適當的位置：〈安置〉④身體健康：〈安康〉⑤怎能：〈安能不管〉⑥緩慢的：〈安步當車〉⑦存：〈安什麼心〉⑧姓。

造詞 安心、安分、安全、安眠、安排、安樂、安詳、安靜／平安、治安、偷安、偏安／安居樂業、安邦定國、安貧樂道、安分守己。

同 定、靜、寧。

反 危。

完

宀部4畫

丶 丷 宀 宀 宀 宇 完

ㄨㄢˊ ①事情做成了：〈完工〉②齊全：〈完整〉③繳納：〈完稅〉④沒有了：〈用完了〉⑤失敗的意思：〈完蛋〉⑥姓。

造詞 完人、完成、完全、完畢、完美、完婚、完備、完善／未完、看完、寫完、考完／完璧歸趙。

同 全、盡、畢。

宋

宀部4畫

丶 丷 宀 宀 宇 宋 宋

ㄙㄨㄥˋ ①中國的朝代名：〈宋朝〉②古代國名③姓。

造詞 宋詞、宋體字。

宀部4畫

宏

丶 丶丶 宀 宀 宀 宏 宏

ㄏㄨㄥˊ ①深遠、廣大：〈宏大〉②大而響亮：〈宏亮〉③使其廣大：〈恢宏〉④姓。

造詞 宏壯、宏偉、宏願、宏圖／宏儒碩學、宏中肆外。

同 弘、洪、鴻。

宀部5畫

宗

丶 丶丶 宀 宀 宀 宇 宗 宗

ㄗㄨㄥ ①祖先：〈祖宗〉②同一家族的：〈同宗〉③派別：〈正宗〉④主要的：〈宗旨〉⑤單位名詞：〈一宗貨品〉⑥學識技藝被大眾所敬仰的人：〈文宗〉⑦尊崇：〈宗仰〉⑧姓。

造詞 宗派、宗教、宗師、宗族、宗親／大宗、小宗、歸宗、教宗。

同 祖。

宀部5畫

定

丶 丶丶 宀 宀 宁 宇 宇 定

ㄉㄧㄥˋ ①安靜、安穩：〈安定〉②確立、裁決：〈決定〉③不變的：〈定理、定律〉④預約：〈預定〉⑤不能超過：〈限定〉⑥平息：〈平定〉⑦必然：〈一定〉⑧姓。

造詞 定力、定局、定居、定期、定義、定論／確定、肯定、否定、固定、鑑定、穩定、斷定／蓋棺論定、一言為定、舉棋不定。

同 訂。

宀部5畫

官

丶 丶丶 宀 宀 宀 宀 官 官

ㄍㄨㄢ ①在政府機關擔任公職的人：〈官員〉②屬於國家的：〈官兵〉③生物體的感覺器：〈器官〉④姓。

造詞 官方、官司、官吏、官僚、官署、官邸、官場、官能／軍官、長官、法官、五官／官官相護、官樣文章。

宀部5畫

宜

丶 丶丶 宀 宀 宀 宀 宜 宜

ㄧˊ ①適合：〈適宜〉②應該：〈事不宜遲〉③事情：〈事宜〉④相安、和睦：〈宜室宜家〉⑤姓。

造詞 宜人／時宜、便宜、合宜／因事制宜。

同 該、合、適。

宀部5畫

宙

丶 丶丶 宀 宀 宀 宀 宙 宙

ㄓㄡˋ ①古往今來的所有時間：〈宇宙〉②「銀河」的代稱。

宀部5畫
宛
丶丶宀宀宂宂宛宛

ㄨㄢˇ ①相似、好像：〈宛如〉②曲折：〈宛轉〉③四面高、中央低的：〈宛丘〉④姓。

ㄩㄢ 漢朝時西域的國名之一：〈大宛〉。

造詞 宛若、宛似、宛延。

宀部5畫
宓
丶丶宀宀宓宓宓宓

ㄇㄧˋ 安靜：〈靜宓〉。

ㄈㄨˊ 姓。

宀部5畫
宕
丶丶宀宀宀宕宕宕

ㄉㄤˋ ①拖延：〈延宕〉②行為放縱，不受拘束：〈跌宕〉。

造詞 宕子、宕帳／流宕、拖宕、失宕、迭宕。

宀部6畫
宣
宣 丶丶宀宀宀宣宣宣

ㄒㄩㄢ ①公開發表：〈宣布〉②疏通：〈宣洩〉③發揚：〈宣揚〉④姓。

造詞 宣告、宣判、宣傳、宣導、宣誓、宣稱、宣戰、宣紙／文宣／心照不宣。

宀部6畫
宦
宦 丶丶宀宀宀宦宦宦

ㄏㄨㄢˋ ①官吏：〈仕宦〉②太監：〈宦官〉③官場上的：〈宦途、宦海〉。

造詞 宦達、宦學／內宦、遊宦。

宀部6畫
室
室 丶丶宀宀宀室室室

ㄕˋ ①房間：〈教室〉②機關團體內的工作單位：〈人事室〉③妻子：〈妻室〉④朝代：〈唐室〉⑤姓。

造詞 室友、室內／居室、臥室、密室、溫室／登堂入室、引狼入室。

同 房。

宀部6畫
客
客 丶丶宀宀宀客客客

ㄎㄜˋ ①與「主」相對，外來的人：〈客人〉②寄居在外地：〈客居〉③在外遊歷的人：〈旅客〉④在外奔走，從事某活動的人：〈政客〉⑤單位詞：〈一客牛排〉⑥姓。

造詞 客串、客套、客氣、客家、客棧、客廳、客觀、客運／俠客、主客、賓客、顧客。

宥（宀部6畫）

宥　丶 丷 宀 宀 宁 宥 宥 宥

ㄧㄡˋ ①原諒、寬恕：〈諒宥〉②通「侑」，幫助③姓。

造詞 宥免、宥罪／赦宥、寬宥、原宥、恩宥。

宰（宀部7畫）

宰宰　丶 丷 宀 宀 宀 宀 宀 宰

ㄗㄞˇ ①古代官吏，輔佐天子處理國事：〈宰相〉②主持、管理：〈主宰〉③屠殺：〈宰殺、宰割〉④姓。

同 殺、割。

害（宀部7畫）

害害　丶 丷 宀 宀 宀 宀 宀 害

ㄏㄞˋ ①損傷、毀壞：〈受害〉②禍患：〈災害〉③關鍵的地方：〈要害〉④殺傷：〈害命〉⑤感覺：〈害怕、害羞〉⑥產生：〈害病、害喜〉⑦妨礙：〈妨害〉⑧有壞處的：〈害蟲〉。

ㄏㄜˊ 通「曷」。

造詞 利害、危害、厲害、禍害／害人害己、害群之馬。

家（宀部7畫）

家家　丶 丷 宀 宀 宀 宀 宀 家

ㄐㄧㄚ ①親屬共同居住生活的處所：〈家庭〉②經營某種行業或具有某種身分的人：〈農家〉③尊稱有專門知識或技能的人：〈畫家〉④自稱或稱別人：〈自家、人家〉⑤數量詞：〈三家工廠〉⑥對人謙稱自己的長輩：〈家母〉⑦與家庭有關的：〈家務〉⑧在家中飼養種植的：〈家畜〉⑨姓。

ㄍㄨ 通「姑」，古代對女子的尊稱：〈曹大家〉。

造詞 家人、家世、家法、家長、家教、家鄉、家境、家屬／大家、名家、回家、作家、成家、國家、儒家、搬家／家常便飯、家喻戶曉、四海為家、白手起家。

宴（宀部7畫）

宴宴　丶 丷 宀 宀 宀 宀 宀 宴

ㄧㄢˋ ①筵席：〈晚宴〉②用酒食招待客人：〈宴客〉③安樂：〈宴樂〉。

造詞 宴安、宴席、宴會／酒宴、盛宴、歡宴、鴻門宴。

請注意：「宴」與「晏」不同。「晏」音ㄢˋ，晚、遲的意思。

宀部 7 畫

宮

宮宮

ㄍㄨㄥ ①古代帝王居住的地方：〈皇宮〉②神廟：〈行天宮〉③音律名，五音之一：〈宮、商、角、徵、羽〉④學校：〈黌(ㄏㄨㄥˊ)宮〉⑤姓。

造詞 宮女、宮廷、宮室、宮燈／王宮、迷宮、冷宮。

宀部 7 畫

宵

宵宵

ㄒㄧㄠ ①晚上：〈良宵〉②通「小」，細小的：〈宵小〉。

造詞 宵人、宵衣、宵夜、宵禁／今宵、中宵、通宵、春宵／宵衣旰食。

同 夜、晚。

宀部 7 畫

容

容容

ㄖㄨㄥˊ ①儀表面貌：〈容貌〉②事物所展現的狀態：〈陳容〉③裝、包含：〈容納〉④同意：〈容許〉⑤寬恕：〈容忍〉⑥裝飾：〈女為悅己者容〉⑦臉上的神情氣色：〈愁容〉⑧或許：〈容或〉⑨姓。

造詞 容身、容易、容量、容器／內容、不容、包容、笑容、形容、美容、寬容、儀容／容光煥發、無地自容。

同 包、貌、納。

宀部 7 畫

宸

宸宸

ㄔㄣˊ ①又大又深的房屋②帝王居住的地方，也作帝王的代稱：〈紫宸、宸遊〉。

宀部 8 畫

寇

完寇寇

ㄎㄡˋ ①盜匪：〈匪寇〉②敵人、侵略者：〈敵寇〉③敵人前來侵略：〈入寇〉④姓。

造詞 內寇、倭寇、賊寇。

同 敵、侵、匪、賊。

宀部 8 畫

寅

宙寅寅

ㄧㄣˊ ①十二地支的第三位，用以計算年、月、日：〈子、丑、寅、卯……〉②時辰名，凌晨三點到五點：〈寅時〉③姓。

造詞 寅吃卯糧。

宀部8畫 **寄**

ㄐㄧˋ ①託付：〈寄託〉②依靠、依附：〈寄生〉③傳送、郵遞：〈寄語、寄信〉。

造詞 寄居、寄放、寄情、寄養／投寄、託寄、郵寄／寄人籬下。

同 託、附、遞。

宀部8畫 **寂**

ㄐㄧˊ ①佛家語，滅或涅槃的意思②安靜沒有聲音：〈寂靜〉③孤單冷清：〈寂寞〉。

造詞 孤寂、幽寂、圓寂／寂寂無聞、萬籟俱寂。

同 靜。

宀部8畫 **宿**

ㄙㄨˋ ①停留、居住的地方：〈宿舍〉②過夜：〈住宿〉③前世的：〈宿命〉④一向的：〈宿願〉⑤積久的：〈宿疾〉⑥博學的：〈宿儒〉⑦隔夜的：〈宿醉〉。

ㄒㄧㄡˋ 群星：〈星宿〉。

ㄒㄧㄡˇ 夜、晚：〈一宿〉。

造詞 寄宿、投宿、旅宿。

宀部8畫 **密**

ㄇㄧˋ ①距離近，空間小：〈緊密〉②不使人知道的：〈密室〉③親近的：〈親密〉④仔細、周全的：〈周密〉⑤姓。

造詞 密切、密告、密碼／祕密、精密、嚴密、縝密。

宀部9畫 **寒**

ㄏㄢˊ ①嚴冷的冬季，「暑」的反義詞：〈寒暑〉②害怕：〈膽寒〉③很冷的：〈寒冷、飢寒〉④貧窮的：〈貧寒〉⑤姓。

造詞 寒心、寒舍、寒暄、寒酸／春寒、風寒、避寒／一曝十寒、脣亡齒寒。

同 冷、凍。

反 熱。

請注意：人體上的細毛應寫作「寒毛」，並不是「汗毛」。

宀部9畫 **富**

ㄈㄨˋ ①資源、財產：〈財富〉②使財力充足：〈富國強兵〉③多、充滿：〈富有情感〉④財產多的：〈富翁〉⑤壯盛的：〈年富力強〉⑥姓。

造詞 富足、富貴、富裕、富豪／均富、致富、貧富、豐富／富貴在天、富麗堂皇。

同 豐、厚。

反 窮。

宀部9畫

寓

ㄩˋ ①住的地方：〈公寓〉②居住：〈寓居〉③寄託：〈寓意〉。

造詞 寓言、寓所、寓食／寄寓、旅寓、私寓。

同 住、所。

宀部9畫

寐

ㄇㄟˋ 睡眠：〈假寐〉。

造詞 夢寐、寤寐、寢寐／夙興夜寐。

同 睡。

宀部11畫

寞

ㄇㄛˋ 冷清的、寂靜的：〈寂寞、落寞〉。

造詞 孤寞、靜寞。

宀部11畫

寧

ㄋㄧㄥˊ ①女兒出嫁後回家探視父母是否安好：〈歸寧〉②安定、安靜：〈安寧、寧靜〉③情願：〈寧可〉。

ㄋㄧㄥˋ 姓。

造詞 寧願、寧人、寧息、寧家／寧死不屈、寧缺勿濫。

宀部11畫

寡

ㄍㄨㄚˇ ①婦女死了丈夫：〈寡婦〉②古代君主、諸侯的自稱：〈寡人〉③少數：〈寡不敵眾〉④缺少：〈優柔寡斷〉。

造詞 寡言、寡陋、寡慾、寡情／守寡、多寡、活寡、孤寡／寡廉鮮恥。

同 少。

反 多。

宀部11畫

寢

ㄑㄧㄣˇ ①臥室：〈寢室〉②古代帝王的墳墓：〈陵寢〉③睡覺：〈廢寢忘食〉④相貌難看的：〈寢容〉⑤姓。

造詞 寢衣、寢具、寢食／小寢、安寢、貌寢、晝寢。

同 息、睡。

寥
宀部11畫

ㄌㄧㄠˊ ①稀少的：〈寥若晨星〉②空虛的：〈寥落〉③冷清的：〈寂寥〉。

造詞 寥寥可數。

同 稀、靜、寂。

請注意：「寂寥的夜色」中的「寥」易被誤寫成「聊」。「寂寥」有寂寞、冷清的意思，並非寂寞的閒聊。

實
宀部11畫

ㄕˊ ①草木所結的果子或種子：〈果實〉②事情的真相：〈事實〉③使充滿：〈充實〉④真的去做：〈實行〉⑤真誠不虛假：〈誠實〉⑥真確的：〈實情〉⑦富有的：〈殷實〉⑧姓。

造詞 實在、實力、實用、實例、實施、實習、實際、實驗／切實、忠實、現實、寫實／實至名歸、實話實說、實事求是、實報實銷。

同 確、真、堅。

寨
宀部11畫

ㄓㄞˋ ①村落：〈李家寨〉②盜賊的窩巢：〈山寨、賊寨〉③防備盜匪的柵欄：〈安營紮寨〉。

寤
宀部11畫

ㄨˋ ①睡醒：〈寤寐〉②通「悟」，覺悟：〈醒寤〉。

察
宀部11畫

ㄔㄚˊ ①詳細審視：〈審察、觀察〉②調查，詳細考核：〈考察〉③姓。

造詞 察看、察訪、察核、察覺／明察、糾察、督察、檢察、視察、警察、診察／察言觀色、察往知來。

同 看。

請注意：察、查二字音同義不同：「查」有追究或明瞭的意思，因此表示運用法律權力加以處理時，用「查」。表示看清一件事的原委時用「察」。

宀部 12 畫

寮

ㄌㄧㄠˊ ①小屋子：〈工寮〉②官吏，通「僚」③國家名：〈寮國〉④姓。

造詞 草寮、茶寮。

同 屋。

宀部 12 畫

寬

ㄎㄨㄢ ①橫的距離：〈長寬〉②脫下：〈寬衣〉③饒恕：〈寬恕〉④放鬆：〈寬心〉⑤延緩：〈寬限〉⑥氣量大的：〈寬宏大量〉⑦廣闊的：〈寬敞〉⑧富裕的：〈寬裕〉⑨姓。

造詞 寬大、寬容、寬厚、寬慰、寬鬆。

同 闊。

反 窄。

宀部 12 畫

審

ㄕㄣˇ ①訊問：〈審訊〉②仔細研究分析：〈審查〉③知道：〈不可不審〉④詳細、周密的：〈審慎〉⑤姓。

造詞 審判、審美、審核、審問／初審、評審、陪審。

同 問、知、查。

宀部 12 畫

寫

ㄒㄧㄝˇ ①用筆書或畫：〈寫字、寫生〉②描述、記錄：〈寫實、寫景〉。

造詞 寫作、寫意、寫照／抄寫、描寫、速寫、特寫／輕描淡寫。

同 書、畫、繪、謄。

宀部 13 畫

寰

ㄏㄨㄢˊ ①廣大的地域：〈人寰〉②通「環」，全世界：〈寰宇、寰球、寰海〉。

宀部 16 畫

寵

ㄔㄨㄥˇ ①妾的代稱：〈內寵〉②過分疼愛：〈寵愛〉③光榮的：〈榮寵〉④優渥的：〈寵召〉。

造詞 寵物、寵信、寵遇、寵辱／受寵、殊寵、恩寵、寵邀／譁眾取寵。

同 愛。

宀部 17 畫

寶

ㄅㄠˇ ①珍貴的東西：〈寶貝〉②古代的錢幣：〈元寶〉③帝王的印璽：〈御寶〉④尊稱別人的用詞：〈寶號〉⑤尊稱與君主、神佛相關的事物：〈寶劍、寶剎〉⑥貴重的：〈寶貴〉⑦姓。

造詞 寶石、寶島、寶典、寶藏／尋寶、財寶、珠寶、國寶／寶刀未老、如獲至寶。

寸部 ㄘㄨㄣˋ

寸部 0 畫

寸

一 十 寸

ㄘㄨㄣˋ ①長度的單位名稱，一公寸等於十公分，一寸等於三公分②形容很小、很少、很短的：〈寸心、寸草、寸陰〉③碎亂而不連續的樣子：〈柔腸寸斷〉④姓。

造詞 寸步、寸管、寸鐵／尺寸、分寸、方寸、頭寸／寸土寸金、寸步難行。

寸部 3 畫

寺

一 十 土 寺 寺

ㄙˋ ①古代官署名：〈大理寺〉②佛教的廟宇：〈寺廟、龍山寺〉③和尚、尼姑住的地方：〈寺院、少林寺〉。

請注意：「寺」和「侍」不同；人部的「侍」有服侍、侍候的意思，如：侍奉。「寺」只當作官署、寺廟的意思。

寸部 6 畫

封

ㄈㄥ ①計算書信、電報的單位：〈一封信〉②疆界：〈封疆〉③古代帝王把土地、官位分給臣子：〈封侯〉④關閉：〈封鎖〉⑤限制：〈故步自封〉⑥密合：〈封好了信〉⑦姓。

造詞 封面、封閉、封殺、封條／信封、密封、查封。

同 閉、存。

反 開。

寸部 7 畫

射

ㄕㄜˋ ①發箭的技術和禮節，是我國古代的六藝之一：〈禮、樂、射、御、書、數〉②施放槍彈或弓箭：〈射擊〉

③用壓力使液體從細孔中噴出來：〈注射〉④言語或文字暗示：〈影射〉⑤發出光、熱、電波：〈光芒四射〉⑥追求：〈射利〉。

一ˋ 古代音律名：〈無射〉。

一ㄝˋ ①秦朝的官名：〈僕射〉②藥草名：〈射干〉。

造詞 射線、射程、射箭／反射、放射、投射、照射、噴射、發射、雷射、輻射。

寸部 8 畫

尉

㇇ コ 尸 尸 屃 屃 屃 屃 屃 尉 尉

ㄨㄟˋ ①古代的武官名：〈太尉〉②軍階的名稱，在校官之下：〈尉官〉。

ㄩˋ 複姓：〈尉遲〉。

造詞 少尉、中尉、上尉。

寸部 8 畫

專

一 丆 冂 日 日 由 申 亘 車 重 專 專

ㄓㄨㄢ ①把持：〈專政〉②集中心力在一件事上：〈專心〉③獨自掌握和占有的：〈專利〉④有特別學問或技能的：〈專家〉。

造詞 專用、專制、專長、專科、專員、專業、專欄／工專、商專、五專、藝專／專心一致、專美於前。

同 精、特。

寸部 8 畫

將

丨 丬 丬 丬 丬 丬 丬 丬 將 將 將

ㄐ一ㄤ ①高級軍官：〈將軍〉②把、拿：〈將功折罪〉③做：〈慎重將事〉④調養：〈將息〉⑤就要、快要：〈天將下雨了〉⑥又、且：〈將信將疑〉⑦勉強的：〈將就〉⑧在動詞後面，表示動作開始：〈吃將起來〉。

ㄐ一ㄤˋ ①軍階名：〈上將、中將〉②軍官或武官：〈將相、主將〉③技藝優良的人：〈長跑健將〉④統率：〈將兵〉。

ㄑ一ㄤ ①形容聲音：〈鼓聲將將〉②請求。

造詞 將來、將近、將要、將領／大將、勇將、戰將、麻將／將心比心、將功贖罪。

寸部 9 畫

尊

丶 丷 䒑 产 产 芮 芮 酋 酋 酋 尊 尊

ㄗㄨㄣ ①稱別人的父親：〈令尊〉②計算銅像或大炮等東西的單位：〈一尊銅像〉③敬重：〈尊敬、尊重〉④稱人的敬詞：〈尊夫人〉⑤姓。

造詞 尊貴、尊稱、尊長、尊嚴／

自尊、獨尊、至尊、師尊／尊姓大名、尊師重道。

同 敬、崇、長。

反 卑。

寸部 9 畫

尋

ㄒㄩㄣˊ ①古代的長度名：〈一尋〉②頻繁：〈禍亂相尋〉③找：〈尋找〉④平常、普通：〈尋常〉⑤不久⑥乞求：〈尋錢〉⑦眼睛看來看去：〈尋溜〉。

造詞 尋根／探尋／尋幽訪勝。

寸部 11 畫

對

ㄉㄨㄟˋ ①成雙的人或物：〈出雙入對〉②向著：〈面對〉③回答：〈應對〉④適合：〈對胃口〉⑤比較查核：〈校對〉⑥互相交換：〈對調〉⑦正確的：〈你說得對〉⑧相敵的：〈對手〉⑨連詞：〈我對這件事感到滿意〉。

造詞 對比、對付、對立、對抗、對象、對稱、對聯／反對、相對、絕對、敵對／對牛彈琴、對答如流。

同 是、答、和、雙。

寸部 13 畫

導

ㄉㄠˇ ①帶領、指引：〈引導〉②使事物暢通：〈疏導〉③傳達：〈導電〉④引起：〈導火線〉。

造詞 導致、導師、導遊、導演／訓導、指導、嚮導、倡導／因勢利導。

同 引。

小部 ㄒㄧㄠˇ

小部 0 畫

小

ㄒㄧㄠˇ ①壞人、沒有道德的人：〈宵小、小人〉②妾的俗稱：〈嫁給人家做小〉③輕視：〈小看〉④不大的、不多的：〈小河、小數目〉⑤年紀輕的：〈小孩〉⑥排行在後面的：〈小兒子〉⑦額外的：〈小費〉⑧狹窄的：〈小心眼〉⑨稍微：〈牛刀小試〉⑩暫時：〈小睡〉。

造詞 小名、小抄、小器、小康、小偷、小意思、小聰明／幼小、狹小、膽小／小心翼翼、小巧玲瓏、小鳥依人、小題大作。

同 微、細。

反 大。

少

小部1畫

丨 ㄐ 小 少

ㄕㄠˇ ①欠缺、不夠：〈缺少〉②丟、遺失：〈皮包裡少了十塊錢〉③兩數相比的差：〈三比六少三〉④欠、負債：〈你少我一塊錢〉⑤數量小、不多：〈少數〉⑥短時間的：〈少傾〉⑦不是經常見到的：〈少見多怪〉⑧表示禁止或警告的語氣：〈少廢話〉。

ㄕㄠˋ ①年紀輕的：〈少女〉②軍官的第三階：〈少尉〉③姓。

造詞 少年、少婦、少爺、少許／老少、稀少、減少／少年老成、少不更事。

同 微、寡。

反 多。

尖

小部3畫

丨 ㄐ 小 尐 尖 尖

ㄐㄧㄢ ①物體末端小而銳利的部分：〈筆尖〉②頂端、前端：〈腳尖〉③旅途中的休息、飲食：〈打尖〉④小而銳利的：〈尖刀〉⑤靈敏的：〈耳朵尖〉⑥特出的、最好的：〈頂尖人物〉⑦聲音高而細：〈尖嗓子〉⑧不厚道的：〈尖酸刻薄〉。

造詞 尖兵、尖銳、尖端、尖峰、尖新。

同 銳、利。

反 鈍。

尚

小部5畫

丨 ㄐ ⺌ ⺌ 尙 尚 尚 尚

ㄕㄤˋ ①尊崇、重視：〈崇尚〉②誇耀：〈自尚其功〉③崇高的：〈高尚〉④還：〈尚未完成〉⑤表示更進一層的連詞：〈尚且〉⑥姓。

造詞 尚未、尚可、尚好、尚饗／和尚、時尚、風尚。

同 還、仍。

尢部 ㄨㄤ

尤

尢部1畫

一 ナ 尢 尤

ㄧㄡˊ ①惡劣的行為：〈以儆效尤〉②怨恨：〈怨天尤人〉③特別的、突出的：〈尤物〉④更：〈尤其、尤甚〉⑤姓。

造詞 怨尤、悔尤、咎尤。

同 更。

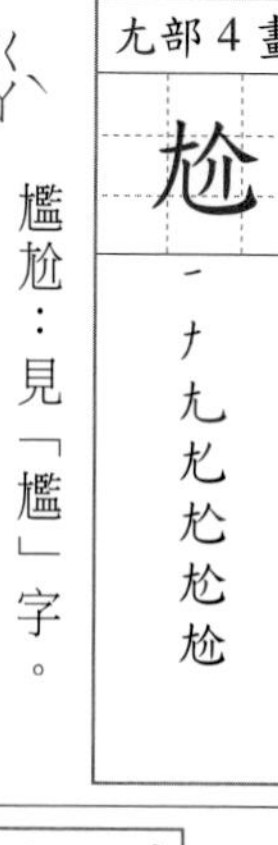

ㄍㄚˋ　尷尬：見「尷」字。

九部 9 畫

就

ㄐㄧㄡˋ　①到、開始從事：〈就任、就學〉②完成、成功：〈成就〉③靠近：〈就近、遷就〉④趁著：〈就便〉⑤將要：〈他就要走了〉⑥立刻：〈我就來〉⑦只有：〈這件事就他知道〉⑧表示肯定：〈這樣做就對了〉⑨表示堅決的：〈我就不相信〉⑩配著：〈就著菜吃〉⑪依照：〈就我看來〉。

造詞　就位、就近、就業、就讀／造就、高就、急就／就地取材、就事論事。

同　便、成、即。

九部 14 畫

尷

ㄍㄢ　指事情不易處理，或指難為情、困窘：〈尷尬〉。

尸部

尸部 0 畫

尸

ㄕ　①通「屍」，死人的身體②古代祭祀，叫活人扮成祖先的模樣，接受祭拜③空佔職位而不做事：〈尸位素餐〉④姓。

尸部 1 畫

尺

ㄔˇ　①計算長度的單位，一公尺等於一百公分②測量長度的工具：〈直尺〉③像尺的東西：〈鎮尺〉④書信：〈尺牘〉⑤微小的：〈尺地〉⑥規矩、規則：〈繩尺〉。

ㄔㄜˇ　我國傳統的音階符號之一：〈工尺〉。

造詞　尺寸、尺度、尺素／曲尺、咫尺、縮尺、布尺。

尸部 2 畫

尼

ㄋㄧˊ　①信奉佛教，削髮出家修行的女性：〈尼姑〉②阻止：〈當路尼眾〉③姓。

造詞　尼龍、尼古丁、尼羅河／丘尼、女尼、僧尼。

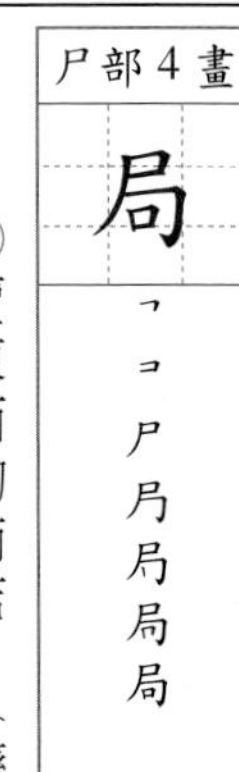

ㄐㄩˊ ①賣東西的商店：〈藥局、書局〉②機關或團體中的單位：〈教育局〉③進行的情況或結構：〈時局、布局〉④聚會：〈飯局〉⑤東西的一部分：〈局部〉⑥騙人的圈套：〈騙局〉⑦計算下棋或比賽次數的單位：〈一局棋、第九局〉⑧狹小的，通「侷」：〈局促〉。

造詞 局限、局面、局勢、局外人／出局、結局、時局、格局。

尸部4畫

屁

ㄱ ㄱ 尸 … 屁

ㄆㄧˋ ①從肛門排出來的臭氣：〈放屁〉②用來罵人，指責文字或語言荒謬：〈屁話〉。

造詞 屁滾尿流。

尸部4畫

尿

ㄱ ㄱ 尸 … 尿

ㄋㄧㄠˋ ①小便，是從腎臟經由尿道排出的液體：〈排尿〉②排泄小便：〈尿尿〉。

尸部4畫

尾

ㄱ ㄱ 尸 … 尾

ㄨㄟˇ ①鳥獸蟲魚的脊椎末梢突出的部分②計算魚的單位：〈一尾魚〉③事情的末了：〈結尾〉④動物交配：〈交尾〉⑤後面的：〈尾聲、尾數、末尾、首尾、尾大不掉〉⑥跟在後面：〈尾隨〉⑦天上星宿的名稱：〈尾宿〉⑧姓。

造詞 尾牙、尾騎。

尸部5畫

屈

ㄱ ㄱ 尸 … 屈

ㄑㄩ ①冤枉：〈冤屈〉②彎曲：〈屈指〉③認輸、折服：〈屈服〉④降低身分：〈屈就〉⑤改變志節：〈屈節〉⑥姓。

造詞 屈身、屈辱、屈原／理屈、卑屈、委屈／屈打成招。

同 曲。

尸部5畫

居

ㄱ ㄱ 尸 … 居

ㄐㄩ ①住：〈居住〉②住的地方：〈故居、遷居〉③在，處於：〈居中、居間〉④占：〈居多、十居八九〉⑤任，當：〈自居〉⑥存著：〈居心〉⑦儲存：〈奇貨可居〉⑧姓⑨表示疑問的語末助詞：

〈何居（為什麼）〉。

屆　尸部5畫

ㄐㄧㄝˋ ①回、次：〈第一屆畢業生〉②到：〈屆時、屆期、屆滿〉。

屎　尸部6畫

屎

ㄕˇ ①糞便：〈狗屎〉②眼、耳、鼻中的分泌物：〈眼屎、耳屎、鼻屎〉。

同 糞。

屋　尸部6畫

屋

ㄨ ①房子：〈房屋〉②房間：〈裡屋、外屋〉。

造詞 屋瓦、屋頂、屋簷／金屋、木屋、茅屋、書屋。

同 房。

屍　尸部6畫

屍

ㄕ 人或動物死去的身體：〈屍首、屍體〉。

造詞 死屍、行屍、分屍、驗屍／屍骨未寒。

屏　尸部6畫

屏

ㄆㄧㄥˊ ①遮避的東西：〈屏風〉②裱成長條形的字畫：〈字屏、畫屏〉③遮擋、遮避：〈屏障〉。

ㄅㄧㄥˇ ①拋開、除去：〈屏除、屏棄〉②停止、忍著：〈屏息、屏氣凝神〉。

造詞 屏斥、屏絕、屏蔽。

同 棄、除、遮。

屐　尸部7畫

ㄐㄧ ①木底的鞋：〈木屐〉②鞋的通稱：〈草屐〉。

請注意：「屐」和「屣」（ㄒㄧˇ）都是鞋子，但「屐」指的是木鞋。

展　尸部7畫

ㄓㄢˇ ①張開、舒放：〈展開、展翅〉②事情繼續變化：〈發展〉③陳列供人參觀：〈展覽〉④放寬、延遲：〈展期、展緩〉⑤發揮：〈施展〉⑥看：〈展望〉⑦姓。

造詞 展示、展現、展眉、展售／進展、開展、伸展、美展／一籌莫展、愁眉不展。

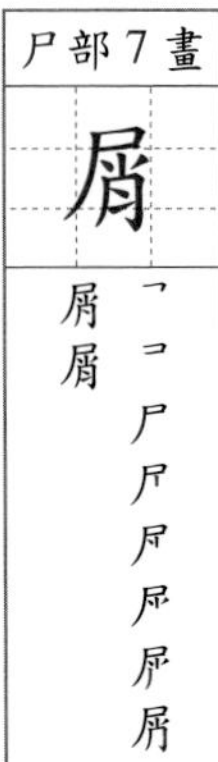

ㄒㄧㄝˋ ①粉末狀的細小東西：〈頭皮屑〉②樂意、甘願：〈不屑〉③細碎的：〈瑣屑〉。

造詞 木屑、紙屑、鐵屑。

尸部 8 畫

屜

ㄊㄧˋ 櫃子裡、桌子下附有可以抽出的小箱子，可存放東西：〈抽屜〉。

尸部 8 畫

屠

ㄊㄨˊ ①宰殺牲畜的人：〈屠夫〉②宰殺牲畜：〈屠宰〉③大量殺害：〈屠城〉④姓。

造詞 屠刀、屠殺、屠場。

同 殺。

尸部 8 畫

屙

ㄜ 排泄：〈屙尿、屙大便〉。

尸部 11 畫

屢

ㄌㄩˇ ①一次又一次：〈屢次〉②經常：〈屢屢〉。

造詞 屢試不爽、屢戰屢敗。

同 每、多、常。

尸部 11 畫

屣

ㄒㄧˇ ①鞋子：〈敝屣〉②拖著鞋走路：〈屣履造門〉。

尸部 12 畫

履

ㄌㄩˇ ①鞋子：〈草履〉②個人學業或事業上的經歷：〈履歷〉③走、踩：〈如履平地〉④實行：〈履行〉。

造詞 履約、履冰、履新／草履、步履、敝履／履險如夷。

請注意：履和「織屨」的「屨」(ㄐㄩˋ)都有鞋子的意思，但是讀音和字形都不同。

尸部 12 畫

層

ㄘㄥˊ ①計算高樓、寶塔或階梯的單位名詞：〈五層樓〉②階級：〈上層社會〉③次序：〈層次分明〉④物體表面可以抹去或翻開的東西：

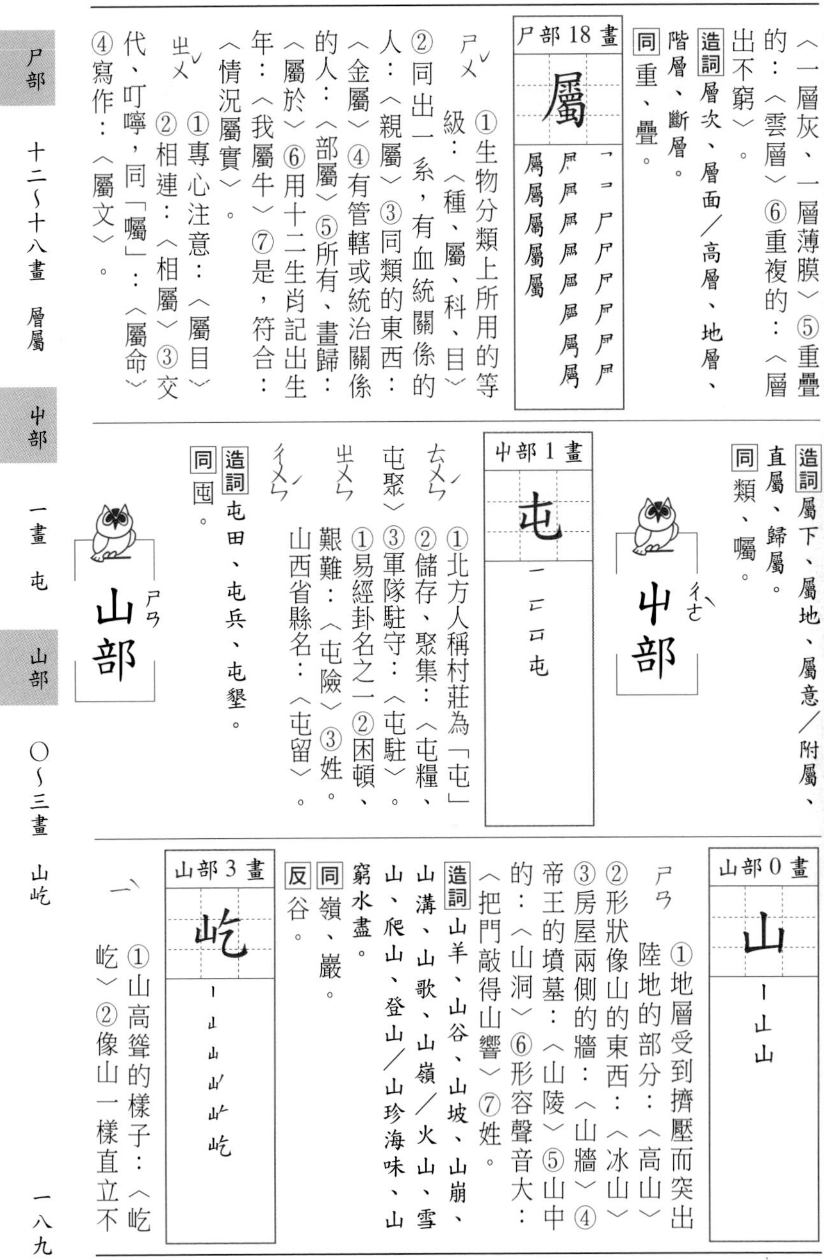

〈一層灰、一層薄膜〉⑤重疊的：〈雲層〉⑥重複的：〈層出不窮〉。

造詞 層次、層面／高層、地層、階層、斷層。

同 重、疊。

尸部18畫

屬

ㄕㄨˇ ①生物分類上所用的等級：〈種、屬、科、目〉②同出一系，有血統關係的人：〈親屬〉③同類的東西：〈金屬〉④有管轄或統治關係的人：〈部屬〉⑤所有、畫歸：〈屬於〉⑥用十二生肖記出生年：〈我屬牛〉⑦是，符合：〈情況屬實〉。

ㄓㄨˇ ①專心注意：〈屬目〉②相連：〈相屬〉③交代、叮嚀，同「囑」：〈屬命〉④寫作：〈屬文〉。

造詞 屬下、屬地、屬意／附屬、直屬、歸屬。

同 類、囑。

屮部 ㄔㄜˋ

屮部1畫

屯

ㄊㄨㄣˊ ①北方人稱村莊為「屯」②儲存、聚集：〈屯糧、屯聚〉③軍隊駐守：〈屯駐〉。

ㄓㄨㄣ ①易經卦名之一②困頓、艱難：〈屯險〉③姓。

ㄔㄨㄣˊ 山西省縣名：〈屯留〉。

造詞 屯田、屯兵、屯墾。

同 囤。

山部 ㄕㄢ

山部0畫

山

ㄕㄢ ①地層受到擠壓而突出陸地的部分：〈高山〉②形狀像山的東西：〈冰山〉③房屋兩側的牆：〈山牆〉④帝王的墳墓：〈山陵〉⑤山中的：〈山洞〉⑥形容聲音大：〈把門敲得山響〉⑦姓。

造詞 山羊、山谷、山坡、山崩、山溝、山歌、山嶺／火山、雪山、爬山、登山／山珍海味、山窮水盡。

同 嶺、巖。

反 谷。

山部3畫

屹

ㄧˋ ①山高聳的樣子：〈屹屹〉②像山一樣直立不

動：〈屹立〉。

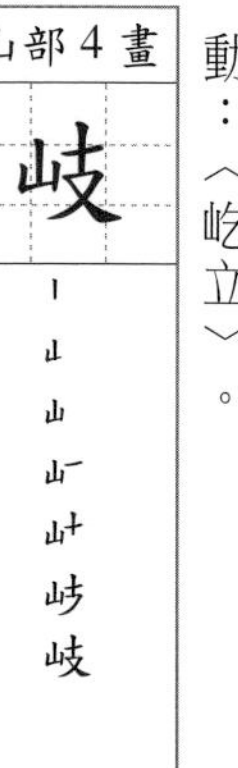
山部4畫　岐

ㄑㄧˊ　①山名，一在陝西省，一在山西省：〈岐山〉②高峻的：〈岐峻〉③通「歧」，分叉的：〈分岐〉④姓。

請注意：「岐」多指山勢高峻，「歧」是不同或旁出的意思。

山部4畫　岑

ㄘㄣˊ　①小而高的山②寂靜的：〈岑寂〉③姓。

請注意：「岑」和「涔」不同：「涔」指水積流的意思，所以「岑」不可寫成淚涔涔的「涔」（ㄘㄣˊ）。

山部4畫　岔

ㄔㄚˋ　①路或山分歧的地方：〈路岔、山岔〉②意外的事故或差錯：〈找岔、出岔〉③插嘴、打斷談話：〈打岔〉④互相讓開：〈岔開〉⑤矛盾的：〈你這話說岔了〉。

造詞　岔子、岔路、岔氣。

請注意：「岔」和「叉」不同：「叉」有交錯的意思，所以「魚叉」不可寫作「魚岔」。

山部4畫　岌

ㄐㄧˊ　①山很高的樣子②十分危險，像要倒下的樣子：〈岌岌可危〉。

山部5畫　岷

ㄇㄧㄣˊ　①山名，在四川省：〈岷山〉②水名，在四川省：〈岷江〉。

山部5畫　岡

ㄍㄤ　山脊：〈高岡、山岡〉。

山部5畫　岸

ㄢˋ　①靠近江、河、湖、海等水邊的陸地：〈河岸〉②碼頭：〈靠岸〉③莊嚴、高傲的樣子：〈道貌岸然〉④身體高壯的樣子：〈偉岸〉。

造詞　沿岸、海岸、對岸、岩岸／

回頭是岸。

岩　山部5畫

ㄧㄢˊ　①高峻的山崖②構成地殼的石質：〈火成岩、岩石〉。

造詞 岩床、岩漿、岩層。

岫　山部5畫

ㄒㄧㄡˋ　①山洞：〈林岫、洞岫〉②峰巒：〈岫峰、雲岫〉。

岱　山部5畫

ㄉㄞˋ　泰山的別名，在山東省。

岳　山部5畫

ㄩㄝˋ　①同「嶽」，高大的山：〈山岳〉②稱呼妻子的父母親：〈岳父、岳母〉③姓。

岬　山部5畫

ㄐㄧㄚˇ　①伸入海裡的陸地前端：〈岬角〉②兩山的中間。

峙　山部6畫

ㄓˋ　直立、聳立：〈雙峰對峙、峙立〉。

同 屹、聳。

峋　山部6畫

ㄒㄩㄣˊ　嶙峋，見「嶙」。

峽　山部7畫

ㄒㄧㄚˊ　①兩山夾著水道的地方：〈峽谷〉②兩大陸地中間的狹長海道：〈臺灣海峽〉③連接兩大陸地的狹長地方：〈地峽〉。

峭　山部7畫

ㄑㄧㄠˋ　①山勢高立而危險的樣子：〈峭立、峭壁〉②嚴厲的樣子：〈峭直〉。

造詞 峻峭、險峭、陡峭／春寒料

峭。

同 陗。

山部7畫

峻

峻峻

ㄐㄩㄣˋ ①高大而險要的：〈高山峻嶺〉②急切的：〈峻急〉③嚴厲的、苛刻的：〈嚴刑峻法〉。

造詞 峻拒、峻峭、峻厲。

同 高、嚴。

山部7畫

峨

峨峨

ㄜˊ 山高的樣子：〈巍峨〉。

造詞 峨眉山。

同 巍。

山部7畫

峰

峰峰

ㄈㄥ 同「峯」①山脈的尖頂：〈山峰〉②突起像山峰的東西：〈駝峰〉③對高級長官的稱呼：〈層峰〉④最高境界：〈登峰造極〉。

造詞 奇峰、高峰、波峰、遠峰／峰迴路轉。

山部7畫

島

島島

ㄉㄠˇ 在海洋、河流或湖泊中高出水面的小塊陸地：〈島嶼、群島、小島〉。

造詞 海島、孤島、安全島。

同 嶼。

反 陸。

山部7畫

崁

崁崁

ㄎㄢˇ 山腳地帶，多用於地名：〈崁頂（臺北）、南崁（桃園）、赤崁（臺南）〉。

山部8畫

崇

崇崇

ㄔㄨㄥˊ ①尊重：〈崇敬〉②重視：〈崇尚〉③高大的：〈崇山峻嶺〉④姓。

造詞 崇拜、崇洋、崇高／推崇、尊崇。

同 高、偉。

請注意：「崇」和「祟」（ㄙㄨㄟˋ）字形不同。「祟」上邊是「出」，如「鬼鬼祟祟」「作祟」。

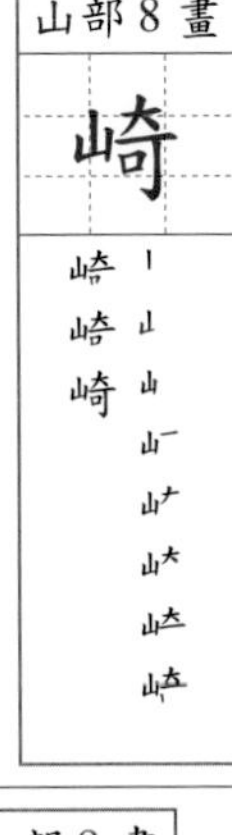

山部8畫

崎

崎崎崎

ㄑㄧˊ　①彎曲的河岸②地面高低不平的樣子，可用來比喻人生困苦：〈崎嶇〉。

同 嶇。

山部8畫

崛

崛崛崛

ㄐㄩㄝˊ　忽然高起或興起：〈崛起〉。

山部8畫

崖

崖崖崖

ㄧㄚˊ　高而危險的山邊：〈懸崖〉。

造詞 崖谷、崖岸／山崖、絕崖、斷崖。

請注意：「厓」作山邊的意思時，和「崖」相通。

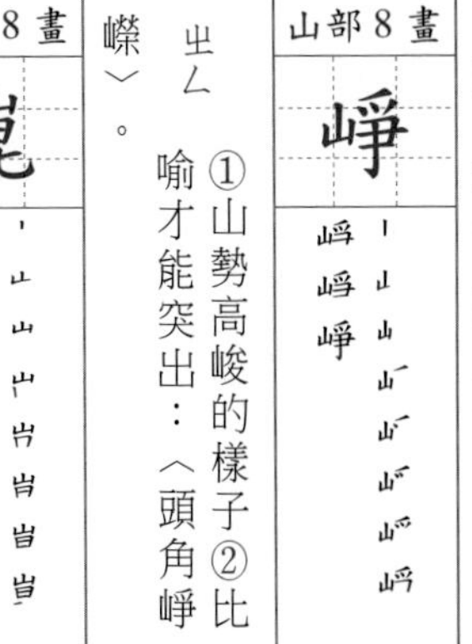

山部8畫

崢

崢崢崢

ㄓㄥ　①山勢高峻的樣子②比喻才能突出：〈頭角崢嶸〉。

山部8畫

崑

崑崑崑

ㄎㄨㄣ　①中國戲劇的一種：〈崑曲〉②高山，多用於山名：〈崑崙山〉。

山部8畫

崩

崩崩崩

ㄅㄥ　①倒塌：〈山崩〉②毀壞：〈崩潰〉③古時稱皇帝逝世：〈駕崩〉。

造詞 崩殂、崩塌、崩離／土崩、血崩、雪崩、壞崩。

同 壞、倒、坍、塌。

山部8畫

崔

崔崔崔

ㄘㄨㄟ　姓。

山部8畫

崙

崙崙崙

ㄌㄨㄣˊ　高地，多用於山名：〈崑崙山〉。

山部8畫

崗

崗崗崗

ㄍㄤˇ　值勤、守衛的地方：〈崗位、崗哨、站崗〉。

ㄍㄤ　通「岡」，山脊：〈山崗、高崗〉。

同 岡。

山部 9 畫

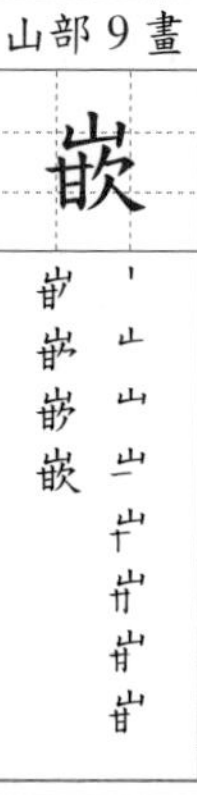

ㄑㄧㄢˋ　把東西鑲填入縫隙中，一般用於飾物上：〈鑲嵌、嵌寶石〉。

ㄎㄢˇ　臺灣古地名：〈赤嵌城（位於臺南，也可寫作「赤崁」）〉。

山部 9 畫

嵐

ㄌㄢˊ　彌漫在山中的霧氣：〈山嵐、朝嵐、曉嵐〉。

山部 9 畫

嵋

ㄇㄟˊ　山名，在四川省，是佛教、道教並稱為靈勝的地方：〈峨嵋山〉。

山部 9 畫

崽

ㄗㄞˇ　①俗稱為外僑服勞役的中國人：〈西崽〉②小動物。北方人常用來罵頑童：〈崽子〉。

山部 9 畫

嵇

ㄐㄧ　①姓：〈嵇康（三國時的文學家，為竹林七賢之一）〉②山名：〈嵇山（一在河南省，一在安徽省）〉。

山部 10 畫

嵩

ㄙㄨㄥ　①山名，在河南省，是五嶽中的中嶽：〈嵩山〉②高聳的：〈嵩高〉。

山部 11 畫

嶄

ㄓㄢˇ　①山峰高峻的樣子：〈嶄然〉②突出的樣子：〈嶄露頭角〉。

造詞　嶄新。

山部 11 畫

嶇

ㄑㄩ　形容山路不平，不好行走：〈崎嶇不平〉。

同　崎。

山部 12 畫

嶙

ㄌㄧㄣˊ　山石重疊高聳的樣子，也可用來形容人削瘦：〈嶙峋、瘦骨嶙峋〉。

嶼　山部14畫

ㄩˇ　小島：〈島嶼〉。

嶺　山部14畫

ㄌㄧㄥˇ　①山頂上有路可走的山：〈山嶺〉②山脈的幹系：〈南嶺〉。

造詞　五嶺、峻嶺、秦嶺。

嶽　山部14畫

ㄩㄝˋ　①高大的山：〈山嶽〉、〈五嶽（泰山、嵩山、華山、恆山、衡山）〉②姓。

造詞　嶽立、嶽嶽。

同　岳。

嶸　山部14畫

ㄖㄨㄥˊ　山勢高峻：〈崢嶸〉。

巍　山部18畫

ㄨㄟˊ　很高大的樣子：〈巍巍、巍峨〉。

造詞　巍然聳立。

巔　山部19畫

ㄉㄧㄢ　①山頂：〈山巔〉②最高的：〈巔峰〉③同「顛」，下墜：〈巔越〉。

巒　山部19畫

ㄌㄨㄢˊ　①連綿不斷的山峰；山峰的通稱：〈山巒、峰巒〉②小而尖的山：〈岡巒〉。

造詞　危巒、層巒、重巒。

巖　山部20畫

ㄧㄢˊ　①陡峻的山崖：〈千巖萬壑〉②山洞：〈巖穴〉。

造詞　巖石、巖居、巖牆。

川部 ㄔㄨㄢ

川部 0 畫

川

丿 丿丨 川

ㄔㄨㄢ ①河流的通稱：〈高山大川〉②四川省的簡稱 ③平原、平地：〈平川〉④經常、連續不斷的：〈川流不息〉⑤姓。

造詞 川資（旅費）。

川部 3 畫

州

丶 丿 丿丶 州 州 州

ㄓㄡ ①通「洲」，水中的陸地：〈沙州〉②古代行政區的名稱，到民國時全部改為「縣」：〈泉州〉③姓。

造詞 九州、加州、神州。

川部 8 畫

巢

巛 巛 巛 巛 巢 巢 巢 巢 單 巢 巢

ㄔㄠˊ ①鳥類、蟲類的窩：〈鳥巢〉②盜賊聚居的地方：〈巢穴、匪巢〉③姓。

造詞 蜂巢、築巢、傾巢。

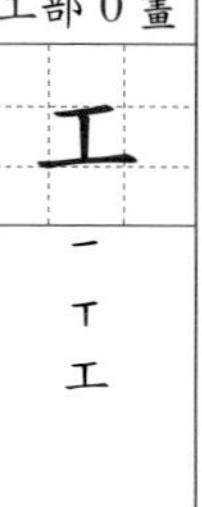

工部 ㄍㄨㄥ

工部 0 畫

工

一 丅 工

ㄍㄨㄥ ①從事勞動生產的人：〈工人、勞工〉②有專門技巧的人：〈畫工〉③勞動的事：〈做工〉④擅長：〈工於詩畫〉⑤精巧細緻：〈工於心計〉。

造詞 工作、工夫、工友、工具、工程、工業、工廠、工讀／人工、手工、打工、美工／巧奪天工、異曲同工。

請注意：①「功」、「工」不可通用，「功」是指勛勞，例如：功業 ②當「致力的程度」或「由於致力所產的功效」意思時，「工夫」、「功夫」可通用，但指「時間、閒暇」的意思時，只能用「工夫」，不可用「功夫」。

工部 2 畫

巨

一 厂 𠂆 巨 巨

ㄐㄩˋ ①大：〈巨大〉②很多：〈巨萬〉③姓。

造詞 巨人、巨星、巨無霸。

同 鉅、大、碩。

工部 2 畫

巧

一 丅 工 工一 巧

ㄑㄧㄠˇ ①技能：〈技巧〉②心思靈敏、技術高超：〈巧妙〉③聰明的：〈靈巧〉④虛偽的：〈花言巧語〉⑤剛好：

〈恰巧〉。

造詞 巧合、巧思、巧克力／正巧、取巧、精巧／巧言令色、巧取豪奪。

同 恰。

反 拙、笨、劣、愚。

工部2畫

左

一ナ𠂇𠂇左

ㄗㄨㄛˇ ①表示方向、位置，與「右」相反：〈向左轉〉②方位名，指東方：〈江左〉③違背、衝突：〈意見相左〉④不正派的、邪惡的：〈旁門左道〉⑤差錯：〈你想左了〉⑥主張較急進激烈的份子：〈左派〉⑦姓。

造詞 左右、左側、左手、左傾／左顧右盼、左思右想。

反 右。

工部4畫

巫

一丅丌丌丌丌巫

ㄨ ①裝神弄鬼，替人求神鬼賜福或代神鬼發言的人：〈女巫〉②姓。

造詞 巫師、巫婆、巫術、巫醫／巫山雲雨。

工部7畫

差

、丷丷𦍌𦍌𦍌差差

ㄔㄚ ①數學中兩數相減所得的數②缺失：〈誤差〉③區別：〈差別〉④錯誤：〈失之毫釐，差以千里〉⑤尚、勉強：〈差強人意〉⑥缺少：〈差點兒〉⑦不好的：〈成績很差〉。

ㄔㄞ ①奉命辦的事：〈出差〉②被派遣做事的人：〈郵差〉③派遣：〈差遣〉。

ㄘ 不整齊：〈參差〉。

ㄘㄨㄛ ①人名：〈景差〉②通「搓」，搓洗：〈差沐〉。

造詞 差人、差事、差勁、差異、差錯、差額／差不多／公差、交差、誤差、時差／差強人意。

同 錯、誤、謬、失、別。

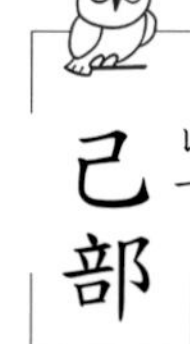

己部 ㄐㄧˇ

己部0畫

己

ㄱㄱ己

ㄐㄧˇ ①天干的第六位，用來代表「第六」，可和地支相配，作為計算時日的代號：〈甲、乙、丙、丁、戊、己〉②自己的代稱：〈自己〉。

造詞 知己、利己、克己、忘己／己立立人、愛人如己、安分守己、損人利己。

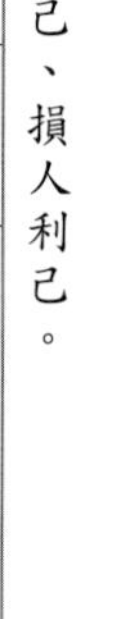

己部0畫
已
ㄱ ㄱ 已

一ˇ ①停止：〈爭論不已〉②太過分：〈已甚〉③既，表示過去的時間：〈已經、已往〉。

造詞 而已、既已、業已、不得已／死而後已。

己部0畫
巳
ㄱ ㄱ 巳

ㄙˋ ①地支的第六位：〈子、丑、寅、卯、辰、巳……〉②時辰名，指上午九點到十一點：〈巳時〉。

己部1畫
巴
ㄱ ㄲ ㄲ 巴

ㄅㄚ ①古代國名，在今四川省：〈巴蜀〉②因乾燥或溼稠而黏結的東西：〈泥巴〉③下頦：〈下巴〉④詞尾，無意義：〈嘴巴、尾巴〉⑤氣壓的壓力強度單位：〈毫巴〉⑥靠近：〈巴在牆上〉⑦盼望：〈巴不得〉⑧姓。

造詞 巴士、巴望、巴結、巴掌、巴答／眼巴巴。

己部6畫
巷
一 十 廾 共 共 共 巷 巷 巷

ㄒㄧㄤˋ ①大路旁較狹窄的街道：〈巷子、窄巷〉②姓。

造詞 死巷、陋巷、街巷、窮巷／巷口、巷弄、巷戰／大街小巷。

己部9畫
巽
ㄱ ㄱ 巳 巳 巳巳 巳巳 巳巳 巳巳 巽 巽 巽 巽

ㄒㄩㄣˋ ①易經八卦之一，卦形是「☴」，代表風②卑順③通「遜」，謙讓。

巾部 ㄐㄧㄣ

巾部0畫
巾
丨 冂 巾

ㄐㄧㄣ 擦洗東西或包裹、覆蓋用的布：〈毛巾、頭巾〉。

造詞 巾車、巾幗／手巾、方巾、布巾、三角巾。

同 帕。

巾部2畫
市
丶 亠 广 方 市

ㄕˋ ①集中做買賣的地方：〈市場、夜市〉②人口密集，工商、文化發達的地方：〈都市〉③行政區域的劃分單位：〈院轄市、臺北市〉④購買：〈市酒〉⑤姓。

造詞 市井、市民、市面、市長、市容、市區、市集、市價／上市、花市、城市、黑市／招搖過市、門庭若市。

巾部2畫

布

一ナ才右布

ㄅㄨˋ ①棉、麻、毛、絲及化學纖維紡織品的總稱：〈棉布〉②安排：〈布置〉③宣告：〈公布〉④分散：〈分布〉。

造詞 布丁、布告、布局、布景／宣布、發布、頒布、瀑布／布衣卿相、烏雲密布。

請注意：「布」與「佈」，「表示動作」時意思相同，可通用，例如：佈告。

巾部3畫

帆

丨冂巾巾ノ帆帆

ㄈㄢˊ ①掛在船桅上，藉著風力使船前進的布篷：〈揚帆、帆船〉②船：〈一帆風順〉③用棉麻織成的厚粗布，可做船帆、帳篷、書包等：〈帆布〉。

巾部4畫

希

ノㄨ㐅产肴肴希

ㄒㄧ ①期望：〈希望〉②懇求：〈尚希見諒〉③通「稀」，少：〈希奇〉④國名：〈希臘〉⑤姓。

造詞 希少、希罕、希冀／古希、幾希。

同 望。

巾部5畫

帘

丶丷宀宀穴穴宊帘帘

ㄌㄧㄢˊ ①從前酒店掛在門口當作招牌的旗幟：〈酒帘〉②用布、竹、塑膠等材料做成，遮住門窗，使人無法看到室內或擋住陽光的用具：〈窗帘〉。

同 幟、幔。

巾部5畫

帚

ㄱㅋㅋ彐帚帚帚帚

ㄓㄡˇ 掃除塵土、垃圾的用具：〈掃帚〉。

巾部5畫

帖

丨冂巾巾丨帄帄帖帖

ㄊㄧㄝˇ ①簽署姓名的應酬請柬：〈喜帖〉②從石刻或木

刻上摹印下來的墨跡：〈碑帖〉③古代應試的試題：〈試帖〉④學習寫字或繪畫時所模倣的樣本：〈字帖〉⑤計算中藥的單位：〈一帖藥〉。

ㄊㄜ　①通「貼」：〈服帖、妥帖〉②姓。

造詞 手帖、名帖、請帖。

同 服。

巾部5畫

帕

ㄆㄚˋ　①用來擦手、擦臉的方形小巾：〈手帕〉②古代男子用來束髮的頭巾：〈帕頭〉。

巾部5畫

帛

ㄅㄛˊ　①絲織品的總稱：〈布帛〉②姓。

造詞 竹帛、絲帛、金帛、玉帛。

巾部5畫

帑

ㄊㄤˇ　①公款、國家的錢財：〈公帑、國帑〉②貯藏錢財的國庫：〈府帑、帑藏(ㄗㄤˋ)〉。

ㄋㄨˊ　通「孥」，妻、子的合稱。

巾部6畫

帝

ㄉㄧˋ　①君主、天子：〈皇帝〉②主宰宇宙的至上神：〈上帝〉。

造詞 帝王、帝制、帝國、帝號、帝室。

巾部6畫

帥

ㄕㄨㄞˋ　①軍隊中的最高將領：〈元帥〉②引導、統領：〈帥師北伐〉③俊美的：〈帥氣、他長得很帥〉④姓。

巾部7畫

席

ㄒㄧˊ　①通「蓆」，用草莖編成可坐臥的墊子：〈草席〉②座位：〈入席、出席〉③職位：〈教席〉④宴會：〈酒席〉⑤單位詞：〈一席話、一席酒〉⑥姓。

造詞 席位、席捲、席地／缺席、座席、首席、宴席／席不暇暖、坐無虛席。

巾部7畫

師

ㄕ ①傳授知識、技能的人：〈老師、教師〉②有專門技藝的人：〈律師、美容師〉③軍隊：〈出師〉④軍隊的編制單位，三旅為一師，大約一萬人⑤榜樣：〈前事不忘，後事之師〉⑥效法：〈師法、師古〉⑦姓。

造詞 師父、師生、師長、師範／京師、先師、祖師、導師、牧師、醫師、恩師、出師／至聖先師。

巾部8畫

帶

ㄉㄞˋ ①用布或皮革做成，用來繫衣物的長條物：〈皮帶、鞋帶、腰帶〉②細長如帶的東西：〈海帶〉③地區：〈熱帶、地帶、沿海一帶〉④率領、引導：〈帶領、帶路〉⑤佩掛、拿著：〈佩帶、攜帶〉⑥含有、現出：〈面帶笑容〉⑦連著、附著：〈帶蓋的杯子〉⑧加上、夾雜：〈連說帶笑〉。

造詞 帶兵、帶魚、帶動、帶頭／一帶、夾帶、衣帶。

請注意：「帶」和「戴」不同。「帶」表示隨身攜帶；「戴」表示把東西固定地放在頭、面、胸、臂等部位。「戴帽子」「戴眼鏡」「戴袖章」的「戴」不要寫作「帶」。

巾部8畫

常

ㄔㄤˊ ①倫理：〈五常〉②準則、規律：〈變化無常〉③一般的、普通的：〈常識、常態〉④一定的：〈常法〉⑤恆久不變的：〈松柏常青〉⑥時時：〈常常〉⑦姓。

造詞 常人、常言、常事、常客／正常、非常、平常、通常、異常、尋常、往常、倫常／習以為常、好景不常。

巾部8畫

帷

ㄨㄟˊ 把內外分隔開的帳子：〈床帷、門帷〉。

造詞 帷幄、帷幕、帷幔。

同 幃。

巾部8畫

帳

ㄓㄤˋ ①用布或尼龍等材料做成，張起來掛在床上的用具：〈蚊帳〉②露宿用的篷子：〈營帳、帳篷〉③財務收支的數目：〈記帳、欠帳〉。

造詞 帳目、帳單、帳幕、帳簿、帳冊。

同 帷、幕。

請注意：「帳」字作記載錢財貨物的出入、數目、冊子解時，也可寫作「賬」，例如：記賬、欠賬。

巾部 9 畫

幅

ㄈㄨˊ ①布匹或紙張的寬度：〈全幅〉②書畫、圖表的單位詞：〈一幅畫〉③文章或圖片所占的地方：〈篇幅〉④邊緣：〈邊幅〉⑤綁腿布。

造詞 幅度、幅員／不修邊幅。

同 塊、張、幀。

巾部 9 畫

帽

ㄇㄠˋ ①戴在頭上，用來保護頭部的用具：〈帽子〉②形狀或功用像帽子的東西：〈筆帽〉。

造詞 戴帽、脫帽、草帽、戴高帽。

巾部 9 畫

幀

ㄓㄥˋ ①同「幅」，計算畫或圖片的單位：〈一幀圖片〉②書籍的裝訂方法：〈裝幀〉。

同 幅。

巾部 9 畫

幄

ㄨㄛˋ 帳篷：〈幄幕、帷幄〉。

巾部 9 畫

幃

ㄨㄟˊ ①帷帳：〈床幃〉②裙幅。

巾部 10 畫

幌

ㄏㄨㄤˇ ①帷幔、窗簾②蒙騙別人的話或行為：〈幌子〉。

巾部 11 畫

幛

ㄓㄤˋ 在布帛上題字，當作慶賀或弔唁的禮品：〈喜幛、壽幛、祭幛〉。

巾部 11 畫

幣

ㄅㄧˋ 同「錢」。有標準價值，可以用來交易的東西：〈金幣、貨幣、錢幣、紙幣〉。

巾部 11 畫

幕

ㄇㄨˋ ①覆蓋、遮蔽、放電影時所掛的布、綢、絲絨：〈帷幕、銀幕〉②舞臺劇中的一個大段落叫一幕：〈獨幕劇〉③事情的開始或結束：〈開幕、閉幕〉④軍中或官署中聘請佐理軍政的人員：〈幕僚〉。

ㄇㄛˋ 通「漠」，沙漠。

造詞 軍幕、鐵幕、內幕、螢光幕。

同 帳、幃、幔。

巾部 11 畫

幗

ㄍㄨㄛˊ 古代婦女的頭巾。常以「巾幗」作為婦女的代稱：〈巾幗英雄〉。

巾部 11 畫

幔

ㄇㄢˋ 懸掛起來遮擋或隔離用的布、綢、絲絨等：〈布幔〉。

巾部 12 畫

幢

ㄔㄨㄤˊ ①計算房屋的單位詞：〈一幢樓房〉②古代圓形的旗幟。

造詞 幢隊、幢節、幢幢。

巾部 12 畫

幟

ㄓˋ ①直幅長條，作為標識的旗子：〈旗幟〉②派別：〈獨樹一幟〉③記號：〈標幟〉。

巾部 12 畫

旛

ㄈㄢ ①旗幟②變動，通「翻」。

巾部 14 畫

幫

ㄅㄤ ①組織、團體：〈幫會、幫派〉②單位詞，一群或一夥：〈一幫人馬〉③輔助：〈幫忙〉④陪同、附和：〈幫腔〉⑤中空物體旁邊豎起的部分：〈鞋幫〉。

造詞 幫手、幫助、幫傭、幫襯、幫凶。

同 助。

干部 ㄍㄢ

干部0畫

干

一 二 干

ㄍㄢ ①盾牌，古代的一種兵器：〈干戈〉②古代以甲、乙、丙、丁、戊、己、庚、辛、壬、癸為十干，稱為「天干」，是記年的符號③不定的數目：〈若干〉④乾燥的食品，通「乾」：〈豆干〉⑤冒犯：〈干犯、干擾〉⑥乞求：〈干祿、干求〉⑦參預、涉及：〈干涉、干預〉⑧相關的：〈與你何干？〉。

造詞 相干、無干。

同 求、犯。

干部2畫

平

一 ㇀ ㇀ 立 平

ㄆㄧㄥˊ ①我國文字的讀音分為「平聲」和「仄聲」，平聲相當於現在的一聲、二聲②用武力征服、鎮壓：〈平亂〉③表面沒有高低凹凸的：〈平坦〉④相等、不分上下：〈平手、平等〉⑤普通的、經常的：〈平時〉⑥安寧的：〈平靜〉⑦溫和的：〈和平〉⑧姓。

ㄅㄧㄢˋ 通「采」，辨別而使明白彰顯：〈平章百姓〉。

造詞 平凡、平日、平生、平行、平安、平均、平定、平信、平素、平價、平衡／公平、水平、天平／平心而論、平易近人、平分秋色、平起平坐、平淡無奇、平心靜氣、平白無故、平步青雲、平鋪直敘。

同 坦。

反 曲、折。

干部3畫

并

丶 丷 䒑 兰 并 并

ㄅㄧㄥˋ ①通「併」，合：〈并吞、兼并〉②通「並」，一齊：〈并列〉。

ㄅㄧㄥ 古地名：〈并州〉。

干部3畫

年

丿 𠂉 𠂉 𠂉 㐄 年

ㄋㄧㄢˊ ①計算時間的單位，地球繞行太陽一周叫一年②人的歲數：〈年紀、年齡〉③人生所經歷的階段：〈童年〉④年節：〈過年〉⑤姓。

造詞 年代、年底、年長、年級、年貨、年華、年資、年歲／往年、成年、流年、長年／年年有餘、年久失修。

同 歲、載、祀。

干部 5 畫

幸

一 十 土 ＋ 古 垚 垚 幸

ㄒㄧㄥˋ ①福分、吉利：〈幸福、榮幸〉②過分的喜愛：〈幸其成功〉〈寵幸〉③希望：〈幸望〉④高興：〈慶幸〉⑤古代帝王到達某地：〈巡幸〉⑥好在：〈幸好、幸而〉⑦意外得到好處或免去災禍：〈萬幸、幸免於難〉⑧姓。

造詞 幸運、幸虧／不幸、徼幸、甚幸／幸災樂禍。

請注意：幸和倖，都有僥倖的意思，但是「幸免」、「幸得」的「幸」不能寫成「倖」，「僥倖」的「倖」也不能寫作「幸」。

干部 10 畫

幹

一 十 𠂇 古 吉 㫃 卓 𠦝 𠦝 𠦝 幹 幹 幹

ㄍㄢˋ ①動物的身體：〈軀幹〉②植物的主要部分：〈枝幹、樹幹〉③事物的根本、主體：〈主幹、骨幹〉④做事的能力：〈才幹〉⑤事情：〈有何貴幹〉⑥做：〈幹苦工〉⑦主要的：〈幹線、幹部〉⑧有才能的：〈能幹、幹練〉⑨姓。

ㄏㄢˊ 木頭圍成的欄杆：〈井幹〉。

造詞 幹事、幹勁、幹路、乾活兒／何幹、硬幹／洗手不幹、埋頭苦幹。

同 做、能、軀。

幺部

一幺

幺部 1 畫

幻

ㄥ ㄠ 幺 幻

ㄏㄨㄢˋ ①不尋常的變化：〈變幻莫測〉②不真實的：〈幻影〉③空洞的：〈幻想〉。

造詞 幻象、幻滅、幻燈片／虛幻、夢幻、如幻。

同 變、化。

幺部 2 畫

幼

ㄥ ㄠ 幺 幻 幼

ㄧㄡˋ ①小孩子：〈扶老攜幼〉②愛護：〈幼吾幼以及人之幼〉（第一個「幼」）③年紀小：〈幼小、幼年〉④初生的：〈幼苗〉⑤淺薄缺乏見識的：〈幼稚〉。

同 小、弱、稚、少、嫩。

反 壯、大。

幺部6畫

幽

丨 ㄐ 幺 幺 ⺙ 幽 幽 幽 幽

ㄧㄡ ①古代地名：〈幽州〉②陰間：〈幽冥分隔〉③雅致的：〈幽雅、幽美〉④形容地方深遠、僻靜、陰暗：〈幽遠、幽寂、幽暗〉⑤祕密的：〈幽會〉⑥深積在心中的：〈幽情〉⑦姓。

造詞 幽香、幽怨、幽靜、幽靈／清幽、深幽、僻幽。

同 暗、靜、深。

反 明、朗。

幺部9畫

幾

ㄐㄧˇ ①數目不確定的、比較少的數：〈幾個人、十幾本書〉②問數目多少的疑問詞：〈幾許、幾歲〉③問時間的疑問詞：〈幾時來的？〉。

ㄐㄧ ①預兆：〈幾兆〉②少：〈幾希〉③將近，差一點點：〈幾乎〉④姓。

造詞 幾何、幾微／幾無人煙、寥寥無幾。

广部 ㄧㄢˇ

广部4畫

序

丶 亠 广 户 庐 序

ㄒㄩˋ ①古代學校名：〈庠序〉②次第：〈次序〉③開頭的，在正式內容以前的：〈序言、序幕〉。

造詞 序曲、序列、序數／自序、秩序、順序、依序／長幼有序。

广部4畫

庇

丶 亠 广 庀 庀 庇 庇

ㄅㄧˋ ①遮蔽：〈庇陰〉②保護：〈庇護、庇佑〉。

造詞 天庇、包庇、神庇。

同 佑、護。

广部4畫

床

丶 亠 广 庁 床 床

ㄔㄨㄤˊ ①供人睡覺的家具：〈木床〉②放置物品的架子：〈墨床、琴床〉③河流的槽狀底部：〈河床〉④計算被褥的單位詞：〈一床棉被〉。

造詞 床位、床單、床鋪、床罩／起床、病床、鋪床。

广部5畫

庚

丶 亠 广 户 庐 庐 庚 庚

ㄍㄥ　①天干的第七位，用來代表「第七」，可和地支相配，作為計算時日的代號：〈庚子〉②年齡：〈貴庚〉③姓。

店　广部5畫
丶 亠 广 广 庐 庐 店 店

ㄉㄧㄢˋ　①賣東西的地方：〈書店、商店〉②旅館：〈客店、旅店〉。

造詞　店面、店員、店鋪／小吃店、專賣店、代理店。

同　鋪。

府　广部5畫
丶 亠 广 广 庁 庁 府 府

ㄈㄨˇ　①處理國家事務的機關：〈市政府〉②官方收藏文書、財物的地方：〈府庫〉③舊時稱達官貴人的住宅：〈王府〉④對別人籍貫、住所的尊稱：〈府上、貴府〉⑤古代居於省縣之間的地方區域名：〈開封府〉⑥姓。

造詞　官府、學府、別府、省府／胸無城府。

底　广部5畫
丶 亠 广 庀 庀 庀 底 底

ㄉㄧˇ　①器物最下面的部分：〈井底、鞋底〉②終點、盡頭：〈巷底、年底〉③基礎：〈根底〉④文書的原稿：〈底稿〉⑤剩存的貨物：〈存底〉⑥事情的根源：〈底細〉⑦達到：〈終底於成〉⑧什麼，表示疑問：〈干卿底事〉。

·ㄉㄜ　通「的」，表示「所有」的意思：〈我底書〉。

造詞　底片、底下、底薪、底色／到底、徹底、基底、心底／尋根究底。

庖　广部5畫
丶 亠 广 庁 庁 庁 庖 庖

ㄆㄠˊ　①廚房：〈君子遠庖廚〉②廚師：〈庖人、庖丁〉③姓。

庠　广部6畫
庠
丶 亠 广 广 户 户 庠 庠

ㄒㄧㄤˊ　周代學校的名稱：〈庠序〉。

度　广部6畫
度
丶 亠 广 户 户 庐 庐 度

ㄉㄨˋ　①計算長短的標準：〈度量衡〉②按照一定標準畫分的單位：〈角度、溫度、長度〉③一定的範圍：〈尺度、限度〉④法則：〈法度、制度〉⑤氣量：〈氣度、度量〉⑥舉止神情：〈態度〉⑦計算次數的單位：〈一年一度〉⑧經過：〈度日如年〉⑨姓。

ㄉㄨㄛˋ ①考慮、猜測：〈忖度〉②測量：〈量度〉。

造詞 度外、度假／速度、深度、過度。

同 次、猜、測、揣。

請注意：「度」和「渡」不同。「度」的基本義是過（指時間）、經過，「渡」的基本義是從此岸到彼岸。「歡度春節」「度假」不能寫作「歡渡春節」「渡假」。「過度」與「過渡」不同，「過度」指超過適當的限度，「過渡」指事物由一個階段逐漸發展到另一個階段。

广部7畫

庫

、亠广庐庐庐庐庐庫庫

ㄎㄨˋ ①儲存物品的地方：〈倉庫、水庫、書庫、車庫、火藥庫〉②姓。

造詞 庫存、庫房、庫藏。

广部7畫

庭

、亠广庀庀庄庄庭庭

ㄊㄧㄥˊ ①廳堂前的空地：〈庭院〉②司法機關審理案件的場所：〈法庭〉③泛稱廣大的地方：〈大庭廣眾〉④指家：〈家庭〉⑤不同：〈大相徑庭〉。

造詞 庭訓、庭園／中庭、宮庭、門庭、天庭。

广部7畫

座

、亠广广庂庂庂座座

ㄗㄨㄛˋ ①供人坐的位子：〈座位、讓座〉②墊在器物底部的東西：〈底座、瓶座〉③計算高大、固定東西的單位詞：〈一座山、一座橋〉④對人的尊稱：〈鈞座、尊座〉⑤指方位或地點：〈座落在學校旁〉⑥「星座」的簡稱：〈大熊座〉。

造詞 座談、座標、座右銘／上座、客座、陪座、寶座／座無虛席、敬陪末座。

广部8畫

康

、亠广庐庐庚庚康康康

ㄎㄤ ①西康省的簡稱②平安：〈安康、健康〉③豐足：〈小康、康年〉④寬闊平坦：〈康莊大道〉⑤姓。

造詞 康復、康樂、康寧、康泰、康爵。

同 健、安、強。

庸
广部 8 畫

ㄩㄥ ①功勞：〈酬庸〉②須、用：〈無庸細說〉③很平常的：〈平庸、庸才〉④技術不高明的：〈庸醫〉⑤適中：〈中庸〉。

造詞 庸俗、庸碌／昏庸、附庸、凡庸／庸人自擾。

同 常、凡、俗。

庶
广部 8 畫

ㄕㄨˋ ①古時稱平民：〈黎庶、庶民〉②眾多：〈富庶、庶物〉③旁支的、旁系的：〈庶子〉④繁雜的：〈庶務〉⑤差不多：〈庶幾〉⑥姓。

造詞 庶人、庶乎、庶政。

庵
广部 8 畫

ㄢ ①圓形的小茅屋：〈茅庵、草庵〉②尼姑住的小寺院：〈尼姑庵〉。

庾
广部 8 畫

ㄩˇ ①古代容量的單位，十六斗叫一庾②古代沒有屋頂的糧倉③姓。

廊
广部 9 畫

ㄌㄤˊ 上面有頂的狹長通路，或屋簷下的通道：〈走廊、迴廊〉。

廁
广部 9 畫

ㄘㄜˋ ①大小便的地方：〈廁所、茅廁〉②參加、加入：〈廁身文壇〉。

造詞 如廁、公廁。

請注意：「廁身」一詞有參與義，不可寫作「側身」，指斜轉身體的意思。

廂
广部 9 畫

ㄒㄧㄤ ①正房兩邊的房子：〈廂房、西廂〉②靠近城的地區：〈城廂〉③邊、方面：〈一廂情願〉④特別隔開的好座位：〈包廂〉⑤像房子一樣被隔離的地方：〈車廂〉。

广部 9 畫

廄

丶 亠 广 广 庐 庐 庐 庐 庐 庐 廄 廄 廄

ㄐㄧㄡˋ　馬棚，養馬的屋舍：〈馬廄〉。

广部 10 畫

廉

丶 亠 广 广 庐 庐 庐 庐 庐 庐 廉 廉 廉

ㄌㄧㄢˊ　①操守高潔、不貪汙的：〈廉潔、清廉〉②便宜的：〈物美價廉〉③姓。

造詞　廉明、廉恥、廉價、廉讓、廉隅。

广部 10 畫

廈

丶 亠 广 广 庐 庐 庐 庐 庐 庐 廈 廈 廈

ㄒㄧㄚˋ　①高大的房屋：〈大廈、華廈〉②房屋後面延伸出去可以遮蔽的部分：〈前廊後廈〉③地名，在福建省：〈廈門〉。

广部 11 畫

廓

丶 亠 广 广 庐 庐 庐 庐 庐 庐 廓 廓 廓

ㄎㄨㄛˋ　①外形：〈輪廓〉②掃蕩、清除：〈廓清〉③開展、擴充：〈開廓〉④空闊：〈空廓〉⑤寬大：〈寥廓〉。

广部 11 畫

廖

丶 亠 广 广 庐 庐 庐 庐 庐 庐 廖 廖 廖

ㄌㄧㄠˋ　姓。

广部 11 畫

廕

丶 亠 广 广 庐 庐 庐 庐 庐 庐 廕 廕 廕

ㄧㄣˋ　①祖先護佑子孫的恩澤：〈餘廕〉②遮蓋、保護：〈庇廕〉。

广部 12 畫

廢

丶 亠 广 广 庐 庐 庐 庐 庐 庐 廢 廢 廢

ㄈㄟˋ　①停止：〈半途而廢、廢止〉②捨棄：〈荒廢〉③多餘的、沒有用的：〈廢話、廢物〉④殘缺不全：〈殘廢〉。

造詞　廢水、廢氣、廢除、廢棄／存廢、作廢、頹廢、報廢／廢寢忘食。

同　除、殘。

广部 12 畫

廚

丶 亠 广 广 庐 庐 庐 庐 庐 庐 廚 廚 廚

ㄔㄨˊ　①烹調食物的地方：〈廚房〉②通「櫥」，放物品的櫃子：〈書廚、衣廚〉。

造詞　廚子、廚具、廚師。

同　櫃。

广部 12畫
廟
丶 亠 广 广 庐 庐 庐 庐 庐 庐 廟 廟 廟 廟 廟

ㄇㄧㄠˋ　供奉神佛、祖先或紀念有功蹟的人的地方：〈寺廟、宗廟〉。

造詞 廟宇、廟堂、廟會／神廟、孔廟、媽祖廟。

广部 12畫
廝
丶 亠 广 广 斤 斤 斤 斤 斤 斤 斤 斤 廝 廝

ㄙ　①僕役：〈小廝〉②對人輕視的稱呼：〈這廝〉③互相：〈廝殺〉④胡亂的：〈廝混〉。

造詞 廝守、廝打、廝纏。

广部 12畫
廣
丶 亠 广 广 广 庐 庐 庐 庐 庐 庐 庐 庐 廣 廣

ㄍㄨㄤˇ　①廣東省、廣西壯族自治區的簡稱：〈兩廣〉②物體的寬度：〈長十尺、廣二尺〉③擴展：〈推廣〉④增加：〈以廣見聞〉⑤普遍的：〈廣泛〉⑥多：〈大庭廣眾〉⑦寬闊的：〈廣場、廣闊〉⑧姓。

造詞 廣告、廣泛、廣播、廣義、廣大／增廣、深廣。

广部 12畫
廠
丶 亠 广 广 广 广 广 广 广 广 广 广 廠 廠

ㄔㄤˇ　①使用機器製造或修理東西的工作場所：〈工廠、修車廠〉②利用寬敞的地方來儲存或處理物品：〈水廠〉③明代專管拘捕罪犯的機關：〈東廠〉。

造詞 廠房、廠長、廠商／糖廠、加工廠、鐵工廠。

广部 12畫
廡
丶 亠 广 广 庄 庄 庄 庑 庑 庑 庑 廡 廡 廡 廡

ㄨˇ　廊屋、大屋：〈千廡萬屋〉。

广部 13畫
廩
丶 亠 广 广 广 庐 庐 庐 庐 庐 庐 廩 廩 廩 廩 廩

ㄌㄧㄣˇ　①米倉：〈倉廩〉②供給：〈廩食〉。

广部 16畫
龐
丶 亠 广 广 广 广 广 广 庐 庐 庐 庐 庐 庐 龐 龐 龐 龐 龐

ㄆㄤˊ　①臉、面孔：〈臉龐〉②高大：〈龐大、龐然〉③雜亂的：〈龐雜〉④姓。

广部 16畫
廬
丶 亠 广 广 广 庐 庐 庐 庐 庐 庐 庐 庐 庐 庐 廬 廬 廬 廬

ㄌㄨˊ ①粗陋的房子：〈茅廬〉②姓。

造詞 廬室、廬冢、廬墓／出廬、田廬、結廬、草廬／三顧茅廬、初出茅廬。

广部 22 畫

廳

ㄊㄧㄥ ①屋內的正堂：〈客廳、廳堂〉②可以容納許多人的房間：〈餐廳、會議廳〉③省政府的官署名：〈教育廳〉。

造詞 大廳、正廳、官廳。

廴部 ㄧㄣˇ

廴部 4 畫

廷

ㄊㄧㄥˊ 古代帝王發布政令、接見群臣和辦理政事的地方：〈朝廷〉。

造詞 廷杖、廷尉、廷對／出廷、宮廷、退廷、內廷。

廴部 5 畫

延

ㄧㄢˊ ①伸長、拉長：〈延長〉②招請：〈延醫、延聘〉③牽連：〈禍延妻女〉④把時間往後推移：〈延期〉。

造詞 延宕、延伸、延誤／拖延、順延、蔓延、遲延／延年益壽、延頸企踵。

同 請、擱、展。

廴部 6 畫

建

ㄐㄧㄢˋ ①創立、設置：〈建校、建立〉②提出：〈建議〉③修築：〈建房子〉④星名，北斗七星的第六顆⑤姓。

造詞 建築、建交、建造、建設／改建、封建、違建、創建、興建。

廾部 ㄍㄨㄥˇ

廾部 1 畫

廿

ㄋㄧㄢˋ 數目名，二十：〈廿四史、廿一世紀〉。

廾部 2 畫

弁

ㄅㄧㄢˋ ①古代武人戴的一種帽子：〈皮弁、爵弁〉②武官：〈武弁〉③放在最前面的：〈弁言〉④急迫的：〈弁行〉。

ㄆㄢˊ 歡樂：〈小弁〉（詩經篇名）。

弄

廾部 4 畫

一 二 千 王 王 弄 弄

ㄋㄨㄥˋ ①用手拿著玩：〈玩弄、弄火〉②烹調、做：〈弄飯、弄菜〉③整理：〈弄乾淨〉④戲耍、行使：〈弄手段、弄花樣〉⑤攪擾：〈弄得我心慌意亂〉⑥搬運：〈把垃圾弄走〉⑦追究：〈弄清楚〉⑧取得：〈弄來一筆錢〉⑨國樂曲名：〈梅花三弄〉⑩演奏樂器：〈弄笛〉⑪遊戲、玩耍：〈弄潮〉。

ㄌㄨㄥˋ 通「衖」，小巷子。

造詞 弄瓦、弄璋、弄臣、弄姿／作弄、巷弄、戲弄、搬弄／弄巧成拙、弄假成真。

同 戲。

弈

廾部 6 畫

、 亠 ナ 亣 亦 亦 亦 弈 弈

ㄧˋ ①圍棋：〈博弈、弈聖〉②下棋：〈對弈、弈棋〉。

弊

廾部 11 畫

、 丷 氵 冸 冸 冸 冸 冸 冸 敝 敝 敝 敝 弊 弊

ㄅㄧˋ ①害處、毛病：〈弊病、流弊〉②欺詐蒙騙的行為：〈作弊、舞弊〉③壞的、破舊的：〈弊車〉④疲倦的：〈疲弊〉。

造詞 弊害、弊端、弊政／語弊、積弊、時弊／弊絕風清、切中時弊。

弋部 ㄧˋ

式

弋部 3 畫

一 二 亍 工 式 式

ㄕˋ ①樣子：〈式樣、款式〉②規格、標準：〈格式、公式〉③典禮或大會進行的程序：〈儀式〉④發語詞：〈式微〉⑤姓。

造詞 形式、模式、中式、方程式。

同 樣、法。

弒

弋部 10 畫

ノ 乂 㐅 斧 斧 杀 杀 杀 杀 弒 弒

ㄕˋ 地位低的人殺了地位高的人：〈弒君、弒父〉。

同 殺、戮。

弓部 ㄍㄨㄥ

弓部0畫

弓

𠃍 コ 弓

ㄍㄨㄥ ①射箭或彈射用的器具：〈弓箭、彈弓〉②用來拉奏小提琴、胡琴的器具：〈琴弓〉③測量土地的單位，五尺為一弓④有彈力，形狀像弓的東西：〈棉花弓子〉⑤彎曲：〈弓著身體〉⑥彎曲的：〈弓鞋、弓背〉⑦姓。

造詞 弓弦、弓形、弓弩／弓折刀盡、弓肩縮背。

弓部1畫

弔

𠃍 コ 弓 弔

ㄉㄧㄠˋ ①古代計算銅錢的單位，一千個銅錢為一弔②慰問死者的家屬：〈弔喪、弔問〉③祭奠死去的人：〈弔祭〉④懸掛：〈弔著燈籠〉。

造詞 弔古、弔唁、弔死／哀弔、追弔、憑弔。

同 懸、掛、奠、祭。

弓部1畫

引

𠃍 コ 弓 引

ㄧㄣˇ ①文體的一種，和「序」相似，但較為簡短：〈引文〉②拉牽：〈引弓〉③帶領、領導：〈指引、引兵〉④伸長：〈引頸〉⑤離開：〈引退〉⑥招來、惹起：〈引起、拋磚引玉〉⑦用來作根據：〈引證、旁徵博引〉⑧推薦：〈薦引〉⑨承受：〈引咎辭職〉⑩長度單位：〈一引〉（古代以十丈為一引）⑪姓。

造詞 引力、引用、引見、引號、引誘、引導、引擎／吸引、牽引、招引、援引／引人入勝、引狼入室。

同 導、帶、誘。

弓部2畫

弘

𠃍 コ 弓 弘 弘

ㄏㄨㄥˊ ①擴大：〈弘揚〉②偉大、寬大：〈弘圖、弘願、弘旨〉③姓。

造詞 弘法、弘量、弘道／恢弘、寬弘、深弘。

請注意：「弘」與「宏」音同義不同：宏是廣大的意思，只能作形容詞或副詞用，不能作動詞用，如：宏辯（副詞）、宏鴻（形容詞）。

弓部2畫

弗

𠃍 コ 弓 弗 弗

ㄈㄨˊ ①不定詞，不：〈弗往、弗聞、自愧弗如〉②姓。

弛　弓部3畫

ㄔˊ　①延緩：〈弛期〉②舒緩、鬆懈：〈鬆弛、弛禁〉③捨棄：〈廢弛〉。

弟　弓部4畫

ㄉㄧˋ　①同胞中先出生的男子為兄，後出生的男子為弟②對同輩朋友的自謙詞：〈小弟〉③稱年輕的同輩：〈老弟〉④學生：〈弟子〉⑤姓。

ㄊㄧˋ　通「悌」，友愛兄弟：〈孝弟〉。

造詞　弟兄、弟妹、弟媳／兄弟、徒弟、令弟、賢弟。

反　兄。

弦　弓部5畫

ㄒㄧㄢˊ　①張在弓上的線：〈弓弦〉②通「絃」，樂器上供人彈奏發音的線：〈琴弦〉③鐘錶的發條：〈錶弦〉④月亮半圓的時候，形狀像弦，故稱半弦月：〈上弦月、下弦月〉⑤直角三角形中直角的對邊⑥圓內不通過圓心的直線⑦比喻妻子：〈續弦〉⑧姓。

造詞　弦歌、弦樂、弦上箭／正弦、餘弦、斷弦、調弦／弦外之音、扣人心弦。

請注意：弦、絃，都讀ㄒㄧㄢˊ，作「弓箭上、樂器的發聲絲線」，及「比喻妻子」時，二字可通用。但「弦」的用法比「絃」廣，包括姓氏、月亮的形狀、發條等。

弧　弓部5畫

ㄏㄨˊ　①木製的弓②數學名詞，一般曲線上的任何一部分或圓周上的任何一段③彎曲的、有曲線的：〈弧度〉。

造詞　弧矢、弧形、弧角。

弩　弓部5畫

ㄋㄨˇ　古代一種利用機關來射箭的弓。

造詞　弩手、弩末、弩箭。

弭　弓部6畫

ㄇㄧˇ　①弓的末端②平息、停止、消除：〈弭兵、消弭、弭患〉③姓。

弓部 7 畫

弱

ㄖㄨㄛˋ ①身體不強壯或有疾病的人：〈老弱婦孺〉②「強」的相反，衰敗、不強健：〈衰弱、軟弱〉③年紀小的：〈弱齡〉④寫在分數或小數後面，表示不足、稍微小一點：〈三分之一弱〉。

造詞 弱小、弱者、弱冠、弱點／虛弱、脆弱、柔弱、體弱／弱不禁風、不甘示弱。

同 衰、羸、小。

反 強。

弓部 8 畫

張

ㄓㄤ ①計算物品的單位：〈一張紙、一張桌子、一張嘴〉②展開、打開：〈張口、張弓〉③擴大：〈虛張聲勢〉④看：〈東張西望〉⑤誇大：〈誇張〉⑥布置、陳設：〈張燈結綵〉⑦商店開業：〈開張〉⑧姓。

造詞 張開、張揚、張貼、張羅／主張、擴張、慌張、鋪張、緊張、紙張、囂張／張口結舌、張冠李戴。

弓部 8 畫

強

ㄑㄧㄤˊ ①殘暴的人：〈豪強〉②健壯的人：〈強欺弱〉③「弱」的相反，有力或有勢的：〈強壯、強國〉④勝過、比較好：〈你比我強〉⑤粗暴、蠻橫：〈強悍、強暴〉⑥程度高：〈能力強〉⑦盡力的：〈強記〉⑧有餘、多一點：〈三分之一強〉⑨姓。

ㄑㄧㄤˇ 逼使、壓迫：〈強迫〉。

ㄐㄧㄤˋ 固執、任性：〈倔強〉。

造詞 強求、強制、強烈、強健、強硬、強盜、強調、強辯／自強、好強、堅強、剛強／強人所難、強詞奪理。

反 弱。

弓部 9 畫

弼

ㄅㄧˋ ①矯正弓弩器具②輔助：〈輔弼〉③矯正過失：〈匡弼〉。

弓部 11 畫

彆

ㄅㄧㄝˋ 執拗、不順、不合：〈彆扭〉。

弓部12畫

彈

ㄉㄢˋ ①能發射鐵丸或石子的東西：〈彈弓〉②由彈弓或槍炮所發射，具有殺傷、破壞作用的東西：〈彈丸、槍彈、砲彈、炸彈〉③小圓球：〈彈珠〉。

ㄊㄢˊ ①用手指撥弄：〈彈琴〉②用指尖把東西弄掉或振向遠方：〈彈煙灰〉③提出別人的過失：〈彈劾〉④把壓縮或緊縮的東西突然放開：〈彈棉花〉⑤掉落：〈男兒有淚不輕彈〉。

造詞 彈性、彈力、彈簧、彈藥／子彈、飛彈、手榴彈／彈丸之地、彈盡援絕。

弓部13畫

彊

ㄑㄧㄤˊ ①強勁有力的：〈彊兵、彊弩之末〉②姓。

ㄑㄧㄤˇ 通「強」，迫使：〈彊借〉。

ㄐㄧㄤˋ 通「強」，固執、倔強。

弓部14畫

彌

ㄇㄧˊ ①填補：〈彌補、彌縫〉②遍、滿：〈彌月、彌漫〉③更加：〈欲蓋彌彰、老而彌堅〉④姓。

造詞 彌留、彌撒、彌封。

弓部19畫

彎

ㄨㄢ ①把直的弄曲：〈彎腰〉②開、拉：〈彎弓〉③曲折不直的：〈彎曲〉。

造詞 彎腰駝背。

彐部　ㄐㄧˋ

彐部8畫

彗

ㄏㄨㄟˋ ①掃帚②星名，接近太陽時，後面拖著長長的光芒，形狀像掃帚，又稱掃帚星：〈彗星〉。

彐部9畫

彘

ㄓˋ ①古代對豬的稱呼②姓。

彙　ヨ部 10 畫

ㄏㄨㄟˋ ①把同類的東西聚集在一起：〈彙合、彙集〉②類，相同的物類：〈字彙、詞彙〉。

造詞 彙報、彙刊、彙編。

彝　ヨ部 15 畫

ㄧˊ ①古代盛酒的器具：〈鼎彝〉②常道、一定的法則：〈彝則〉。

造詞 彝法、彝倫、彝訓。

彡部 ㄕㄢ

彤　彡部 4 畫

ㄊㄨㄥˊ ①紅色的：〈彤雲、彤管〉②姓。

同 紅、赤、丹。

形　彡部 4 畫

ㄒㄧㄥˊ ①地勢：〈地形〉②樣子：〈圓形、形狀〉③實體：〈有形〉④表現：〈喜形於色〉⑤比較、對照：〈相形之下、相形見絀〉。

造詞 形成、形式、形容、形態／外形、變形、象形、情形／形形色色、形影不離、如影隨形、得意忘形。

彥　彡部 6 畫

ㄧㄢˋ ①有才學的人：〈碩彥、俊彥〉②才德優秀的人：〈彥士〉③姓。

彬　彡部 8 畫

ㄅㄧㄣ ①形容人的文雅：〈文質彬彬、彬彬有禮〉②姓。

同 斌。

彩　彡部 8 畫

ㄘㄞˇ ①各種顏色：〈五彩、彩虹〉②通「綵」，用綢、紙等紮成的裝飾品：〈張燈結彩〉③獎品：〈摸彩、中彩〉④讚美聲：〈喝彩〉⑤負傷、流血：〈掛彩〉⑥精美、多樣的：〈精彩〉⑦光榮：〈光彩〉⑧有多種顏色的：〈彩蝶〉。

造詞 彩色、彩排、彩頭、彩霞／水彩、神彩、雲彩。

同 采。

彡部 8 畫

彫

丿 冂 月 月 月 用 周 周 周 周' 彫 彫

ㄉㄧㄠ ①通「雕」，刻鏤：〈彫字、彫印〉②通「凋」，零落：〈彫落、彫零〉③用彩畫裝飾的：〈彫牆〉。

彡部 9 畫

彭

一 十 士 吉 吉 吉 吉 吉 壴 壴' 彭 彭

ㄆㄥˊ 姓。

彡部 11 畫

彰

丶 亠 亠 立 立 产 音 音 音 音 章 章 章' 彰

ㄓㄤ ①讚揚：〈表彰〉②表示、明示：〈彰示、彰明〉③姓。

造詞 相得益彰。

彡部 12 畫

影

丶 口 日 日 旦 早 早 昌 昌 昙 昙 景 景 景 景' 影

ㄧㄥˇ ①人或物因擋住光線而投射成的陰暗形象：〈影子〉②人或物的形象：〈攝影〉③人或物在反射體中所顯現的形象：〈水中倒影〉④暗指某人某事：〈影射〉⑤電影的簡稱：〈影評〉⑥連帶發生作用：〈影響〉⑦依照原樣：〈影印〉。

造詞 影片、影迷、影本、影壇／幻影、投影、形影／影影綽綽、杯弓蛇影、立竿見影、捕風捉影。

彳部

彳部 0 畫

彳

丿 彡 彳

ㄔˋ ①左腳向前走叫「彳」，右腳向前走叫「亍(ㄔㄨˋ)」：〈彳亍〉②小步走。

彳部 4 畫

彷

丿 彡 彳 彳' 彳' 彷 彷

ㄆㄤˊ 徘徊猶豫的樣子：〈彷徨〉。

ㄈㄤˇ 好像：〈彷彿〉。

請注意：「彷彿」、「彷徨」可寫成「仿佛」、「徬徨」。

役
彳部4畫

丿 ㇒ 彳 彴 役 役 役

ㄧˋ ①事件、戰爭：〈戰役〉②供使喚的人：〈僕役〉③士卒：〈征役〉④為國家所出的勞力、所盡的義務：〈兵役〉⑤使喚、差遣：〈役使〉。

造詞 苦役、服役、退役。

同 使。

佛
彳部5畫

丿 ㇒ 彳 彳 彳 彳 彿 彿

ㄈㄨˊ 大概相似，好像：〈彷彿〉。

征
彳部5畫

丿 ㇒ 彳 彳 行 行 征 征

ㄓㄥ ①行：〈遠征、長征〉②出兵打仗：〈出征、征伐〉③通「徵」，收取：〈征收、征兵〉。

造詞 征稅、征服、征討、征途、征夫。

同 徵。

彼
彳部5畫

丿 ㇒ 彳 彳 彳 彼 彼 彼

ㄅㄧˇ ①第三人稱代名詞②對方，他：〈知己知彼〉③那，那個：〈彼時〉。

造詞 彼此、彼岸／厚此薄彼。

同 他、那。

反 此、這。

往
彳部5畫

丿 ㇒ 彳 彳 彳 往 往 往

ㄨㄤˇ ①去：〈往來、前往〉②向：〈往前走〉③過去的、從前的：〈往事、往日〉④常常：〈往往〉。

造詞 往返、往昔、往後、往常／已往、過往、嚮往、既往／你來我往、熙來攘往。

同 去。

反 來。

很
彳部6畫

很

丿 ㇒ 彳 彳 彳 彳 很 很

ㄏㄣˇ 非常、極：〈很快、很乖〉。

同 極、甚。

待
彳部6畫

待

丿 ㇒ 彳 彳 往 待 待 待

ㄉㄞˋ ①對付：〈對待〉②等候：〈等待、守株待兔〉③照顧、侍候：〈待客、接待〉④將要：〈正待出門〉。

ㄉㄞ 停留、逗留：〈待不住〉。

造詞 待命、待遇／招待、期待、

優待、對待、稍待、款待、厚待／待人接物、待字閨中、迫不及待、指日可待。

同 等、候、對、俟。

彳部6畫

徊

徊　ノ ㇒ 彳 彳 徊 徊 徊 徊

ㄏㄨㄞˊ ①通「回」、「迴」，走路欲進不進的樣子：〈徘徊〉②盤旋、環繞的：〈徊翔〉③留戀的樣子：〈低徊〉。

彳部6畫

律

律　ノ ㇒ 彳 彳 彳 律 律 律 律

ㄌㄩˋ ①法則、法條：〈規律、法律〉②聲音的節拍：〈旋律〉③詩的一種體裁：〈律詩〉④約束：〈律己〉⑤姓。

造詞 律法、律師／一律、紀律、韻律、戒律／金科玉律、千篇一律。

彳部6畫

徇

徇　ノ ㇒ 彳 彳 徇 徇 徇 徇

ㄒㄩㄣˋ ①依從、順從：〈徇私〉②通「殉」，為某事犧牲：〈徇情、徇節〉。

彳部6畫

後

後　ノ ㇒ 彳 彳 後 後 後 後 後

ㄏㄡˋ ①子孫：〈不孝有三，無後為大〉②與「前」相對，背面的：〈屋後〉③與「先」相對，時間上較晚的：〈後代〉④與「前」或「先」相對，未來的，較晚的：〈後天、日後〉⑤次序靠近末尾的：〈後排〉⑥姓。

造詞 後人、後方、後母、後來、後果、後事、後悔、後患／以後、先後、落後、延後／後生可畏、後來居上、爭先恐後、空前絕後。

反 先、前。

彳部6畫

徉

徉　ノ ㇒ 彳 彳 徉 徉 徉 徉

ㄧㄤˊ 悠閒的來回走動：〈徜徉〉。

彳部7畫

徒

徒　ノ ㇒ 彳 彳 徒 徒 徒 徒 徒

ㄊㄨˊ ①同一類的人：〈匪徒、賭徒〉②同一派系或信仰的人：〈信徒、黨徒〉③學生、弟子：〈學徒、門徒〉④剝奪犯人自由的處罰：〈有期徒刑〉⑤步行：〈徒步〉⑥空的：〈徒手、老大徒傷悲〉⑦白白的：〈徒勞無功〉⑧只、僅、但：〈家徒四壁〉。

造詞 徒行、徒費、徒然、徒勞／

生徒、叛徒、教徒／徒勞無功、亡命之徒。

同 但、特、獨、只、僅、空。

彳部7畫

徑

ㄐㄧㄥˋ ①小路：〈上徑、曲徑〉②指圓周中通過圓心的直線：〈直徑〉③比喻到達目的的快捷的方法：〈捷徑〉④直接的：〈徑行辦理〉。

造詞 徑賽／山徑、口徑、田徑、半徑。

同 路、道。

請注意：「逕」與「徑」二字相通，但「直徑」不可寫成「直逕」。

彳部7畫

徐

ㄒㄩˊ ①慢慢的：〈徐行、徐徐、徐風〉②姓。

造詞 徐娘半老、不急不徐。

同 緩、慢。

彳部8畫

得

ㄉㄜˊ ①獲取、取到：〈取得、得獎〉②適合、契合：〈得體、得當〉③能、可以：〈不得亂跑、哭笑不得〉④滿意：〈得意、洋洋自得〉⑤等於，計算數目產生的結果：〈三乘二得六〉⑥遭受：〈得了不少苦〉。

ㄉㄟˇ 應該、必須：〈你得小心〉。

˙ㄉㄜ ①表示可能，用在動詞後：〈辦得到〉②用在動詞和補語中間：〈把敵人打得落荒而逃〉③用在動詞或形容詞後，表示結果或程度：〈天氣晴朗得很〉。

造詞 得失、得逞、得勝、得罪、得寵、得便、得標／捨得、所得、心得、難得／得寸進尺、得心應手、得過且過、心安理得。

請注意：「的」與「得」不可混用。「的」可以作語尾、詞尾、句末助詞，例如：「好的」、「我的書」、「不可以的」，不能用「得」字。而「好得很」、「跑得快」，不能用「的」字。

彳部8畫

徙

ㄒㄧˇ 遷移、移動：〈遷徙、移徙、徙居〉。

彳部8畫

從

ㄘㄨㄥˊ ①跟隨：〈跟從〉②依順：〈服從、順從〉③去做、參與：〈從政〉④採取某种原則或方法：〈從寬處理〉⑤聽信：〈言聽計從〉⑥隨：〈力不從心〉⑦向來：〈從不〉⑧自、由：〈從此、從今〉⑨姓。

ㄗㄨㄥˋ ①跟隨服侍的人：〈侍從〉②同謀的、附合的：〈從犯〉③同宗的，比至親稍次的：〈從父、從兄弟〉。

ㄘㄨㄥ ①不慌不忙：〈從容不迫〉②充分、寬裕：〈時間從容〉。

ㄗㄨㄥ ①同「縱橫」的「縱」②同「蹤跡」的「蹤」。

造詞 從小、從戎、從命、從事、從軍、從前、從缺、從容／主從、隨從、盲從、聽從／從長計議、從頭到尾、從善如流、何去何從。

彳部8畫

徘

ㄆㄞˊ 走來走去，欲進不進的樣子：〈徘徊〉。

彳部8畫

御

ㄩˋ ①駕駛車、馬、操縱：〈御車、御者、駕御〉②統率、治理：〈御民、御事〉③指和帝王有關的：〈御前、御書〉④姓。

造詞 御史、御用、御醫、御風。

彳部8畫

徜

ㄔㄤˊ 悠閒的來回走動：〈徜徉〉。

彳部9畫

徧

ㄅㄧㄢˋ 同「遍」①一個動作從開始到結束的全部過程：〈一徧〉②到處、全部：〈徧身〉③表示沒有一處遺漏：〈徧布、找徧了〉。

造詞 徧體鱗傷。

請注意：徧和偏不同。偏音ㄆㄧㄢ，是「不正」、「不完全的」的意思，例如：偏心。

彳部9畫

復

ㄈㄨˋ ①變回原來的樣子：〈恢復、復原〉②報仇：〈復仇〉③同「覆」，轉過去或轉回來：〈反復〉④同「覆」，回答：〈答復〉⑤收回失去的土地：〈光復〉⑥又、再：〈去而復返〉。

造詞 復活、復查、復古、復健、復興／報復、修復、回復、往復。

彳部 9畫

循

ㄒㄩㄣˊ ①依照、遵守：〈遵循、循序漸進〉②守法依理的：〈循吏〉③姓。

造詞 循例、循環／因循、規循、持循、依循。

同 遵、依、順、照。

彳部 9畫

徨

ㄏㄨㄤˊ 猶豫不安的樣子：〈徬徨、徨徨不安〉。

彳部 10畫

微

ㄨㄟˊ ①細小：〈細微、微不足道〉②衰弱：〈衰微〉③精深奧妙：〈微妙、精微〉④卑賤、地位低：〈卑微、人微言輕〉⑤深：〈體貼入微〉⑥暗中：〈微服出巡〉⑦稍、略：〈稍微、微笑〉⑧姓。

造詞 微詞、微微、微薄／式微、略微、輕微／微言大義、刻畫入微。

同 細、小、輕、略、稍、卑、賤、無、非。

反 巨、大、重、貴。

彳部 10畫

徬

ㄆㄤˊ 徬徨，見「徨」字。

ㄅㄤˋ 通「傍」，依附。

請注意：「徬」與「傍」二字形似，音義卻不同。「徬」音ㄆㄤˊ，指猶豫不決；而「傍」音ㄅㄤ、ㄅㄤˋ、ㄆㄤˊ，有臨近、依靠、旁邊的意思，所以心裡無法下決定，應寫作「徬徨不定」。

彳部 11畫

徹

ㄔㄜˋ ①貫通：〈徹底、寒風徹骨〉②整個的：〈徹夜〉。

造詞 透徹、貫徹、通徹／徹頭徹尾、徹始徹終。

請注意：「徹」與「澈」意思有同有異，如「徹底」可作「澈底」，「透澈」可寫作「透徹」。但「貫徹」不能寫成「貫澈」，「澄澈」不可寫作「澄徹」。

彳部 12 畫

德

ㄉㄜˊ ①恩惠：〈恩德〉②品行：〈道德、德育〉③信念、心意：〈同心同德〉④德國的簡稱⑤美善的：〈德政〉⑥姓。

造詞 德行、德澤／大德、功德、美德、仁德／德高望重、三從四德。

彳部 12 畫

徵

ㄓㄥ ①預兆、現象：〈徵兆〉②召集：〈徵兵、徵集〉③公開要求：〈徵文〉④證驗：〈徵驗、徵信〉⑤由國家收取：〈徵稅〉⑥姓。

ㄓˇ 古代音樂中五音之一：〈宮、商、角、徵、羽〉。

造詞 徵召、徵收、徵稿、徵求／特徵、象徵、緩徵。

同 證、驗、召。

請注意：「征」和「徵」的用法常被混淆，綜合來說，征有「討伐」「遠行」義，如：征車、征戰；而徵有「招收」「尋求」「證驗」的意思，如：徵召、徵求、徵狀。二字唯有指國家收取捐稅時，可通用，如：征稅（徵稅）、征收（徵收）。

彳部 14 畫

徽

ㄏㄨㄟ ①用來當標記的東西：〈徽章、校徽、國徽〉②美好的：〈徽號〉。

心部 ㄒㄧㄣ

心部 0 畫

心

ㄒㄧㄣ ①人和脊椎動物推動血液循環的肌性器官：〈心臟〉②中央點：〈中心、圓心〉③重要部分：〈核心〉④古人認為心主管思考，因此把心作為腦的代稱：〈用心〉⑤情緒、情感：〈心裡煩悶〉⑥思想、意念：〈存心、良心〉⑦精神：〈身心健康〉⑧物體的內部：〈空心〉。

造詞 心力、心地、心肝、心事、心血、心疼、心腸、心得、心理、心碎、心愛、心算／小心、決心、苦心、虛心，疑心、信心、誠心、衷心、童心、愛心、野心、傷心

／心心相印、心不在焉、心花怒放、心直口快、心平氣和、心甘情願、心血來潮、心滿意足。

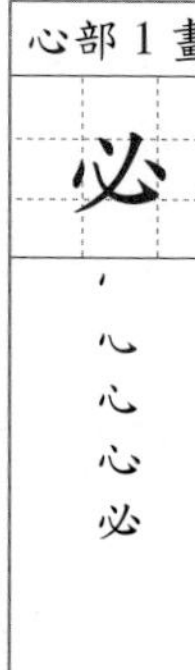

ㄅㄧˋ ①一定：〈必定、務必〉②姓。

造詞 必須、必然、必需品／不必、何必／必恭必敬。

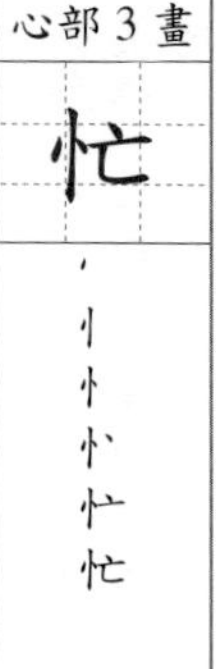

ㄇㄤˊ ①做事、工作：〈事情忙完了〉②事情很多、沒有空閒：〈忙碌〉③急迫：〈急忙、不慌不忙〉④趕緊：〈趕忙、連忙〉。

造詞 匆忙、慌忙、白忙、幫忙／忙中有錯、忙裡偷閒。

同 急。

反 閒。

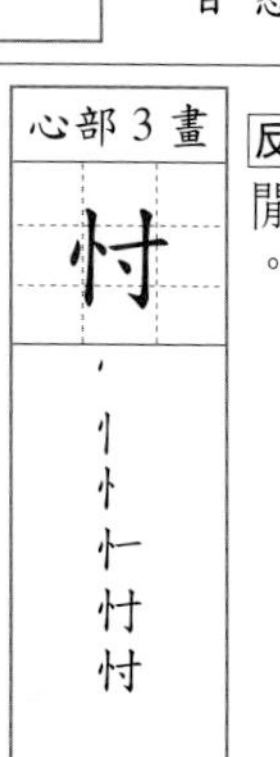

ㄘㄨㄣˇ ①推測別人的想法：〈忖度〉②思考：〈忖量〉③姓。

同 想。

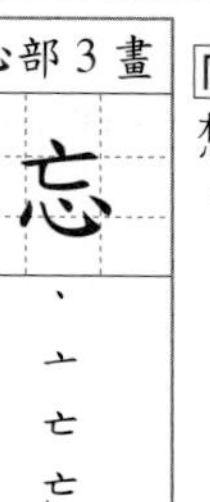

ㄨㄤˋ ①不記得：〈忘記〉②不注意、忽略：〈得意忘形〉。

造詞 忘本、忘卻、忘情、忘懷／遺忘、健忘、備忘、難忘／忘年之交、忘恩負義。

心部 3 畫

忌

ㄱ ㄱ 己 己 忌 忌 忌

ㄐㄧˋ ①人喪亡的日子：〈忌日〉②憎恨、厭惡：〈猜忌、忌恨〉③禁戒：〈禁忌〉④顧慮、害怕：〈顧忌、忌諱〉。

造詞 忌妒、忌憚、忌辰／作忌、無忌、犯忌／橫行無忌。

同 嫉、怕。

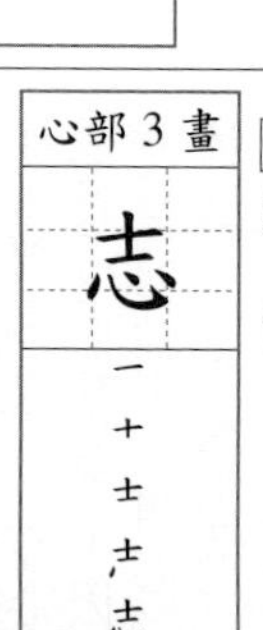

ㄓˋ ①通「誌」，記事的書或文章：〈三國志〉②想要有所作為的決心、意念：〈有志竟成、志願〉③立定意向：〈志於學〉④通「誌」，記載：〈執事以志其事〉⑤姓。

造詞 志向、志氣、志趣、志學／立志、心志、壯志、意志／志同道合、志得意滿。

心部3畫

忍

㇆ 刀 刃 刃 忍 忍 忍

ㄖㄣˇ ①勉強承受：〈忍耐、容忍〉②殘酷、狠心：〈殘忍、忍心〉。

造詞 忍受、忍痛、忍淚／不忍、堅忍、強忍／忍氣吞聲、忍無可忍。

同 耐。

心部3畫

忒

一 二 弋 弋 忒 忒 忒

ㄊㄜˋ ①錯誤：〈差忒〉②太、甚：〈這房子忒小、忒甚、忒煞〉③變更：〈四時不忒〉④形容聲音的字，例如風聲、鳥飛聲等：〈忒愣愣、忒兒的〉。

同 太。

心部3畫

忐

丨 卜 上 上 忐 忐 忐

ㄊㄢˇ 心神不定的樣子：〈忐忑不安〉。

心部3畫

忑

一 丅 下 下 忑 忑 忑

ㄊㄜˋ 見「忐忑」。

心部4畫

忱

丶 丨 忄 忄 忙 忱 忱

ㄔㄣˊ 真誠的心意：〈熱忱、謝忱〉。

請注意：「忱」與「誠」(ㄔㄥˊ)只有指「信實無欺」的意思時才相通。

心部4畫

快

丶 丨 忄 忄 忆 快 快

ㄎㄨㄞˋ ①古代捉拿犯人的衙役：〈捕快〉②稱心：〈大快人心〉③高興、歡喜：〈快樂〉④舒服：〈快感、身體不快〉⑤爽直：〈痛快、心直口快〉⑥鋒利的：〈快刀〉⑦迅速的、與「慢」相反：〈快車、跑得快〉⑧將近：〈快到了〉。

造詞 快活、快速、快門、快餐／涼快、爽快、愉快、輕快／快馬加鞭、先睹為快。

反 慢。

心部4畫

忠

丶 口 口 中 中 忠 忠 忠

ㄓㄨㄥ ①竭盡心力為人做事的美德：〈盡忠〉②竭盡心力做事：〈忠於職守〉③正

直的：〈忠言逆耳〉④真誠不假的：〈忠誠〉⑤姓。

造詞 忠心、忠告、忠孝、忠厚／大忠、精忠、不忠／忠心耿耿、忠言逆耳。

心部 4 畫

忽

ノ ㄅ 勹 勿 勿 忽 忽 忽

ㄏㄨ　①不留心、沒有注意到：〈忽視、忽略、疏忽〉②突然的：〈忽然、忽冷忽熱〉③姓。

造詞 忽而／輕忽、倏忽、怠忽。

心部 4 畫

念

ノ 人 𠆢 今 今 念 念 念

ㄋㄧㄢˋ　①想法：〈雜念〉②惦記、懷想：〈懷念、念舊〉③誦讀：〈念書〉④記得：〈不念舊惡〉⑤姓。

造詞 念佛、念經、念頭、念誦／思念、信念、紀念、想念／念念不忘、念念有詞。

同 想、思、惦。

心部 4 畫

忝

一 二 チ 天 乔 忝 忝 忝

ㄊㄧㄢˇ　①辱沒：〈無忝所生〉②文言文中，用來表示謙稱自己的詞：〈忝為代表、忝為知己〉。

造詞 忝私、忝累。

心部 4 畫

忿

ノ 八 分 分 分 忿 忿 忿

ㄈㄣˋ　怨恨、生氣：〈忿怒、忿恨、忿忿不平〉。

造詞 激忿、怨忿、憂忿。

同 憤。

請注意：「忿」與「憤」二字作「怒恨」解時，兩字可通用；但是指「因不滿而激動」義時，「憤」世嫉俗不可寫作「忿」世嫉俗。

心部 4 畫

忮

丶 丨 忄 忄 忮 忮 忮

ㄓˋ　忌恨：〈不忮不求〉。

心部 4 畫

忸

丶 丨 忄 忄 忸 忸 忸

ㄋㄧㄡˇ　①通「狃」，習慣：〈忸習〉②慚愧、不好意思：〈忸怩〉。

心部 4 畫

忡

丶 丨 忄 忄 忡 忡 忡

ㄔㄨㄥ　憂愁不安的樣子：〈憂心忡忡、忡怔〉。

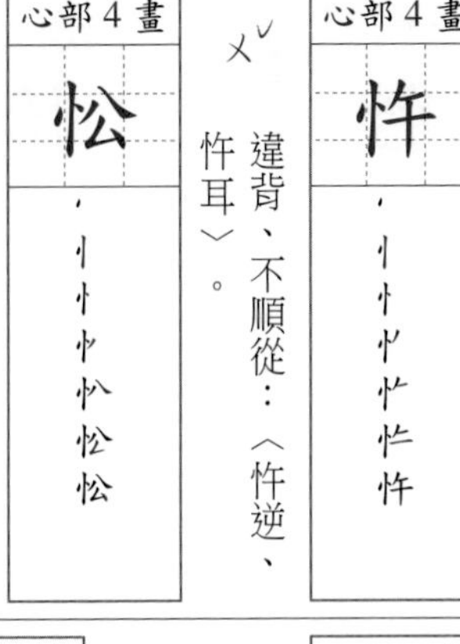

忤 心部4畫

ㄨˇ 違背、不順從：〈忤逆、忤耳〉。

忪 心部4畫

ㄙㄨㄥ 剛睡醒的樣子：〈睡眼惺忪〉。

ㄓㄨㄥ 害怕的樣子：〈怔忪〉。

怏 心部5畫

ㄧㄤˋ 不高興、不滿意：〈怏然、怏怏不樂〉。

怔 心部5畫

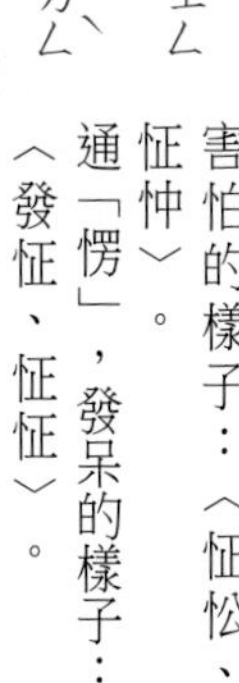

ㄓㄥ 害怕的樣子：〈怔忪、怔忡〉。

ㄉㄥˋ 通「愣」，發呆的樣子：〈發怔、怔怔〉。

怯 心部5畫

ㄑㄩㄝˋ ①害怕、畏懼：〈怯懦、怯死〉②膽小的：〈怯弱〉。

造詞 怯陣、怯場、怯生生／膽怯、卑怯。

怵 心部5畫

ㄔㄨˋ 恐懼、害怕：〈怵惕、怵目驚心〉。

怖 心部5畫

ㄅㄨˋ 驚慌害怕：〈恐怖、驚怖〉。

同 驚、懼、悸。

請注意：「佈」、「布」二字與「怖」意思不同。「佈」通「布」，有公開宣告、安排的意思。

怪 心部5畫

ㄍㄨㄞˋ ①迷信中的妖魔：〈妖怪、鬼怪〉②埋怨、責備：〈怪罪〉③驚奇：〈少見多怪、大驚小怪〉④奇異、特別：〈怪事〉⑤很、非常：〈這首歌怪有趣的〉⑥姓。

造詞 怪異、怪不得／作怪、神怪、海怪、驚怪／怪力亂神、怪模怪樣。

同 奇、異。

心部5畫

怕

丶 丨 忄 忄 忄 怕 怕 怕

ㄆㄚˋ ①畏懼：〈害怕、懼怕〉②或許、可能，表示擔心、猜測的語氣：〈天這麼黑，怕要下雨了〉。

造詞 怕事、怕羞。

同 畏、懼、驚。

心部5畫

怡

丶 丨 忄 忄 忄 怡 怡 怡

ㄧˊ ①愉悅、快樂：〈怡然、心曠神怡〉②姓。

造詞 怡色、怡悅、怡聲。

心部5畫

性

丶 丨 忄 忄 忄 忄 性 性

ㄒㄧㄥˋ ①人類天生的稟賦和氣質：〈性情〉②事物原有的特質：〈彈性〉③生物雌雄的生理差別：〈男性〉④生命：〈性命〉⑤脾氣：〈任性〉⑥範圍、方式：〈全國性〉⑦效力、功能：〈毒性、藥性〉⑧生活的態度：〈依賴性〉⑨與男女間肉慾有關的：〈性病、性教育〉。

造詞 性向、性別、性能、性格、性感、性質、性急／天性、理性、習性、德性、異性、佛性、感性／性命交關。

心部5畫

怒

怒　ㄑ 女 女 如 奴 奴 怒 怒

ㄋㄨˋ ①生氣、氣憤：〈憤怒〉②聲勢盛大的：〈怒潮澎湃〉③蓬勃的：〈百花怒放〉④猛烈的：〈狂風怒號〉。

造詞 怒吼、怒火、怒氣／喜怒、發怒、惱怒、遷怒／怒髮衝冠、怒目相向。

同 惱、憤。

心部5畫

思

思　丨 口 日 田 田 田 思 思

ㄙ ①情緒、心中的意念：〈文思、愁思〉②想、考慮：〈思考〉③懷念：〈思念、思鄉〉④愛慕：〈相思〉⑤姓。

ㄙㄞ 鬍鬚多的樣子：〈于思〉。

造詞 思索、思路、思想、思緒／心思、沉思、追思、意思、深思、靜思、熟思、長思／思前想後、匪夷所思。

同 想、念、悅。

心部5畫

怠

怠　𠃋 厶 厶 台 台 台 怠 怠

ㄉㄞˋ ①懶散不勤勞：〈怠惰〉②不敬重：〈怠慢〉。

造詞 怠工、怠忽、怠緩／倦怠、懈怠、疲怠。

ㄐㄧˊ ①迫切需要解決困難的情形：〈救急〉②熱心去做某事：〈急公好義〉③想要馬上達到目的而激動不安：〈著急〉④匆促、迅速：〈急促〉⑤情況嚴重的：〈急事〉⑥突然發生的：〈急病〉。

造詞 急切、急件、急忙、急迫、急速、急救、急診、急口令／火急、危急、內急、緩急、應急、緊急、焦急、情急／急流勇退、急轉直下、十萬火急、當務之急。

同 促、快、忙、躁、焦、緊。

心部5畫 **怎**

ㄗㄣˇ ①如何：〈怎樣、怎奈〉②表示疑問，限用在「怎麼」一詞。

造詞 怎生、怎的、怎可、怎地、怎麼辦。

心部5畫 **怨**

ㄩㄢˋ ①仇恨：〈恩怨、以德報怨〉②責怪：〈任勞任怨〉。

造詞 怨恨、怨言、怨尤、怨氣／抱怨、埋怨、宿怨、結怨／怨天尤人、怨聲載道。

心部5畫 **怦**

ㄆㄥ ①形容心跳的聲音：〈心怦怦直跳〉②心動的樣子：〈怦然〉。

請注意：「怦」「砰」二字都是擬聲詞，但是用法有別。形容心跳的聲音，應寫作「怦怦跳」；而形容撞擊、爆裂聲，應作「砰地一聲玻璃全碎了」。至於「抨」當動詞用，有抨擊別人錯誤的意思。

心部5畫 **怙**

ㄏㄨˋ ①指父親：〈失怙〉②依靠：〈無所依怙、怙恃（指父母）〉③堅持：〈怙惡不悛〉。

心部5畫 **怩**

ㄋㄧˊ　慚愧、不好意思：〈忸怩〉。

怍　心部5畫

ㄗㄨㄛˋ　慚愧：〈慚怍、愧怍、而無怍色〉。
同 羞、愧、慚。

恥　心部6畫　恥 恥

ㄔˇ　①羞愧的心：〈無恥〉②令人覺得羞辱的事：〈恥笑〉③侮辱：〈雪恥、國恥〉。
造詞 恥辱、恥骨／不恥、奇恥、廉恥／恬不知恥、寡廉鮮恥、禮義廉恥。
同 辱。
請注意：「恥」與「齒」的用法常被混淆。「恥」有羞辱、慚愧義，如「不恥」「引以為恥」不作「齒」；而「齒」有提及的意思，如「何足掛齒」（何必提起）不可寫作「恥」。

恰　心部6畫　恰

ㄑㄧㄚˋ　①合適：〈恰當〉②正巧、剛剛：〈恰巧〉。
造詞 恰到、恰如、恰似。
同 正、剛、巧。

恨　心部6畫　恨

ㄏㄣˋ　①懊悔的事：〈遺恨〉②仇怨：〈深仇大恨〉③心裡充滿埋怨、憤怒，對人懷有敵意：〈仇恨〉④懊悔：〈悔恨〉⑤遺憾的：〈恨事〉。
造詞 恨恨、恨不得／怨恨、悲恨、痛恨、憤恨、可恨、記恨、家恨、愛恨／恨之入骨、國仇家恨。

恢　心部6畫　恢

ㄏㄨㄟ　①回復原狀：〈恢復〉②擴大：〈恢弘大道〉③廣大、寬廣：〈天網恢恢〉。
同 復。

恆　心部6畫　恆

ㄏㄥˊ　①長久、永久：〈永恆、恆久〉②固定不變的：〈恆星〉③經常的：〈恆情〉④姓。
造詞 恆心、恆產、恆溫、恆齒／有恆。

心部 6 畫

恃

恃：丶 丨 忄 忄 忄 忄 忄 恃 恃

ㄕˋ ①指母親：〈失恃〉。②依賴、依靠：〈依恃〉。

造詞 倚恃、矜恃、怙恃、憑恃／恃勢凌人、恃寵而驕。

同 依、靠、仗。

心部 6 畫

恍

恍：丶 丨 忄 忄 忄 忄 忄 恍

ㄏㄨㄤˇ ①神志迷糊不清：〈恍惚〉②領悟的樣子：〈恍然大悟〉③好像：〈恍如隔世〉。

心部 6 畫

恫

恫：丶 丨 忄 忄 忄 忄 恫 恫 恫

ㄉㄨㄥˋ ①虛張聲勢恐嚇別人：〈恫嚇（ㄏㄜˋ）〉②恐懼：〈恫恐〉。

ㄊㄨㄥ 病痛。

心部 6 畫

恬

恬：丶 丨 忄 忄 忄 忄 忄 恬 恬

ㄊㄧㄢˊ ①安靜：〈恬靜、恬適〉②不貪求名利：〈恬淡〉③心裡平靜、無動於中：〈恬不知恥〉。

造詞 恬逸、恬然、恬漠。

心部 6 畫

恪

恪：丶 丨 忄 忄 忄 恪 恪 恪 恪

ㄎㄜˋ 恭敬、謹慎：〈恪守紀律、恪遵〉。

心部 6 畫

恤

恤：丶 丨 忄 忄 忄 忄 恤 恤 恤

ㄒㄩˋ ①救濟：〈恤貧、恤金〉②同情、憐憫：〈體恤、憐恤〉③姓。

造詞 恤民、恤孤、恤病／撫恤、慰恤、賑恤。

心部 6 畫

恣

恣恣：丶 冫 冫 次 次 次 次 恣 恣 恣

ㄗˋ 放縱、不受拘束：〈恣意、恣情〉。

造詞 恣行、恣肆、恣縱。

心部 6 畫

恙

恙恙：丶 丷 䒑 䒑 羊 羊 羊 恙 恙 恙

ㄧㄤˋ 災禍、疾病：〈別來無恙、安然無恙〉。

心部 6 畫

恩

恩恩：丨 冂 冂 円 冈 因 因 恩 恩 恩

ㄣ　①好處、情誼：〈恩惠、施恩〉②愛：〈恩愛〉③姓。

造詞 恩人、恩怨、恩情、恩寵／大恩、報恩、感恩、師恩／恩威並重、恩怨分明、恩將仇報、恩重如山。

心部6畫

息

息息

ㄒㄧ　①呼吸時，在鼻中進出的氣：〈氣息〉②有關人或事的報導：〈消息、信息〉③存款所生的利錢：〈利息〉④兒女：〈子息〉⑤停止：〈息怒〉⑥休憩：〈休息〉⑦姓。

造詞 息滅、息影、息事、息肉／安息、生息、喘息、嘆息、窒息、鼻息、姑息、棲息／息事寧人、息息相關。

同 止、停、利、休。

請注意：「歇」(ㄒㄧㄝ)與「息」在作「休憩」的意思時，可相通。

心部6畫

恐

恐恐

ㄎㄨㄥˇ　①害怕：〈恐懼〉②威脅、使人感到害怕：〈恐嚇〉③疑慮、擔心：〈恐怕、惟恐〉。

造詞 恐怖、恐慌、恐龍／惶恐、猶恐、驚恐／有恃無恐。

同 怖、驚。

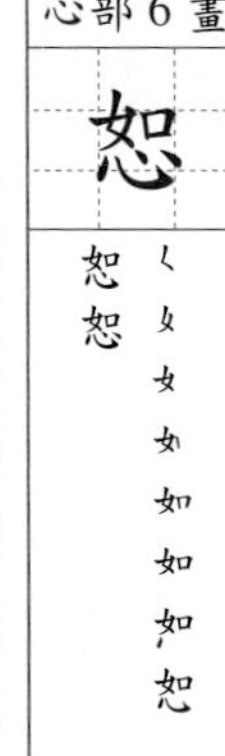

心部6畫

恕

恕恕

ㄕㄨˋ　①設身處地替別人著想的美德：〈忠恕〉②原諒：〈寬恕〉③請對方不要計較的客套話：〈恕難從命〉。

造詞 恕罪、恕宥／饒恕。

心部6畫

恭

恭恭

ㄍㄨㄥ　①有禮貌的：〈恭敬〉②莊敬的：〈恭候〉。

造詞 恭賀、恭喜、玩世不恭。

心部6畫

恁

恁恁

ㄖㄣˋ　①那麼、那樣：〈恁大、恁遠〉②那：〈恁時〉③什麼：〈有恁話吩咐〉。

ㄋㄧㄣˊ　通「恁」：〈恁們〉。

心部7畫

悌

悌悌

ㄊㄧˋ　①兄弟間互相敬重友愛：〈孝悌〉②和樂平易的樣子：〈愷悌〉。

造詞 入孝出悌。

悅
心部7畫

ㄩㄝˋ ①使身心感到舒適、愉快：〈悅耳、悅目〉②喜歡：〈女為悅己者容〉③高興、愉快：〈喜悅〉④姓。

造詞 悅色、悅服、悅親／欣悅、愉悅、歡悅、和悅。

悖
心部7畫

ㄅㄟˋ ①和事理相反或違背：〈並行不悖〉②衝突、矛盾：〈悖逆〉③姓。

ㄅㄛˊ 通「勃」。

造詞 悖德、悖禮／悖乎情理、悖法亂紀。

悟
心部7畫

ㄨˋ 由迷惑而領會、明白、覺醒：〈領悟、恍然大悟〉。

造詞 悟性、悟道／悔悟、頓悟、醒悟、覺悟／執迷不悟、大徹大悟。

同 明、覺。

悚
心部7畫

ㄙㄨㄥˇ 害怕：〈毛骨悚然〉。

造詞 悚慄、悚懼。

請注意：「竦」（ㄙㄨㄥˇ）作驚懼的意思時和「悚」相通。

悄
心部7畫

ㄑㄧㄠˇ ①沒有聲音或聲音很低：〈悄悄、低聲悄語〉②憂愁的樣子：〈悄然落淚〉。

造詞 悄然無聲。

悍
心部7畫

ㄏㄢˋ ①勇猛的：〈短小精悍〉②凶惡不講理的：〈凶悍〉。

造詞 悍婦、悍然、悍藥、悍賊／強悍、勇悍、雄悍。

悔
心部7畫

ㄏㄨㄟˇ ①事後懊惱覺悟：〈懊悔、後悔〉②改過：〈悔過〉。

造詞 悔改、悔恨、悔悟／追悔、反悔、愧悔、懺悔／悔之不及、悔不當初。

心部7畫 **恿**

恿恿恿

ㄩㄥˇ 在一旁鼓動或誘惑人家：〈慫恿〉。

心部7畫 **患**

患患患

ㄏㄨㄢˋ ①災難、災禍：〈水患、防患未然〉②憂愁：〈患得患失〉③遭逢：〈患病〉。

造詞 患者、患難、患處、患苦／外患、憂患、禍患、病患／患難與共、有備無患。

同 染、災、禍、憂、慮。

心部7畫 **悉**

悉悉悉

ㄒㄧ ①知道：〈熟悉、得悉〉②竭盡：〈悉心照顧〉③全部的：〈悉數〉④姓。

造詞 知悉、明悉、詳悉、獲悉。

同 明、曉、知、盡、全。

心部7畫 **悠**

悠悠悠

ㄧㄡ ①長久、遠：〈悠久、悠遠〉②輕鬆自在的樣子：〈悠然、悠閒〉③在空中擺動：〈悠蕩〉。

造詞 悠長、悠哉、悠悠、悠揚／悠然自得、悠然神往。

心部7畫 **您**

您您您

ㄋㄧㄣˊ 「你」的敬稱，多用於對長輩或有名望地位的人。

心部7畫 **悒**

悒悒

ㄧˋ 憂愁不安的樣子：〈憂悒、鬱悒、悒悒不樂〉。

造詞 悒怏、悒憤。

同 悲、鬱。

心部7畫 **悁**

悁悁

ㄐㄩㄢ ①生氣、憤怒：〈悁忿〉②憂愁、忿恨的樣子：〈悁悁〉。

心部7畫 **悃**

悃悃

ㄎㄨㄣˇ　真心誠意：〈聊表愚悃、悃款、悃誠〉。

同 誠。

心部 8 畫

惋

ㄨㄢˋ　①痛惜、嘆惜：〈惋惜〉　②驚嘆：〈嘆惋〉。

造詞 惋愕、惋嘆／哀惋、恨惋、痛惋、悵惋。

心部 8 畫

悴

ㄘㄨㄟˋ　①憂傷：〈憂悴、愁悴〉　②消瘦困苦的樣子：〈憔悴〉。

造詞 疲悴、勞悴、交悴／形容憔悴、心神勞悴。

請注意：「悴」和「瘁」不同。「瘁」，音ㄘㄨㄟˋ，是指人的疾病、勞苦；「悴」偏重於精神的頹喪與容貌的枯槁。

心部 8 畫

惦

ㄉㄧㄢˋ　心中掛念：〈惦念、惦記〉。

同 想、記、掛。

反 忘。

心部 8 畫

悽

ㄑㄧ　形容悲傷難過：〈悽愴、悽切、悽慘〉。

造詞 悽然、悽惻、悽楚。

請注意：「悽」和「淒」通用，「悽愴」同「淒愴」。

心部 8 畫

情

ㄑㄧㄥˊ　①狀況、內容：〈情況、情形、行情〉　②友誼，人與人交往的程度：〈交情、友情〉　③男女之間的愛：〈愛情、談情說愛〉　④趣味：〈情趣、情調〉　⑤意念：〈情懷、熱情〉　⑥因外界刺激所產生的心理作用：〈情緒、七情六慾〉　⑦明：〈情知不相干〉。

造詞 情人、情面、情侶、情急、情書、情報、情景、情感、情勢、情境、情懷、情願／親情、事情、心情、性情、多情、陳情、同情、人情、表情、無情、忘情、鍾情／情不自禁、情文並茂、情同手足、情有可原、情投意合、情竇初開。

同 愫、愛。

心部 8 畫

悻

ㄒㄧㄥˋ　怨恨、生氣：〈悻悻然〉。

心部8畫

悵

丶 丨 忄 忄 忄 忄 忄 忄 悵 悵 悵

ㄔㄤˋ　①失意、失望：〈悵恨、悵惘、惆悵〉②懊惱：〈悵然〉。

造詞　悵惋、悵悵、悵望。

心部8畫

惜

丶 丨 忄 忄 忄 忄 忄 忄 惜 惜 惜

ㄒㄧˊ　①珍愛：〈愛惜、惜陰〉②感到遺憾：〈可惜、惋惜〉③憐愛：〈憐香惜玉〉④捨不得：〈吝惜〉⑤哀痛：〈痛惜〉。

造詞　惜字、惜死、惜別、惜福／珍惜、顧惜、不惜／惜指失掌、惜墨如金、死不足惜、在所不惜。

同　憐、愛、憫。

心部8畫

惘

丶 丨 忄 忄 忄 忄 忄 忄 惘 惘 惘

ㄨㄤˇ　失志或不如意的樣子：〈惘然、惘惘、悵惘、迷惘〉。

心部8畫

惕

丶 丨 忄 忄 忄 忄 忄 忄 惕 惕 惕

ㄊㄧˋ　謹慎、警覺的樣子：〈警惕、戒惕、惕厲〉。

造詞　怵惕、悚惕。

請注意：惕、愓（ㄕㄤ）字形相近，容易寫錯。惕的右邊是「易」，而「愓」的右邊寫作「昜」，是指走路筆直而快速的樣子，例如：行容愓愓。

心部8畫

悼

丶 丨 忄 忄 忄 忄 忄 忄 悼 悼 悼

ㄉㄠˋ　悲傷的懷念：〈追悼、哀悼、悼念〉。

造詞　悼亡、悼惜、悼詞／悲悼、傷悼、惋悼、祭悼／悼心失圖。

心部8畫

惆

丶 丨 忄 忄 忄 忄 忄 忄 惆 惆 惆

ㄔㄡˊ　失意、失望：〈惆悵、惆惋〉。

心部8畫

惟

丶 丨 忄 忄 忄 忄 忄 忄 惟 惟 惟

ㄨㄟˊ　①思想：〈思惟〉②通「唯」，只、獨、單單：〈惟一、惟有〉③但是、不過：〈景物依舊，惟人事已非〉④姓。

造詞 惟恐、惟獨／惟妙惟肖、惟命是從、惟利是圖、惟我獨尊。

請注意：「唯」讀ㄨㄟˇ時，可和「惟」通用。「維」作語助詞時，也可和「惟」通用。

心部8畫

悸

ㄐㄧˋ　因害怕而心跳加快：〈驚悸、悸慄、心有餘悸〉。

心部8畫

惚

ㄏㄨ　神志不清的樣子：〈恍惚〉。

心部8畫

惑

ㄏㄨㄛˋ　①懷疑、不明白：〈疑惑、大惑不解〉②使人迷亂：〈迷惑、謠言惑眾〉。

造詞 惑志、惑術、惑眾／眩惑、困惑、誘惑、蠱惑。

同 迷、疑。

心部8畫

惡

ㄜˋ　①壞的、不好的人或事：〈欺善怕惡、罪惡、無惡不作〉②過失：〈不念舊惡〉③壞的、不好的：〈惡人、惡意〉④凶狠的：〈惡霸、惡戰〉⑤醜陋的：〈醜惡〉⑥粗劣的：〈惡食惡衣〉。

ㄜˇ　通「噁」，想嘔吐的感覺：〈惡心〉。

ㄨˋ　①不和：〈交惡〉②討厭：〈厭惡〉③羞恥的：〈羞惡之心〉。

ㄨ　①同「烏」，怎麼②感嘆詞，表示驚訝。

造詞 惡化、惡名、惡言、惡果、惡毒、惡鬼、惡臭、惡習、惡補、惡報、惡運、惡夢／兇惡、邪惡、善惡、罪惡、陰惡、憎惡／惡名昭彰、惡有惡報、惡貫滿盈、惡性循環、惡事行千里。

同 兇、憎、厭。

反 美、善、好。

心部8畫

悲

ㄅㄟ　①哀傷的事：〈含悲忍痛、悲從中來〉②憐憫、同情：〈悲天憫人〉③感傷、哀痛：〈悲秋〉④哀傷的：〈悲歌、悲劇、悲傷〉⑤淒厲的：〈悲風〉。

造詞 悲壯、悲哀、悲痛、悲慘、悲愴、悲憤、悲觀／可悲、慈悲、傷悲／悲喜交集、悲歡離合、不以物喜，不以己悲。

同 哀、傷、慘。

反 喜。

心部8畫

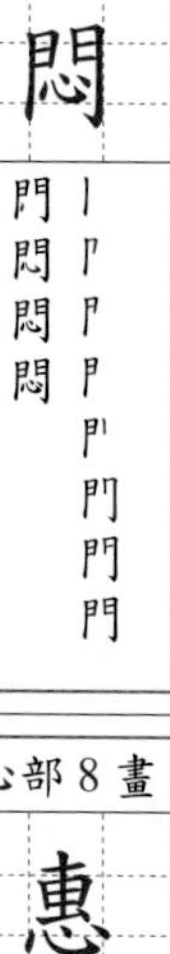

ㄇㄣˋ ①不舒暢的心情：〈解悶〉②煩憂、不舒暢：〈悶悶不樂、煩悶〉③密封的、不通氣的：〈悶葫蘆、悶雷〉。

ㄇㄣ ①密閉不透氣：〈把菜悶一悶〉②因氣壓低或空氣不流通引起的燥熱感覺：〈悶熱、這天氣使人悶得慌〉③聲音不響亮或不作聲的樣子：〈悶頭悶腦、悶聲不響〉。

造詞 悶氣、悶慌、悶燃／苦悶、納悶、憂悶、愁悶／心煩氣悶。

請注意：「悶」指心裡煩悶，音ㄇㄣˋ；有被罩住的意思，音ㄇㄣ。

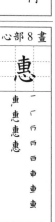

心部8畫 **惠**

ㄏㄨㄟˋ ①恩德、好處：〈恩惠、受惠無窮〉②賞、賜，表示尊敬的詞：〈惠存、惠賜一票〉③姓。

造詞 惠顧、惠臨、惠然／小惠、互惠、嘉惠、厚惠／惠而不費、略施小惠。

同 恩、賜、益。

心部8畫 **惓**

ㄑㄩㄢˊ ①懇切忠誠的樣子：〈惓惓〉②懇切的：〈惓念〉。

心部8畫 **惛**

ㄏㄨㄣ 迷亂不清：〈心惛意亂、惛懵〉。

心部8畫 **惇**

ㄉㄨㄣ 誠實篤厚的樣子：〈惇惇〉。

心部8畫 **悱**

ㄈㄟˇ ①想說卻說不出來：〈悱悱〉②悲切動人的：〈纏綿悱惻〉。

心部9畫 **愜**

ㄑㄧㄝˋ 滿足、快樂：〈愜意、愜心〉。

造詞 愜志、愜當。

愣
心部 9 畫

丶 丨 忄 … 愣

ㄌㄥˋ ①驚愣、發呆：〈發愣、不由一愣〉②呆笨的：〈愣頭愣腦〉。

請注意：「愣」字作「發呆、神志茫然」的解釋時，通木部的「楞」（ㄌㄥˋ）。

惺
心部 9 畫

丶 丨 忄 … 惺

ㄒㄧㄥ 明白、醒悟：〈惺悟、惺忪、惺惺〉。

造詞 惺惺相惜、惺惺作態。

愕
心部 9 畫

丶 丨 忄 … 愕

ㄜˋ 遇到沒想到的事，而感到驚嚇：〈驚愕、愕然、愕視〉。

造詞 錯愕、疑愕。

惰
心部 9 畫

丶 丨 忄 … 惰

ㄉㄨㄛˋ ①懶、不勤快：〈懶惰、怠惰〉②不易改變的：〈惰性〉。

惻
心部 9 畫

丶 丨 忄 … 惻

ㄘㄜˋ 哀傷、悲痛：〈悲惻、淒惻〉。

造詞 惻然、惻惻、惻隱／纏綿悱惻。

惴
心部 9 畫

丶 丨 忄 … 惴

ㄓㄨㄟˋ 憂愁、恐懼的樣子：〈惴惴不安、惴慄、惴恐〉。

惶
心部 9 畫

丶 丨 忄 … 惶

ㄏㄨㄤˊ ①驚慌、害怕：〈惶恐、驚惶〉②急迫的：〈倉惶〉。

造詞 惶惑、惶惶、惶遽／急惶、憂惶／人心惶惶。

同 驚、懼、恐。

惱
心部 9 畫

丶 丨 忄 … 惱

ㄋㄠˇ ①生氣、發怒：〈惱火、惱怒〉②心情煩悶：〈苦惱、煩惱〉③厭恨的：〈惱恨〉。

造詞 惱人、惱亂／惹惱、懊惱／惱羞成怒、自尋煩惱。

同 恨、懊、氣。

心部9畫

愎

丶 丨 忄 忄 忄 忄 忄 愎 愎 愎 愎 愎

ㄅㄧˋ　固執、自以為是：〈剛愎自用〉。

心部9畫

愉

丶 丨 忄 忄 忄 忄 忄 愉 愉 愉 愉 愉

ㄩˊ　高興、快樂：〈愉快、歡愉〉。

造詞 愉色、愉悅、愉愉。

同 娛、樂。

心部9畫

愀

丶 丨 忄 忄 忄 忄 忄 愀 愀 愀 愀 愀

ㄑㄧㄠˇ　①憂傷的樣子：〈愀然不樂〉②臉色變得嚴肅或不愉快：〈愀然變色〉。

心部9畫

慨

丶 丨 忄 忄 忄 忄 忄 慨 慨 慨 慨 慨

ㄎㄞˇ　①氣憤、心中不平的樣子：〈憤慨〉②感嘆：〈感慨、悲慨〉③爽快、大方：〈慷慨、慨允、慨諾〉。

造詞 慨然任之。

心部9畫

愚

丶 冂 日 日 尸 禺 禺 禺 禺 禺 愚 愚 愚

ㄩˊ　①自稱的謙詞：〈愚見、愚兄〉②欺騙：〈愚弄〉③不聰明、笨：〈愚笨、愚蠢〉。

造詞 愚人、愚昧、愚妄、愚懦／自愚、昏愚、若愚、賢愚／愚不可及、愚公移山、愚者千慮必有一得。

同 笨、蠢、魯。

反 智。

心部9畫

意

丶 亠 亠 立 立 产 音 音 音 音 意 意 意

ㄧˋ　①心裡的想法、願望：〈中意、滿意、稱心如意〉②主張、見解：〈意見〉③事物流露出來的情趣或狀態：〈醉意、秋意〉④推想、猜測：〈意料、意外〉⑤表示意外的轉折連接詞：〈不意〉⑥姓。

造詞 意下、意志、意向、意味、意念、意氣、意思、意義、意會、意願、意識／大意、生意、主意、注意、如意、本意、用意、有意、同意、情意、無意、留意／意在言外、意氣用事、意氣風發、意興闌珊、粗心大意、全心全意、回心轉意、自鳴得意。

同 義。

心部9畫

惹

丶 十 廾 艹 艹 芏 芐 若 若 若 若 惹 惹 惹

ㄖㄜˇ ①招引、挑起：〈惹事、惹人生氣、惹禍〉②挑逗：〈拈花惹草〉。

造詞 惹火、惹厭、惹不起／惹是生非。

請注意：「惹是生非」一詞指招惹原本好好的事，使發生問題，「是」應解作「好端端」的事，該詞常被誤寫成「惹事生非」，是不正確的。

心部9畫

愁

丿 二 千 禾 禾 禾 利 秒 秋 秋 秋 愁 愁 愁

ㄔㄡˊ ①憂傷不快樂的情緒：〈離愁〉②憂慮、煩悶：〈憂愁〉③慘淡的：〈愁雲慘霧〉④悲傷的：〈愁容滿面〉。

造詞 愁苦、愁悶、愁腸、愁緒／哀愁、悲愁、鄉愁、離愁、莫愁、消愁／愁眉苦臉、愁眉不展、藉酒澆愁愁更愁。

同 憂、悶、鬱。

反 喜。

心部9畫

愈

丿 人 人 亼 今 佘 俞 俞 俞 俞 愈 愈 愈

ㄩˋ ①越發、更加：〈愈走愈快、愈來愈漂亮〉②通「癒」，病好了：〈病愈〉。

造詞 愈挫愈勇、愈演愈熾。

同 更、越、益。

請注意：作連接詞用時，「愈……愈……」和「越……越……」可以通用。

心部9畫

愛

一 〃 〃 ⺤ 爫 爫 爫 爫 爫 爫 愛 愛 愛

ㄞˋ ①喜歡的人或物：〈吾愛〉②恩惠：〈遺愛人間〉③對人或事物有很深的感情：〈愛父母、愛國家〉④常發生某種行為：〈愛哭、愛鬧〉⑤親密：〈相親相愛〉⑥憐惜：〈愛惜、愛護〉⑦喜歡的：〈愛女、愛子〉。

造詞 愛人、愛心、愛好、愛情、愛撫、愛慕、愛戴、愛顧／自愛、友愛、相愛、疼愛、恩愛、敬愛、割愛、親愛、寵愛、溺愛、博愛、喜愛／愛屋及烏、愛莫能助、愛不釋手、互信互愛。

心部9畫

慈

丶 丷 䒑 䒑 䒑 䒑 䒑 兹 兹 兹 慈 慈 慈

ㄘˊ ①母親的代稱：〈家慈、令慈〉②疼愛：〈慈幼〉③仁愛和善的：〈慈愛、慈祥、慈悲〉④姓。

造詞 慈心、慈母、慈善、慈顏／仁慈、大慈、念慈、孝慈／慈眉善目。

同 母、愛。

心部 9 畫

想

一 十 才 木 朩 相 相 相 相 相 想 想 想

ㄒㄧㄤˇ ①意念、念頭：〈妙想〉②懷念、惦記：〈想念、朝思暮想〉③思考、動腦筋：〈想辦法〉④推測、認為：〈料想、想必如此〉⑤希望、打算：〈想回家、想出去玩〉。

造詞 想必、想像、想法、想當然、想不開、想不到／回想、幻想、空想、料想、感想、思想、夢想、著想、理想、聯想、推想、猜想／想入非非、不堪設想、前思後想、胡思亂想。

同 思、欲、念。

心部 9 畫

感

一 厂 厂 厂 后 后 后 后 咸 咸 感 感 感

ㄍㄢˇ ①受到外界的刺激而引起的情緒反應：〈好感、有感而發、百感交集〉②內心受到觸動：〈感動、感慨〉③受到、接觸到：〈感覺、感染、感到〉④對別人懷著謝意：〈感謝〉⑤接觸光線而且發生變化：〈感光〉。

造詞 感召、感官、感性、感受、感冒、感恩、感情、感想、感嘆、感激、感觸／同感、反感、好感、敏感、靈感、第六感、幽默感／感恩圖報、感情用事、感激涕零、多愁善感。

同 覺、染。

心部 9 畫

愆

ノ 彳 彳 彳 彳 彳 彳 彳 衍 衍 衍 愆 愆 愆

ㄑㄧㄢ ①罪過、過失：〈愆尤、罪愆、咎愆〉②錯過、耽誤：〈愆期、愆滯〉。

同 誤、謬、錯、訛、失。

心部 9 畫

愒

丶 丨 忄 忄 忄 忄 忄 忄 愒 愒 愒 愒

ㄎㄞˋ 蹉跎、荒廢：〈玩歲愒時、愒日〉。

心部 9 畫

愍

ㄱ ㄱ 尸 尸 民 民 民 民 民 敃 敃 愍 愍 愍

ㄇㄧㄣˇ 憐恤、同情：〈愍恤〉。

心部 10 畫

慎

丶 丨 忄 忄 忄 忄 忄 忄 忄 愼 愼 慎 慎

ㄕㄣˋ ①小心、注意：〈謹慎、慎重〉②千萬、吩咐告誡的話，和「勿」、「無」、「毋」連用：〈服藥慎勿過量〉③姓。

造詞 慎行、慎始、慎思、慎密／戒慎、明慎、勤慎／慎謀能斷。

心部 10 畫

慌

丶 丨 忄 忄 忄 忙 忙 忙 怅 忙 怅 慌

ㄏㄨㄤ ①忙亂、急迫：〈慌忙、慌亂、慌張、心慌意亂〉②恐懼：〈驚慌、恐慌〉③發昏：〈悶得發慌〉。

心部 10 畫

愾

丶 丨 忄 忄 忾 忾 忾 忾 愾 愾

ㄎㄞˋ ①憤恨：〈同仇敵愾、愾憤、憤愾〉②嘆息。

心部 10 畫

慍

丶 丨 忄 忄 忄 忄 忄 忄 慍 慍 慍 慍 慍

ㄩㄣˋ 怨恨、生氣：〈慍怒、慍色、慍容〉。

同 怒。

心部 10 畫

愧

丶 丨 忄 忄 忄 忄 忄 忄 愧 愧 愧 愧

ㄎㄨㄟˋ 羞恥、難為情：〈羞愧、慚愧、愧疚、面有愧色〉。

造詞 愧恨、愧憤／愧惶無比、問心無愧、當之無愧。

同 慚。

心部 10 畫

慄

丶 丨 忄 忄 忄 忄 忄 忄 慄 慄 慄 慄

ㄌㄧˋ 因害怕或寒冷而發抖：〈寒慄、戰慄、慄冽、慄慄〉。

造詞 不寒而慄。

心部 10 畫

愴

丶 丨 忄 忄 忄 忄 忄 忄 愴 愴 愴 愴

ㄔㄨㄤˋ 悲傷：〈悽愴、悲愴〉。

造詞 愴恨、愴惻、愴然。

心部 10 畫

慇

丿 厂 戶 戶 戶 身 身 殷 殷 殷 慇 慇

ㄧㄣ 待人接物親切而周到：〈慇懃〉（同「殷勤」）。

心部 10 畫

態

厶 厶 㐅 㐅 自 自 自 能 能 能 態 態 態

ㄊㄞˋ ①人或事物的形狀、舉止：〈形態、神態、姿態〉②事情發展的情況：〈事態〉。

造詞 態度、態勢／狀態、生態、世態、容態、心態、作態、儀態、體態。

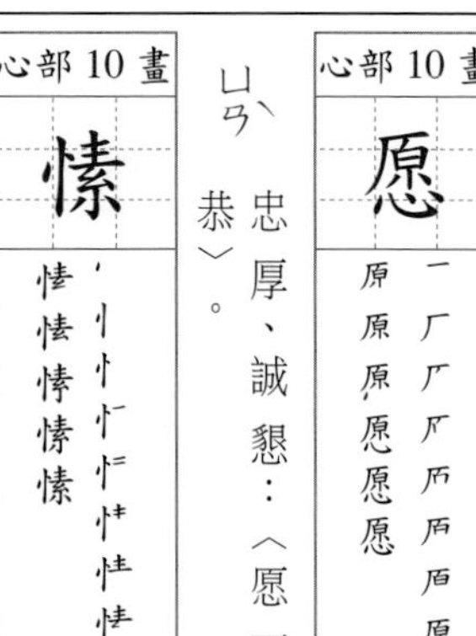

心部 10 畫

愿

原 原 原 愿 愿 愿

ㄩㄢˋ 忠厚、誠懇：〈愿而恭〉。

心部 10 畫

愫

愫 愫 愫

ㄙㄨˋ 真誠的情意：〈情愫〉。

心部 10 畫

愷

愷 愷 愷 愷 愷

ㄎㄞˇ ①和樂的樣子：〈愷悌〉②通「凱」，凱旋時所奏的音樂：〈愷樂〉。

心部 11 畫

慷

慷 慷 慷 慷

ㄎㄤ ①情緒激昂的樣子：〈慷慨激昂、慷慨赴義〉②大方、不吝嗇：〈慷慨解囊〉。

心部 11 畫

慢

慢 慢 慢 慢

ㄇㄢˋ ①輕視、侮辱：〈侮慢〉②速度不快：〈緩慢、走得很慢〉③驕傲、沒有禮貌：〈傲慢、怠慢〉。

造詞 慢火、慢性、慢走、慢吞吞／倨慢、輕慢、驕慢／慢條斯理、慢手慢腳、慢工出細活。

同 漸、遲。

反 快。

心部 11 畫

慣

慣 慣 慣 慣 慣 慣

ㄍㄨㄢˋ ①長久養成的習性：〈習慣〉②縱容：〈慣壞〉③總是如此而變成自然的：〈依照慣例〉④放任的：〈嬌生慣養〉⑤習以為常的：〈他慣愛捉弄人、司空見慣〉。

造詞 慣性、慣技、慣竊。

心部 11 畫

慟

慟 慟

ㄊㄨㄥˋ 過度悲傷、大哭：〈哀慟、慟哭、大慟、悲慟〉。

請注意：「慟哭」的「慟」是悲哀；「痛哭」的「痛」是盡情。

心部 11 畫

慚

慚 慚 慚 慚

ㄘㄢˊ ①羞恥、不安：〈慚愧、羞慚〉②羞愧的：〈面有慚色〉。

造詞 慚赧、慚惶／自慚／慚惶惴慄、大言不慚。

同 愧。

心部 11 畫

慘

丶 丨 忄 忄 忄 忄 忄 忄 忄 忄 忄 忄 慘 慘

ㄘㄢˇ ①悲哀、哀痛：〈悲慘、慘痛〉②狠毒、殘忍：〈慘酷、慘無人道〉③程度嚴重：〈慘敗〉。

造詞 慘重、慘澹、慘狀、慘白、慘案、慘烈、慘殺、慘惻／悽慘、愁慘、陰慘／慘不忍睹。

心部 11 畫

慝

一 丅 丆 丌 丌 丌 丌 丌 匿 匿 匿 慝 慝 慝

ㄊㄜˋ 邪惡，心中所藏的惡念：〈邪慝、奸慝〉。

心部 11 畫

慕

丶 艹 艹 艹 艹 苜 苜 苜 莫 莫 莫 慕 慕 慕 慕

ㄇㄨˋ ①思念、眷戀：〈思慕、愛慕〉②嚮往、欽佩：〈仰慕、敬慕〉③姓。

造詞 慕名、慕效、慕賢／心慕、敬慕、傾慕、羨慕／孝子孺慕。

同 羨、敬。

心部 11 畫

憂

一 丅 丆 丙 丙 百 百 頁 頁 頁 頁 憂 憂 憂 憂

ㄧㄡ ①禍患：〈內憂外患〉②指父母之喪：〈丁憂〉③愁苦的：〈憂愁〉④姓。

造詞 憂傷、憂慮、憂戚、憂鬱／杞憂、悲憂、隱憂／憂心如焚、憂心忡忡、憂天憫人、憂國憂民、高枕無憂、人無遠慮，必有近憂。

同 悶、愁、慮、鬱。

反 樂。

心部 11 畫

慧

一 二 三 丰 丰 丰 丰 丰 丰 丰 彗 彗 慧 慧 慧

ㄏㄨㄟˋ 聰明：〈智慧、慧黠〉。

造詞 慧心、慧根、慧眼、慧劍／小慧、聰慧、敏慧、賢慧、慧眼識英雄、慧劍斬情絲。

同 聰。

心部 11 畫

慮

丨 卜 上 广 虍 虍 虍 虍 虍 虍 虍 慮 慮 慮 慮

ㄌㄩˋ ①計畫、打算：〈人無遠慮，必有近憂〉②思考：〈考慮、思慮〉③擔憂、擔心：〈憂慮、不足為慮〉。

造詞 慮事、慮計、慮患／遠慮、掛慮、謀慮／慮周行果、深思熟慮、處心積慮。

同 憂、思、念。

心部 11 畫

慰

㇕ コ 尸 尸 尸 尸 尸 尸 尉 尉 尉 尉 慰 慰 慰

ㄨㄟˋ ①用言語或行為使人安心：〈安慰、慰問、慰勞〉②表示心安：〈欣慰〉。

造詞 慰勉、慰留、慰唁、慰藉／快慰、自慰、勸慰。

同 安。

心部11畫

慶

丶 亠 广 户 户 户 户 户 户 户 户 户 户 户 慶

ㄑㄧㄥˋ ①可喜可賀的事：〈國慶、家慶〉②吉祥、福氣：〈吉慶、嘉慶〉③祝賀：〈慶祝、慶賀〉④姓。

造詞 慶弔、慶功、慶生、慶幸、慶典、慶壽／同慶、喜慶、餘慶／普天同慶、國恩家慶、積善之家必有餘慶。

同 祝、賀。

心部11畫

慫

丿 彳 彳 彳 彳 彳 彳 彳 從 從 從 慫 慫 慫

ㄙㄨㄥˇ 鼓勵、唆使：〈慫恿、慫動〉。

心部11畫

慾

丿 八 ク ク 谷 谷 谷 谷 谷 欲 欲 欲 慾 慾 慾

ㄩˋ 想要獲得滿足的願望：〈食慾、求知慾、慾望、慾念〉。

造詞 慾火、慾海／情慾、物慾、性慾、無慾。

同 嗜、念。

請注意：①「慾」用作名詞，「欲」用作動詞②解釋作「渴望滿足的意念」時，通「欲」，例如：欲望。

心部11畫

慼

一 厂 厂 厂 厂 厂 厂 厂 厂 厂 厂 慼 慼 慼

ㄑㄧ 通「戚」，憂愁：〈憂慼〉。

心部11畫

慵

丶 丨 忄 忄 忄 忄 忄 忄 忄 忄 忄 慵

ㄩㄥ 懶、疲倦無力：〈慵倦、慵懶、慵來粧（微施脂粉）〉。

心部11畫

憋

丶 丷 丷 丷 丷 丷 丷 丷 丷 敝 敝 敝 憋 憋 憋

ㄅㄧㄝ ①勉強忍住：〈憋氣、憋了一肚子話〉②悶、不舒暢：〈憋得我透不過氣來〉。

心部11畫

慓

丶 丨 忄 忄 忄 忄 忄 忄 忄 忄 忄 慓

ㄆㄧㄠˋ 敏捷勇猛的樣子：〈慓悍〉。

心部 11 畫

慴

ㄓㄜˊ 害怕：〈慴伏、震慴〉。

同 懾。

心部 12 畫

憫

ㄇㄧㄣˇ ①哀憐、同情：〈憐憫、悲天憫人〉②憂傷的。

造詞 憫恤、憫然／哀憫、矜憫、憂憫、惻憫／憫念之忱。

同 憐、恤、憂、悲。

心部 12 畫

憎

ㄗㄥ 討厭、厭惡：〈憎恨、憎惡、憎厭〉。

造詞 怨憎、嫉憎、愛憎。

同 恨、惡、厭。

反 愛。

心部 12 畫

憬

ㄐㄧㄥˇ 忽然醒悟：〈憬悟、憬然〉。

造詞 憧憬。

心部 12 畫

憚

ㄉㄢˋ 害怕：〈肆無忌憚、不憚辛勞〉。

造詞 憚煩、憚赫／疑憚、畏憚、敬憚。

心部 12 畫

憧

ㄔㄨㄥ ①對美好的事物嚮往：〈憧憬〉②往來不定、搖曳不定：〈人影憧憧〉。

心部 12 畫

憤

ㄈㄣˋ ①仇恨：〈莫結私憤、公憤、洩憤〉②振作的情緒：〈發憤圖強〉③生氣、發怒：〈憤怒、氣憤、憤憤不平〉。

造詞 憤恨、憤慨、憤懣、憤然／怨憤、痛憤、悲憤、義憤／憤世嫉俗。

同 怒、怨、忿。

請注意：作「怒恨」解釋時，「憤」與「忿」相通。

心部 12 畫

憔

ㄑㄧㄠˊ 臉色枯瘦沒有精神的樣子：〈憔悴〉。

心部 12 畫

憐

ㄌㄧㄢˊ ①疼愛、愛惜：〈愛憐、憐才〉②同情、哀憫：〈憐憫、可憐〉。

造詞 憐恤、憐惜、憐愛／自憐、哀憐／憐香惜玉、同病相憐、搖尾乞憐、顧影自憐。

同 愛、憫、惜。

心部 12 畫

憲

ㄒㄧㄢˋ ①法令：〈憲章、憲令〉②憲法的簡稱：〈立憲、行憲、修憲、違憲〉③姓。

造詞 憲兵、憲政、憲綱。

心部 12 畫

憑

ㄆㄧㄥˊ ①證書、證據：〈憑證、憑單、文憑〉②把身體靠在東西上：〈憑欄遠望〉③依靠：〈憑藉、憑仗〉④勞煩：〈憑君傳語〉⑤任隨：〈任憑〉。

造詞 憑弔、憑依、憑空、憑據、憑險、憑藉、憑什麼／信憑、准憑／口說無憑。

同 依、倚、凭、藉、據、證、仗、靠。

心部 12 畫

憩

ㄑㄧˋ 休息，同「愒」：〈休憩、小憩、遊憩、憩息〉。

同 息。

心部 12 畫

憊

ㄅㄟˋ 疲倦：〈疲憊、憊懶、困憊〉。

造詞 憊精竭神、身心疲憊。

心部 12 畫

憨

ㄏㄢ ①傻傻的：〈憨笑、憨態、憨子〉②天真、純樸的：〈憨直、憨厚〉。

心部 12 畫

憒

ㄎㄨㄟˋ 心智昏亂不明的：〈昏憒、憒亂、憒憒〉。

心部 13 畫

懍

ㄌㄧㄣˇ ①恭敬而害怕的樣子：〈懍然、懍懍〉②危險的樣子。

心部 13 畫

憶

一ˋ ①想念：〈長相憶〉②想起：〈回憶、憶及〉③牢記不忘：〈記憶〉。

同 念、記、想。

心部 13 畫

懊

ㄠˋ 悔恨、煩惱：〈懊悔、懊喪、懊惱〉。

同 悔。

心部 13 畫

憾

ㄏㄢˋ ①內心感到不完滿的事：〈遺憾、抱憾以終〉②不完滿的、悔恨的：〈憾事〉。

造詞 悲憾、缺憾、空憾。

心部 13 畫

懈

ㄒㄧㄝˋ 懶散、怠惰：〈鬆懈、懈怠、夙夜匪懈〉。

造詞 懈弛、懈惰、懈鬆／努力不懈。

心部 13 畫

應

一ㄥ ①該當：〈應該、應有盡有〉②料想、想來是：〈應非難事〉。

一ㄥˋ ①回答：〈回應、應對〉②同意、允許：〈答應、有求必應〉③對付、面臨：〈應付、應酬、隨機應變〉④接受：〈應召、應試、應邀〉⑤供給：〈供應〉⑥符合、證實：〈應驗〉⑦附合：〈同聲相應〉⑧姓。

造詞 應當、應允、應用、應和、應景、應聘、應聲、應徵／反應、呼應、投應、照應、感應、虛應／應接不暇、應運而生、應對如流、一呼百應。

同 該、允、答。

心部 13 畫

懂

ㄉㄨㄥˇ 明白、了解：〈懂事、懂得〉。

同 明、知、解。

心部 13 畫

懇

ㄎㄣˇ ①請求：〈懇請、懇求、相懇〉②心意真誠的：〈誠懇、懇摯、懇切〉。

造詞 懇託、懇談、懇親會／忠懇、祈懇、至懇、勤懇。

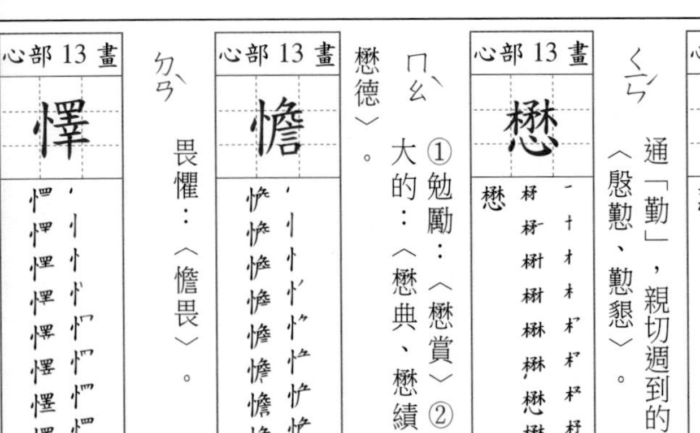

懃 心部13畫

ㄑㄧㄣˊ 通「勤」，親切週到的：〈慇懃、懃懇〉。

懋 心部13畫

ㄇㄠˋ ①勉勵：〈懋賞〉②盛大的：〈懋典、懋績、懋德〉。

憺 心部13畫

ㄉㄢˋ 畏懼：〈憺畏〉。

懌 心部13畫

ㄧˋ 喜悅的：〈懌懷、欣懌、歡懌〉。

懦 心部14畫

ㄋㄨㄛˋ 膽小軟弱的：〈懦夫、懦弱、懦怯〉。

造詞 柔懦、庸懦、愚懦。

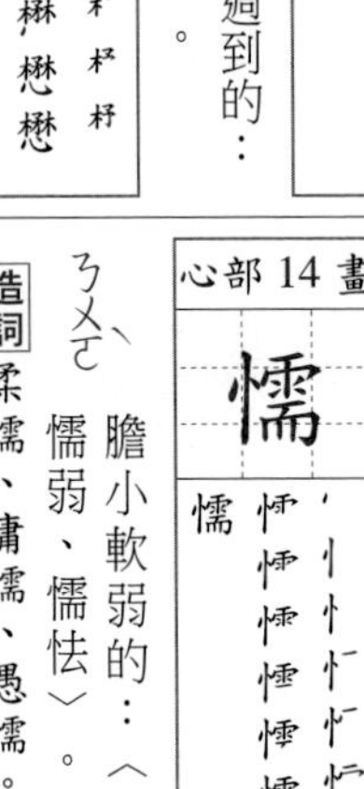

懣 心部14畫

ㄇㄣˋ ①痛恨：〈憤懣〉②煩悶、憤悶的：〈憂懣〉。

造詞 忿懣、愁懣、煩懣。

同 悶。

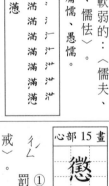

懨 心部14畫

ㄧㄢ 沒有精神的樣子：〈病懨懨〉。

懟 心部14畫

ㄉㄨㄟˋ 怨恨：〈怨懟〉。

懲 心部15畫

ㄔㄥˊ ①處罰犯錯的人：〈懲罰、嚴懲〉②警戒：〈懲戒〉。

造詞 懲凶、懲治、懲辦、懲處／獎懲／懲一警百、懲前毖後。

同 誡、罰。

懶 心部16畫

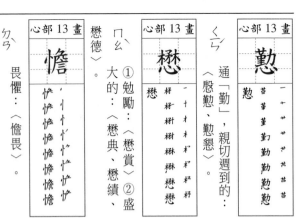

ㄌㄢˇ ①不勤快：〈懶惰、懶散〉②疲倦的樣子：〈懶洋洋〉③不想、不願意：〈懶

得出去、懶得理他〉。

造詞 懶腰、懶骨頭／偷懶、倦懶、慵懶、貪懶。

同 惰、怠。

反 勤。

心部 16 畫

懵

ㄇㄥˊ ①無知、不明事理：〈懵然、懵懵〉②糊塗、不明白：〈懵懂〉。

造詞 懵然不知、懵懵懂懂。

心部 16 畫

懷

ㄏㄨㄞˊ ①胸前：〈躲在懷裡、懷抱〉②心中：〈耿耿於懷、豪情滿懷〉③心裡存著、藏著：〈不懷好意、胸懷祖國〉④想念：〈懷念、懷想〉⑤安撫：〈懷柔政策〉⑥肚子裡面：〈懷胎、懷孕〉。

造詞 懷古、懷疑、懷恨、懷舊／感懷、胸懷、心懷、情懷／懷才不遇、正中下懷。

同 念、思。

心部 16 畫

懸

ㄒㄩㄢˊ ①吊掛：〈懸掛、懸空、懸首、懸壺〉②掛念：〈懸念〉③沒著落的：〈懸案〉④距離大的、遠的：〈懸殊〉⑤憑空的、無所依據的：〈懸想〉。

造詞 懸崖、懸賞、懸疑、懸膽／下懸、危懸、天懸／懸崖勒馬、懸壺濟世。

同 掛、吊、念。

心部 17 畫

懺

ㄔㄢˋ ①和尚、道士為人念經拜禱的法事：〈拜懺〉②內心悔悟：〈懺悔〉。

同 悔。

心部 18 畫

懼

ㄐㄩˋ 害怕：〈懼怕、懼色、懼內、懼高症〉。

造詞 恐懼、畏懼、戒懼、驚懼、憂懼、疑懼。

同 怕。

心部 18 畫

懾

ㄓㄜˊ ①害怕：〈懾服、懾鬼〉②威服：〈聲懾四海〉。

造詞 震懾、驚懾。

心部 18 畫

懿

一 十 士 声 声 声 声 壴 壹 壹 壹 壹 壹 壹 懿 懿 懿 懿 懿 懿

一ˋ ①美好的：〈嘉言懿行、懿德〉②姓。

造詞 懿言、懿旨、懿範、懿親／美懿、雅懿、貞懿、淑懿。

心部 19 畫

戀

丶 亠 亠 言 言 言 言 結 結 結 結 結 結 絲 絲 䜌 䜌 䜌 戀 戀 戀 戀

ㄌㄧㄢˋ ①愛慕：〈戀愛、初戀、單戀〉②掛念：〈留戀〉③有情愛的：〈戀人〉④姓。

造詞 戀棧、戀曲、戀戀／失戀、迷戀、苦戀、依戀、愛戀、眷戀。

同 愛。

心部 24 畫

戇

丶 一 十 立 立 音 音 音 章 章 章 章 章 章 章 贛 贛 贛 贛 贛 贛 贛 戇

ㄓㄨㄤˋ 愚笨而剛直：〈戇直〉。

ㄍㄤˋ 形容愚笨而剛直的人：〈戇子頭〉。

戈部 ㄍㄜ

戈部 0 畫

戈

一 七 弋 戈

ㄍㄜ ①古代的一種兵器：〈干戈、枕戈待旦〉②姓。

造詞 戈矛、戈壁／兵戈、矛戈、倒戈、長戈／入室操戈。

戈部 1 畫

戊

一 厂 戊 戊 戊

ㄨˋ 天干的第五位，用來代表「第五」，可和地支相配，用來計算時間：〈甲、乙、丙、丁、戊〉。

戈部 2 畫

戎

一 二 于 戎 戎 戎

ㄖㄨㄥˊ ①軍事、軍隊：〈投筆從戎〉②兵器的總稱：〈王戎、兵戎相見〉③古代西方的種族：〈西戎〉④軍隊所用的：〈戎矛、戎馬〉⑤通「崇」，偉大的：〈戎功〉⑥姓。

造詞 戎裝、戎幕、戎機／兵戎、軍戎、元戎、從戎／戎馬餘生、投筆從戎。

戈部 2 畫

戌

一 厂 尸 戌 戌 戌

ㄒㄩ ①地支的第十一位②時辰名，指下午七時至九時：〈戌時〉③姓。

戈部2畫

戍

一 厂 𠂆 戊 戍 戍

ㄕㄨˋ ①防守邊界的士兵②駐守邊界：〈戍守、戍邊、衛戍〉。

造詞 征戍、屯戍、鎮戍。

請注意：「戍」與「戌」、「戊」形音義都不同。「戌」裡面是一橫，音ㄒㄩ，是地支的第十一位；「戊」裡面沒有一點，音ㄨˋ，是天干的第五位。

戈部2畫

成

一 厂 万 成 成 成

ㄔㄥˊ ①量詞，十分之一叫「一成」：〈有八成把握〉②收穫、結果：〈坐享其成、守成不易〉③古代稱地方十里為「一成」：〈有田一成〉④事情做好了，和「敗」相對：〈完成、成功〉⑤可以、許可：〈那可不成〉⑥足夠：〈成了！不能再吃了〉⑦變為：〈他成了名人、點石成金〉⑧達到一定數量：〈成千上萬、成雙成對〉⑨幫助人達到目的：〈成全、成人之美〉⑩完全的、全部的：〈成天〉⑪已經定形的、現成的：〈成見、成藥〉⑫已經做好的：〈成品〉⑬構成整體的：〈成員、成分〉⑭從前的：〈成例〉⑮固定不變的：〈一成不變〉⑯生物生長到成熟的階段：〈成人、成蟲〉⑰姓。

造詞 成本、成立、成年、成交、成色、成果、成長、成家、成敗、成婚、成就、成語、成熟、成績／不成、形成、達成、完成、贊成、促成、晚成／成竹在胸、成效卓著、成群結隊、成雙作對、一氣呵成、大器晚成、有志竟成、成事不足敗事有餘、成事在天謀事在人。

戈部3畫

我

ˊ 二 千 手 我 我 我

ㄨㄛˇ ①第一人稱代名詞，指自己：〈我是中國人〉②自己的：〈我國、我家〉③個人的看法：〈大公無我〉④姓。

造詞 我們、我輩、我見、我躬／小我、大我、自我、忘我、唯我、無我、舍我／我行我素、我見猶憐、依然故我、盡其在我、捨我其誰。

反 你。

戈部3畫

戒

一 二 𠂉 开 戒 戒 戒

ㄐㄧㄝˋ ①教徒必須遵守的規條：〈戒律、十戒〉②佛教的一種修養方式：〈齋戒〉③戴在手指上的裝飾品：〈戒指〉④防守、防備：〈戒備、戒嚴〉⑤勸告：〈勸戒〉⑥改掉不好的習慣：〈戒煙、戒賭〉。

造詞 戒心、戒除、戒慎／天戒、訓戒、破戒、懲戒、警戒、儆戒。

同 警、除、革。

戈部4畫　或

ㄏㄨㄛˋ ①有的，泛指某些人、事、物：〈或老或幼、或大或小〉②不一定、也許：〈或許、或者、或好〉③表示不一定的連接詞：〈你可以請小明或小華來玩〉。

造詞 或是、或諸、或然率。

戈部4畫　戕

ㄑㄧㄤˊ 傷害、殺害：〈戕害、戕殺、自戕〉。

同 殺。

戈部4畫　戔

ㄐㄧㄢ 淺小的：〈戔戔〉。

戈部7畫　戚

ㄑㄧ ①古代的一種兵器，就是大斧②親屬：〈親戚、外戚〉③悲傷煩惱的：〈休戚與共、憂戚〉④姓。

造詞 戚里、戚戚、戚誼、戚黨／姻戚、國戚、悲戚。

同 哀、愁、悲、親。

戈部7畫　戛

ㄐㄧㄚˊ ①古代的一種長矛兵器②敲打：〈戛擊〉③形容聲音突然停止：〈戛然而止〉。

戈部8畫　戟

ㄐㄧˇ 古代的兵器，由矛和戈組合而成。

造詞 戟手／弓戟、交戟、刺戟。

戈部9畫　戡

ㄎㄢ 平定、克服：〈戡定、戡亂〉。

戈部 9 畫

戢

丶 ㄇ ㄇ ㄖ ㄗ ㄗ ㄗ ㄗ 咠 咠 咠 戢 戢 戢

ㄐㄧˊ　①收藏：〈戢藏〉②止息：〈戢怒、戢兵〉③姓。

造詞 戢影、戢翼、戢鱗。

戈部 10 畫

截

一 十 土 产 产 产 产 产 隹 隹 截 截 截 截

ㄐㄧㄝˊ　①量詞，一段叫一截②切斷：〈截成兩斷、截長補短、截取〉③阻擋：〈攔截、截獲、截習〉④分明的：〈截然不同〉。

造詞 截止、截稿、截斷／半截、橫截、裁截、直截／截髮示信。

戈部 11 畫

戮

ㄱ ㄱ ㄋ ㄋ 羽 羽 羽 羽 翏 翏 翏 翏 翏 戮 戮 戮 戮

ㄌㄨˋ　①殺害：〈殺戮、誅戮〉②盡力、合力：〈戮力合作〉。

造詞 刑戮、大戮、屠戮／引頸就戮。

戈部 12 畫

戰

丶 ㄇ ㄇ ㄇ ㄇ ㄇ ㄇ ㄇ ㄇ 單 單 單 單 戰 戰 戰

ㄓㄢˋ　①打仗的事：〈赤壁之戰〉②分出高下的比賽：〈軍戰、舌戰〉③打仗：〈戰鬥、戰爭、愈戰愈勇〉④比賽、競爭：〈挑戰〉⑤害怕：〈心驚膽戰〉⑥通「顫」，因害怕或寒冷而發抖：〈戰慄、寒戰〉⑦關於戰爭方面的：〈戰術、戰史〉⑧用於打仗的：〈戰車、戰馬〉⑨姓。

造詞 戰果、戰友、戰役、戰況、戰俘、戰略、戰場、戰亂／好戰、決戰、冷戰、休戰、開戰、善戰、熱戰、奮戰、停戰、心戰、政治戰／戰戰兢兢。

同 鬭、顫、抖。

戈部 13 畫

戲

丨 卜 占 广 卢 卢 卢 卢 虍 虍 虐 虐 虐 虚 虚 虚 戲 戲 戲

ㄒㄧˋ　①運用語言、動作等效果來表現故事的演出：〈戲劇、歌仔戲〉②泛指歌舞、雜技等表演：〈馬戲〉③指嬉遊、玩耍的事：〈玩遊戲〉④玩耍：〈遊戲、嬉戲〉⑤開玩笑、玩弄：〈戲弄、調戲〉。

ㄏㄨ　同「嗚呼」，感嘆詞：〈於戲〉。

ㄏㄨㄟ　通「麾」，旗子：〈戲下〉。

造詞 戲曲、戲法、戲迷、戲院、戲臺、戲碼、戲謔／兒戲、演戲、京戲、木偶戲／戲綵娛親、逢場作戲。

同 玩、耍、嬉、劇。

戈部 13 畫

戴

一 十 土 吉 吉 吉 吉 吉 壹 壹 壹 壹 壹 戴 戴 戴 戴

ㄉㄞˋ ①把東西放在頭、臉、手、腳或身體上：〈戴帽子、戴眼鏡、戴手套〉②用頭頂著：〈不共戴天、披星戴月〉③尊敬、推崇：〈擁戴、愛戴〉④姓。

造詞 穿戴、推戴、奉戴／戴罪立功、戴盆望天、戴圓履方、張冠李戴。

戈部 14 畫

戳

ㄱ ㄱ ㄱ ㄲ ㄲ ㄲ ㄲ 羽 羽 羽 羽 羽 羽 翟 翟 翟 翟 戳 戳

ㄔㄨㄛ ①圖章的一種：〈郵戳、戳記、信戳〉②用尖銳的器具刺破東西：〈戳破汽球、戳穿〉。

同 刺。

戶部 ㄏㄨˋ

戶部 0 畫

戶

一 ㄏ ㄕ 戶

ㄏㄨˋ ①單扇的門：〈門戶、夜不閉戶〉②總稱人家：〈住戶、千門萬戶〉③量詞，一家叫一戶：〈一戶人家〉④家庭的地位：〈門當戶對〉⑤姓。

造詞 戶口、戶長、戶頭、戶籍／大戶、貧戶、商戶、窗戶／家家戶戶。

戶部 4 畫

房

一 ㄏ ㄕ 戶 戶 戶 房 房

ㄈㄤˊ ①人居住、休息的建築物：〈房屋〉②全體中分隔獨立的部分：〈房間、臥房、蜂房〉③家族的分支：〈長房〉④二十八星宿之一⑤姓。

造詞 房東、房租／藥房。

戶部 4 畫

戾

一 ㄏ ㄕ 戶 戶 戶 戾 戾

ㄌㄧˋ ①罪惡：〈罪戾〉②凶殘的：〈暴戾〉③違背、不順從：〈乖戾、違戾〉。

戶部 4 畫

所

一 ㄏ ㄕ 戶 戶 所 所 所

ㄙㄨㄛˇ ①地方：〈場所、住所、各得其所〉②地方行政的基層組織：〈鎮公所、衛生所〉③計算房屋的單位，一棟叫一所：〈一所醫院〉④指示事物的代名詞：〈所見、所聞、所愛〉⑤和「為」、「被」合用，表示被動：〈為人所恥〉。
造詞 所以、所得、所在、所有、所謂／居所、廁所、處所、派出所／所向無敵、所作所為。
同 處。

戶部4畫 戽

一 ㇒ 户 户 户 户 戽

ㄏㄨˋ ①引水灌溉田地的農具：〈戽斗〉②用戽斗引水：〈戽水〉。

戶部5畫 扁

一 ㇒ 户 户 户 肩 肩 扁 扁

ㄅㄧㄢˇ ①通「匾」，在木板上題字，掛在門牆上的橫排：〈扁額〉②物體寬而薄的：〈扁平、壓扁〉③姓。
ㄆㄧㄢ 狹小的：〈一葉扁舟〉。
造詞 扁豆、扁鑽、扁擔。

戶部5畫 扃

一 ㇒ 户 户 户 肩 肩 扃 扃

ㄐㄩㄥ ①門閂：〈門扃〉②門戶：〈山扃、柴扃〉③關閉：〈扃閉〉④明亮的樣子：〈扃扃〉。

戶部6畫 扇

一 ㇒ 户 户 户 房 房 扇 扇 扇

ㄕㄢˋ ①能使空氣流通而生風的器具：〈扇子、電扇〉②可以開合的枝狀或片狀的東西：〈門扇、隔扇〉③計算門窗的單位：〈一扇門〉。
ㄕㄢ ①通「搧」，搖動扇子或其他薄的東西，加速空氣流動：〈扇涼〉②通「煽」，挑撥、鼓動：〈扇動、扇惑〉。
造詞 扇形、扇舞／涼扇、團扇、摺扇、芭蕉扇。
同 扉。

戶部7畫 扈

一 ㇒ 户 户 户 户 户 扈 扈 扈

ㄏㄨˋ ①侍從：〈扈從、役扈〉②強橫不講理：〈跋扈〉③姓。

戶部8畫 扉

一 ㇒ 户 户 户 房 房 房 扉 扉 扉 扉

ㄈㄟ ①門扇：〈門扉、柴扉、竹扉〉②比喻像門扇一樣可以開合的東西：〈心扉、扉頁〉。
造詞 蓬門柴扉。
同 扇。

手部 ㄕㄡˇ

手

手部0畫

一 二 三 手

ㄕㄡˇ ①人體的上肢：〈手腳並用〉②人體上肢的末端，包括掌、指部分：〈手心、拍手、手指〉③從事某種工作或有某種技能的人：〈水手、劊子手、選手、射手〉④做事的人：〈助手、人手〉⑤技能、本領：〈有兩手、露一手〉⑥拿著：〈人手一冊〉⑦小巧而方便拿的：〈手槍〉⑧和手有關的：〈手套、手杖、手錶〉⑨親自書寫的：〈手札、手筆〉⑩親自：〈手抄、手植〉。

造詞 手工、手巾、手下、手冊、手法、手段、手相、手勢、手紋、手術、手語、手臂、手頭、手藝、手續／手電筒、手榴彈／妙手、生手、握手、舉手、歌手、著手、牽手、隨手、槍手、鼓手、摩手／手不釋卷、手忙腳亂、手足無措、手到擒來、手腦並用、大顯身手、得心應手、棋逢敵手、手無縛雞之力、強中更有強中手。

才

手部0畫

一 十 才

ㄘㄞˊ ①能力、智慧：〈才能、才學、才氣〉②人的資質：〈天才、奇才、通才、奴才〉③剛剛：〈我才來一會兒〉④只有：〈他才五歲而已〉⑤始，通「纔」：〈你到現在才回家〉⑥表示強調的語氣：〈這才是真的〉⑦姓。

造詞 才子、才華、才幹、才貌／人才、口才、文才、英才、鬼才、俊才、高才／才子佳人、才高八斗、才疏學淺、才藝絕倫、人盡其才、作育英才。

同 能、纔。

扎

手部1畫

一 十 扌 扎

ㄓㄚ ①刺入：〈扎了一針〉②鑽入：〈扎在人群中、一頭扎進河裡〉③廣闊的：〈扎頭扎腦〉④伸展的：〈扎著雙臂〉。

ㄓㄚˊ ①奮力支持、抵抗：〈掙扎〉②寒冷刺骨：〈這塊冰凍得扎手〉③通「紮」，纏縛：〈將上衣扎在褲帶裡〉④製、做：〈這個燈籠是我親手扎的、扎營〉。

造詞 扎手、扎眼、扎針、扎實、扎根。

同 刺、鑽。

打

手部2畫

一 十 扌 扌一 打

ㄉㄚˇ ①敲擊：〈打鼓、敲打〉②互相爭鬥：〈打架、打仗〉③摔、擲：〈把碗打破了〉④編織：〈打毛衣〉⑤汲取、拿：〈打水、打傘〉⑥注射、充灌：〈打針、打氣〉⑦和別人互通消息：〈打電話、打信號〉⑧表示身體上的動作：〈打哈欠、打滾〉⑨計算：〈精打細算〉⑩寫出：〈打草稿〉⑪塗、抹：〈打蠟〉⑫製造：〈打井、打刀〉⑬做、從事：〈打工、打雜〉⑭玩：〈打秋千〉⑮掀、揭：〈打開窗帘、打開瓶蓋〉⑯自、從：〈打前天起、打哪裡來〉⑰採取某種方法：〈打個比方〉⑱買：〈打油〉⑲猜測：〈打啞謎、打一字〉⑳振作：〈打起精神〉㉑捕捉：〈打魚、打獵〉㉒計算物品的量詞，十二個叫「一打」。

造詞 打包、打坐、打折、打字、打扮、打岔、打盹、打消、打烊、打動、打牌、打發、打量、打嗝、打算、打雷、打點、打擊、打聽／攻打、安打、痛打、鞭打、打交道、打官司／打抱不平、打草驚蛇、打躬作揖、打鐵趁熱、打情罵俏、穩扎穩打、打馬虎眼、打落水狗、打狗看主人、打開天窗說亮話。

同 擊、摑。

手部 2 畫

扔

一 十 扌 扌 扔

ㄖㄥ ①揮動手臂，拋出或投出東西：〈扔球、往外一扔〉②丟棄、拋棄：〈把破鞋扔了、亂扔紙屑〉。

手部 2 畫

扒

一 十 扌 扌 扒

ㄅㄚ ①用手剝開：〈扒皮、扒橘子〉②用力脫掉：〈扒衣裳〉③抓著、攀著：〈扒著欄杆〉。

ㄆㄚˊ ①用手或耙子把東西聚在一起：〈扒土〉②抓：〈扒癢〉③攀登：〈扒上山〉④偷別人身上的東西：〈扒手、扒竊〉。

手部 2 畫

扑

一 十 扌 扌 扑

ㄆㄨ 鞭打：〈扑撻（ㄊㄚˋ）、扑罰〉。

手部 3 畫

托

一 十 扌 扌 扦 托

ㄊㄨㄛ ①承放東西的器具：〈茶托、槍托〉②通「託」，請求別人代為處理事情：〈托付、托運〉③用手掌或其他東西把物體往上撐住：〈托著茶盤、托著下巴〉④從旁陪襯：〈襯托、烘托〉⑤寄放：〈托兒所〉⑥姓。

造詞 托身、托缽、托管、托孤／推托。

手部3畫

扛

一 十 扌 扌 扛 扛

ㄍㄤ　①用兩手舉起東西：〈力能扛鼎〉②兩個人或很多人共同抬一件東西：〈扛行李、扛桌子〉。

ㄎㄤˊ　①用肩膀背負東西：〈扛槍、扛鋤、扛米〉②負責：〈這件事他一個人扛下來了〉。

同 掮。

手部3畫

扣

一 十 扌 扣 扣 扣

ㄎㄡˋ　①用來鉤結衣物，使不致散亂的東西：〈鈕扣、袖扣、鞋扣〉②鉤結住：〈把門扣上、扣鈕扣〉③強留下來：〈扣留、扣押〉④從中減去：〈扣除、扣款、打折扣〉⑤覆、蓋：〈把碗扣在桌上〉⑥敲、擊：〈扣門、扣鐘〉⑦戴上：〈扣帽子〉。

造詞 扣子、扣分、扣肉、扣問／扣人心絃、絲絲入扣。

同 留。

手部3畫

扞

一 十 扌 扌 扞 扞

ㄏㄢˋ　抓緊、防衛：〈扞衛、扞格不通〉。

同 捍。

手部3畫

扦

一 十 扌 扌 扦 扦

ㄑㄢ　①以竹、木、金屬製成的細長尖銳的東西，可以用來刺穿或挑剔：〈牙扦、扦子〉②實穿：〈用針扦住〉。

手部4畫

折

一 十 扌 扌 扌 折 折

ㄓㄜˊ　①按成數減少百分之幾的算法：〈折扣〉②弄斷：〈折斷〉③彎曲、轉變方向：〈曲折、折腰、折回原路〉④一個人還沒到成年就死了：〈夭折〉⑤換成：〈折現〉⑥摺疊：〈折紙〉⑦失敗、受阻撓：〈百折不撓〉⑧損失：〈損兵折將〉⑨佩服：〈折服、心折〉。

ㄓㄜ　翻轉、倒：〈折筋斗、折騰〉。

ㄕㄜˊ　①賠錢、虧損：〈折本、折了老本〉②斷：〈棍子折了〉。

造詞 折合、折衷、折回、折射、折損、折磨、折舊、折福、折價、折衝／挫折、骨折、波折、打折／一波三折。

同 損、拗、屈、服、抵。

手部4畫　抄

一 十 才 扌 扌 扌 抄

ㄔㄠ ①從側面或選取較近的路線走：〈抄小路、包抄〉②將資料整理後寫下：〈抄寫〉③沒收：〈抄家〉④拿、取：〈抄起一根棍子〉⑤手抄的：〈抄本〉⑥姓。

造詞 抄手、抄掠、抄襲／小抄、手抄、雜抄、照抄、天下文章一大抄。

同 寫、包。

手部4畫　扮

一 十 才 扌 扒 扮 扮

ㄅㄢˋ ①化裝、裝飾：〈打扮、裝扮〉②臉部裝出的表情：〈扮鬼臉〉③充當、飾演：〈扮演〉。

同 裝、飾。

手部4畫　技

一 十 才 扌 扌 扌 技

ㄐㄧˋ 專門的本領、手藝：〈技術、技能、技藝〉。

造詞 技工、技巧、技師、技癢／特技、演技、雜技、競技／技藝超群、雕蟲小技。

同 藝。

手部4畫　扶

一 十 才 扌 扌 扌 扶

ㄈㄨˊ ①用手拉起倒下的人或物：〈扶起來〉②用手放在物體上，支撐著身體：〈扶著欄杆〉③照顧、幫助：〈扶助〉④姓。

ㄆㄨˊ 通「匍」：〈扶匐〉。

造詞 扶手、扶持、扶病、扶養、扶植、扶疏、扶梯、扶攜／扶老攜幼、扶危濟困。

手部4畫　抉

一 十 才 扌 扌 扌 抉

ㄐㄩㄝˊ ①挖出：〈抉自〉②挑選：〈抉擇、抉選〉。

手部4畫　抖

一 十 才 扌 扌 扌 抖

ㄉㄡˇ ①身體顫動：〈顫抖、發抖〉②振動、甩動：〈抖袖子、抖去身上的木屑〉③振作起精神：〈精神抖擻〉④稱人突然發跡顯達：〈他這幾年抖起來了〉⑤全部倒出：〈把事情全部抖出來〉。

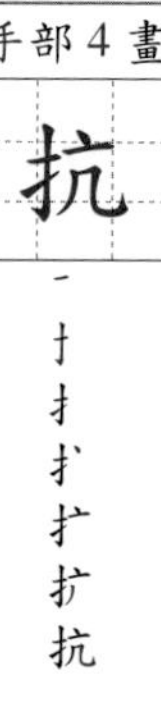

ㄎㄤˋ ①抵擋、防衛：〈抵抗、抗敵、反抗〉②拒絕、不接受：〈抗命、抗辯、抗議〉③對等：〈分庭抗禮、抗衡〉④舉起：〈抗手稱臣〉。

造詞 抗告、抗爭、抗拒、抗戰、抗暴、抗體、抗生素／抗懷千古、抗世嫉俗。

手部4畫
扭
一 十 才 扌 扣 扭 扭

ㄋㄧㄡˇ ①用手緊握東西旋轉：〈扭乾、扭緊、扭轉〉②身體擺動作態：〈扭擺、扭來扭去〉③回轉、掉轉：〈扭頭就走〉④筋骨受傷：〈扭了腰〉⑤揪住：〈扭打〉⑥違拗：〈扭不過他〉。

造詞 扭曲、扭送、扭捏、扭傷／扭轉乾坤。

同 捏、擰。

手部4畫
把
一 十 才 扌 扣 扣 把

ㄅㄚˇ ①計算器物的單位：〈一把傘、一把剪刀（有柄的器具）、一把米、一把花生（抓滿一手的東西）、一把蔥（捆成一長束的東西）〉②握住、控制：〈把舵、把方向盤〉③看管、看守：〈把守、把門〉④掌管：〈把廚〉⑤抱著小孩大、小便：〈把尿〉⑥表示大的數量：〈個把月、丈把長〉⑦將：〈把書拿來、把門打開〉。

ㄅㄚˋ 柄，器具上突出來便於手拿的地方：〈刀把兒、槍把兒〉。

造詞 把手、把玩、把柄、把持、把握、把脈、把戲／門把、拖把、掃把。

同 握、守、持、將、柄。

手部4畫
扼
一 十 才 扌 扩 扼 扼

ㄜˋ ①通「軛」，套在牛、馬的脖子上，用來牽引車輛的彎木②把守、控制：〈扼守〉③用力抓住、握緊：〈扼腕、扼住脖子〉。

造詞 扼制、扼要、扼殺／扼喉撫背。

同 握。

手部4畫
找
一 十 才 扌 扎 找 找

ㄓㄠˇ ①尋求、尋覓：〈找尋〉②退還多餘的錢：〈找錢〉③招惹：〈自找麻煩〉。

造詞 找事、找死、找病、找碴兒。

同 尋、覓。

手部4畫

批

一 十 才 扌 扌 扗 批

ㄆㄧ ①量詞，把全體按先後分成幾部分，每一部分叫「一批」：〈一批貨、一批旅客〉②寫在文件或書籍上的評語：〈眉批〉③上級對下級的指示：〈批示〉④用手打：〈批頰〉⑤對錯誤或缺點進行評論：〈批評、批判〉⑥用較低的價格，大量買進或賣出貨物：〈批發〉。

造詞 批改、批准、批閱、批八字／批紅判白。

手部4畫

扳

一 十 才 扌 扩 扳

ㄅㄢ ①用力拉扯：〈扳板機、扳轉〉②扭轉劣勢：〈扳回一分〉。

造詞 扳手、扳指、扳機、扳談／扳纏不清。

請注意：「扳」與「搬」二字在用法上容易被混淆。「扳」指把物體反轉過來；而「搬」有挑撥，所以是「扳」手指；「搬」弄是非。

手部4畫

扯

一 十 才 扌 扌 扯

ㄔㄜˇ ①撕開：〈扯破〉②拉：〈拉扯、扯衣服〉③說：〈胡扯、扯謊〉④阻礙別人做事：〈扯後腿〉⑤隨便聊天：〈東拉西扯〉⑥把聲音放大：〈扯開嗓門兒〉。

造詞 扯平、扯淡、扯談、扯倒、扯不上。

同 拉、撕、牽。

手部4畫

投

一 十 才 扌 扌 投 投

ㄊㄡˊ ①丟、拋擲：〈投球〉②跳入：〈投河、投海〉③選出某人或某事：〈投票〉④遞送、寄：〈投書、投信、投稿〉⑤奔往、趨附：〈投奔、投誠〉⑥合得來：〈情投意合、臭味相投〉⑦加入、參加：〈投考、投保、投資〉⑧光線照射：〈投射、投影〉⑨姓。

造詞 投手、投胎、投降、投案／走投、主投／投其所好、投桃報李。

請注意：「投」表示有固定的目標或方向，「拋」、「扔」、「棄」都沒有。

手部4畫

抓

一 十 才 扌 扩 折 抓

ㄓㄨㄚ ①用手或爪子拿東西：〈抓一把沙子、老鷹抓小雞〉②捕捉：〈抓小偷、抓賊〉③用指甲輕刮：〈抓癢〉④把握住：〈抓重點、抓住機會〉。

ㄔㄨㄚˇ 一種兒童遊戲，把果核或石子放在手中，反覆擲接：〈抓子兒〉。

造詞 抓空、抓週、抓瞎、抓藥／抓耳搔腮、抓頭不是尾。

同 捉、拿。

抒

手部4畫

一 十 才 扌 扌 扌 抒

ㄕㄨ ①表達、發表：〈各抒己見、抒意、抒情〉②發洩：〈抒憤〉③解除：〈抒難〉。

造詞 抒誠、抒寫、抒懷。

同 發。

抑

手部4畫

一 十 才 扌 扌 扚 抑

ㄧˋ ①壓制、制止：〈壓抑、抑強扶弱、抑制〉②低沉的：〈抑揚頓挫〉③煩悶的：〈抑鬱〉④還是、或是，表示選擇：〈他是有事不來，抑或生病不來？〉。

造詞 抑止、抑且、抑遏／自抑、貶抑、損抑。

同 屈、或、壓、遏。

承

手部4畫

一 了 了 了 手 手 承 承

ㄔㄥˊ ①托著、接著：〈承接〉②負責：〈承擔〉③蒙受：〈承教、承蒙你的招待〉④繼續：〈繼承、承繼〉⑤迎合：〈承歡〉⑥姓。

造詞 承包、承受、承當、承認、承兌、承辦、承諾、承攬／師承、奉承／承先啟後、一脈相承。

抔

手部4畫

一 十 才 扌 扌 扌 抔

ㄆㄡˊ ①雙手可以捧取東西的分量：〈一抔土〉②用手捧取東西：〈抔飲〉。

拭

手部4畫

一 十 才 扌 扌 扌 拭

ㄨㄣˋ 擦拭：〈拭淚、拭拭〉。

抵

手部4畫

一 十 才 扌 扌 扌 抵

ㄓˇ 拍擊：〈抵掌〉。

手部5畫

拉

一 十 扌 扌 扩 扩 拉 拉

ㄌㄚ ①牽引、挽：〈拉車、拉手〉②糾合、聯絡：〈拉攏、拉感情〉③排泄：〈拉肚子〉④使樂器發出聲音：〈拉小提琴〉⑤延長、拖長：〈把時間拉長〉⑥幫助：〈拉拔〉⑦摧毀：〈摧枯拉朽〉⑧切、割：〈用刀子把紙拉開〉⑨通「邋」，不整潔的：〈拉遢〉。

造詞 拉丁、拉扯、拉風、拉倒、拉鏈、拉斷／拉拉雜雜、拖拖拉拉。

同 扯、牽、拽。

手部5畫

拌

一 十 扌 扌 扌 扌 拦 拌

ㄅㄢˋ ①調和：〈拌勻、攪拌〉②爭吵：〈拌嘴〉。

同 攪。

手部5畫

拄

一 十 扌 扌 扌 扌 拄 拄

ㄓㄨˇ 支撐：〈拄著枴杖〉。

同 撐。

手部5畫

抿

一 十 扌 扌 扌 扌 扌 抿

ㄇㄧㄣˇ ①用來刷頭髮的刷子：〈抿子〉②輕輕的合攏：〈抿著嘴笑〉③用嘴脣接觸液體，輕輕的喝一點：〈抿了一口酒〉④擦拭：〈抿淚〉⑤刷、梳理：〈抿髮〉。

手部5畫

拂

一 十 扌 扌 扌 扫 拐 拂

ㄈㄨˊ ①清除灰塵的用具：〈拂塵〉②擦拭、抹去：〈拂拭、拂去灰塵〉③甩動：〈拂袖〉④輕輕擦過：〈春風拂面〉⑤違背、不順從：〈拂逆〉⑥照顧：〈照拂〉。

ㄅㄧˋ 通「弼」，輔助的。

造詞 拂耳、拂意、拂曉／輕拂、微拂。

手部5畫

抹

一 十 扌 扌 扌 抨 抹 抹

ㄇㄛˇ ①一線或一帶叫「一抹」：〈一抹斜陽〉②擦試物品的布塊：〈抹布〉③塗：〈塗抹、抹藥、抹油〉④擦拭：〈抹眼淚、抹桌椅〉⑤

除去、勾銷：〈抹去零頭、抹煞事實〉⑥放、拉：〈抹下臉來〉。

ㄇㄛˋ ①轉：〈拐彎抹角〉②塗刷：〈抹牆〉。

造詞 抹胸、抹脖子／抹一鼻子灰、濃妝豔抹。

手部5畫

拒

一 十 扌 扌 打 扩 拒 拒

ㄐㄩˋ ①不接受：〈拒絕、婉拒〉②抵禦、對抗：〈抗拒、拒敵、拒捕〉。

造詞 防拒、抵拒、擋拒／拒虎進狼、來者不拒、拒人於千里之外。

同 擋、抗、抵。

手部5畫

招

一 十 扌 扌 扣 扣 招 招

ㄓㄠ ①技藝、手段、方法：〈絕招、妙招、耍花招〉②明顯的標幟：〈招牌〉③舉手揮動叫人：〈招手、招呼〉④承認罪過：〈招認、招供〉⑤用考試或通知的方式使人來：〈招考、招生、招標〉⑥引來：〈招蚊子、招禍〉⑦戲弄、逗引：〈招惹〉⑧姓。

造詞 招待、招架、招展、招親、招搖、招領、招數、招攬／招財進寶、招搖撞騙、招兵買馬、不打自招。

同 惹、引、認。

手部5畫

披

一 十 扌 扌 扩 扩 披 披

ㄆㄧ ①明白表示：〈披露祕聞〉②打開、散開：〈披頭散髮、披覽〉③挑除：〈披荊斬棘〉④將衣物搭、罩在肩背上：〈披皮、披掛、披著毛衣〉。

造詞 披心、披甲、披肩、披離／披沙揀金、披星戴月、披紅掛綵、披麻戴孝。

同 穿、覆、戴。

手部5畫

拓

一 十 扌 扌 扩 扩 拓 拓

ㄊㄨㄛˋ ①開展、推廣：〈拓展、開拓、拓寬馬路〉②開墾：〈拓荒、拓地〉。

ㄊㄚˋ 通「搨」，用紙和墨將石器或器物上的字或圖形印下來：〈拓本、拓印〉。

ㄓˊ 通「摭」。

造詞 拓片、拓殖。

手部5畫

拔

一 十 扌 扌 扐 扐 拔 拔

ㄅㄚˊ ①用力抽、拉出來：〈拔草、拔劍、拔刀相助〉②挑選：〈選拔、拔擢〉③超出、高出：〈出類拔萃〉④吸出：〈拔毒〉⑤攻下：〈連拔五城〉⑥動搖：〈牢不可拔〉⑦突出的、特出的：〈挺拔〉。

造詞 拔河、拔俗、拔除、拔營／卓拔、海拔、秀拔、超拔／拔刀相助、拔山蓋世、拔地擎天、一毛不拔、不能自拔／拔去眼中釘。

同 抽、迭、超。

手部5畫

拋

一 十 扌 扌 扐 抛 拋

ㄆㄠ ①投擲、扔：〈拋球、拋擲、拋繡球〉②丟下、捨棄：〈拋頭顱，灑熱血〉。

造詞 拋卻、拋售、拋棄、拋錨／拋戈棄甲、拋磚引玉、拋頭露面。

同 丟、擲、棄。

手部5畫

拈

一 十 扌 扌 扑 拈 拈

ㄋㄧㄢˊ 用手指夾取東西：〈拈香、拈花〉。

ㄋㄧㄢˇ 同「捻」，用手指頭揉搓：〈拈線、拈紙〉。

造詞 拈花惹草、隨手拈來。

手部5畫

抨

一 十 扌 扌 扌 扌 抨

ㄆㄥ 用言語或文字彈劾、攻擊別人：〈抨擊〉。

手部5畫

抽

一 十 扌 扣 扣 抽 抽

ㄔㄡ ①引出、拉出：〈抽出、抽水、抽絲剝繭〉②長出：〈抽芽〉③吸進：〈抽煙〉④鞭打：〈抽打〉⑤從全部中取出一部分：〈抽查、抽稅〉⑥收縮：〈抽筋〉⑦脫開：〈抽身〉⑧拔出：〈抽刀〉⑨騰出：〈抽空〉。

造詞 抽屜、抽象、抽頭、抽籤、抽樣、抽風機／抽水馬桶、抽抽噎噎、抽薪止沸。

同 打、拔、吸。

手部5畫

押

一 十 扌 扣 扣 押 押

ㄧㄚ ①把財物交給對方作為擔保：〈抵押、質押〉②暫時把人拘禁起來：〈拘押、扣押〉③跟隨看管：〈押送〉④在公文、契約或簿冊上簽名、作記號，表示證據：〈畫押〉。

造詞 押金、押租、押運、押韻／典押、判押。

同 拘、扣、質。

手部5畫

拐

一 十 扌 扣 扣 拐 拐

ㄍㄨㄞˇ ①通「柺」，用來扶著走路的棍子：〈拐杖〉②用詐術誘騙：〈誘拐、拐騙、拐帶小孩〉③轉彎：〈拐彎〉④瘸腿走路的樣子：〈他走起路來一拐一拐的〉。

造詞 拐子、拐角／拐彎抹角。

手部5畫

拙

一 ｜ 扌 扌 扌 扌 拙 拙

ㄓㄨㄛˊ ①愚笨、不靈巧：〈笨拙、拙劣〉②自謙的詞：〈拙見、拙作〉。

造詞 拙手、拙訥、拙筆、拙誠／巧拙、古拙、粗拙、樸拙／拙嘴笨腮、弄巧成拙、勤能補拙。

同 笨、呆。

手部5畫

拇

一 ｜ 扌 扎 扣 扣 扣 拇

ㄇㄨˇ 手、腳上的大指頭：〈大拇指〉。

手部5畫

拍

一 ｜ 扌 扌 扌 扚 拍 拍

ㄆㄞ ①樂曲的節奏：〈節拍、拍子〉②擊物的用具：〈球拍、蒼蠅拍〉③用手掌擊、打：〈拍手、拍球、拍掌〉④攝製電影或照相：〈拍電影、拍攝、拍照〉⑤把電報發送出去：〈拍電報〉。

造詞 拍門、拍板、拍案、拍賣／拍手稱快、拍案叫絕。

手部5畫

抵

一 ｜ 扌 扌 扌 扺 抵 抵

ㄉㄧˇ ①抗拒：〈抵抗、抵擋〉②支撐、頂著：〈用手抵著下巴、抵住門〉③到達：〈抵達〉④價值相當、能充當、代替：〈家書抵萬金、一個抵兩個用〉⑤互不相欠：〈抵銷〉⑥通「牴」，衝突、觸犯：〈抵觸〉⑦通「氐」，大略、大概：〈大抵〉⑧賠償：〈抵命、抵償〉⑨禦擋：〈抵不住〉。

ㄓˇ 通「抵」，拍擊。

造詞 抵死、抵制、抵押、抵罪、抵賴、抵禦。

同 抗、擋、拒、押。

手部5畫

拚

一 ｜ 扌 扌 扌 拄 拚 拚

ㄆㄢˋ ①捨棄、不顧一切的做：〈拚命〉②爭鬥：〈拚個你死我活〉。

手部5畫

抱

一 ｜ 扌 扌 扚 扚 扚 抱

ㄅㄠˋ ①胸襟、胸懷：〈懷抱〉②用手臂摟住：〈環抱、擁抱、摟抱〉③心裡想著：〈抱怨、抱憾、抱恨〉④孵蛋：〈抱窩、抱小雞〉⑤養育：〈她已經抱娃娃了〉。

造詞 抱空、抱屈、抱負、抱病、抱歉、抱佛腳、抱不平／抱頭痛哭、抱殘守缺、抱薪救火、抱冰握火。

同 擁。

手部5畫

拘

一 十 扌 扌 扚 扚 拘 拘

ㄐㄩ ①逮捕、捉拿：〈拘捕、拘拿〉②囚禁：〈拘禁〉③約束、限制：〈多寡不拘、不拘大小〉④顧忌：〈不拘小節〉⑤呆板不知變通：〈拘泥〉。

造詞 拘束、拘限、拘票、拘執、拘檢、拘謹、拘禮。

同 捕、捉、押。

手部5畫

拖

一 十 扌 扌 扌 拖 拖 拖

ㄊㄨㄛ ①牽拉：〈拖車、拖拽、拖著沉重的腳步回家〉②延遲：〈拖延、推拖〉③垂在後面：〈小狗拖著尾巴到處跑、長髮拖地〉。

造詞 拖欠、拖垮、拖累、拖鞋／拖人落水、拖泥帶水。

同 拉、拽。

手部5畫

拗

一 十 扌 扌 扌 扌 拗 拗

ㄠˋ ①固執、不順從：〈執拗、拗口、拗脾氣〉②反抗：〈你和他拗些什麼？〉。

ㄋㄧㄡˋ 不順從：〈他的脾氣真拗〉。

ㄠˇ 折：〈拗花、拗斷〉。

造詞 拗直、拗口令、拗不過。

手部5畫

拆

一 十 扌 扌 扩 扩 折 拆

ㄔㄞ ①把合在一起的東西分開：〈拆開、拆散、拆信〉②毀壞：〈拆房子、拆除〉。

造詞 拆字、拆卸、拆穿、拆毀、拆夥、拆閱、拆爛汙。

手部5畫

抬

一 十 扌 扌 扌 扌 抬 抬

ㄊㄞˊ ①向上舉起、仰起：〈抬頭、抬手〉②用手或肩膀搬東西：〈抬轎、抬桌子〉③提高：〈抬價〉。

造詞 抬眼、抬槓、抬舉／哄抬／抬頭挺胸。

同 扛。

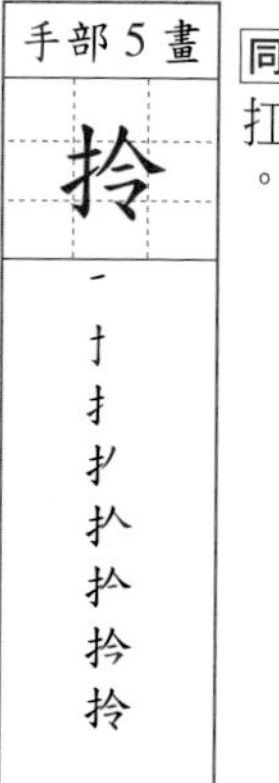

手部5畫 **拎**

一 十 才 扌 扒 拎 拎

ㄌㄧㄥ 用手提著：〈拎著行李、拎東西〉。

請注意：「拎」是指提拿輕東西，「提」是指提拿重東西。

手部5畫 **拜**

拜 ′ 二 三 手 手 手 手 拜

ㄅㄞˋ ①低頭拱手行禮，或是兩手伏地行禮：〈跪拜、祭拜〉②祝賀：〈拜年、拜壽〉③擔任某種職務：〈官拜將軍〉④封官職：〈拜將、拜相〉⑤互相訪問：〈回拜〉⑥恭敬的：〈拜見、拜謝〉⑦姓。

造詞 拜拜、拜託、拜訪、拜把、拜堂、拜望、拜會、拜金／崇拜、禮拜、迎拜、叩拜／拜倒石榴裙下。

同 賀。

手部5畫 **拊**

一 十 才 扌 扌 拊 拊

ㄈㄨˇ ①用手輕拍：〈拊手、拊掌〉②通「撫」，撫慰：〈拊我愛我〉。

手部5畫 **拏**

拏 ㄑ ㄆ 女 如 奴 奴 拏 拏

ㄋㄚˊ 通「拿」，拘捕：〈把他拏下〉。

手部6畫 **挖**

挖 一 十 才 扌 扌 扩 扩 挖

ㄨㄚ ①掘：〈挖洞〉②用手掏取：〈挖耳垢〉③掏耳垢的工具：〈耳挖子〉。

造詞 挖角、挖苦、挖掘、挖土機／挖空心思、挖肉補瘡。

同 掘。

手部6畫 **按**

按 一 十 才 扌 扌 扩 按 按

ㄢˋ ①用手指向下壓：〈按門鈴〉②抑止、停止：〈按兵不動、按下不提〉③依照：〈按時、按圖施工〉④壓制某種感覺：〈按捺不住心頭怒火〉⑤給書或文章做說明或評論：〈按語、編者按〉。

造詞 按理、按鈕、按期、按摩／巡按、糾按、稽按／按部就班、按圖索驥。

同 壓、照、擱、撫。

手部6畫 **拽**

拽 一 十 才 扌 扣 扣 抻 拽

ㄓㄨㄞˋ ①拉、扯：〈把門拽上、拽著衣角〉②用力扔出：

〈把球拽出去、拽泥巴〉③胳臂有毛病或受了傷，不能伸屈：〈拽胳臂兒〉④拖拉：〈拽車〉⑤牽引：〈拽滿弓〉。

手部6畫

拭

ㄕˋ 擦、抹：〈拭淚、拂拭、擦拭、揩拭〉。

造詞 拭目以待。

同 拂、抹。

手部6畫

持

ㄔˊ ①固守舊的事物：〈保持〉②扶助、幫助：〈扶持〉③拿、握：〈持槍、持筆〉④管理：〈主持、操持〉⑤對抗、抵抗：〈相持不下〉⑥挾制：〈劫持〉⑦姓。

造詞 持久、持重、持續、持戒／維持、堅持、支持、把持／持之以恆、持盈保泰。

同 拿、握、執。

手部6畫

拮

ㄐㄧㄝˊ 境況困難，錢財不夠用：〈拮据〉。

手部6畫

拯

ㄓㄥˇ 援助、救：〈拯救、拯恤〉。

同 救。

手部6畫

指

ㄓˇ ①手掌或腳掌前端分支的部位：〈手指、拇指、腳趾〉②對著、向著：〈指東說西、時針正指八點〉③提示：〈指引、指示、指點〉④依靠、仰仗：〈指望、指靠〉⑤斥責：〈指責〉⑥直立起來：〈令人髮指〉。

造詞 指令、指甲、指紋、指揮、指摘、指導、指明、指派、指數、指南針／食指、戒指、意指、屈指／指日可待、指名道姓、指桑罵槐、千夫所指、首屈一指。

手部6畫

拱

ㄍㄨㄥˇ ①兩手相合、表示恭敬：〈拱手〉②懷抱、圍繞：〈眾星拱月〉③推、頂：〈幼苗拱出土〉④身體彎成弧形或是弧形的建築物：〈拱腰、拱橋〉。

造詞 拱形、拱衛、拱豬／拱手作揖、墓木已拱。

同 護、彎。

手部6畫

拷

拷

ㄎㄠˇ 用板子、棍棒來打：〈拷打、拷問〉。

造詞 拷囚、拷責、拷貝。

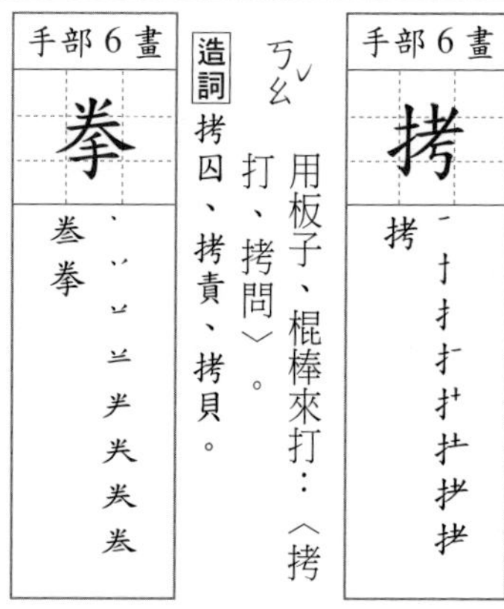

手部6畫

拳

拳

ㄑㄩㄢˊ ①五個手指向掌心握緊的形狀：〈拳頭、握拳〉②一種徒手的武術：〈少林拳、太極拳〉③彎曲的：〈拳曲〉④姓。

造詞 拳拳、拳捷、拳踢、拳擊／打拳、空拳、跆拳、出拳／拳打腳踢、拳拳服膺、赤手空拳。

手部6畫

挈

挈

ㄑㄧㄝˋ ①提、舉：〈提綱挈領〉②帶領：〈挈帶、扶老挈幼〉。

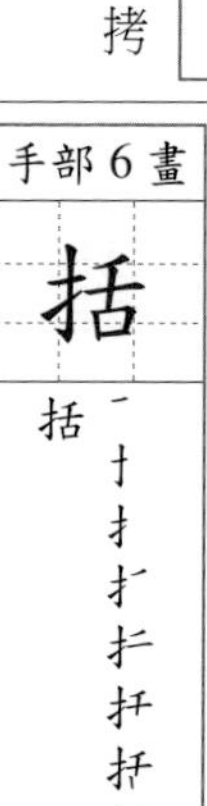

手部6畫

括

括

ㄍㄨㄚ ①包含：〈包括、總括〉②搜求、聚集：〈搜括〉③獲致：〈囊括〉。

ㄎㄨㄛˋ 靠近肛門、尿道等排泄口，有收縮和放鬆的功能：〈括約肌〉。

造詞 括弧、括號、括囊／概括、統括、含括、兼括。

手部6畫

拾

拾

ㄕˊ ①數目中，「十」的大寫②撿取：〈拾金不昧、拾紙屑〉③收集、整理：〈收拾〉。

ㄕㄜˋ 通「涉」，一步一步的走踏：〈拾級而上〉。

造詞 採拾、掇拾、揀拾／拾人牙慧、不可收拾。

手部6畫

拴

拴

ㄕㄨㄢ ①用繩子繫住：〈拴住、拴馬〉②把門扣住：〈拴門〉。

手部6畫

拼

拼

ㄆㄧㄣ ①將零碎的事物湊在一起：〈拼湊、七拼八湊〉②通「拚」，捨棄、不顧一切的去做：〈拼命、拼死〉。

造詞 拼音、拼組、拼圖、拼盤／打拼。

同 拚。

挑

手部6畫

挑　一 十 扌 扌 扌 扌 扎 挑 挑

ㄊㄧㄠ ①把東西擔負在肩上：〈挑水、挑夫〉②選擇：〈挑選、挑毛病〉。

ㄊㄧㄠˇ ①撥動：〈挑琴〉②引誘：〈挑逗〉③引起：〈挑撥〉④用針穿：〈挑花〉。

造詞 挑動、挑戰、挑釁、挑剔／撿挑、單挑、肩挑／挑撥離間、挑弄是非。

同 擔、選、逗。

拿

手部6畫

拿　ノ 人 亼 亼 合 合 合 拿 拿

ㄋㄚˊ ①用手握持東西：〈拿刀、拿筷子〉②掌握：〈拿主意、十拿九穩〉③取：〈拿錢〉④拘捕：〈捉拿、狗拿耗子〉⑤用：〈拿話哄人、拿事實證明〉⑥把、將：〈拿白天當黑夜〉。

造詞 拿手、拿翹／緝拿、擒拿、捕拿、提拿。

同 抓。

挌

手部6畫

挌　一 十 扌 扌 扌 抆 挌 挌

ㄍㄜˊ 打擊：〈挌鬥〉。

挾

手部7畫

挾　一 十 扌 扌 扌 扌 扌 挾 挾

ㄒㄧㄚˊ ①把東西夾在腋下：〈挾著皮包、挾泰山以過北海〉②懷著、暗藏：〈挾仇〉③控制：〈要挾〉④通「夾」，持拿：〈挾書〉。

造詞 挾制、挾勢、挾擊。

振

手部7畫

振　一 十 扌 扌 扌 扌 扌 振 振

ㄓㄣˋ ①通「震」，搖動：〈振動、威振天下〉②奮發：〈士氣大振、振作〉③興起：〈振興〉④舉起：〈振臂一呼〉⑤揮動：〈振筆疾書〉⑥姓。

造詞 振奮、振濟／力振、三振、強振、不振／振振有辭、振古鑠今、一蹶不振。

請注意：「震」與「振」都當作「動搖」解釋：大的動搖用「震」，小的動搖用「振」。

捕

手部7畫

捕　一 十 扌 扌 扌 扌 扌 捕 捕

ㄅㄨˇ ①古代緝拿壞人的官差：〈巡捕〉②捉拿：〈捕捉、緝捕〉③獵取：〈捕魚、捕獸〉④姓。

造詞 捕手、捕快、捕頭／追捕、逮捕、擒捕／捕風捉影。

同 捉。

手部 7 畫

捂

ㄨˇ ①用手遮住：〈捂住眼睛、捂著嘴巴〉②密封起來，使不透氣：〈放在罈子裡捂起來、捂著被子〉。

手部 7 畫

捆

ㄎㄨㄣˇ ①量詞，東西一束叫「一捆」：〈一捆木頭、一捆柴火〉②把東西綁在一起：〈捆行李、捆柴、捆綁〉。

同 綁。

手部 7 畫

揑

ㄋㄧㄝ ①用手指頭拈緊或夾住東西：〈揑鼻子〉②用手指頭搓揉：〈揑麵人〉③虛構、假造：〈揑造事實〉。

造詞 揑合、揑詞／捉揑、拿揑／揑一把汗、揑手揑腳、揑神揑鬼。

手部 7 畫

捉

ㄓㄨㄛ ①拿、握著：〈捉筆作畫〉②抓、拘捕：〈捕捉、捉賊〉③戲弄：〈捉弄〉。

造詞 捉刀、捉拿、捉摸、捉迷藏／捉襟見肘。

同 捕、抓。

手部 7 畫

挺

ㄊㄧㄥˇ ①量詞，計算直長器物的單位：〈一挺機關槍〉②撐直、凸出：〈挺起腰來、挺胸〉③堅持不屈，勉強支持：〈硬挺著做〉④硬而直：〈挺直、筆挺、挺立〉⑤特別突出的：〈挺拔、英挺〉⑥很、甚：〈挺好、挺用功〉。

造詞 挺秀、挺進／挺身而出、挺然卓立。

請注意：「挺」和「怪」都能修飾動詞、形容詞。習慣上，「怪」不能修飾：壞、對、普通、卑鄙、支持、擁護、能夠、願意等字詞，而且「怪」的前面不能加上「不」，「怪」的後面常加上「的」，這些都和「挺」的用法不一樣。

手部7畫

捐

捐 捐

ㄐㄩㄢ ①人民向政府繳納的稅金：〈稅捐、房捐、教育捐〉②贈送財物給別人：〈捐贈、捐款、捐獻〉③捨棄、犧牲：〈為國捐軀〉。

造詞 捐血、捐助、捐輸／樂捐、義捐、募捐、苛捐。

手部7畫

挽

挽 挽

ㄨㄢˇ ①牽引、拉：〈挽牛、挽舟〉②通「綰」，捲起來：〈挽起袖子〉③設法使情況好轉或恢復原狀：〈挽回、挽救、力挽狂瀾〉。

造詞 挽手、挽留。

同 拉、救、提、攙。

手部7畫

挪

挪 挪

ㄋㄨㄛˊ ①移動：〈把椅子挪一下〉②把某種款項移作其他用途：〈挪用、挪借〉。

造詞 挪威、挪移、挪動。

同 移。

手部7畫

挫

挫 挫

ㄘㄨㄛˋ ①做事不順利、失敗：〈挫折、挫敗〉②按抑，使音調暫時停頓：〈抑揚頓挫〉③壓抑：〈挫其銳氣〉④屈辱：〈挫辱〉。

手部7畫

挨

挨 挨

ㄞ ①依照、順著次序：〈挨家挨戶、挨次坐下〉②遭受：〈挨打、挨餓〉③靠近：〈挨近、挨肩並坐〉④拖延：〈挨時間、挨到中午〉。

手部7畫

捎

捎 捎

ㄕㄠ ①順便傳達消息或帶東西：〈捎信〉②輕輕拂過：〈風從臉上捎過〉。

ㄕㄠˋ ①雨向某方向灑落：〈雨捎進來了！〉②灑水：〈在水果上捎些水〉③退卻：〈請你往後捎一捎〉④窺伺：〈用眼睛往後捎〉。

手部7畫

捅

捅 捅

ㄊㄨㄥˇ ①刺、戳：〈把氣球捅破、他被捅了一刀〉②

觸惹：〈不要去捅蜂窩、捅樓子〉③揭發：〈捅心陰私〉。

捍　手部7畫

一 十 扌 扌 扣 扣 扣 扣 捍 捍

ㄏㄢˋ　保衛、抵禦：〈捍衛〉。

請注意：「捍衛」和「保衛」意思相同，但是「捍衛」通常用在重大且比較抽象的事物，例如：捍衛國家主權。

捌　手部7畫

一 十 扌 扌 扣 扣 扨 捌 捌

ㄅㄚ　數目名，「八」的大寫：〈捌佰元〉。

捋　手部7畫

一 十 扌 扌 扌 扌 扌 捋 捋

ㄌㄜ　①撫摸：〈捋虎鬚〉②揉搓：〈捋奶〉③將環套著的東西取下：〈把戒指捋下〉。

ㄌㄩˇ　用手順著摸過去：〈把紙捋平、捋捋長鬚〉。

ㄌㄨㄛ　用手握住東西，向另一端輕輕滑動過去：〈捋袖子、捋樹葉〉。

造詞 捋臂捲袖。

挲　手部7畫

丶 丶 氵 氵 汌 沙 沙 沙 挲 挲 挲

ㄙㄨㄛ　用手搓撫：〈摩挲〉。

挹　手部7畫

一 十 扌 扌 扣 扣 扣 扣 挹

ㄧˋ　汲取：〈挹注〉。

同 舀、汲。

掠　手部8畫

一 十 扌 扌 扩 扩 拧 拧 掠 掠 掠

ㄌㄩㄝˋ　①書法中由右上向左下的長撇，例如「才」字中的「丿」②奪取：〈掠奪、掠取、掠人之美〉③輕輕的擦過或拂過：〈春風掠面、掠過〉④用手輕輕梳理：〈掠掠鬢髮〉。

造詞 掠地、掠美、掠奪／剽掠、拂掠、肆掠／浮光掠影。

請注意：「掠」和「略」都有奪取的意思；但是「掠」多用在奪取財物，「略」都用在奪取土地。

控　手部8畫

一 十 扌 扌 扌 扩 扩 拧 控 控 控

ㄎㄨㄥˋ　①告狀：〈控告、控訴、指控〉②操縱：〈控制、遙控、控馭〉。

同 制、告。

手部8畫

捲

ㄐㄩㄢˇ ①量詞，計算筒狀的東西：〈一捲字畫、一捲底片〉②彎轉成圓筒形的東西：〈春捲、蛋捲、菸捲〉③把東西彎轉成圓筒形：〈捲簾、捲紙〉④把東西吹起或裹住：〈風捲殘雲、西風捲落葉〉⑤聚斂：〈捲款而逃〉⑥被牽連：〈捲入謀殺案〉⑦收羅：〈捲土重來〉。

造詞 捲舌、捲逃、捲尺、捲鋪蓋／席捲、龍捲、包捲、收捲／捲入漩渦。

請注意：「捲」和「卷」都有收斂起來的意思，但是「卷」還可以解釋為試卷、卷帙等意思。

手部8畫

掖

一ㄝˋ ①提拔、幫助：〈獎掖、扶掖〉②旁邊的：〈掖門〉。

一ㄝ 塞藏：〈把書掖在懷裡〉。

手部8畫

掄

ㄌㄨㄣˊ 選擇、選取：〈掄才〉。

ㄌㄨㄣ ①揮動：〈掄刀、掄拳、掄棍〉②浪費金錢：〈掄個精光〉。

手部8畫

接

ㄐㄧㄝ ①托住、承受：〈接住球〉②連續：〈接續、接二連三〉③輪替、輪換：〈接替、接班〉④靠近：〈接近、接壤〉⑤收、受：〈接受、接收、接電話〉⑥相迎：〈接待〉⑦連結：〈接骨、接電〉⑧繼承：〈接任〉⑨碰著：〈接觸〉⑩姓。

造詞 接引、接生、接見、接吻、接風、接納、接管、接談、接頭、接濟／交接、迎接、銜接、應接／接二連三、接踵而至、目不暇接、青黃不接。

同 收、受、納。

手部8畫

捷

ㄐㄧㄝˊ ①勝利：〈告捷、捷報、奏捷〉②戰勝：〈大捷、連戰皆捷〉③快速的樣子：〈迅捷、敏捷、捷足先登〉④

姓。

造詞 捷徑、捷泳、捷克、捷運／快捷。

同 勝、快、迅、速。

手部8畫

捧

一 十 扌 扌 扌 扌 扌 扶 扶 扶 捧

ㄆㄥˇ ①張開兩隻手掌托著東西：〈捧菜、捧著碗〉②支持、替人壯大聲勢：〈捧場、你別捧我了〉。

造詞 捧手、捧腹、捧讀／瞎吹胡捧。

手部8畫

掘

一 十 扌 扌 扌 护 护 掘 掘 掘 掘

ㄐㄩㄝˊ 挖、穿鑿：〈掘洞、掘井、發掘〉。

造詞 採掘、開掘、挖掘。

同 挖。

手部8畫

措

一 十 扌 扌 扌 扌 扌 措 措 措 措

ㄘㄨㄛˋ ①安放、處置：〈措手不及、手足無措、措置〉②運用：〈措辭〉③計畫辦理：〈措施、籌措、措辦〉。

同 置、放、籌。

手部8畫

捱

一 十 扌 扌 扌 扌 扌 扌 捱 捱 捱

ㄞˊ ①忍受、遭受：〈捱餓、捱打、捱罵〉②靠近：〈捱著媽媽〉③拖延：〈捱時間、捱一天算一天〉。

同 挨。

手部8畫

掩

一 十 扌 扌 扌 扌 扌 扌 掩 掩 掩

ㄧㄢˇ ①遮蓋：〈掩人耳目、遮掩、掩口而笑〉②關閉：〈掩門〉③出其不意的：〈掩殺、掩襲〉。

造詞 掩埋、掩飾、掩蓋、掩蔽、掩面、掩護、掩鼻／掩耳盜鈴。

同 遮、蔽、藏、隱。

手部8畫

掉

一 十 扌 扌 扌 扌 扌 扌 掉 掉 掉

ㄉㄧㄠˋ ①落下：〈掉下來、掉眼淚〉②落在後面：〈掉隊〉③減少、脫落：〈掉色、掉毛〉④遺失：〈車票掉了〉⑤替換：〈掉換、掉包、替掉〉⑥轉回：〈掉頭就跑〉⑦完、去，用在動詞後面，表示動作完成：〈吃掉、花掉、用掉〉。

造詞 丟掉、死掉、當掉、去掉／掉以輕心、尾大不掉。

同 丟。

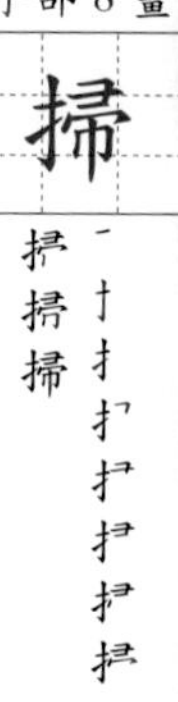

ㄙㄠˇ ①用掃帚除去塵土或汙物：〈掃地、打掃〉②消除、消滅：〈掃蕩、掃盲、掃黑〉③塗抹：〈淡掃蛾眉〉④迅速的掠過：〈掃射、用眼睛一掃〉⑤打消：〈掃興〉⑥全部的：〈掃數歸還〉。

ㄙㄠˋ 掃地的用具：〈掃把、掃帚〉。

造詞 掃除、掃描、掃墓、掃塵／清掃、橫掃、灑掃。

同 除。

手部8畫 **掛**

ㄍㄨㄚˋ ①量詞，成串的東西：〈一掛香蕉、一掛鞭炮〉②懸起、吊起：〈懸掛、掛起風帆〉③登記：〈掛號〉④想念、放在心上：〈掛念、不足掛齒〉⑤鉤：〈樹枝掛住衣服〉⑥暫記：〈掛帳〉⑦懸著的：〈掛鏡、掛圖〉。

造詞 掛名、掛彩、掛帥／吊掛、牽掛／掛一漏萬、一絲不掛、掛羊頭賣狗肉。

同 吊、懸、記。

手部8畫 **捫**

ㄇㄣˊ 撫摸：〈捫心自問〉。

同 摸。

手部8畫 **推**

ㄊㄨㄟ ①從後面用力使東西向前移動：〈推車、長江後浪推前浪〉②擴充、開展：〈推展、推行、推銷〉③選舉：〈推選、公推〉④判斷：〈推算、推測、推斷〉⑤拒絕：〈推辭〉⑥佩服、擁護：〈推崇〉⑦找藉口躲避：〈推病不去、推故不到〉⑧把過失或責任加在別人身上：〈推諉、推卸〉⑨挑除：〈推陳出新〉⑩往後延：〈推延、推遲〉。

造詞 推究、推事、推卻、推託、推理、推敲、推論、推荐、推翻、推斷、推讓／首推、類推／推己及人、推三阻四、推心置腹、推波助瀾。

同 舉、荐、測。

手部8畫 **授**

ㄕㄡˋ ①給與、交給：〈授權、授職〉②教、傳習：〈授課、教授、講授〉③任命：〈授官〉④獻出：〈授命〉⑤

姓。

造詞 授受、授業、授與、授旗／口授、傳授、神授。

同 給、交、傳。

反 受。

掙

手部 8 畫

ㄓㄥ ①用力支持：〈掙扎〉②用力擺脫：〈掙脫〉③爭取：〈掙面子〉④用力拉扯：〈掙斷〉。

ㄓㄥˋ 努力賺取：〈掙錢〉。

探

手部 8 畫

ㄊㄢˋ ①專門在暗中偵察實情的人：〈偵探、密探、警探〉②尋找：〈探求、探討〉③訪問、希望：〈探問、探望〉④伸出：〈探頭探腦〉⑤測試、打聽：〈試探、探聽、探口氣〉⑥偵察：〈探險〉⑦嘗試：〈探湯〉。

造詞 探戈、探花、探索、探視／打探、訪探、採探／探囊取物。

採

手部 8 畫

ㄘㄞˇ ①通「采」，用手摘取：〈採花、採摘〉②開發、挖掘：〈採礦、開採〉③通「采」，選取：〈採取、採用〉④尋找、搜集：〈採訪、採集〉。

造詞 採光、採油、採信、採風、採納、採辦、採購、採選、採收。

同 摘、選。

掬

手部 8 畫

ㄐㄩˊ ①兩手併合著捧取：〈掬起一把沙、掬水〉②表露在外：〈笑容可掬〉。

排

手部 8 畫

ㄆㄞˊ ①軍隊的編制，在班之上，連之下：〈班、排、連、隊〉②排骨的簡稱：〈牛排、豬排〉③整編次序：〈排列、排隊、排座位〉④排開：〈把眾人排開〉⑤消除：〈排解、排除〉⑥預演：〈排演〉⑦拒斥：〈排斥〉⑧瘦的：〈這個人好排〉。

ㄆㄞˇ ①一種搬家或載貨用的車：〈排子車〉②把鞋子撐大以合乎某種形狀。

造詞 排泄、排長、排球、排場、排遣、排練、排擠／安排、並排／排難解紛。

同 擺、除、擠、練。

掏 手部8畫

一 十 扌 扌 扚 扚 扚 扚 掏 掏 掏

ㄊㄠ ①伸手探取東西：〈掏腰包、掏錢〉②挖：〈掏耳朵、掏洞〉。

掀 手部8畫

一 十 扌 扌 扩 扩 扸 扸 掀 掀 掀

ㄒㄧㄢ ①用手揭開：〈掀窗簾、掀開被子〉②翻騰、湧起：〈掀起風暴〉③吹翻：〈狂風把屋頂都掀了〉④大規模的興起、發動：〈掀起棒球的熱潮〉。

造詞 掀天揭地。

捻 手部8畫

一 十 扌 扌 扒 扲 拎 拎 捻 捻 捻

ㄋㄧㄢˇ ①用紙或線搓揉成的條狀物：〈紙捻兒、線捻〉②用手指搓、揉：〈捻紙、捻鬍子〉。

ㄋㄧㄝ 通「捏」：〈捻鼻子〉。

同 拈、撚。

捩 手部8畫

一 十 扌 扌 扩 护 护 护 捩 捩 捩

ㄌㄧㄝˋ 扭轉：〈轉捩點〉。

捨 手部8畫

一 十 扌 扌 扒 扲 拎 拎 捨 捨 捨

ㄕㄜˇ ①放棄、拋棄：〈捨棄、捨生取義〉②散布：〈施捨〉。

造詞 捨得、捨不得／不捨、取捨、割捨、難捨／捨己為人、捨本逐末、捨近求遠、依依不捨。

同 棄。

掣 手部8畫

丿 𠂉 仁 午 告 告 制 制 掣 掣 掣 掣

ㄔㄜˋ ①拉住、扯住：〈掣肘、牽掣〉②抽取：〈掣劍、掣取〉。

造詞 掣電、掣籤、掣後腿／風馳電掣。

掌 手部8畫

丨 丨 丨 ⺌ 𫩏 尚 尚 尚 掌 掌 掌 掌

ㄓㄤˇ ①手心、足心，就是手掌和腳的中央部分：〈手掌、腳掌〉②某些動物的腳底板：〈熊掌、鴨掌〉③用手掌擊打：〈掌嘴〉④用手握持控制：〈掌舵〉⑤點燃：〈掌燈〉⑥主持、管理：〈掌管、掌門、掌權〉⑦姓。

造詞 掌印、掌政、掌理、掌握、

掌聲、掌櫃／巴掌、合掌、職掌、魔掌／掌上明珠、易如反掌、摩拳擦掌、瞭如指掌。

手部8畫

捺

ㄋㄚˋ ①書法的筆法之一，由左上往右下斜去，如「人」字的「㇏」②用手指按下：〈捺手印〉③抑制、壓住：〈按捺不住、捺著性子〉。

手部8畫

掇

ㄉㄨㄛˊ ①拾取：〈掇拾〉②用雙手搬、端：〈掇凳子〉③慫恿：〈攛掇〉。

造詞 掇過、掇遺、掇賺／拾掇、取掇、摘掇／掇乖弄俏、掇臀捧屁。

手部8畫

掐

ㄑㄧㄚ ①用手指或指甲捏按：〈掐脖子、掐他一把〉②用指甲折摘：〈掐一朵花、掐尖兒〉③用拇指尖輕按別的指節來測度：〈掐指一算〉。

造詞 掐頭去尾。

手部8畫

据

ㄐㄩ 困窘、缺錢用：〈拮据〉。

ㄐㄩˋ 通「據」。

手部8畫

掮

ㄑㄧㄢˊ 用肩扛東西：〈掮行李〉。

造詞 掮客。

手部8畫

掰

ㄅㄞ 用手把東西分開或折斷：〈掰開、掰交情〉。

手部8畫

掂

ㄉㄧㄢ ①用手估量物品的輕重：〈掂一掂這隻雞有多重、掂算〉②斟酌、思量揣測：〈掂對〉。

造詞 掂斤估兩。

手部8畫

捵

ㄔㄣ 拉長：〈橡皮筋愈抻愈長〉。

造詞 抻麵。

掱 手部8畫

一 二 三 手 手 手 手 手 手 手 手 掱

ㄕㄡˇ 扒手、偷取別人財物的人。

描 手部9畫

一 十 扌 扌 扌 扌 扌 扌 拮 拮 描 描

ㄇㄧㄠˊ ①照著樣子寫或畫：〈描繪、描圖、素描〉②重複塗抹：〈愈描愈黑〉。

造詞 描述、描摹、描寫、描畫／照描、掃描、輕描。

捶 手部9畫

一 十 扌 扌 扌 扦 扦 扦 扦 捶 捶 捶

ㄔㄨㄟˊ ①用來敲打的器具：〈鐵捶、鼓捶〉②通「搥」，敲、打：〈捶背、捶打〉。

造詞 捶胸頓足。

同 搥、槌。

揀 手部9畫

一 十 扌 扌 扌 扌 扌 扌 揀 揀 揀 揀

ㄐㄧㄢˇ ①挑選：〈揀選、揀取〉②通「撿」，把東西拾起來：〈揀破爛〉。

造詞 揀定、揀剔、揀擇／揀精揀肥。

揩 手部9畫

一 十 扌 扌 扌 扌 扌 扌 揩 揩 揩 揩

ㄎㄞ ①擦、抹：〈揩汗、揩桌椅〉②塗抹：〈地板揩上亮光漆〉。

造詞 揩油、揩背、揩擦。

同 擦、拭、抹。

揉 手部9畫

一 十 扌 扌 扌 扌 扌 扌 揉 揉 揉 揉

ㄖㄡˊ ①用手來回的擦或搓：〈揉眼睛、揉搓〉②搓在一起：〈揉成一團、揉麵〉③把直的弄成曲的，把曲的弄成直的：〈矯揉〉。

揆 手部9畫

一 十 扌 扌 扌 扌 扌 扌 揆 揆 揆 揆

ㄎㄨㄟˊ ①官員，古代稱宰相為首揆，近代用來稱內閣總理或相當於內閣總理的官職：〈揆席〉②尺度③推測、揣度：〈揆度、揆情度理〉④管理：〈以揆百事〉。

造詞 測揆、度揆、道揆／揆道守法。

手部9畫

揍

ㄗㄡˋ 打：〈揍他一頓、挨揍〉。

同 打。

手部9畫

插

ㄔㄚ ①扎進去、放進去：〈把針頭插進血管、插花〉②栽種：〈插秧〉③從中加入：〈插足、插嘴、插手〉。

造詞 插天、插曲、插座、插班、插圖、插隊、插頭／插翅難飛。

同 刺。

手部9畫

揣

ㄔㄨㄞˇ ①估計、猜測：〈揣測、揣度、揣摩〉②把東西藏在懷裡：〈把書揣好、揣著手〉。

手部9畫

提

ㄊㄧˊ ①書法中由下斜向上寫的筆畫，如「冰」字中的「㇀」②一種舀取液體的器具：〈油提〉③垂手拿東西：〈提水、提燈〉④取出：〈提款〉⑤標舉出：〈提倡、提名〉⑥振作：〈提神〉⑦懸：〈提心吊膽〉⑧由下往上移：〈提升、提褲子〉⑨把時間往前挪：〈提前〉⑩敘說：〈重提往事〉⑪摘錄出：〈提要〉⑫用手提拿：〈提溜〉⑬小心防備：〈提防〉⑭朱提，銀的別名⑮姓。

造詞 提及、提示、提拔、提供、提高、提案、提單、提煉／菩提、孩提、前提、舉提／提綱挈領、絕口不提。

手部9畫

握

ㄨㄛˋ ①量詞，一把稱為一握：〈一握沙子〉②用手拿著或抓著：〈握筆、握刀〉③掌管：〈握權〉。

造詞 握手、握別、握拳／把握、掌握、盈握／握拳透爪、大權在握。

同 把、報、拿。

手部9畫

揖

一 ①古代一種拱手行禮的方式：〈打恭作揖〉②拱手行禮：〈長揖〉③謙虛：〈揖讓〉④邀請：〈開門揖

盜〉。

ㄐㄧˊ　通「輯」，會合。

造詞　拱揖、延揖、前揖。

手部9畫
揭

ㄐㄧㄝ　①高舉：〈揭竿而起〉②表露：〈揭示、揭穿、揭開謎底〉③掀開、掀起：〈揭鍋蓋〉④拉開：〈揭幕〉⑤撕下來：〈揭膏藥〉⑥姓。

ㄑㄧˋ　拉起褲管或衣衫下襬走過淺水。

造詞　揭發、揭曉、揭露、揭櫫／昭然若揭。

同　開、掀。

手部9畫
揮

ㄏㄨㄟ　①搖動、舞動：〈揮手、揮扇、揮刀〉②散開：〈揮發〉③甩、灑：〈揮汗如雨〉④發號施令：〈指揮、揮軍前進〉。

造詞　揮拳、揮毫、揮淚、揮霍／發揮／揮金如土、揮灑自如、揮霍無度、借題發揮。

手部9畫
援

ㄩㄢˊ　①救助：〈支援、救援〉②用手向上攀附：〈攀援高山〉③引用、依照：〈援例辦理〉④拿起來：〈援筆〉⑤引荐：〈舉賢援能〉。

造詞　援引、援助、援隊／求援、討援、後援、聲援／援古證今、援筆立就。

同　助、救、幫。

手部9畫
揪

ㄐㄧㄡ　用手扭住或抓住：〈揪住〉。

造詞　揪心扒肝。

手部9畫
換

ㄏㄨㄢˋ　①對調、交易：〈交換、換錢〉②更改、改變：〈變換、換車、物換星移〉。

造詞　換牙、換帖、換季、換班／互換、兌換、更換、調換、對換、變換、轉換／換骨奪胎、換湯不換藥。

手部9畫
摒

ㄅㄧㄥˋ ①挑除：〈摒斥、摒除、摒棄〉②收拾、整理：〈摒擋行裝〉。

手部9畫 **揚**

ㄧㄤˊ ①把東西高高的舉起來：〈揚帆、揚手、揚鞭〉②稱讚、讚美：〈頌揚、表揚〉③宣傳：〈宣揚、揚言〉④飄動：〈飛揚、飄揚〉⑤掀起：〈揚起灰塵〉⑥得意的樣子：〈趾高氣揚、意氣揚揚〉⑦容貌出眾的樣子：〈其貌不揚〉⑧姓。

造詞 稱揚、發揚、悠揚、表揚、顯揚、高揚／揚名天下、揚眉吐氣。

手部9畫 **揶**

ㄧㄝˊ 戲弄、嘲笑：〈揶揄〉。

手部9畫 **揄**

ㄩˊ ①揮動：〈揄刀〉②稱讚、表揚：〈揄揚〉③戲弄、嘲笑：〈揶揄〉。

手部9畫 **揹**

ㄅㄟ 把東西負在背上：〈揹小孩、揹包袱〉。

手部9畫 **揠**

ㄧㄚˋ 拔起：〈揠苗助長〉。

手部9畫 **揝**

ㄗㄨㄢˋ ①抓、捉持：〈揝籌〉②積聚：〈揝錢〉。

手部10畫 **搓**

ㄘㄨㄛ 兩手來回揉、擦：〈搓手、搓湯圓〉。

造詞 搓弄、搓揉、搓板。

手部10畫 **搾**

ㄓㄚˋ 用力擠壓物質，使它流出汁液：〈搾甘蔗汁、搾油、搾取〉。

手部 10 畫

搞

一 十 扌 扌 扩 扩 护 护 护 搞 搞 搞 搞

ㄍㄠˇ ①做：〈把工作搞定、你在搞什麼〉②弄：〈搞清楚〉③煩擾：〈搞得人心惶惶〉④從事：〈搞電影〉。

手部 10 畫

搪

一 十 扌 扌 扩 扩 护 护 搪 搪 搪 搪

ㄊㄤˊ ①敷衍、應付：〈搪塞、搪抹〉②抵擋：〈搪風、搪飢〉③用泥土等塗抹均勻：〈搪瓷〉④觸犯：〈搪突〉。

手部 10 畫

搭

一 十 扌 扌 扌 扌 扌 扌 搭 搭 搭 搭

ㄉㄚ ①把東西支架起來：〈搭棚子〉②配合、連接：〈搭配、搭腔、搭線〉③披、掛：〈把圍巾搭在肩上、衣服搭在繩子上〉④乘坐：〈搭車〉⑤牽引：〈勾肩搭背〉⑥姓。

造詞 搭訕、搭救、搭夥、搭擋、搭配／勾搭、白搭、挑搭、附搭。

同 乘、坐、附。

手部 10 畫

搽

一 十 扌 扌 扌 扌 扌 搽 搽 搽 搽 搽

ㄔㄚˊ 塗抹、塗敷：〈搽粉、搽藥膏〉。

同 擦。

手部 10 畫

搬

一 十 扌 扌 扌 扌 扌 搬 搬 搬 搬 搬

ㄅㄢ ①移動位置：〈搬動、搬運〉②遷移：〈搬家〉③挑撥：〈搬弄是非〉。

造詞 搬磚砸腳。

手部 10 畫

損

一 十 扌 扌 扌 扌 扌 損 損 損 損 損

ㄙㄨㄣˇ ①減少：〈損失、損壽〉②失去：〈損兵折將〉③傷害：〈損傷〉④破壞：〈損壞〉⑤嘲諷：〈損人〉⑥毒辣、殘忍：〈這一招真損〉。

造詞 損友、損益、損耗／汙損、毀損、耗損、減損、無損、增損、貶損、破損／損人利己。

同 害、失、傷、毀。

手部 10 畫

搔

一 十 扌 扌 扌 扌 扌 搔 搔 搔 搔 搔

ㄙㄠ ①用指甲輕抓：〈搔癢、搔頭〉②通「騷」，擾亂：〈內外搔動〉。

造詞 搔背、搔擾／搔首弄姿、搔頭摸耳、搔虎頭弄虎鬚。

手部 10畫

搶

一 十 扌 扌 扒 扲 扲 扲 搶 搶 搶 搶 搶

ㄑㄧㄤˇ ①奪取：〈搶球、搶錢、搶劫〉②爭著去做：〈搶先〉③刮掉或擦掉物體表面的一層：〈搶破了皮〉④爭先的：〈搶修、搶購〉。

ㄑㄧㄤ ①迎著、逆著：〈搶著風往前走〉②碰撞：〈呼天搶地〉。

造詞 搶白、搶救、搶眼、搶奪、搶攤、搶鏡頭。

同 奪、劫、掠。

手部 10畫

搜

一 十 扌 扌 扌 扌 扌 扌 扌 扌 搜 搜

ㄙㄡ ①尋找：〈搜求、搜索〉②檢查：〈搜察〉。

造詞 搜刮、搜集、搜閱、搜羅／搜索枯腸、搜根剔齒。

同 尋、找、查、索。

手部 10畫

搖

一 十 扌 扌 扌 扌 扌 扌 搖 搖 搖 搖 搖

ㄧㄠˊ ①揮擺、擺動：〈搖動、搖鈴、搖手〉②划：〈搖船〉③姓。

造詞 搖曳、搖晃、搖擺、搖籃／招搖、扶搖、動搖、飄搖／搖曳生姿、搖身一變、搖尾乞憐、搖搖欲墜、搖旗吶喊、搖頭晃腦。

手部 10畫

搗

一 十 扌 扌 扌 扌 扌 扌 搗 搗 搗 搗 搗

ㄉㄠˇ ①用杵搥打、舂擊：〈搗米、搗藥〉②攪擾、破壞：〈搗亂〉③攻擊：〈直搗敵人的巢穴〉。

造詞 搗鬼、搗蛋。

同 砸、打、擾。

手部 10畫

搏

一 十 扌 扌 扌 扌 扌 扌 搏 搏 搏 搏 搏

ㄅㄛˊ ①用手撲打：〈搏擊〉②雙方互相撲打、爭鬥：〈搏鬥、肉搏〉③捕捉：〈搏虎〉④跳動：〈脈搏、搏動〉。

造詞 互搏、手搏、徒搏。

手部 10畫

搐

一 十 扌 扌 扌 扌 扌 搐 搐 搐 搐 搐

ㄔㄨˋ 筋肉牽動：〈抽搐〉。

手部 10畫

搆

一 十 扌 扌 扌 扌 扌 搆 搆 搆 搆 搆

ㄍㄡˋ 伸長手臂來取東西：〈他太矮，搆不到窗戶〉。

造詞 搆兵、搆怨。

手部 10 畫

摀

一 十 才 扌 扩 护 护 扚 捣 捣 捣 捣 摀

ㄨˇ ①遮住：〈摀著眼睛〉②密封起來：〈摀著棉被哭〉。

造詞 摀不住、摀蓋。

手部 10 畫

搥

一 十 才 扌 扌 扌 扌 扌 扌 扌 扌 扌 搥

ㄔㄨㄟˊ 同「捶」，用拳頭或棍棒敲打：〈搥打〉。

造詞 搥背、搥鼓。

手部 10 畫

搧

一 十 才 扌 扩 护 护 护 搧 搧 搧 搧 搧

ㄕㄢ ①搖動扇子或其他東西，加速空氣流動而生風：〈搧扇子、搧風、搧火〉②用手掌擊打：〈搧耳光〉③通「煽」，從旁鼓動，挑撥事端：〈搧動〉。

同 扇、煽。

手部 10 畫

搋

一 十 才 扌 扩 扩 扩 扩 搋 搋 搋 搋 搋

ㄔㄨㄞ ①藏起來：〈搋手兒〉②用力揉：〈搋麵〉。

手部 10 畫

搨

一 十 才 扌 扫 扫 扫 扫 搨 搨 搨 搨 搨

ㄊㄚˋ 通「拓」，把碑上或器物上的花紋或字形，用紙和墨摹印下來的冊本：〈搨本〉。

手部 10 畫

搯

一 十 才 扌 扌 扌 扌 扌 搯 搯 搯 搯 搯

ㄊㄠ ①取出：〈搯摸、搯錢〉②叩擊：〈搯膺〉。

手部 10 畫

搢

一 十 才 扌 扌 扌 扌 扌 搢 搢 搢 搢 搢

ㄐㄧㄣˋ ①插著：〈搢笏〉②振動：〈搢鐸〉。

造詞 搢紳之士。

手部 10 畫

搴

丶 丷 宀 宀 宀 宀 宀 宀 宀 寒 寒 搴 搴

ㄑㄧㄢ ①拔取：〈搴旗〉②姓。

手部 10 畫

搊

一 十 才 扌 扚 扚 扚 扚 搊 搊 搊 搊 搊

ㄔㄡ ①用手指撥弄絃樂器的絃：〈搊琵琶〉②束緊：〈搊帶〉。

造詞 搊扶、搊搜。

搠　手部10畫

ㄕㄨㄛˋ　刺、戳：〈搠了一刀〉。

摁　手部10畫

ㄣˋ　用手指按捺：〈摁電鈴〉。

撤　手部11畫

ㄔㄜˋ　①免去、除掉：〈撤銷、撤職〉②退離：〈撤退、撤兵、撤回〉。

造詞　撤防、撤席。

摸　手部11畫

ㄇㄛ　①用手輕輕接觸或撫摩：〈觸摸、摸臉〉②用手探取、尋找：〈在口袋摸出一個銅板〉③試探、探求：〈摸索、摸清行情〉④偷看：〈偷雞摸狗〉⑤試著了解：〈漸漸摸出一套方法〉⑥在黑暗中行進：〈摸黑〉⑦戲玩：〈摸八圈〉。

造詞　摸骨、摸象、摸不著／瞎摸、撫摸／摸門不着。

同　撫、捫、捉、摹。

撇　手部11畫

ㄆㄧㄝ　①拋棄、丟開：〈撇開妻子、撇下子女、撇清〉②舀取浮在液體表面的東西：〈撇油、撇泡沫〉。

ㄆㄧㄝˇ　①書法中向左斜掠或橫掠的筆畫②斜斜垂去：〈撇嘴〉。

摘　手部11畫

ㄓㄞ　①用手取下來：〈摘花、摘帽子〉②選取、挑選：〈摘要、摘錄〉③借錢：〈東摘西借〉④舉發：〈摘奸發伏〉。

造詞　摘述、摘由／指摘、採摘、書摘。

摔　手部11畫

ㄕㄨㄞ　①用力往下扔：〈把帽子摔在地板上〉②擺脫：〈好不容易才摔開他〉③跌倒：〈摔倒、摔跤〉④用力揮動：〈摔門而去、摔手不顧〉⑤打：〈摔一記耳光〉⑥東西掉在地上打碎：〈杯子摔了〉。

造詞 摔破、摔痛、摔角。

同 甩。

手部11畫 **摟**

一 丨 扌 扌 扣 扣 押 押 押 押 摟 摟 摟 摟

ㄌㄡˇ　用手臂環抱：〈摟抱〉。

ㄌㄡ　①用不正當的手段貪取金錢：〈摟財、摟錢〉②聚集：〈摟柴火、摟聚〉③招攬生意：〈摟生意〉④撩起：〈摟起裙襬〉。

ㄌㄡˊ　牽引的意思。

同 抱。

手部11畫 **摺**

一 丨 扌 扌 扌 扌 扌 扌 摺 摺 摺 摺 摺 摺

ㄓㄜˊ　①可以折疊的東西：〈手摺、奏摺〉②用紙疊成、頁數固定的本子：〈存摺〉③折疊：〈摺手帕、摺紙、摺飛機〉④折疊式的：〈摺尺、摺扇〉⑤折疊的痕跡：〈摺子〉。

同 折。

手部11畫 **摑**

一 丨 扌 扌 扣 扣 扣 扣 摑 摑 摑 摑 摑 摑

ㄍㄨㄛˊ　用手掌擊打人的臉：〈摑耳光〉。

手部11畫 **摧**

一 丨 扌 扌 扌 扌 扌 扌 摧 摧 摧 摧 摧 摧

ㄘㄨㄟ　①折斷：〈摧折〉②毀壞、破壞：〈摧殘、摧枯拉朽〉。

造詞 摧辱、摧剝、摧毀／無堅不摧。

手部11畫 **摯**

一 十 土 𡈼 圭 幸 幸 幸 執 執 執 執 摯 摯 摯

ㄓˋ　①誠懇的：〈真摯〉②情感深厚的：〈摯友〉。

造詞 懇摯、誠摯。

手部11畫 **摹**

丶 丶 艹 艹 艹 苩 苩 苩 莫 莫 莫 莫 墓 摹 摹

ㄇㄛˊ　①通「模」，仿效、照樣做：〈摹仿〉②照原來的樣子寫或畫：〈臨摹、描摹〉。

造詞 摹印、摹寫、摹擬、摹繪、摹本。

手部11畫 **摩**

丶 亠 广 广 广 广 広 広 麻 麻 麻 麻 麼 摩 摩

ㄇㄛˊ　①接觸：〈摩肩接踵〉②互相切磋學習：〈觀

摩〉③迎合：〈揣摩〉④用手搓擦或兩種東西互相貼緊，來回移動：〈摩擦〉⑤很接近的意思：〈摩天大樓〉⑥用手撫慰：〈摩挲〉。

造詞 摩登、摩托車／按摩、研摩／摩拳擦掌、摩頂放踵。

請注意：「摩」和「磨」都有摩擦的意思，但是「磨」是使用工具摩擦。

手部11畫

摳

一 寸 扌 扌 扌 扌 扌 扌 扌 摳 摳 摳 摳 摳 摳

ㄎㄡ　①用手指或細小的東西往較深的地方挖：〈摳耳朵、摳鼻子〉②提起：〈摳衣〉③往深處或狹窄的方面鑽研：〈摳書本〉④小氣、吝嗇：〈這個人很摳、摳門兒〉。

手部11畫

摻

一 寸 扌 扌 扌 扌 扌 扌 扌 摻 摻 摻 摻 摻

ㄔㄢ　通「攙」，混合：〈摻雜、摻假、果汁摻了水〉。

ㄘㄢˋ　曲調。

ㄕㄢˇ　持握的意思。

手部11畫

摭

一 寸 扌 扌 扌 扌 扌 扌 扌 摭 摭 摭 摭 摭 摭

ㄓˊ　拾起來：〈摭拾、摭言、採摭〉。

手部11畫

摶

一 寸 扌 扌 扌 扌 扌 扌 扌 摶 摶 摶 摶 摶 摶

ㄊㄨㄢˊ　將散碎的東西揉捏成一團：〈摶沙、摶風、摶飯〉。

造詞 摶扶搖而直上。

手部11畫

摽

一 寸 扌 扌 扌 扌 扌 摽 摽 摽 摽 摽 摽

ㄅㄧㄠ　①通「標」，記號：〈摽識〉②指揮③擊打。

ㄆㄧㄠˇ　落下來：〈摽梅〉。

ㄅㄧㄠˋ　緊緊鉤連在一起：〈摽著胳膊〉。

手部11畫

撂

一 寸 扌 扌 扌 扌 扌 扌 撂 撂 撂 撂 撂 撂

ㄌㄧㄠˋ　①放下：〈撂下窗簾〉②扔掉、拋棄：〈把垃圾撂出去〉③留下：〈他撂下一句話就走了！〉④推：〈撂倒〉。

造詞 撂了、撂手、撂開。

手部 11 畫

摜

一 十 扌 扌 扣 扣 押 押 押 摜 摜 摜 摜 摜 摜

ㄍㄨㄢˋ ①扔掉、拋擲：〈把花摜在地上〉②摔跌：〈摜交〉。

手部 12 畫

撰

一 十 扌 扌 扌 扌 扌 扌 把 把 把 撰 撰 撰 撰

ㄓㄨㄢˋ 編寫、著述：〈撰述、撰寫、撰稿〉。

造詞 撰安、撰著、撰錄／杜撰、編撰、自撰、修撰。

同 著、述。

手部 12 畫

撞

一 十 扌 扌 扌 扌 扌 扌 拧 拧 撞 撞 撞 撞 撞

ㄓㄨㄤˋ ①敲擊：〈撞鐘、撞球〉②相碰：〈撞車、撞見〉③衝、闖：〈橫衝直撞〉④衝突：〈頂撞、莽撞〉。

造詞 撞客、撞禍、撞騙／猛撞、碰撞。

同 碰、擊。

手部 12 畫

撲

一 十 扌 扌 扌 扌 扌 扌 撲 撲 撲 撲 撲 撲 撲

ㄆㄨ ①用來拍拭的用具：〈粉撲〉②輕拍：〈撲去衣服上的灰塵〉③猛衝：〈撲過來、相撲〉④氣味熏人：〈花香撲鼻〉⑤捕捉：〈撲蝴蝶〉⑥附著：〈撲粉〉。

造詞 撲克、撲空、撲面、撲滅、撲滿、撲通、撲哧、撲簌簌／撲朔迷離。

同 打、拍、拂。

手部 12 畫

播

一 十 扌 扌 扌 扌 扌 扌 播 播 播 播 播 播 播

ㄅㄛ ①傳布、宣揚：〈廣播、播音〉②散布：〈播種〉③遷移：〈播遷〉。

造詞 播映、播送、播弄、播放／傳播、散播、導播、選播、聯播、收播、插播／威名遠播。

同 散、送、種。

手部 12 畫

撐

一 十 扌 扌 扌 扌 扌 扌 撐 撐 撐 撐 撐 撐 撐

ㄔㄥ ①支持：〈撐住大局、支撐〉②抵住、支住：〈撐竿跳、撐船〉③張開：〈撐開、撐傘〉④東西裝太滿或吃太飽：〈撐破、撐飽〉。

造詞 撐持、撐腰、撐達、撐場面／撐天柱地。

手部 12 畫

撫

一 十 扌 扌 扌 扌 扌 扌 撫 撫 撫 撫 撫 撫 撫

ㄈㄨˇ ①用手輕按或摸：〈撫劍、撫摸〉②安慰：〈安撫、撫慰〉③保護、照管：〈撫養、撫育〉④拍擊：〈撫掌〉⑤調弄：〈撫琴〉。

造詞 撫民、撫助、撫恤、撫循／巡撫、照撫、愛撫、輕撫／撫今追昔、撫時感事。

同 摸、摩、慰。

手部 12 畫

撚

ㄋㄧㄢˇ ①用手指揉搓：〈撚線、撚鬚、撚繩子〉②彈奏琵琶的指法之一。

造詞 撚紙、撚指間。

手部 12 畫

撈

ㄌㄠ ①把物體從水中取出來：〈打撈、撈魚〉②以不正當的手段獲取：〈大撈一票、撈一筆錢〉。

ㄌㄠˋ 指讓人討厭的東西：〈撈什子〉。

造詞 撈捕、撈摸、撈本。

手部 12 畫

撥

ㄅㄛ ①用手指挑弄或轉動：〈撥電話、撥動琴絃、撥鬧鐘〉②推開或挑除：〈撥雲見日〉③分發、調配：〈調撥、撥款〉。

造詞 撥冗、撥弄、撥置／反撥、挑撥、除撥／撥雨撩雲、撥亂反正。

同 挑、給。

手部 12 畫

撓

ㄋㄠˊ ①擾亂、阻礙：〈阻撓〉②屈服：〈不屈不撓、百折不撓〉③搔、抓：〈撓著癢處〉④捉住：〈撓住他的袖子〉⑤逃離：〈撓者重罰〉。

造詞 撓折、撓亂、撓頭。

同 搔、抓。

手部 12 畫

撮

ㄘㄨㄛˋ ①容量單位，一公撮等於千分之一公升②兩三個手指頭所能拿取的分量：〈一撮泥土〉③用兩三個手指頭取抓：〈撮一些茶葉泡茶〉④聚集：〈撮合〉⑤摘要：〈撮要〉⑥量詞，叢：〈一撮頭髮〉。

造詞 撮弄、撮取、撮空。

手部 12 畫

撬

一 十 扌 扌 扌 扌 扌 撬 撬 撬 撬 撬

ㄑㄧㄠˋ ①舉起：〈撬腿而坐〉②用尖尖的工具順著縫隙插入，用力把東西挑開：〈撬開大門、撬開罐頭〉。

手部 12 畫

撕

一 十 扌 扌 扌 扌 扌 扌 扌 撕 撕 撕

ㄙ ①用兩手使薄的東西裂開：〈撕破、撕裂〉②俗稱買布：〈到布店去撕幾碼布做衣服〉。

造詞 撕票、撕毀、撕破臉。

同 扯。

手部 12 畫

撒

一 十 扌 扌 扌 扌 扌 扌 扌 扌 撒 撒

ㄙㄚ ①放開、張開：〈撒手、撒網、撒了個謊〉②排泄：〈撒尿〉③耍弄、施展：〈撒野、撒嬌〉④姓。

ㄙㄚˇ 散布：〈撒種子、把黃豆撒了一地〉。

造詞 撒帳、撒開、撒潑、撒賴、撒旦、撒西米／撒手塵寰、撒潑打滾。

同 散。

手部 12 畫

撩

一 十 扌 扌 扌 扌 扌 扌 扌 扌 扌 撩

ㄌㄧㄠˊ ①挑逗、勾引：〈撩撥、春色撩人〉②整理：〈撩髮〉③抛：〈把這塊布撩在箱子裡〉④掀起：〈撩起窗簾〉⑤灑水：〈在地上撩些水〉⑥瞥見：〈撩了他一眼〉。

造詞 撩逗、撩亂／撩東劄西、撩蜂剔蠍。

同 掀、揭。

手部 12 畫

撢

一 十 扌 扌 扌 扌 扌 扌 扌 扌 扌 撢

ㄉㄢˇ ①拂去灰塵的用具：〈雞毛撢子〉②同「撣」，拂去灰塵：〈把桌子撢一撢〉。

ㄊㄢˋ 通「探」：〈撢取〉。

手部 12 畫

撅

一 十 扌 扌 扌 扌 扌 扌 扌 扌 扌 撅

ㄐㄩㄝ ①翹起：〈撅嘴、撅鬍子〉②挖掘。

手部 12 畫

撏

一 十 扌 扌 扌 扌 扌 扌 扌 扌 扌 撏

ㄒㄩㄣˊ ①拔除：〈撏毛〉②摘取：〈撏取、撏扯〉。

撣
手部 12 畫

ㄉㄢˇ　拂去：〈撣掃〉。

ㄕㄢˋ　民族名：〈撣族〉。

撳
手部 12 畫

ㄑㄧㄣˋ　①用手按住：〈撳門鈴、撳按鈕〉②垂下：〈他無力地撳著頭〉。

撻
手部 13 畫

ㄊㄚˋ　①用鞭子或棍子擊打：〈抽撻、鞭撻、撻罰〉②疾速的：〈撻伐〉。

擅
手部 13 畫

ㄕㄢˋ　①專精：〈擅長、他擅於繪畫、不擅言詞〉②自作主張、任意獨行：〈擅權、擅自作主〉。

造詞　擅入、擅名、擅改、擅美、擅動、擅場、擅斷、擅離／不擅、獨擅、專擅／擅專自為、擅離職守。

擁
手部 13 畫

ㄩㄥˇ　①抱：〈擁抱、擁膝長談〉②圍著：〈擁被而臥〉③持：〈擁有〉④通「壅」，阻塞⑤保護：〈前呼後擁〉⑥聚集：〈許多人擁在這條馬路上〉⑦眾人一起向前跑：〈一擁而上〉。

造詞　擁腫、擁護、擁戴、擁擠／擁兵自保。

同　抱、聚。

擋
手部 13 畫

ㄉㄤˇ　①攔阻：〈阻擋、擋不住、擋駕〉②遮住：〈擋風、擋太陽〉③抵抗：〈兵來將擋〉。

ㄉㄤˋ　收拾：〈摒擋行李〉。

造詞　擋住、擋禦、擋箭牌。

同　遮、攔。

撼
手部 13 畫

ㄏㄢˋ　①搖動：〈搖撼、撼動、震天撼地〉②慫恿：〈微言撼之〉。

同　震、搖。

手部 13 畫

據

一 扌 扌 扌 扩 扩 扩 护 护 护 护 據 據 據

ㄐㄩˋ　①憑證、事物的證明：〈收據、證據〉②按照：〈根據、依據〉③占領、占有：〈占據〉④憑藉：〈據理以爭〉⑤姓。

造詞 據有、據實、據說、據點／字據、憑據、割據／據為己有、據理力爭、真憑實據、進退失據。

同 依、憑、占。

手部 13 畫

擄

一 扌 扌 扌 扩 扩 扩 护 护 护 护 擄 擄 擄

ㄌㄨˇ　①用暴力搶奪、劫掠：〈擄掠〉②捉住：〈擄獲〉。

同 掠、搶。

手部 13 畫

擇

一 扌 扌 扌 扣 扣 扣 扣 押 押 押 押 擇 擇

ㄗㄜˊ　挑選：〈擇友、選擇〉。

造詞 擇交、擇吉、擇期、擇鄰／抉擇、揀擇、精擇／擇善去惡、擇善固執。

同 選、揀。

手部 13 畫

擂

一 扌 扌 扌 扩 扩 扩 扩 扩 扩 擂 擂 擂 擂

ㄌㄟˊ　①研磨東西：〈擂藥、擂胡椒〉②敲打：〈擂鼓〉③從前比賽武藝所擺設的臺子：〈擂臺〉。

造詞 自吹自擂。

手部 13 畫

操

一 扌 扌 扌 扣 扣 扣 扣 扣 扣 扣 操 操 操

ㄘㄠ　①品行、作為：〈操行、操守〉②鍛鍊身體的方法：〈早操、體操〉③把持、使用：〈操刀、操作〉④控制：〈操縱〉⑤從事：〈重操舊業〉⑥訓練：〈軍事操演〉⑦用某種語言或口音說話：〈操南方口音〉⑧勞費心力：〈操勞、操心〉⑨姓。

造詞 操場、操練、操持／出操、節操、貞操、情操／操之過急、操之在己、操筆立書、勝算可操。

同 練、作、握。

手部 13 畫

撿

一 扌 扌 扌 扒 扒 扒 拾 拾 拾 拾 撿 撿 撿

ㄐㄧㄢˇ　①通「揀」，拾取：〈撿石頭、你丟我撿〉②不應得到而得到：〈撿便宜〉。

造詞 撿到、撿拾。

同 揀。

手部 13 畫

擒

ㄑㄧㄣˊ 捕捉、逮捕：〈擒賊、擒拿、欲擒故縱〉。

造詞 擒抱、擒獲、擒縱／擒賊擒王。

同 捉、拿。

手部 13 畫

擔

ㄉㄢ ①用肩膀挑東西：〈擔水〉②負責、承當：〈擔任、擔負、擔當〉③牽掛、放不下：〈擔心、擔憂〉④挑東西的器具：〈扁擔〉。

ㄉㄢˋ ①重量單位，一公擔等於一百公斤②計算肩挑東西的單位：〈一擔米〉③比喻肩負的責任：〈重擔〉。

造詞 擔子、擔架、擔待、擔保／分擔、承擔、負擔、挑擔／自我承擔。

同 挑、負、任。

手部 13 畫

擎

ㄑㄧㄥˊ 向上舉起、支撐：〈擎起、一柱擎天〉。

造詞 擎手、擎受、擎天柱。

手部 13 畫

擊

ㄐㄧˊ ①敲打：〈擊鼓、擊掌〉②攻打：〈攻擊、襲擊〉③碰：〈撞擊〉④接觸：〈目擊〉。

造詞 擊刺、擊潰、擊破、擊節／打擊、出擊、追擊、射擊、突擊、槍擊、衝擊、進擊、游擊、電擊、觸擊／擊楫中流、不堪一擊、旁敲側擊、無懈可擊。

手部 13 畫

擘

ㄅㄛˋ ①大拇指：〈首大如擘、擘指〉②比喻特別優秀的人：〈巨擘〉③分裂：〈擘肌分理、擘開〉④處置分析：〈擘畫〉。

手部 13 畫

擗

ㄆㄧˋ 捶胸：〈擗踊、擗摽〉。

手部 13 畫

撾

ㄓㄨㄚ 敲打：〈撾鼓〉。

手部 13 畫

擀

一 十 扌 扌 扌 扌 扌 扌 扌 扌 扌 扌 擀

ㄍㄢˇ　用手或棍棒把物體碾平、壓薄：〈擀餃子皮〉。

手部 14 畫

擠

一 十 扌 扌 扌 扌 扌 扌 扌 扌 扌 扌 扌 擠

ㄐㄧˇ　①用力壓榨使東西排出：〈擠牙膏、擠牛奶〉②用力插入縫裡：〈擠進去〉③緊靠在一起：〈擁擠〉④眨眼睛：〈擠眉弄眼〉⑤排斥：〈排擠〉。

造詞 擠兌、擠壓／推擠。

同 榨、擁、壓、迫。

手部 14 畫

擰

一 十 扌 扌 扌 扌 扌 扌 扌 扌 扌 扌 扌 擰

ㄋㄧㄥˇ　①絞轉：〈擰毛巾〉②用手指夾住而扭轉：〈他擰了我一下〉③用力扭轉：〈把螺絲釘擰緊〉④聽錯、說錯：〈把「竹竿」當成「豬肝」，是我聽擰了〉⑤意見不同：〈兩個人愈說愈擰〉。

ㄋㄧㄥˋ　倔強、固執：〈他的脾氣太擰了、擰性〉。

手部 14 畫

擦

一 十 扌 扌 扌 扌 扌 扌 扌 扌 扌 扌 扌 擦

ㄘㄚ　①抹拭的用具：〈板擦、橡皮擦〉②拭、抹：〈擦拭、擦汗、擦玻璃〉③塗敷：〈擦粉、擦胭脂〉④貼近：〈擦身而過〉⑤刮、摩：〈擦破皮〉。

造詞 塗擦、摩擦。

同 拭、抹、揩。

手部 14 畫

擬

一 十 扌 扌 扌 扌 扌 扌 扌 扌 扌 扌 扌 擬

ㄋㄧˇ　①模仿：〈模擬、擬古〉②打算、想：〈擬往日本旅遊〉③比方：〈比擬〉④事前設計、構想：〈擬一個計畫、擬稿〉。

造詞 擬定、擬議、擬人化／如擬。

同 想、訂、仿。

手部 14 畫

擱

一 十 扌 扌 扌 扌 扌 扌 扌 扌 扌 扌 扌 擱

ㄍㄜ　①安放、放置：〈擱置、擱筆、把錢擱在桌上〉②停頓：〈耽擱、擱淺〉③添加：〈在湯裡擱點味精〉④容納：〈屋裡擱不下這些東西〉⑤擔當：〈擱不住〉。

同 置、放。

手部 14 畫

擯

ㄅㄧㄣˋ 同「摒」，排斥、棄絕：〈擯除、擯棄〉。

造詞 擯斥、擯語、擯辭。

手部 14 畫

擣

ㄉㄠˇ 通「搗」，舂、用杵擊打：〈擣藥、擣衣〉。

手部 14 畫

擤

ㄒㄧㄥˇ 用手捏住鼻子，用力出氣，使鼻涕排擠出：〈擤鼻涕〉。

手部 14 畫

擢

ㄓㄨㄛˊ 提拔：〈擢升、擢用、拔擢〉。

造詞 擢秀、擢第、擢置。

手部 15 畫

擾

ㄖㄠˇ ①麻煩他人的客氣話：〈叨擾、打擾〉②攪亂、破壞秩序：〈擾亂〉。

造詞 擾民、擾擾、擾攘／紛擾、騷擾、驚擾、攪擾／庸人自擾。

同 亂、攪、侵。

手部 15 畫

擴

ㄎㄨㄛˋ 向外伸張、開展：〈擴充、擴展、擴大〉。

造詞 擴散、擴建、擴音器。

手部 15 畫

擲

ㄓˊ 投、拋、扔：〈投擲、擲標槍〉。

造詞 擲梭、擲遠／丟擲、拋擲、浪擲、棄擲／千金一擲、孤注一擲。

同 投、扔、拋。

手部 15 畫

攆

ㄋㄧㄢˇ ①驅逐：〈攆走、攆出去〉②追趕：〈攆不上他〉。

手部 15 畫

擺

ㄅㄞˇ ①能夠來回搖動，而且有一定振幅的物體：〈鐘擺〉②搖動：〈擺動、搖擺〉③陳列、放置：〈擺設、擺下陣勢〉④故意賣弄：〈擺闊、擺架子〉⑤設法安排：〈擺脫〉。

造詞 擺平、擺布、擺弄、擺渡／大搖大擺。

同 陳、搖。

手部 15 畫

擻

ㄙㄡˇ ①振作、奮發：〈抖擻〉②顫動的：〈擻抖抖〉③用工具清除爐灶裡的灰燼：〈把爐子擻一擻〉。

手部 15 畫

攀

ㄆㄢ ①抓住東西向上爬：〈攀登、攀樹〉②拉住：〈攀住手環〉③牽扯：〈攀扯〉④和人接近、交往或拉交情：〈攀親、高攀〉⑤摘、折：〈攀折花木〉。

造詞 攀附、攀談、攀緣、攀越／攀龍附鳳。

手部 15 畫

擷

ㄐㄧㄝˊ 採、摘：〈採擷、擷取〉。

造詞 擷人之長，補己之短。

手部 15 畫

攄

ㄕㄨ 發表、表現：〈攄舒、攄誠、攄懷〉。

手部 16 畫

攏

ㄌㄨㄥˇ ①聚集：〈合攏、攏總、拉攏〉②靠近：〈靠攏、收攏〉③梳理：〈攏髮〉④一種彈奏琵琶的指法，用手指在弦上按捺。

造詞 併攏、梳攏、談攏。

手部 17 畫

攔

ㄌㄢˊ 阻擋、阻止：〈攔住、攔截、攔阻〉。

手部 17 畫

攘

ㄖㄤˇ ①排斥、排除：〈攘外、攘除〉②侵奪、搶奪：〈攘奪〉③偷取：〈攘羊〉④

拋散：〈攘場〉⑤揮霍：〈別把家財攘光了〉⑥亂：〈天下擾攘〉。

造詞 攘善、攘攘／攘外安內、熙熙攘攘。

攙（手部 17 畫）

ㄔㄢ ①牽扶：〈我攙著奶奶過馬路〉②混雜：〈攙雜、沙裡攙些石子〉。

造詞 攙合、攙扶、攙假。

同 扶、混、雜。

攝（手部 18 畫）

ㄕㄜˋ ①捕捉：〈勾魂攝魄、攝魂〉②獵取：〈攝影〉③吸取：〈攝取〉④代理：〈攝政〉⑤管理：〈統攝〉⑥保養：〈攝生、攝養〉⑦撩起：〈攝衣〉⑧姓。

ㄋㄧㄝˋ 平安的。

造詞 攝氏、攝行、攝衛、攝護腺／代攝、拍攝。

同 拿、取、養。

攜（手部 18 畫）

ㄒㄧ ①帶在身上：〈攜帶、攜款〉②牽引、拉：〈扶老攜幼、攜手前進〉。

造詞 提攜、扶攜、拔攜、帶攜／攜家帶眷。

同 帶、牽。

攛（手部 18 畫）

ㄘㄨㄢ ①擲扔：〈直攛下樓〉②引誘、慫恿：〈攛掇、攛唆〉。

攤（手部 19 畫）

ㄊㄢ ①隨地陳列貨品來賣的地方：〈地攤、水果攤〉②量詞，液體靜止在一處或溼物凝聚在一堆叫「一攤」：〈一攤水、一攤泥〉③展開、平鋪開來：〈攤開書本、攤開地毯〉④分擔、分派：〈分攤、均攤〉⑤明白表示：〈把問題攤開來談〉⑥烹飪法的一種，把糊狀物放在鍋裡煎成薄片：〈攤蛋餅〉。

造詞 攤位、攤派、攤販、攤牌、攤開、攤認、攤還／設攤、麵攤、擺地攤。

攣（手部 19 畫）

ㄌㄨㄢˊ 手腳抽筋、彎曲而不能伸展：〈痙攣〉。

攢 手部19畫

ㄗㄢˇ 積聚、儲蓄：〈攢錢、積攢〉。

ㄘㄨㄢˊ ①聚集、湊合：〈攢聚〉②皺、蹙：〈攢眉〉。

造詞 攢毆、攢蹙。

攫 手部20畫

ㄐㄩㄝˊ ①鳥獸用爪子撲抓東西：〈餓虎攫羊〉②搶奪、奪取：〈攫為己有、攫奪、攫取〉。

同 取、抓、奪。

攪 手部20畫

ㄐㄧㄠˇ ①擾亂：〈打攪、攪局〉②用器具調勻液體或鬆軟的物品：〈攪拌、把沙拉攪勻〉③攙雜、混和：〈把兩件事攪在一起〉。

ㄍㄠˇ ①通「搞」，做、幹、弄：〈胡攪、瞎攪〉②造成：〈攪成今天的局面〉。

造詞 攪和、攪擾／攪七捻三、攪海翻江。

同 擾、拌、搞。

攬 手部21畫

ㄌㄢˇ ①用手臂抱住：〈母親把孩子攬在懷裡〉②掌握、把持：〈獨攬大權〉③引進、招徠：〈延攬人才、招攬生意〉④搜羅：〈攬勝〉⑤牽：〈攬轡〉。

造詞 攬秀、攬權／包攬、承攬、總攬。

請注意：「攬」有引進、招來的意思，「覽」是觀看、欣賞；所以是「招攬」、「觀覽」，不能混用。

支部 ㄓ

支 支部0畫

ㄓ ①量詞：〈六十支紗、一支軍隊、二十支光的燈泡〉②「地支」的簡稱。我國舊曆把子、丑、寅、卯、辰、巳、午、未、申、酉、戌、亥等十二個字，總稱為「地支」，和「天干」相配，作為計算時日的代號③分配、指揮：〈支配、支使〉④維持、受得住：〈體力不支、樂不可支〉⑤領取：〈領支薪水〉⑥叫人離開、打發：〈把他支走〉⑦付錢：〈收支、開支〉⑧援助：〈支援〉⑨撐起：〈支起帳篷〉⑩分散：〈支離〉⑪由總體分出來的：〈支氣管、支流、支店〉⑫姓。

造詞 支出、支持、支票、支派、支流、支柱、支撐、支點／干支、透支／支離破碎、支吾其詞。

攴部（ㄆㄨ）

收（攴部2畫）

ㄕㄡ ①農作物成熟後採割回家，叫「收穫」，簡稱「收」：〈秋收、豐收〉②接受：〈收信、收禮〉③整理：〈收拾〉④要、索取：〈收帳、收費〉⑤結束：〈收工〉⑥獲得：〈收穫〉⑦買：〈收購〉⑧取回原來屬於自己的東西：〈收回〉⑨聚集、合攏：〈收集、收口〉⑩拘捕：〈收押〉⑪容納：〈增收一班學生〉⑫控制：〈收心、收不住腳〉⑬吸：〈吸收〉⑭擺、藏：〈把錢收好〉。

造詞 收入、收成、收發、收留、收益、收容、收復、收割、收買、收場、收盤、收據、收縮、收斂、收藏、收驚、收音機、收視率／沒收、採收、查收、驗收／收攬人心、名利雙收、美不勝收、照單全收。

反 攻。

改（攴部3畫）

ㄍㄞˇ ①發動、更換：〈改動、改變、更改、改期〉②糾正、革除不良事物，使變好：〈改正、悔改、改邪歸正〉③姓。

造詞 改口、改天、改造、改行、改良、改革、改組、改換、改進、改善、改嫁、改裝、改錯、改觀、改選／批改、刪改、修改、勞改／改朝換代、改弦更張、改過自新、改頭換面、朝令夕改、江山易改。

同 革、變、更。

攻（攴部3畫）

ㄍㄨㄥ ①軍隊用武力擊打敵人：〈攻打、進攻、圍攻、攻擊〉②專門研究、學習：〈攻讀、專攻〉③指責別人的缺失、駁斥別人的議論：〈群起而攻之〉④琢磨：〈攻玉〉⑤姓。

造詞 攻心、攻陷、攻勢、攻錯／反攻、火攻、搶攻／攻其不備、遠交近攻。

攴部3畫

攸

一ㄡ ①和「所」的用法相同，表示聯繫的作用：〈性命攸關〉②遼遠的樣子：〈攸攸〉③姓。

攴部4畫

放

ㄈㄤˋ ①解除約束：〈釋放、解放〉②安置、擱置：〈放在桌上〉③安：〈放心〉④任意、不加管束：〈放任、放肆〉⑤擴大、擴展：〈放寬〉⑥發出、射：〈放光、放槍、播放音樂〉⑦把人驅逐到遠方：〈放逐、流放〉⑧開出：〈百花齊放、心花怒放〉⑨趕牛羊到野外吃草：〈放羊、放牛、放牧〉⑩加進去、攙和：〈在牛奶裡放點糖〉⑪捨棄：〈放著正事不做〉⑫壓抑、克制：〈放輕腳步〉⑬借錢給別人：〈放款〉。

ㄈㄤˇ ①依照、依據：〈放於利而行〉②至、到：〈放乎四海〉③姓。

造詞 放手、放水、放屁、放洋、放映、放假、放棄、放榜、放蕩、放學、放縱、放鬆、放大鏡、放射線、放鴿子／安放、外放、開放、奔放、發放、解放、豪放、釋放／放言高論、放虎歸山、放浪形骸、心花怒放、放諸四海而皆準、放下屠刀立地成佛。

反 收。

攴部5畫

政

ㄓㄥˋ ①管理眾人的事：〈政治〉②國家某一部門主管的事務：〈財政、郵政、內政〉③家庭或團體的事務：〈家政、校政〉④古代的官名：〈鹽政、學政〉⑤通「正」，文字上的指正：〈敬請斧政〉⑥姓。

造詞 政府、政見、政客、政要、政策、政論、政黨、政變／行政、仁政、執政、攝政、憲政、施政、暴政、苛政／政躬康泰、各自為政。

攴部5畫

故

ㄍㄨˋ ①事情：〈事故、變故〉②原因：〈緣故、無故〉③舊時的事物：〈溫故知新〉④朋友、交情：〈沾親帶故〉⑤死亡：〈病故、已故〉⑥舊的：〈故宮、故交〉⑦以前的：〈故俗、故居〉⑧原來的：〈故鄉〉⑨有意的：〈故意、明知故犯〉⑩所以、因此：〈他努力不懈，故能成功〉。

造詞 故人、故土、故事、故國、故態、故障／世故、典故、無故／故步自封、故弄玄虛、故態復萌、一見如故。

同 舊。

反 新。

攴部6畫

效

ㄒㄧㄠˋ ①功用：〈效用、功效、成效〉②模仿：〈效法、仿效〉③貢獻：〈效力、效勞〉。

造詞 效尤、效忠、效果、效命、效率／上行下效。

攴部6畫

敉

ㄇㄧˇ 安撫、安定：〈敉平、敉亂、敉寧〉。

同 定。

攴部7畫

啟

ㄑㄧˇ ①書信用語，用在署名下面：〈某某先生謹啟〉②文體的一種，內容比較簡短：〈小啟〉③打開：〈啟封、開啟〉④陳述：〈啟事〉⑤開導：〈啟發、啟示〉⑥開始：〈啟程、啟用、啟禮〉⑦姓。

造詞 啟迪、啟航、啟蒙、啟齒／安啟、台啟、鈞啟、道啟、敬啟。

同 開。

攴部7畫

敖

ㄠˊ ①同「遨」，遊玩：〈敖遊、敖民〉②姓。

ㄠˋ 通「傲」。

攴部7畫

救

ㄐㄧㄡˋ ①援助、保護：〈挽救、拯救、救國救民〉②撲滅：〈救火〉。

造詞 救助、救星、救濟、救護／求救、得救、急救、補救／救亡圖存、見死不救。

攴部7畫

敗

ㄅㄞˋ ①打仗輸了或事情不成功：〈成敗、赤壁之敗〉②毀壞：〈敗德、敗壞門風、敗事有餘〉③戰勝、打贏：〈大敗敵隊〉④輸、不成功：〈我敗給他了〉⑤腐爛：〈腐敗〉⑥衰落：〈家敗人亡〉⑦凋落：〈葉殘花敗〉⑧毀壞的：〈敗事〉⑨凋殘的：〈殘花敗柳、枯枝敗葉〉。

造詞 敗亡、敗北、敗壞、敗類、敗家子／失敗、打敗、慘敗、勝敗／敗家喪身、優勝劣敗。

同 失、輸。

反 勝、贏、成。

攴部7畫

敏

ㄇㄧㄣˇ ①奮勉、努力工作：〈勤敏、敏求〉②聰明、反應快：〈敏捷、敏銳〉③姓。

造詞 敏感／過敏、聰敏、機敏、靈敏／敏而好學。

攴部7畫

敘

ㄒㄩˋ ①通「序」，放在全書前面，說明全書要點或撰寫經過的文字：〈自敘〉②陳述：〈敘述、敘事、記敘〉③發抒：〈暢敘〉④聚會談話：〈餐敘、小敘一番〉⑤按規定的等級授官職，或按勞績的大小給予獎勵：〈敘獎、銓敘〉⑥姓。

造詞 敘功、敘舊／略敘、詳敘、補敘、插敘／平鋪直敘。

同 序。

攴部7畫

教

ㄐㄧㄠˋ ①因思想、信仰相同，而聚集在一起的團體：〈佛教、基督教、回教〉②授業、指導：〈教導、教育〉③訓誨：〈教誨〉④指使：〈教唆〉⑤使、讓：〈誰教你來的？〉。

ㄐㄧㄠ 傳授知識技能：〈教書〉。

造詞 教士、教化、教材、教官、教室、教皇、教訓、教師、教堂、教授、教條、教會、教養、教練、教學／宗教、求教、討教、施教、請教、社教、傳教、德教／教導有方、教學相長、因材施教、孺子可教。

攴部7畫

敝

ㄅㄧˋ ①破爛、敗壞的：〈破敝、敝衣〉②自謙的用語，稱與自己有關的事物：〈敝人、敝姓、敝校、敝公司〉。

造詞 衰敝、敗敝、疲敝／敝帚自珍、敝屣尊榮。

同 破、壞、敗。

敕

攴部7畫

一 ㄏ 厅 戸 申 束 束 束' 敕 敕 敕

ㄔˋ ①帝王的詔書命令：〈敕令、敕封、敕命〉②道士用符咒驅使神、鬼的命令：〈念咒燒敕〉③告誡：〈君臣相敕〉④姓。

敢

攴部8畫

一 ㄒ エ 干 币 币 ff 再 耳' 耳' 敢 敢

ㄍㄢˇ ①有勇氣、有膽量：〈勇敢、果敢〉②表示冒昧的詞：〈敢問、敢請〉③推測的語詞，表示「也許」、「或者」：〈敢是您走錯地方了〉④謙遜的詞，表示「不敢」的意思：〈豈敢、敢不奉命〉。

造詞 敢情、敢當、敢死隊／不敢、膽敢／敢怒不敢言。

散

攴部8畫

一 十 卄 艹 艹 芇 芇 芇 背 背 散 散

ㄙㄢˋ ①分開：〈分散、散場、妻離子散〉②消除：〈散熱〉③分布：〈散布、散播謠言、天女散花〉④解雇、解職：〈遣散〉⑤排遣：〈散心〉。

ㄙㄢˇ ①藥粉：〈胃散、龍角散〉②閒職：〈投閒置散〉③分裂、解體：〈椅子散開了〉④雜亂的：〈散漫〉⑤零碎的、不連續的：〈散裝、散工〉⑥不緊密的：〈鬆散〉⑦姓。

造詞 散文、散步、散會、散亂／分散、解散、消散、閒散／煙消雲散、不歡而散。

反 聚、合。

敞

攴部8畫

丨 ⺌ 小 ⺌ 尚 尚 尚 尚 尚' 尚' 敞 敞

ㄔㄤˇ ①張開、打開：〈敞開門、敞嘴大笑〉②寬闊、沒有遮擋的：〈寬敞、敞亮、敞廳〉③通「暢」：〈敞快〉。

造詞 敞車／開敞、高敞、閒敞／敞胸露懷。

敦

攴部8畫

丶 亠 亠 亡 古 亨 亨 享 享' 享' 敦 敦

ㄉㄨㄣ ①修養：〈敦品勵學〉②勉勵：〈敦勸〉③厚待：〈敦親睦鄰、敦睦邦交〉④忠厚的：〈敦厚〉⑤誠心誠意的：〈敦請、敦聘〉⑥厚重的樣子：〈厚敦敦的一本書〉⑦姓。

ㄉㄨㄟˋ 古代盛食物的器具，由青銅製成。

造詞 敦煌、敦睦、敦篤。

敬
攴部9畫

ㄐㄧㄥˋ ①禮貌待人：〈敬禮、回敬〉②尊重、佩服：〈尊敬、敬重、敬老尊賢〉③獻上：〈敬酒、敬菜〉④謙恭、有禮的：〈恭敬〉⑤謙恭而慎重的：〈敬上、敬啟〉⑥姓。

造詞 敬仰、敬畏、敬佩、敬意、敬愛、敬謝、敬啟者／失敬、崇敬、虔敬／敬祖孝親、敬業樂群、必恭必敬、肅然起敬。

同 恭、莊。

敲
攴部10畫

ㄑㄧㄠ ①在物體上擊打，使發出聲音：〈敲門〉②反覆思索探究：〈推敲〉③強索財物：〈敲詐、敲竹槓〉。

造詞 敲門磚、敲邊鼓／急敲、猛敲。

同 擊、打、捶、叩。

敵
攴部11畫

ㄉㄧˊ ①仇人：〈仇敵、敵人〉②對手、能力相當的人：〈情敵〉③抗拒：〈萬夫莫敵、寡不敵眾〉④相當的、相等的：〈勢均力敵〉。

造詞 敵手、敵國、敵視、敵意／不敵、遠敵、抗敵、強敵／敵愾同仇、仁者無敵、如臨大敵、腹背受敵、一夫當關，萬夫莫敵。

反 友。

敷
攴部11畫

ㄈㄨ ①用手塗抹：〈敷藥〉②布置：〈敷設〉③陳述：〈敷陳〉④足夠：〈入不敷出〉。

造詞 敷治、敷衍、敷料、敷裕／敷衍了事、敷衍塞責。

數
攴部11畫

ㄕㄨˇ ①計算：〈數鈔票、數一數〉②責備：〈數落、數說〉③比較上：〈全班數他功課最好〉。

ㄕㄨˋ ①計算東西多少的語詞：〈整數、人數〉②古代六藝之一：〈禮、樂、射、御、書、數〉③命運：〈劫數〉④若干、約略舉出的詞：〈數年、數口之家、數十個〉。

ㄕㄨㄛˋ 屢次：〈數見不鮮、數諫不聽〉。

ㄙㄨˋ 念佛時拿在手中的珠串：〈數珠兒〉。

ㄘㄨˋ 細密：〈數罟〉。

造詞 數字、數目、數量、數學、數額／小數、少數、多數、定數、天數、算數、奇數、偶數、無數、乘數、複數、單數、自然數、未知數／數典忘祖、不可勝數、不計其數、恆河沙數。

同 算、計。

整
攴部 12 畫

ㄓㄥˇ ①沒有零頭的數字：〈一千元整〉②使事物有秩序、有條理：〈整隊、整頓〉③治理、把壞的東西修好或把亂的東西收好：〈整理、整肅儀容〉④使人吃苦頭：〈整人、好好整他一下〉⑤有秩序、不雜亂：〈整齊、整潔〉⑥完全的：〈完整無缺〉⑦全部的：〈整套書、整個〉。

造詞 整合、整形、整治、整飭、整數、整備、整體／完整、平整、調整、重整。

反 零、散。

斂
攴部 13 畫

ㄌㄧㄢˇ ①收集、聚集：〈斂財、橫征暴斂〉②約束、不放鬆：〈收斂、斂跡〉③收起、收住：〈斂容、斂足〉。

斃
攴部 13 畫

ㄅㄧˋ 死：〈斃命、自斃、槍斃〉。

造詞 倒斃、擊斃、凍斃、暴斃／作法自斃、束手待斃。

同 死、亡。

文部 ㄨㄣˊ

文
文部 0 畫

ㄨㄣˊ ①記錄語言的符號。古代稱獨體的象形、指事為「文」，如日、月等；合體的會意、形聲為「字」，如「江、河」等：〈文字、甲骨文、鐘鼎文〉②集合組織許多字，所組成的篇章：〈文章、作文〉③文言文的簡稱：〈文白夾雜〉④量詞，古代稱一枚錢為一文：〈一文不值〉⑤儀式、禮節、制度：〈繁文縟節〉⑥自然界的現象：〈天文、人文〉⑦外表：〈文質彬彬〉⑧刺染花紋、圖案：〈文身〉⑨溫和不猛烈的：〈文火、文弱〉

⑩談吐優雅有修養：〈斯文、文靜、溫文〉⑪非軍事的，和「武」相對：〈文官、文職〉⑫有學識的：〈文人〉⑬姓。

ㄨㄣˋ 掩飾、修飾：〈文過、文飾〉。

造詞 文化、文旦、文件、文具、文定、文盲、文法、文明、文房、文風、文案、文書、文筆、文豪、文壇、文憑、文學、文藝、文獻、文體／古文、序文、本文、英文、散文、經文、詩文、碑文、明文、國文、白話文／文不對題、文以載道、文如其人、文房四寶、文武合一、文風不動、文思泉湧、身無分文、文窮而後工、文雖書而意有餘。

反 武。

文部8畫

斑

ㄅㄢ ①點點的痕跡：〈雀斑〉②一小部分：〈可見一斑〉③顏色混雜不純的：〈頭髮斑白〉④色澤豔麗、有文彩的：〈斑斕〉。

造詞 斑花、斑紋、斑馬、斑斑、斑鳩、斑駁、斑點。

文部8畫

斐

ㄈㄟˇ 顯著或有文彩的樣子：〈成績斐然、斐然成章〉。

文部8畫

斌

ㄅㄧㄣ 通「彬」，文質兼備的樣子：〈文質斌斌〉。

文部17畫

斕

ㄌㄢˊ 色澤鮮麗、有文彩的：〈斑斕〉。

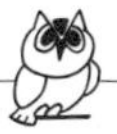

斗部 ㄉㄡˇ

斗部0畫

斗

ㄉㄡˇ ①容量單位，一斗等於十升②有柄，口大底小的方形器具，用來量米或其他東西③形狀像斗的器具：〈漏斗、煙斗〉④狹小的：〈斗室〉⑤龐大的：〈斗膽〉⑥姓。

造詞 斗六、斗笠／北斗、升斗、泰斗、熨斗／斗筲之人、才高八斗。

請注意：用斗來形容比斗大的東西，就是「小」的意思，例如「斗室」表示小室；用斗來形容比斗小的東西，就是大的意思，例如「斗膽」表示大膽。

斗部 6 畫

料

丶 丷 ⺌ 半 米 米 米 米 米 料

ㄌㄧㄠˋ ①可供製造的物質：〈原料、材料〉②可供使用或飲用的物品：〈塗料、作料、飲料〉③詩文、談話的題材：〈笑料、詩料〉④專供禽畜吃的食物：〈飼料、草料〉⑤東西的分量：〈單料、雙料〉⑥有某種發展可能的人：〈他不是讀書的料〉⑦猜測、估量：〈料想、不出所料、預料〉⑧照顧、處理：〈料理、照料〉。

造詞 料中、料峭、料子、料定／資料、肥料、燃料、布料、不料、難料／料事如神、難以預料。

斗部 7 畫

斜

ノ 𠆢 ⺈ 亼 仐 余 余 余 余 余 斜

ㄒㄧㄝˊ ①位置、方向、姿勢等不正、歪的：〈斜坡、斜眼、斜著身子〉②不正當的：〈斜門歪道〉。

ㄧㄝˊ 限於「斜谷」（谷名，在陝西）一詞。

造詞 斜角、斜陽、斜視、斜度／歪斜、傾斜／斜風細雨、歪歪斜斜。

請注意：「斜」和「邪」不同。「斜」指方位不正，「邪」多指行為、品德不正。

斗部 7 畫

斛

ノ ク 𠂊 角 角 角 角 角 角 斛

ㄏㄨˊ ①一種口大底小的量器②複姓：〈斛律、斛斯〉。

斗部 9 畫

斟

一 十 卄 廿 甘 甘 其 其 甚 甚 甚 甚 斟

ㄓㄣ ①把茶、酒倒入杯子裡：〈斟酒、自斟自飲〉②仔細考慮：〈斟酌〉。

斗部 10 畫

斡

一 十 𠫓 古 吉 吉 直 卓 卓 卓 卓 卓 斡

ㄨㄛˋ 運、旋、轉：〈斡旋〉。

斤部 ㄐㄧㄣ

斤部 0 畫

斤

ノ 厂 斤 斤

ㄐㄧㄣ ①古代用來砍伐樹木的斧頭：〈斧斤〉②重量單位，有公斤、臺斤、市斤等：〈半斤八兩〉③姓。

造詞 斤兩／斤斤計較。

斤部1畫

斥

一 厂 斤 斤 斥

ㄔˋ ①排除、拒絕、推開：〈排斥、同性相斥〉②責罵：〈斥責、痛斥、申斥〉③反對、辯駁：〈駁斥〉④偵察、探測：〈斥候〉⑤充滿的：〈外貨充斥市場〉。

造詞 斥革、斥逐、斥力／指斥、呵斥、怒斥、黜斥。

斤部4畫

斧

丿 八 父 父 斧 斧 斧 斧

ㄈㄨˇ ①砍樹木的工具：〈斧頭〉②古代的一種兵器：〈斧鉞〉③費用：〈資斧〉。

造詞 斧斤、斧正／班門弄斧、神工鬼斧。

斤部5畫

斫

一 ㄏ 石 石 石 石 斫 斫 斫

ㄓㄨㄛˊ ①大鋤頭②砍：〈斫樹、斫柴、斫伐〉。

斤部7畫

斬

一 ㄏ 百 百 亘 車 車 斬 斬 斬

ㄓㄢˇ ①砍頭的刑罰：〈問斬〉②切斷、砍斷：〈暫首、快刀斬亂麻〉③斷絕：〈斬釘截鐵〉。

造詞 斬絕、斬獲／斬草除根、斬盡殺絕、斬草不除根，春風吹又生。

斤部8畫

斯

一 卄 卄 甘 甘 其 其 其 斯 斯 斯

ㄙ ①通「此」，指示代名詞，表示這個、這裡：〈斯人、生於斯長於斯〉②則、那麼：〈我欲仁，斯仁至矣〉③姓。

造詞 斯文、斯須／瓦斯／斯文掃地。

斤部9畫

新

丶 亠 亣 立 立 辛 辛 亲 亲 新 新 新 新

ㄒㄧㄣ ①新疆維吾爾自治區的簡稱②新的事物：〈除舊布新〉③改進，使更好：〈革新、日新又新〉④與「舊」相對：〈新衣服、新產品〉⑤剛開始的：〈新學期、新芽〉⑥與剛結婚時有關的一切人事：〈新娘、新房〉⑦罕見的、不平常的：〈新奇〉⑧最近、剛剛：〈新來的同學〉⑨姓。

造詞 新人、新手、新生、新年、新式、新近、新知、新春、新婚、新進、新聞、新潮、新穎、新鮮、新歡／創新、嶄新、維新、刷新、簇新／新陳代謝、耳目一新、煥然一新、改過自新、溫故知新、推陳出新。

同 舊、故、老。

斤部 11 畫

斲

ㄓㄨㄛˊ 砍：〈斲木〉。

造詞 斲喪。

斤部 14 畫

斷

ㄉㄨㄢˋ ①把東西切開：〈割斷、藕斷絲連〉②隔絕、不連接：〈斷絕邦交、斷水〉③停止：〈斷奶〉④決定、裁定：〈當機立斷、診斷〉⑤戒除：〈斷煙、斷酒〉⑥絕對的：〈斷無此理〉。

造詞 斷片、斷交、斷定、斷命、斷炊、斷根、斷送、斷袖、斷然、斷氣、斷腸、斷層／片斷、武斷、了斷、決斷、果斷、判斷、買斷／斷子絕孫、斷章取義、斷簡殘編、斷斷續續、一刀兩斷。

方部 ㄈㄤ

方部 0 畫

方

ㄈㄤ ①四個角都是直角的四邊形：〈長方形、方圓〉②數目自乘的積：〈平方、立方〉③古人以為天是圓的，地是方的，所以稱地為「方」④處所、區域：〈家住何方、地方〉⑤位置的一邊或一面：〈東方、對方〉⑥做事的步驟、辦法：〈方法、千方百計〉⑦藥單：〈藥方、祕方〉⑧量詞：〈一方匾額〉⑨比喻：〈比方〉⑩四邊形的：〈方桌〉⑪某一地區的：〈方言〉⑫品行好、正直的：〈賢良方正〉⑬正當、正在：〈血氣方剛、方興未艾〉⑭剛才：〈方才〉⑮才：〈養兒方知父母恩〉⑯姓。

ㄆㄤˊ 通「徬」。

造詞 方寸、方外、方式、方向、方位、方便、方針、方案、方格、方略、方塊、方纔／大方、八方、四方、遠方、見方、雙方、前方、後方／方正不苟、方面大耳、四面八方、貽笑大方。

於

方部4畫

丶 亠 方 方 方 於 於 於

ㄩˊ ①在：〈生於憂患〉②與、和：〈於我何干〉③對於：〈於事無補〉④到：〈還於台中〉⑤向：〈有求於人〉⑥給：〈贈書於你〉⑦自、從：〈青出於藍〉⑧放在動詞後面，表示被動：〈見笑於人、甲敗於乙〉⑨放在形容詞後面，表示比較而有超過：〈五大於三、苛政猛於虎〉⑩連詞，表示「因此」：〈於是〉⑪連詞，表示「因為」：〈由於〉⑫姓。

ㄨ 通「嗚」，古文中的感嘆詞：〈於乎〉。

造詞 於今、於邑／至於、等於、關於、寫於／於事無補、於心何忍。

施

方部5畫

丶 亠 方 方 方 方 方 施 施

ㄕ ①實行：〈施行、施工、無計可施〉②給予：〈施給、施捨〉③添加：〈施肥〉④發布：〈發號施令〉⑤發揮：〈施展〉⑥誇張：〈施勞〉⑦姓。

ㄧˋ 延長：〈施於子孫〉。

造詞 施予、施政、施恩／實施、布施、設施、措施／施展仁恩、倒行逆施。

旁

方部6畫

丶 亠 亠 产 产 产 产 旁 旁 旁

ㄆㄤˊ ①側邊：〈路旁、門旁、兩旁〉②其他的、另外的：〈旁人〉③分出的：〈旁支〉④側邊的：〈旁門〉⑤廣泛的：〈旁求俊彥〉⑥姓。

ㄅㄤˋ 通「傍」，臨近。

造詞 旁白、旁聽、旁觀／偏旁、依旁、側旁／旁門左道、旁若無人、旁敲側擊、旁徵博引、旁觀者清，當局者迷。

同 側。

旅

方部6畫

丶 亠 方 方 方 方 方 旅 旅 旅

ㄌㄩˇ ①出門在外作客的人：〈行旅〉②泛稱軍隊：〈軍旅〉③軍隊的編制。古代以五百人為一旅，民國以後以兩個團為一旅，現在只有裝甲旅等獨立單位④出外到別處去作客：〈旅行、旅遊〉⑤為旅客所設的：〈旅社、旅館〉⑥共同、隨著：〈旅進旅退〉⑦姓。

造詞 旅途、旅費、旅店。

方部6畫

旄

、亠方方方方方方方旄旄

ㄇㄠˊ　古代軍旗之一，竿頂繫著犛牛尾毛的旗子。

ㄇㄠˋ　通「耄」、「眊」，八、九十歲的老人。

方部6畫

旂

、亠方方方方方方方旂旂

ㄑㄧˊ　旗子的一種，上面畫有龍，並繫上鈴鐺作為裝飾。

方部6畫

旃

、亠方方方方方方方旃旃

ㄓㄢ　①古代一種紅色有彎柄的旗子②姓。

方部7畫

族

、亠方方方方方方方族族

ㄗㄨˊ　①有血統關係的親屬：〈家族、宗族〉②泛稱同姓的人：〈同族〉③人種的類別：〈漢族、滿族〉④生物的種類：〈水族〉⑤聚集在一起的：〈族生、族居〉⑥姓。

造詞　族人、族群、族譜／民族、種族、貴族、皇族、異族、親族、九族／皇親國族。

方部7畫

旋

、亠方方方方方方方旋旋

ㄒㄩㄢˊ　①繞著轉動：〈盤旋、迴旋、旋轉〉②回來、歸來：〈凱旋〉③不久、很快的：〈旋即離開〉。

ㄒㄩㄢˋ　①打轉的、轉圈的：〈旋風〉②溫酒：〈旋酒〉。

造詞　旋室、旋馬、旋渦、旋踵／周旋、斡旋、螺旋／旋蟄旋動、旋轉乾坤。

方部7畫

旌

、亠方方方方方方方旌旌

ㄐㄧㄥ　①一種用羽毛裝飾的旗子：〈旌旗〉②尊稱他人的行蹤：〈行旌〉③表彰：〈以旌其功〉④姓。

方部7畫

旎

、亠方方方方方方方旎旎

ㄋㄧˇ　柔媚的樣子：〈旖旎〉。

方部8畫

旒

、亠方方方方方方方旒旒旒

ㄌㄧㄡˊ　①古代旗子上面垂下來的彩帶：〈旄旒〉②古

代禮冠前後垂下的珠玉：〈冕旒〉。

旐 方部8畫

丶 亠 方 方 … 旐

ㄓㄠˋ ①旗子的一種，上面畫有龜蛇的圖案，用來避邪②出殯時為棺柩引路的旗子。

旗 方部10畫

丶 亠 方 方 … 旗

ㄑㄧˊ ①將布、紙或塑膠等畫上圖案，套在竿上，作為標識的東西：〈國旗、軍旗〉②清朝滿洲軍隊的編制及滿族的戶口編制，分為正黃、正白、正紅、正藍、鑲黃、鑲白、鑲紅、鑲藍等八旗③清朝時蒙古、青海的行政區域，相當於現在的「縣」：〈盟旗〉④屬於滿族的：〈旗袍〉⑤姓。

造詞 旗竿、旗鼓、旗幟、旗號／升旗、降旗、校旗、掌旗／旗鼓相當。

旖 方部10畫

丶 亠 方 方 … 旖

ㄧˇ 柔媚的樣子：〈旖旎〉。

旛 方部14畫

丶 亠 方 方 … 旛

ㄈㄢ ①旌旗的通稱②旗面狹長而下垂的旗子。

无部 ㄨˊ

既 无部5畫

… 既

ㄐㄧˋ ①動作或事情已經過去：〈既成事實、既往不究〉②連詞，常和「且」、「又」、「也」連用，表示兩種情況同時出現：〈既高且胖、既聰明又美麗〉③姓。

造詞 既而、既成、既然／既來之則安之。

日部 ㄖˋ

日 日部0畫

丨 冂 日 日

ㄖˋ ①太陽：〈旭日、日出日落〉②一晝夜，地球自轉一周為一日：〈一日有二十四小時〉③白天：〈日夜、日班〉④指一段時間：〈往日、來日〉⑤特定的一天：〈生日〉⑥季節：〈夏日〉⑦日本的簡稱：〈中日之戰〉。

ㄇㄧˋ 人名：〈金日磾（ㄉㄧ）〉（西漢時的大臣）。

造詞 日子、日光、日記、日後、日程、日常、日報、日曆、日期、日蝕、日用品／今日、烈日、終日、忌日、近日、節日、紀念日／日以繼夜、日上三竿、日久彌新、日行一善、日理萬機、日新月異、日新又新、日積月累、不見天日、光天化日、黃道吉日、偷天換日。

日部1畫 旦

丨 ㄇ ㄖ 日 旦

ㄉㄢˋ ①天剛亮的時候：〈枕戈待旦〉②早晨：〈旦夕、旦暮〉③（某一）天：〈一旦、元旦〉④傳統戲劇中扮演女子的角色：〈花旦、老旦〉⑤姓。

造詞 文旦、正旦、刀馬旦／坐以待旦、通宵達旦。

反 夕。

日部2畫 早

丨 ㄇ ㄖ 日 旦 早

ㄗㄠˇ ①天亮的時候：〈清早、早晨〉②晨間的：〈早操、早點〉③還沒到預定的時間：〈時間還早呢！來早了！〉④先前的：〈早期作品〉⑤剛開始的：〈早春〉⑥晨間互相打招呼的話：〈早安〉⑦事先：〈早就決定了〉⑧提前的：〈早熟、早婚〉。

造詞 早上、早年、早退、早衰、早逝、早產、早晚／稍早、提早、遲早、趕早／早出晚歸。

日部2畫 旨

一 匕 ⺊ 旨 旨 旨

ㄓˇ ①帝王的命令或詔書：〈聖旨〉②意思、意義：〈宗旨、意旨〉③美味的食物：〈甘旨〉。

造詞 旨意、旨蓄、旨趣／主旨、要旨／無關宏旨。

日部2畫 旬

ノ 勹 勺 旬 旬 旬

ㄒㄩㄣˊ ①每十天為一旬，每個月分上、中、下三旬：〈旬日、旬刊〉②每十歲為一旬：〈八旬老母〉。

造詞 旬月、旬年、旬歲。

日部2畫 旭

ノ 九 九 旭 旭 旭

ㄒㄩˋ 早晨剛昇起的太陽：〈旭日東昇〉。

造詞 初旭、朝旭。

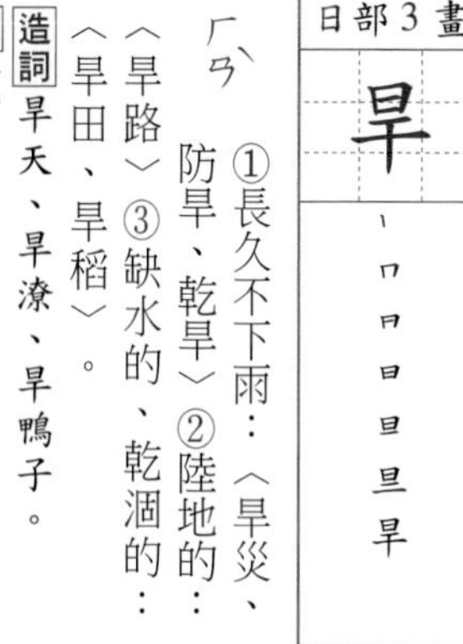

日部3畫

旱

丶 口 日 日 旦 㫗 旱

ㄏㄢˋ ①長久不下雨：〈旱災、防旱、乾旱〉②陸地的：〈旱路〉③缺水的、乾涸的：〈旱田、旱稻〉。

造詞 旱天、旱潦、旱鴨子。

同 乾。

反 澇、水。

日部3畫

旰

丨 冂 月 日 旷 旰 旰

ㄍㄢˋ 傍晚、日落的時候：〈宵衣旰食〉。

ㄏㄢˋ 茂盛的樣子：〈旰旰〉。

日部4畫

明

丨 冂 月 日 盱 盯 明 明

ㄇㄧㄥˊ ①視覺：〈失明〉②朝代名 ③陽世：〈幽明永隔〉④白天：〈晦明〉⑤表面：〈明進暗退〉⑥與死亡、信仰有關的：〈神明、明器〉⑦發光：〈天色未明〉⑧懂得、了解：〈明白、深明大義〉⑨清楚：〈下落不明〉⑩次、下一個：〈明天、明年〉⑪乾淨的、整潔的：〈窗明几淨〉⑫光亮的：〈明月〉⑬光潔的：〈明鏡〉⑭有智慧、領悟力高的：〈聰明〉⑮顯著的：〈明顯、明效〉⑯公開的：〈有話明說〉⑰姓。

造詞 明文、明快、明星、明朗、明珠、明媚、明智、明理、明察、明確、明證、明瞭、明信片／光明、文明、證明、賢明、說明、透明、發明、英明／明日黃花、明心見性、明目張膽、明爭暗鬥、明知故問、明哲保身、明眸皓齒、明媒正娶、明察秋毫、自知之明、另請高明、先見之明。

日部4畫

昀

丨 冂 月 日 盷 昀 昀 昀

ㄩㄣˊ ①日光②日出。

日部4畫

旺

丨 冂 月 日 旷 旺 旺 旺

ㄨㄤˋ ①興盛的：〈興旺、旺季、旺盛〉②猛烈的樣子：〈火很旺〉③姓。

同 盛。

日部4畫

昔

一 十 卄 廾 昔 昔 昔 昔

ㄒㄧˊ ①和「今」相對，從前：〈往昔、今昔、今非昔比〉②同「夕」，夜晚：〈夜昔〉③過去的、從前的：〈昔日、昔人、昔年〉。

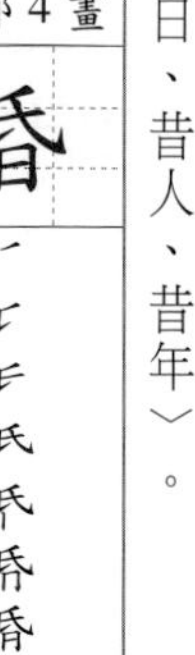

日部4畫　**昏**

ㄏㄨㄣ　①傍晚、太陽快下山的時候：〈黃昏、晨昏〉②迷惑：〈昏於小利〉③失去知覺、不省人事：〈昏迷不醒、昏了過去〉④光線暗的：〈昏暗、昏天暗地〉⑤模糊不清的：〈老眼昏花〉⑥糊塗的、不明事理的：〈昏君、昏庸〉⑦迷亂的：〈利令智昏〉。

造詞 昏昧、昏眩、昏倒、昏亂／昏昏沉沉、昏頭昏腦。

日部4畫　**易**

ㄧˋ　①易經的簡稱②平安：〈居易〉③交換、更換：〈以物易物、交易〉④變更：〈易名、易地、移風易俗〉⑤簡單的、不困難的：〈容易、知難行易〉⑥和氣的：〈平易近人〉⑦姓。

造詞 不易、改易、輕易、簡易、難易、貿易、變易、移易／易水送別、易如反掌。

反 艱、難、困、苦。

日部4畫　**昌**

ㄔㄤ　①興盛的：〈昌盛、昌隆〉②美好、適當的：〈昌言、昌辭、昌明〉③姓。

日部4畫　**昆**

ㄎㄨㄣ　①哥哥：〈昆仲〉②眾多的：〈昆蟲〉。

造詞 昆玉、昆布、昆弟、昆明、昆侖。

日部4畫　**昂**

ㄤˊ　①向上仰、高舉：〈昂首、昂然〉②精神振奮、情緒高漲：〈昂揚、激昂、慷慨激昂〉③物價高：〈昂貴、物價奇昂〉。

造詞 氣宇軒昂。

日部4畫　**昊**

ㄏㄠˋ　①天空：〈昊天、蒼昊〉②姓。

造詞 昊天罔極。

日部4畫　**昇**

ㄕㄥ　①同「升」，太陽上升：〈旭日東昇〉②由下向

上登進：〈高昇、晉昇〉③姓。

造詞 昇天、昇平、昇敘、昇華／步步高昇。

昕

日部4畫

丨 ∏ 日 日 日' 日厂 日斤 昕

ㄒㄧㄣ　早晨太陽快出來的時候：〈昕夕〉。

昃

日部4畫

丶 ㄇ ㄇ 日 旦 尸 昃 昃

ㄗㄜˋ　過了中午，太陽西斜的時候：〈日昃、昃晷〉。

春

日部5畫

一 二 三 夫 夫 夫 春 春 春

ㄔㄨㄣ　①一年四季的第一季，是陰曆的一月到三月，陽曆的三月到五月：〈春季、春天〉②男女間的感情：〈少女懷春〉③生機：〈妙手回春〉④年：〈二十春〉⑤關於春天的：〈春雨、春風〉⑥關於男女之情的：〈春愁〉。

造詞 春心、春水、春分、春光、春色、春秋、春酒、春耕、春宵、春假、春捲、春暉、春雷、春節、春夢、春聯／立春、早春、青春、賣春／春風化雨、春風得意、春寒料峭、春暖花開、迎春納福、春宵一刻值千金、一年之計在於春。

昨

日部5畫

丨 ∏ 日 日 日' 日𠂉 昨 昨

ㄗㄨㄛˊ　①今天的前一天：〈昨日、昨天〉②往日：〈覺今是而昨非〉③前一天的：〈昨夜、昨晚〉。

昭

日部5畫

丨 ∏ 日 日 日ㄇ 日ㄇ 昭 昭 昭

ㄓㄠ　①古代宗廟的排列位置，始祖廟在中間，左邊稱「昭」，右邊稱「穆」：〈昭穆〉②彰顯：〈以昭炯戒、昭示〉③洗刷冤情：〈昭雪〉④明白顯著的：〈惡名昭彰〉⑤姓。

造詞 明昭、顯昭、宣昭、昭昭／昭然若揭、天理昭昭。

同 明。

映

日部5畫

丨 ∏ 日 日 日ㄇ 日ㄇ 日央 映

ㄧㄥˋ　①太陽的亮光：〈餘映、夕映〉②光線照射：〈照映、映射、輝映〉③光線反射：〈反映、倒映〉。

造詞 映帶、映影、映襯、映像管

／放映／映月讀書。

同 照。

日部5畫

昧

ㄇㄟˋ ①指日出前，天將明而未明的時候：〈昧旦〉②隱藏起來：〈拾金不昧、昧著良心〉③冒著：〈昧死上奏〉④昏暗不明的：〈幽昧、昏昧、曖昧〉⑤糊塗不明理的：〈愚昧、蒙昧〉。

造詞 昧心、昧谷／冒昧。

日部5畫

是

ㄕˋ ①對、正確：〈積非成是〉②通「事」，事情：〈國是〉③指示代名詞，表示「這」、「此」：〈是可忍，孰不可忍？〉④表示肯定的判斷，與「非」相反：〈這本書是我的，不是你的〉⑤正好、正合：〈來得正是時候〉⑥此、這：〈是日、是年〉⑦所有的、任何的：〈是花，我都喜歡〉⑧正確的、對的：〈自以為是〉⑨好，表示答應的詞：〈是，我馬上去做〉⑩指示一種目的或對象的詞：〈唯利是圖、惟命是從〉⑪姓。

造詞 是否、是非、是以、是故／如是、可是、但是、於是／比比皆是、各行其是、莫衷一是、實事求是。

同 非、錯、誤、謬。

日部5畫

星

ㄒㄧㄥ ①宇宙中會發光或反射光的天體：〈恆星、行星、衛星〉②在影藝界、體育界中有名的人物：〈影星、歌星、棒球明星〉③細碎的東西：〈油星水點〉④細碎、微小的：〈零星、星星之火可以燎原〉⑤白色的：〈星鬢〉⑥散布羅列的樣子：〈星羅棋布〉⑦快速的：〈星馳〉⑧姓。

造詞 星光、星辰、星夜、星河、星座、星球、星期、星際／巨星、彗星、隕星、流星／一路福星、寥若晨星。

日部5畫

昺

ㄅㄧㄥˇ 通「炳」，明亮的意思。

日部5畫

昶

ㄔㄤˇ 白天的時間長。

日部5畫

昝

ノ ク 夂 夂 夊 夊 咎 昝 昝 昝

ㄗㄢˇ 姓。

日部5畫

昱

丶 ㄇ 日 日 日 旦 早 昱 昱

ㄩˋ ①日光②照耀③明亮的樣子：〈昱昱〉。

日部6畫

晌

丨 ㄇ 月 日 日′ 日′ 昀 昀 晌 晌

ㄕㄤˇ ①正午：〈晌午〉②片刻、一會兒、約略估計時間的詞：〈半晌〉。

日部6畫

時

丨 ㄇ 月 日 日一 日十 日土 日圭 時 時

ㄕˊ ①過去、現在、未來的持續，一直到無限，和「空間」相對：〈時間〉②季節：〈四時風光、四時八節〉③計算時間的單位，一小時是六十分鐘：〈時辰、小時〉④古人把一天分為十二個時辰：〈子時、午時〉⑤一段期間：〈轟動一時、此一時彼一時〉⑥一個特定的時間：〈當時、準時〉⑦朝代：〈宋時、明時〉⑧機會：〈時機、失時〉⑨當前的、當代的：〈時事、時弊、時賢〉⑩常常：〈時常、時時〉⑪有時候：〈時好時壞、時而來時而去〉⑫姓。

造詞 時日、時令、時代、時光、時局、時尚、時空、時刻、時針、時差、時候、時效、時速、時勢、時裝、時髦、時鐘／一時、天時、不時、及時、何時、暫時、隨時、即時、臨時、當時、良時／時不我予、時來運轉、時時刻刻、時過境遷、轟動一時、盛極一時。

日部6畫

晉

一 ㄷ 亞 亞 亞 亞 晉 晉 晉 晉

ㄐㄧㄣˋ ①朝代名：〈晉朝〉②山西省的簡稱③春秋時代的國名④通「進」，前往：〈晉見、晉謁、晉階、晉升〉⑤姓。

日部6畫

晏

丶 ㄇ 日 日 旦 旦 旦 旻 晏 晏

ㄧㄢˋ ①天空晴朗無雲：〈天清日晏〉②遲、晚：〈晏起〉③安逸：〈晏居〉④姓。

日部6畫

晃

丶 ㄇ 日 日 旦 旦 旦 昱 晃 晃

ㄏㄨㄤˇ ①光芒閃耀，使人看不清楚：〈陽光晃得我眼晴睜不開〉②形影閃動，一下子就過去了：〈窗外的人影一晃就不見了〉③明亮的樣子：〈亮晃晃的一把刀〉④姓。

ㄏㄨㄤˋ ①搖動：〈搖晃、晃頭晃腦〉②一閃而過，表示時間過得很快：〈一晃已經半年了〉。

造詞 晃晃、晃蕩。

日部6畫

晒

ㄕㄞˋ ①把東西放在陽光下，使其乾燥：〈晒衣服、日晒雨淋〉②攝影後把底片浸過藥水，放在有光的地方，使其顯影：〈晒底片〉。

造詞 晒書、晒乾、晒圖、晒穀場、晒太陽。

日部6畫

晁

ㄔㄠˊ 姓。

日部6畫

晟

ㄔㄥˊ 明亮的、熾盛的。

日部7畫

晝

ㄓㄡˋ ①白天：〈晝伏夜出、白晝、長晝〉②姓。

造詞 晝分、晝夜、晝晦、晝寢、晝長圈。

同 夜、晚。

日部7畫

晚

ㄨㄢˇ ①夜間，日落以後：〈夜晚、晚上、昨晚〉②對前輩、長輩的謙稱：〈學晚〉③末期，較後的時期、階段：〈晚年、晚春〉④後來的：〈晚娘〉⑤後輩的：〈晚生、晚輩〉⑥遲：〈來晚了、相見恨晚〉⑦較後的：〈大器晚成〉。

造詞 晚安、晚近、晚婚、晚進、晚飯、晚期、晚霞／早晚、向晚、暮晚。

同 遲。

反 早。

日部7畫

晤

ㄨˋ 見面：〈會晤、晤面、晤談〉。

造詞 如晤、相晤、後晤。

日部7畫

晦

ㄏㄨㄟˋ ①陰曆每月的最後一天②昏暗、黑夜：〈風雨如晦〉③昏暗、不明顯：〈昏晦、晦暗〉④倒楣、運氣不好：〈今天真晦氣〉。

造詞 晦明、晦蒙、晦澀／明晦、冥晦、幽晦、隱晦／韜光養晦、雞鳴如晦。

日部7畫

晨

ㄔㄣˊ ①早上太陽剛出來的時候：〈清晨、早晨、凌晨〉②太陽剛出來的景象：〈晨霧、晨風〉。

造詞 晨夕、晨光、晨星、晨曦／晨昏定省。

反 昏。

日部7畫

晞

ㄒㄧ ①天將亮時的日光：〈晨晞、晞微〉②在太陽下晒：〈晞曬〉。

日部7畫

晢

ㄓㄜˊ 明白的：〈昭晢〉。

日部8畫

普

ㄆㄨˇ ①存在的層面很廣大，而且是全面的：〈普天下、普渡眾生、普遍、普選〉②姓。

造詞 普及、普考、普查／普天同慶。

同 徧、遍。

日部8畫

晰

ㄒㄧ 明白、清楚：〈畫面清晰、明晰〉。

日部8畫

晴

ㄑㄧㄥˊ ①天空中雲很少或沒有雲的好天氣：〈新晴、秋晴、初晴〉②天空明朗：〈雨過天晴〉③清朗的：〈晴空萬里〉。

造詞 晴天、晴朗／天晴、放晴、陰晴／晴天霹靂。

日部8畫

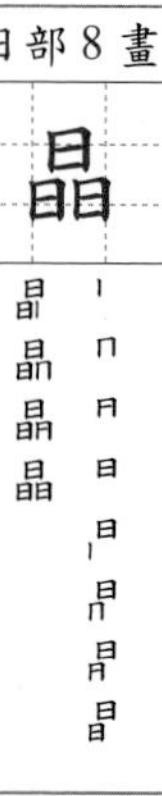

晶

ㄐㄧㄥ　①「水晶」的簡稱，是一種透明有閃光的礦石②凝結的透明物體：〈結晶、晶體〉③光彩、明亮的樣子：〈亮晶晶、晶瑩〉。

日部8畫

景

ㄐㄧㄥˇ　①可供欣賞的風光：〈美景、風景、景色〉②日光：〈春和景明〉③情況：〈晚景淒涼、景況、景象〉④仰慕：〈景仰〉⑤姓。

ㄧㄥˇ　同「影」，物的形影、陰影：〈景印〉。

造詞　景行、景物、景致、景觀／光景、夜景、遠景、勝景／良辰美景。

日部8畫

暑

ㄕㄨˇ　①炎熱的夏天：〈酷暑、寒來暑往〉②節氣名：〈大暑、小暑〉③夏天的熱氣：〈避暑〉④炎熱的：〈暑氣逼人、暑熱〉。

造詞　暑天、暑假、暑期、暑歲／中暑、炎暑、盛暑。

反　寒。

日部8畫

智

ㄓˋ　①才識、見識：〈大智若愚、智慧〉②謀略、計畫：〈智謀、鬥智〉③聰明而深明事理的：〈明智、智者〉④姓。

造詞　智力、智育、智能、智商、智謀、智識、智仁勇／心智、才智、愛智、機智／智勇雙全、見仁見智。

請注意：「知」讀作ㄓˋ時，和「智」相通。

日部8畫

晾

ㄌㄧㄤˋ　把東西放在太陽底下或通風的地方，使它乾燥：〈晾乾、晾衣服、晾一晾〉。

日部8畫

晷

ㄍㄨㄟˇ　①日影、日光：〈焚膏繼晷〉②時間：〈晷刻、日無暇晷〉③古代用日影測定時刻的儀器：〈日晷、立晷測影〉。

晬　日部8畫

ㄗㄨㄟˋ　嬰兒滿百日或滿週歲：〈百晬、晬盤〉。

晻　日部8畫

ㄢˇ　通「暗」，昏暗的：〈晻晻〉。

暖　日部9畫

ㄋㄨㄢˇ　①使冷的變成溫熱的：〈暖酒、暖身、暖壽〉②溫度不冷也不熱：〈暖和、暖壺、暖鋒、暖流、暖氣〉。

ㄒㄩㄢ　暖姝，柔順的樣子。

造詞　暖色、暖洋洋／溫暖、冷暖、飽暖／噓寒問暖、席不暇暖。

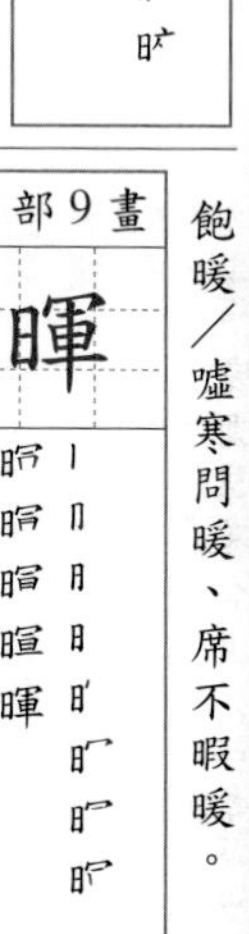

暉　日部9畫

ㄏㄨㄟ　陽光：〈春暉、落日餘暉、暉映〉。

造詞　夕暉、落暉、殘暉。

暇　日部9畫

ㄒㄧㄚˊ　①空閒：〈無暇顧及、閒暇、空暇、餘暇〉②從容：〈自暇自逸〉。

造詞　暇日、暇景、暇逸／好整以暇、應接不暇。

暗　日部9畫

ㄢˋ　①昏黑，指不光明的事物或情況：〈棄暗投明〉②昏黑不明的：〈天色暗了、黑暗、暗房、柳暗花明〉③不公開的：〈暗號、暗疾、暗事〉④偷偷的、不使人知道：〈暗自高興、暗示、暗殺〉。

造詞　暗中、暗地、暗香、暗笑、暗射、暗語、暗算、暗盤／暗渡陳倉、暗無天日、暗箭殺人、天昏地暗。

同　光、明、亮。

請注意：「暗」是指缺少光亮，例如：暗室。「黯」是指物體本身不鮮豔、沒有光彩，例如：色發黯。

暈　日部9畫

ㄩㄣ　①昏厥、失去知覺：〈暈倒〉②迷糊、迷亂不清的：〈忙暈了頭、暈頭暈腦〉③頭腦發昏、神志昏亂：〈頭暈、暈船、暈車〉。

ㄩㄣˋ ①太陽和月亮周圍的光環：〈日暈、月暈〉②光體四周模糊的光影：〈燈暈、霞暈〉③色澤周圍模糊的部分：〈紅暈、酒暈〉④皮膚傷處沒有破口，而呈現紅色狀態：〈血暈〉。

造詞 暈頭轉向。

暄
日部9畫

ㄒㄩㄢ ①指一切應酬話：〈寒暄〉②溫暖、暖和的：〈暄暖、春日暄和、暄風〉。

暌
日部9畫

ㄎㄨㄟˊ 通「睽」，離別：〈暌違、日月相暌〉。

暋
日部9畫

ㄇㄣˇ ①勉勵：〈不暋作勞〉②強橫的：〈暋不畏死〉。

暢
日部10畫

ㄔㄤˋ ①通達：〈貨暢其流〉②訴說：〈不能盡暢〉③通達、沒有阻礙的：〈文筆流暢、暢達〉④繁茂的：〈枝葉暢盛〉⑤舒適愉快：〈舒暢、身心酣暢〉⑥盡情的、沒有阻礙的：〈暢飲、暢談、暢行無阻〉⑦姓。

造詞 暢快、暢通、暢銷、暢懷／和暢、通暢、歡暢／暢所欲言、暢所欲為。

暨
日部10畫

ㄐㄧˋ ①到達：〈暨今、上求不暨〉②和、與、及、同：〈張先生暨夫人〉。

同 和、與、及、共。

暝
日部10畫

ㄇㄧㄥˊ ①光線昏暗、幽暗的：〈晦暝、暝曚〉②日落、黃昏：〈天已暝、暝色〉③夜晚。

暮
日部11畫

ㄇㄨˋ ①傍晚、太陽快下山的時候：〈日暮黃昏、薄暮〉②傍晚的：〈暮色、暮鼓晨鐘〉③時間將盡的：〈暮春、歲暮、暮年〉④衰頹沒有生氣的：〈暮氣沉沉〉。

造詞 旦暮、朝暮、夕暮／朝朝暮暮。

暴

日部 11 畫

ㄅㄠˋ ①空手搏鬥：〈暴虎馮河〉②毀壞、不愛惜：〈自暴自棄〉③凶狠、殘酷的：〈殘暴、暴徒、暴行〉④突然的、意外的：〈暴病、暴斃〉⑤急驟的、猛烈的：〈暴風雨、暴脾氣〉⑥姓。

ㄆㄨˋ ①通「曝」，晒：〈一暴十寒〉②顯露：〈暴露、暴白〉。

造詞 暴力、暴君、暴利、暴投、暴戾、暴政、暴虐、暴動、暴漲、暴躁、暴發戶／凶暴、強暴、粗暴／暴殄天物、暴飲暴食、暴跳如雷、暴戾恣睢。

暫

日部 11 畫

ㄓㄢˋ ①短時間：〈短暫、暫停〉②姑且：〈暫且〉。

造詞 暫定、暫時。

同 且。

暱

日部 11 畫

ㄋㄧˋ ①親近：〈親暱、暱狎〉②親密的：〈暱友、暱稱〉。

暹

日部 12 畫

ㄒㄧㄢ ①日光升起②國名，是泰國的舊稱：〈暹羅〉。

曆

日部 12 畫

ㄌㄧˋ ①推算年、月、日、季節的方法：〈曆法、陰曆、陽曆〉②記載年、月、日、節氣的書冊：〈黃曆、日曆〉③運命：〈曆數〉。

造詞 曆元、曆命、曆算／公曆、民曆、國曆、改曆。

曉

日部 12 畫

ㄒㄧㄠˇ ①天剛亮的時候：〈破曉、拂曉〉②懂、知道、明白：〈知曉、通曉、洞曉〉③告知：〈曉喻〉④公布：〈揭曉〉⑤嫻熟：〈曉暢軍事〉⑥清晨的：〈曉風殘月、曉霧〉。

造詞 曉事、曉得／分曉、明曉／曉以大義、家喻戶曉。

ㄊㄢˊ ①遮蔽天空的雲氣：〈彩曇〉②植物名：〈曇花（花白色微黃，花朵大，夜間開花，幾小時後就凋謝）〉。

造詞 曇花一現。

日部 12 畫

暾

ㄊㄨㄣ 早晨剛出來的太陽：〈朝暾〉。

日部 12 畫

曈

ㄊㄨㄥˊ 天色將明未明的樣子：〈曈曨〉。

日部 12 畫

曄

ㄧㄝˋ ①光明的樣子：〈炳曄〉②興盛、繁盛的樣子：〈曄曄〉。

日部 12 畫

曏

ㄒㄧㄤˋ ①明白：〈證曏今故〉②通「向」，從前：〈曏者〉。

日部 13 畫

曙

ㄕㄨˋ 天剛亮時的：〈曙光、曙色〉。

日部 13 畫

曖

ㄞˋ 昏暗不明的：〈暮雲曖曖、幽曖、曖昧〉。

日部 14 畫

曜

ㄧㄠˋ ①日光②日、月、火、水、木、金、土七個星球稱為「七曜」，分別代表一個星期中的七天，例如「土曜日」代表星期日，「火曜日」代表星期二③光明的樣子：〈曜曜〉。

日部 14 畫

曚

ㄇㄥˊ 日光昏暗不明的樣子：〈曚曨〉。

曛 日部 14 畫

ㄒㄩㄣ ①夕陽的餘暉：〈夕曛、餘曛〉②黃昏：〈曛黃〉。

曝 日部 15 畫

ㄆㄨˋ 在陽光下晒：〈曝晒、一曝十寒〉。

造詞 曝光、曝衣、曝獻。

曠 日部 15 畫

ㄎㄨㄤˋ ①荒廢、缺失：〈曠日廢時、曠課〉②空闊的、寬廣的：〈曠野、空曠〉③心胸開闊、明朗：〈心曠神怡、曠達〉④姓。

造詞 曠久、曠夫、曠世、曠費、曠工、曠職、曠廢、曠蕩、曠古。

曨 日部 16 畫

ㄌㄨㄥˊ 日光昏暗不明的樣子：〈曚曨〉。

曦 日部 16 畫

ㄒㄧ 太陽光：〈晨曦、朝曦、曦月、曦軒〉。

曩 日部 17 畫

ㄋㄤˇ ①從前的、過去的：〈曩昔、曩者、曩時〉②姓。

曬 日部 19 畫

ㄕㄞˋ 同「晒」，現少用。「曬」是「晒」的異體字。

曭 日部 20 畫

ㄊㄤˇ 晦暗的樣子：〈曭朗〉。

曰部 ㄩㄝ

曰 曰部 0 畫

ㄩㄝ ①說：〈子曰、俗曰〉②稱為、叫做：〈春夏秋冬日「四季」〉。

同 云。

曰部2畫

曲

丨 冂 日 由 曲 曲

ㄑㄩ ①養蠶用的器具②拐彎的地方：〈河曲、山曲〉③偏遠隱僻的地方：〈鄉曲〉④隱情、心聲：〈心曲、衷曲〉⑤偏邪：〈曲直〉⑥折彎：〈曲膝〉⑦不直的、彎的：〈曲徑、曲線〉⑧不正當的：〈歪曲、邪曲〉⑨不明顯而有變化的：〈劇情曲折〉⑩宛轉的，用客氣的態度處理事情：〈委曲求全〉⑪不正確的：〈曲解、曲斷〉⑫姓。

ㄑㄩˇ ①音樂或歌唱：〈歌曲、主題曲、編曲〉②我國韻文的一種，分為散曲、劇曲兩種③歌的調子：〈曲高和寡〉。

造詞 曲子、曲折、曲譜／婉曲、樂曲、戲曲、名曲、部曲、彎曲、折曲、插曲／曲折離奇、同工異曲。

請注意：「屈」和「曲」都有不直的意思，但是「委曲」（事情的原委、勉強牽就）和「委屈」（受到不合理的待遇而抑鬱、才情不得伸展）的含意不同。

曰部2畫

曳

丨 冂 日 日 电 曳

ㄧˋ 拖拉、牽引：〈棄甲曳兵、曳車、率曳、樹影搖曳生姿〉。

造詞 倒曳、引曳、拖曳。

曰部3畫

更

一 丆 丙 百 百 更 更

ㄍㄥˋ ①又、再：〈更上一層樓〉②愈發：〈更漂亮、更生氣、更加、更好〉。

ㄍㄥ ①從前計算時間的單位，把晚上七點到第二天凌晨五點，分為五更，每兩個小時一更：〈打更、三更半夜〉②改變、代替：〈更正、更換、更代〉③經歷：〈少不更事〉④輪流：〈更休〉⑤姓。

造詞 更夫、更生、更衣、更易、更始、更動、更換、更新、更替、更番、更年期／深更、變更。

曰部5畫

曷

丨 冂 日 日 尸 昌 曷 曷 曷

ㄏㄜˊ ①通「何」，為什麼：〈曷故〉②通「盍」，何不：〈時日曷喪？〉。

造詞 曷其有極、曷竟至此。

同 何、盍。

ㄕㄨ　①有文字或圖畫的冊子：〈教科書、參考書〉②信件：〈家書、書信〉③字體：〈楷書、草書、行書〉④文件：〈說明書、證書〉⑤「尚書」的簡稱⑥造字的方法：〈六書〉⑦記載：〈大書特書〉⑧用筆寫字：〈書寫〉⑨姓。

造詞 書包、書生、書名、書局、書房、書法、書面、書桌、書記、書畫、書蟲、書獃子／史書、投書、讀書、圖書、祕書、著書、說書、藏書、情書、線裝書、原文書／書不盡懷、無字天書、罄竹難書。

日部7畫

勗

ㄒㄩˋ　勉勵：〈勗勉〉。

日部7畫

曹

ㄘㄠˊ　①古代訴訟時，原告和被告兩方稱為兩曹，現在稱為兩造②古代官署分職辦事的部門：〈部曹、功曹、爾曹〉③等、輩、們：〈吾曹、汝曹〉④同、一致⑤姓。

日部8畫

曾

ㄗㄥ　①從自己算起，前三代或後三代的：〈曾祖父、曾孫〉②姓。

ㄘㄥˊ　發生過、經歷過的：〈曾經、他曾當過老師〉。

日部8畫

替

ㄊㄧˋ　①衰敗、廢壞：〈隆替、興替〉②取代、代理：〈代替、交替、替換〉③為：〈我們都替你高興〉。

造詞 替代、替身、替死鬼／接替、更替、淪替。

同 代、換。

日部9畫

會

ㄏㄨㄟˋ　①為一特定目的而成立的團體或組織：〈婦工會、海基會〉②多數人的聚集處：〈紀念會、里民大會〉③大城市或行政中心：〈都會、省會〉④民間自由組織的經濟互助小團體，具有儲蓄、社教作用：〈互助會〉⑤時機：〈機會、適逢其會〉⑥集合在一起：〈會合、會餐〉⑦相見：〈會晤、會談、會客〉⑧領悟、了解：〈體會、會意、誤會〉⑨付錢：〈會帳、會鈔〉⑩可能：〈他不會不知道〉⑪能夠：〈這個理想必會實現〉。

ㄏㄨㄟˇ ①片刻：〈一會兒〉②時候：〈這會兒不冷了〉。

ㄎㄨㄞˋ ①統計：〈會計〉②姓。

ㄍㄨㄟˋ 地名或山名，在浙江：〈會稽〉。

造詞 會心、會友、會同、會社、會面、會員、會商、會診、會報、會話、會審、會戰、會頭、會議／茶會、舞會、集會、開會、聚會、標會、散會、議會、同鄉會、同學會／心領神會、風雲際會、牽強附會、穿鑿附會。

月部 ㄩㄝˋ

月部0畫

月

丿 ⺆ 月 月

ㄩㄝˋ ①月球，是地球的衛星，繞著地球運行，本身不發光，能反射太陽光，俗稱「月亮」②計算時間的單位，一年分為十二個月③時間、光陰：〈歲月〉④形狀或顏色像月亮的：〈月餅、月琴、月眉〉⑤姓。

造詞 月刊、月光、月經、月臺、月宮、月蝕、月曆、月薪／日月、明月、滿月、殘月、彎月、彌月、上弦月／月下老人、月明星稀、水中撈月、披星戴月、經年累月、鏡花水月。

月部2畫

有

一 ナ 冇 有 有 有

ㄧㄡˇ ①某：〈有一天、有一個人〉②「無」的相反，表示存在、發生：〈門前有一棵樹、事情有了變化〉③「無」的相反，表示掌握、持存：〈有錢有勢、有決心〉④豐富：〈富有〉⑤表示比較或預估：〈他有你這麼高嗎？這棵樹有三公尺高〉⑥用在人或時間前，表示一部分：〈有人贊成、有時下雨〉⑦用在動詞前面，表示加強語氣：〈有勞大駕、有請、有周〉⑧故意：〈有心、有意〉⑨多，表示時間久或年齡大：〈有年、爺爺已有了年紀〉。

ㄧㄡˋ 通「又」，連接於整數和餘數之間：〈他今年五十有六了〉。

造詞 有名、有如、有恆、有些、有待、有為、有限、有效、有喜、有趣、有數、有一手／保有、具有、所有、擁有、私有、享有、專有、固有、佔有、烏有、莫須有／有口皆碑、有目共睹、有利可圖、有志竟成、有始有終、有板有眼、有教無類、有條不紊、有備無患、有聲有色、無中生有、無奇不有、絕無僅有、應有盡有、有眼不識泰山、有酒膽無酒量。

反 無。

月部4畫

服

丿 ⺆ 月 月 月ㄱ 月⺆ 服 服

ㄈㄨˊ ①衣裳的總稱：〈禮服、制服、衣服〉②喪衣：〈功服、有服在身〉③藥劑的量詞：〈三服藥方〉④穿著、佩載：〈服單衣、服劍、服喪〉⑤吃：〈服藥、內服〉⑥順從、聽從：〈服從〉⑦欽佩：〈佩服〉⑧擔任、做事：〈服役、服勤〉⑨習慣、適應：〈水土不服〉⑩承認：〈服罪〉⑪駕御：〈服牛乘馬〉。

造詞 服侍、服法、服氣、服務、服裝、服飾、服膺／臣服、信服、說服、屈服、征服、和服、西服、微服／服服帖帖、心服口服、心悅誠服、遵禮成服。

月部4畫

朋

丿 ⺆ 月 月 月丿 朋 朋 朋

ㄆㄥˊ ①友人，和自己的志向、興趣一樣的人：〈朋友、良朋、朋儕、有朋自遠方來〉②相比：〈碩大無朋〉③成群、結黨：〈朋黨、朋比〉④共同、一致：〈朋心合力〉⑤姓。

造詞 友朋、親朋、同朋、僚朋／朋比為奸。

同 友。

月部6畫

朔

丶 丷 䒑 屰 屰 朔 朔 朔 朔

ㄕㄨㄛˋ ①陰曆每月初一：〈朔望、朔日〉②開始：〈皆從其朔〉③北方：〈朔方、朔風〉④姓。

反 望。

月部6畫

朕

丿 ⺆ 月 月 月丷 月⺈ 月䒑 朕 朕

ㄓㄣˋ ①古代自稱「我」為「朕」。自秦始皇開始，「朕」成為皇帝的自稱②預兆、事情預先顯出的現象：〈朕兆〉。

月部6畫

朗

丶 ㇇ ㇋ 良 良 良 朗 朗 朗

ㄌㄤˇ　①明亮的：〈明朗、晴朗、豁然開朗〉②聲音響亮的：〈朗誦、朗讀、朗聲〉。

造詞 和朗、爽朗。

月部7畫

望

ㄨㄤˋ　①心願：〈願望〉②名譽：〈德高望重、名望〉③陰曆每月十五日：〈望日、朔望〉④向遠處或高處看：〈瞭望、眺望〉⑤心中盼著、期待：〈希望、渴望、盼望〉⑥慰問、訪問：〈探望、拜望〉⑦仰慕：〈仰望〉⑧將近：〈望七之年〉⑨往、向：〈望前看、望後退〉⑩姓。

造詞 望族、望遠鏡／失望、人望、聲望、眾望、絕望、展望、慾望、德望／望子成龍、望文生義、望而卻步、望穿秋水、望梅止渴、望眼欲穿、望塵莫及、大失所望。

月部8畫

期

ㄑㄧˊ　①時、日：〈日期、婚期、假期、星期〉②計算分期事物的量詞：〈這是第三期的月刊〉③約定的時間：〈後會有期、如期赴約、過期不候〉④限度、界限：〈遙遙無期、萬壽無期〉⑤活一百歲叫「期」：〈期頤之年〉⑥約會、約定：〈不期而遇〉⑦希望：〈期待、期望〉。

ㄐㄧ　①一周年：〈期年〉②「期服」的簡稱。「期服」是穿一年的喪服。

造詞 期刊、期限、期勉、期許、期貨、期票、期間、期考／定期、訓期、即期、時期、短期、船期、學期、暑期、青春期、更年期／期期艾艾。

月部8畫

朝

ㄓㄠ　①早晨：〈朝會、朝夕、朝令夕改〉②日、天：〈今朝有酒今朝醉〉③有生氣、有活力的：〈朝氣〉④早晨的：〈朝露、朝陽〉⑤姓。

ㄔㄠˊ　①古代君主聽政、辦事的地方：〈朝廷、上朝〉②君主帝王統治的時代：〈漢朝、唐朝〉③古代臣下覲見君主：〈朝覲、朝見〉④教徒到遠處去參拜神明：〈朝聖〉⑤向、對：〈朝西邊走、坐北朝南〉。

造詞 朝代、朝野、朝貢／今朝、登朝、改朝、歷朝／朝三暮四、朝不保夕、朝氣蓬勃、朝秦暮楚、朝思暮想、朝朝暮暮、朝發夕至。

月部 14 畫

朦

丿 刀 月 月 月' 月' 月'' 月艹 月艹 月芦 月芦 月苎 月苎 月蒙 朦 朦 朦

ㄇㄥˊ ①欺騙：〈朦騙〉②月色昏暗、模糊不清的樣子：〈月色朦朧、燈光朦朧〉。

請注意：「朦朧」和「矇矓」都可以用來形容模糊不清的狀況，但是形容月色昏暗時只能用「朦朧」。

月部 16 畫

朧

丿 刀 月 月 月' 月' 月'' 月'' 月广 月广 月广 月庐 月庐 月旁 月旁 月旁 月旁 朧 朧 朧 朧

ㄌㄨㄥˊ ①月色：〈朧光〉②月光皎潔明亮的樣子：〈朧朧、朧明〉。

造詞 朦朧、曈朧。

木部 ㄇㄨˋ

木部 0 畫

木

一 十 才 木

ㄇㄨˋ ①樹木的通稱：〈愛惜花木〉②供製造器物或建築的木材：〈檀香木、檜木〉③棺材：〈棺木、行將就木〉④五行之一：〈金木水火土〉⑤行星名：〈木星〉⑥用木頭製成的：〈木箱〉⑦呆板、不靈活：〈木頭木腦〉⑧失去知覺的：〈麻木、凍木了〉⑨老實質樸的：〈木訥〉⑩姓。

造詞 木工、木瓜、木耳、木材、木板、木馬、木魚、木偶／土木、伐木、神木、喬木／移花接木。

同 樹。

木部 1 畫

朮

一 十 才 木 朮

ㄓㄨˊ 植物名。多年生草本植物，白色的根可以做成藥，通稱「白朮」。

木部 1 畫

本

一 十 才 木 本

ㄅㄣˇ ①草木的根或莖：〈草本〉②事物的根源、基礎：〈捨本逐末、基本、根本〉③計算書籍的量詞：〈一本書〉④母金、原有的資金：〈本錢、賠本、血本無歸〉⑤書藉、碑帖、字畫都可以稱「本」：〈宋刻本、拓本、奏本、精裝本〉⑥根據、憑著：〈各本良心、一本初衷〉⑦自己的：〈本鄉、本土、本國〉⑧最先的、原來的：〈本意、本性、英雄本色〉⑨現在的、當今的：〈本日公休、本年〉⑩主要的、中心的：〈校本部〉⑪姓。

造詞 本人、本分、本末、本名、

本行、本地、本身、本位、本來、本事、本能、本領、本質、本家、本籍、本票／日本、書本、原本、資本、抄本、謄本、課本、版本、老本、腳本、虧本／本末倒置、本性難移。

木部 1 畫

未

一 二 キ 才 未

ㄨㄟˋ ①地支的第八位②時辰名，指下午一點到三點③沒有：〈未完、前所未有〉④否定語助詞，通「不」、「非」、「弗」：〈未必、未知可否、涉世未深〉⑤今後、將來：〈未來〉。

造詞 未免、未定、未婚、未曾、未幾、未遂、未嘗／未卜先知、未老先衰、未雨綢繆、未能免俗、未蒙其利反受其害。

同 不、沒。

反 已。

木部 1 畫

末

一 二 キ 才 末

ㄇㄛˋ ①東西的尾端、尖梢：〈末梢、刀錐之末〉②不重要的事物：〈本末倒置、捨本逐末〉③碎屑：〈煙末、粉末〉④事情的結束：〈物有始末〉⑤最後的：〈末日、敬陪末座〉⑥衰微的：〈末世〉⑦小的、輕淺的：〈末技〉⑧戲曲行當的一種，通常扮演中老年男子：〈生旦淨末丑〉⑨姓。

造詞 末了、末尾、末路、末期／期末、週末、歲末。

同 尾、後、終。

木部 1 畫

札

一 十 才 木 札

ㄓㄚˊ ①書信：〈信札、書札〉②古代寫字用的薄木板：〈簡札〉③古代下行的公文：〈札子〉。

造詞 札記。

同 信。

木部 2 畫

朱

ノ 𠂉 二 牛 牛 朱

ㄓㄨ ①紅色：〈朱色〉②紅色的：〈朱門〉③姓。

造詞 朱紅、朱砂、朱顏、朱衣。

同 紅、丹。

木部 2 畫

朵

ノ 几 几 朵 朵 朵

ㄉㄨㄛˇ ①計算花或團狀物的量詞：〈一朵花、一朵白雲〉②植物的花或苞：〈花朵〉③動：〈朵頤〉。

˙ㄉㄨㄛ 人的耳：〈耳朵〉。

造詞 千花萬朵。

木部2畫

朽

一十才木朽朽

ㄒㄧㄡˇ ①腐敗的東西：〈摧枯拉朽〉②腐敗、壞爛：〈腐朽、永垂不朽〉③消散、磨滅：〈聲光不朽〉④衰老：〈年朽髮落〉⑤腐敗的：〈朽木〉⑥衰老的：〈老朽、衰朽〉。

造詞 朽木不可雕。

木部2畫

朴

一十才木札朴

ㄆㄨˊ 通「樸」，質樸的：〈朴厚、素車朴船〉。

ㄆㄛˋ 植物名。落葉喬木，葉橢圓而尖，果實可以吃，樹皮和花可以做成藥，木材可以製成器具。

ㄆㄠˊ 姓。

木部3畫

束

一一
一
一
申
東
束

ㄕㄨˋ ①量詞，物品一綑或一紮叫「一束」：〈一束花〉②捆、綁、紮：〈束縛、把腰束緊、束髮〉③限制、管教：〈約束、束手束腳〉④姓。

造詞 束帶、束脩、束裝／花束、拘束、結束、管束／束之高閣、束手無策。

木部3畫

李

一十才木李李李

ㄌㄧˇ ①植物名。落葉喬木，花白色，果實圓形，有紫紅、青綠、黃色，味道酸甜：〈李樹、瓜田李下〉②姓。

造詞 行李、桃李／李代桃僵、投桃報李、桃李滿天下。

木部3畫

杏

一十才木木杏杏

ㄒㄧㄥˋ ①植物名。落葉喬木，葉橢圓形，花淡紅色，果實黃色，可食用。種子可以吃，也可以作藥：〈杏樹〉②杏樹的果實：〈杏仁〉。

造詞 杏月、杏林、杏眼、杏壇、杏花村。

木部3畫

材

一十才木村村材

ㄘㄞˊ ①木料：〈木材〉②可以製造物品的原料：〈材料、藥材、器材、鋼材〉③通「才」，才能：〈材幹〉④資質：〈因材施教、人材〉。

造詞 材人、材智、材積、材器／器材、教材、取材、題材／一表人材。

請注意：當「能力、資質」解釋時，「才」和「材」通用。

村

木部3畫

一 十 才 木 木一 村 村

ㄘㄨㄣ　鄉人聚集的地方：〈鄉村、村莊、村落〉。

造詞　村子、村姑、村民、村長／漁村、農村、文化村／前不巴村。

同　鄉。

杜

木部3畫

一 十 才 木 木一 朴 杜

ㄉㄨˋ　①植物名，也叫作「棠梨」、「甘棠」。落葉喬木，葉橢圓而大，花白色，枝幹像梨，果實酸甜，可以食用②關閉：〈杜門〉③堵塞、阻絕：〈杜絕、杜禍〉④私造，隨意捏造：〈杜撰、杜酒〉⑤姓。

造詞　杜塞、杜弊、杜鵑／杜門謝客、杜漸防萌。

杖

木部3畫

一 十 才 木 木一 杄 杖

ㄓㄤˋ　①走路時，用來扶持身體的棍子：〈拐杖、手杖〉②棍子的通稱：〈木杖、拿刀弄杖、擀麵杖〉③古代的一種刑罰，用木板打屁股：〈杖刑、杖期〉④喪禮中所用的孝棒：〈苴杖〉⑤拿、持：〈杖劍、杖策〉。

造詞　策杖、廷杖。

杞

木部3畫

一 十 才 木 木フ 杞 杞

ㄑㄧˇ　①植物名。落葉灌木，枝條可以編製成箱、籃、筐等器具：〈杞柳、枸杞〉②古代周朝的國名：〈杞人憂天〉。

杉

木部3畫

一 十 才 木 木丿 杉 杉

ㄕㄢ　植物名。常綠喬木，樹幹高而直，葉針狀，有鋸齒。木材堅固耐用，而且紋路直，是常用的建築材料：〈杉木〉。

杆

木部3畫

一 十 才 木 木一 木二 杆

ㄍㄢ　①較細的圓木條或像木條的東西：〈杆子、旗杆、電線杆〉②用竹、木、鐵、石等製成的遮擋物：〈欄杆〉。③器物上像棍子的細長部分：〈筆杆〉。

杠　木部3畫

ㄍㄤ　①床前的橫木：〈床杠〉②小橋：〈杠橋、杠梁〉③用竹木製成的竿子。

ㄍㄤˋ　同「槓」，扛重物或拴門的粗棍子：〈木杠〉。

杌　木部3畫

ㄨˋ　①方形而沒有靠背的矮凳：〈杌子〉②不安的樣子：〈杌隉〉。

杓　木部3畫

ㄅㄧㄠ　①北斗七星柄部的三顆星名：〈斗杓〉②拉開，通「摽」。

ㄕㄠˊ　通「勺」，盛水的器具。

杈　木部3畫

ㄔㄚ　①樹木歧出的枝：〈杈椏、樹杈、杈子〉②叉形的農具或漁具：〈杈杷、木杈〉。

東　木部4畫

ㄉㄨㄥ　①方位名，太陽升起來的方向：〈東西南北、東方〉②主人：〈房東、股東、作東〉③位於東方的：〈東洋〉④由東方來的：〈東風〉⑤向東方行進的：〈東流、大江東去〉⑥姓。

造詞　東西、東亞、東家、東道、東廂、東歐、東瀛、東京／山東、遠東、河東、關東／東山再起、東拉西扯、東奔西走、東施效顰、東倒西歪、東窗事發。

反　西。

果　木部4畫

ㄍㄨㄛˇ　①植物所結的實：〈水果、果實、漿果〉②事情的結局或成效：〈結果、成果、自食惡果〉③佛家指善惡的報應：〈因果〉④實踐成為事實：〈不果、未果〉⑤填飽：〈果腹〉⑥態度堅決的：〈果斷〉⑦的確，和預料的情況相符合：〈果然、果真〉⑧最後、終於：〈不果來〉⑨假如、若是：〈如果〉⑩姓。

造詞　果皮、果汁、果敢、果醬、果園、果樹／效果、後果、善果、糖果、蘋果、乾果、無花果／果不其然、前因後果。

木部4畫

杳

一十才木杏杳杳杳

ㄧㄠˇ ①幽暗、深遠的：〈杳杳、深杳、杳茫〉②寂靜的樣子：〈杳然〉③無影無蹤、毫無消息：〈杳無音信、杳如黃鶴〉。

木部4畫

杭

一十才木杧杭杭

ㄏㄤˊ ①杭州市的簡稱：〈上有天堂，下有蘇杭〉②姓。

木部4畫

枋

一十才木杧杧枋枋

ㄈㄤ 植物名，就是「檀木」。

木部4畫

枕

一十才木杦杦枕枕

ㄓㄣˇ ①睡覺時頭部所墊的東西：〈枕頭、竹枕〉②通「軫」，火車鐵軌下面的橫木：〈枕木、車枕〉。

ㄓㄣˋ ①用東西墊頭：〈枕戈待旦、曲肱而枕之〉②靠近：〈北枕長江〉。

造詞 枕席、枕套、枕衾／安枕、孤枕、伏枕／枕邊細語。

木部4畫

松

一十才木杦松松松

ㄙㄨㄥ ①植物名。常綠喬木，種類很多。葉針狀，整年不變色、不落葉，木材的用途很廣：〈蒼松、黑松、喬松〉②姓。

造詞 松香、松鼠、松濤、松籟／老松、孤松、青松／松柏常青、松柏後凋於歲寒。

木部4畫

析

一十才木杉析析析

ㄒㄧ ①解釋、說明道理：〈分析、析疑、解析〉②分開、離散：〈分崩離析、析產、析薪〉③姓。

造詞 析居、析理、析義／剖析、離析。

同 分、解。

木部4畫

枇

一十才木杉杦杦枇

ㄆㄧˊ 植物名。常綠喬木，葉長橢圓形，花白色，橘黃色的果實味美多汁，可作治咳化痰的藥：〈枇杷、枇杷膏〉。

ㄅㄧˊ　通「篦」。

杷　木部4畫
一 十 才 木 朩 杓 杷 杷

ㄆㄚˊ　①農家收麥時所用的器具②植物名：〈枇杷〉。

枝　木部4畫
一 十 才 木 朩 朾 枝 枝

ㄓ　①樹幹旁邊生長出來的細條：〈枝幹、樹枝〉②計算桿狀東西的量詞：〈一枝筆、一枝花〉③比喻瑣碎不重要或旁生的事：〈橫生枝節〉④姓。

ㄑㄧˊ　通「跂」，比喻多餘無用途的東西：〈枝指〉。

造詞 枝枒、枝節、枝葉、枝頭／枝枝節節、枝葉扶疏、節外生枝。

林　木部4畫
一 十 才 木 朩 村 材 林

ㄌㄧㄣˊ　①叢聚在一起的樹木：〈樹林、森林、山林〉②同類的人或物聚集的地方：〈藝林、士林、君子之林〉③旺盛、眾多的：〈林立、林林總總〉④姓。

造詞 林梢、林場、林蔭／竹林、翰林、書林、叢林／林下之風。

杯　木部4畫
一 十 才 木 朩 杒 杯 杯

ㄅㄟ　①盛飲料的器具：〈茶杯、酒杯、舉杯邀明月〉②競賽優勝的獎品，形狀像杯子：〈獎杯、冠軍杯〉③量詞：〈一杯酒、一杯羹〉。

造詞 杯葛、杯中物／乾杯、舉杯／杯水車薪、杯盤狼藉、杯弓蛇影、苦酒滿杯。

杰　木部4畫
一 十 才 木 木 杰 杰 杰

ㄐㄧㄝˊ　①同「傑」，才智特出的人：〈杰人、俊杰、豪杰〉②出色的、優異的：〈杰作、杰出〉。

杵　木部4畫
一 十 才 木 朩 杙 杵 杵

ㄔㄨˇ　①舂米的棒槌：〈舂杵、杵臼〉②捶衣的木棒：〈衣杵〉③搗碎藥材的器具：〈藥杵〉④戳、刺：〈用手指杵他一下〉。

造詞 砧杵、鐵杵、玉杵。

板　木部4畫
一 十 才 木 朩 朾 板 板

ㄅㄢˇ ①片狀的木材：〈木板、板牆〉②一切平而扁的板狀物品：〈板擦、黑板、墊板、玻璃板〉③音樂的節拍：〈行板、板眼〉④臉上沒有笑容：〈板著臉〉⑤少變化、不活潑：〈呆板、古板〉⑥姓。

造詞 板書、板滯、板鴨、板橋／甲板、地板、看板、跳板、砧板、樣板、天花板。

請注意：「板」「版」「闆」三字的用法經常被混淆，「板」有片狀木頭、拍板等義；而「版」含印刷用的底板義；至於「闆」則有業主的意思，所以字詞運用上，正確寫法是：木板、慢板、板著臉、拼版、版本、老闆。

木部4畫

枚

一 十 才 木 朩 杧 朸 枚

ㄇㄟˊ ①量詞：〈一枚別針、一枚硬幣〉②古代行軍時，士兵嘴裡含著一根像筷子的小木棍，用來防止士兵說話：〈銜枚疾走〉③一個一個的：〈不勝枚舉〉④姓。

木部4畫

枉

一 十 才 木 朩 杍 枉 枉

ㄨㄤˇ ①邪曲的人：〈舉直錯諸枉〉②曲解、違反：〈貪贓枉法〉③彎曲的、不正的：〈枉矢、矯枉過正〉④受委屈：〈冤枉〉⑤白費、勞而無功：〈枉費工夫、枉費心機〉。

造詞 枉死、枉然、枉駕／誣枉、屈枉／毋縱毋枉。

木部4畫

枒

一 十 才 木 朩 杍 枒 枒

ㄧㄚˊ ①植物名，就是「椰子樹」②樹枝歧出的樣子：〈枒杈、枒枝〉。

木部4畫

杼

一 十 才 木 朩 杍 杼 杼

ㄓㄨˋ 古代織布機上用來疏理緯線的一種器具：〈機杼〉。

木部4畫

杪

一 十 才 木 朩 朴 杪 杪

ㄇㄧㄠˇ ①樹枝的末梢：〈林杪〉②年、月、季節的末尾：〈年杪〉③同「眇」，細微的：〈杪小〉。

木部5畫

柿

一 十 才 木 朩 杧 杮 柿

ㄕˋ 植物名。落葉喬木，葉橢圓形，開黃白色花，果實扁圓，味道甜美，可以食用：〈柿子、柿餅〉。

木部5畫

染

ㄖㄢˇ ①男女間不正當的關係：〈他們兩人有染〉②用顏料使東西沾上顏色：〈染布、染髮〉③在畫上著色、落墨：〈渲染、染翰〉④感受到、沾上：〈感染、傳染、沾染〉⑤姓。

造詞 染色、染缸、染指、染料／汙染、習染、浸染／一塵不染、耳濡目染。

木部5畫

柔

ㄖㄡˊ ①和順的人或事物：〈柔以克剛〉②溫和、不強烈：〈溫柔、柔和〉③與「剛」、「硬」相對，軟弱、不堅硬：〈柔弱、柔軟〉。

造詞 柔情、柔順、柔媚、柔滑、柔道、柔嫩／剛柔、優柔、懷柔／柔腸寸斷。

同 軟、弱、和。

反 剛、硬。

木部5畫

某

ㄇㄡˇ ①不指明的人、地、事物的代稱：〈某某人、某地、某事〉②知道名稱但不說出：〈張某、李某〉③自稱的代名詞：〈這不是我張某人會做的事〉。

ㄇㄟˊ 「梅」的本字。

木部5畫

柬

ㄐㄧㄢˇ ①通「簡」，信件、請帖：〈請柬、書柬、柬帖〉②國名：〈柬埔寨〉（現在稱「高棉」）。

同 書、簡、帖、信。

木部5畫

架

ㄐㄧㄚˋ ①放置或支撐東西的用具：〈書架、衣架〉②支撐或供植物攀附的棚子：〈瓜架、瓜棚豆架〉③在物體內部有支撐作用的骨幹：〈骨架〉④事情的結構：〈架構〉⑤計算有整套機件東西的量詞：〈一架飛機、一架機關槍〉⑥爭吵、打鬥的：〈勸架、打架〉⑦搭建、支起：〈架橋鋪路〉⑧把人劫走：〈綁架〉⑨承受、抵擋：〈招架不住〉⑩攙扶：〈架著病人走〉⑪虛構、捏造：〈架空裝點〉。

造詞 架子、架式、架空、架勢／支架、招架、勸架、擔架／架詞誣捏。

同 搭、撐。

木部5畫

枸

枸　一 十 才 木 朾 杓 杓 枸

ㄍㄡˇ　植物名。落葉灌木，莖有刺，開淡紫色花，果實紅色，可當作藥材：〈枸杞〉。

ㄍㄡ　①植物名。落葉灌木，掌狀複葉，開白花，果實圓而黃，可作藥，也稱「枳」：〈枸橘〉②彎曲的。

ㄐㄩˇ　植物名。常綠小喬木，葉像橘葉，開白花，果實橢圓形，有香氣，可作藥。俗稱「佛手柑」或「香櫞」：〈枸櫞〉。

木部5畫

柱

柱　一 十 才 木 朩 村 杧 柱

ㄓㄨˋ　①支撐房子的粗木頭：〈柱子、石柱〉②比喻集體中的骨幹力量：〈支柱、臺柱〉③形狀像柱子的東西：〈橋柱、冰柱、水柱〉④琴瑟上繫絃的木條：〈膠柱鼓瑟〉。

造詞 柱石、柱頭、柱礎／梁柱、圓柱、擎天柱。

木部5畫

柵

柵　一 十 才 木 朳 朷 柎 柵

ㄓㄚˋ　用竹木鐵條編結成的籬笆或圍牆：〈柵欄、木柵、籬柵〉。

木部5畫

柩

柩　一 十 才 木 朩 杇 杦 柩

ㄐㄧㄡˋ　裝著屍體的棺材：〈靈柩、引柩〉。

請注意： 裝屍體的器具稱「棺」，已裝著屍體的棺材稱作「柩」。

木部5畫

柯

柯　一 十 才 木 朩 杇 柯 柯

ㄎㄜ　①植物名。常綠喬木，木質堅硬，可供建築或製造家具：〈柯樹〉②樹枝：〈枝柯〉③斧頭的柄④姓。

木部5畫

柄

柄　一 十 才 木 朩 朾 柄 柄

ㄅㄧㄥˇ　①器物上可用手持拿的部分：〈刀柄、斧柄〉

②植物的花葉和枝莖相連的地方：〈葉柄〉③計算有柄的東西的量詞：〈一柄刀〉④言語或行為成為別人談論的資料：〈笑柄、話柄〉⑤權力：〈權柄〉⑥操持：〈柄政〉⑦姓。

造詞 柄用、柄臣、柄國／授人話柄。

木部5畫

枯

ㄎㄨ　①乾涸，失去水分：〈乾枯、海枯石爛〉②草木乾死：〈枯槁、枯萎〉③乾的：〈枯井〉④草木乾黃，沒有生氣的樣子：〈枯樹、枯木〉⑤形容人乾瘦的：〈枯瘦〉⑥沒有趣味的：〈枯坐、枯燥〉⑦貧乏的：〈遍索枯腸〉。

造詞 枯窘、枯竭、枯澀／荒枯、涸枯、榮枯／枯木逢春、枯魚之肆、一將功成萬骨枯。

木部5畫

柏

ㄅㄛˊ　①植物名。常綠喬木，葉小，前端尖銳，冬天也不凋零，木質堅實，可供建築用：〈扁柏、龍柏、側柏〉②姓。

造詞 柏油、柏林、柏拉圖。

木部5畫

柑

ㄍㄢ　植物名。常綠灌木或小喬木，葉長卵形，開白花，果實圓形、金黃色，味美多汁：〈椪柑、柑橘、蜜柑、金柑〉。

木部5畫

枴

ㄍㄨㄞˇ　行走時用來支撐身體的手杖：〈枴杖、木枴、枴棒〉。

木部5畫

柚

ㄧㄡˋ　植物名。①常綠喬木，葉大而厚，開小白花，果實大而圓，帶酸味：〈柚子、葡萄柚〉②落葉大喬木，木質堅硬耐久，紋理美觀，是製造家具、船艦的好材料：〈柚木〉。

木部5畫

柞

ㄗㄨㄛˋ　植物名。常綠喬木，葉卵形，四周呈鋸齒狀，可餵蠶，木質堅硬，可做梳子：〈柞木、柞蠶〉。

ㄗㄜˊ 除去樹木：〈柞木翦棘〉。

柳 木部5畫
柳 一 十 才 木 … 柳

ㄌㄧㄡˇ ①植物名。落葉喬木或灌木，枝條柔韌，葉子狹長，種子有毛，會隨風飄散：〈柳樹〉②棺車：〈柳車〉③像柳枝或柳葉般細長的：〈柳腰、柳眉〉④姓。

造詞 柳眼、柳絮／垂柳、楊柳、青柳／柳暗花明、柳綠花紅、尋花問柳、眠花宿柳。

查 木部5畫
查 一 十 才 木 朩 杏 杳 查

ㄔㄚˊ 檢驗、考察、驗證：〈查字典、調查、查核、查戶口〉。

ㄓㄚ 姓。

造詞 查考、查封、查勘、查對／檢查、審查、搜查、巡查、考查、清查、探查。

請注意：「查」與「察」不同。「查」有追究、加以處理的意思，凡是運用法律權力加以處理，或是表示鄭重處理時，都用「查」，例如：查封、查收、查辦。「察」是對事情詳加調查、了解的意思，例如：觀察、監察、視察。注意以下的用法：「檢察官」來「檢查」，也來「視察」；「警察」去「巡查」。

柘 木部5畫
柘 一 十 才 木 … 柘

ㄓㄜˋ ①植物名。落葉灌木，枝幹直，葉尖厚，可餵蠶：〈柘桑〉②姓。

枷 木部5畫
枷 一 十 才 木 … 枷

ㄐㄧㄚ ①古代套在罪犯脖子上的刑具，引申為難以解脫的負擔：〈枷鎖〉②擱置衣物的家具或衣架：〈椸枷〉。

柢 木部5畫
柢 一 十 才 木 … 柢

ㄉㄧˇ 樹根，引申為基礎：〈根深柢固、根柢〉。

枰 木部5畫
枰 一 十 才 木 … 枰

ㄆㄧㄥˊ 棋盤，多指圍棋盤：〈棋枰〉。

木部5畫

枹

枹　一 十 才 木 朾 杓 枃 枹

ㄈㄨˊ　①同「桴」，鼓槌②植物名。落葉喬木，葉周圍有鋸齒，木材可製器具。

木部5畫

柝

柝　一 十 才 木 杧 析 析 柝

ㄊㄨㄛˋ　①古代巡夜人用來報更、警盜的木梆子：〈擊柝〉②開拓：〈柝極〉。

木部5畫

桼

丶 丷 氵 氵 汢 氺 桼 桼

ㄑㄧ　①植物名，就是漆木②數目名，「七」的大寫：〈桼佰元〉。

木部5畫

柙

柙　一 十 才 木 札 杛 柙 柙

ㄒㄧㄚˊ　①關猛獸或押解罪犯的牢籠：〈虎柙〉②同「匣」，裝衣服的木箱③劍匣。

木部5畫

枵

枵　一 十 才 木 朩 枵 枵 枵

ㄒㄧㄠ　①中心空虛的樹根或樹幹②飢餓的：〈枵腹〉。

木部5畫

枳

枳　一 十 才 木 朩 和 和 枳

ㄓˇ　植物名。常綠灌木，枝多刺，開白花，秋天結果實，味道酸苦，可作藥：〈枳實〉。

造詞　**南橘北枳、橘踰淮而北為枳。**

木部6畫

柴

柴柴　丨 卜 卜 止 止 此 此 柴

ㄔㄞˊ　①供燃燒用的木片或枯樹枝：〈柴火、木柴、打柴〉②點火用的小木棒：〈火柴〉③木製的：〈柴門〉④粗陋的：〈柴車草屏〉⑤衰瘦乾枯的：〈柴毀骨立〉。

ㄓㄞˋ　通「寨」，柵欄。

造詞　**乾柴、薪柴、茅柴／柴米油鹽、骨瘦如柴。**

木部6畫

校

校校　一 十 才 木 木 朩 杧 校

ㄒㄧㄠˋ　①研究、傳授學問的地方：〈學校、軍校、母校〉②我國軍階名稱，分上、中、少三級，是將之下、尉之上的中級軍官：〈上校〉③學校的：〈校刊、校長、校園〉④姓。

ㄐㄧㄠˋ　①通「較」，比較：〈校量〉②查對，訂正：〈校對、校正、校勘〉。

造詞　校友、校花、校訓、校規、校監、校醫、校閱／入校、住校、返校、本校、初校、離校。

同　對、訂、較。

木部6畫

核

一 十 才 木 朩 朾 杧 枋 核 核

ㄏㄜˊ　①果實中堅硬的部分，用來保護果仁：〈果核〉②事物的重心：〈核心〉③通「覈」，詳細審察：〈考核、核對、核算〉。

造詞　核子、核仁、核定、核准、核能、核桃／結核、精核、察核、審核。

同　對、算。

木部6畫

框

一 十 才 木 朩 杧 桂 桂 框 框

ㄎㄨㄤ　①門窗四周用來固定的架子：〈窗框、門框〉②器物周圍可嵌住東西的外架：〈鏡框、相框、眼鏡框、門框〉③在文字、圖片周圍加上線條：〈把這段文章框起來〉④限制：〈被他的想法框住了〉。

造詞　框子、框架。

木部6畫

桓

一 十 才 木 朩 朾 桓 桓 桓 桓

ㄏㄨㄢˊ　①植物名。葉似柳葉，皮黃白色②留連不進：〈盤桓〉③姓。

木部6畫

根

一 十 才 木 朩 朩 朩 根 根 根

ㄍㄣ　①植物莖下長在土裡的部分，可以固定植物，吸收養分：〈樹根〉②物體的底部：〈舌根、牙根〉③事物的本源：〈根柢、禍根、牆根〉④計算細長東西的量詞：〈一根棍子、一根頭髮〉⑤佛家稱眼、耳、鼻、舌、身、意為「六根」⑥數學方程式未知數的值：〈平方根〉⑦徹底的：〈根本、根除〉⑧姓。

造詞　根由、根治、根基、根絕、根源、根據、根莖／球根、草根、善根、慧根、病根、尋根、虛根／根深蒂固、斬草除根、落葉歸根。

木部6畫

桂

一十才木朩杜杜桂桂桂

ㄍㄨㄟˋ ①植物名。常綠喬木，分肉桂、巖桂兩種。肉桂可作藥，巖桂就是「木樨」，也就是桂花樹②廣西省的簡稱③姓。

造詞 桂冠、桂圓、桂林／月桂、秋桂／桂馥蘭薰、吳剛伐桂。

木部6畫

桔

一十才木朩杜杜桔桔桔

ㄐㄧㄝˊ 植物名。多年生草本，開紫色或白色花，根可以作藥，有止咳、袪痰的功用：〈桔梗〉。

ㄐㄩˊ 通「橘」，水果名。

木部6畫

栩

一十才木札札栩栩栩栩

ㄒㄩˇ ①植物名，落葉喬木，又叫「柞櫟」，就是「柞木」②生動活潑的樣子：〈栩栩如生〉③姓。

木部6畫

桐

一十才木札札桐桐桐桐

ㄊㄨㄥˊ ①植物名。落葉喬木，葉大，開白色或紫色花，木質輕，而且不生蛀蟲，可以用來製琴或箱子：〈梧桐、油桐〉②姓。

木部6畫

梳

一十才木朩朩朩梳梳梳

ㄕㄨ ①整理頭髮的用具：〈梳子、髮梳〉②整理頭髮：〈梳洗、梳妝、梳頭髮〉。

木部6畫

桌

丨卜卜占占卓卓桌桌桌

ㄓㄨㄛ ①一種有支柱、有平面，用來放置物品、吃飯、寫字的器具：〈書桌、飯桌、桌子〉②計算酒席的量詞：〈訂十桌酒席〉。

造詞 桌球。

木部6畫

栗

一丆丙丙西西西亜栗栗

ㄌㄧˋ ①植物名。落葉喬木，葉長圓形，果實叫「栗子」，外有硬殼，可食②地名：〈苗栗〉③恐懼，通「慄」：〈栗栗〉④姓。

造詞 栗鼠／栗栗不安。

請注意：「栗」和「粟」「票」字形雖然相似，音、義卻大不同。「粟」音ㄙㄨˋ，下半是「米」，指穀子；「票」音ㄆㄧㄠˋ，下半是「示」，指作為憑證的紙片。

木部6畫

案

ㄢˋ ①古代一種裝飲食的木盤：〈舉案齊眉〉②長方形的桌子：〈案頭、書案〉③事件：〈賄賂案〉④和法律有關連的事件：〈辦案、破案、犯案〉⑤提出計畫、辦法等的文件：〈提案、腹案〉⑥已經成為規定的文書，或論定的訴訟文件：〈有案可查〉。

造詞 案子、案由、案件、案情／文案、立案、法案、問案、答案、檔案、審案、疑案、圖案、草案、懸案、翻案／案牘勞形。

同 桌、檯。

木部6畫

桑

ㄙㄤ ①植物名。落葉喬木，葉卵形，可以養蠶，木材可以製造器具，果實叫「桑葚」，可食②種桑養蠶的事：〈以農桑為業〉③姓。

造詞 桑梓、桑麻、桑榆／扶桑、採桑、蠶桑。

木部6畫

栽

ㄗㄞ ①植物的幼苗：〈樹栽子〉②種植：〈栽花、栽樹、栽種〉③無中生有的加上罪名：〈栽贓〉④跌倒：〈栽了一跤、栽跟斗〉⑤失敗：〈栽在他的手裡〉。

造詞 栽培、栽植／新栽、盆栽、移栽。

同 種、植。

木部6畫

格

ㄍㄜˊ ①方形的框或條紋：〈方格子、方格紙〉②一定的標準式樣、法度：〈格式、聊備一格、及格、合格〉③人品、風度、情操：〈人格、品格、性格〉④文法用語：〈主格〉⑤架子的一層或藥水瓶上的刻度⑥阻礙、隔閡：〈格格不入〉⑦推究：〈格物窮理〉⑧改定、更正：〈格君心之非〉⑨鬥、殺：〈格鬥、格殺勿論〉⑩可做為法則的：〈格言〉⑪姓。

造詞 格外、格律、格調／正格、風格、體格、資格、破格、骨格、變格、規格／格物致知、格林童話。

同 式、鬥。

木部6畫
桃
一十才木杉杊杊杋桃桃

ㄊㄠˊ ①植物名。落葉喬木，葉寬闊，春天開白色、紅色花，果實叫「桃子」，酸甜多汁，可食：〈桃樹〉②桃狀的東西：〈蟠桃〉③像桃花的粉紅色，引申為男女間情愛的事：〈桃色新聞、桃花運〉④地名：〈桃園〉⑤姓。

造詞 桃李、桃符、桃太郎／仙桃、楊桃、櫻桃、水蜜桃、／桃李不言、桃園結義。

木部6畫
株
一十才木朩杧杵杵株株

ㄓㄨ ①露出地面的樹根：〈守株待兔、根株〉②同「棵」，計算植物的量詞：〈一株樹〉。

造詞 株守、株連／分株、連株、新株／株式會社。

木部6畫
桅
一十才木朩栌栌桅桅

ㄨㄟˊ 豎立的船舶甲板上的長杆子，可以用來掛帆、懸旗、裝設無線電等：〈船桅、桅杆〉。

木部6畫
栓
一十才木朩朳朳栓栓

ㄕㄨㄢ ①器物上可以開關的活門：〈門栓、水栓、消防栓〉②瓶塞：〈瓶栓、木栓〉。

造詞 栓子、栓塞、栓劑。

木部6畫
桀
ノクタタ夂外夅夅桀桀

ㄐㄧㄝˊ ①雞棲息的小木樁②才智特出的人：〈俊桀〉③人名，夏朝末年的一位暴君：〈夏桀〉④殘暴的：〈桀黠〉⑤姓。

造詞 桀驁不馴。

木部6畫
栝
一十才木朩杄杄栝栝

ㄍㄨㄚ ①植物名，就是「檜木」②箭的末端：〈箭栝〉。

木部6畫
桁
一十才木朩朩朩朩桁桁

ㄏㄥˊ 屋上的橫木：〈桁梧〉。

ㄏㄤˊ 古代加在罪犯頸上或腳上的大型刑具：〈桁楊〉。

木部 6 畫

栖

一 十 才 木 朩 朾 柄 柄 栖 栖

ㄒㄧ　忙碌不安的樣子：〈栖栖〉。

ㄑㄧ　①通「棲」，鳥類休息：〈鳥栖於樹〉②居住：〈栖身之所〉。

木部 6 畫

桎

一 十 才 木 朩 杠 杯 桎 桎

ㄓˋ　①古代用來拘繫犯人的刑具：〈桎梏〉②閉塞。

請注意：「桎」指腳鐐，「梏」指手銬。

木部 6 畫

桉

一 十 才 木 朩 杧 杧 桉 桉

ㄢˋ　植物名。常綠喬木，樹皮和葉可以治療瘧疾，也稱「油加利樹」。

木部 7 畫

梆

一 十 才 木 朩 村 村 村 村 梆 梆

ㄅㄤ　①戲曲腔調名：〈河南梆子〉②古代巡更或號召群眾時所敲擊的木器或竹器：〈梆子、敲梆〉。

木部 7 畫

梁

丶 丶 氵 汈 汈 汈 汈 汈 梁 梁 梁

ㄌㄧㄤˊ　①架在柱上，支撐屋頂的橫木：〈屋梁、棟梁、餘音繞梁〉②橋：〈橋梁〉③物體中間高起成長條形的部分：〈鼻梁、脊梁〉④朝代名⑤姓。

造詞 梁上君子。

木部 7 畫

梵

一 十 才 木 朩 村 材 林 林 梵 梵

ㄈㄢˋ　①古代印度的文字：〈梵文〉②與佛教有關的：〈梵宇、梵音〉③姓。

造詞 梵剎、梵衲、梵語、梵諦岡／梵宇僧樓。

木部 7 畫

梯

一 十 才 木 朩 杧 杧 杧 梯 梯 梯

ㄊㄧ　①便利人升降的設備：〈樓梯、雲梯、電梯〉②漸進的階段：〈階梯〉③攀登：〈梯山航海〉④一層層向上排列，形狀像樓梯的：〈梯田〉。

造詞 梯次、梯形、梯隊／天梯、滑梯、扶梯、迴旋梯。

木部 7 畫

梢

一 十 才 木 ⋯ 梢

ㄕㄠ ①樹枝的末端：〈風在林梢、樹梢〉②指事物的末尾、盡頭：〈喜上眉梢、船梢〉③竿子。

造詞 梢頭／末梢、枝梢、髮梢、柳梢。

木部 7 畫

梓

一 十 才 木 ⋯ 梓

ㄗˇ ①植物名。落葉喬木，葉卵形，開淡黃色花，木材可供建築或製造器具②雕刻印書的木板：〈付梓〉③故鄉的代稱：〈桑梓〉④兒子的代稱：〈喬梓〉⑤姓。

造詞 梓匠、梓里、梓器。

木部 7 畫

桿

一 十 才 木 ⋯ 桿

ㄍㄢˇ ①長竿：〈旗桿〉②細長像棍子的器物：〈槍桿、筆桿〉③計算竿狀東西的量詞：〈一桿槍〉。

造詞 桿菌。

同 棍、杆、棒。

木部 7 畫

桶

一 十 才 木 ⋯ 桶

ㄊㄨㄥˇ 圓柱形的容器：〈桶子、水桶、飯桶、汽油桶〉。

造詞 木桶、米桶、酒桶、垃圾桶、啤酒桶。

木部 7 畫

梱

一 十 才 木 ⋯ 梱

ㄎㄨㄣˇ 豎立在門中間的短木，也就是門檻。

木部 7 畫

梧

一 十 才 木 ⋯ 梧

ㄨˊ ①植物名。落葉喬木，葉大，開白色或紫色花，木質輕，而且不生蛀蟲，可以用來製造器具：〈梧桐樹〉②支架：〈梧鼎〉③身材高大的：〈魁梧〉。

造詞 枝梧、碧梧、高梧。

木部 7 畫

梗

一 十 才 木 ⋯ 梗

ㄍㄥˇ ①植物的莖或枝：〈菠菜梗、荷葉梗〉②大略的情況：〈梗概〉③阻塞：〈梗塞、梗阻、從中作梗〉④挺直：〈梗著脖子〉⑤正直的：〈梗直〉⑥強硬的：〈強梗〉。

造詞 枝梗、桔梗、生梗。

木部7畫　械

一 十 才 木 朾 杄 枅 械 械 械

ㄒㄧㄝˋ ①武器：〈繳械、軍械〉②器物、用具的總稱：〈機械、器械〉③刑具，就是桎梏④用武器打鬥：〈械鬥〉。

造詞 兵械、彈械、利械。

木部7畫　梃

一 十 才 木 朾 杔 杔 梃 梃 梃

ㄊㄧㄥˇ ①棍棒②通「枝」，量詞：〈十梃甘蔗〉。

木部7畫　棄

一 亠 亡 云 㐬 夻 杳 棄 棄 棄

ㄑㄧˋ ①拋離、捨去：〈放棄、拋棄、廢棄〉②忘記③白費：〈前功盡棄〉。

造詞 棄井、棄世、棄婦、棄絕、棄置、棄養、棄權／丟棄、捨棄、背棄、唾棄、捐棄、遺棄、毀棄、摒棄／棄甲曳兵、棄邪歸正、棄暗投明、自暴自棄。

木部7畫　梭

一 十 才 木 朩 杦 柃 梭 梭 梭

ㄙㄨㄛ ①古代織布機上用來牽引橫線的橄欖形工具：〈梭子、梭杼〉②來往不斷的：〈梭巡、穿梭〉。

造詞 梭哈／日月如梭。

木部7畫　梅

一 十 才 木 朩 杧 梅 梅 梅 梅

ㄇㄟˊ ①植物名。落葉喬木，開白色或淡紅色花，果實球形，味道酸，可食：〈梅樹、梅花、梅子〉②節候名：〈梅雨〉③姓。

造詞 梅毒、梅花鹿／早梅、寒梅、臘梅、話梅／梅妻鶴子、梅開二度、踏雪尋梅。

木部7畫　梔

一 十 才 木 朾 析 栀 梔 梔 梔

ㄓ 植物名。常綠灌木，葉橢圓形，開白色花，香氣濃烈，果實可作黃色染料：〈梔子、梔子花〉。

木部7畫　條

丿 亻 亻 仒 仒 攸 條 條 條 條

ㄊㄧㄠˊ ①細而長的樹枝：〈枝條、柳條〉②長而細的東西：〈紙條、麵條、鍊條〉③計算細長東西的量詞：〈一條繩子、三條魚〉④秩序、脈絡：〈有條不紊〉⑤文書的款目、項目：〈憲法第一條、條文〉⑥分項列舉的：〈條列、條舉〉⑦姓。

造詞 條子、條目、條件、條例、條約、條紋、條款、條幅／皮條、油條、發條、逐條／條分縷析、井井有條、條條大路通羅馬。

木部7畫 梨

一 二 千 千 禾 禾 利 利 梨 梨 梨

ㄌㄧˊ ①植物名。落葉喬木，開五瓣白花，果實圓大，味美多汁，木材可做木刻、印刷等用途：〈梨樹、水梨、酪梨〉②姓。

造詞 梨渦、梨園、梨山。

木部7畫 梟

ノ 亻 宀 白 白 自 鳥 鳥 梟 梟 梟

ㄒㄧㄠ ①鳥名，就是「鴞」。性凶猛，晝伏夜出，捕食鳥、鼠等小動物②凶陰、強橫的人：〈毒梟、私梟〉③古代刑法之一，把人頭懸掛起來：〈梟首示眾〉④凶猛、凶悍的：〈梟雄〉⑤姓。

造詞 梟示、梟將。

木部7畫 梏

一 十 才 木 木 朾 朾 杜 梏 梏 梏

ㄍㄨˋ 木製的古代刑具之一：〈桎梏〉。

造詞 脫梏、手梏、重梏。

木部7畫 桴

一 十 才 木 木 朩 朩 朩 桴 桴 桴

ㄈㄨˊ ①小木筏或竹筏：〈乘桴浮於海〉②同「枹」，鼓槌：〈桴鼓〉。

木部8畫 棠

丨 丷 丷 丷 丷 丷 丷 丷 堂 堂 棠 棠

ㄊㄤˊ ①植物名。落葉喬木，葉卵形，開白色花，果實酸甜，可以作藥，又稱「棠梨」、「杜梨」②姓。

造詞 海棠、甘棠、秋海棠。

木部8畫 棺

一 十 才 木 木 朩 朩 朩 栌 栌 棺 棺

ㄍㄨㄢ 裝斂屍體的器具：〈棺材、棺木〉。

造詞 石棺、入棺、開棺、移棺／棺材瓢子。

木部8畫 棕

一 十 才 木 木 朩 朩 朩 栌 棕 棕 棕

ㄗㄨㄥ ①植物名。常綠喬木，樹幹直立，沒有枝條，葉呈常狀分裂，可以製成扇子，基部的棕毛強韌耐溼，褐色，可以製成繩子、刷子等：〈棕櫚〉②用棕製成的：〈棕帚〉③褐色的：〈棕色的毛〉。

木部8畫

森

ㄙㄣ　①許多高聳的樹林叢生在一起的：〈森林〉②幽暗陰冷的樣子：〈陰森森〉③整飭的樣子：〈門禁森嚴〉④眾多的：〈森列〉⑤姓。

造詞 森岑、森森、森巴舞／森羅萬象。

木部8畫

棘

ㄐㄧˊ　①植物名。一種多刺的小灌木，果實很小，味酸，也就是「酸棗樹」：〈荊棘〉②哺乳類動物身上尖硬的刺，如刺蝟、豪豬等動物：〈棘皮動物〉③泛稱有刺的植物④姓。

造詞 棘人、棘手、棘林／披荊斬棘。

木部8畫

棗

ㄗㄠˇ　①植物名。落葉灌木或小喬木，品種很多，開黃綠色小花，果實橢圓，成熟後是暗紅色，味道甜美，可食：〈棗樹〉②棗樹的果實：〈棗子〉③暗紅色的：〈棗紅色〉④姓。

造詞 棗泥、棗糕／紅棗、黑棗、蜜棗／囫圇吞棗。

木部8畫

椅

ㄧˇ　①有靠背可坐的器具：〈椅子〉②植物名，就是「山桐子」。落葉喬木，葉圓末端尖，開黃色花，木材可作細巧的器具：〈椅樹〉。

造詞 椅柅、椅墊／桌椅、輪椅、躺椅、搖椅。

木部8畫

棟

ㄉㄨㄥˋ　①房屋的正梁：〈棟梁〉②計算房屋的量詞：〈一棟大廈〉③姓。

造詞 棟宇／文棟、屋棟／雕梁畫棟、汗牛充棟。

同 梁。

木部8畫

棵

ㄎㄜ　同「株」，計算植物的量詞：〈一棵樹〉。

木部8畫

棹

ㄓㄠˋ　通「櫂」，划船的長槳：〈鼓棹前進〉。

ㄓㄨㄛ　同「桌」，可以放置物品、吃飯、寫字的器具：〈方棹〉。

木部8畫

椎

ㄓㄨㄟ　①敲擊的工具：〈鐵椎〉②構成脊柱的短骨：〈脊椎骨〉③敲、打：〈椎擊〉④形狀像椎的：〈椎髻〉。

造詞　椎拍、椎魯。

木部8畫

棧

ㄓㄢˋ　①堆積貨物的地方：〈堆棧、棧房、棧單〉②旅館：〈客棧〉③養牲畜的柵欄：〈馬棧〉④用竹木架起的：〈棧道、棧橋〉⑤姓。

木部8畫

棒

ㄅㄤˋ　①棍子：〈木棒、球棒、棒子〉②長條形的東西：〈棉花棒、冰棒〉③用棍子擊打：〈當頭一棒〉④指身體好、技術高、能力強：〈他的身體很棒、她的舞跳得很棒〉。

造詞　棒球、棒喝、棒壇、棒槌／少棒、強棒、魔棒／玩棍弄棒。

木部8畫

棲

ㄑㄧ　①休息的地方：〈棲所〉②居住、停留：〈棲身、棲息〉。

ㄒㄧ　同「栖」。

造詞　棲止、棲遁、棲遲、棲棲／宿棲、兩棲、雙棲、水棲／棲棲遑遑、影視雙棲、水陸兩棲。

同　停、宿。

木部8畫

棣

ㄉㄧˋ　①植物名。落葉灌木，葉針形，開白色花，果實像櫻桃，也有常棣、唐棣、白棣等品種②通「弟」，賢弟也可寫成「賢棣」。

木部8畫

棋

ㄑㄧˊ　①一種可供娛樂、鬥智的用具：〈象棋、圍棋、跳棋〉②下棋用的：〈棋盤、棋譜〉③像棋一樣的：〈星羅棋布〉。

造詞　棋子、棋布、棋局、棋峙／下棋、和棋、死棋、觀棋／棋高一著、棋逢敵手。

木部 8 畫

棍

一 十 才 木 朩 杊 杊 杊 梶 梶 梶 棍

ㄍㄨㄣˋ ①棒：〈木棍、棍子、棍棒〉②俗稱無賴之徒：〈惡棍、賭棍、棍徒〉。

木部 8 畫

植

一 十 才 木 朩 杧 杧 枯 枯 植 植 植

ㄓˊ ①栽種：〈植樹、種植〉②培育：〈培植人才、扶植〉③樹立、建立：〈植黨營私、植基〉。

造詞 植物／移植、墾植、誤植、播植。

同 種、栽。

木部 8 畫

椒

一 十 才 木 朩 朩 朩 朩 村 林 椒 椒

ㄐㄧㄠ ①指那些果實或種子有刺激性味道的植物，木本的有胡椒、花椒；草本的有辣椒、青椒等②姓。

木部 8 畫

棉

一 十 才 木 朩 朩 朩 朩 朩 朩 棉 棉

ㄇㄧㄢˊ ①植物名，有草棉、木棉兩種。草棉通稱為「棉花」，果實成熟後會裂開，種子上面有毛，可以用來紡紗或做棉絮，除去棉毛的種子可以榨油。木棉果實的纖維可以做枕心、墊褥等②棉製的：〈棉被、棉布〉③通「綿」，薄弱的：〈聊盡棉力〉。

造詞 棉籽、棉紗、棉袍、棉襖／純棉、海棉。

木部 8 畫

棚

一 十 才 木 朩 朻 朻 朻 棚 棚 棚 棚

ㄆㄥˊ 用竹、木、蘆葦等材料，搭成的蓬架或小屋，可以遮蔽陽光、風雨：〈涼棚、草棚、竹棚〉。

造詞 豆架瓜棚。

木部 8 畫

椏

一 十 才 木 朩 杆 杆 杆 椏 椏 椏 椏

ㄧㄚ ①樹枝：〈枝椏、樹椏〉②向旁歧出的樹枝：〈杈椏、分椏〉。

木部 8 畫

楮

一 十 才 木 朩 朩 朩 朩 朩 楮 楮 楮

ㄔㄨˇ ①植物名。落葉喬木，葉卵形。樹皮是造紙的原料②紙的代稱：〈楮墨〉③紙幣：〈萬楮〉④俗稱祭祀用的冥錢：〈楮錢〉⑤姓。

木部8畫

棻

ㄈㄣ 有香味的木頭。

木部8畫

椪

ㄆㄥˋ 水果名，就是「椪柑」，為柑類的一種。

木部9畫

業

ㄧㄝˋ ①社會上的各種工作：〈工業、商業〉②所從事的工作：〈職業、就業〉③財產：〈祖業、產業〉④古代書冊的版⑤學習的內容或過程：〈學業、修業〉⑥大事：〈創業、偉業〉⑦佛教名詞，同「孽」，惡因：〈業力〉⑧從事於：〈業農、業商〉⑨既然、已經：〈業已、業經〉。

造詞 業者、業餘、業界、業務／失業、企業、事業、作業、開業、專業、肄業、畢業、卒業、霸業／安居樂業、兢兢業業。

木部9畫

楚

ㄔㄨˇ ①植物名。落葉灌木，新莖方形綠色，舊莖圓形褐色，古人拿來做小杖打人，也稱「牡荊」②古代國名，戰國七雄之一③刑杖，古代教師處罰學生用的戒尺：〈夏楚〉④痛苦：〈痛楚、苦楚〉⑤清晰、整齊：〈清楚、一清二楚〉⑥姓。

造詞 楚囚、楚狂、楚辭／酸楚、悽楚／楚河漢界、楚材晉用、楚楚可憐、衣冠楚楚、朝秦暮楚、四面楚歌。

同 痛。

木部9畫

楷

ㄎㄞˇ ①典範、法式：〈楷模〉②正體書法的一種，筆畫平直，又稱「真書」、「正書」：〈楷書、楷體〉。

造詞 正楷、大楷、小楷。

木部9畫

楊

ㄧㄤˊ ①植物名。落葉喬木，和柳很像，但是枝硬向上挺，果實成熟時有白絮四處飛散。有山楊、白楊、黃楊等許多品種②姓。

造詞 楊花、楊柳、楊桃、楊梅／楊枝淨水、百步穿楊。

木部9畫

楨

一 十 才 木 朩 朴 杧 杮 桁 椬 椬 楨 楨

ㄓㄣ ①植物名。常綠灌木，葉卵形，質厚而有光澤，開白色花，木材可供建築、造船用②比喻賢良的人才：〈楨幹〉。

木部9畫

楫

一 十 才 木 朩 朾 枂 枂 枂 椙 椙 楫 楫

ㄐㄧˊ ①划船用的槳：〈舟楫〉②划船。

木部9畫

楠

一 十 才 木 朩 朩 朩 朩 柟 柟 柟 楠 楠

ㄋㄢˊ 植物名。常綠喬木，可高十餘丈。葉長橢圓，開淡綠色花，果實紫黑色，木材堅硬芳香，是建築的好材料：〈楠木〉。

木部9畫

楓

一 十 才 木 朩 机 杋 杋 枫 楓 楓 楓 楓

ㄈㄥ 植物名。落葉喬木，葉如掌狀而有三個裂口，邊緣有鋸齒，秋季變紅色。春天開黃褐色小花，果實球形：〈楓林樹〉。

造詞 楓葉、楓紅／江楓、丹楓、秋楓、霜楓。

木部9畫

楹

一 十 才 木 朩 朷 朷 朷 朷 楹 楹 楹 楹

ㄧㄥˊ ①廳堂前的大柱子：〈楹柱、楹聯〉②計算房屋的量詞：〈有屋三楹〉。

同 柱。

木部9畫

榆

一 十 才 木 朩 杁 杁 杁 梌 梌 梌 榆 榆

ㄩˊ ①植物名。落葉喬木，葉橢圓形，開淡綠帶紫色花，果實扁圓，聯結成串，稱「榆莢」或「榆錢」，木材可供建築用：〈榆樹〉②姓。

造詞 失之東隅，收之桑榆。

木部9畫

楞

一 十 才 木 朩 朩 朩 椤 椤 椤 椤 楞 楞

ㄌㄥˊ 通「稜」，物體的緣角：〈有楞有角〉。

ㄌㄥˋ 通「愣」，發呆：〈發楞〉。

木部9畫

楔

一 十 才 木 朩 朩 朩 栔 栔 栔 楔 楔

ㄒㄧㄝ　①門兩旁的木柱：〈門楔〉②插在木器縫隙中的小木片：〈木楔〉③小說、戲曲的引言或序幕：〈楔子〉④西元前三千多年蘇美人的文字，刻在磚、石、泥板上面，筆畫像釘頭或箭頭：〈楔形文字〉。

木部9畫

極

一 十 才 木 朩 杧 朽 朽 柾 柯 柸 極 極

ㄐㄧˊ　①地軸的南北兩端：〈南極、北極〉②最高點、頂點：〈登峰造極〉③電流的正負兩端、磁力發生最強的兩點：〈正極、負極、陰極、陽極〉④帝位：〈登極〉⑤邊境：〈四方八極〉⑥窮盡處：〈無極之野〉⑦窮盡：〈極目〉⑧最好、最高或最重的：〈極品、極峰、極刑〉⑨甚、很、十分：〈忙極了、極遠、極重要〉。

造詞 極力、極光、極其、極度、極限、極致、極端、極點、極權／太極、兩極、積極、消極／極樂世界、罪大惡極。

同 很、甚。

木部9畫

椰

一 十 才 木 朩 朾 杋 杋 相 相 桕 椰 椰

ㄧㄝˊ　植物名。常綠喬木，產在熱帶地方，枝幹直又高，葉子很長，果實的外殼很硬，內層有大量汁液，清涼美味解渴。種子可以榨油，果皮外的纖維可以結網，葉片可以覆蓋屋頂，木材可以製造器具：〈椰子樹〉。

造詞 椰子、椰核、椰菜。

木部9畫

榔

一 十 才 木 朩 朾 杋 杋 桹 桹 榔 榔 榔

ㄌㄤˊ　①植物名。常綠喬木，果實放入嘴中嚼食，有提神、禦寒作用，常食用會使牙齒變黑、身體機能衰退：〈檳榔〉②錘子：〈榔頭〉。

木部9畫

概

一 十 才 木 朩 杋 杋 桹 根 桭 概 概

ㄍㄞˋ　①人的舉止、風度、節操：〈氣概〉②景象、情況：〈勝概〉③總括：〈可概其餘〉④齊：〈並概青雲〉⑤一切、一律：〈一概、概不負責〉⑥大略的：〈概況、概論、概算〉。

造詞 概念、概要、概括、概略／大概、梗概／概而不論。

木部9畫

楣

一 十 才 木 杩 杩 杩 杩 楣 楣 楣 楣 楣

ㄇㄟˊ ①門上的橫木：〈門楣〉②門弟。

造詞 倒楣／光耀門楣。

木部9畫

椽

ㄔㄨㄢˊ ①裝在屋梁上，用來承受屋面和瓦片的木條：〈屋椽、椽子〉②計算房屋的單位。

造詞 有筆如椽。

木部9畫

楦

ㄒㄩㄢˋ ①木製的鞋子模型：〈楦頭〉②用楦頭填塞或撐大：〈楦鞋子〉③用紙或乾草等填塞空隙：〈快把裝瓷器的箱子楦滿〉。

木部9畫

楝

ㄌㄧㄢˋ 植物名。落葉喬木，葉為羽狀複葉，開淡紫色花，果實橢圓如鈴，俗稱「金鈴子」，木材可供建築用。

木部9畫

楬

ㄐㄧㄝˊ 作標記用的小木樁。

ㄑㄧㄚˋ 古代在音樂快結束時，用來止樂的樂器。

造詞 楬櫫。

木部9畫

楂

ㄓㄚ 植物名，就是「山楂」。落葉小灌木，果實圓而紅，味道酸，可食。

木部9畫

棰

ㄔㄨㄟˊ ①鞭子：〈馬棰〉②同「搥」，敲、打。

木部9畫

椿

ㄔㄨㄣ ①植物名，也稱「香椿」。落葉喬木，嫩葉可食，木材可以製器具②父親的代稱：〈椿庭、椿萱〉。

造詞 椿萱並茂。

木部9畫

椹

ㄕㄣˋ ①同「葚」，桑樹的果實：〈桑椹、紫椹〉②樹身上長出的菌類。

ㄓㄣ　同「碪」，砧板，切東西時墊在下面的板子：〈椹板〉。

木部 9 畫

楯

一 十 才 木 朩 杧 析 析 析 栖 栭 楯 楯

ㄕㄨㄣˇ　①欄杆的橫木：〈楯軒〉②欄杆：〈丹楯〉③通「盾」，作戰時保護身體的武器：〈楊楯〉。

木部 10 畫

榻

一 十 才 木 朩 杊 枊 枊 枊 枊 榻 榻 榻 榻

ㄊㄚˋ　低而狹長的床，泛指床：〈臥榻、竹榻、病榻〉。

造詞 榻榻米。

同 床。

木部 10 畫

槓

一 十 才 木 朩 杧 杧 杧 栢 栢 栢 栢 槓 槓

ㄍㄤˋ　①扛東西用的粗棍子：〈槓子、木槓、鐵槓〉②一種運動器材：〈單槓、雙槓〉③劃去：〈把這個句子槓掉〉④爭執、爭吵：〈他又跟人槓上了、抬槓〉。

造詞 槓桿。

木部 10 畫

構

一 十 才 木 朩 杧 杵 栱 栱 栱 構 構 構 構

ㄍㄡˋ　①詩作：〈佳構、妙構〉②大廈：〈華構〉③組織：〈結構、構造、架構〉④建造：〈構築〉⑤創造、運用：〈構思、構圖〉⑥結成：〈構怨〉⑦設計、謀畫：〈構陷〉。

造詞 構成、構形、構想、構難／虛構、機構。

木部 10 畫

榛

一 十 才 木 朩 杧 杧 桂 桂 桂 榛 榛 榛 榛

ㄓㄣ　①植物名。落葉灌木或小喬木，開黃褐色花，果實叫「榛子」，果仁可食，木材可製造器具②草木叢生的樣子：〈榛榛、榛莽、榛蕪〉。

木部 10 畫

榷

一 十 才 木 朩 杧 杧 杧 杧 杧 榷 榷 榷 榷

ㄑㄩㄝˋ　①植物名，就是「枳樹」②賦稅：〈雜榷〉③專利、專賣：〈榷茶、榷利〉④商討、議論：〈商榷〉。

木部 10 畫

榫

一 十 才 木 朩 朲 朲 朲 栣 栣 椎 椎 椎 榫

ㄙㄨㄣˇ　為使兩件器物接合，而特製的凹凸部分。凸出的部分叫「榫頭」，凹進的部分叫「榫眼」。

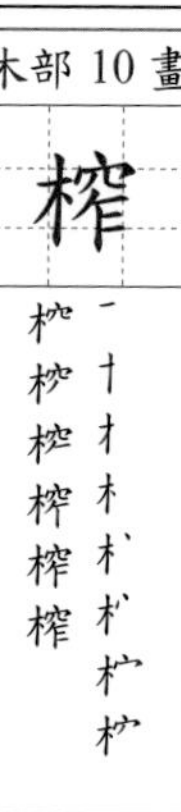

ㄓㄚˋ ①壓取汁液的器具：〈甘蔗榨、榨床〉②通「搾」，用力壓取：〈榨油、榨取〉。

木部 10 畫

槁

ㄍㄠˇ ①凋萎的：〈槁木死灰〉②乾枯的：〈形容枯槁〉。

木部 10 畫

榜

ㄅㄤˇ ①公開張貼出來的告示或名單：〈放榜、榜帖、榜首〉②行為的模範：〈榜樣〉③相互表揚：〈標榜〉。

ㄅㄥˋ ①使舟前進：〈榜舟〉②鞭打：〈榜掠〉。

造詞 榜示、榜眼、榜額／上榜、金榜、進榜、落榜、排行榜。

木部 10 畫

榮

ㄖㄨㄥˊ ①茂盛：〈欣欣向榮〉②光耀：〈引以為榮〉③好的聲譽：〈殊榮、虛榮〉④顯赫、顯耀：〈位足榮身、榮宗耀祖〉⑤開花⑥興盛的：〈繁榮〉⑦光耀的樣子：〈榮升、榮任、榮歸〉⑧姓。

造詞 榮民、榮幸、榮枯、榮辱、榮膺、榮歸、榮耀、榮譽／光榮、尊榮、顯榮／榮辱與共、榮華富貴。

木部 10 畫

榴

ㄌㄧㄡˊ 植物名，俗稱「石榴」。落葉灌木，五月開紅花，果實球狀，內有許多小粒種子，可食，根和樹皮可以做驅蟲劑。

造詞 榴月、榴火、榴彈／紅榴、番石榴。

木部 10 畫

槐

ㄏㄨㄞˊ 植物名。落葉喬木，開黃白色蝶形花，花蕾可製染料。果實長莢形，內有黑種子，可以做藥，木材可當建築材料和製造家具。

造詞 槐月、槐市、槐序／指桑罵槐。

木部 10 畫

槍

ㄑㄧㄤ ①古代用來刺擊的長矛：〈長槍〉②發射子彈的武器：〈手槍、機關槍、步槍〉③用法和形狀都像槍的器物：〈水槍、噴槍〉④長筒形的東西：〈菸槍〉⑤姓。

ㄔㄥ 欃（ㄔㄢˊ）槍，就是慧星。

造詞 槍手、槍決、槍法、槍斃／明槍、暗槍、放槍、鳴槍／槍林彈雨、單槍匹馬、臨陣磨槍。

同 矛、鎗。

榭
木部 10 畫

ㄒㄧㄝˋ 平臺上搭建的屋子，大都供遊樂、表演用：〈歌臺舞榭〉。

榕
木部 10 畫

ㄖㄨㄥˊ 植物名。常綠喬木，樹枝向四方擴張，而且有下垂的氣根，木材可製器具：〈榕樹〉。

槌
木部 10 畫

ㄔㄨㄟˊ ①敲打的用具：〈木槌、鼓槌、棒槌〉②通「搥」，敲打：〈槌鼓〉。

請注意：「槌」和「搥」當敲打時，才可通用。

槃
木部 10 畫

ㄆㄢˊ ①同「盤」，盛放物品或盛水的器具②迴旋：〈槃桓〉③才情宏高的樣子：〈槃槃大才〉。

造詞 槃匜、槃夷／涅槃、考槃／槃根錯節。

榧
木部 10 畫

ㄈㄟˇ 植物名。常綠喬木，外形像杉，果實稱為「榧子」，炒熟後可食，木材有香氣，是很好的建築材料。

榦
木部 10 畫

ㄍㄢˋ 通「幹」，就是樹的根部上端，直立在地面上的部分：〈樹榦〉。

ㄏㄢˊ 井口的柵欄：〈井榦〉。

槎
木部 10 畫

ㄔㄚˊ ①通「桴」，用竹木編成的筏：〈泛槎、浮槎〉

②通「杈」，枝木歧出：〈槎枒〉③砍伐。

木部 10 畫

槊

ㄕㄨㄛˋ　古代的兵器，也就是長矛：〈劍槊、矛槊〉。

木部 10 畫

槖

ㄊㄨㄛˊ　①裝東西的袋子②冶鑄用的風箱：〈槖籥〉。

造詞　槖筆、槖駝、槖槖。

木部 11 畫

樣

一 十 才 木 朩 朩 木 样 样 样 样 様 様 樣 樣

ㄧㄤˋ　①形狀、相貌：〈模樣、式樣、花樣〉②種類：〈三樣水果、樣樣都好〉③模式、標準：〈圖樣、字樣、樣品、榜樣〉。

造詞　樣子、樣本、樣式、樣張／一樣、圖樣、照樣、老樣、原樣、新樣／一模一樣、裝模作樣。

請注意：「樣」和「種」有時可以通用，但是「樣」較偏重外表、形式，「種」則偏重內在的性質或作用。例如「兩種人」不能說成「兩樣人」。

木部 11 畫

模

一 十 才 木 朩 朩 木 朩 朩 朩 栉 栉 榵 模 模

ㄇㄛˊ　①榜樣、標準、法式：〈楷模、模範〉②仿傚，照著別人的樣子去做：〈模仿、模寫、模擬〉③製造器物的標準型器：〈模子、模型〉④形狀、樣子：〈模樣〉⑤姓。

造詞　模式、模糊、模特兒／型模、規模。

木部 11 畫

樓

一 十 才 木 朩 相 相 柙 柙 相 桿 楴 樓 樓 樓

ㄌㄡˊ　①兩層以上的房屋：〈高樓大廈、樓房〉②一種高起的建築物：〈炮樓子、城門樓子〉③茶館、酒店、歌廳、舞廳等遊樂場所：〈青樓〉④計算房屋層數的量詞：〈三樓〉⑤姓。

造詞　樓板、樓梯、樓臺、樓閣／危樓、騎樓、閣樓、城樓／海市蜃樓、山雨欲來風滿樓。

木部 11 畫

椿

一 十 才 木 朩 朩 朩 栐 栐 楱 椿 椿 椿

ㄓㄨㄤ　①一頭插入地下的木棍或石柱：〈木椿、橋椿〉②計算事情的量詞：〈一椿事〉。

木部 11 畫

樞

ㄕㄨ　①門上的轉軸：〈戶樞、門樞〉②事物的重要部分：〈樞紐、樞務〉③中心部分：〈中樞〉④政要機構：〈樞府〉⑤姓。

造詞 樞密、樞路、樞機。

木部 11 畫

標

ㄅㄧㄠ　①樹木的末梢②事物的表面：〈治標不如治本〉③記號、符號：〈商標、路標、音標、標點符號〉④目的：〈目標、標的〉⑤一定的準則或規格：〈標準〉⑥旗幟，表示競賽中優勝的獎勵品：〈奪標、錦標〉⑦一批工程或商品的程限或規格：〈投標、招標〉⑧表明、顯示：〈標明、標價〉。

造詞 標本、標竿、標緻、標會、標榜、標槍、標語、標誌、標幟、標題、標簽／座標、指標、浮標、底標／標新立異、死會活標。

木部 11 畫

樊

ㄈㄢˊ　①籠子：〈樊籠〉②通「藩」，籬笆：〈樊籬〉③姓。

木部 11 畫

槳

ㄐㄧㄤˇ　划船的用具，裝置在船的兩旁，短小的稱「槳」，粗長的稱「櫓」：〈木槳、船槳〉。

木部 11 畫

樂

ㄌㄜˋ　①讓人愉快的事：〈找樂子〉②聲色：〈淫於樂〉③愛好：〈樂於助人〉④喜悅、快活：〈快樂、不亦樂乎〉。

ㄩㄝˋ　①和諧而有節奏感的聲音：〈音樂、奏樂、樂曲〉②樂器：〈絃樂〉③六藝之一：〈禮、樂、射、御、書、數〉④六經之一：〈詩、書、禮、樂、易、春秋〉⑤姓。

ㄧㄠˋ　愛好：〈知者樂水，仁者樂山〉。

造詞 樂土、樂天、樂理、樂章、樂隊、樂群、樂團、樂意、樂趣、樂譜、樂觀／安樂、歡樂、享樂、娛樂、極樂、聲樂、遊樂、喜樂、康樂、國樂／樂天知命、樂山樂水、樂不思蜀、樂以忘憂、樂在其中、樂此不疲、樂善好施、樂極生悲、及時行樂、自得其樂。

同 歡、歌、曲。

槽　木部11畫

ㄘㄠˊ　①放飼料餵養牲口的器具：〈馬槽、豬槽〉②用來裝東西的大形器具：〈酒槽、水槽〉③器物兩邊高而中間凹下的部分：〈在窗框上挖個槽兒〉④河道：〈河槽〉。

槨　木部11畫

ㄍㄨㄛˇ　套在棺材外面的大棺材。

請注意：外棺稱為「槨」，內襯稱為「棺」，屍體在棺內稱為「柩」。

樅　木部11畫

ㄘㄨㄥ　①植物名，又稱「冷杉」。常綠喬木，葉子細長扁平，結的毬果橢圓形，木材可以作為造紙、建築的材料②姓。

槲　木部11畫

ㄏㄨˊ　植物名。落葉喬木，葉大，木材堅實，可以製造器具及枕木。

樛　木部11畫

ㄐㄧㄡ　①通「糾」，纏繞盤結：〈樛結〉②通「朻」，樹枝向下屈曲的：〈樛木〉。

槿　木部11畫

ㄐㄧㄣˇ　植物名，即「木槿」。落葉灌木，葉卵形，開紫紅或白色花，可供觀賞，花和樹皮可作藥。

樟　木部11畫

ㄓㄤ　植物名。常綠喬木，葉卵形，開黃綠色小花，木質堅固細緻，有香氣，可以製樟腦，用來防蟲：〈樟樹〉。

樗　木部11畫

ㄕㄨ　①植物名，又稱「臭椿」。落葉喬木，皮粗，木質低劣，葉子有臭味②比喻無用的：〈樗材〉。

槭　木部 11 畫

一 十 才 木 朩 析 析 析 析 桭 槭 槭 槭

ㄘㄨˋ　植物名。落葉喬木，開暗紅色小花，秋天時葉子變成紅色，木材可作器具。

樽　木部 12 畫

一 十 才 木 朩 杧 杧 栌 栌 梢 樽 樽 樽 樽 樽 樽

ㄗㄨㄣ　盛酒用的木製或銅製酒器：〈移樽就教、樽俎〉。

橙　木部 12 畫

一 十 才 木 木 杪 杪 杪 杪 柊 柊 橙 橙 橙 橙 橙

ㄔㄥˊ　①植物名。落葉喬木，開白色花，果實圓形，稱「橙子」，和橘子相似，味道酸甜，果皮可作藥②像橙子，黃中帶有微紅的顏色：〈橙色〉。

橫　木部 12 畫

一 十 才 木 木 朩 朩 栏 栏 栏 栱 栱 橫 橫 橫 橫

ㄏㄥˊ　①東西（或左右）稱為「橫」，南北（或上下）稱為「縱」，和直、豎、縱相反：〈縱橫天下、橫梁、橫過馬路〉②平線③書法中由左寫到右的平畫④把直立的物體橫向放平：〈橫刀〉⑤東西向的：〈橫剖面、橫隊〉⑥平著，成橫的方向：〈橫渡太平洋、橫放、橫陳〉⑦直的、橫的交錯在一起：〈雜草橫生〉⑧反正：〈我橫豎沒有辦法〉⑨不順情理的：〈橫加阻攔〉⑩姓。

ㄏㄥˋ　①凶惡不講理：〈蠻橫、專橫〉②意外不尋常的：〈橫死、橫禍〉③不正當的：〈橫財〉。

造詞　橫亙、橫肉、橫行、橫貫、橫跨、橫軸、橫溢、橫議／連橫、驕橫、強橫／橫七豎八、橫行霸道、橫征暴斂、橫眉豎眼、橫衝直撞、橫說豎說。

反　直、豎、縱。

橘　木部 12 畫

一 十 才 木 木 朩 朩 杼 杼 桥 桥 橘 橘 橘 橘 橘

ㄐㄩˊ　植物名。落葉喬木，開白色花，果實圓形，叫「橘子」，紅色或黃色，酸甜多汁，可食。果皮、種子可作藥。

造詞　柑橘、金橘、甘橘／化橘為枳。

樸　木部 12 畫

一 十 才 木 木 朩 朩 朩 栐 栐 栐 栐 栐 樸 樸 樸

ㄆㄨˊ　①植物名。落葉喬木，開淡黃色花，果實黑色，木材可以製成家具②尚未加工的木材③自然的本性：〈返樸歸真〉④單純實在、不浮華的：〈樸素、儉樸〉⑤篤厚的：〈樸實〉。

造詞 樸直、樸拙、樸誠／古樸、質樸、純樸。

同 素。

木部 12 畫

樺

ㄏㄨㄚˋ 植物名。落葉喬木，樹皮白色，容易剝離，木材可以製成器具。

木部 12 畫

樹

ㄕㄨˋ ①有樹幹的植物，也就是木本植物的總稱：〈樹木、樹林〉②種植、栽培：〈十年樹木、百年樹人〉③建立：〈樹立〉。

造詞 樹皮、樹枝、樹苗、樹幹、樹梢、樹蔭、樹敵、樹叢／建樹、植樹、砍樹／樹大招風、樹德務滋、樹倒猢猻散、樹欲靜而風不止。

同 木、立。

木部 12 畫

橄

ㄍㄢˇ 植物名。常綠喬木，葉子卵形或橢圓形，果實翠綠，長橢圓形，可以生吃，也可以做成蜜餞。種子可榨油：〈橄欖〉。

造詞 橄欖球。

木部 12 畫

橢

ㄊㄨㄛˇ 狹長的：〈橢圓形〉。

木部 12 畫

橡

ㄒㄧㄤˋ 植物名。①落葉喬木，樹幹直而細長，割斷樹皮或折斷枝條、葉片，都會流出白色的乳汁，可以用來製造橡膠：〈橡膠樹〉②落葉喬木，又叫「櫟樹」，樹皮又粗又厚，木材沒有什麼用處：〈橡樹〉。

造詞 橡皮擦、橡皮圈。

木部 12 畫

橋

ㄑㄧㄠˊ ①高架在河面或交通要道上，接通兩地，便於行人、車輛通行的建築物：〈橋梁、鐵橋、陸橋〉②姓。

造詞 橋畔、橋牌、橋墩／天橋、吊橋、虹橋、獨木橋／過河拆橋。

木部 12 畫

橇

ㄑㄧㄠ　①古代在泥地上行走時所乘坐的工具②在冰雪上滑行的工具：〈雪橇〉。

木部 12 畫

樵

ㄑㄧㄠˊ　①木柴②砍柴的人：〈樵夫〉。

造詞 樵木、樵叟、樵唱。

木部 12 畫

機

ㄐㄧ　①「機器」的通稱：〈電視機、冷氣機〉②「飛機」的簡稱：〈直昇機、客機〉③事物的關鍵：〈樞機〉④事情的先兆或可能性：〈視機而行、生機、危機〉⑤時宜、際會：〈投機、時機〉⑥事情發生的原因：〈動機〉⑦生命機能：〈有機體〉⑧重要的、有祕密性的：〈機密〉⑨靈巧的：〈機巧、機智、機靈〉。

造詞 機心、機件、機車、機伶、機房、機要、機能、機率、機械、機動、機場、機遇、機運、機會、機構、機關／玄機、天機、投機、軍機、時機、待機、轉機、趁機／枉費心機、話不投機。

木部 12 畫

橈

ㄋㄠˊ　①彎曲的木頭②曲折：〈棟橈〉③冤枉：〈枉橈〉④散亂：〈橈散〉⑤船槳，也可指船：〈停橈〉。

木部 12 畫

橛

ㄐㄩㄝˊ　①木樁：〈棒橛〉②馬的口中所銜的橫木③門中豎立作為阻隔的短木：〈門橛〉④一小段木頭：〈一橛木頭〉。

木部 12 畫

樨

ㄒㄧ　植物名，即「桂花」。常綠小喬木，葉橢圓形，開白色或黃色花，香氣濃郁。

木部 12 畫

樾

ㄩㄝˋ　①兩棵樹相交而形成的樹蔭：〈清樾、樾蔭〉②成蔭的路樹：〈道樾〉。

木部 13 畫

檀

ㄊㄢˊ ①植物名。落葉喬木，有黃檀、白檀兩種，葉長卵形，木材堅實而帶有香味，可製器具，也可做香料②畫國畫用的暗紅色③姓。

造詞 檀香、檀香山。

木部 13 畫

檔

ㄉㄤˇ ①器物上的橫木或邊框：〈橫檔〉②存放案卷用的櫥架：〈歸檔〉③分類保存的文件或資料：〈查檔、檔案〉④計算事情的量詞：〈這檔子事兒〉⑤汽車變速器的俗稱：〈挑檔、換檔〉⑥遊藝節目的計算單位：〈院線檔期〉。

請注意：「空(ㄎㄨㄥ)檔」除了指機械名詞外，另有指①繁忙中的一段空閒時間；②戲院前後檔期的中間，來不及排上演節目的時候。不可寫成「空擋」。

木部 13 畫

檄

ㄒㄧˊ ①古代用來調兵、徵召或聲討敵人等的官方文書：〈傳檄、羽檄、檄文〉②沒有枝葉的樹木。

木部 13 畫

檢

ㄐㄧㄢˇ ①查驗、查看：〈檢查、檢定、臨檢〉②約束、收斂：〈行為不檢、檢束、檢點〉③姓。

造詞 檢字、檢疫、檢討、檢察、檢閱、檢舉、檢驗。

木部 13 畫

檜

ㄎㄨㄞˋ 植物名。常綠喬木，樹幹像松，葉子像鱗片，木材質地細密，有香氣，是製傢俱和建築的好木料。

木部 13 畫

櫛

ㄐㄧㄝˊ ①梳子、篦子的總稱②梳頭：〈櫛髮、梳櫛、沐櫛〉③排列得很密集：〈櫛比林立〉④剔除：〈櫛垢〉。

造詞 櫛風沐雨。

木部 13 畫

檣

ㄑㄧㄤˊ 帆船上掛風帆的桅杆：〈帆檣、危檣、舟檣〉。

木部 13 畫

檐

ㄧㄢˊ　同「簷」①屋頂向外伸出的部分：〈屋檐〉②覆蓋物體的邊緣或突出的部分：〈帽檐〉。

ㄉㄢˋ　①扁檐：〈檐子〉②舉：〈檐竿〉。

木部 13 畫

檗

ㄅㄛˋ　植物名。落葉喬木，果實黑色，可作藥。莖的內皮黃色，可作染料，也稱「黃檗」、「黃柏」。

木部 13 畫

檠

ㄑㄧㄥˊ　①矯正弓弩的器具：〈弓檠、檠枻〉②燈架：〈燈檠〉。

木部 13 畫

檉

ㄔㄥ　植物名。落葉小喬木，葉細如絲，枝條可編筐籃，枝葉可作藥，也稱「觀音柳」、「西湖柳」：〈檉柳〉。

木部 13 畫

檃

ㄧㄣˇ　矯正彎曲木材的器具：〈檃栝〉。

木部 14 畫

檳

ㄅㄧㄣ　植物名。常綠喬木，樹幹上有明顯的環節，果實放入口中嚼食，有提神的作用，但是常吃會使牙齒變黑，且會使人食慾減退、身體機能變弱：〈檳榔〉。

造詞 香檳。

木部 14 畫

檬

ㄇㄥˊ　植物名。①一種和槐樹很像的植物，葉子是黃色的，又稱「黃槐」②常綠小喬木，果實橢圓形，淡黃色，皮厚，有香味，果汁很酸，可以當飲料：〈檸檬〉。

木部 14 畫

檸

ㄋㄧㄥˊ　植物名。①常綠小喬木，果實橢圓形，淡黃色，皮很厚，有香味，果汁很酸，可以當飲料：〈檸檬〉②落葉灌木，樹皮黃綠色，枝條有稜角、有刺，枝葉可以做燃料、飼料、肥料：〈檸條〉。

木部 14 畫

櫃

ㄍㄨㄟˋ ①存放東西的方形或長方形的器具，有蓋或有門：〈櫃子、衣櫃、廚櫃、書櫃〉②商店與顧客交易或銀行取款、付款的長臺：〈櫃臺、售貨櫃〉。

木部 14 畫

檻

ㄐㄧㄢˋ ①圈養獸類的柵欄：〈圈檻、獸檻〉②窗戶下或長廊旁的欄杆。

ㄎㄢˇ 門框下的橫木：〈門檻〉。

木部 14 畫

櫂

ㄓㄨㄛˊ 古代盛湯或飯的器皿。

ㄓㄠˋ 通「棹」①划船用的長槳：〈鼓櫂前進〉②船的代稱：〈客櫂〉。

木部 14 畫

檯

ㄊㄞˊ 通「臺」，桌子：〈書檯、講檯〉。

木部 14 畫

檮

ㄊㄠˊ ①古代傳說中的惡人，是舜時的四凶之一：〈檮杌〉②無知的樣子：〈檮昧〉。

木部 15 畫

櫝

ㄉㄨˊ ①木頭做的小匣子：〈木櫝〉②木櫃。

木部 15 畫

櫥

ㄔㄨˊ 收藏衣物、東西的櫃子，前面有門：〈衣櫥、書櫥、櫥窗、櫥櫃〉。

同 櫃。

木部 15 畫

櫚

ㄌㄩˊ 植物名。①常綠喬木，枝幹高而直，沒有分叉，葉子大，集中在枝幹頂端，木材可製造器具：〈棕櫚〉②木材堅硬，可製器具或扇骨，又稱「花櫚木」或「花梨木」。

木部 15 畫

櫓

ㄌㄨˇ 划水使船前進的器具，比「槳」粗大：〈搖櫓、船櫓〉。

木部 15 畫

櫟

ㄌㄧˋ ①植物名，就是「橡樹」。落葉喬木，樹皮粗厚②欄杆：〈重櫟〉。

ㄩㄝˋ 地名：〈櫟陽〉（在陝西省）。

木部 15 畫

櫧

ㄓㄨ 通「楮」，植物名。常綠喬木，木材堅實，可作舟、車、棟梁。

木部 15 畫

櫫

ㄓㄨ ①栓住牲口的小木樁②作標誌用的小木樁：〈揭櫫〉。

木部 16 畫

櫳

ㄌㄨㄥˊ ①窗戶：〈簾櫳〉②房舍：〈房櫳〉③養鳥獸的籠架或柵欄：〈櫳檻、獸櫳〉。

木部 16 畫

櫬

ㄔㄣˋ ①植物名，就是「梧桐」②棺材：〈靈櫬〉。

木部 16 畫

櫸

ㄐㄩˇ 植物名。落葉喬木，樹皮粗硬，葉長卵形，開淡黃綠色花，木質堅細，可供建築及製造器具：〈櫸柳〉。

木部 16 畫

櫪

ㄌㄧˋ ①植物名，通「櫟」，就是「櫟樹」②馬槽：〈馬櫪、槽櫪〉③夾手指的刑具：〈櫪㯕〉。

木部 16 畫

櫱

ㄋㄧㄝˋ ①同「𣟴」，樹木被砍伐後，又再長出的枝條：〈萌櫱〉②姓。

木部 17 畫

櫻

ㄧㄥ 植物名。①落葉喬木，春天開白色或淡紅色花，木材可作器具：〈櫻樹、櫻花〉②「櫻桃」的簡稱。

木部 17 畫

欄

ㄌㄢˊ ①飼養家畜的圈欄：〈馬欄、牛欄〉②具有攔擋作用的東西：〈欄杆、危欄、倚欄〉③報章雜誌上按內容、性質劃分的版面：〈體育專欄〉④集中張貼海報、公告、報紙等的地方：〈布告欄〉⑤一種體育器材：〈跨欄〉。

木部 17 畫

櫺

ㄌㄧㄥˊ ①窗戶上的格子：〈窗櫺、翼櫺〉②屋簷③欄杆上的格子：〈櫺檻〉。

木部 18 畫

權

ㄑㄩㄢˊ ①古代的秤錘：〈權量〉②應該獲得的利益：〈權利、選舉權〉③在職責範圍內支配和指揮的力量：〈職權、權力、權威〉④不依照常規而能隨機應變的情況：〈權變〉⑤稱重、估量：〈權衡輕重、權度〉⑥姑且：〈權且〉⑦姓。

造詞 權杖、權宜、權柄、權限、權原、權術、權貴／人權、民權、兵權、政權、債權、職權、版權、掌權、所有權、參政權／權力傾軋、權能區分。

木部 21 畫

欖

ㄌㄢˇ 植物名。常綠喬木，開白色花，果實翠綠，外形尖長，可以生吃，也可以做成蜜餞，種子可以榨油：〈橄欖〉。

欠部 ㄑㄧㄢˋ

欠部 0 畫

欠

ㄑㄧㄢˋ ①債務：〈舊欠未清〉②向別人借財物還沒有還清，或買了貨物還沒有付錢：〈欠債、欠帳〉③累的時候，自然張嘴舒氣：〈呵欠〉

④肢體稍向前彎曲：〈欠身〉⑤不夠、缺少：〈欠缺〉⑥含有否定的意思，但比「不」委婉：〈欠安、欠佳〉。

造詞 欠情、欠款、欠資、欠薪／拖欠、積欠、虧欠。

欠部2畫

次

一 二 ン ン 次 次

ㄘˋ ①等第、順序：〈名次、次序、次第〉②出外修習的處所：〈旅次〉③量詞，事情一回叫「一次」：〈三番兩次〉④中間：〈胸次〉⑤第二的：〈次子、次日〉⑥比較差的：〈次貨、次等〉⑦副的：〈次長〉⑧姓。

造詞 次要、次室、次級、次數／目次、年次、造次、席次、其次、再次、屢次、漸次／語無倫次。

欠部4畫

欣

ノ 厂 斤 斤 斤 欣 欣 欣

ㄒㄧㄣ ①快樂的、喜悅的：〈欣喜、歡欣鼓舞〉②生機旺盛的：〈欣欣向榮〉③姓。

造詞 欣然、欣羨、欣慰、欣賞／欣然忘食、欣喜若狂。

同 忻、喜、悅、歡、樂。

欠部7畫

欲

ノ ハ ク 分 谷 谷 谷 谷 谷 欲 欲

ㄩˋ ①通「慾」，貪心不滿足的念頭：〈欲望、利欲薰心、情欲〉②想要、期望：〈隨心所欲、欲罷不能、欲蓋彌彰〉③將要：〈山雨欲來、搖搖欲墜〉。

造詞 利欲、食欲、意欲、禁欲、物欲、節欲、寡欲／欲不可從、欲哭無淚、欲速不達、欲擒故縱、欲壑難填、七情六欲。

請注意：「欲」與「慾」二字在古書中常通用，但現今有分別：習慣上作動詞時常用「欲」；作名詞時則用「慾」。

欠部7畫

欷

ノ メ 㐅 产 产 肴 希 希 希 欷 欷

ㄒㄧ 抽咽聲：〈欷歔、涕欷〉。

欠部7畫

欸

ㄥ ㄙ 厶 厶 乒 乒 矣 矣 矣 欸 欸

ㄞˇ ①應答聲②形容聲音：〈欸乃〉③感嘆：〈欸秋冬之緒風〉。

ㄟˋ 表示承諾或嘆息：〈欸！我一定去〉。

欠部 8 畫

款

一 十 土 圭 圭 幸 幸 幸 款 款 款 款

ㄎㄨㄢˇ ①錢財：〈公款、存款、現款〉②法規條文中分列的項目：〈條款、憲法第三十條第二款〉③式樣：〈款式〉④器物上的刻字：〈款識〉⑤書畫上的題名：〈下款、落款〉⑥招待：〈相款、款客〉⑦敲、叩：〈款門〉⑧空洞的：〈款言〉⑨誠懇的、殷勤的：〈款留、款待〉⑩緩慢的：〈款步、款款〉。

造詞 款子、款目、款項、款額／付款、罰款、通款、債款、貸款。

欠部 8 畫

欺

一 十 卄 卄 甘 甘 其 其 其 欺 欺 欺

ㄑㄧ ①說假話騙人、詐騙：〈欺騙、欺詐、自欺欺人〉②侮辱、壓迫：〈欺侮、欺負、仗勢欺人〉③昧著良心：〈欺心〉。

造詞 欺罔、欺哄、欺凌、欺瞞／詐欺／欺人太甚、欺世盜名、欺罔天聽、欺善怕惡。

同 騙。

欠部 8 畫

欽

ノ 𠆢 亼 全 全 余 余 金 金 欽 欽 欽

ㄑㄧㄣ ①君主時代對皇帝行事的尊稱：〈欽定、欽命〉②敬仰、恭敬：〈欽佩、欽仰、欽敬〉③姓。

造詞 欽佇、欽差、欽慕、欽遲／欽天監。

同 敬、佩。

欠部 8 畫

欻

丶 丷 火 火 火 炎 炎 炎 欻 欻 欻 欻

ㄏㄨ ①同「忽」，快速的：〈欻忽、欻吸〉②形容聲音：〈欻的一聲〉。

欠部 9 畫

歇

丨 冂 日 日 曰 㫗 曷 曷 曷 歇 歇 歇 歇

ㄒㄧㄝ ①停止：〈雨歇了、歇業〉②休息：〈歇一會兒、歇息〉③住：〈歇了一宿〉④竭盡：〈氣歇〉⑤睡眠：〈安歇〉。

造詞 歇工、歇手、歇腳、歇後語／不歇、休歇、間歇、停歇／歇斯底里、瀟瀟雨歇。

同 息。

欠部 9 畫

歆

丶 亠 亠 立 立 产 音 音 音 歆 歆 歆 歆

ㄒㄧㄣ 羨慕：〈歆羨〉。

欠部 9 畫

歃

ㄕㄚˋ　用嘴吸取：〈歃血為盟〉。

欠部 10 畫

歌

ㄍㄜ　①詩體的一種：〈長恨歌〉②配合樂章而可以唱的曲調：〈歌曲、山歌、兒歌〉③吟唱：〈高歌一曲、載歌載舞、歌頌〉。

造詞　歌手、歌星、歌唱、歌喉、歌詞、歌舞、歌劇、歌謠、歌聲、歌譜、歌廳、歌仔戲／民歌、校歌、詩歌、高歌、聖歌、情歌、國歌、驪歌／歌功頌德、歌舞昇平、引吭高歌、四面楚歌。

欠部 10 畫

歉

ㄑㄧㄢˋ　①愧疚的心情：〈抱歉、道歉〉②心裡過意不去的：〈歉意、歉疚〉③不足的：〈歉收、歉歲〉。

造詞　歉然不快。

欠部 11 畫

歐

ㄡ　①「歐羅巴洲」的簡稱：〈西歐、北歐、歐洲〉②姓。

造詞　歐化、歐風。

欠部 11 畫

歎

ㄊㄢˋ　同「嘆」①因心裡苦悶而發出呼聲：〈歎息、長吁短歎〉②讚美：〈讚歎、歎賞、歎為觀止〉③姓。

造詞　歎服、歎恨、歎惋／喟然長歎、望洋興歎。

欠部 12 畫

歔

ㄒㄩ　張口呼氣或由鼻孔呼氣：〈欷歔〉。

欠部 12 畫

歙

ㄒㄧˋ　用鼻子吸氣。

ㄕㄜˋ　縣名，在安徽省。

欠部 14 畫

歟

ㄩˊ　①語末助詞，表示疑問或反問，等於白話文中的「呢」、「嗎」：〈子非三閭大夫歟、然歟、否歟〉②語助詞，表示讚嘆，等於白話文中的「啊」、「吧」：〈猗歟偉歟！〉。

歠　欠部 15 畫

ㄔㄨㄛˋ　連續飲用：〈歠粥〉。

歡　欠部 18 畫

ㄏㄨㄢ　①男女稱所愛的對象：〈新歡、所歡〉②快樂的：〈歡樂、歡欣〉③活潑的：〈歡虎兒〉④愉悅的：〈歡迎、歡送、歡度〉。

造詞　歡呼、歡笑、歡暢、歡騰、歡躍／合歡、同歡、悲歡、尋歡／歡欣鼓舞、歡喜冤家、賓主盡歡、鬱鬱寡歡。

同　喜、樂、欣、悅。

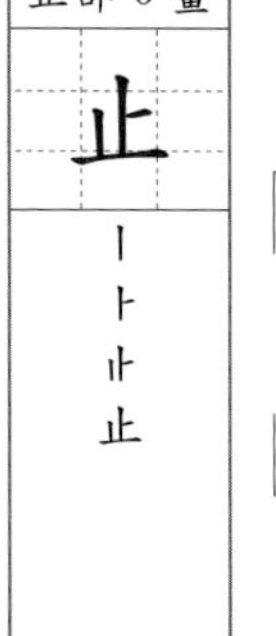

止部 ㄓˇ

止　止部 0 畫

ㄓˇ　①人的舉動威儀：〈舉止、儀止〉②停息：〈適可而止、停止、行人止步〉③禁阻、攔阻：〈禁止、制止〉④到、來臨：〈蒞止〉⑤寧靜的：〈心如止水〉⑥僅、只：〈止有、不止、止是〉⑦姓。

造詞　止付、止血、止咳、止息、止渴、止痛、止境、止戰／中止、休止、仰止、息止、終止、停止、廢止、歇止／止於至善。

正　止部 1 畫

ㄓㄥˋ　①嫡妻：〈令正〉②修訂錯誤：〈訂正、改正、修正〉③治罪：〈就地正法〉④整理：〈正其衣冠〉⑤釐清辨別：〈正名〉⑥與「歪」相對，不偏不斜的：〈正門、正中、正廳〉⑦純粹不雜的：〈純正、正紅色〉⑧整數的：〈壹仟元正〉⑨與「反」相對：〈正面、正比〉⑩與「副」相對：〈正文、正本〉⑪與「負」相對：〈正電、正數〉⑫合於法度規矩的：〈正道、正途〉⑬品行好的：〈正人君子〉⑭恰好：〈正好、正中下懷〉⑮表示動作在進行中：〈球賽正在進行〉。

ㄓㄥ　陰曆一月：〈正月〉。

造詞 正片、正午、正方、正巧、正犯、正式、正字、正身、正取、正事、正宗、正直、正是、正派、正軌、正值、正氣、正規、正常、正牌、正統、正視、正該、正楷、正業、正義、正經、正當、正確、正餐、正蒙／立正、公正、反正、匡正、校正、端正、更正、斧正、糾正、矯正、剛正／正大光明、正言厲色、正氣懍然、正襟危坐、堂堂正正、改邪歸正。

止部2畫

此

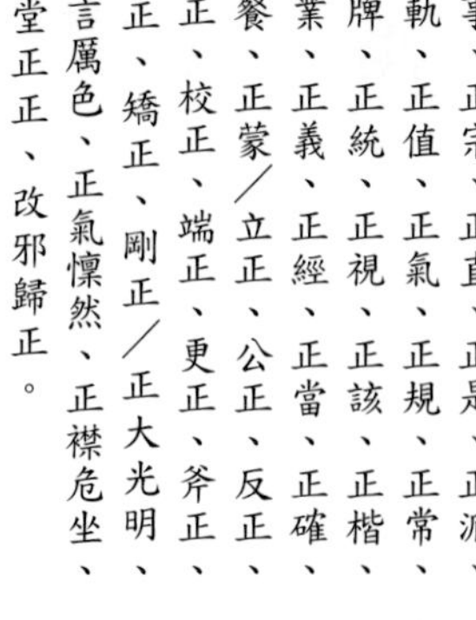

ㄘˇ ①與「彼」相對，這、這個：〈厚此薄彼〉②這樣：〈如此這般、因此〉③這：〈此人、此時〉。

造詞 此生、此外、此地、此後、此際、此番、此舉／彼此、如此、從此、謹此／此仆彼起、有鑒於此、此地無銀三百兩。

反 彼、那。

止部3畫

步

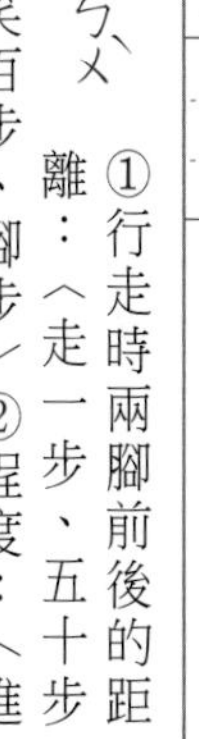

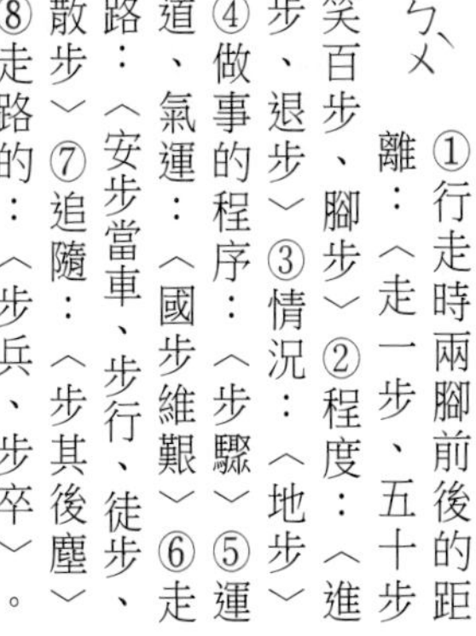

ㄅㄨˋ ①行走時兩腳前後的距離：〈走一步、五十步笑百步、腳步〉②程度：〈進步、退步〉③情況：〈地步〉④做事的程序：〈步驟〉⑤運道、氣運：〈國步維艱〉⑥走路：〈安步當車、步行、徒步、散步〉⑦追隨：〈步其後塵〉⑧走路的：〈步兵、步卒〉。

造詞 步伐、步槍、步調、步履／寸步、固步、健步、漫步／步人後塵、步步為營、步步蓮花、邯鄲學步、不敢越雷池一步。

止部4畫

武

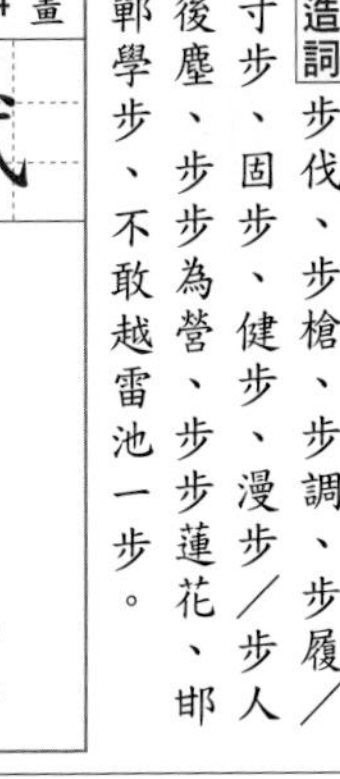

ㄨˇ ①兵、軍事：〈偃武修文〉②技藝、功夫：〈練武〉③與「文」相對，勇猛善於作戰的：〈武將、武士〉④勇猛的：〈勇武、威武、英武〉⑤不講理的：〈武斷〉⑥姓。

造詞 武功、武林、武俠、武術、武裝、武藝／文武、習武／允文允武、窮兵黷武。

反 文。

止部4畫

歧

ㄑㄧˊ ①從大路分岔出去的：〈歧途、歧路〉②不公平的、不一樣的：〈歧視、分歧、歧見〉。

造詞 歧出、歧異、歧道／歧路亡羊。

止部5畫

歪

一 ア 丌 不 丕 丕 歪 歪 歪

ㄨㄞ ①偏向一邊：〈歪著頭〉②暫時倒臥著休息：〈在沙發上歪一會兒〉③誣賴人：〈他竟然把這件事歪到我身上〉④傾斜不正的：〈歪斜〉⑤不正當的：〈歪風、歪話、歪主義〉。

ㄨㄞˇ 扭傷：〈歪了腳〉。

造詞 歪曲、歪哥、歪腦筋／歪七扭八、歪打正著、歪歪扭扭、歪門邪道。

反 正、直。

止部9畫

歲

丨 卜 屮 止 止 产 产 产 产 歲 歲 歲 歲

ㄙㄨㄟˋ ①年，時間的算法：〈歲歲平安、歲入、歲首〉②計算年齡的單位：〈九歲〉③時光：〈歲不我與、歲月〉④姓。

造詞 千歲、年歲、守歲、除歲／歲寒三友、千秋萬歲。

止部12畫

歷

一 厂 厂 厂 厂 厂 厂 厂 厤 厤 厤 厤 厤 歷 歷 歷

ㄌㄧˋ ①經過：〈經歷、來歷、歷盡千辛萬苦〉②已經過去的：〈歷史、歷代、歷來〉③清晰明白的：〈歷歷在目〉④遍及、盡：〈歷覽、歷觀〉⑤姓。

造詞 歷久、歷年、歷劫、歷居、歷程、歷練、歷險、歷歷／閱歷、學歷、遊歷、履歷／歷久彌新、歷盡滄桑。

止部14畫

歸

丿 亻 户 白 白 自 自 自 自 自 自 自 自 自 歸 歸

ㄍㄨㄟ ①回來：〈歸國、歸來〉②還給：〈歸還、完璧歸趙〉③女子出嫁：〈于歸、歸寧〉④依附：〈眾望所歸、歸化、歸附〉⑤把所有事情推到別人身上：〈歸功、歸罪〉⑥屬於：〈這件事歸你處理〉⑦姓。

ㄎㄨㄟˋ 通「饋」，贈送。

造詞 歸天、歸正、歸向、歸老、歸西、歸併、歸依、歸咎、歸案、歸納、歸途、歸宿、歸結、歸期、歸零、歸檔／回歸、來歸、終歸、總歸／歸心似箭、歸根結底、殊途同歸、視死如歸、賓至如歸、滿載而歸。

歹部 ㄉㄞˇ

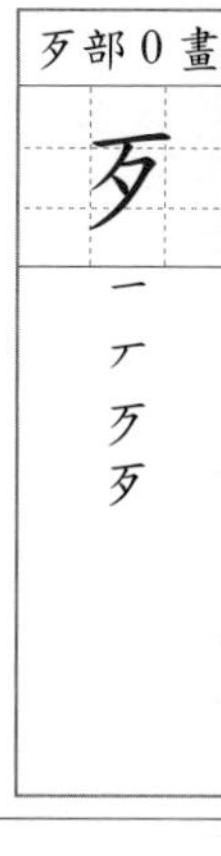

歹部0畫　**歹**

ㄉㄞˇ　①壞事：〈為非作歹〉②不好的、壞的：〈歹徒、不知好歹〉。

反 好。

歹部2畫　**死**

ㄙˇ　①失去生命：〈死亡、死生、死活〉②為某事而犧牲生命：〈死節〉③斷絕：〈死心〉④無知覺的：〈睡死了〉⑤呆板不靈活的：〈死板、死腦筋〉⑥不通的、不通達的：〈死水、死巷〉⑦不可改變的：〈死規矩〉⑧無法挽救的：〈死棋〉⑨絕對不相容的：〈死敵〉⑩被判處死刑的：〈死囚〉⑪已經失去生命的：〈死人〉⑫拼命的：〈死守〉⑬非常：〈怕死了〉⑭堅決的：〈死不承認〉⑮固定的：〈釘死了〉。

造詞 死因、死刑、死角、死命、死屍、死神、死當、死難／必死、決死、枯死、病死、急死、慘死、餓死、溺死／死心塌地、死生有命、死皮賴臉、死灰復燃、死而後已、死於非命、死氣沉沉、死裡逃生、不得好死、出生入死、貪生怕死、生老病死、醉生夢死、朝生暮死、不到黃河心不死、士為知己者死。

同 亡。

反 活、生。

歹部4畫　**歿**

ㄇㄛˋ　死亡：〈病歿〉。

歹部4畫　**殀**

ㄧㄠˇ　通「夭」，少壯而死：〈殀壽〉。

歹部5畫　**殃**

ㄧㄤ　①災禍：〈遭殃、禍殃〉②危害、殘害：〈禍國殃民〉。

造詞 池魚之殃。

同 禍、害。

歹部5畫　**殆**

ㄉㄞˋ　①通「逮」，等到：〈殆及〉②危險的：〈危殆、思而不學則殆〉③疲倦的：〈疲殆〉④將近、幾乎：〈死亡殆盡、殆近、殆不可得〉。

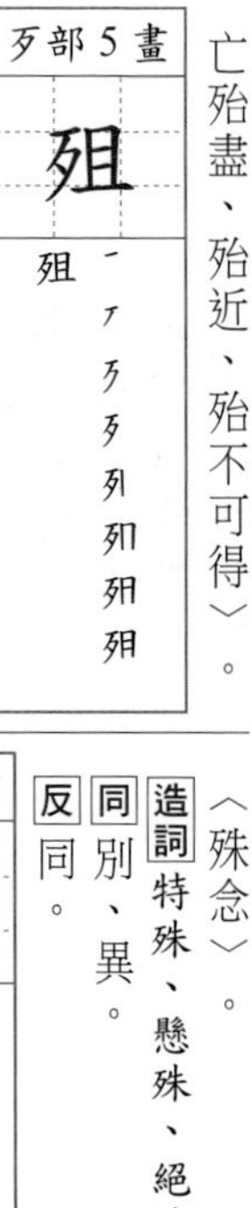

殂
歹部5畫

ㄘㄨˊ　死亡：〈崩殂、殂逝〉。

殄
歹部5畫

ㄊㄧㄢˇ　①浪費、糟蹋：〈暴殄天物〉②盡、窮盡：〈殄滅、殄難〉。

殊
歹部6畫

ㄕㄨ　①古代砍頭的罪刑：〈殊死〉②不同的：〈殊途同歸〉③特別的、異常的：〈殊功、殊效、殊遇、殊榮〉④拼死的：〈殊死戰〉⑤非常：〈殊念〉。

造詞 特殊、懸殊、絕殊。

同 別、異。

反 同。

殉
歹部6畫

ㄒㄩㄣˋ　①以人或物陪葬：〈殉葬〉②為了某種理想或目的而犧牲生命：〈殉國、殉職、殉情〉。

造詞 殉節、殉道、殉難。

殍
歹部7畫

ㄆㄧㄠˇ　餓死的人：〈野有餓殍〉。

殘
歹部8畫

ㄘㄢˊ　①毀壞、傷害：〈殘害、摧殘〉②不完整的：〈殘缺、殘本、斷簡殘篇〉③剩餘的、將盡的：〈殘冬、殘年、風中殘燭〉④凶惡、狠毒：〈殘酷、殘暴〉。

造詞 殘日、殘忍、殘疾、殘留、殘餘、殘骸／殘而不廢、殘垣斷壁。

殖
歹部8畫

ㄓˊ　①通「植」，栽種：〈墾殖〉②孳生繁衍：〈生殖、繁殖、養殖〉③姓。

造詞 殖民地。

殛
歹部9畫

ㄐㄧˊ　誅殺：〈殛死、殛斃〉。

同 殺、戮。

歹部 10 畫

殞

ㄩㄣˇ 死亡：〈殞沒、殞命、香消玉殞〉。

歹部 11 畫

殤

ㄕㄤ ①未成年而死亡叫「殤」。十六歲到十九歲死稱為「長殤」，十二歲到十五歲死稱為「中殤」，八歲到十一歲死稱為「下殤」②為國事而死：〈國殤〉。

歹部 12 畫

殫

ㄉㄢ 竭盡：〈殫力、殫述、殫精竭慮〉。

歹部 13 畫

殮

ㄌㄧㄢˋ ①為死人沐浴、飯含、換衣等，再放入棺材的儀式：〈大殮、小殮〉②把死人放入棺材裡：〈裝殮、入殮〉。

歹部 13 畫

殭

ㄐㄧㄤ 動物死後遺體不腐朽的：〈殭屍、殭蠶〉。

歹部 14 畫

殯

ㄅㄧㄣˋ ①人死後入棺停柩而未葬：〈殯殮〉②把裝著死人的棺材，送去火化或安葬：〈出殯〉。

造詞 殯儀館。

歹部 17 畫

殲

ㄐㄧㄢ 殺盡、滅絕：〈殲滅〉。

殳部 ㄕㄨ

殳部 5 畫

段

ㄉㄨㄢˋ ①指事物、時間、長度等可分截的各部分：〈段落、分段、地段、一段情、一段歌詞〉②姓。

造詞 手段、階段、時段／不擇手段。

殳部6畫

殷

ㄧㄣ　①朝代名，即商朝②盛大的、深厚的：〈殷憂、殷勤〉③富足的：〈殷實、殷商〉④姓。

ㄧㄢ　紅黑色的：〈殷紅〉。

ㄧㄣˇ　形容巨大的雷聲：〈殷其雷〉。

造詞　殷切、殷望、殷墟、殷鑑／殷殷至意、殷鑑不遠。

殳部7畫

殺

殺

ㄕㄚ　①用刀劍或其他武器使人或動物去失生命：〈殺人放火、宰殺、殺雞〉②致死、消除：〈殺菌〉③敗壞：〈殺風景〉④戰鬥：〈殺出重圍〉⑤說服使降低：〈殺價〉⑥結束、完成：〈殺尾、殺青〉⑦同「煞」，很、非常：〈惱殺人、笑殺人〉。

ㄕㄞˋ　衰敗：〈隆殺〉。

ㄕㄚˋ　通「煞」，極、非常。

造詞　殺手、殺生、殺伐、殺害、殺氣、殺傷、殺戮、殺手鐧／自殺、暗殺、刺殺、射殺、抹殺、謀殺、屠殺、氣殺／殺一儆百、殺身成仁、殺雞取卵、殺雞儆猴、殺人不眨眼、殺雞焉用牛刀。

殳部8畫

殼

一 十 士 声 殼

ㄎㄜˊ　物體堅硬的外皮：〈蛋殼、地殼、龜殼〉。

造詞　介殼、甲殼、硬殼／金蟬脫殼。

殳部8畫

殽

殽

ㄧㄠˊ　①通「肴」，魚肉菜等食物②通「淆」，錯雜。

殳部9畫

毀

毀

ㄏㄨㄟˇ　①傷害、破壞：〈毀容、毀壞、銷毀、毀滅〉②誹謗、說別人的壞話：〈詆毀、毀謗、毀譽參半〉。

造詞　玉石俱毀。

殳部9畫

殿

殿

ㄉㄧㄢˋ　①高大的廳堂：〈佛殿、宮殿、寶殿〉②行軍時的後方部隊：〈殿軍〉③第三名：〈冠軍、亞軍、殿軍〉。

造詞 殿下、殿後／無事不登三寶殿。

毅
殳部 11 畫

一ˋ 意志堅定果決的：〈毅力、毅然決然、堅毅、剛毅〉。

毆
殳部 11 畫

ㄡ 擊打：〈毆打、毆辱、毆擊、鬥毆〉。

ㄑㄩ 通「驅」。

毋部 ㄨˊ

毋
毋部 0 畫

ㄨˊ ①通「無」，沒有：〈毋後〉②不可、不要：〈毋忘在莒、毋怠毋忽〉③姓。

造詞 毋意、毋庸、毋固、毋寧。

母
毋部 0 畫

ㄇㄨˇ ①媽媽，也稱「母親」②對女性長輩的稱呼：〈伯母、師母、姑母〉③根源：〈失敗為成功之母〉④和「公」相對，雌性的：〈母雞、母牛〉⑤原本的：〈母校〉。

造詞 母子、母后、母愛、母老虎／父母、字母、祖母、慈母、岳母、聖母、雲母、後母、養母、繼母。

反 公、父。

每
毋部 2 畫

ㄇㄟˇ ①整體中的任一個或一組：〈每天、每三人〉②屢次、時常：〈每戰必勝、每每如此〉③凡是：〈每逢〉。

造詞 每個、每下愈況。

毒
毋部 4 畫

ㄉㄨˊ ①對生物體有傷害的東西：〈下毒、有毒〉②惡瘡：〈梅毒〉③用毒物殺害：〈毒老鼠〉④怨恨：〈怨毒〉⑤對生物體有害的：〈毒品、毒藥〉⑥凶狠的：〈狠毒、惡毒〉⑦厲害的：〈太陽很毒〉。

ㄉㄞˋ 同「玳」：〈毒瑁〉。

造詞 中毒、病毒、服毒、消毒、

解毒、劇毒、狼毒、毒蛇猛獸、虎毒不食子。

毋部8畫　毓

ㄩˋ　同「育」，養育、產生。

比部　ㄅㄧˇ

比部0畫　比

ㄅㄧˇ　①數學上以甲數除以乙數，稱為甲數與乙數的「比」②國名：「比利時」的簡稱③動作：〈連說帶比〉④較量：〈比一比、無與倫比〉⑤摹擬、譬喻：〈比方、比喻〉⑥比賽結果的表示方法：〈比賽結果是六比三〉⑦對著、向著：〈用槍比著犯人〉。

ㄅㄧˋ　①易經卦名②古代地方組織以五家為「比」③結黨：〈朋比為奸〉④並列：〈比肩〉⑤靠近、接連的：〈比鄰〉⑥最近、近來：〈比來〉。

ㄆㄧˊ　皋比，就是虎皮，也指老師的講席。

造詞　比例、比重、比率、比照、比較、比劃、比數、比基尼／對比、等比、相比／比比皆是、比手劃腳、今非昔比。

比部5畫　毗

ㄆㄧˊ　①連接：〈毗連、毗鄰〉②輔助：〈毗輔〉。

比部5畫　毖

ㄅㄧˋ　①謹慎：〈懲前毖後〉②辛苦。

毛部　ㄇㄠˊ

毛部0畫　毛

ㄇㄠˊ　①動植物或果實表皮所生的柔細絲狀物：〈羊毛、毛髮、羽毛〉②錢幣的單位，一角叫「一毛」③生長植物：〈不毛之地〉④驚慌的：〈嚇毛了、心裡發毛〉⑤粗糙的、未加工的：〈毛坯、毛貨〉⑥幼小的、細小的：〈毛丫頭、毛毛雨、毛驢〉⑦粗略的：〈毛舉其數、毛重〉⑧輕率、粗心的：〈毛手毛腳、毛頭毛腦〉⑨瑣碎的：〈毛舉細故〉⑩姓。

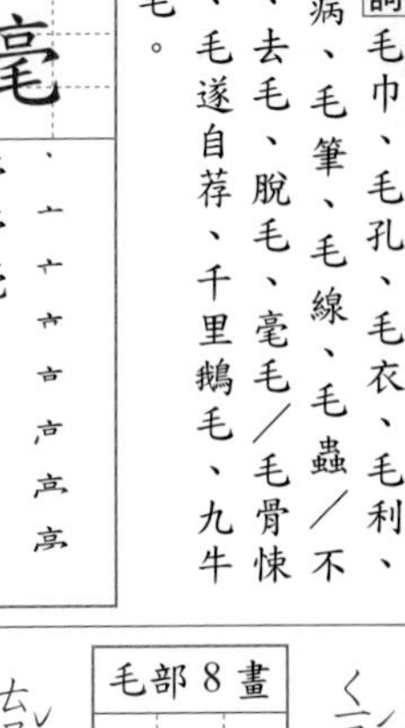

造詞 毛巾、毛孔、毛衣、毛利、毛病、毛筆、毛線、毛蟲／不毛、去毛、脫毛、毫毛／毛骨悚然、毛遂自荐、千里鵝毛、九牛一毛。

毛部 7 畫

毫

ㄏㄠˊ ①細長的毛：〈明察秋毫、毫末、絲毫〉②毛筆的代稱：〈狼毫、揮毫〉③長度的單位，一毫等於十分之一釐④在公制表中的千分之一：〈毫克、毫米、毫升〉⑤極少、一點兒：〈毫不在乎、毫無頭緒〉⑥姓。

造詞 毫無置疑、一絲一毫。

毛部 7 畫

毬

ㄑㄧㄡˊ 圓形成團的東西：〈花毬、絲毬〉。

毛部 8 畫

毯

ㄊㄢˇ 鋪設用的棉毛織品：〈毛毯、地毯、壁毯〉。

毛部 8 畫

毳

ㄘㄨㄟˋ 鳥獸的細毛：〈毳毛、毳衣〉。

毛部 9 畫

毽

ㄐㄧㄢˋ 一種健身玩具，用皮或布裹著銅錢，錢孔中插羽毛，玩的時候用腳連續向上踢，不使落地：〈踢毽子〉。

毛部 11 畫

氂

ㄇㄠˊ ①同「犛」，氂牛②馬尾：〈馬氂〉③彎曲的毛。

毛部 12 畫

氅

ㄔㄤˇ 用鳥毛編成的外衣：〈鶴氅、氅衣〉。

毛部 13 畫

氈

ㄓㄢ 用粗毛和著膠汁壓合而成，可做墊褥或鞋帽的織物：〈床氈、毛氈、氈裘、氈帽〉。

造詞 如坐針氈。

氏部 ㄕˋ

氏部0畫

氏

ㄕˋ ①姓的支系。我國古代姓和氏分用，「姓」是一種族號，「氏」是姓的分支。漢朝以後姓、氏互用而不分：〈姓氏〉②古時朝代名：〈有巢氏〉③古代世代相傳的官名：〈太史氏〉④從前對婦人的稱呼：〈王氏、張氏〉⑤對專家或名人的尊稱：〈釋氏、老氏〉⑥姓：〈張氏兄弟〉。

ㄓ ①古代西域國名：〈月氏〉②漢朝稱匈奴君王的妻子：〈閼氏〉。

造詞 攝氏、華氏、無名氏。

請注意：「氏」下面沒有一點，不可寫成大氐的「氐」（ㄉㄧ）。

氏部1畫

民

ㄇㄧㄣˊ ①人的通稱：〈生民、民眾〉②組成國家的人、百姓：〈人民、國民、公民〉③從事某種職業的人：〈農民、漁民〉④非軍事的：〈民航機、軍民一家〉⑤出於民間的：〈民歌、民謠〉⑥與民眾有關的：〈民防〉⑦姓。

造詞 民心、民生、民主、民有、民治、民享、民族、民權、民兵、民事、民法、民俗、民國、民營、民意、民風、民情、民黨、民間／平民、市民、移民、飢民、庶民、難民、貧民、便民／民不聊生、民胞物與、民族意識、民意機構、民窮財盡、魚肉鄉民、禍國殃民。

氏部1畫

氐

ㄉㄧˇ ①同「柢」，基礎②同「抵」，總括：〈大氐〉。

ㄉㄧ 我國古代少數民族。

氏部4畫

氓

ㄇㄤˊ 不務正業的無賴漢：〈流氓〉。

ㄇㄥˊ 古代稱百姓為「氓」。

气部 ㄑㄧˋ

气部2畫

氖

丿 𠂉 𠂉 气 氕 氖

ㄋㄞˇ　非金屬化學元素，是無色無臭的氣體，可用來作信號燈或霓虹燈。

气部4畫

氛

丿 𠂉 𠂉 气 気 氕 氛 氛

ㄈㄣ　①氣的通稱：〈妖氛〉②對情境的感受：〈氣氛〉。

气部5畫

氟

丿 𠂉 𠂉 气 气 气 氟 氟 氟

ㄈㄨˊ　非金屬化學元素，淡黃色氣體，有特別的臭味，是骨骼和牙齒中不可缺少的成分。少量的氟可以預防蛀牙，但過量會產生毒性。

气部6畫

氣

丿 𠂉 𠂉 气 气 气 气 氣 氣 氣

ㄑㄧˋ　①物體的三態（固體、液體、氣體）之一，沒有固定的形狀、體積，可以自由流散：〈氧氣、空氣〉②人或動物的呼吸：〈氣息〉③味道：〈香氣、臭氣〉④憤怒：〈生氣、忍氣吞聲〉⑤陰晴寒暖的自然現象：〈氣候、天氣〉⑥人所表現的精神態度：〈朝氣、勇氣〉⑦人體機能的原動力：〈元氣、血氣〉⑧一陣：〈胡鬧一氣〉⑨一派：〈連成一氣〉⑩難以忍受的待遇或態度：〈受氣〉⑪使人發怒而憤恨：〈氣死我了〉。

造詞 氣力、氣功、氣色、氣忿、氣味、氣派、氣度、氣流、氣粗、氣虛、氣球、氣絕、氣焰、氣喘、氣結、氣溫、氣象、氣勢、氣管、氣餒、氣魄、氣質、氣壓、氣體、氣呼呼／士氣、正氣、才氣、冷氣、和氣、意氣、銳氣、景氣、殺氣、蒸氣、毒氣、脾氣／氣宇軒昂、氣吞山河、氣味相投、氣急攻心、氣急敗壞、氣貫長虹、氣象萬千、氣焰高張、一鼓作氣、低聲下氣、揚眉吐氣、浩然正氣、垂頭喪氣、烏烟瘴氣。

請注意：「汽」是水蒸氣，「氣」是物體三態之一，可以涵蓋「汽」。

气部6畫

氧

丿 𠂉 𠂉 气 气 气 气 氧 氧 氧

ㄧㄤˇ　非金屬化學元素，以氣態分子O_2自然存在於空氣中。無色、無臭、無味，有助燃性，是動植物呼吸作用中不可缺少的氣體。

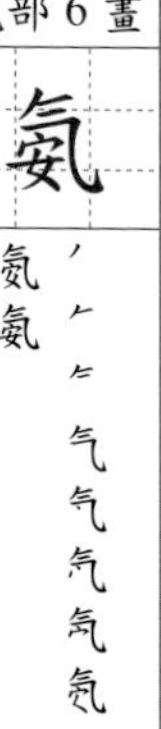

ㄢ　非金屬化學元素，是氫和氮的化合物，俗稱「阿摩尼亞」，是無色有臭味的氣體，可直接作肥料，也可以製炸藥、溶劑、冷凍劑等。

气部 6 畫

氦

丿 𠂉 𠂉 气 气 气 气 气 氦 氦

ㄏㄞˋ　非金屬化學元素，是無色無臭的氣體，很輕，可以用來填充氣球、氣囊、潛水衣等。

气部 6 畫

氤

丿 𠂉 𠂉 气 气 氕 氘 氤 氤 氤

ㄧㄣ　雲煙瀰漫的樣子：〈氤氳〉。

气部 7 畫

氫

丿 𠂉 𠂉 气 气 气 气 气 氫 氫 氫

ㄑㄧㄥ　非金屬化學元素，是最輕的氣體，無色、無臭、無味，能自燃而不能助燃，燃燒時和氧化合成水。液態氫可做火箭中的高能燃料。

气部 8 畫

氮

丿 𠂉 𠂉 气 气 气 气 气 氮 氮 氮 氮

ㄉㄢˋ　非金屬化學元素，是無色、無味、無臭的氣體，不易和其他元素起化合作用，是動植物蛋白質的主要成分之一。

气部 8 畫

氯

丿 𠂉 𠂉 气 气 气 气 气 氯 氯 氯 氯

ㄌㄩˋ　非金屬化學元素，是有惡臭的黃綠色氣體，毒性劇烈，可用來塑造漂白粉、染料、顏料、農藥等，也可作毒氣使用。

气部 8 畫

氰

丿 𠂉 𠂉 气 气 气 气 气 氰 氰 氰 氰

ㄑㄧㄥ　碳、氮的化合物，無色的氣體，有劇毒，燃燒時發出青色火焰，所以通稱為「青氣」。

气部 8 畫

氬

丿 𠂉 𠂉 气 气 气 气 气 氬 氬 氬 氬

ㄧㄚˋ　非金屬化學元素，是無色、無味、無臭的氣體，不能和其他元素化合，可作為電燈泡，或真空管的填充氣。

气部 10 畫

氳

丿 𠂉 𠂉 气 气 氕 氖 氖 氖 氳 氳 氳 氳 氳 氳

ㄩㄣ 煙雲彌漫的樣子：〈氤氳〉。

水部 ㄕㄨㄟˇ

水部 0 畫

水

亅 ㄎ 水 水

ㄕㄨㄟˇ ①氫氣和氧氣的化合物，是無色、無臭的液體，遇熱蒸發，遇冷結冰：〈自來水、喝水、河水〉②江、河、湖、海的總稱：〈水陸交通、涉水〉③果汁：〈橘子水〉④太陽系的九大行星之一：〈水星〉⑤五行之一：〈金、木、水、火、土〉⑥銀子的品質：〈貼水〉⑦額外的利潤：〈油水〉⑧姓。

造詞 水力、水土、水分、水手、水牛、水母、水仙、水平、水災、水利、水果、水花、水車、水泥、水草、水庫、水患、水瓶、水鳥、水貨、水產、水彩、水壺、水痘、水鄉、水晶、水塔、水溝、水運、水準、水管、水銀、水壓、水獺、水藻／山水、洪水、香水、汽水、流水、逝水、聖水、墨水／水土不服、水火無情、水中撈月、水性楊花、水到渠成、水來土掩、水泄不通、水漲船高、水乳交融、水深火熱、水落石出、心如止水、千山萬水、行雲流水、如魚得水、落花流水、拖泥帶水、望穿秋水、君子之交淡如水。

水部 1 畫

永

丶 亅 ⺢ 永 永

ㄩㄥˇ ①長久、久遠：〈永久、永遠、永垂不朽〉②姓。

造詞 永生、永世、永別、永恆、永訣、永業、永嘆／永字八法、永契人心。

同 久、遠、長。

水部 2 畫

汁

丶 氵 氵 汁 汁

ㄓ 物體中所含的水分或液體：〈果汁、乳汁、墨汁、汁液〉。

請注意：「汁」是指物體中所含的水分，「液」是泛指流質。

水部 2 畫

汀

丶 氵 氵 汀 汀

ㄊㄧㄥ 水邊的平地，或河流中的小沙丘：〈汀洲、沙汀、長汀、汀濘〉。

造詞 水泥汀、西門汀。

水部2畫

氾

ㄈㄢˋ ①水高漲而大量向外橫流：〈氾濫〉②通「汎」，普遍的：〈氾愛〉③通「泛」，漂浮④姓。

水部2畫

求

一 十 才 才 求 求 求

ㄑㄧㄡˊ ①希望得到他人的幫助：〈請求、求助、求人幫忙〉②責備：〈君子求諸己〉③尋找：〈尋求〉④需要：〈需求、供過於求〉⑤希望：〈不求有功〉⑥姓。

造詞 求生、求全、求見、求雨、求教、求婚、求情、求學、求饒、求救、求知慾／希求、追求、探求、要求、訪求、搜求／求之不得、求好心切、求同求異、求神問卜、求賢若渴、夢寐以求。

同 乞。

水部3畫

汝

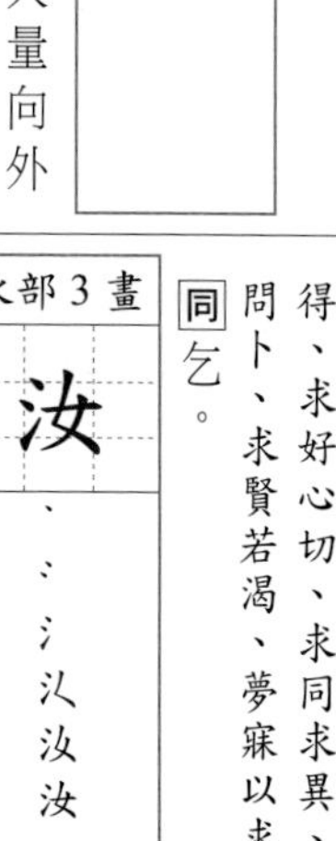

ㄖㄨˇ ①你：〈汝曹、汝輩〉②姓。

同 你、爾、若、而。

水部3畫

汗

、 氵 氵 氵 汗

ㄏㄢˋ ①由動物的皮膚毛孔所排泄出的液體：〈流汗、汗水、汗腺〉②姓。

ㄏㄢˊ 古代西域國王的稱號：〈可汗〉。

造詞 汗血、汗衫、汗青、汗珠、汗液、汗顏、汗涔涔／冷汗、香汗、發汗、盜汗／汗牛充棟、汗流浹背、汗馬功勞、滿頭大汗。

水部3畫

汙

、 氵 氵 氵 汙

ㄨ 同「污」①髒的東西：〈汙垢、泥汙〉②弄髒：〈汙染、汙損〉③傷害名譽：〈汙衊〉④不清潔的：〈汙穢、汙濁〉⑤不廉潔的：〈貪官汙吏〉。

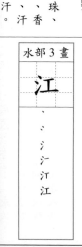

造詞 汙俗、汙辱、汙點、汙亂／沾汙、玷汙、貪汙／同流合汙。

水部3畫

污

、 氵 氵 氵 污

ㄨ 同「汙」。

水部3畫

江

、 氵 氵 汀 江

ㄐㄧㄤ ①大河的通稱：〈江水、江山〉②古代稱「長江」為「江」③「江蘇省」的簡稱④水名：〈松花江、珠江〉⑤姓。

造詞 江南、江湖、江西／江山易改、江河日下、江郎才盡、江湖術士。

水部3畫

池

丶 冫 氵 汁 沖 池

ㄔˊ ①地上積水的凹地：〈池塘、魚池〉②古代的護城河：〈金城湯池、城池〉③低平如池的地方：〈舞池〉④儲存能量、液體的容器：〈電池、硯池〉⑤姓。

造詞 池水、池沼、池中物／池魚之殃。

水部3畫

汐

丶 冫 氵 汐 汐 汐

ㄒㄧˋ ①海水的晚潮：〈潮汐、海汐〉②臺灣地名：〈汐止〉。

水部3畫

汕

丶 冫 氵 汕 汕 汕

ㄕㄢˋ ①市名，在廣東省：〈汕頭〉②竹子編的捕魚工具③魚游水的樣子：〈南有嘉魚，蒸然汕汕〉。

水部3畫

汞

一 丅 工 于 汞 汞 汞

ㄍㄨㄥˇ 俗稱水銀，一種金屬元素，在常溫下為銀白色液體，有劇毒，使用在農藥、醫藥及工業方面，如溫度計、氣壓計、水銀燈等。

水部3畫

汛

丶 冫 氵 汛 汛 汛

ㄒㄩㄣˋ ①漲潮，定期而來的海水：〈潮汛、春汛、秋汛〉②婦女的月經：〈月汛〉③詢問，通「訊」：〈汛地〉④灑：〈汛掃〉。

水部3畫

汎

丶 冫 氵 汎 汎 汎

ㄈㄢˋ ①通「泛」，漂浮：〈汎舟〉②大水漫溢的，通「氾」：〈汎濫〉③英文的譯音，加在名詞前，表示全面的：〈汎美〉④一般的、普通的，通「泛」：〈廣汎、汎論〉⑤姓。

造詞 汎指、汎愛、汎稱／汎涉百家。

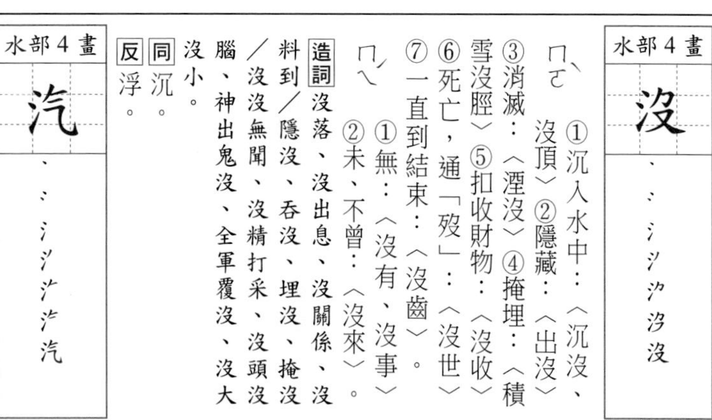

水部4畫
沒
丶 ⺀ 氵 氵 沕 沕 沒

ㄇㄛˋ ①沉入水中：〈沉沒、沒頂〉②隱藏：〈出沒〉③消滅：〈湮沒〉④掩埋：〈積雪沒脛〉⑤扣收財物：〈沒收〉⑥死亡，通「歿」：〈沒世〉⑦一直到結束：〈沒齒〉。

ㄇㄟˊ ①無：〈沒有、沒事〉②未、不曾：〈沒來〉。

造詞 沒落、沒出息、沒關係、沒料到／隱沒、吞沒、埋沒、掩沒／沒沒無聞、沒精打采、沒頭沒腦、神出鬼沒、全軍覆沒、沒大沒小。

同 沉。

反 浮。

水部4畫
汽
丶 ⺀ 氵 氵 汽 汽 汽

ㄑㄧˋ 液體受熱蒸發而得的氣體，即水蒸氣：〈蒸汽〉。

造詞 汽化、汽水、汽車、汽油、汽笛、汽船、汽艇、汽鍋、汽缸。

水部4畫
沈
丶 ⺀ 氵 氵 氵 沙 沈

ㄕㄣˇ 姓。

ㄔㄣˊ 通「沉」。

水部4畫
沉
丶 ⺀ 氵 氵 氵 沉 沉

ㄔㄣˊ ①沒入水中：〈石沉大海、沉沒〉②迷戀：〈沉迷、沉溺〉③下陷：〈地基下沉〉④抑制：〈沉住氣〉⑤改變臉色，表示不高興：〈沉下臉來〉⑥謹慎、鎮定：〈沉著〉⑦重大的：〈沉重、擔子很沉〉⑧深切的：〈沉痛〉⑨壓迫不開朗的感覺：〈天氣陰沉沉〉。

造詞 沉淪、沉悶、沉醉、沉浸、沉疴、沉吟、沉澱、沉思、沉甸甸／沉魚落雁、沉默寡言、暮氣沉沉、死氣沉沉。

同 沒。

反 浮。

水部4畫
沙
丶 ⺀ 氵 氵 沙 沙 沙

ㄕㄚ ①非常細碎的石粒：〈泥沙、飛沙走石〉②細碎的小顆粒：〈金沙〉③水邊缺乏黏質的土地：〈沙灘〉④挑揀選擇：〈沙汰〉⑤聲音嘶啞：〈沙啞〉⑥姓。

造詞 沙丘、沙拉、沙茶、沙發、沙場、沙龍、沙漠、沙拉油。

請注意：「沙漠」、「沙灘」的「沙」均不可寫成「砂」。

水部 4 畫

汪

ㄨㄤ ①液體停聚在一處：〈一汪秋水〉②形容很大很深的水：〈汪洋大海〉③姓。

造詞 汪汪。

水部 4 畫

決

ㄐㄩㄝˊ ①水沖破堤岸到處流：〈決口、決堤〉②打定主意：〈決定、決心〉③審斷：〈裁決、判決〉④處死：〈槍決〉⑤斷定勝負：〈決一死戰〉⑥必然：〈決無此理、決不後悔〉。

造詞 決鬥、決策、決勝、決裂、決斷、決議、決賽、決算／處決、解決、否決、果決／懸而未決、猶豫不決。

請注意： 除了當「一定」、「必然」的意思時可以用「絕」字代替外，作其他意思解時，二字不可混用，如「絕對」不作「決對」，「決定」不可作「絕定」。

水部 4 畫

沖

ㄔㄨㄥ ①用水注入：〈沖茶、沖牛奶〉②直向上飛：〈一飛沖天〉③由上向下清洗：〈沖一個澡、沖涼〉④衝突、相忌：〈相沖〉⑤破解厄運：〈沖喜〉⑥姓。

造詞 沖淡、沖洗、沖犯／謙沖、幼沖、虛沖、興沖沖／子午相沖、怒氣沖沖。

請注意： 「沖」和「衝」意思相近，但「沖水」、「沖天」都不用「衝」；而「衝突」、「衝鋒」也不用「沖」，只有「沖犯」也寫作「衝犯」。

水部 4 畫

沃

ㄨㄛˋ ①灌溉：〈引水沃田〉②土地滋潤肥美：〈肥沃、沃土〉③姓。

造詞 沃野、沃壤、沃腴／饒沃／沃野平疇、沃野千里。

水部 4 畫

沐

ㄇㄨˋ ①洗頭髮用的米汁：〈丐沐沐我〉②洗髮：〈沐浴〉③蒙受：〈沐恩〉④休息：〈休沐〉⑤姓。

造詞 沐猴而冠、沐雨櫛風、沐澤含芳、如沐春風。

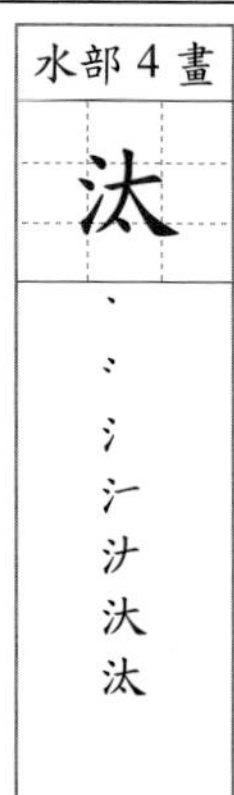

水部 4 畫

汰

丶 丷 氵 氵一 汁 汏 汰

ㄊㄞˋ ①除掉：〈淘汰、汰舊換新〉②過分的：〈汰侈、生活奢汰〉。

水部 4 畫

沌

丶 丷 氵 氵一 氵ㄩ 氵屯 沌

ㄉㄨㄣˋ ①天地還沒有形成前的景象：〈混沌〉②愚笨無知的樣子：〈沌沌〉。

水部 4 畫

沛

丶 丷 氵 氵一 汁 沛 沛

ㄆㄟˋ ①旺盛：〈精力充沛〉②流離困苦：〈顛沛〉③姓。

造詞 沛然／豐沛。

水部 4 畫

汩

丶 丷 氵 氵丨 汩 汩 汩

ㄇㄧˋ 水名，發源於江西修水縣，西南流入湖南省境：〈汩羅江〉。

水部 4 畫

沁

丶 丷 氵 氵丿 沁 沁 沁

ㄑㄧㄣˋ ①水名，源山西省，注入黃河：〈沁水〉②滲入：〈寒風沁骨〉③透出：〈沁出汗珠、傷口沁出血〉。

造詞 沁涼、沁人心脾。

水部 4 畫

汲

丶 丷 氵 氵丿 汈 汲 汲

ㄐㄧˊ ①從井中打水：〈汲水〉②吸收：〈汲取營養、汲取經驗教訓〉③姓。

造詞 汲汲、汲引／汲汲營營、汲深綆短。

水部 4 畫

沅

丶 丷 氵 氵一 沅 沅 沅

ㄩㄢˊ 水名，發源於貴州，東北流入湖南省，是湖南四大河之一：〈沅江〉。

水部 4 畫

汾

丶 丷 氵 氵丿 汃 汾 汾

ㄈㄣˊ 水名，在山西省，是黃河的第二大支流：〈汾河〉。

水部 4 畫

汴

丶 丷 氵 氵丶 汴 汴 汴

ㄅㄧㄢˋ ①古水名，黃河支流，在現在的河南省境：〈汴水〉②河南省開封市的別稱。

水部4畫

沏

ㄑㄧ　①用開水沖泡：〈沏茶〉②用水撲滅燃燒物：〈把香火兒沏了〉③把加有佐料的熱油澆在菜肴上：〈沏油〉。

水部4畫

沓

ㄊㄚˋ　①做事不爽快：〈拖沓〉②眾多的：〈雜沓〉③重複的：〈紛至沓來〉。

水部4畫

汹

ㄒㄩㄥ　又寫作「洶」①形容波濤的聲音：〈汹汹〉②形容水往上湧的樣子：〈汹湧〉。

水部4畫

沔

ㄇㄧㄢˇ　水名，在陝西省，就是漢水的上游。

水部4畫

汩

ㄍㄨˇ　①淹沒、埋沒：〈汩沒〉②水流的樣子、文思源源不絕：〈汩汩〉。

水部4畫

沆

ㄏㄤˋ　①大水②水廣大的樣子：〈沆漭〉。

造詞 沆瀣一氣。

水部4畫

沚

ㄓˇ　水中的小塊陸地：〈于沼于沚〉。

水部4畫

汭

ㄖㄨㄟˋ　①水名，一在江西省，向北流入饒江；一在甘肅省，注入涇河②河水彎曲的地方。

水部4畫

沂

ㄧˊ　①水名，發源於山東省，南流至江蘇省：〈沂水〉②地名，山東省舊府名：〈臨沂縣〉。

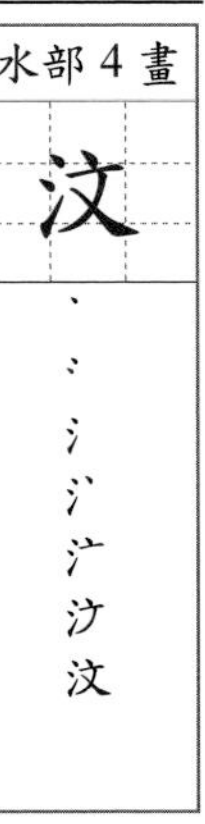

水部4畫 **汶**

、 丷 氵 氵 汸 汶

ㄨㄣˋ 水名，在山東省：〈汶水〉。

水部5畫 **泣**

、 丷 氵 氵 汁 泣 泣

ㄑㄧˋ ①只掉眼淚而不出聲的哭：〈暗泣、哭泣〉②眼淚：〈泣下如雨〉。

造詞 泣血、泣涕、泣訴、泣鬼神／悲泣、啜泣、飲泣／可歌可泣、泣不成聲。

水部5畫 **注**

、 丷 氵 氵 氵 汴 注

ㄓㄨˋ ①通「註」，解釋或說明。古代注解古書的方法之一：〈說文解字注、水經注〉②賭博時所下的財物：〈賭注〉③量詞，事物一宗叫一注：〈一注買賣〉④灌入：〈注入、注射〉⑤心神集中在一點上：〈注目、全神貫注〉⑥必然：〈注定〉。

造詞 注釋、注視、注重、注意、注疏、注音、注腳／下注、灌注、關注、轉注／孤注一擲、血流如注。

水部5畫 **泳**

、 丷 氵 氵 汀 汸 泳 泳

ㄩㄥˇ 在水中游動：〈游泳〉。

造詞 泳技、泳裝／仰泳、捷泳、潛泳、立泳。

水部5畫 **泥**

、 丷 氵 氵 汩 沪 泥 泥

ㄋㄧˊ ①水和土混合在一起的東西：〈泥土〉②搗碎後調勻的東西：〈棗泥、芋泥〉③塗抹：〈泥壁、泥金〉。

ㄋㄧˋ ①固執不知變通：〈泥古、拘泥〉②停留不進：〈他泥著不肯走〉。

造詞 泥巴、泥濘、泥沙、泥淖、泥鰍、泥水匠、泥狀、泥漿、汙泥、爛泥、肉泥、油泥／泥牛入海、泥古不化、爛醉如泥。

水部5畫 **河**

、 丷 氵 汀 汀 河 河 河

ㄏㄜˊ ①水道的通稱：〈河流、運河〉②「黃河」的簡稱：〈河套、河東〉③天空中密集的星群：〈星河〉。

造詞 河川、河床、河堤、河岸、河畔、河豚、河馬／銀河、山河、冰河、天河／河東獅吼、河清海晏、信口開河、暴虎馮河、口若懸河。

水部5畫

油

ㄧㄡˊ ①動物的脂肪質煉製而成的液體：〈牛油、豬油〉②植物的種子壓榨而成的液體：〈花生油〉③礦物中提煉出的液體：〈汽油〉④比喻不屬於分內所有的小利益：〈揩油〉⑤用油塗抹：〈剛油漆的大門〉⑥不誠懇：〈油腔滑調〉⑦有光澤的：〈綠油油的稻田〉⑧充盛的樣子：〈油然作雲〉。

造詞 油水、油印、油條、油畫、油墨、油膩、油田、油煙／甘油、石油、柴油、醬油、煤油、食用油、香油、桐油／油頭粉面。

水部5畫

況

ㄎㄨㄤˋ ①情形：〈近況、情況〉②比喻：〈以古況今〉③表示更進一層意思的口氣：〈況且、何況〉④姓。

造詞 狀況、概況、實況、病況、景況／每下愈況。

同 况。

水部5畫

沿

ㄧㄢˊ ①靠近：〈沿海〉②順著：〈沿街叫賣〉③按照舊有的習俗傳下去：〈沿習〉④水邊：〈河沿〉。

造詞 沿革、沿途、沿襲、沿岸、沿用、沿門、沿例／沿門托缽、沿才授職。

水部5畫

治

ㄓˋ ①地方政府所在地：〈省治、縣治〉②管理：〈治國〉③研究：〈治學〉④診療：〈治病〉⑤懲辦：〈治罪〉⑥處理、改進：〈治本〉⑦整修：〈治水〉⑧經營：〈治生有術、治產〉⑨政治清明安定：〈治世〉⑩姓。

造詞 治安、治理、治標、治家、治喪、治療、治權／自治、政治、法治、根治、醫治／治絲益棼、勵精圖治。

反 亂。

水部5畫

沽

ㄍㄨ　①河名，河北省白河下游的別名：〈沽河〉②買：〈沽酒〉③出售、賣：〈待價而沽〉④釣取：〈沽名釣譽〉。

ㄍㄨˇ　通「賈」。

沾
水部5畫

丶 冫 氵 氵丨 汁 沾 沾 沾

ㄓㄢ　①浸溼、弄溼：〈沾襟〉②染上：〈沾染〉③憑藉他人的關係而得到好處：〈沾光〉④接觸：〈滴酒不沾脣〉⑤接近：〈說話不沾邊兒〉⑥得意的樣子：〈沾沾〉。

造詞 沾衣、沾水、沾手、沾污／沾親帶故、沾沾自喜。

請注意：「沾」、「玷」、「砧」三字音義各不同：「沾」本指浸溼，所以從水部；「玷」音ㄉㄧㄢˋ，為玉上的汙點；「砧」音ㄓㄣ 指捶、砸或切東西時墊在底下的器具。

沼
水部5畫

丶 冫 氵 氵フ 沼 沼 沼 沼

ㄓㄠˇ　形狀彎曲的水池：〈沼澤、池沼〉。

造詞 沼氣、泥沼、湖沼。

波
水部5畫

丶 冫 氵 氵ノ 氵厂 沙 波 波

ㄅㄛ　①水受震動而生的起伏現象：〈水波、波浪〉②事情的變化：〈一波未平，一波又起〉③流轉的眼光：〈眼波、秋波〉④彈性振動所產生的起伏現象：〈電磁波〉⑤影響：〈一家失火，波及四鄰〉⑥奔跑：〈奔波〉。

造詞 波折、波動、波濤、波紋／音波、電波／波濤洶湧、波瀾壯闊。

沫
水部5畫

丶 冫 氵 氵一 氵二 沣 沬 沫

ㄇㄛˋ　①水面上的水泡：〈水沫〉②唾液、口水：〈口沫橫飛〉。

造詞 唾沫、泡沫、飛沫／相濡以沫。

泡
水部5畫

丶 冫 氵 氵ノ 氵勹 泃 泃 泡

ㄆㄠˋ　①浮在水面上含有空氣的球狀物，大的叫「泡」，小的叫「沫」：〈氣泡〉②表皮因受傷而凸出像球形的症狀：〈腳起了泡〉③用水沖浸：〈泡茶〉④拖延、耽擱：〈泡時間〉⑤窮追歪纏：〈泡妞〉。

ㄆㄠ　①量詞，屎尿一次或一灘叫一泡：〈一泡尿〉②浸水鬆發的東西：〈豆泡兒〉③質地鬆軟的：〈鬆泡〉。

造詞 泡沫、泡影、泡湯、泡菜／水泡、浸泡、燈泡。

請注意：「泡」與「疱」不同：「疱」是指皮膚上因病毒傳染所生的腫病，如：疱疹。另外又有「皰」字音皰，指臉上的粉刺，俗稱青春痘。

水部5畫

泛

ㄈㄢˋ　①漂浮：〈泛舟〉②呈現：〈泛紅〉③不切實的：〈空泛〉④普及各方面的：〈泛論〉。

造詞 泛濫、泛指、泛稱／浮泛、廣泛／泛泛之交。

水部5畫

法

ㄈㄚˇ　①規律或命令：〈法令、約法三章〉②處理事情的方式或手段：〈辦法〉③可作模範的方式、規則：〈文法〉④標準，可以模仿的：〈取法〉⑤道教的法術：〈道士作法〉⑥佛教稱一切事理叫法：〈現身說法、佛法〉⑦仿傚：〈效法〉⑧可做為規範的：〈法帖〉⑨屬於佛家的：〈法號〉⑩國名，法蘭西的簡稱，位在西歐：〈法國〉⑪姓。

ㄈㄚˊ　辦事的方式：〈法子〉。

造詞 法律、法治、法院、法則、法典、法師、法醫、法寶／憲法、刑法、違法、司法、守法、書法、民法、合法／法家拂士、貪贓枉法、就地正法、以身試法、奉公守法。

水部5畫

泓

ㄏㄨㄥˊ　①古水名，在現在的河南省：〈泓水之戰〉②量詞，指靜止清澈的水：〈一泓清水〉③水清的樣子：〈泓澄〉④水深廣的樣子：〈潭水泓涵〉。

水部5畫

沸

ㄈㄟˋ　①液體加熱到一定的溫度，產生氣泡，翻滾起來：〈煮沸、沸騰〉②喧鬧：〈人聲鼎沸〉③大水湧起：〈海水沸出〉④滾燙的：〈沸湯〉⑤沸騰湧起的樣子：〈沸沸〉。

造詞 沸點、沸水、沸鼎、沸羹／

滾沸／沸沸揚揚、沸反盈天。

水部 5 畫

沱

ㄊㄨㄛˊ ①水名，長江的支流，在四川省：〈沱江〉②水勢盛大的樣子：〈滂沱〉③流淚的樣子：〈出涕沱若〉。

ㄉㄨㄛˋ 澹（ㄉㄢˋ）沱，形容風光明媚，景色宜人。

水部 5 畫

沮

ㄐㄩˇ ①失意、頹喪：〈沮喪〉②阻止：〈沮格〉③敗壞：〈何日斯沮〉。

ㄐㄩ ①水名，陝西、山東、湖北都有：〈沮河〉②姓。

ㄐㄩˋ 低溼的地方：〈沮洳〉。

水部 5 畫

泗

ㄙˋ ①鼻涕：〈涕泗縱橫〉②水名，在山東省：〈泗水〉。

造詞 涕泗滂沱。

水部 5 畫

泄

ㄒㄧㄝˋ ①洩露：〈泄氣、泄露〉②排出：〈排泄〉③發散：〈發泄、泄憤〉。

ㄧˋ 舒緩的：〈泄泄〉。

造詞 泄底、泄涕、泄密、泄痢、泄沓、泄恨、泄洪／宣泄、漏泄、導泄。

請注意：「泄」和「洩」作「漏」義解時可通用。另有「瀉」，是「水向下流」，和「泄」、「洩」二字不同。

水部 5 畫

泌

ㄇㄧˋ 液體從細孔中滲出：〈分泌〉。

ㄅㄧˋ 水名，在河南省：〈泌水〉。

造詞 泌尿、泌乳／內分泌、外分泌。

水部 5 畫

泅

ㄑㄧㄡˊ 游水：〈泅水〉。

同 游、泳。

水部 5 畫

決

ㄧㄤ ①宏大深廣的樣子：〈泱泱大國〉②雲氣興起的樣子。

造詞 泱鬱、泱漭。

水部5畫

泊

丶 冫 氵 氵' 氵' 泊 泊 泊

ㄅㄛˊ ①湖沼：〈湖泊〉②船靠岸：〈停泊〉③停留：〈飄泊〉④安適不求名利：〈淡泊〉。

造詞 泊車、泊岸、泊懷／宿泊、駐泊、憩泊、船泊。

水部5畫

泉

泉

ノ 𠂇 白 白 白 皁 泉 泉 泉

ㄑㄩㄢˊ ①地下湧出的水：〈溫泉、山泉〉②陰間：〈黃泉、九泉〉③古傳稱錢幣為「泉」：〈泉布〉。

造詞 泉水、泉源、泉下／甘泉、冷泉、清泉／上窮碧落下黃泉。

水部5畫

泰

泰泰

一 二 三 夫 夫 夫 夫 泰 泰 泰

ㄊㄞˋ ①國名，在中南半島，舊稱暹羅：〈泰國〉②亨通：〈否極泰來〉③對岳父的尊稱：〈泰山〉④奢侈：〈奢泰〉⑤通「大」、「太」：〈泰半〉⑥舒適：〈福體安泰〉⑦順適、安樂：〈國泰民安〉⑧暢通：〈天地交泰〉。

造詞 泰然、泰斗、泰水、泰初／舒泰、長泰／泰然自若、泰山壓頂、泰山鴻毛、泰山北斗。

請注意：「泰」雖可通「大」、「太」，但國名只寫作「泰國」，不可寫成「太國」。

水部5畫

泯

丶 冫 氵 氵 氵 泯 泯 泯

ㄇㄧㄣˇ 消滅、喪失：〈泯滅、泯沒〉。

造詞 泯除／良心未泯。

水部5畫

沴

丶 冫 氵 氵 氵 沴 沴 沴

ㄌㄧˋ 災病、惡氣：〈災沴、沴氣〉。

造詞 沴孽／百沴自辟易。

水部5畫

泠

丶 冫 氵 氵 氵 泠 泠 泠

ㄌㄧㄥˊ ①以演戲為職業的人，通「伶」：〈泠人〉②明白：〈精神曉泠〉③聲音清脆悅耳：〈泠泠盈耳〉④姓。

造詞 清泠、流泠。

泔

水部 5 畫

丶 冫 氵 氵一 汁 汁 泔 泔

ㄍㄢ　洗米水：〈泔水〉。

泫

水部 5 畫

丶 冫 氵 氵丶 氵亠 泫 泫 泫

ㄒㄩㄢˋ　①水珠下垂：〈花上露猶泫〉②流淚的樣子：〈泫然淚下〉。

造詞 悲泫、涕泫。

洋

水部 6 畫

洋 丶 冫 氵 氵丷 氵䒑 氵羊 洋

ㄧㄤˊ　①地球上最廣大的水域：〈太平洋〉②舊稱銀幣：〈一塊大洋〉③俗稱外國為「洋」：〈東洋、放洋〉④外國的：〈洋人、洋貨〉⑤廣大而眾多的：〈洋洋大觀〉。

造詞 洋灰、洋火、洋房、洋裁、洋傘、洋溢、洋蔥、洋裝／遠洋、汪洋、海洋、越洋／洋洋灑灑、洋洋得意。

洲

水部 6 畫

洲 丶 冫 氵 氵丿 氵州 洲 洲

ㄓㄡ　①水中凸起可以居住的陸地：〈沙洲〉②地球陸地的區劃名稱：〈亞洲、美洲〉。

造詞 洲渚／非洲、芳洲、汀洲、歐洲、洲際飛彈。

洪

水部 6 畫

洪 丶 冫 氵 氵一 汁 汫 洪 洪

ㄏㄨㄥˊ　①大水：〈洪水、防洪〉②形容很大的：〈洪福齊天〉③姓。

造詞 洪亮、洪荒、洪流、洪爐／山洪、洩洪、鈞洪／洪荒時代、洪喬之誤。

請注意： 讀成ㄏㄨㄥˊ的字都有大的意思，如「洪」、「宏」、「閎」、「鴻」、「弘」等是。

流

水部 6 畫

流 丶 冫 氵 氵亠 汁 泫 浐 流

ㄌㄧㄡˊ　①水的通稱：〈河流〉②派別：〈流派〉③等級：〈一流、上流社會〉④輩：〈女流〉⑤指具有移動現象的水、空氣或物質：〈氣流、寒流〉⑥液體移動：〈奔流〉⑦留傳、散播：〈流芳百世〉⑧放逐：〈流放〉⑨淪落：〈流為盜匪〉⑩沁出：〈流血〉⑪往來不定的：〈流雲〉⑫沒有根據的：〈流言〉⑬漫無目標的：〈流失〉⑭遍布的：〈流毒〉。

造詞 流亡、流行、流利、流氓、流浪、流通、流域、流產／激流、逆流、急流、交流、風流、清流、電流、主流／開源節流、應對如流、隨波逐流、從善如流。

水部6畫

津

ㄐㄧㄣ ①渡口，就是可以搭船過河的岸邊：〈津口、河津〉②口水：〈生津解渴〉③交通要道：〈津要〉④天津市的簡稱。

造詞 津貼、津渡、津涯、津液／問津、迷津／津津樂道、津津有味、止渴生津。

水部6畫

洌

ㄌㄧㄝˋ ①清澈的：〈清洌〉②寒冷的：〈洌風〉。

造詞 冷洌、凝洌、寒洌。

水部6畫

洱

ㄦˇ 湖名，在雲南省又叫「昆明池」：〈洱海〉。

水部6畫

洞

ㄉㄨㄥˋ ①洞穴：〈山洞〉②穿破的孔：〈衣服破了一個洞〉③不切實際：〈空洞〉④透徹：〈洞悉、洞察〉。

ㄊㄨㄥˊ 山西縣名：〈洪洞縣〉。

造詞 洞房、洞澈、洞穴、洞開／地洞、岩洞、無底洞／洞燭機先、洞房花燭夜。

同 孔、穴。

水部6畫

洗

ㄒㄧˇ ①用水除掉汙垢：〈洗澡、洗衣〉②伸雪冤屈、恥辱：〈洗冤〉③趕盡殺絕：〈洗城〉。

ㄒㄧㄢˇ ①官名：〈洗馬〉②姓。

造詞 洗劫、洗腎、洗刷、洗塵、洗禮、洗濯、洗手、洗滌／清洗、乾洗、梳洗、盥洗／洗手不幹、洗耳恭聽、洗心革面、囊空如洗。

水部6畫

活

ㄏㄨㄛˊ ①生計：〈賣文為活、過活〉②工作：〈趕活〉③生存：〈好死不如賴活〉④救命：〈活人無算〉⑤有生命的：〈活期存款〉⑦生動不呆板：〈活潑〉⑧通靈的：〈活佛〉⑨逼真的：〈活像一隻老虎〉⑩靈巧的：〈活用〉⑪很、應：〈活該、活像〉。

造詞 活力、活頁、活寶、活動、活躍、活門、活塞、活字版／快活、復活、靈活、苟活／活龍活現、尋死覓活、自作孽不可活。

同 生。

反 死、亡。

水部6畫

洽

洽　丶 丷 氵 氵丿 氵人 氵亼 氵合 洽

ㄑㄧㄚˋ　①商量：〈接洽、洽商〉②和諧、和睦：〈融洽〉③周遍的：〈博洽〉。

造詞 洽聞／商洽、協洽。

水部6畫

派

派　丶 丷 氵 氵厂 氵𠂆 氵𠂢 派

ㄆㄞˋ　①人、事和學術的分支流別：〈學派、黨派〉②西洋的一種點心食品：〈檸檬派、蘋果派〉③差遣：〈派員參加、派兵〉④分配：〈輪派〉⑤斥責：〈派他的不是〉。

造詞 派令、派系、派別、派遣、派頭、派對、派任、派出所／分派、幫派、正派、流派。

同 黨。

水部6畫

洶

洶　丶 丷 氵 氵勹 氵匈 洶 洶

ㄒㄩㄥ　水勢很大：〈洶湧、洶洶〉。

造詞 來勢洶洶、波濤洶湧。

請注意：又可寫成「汹」。「汹」是「洶」的異體字。

水部6畫

洛

洛　丶 丷 氵 氵夂 氵夂 洛 洛

ㄌㄨㄛˋ　①水名，在陝西省：〈洛水〉②地名，在河南省：〈洛陽〉③姓。

造詞 河洛、京洛／洛陽紙貴。

水部6畫

洒

洒　丶 丷 氵 氵一 氵丆 氵丙 洒 洒

ㄙㄚˇ　①同「灑」，散布：〈洒水、洒掃〉②自稱詞，就是「我」：〈洒家〉。

ㄒㄧˇ　通「洗」，用水清洗東西：〈洒刷〉。

ㄒㄧㄢˇ　崇敬的樣子：〈洒如〉。

ㄘㄨㄟˇ　高峻：〈新臺有洒〉。

造詞 瀟洒。

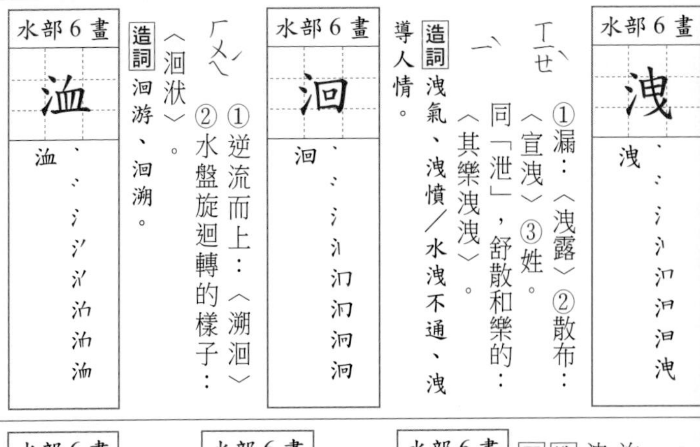

水部6畫 **洩**

ㄒㄧㄝˋ ①漏：〈洩露〉②散布：〈宣洩〉③姓。

ㄧˋ 同「泄」，舒散和樂的：〈其樂洩洩〉。

造詞 洩氣、洩憤／水洩不通、洩導人情。

水部6畫 **洄**

ㄏㄨㄟˊ ①逆流而上：〈溯洄〉②水盤旋迴轉的樣子：〈洄洑〉。

造詞 洄游、洄溯。

水部6畫 **洫**

ㄒㄩˋ ①田間的小水道：〈溝洫〉②護城河：〈經城洫〉③水門：〈方梁石洫〉④洩放：〈滿者洫之〉。

造詞 城洫、田洫。

同 減。

水部6畫 **洙**

ㄓㄨ 水名，在山東省，泗水的支流。

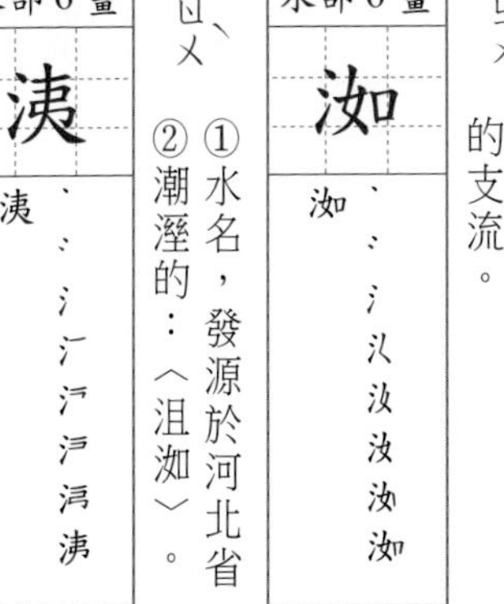

水部6畫 **洳**

ㄖㄨˋ ①水名，發源於河北省 ②潮溼的：〈沮洳〉。

水部6畫 **洟**

ㄧˊ 鼻涕：〈垂涕洟〉。

請注意：「洟」、「咦」、「荑」、「痍」、「胰」，音同義不同：「咦」表示驚訝的詞；「荑」是芟刈（ㄕㄢ ㄧˋ，割草）；「痍」是創傷；「胰」是胰臟。

水部7畫 **浪**

ㄌㄤˋ ①大的水波：〈海浪、波浪〉②因振動而起伏不定的東西：〈聲浪、稻浪〉③放縱：〈放浪形骸〉④飄泊不定的：〈浪人〉⑤不真實的：〈浪得虛名〉⑥水名，在湖北省：〈滄浪〉。

造詞 浪費、浪漫、浪子、浪蕩／巨浪、風浪、流浪／乘風破浪、驚濤駭浪、無風不起浪。

水部7畫

涕

涕涕

丶 冫 氵 氵 氵 浐 浐 浐 涕

ㄊㄧˋ ①鼻水：〈鼻涕〉②眼淚：〈流涕〉。

造詞 涕泗、涕泣、涕零／感涕、悲涕、垂涕／涕泗縱橫、痛哭流涕。

請注意：「涕」和「泗」不同：「涕」有時解釋成「眼淚」，有時解釋成「鼻液」；而「泗」有「鼻液」和水名的意思。

水部7畫

消

消消

丶 冫 氵 氵 氵 氵 氵 消

ㄒㄧㄠ ①除去：〈消毒、消災〉②從有變成沒有：〈消失〉③溶化：〈冰消瓦解〉④散失：〈煙消雲散〉⑤打發時間：〈消遣〉⑥需要：〈不消你說、只消二天〉⑦消耗花費：〈消費〉⑧享用：〈無福消受〉。

造詞 消息、消化、消弭、消除、消滅、消極、消磨、消防／撤消、取消、香消／一筆勾消、香消玉殞。

水部7畫

涇

涇涇

丶 冫 氵 氵 汀 沉 沤 涇

ㄐㄧㄥ 水名，發源於甘肅，流入陝西，再注入渭河：〈涇河〉。

造詞 涇渭不分。

水部7畫

浦

浦浦

丶 冫 氵 汀 汀 洧 洧 浦

ㄆㄨˇ ①水邊或河流入海的地方：〈江浦、浦口〉②姓。

水部7畫

浸

浸浸

丶 冫 氵 汀 浔 浔 浔 浸

ㄐㄧㄣˋ ①把東西泡在液體裡：〈浸泡、浸淫〉②逐漸的：〈浸漸〉。

造詞 浸染、浸透、浸衰、浸漬／沉浸、涵浸。

同 漬。

水部7畫

海

海海

丶 冫 氵 氵 汇 汇 海 海

ㄏㄞˇ ①地球上的水域，比洋小，多位於大陸邊緣：〈南海、東海〉②內陸的鹹水湖：〈青海〉③很多的人或事物聚在一起：〈人山人海〉④領域：〈學海無涯、苦海無邊〉⑤廣大的：〈海量〉⑥姓。

造詞 海外、海防、海拔、海洋、海軍、海峽、海鮮、海嘯、海灣、海灘、海產、海港、海報、海運、海關、海難／雲海、領海、火海、沿海、宦海、內海、公海、跳海／海闊天空、海枯石爛、海誓山盟、海市蜃樓、海角天涯、海底撈針、排山倒海、石沉大海。

水部7畫

浙

浙　浙

ㄓㄜˋ　①江名，即浙江，在浙江省，東流入東海②省名，即「浙江省」的簡稱。

水部7畫

涓

涓　涓

ㄐㄩㄢ　①細流：〈涓流〉②選擇：〈涓吉日〉③細微的：〈涓塵〉④清潔的：〈涓潔〉。

造詞 涓滴、涓埃、涓人。

水部7畫

浬

浬　浬

ㄌㄧˇ　海里的簡稱，是計算海面距離的單位，英美制一浬約等於一・八五公里。

水部7畫

涉

涉　涉

ㄕㄜˋ　①徒步過河：〈涉水〉②乘船渡水：〈遠涉重洋〉③經歷：〈涉險、涉世未深〉④牽連：〈涉及刑案、牽涉〉⑤姓。

ㄉㄧㄝˊ　通「蹀」、「喋」，踐踏前行：〈涉血〉。

造詞 涉足、涉獵、涉嫌／旁涉、跋涉、干涉、交涉。

水部7畫

浮

浮　浮

ㄈㄨˊ　①漂在水面上：〈漂浮〉②超過：〈人浮於世〉③空虛、不切實際：〈浮名、浮文〉④不沉著：〈浮躁〉⑤表面的：〈浮土〉⑥飄流的：〈浮雲〉⑦附著而不固定的：〈浮貼〉。

造詞 浮力、浮動、浮華、浮生、浮標、浮雕、浮沉、虛浮、輕浮、飄浮、幽浮／浮光掠影、浮生若夢。

反 沉。

水部7畫

浚

浚　浚

ㄐㄩㄣˋ　①水名，在山東省：〈浚河〉②疏通或挖深水道：〈浚溝渠〉③榨取：〈浚利〉

④大大的：〈夙夜浚明〉。

造詞 疏浚。

水部 7 畫

浴

ㄩˋ ①洗澡：〈沐浴〉②浸：〈浴血〉③姓。

造詞 浴室、浴場、浴巾、浴缸／入浴、淋浴。

水部 7 畫

浩

ㄏㄠˋ ①廣大的：〈浩大、浩劫〉②繁多的：〈浩如煙海〉③姓。

造詞 浩氣、浩然、浩汗／浩浩湯湯、浩浩蕩蕩。

請注意：「浩」與「誥」、「梏」不同：「誥」音ㄍㄠˋ，是上告下的文體；「梏」音ㄍㄨˋ，是古代刑具，就是手銬。

水部 7 畫

浹

ㄐㄧㄚˊ ①溼透：〈汗流浹背〉②包融：〈浹萬物之變〉③透過：〈淪肌浹髓〉。

水部 7 畫

涅

ㄋㄧㄝˋ ①水名，一在河南省，一在山西省：〈涅水〉②一種黑色染料③染黑：〈涅面、涅而不緇〉。

造詞 涅槃。

水部 7 畫

浞

ㄓㄨㄛˊ 人名，是夏朝有窮國君后羿的宰相，殺后羿後自立掌政，最後被少康消滅：〈寒浞〉。

水部 7 畫

涔

ㄘㄣˊ ①積水：〈涔旱〉②流下：〈淚涔涔〉。

同 潸（ㄕㄢ）。

水部 7 畫

涂

ㄊㄨˊ ①通「塗」，道路：〈五溝五涂〉②姓。

造詞 涂月。

同 塗、涂。

水部 7 畫

浣

ㄨㄢˇ ①古時候每十天休沐一次，因此稱十日為「浣」，一個月分上浣、中浣、下浣②洗滌：〈浣紗〉。

造詞 浣腸、浣衣、浣熊。

水部7畫

涘

ㄙˋ　水邊：〈在河之涘〉。

造詞 河涘、水涘、涯涘。

水部7畫

浥

ㄧˋ　潤溼：〈浥潤、渭城朝雨浥輕塵〉。

水部7畫

浯

ㄨˊ　①水名，發源於山東省，流入濰水②在湖南祁陽縣，北入湘水：〈浯溪〉。

水部8畫

涎

ㄒㄧㄢˊ　①口水：〈垂涎三尺〉②厚著臉皮：〈涎皮賴臉〉。

造詞 涎臉、涎沫、涎瞪／蝸涎、流涎、口涎、唾涎。

水部8畫

涼

ㄌㄧㄤˊ　①風寒：〈著涼、受涼〉②國名，東晉十六國中有前涼、後涼③比喻失望、灰心：〈涼了半截〉④溫度低但不太冷：〈涼爽〉⑤淡薄：〈世態炎涼〉⑥姓。

ㄌㄧㄤˋ　放在通風處使溫度降低：〈把茶涼一下〉。

造詞 涼亭、涼快、涼拌、涼鞋／清涼、淒涼、冰涼、荒涼、納涼。

水部8畫

淳

ㄔㄨㄣˊ　①濃厚的：〈淳酒〉②樸實：〈淳樸〉③偉大的：〈淳耀敦大〉。

造詞 淳厚、淳良／溫淳、忠淳、清淳。

請注意：凡有濃厚意思的都可用「淳」或「醇」，但「甲醇」不可寫成「甲淳」。

水部8畫

淙

ㄘㄨㄥˊ　流水的聲音：〈泉水淙淙〉。

請注意：「淙」與「崇」不同，「崇」音ㄔㄨㄥˊ，山高的意思，引申為尊敬、重視。

水部8畫

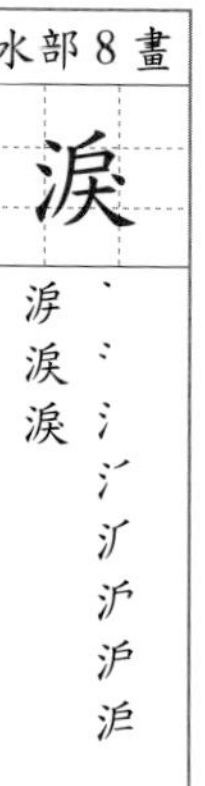

ㄌㄟˋ　眼中流出的液體：〈淚水、淚珠〉。

造詞 淚光、淚痕、淚腺、淚涔涔／熱淚、落淚、眼淚、血淚／淚如泉湧、淚如雨下。

請注意：「淚」與「唳」、「捩」不同：「唳」音ㄌㄧˋ，指鳥類高聲鳴叫。「捩」音ㄌㄧㄝˋ，指事物的關鍵，例如：轉捩點。

水部8畫

液

ㄧㄝˋ　沒有固定形狀的流體物質：〈血液、溶液〉。

造詞 液化、液體、液態、液胞／胃液、唾液、汁液、粘液。

請注意：「液」與「腋」、「掖」不同：肩與臂交接的下方部位為「腋」；「掖」音ㄧˋ，扶持、幫助的意思。

水部8畫

淡

ㄉㄢˋ　①稀薄、不濃厚：〈清淡〉②不旺盛的：〈淡季〉③態度不熱心：〈冷淡〉④不鹹的：〈淡水〉⑤色淺的：〈淡黃色〉。

造詞 淡忘、淡泊、淡薄、淡漠／濃淡、平淡、疏淡、沖淡／淡而無味。

反 濃、厚、鹹。

水部8畫

淌

ㄊㄤˇ　流下、流出：〈淌淚〉。

造詞 淌汗、淌血。

水部8畫

淤

ㄩ　①沉澱的濁泥：〈溝淤〉②阻塞不通：〈淤塞、淤積〉③凝積不流動的：〈淤血〉④汙濁的：〈淤泥〉。

造詞 淤沙、淤河、淤淺。

水部8畫

添

ㄊㄧㄢ　增加：〈添設、增添、添補〉。

造詞 添丁、添置、添加、添購／平添、加添、多添／那堪愁上又添愁。

同 增、加。

水部8畫
淺
丶 冫 氵 氵 汽 汽 浅 浅 浅 淺 淺 淺

ㄑㄧㄢˇ ①不深、距離近：〈淺海、淺灘〉②才學不夠深厚：〈淺見〉③容易：〈淺顯〉④交往不久：〈交淺言深〉⑤薄、不厚：〈緣淺〉⑥少量的、稍微的：〈淺嘗〉⑦顏色淡的：〈淺黃〉。

ㄐㄧㄢ 水流急促的：〈淺淺〉。

造詞 淺陋、淺近、淺薄、淺水／深淺、膚淺、擱淺、粗淺／受益匪淺、才疏學淺。

反 深。

水部8畫
清
丶 冫 氵 氵 氵 汢 洼 洼 清 清 清

ㄑㄧㄥ ①朝代名，由滿族人建立，是中國最後一個王朝，被國父推翻②整理：〈清掃〉③除去：〈肅清〉④潔淨的：〈清潔、清流〉⑤公正廉明的：〈清廉〉⑥寂靜：〈冷清〉⑦純粹的、單一的：〈清一色〉⑧明白：〈清楚、點清人數〉。

造詞 清冊、清白、清晨、清爽、清苦、清償、清晰、清寒、清高、清醒、清單、清新／血清、澄清、自清、太清／清湯掛麵、清心寡欲、清歌妙舞、旁觀者清。

反 濁。

水部8畫
淇
丶 冫 氵 氵 汁 汁 泔 泔 湛 淇 淇

ㄑㄧˊ 水名，在河南省：〈淇水〉。

水部8畫
淋
丶 冫 氵 氵 汁 汁 沐 沐 淋 淋 淋

ㄌㄧㄣˊ ①由淋球菌所傳染的泌尿器官的疾病：〈淋病〉②澆水：〈淋浴〉③溼透的樣子：〈溼淋淋〉④過濾：〈過淋〉⑤被雨水澆溼：〈渾身淋透了〉。

造詞 淋漓盡致。

水部8畫
涯
丶 冫 氵 氵 汀 沂 沂 沂 涯 涯 涯

ㄧㄚˊ ①水邊：〈其無津涯〉②邊遠的地方：〈天涯海角〉③窮盡：〈學海無涯〉。

造詞 涯際／邊涯、生涯、水涯／咫尺天涯、浪跡天涯。

水部8畫
淑
丶 冫 氵 氵 氵 汁 汁 汁 汁 汁 淑

ㄕㄨˊ ①改善、變化成美好的：〈淑世〉②善良、美好的：〈淑女〉③稱讚女人的品德：〈賢淑〉。

造詞 淑世主義、遇人不淑。

同 善。

涮 水部8畫

丶 冫 氵 氵 汀 沪 泂 泂 涮 涮 涮

ㄕㄨㄢˋ ①沖洗：〈涮杯子〉②把生肉片等食物放入滾水裡燙一下就取出來蘸作料吃：〈涮羊肉〉。

淞 水部8畫

丶 冫 氵 氵 汁 汁 沐 沐 淞 淞 淞

ㄙㄨㄥ 江名，在江蘇省：〈吳淞江〉。

淹 水部8畫

丶 冫 氵 氵 汏 汏 汝 洨 洨 淹 淹

ㄧㄢ 大水滿過其他東西，浸沒：〈淹沒、淹水〉。

請注意：「淹沒」僅指被水覆蓋，「湮沒」則包含他物，例如：荒草、灰塵等。

涸 水部8畫

丶 冫 氵 汌 汌 泂 泂 涸 涸 涸 涸

ㄏㄜˊ 水乾枯：〈乾涸、枯涸〉。

造詞 涸轍鮒魚。

混 水部8畫

丶 冫 氵 氵 汩 泪 泪 泪 混 混 混

ㄏㄨㄣˋ ①摻雜：〈混合、混為一談〉②敷衍、苟且：〈混日子〉③冒充：〈魚目混珠〉④同「渾」，水不清澈的樣子：〈混濁〉⑤糊塗，不明事理：〈混球〉⑥雜亂的：〈混亂〉。

ㄎㄨㄣ 古代的西戎國名：〈混夷〉。

造詞 混沌、混淆、混戰、混雜／含混、鬼混、蒙混、廝混／混水摸魚、混身解數、混淆不清。

淵 水部8畫

丶 冫 氵 氵 沪 沪 泚 淵 淵 淵 淵

ㄩㄢ ①深水：〈深淵、臨淵履薄〉②精深：〈淵博〉。

造詞 淵源、淵藪。

淅 水部8畫

丶 冫 氵 氵 汁 汁 沐 沐 淅 淅 淅

ㄒㄧ ①水名，在河南省：〈淅水〉②淘米水：〈接淅而行〉③形容風聲、雨聲：〈淅瀝〉。

淒 水部8畫

丶 冫 氵 氵 浔 浔 浔 淒 淒 淒 淒

ㄑㄧ ①寒冷的：〈淒冷的風、淒風苦雨〉②通「悽」，悲傷：〈淒慘、淒愴〉。

造詞 淒涼、淒厲、淒切、淒清／悲淒、哀淒、幽淒。

水部8畫

渚

丶 冫 氵 氵一 汁 汢 沬 渚 渚 渚 渚

ㄓㄨˇ 水中的小塊陸地：〈沙渚、江渚、洲渚〉。

同 陼。

水部8畫

涵

丶 冫 氵 氵了 汀 汊 沊 涵 涵 涵 涵

ㄏㄢˊ ①通水的大陰溝：〈涵洞、橋涵〉②包容：〈包涵、涵義〉③水澤多：〈涵澤〉④沉浸：〈涵泳〉。

造詞 涵蓋、涵養、涵容／海涵、內涵。

水部8畫

淫

丶 冫 氵 氵丿 氵⺈ 氵爫 氵爫 淫 淫 淫 淫

ㄧㄣˊ ①不正當的男女關係：〈淫亂、賣淫〉②迷惑：〈富貴不能淫〉③沉湎：〈浸淫其中〉④行為放蕩的：〈淫婦、淫娃〉⑤久而不止的：〈淫雨霏霏〉⑥過甚的、邪惡的：〈淫威〉⑦過度的：〈淫奢〉。

造詞 淫辭、淫佚、淫蕩、淫穢／姦淫、浸淫、荒淫。

水部8畫

淘

丶 冫 氵 氵丿 沟 沟 沟 沟 淘 淘 淘

ㄊㄠˊ ①洗去雜質：〈淘米〉②去除不好的：〈淘汰〉③清除淤泥或汙穢：〈淘井〉④頑皮的：〈淘氣〉。

造詞 姊妹淘、樂淘淘。

水部8畫

淪

丶 冫 氵 氵丿 氵人 氵亼 氵合 氵合 淪 淪 淪

ㄌㄨㄣˊ ①沉沒、陷下去：〈沉淪、淪為盜賊〉②滅亡：〈淪亡、淪喪〉③陷於不好的狀況：〈淪落〉。

造詞 淪陷。

水部8畫

深

丶 冫 氵 氵丶 氵冖 氵穴 氵罙 深 深 深 深

ㄕㄣ ①從上到下或從裡到外的距離很大：〈水很深、深海、深井〉②困難的、精奧的：〈道理很深、題目太深〉③濃厚的：〈情深〉④形容時間久、晚：〈夜深了、年深月久〉⑤很、非常：〈深信、深得人緣〉。

造詞 深切、深沉、深刻、深淵、深造、深思、深度、深淺／高深、艱深、幽深／深謀遠慮、深惡痛絕、深入淺出、深藏不露、交淺言深、舐犢情深、博大精深、綆短汲深、莫測高深、一往情深。

反 淺、淡。

水部8畫

淮

ㄏㄨㄞˊ　水名，發源於河南：〈淮河〉。

水部8畫

淨

ㄐㄧㄥˋ　①京劇角色名，俗稱「花臉」②洗清：〈淨面、洗淨、淨手〉③清潔的：〈乾淨〉④一無所有的：〈一乾二淨〉⑤純粹的：〈淨值、淨重〉⑥只：〈淨說不做〉⑦全都：〈遍地淨是落花〉。

造詞 淨化、淨土、淨賺、淨利／明淨、潔淨、澄淨／窗明几淨、六根清淨。

水部8畫

淆

ㄧㄠˊ　混雜錯亂：〈混淆、淆亂〉。

水部8畫

淄

ㄗ　①水名，在山東省：〈淄水〉②黑色的：〈涅而不淄〉。

水部8畫

淀

ㄉㄧㄢˋ　①河名，即河北的大清河：〈淀河〉②清淺的河流或湖泊的水域③通「靛」，染料的一種：〈淀藍〉。

水部8畫

淬

ㄘㄨㄟˋ　①打造刀劍時，燒紅後立即浸入水中，可增加硬度和強度：〈清水淬其鋒、淬火〉②浸染：〈以藥淬之〉③比喻發憤自勵：〈淬礪〉。

水部8畫

淩

ㄌㄧㄥˊ　①同「凌」，侵犯：〈淩犯〉②姓。

造詞 淩虛、淩誶。

水部8畫

涿

ㄓㄨㄛˊ　①縣名，在河北省②滴下的水滴：〈一涿〉。

水部8畫

淖

ㄋㄠˋ ①爛汙的泥：〈泥淖、淖濘〉②柔和的：〈淖約、淖弱〉③姓。

水部8畫

淥

ㄌㄨˋ ①水名，發源於江西，流入湖南：〈淥水〉②通「漉」，水慢慢滲下③水澄清的：〈淥水〉。

水部8畫

淝

ㄈㄟˊ 水名，在安徽省：〈淝水〉。

水部8畫

淼

ㄇㄧㄠˇ 水廣大貌：〈淼淼、淼茫、淼漫〉。

水部8畫

淶

ㄌㄞˊ 水名，發源於河北省。

水部9畫

港

ㄍㄤˇ ①海灣深曲處，可以停泊船隻的口岸：〈台中港、花蓮港〉②香港的簡稱：〈港九地區、港澳同胞〉。

造詞 港口、港灣、港埠、港務局／漁港、軍港、海港、不凍港。

水部9畫

游

ㄧㄡˊ ①江河的段落：〈上游、中游、下游〉②浮在水上向前移動：〈游泳〉③涵泳：〈游於藝〉④浮動的：〈游俠、游資〉⑤姓。

造詞 游離、游擊／游談無根、游移不定、力爭上游。

水部9畫

湔

ㄐㄧㄢ ①水名，在四川省：〈湔江〉②洗刷、洗滌：〈湔雪、湔洗〉。

水部9畫

渡

ㄉㄨˋ ①坐船過河的地方：〈津渡、渡口〉②由這岸到那岸：〈橫渡、渡江〉③越過、通過：〈渡難關〉④拯救：〈普渡眾生〉。

造詞 渡假、渡海、渡船、渡輪／引渡、讓渡、過渡、濟渡／渡人渡己、桃花過渡。

水部9畫

湧

ㄩㄥˇ ①水向上冒出：〈文思泉湧、湧出〉②像水一樣向上冒出：〈風起雲湧、新愁湧上心頭〉。

造詞 湧起、湧現、湧潮／洶湧、滾湧、泉湧、騰湧。

請注意：「湧」與「涌」不同。「涌」只用於「水向上冒出」的意思。

水部9畫

湊

ㄘㄡˋ ①聚集在一起：〈湊合、湊在一起〉②挨近：〈湊上去、湊前一步〉③將就：〈湊合著用〉④碰巧：〈湊巧〉。

造詞 湊數、湊足、湊趣、湊熱鬧／七拼八湊。

水部9畫

渠

ㄑㄩˊ ①人工挖掘的水道：〈溝渠、渠道〉②他：〈渠輩、渠等〉③大的：〈渠魁〉④姓。

造詞 水渠、河渠、運渠。

水部9畫

渥

ㄨㄛˋ ①用濃液塗抹、浸潤：〈渥丹〉②深厚的：〈優渥、渥恩〉。

水部9畫

渣

ㄓㄚ ①物質提煉出汁液後剩下來的東西：〈油渣、豆腐渣、渣滓〉②塊狀的東西：〈煤渣子〉。

水部9畫

減

ㄐㄧㄢˇ ①算數四則之一，扣除的意思，符號為「－」：〈六減二等於四〉②從全部中免除一部分：〈減免學雜費、減刑〉③降低程度：〈減色、減弱〉④姓。

造詞 減低、減速、減肥、減輕、減價、減退、減省／縮減、衰減、增減、遞減。

反 加。

水部9畫　湛

ㄓㄢˋ ①水名，在河南省：〈湛水〉②深厚：〈湛藍、技術精湛〉③清澄、清楚：〈湖水清湛、神志湛然〉④姓。

ㄉㄢ 同「耽」，逸樂。

ㄔㄣˊ 通「沉」，沉沒。

水部9畫　湘

ㄒㄧㄤ ①地名，湖南省的簡稱：〈湘黔鐵路〉②水名：〈湘江〉。

水部9畫　渤

ㄅㄛˊ 海名，在我國東北，為山東、遼東半島環抱而成的海域：〈渤海〉。

水部9畫　湖

ㄏㄨˊ ①匯集大水的地方：〈洞庭湖、鄱陽湖〉②湖北、湖南的簡稱：〈湖廣〉。

造詞 湖泊、湖澤、湖田、湖鹽／鹽湖、江湖、西湖、鹹水湖／湖光山色。

水部9畫　湮

ㄧㄣ ①埋沒：〈湮沒、湮滅〉②同「堙」，堵塞：〈河道久湮、湮塞〉③久遠的：〈湮遠〉。

造詞 湮滅不彰。

水部9畫　渲

ㄒㄩㄢˋ ①繪畫方法之一，在畫紙塗上墨或顏料後，用水筆淋擦，使色彩濃淡適宜②用語言、文字誇大事實：〈渲染〉。

水部9畫　渭

ㄨㄟˋ 水名，發源於甘肅省，經陝西省流入黃河：〈渭河〉。

水部9畫
渦
丶 丶 氵 氵 汌 沪 泂 泂 泂 渦 渦 渦 渦

ㄨㄛ ①水急流旋轉形成中央較低的地方：〈漩渦〉②臉頰上像漩渦的小凹點：〈酒渦〉③姓。

ㄍㄨㄛ 水名，發源於河南省：〈渦河〉。

造詞 渦輪、渦蟲、渦口。

水部9畫
湯
丶 丶 氵 氵 沪 沪 沪 沪 浧 浧 湯 湯 湯

ㄊㄤ ①食物加水後煮成的汁液：〈蛋花湯、玉米湯〉②熱水：〈赴湯蹈火、見善如探湯〉③中藥方劑之一：〈四物湯〉④姓。

ㄕㄤ 水流盛大的樣子：〈江水湯湯〉。

造詞 湯匙、湯圓、湯藥、湯汁／喝湯、黃湯、熱湯。

水部9畫
渴
丶 丶 氵 氵 沪 沪 沪 浧 渇 渇 渇 渴

ㄎㄜˇ ①口乾想喝水：〈口渴、解渴〉②迫切的：〈渴望、渴念〉。

ㄏㄜˊ 楚越方言，水的反流為渴：〈袁家渴記〉。

造詞 渴慕、渴求／飢渴、乾渴／望梅止渴、飲鴆止渴。

水部9畫
湍
丶 丶 氵 氵 氵 氵 氵 氵 浐 湍 湍 湍

ㄊㄨㄢ ①急流：〈急湍、飛湍、湍流〉②水流急速的：〈湍急〉。

水部9畫
渺
丶 丶 氵 氵 汌 汨 泪 泪 渞 渞 渺 渺

ㄇㄧㄠˇ ①微小的：〈微渺、渺小〉②形容水勢盛大、範圍很廣、距離很遠：〈浩渺、渺沔〉。

造詞 渺然、渺茫、渺渺／渺乎其微、渺不足道／細似輕絲渺似波、渺滄海之一粟。

請注意：輕視人家用「藐視」，不可寫作「渺視」。

水部9畫
測
丶 丶 氵 氵 汌 汌 泪 泪 浿 浿 浿 測

ㄘㄜˋ ①度量、計算：〈測量、測繪〉②了解：〈人心難測〉③推想：〈預測、推測〉。

造詞 測字、測驗、測度、測試／臆測、猜測、觀測、目測／居心叵測、變幻莫測。

滋 水部9畫 （筆順：…滋）

ㄗ ①繁殖、生長：〈滋生、滋長〉②潤澤：〈滋潤〉③感受：〈心中的滋味〉④味道：〈餅乾的滋味〉⑤成熟：〈五穀不滋〉⑥生、惹：〈滋事〉。

造詞 滋補、滋養、滋萌。

湃 水部9畫 （筆順：…湃）

ㄆㄞˋ 波浪相激，水勢洶湧的樣子：〈波濤澎湃、怒潮澎湃〉。

渝 水部9畫 （筆順：…渝）

ㄩˊ ①四川省重慶市的簡稱：〈成渝鐵路〉②改變：〈始終不渝、誓死不渝〉。

渾 水部9畫 （筆順：…渾）

ㄏㄨㄣˊ ①水不清：〈渾水、渾濁〉②全部的：〈渾身是汗、渾身發冷〉③糊塗、分不清是非：〈渾人、渾蛋〉。

ㄏㄨㄣˋ 通「混」，雜亂的：〈渾淆、渾天儀、渾元〉。

造詞 渾圓、渾家、渾然、渾厚／渾水摸魚、渾渾噩噩、渾身解數、渾然一體。

請注意：「渾」與「琿」、「諢」各因部首不同而意義不同：「琿」是一種美玉；「諢」音ㄏㄨㄣˋ，是戲弄的言辭。

渙 水部9畫 （筆順：…渙）

ㄏㄨㄢˋ 離散、散漫：〈人心渙散〉。

造詞 渙然冰釋。

溉 水部9畫 （筆順：…溉）

ㄍㄞˋ 引水灌田：〈灌溉〉。

湄 水部9畫 （筆順：…湄）

ㄇㄟˊ 水邊、河岸：〈水湄、海湄、江湄〉。

湲 水部9畫 （筆順：…湲）

ㄩㄢˊ 水流動的樣子：〈湲泓、潺湲〉。

水部9畫
湓
丶 丶 氵 氵 汃 汾 汾 湓 湓 湓 湓 湓

ㄆㄣˊ ①水名，在江西省 ②水滿溢出：〈湓溢〉。

水部9畫
湎
丶 丶 氵 氵 汇 沔 沔 沔 湎 湎 湎 湎

ㄇㄧㄢˇ 沉迷於酒：〈沉湎、流湎忘本〉。

水部9畫
湟
丶 丶 氵 氵 泊 泊 泊 湟 湟 湟 湟

ㄏㄨㄤˊ 水名，發源於青海省，經甘肅省。

水部9畫
渹
丶 丶 氵 氵 汋 汋 洵 洵 渹 渹 渹 渹

ㄏㄨㄥˊ 波浪相激盪的聲音。

水部9畫
湫
丶 丶 氵 氵 汙 汙 汙 湫 湫 湫 湫 湫

ㄐㄧㄡ ①水名：〈湫淵〉②積水的小池。

ㄐㄧㄠˇ 低溼狹小的地方：〈湫隘〉。

水部9畫
渫
丶 丶 氵 氵 汁 泄 泄 泄 渫 渫 渫 渫

ㄒㄧㄝˋ ①除去：〈井渫不食〉②分散：〈粟有所渫〉③汙濁的：〈卑辱奧渫〉。

ㄉㄧㄝˊ 浹渫。

水部9畫
渨
丶 丶 氵 氵 沪 沪 浬 浬 渨 渨 渨 渨

ㄨㄟ 通「隈」，水流彎曲的地方。

水部10畫
溶
丶 丶 氵 氵 氵 沪 沪 沪 浤 浤 溶 溶 溶

ㄖㄨㄥˊ 東西在水中化開：〈溶化、溶解〉。

造詞 溶液、溶劑、溶質、溶解度。

請注意：「溶」是物質消散在液體中，如：溶化、溶解。「融」是物體本身消散或變成一體，如：水和牛奶融合在一起。「熔」和火力有關，如：太陽熔化了柏油。

水部10畫
滂
丶 丶 氵 氵 汸 汸 汸 汸 滂 滂 滂 滂 滂

ㄆㄤˊ　形容水湧出來的樣子：〈滂湃〉。

造詞　滂沱大雨、涕泗滂沱。

水部 10 畫　溢

一ˋ　①水滿而流出來：〈溢出〉②過分的：〈溢美、溢譽、溢惡〉。

造詞　驕溢、滿溢、外溢、橫溢／熱情洋溢。

水部 10 畫　準

ㄓㄨㄣˇ　①依據的法則：〈標準、準則〉②人的鼻子：〈隆準〉③程度：〈水準〉④射箭的靶：〈準的〉⑤依照：〈準此辦理〉⑥使平正：〈平準〉⑦正確的：〈準確〉⑧將要成為的：〈準新娘、準博士〉⑨一定：〈他準會來、他準能完成〉⑩姓。

造詞　準時、準備、準頭／基準、瞄準、精準、算準。

水部 10 畫　溯

ㄙㄨˋ　①逆流而上：〈溯洄、溯水而上〉②回想：〈追溯、回溯〉③探求本源：〈溯源、不溯既往〉。

同　泝、遡。

水部 10 畫　滓

ㄗˇ　物品去除水分後剩下來的東西：〈渣滓〉。

水部 10 畫　溥

ㄆㄨˇ　①通「浦」，水邊地②普遍：〈溥天之下、溥被災害〉③廣大的：〈溥博〉④姓。

ㄈㄨ　通「敷」。

水部 10 畫　源

ㄩㄢˊ　①流水的出處：〈水源〉②事物的根本：〈根源、淵源〉③連續不斷的樣子：〈源源不斷〉④姓。

造詞　源流、源頭、源泉／起源、光源、資源、發源／左右逢源、飲水思源、正本清源、世外桃源。

水部 10 畫　溝

ㄍㄡ　①田間的水道：〈溝洫〉②平面上凹下去的長條

痕跡：〈車溝、用刀刻出一道溝〉③通，使雙方融洽：〈溝通〉。

造詞 溝渠、溝壑、溝塹、溝澗／代溝、鴻溝、城溝、排水溝。

請注意：「溝」泛指一切水道；「渠」是指人工所開鑿成的水溝。

水部 10 畫

滇

丶 冫 氵 氵 汁 汁 沽 沽 湞 湞 湞 湞 滇

ㄉㄧㄢ　雲南省的簡稱。

水部 10 畫

滅

丶 冫 氵 氵 沂 沂 泝 泝 泝 泝 滅 滅 滅

ㄇㄧㄝˋ　①熄火：〈滅火器、把火撲滅〉②淹沒：〈滅頂〉③除去：〈消滅、滅絕、滅跡〉④消逝：〈幻滅〉。

造詞 滅口、滅亡、滅種、滅門／潰滅、破滅、磨滅、撲滅、毀滅、泯滅、生滅、存滅／天誅地滅、自生自滅。

同 消、亡、沒。

水部 10 畫

溘

丶 冫 氵 氵 汁 汁 法 法 法 法 溘 溘 溘

ㄎㄜˋ　忽然、突然：〈溘然長逝〉。

水部 10 畫

溼

丶 冫 氵 氵 汀 沍 沍 沍 溼 溼 溼 溼 溼

ㄕ　①中醫的病名，因溼氣過大而致病：〈風溼、溼氣〉②沾上水：〈衣服溼了〉③水分多的樣子：〈潮溼、溼潤、溼淋淋〉。

造詞 溼度、溼疹、溼漉漉／淋溼、浸溼。

同 濕。

反 乾、燥。

水部 10 畫

溫

丶 冫 氵 氵 沪 沪 泗 泗 泗 溫 溫 溫 溫

ㄨㄣ　①暖，不冷不熱：〈溫泉、溫水〉②冷熱的程度：〈體溫、低溫〉③稍微加熱使暖和：〈溫酒〉④複習：〈溫故知新、溫習〉⑤柔和、暖和：〈溫柔、溫和〉⑥指人做事不爽快、不乾脆：〈溫吞〉⑦姓。

造詞 溫度、溫暖、溫馨、溫床、溫存、溫室、溫飽、溫帶／氣溫、常溫、保溫、室溫／溫文儒雅、溫柔敦厚。

同 暖、和。

反 寒、冷。

水部 10 畫

滑

丶 冫 氵 氵 汩 汩 汩 汩 滑 滑 滑 滑 滑

ㄏㄨㄚˊ ①溜著走：〈滑行、滑雪、滑水〉②跌倒：〈滑了一跤〉③光潤而順溜：〈光滑、滑溜溜的〉④狡詐不誠實：〈滑頭滑腦〉。

ㄍㄨˇ 有趣的：〈滑稽〉。

造詞 滑梯、滑輪、滑翔、滑潤／圓滑、平滑、油滑／老奸巨滑。

請注意：「滑稽」文言音唸ㄍㄨˇㄐㄧ，現在口語唸ㄏㄨㄚˊㄐㄧ。

溜

水部 10 畫

ㄌㄧㄡ ①滑行：〈溜冰、溜滑梯〉②悄悄的離開：〈溜之大吉、他溜走了〉③光滑：〈滑溜〉④瞟、看：〈溜他一眼〉。

ㄌㄧㄡˋ ①一道、一股：〈像一溜煙的走了〉②通「霤」，屋頂上流下來的雨水：〈玉溜檐下垂〉③通「遛」，沒事而隨便走走：〈溜達〉。

同 滑。

滄

水部 10 畫

ㄘㄤ ①通「蒼」，深水的顏色，暗綠色：〈滄海、滄江〉②寒、冷：〈滄滄涼涼〉。

造詞 滄桑、滄溟／滄海一粟、滄海遺珠、滄海月明珠有淚。

滔

水部 10 畫

ㄊㄠ ①瀰漫、充滿：〈罪惡滔天、白浪滔天〉②不絕的樣子：〈滔滔不絕、海浪滔滔〉。

請注意：「滔」與下列三字形似，意義卻不同：「搯」音ㄊㄠ，取出；「韜」音ㄊㄠ，藏匿；「淘」音ㄊㄠˊ，洗汰、挖深、疏通。

溪

水部 10 畫

ㄒㄧ 山間的小河：〈溪澗、溪水〉。

造詞 溪流、溪谷、溪畔／山溪、小溪、清溪、濁水溪。

同 谿。

溺

水部 10 畫

ㄋㄧˋ ①沒入水中：〈溺水、淹溺〉②沉迷：〈溺於酒色〉③過分而不當的：〈溺愛〉。

ㄋㄧㄠˋ ①通「尿」，小便：〈撒溺〉②排泄尿水：〈溺床〉。

造詞 溺死、溺職／沉溺、陷溺、

便溺、耽溺／人溺己溺。

水部10畫
溴
ㄒㄧㄡˋ 非金屬元素，為暗紅色有毒的液體，有臭味，能侵蝕皮膚。

水部10畫
溟
ㄇㄧㄥˊ ①古時稱「海」為溟：〈東溟、南溟〉②幽暗的：〈溟濛、溟海〉③小雨連綿的：〈密雨溟沐〉。

水部10畫
滕
ㄊㄥˊ ①春秋時的國名②縣名，在山東省③姓。

水部10畫
溷
ㄏㄨㄣˋ ①豬圈：〈豬溷〉②通「圂」，廁所③雜亂、混亂：〈溷淆、溷濁〉。

水部10畫
滎
ㄒㄧㄥˊ 縣名，在河南省：〈滎陽〉。
ㄧㄥˊ 縣名，在四川省：〈滎經〉。

水部10畫
溱
ㄓㄣ ①水名，發源於河南省②茂盛、盛多的樣子：〈室家溱溱、汗出溱溱〉。

水部10畫
滁
ㄔㄨˊ ①水名，發源於安徽省，在江蘇省注入長江：〈滁河〉②縣名，在安徽省。

水部10畫
溽
ㄖㄨˋ 潮溼的：〈溽暑〉。

水部10畫
溲
ㄙㄡ ①小便，尿：〈解溲〉②小解：〈溲尿〉。

水部11畫
漳

ㄓㄤ ①水名，在福建省：〈漳江〉②舊地名，就是現在福建省的龍溪縣：〈漳州〉。

水部 11 畫

演

、 : 氵 氵 氵 氵 氵 氵 氵 演 演 演 演 演

ㄧㄢˇ ①根據事理加以推演發揮：〈演說、演義〉②練習：〈演練、演習〉③當眾表演技藝：〈演奏、演唱、表演〉④不斷的發展、變化：〈演化〉⑤按照程式練習或計算：〈演算〉。

造詞 演員、演進、演變、演戲、演繹、演技、演出／主演、上演、導演、公演、開演、義演、試演、講演。

水部 11 畫

滾

、 : 氵 氵 氵 氵 氵 氵 氵 滾 滾 滾 滾 滾

ㄍㄨㄣˇ ①轉動、打轉：〈翻滾、打滾、滾雪球〉②沸騰：〈水滾了〉③罵人的詞，趕人離開的意思：〈滾開、你給我滾！〉④水流盛大的：〈滾滾遼河、長江滾滾〉⑤很、極：〈滾燙的水〉。

造詞 滾蛋、滾圓、滾動、滾熱／滾瓜爛熟。

水部 11 畫

滴

、 : 氵 氵 氵 氵 氵 氵 滴 滴 滴 滴 滴 滴

ㄉㄧ ①小水點：〈雨滴、汗滴〉②量詞，液體一點叫一滴：〈一滴露水〉③水珠掉落：〈滴水〉④液體一點一點往下掉落：〈滴淚、滴眼藥水〉⑤水滴落的聲音：〈滴里答拉〉。

造詞 滴管／水滴、點滴、涓滴／滴水穿石、垂涎欲滴。

同 點。

水部 11 畫

漩

、 : 氵 氵 氵 氵 氵 氵 漩 漩 漩 漩 漩 漩

ㄒㄩㄢˊ 旋轉的水流：〈漩澴、漩渦〉。

水部 11 畫

漾

、 : 氵 氵 氵 氵 氵 氵 漾 漾 漾 漾 漾 漾

ㄧㄤˋ ①水波搖動：〈蕩漾〉②液體溢出來：〈缸裡的水漾出來了〉。

造詞 漾舟、漾奶、漾漾。

水部 11 畫

漓

、 : 氵 氵 氵 氵 氵 氵 漓 漓 漓 漓 漓 漓

ㄌㄧˊ ①滲透的樣子：〈淋漓〉②通「醨」，淺薄的：〈風俗澆漓〉。

水部 11 畫

漠

丶 冫 氵 氵 汁 泔 泔 泔 泔 渲 漠 漠

ㄇㄛˋ ①廣大而沒有水草的沙地：〈沙漠〉②特指我國蒙古高原大沙漠：〈漠南漠北〉③不關心的：〈漠然置之〉④冷淡的：〈冷漠、漠視〉。

造詞 淡漠、空漠、荒漠、大漠／漠不關心。

水部 11 畫

漬

丶 冫 氵 氵 汁 洼 洼 洼 清 清 清 漬 漬 漬

ㄗˋ ①積在物品上的汙垢或汙痕：〈油漬、墨漬、茶漬〉②浸泡在液體中：〈浸漬〉③沾染：〈漬病、水漬貨〉。

造詞 風漬、泡漬、汙漬。

同 浸、染。

水部 11 畫

漏

丶 冫 氵 氵 沪 沪 沪 涡 漏 漏 漏 漏 漏

ㄌㄡˋ ①古代計時的器具：〈沙漏〉②從孔中或縫中流出或掉出：〈屋頂漏水〉③洩露：〈走漏風聲〉④逃避：〈漏稅〉⑤遺落、脫落：〈這一行漏了兩個字〉。

造詞 漏斗、漏夜、漏洞、漏氣／遺漏、脫漏、滲漏、屋漏／漏網之魚、漏脯充飢。

水部 11 畫

漂

丶 冫 氵 氵 汇 汀 沔 洒 洒 洒 漂 漂 漂 漂

ㄆㄧㄠ ①浮在水面上：〈漂流、漂浮〉②流動不定：〈漂泊〉。

ㄆㄧㄠˇ 使物品潔白：〈漂白〉。

ㄆㄧㄠˋ 美麗的：〈漂亮〉。

請注意：「漂」是在水上浮動，「飄」是在空中浮動，但是指「吹拂」的意思時，二字可以通用。

水部 11 畫

漢

丶 冫 氵 氵 汁 汁 泄 泄 泄 泄 渲 漢 漢 漢

ㄏㄢˋ ①種族名，我國五大民族之一：〈漢族〉②朝代名：〈漢朝〉③成年男子：〈漢子〉④水名，在湖北省：〈漢水〉⑤天河：〈銀漢、河漢〉⑥「中國」的別稱：〈漢字〉⑦漢族的：〈漢語〉。

造詞 漢化、漢奸、漢人、漢堡／醉漢、老漢、惡漢、流浪漢。

水部 11 畫

滿

丶 冫 氵 氵 汁 汁 泄 泄 泄 滿 滿 滿 滿 滿

ㄇㄢˇ ①種族名，我國五大民族之一：〈滿族〉②驕傲得意：〈自滿〉③到了一定的期限：〈期滿、假期已滿〉④盈滿、充足：〈客滿〉⑤全、遍：〈滿天星斗、滿地〉⑥認為很好：〈滿意〉⑦很、非常：〈滿好、他滿高興的、滿不在乎〉⑧姓。

造詞 滿足、滿月、滿心、滿身／圓滿、充滿、豐滿、飽滿／滿腹經綸、滿載而歸、滿目瘡痍、滿腔熱血、滿城風雨、滿腹牢騷／山雨欲來風滿樓。

反 損。

同 盈。

水部 11 畫

滯

、 冫 氵 氵一 汁 汁 汫 泄 泄 滯 滯 滯 滯 滯

ㄓˋ ①停留：〈久滯他鄉〉②積聚不流通：〈滯銷、停滯〉。

造詞 滯留、滯貨、滯流／呆滯、沉滯、積滯、凝滯。

水部 11 畫

漆

、 冫 氵 氵一 汁 汁 汏 沐 泍 洓 漆 漆 漆 漆

ㄑㄧ ①植物名。樹皮的黏汁可以做成塗料：〈漆樹〉②各種塗料的總稱：〈油漆〉③用漆塗抹：〈上漆、漆桌椅〉④形容非常黑暗：〈漆黑〉⑤姓。

造詞 漆器、漆皮／膠漆、光漆、水泥漆、反光漆／如膠似漆。

水部 11 畫

漱

、 冫 氵 氵 氵 汀 沪 洅 涑 涑 漱 漱 漱 漱

ㄕㄨˋ 嘴裡含水沖盪：〈盥漱、漱口〉。

水部 11 畫

漸

、 冫 氵 氵 氵 汀 沪 洹 洹 漸 漸 漸 漸 漸

ㄐㄧㄢ ①事物的開端：〈防微杜漸〉②慢慢的、一步一步的：〈漸入佳境、漸進〉③流入：〈西風東漸、東漸於海〉④浸染沾溼：〈漸染、漸漬〉。

造詞 漸有起色。

水部 11 畫

漲

、 冫 氵 氵 沪 沪 沪 沪 沪 漲 漲 漲 漲 漲

ㄓㄤˇ ①水量增加：〈漲潮〉②價格提高：〈漲價〉。

ㄓㄤˋ ①體積增大：〈豆子泡漲了〉②瀰漫：〈煙塵漲天〉③多出：〈漲出半尺布〉④充滿：〈臉漲紅了〉。

造詞 漲落、漲水、漲大／上漲、暴漲、高漲、飛漲／水漲船高、頭昏腦漲。

請注意：「漲」字指標準線增高時，音ㄓㄤˇ；有體積膨大、物體湧起時，音ㄓㄤˋ。

水部 11 畫

漣

ㄌㄧㄢˊ ①風吹水面所產生的波紋：〈漣漪、濯清漣而不妖〉②流淚的樣子：〈淚漣漣〉。

水部 11 畫

漕

ㄘㄠˊ ①河渠：〈通溝大漕〉②我國古代利用水道將各地的糧食運到京師：〈漕運、漕米〉③姓。

水部 11 畫

漫

ㄇㄢˋ ①水滿溢出來：〈水漫出來了〉②遍布的：〈漫山遍野〉③不受拘束：〈散漫、浪漫〉④隨意的：〈漫步〉⑤長遠的：〈路漫漫〉⑥充滿、滿布：〈漫天星斗〉⑦姓。

造詞 漫罵、漫談、漫遊、漫長／漫無止境、天真爛漫。

水部 11 畫

漪

ㄧ 水面上的波紋：〈漣漪〉。

水部 11 畫

漯

ㄊㄚˋ 水名，古代黃河的支流，注入渤海：〈漯河〉。

ㄌㄨㄛˋ 地名：〈漯河〉（在河南省）。

水部 11 畫

澈

ㄔㄜˋ ①明白、領悟：〈洞澈、大澈大悟〉②同「徹」，首尾貫通：〈澈底、貫澈〉③水清見底的樣子：〈清澈〉。

造詞 澈查、澈悟。

水部 11 畫

滬

ㄏㄨˋ ①上海市的簡稱：〈淞滬鐵路〉②水名，吳淞江的下游：〈滬瀆〉。

水部 11 畫

漁

ㄩˊ ①捕魚：〈漁獵、漁業〉②用不正當的手段取得：〈漁利〉③姓。

造詞 漁夫、漁村、漁港、漁船／捕魚、打漁／漁翁得利。

水部 11 畫

滲

ㄕㄣˋ ①液體慢慢的浸透或漏出：〈滲透〉②一種勢力逐漸侵入另一種勢力中：〈滲入〉。

水部 11 畫

滌

ㄉㄧˊ ①洗：〈洗滌〉②去除：〈滌除〉。

造詞 滌蕩、滌器、滌場。

同 洗、濯、清。

水部 11 畫

漿

ㄐㄧㄤ ①泛稱較濃的汁液：〈血漿、豆漿、米漿〉②食物中所含的汁液：〈果漿、肉漿〉③衣服洗後用粉汁或米汁浸過，使衣服乾後可以平挺：〈漿衣服〉。

ㄐㄧㄤˋ 通「糨」，黏稠的糊狀物：〈漿糊〉。

水部 11 畫

滸

ㄏㄨˇ ①水邊：〈在河之滸、水滸〉②描摹伐木聲：〈伐木滸滸〉。

水部 11 畫

漉

ㄌㄨˋ ①水慢慢的下滲：〈滲漉〉②滲出、溼潤：〈溼漉漉〉。

水部 11 畫

潁

ㄧㄥˇ 水名，源於河南，經安徽注入淮河：〈潁水〉。

水部 11 畫

滷

ㄌㄨˇ ①濃稠的湯汁：〈滷汁〉②通「鹵」，用鹹汁調製食物：〈滷蛋、滷牛肉〉。

水部 11 畫

滹

ㄏㄨ 水名，發源於山西省，東流為子牙河的上游，至天津入海：〈滹沱河〉。

水部 11 畫

滫

ㄒㄧㄡˇ 淘米的水。

潊
水部 11 畫

ㄒㄩˋ　水名，源於湖南省，北注入沅江，古名序水：〈潊水〉。

漚
水部 11 畫

ㄡˋ　在水中長時間的浸泡：〈衣服漚得都臭了〉。

ㄡ　①水泡：〈浮漚〉②通「鷗」，水禽名：〈有好漚鳥者〉。

潼
水部 12 畫

ㄊㄨㄥˊ　①水名，發源於四川省，注入涪江：〈梓潼〉②縣名，關名，在陝西省：〈潼關〉。

澄
水部 12 畫

ㄔㄥˊ　①使清：〈澄清水質、澄清誤會〉②水靜止而清澈：〈澄澈〉。

ㄉㄥˋ　①過濾：〈澄沙〉②將水中的雜質沉澱。

同 澂。

潑
水部 12 畫

ㄆㄛ　①猛力傾倒：〈潑水、潑油〉②凶悍、蠻橫、不講理的：〈潑婦、潑賊〉③生動有活力的：〈活潑〉。

造詞 潑辣、潑猴、潑冷水。

潦
水部 12 畫

ㄌㄧㄠˊ　①水名，發源於河南省：〈潦河〉②不整齊：〈潦草〉③不得意：〈潦倒〉。

ㄌㄠˇ　路上或溝中的積水：〈水潦〉。

ㄌㄠˋ　通「澇」，被水淹沒：〈比年水潦〉。

潔
水部 12 畫

ㄐㄧㄝˊ　①修養保持：〈潔身自好〉②乾淨：〈潔淨、整潔〉③端正的、不貪汙：〈廉潔〉。

造詞 潔白、潔癖／簡潔、純潔、貞潔、清潔／潔身自愛、冰清玉潔。

水部 12 畫

澆

丶 丶 氵 汁 汁 汢 浐 浐 浐 浐 浐 澆

ㄐㄧㄠ ①由上往下灑、灌：〈澆花〉②灌溉：〈澆田〉③輕薄的：〈澆風下黷〉。

造詞 澆薄、澆愁、澆鑄。

水部 12 畫

潭

丶 丶 氵 氵 汇 沔 洒 洒 洒 洒 潭 潭 潭

ㄊㄢˊ ①深水池：〈龍潭虎穴、日月潭〉②通「覃」，深的：〈潭奧〉。

造詞 潭府、潭第／水潭、江潭、寒潭、深潭。

水部 12 畫

潛

丶 丶 氵 氵 汇 泝 泝 泝 泝 泝 潛 潛 潛

ㄑㄧㄢˊ ①進入水中：〈潛水〉②躲起來、不露出來：〈潛藏、潛力〉③偷偷的、祕密的：〈同惡潛謀、潛逃〉。

造詞 潛伏、潛心、潛入、潛意識／潛移默化。

水部 12 畫

潸

丶 丶 氵 氵 汁 汁 沐 沐 淋 淋 淋 潸 潸 潸

ㄕㄢ 流淚的樣子：〈潸然淚下、淚潸潸〉。

水部 12 畫

潮

丶 丶 氵 氵 汁 汁 沽 沽 沽 淖 潮 潮 潮

ㄔㄠˊ ①海水受日月引力定期漲落的現象：〈潮汐〉②像潮水般洶湧起伏的情勢：〈思潮〉③水漲：〈海水上潮、漲潮〉④有一點溼：〈潮溼〉。

造詞 潮流、潮水、潮信、潮解／晚潮、退潮、怒潮、落潮、高潮、浪潮、風潮。

水部 12 畫

澎

丶 丶 氵 汇 汁 汁 汁 沽 沽 洁 淔 澎 澎

ㄆㄥˊ ①地名：〈澎湖群島〉②水波聲：〈澎湃〉。

水部 12 畫

潺

丶 丶 氵 汇 汇 沪 沪 沪 沪 潺 潺 潺 潺

ㄔㄢˊ 形容流水聲或雨聲：〈流水潺潺、水聲潺潺、雨聲潺潺〉。

造詞 潺湲。

水部 12 畫

潰

丶 丶 氵 氵 沪 沪 沪 沪 沪 潰 潰 潰 潰

ㄎㄨㄟˋ ①大水沖破堤防：〈潰決〉②腐爛：〈潰爛、潰瘍〉③散亂：〈潰散〉④突破：〈潰圍〉。

造詞 潰敗、潰退、潰陷、潰膿／決潰、崩潰、亂潰、洸潰／潰不成軍。

水部12畫　潤

ㄖㄨㄣˋ ①利益：〈利潤〉②修改、美化：〈潤飾〉③使不乾枯：〈潤喉〉④施予恩澤：〈功潤諸侯〉⑤報酬：〈潤筆〉⑥有水分而不乾枯：〈溼潤〉⑦細膩光滑的：〈潤澤〉。

造詞 潤色、潤滑、潤毫、潤滑劑／滋潤、豐潤、分潤、圓潤、光潤、浸潤、濡潤／珠圓玉潤。

水部12畫　澗

ㄐㄧㄢˋ 兩座山之間的流水：〈山澗、溪澗、于澗之中〉。

請注意：「溪」是山間的小河，而「澗」只是細細的小水流，比溪更小。

水部12畫　潘

ㄆㄢ ①淘（ㄊㄠˊ）過米的水②姓。

水部12畫　潢

ㄏㄨㄤˊ ①積水池：〈潢池〉②裝裱字畫或裝飾室內：〈裝潢〉。

同 璜。

水部12畫　澇

ㄌㄠˋ ①雨水過多而造成災害：〈防澇、十年九澇、莊稼澇了〉②被水淹沒：〈水澇〉③大的波浪④水名，在山西，注入汾水：〈澇水〉。

反 旱。

水部12畫　澉

ㄍㄢˇ ①地名，在浙江省：〈澉浦〉②洗滌：〈澹澉手足〉③姓。

水部12畫　潟

ㄒㄧˋ 含有鹽分或鹼性、不適宜耕種的土地：〈潟鹵〉。

造詞 潟湖。

水部12畫　潯

ㄒㄩㄣˊ ①水名，在廣西壯族自治區②水邊：〈江潯〉。

水部12畫

澍

ㄕㄨˋ ①來得正是時候的雨水：〈嘉澍〉②滋潤：〈澍濡〉。

水部12畫

澌

ㄙ ①完全消滅：〈澌滅〉②形容聲音散亂的：〈風雨澌澌〉。

水部13畫

濂

ㄌㄧㄢˊ ①水名，在江西省南部：〈濂江〉②水名，發源於湖南省：〈濂溪〉。

水部13畫

澱

ㄉㄧㄢˋ ①液體中下沉的渣滓或粉末：〈沉澱〉②一種有機化合物：〈澱粉〉③可作染料的藍色汁液，由藍葉製成，俗作「靛」。

水部13畫

澡

ㄗㄠˇ 清洗身體：〈洗澡〉。

造詞 澡堂、澡盆、澡頰。

請注意：「浴」本義是洗身，「沐」本義是洗頭，「澡」本義是洗手，現在則通稱「沐浴」是洗澡。

水部13畫

濃

ㄋㄨㄥˊ ①液體或氣體中所含的某種成分比較多：〈濃墨〉②形容味道、顏色、興趣等深厚：〈濃妝〉③表示程度上很深：〈興趣很濃、睡意正濃〉。

造詞 濃郁、濃厚、濃度、濃縮、濃密、濃綠、濃豔、濃林／情濃、酒濃／濃眉大眼、情深意濃。

同 深、厚。

反 淡、淺、薄。

水部13畫

澤

ㄗㄜˊ ①水流會合的地方：〈沼澤、湖澤、深山大澤〉②恩惠：〈恩澤、德澤〉③溼潤：〈潤澤〉④汗水、口水：

〈手澤、口澤〉⑤氣味：〈香澤襲人〉⑥光亮滑潤：〈光澤〉。

造詞 澤國／色澤、袍澤、美澤、遺澤。

水部 13 畫

濁

ㄓㄨㄛˊ ①不清潔的、不乾淨的：〈混濁、汙泥濁水〉②混亂：〈濁世〉③低沉粗重的：〈聲音重濁、濁音〉。

造詞 濁吏、濁聲、濁酒、濁浪／渾濁、溷濁、清濁。

反 清。

水部 13 畫

澧

ㄌㄧˇ 水名，一在湖南省，一在河南省：〈澧水〉。

水部 13 畫

澳

ㄠˋ ①可停泊船隻的天然港灣：〈南方澳、灣澳〉②洲名，即「澳大利亞」的簡稱③澳門的簡稱：〈港澳〉。

水部 13 畫

激

ㄐㄧ ①水流受阻礙、震動而向上湧起或加速：〈激水、激起浪花〉②衝撞：〈衝激〉③使感情衝動：〈刺激〉④有感而發：〈激於義憤〉⑤急劇的、強烈的：〈激戰、激變〉⑥姓。

造詞 激流、激怒、激勵、激動、激揚、激盪、激增、激昂、激將、激賞、激發、激素／感激、偏激、受激、憤激／激濁揚清、無限感激。

水部 13 畫

澹

ㄉㄢˋ ①通「淡」，淡薄的：〈澹泊〉②辛苦的樣子：〈慘澹經營〉。

ㄊㄢˊ 複姓：〈澹臺〉。

造詞 澹然、澹月、澹災／平澹、恬澹、濃澹、澄澹。

同 淡。

水部 13 畫

澠

ㄇㄧㄣˇ 水名，縣名，在河南省：〈澠河、澠池〉。

ㄕㄥˊ 水名，發源於山東省：〈澠水〉。

水部 13 畫

潞

ㄌㄨˋ　水名，發源於察哈爾省：〈潞河〉。

水部 13 畫

澮

ㄎㄨㄞˋ　①田間水溝：〈澮溝〉②水名，發源於山西省：〈澮水〉。

水部 13 畫

澶

ㄔㄢˊ　①古湖名，在河北省：〈澶淵〉②縱逸的：〈澶漫〉。

水部 14 畫

濘

ㄋㄧㄥˋ　①道路上淤積的汙水和爛泥：〈泥濘〉②稀糊的：〈濘泥、濘糊〉。

水部 14 畫

濱

ㄅㄧㄣ　①水邊：〈海濱、河濱、湖濱〉②臨近：〈濱海〉。

造詞 水濱、江濱、砂濱。

水部 14 畫

濟

ㄐㄧˋ　①渡河，過河：〈濟河〉②救助：〈救濟〉③助益：〈無濟於事〉。

ㄐㄧˇ　①水名，發源於河南省：〈濟水〉②地名，山東省省會：〈濟南〉③形容人多，陣容盛大的樣子：〈人才濟濟、濟濟一堂〉。

造詞 濟急、濟事、濟世、濟貧／經濟、接濟／濟弱扶傾、經世濟民、和衷共濟、同舟共濟。

水部 14 畫

濠

ㄏㄠˊ　①通「壕」，古代的護城河：〈城濠〉②戰場上挖的深溝：〈戰濠、濠溝〉③水名，在安徽省：〈濠水〉。

同 溝。

水部 14 畫

濛

ㄇㄥˊ　形容雨點細小：〈濛濛細雨〉。

造詞 空濛、迷濛、昏濛。

水部 14畫

濤

ㄊㄠˊ ①大的波浪：〈浪濤、波濤〉②像海浪沖擊的聲音：〈松濤〉。

水部 14畫

濫

ㄌㄢˋ ①水太多而滿出來：〈氾濫〉②浮泛、不新鮮：〈陳腔濫調〉③過度、沒有限制：〈濫用〉④隨意、輕率：〈濫伐、濫交〉。

造詞 濫殺、濫觴、濫施／濫竽充數、濫殺無辜。

請注意：「濫」和「亂」不同。「亂」是無秩序、無條理的意思。「桌上好亂」不能寫成「桌上好濫」。

水部 14畫

濯

ㄓㄨㄛˊ ①洗：〈濯足、洗濯〉②山上沒有草木的樣子，引申為人的頭上光禿無髮：〈童山濯濯〉。

同 洗、滌。

水部 14畫

澀

ㄙㄜˋ ①不潤滑：〈粗澀、輪軸發澀，該上油了〉②一種微苦、使舌頭感到麻木的味道：〈苦澀、酸澀〉③文字生硬難讀：〈晦澀、文字生澀〉。

造詞 艱澀、滯澀／阮囊羞澀。

請注意：「滯」是完全凝聚不通，「澀」是不滑順，但不至於不通。

水部 14畫

濬

ㄐㄩㄣˋ ①疏通或挖深水道：〈疏濬、濬河、濬川〉②深沉的：〈濬壑、濬池、濬哲〉。

水部 14畫

濡

ㄖㄨˊ ①沾染：〈耳濡目染〉②浸溼、沾溼：〈濡筆、濡溼〉。

同 染、沾。

水部 14畫

濰

ㄨㄟˊ ①水名，發源於山東省，注入渤海：〈濰河〉②縣名，在山東省：〈濰縣〉。

水部14畫

濮

ㄆㄨˊ ①古水名：〈濮水〉②種族名，為西南夷之一：〈百濮〉。

水部14畫

濩

ㄏㄨㄛˋ ①通「鑊」，烹煮東西用的大鍋②雨水從屋簷上向下流的樣子。

水部14畫

溼

ㄕ ①沾上水：〈溼答答、淋溼了〉②含水分的：〈潮溼、滿屋子的溼氣〉。

ㄒㄧˊ 低溼的地方。

造詞 溼度、溼疹、溼地、溼布／風溼、潤溼、浸溼。

水部15畫

瀉

ㄒㄧㄝˋ ①水向下急流：〈一瀉千里〉②排泄：〈上吐下瀉〉。

造詞 瀉藥、瀉肚子。

水部15畫

瀋

ㄕㄣˇ ①水汁：〈墨瀋未乾〉②遼寧省瀋陽市的簡稱。

水部15畫

濾

ㄌㄩˋ 使液體或氣體經過特殊裝置，除去所含的雜質：〈過濾〉。

造詞 濾紙、濾嘴、濾除、濾水器／滲濾、篩濾。

水部15畫

瀆

ㄉㄨˊ ①水溝：〈溝瀆〉②大的河川，江、河、淮、濟為四瀆：〈四瀆樓船泛〉③輕慢、對人不尊敬：〈冒瀆、褻瀆〉④打擾、煩擾：〈干瀆〉⑤姓。

ㄉㄡˋ 通「竇」。

造詞 瀆職、瀆犯。

同 溝、渠。

水部15畫

濺

ㄐㄧㄢˋ　液體受衝激而向四處飛散：〈水花四濺〉。

ㄐㄧㄢ　水流急速的樣子，水急流的聲音：〈黃河流水聲濺濺〉。

造詞　濺沫、濺淚。

水部 15 畫　瀑

ㄆㄨˋ　從山上懸崖陡坡傾瀉而下的流水，遠看好像垂下的白布：〈瀑布、飛瀑〉。

ㄅㄠˋ　①迅疾的：〈瀑雨〉（也可寫作「暴」雨）②水流激飛③姓。

水部 15 畫　瀏

ㄌㄧㄡˊ　①水名，在江蘇省：〈瀏河〉②清涼的：〈瀏若清風〉③快速而隨意的：〈瀏覽〉。

水部 15 畫　灤

ㄌㄨㄛˊ　①水名，在山東省：〈灤水〉②地名，在山東省：〈灤口鎮〉。

水部 16 畫　瀟

ㄒㄧㄠ　①水名，在湖南省：〈瀟水〉②形容風雨急驟的：〈風雨瀟瀟〉③形容人爽朗、不拘束的樣子：〈瀟灑〉。

水部 16 畫　瀨

ㄌㄞˋ　①淺可見底的水流：〈清瀨〉②水勢很急的河流：〈急瀨、怒瀨〉。

水部 16 畫　瀚

ㄏㄢˋ　廣大的樣子：〈浩瀚〉。

造詞　瀚海、瀚瀚。

水部 16 畫　瀝

ㄌㄧˋ　①水滴或酒滴：〈餘瀝〉②雨聲：〈淅瀝〉③過濾：〈瀝酒〉④水往下滴：〈把溼毛巾掛在架子上瀝乾〉。

造詞　瀝青、瀝血／披肝瀝膽。

水部 16 畫　瀕

ㄅㄧㄣ　①同「濱」，水邊：〈海瀕〉②靠近、將近：〈瀕海、瀕危〉。

造詞 瀕臨、瀕死。
同 濱。

瀛
水部16畫

一ㄥˊ 大海：〈瀛海〉。

造詞 瀛寰／東瀛、滄瀛。

瀘
水部16畫

ㄌㄨˊ ①水名，在四川省：〈瀘水〉②縣名，在四川省：〈瀘縣〉。

瀧
水部16畫

ㄌㄨㄥˊ ①湍急的河流：〈七里瀧、急瀧〉②形容水聲：〈瀧瀧〉。

ㄕㄨㄤ ①水名：〈瀧水〉②地名，在江西省：〈瀧岡〉。

瀣
水部16畫

ㄒㄧㄝˋ 露氣，夜間的水氣：〈沆瀣〉。

瀠
水部16畫

一ㄥˊ 水流迴旋的樣子：〈瀠洄〉。

瀾
水部17畫

ㄌㄢˊ 大的波浪：〈狂瀾、推波助瀾〉。

ㄌㄢˋ ①分散雜亂的樣子：〈瀾漫狼藉（ㄐㄧˊ）〉②洗米的水。

造詞 瀾汗、瀾漫、瀾瀾／巨瀾、波瀾／力挽狂瀾。

瀰
水部17畫

ㄇㄧˊ ①水滿的樣子，也是充滿的意思：〈煙霧瀰漫〉②水流盛滿的：〈河水瀰瀰〉。

瀲
水部17畫

ㄌㄧㄢˋ ①水邊：〈青蕃蔚乎翠瀲〉②水滿溢的：〈瀲灩〉。

瀹
水部17畫

ㄩㄝˋ ①用水煮東西：〈瀹茗〉②疏通水道：〈疏瀹、瀹濟漯〉。

水部 18畫

灌

ㄍㄨㄢˋ ①用水澆、灑：〈灌溉、灌田〉②注入、倒進去：〈灌腸、百川灌河、把水瓶灌滿〉③錄音：〈灌唱片〉④姓。

造詞 灌輸、灌注、灌醉、灌迷湯／澆灌、沃灌、浸灌、賜灌、強灌。

同 溉、注、澆。

水部 18畫

灃

ㄈㄥ　水名，在陝西省：〈灃水〉。

水部 18畫

灉

ㄩㄥ ①水名，在山東省：〈灉水〉②潰決流出又再流入的河水：〈灉沮會同〉。

水部 19畫

灑

ㄙㄚˇ ①把水潑散出來：〈灑水〉②東西散落：〈花生灑了一地〉③滴落：〈淚灑衣襟〉④洗：〈清灑〉⑤拋投：〈灑網捕魚〉。

造詞 灑脫、灑淚、灑掃。

水部 19畫

灘

ㄊㄢ ①水邊的沙地或石地：〈沙灘、海灘〉②水淺多石而水流很急的地方：〈險灘、急灘〉。

造詞 灘頭、上海灘。

水部 19畫

灕

ㄌㄧˊ　水名，發源於廣西省：〈灕江〉。

水部 21畫

灞

ㄅㄚˋ　水名，發源於陝西省：〈灞水〉。

水部 21畫

灝

ㄏㄠˋ　通「浩」，廣大的樣子。

水部 22畫

灣

ㄨㄢ ①水流彎曲的地方：〈河灣〉②海岸凹入可以停泊船隻的地方：〈港灣、膠州灣〉。

造詞 深灣、長灣、廣州灣。

水部 23 畫

灤

ㄌㄨㄢˊ 水名，發源於察哈爾省，經熱河、河北，注入渤海：〈灤河〉。

水部 24 畫

灨

ㄍㄢˋ 水名，在江西省，也稱「贛水」：〈灨江〉。

水部 28 畫

灩

ㄧㄢˋ ①險灘名，在四川省瞿塘峽口：〈灩澦堆〉②水滿溢的：〈瀲灩〉。

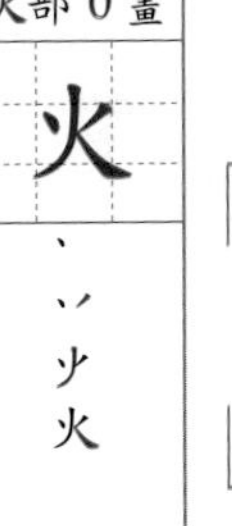

火部 ㄏㄨㄛˇ

火部 0 畫

火

丶 丷 少 火

ㄏㄨㄛˇ ①物體燃燒時所發出的光與熱：〈火花、火焰、失火〉②武器彈藥的總稱：〈軍火、火藥〉③五行之一：〈金木水火土〉④太陽系的九大行星之一：〈火星〉⑤中醫稱體內的熱：〈肝火〉⑥發怒、生氣：〈冒火、發火、他一火誰都不理了〉⑦紅色、像火一樣的顏色：〈火紅的太陽、火腿〉⑧緊急的：〈十萬火急〉⑨姓。

造詞 火山、火化、火光、火把、火災、火車、火柴、火候、火葬、火箭、火鍋、火雞／光火、烈火、野火、動火、烽火、無名火／火上加油、火冒三丈、火樹銀花、火燒眉毛。

火部 2 畫

灰

一 ナ 大 𡗗 灰

ㄏㄨㄟ ①物體燃燒後所殘餘的粉狀物：〈灰燼、菸灰〉②塵埃：〈灰塵、灰頭土臉、灰垢〉③「石灰」的簡稱④消沉：〈心灰意冷〉⑤淺黑色：〈灰色〉。

造詞 灰心、灰鼠、灰褐／石灰、紙灰、抹灰、骨灰／槁木死灰、萬念俱灰。

同 暗、塵。

火部 3 畫 **灶**

ㄗㄠˋ　用磚塊或石塊砌成，用來生火、煮食的設備：〈爐灶、鍋灶、火灶〉。

造詞 另起爐灶。

火部 3 畫 **灼**

ㄓㄨㄛˊ　①燒、燙：〈灼傷〉②透徹、明白：〈灼然〉③明顯的：〈真知灼見〉④明亮的樣子：〈目光灼灼〉⑤花朵盛開的樣子：〈桃之夭夭，灼灼其華〉⑥急切的：〈焦灼〉。

同 燒、炙。

火部 3 畫 **災**

ㄗㄞ　①泛指自然或人為所引起的禍害：〈天災、火災、水災、旱災〉②不幸的事情：〈無妄之災〉③遭受禍害的：〈災區、災民〉。

造詞 災害、災荒、災難。

同 害、殃。

火部 3 畫 **灸**

ㄐㄧㄡˇ　中醫的一種治療方法，用燃燒的艾絨灼烤患病部位或穴位，和扎針的治療法合稱為「針灸」。

火部 4 畫 **炎**

ㄧㄢˊ　①身體因感染細菌或病毒，而有發熱、腫痛等現象：〈發炎、腸炎、肝炎〉②天氣極熱的：〈炎熱、炎夏、炎陽高照〉。

造詞 炎天、炎炎、炎涼／世態炎涼、炎黃子孫。

同 熱。

火部 4 畫 **炕**

ㄎㄤˋ　①一種用磚塊或土坯砌成中空的長方形臥鋪，下面燒火，人睡在上面取暖的暖床：〈睡炕〉②用火烘烤：〈炕餅〉③乾燥、燠熱的：〈炕旱〉。

火部 4 畫 **炒**

ㄔㄠˇ　一種烹調法，把食物放在有適量油的鍋裡加熱，並不斷翻攪到熟為止：〈炒青菜、炒花生〉。

造詞 炒冷飯、炒魷魚。

火部4畫

炊

丶 丷 丬 火 火 炏 炊 炊

ㄔㄨㄟ　燒火煮飯菜：〈炊火、炊具、炊事、炊煙〉。

造詞 自炊、野炊、斷炊／炊煙裊裊、巧婦難為無米之炊。

火部4畫

炙

丿 ク 夕 夕 夕 夕 多 炙

ㄓˋ　①燒烤：〈炙肉〉②曬：〈日炙雨淋〉③比喻薰陶或影響：〈親炙、薰炙〉。

造詞 膾炙、燒炙／炙手可熱。

火部4畫

炔

丶 丷 丬 火 火 炉 炔 炔

ㄐㄩㄝˊ　化學名詞，碳氫化合物的一類，最常見的是「乙炔」，也稱「電石氣」。

火部4畫

炘

丶 丷 丬 火 火 炘 炘 炘

ㄒㄧㄣ　①炙熱的②火光盛大的樣子：〈炘炘〉。

火部5畫

炫

炫　丶 丷 丬 火 火 炉 炫 炫

ㄒㄩㄢˋ　①強光照耀：〈光彩炫目〉②誇耀：〈炫耀、炫示、自炫〉。

火部5畫

為

為　丶 丿 为 为 為 為 為 為

ㄨㄟˊ　①動作：〈作為、行為〉②做、行：〈事在人為、為善最樂〉③是：〈天下為公、失敗為成功之母〉④治理：〈禮讓為國、為政以德〉⑤當作：〈四海為家、指鹿為馬〉⑥變成：〈化整為零〉⑦被、受：〈不為利誘、不為所動〉⑧與：〈道不同不相為謀〉⑨表示詰問、感嘆的語尾助詞：〈予無所用天下為！〉。

ㄨㄟˋ　①幫助：〈為虎作倀〉②替：〈為人作嫁、為國爭光〉③與：〈不足為外人道也〉④表示行動的目的、原因：〈為正義而戰〉⑤提示原因的連接詞：〈為何、為什麼〉。

造詞 為人、為生、為伍、為善、

為政、為難／以為、因為、成為、認為、無為、有為／為非作歹、為所欲為、為國捐軀、為富不仁、為善最樂、胡作非為、大有可為、事在人為、何樂而不為。

火部5畫

炳

炳 丶 丷 火 火 灯 炳 炳 炳

ㄅㄧㄥˇ ①點燃：〈炳燭〉②閃耀：〈炳爍〉③光耀顯著的樣子：〈功業彪炳、炳著、炳蔚〉。

火部5畫

炬

炬 丶 丷 火 火 灯 炉 炬 炬

ㄐㄩˋ ①火把：〈自由的火炬、目光如炬〉②蠟燭：〈蠟炬、燭炬〉③用火焚燒：〈付之一炬〉。

火部5畫

炯

炯 丶 丷 火 火 灯 炉 炯 炯 炯

ㄐㄩㄥˇ ①明亮的、光明的：〈目光炯炯〉②明顯的：〈以昭炯戒〉。

火部5畫

炭

炭 丨 山 山 山 屵 屵 岸 炭

ㄊㄢˋ ①木材經過燃燒，除去氫、氧、雜質等，僅留下炭素，可用來當作燃料的物體：〈木炭、黑炭〉②古代植物長久埋在地下，逐漸變化分解而成的固體燃料，也就是「煤」：〈炭化、石炭〉③姓。

造詞 生靈塗炭、雪中送炭。

火部5畫

炸

炸 丶 丷 火 火 灯 炸 炸 炸

ㄓㄚˋ ①用火藥等爆破：〈轟炸、炸橋〉②東西爆烈：〈熱開水把玻璃杯炸破了〉③激怒：〈氣炸了〉。

ㄓㄚˊ 烹調方法的一種，將食物投入多量的熱油中，直到焦黃熟脆：〈炸雞腿〉。

造詞 炸彈、炸藥、炸毀、炸醬麵。

火部5畫

炮

炮 丶 丷 火 火 灯 灼 炮 炮

ㄆㄠˋ ①同「砲」，軍用武器：〈火炮、槍炮、高射炮〉②爆竹：〈鞭炮〉。

ㄆㄠˊ ①燒烤：〈炮肉〉②用火熬煉：〈炮煉、炮製〉③灼、燙：〈炮烙〉。

ㄅㄠ 烹調方法的一種，不放油或只用少量的油，乾炒食物：〈炮牛肉〉。

請注意：「如法炮製」一詞是比喻按現成的方法辦事，不可寫作「如法泡製」。

炷　火部5畫

ㄓㄨˋ ①油燈的燈芯②計算可燃、細長東西的量詞：〈一炷香、一炷燭〉③點燃：〈炷香〉。

炤　火部5畫

ㄓㄠˋ 同「照」，照耀：〈炤耀〉。

烊　火部6畫

ㄧㄤˊ ①通「煬」，用火熔化金屬：〈烊銅、烊錫〉②因潮溼而溶化：〈糖果放久了，都烊了〉③商店晚上關門休息：〈打烊〉。

烘　火部6畫

ㄏㄨㄥ ①用火烤乾溼物：〈烘衣物、烘乾〉②烤火取暖：〈烘手〉③從周圍或旁邊渲染，使主體或重點更加明顯：〈烘托、烘襯〉④熱的樣子：〈熱烘烘〉⑤熱烈的：〈鬧烘烘〉。

造詞 烘雲托月。

烤　火部6畫

ㄎㄠˇ ①利用火的輻射熱，慢慢燒熟食物：〈烤肉、烤麵包〉②用火取暖：〈烤火、烤手〉③用火烘乾：〈烤乾〉。

造詞 烤漆、烤箱。

烙　火部6畫

ㄌㄠˋ ①熨：〈烙衣服〉②使食物放在燒熱的器具上變熟：〈烙餅〉③用燒熱的鐵印燙在器物上：〈烙印〉。

ㄌㄨㄛˋ 用燒熱的金屬器物燒灼身體：〈炮烙〉。

烈　火部6畫

ㄌㄧㄝˋ ①功業：〈豐功偉烈〉②威力：〈餘烈〉③強猛的：〈猛烈、烈火、興高采烈〉④剛毅的：〈貞烈、剛烈〉⑤為正義而犧牲生命的：〈烈士、烈女〉⑥酷毒的：〈烈日、烈暑〉⑦聲勢浩大的：〈熱烈〉。

造詞 烈酒、烈焰、烈性／忠烈、

英烈、激烈、熾烈。

火部6畫
烏
丿 亻 户 户 白 乌 乌 乌 烏 烏

ㄨ ①「烏鴉」的簡稱②黑色的：〈烏雲密布〉③無：〈化為烏有〉④怎麼：〈烏能相提並論〉⑤通「嗚」，感嘆詞，通常與「乎」連用：〈烏乎哀哉〉⑥姓。

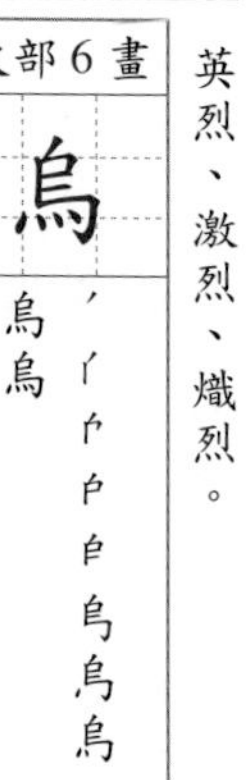

造詞 烏黑、烏賊、烏龜、烏溜溜、烏魚子、烏托邦／金烏、慈烏／烏合之眾、愛屋及烏。

火部6畫
烜
丶 丷 火 火 炉 炉 炬 烜 烜

ㄒㄩㄢˇ ①晒乾②顯著的：〈烜赫〉。

火部7畫
烹
丶 亠 亡 古 亨 亨 亨 亨 亨 烹 烹

ㄆㄥ ①燒煮：〈烹飪、烹調〉②被殺：〈狡兔死，走狗烹〉。

同 煮。

火部7畫
焊
丶 丷 火 火 火 炉 炉 焊 焊 焊 焊

ㄏㄢˋ 連接或修補金屬器物的方法：〈焊接、焊工〉。

火部7畫
焉
一 丅 下 正 正 正 焉 焉 焉 焉 焉

ㄧㄢ ①彼、之、它，指示代名詞：〈眾好之，必察焉〉②這裡、此：〈心不在焉〉③怎麼、哪裡：〈塞翁失馬，焉知非福〉④於：〈自然存焉天地之間〉⑤語末助詞，表示決定或疑問：〈善莫大焉〉⑥語末助詞，同「然」：〈心有戚戚焉〉。

火部7畫
烽
丶 丷 火 火 火 灼 炵 炵 烽 烽 烽

ㄈㄥ ①古代夜間以煙火為信號的邊防警報系統：〈夜舉烽〉②比喻戰亂：〈烽火連天〉。

火部7畫
烷
丶 丷 火 火 火 灾 灾 烷 烷 烷 烷

ㄨㄢˊ 有機化學中，指具飽合鏈的碳氫化合物：〈甲烷〉。

火部7畫
烴
丶 丷 火 火 火 炉 炉 炉 炬 烴 烴

ㄑㄧㄥ　化學名詞，是碳氫化合物的簡稱。

火部7畫
烯
丶 丷 ⺌ 火 火' 火'' 炉 炉 烯 烯 烯

ㄒㄧ　有機化學中，代表不飽和的碳氫化合物：〈乙烯、丙烯〉。

火部8畫
焙
丶 丷 ⺌ 火 火' 火' 炉 炉 炉 炉 焙 焙

ㄅㄟˋ　用微火烘烤：〈焙茶、焙乾〉。

火部8畫
焚
一 十 才 木 木 村 材 林 林 林 梦 焚

ㄈㄣˊ　①燃燒：〈焚燒、焚香、玩火自焚〉②乾熱的：〈焚風〉。

造詞 焚化、焚掠／焚書坑儒、焚琴煮鶴、玉石俱焚、憂心如焚。

同 燒。

火部8畫
焦
丿 亻 亻' 亻' 亻' 什 隹 隹 焦 焦 焦 焦

ㄐㄧㄠ　①物品被燒烤後發出的臭味稱「焦」②著急、憂慮：〈焦慮、心焦〉③枯乾的：〈焦黑、舌蔽脣焦〉④物體經火烤或油炸後，變黃變酥的樣子：〈烤焦、燒焦〉⑤姓。

造詞 焦土、焦炭、焦急、焦點／枯焦／焦頭爛額、口乾舌焦。

同 急、煩。

火部8畫
煮
一 + 土 耂 耂 者 者 者 者 者 者 煮

ㄓㄨˇ　把東西放在水裡烹熟：〈煮麵、烹煮、火煮、煮沸〉。

造詞 煮字療飢。

火部8畫
焰
丶 丷 ⺌ 火 火' 炒 炒 炒 炒 焰 焰 焰

ㄧㄢˋ　①物體燃燒時發光發熱的部分：〈火焰、烈焰〉②氣勢很盛的：〈氣焰逼人〉。

火部8畫
無
丿 𠂉 𠂉 午 午 無 無 無 無 無 無 無

ㄨˊ　①與「有」相對，空虛：〈無中生有〉②沒有：〈毫無頭緒、有去無回、有始無終〉③通「毋」，禁止：〈無庸諱言〉④不論：〈事無大小，都由他去〉⑤不：〈無記名投票、無偏無私〉⑥未：〈無之有也〉。

ㄇㄛˊ　佛家稱合掌行禮為「南無」。

造詞 無干、無上、無比、無形、無妨、無法、無限、無為、無效、無恙、無恥、無聊、無視、無辜、無端、無故、無數、無窮、無論、無關、無花果、無所謂、無線電／空無、虛無、絕無／無人問津、無孔不入、無可奈何、無可厚非、無出其右、無利可圖、無法無天、無所適從、無的放矢、無拘無束、無名小卒、無地自容、無妄之災、無足輕重、無奇不有、無事生非、無依無靠、無所事事、無病呻吟、無能為力、無動於衷、無惡不作、無理取鬧、無傷大雅、無微不至、無精打采、無與倫比、無論如何、無影無蹤、無獨有偶、無懈可擊、無濟於事、可有可無、聊勝於無、無可無不可、無巧不成書、無事不登三寶殿。

同 沒、不。

火部 8 畫

然

ノ ク タ タ 夕一 外 外 外 然 然 然 然

ㄖㄢˊ ①如此、這樣：〈不盡然、不然、知其然、果然〉②是的、對的：〈不以為然〉③但是、可是：〈然而、她雖漂亮，然性情古怪〉④轉折連接詞：〈雖然〉⑤形容詞或副詞的語尾助詞：〈欣然、渾然、泰然、偶然〉⑥姓。

造詞 然後、然則／天然、自然、未然、必然、依然、仍然、公然、斐然、超然、茫然、悠然、固然／一目了然、大義凜然、毛骨悚然、道貌岸然、興味索然、順其自然、處之泰然、理所當然、知其然而不知其所以然。

同 是。

火部 8 畫

焯

ˋ ˊ 丬 火 灬 灬 灬 灬 灬 焯 焯 焯 焯

ㄓㄨㄛˊ 通「灼」，光明、明顯：〈焯見、焯爍〉。

火部 8 畫

焠

ˋ ˊ 丬 火 灬 灬 灬 灬 灬 焠 焠 焠 焠

ㄘㄨㄟˋ ①燒灼：〈焠掌〉②通「淬」，打造刀劍時，燒紅後立即浸入水中，取出再搥打，使刀劍更堅固剛硬。

火部 8 畫

焱

ˋ ˊ 丬 火 火 炏 炏 炏 焱 焱 焱 焱

ㄧㄢˋ ①火花②光彩的樣子：〈焱焱〉。

火部 9 畫

煎

ˋ ˊ 丷 广 前 前 前 前 前 前 前 前 煎

ㄐㄧㄢ ①烹調方法的一種，用少量的油烹熟食物：〈煎魚、煎蛋〉②熬乾汁液：〈煎藥〉③逼迫：〈煎逼〉④痛苦的：〈煎熬〉。

火部 9畫

煙

、 丷 丬 火 灯 灯 炉 炳 炳 炳 烟 烟 煙

一ㄢ ①物質燃燒時所產生的氣體：〈炊煙、煙囪〉②指山嵐、水氣、雲霧等氣體：〈雲煙、暮煙、煙霧〉③菸草的製成品：〈香煙、抽煙〉④「鴉片」的簡稱。

造詞 煙花、煙草、煙火／人煙、戒煙、輕煙、濃煙、禁煙／煙消雲散、煙波浩渺。

火部 9畫

煩

、 丷 丬 火 灯 灯 灯 炘 炘 炘 煩 煩 煩

ㄈㄢˊ ①瑣碎的事：〈不怕煩〉②請別人做事的敬詞：〈煩您轉交〉③雜亂、瑣碎的：〈煩瑣、要言不煩〉④躁悶的：〈煩惱、煩慮、煩躁〉。

造詞 煩心、煩冗、煩言、煩勞、煩囂、煩惱絲／厭煩、麻煩、頻煩／不勝其煩。

同 悶、勞、亂。

請注意：「煩」是指心情的紛亂；「繁」是指事物龐雜。

火部 9畫

煤

、 丷 丬 火 灯 灶 灶 灶 炠 炠 煤 煤 煤

ㄇㄟˊ 古代植物久埋於地下，經過長時間而形成黑色、堅硬、像石頭一樣的礦物質燃料：〈煤炭、煤礦、煤球、煤層〉。

造詞 煤油、煤氣。

火部 9畫

煉

、 丷 丬 火 灯 灯 炉 炉 炉 炣 炣 煉 煉

ㄌㄧㄢˋ ①用加熱等方法使物質變成堅韌或純淨：〈煉鋼、煉製〉②中醫用火慢慢熬製藥石、藥材：〈煉丹、煉藥〉③用心琢磨，使字句精美簡潔：〈煉字、煉句〉。

造詞 煉乳／提煉、冶煉、精煉、鍛煉。

火部 9畫

照

丨 冂 日 日 旫 昭 昭 昭 昭 照 照 照 照

ㄓㄠˋ ①陽光：〈夕照、殘照〉②相片：〈近照、玉照、照片〉③憑證：〈護照、執照〉④光線投射：〈照射、陽光普照〉⑤有反光作用的東西把物體的形象反映出來：〈攬鏡自照、照鏡子〉⑥依據、模擬：〈依照、仿照〉⑦向著、對著：〈照著靶心射擊〉⑧知道、明白：〈心照不宣〉⑨看顧：〈照顧、照應〉⑩核對：〈對照〉⑪通知：〈照會〉⑫拍攝影像：〈照相〉。

造詞 照例、照拂、照料、照常、照辦、照耀、照樣、照舊／拍

照、查照、參照／照本宣科、肝膽相照。

同 作、據、按。

火部9畫

煜

ㄩˋ　①照耀、閃耀②光明盛大的樣子：〈煜煜〉。

火部9畫

煬

ㄧㄤˊ　①通「烊」，熔化金屬：〈煬鐵、煬錫〉②火勢猛烈的樣子。

火部9畫

煦

ㄒㄩˇ　①暖氣：〈朝煦〉②溫暖的：〈春風和煦、煦日〉。

火部9畫

煌

ㄏㄨㄤˊ　光明的：〈金碧輝煌、煌煌〉。

火部9畫

煥

ㄏㄨㄢˋ　光明、光亮的樣子：〈煥然一新、煥發、照煥〉。

火部9畫

煞

ㄕㄚˋ　①凶神：〈惡煞〉②俗稱死後回家的靈魂：〈回煞〉③凶惡的：〈煞氣、煞星〉④極、甚、非常：〈煞費苦心、煞有介事〉。

ㄕㄚ　①減除：〈煞暑氣、煞溼氣〉②縛緊：〈把腰帶煞緊〉③結束：〈煞尾〉④停住：〈煞車〉⑤語助詞，同「啊」：〈氣煞我也〉。

造詞 煞是、煞住／一筆抹煞、凶神惡煞。

請注意：當「極、甚、非常」解釋時，「殺」與「煞」可通用。

火部9畫

煲

ㄅㄠ　①廣東話稱鍋子為「煲」②用小火烹煮食物：〈雞煲飯〉。

火部9畫

煢

ㄑㄩㄥˊ　孤單的樣子：〈煢子無依、煢居、煢獨〉。

火部 9 畫

煣

ㄖㄡˊ　用火烘烤木材，使其彎曲：〈煣木〉。

火部 9 畫

煨

ㄨㄟ　①把食物埋在火紅的熱灰中燒熟：〈煨地瓜、煨栗子〉②用微火慢慢燒煮：〈煨牛肉〉。

火部 9 畫

煒

ㄨㄟˇ　顏色紅而鮮豔的。

火部 10 畫

熔

ㄖㄨㄥˊ　通「鎔」，用高溫把物質從固體化為液體：〈熔解、熔化、熔鑄〉。

請注意：「熔」是指金屬的熔解，「融」是指非金屬的化解。

火部 10 畫

熙

ㄒㄧ　①光明的樣子：〈熙天曜日〉②和樂的：〈雍熙、熙熙〉③廣大眾多的樣子：〈熙來攘往、熙熙攘攘〉。

造詞　和熙、春熙、康熙。

火部 10 畫

煽

ㄕㄢ　①同「搧」，搖動扇子，使火旺盛：〈煽風點火、煽爐火〉②用言語或行動鼓動別人：〈煽動、煽惑〉。

火部 10 畫

熊

ㄒㄩㄥˊ　①哺乳類動物，身體肥大，四肢粗短，毛密而硬，一般是黑色，也有棕色的。寒帶地方有白熊，俗稱「狗熊」②光明的樣子：〈熊熊烈火〉③姓。

造詞　熊心豹膽。

火部 10 畫

熄

ㄒㄧˊ　滅火：〈熄火、熄燈、熄滅〉。

同　滅。

火部 10 畫

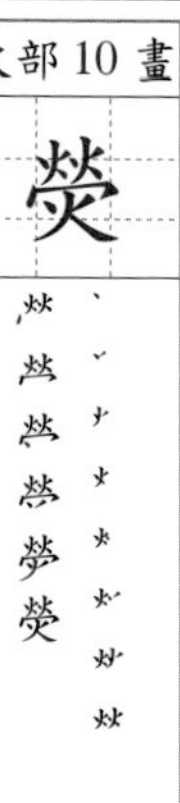

一ㄥˊ　①眩惑、迷亂：〈熒惑〉②光線微弱的樣子：〈熒熒、熒燭〉③亮光閃爍的樣子：〈熒熒、熒煌〉。

火部 10 畫

熏

ㄒㄩㄣ　①用煙火烤燒食物：〈熏雞、熏魚〉②氣味發散：〈臭氣熏天〉③煙氣沾染在東西上：〈爐火熏黑了牆〉④感動：〈眾口熏天〉⑤嚴厲斥責：〈他熏了我一頓〉⑥溫和的、和暖的：〈熏風〉⑦毒氣傷人：〈不要被煤氣熏著了〉⑧指人的名聲惡劣，人人都知道：〈他的名聲熏透了〉。

造詞 熏香、熏爐。

火部 10 畫

熅

ㄩㄣˋ　有濃煙而看不到火苗的：〈熅火、熅熅〉。

火部 11 畫

熟

ㄕㄡˊ　①農作物生長到可收成的程度：〈一年三熟、瓜熟蒂落〉②事情發展到接近完成的階段：〈時機成熟〉③非常有經驗的：〈純熟、熟手〉④不陌生的、認識的：〈熟人、耳熟能詳、熟悉〉⑤加工過的：〈熟石灰、熟鐵〉⑥食物煮到可以吃的程度：〈飯煮熟了〉⑦深入的狀態：〈熟睡〉⑧詳細的、精密的：〈深思熟慮〉。

造詞 熟食、熟練、熟諳、熟識／早熟、稔熟、記熟、嫻熟、習熟、圓熟／熟能生巧、滾瓜爛熟、駕輕就熟。

火部 11 畫

熬

ㄠˊ　①乾煎：〈熬豬油〉②長時間煮：〈熬小米粥、熬藥〉③勉強支撐：〈熬夜、熬下去、煎熬〉④用慢火悶煮東西：〈熬白菜、熬煮〉⑤懊惱不高興：〈錢包丟了，真叫人熬心〉。

同 煮。

火部 11 畫

熱

ㄖㄜˋ　①與「冷」相對，溫度高：〈冷熱〉②物理學名詞，是一種能量：〈輻射熱〉③使溫度升高：〈把菜熱一熱〉

④溫度高的：〈熱帶、熱氣〉⑤親切、誠懇的：〈熱情、熱心〉⑥受歡迎的：〈熱貨、熱門〉⑦急切想得到：〈熱中、熱切〉⑧旺盛：〈熱鬧〉⑨即刻的：〈打鐵趁熱〉⑩姓。

造詞 熱血、熱烈、熱衷、熱狗、熱淚、熱愛、熱潮、熱絡、熱量、熱戰、熱騰騰／火熱、白熱、狂熱、炎熱、悶熱、溫熱、炙熱、解熱、發熱、酷熱、熾熱／熱血沸騰、水深火熱、炙手可熱。

反 冷。

熨

火部 11 畫

㇇ ㇇ 尸 尸 尸 尸 尸 尸 尉 尉 尉 尉 尉 熨 熨

ㄩㄣˋ ①藉熱力燙平衣服的用具：〈熨斗〉②用烙鐵、熨斗把物品或衣服壓平：〈熨衣服〉。

ㄩˋ ①事情辦妥：〈熨帖〉②妥切的：〈熨貼〉。

熠

火部 11 畫

丶 丷 火 火 灯 灯 灯 灯 熠 熠 熠 熠 熠 熠 熠

ㄧˋ 光亮的樣子：〈熠熠、熠燿〉。

熾

火部 12 畫

丶 丷 火 火 火 火 火 炉 炉 焙 焙 焙 熾 熾 熾 熾

ㄔˋ ①燒：〈熾炭〉②火勢盛大的樣子：〈熾熱、熾烈〉③熱烈、旺盛的樣子：〈隆熾、旺熾〉。

同 熱。

燉

火部 12 畫

丶 丷 火 火 火 火 火 炉 炉 焞 焞 焞 燉 燉 燉 燉

ㄉㄨㄣˋ ①烹調方法的一種，把食物放在湯汁裡，用小火慢慢煮爛：〈燉雞湯〉②把物品盛在碗或器皿中，再放進水裡加熱：〈燉酒、燉藥〉。

ㄉㄨㄣ 燉煌，地名，同「敦煌」。

燙

火部 12 畫

丶 丶 氵 氵 氵 氵 氵 氵 浬 湯 湯 湯 湯 湯 湯 燙

ㄊㄤˋ ①被火或高熱灼痛或灼傷：〈燙手、燙傷〉②用熱水或火使物體的溫度升高：〈燙酒、燙菜〉③利用高溫改變物體的形態：〈燙頭髮〉④極熱：〈這碗湯很燙〉。

造詞 燙金、燙手貨。

燒

火部 12 畫

丶 丷 火 火 灶 灶 灶 灶 烓 烓 烓 焼 燒 燒 燒 燒

ㄕㄠ ①身體溫度升高的病變：〈發燒、高燒〉②「燒酒」的簡稱，烈性酒：〈高粱燒〉③用火使東西著火：〈燃燒、燒香〉④烹煮：〈燒飯〉

⑤譏諷別人得意忘形：〈他發了財，燒得誰也不認得了〉⑥烘烤的：〈燒餅、燒雞〉。

造詞 燒杯、燒毀、燒賣、燒紙／焚燒、延燒。

同 煮、燃。

火部 12 畫

燈

ㄉㄥ ①發光照明的用具：〈電燈、日光燈、煤油燈〉②佛教稱佛法為「燈」：〈傳燈〉。

造詞 燈光、燈塔、燈謎、燈籠／花燈、街燈、神燈、檯燈。

火部 12 畫

燐

ㄌㄧㄣˊ ①通「磷」，一種化學元素②鬼火：〈燐火、鬼燐〉。

火部 12 畫

燕

ㄧㄢˋ ①鳥名。翅膀尖而長，尾巴分開像剪刀，春天飛向北方，秋天飛回南方，俗稱「燕子」②安適的樣子：〈燕居〉。

ㄧㄢ ①古代國名，戰國七雄之一②河北省的簡稱③姓。

造詞 燕享、燕窩、燕尾服／飛燕、歸燕／乳燕歸巢。

火部 12 畫

熹

ㄒㄧ ①微明的陽光：〈熹微、晨熹〉②光明的。

火部 12 畫

燎

ㄌㄧㄠˊ ①火把：〈燎炬、庭燎〉②放火：〈燎火〉③烘烤：〈燎衣〉④明亮的樣子⑤焚燒⑥太靠近火而燒焦毛髮：〈別燎了頭髮〉⑦皮膚燙傷後所起的水泡：〈燎泡、燎漿泡〉⑧延燒：〈星星之火可以燎原〉。

火部 12 畫

燃

ㄖㄢˊ ①焚燒、燒起火焰：〈燃燒〉②引火點著：〈燃柴、燃燈、燃放〉③可供燃燒的：〈燃料〉。

造詞 燃眉之急、死灰復燃。

反 熄、滅。

火部 12 畫

燄

ㄧㄢˋ ①火光微燃的樣子②比喻氣勢：〈氣燄〉。

請注意：「燄」也可以寫作「焰」，都有火苗和氣勢的意思。

火部 12 畫

燜

ㄇㄣˋ 烹調方法的一種，把食物放在有水的鍋中，蓋緊鍋蓋，用小火慢慢燒煮，不使食物的味道散出：〈燜肉〉。

火部 12 畫

燔

ㄈㄢˊ ①通「膰」，祭祀用的熟肉：〈燔肉〉②焚燒。

火部 12 畫

燖

ㄒㄩㄣˊ ①用熱水燙毛，使毛容易脫落：〈燖雞〉②用火把東西煮熟。

火部 12 畫

燁

ㄧㄝˋ 光彩奪目的樣子：〈燁然〉。

同 曄、燿。

火部 12 畫

燋

ㄐㄧㄠ ①火把②通「焦」，燒焦：〈燋釜爍石〉③同「焦」，急亂：〈燋頭爛額〉。

火部 13 畫

燧

ㄙㄨㄟˋ ①古代取火的器具：〈鑽燧取火、木燧、燧石〉②古代邊防，用來告警、傳遞訊息的煙火：〈烽燧〉③火把：〈燧象〉。

造詞 燧人氏。

火部 13 畫

營

ㄧㄥˊ ①軍隊駐紮的地方：〈軍營、兵營、安營紮寨〉②我國陸軍的編制之一，介於「團」與「連」之間：〈憲兵營、步兵營〉③從事某種活動的臨時編組：〈夏令營〉④謀求：〈營利、營救〉⑤辦理：〈公營、民營〉⑥姓。

造詞 營生、營求、營建、營帳、

營隊、營業、營養、營造／國營、陣營、露營／步步為營、慘澹經營。

同 做。

火部13畫

燮

ㄒㄧㄝˋ ①調和：〈燮和、燮理陰陽〉②姓。

火部13畫

燥

ㄗㄠˋ ①乾，缺乏水分：〈乾燥、燥熱〉②焦急不安的：〈燥灼、急燥〉。

ㄙㄠˋ 方言，指細切的肉：〈肉燥〉。

造詞 枯燥、焦燥／口乾舌燥。

火部13畫

燦

ㄘㄢˋ 光彩鮮明、耀眼的樣子：〈燦爛奪目、明燦、璀燦〉。

火部13畫

燭

ㄓㄨˊ ①用蠟和油製成，用來點火發光的物品：〈火燭、蠟燭〉②計算光度的單位：〈燭光〉③照耀：〈火光燭天〉④看透：〈洞燭機先〉⑤姓。

造詞 花燭、殘燭、秉燭。

火部13畫

燬

ㄏㄨㄟˇ 被火燒掉：〈燒燬、焚燬、銷燬〉。

火部13畫

燴

ㄏㄨㄟˋ 烹調方法的一種，混和湯汁烹煮，至湯少時再加以勾芡：〈燴三鮮、燴牛肉〉。

火部13畫

燠

ㄩˋ ①和暖的：〈燠寒〉②撫慰病痛的聲音：〈燠休〉③炎熱的：〈燠暑、燠熱〉。

火部14畫

燻

ㄒㄩㄣ　①烹調方法的一種，燃燒木屑、茶葉、穀殼等東西，用燃燒的火煙將食物烤熟：〈燻魚、燻鴨〉②火煙上升：〈煙火燻天〉。

燼（火部 14 畫）

ㄐㄧㄣˋ　燃燒後殘留下來的東西：〈灰燼、餘燼、燭燼〉。

燾（火部 14 畫）

ㄊㄠˊ　通「幬」，覆蓋：〈燾育〉。

燹（火部 14 畫）

ㄒㄧㄢˇ　戰火：〈兵燹、烽燹〉。

爆（火部 15 畫）

ㄅㄠˋ　①烹調方法的一種，把食物放入滾油裡用猛火快炒：〈蔥爆牛肉〉②炸裂：〈爆炸、爆破〉③食物受到高熱而裂開：〈爆米花〉④突然發生：〈大戰爆發〉。

造詞　爆竹、爆笑、爆冷門。

爍（火部 15 畫）

ㄕㄨㄛˋ　①通「鑠」，熔化金屬：〈爍金〉②發光：〈閃爍〉③光波閃動的樣子：〈爍爍〉。

爐（火部 16 畫）

ㄌㄨˊ　一種燃燒、炊事的設備：〈爐灶、瓦斯爐、火爐〉。

造詞　手爐、香爐、暖爐、壁爐、圍爐、烤爐／爐火純青。

爛（火部 17 畫）

ㄌㄢˋ　①食物因為水分過多或煮太熟而鬆軟：〈稀粥爛飯、牛肉燉爛了〉②腐敗的：〈腐爛、潰爛、海枯石爛、爛西瓜〉③破舊的：〈破銅爛鐵〉④光明的樣子：〈燦爛〉⑤罵人的話，差勁、不好的：〈他的生活很爛、這篇文章太爛了〉⑥沒有秩序的：〈一本爛帳〉⑦極、過分：〈爛熟、爛醉〉。

造詞　爛漫、爛攤子／絢爛、潰爛、靡爛。

爝
火部 17 畫

ㄐㄩㄝˊ 小火把：〈爝火〉。

爚
火部 17 畫

ㄩㄝˋ 光明的樣子：〈爚爚〉。

爨
火部 25 畫

ㄘㄨㄢˋ ①爐灶②古代蠻族名，分布在雲南省③燒火煮東西：〈炊爨〉④姓。

爪部
ㄓㄠˇ

爪
爪部 0 畫

ㄓㄠˇ ①手指甲和腳指甲：〈腳爪、指爪〉②動物的腳：〈雪泥鴻爪、張牙舞爪〉。

ㄓㄨㄚˇ ①爪子②器物基座部分的腳：〈這個茶盤有四個爪〉。

造詞 爪牙、爪印／獸爪、鷹爪、鐵爪。

請注意：「爪」，語音讀ㄓㄨㄚˇ。器物的腳和「爪」加詞綴「子」時，一律讀ㄓㄨㄚˇ。

爬
爪部 4 畫

ㄆㄚˊ ①動物的手腳著地而移動：〈爬行、七坐八爬〉②攀登：〈爬山、爬樹〉。

造詞 爬蟲。

爭
爪部 4 畫

ㄓㄥ ①極力求取：〈競爭、爭取、爭權奪利〉②吵架、鬥嘴：〈爭吵〉③努力想得到或達成：〈為國爭光〉④搶先、不相讓：〈爭先恐後、爭奇鬥豔〉。

造詞 爭鬥、爭氣、爭執、爭奪、爭端、爭論、爭霸、爭議／爭持不下、與世無爭、據理以爭、鷸蚌相爭。

同 奪。

爰
爪部 5 畫

ㄩㄢˊ ①改換：〈爰田、爰居〉②於是、因此，多在文言文中使用③姓。

爪部 13 畫

爵

ㄐㄩㄝˊ ①古代銅製的酒器或禮器，形狀像雀，有三條腿：〈金爵〉②君主國家對貴族或功臣所封的名位，我國古代有「公、侯、伯、子、男」五種爵位③姓。

ㄑㄩㄝˋ 通「雀」。

造詞 爵士、爵祿／世爵、伯爵、封爵、五爵／加官晉爵。

ㄈㄨˋ 父部

父部 0 畫

父

ㄈㄨˋ ①就是爸爸：〈父親、父子〉②稱呼家族或親友中的男性長輩：〈祖父、伯父、叔父〉。

ㄈㄨˇ ①通「甫」，古代對男子的美稱，例如稱管仲為「仲父」②對老年人的尊稱：〈漁父〉。

造詞 父母、父老、父愛、父執／岳父、家父、師父、神父、義父、養父、繼父、嚴父、國父、樵父。

同 爸。

反 母。

父部 4 畫

爸

ㄅㄚˋ ①子女對父親的稱呼：〈爸爸〉②四川方言稱伯伯、叔叔為「爸」：〈大爸、二爸〉。

父部 6 畫

爹

ㄉㄧㄝ ①子女對父親的稱呼：〈爹爹、爹娘〉②對男性長者、老者的尊稱：〈王老爹〉。

父部 9 畫

爺

ㄧㄝˊ ①祖父：〈爺爺〉②對父親的稱呼：〈爺娘〉③對男性長者、老者的尊稱：〈老爺、王爺〉④奴僕對所服侍的男性尊稱：〈少爺〉⑤對神的敬稱：〈老天爺、城隍爺、灶王爺〉⑥古代的官員、財主的稱呼：〈大爺〉。

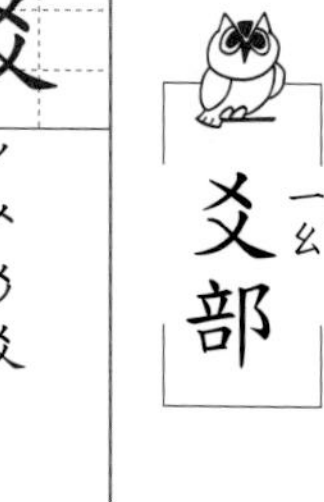

爻部 一ㄠˊ

爻（爻部0畫）

一ㄠˊ 八卦上的橫線稱為爻，每個卦由三個爻組成，長的全線「⚊」稱為陽爻，斷開的兩段線「⚋」稱為陰爻。

爽（爻部7畫）

ㄕㄨㄤˇ ①差錯、失誤：〈爽約、屢試不爽〉②明朗的、清涼的：〈清爽、秋高氣爽〉③舒服、愉快：〈舒爽、爽快、爽口、人逢喜事精神爽〉④豪邁不拘的：〈豪爽、爽直〉。

造詞 爽性、爽朗、爽身粉／涼爽。

爾（爻部10畫）

ㄦˇ ①第二人稱代名詞，你、你們：〈爾虞我詐、非爾之過〉②你們、你們的：〈咨爾多士〉③如此、這樣：〈不過爾爾〉④彼、那：〈爾日、爾時〉⑤語尾助詞，同「然」：〈莞爾、偶爾〉。

造詞 爾來、爾曹、爾雅／出爾反爾。

爿部 ㄑㄧㄤˊ

爿（爿部0畫）

ㄑㄧㄤˊ 整塊木頭切開，左半塊叫「爿」，右半塊叫「片」。

ㄅㄢˋ 竹片、瓦片、一片。

牀（爿部4畫）

ㄔㄨㄤˊ 同「床」。

牆（爿部13畫）

ㄑㄧㄤˊ 用磚塊、石頭或水泥等所砌成的外圍或遮蔽物，用來支撐或防護：〈牆壁、圍牆〉。

造詞 牆角、牆垣、牆頭／爬牆、越牆、矮牆、帷幕牆／兄弟鬩牆、忝為門牆。

同 垣、壁。

片部 ㄆㄧㄢˋ

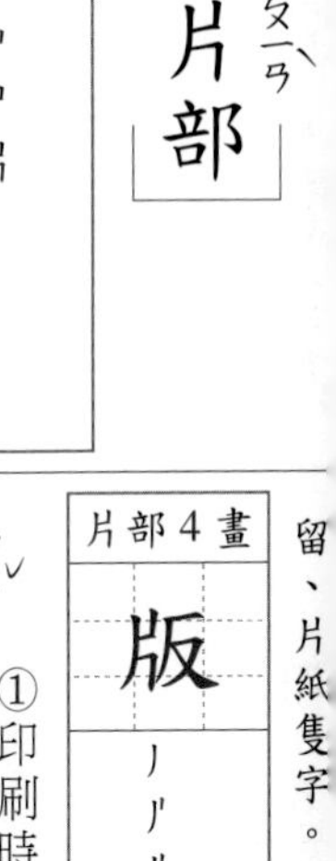

片部0畫

片

ㄆㄧㄢˋ ①整塊木頭切開，左半塊叫「爿」，右半塊叫「片」②薄而扁平的東西：〈肉片、鐵片、刀片〉③印有文字、圖案或可通信用的硬紙：〈名片、卡片、明信片〉④計算薄而扁平或成面東西的單位：〈一片原野、三片餅干、五片花瓣〉⑤簡短的：〈隻字片語〉⑥短暫的：〈片刻〉⑦單方面的、部分的：〈片面、片段〉。

造詞 片子、片片、片語、片頭／切片、相片、唱片、影片、圖片、雪片、長片、碎片／片甲不留、片紙隻字。

片部4畫

版

ㄅㄢˇ ①印刷時所用的底片，上面有文字或圖畫：〈製版、排版、鋅版、鋁版〉②書籍刊物印刷發行的次數，排印一次叫一版：〈初版、再版〉③報紙的頁次，一面叫一版：〈第一版〉④報紙在報導內容上的區域分畫：〈地方版、生活版〉⑤報紙發行時的區域分畫：〈海外版〉⑥古代築牆用的夾版：〈牆版〉⑦古代臣子朝見君主時，手上所拿的手板。

造詞 版本、版面、版稅、版畫、版圖、版權／出版、翻版、原版。

片部8畫

牌

ㄆㄞˊ ①用來說明或標幟用的看板：〈門牌、路牌、招牌、告示牌〉②廠商的註冊商標：〈國際牌電視、大同牌電鍋〉③一種娛樂用品，可作為賭具：〈撲克牌、麻將牌〉④神位：〈靈牌、神主牌〉⑤詞曲的調名：〈曲牌〉⑥古代防衛用的武器：〈盾牌、擋箭牌〉。

造詞 牌子、牌坊、牌位、牌照／骨牌、獎牌、金牌、銀牌。

片部8畫

牋

ㄐㄧㄢ 同「箋」。

片部9畫

牒

ㄉㄧㄝˊ ①古代用來寫字的竹片、木片或玉片，形狀小而薄：〈玉牒〉②官方的文件：〈通牒、牒狀〉③各種證明文件，例如證明血統關係的叫「譜牒」，證明和尚身分的叫「度牒」④姓。

造詞 最後通牒。

片部 11 畫

牖

ㄧㄡˇ ①窗戶：〈戶牖〉②通「誘」，誘導、啟發：〈牖民〉。

同 窗。

片部 15 畫

牘

ㄉㄨˊ ①古代寫字用的厚木片：〈簡牘〉②文書、書籍：〈案牘勞形〉③書信：〈尺牘〉。

造詞 連篇累牘。

牙部 ㄧㄚˊ

牙部 0 畫

牙

ㄧㄚˊ ①動物口腔中有打斷、磨碎食物作用的器官，位於顎骨前排上：〈牙齒〉②「象牙」的簡稱：〈牙筷、牙扇〉③買賣間的介紹人：〈牙人、牙商〉。

造詞 牙床、牙刷、牙膏、牙醫、牙籤、牙周病／爪牙、拔牙、門牙、鑲牙／牙牙學語、以牙還牙。

牛部 ㄋㄧㄡˊ

牛部 0 畫

牛

ㄋㄧㄡˊ ①哺乳類動物，體型大，頭上長一對角，力氣很大，性情溫順。可以幫人拉車、耕作，肉和乳水可供人食用，皮、骨、角可製成器具：〈水牛、乳牛、黃牛〉②姓。

造詞 牛奶、牛仔、牛油、牛郎、牛痘、牛飲、牛蛙、牛頓／牧牛、野牛、鬥牛、蝸牛／牛馬不如、庖丁解牛。

牛部 2 畫

牟

ㄇㄡˊ ①獲取：〈牟利、牟取〉②形容牛叫的聲音③姓。

ㄇㄨˋ 地名：〈牟平〉（在山東省）。

牝

牛部2畫

ㄆㄧㄣˋ　雌性的鳥、獸，和「牡」（雄性）相對：〈牝雞、牝牛〉。

造詞 牝牡不分、牝雞司晨。

同 母、雌。

反 牡。

牡

牛部3畫

ㄇㄨˇ　雄性的鳥、獸，和「牝」（雌性）相對：〈牡羊〉。

造詞 牡丹、牡蠣。

同 雄、公。

反 牝。

牢

牛部3畫

ㄌㄠˊ　①圈養牲畜的地方：〈亡羊補牢〉②監獄：〈坐牢、監牢〉③古代祭祀用的成套牲畜。牛、羊、豬三牲稱「太牢」，羊、豬二牲稱「少牢」④堅固、耐久的：〈牢固、記得牢、牢不可破〉⑤姓。

造詞 牢騷、牢獄、牢靠。

牠

牛部3畫

ㄊㄚ　第三人稱代名詞，通常用來稱呼動物：〈牠是一頭牛〉。

牧

牛部4畫

ㄇㄨˋ　①古代的官名：〈州牧〉②看守、放養牲畜：〈牧羊、遊牧〉③治理、管理：〈牧民〉④姓。

造詞 牧草、牧童、牧場、牧師／謙恭自牧。

物

牛部4畫

ㄨˋ　①存在於宇宙間的一切有形體的事物：〈萬物、植物、動物〉②我以外的人或環境：〈待人接物〉③外在的環境或事：〈物換星移〉④內容：〈言之有物、空洞無物〉⑤眾人：〈物望所歸〉⑥尋求：〈物色〉。

造詞 物力、物主、物化、物外、物品、物產、物理、物價、物資、物質、物慾、物體／人物、古物、文物、外物、貨物、事物、產物、雜物、唯物、財物、廢物、怪物、異物、寶物、博物／物以類聚、物美價廉、物我兩忘、物競天擇、物盡其用、暴殄天物、格物致知。

牛部 5 畫

牲

ㄕㄥ　①家畜的總稱：〈牲畜、牲口〉②祭祀用的牛、羊、豬等家畜：〈三牲、犧牲〉③罵人的話：〈畜牲〉。

牛部 5 畫

牯

ㄍㄨˇ　①母牛②被割去生殖器的公牛。

牛部 5 畫

牴

ㄉㄧˇ　①有角的獸類用角互相碰撞或頂觸：〈牴觸〉②衝突：〈法律和命令相牴觸〉。

同 抵、觝。

牛部 6 畫

特

ㄊㄜˋ　①雄性的牲畜：〈赤特〉②「特務」的簡稱：〈防特〉③與眾不同的、不平常的：〈特色、特殊、獨特〉④專門的：〈特派、特赦〉⑤但、只：〈不特如此、非特〉⑥姓。

造詞 特別、特出、特地、特技、特例、特性、特長、特使、特約、特效、特產、特異、特製、特價、特寫、特質、特徵、特點、特權／奇特／特立獨行。

同 殊、異、奇、專。

牛部 7 畫

牽

ㄑㄧㄢ　①閩南語稱夫妻：〈牽手〉②用手拉著：〈手牽手、牽牛〉③拖累、連帶：〈牽累、牽連〉④限制、拘束：〈牽制、為世俗所牽〉⑤姓。

造詞 牽念、牽引、牽扯、牽涉、牽掛、牽強、牽動、牽絆、牽線、牽牛花／拘牽、羈牽／牽強附會、牽腸掛肚、牽一髮動全身。

同 引、拽、拉。

牛部 7 畫

犁

ㄌㄧˊ　①耕耘時用來翻土的農具：〈犁耙〉②用犁耕田：〈犁田、鋤犁〉③黑色的：〈犁黑〉。

牛部 7 畫

牾

丿 𠂉 牛 牜 牞 牠 牾 牾 牾 牾

ㄨˇ　同「忤」，違背：〈牾逆〉。

牛部 8 畫

犄

丿 𠂉 牛 牜 牞 牠 犄 犄 犄 犄 犄 犄

ㄐㄧ　獸類頭上的角：〈犄角〉。

牛部 8 畫

犀

ㄱ ㄱ 尸 尸 尸 屄 屄 屖 屖 屖 屖 犀

ㄒㄧ　①哺乳類動物，生活在熱帶，體型粗壯，四肢短，皮厚毛少，鼻端有一隻或二隻角，犀角可以作成珍貴的藥材：〈犀牛〉②堅固銳利的：〈犀利、犀銳〉。

牛部 8 畫

犂

一 二 千 禾 禾 利 利 利 利 利 犂 犂

ㄌㄧˊ　同「犁」。

牛部 9 畫

犍

丿 𠂉 牛 牜 牞 牞 犍 犍 犍 犍 犍 犍 犍

ㄐㄧㄢ　被割去生殖器的公牛。

ㄑㄧㄢˊ　地名：〈犍為〉（在四川省）。

牛部 10 畫

犖

丶 丷 火 火 炏 炏 炏 炏 炏 炏 燃 犖 犖 犖

ㄌㄨㄛˋ　①雜色的牛②雜色的：〈駁犖〉③明顯的、分明的：〈犖犖大端〉。

牛部 10 畫

犒

丿 𠂉 牛 牜 牞 牞 牞 牞 牞 犒 犒 犒 犒 犒

ㄎㄠˋ　用酒食、財物等賞給有功勞的人：〈犒費、犒軍、犒師、犒賞〉。

牛部 11 畫

犛

一 二 キ 未 未 朴 朴 朴 敉 敉 敉 敉 犛 犛 犛

ㄌㄧˊ　哺乳動物，產於西藏，有黑褐色長毛：〈犛牛〉。

牛部 15 畫

犢

丿 𠂉 牛 牜 牞 牞 犢 犢 犢 犢 犢 犢 犢 犢 犢

ㄉㄨˊ　①小牛：〈牛犢、初生之犢不畏虎〉②姓。

牛部 16 畫

犧

丿 𠂉 牛 牜 牜 牜 牜 牜 牜 牜 牜 牜 牜 犧 犧 犧

ㄒㄧ ①專供祭祀用，毛色純而不雜的家畜：〈犧牲〉②捐棄：〈犧牲打、犧牲品〉。

犬部 ㄑㄩㄢˇ

犬部0畫

犬

一 ナ 大 犬

ㄑㄩㄢˇ ①狗，哺乳類動物，視覺、嗅覺、聽覺都很敏銳，是普遍的家畜：〈牧羊犬、獵犬、愛犬〉②謙稱自己的兒子：〈小犬〉。

造詞 犬子、犬齒、犬馬／狂犬、家犬、雞犬／犬羊相錯、犬馬之勞。

同 狗。

犬部2畫

犯

ノ 犭 犭 犭 犯

ㄈㄢˋ ①有罪的人：〈戰犯、囚犯〉②侵害、侵擾：〈侵犯、敵軍來犯〉③牴觸、違背：〈犯法、眾怒難犯〉④發作：〈犯病、老毛病又犯了〉⑤發生：〈犯錯〉⑥值得：〈犯不著〉。

造詞 犯人、犯忌、犯科、犯案、犯罪、犯規、犯難、犯贓／初犯、冒犯、觸犯、違犯、逃犯、重犯／明知故犯。

同 干、觸、罪、擾、侵。

請注意：「犯」與「患」不同。「患」是指得到某種病，例如：患了肺病。

犬部2畫

犰

ノ 犭 犭 犭 犰

ㄑㄡˊ 哺乳類動物，除了尾部有長毛外，全身都披鱗片，頭尖眼小，嘴突出。夜晚才出來活動，用細長的舌頭捕食白蟻、蚯蚓等，簡稱「犰」：〈犰狳〉。

犬部3畫

犴

ノ 犭 犭 犭 犭 犴

ㄢˋ ①產於北方的一種野狗，黑嘴，擅長守護②監獄：〈獄犴〉。

犬部4畫

狂

ノ 犭 犭 犭 犭 犭 狂

ㄎㄨㄤˊ ①發瘋，瘋癲的病：〈喪心病狂、發狂〉②誇大的：〈口出狂言〉③猛烈的：〈狂風、狂瀾〉④驕傲的：〈狂妄〉⑤放蕩的：〈狂放〉⑥縱情的：〈狂歡、狂呼〉⑦

快速的：〈狂奔〉⑧姓。

造詞 狂人、狂狷、狂暴、狂犬病／猖狂、瘋狂、酒狂／狂妄無知、狂風暴雨、狂蜂浪蝶、欣喜若狂。

同 瘋、癲。

犬部4畫

狄

ノ 犭 犭 犭 犭' 犭火 狄

ㄉㄧˊ ①古代北方的種族名：〈北狄、夷狄〉②姓。

犬部4畫

狃

ノ 犭 犭 犭 狃 狃 狃

ㄋㄧㄡˇ 習慣：〈狃於成見〉。

同 忸、習、慣、熟。

犬部4畫

狀

丨 丬 丬 丬 丬 丬 狀 狀

ㄓㄨㄤˋ ①形態、樣子：〈形狀、狀態〉②情形、情況：〈病狀、狀況〉③說明事情或記錄事件的文書：〈訴狀、陳狀〉④證明的文件：〈獎狀、任用狀〉⑤陳述、描寫：〈不可名狀、不堪言狀〉。

造詞 狀元、狀紙、狀詞／罪狀、書狀、異狀、慘狀。

同 形、況。

犬部5畫

狗

ノ 犭 犭 犭 犭 狗 狗 狗

ㄍㄡˇ ①哺乳類動物，視覺、嗅覺、聽覺都很靈敏，容易被訓練，能從事警戒、狩獵、救護等工作，也叫「犬」②比喻幫助做壞事的人：〈走狗〉③姓。

造詞 狗熊、狗吃屎、狗腿子／野狗、瘋狗、喪家狗／狗仗人勢、狗血淋頭、狗急跳牆、狗頭軍師／狗嘴裡吐不出象牙。

犬部5畫

狐

ノ 犭 犭 犭 犭 狐 狐 狐

ㄏㄨˊ ①哺乳類動物，形狀像狗，耳朵三角形，尾巴長，能分泌惡臭嚇走敵人，性情狡猾。晝伏夜出，捕食鳥、鼠等。毛皮可以製成衣物：〈狐狸〉②姓。

造詞 狐臭、狐媚、狐疑／狐群狗黨。

犬部5畫

狙

ノ 犭 犭 犭 犭 狙 狙 狙

ㄐㄩ ①猴子的一種，古書裡指獼猴②暗中埋伏，乘機襲擊：〈狙擊、狙詐〉。

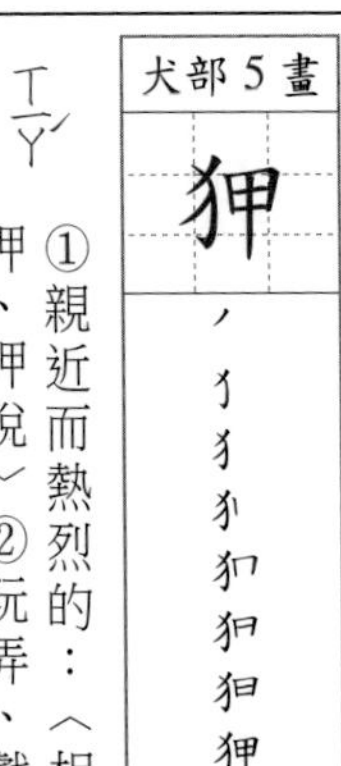

狎 犬部5畫

ㄒㄧㄚˊ ①親近而熱烈的：〈相狎、狎悅〉②玩弄、戲弄：〈狎妓、戲狎〉。

狒 犬部5畫

ㄈㄟˋ 哺乳類動物，身體形狀像猴，面貌像人又像狗，頭大，四肢粗壯。喜歡群居，喜歡吃果實、樹根、昆蟲等，多產於非洲中部：〈狒狒〉。

狩 犬部6畫

ㄕㄡˋ ①指冬天打獵的事：〈冬狩〉②泛指打獵：〈狩獵〉③防守：〈巡守〉。同獵。

狠 犬部6畫

ㄏㄣˇ ①痛下決心：〈狠下心來〉②殘暴的：〈心狠手辣、狠毒、狠心〉。

狡 犬部6畫

ㄐㄧㄠˇ 奸滑、不誠實的：〈狡猾、狡詐〉。

造詞 狡計、狡賴、狡辯／狡兔三窟、狡兔死，走狗烹。

狨 犬部6畫

ㄖㄨㄥˊ 就是「金絲猴」，哺乳類動物，形狀像松鼠，頭圓、尾長，很會爬樹，身上的黃色軟毛很珍貴。

狼 犬部7畫

ㄌㄤˊ ①哺乳類動物，體形像狗，尾巴下垂，耳朵直立，性情凶暴。晝伏夜出，捕食小動物②姓。

造詞 狼犬、狼狽、狼毫、狼藉／豺狼、野狼、色狼／狼吞虎嚥、狼狽為奸、前門追虎後門進狼。

狹 犬部7畫

ㄒㄧㄚˊ 窄、小、不寬闊的：〈地狹人稠、狹窄、狹義〉。

造詞 狹小、狹隘、狹長／狹路相逢。

同 窄。

反 寬、闊。

狽　犬部7畫

丿 犭 犭 犭丨 犭冂 犭月 犭目 犭貝 狽 狽

ㄅㄟˋ　傳說中的一種動物，和「狼」很像，但是前腳很短，必須趴在狼身上才能走：〈狼狽為奸〉。

狸　犬部7畫

丿 犭 犭 犭丨 犭口 犭日 犭甲 犭田 狸 狸

ㄌㄧˊ　哺乳類動物，形狀像「狐」，但比狐肥短，毛黑褐色，尾巴粗長。

造詞 狸貓。

狷　犬部7畫

丿 犭 犭 犭丨 犭口 犭口 犭肙 狷 狷

ㄐㄩㄢˋ　①性情耿直急躁的：〈狷急〉②耿直的：〈狷介〉。

狴　犬部7畫

丿 犭 犭 犭丨 犭𠂉 犭比 犭比 狴 狴

ㄅㄧˋ　狴犴（ㄢˋ），是傳說中像老虎的野獸，古代的獄門上常畫有狴犴的圖案，所以把「狴犴」作為監獄的另一種稱呼。

狳　犬部7畫

丿 犭 犭 犭人 犭今 犭余 狳 狳

ㄩˊ　哺乳類動物，除了尾部有長毛外，全身都披鱗片，頭尖眼小，嘴突出，夜晚才出來活動，用細長的舌頭捕捉白蟻、蚯蚓等：〈犰狳〉。

猜　犬部8畫

丿 犭 犭 犭一 犭二 犭丰 犭丰 犭青 猜 猜 猜

ㄘㄞ　①疑慮：〈兩小無猜〉②懷疑、疑心：〈猜疑、猜忌、瞎猜〉③推想、預測：〈猜謎語、猜測〉。

造詞 猜拳、猜度、猜嫌。

同 測、度、量、疑、想、忖。

猛　犬部8畫

丿 犭 犭 犭了 犭子 犭孑 犭孟 猛 猛 猛

ㄇㄥˇ　①勇敢的：〈猛士、猛將〉②凶暴的：〈猛獸、猛虎〉③劇烈的：〈猛烈、藥性太猛〉④急促的：〈猛雨〉⑤快速的：〈突飛猛進〉⑥突然：〈猛然、猛省、猛回頭〉⑦激烈的：〈猛攻〉⑧姓。

造詞 勇猛、威猛、雄猛。

猖　犬部8畫

丿 犭 犭 犭丨 犭口 犭日 犭日 犭昌 猖 猖 猖

ㄔㄤ ①任意胡作非為：〈猖獗〉②狂妄自大的：〈猖狂〉。

犬部8畫

猙

ㄓㄥ 凶狠可怕的：〈面目猙獰〉。

犬部8畫

猓

ㄍㄨㄛˇ ①雲南、貴州一帶的土著：〈猓玀〉②長尾猴：〈猓然〉。

犬部8畫

猝

ㄘㄨˋ 忽然、突然：〈倉猝、猝死、猝然、猝不及防〉。

同 遽、卒、驟。

犬部8畫

猋

ㄅㄧㄠ ①通「飆」，快速的：〈猋風〉②狗群快跑的樣子。

犬部9畫

猶

ㄧㄡˊ ①一種野獸，外形像猴子，生性多疑畏懼②如同、好像：〈雖死猶生、猶如〉③疑惑：〈猶豫〉④還、仍然：〈記憶猶新〉⑤尚且：〈困獸猶鬥，何況是人〉⑥姓。

造詞 猶太、猶且／猶豫不決。

犬部9畫

猥

ㄨㄟˇ ①混亂、繁雜的：〈猥雜〉②鄙陋、下賤的：〈卑猥、猥瑣〉。

造詞 猥賤、猥褻／淫猥。

同 雜。

犬部9畫

猩

ㄒㄧㄥ ①哺乳類動物，形狀像人，全身有紅褐色長毛，比猴子大，尾巴很短，前肢很長，可以直立行走：〈猩猩〉②紅色的：〈猩紅色〉。

造詞 猩紅熱。

犬部9畫

猴

ㄏㄡˊ 哺乳類動物，種類很多，形狀像人，可以站立，會爬樹，動作靈敏，善於模仿。

造詞 猴戲。

犬部9畫

猷

丶 丷 䒑 䒑 芮 芮 芮 芮 酋 酋 酋 猷 猷

ㄧㄡˊ　①計畫、打算：〈宏猷、嘉猷、新猷〉②道理：〈大猷〉③姓。

犬部9畫

猱

丿 犭 犭 犭 犭 犭 犭 犭 犭 猱 猱 猱

ㄋㄠˊ　①就是「獼猴」，體型小，善於攀爬②通「撓」，抓、搔：〈心癢難猱〉③混雜：〈猱雜〉。

犬部9畫

猢

丿 犭 犭 犭 犭 犭 犭 犭 犭 猢 猢 猢

ㄏㄨˊ　猴類動物的通稱：〈猢猻〉。

犬部10畫

獅

丿 犭 犭 犭 犭 犭 犭 犭 犭 犭 犭 獅 獅

ㄕ　哺乳類動物，體型很大，生性凶猛，專食肉類。雄獅的頭頸有鬃毛，頭臉寬大，吼聲很大，有「萬獸之王」之稱。母獅頭臉較小，而且沒有鬃毛：〈獅子〉。

造詞 獅子狗、獅子會／獅身人面、獅子大開口。

犬部10畫

猿

丿 犭 犭 犭 犭 犭 犭 犭 犭 犭 猿 猿 猿

ㄩㄢˊ　哺乳類動物，形狀像人，比猴子大，沒有尾巴，能坐能站，腳可以當手用，前肢比較長，善於模仿。大猩猩、長臂猿、黑猩猩都屬於猿類。

造詞 猿猴／心猿意馬。

犬部10畫

猾

丿 犭 犭 犭 犭 犭 犭 犭 犭 猾 猾 猾 猾

ㄏㄨㄚˊ　奸詐不誠懇的：〈狡猾、佞猾、猾賊〉。

造詞 老奸巨猾。

犬部10畫

獃

丨 山 山 山 岂 岂 岂 岂 豈 豈 豈 獃 獃

ㄉㄞ　①同「呆」，痴傻的：〈獃子、獃氣〉②不活潑、不靈敏的：〈獃頭獃腦〉③出神的：〈發獃〉。

犬部10畫

猻

丿 犭 犭 犭 犭 犭 犭 犭 犭 犭 犭 猻 猻

ㄙㄨㄣ　猴類動物的總稱：〈猢猻〉。

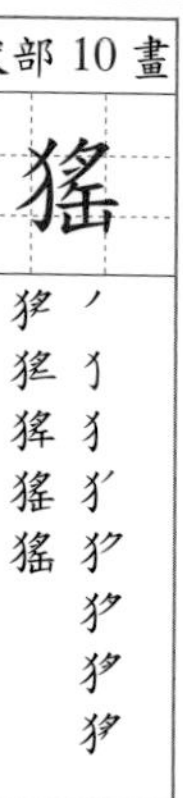

ㄧㄠˊ ①野獸名②種族名，分布在湖南、廣東、廣西及雲南、四川各省的深山裡，分為生猺、熟猺、白猺、黑猺等。

犬部 11 畫

獄

ㄩˋ ①監禁犯人的地方：〈監獄、入獄、牢獄〉②訴訟案件、官司、罪案：〈冤獄、文字獄、獄訟〉。

造詞 獄吏、獄卒／地獄、典獄、煉獄、出獄。

犬部 11 畫

獐

ㄓㄤ 同「麞」，哺乳類動物，形狀像鹿，但比鹿小，沒有犄角，毛皮柔軟，跑得很快，雄的有獠牙露出嘴外，又叫「牙獐」。

造詞 獐頭鼠目。

犬部 11 畫

獎

ㄐㄧㄤˇ ①用來鼓勵、表揚優秀的人或事，而給予的榮譽證件或財物：〈獎狀、獎品、頒獎〉②彩金：〈中獎〉③讚揚：〈誇獎、嘉獎〉④鼓勵：〈獎掖、獎勵〉。

造詞 獎金、獎章、獎牌、獎賞、獎學金／得獎、領獎、贈獎、褒獎、金馬獎、金像獎。

犬部 11 畫

獍

ㄐㄧㄥˋ 惡獸名，形狀像虎、豹，但比較小。傳說一生下來就把自己的母親吃掉，所以和「梟」（傳說梟也會吃母親）並稱，比喻不孝順的人：〈梟獍〉。

犬部 11 畫

獒

ㄠˊ 大而凶猛的狗：〈獒犬〉。

犬部 12 畫

獗

ㄐㄩㄝˊ 任意胡作非為、狂放橫行的：〈猖獗〉。

犬部 12 畫

獠

ㄌㄧㄠˊ ①我國西南方的蠻族名 ②凶惡的：〈獠面妖怪、青面獠牙〉。

犬部 13 畫

獨

ノ 犭 犭 犭 犭冂 犭罒 犭罒 犭罒 犭罒 犭罒 獨 獨 獨 獨 獨 獨

ㄉㄨˊ ①年老而沒有子女的人：〈鰥、寡、孤、獨〉②孤單的：〈獨行、獨唱〉③單一的、一個的：〈獨子、獨木橋〉④僅、只：〈不獨、唯獨他沒來〉⑤特異的：〈獨到、獨出心裁〉⑥專斷的：〈獨裁、獨斷獨行〉⑦姓。

造詞 獨力、獨白、獨立、獨占、獨自、獨步、獨身、獨奏、獨斷、獨眼龍、獨腳戲／孤獨、單獨、專獨／獨一無二、獨木難支、獨占鰲頭、獨立自主、獨來獨往、獨具一格、獨善其身、獨當一面、獨木不成林

同 單、孤。

犬部 13 畫

獪

ノ 犭 犭 犭 犭 犭 犭 犭 獪 獪 獪 獪 獪 獪 獪 獪

ㄎㄨㄞˋ 奸詐的、狡猾的：〈狡獪〉。

犬部 14 畫

獲

ノ 犭 犭 犭 犭 犭 犭 犭 犭 犭 犭 犭 犭 犭 犭 獲

ㄏㄨㄛˋ ①勞動的所得：〈漁獲、採獲〉②得到：〈獲取、獲勝、獲救〉③能夠：〈不獲錄取〉④姓。

造詞 獲准、獲益、獲罪／拾獲、捕獲／獲益匪淺、一無所獲、人贓俱獲、不勞而獲。

請注意：「獲」與「穫」不同。「獲」有得到的意思，可以放在詞頭或詞尾，例如：獲勝、拾獲。「穫」是指農作物的收成或工作的成果，只能放在詞尾，例如：收穫。

犬部 14 畫

獰

ノ 犭 犭 犭 犭 犭 犭 犭 犭 犭 犭 犭 犭 獰

ㄋㄧㄥˊ 凶狠可怕的：〈猙獰、獰笑、獰惡〉。

犬部 14 畫

獯

ノ 犭 犭 犭 犭 犭 犭 犭 犭 犭 犭 犭 犭 獯

ㄒㄩㄣ 古代夏朝時北方的種族名，也就是秦、漢時的匈奴：〈獯鬻〉。

犬部 15 畫

獷

ノ 犭 犭 犭 犭 犭 犭 犭 犭 犭 犭 犭 犭 獷 獷

ㄍㄨㄤˇ 粗野的、凶悍的：〈粗獷、獷悍〉。

犬部 15 畫

獵

ノ 犭 犭 犭 犭 犭 犭 犭 犭 犭 犭 犭 犭 獵 獵

ㄌㄧㄝˋ ①捕捉禽獸：〈打獵、狩獵、獵虎〉②追求、求取：〈獵取、獵奇〉③和捕捉禽獸有關的：〈獵人、獵槍、獵狗〉。

造詞 獵犬、獵戶、獵豔／出獵、射獵、涉獵、遊獵。

同 獲、取、狩。

犬部 15 畫 獸

ㄕㄡˋ ①通稱有四條腿，全身長毛的脊椎動物：〈野獸、禽獸、走獸〉②野蠻的、下等的：〈獸性、獸慾、獸心〉。

造詞 獸行、獸醫、獸檻／奇獸、異獸、怪獸、猛獸／獸奔鳥竄、衣冠禽獸。

犬部 16 畫 獺

ㄊㄚˋ 哺乳類動物，住在水裡，形狀像狗，但比較小，有水獺、旱獺、海獺三種。水獺的皮毛很珍貴，可以做皮衣、皮帽。

犬部 16 畫 獻

ㄒㄧㄢˋ ①通「賢」，賢能的人：〈黎獻〉②古代的典籍：〈文獻〉③奉上、恭敬莊嚴的贈與：〈獻禮、獻花、貢獻〉④表演：〈獻唱〉⑤故意向人表露：〈獻殷勤〉⑥姓。

造詞 獻身、獻計、獻媚、獻醜／呈獻、進獻、奉獻。

同 奉、呈。

犬部 17 畫 獮

ㄇㄧˊ 哺乳類動物，猴子的一種，臉紅色，毛灰褐色，尾巴短，四肢像人的手，善於攀爬，採食野果、蔬菜等食物為生：〈獮猴〉。

犬部 18 畫 獾

ㄏㄨㄢ 哺乳類動物，頭長耳短，前肢爪特別長，適於挖土，夜間才出來活動。

犬部 19 畫 玀

ㄌㄨㄛˊ ①我國西南的蠻族之一，也稱「玀玀」、「玀猓」②就是「豬」：〈豬玀〉。

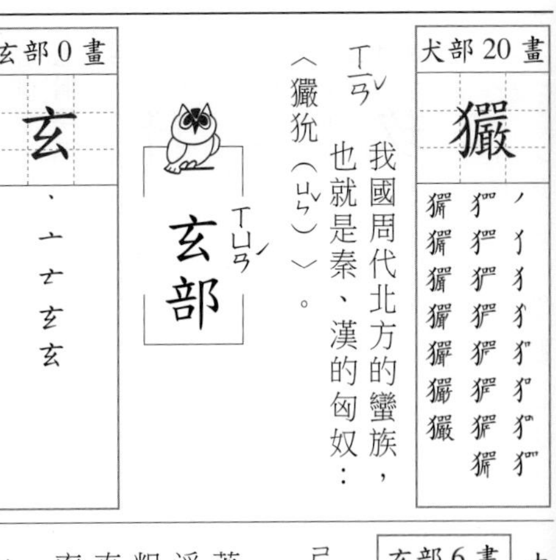

犬部20畫

玁

ㄒㄧㄢˇ 我國周代北方的蠻族，也就是秦、漢的匈奴：〈玁狁（ㄩㄣˇ）〉。

玄部 ㄒㄩㄢˊ

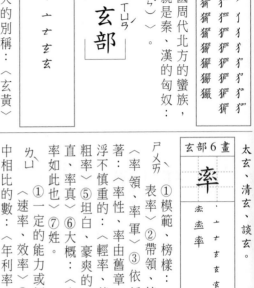

玄部0畫

玄

ㄒㄩㄢˊ ①天的別稱：〈玄黃〉②黑色的：〈玄狐、玄黑〉③微妙深奧的：〈玄妙、玄理〉④虛偽、不真實的：〈故弄玄虛〉⑤不符合事實或與事實相差太遠的：〈這話說得太玄了〉⑥姓。

造詞 玄奘、玄機、玄學、玄關／太玄、清玄、談玄。

玄部6畫

率

ㄕㄨㄞˋ ①模範、榜樣：〈為人表率〉②帶領、統領：〈率領、率軍〉③依循、隨著：〈率性、率由舊章〉④輕浮不慎重的：〈輕率、草率、粗率〉⑤坦白、豪爽的：〈率直、率真〉⑥大概：〈大率、率如此也〉⑦姓。

ㄌㄩˋ ①一定的能力或標準：〈速率、效率〉②比例中相比的數：〈年利率、百分率〉。

造詞 率先、率同、率師、率隊／統率、比率、頻率、圓周率／率獸食人。

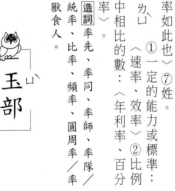

玉部 ㄩˋ

玉部0畫

王

ㄨㄤˊ ①古代指皇帝或一國的最高統治者：〈國王、君王〉②古代天子所封的高貴爵位：〈諸侯王、王侯〉③同類中最突出的：〈花中之王、百獸之王〉④技藝超群的人：〈拳王、歌王〉⑤最大的：〈王蛇（蟒蛇）〉⑥泛指國家的：〈王法〉⑦姓。

ㄨㄤˋ 古代指統治者取得天下而稱王：〈王天下〉。

造詞 王子、王位、王宮、王室、王道、王牌、王畿／大王、父王、帝王、霸王／王公貴人、擒賊先擒王。

玉部0畫

玉

ㄩˋ ①一種溫潤有光澤的美石：〈玉石、寶玉、玉器〉②尊敬的詞語：〈玉體〉③像玉一樣美麗的：〈玉女、玉手〉④漂亮的：〈花容玉貌〉⑤珍貴的：〈錦衣玉食〉⑥用玉製成的：〈玉佛、玉盤〉。

造詞 玉山、玉成、玉照、玉音、玉液、玉階、玉璞、玉蜀黍／玉石俱焚、玉液瓊漿、玉潔冰清、玉樹臨風、小家碧玉、拋磚引玉。

玉部 3 畫

玗

ㄩˊ 美石。

玉部 3 畫

玖

ㄐㄧㄡˇ ①像玉的淺黑色石頭：〈瓊玖〉②數目名，「九」的大寫。

玉部 4 畫

玩

ㄨㄢˊ ①遊戲：〈玩耍〉②耍弄：〈玩弄〉③供玩耍用的：〈玩具、玩物〉④可供觀賞、把玩的珍奇物品：〈古玩、珍玩〉⑤輕忽：〈玩世不恭〉⑥戲弄：〈玩弄〉⑦欣賞：〈玩月、玩味〉。

造詞 玩伴、玩命、玩笑、玩票、玩偶、玩索、玩意兒／奇玩、遊玩、嬉玩／玩歲愒時、玩物喪志、玩物適情。

玉部 4 畫

玨

ㄐㄩㄝˊ 兩塊玉相合而成的玉器。

玉部 4 畫

玟

ㄨㄣˊ ①玉的紋路②美石。

玉部 4 畫

玫

ㄇㄟˊ ①紅色的美玉②植物名。落葉灌木，枝上有刺，花有多種顏色，香氣很濃，可以做香料：〈玫瑰〉。

玉部 4 畫

玠

ㄐㄧㄝˋ 通「琾」，長一尺二吋的大圭。

玉部4畫

玦

ㄐㄩㄝˊ ①有缺口的佩玉，古時常用來送人，表示斷絕、永別②射箭時戴在指頭上的扳指。

玉部5畫

玷

ㄉㄧㄢˋ ①玉器上的斑痕、汙點：〈玷汙、瑕玷〉②人的過失或缺點③侮辱：〈有玷校譽、玷辱〉。

玉部5畫

珊

ㄕㄢ 一種腔腸動物所分泌的石灰質，形狀像樹枝，有紅、白等顏色，可以做裝飾品：〈珊瑚〉。

造詞 珊瑚礁。

玉部5畫

玲

ㄌㄧㄥˊ ①玉的聲音：〈玲琅、玲瓏〉②物體精巧或形容人靈活敏捷：〈玲瓏〉。

玉部5畫

珍

ㄓㄣ ①珠玉寶物：〈稀世之珍、奇珍異寶〉②美味的食物：〈山珍海味〉③重視：〈珍惜、珍視、敝帚自珍〉④寶貴的：〈珍品、珍本〉⑤奇特的、不常見的：〈珍禽異獸〉⑥鍾愛的：〈珍藏〉。

造詞 珍珠、珍奇、珍味、珍重、珍貴、珍寶、珍聞／至珍、袖珍、奇珍、藏珍／如數家珍。

玉部5畫

玻

ㄅㄛ 用白砂、石灰石、碳酸鈉等化學原料混合起來，經過高熱融解，加工成形，再經冷卻後，變成透明或半透明的化學物。可以用來製造窗、門、瓶等各種用具：〈玻璃〉。

玉部5畫

珀

ㄆㄛˋ 古代松柏等植物的樹脂化石，顏色黃褐而且透明，可以製成飾品：〈琥珀〉。

玉部5畫

玳

ㄉㄞˋ 爬蟲類動物，是一種生長在海中的龜類，性情強暴，肉有強烈的臭味。背甲黃褐色，光滑美麗，可製成鈕扣、眼鏡框或裝飾品：〈玳瑁〉。

玉部5畫

珂

ㄎㄜ ①像玉的美石：〈玉珂〉②海貝③馬勒上的裝飾品。

玉部5畫

珈

ㄐㄧㄚ 古代婦女的飾物。

玉部6畫

班

ㄅㄢ ①工作按時間分成的段落：〈早班、晚班〉②定時行駛的運輸工具：〈班機、班車〉③按性質或進度所編成的組別：〈升學班、就業班、甲班、乙班〉④舊時劇團的名稱：〈戲班子〉⑤軍隊編制的最小單位，屬於「排」之下，九人為一班⑥計算人或交通工具的單位：〈這班學生、下一班車〉⑦調動：〈班師〉⑧姓。

造詞 班次、班底、班長、班級、班禪、班會、班代表／上班、下班、加班、值班、同班、脫班、補班、換班、溜班、蹺班、輪班、補習班／班門弄斧、按部就班。

玉部6畫

琉

ㄌㄧㄡˊ 用鋁和鈉的矽酸化合物所燒製成的釉料，常作為建築材料：〈琉璃〉。

造詞 琉璃瓦、琉球。

玉部6畫

珮

ㄆㄟˋ 通「佩」，古代繫在衣物上的玉製裝飾品：〈玉珮〉。

請注意：「佩」、「珮」二字有時候可以通用，例如「玉珮」可以寫成「玉佩」；但「佩戴」、「佩劍」不用「珮」。

玉部6畫

珠

ㄓㄨ ①在蛤蚌殼內，由砂石和蚌類的分泌物所結成的有光澤的小圓體，可以做為裝飾物：〈珍珠、真珠〉②泛稱圓形的顆粒：〈彈珠、露珠、汗珠〉。

造詞 珠胎、珠算、珠璣、珠寶／

明珠、念珠、串珠、寶珠／珠光寶氣、珠胎暗結、珠圓玉潤、珠聯璧合、老蚌生珠、魚目混珠、掌上明珠、滄海遺珠。

玉部6畫

珞

ㄌㄨㄛˋ ①用珠玉做成的頸飾：〈瓔珞〉②石頭堅硬的樣子：〈珞珞如石〉。

玉部6畫

珪

ㄍㄨㄟ ①吉祥玉的一種，古代諸侯受封時，以此作為信物②比喻美好的人品：〈珪璋〉。

玉部6畫

珩

ㄏㄥˊ 古人佩掛在身上的玉，形狀像小磬。

玉部6畫

珓

ㄐㄧㄠˋ 祭祀或祈禱時，丟在地上用來占卜吉凶的兩片器具，形狀像蚌殼：〈杯珓〉。

玉部6畫

玼

ㄘˇ ①通「疵」，毛病、缺點：〈瑕玼〉②物體鮮豔的樣子。

玉部6畫

珣

ㄒㄩㄣˊ 玉名。

玉部6畫

珥

ㄦˇ ①用珠玉做的耳飾：〈珠珥、簪珥〉②日月周圍顯現的紅色光氣：〈日珥、月珥〉③插戴：〈珥筆〉。

玉部7畫

琅

ㄌㄤˊ ①像玉的美石：〈琅玕（ㄍㄢ）〉②美妙而響亮、清脆的聲音：〈書聲琅琅〉③金屬或玉石相擊的聲音，也可解釋為刑具：〈琅璫〉④姓。

造詞 琅琅上口、琅璫入獄。

玉部7畫

琊

ㄧㄝˊ　古代郡名，在今山東省：〈瑯瑘〉。

玉部 7 畫

球

一 二 千 王 王 玎 玗 玗 玗 玗 球 球

ㄑㄧㄡˊ　①美玉②圓形的立體物：〈籃球、皮球〉③指地球：〈環球、南半球、北半球〉④球形的：〈球莖、球根〉。

造詞　球迷、球場、球拍、球隊／打球、投球、眼球、氣球、排球、棒球、網球。

玉部 7 畫

理

一 二 千 王 玎 玑 玑 玑 玾 玾 理 理

ㄌㄧˇ　①物質組織的紋路：〈肌理、紋理〉②事物的規律，多指自然科學而言：〈物理、原理〉③本性：〈天理〉④秩序、層次：〈條理〉⑤道義、規律：〈道理、合理〉⑥對別人的言語行動所表示的態度：〈置之不理、不理睬〉⑦整治、治事：〈理家、管理〉⑧弄整齊、弄順：〈理髮、整理〉⑨溫習書本：〈理書〉。

造詞　理由、理性、理事、理法、理財、理智、理會、理解、理想、理論、理賠／心理、生理、公理、治理、地理、哲理、玄理、歪理、推理、處理、真理、調理、修理、義理、學理、講理、倫理、無理／理所當然、理直氣壯、理短詞窮、慢條斯理。

玉部 7 畫

現

一 二 千 王 玑 玑 玑 玑 玥 玥 玥 現

ㄒㄧㄢˋ　①「現款、現金」的簡稱：〈付現、提現、兌現〉②顯露出：〈顯現、曇花一現、出現〉③當今的：〈現在、現代〉④實有的、目前所有的：〈現金、現款〉⑤當時的、即時的：〈現做現吃、現買現賣〉⑥目前：〈現任〉。

造詞　現今、現出、現成、現形、現狀、現況、現象、現場、現實、現職／呈現、表現、發現、實現、顯現、體現、具現、浮現／現身說法、忽隱忽現。

同　顯、今。

玉部 7 畫

琍

一 二 千 王 王 王 玕 玕 琍 琍 琍

ㄌㄧˋ　同「璃」。

玉部 7 畫

珽

一 二 千 王 王 王 王 玌 玌 珽 珽 珽

ㄊㄧㄥˇ　①玉製的笏，是帝王所拿的手板②大圭。

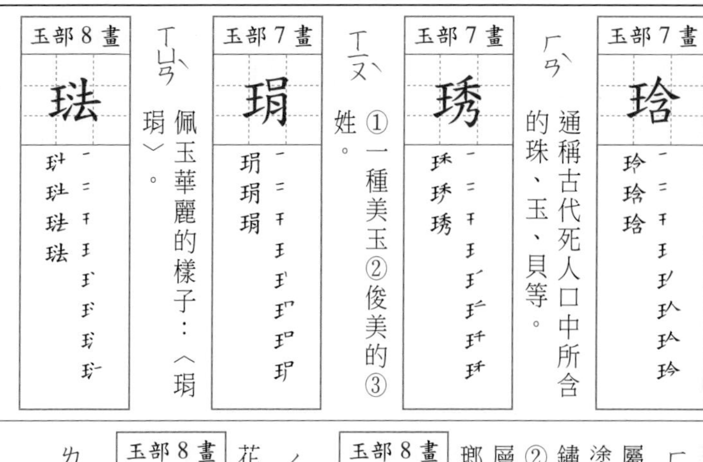

玉部7畫

琀

ㄏㄢˋ　通稱古代死人口中所含的珠、玉、貝等。

玉部7畫

琇

ㄒㄧㄡˋ　①一種美玉②俊美的③姓。

玉部7畫

琄

ㄒㄩㄢˋ　佩玉華麗的樣子：〈琄琄〉。

玉部8畫

珐

ㄈㄚˋ　①用硼砂、玻璃粉、石英等原料，加鉛、錫金屬氧化物，燒成像釉的塗料，塗在金屬表面，作為裝飾及防鏽，俗稱「搪瓷」：〈珐瑯〉②牙齒表面具有白色光澤的一層硬質，可以保護牙齒：〈珐瑯質〉。

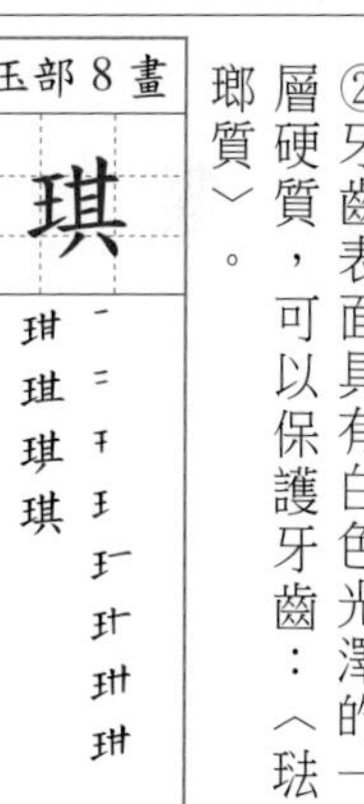

玉部8畫

琪

ㄑㄧˊ　①一種美玉②華美的：〈琪殿〉③珍異的：〈琪花瑤草〉。

玉部8畫

琳

ㄌㄧㄣˊ　美玉：〈琳瑯滿目〉。

玉部8畫

琢

ㄓㄨㄛˊ　①雕刻玉石，使成為器物：〈玉不琢，不成器〉②推敲之辭：〈琢句、琢鍊字句〉。

玉部8畫

琥

ㄏㄨˇ　①用玉做成的虎形器物②寶石名，是古代松柏等植物的樹脂化石，呈黃褐色、透明：〈琥珀〉③姓。

玉部8畫

琵

ㄆㄧˊ　樂器名，用梧桐木製成，半梨形，有四條或六條弦，用手撥弄琴弦，可發出獨特的樂音：〈琵琶〉。

玉部8畫

琶

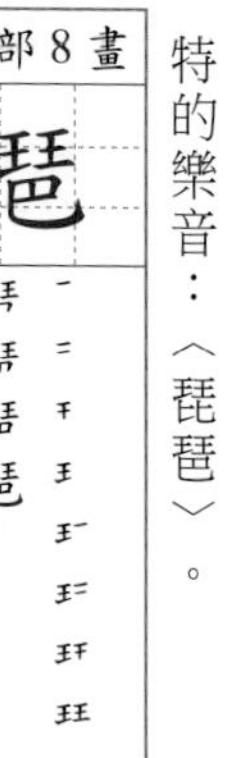

ㄆㄚˊ 是一種撥絃樂器，用梧桐木製成，下部橢圓，上部細長，有四根或六根絃，音色獨特：〈琵琶〉。

玉部8畫

琴

ㄑㄧㄣˊ ①「古琴」的簡稱，演奏時左手按絃，右手撥彈，聲音清幽②絃樂器的總稱，如月琴、鋼琴、小提琴③姓。

造詞 琴師、琴絃、琴鍵、琴瑟／木琴、胡琴、風琴、彈琴／琴瑟和鳴、對牛彈琴、焚琴煮鶴、琴棋書畫。

玉部8畫

琨

ㄎㄨㄣ 美玉名：〈瑤琨、琨庭〉。

玉部8畫

琦

ㄑㄧˊ ①美玉：〈琦瑋〉②出眾的、奇特不凡的：〈琦辭、琦行〉。

玉部8畫

琛

ㄔㄣ 珍貴的物品。

玉部8畫

琤

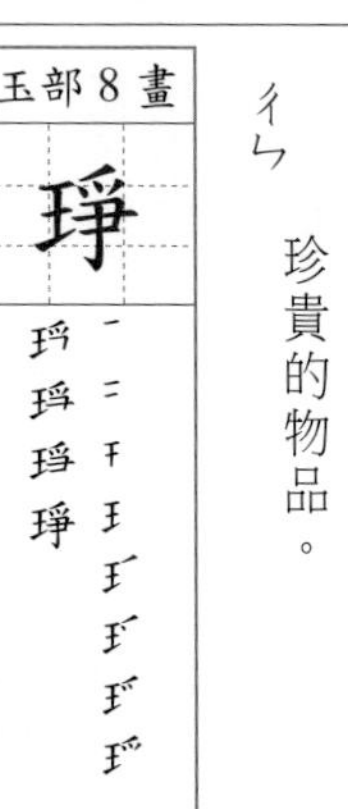

ㄔㄥ 形容玉器的撞擊聲，也可形容琴聲或水聲：〈琤琤〉。

玉部8畫

琮

ㄘㄨㄥˊ ①古代用來祭地的方柱形玉器，中間有圓孔：〈以黃琮禮地〉②姓。

玉部8畫

琰

ㄧㄢˇ ①美玉名②圭的上端削成尖形的：〈琰圭〉。

玉部8畫

琬

ㄨㄢˇ 上端渾圓而沒有稜角的圭：〈琬琰〉。

玉部9畫

瑕

ㄒㄧㄚˊ ①玉上的紅色斑點：〈白璧無瑕〉②缺點、過失：〈瑕疵、瑕瑜〉。

造詞 瑕不掩瑜。

玉部9畫

瑚

ㄏㄨˊ ①古代宗廟祭祀時，用來盛裝穀物的禮器：〈瑚璉〉②一種腔腸動物所分泌的石灰質東西，形狀像樹枝，可以當裝飾品：〈珊瑚〉。

玉部9畫

瑟

ㄙㄜˋ ①古代弦樂器，形狀像琴，本來有五十弦，相傳黃帝改為二十五弦：〈錦瑟、琴瑟〉②鼓奏：〈瑟師〉③風聲，也可形容人因寒冷而發抖的樣子：〈瑟瑟、瑟縮〉。

玉部9畫

瑞

ㄖㄨㄟˋ ①好的預兆：〈祥瑞之氣〉②用玉做成的信物③吉祥的：〈瑞兆、瑞雪〉④姓。

造詞 瑞士、瑞典／人瑞、吉瑞、符瑞。

玉部9畫

瑁

ㄇㄟˋ ①一種爬蟲類動物，屬龜類，性情強暴，肉有劇臭。背甲光滑美麗，黃褐色，可製成鈕扣、眼鏡框或裝飾品：〈玳瑁〉②古代天子接見諸侯時所拿的玉器。

玉部9畫

琿

ㄏㄨㄣˊ 一種美玉。

玉部9畫

瑙

ㄋㄠˇ 石英類礦物，顏色美麗，光澤晶瑩，可以製成裝飾品：〈瑪瑙〉。

玉部9畫

瑛

ㄧㄥ ①透明像玉的美石：〈紫石瑛〉②玉的光彩③比喻美德：〈瑛瑤〉。

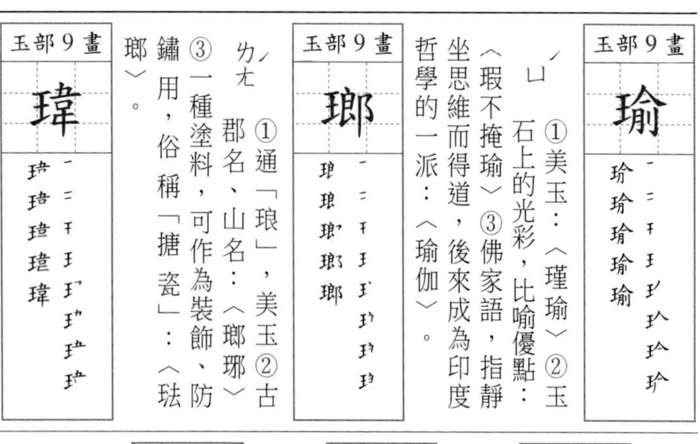

瑜
玉部9畫

ㄩˊ ①美玉：〈瑾瑜〉②玉石上的光彩，比喻優點：〈瑕不掩瑜〉③佛家語，指靜坐思維而得道，後來成為印度哲學的一派：〈瑜伽〉。

瑯
玉部9畫

ㄌㄤˊ ①通「琅」，美玉②古郡名、山名：〈瑯琊〉③一種塗料，可作為裝飾、防鏽用，俗稱「搪瓷」：〈琺瑯〉。

瑋
玉部9畫

ㄨㄟˇ ①一種美玉②珍奇的：〈瑋寶、瑋術〉。

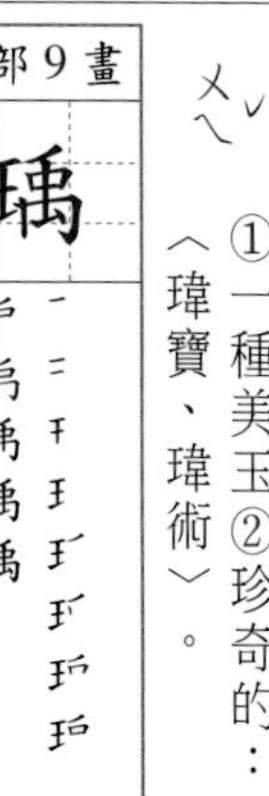

瑀
玉部9畫

ㄩˇ 像玉的白石，可做佩飾的零件：〈琚瑀〉。

瑗
玉部9畫

ㄩㄢˋ 中央有大孔的圓璧。

瑄
玉部9畫

ㄒㄩㄢ 古代祭天所用的大璧。

瑤
玉部10畫

ㄧㄠˊ ①美玉：〈瓊瑤〉②用美玉做成的：〈瑤臺〉③美好的：〈瑤函、瑤章、瑤池〉④比喻潔白：〈瑤質〉。

瑣
玉部10畫

ㄙㄨㄛˇ ①連環的玉②形容玉石相碰的微細聲音③細小的、零碎的：〈煩瑣、瑣事、瑣瑣碎碎〉④姓。

造詞 瑣屑、瑣務、瑣聞。

瑪
玉部10畫

ㄇㄚˇ 礦石的一種，是結晶石英、石髓及蛋白石的混合物，顏色美麗，光澤晶瑩，可以做裝飾品：〈瑪瑙〉。

玉部 10 畫

瑰

ㄍㄨㄟ ①美石：〈瓊瑰〉②植物名，落葉灌木，枝上有刺，花有多種顏色，香氣濃，可以做香料：〈玫瑰〉③珍奇的：〈瑰寶、瑰麗〉。

造詞 瑰奇、瑰怪、瑰異。

玉部 10 畫

瑩

ㄧㄥˊ ①光潔像玉的美石：〈琇瑩〉②光潔透明的：〈晶瑩剔透〉。

玉部 11 畫

璋

ㄓㄤ ①形狀像半個圭的長條形玉器，古代拿璋給男孩子當玩具玩，所以稱生男孩為「弄璋」②通「彰」，明亮的。

玉部 11 畫

璃

ㄌㄧˊ ①用白砂、石灰石、碳酸鈉等化學原料所製成的化學物，透明或半透明，可製成窗、門等器物：〈玻璃〉②光潔如玉的石頭：〈琉璃〉。

玉部 11 畫

璇

ㄒㄩㄢˊ ①美玉：〈璇玉〉②北斗星的第二顆星③華麗的：〈璇宮、璇室〉④古時測試天文的儀器：〈璇璣〉。

玉部 11 畫

璉

ㄌㄧㄢˇ 古代宗廟祭祀時，用來盛穀物的禮器：〈瑚璉〉。

玉部 11 畫

瑾

ㄐㄧㄣˇ ①美玉：〈瑾瑜〉②美德：〈握瑜懷瑾〉。

玉部 11 畫

璀

ㄘㄨㄟˇ ①玉石光耀的樣子：〈璀燦〉②鮮明的樣子：〈璀璨〉。

玉部 11 畫

璁

ㄘㄨㄥ ①像玉的美石②潔淨光亮的：〈璁瓏〉。

玉部 12 畫

璜

ㄏㄨㄤˊ 半圓形的佩玉。

玉部 12 畫

璣

ㄐㄧ ①不圓的珠子：〈珠璣〉②北斗星的第三顆星③測試天文的儀器：〈璿璣、璇璣〉。

玉部 12 畫

璞

ㄆㄨˊ ①還沒有經過琢磨的玉：〈璞玉〉②還沒有經過鍛鍊的劍③比喻人的天真純樸：〈返璞歸真〉。

玉部 13 畫

環

ㄏㄨㄢˊ ①平而圓的玉器，中間有圓孔，圓孔的半徑和周邊的寬度相等：〈環佩、玉環〉②泛指圓形而中間有孔的器物：〈鐵環、花環〉③圍繞一圈：〈環島、環球〉④四周的：〈環境〉⑤遍及四處的：〈環遊世界〉⑥姓。

造詞 環抱、環堵、環繞、環顧、環節、環視／指環、循環、連環、圓環、門環。

玉部 13 畫

璩

ㄑㄩˊ ①環形的玉器②姓。

玉部 13 畫

璦

ㄞˋ ①美玉②地名：〈璦琿〉。

玉部 13 畫

璧

ㄅㄧˋ ①平而圓的玉製禮器，中間有圓孔，周邊的寬度是圓孔半徑的一倍：〈璧玉〉②玉的通稱：〈白璧〉③歸還原物：〈敬璧、璧謝〉④美好的：〈璧人〉⑤像璧一樣圓的：〈璧月〉。

造詞 完璧、拱璧、和氏璧。

璨
玉部 13 畫

ㄘㄢˋ ①玉石亮麗耀眼的樣子：〈璀璨〉②明亮的樣子：〈璨璨〉。

璐
玉部 13 畫

ㄌㄨˋ 美玉：〈寶璐〉。

璫
玉部 13 畫

ㄉㄤ ①耳飾：〈耳璫〉②金屬或玉石相擊的聲音：〈琅璫〉。

璽
玉部 14 畫

ㄒㄧˇ ①印章的通稱，秦朝以後專指帝王的印鑑：〈玉璽、印璽、御璽、國璽〉②姓。

璿
玉部 14 畫

ㄒㄩㄢˊ ①通「璇」，美玉：〈璿瑰〉②古時測試天文的儀器：〈璿璣〉。

瓊
玉部 15 畫

ㄑㄩㄥˊ ①美玉，就是瑪瑙：〈瓊瑤〉②美好的：〈瓊漿、瓊樓玉宇〉。

造詞 瓊枝玉葉。

瓏
玉部 16 畫

ㄌㄨㄥˊ ①古代求雨時所用的玉②玉的聲音：〈玲瓏〉③物體精巧或形容人靈活敏捷：〈玲瓏〉。

造詞 八面玲瓏、嬌小玲瓏。

瓔
玉部 17 畫

ㄧㄥ ①像玉的美石②古人的頸飾：〈瓔珞〉。

瓜部 ㄍㄨㄚ

瓜
瓜部 0 畫

ㄍㄨㄚ 草本蔓生植物，葉子是掌狀，有卷鬚，花多是黃色。果實有的可以生吃：〈西瓜、木瓜〉，有的可以作為蔬菜：〈冬瓜、苦瓜、黃瓜〉。

造詞 瓜分、瓜代、瓜子、瓜葛、瓜棚／胡瓜、香瓜、南瓜、絲瓜、瓠瓜、傻瓜／瓜田李下、瓜熟蒂落。

瓜部 5 畫

瓞

ノ 厂 兀 瓜 瓜 瓜 瓜 瓞 瓞 瓞

ㄉㄧㄝˊ 小的瓜，比喻子孫：〈瓜瓞緜緜〉。

瓜部 6 畫

瓠

一 ナ 大 夳 夸 夸 夸 瓠 瓠 瓠

ㄏㄨˋ ①草本蔓生植物，葉子是掌狀，開白色花，果實長橢圓形，可以吃。果皮乾燥後，可以做成容器或舀水器具：〈瓠子、瓠瓜〉②姓。

瓜部 11 畫

瓢

一 ㄧ 丙 襾 西 覀 覀 覀 票 票 瓢 瓢 瓢

ㄆㄧㄠˊ ①瓠瓜對剖後，製成的舀水器具或盛酒器具②形狀像勺子，可以舀水或盛東西的器具：〈水瓢、湯瓢、飯瓢〉③昆蟲名，種類很多，身體為半圓形，有臭味，背上有顏色鮮豔的斑點：〈瓢蟲〉。

瓜部 14 畫

瓣

丶 亠 六 立 立 辛 辛 辛 新 新 新 新 新 辦 瓣 瓣 瓣

ㄅㄢˋ ①組成花朵的花片：〈花瓣〉②瓜果或球莖等有膜隔開，可以分開的部分：〈蒜瓣、橘瓣〉③計算葉片、果瓣的單位：〈把蘋果分成四瓣〉。

瓜部 17 畫

瓤

丶 亠 亠 亠 亠 亠 亠 亠 亠 亠 亠 亠 襄 襄 襄 瓤 瓤 瓤 瓤

ㄖㄤˊ ①瓜果內部的肉：〈西瓜瓤兒、果瓤〉②糕餅點心內的餡：〈月餅瓤兒〉③果仁：〈核桃瓤兒〉④物品的內部：〈信瓤〉。

瓦部 ㄨㄚˇ

瓦部 0 畫

瓦

一 丆 丆 瓦 瓦

ㄨㄚˇ ①用陶土燒成的器物：〈瓦盆、瓦罐〉②蓋在屋頂上遮風雨的陶片：〈屋瓦〉③古代原始的紡錘，後來稱生女孩是「弄瓦」④電功率單位「瓦特」的簡稱：〈六十瓦〉

⑤姓。

造詞 瓦全、瓦斯、瓦解、瓦楞紙／磚瓦、琉璃瓦。

瓦部6畫

瓷

ㄘˊ ①用黏土、長石和石英粉混合製成的陶器，質地緊密細緻，可上釉彩：〈瓷器、瓷磚〉②用瓷製成的：〈瓷碗〉。

瓦部6畫

瓶

ㄆㄧㄥˊ 入口小、腹部大的長頸容器，可以盛液體、插花等：〈花瓶、酒瓶、玻璃瓶〉。

造詞 瓶子、瓶口、瓶頸、瓶塞／空瓶、醬油瓶、拖油瓶／守口如瓶。

瓦部8畫

瓿

ㄆㄡˇ 同「錇」，盛液體的小甕，口圓腹深。

瓦部9畫

甄

ㄓㄣ ①製造陶器：〈甄陶〉②表明：〈甄大義〉③審查選取：〈甄試、甄選〉④姓。

造詞 甄用、甄別、甄審。

瓦部11畫

甌

ㄡ ①盆、盂一類的瓦器②杯子：〈茶甌、金甌（金屬杯子，比喻完整的國土）〉③浙江省溫州的簡稱④姓。

瓦部11畫

甍

ㄇㄥˊ 屋脊，屋頂承瓦的橫梁。

瓦部13畫

甕

ㄨㄥˋ ①口小腹大的瓦製容器：〈酒甕〉②姓。

造詞 甕中捉鱉、請君入甕。

甘部 ㄍㄢ

甘部0畫

甘

ㄍㄢ ①美味：〈甘旨〉②順遂：〈心甘情願、甘心〉

③甜美的：〈甘泉、甘如飴〉④和悅的：〈甘言〉⑤樂意、情願的：〈甘拜下風、自甘墮落〉。

造詞 甘地、甘休、甘苦、甘草、甘蔗、甘霖、甘願、甘露／不甘、自甘、味甘、美甘／甘之如飴、甘食褕衣。

同 甜、願。

反 苦。

甚

甘部4畫

一 十 廾 廾 甘 甘 其 其 甚

ㄕㄣˋ ①過度的：〈欺人太甚、甚至〉②很、非常：〈甚好、甚多〉③超過：〈他愛弟弟甚於愛自己〉。

ㄕㄣˊ 疑問代名詞：〈甚麼、甚事〉。

甜

甘部6畫

一 二 千 千 舌 舌 舌 舌 甜 甜 甜

ㄊㄧㄢˊ ①和「苦」相對，味道甘美的：〈甜食、甜蜜〉②美好動聽的：〈甜言蜜語〉③很熟、很安穩：〈甜睡、睡得好甜〉。

造詞 甜菜、甜頭、甜不辣。

同 甘。

生部 ㄕㄥ

生

生部0畫

ノ ㄏ 匕 牛 生

ㄕㄥ ①活，與「死」相對：〈生死有命、起死回生〉②一輩子：〈今生、來生〉③生計、生活：〈謀生、營生〉④性命：〈喪生〉⑤泛指有生命的東西：〈眾生〉⑥對讀書人的稱呼：〈書生〉⑦老師稱弟子，或弟子自稱：〈學生、諸生〉⑧對人謙稱自己：〈晚生〉⑨戲曲中扮演男性的角色名：〈小生、老生〉⑩出現：〈發生〉⑪生育、產下：〈生男育女、生於台灣〉⑫成長、滋長：〈生長、生得好美〉⑬培養：〈生聚教訓〉⑭創新：〈生出新花樣、生花妙筆〉⑮獲取：〈生財有道〉⑯未煮熟的：〈生肉、生菜〉⑰不熟悉的：〈生面孔、面生〉⑱不熟練的：〈生手〉⑲未開化的：〈生番〉⑳很、非常：〈生恐、生怕〉㉑語助詞，無意義：〈怎生了得、怎生得黑〉㉒副詞語尾，無意義：〈好生走路、偏生〉㉓姓。

造詞 生分、生日、生色、生平、生存、生肖、生命、生性、生物、生活、生事、生計、生氣、生病、生員、生涯、生動、生理、生產、生疏、生殖、生硬、生意、生路、生態、生趣、生鏽、生機、生還／先生、平生、出生、長生、陌生、更生、寄生、終生、誕生、儒生、醫生／生不逢時、生生不息、生死之交、生死與共、生吞活剝、生氣蓬勃、生聚教訓、生龍活虎、生離死別、生靈塗炭、苟且偷生、九死一生、民不聊生、劫後餘生、虎口餘生、栩栩如生、絕處逢生、談笑風生、險象環生、應運而生。

同 活、出。

反 死。

生部6畫

產

ㄔㄢˇ ①天然或人工製造的物品：〈農產、水產、土產〉②擁有的財富、土地、房屋等：〈財產、動產、不動產〉③生下來：〈產子、產卵〉④創造物質或精神財富：〈增產〉。

造詞 產生、產品、產婦、產婆、產物、產量、產業、產權／共產、治產、出產、田產、恆產、家產、量產、破產、資產、遺產、難產、流產／傾家蕩產。

同 生。

生部7畫

甥

ㄕㄥ 稱姊妹的孩子：〈外甥、甥女〉。

請注意：「甥」是姊妹的孩子，「姪」是兄弟的孩子。

生部7畫

甦

ㄙㄨ 通「蘇」，從昏迷狀態中醒過來、死而復活：〈甦醒〉。

用部 ㄩㄥˋ

用部0畫

用

ㄩㄥˋ ①效果、功能：〈效用、作用、功用〉②花費的錢財：〈費用、家用〉③使用、應用：〈用兵、用心〉④任用：〈用人〉⑤吃、進食：〈用飯、用茶〉⑥施行、實行：〈運用〉⑦花費：〈用錢〉⑧需要：〈不用上學、不用費心〉⑨姓。

造詞 用力、用具、用武、用品、用途、用處、用意、用語、用膳／日用、公用、引用、利用、使用、妙用、信用、試用、服用、無用、軍用、適用／用筆如舌、用盡心機、大才小用、物盡其用、剛愎自用。

用部0畫

甩

ノ 几 月 月 甩

ㄕㄨㄞˇ ①任意拋棄：〈甩掉〉②擺動：〈甩尾巴、甩手〉③投擲：〈甩手榴彈〉④理睬：〈不甩他〉。

用部2畫

甬

ㄱ ㄱ ㄱ 丙 丙 甬 甬

ㄩㄥˇ ①古代的量器名，就是「斛」②浙江省鄞縣的別稱③姓。

用部2畫

甫

一 厂 冂 亐 亐 甫 甫

ㄈㄨˇ ①古代稱讚男子的詞：〈仲山甫〉②尊稱別人的詞：〈尊甫、台甫〉③剛剛、剛才：〈驚魂甫定〉④姓。

用部4畫

甭

一 ア 不 不 丕 甭 甭 甭 甭

ㄅㄥˊ 「不用」兩字的合音。不用、不必：〈甭客氣〉。

用部7畫

甯

丶 丷 宀 宀 宓 宓 宓 宫 宵 宵 宵 甯

ㄋㄧㄥˋ 姓。

ㄋㄧㄥˊ 通「寧」，安靜：〈安甯〉。

田部 ㄊㄧㄢˊ

田部0畫

田

丨 冂 冃 田 田

ㄊㄧㄢˊ ①可以耕種農作物的地方：〈農田、良田〉②土地的通稱：〈田園、有田一成〉③「田賽」的簡稱，和「徑賽」合稱「田徑」④打獵：〈田獲、田獵〉⑤姓。

ㄉㄧㄢˋ 通「佃」，耕種。

造詞 田地、田舍、田埂、田野、田家、田產、田鼠、田園、田賦、田螺、田雞、田廬／下田、心田、公田、井田、油田、旱田、稻田、耕田／滄海桑田、解甲歸田。

田部0畫

由

丨 冂 冃 由 由

ㄧㄡˊ ①原因：〈事由、理由〉②經歷：〈觀其所由〉

③聽從：〈言不由衷〉④萌芽：〈由蘖〉⑤任憑、隨意：〈信不信由你〉⑥遵循：〈民可使由之〉⑦自、從：〈由上而下、由左而右〉⑧因為，表示因果：〈咎由自取、由此成仇〉。

造詞 由於、由來、由衷／自由、因由、經由、原由。

甲

田部0畫

丨 冂 冃 日 甲

ㄐㄧㄚˇ ①天干的第一位，用來代表「第一」，可和地支相配，用來計算時日：〈甲子〉②台灣計算土地面積的單位，一甲等於〇．九七公頃，約二、一三四坪③手腳尖端由角質形成的硬殼：〈指甲〉④古代戰鬥中用來防護身體的衣服：〈盔甲〉⑤古代戶口的編制：〈保甲〉⑥硬殼：〈龜甲〉⑦裝在外面，用來保護內部的鐵板：〈裝甲〉⑧假設的代名詞：〈甲方、某甲〉⑨超群出眾、居第一位：〈富甲一方、桂林山水甲天下〉⑩等第最優秀的：〈甲等、甲級〉⑪鼈的別稱：〈甲魚〉⑫姓。

造詞 甲板、甲胄、甲蟲、甲骨文。

申

田部0畫

丨 冂 冃 日 申

ㄕㄣ ①地支的第九位②時辰名，指下午三點到五點③上海的簡稱④陳述、表明：〈申明、申報、重申〉⑤教訓、告誡：〈申斥、三令五申〉⑥姓。

造詞 申冤、申述、申訴、申誡、申論、申請、申辯。

同 說、請。

甸

田部2畫

ノ 勹 勺 句 句 甸

ㄉㄧㄢˋ ①古代指京城郊外的地方：〈京甸〉②治理：〈甸四方〉。

造詞 郊甸、伊甸、緬甸。

男

田部2畫

丨 冂 冃 田 田 男 男

ㄋㄢˊ ①性別的一種，與「女」相對：〈男女平等〉②兒子的代稱：〈長男、次男〉③兒子對父母的自稱④古代五等爵位中的第五等：〈公、侯、伯、子、男〉⑤姓。

造詞 男人、男性、男子漢大丈夫／丁男、嫡男、在室男／男女老幼、男盜女娼。

反 女。

田部2畫

町

ㄊㄧㄥˇ ①田間的路：〈町畦〉②田地、田畝。

ㄉㄧㄥ 日本將工商區稱為「町」，如台北的「西門町」。

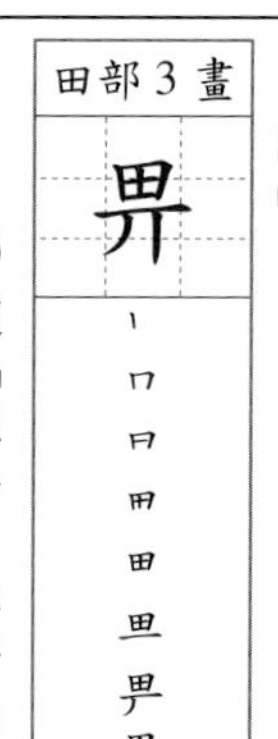

田部3畫

畀

ㄅㄧˋ ①通「鼻」，鼻子②交給、付與：〈畀予〉。

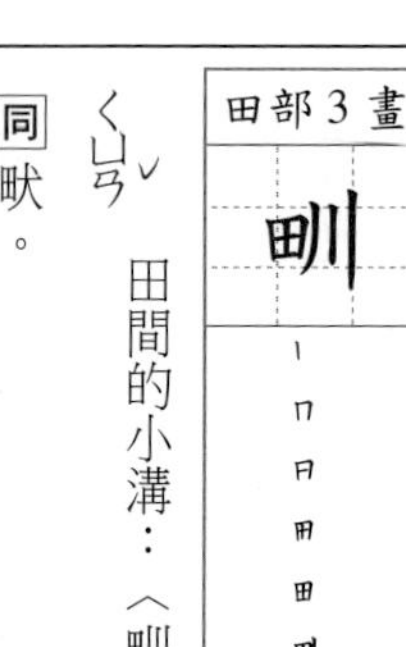

田部3畫

甽

ㄑㄩㄢˇ 田間的小溝：〈甽畝〉。

同 畎。

田部4畫

畏

ㄨㄟˋ ①令人害怕的事：〈君子有三畏〉②恐懼、害怕：〈畏懼、畏怯、人言可畏〉③敬服、心服：〈敬畏〉④恐怖的：〈視為畏途〉。

造詞 畏忌、畏罪、畏避、畏縮／畏畏縮縮、畏首畏尾、後生可畏、望而生畏。

同 怕、懼、怯。

田部4畫

界

ㄐㄧㄝˋ ①土地的邊際，兩地相交的地方：〈地界、省界、國界〉②限定的範圍：〈以河為界〉③以從事的行業或自然界事物的特性所作的區別：〈電影界、學術界、動物界〉④境域：〈境界〉⑤靠近、接連：〈城市北界大河〉。

造詞 界尺、界限、界碑、界說、界線、界河／三界、分界、世界、政界、眼界、邊界、疆界／大千世界、大開眼界。

田部4畫

畋

ㄊㄧㄢˊ ①種植：〈畋田〉②打獵：〈畋獵〉。

田部4畫

畎

ㄑㄩㄢˇ 通「甽」，田間的小溝：〈畎畝〉。

田部5畫

畔

ㄆㄢˋ ①田地的界線：〈田畔〉②江、湖、道路的邊側、旁邊：〈湖畔、河畔〉。

造詞 江畔、池畔、橋畔。

畝

田部 5 畫

畂 畝

ㄇㄨˇ ①計算田地面積的單位，六十丈平方為一畝。又一公畝等於一百平方公尺，或三十又四分之一坪②田地：〈畎畝〉。

畜

田部 5 畫

畜 畜

ㄔㄨˋ ①泛稱禽獸：〈畜牲、畜生〉②人所馴養的禽獸：〈牲畜、家畜、六畜興旺〉。

ㄒㄩˋ ①通「蓄」，積聚②放牧、飼養禽獸：〈畜牧〉。

同 養。

畚

田部 5 畫

畚 畚

ㄅㄣˇ 用草或竹木所製成，用來盛土的器具：〈畚箕〉。

留

田部 5 畫

留 留

ㄌㄧㄡˊ ①停止在一個地方：〈留宿、留校、停留〉②阻止、阻攔：〈拘留、扣留、挽留〉③保存：〈保留、留得青山在〉④專注：〈留心、留意〉⑤接受、收容：〈收留〉⑥姓。

造詞 留任、留守、留步、留言、留級、留神、留連、留情、留影、留學、留念、留滯、留餘地、留聲機／久留、去留、居留、逗留、遺留、慰留、駐留／片甲不留、寸草不留。

同 停。

畛

田部 5 畫

畛 畛

ㄓㄣˇ ①田間的小路②界限：〈畛域〉。

略

田部 6 畫

畧 略 略

ㄌㄩㄝˋ ①計畫、計謀：〈方略、戰略〉②重點、要點：〈史略、要略〉③才智：〈雄才大略〉④治理：〈經略〉⑤佔領、奪取：〈攻略、侵略〉⑥怠慢：〈忽略〉⑦省去：〈省略〉⑧領會：〈領略〉⑨簡省的、簡要的：〈簡略、略圖〉⑩稍微的：〈略知一二、略勝一籌〉⑪大約的：〈略述、略論〉⑫姓。

造詞 才略、約略、概略、策略、謀略。

同 簡、節、省、策、謀、稍。

田部6畫

畢

丶 冂 日 田 田 田 甲 甲 畢 畢 畢

ㄅㄧˋ ①結束、終了：〈完畢、役畢、畢業〉②一齊：〈群賢畢至〉③全部、完全：〈原形畢露〉④姓。

造詞 畢生、畢命、畢竟、畢昇／畢恭畢敬。

同 完、卒、終。

田部6畫

畦

丨 冂 日 田 田 田 町 畦 畦 畦 畦

ㄑㄧˊ ①計算田地面積的單位，五十畝稱「一畦」②田地、菜圃裡用土埂分成整齊的小塊地：〈菜畦〉③姓。

造詞 畦作、畦徑、畦畛。

請注意：「畦」和「圃」都是種植用的田地，但是「畦」是指種蔬菜的園地，「圃」是種蔬果、花卉的園地。

田部6畫

異

丶 冂 日 田 田 田 甲 甲 異 異 異

ㄧˋ ①變故、反常的事：〈災異〉②特殊行為：〈標新立異〉③分開：〈離異〉④不同：〈異於常人、大同小異〉⑤驚訝：〈詫異、訝異〉⑥特殊的：〈優異、異才〉⑦別的、另外的：〈異日、異地〉⑧奇怪的：〈奇裝異服、奇異〉⑨不同的：〈異性〉⑩姓。

造詞 異人、異己、異同、異域、異常、異鄉、異味、異國、異端、異樣、異類、異議／怪異、特異、詭異、迥異／異口同聲、異曲同工、異軍突起、異想天開、日新月異、求同存異。

同 奇、怪、殊。

田部7畫

番

丿 丷 丷 立 平 平 采 采 番 番 番 番

ㄈㄢ ①次數：〈三番兩次、數番〉②值勤：〈更番〉③蠻族、外族的通稱：〈吐番、生番〉④替換、調換：〈番代〉⑤來自外族或外國的：〈番邦、番茄、番薯〉。

ㄆㄢ 廣東省縣名：〈番禺〉。

造詞 番戍、番號、番石榴／外番、紅番、當番、連番。

田部7畫

畫

𠃍 ⺕ 彐 聿 聿 聿 書 書 書 書 畫 畫

ㄏㄨㄚˋ ①繪成的圖形：〈水彩畫、油畫〉②中國字的一筆：〈「正」字有五畫〉③

書法上的橫筆叫「一畫」④分界、區分：〈畫分、區畫〉⑤設計：〈計畫、策畫〉⑥描繪、繪圖：〈畫一幅山水畫、畫餅充飢〉⑦簽署：〈畫押〉⑧齊一的：〈整齊畫一〉⑨姓。

造詞 畫面、畫展、畫家、畫廊、畫眉、畫報、畫像、畫壇／畫地自限、畫蛇添足、畫虎成犬、畫龍點睛。

同 繪、圖、劃。

田部 7 畫

畬

ノ 人 亼 亽 今 佘 余 余 佘 畬 畬

ㄩˊ ①已經墾植三年的熟田 ②耕作。

ㄕㄜ ①我國西南的少數民族之一 ②火耕 ③姓。

田部 8 畫

畸

丨 ㄇ 日 田 田 田一 田ナ 田大 畸 畸 畸 畸 畸

ㄐㄧ ①偏頗：〈畸輕畸重〉②數的零頭：〈畸零〉③通「奇」，怪異的：〈畸人〉④不正常的：〈畸形、畸戀〉。

田部 8 畫

當

丨 ⺌ ⺌ ⺌ 尚 尚 尚 尚 當 當 當 當 當

ㄉㄤ ①擔任、從事：〈當老師、當歌星〉②主持、掌管：〈當政、當家〉③承受：〈不敢當、敢做敢當〉④相稱、對等：〈旗鼓相當、門當戶對〉⑤比作：〈安步當車〉⑥在、居：〈當局者迷〉⑦時值、逢：〈當面、生不當時〉⑧面對著的：〈當機立斷、當面〉⑨眼前的：〈當務之急〉⑩應該：〈男兒當自強、應當〉⑪姓。

ㄉㄤˋ ①詭計、圈套：〈上當〉②抵押：〈典當、押當、把手錶當了〉③看作：〈把正事當兒戲〉④合適的：〈得當、適當〉。

造詞 當下、當天、當心、當中、當代、當年、當局、當初、當即、當兵、當初、當真、當場、當鋪、當選／正當、充當、妥當、相當、恰當、流當、便當、擔當、穩當／當仁不讓、當務之急、當頭棒喝、大而不當、銳不可當、直截了當／當一天和尚撞一天鐘、當局者迷旁觀者清。

同 作、充、宜、妥、押、質。

田部 10 畫

畿

乙 幺 幺 幺' 丝 丝 丝 丝 畿 畿 畿 畿 畿 畿 畿

ㄐㄧ ①京城 ②古代稱國都近郊：〈近畿、京畿、畿內〉③姓。

田部 14畫

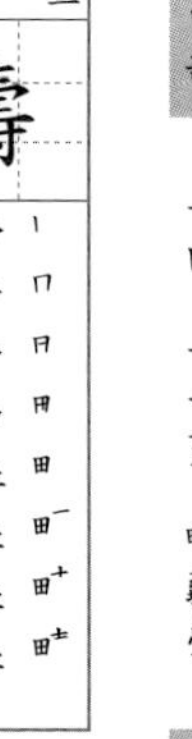

ㄔㄡˊ ①田地：〈平疇千里、田疇〉②種類、範圍：〈範疇〉③從前：〈疇昔、疇日〉④姓。

同 田。

田部 14畫

疆

ㄐㄧㄤ ①國與國之間土地的界限：〈疆域、疆界〉②窮盡的：〈萬壽無疆〉。

造詞 疆土、疆場／邊疆、新疆。

田部 17畫

疊

ㄉㄧㄝˊ ①量詞，堆積成的一個單位：〈一疊信件〉②一層一層往上堆砌：〈堆疊、疊羅漢〉③摺：〈疊衣服、疊被子〉④樂曲間歇以後，再彈奏一遍：〈陽關三疊〉⑤一層一層的：〈層巖疊嶂〉⑥由許多薄東西，一層層堆積而成的厚東西：〈一疊子鈔票〉。

造詞 疊字、疊韻／折疊、重疊、層疊。

疋部 ㄆㄧˇ

疋部 0畫

疋

ㄕㄨ 腳。

ㄆㄧˇ ①通「匹」，計算布帛的單位：〈一疋布〉②泛稱織物：〈布疋〉。

ㄧㄚˇ 通「雅」。

疋部 6畫

疏

ㄕㄨ ①開通：〈疏通、疏導〉②分散：〈疏散人口〉③粗心、不注意：〈疏忽〉④稀鬆的：〈稀疏、疏落〉⑤不熟識：〈生疏〉⑥不精熟、淺陋的：〈才疏學淺〉⑦不親近：〈疏遠〉⑧粗糙的：〈疏食淡飯〉⑨對古書的解釋：〈十三經注疏〉⑩古代臣子呈給皇帝的文書：〈奏疏、上疏〉⑪姓。

造詞 疏宕、疏理、疏漏、疏暢、疏懶、疏離感／疏疏落落、別久情疏。

疋部 9畫

疑

一ˊ ①迷惑或不相信：〈半信半疑、懷疑〉②猶豫不定、無法確定：〈遲疑〉③難以確定的：〈疑案〉。

造詞 疑心、疑忌、疑似、疑問、疑惑、疑義、疑雲、疑慮、疑難、疑懼／可疑、存疑、多疑、猜疑、質疑、嫌疑／疑神疑鬼、不容置疑。

同 惑、猜。

疒部 ㄔㄨㄤˊ

疔
疒部2畫

丶 亠 广 疒 疒 疒 疔

ㄉㄧㄥ 皮膚腺體失調所生的毒瘡，常長在指尖、嘴脣或臉上，腫成小硬塊，非常疼痛：〈疔瘡〉。

疚
疒部3畫

丶 亠 广 疒 疒 疒 疚 疚

ㄐㄧㄡˋ ①長久治不好的病②對自己的錯誤感到慚愧而難過：〈歉疚、愧疚、內疚〉。

疙
疒部3畫

丶 亠 广 疒 疒 疒 疒 疙

ㄍㄜ ①皮膚上長出或凸起的圓粒：〈雞皮疙瘩〉②比喻想不通或解決不了的問題：〈心存疙瘩〉③形容塊狀或球狀的東西：〈冰疙瘩、麵疙瘩〉。

疝
疒部3畫

丶 亠 广 疒 疒 疒 疒 疝 疝

ㄕㄢˋ 腹腔內臟向外凸出或墜落等病症。通常指腹股溝部，因小腸墜入陰囊而引起的疝，有劇烈的疼痛：〈疝氣〉。

疫
疒部4畫

丶 亠 广 疒 疒 疒 疒 疒 疫 疫

一ˋ 流行性或急性傳染病的總稱：〈瘟疫〉。

造詞 疫苗、疫情／免疫、防疫、疾疫。

請注意：「疫」和「疾」都是疾病的意思。「疫」多指廣泛的流行性或急性疾病；「疾」多指個人的疾病。

疤
疒部4畫

丶 亠 广 疒 疒 疒 疒 疒 疤 疤

ㄅㄚ ①傷口或瘡口痊癒後在皮膚上所留下的痕跡：〈刀疤、瘡疤、疤痕〉②器物上像疤一樣的痕跡：〈銅疤〉。

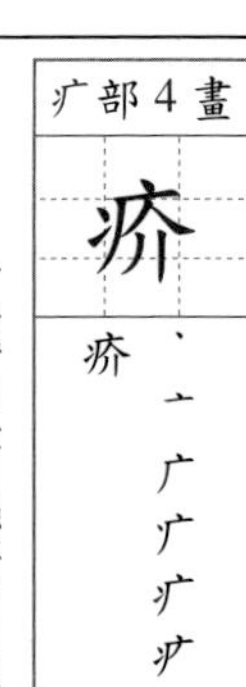

疒部4畫
疥
丶亠广广疒疒疒疥疥
ㄐㄧㄝˋ 一種由疥蟲所引起的傳染性皮膚病，多生在指縫、手腕、腋窩等部位，患處非常癢：〈疥瘡〉。

疒部4畫
疢
丶亠广广疒疒疒疒疢
ㄔㄣˋ 熱病：〈疢疾〉（比喻災患）。

疒部4畫
疣
丶亠广广疒疒疒疒疣
ㄧㄡˊ ①皮膚腫瘤：〈贅疣〉②一種病毒感染的皮膚病。

疒部5畫
疾
丶亠广广疒疒疒疒疒疾
ㄐㄧˊ ①病：〈痢疾、宿疾、積勞成疾〉②缺點、毛病：〈寡人有疾〉③憎恨：〈疾惡如仇、疾視〉④疼痛：〈痛心疾首〉⑤急速的：〈疾風知勁草〉⑥很快的：〈疾走、疾馳〉。
造詞 疾病、疾疢、疾苦、疾疹／惡疾、痼疾、舊疾、瘧疾／疾言厲色、疾首蹙頞。
同 病、恙。

疒部5畫
病
丶亠广广疒疒疒疒病病
ㄅㄧㄥˋ ①身體受到細菌侵襲，或內臟器官發生障礙而覺得不舒適的現象：〈生病、患病〉②缺點、瑕疵：〈毛病、疵病、語病〉③弊端、害處：〈弊病〉④患疾、身體不舒適：〈他病了〉⑤損害：〈禍國病民〉⑥責備：〈詬病〉⑦不健康的、有病的：〈東亞病夫、病人〉。
造詞 病灶、病例、病房、病毒、病症、病容、病理、病假、病菌、病歷、病魔、病變／心病、通病、看病、傳染病／病入膏肓、病從口入、病來如山倒，病去如抽絲、病急亂投醫。
同 疾。

疒部5畫
症
丶亠广广疒疒疒疒症症
ㄓㄥˋ ①疾病的現象：〈對症下藥、病症〉②疾病的：〈症候、症狀〉。
造詞 重症、癌症、健忘症。
同 病。

疒部5畫

疲

、亠广广疒疒疒疒疒疲疲

ㄆㄧˊ ①勞累、困倦：〈疲於奔命、精疲力竭〉②勞累而沒有精神的樣子：〈疲勞、疲倦〉③商品或有價證券交易情況不夠熱絡：〈股市疲軟〉。

造詞 疲乏、疲憊／疲勞轟炸、樂此不疲。

同 倦、累、困。

疒部5畫

疳

、亠广广疒疒疒疒疳疳

ㄍㄢ ①一種腫脹、潰爛的病症：〈下疳〉②中醫指小孩子消化不良、營養失調的慢性病：〈疳積〉。

疒部5畫

疼

、亠广广疒疒疒疒疼疼

ㄊㄥˊ ①痛：〈頭疼、肚子疼、疼痛〉②關心而憐愛：〈疼愛〉③捨不得、憐惜：〈疼惜、心疼〉。

同 痛。

疒部5畫

疹

、亠广广疒疒疒疒疹疹

ㄓㄣˇ 是一種皮膚上起很多紅色小顆粒的症狀，常因皮膚表層發炎所引起：〈溼疹、風疹、麻疹、疱疹〉。

疒部5畫

疸

、亠广广疒疒疒疒疸疸

ㄉㄢˇ 膽汁混入血液，而使皮膚和眼白部分呈現黃色的一種疾病：〈黃疸〉。

疒部5畫

疱

、亠广广疒疒疒疒疱疱

ㄆㄠˋ 皮膚因濾過性病毒感染所引起的疾病，會起水泡狀的顆粒：〈疱疹〉。

疒部5畫

痂

、亠广广疒疒疒疒痂痂

ㄐㄧㄚ 傷口或瘡疥所凝結成的硬塊，好了以後就脫落：〈結痂〉。

疒部5畫

疽

、亠广广疒疒疒疒疽疽

ㄐㄩ 中醫指一種局部皮膚腫脹、堅硬的毒瘡，在皮膚表面的稱「癰」，在皮肉深處的稱「疽」：〈癰疽〉。

痀　疒部 5 畫

丶 亠 广 广 疒 疒 疒 疒 疒 痀 痀

ㄐㄩ　背脊彎曲，就是「駝背」：〈痀僂〉。

痕　疒部 6 畫

丶 亠 广 广 疒 疒 疒 疒 疒 痕 痕

ㄏㄣˊ　①皮膚創傷痊癒後所留下來的疤：〈刀痕、傷痕〉②事物的印跡：〈墨痕、淚痕、痕跡〉。

造詞 印痕、疤痕、彈痕、創痕／春夢了無痕。

同 跡、印。

痔　疒部 6 畫

丶 亠 广 广 疒 疒 疒 疒 疒 痔 痔

ㄓˋ　因直腸下端的靜脈擴張，彎曲或瘤狀，而導致肛門疼痛出血的病症：〈痔瘡、痔瘻〉。

疵　疒部 6 畫

丶 亠 广 广 疒 疒 疒 疒 疒 疵 疵

ㄘ　小毛病、小缺點：〈瑕疵、吹毛求疵〉。

痊　疒部 6 畫

丶 亠 广 广 疒 疒 疒 疒 疒 痊 痊

ㄑㄩㄢˊ　病好了：〈痊癒〉。

同 癒。

痌　疒部 6 畫

丶 亠 广 广 疒 疒 疒 疒 疒 痌 痌

ㄊㄨㄥ　通「恫」，疼痛的：〈痌瘝〉。

痍　疒部 6 畫

丶 亠 广 广 疒 疒 疒 疒 疒 痍 痍

ㄧˊ　創傷：〈滿目瘡痍〉。

痢　疒部 7 畫

丶 亠 广 广 疒 疒 疒 疒 疒 疒 痢 痢

ㄌㄧˋ　因吃了不乾淨的食物，而引起一種細菌感染的腸道急性傳染病。患者有發熱、腹痛、腹瀉等症狀：〈痢疾〉。

痛　疒部 7 畫

丶 亠 广 广 疒 疒 疒 疒 疒 疒 痛 痛

ㄊㄨㄥˋ　①通「疼」，因疾病或創傷所引起的苦楚：〈牙痛、頭痛〉②憎恨：〈怨痛〉③悲傷：〈悲痛、哀痛〉④憐惜：〈痛惜〉⑤徹底的、下決心的：〈痛改前非〉⑥非常的：〈痛恨〉⑦用力的：〈痛打一頓〉⑧盡情的：〈痛飲〉。

造詞 痛心、痛斥、痛快、痛苦、痛感、痛楚、痛擊／心痛、苦痛、陣痛、創痛、疼痛／痛心疾首、痛定思痛、痛哭流涕。

同 疼、悲、傷、苦。

請注意：「痛」與「慟」雖然都有悲傷的意思，但是習慣上，「痛苦」「痛哭」「痛快」，用「痛」不用「慟」。「哀慟」「慟哭」，用「慟」不用「痛」。

疒部7畫

痣

、亠广广疒疒疒疒疒痣痣痣

ㄓˋ　皮膚因血管性或表皮性變異，生出稍微突起的小圓斑點，有黑色、紅色、青色：〈美人痣、硃砂痣〉。

疒部7畫

痙

、亠广广疒疒疒疒疒痙痙痙

ㄐㄧㄥˋ　肌肉不自主性的急劇收縮，有疼痛的感覺，有時會致使機能障礙。起因通常是中樞神經系統的疾病、急性傳染病、過度疲勞等：〈痙攣、抽痙〉。

疒部7畫

痘

、亠广广疒疒疒疒疒痘痘痘

ㄉㄡˋ　①一種接觸傳染的急性疾病，俗稱「天花」，病發時，身上長滿斑點，然後變成像小豆子的水疱：〈牛痘〉②青春期因內分泌過旺，長在臉上的小脂肪球：〈青春痘〉。

疒部7畫

痞

、亠广广疒疒疒疒疒痞痞痞

ㄆㄧˇ　①一種肝脾腫脹的病，患者腹部堅硬，摸起來像硬塊，稱為「痞塊」②作惡多端、為非作歹的人：〈地痞流氓〉。

疒部7畫

痧

、亠广广疒疒疒疒疒痧痧痧

ㄕㄚ　中醫指霍亂為「絞腸痧」、「弔腳痧」，白喉為「爛喉痧」，麻疹稱「痧子」。

疒部7畫

痤

、亠广广疒疒疒疒疒痤痤痤

ㄘㄨㄛˊ　①一種皮脂腺的慢性感染病，常發生在青春期，因油脂分泌過多所引起，多生在臉部，就是「粉刺」：〈痤瘡〉②皮膚腫脹生膿：〈痤疽〉。

疒部7畫　痠

ㄙㄨㄢ　通「酸」，肌肉因過度疲勞或生病而引起麻痛無力的感覺：〈痠痛〉。

疒部8畫　瘀

ㄩ　體內血液不通暢而凝滯在某一處：〈瘀血、瘀傷〉。

疒部8畫　痰

ㄊㄢˊ　①由氣管或支氣管內的黏膜所分泌出來的黏液②喉管發炎時的分泌物：〈止咳化痰〉。

疒部8畫　痲

ㄇㄚˊ　①一種由痲瘋桿菌侵入皮膚黏膜及神經末梢，而引起的慢性傳染病。患者毛髮脫落，四肢肌肉萎縮，手指彎曲，嚴重者會有臉變形、歪嘴及皮膚潰爛等症狀：〈痲瘋〉②由痲疹病毒所引起的傳染病，患者以小孩較多，有發燒、皮膚長紅點等症狀：〈痲疹〉③因天花而留下的痕印：〈痲子〉。

疒部8畫　瘁

ㄘㄨㄟˋ　①疾病②勞累的：〈心力交瘁、鞠躬盡瘁〉。

疒部8畫　痱

ㄈㄟˋ　夏天常見的一種皮膚病，由於出汗過多，毛孔堵塞，而在皮膚上生出許多小紅點：〈痱子〉。

疒部8畫　痹

ㄅㄧˋ　肢體受風寒、溼氣侵襲，而使肌肉或關節疼痛，並失去感覺的病症：〈痲痹〉。

疒部8畫　痺

ㄅㄟ　雌性的鵪鶉。

ㄅㄧˋ　通「痹」，肌肉或關節失去感覺，不能隨意活動的神經性疾病：〈痳痺〉。

疒部 8 畫

痳

丶 亠 广 广 疒 疒 疒 疔 疔 痳 痳 痳 痳

ㄌㄧㄣˊ　通「淋」，就是「淋病」，是一種淋病雙球菌感染的傳染病。患者有尿道發炎、化膿、尿中帶血等症狀：〈痳病〉。

疒部 8 畫

痾

丶 亠 广 广 疒 疒 疒 疒 疒 疒 疒 疒 痾

ㄜ　病：〈沉痾〉。

疒部 8 畫

痿

丶 亠 广 广 疒 疒 疒 疒 疒 疒 疒 痿 痿

ㄨㄟˇ　一種肢體麻木、肌肉萎縮軟弱、不能活動的病變：〈痿痺〉。

疒部 8 畫

痴

丶 亠 广 广 疒 疒 疒 疒 疒 疾 疾 痴 痴

ㄔ　①對某人或某事喜歡到極點，以致沉迷不能放棄的人：〈情痴、書痴〉②呆傻的：〈痴呆、痴傻〉③瘋癲：〈發痴〉④迷惑：〈痴情、痴心〉⑤空、白費：〈痴想〉。

造詞 痴肥、痴迷／痴人說夢、痴心妄想。

疒部 8 畫

痼

丶 亠 广 广 疒 疒 疒 疒 疒 疒 疒 疒 痼

ㄍㄨˋ　①長期難治的病：〈痼疾〉②很難克服的惡習：〈痼癖〉。

疒部 9 畫

瘧

丶 亠 广 广 疒 疒 疒 疒 疒 疒 疒 瘧 瘧

ㄋㄩㄝˋ　被瘧蚊叮咬所感染的瘧疾原蟲疾病。患者會有陣發性的發冷和發燒，俗稱「打擺子」：〈瘧疾〉。

疒部 9 畫

瘍

丶 亠 广 广 疒 疒 疒 疒 疒 疒 瘍 瘍 瘍

ㄧㄤˊ　①瘡、癰、疽、癬等皮膚病的總稱②糜爛：〈胃潰瘍〉。

疒部 9 畫

瘋

丶 亠 广 广 疒 疒 疒 疒 疒 疒 瘋 瘋 瘋

ㄈㄥ　①一種神經錯亂、精神失常的嚴重精神病②癲狂的、言語失常的：〈瘋言瘋語〉③癱瘓：〈瘋癱〉。

造詞 瘋狂、瘋狗、瘋癲。

同 狂、癲。

疒部 9 畫

瘓

ㄏㄨㄢˋ

肢體麻木而不能活動：〈癱瘓〉。

疒部 9 畫

瘉

ㄩˋ

通「癒」，病好了：〈病瘉、痊瘉〉。

疒部 9 畫

瘖

ㄧㄣ

喉嚨失常而不能夠說話：〈瘖啞〉。

疒部 9 畫

瘌

ㄌㄚˋ

①頭部生瘡癬而使頭髮脫落的疾病：〈瘌痢〉②瘡疤：〈疤瘌〉。

疒部 10 畫

瘩

ㄉㄚˊ

①皮膚上長出或凸起的圓粒：〈疙瘩〉②長在背部的癰：〈瘩背〉。

疒部 10 畫

瘡

ㄔㄨㄤ

①皮膚上腫起或潰爛等病的總稱：〈膿瘡〉②外傷：〈刀瘡〉。

造詞 瘡疤、瘡痍／面瘡、凍瘡／滿目瘡痍、百孔千瘡。

疒部 10 畫

瘟

ㄨㄣ

一時流行的急性傳染病：〈雞瘟、瘟疫〉。

疒部 10 畫

瘤

ㄌㄧㄡˊ

①動物的皮膚或身體組織中，增殖生成的腫塊：〈肉瘤、腫瘤〉②樹幹上面突起的部分：〈樹瘤〉。

疒部 10 畫

瘦

ㄕㄡˋ

①體重減輕：〈他最近瘦了〉②纖細不豐滿的：〈瘦骨嶙峋、瘦弱〉③肉不帶脂肪的：〈瘦肉〉。

造詞 瘦削、瘦硬、瘦金體／清

瘦、消瘦、胖瘦／綠肥紅瘦、環肥燕瘦、人比黃花瘦。

反 肥。

疒部 10 畫

瘠

ㄐㄧˊ ①瘦弱的：〈瘠瘦〉②土質不肥沃：〈瘠土〉。

同 瘦。

反 肥。

疒部 10 畫

瘢

ㄅㄢ ①傷口痊癒後所留下的疤痕：〈瘡瘢〉②通「斑」，皮膚上的異常斑紋：〈汗瘢、雀瘢〉。

疒部 10 畫

瘝

ㄍㄨㄢ 疾病：〈痌瘝〉。

疒部 10 畫

瘙

ㄙㄠ 中醫所說的一種小孩子的疾病，像是出疹子：〈瘙疹〉。

疒部 11 畫

瘴

ㄓㄤˋ 熱帶或亞熱帶的山林裡，因溼熱蒸發形成的毒氣，會使人生病：〈瘴氣、瘴癘之氣〉。

疒部 11 畫

瘸

ㄑㄩㄝˊ ①腳跛的病：〈瘸子〉②腳跛，走路時一腳高一腳低，不能平衡的樣子：〈他的腿瘸了〉。

疒部 12 畫

癆

ㄌㄠˊ 由結核菌所引起的慢性傳染病，也稱「結核病」：〈肺癆、癆症〉。

疒部 12 畫

療

ㄌㄧㄠˊ ①醫治：〈療病、療養〉②救治：〈療妒〉③解除痛苦或困難：〈療飢、療貧〉。

造詞 療效、療養院／醫療、治療。

疒部 12 畫

癌

ㄞˊ　①一種惡性腫瘤，因細胞惡化而生成：〈肝癌、胃癌、癌症〉②比喻有害處的事物：〈髒亂是都市之癌〉。

疒部 12 畫

癇

丶 亠 广 广 疒 … 癇

ㄒㄧㄢˊ　一種會忽然倒地、口吐白沫、手腳抽搐、發出像羊豬叫聲般的病，俗稱「羊癲瘋」、「豬頭風」：〈癲癇〉。

疒部 13 畫

癖

丶 亠 广 广 疒 … 癖

ㄆㄧˇ　①通「痞」，一種消化不良的病症②積久成習的特殊嗜好：〈潔癖、怪癖〉。

造詞 癖好、癖性。

同 嗜、癮、愛。

疒部 13 畫

癘

丶 亠 广 广 疒 … 癘

ㄌㄧˋ　①惡瘡：〈疥癘〉②瘟疫、傳染病：〈癘疾、瘴癘〉。

疒部 13 畫

癒

丶 亠 广 广 疒 … 癒

ㄩˋ　通「愈」，病好了：〈病癒、痊癒、癒合〉。

疒部 13 畫

癤

丶 亠 广 广 疒 … 癤

ㄐㄧㄝ　小膿瘡，多生在臉、頸、四肢、臀部等處：〈癤子〉。

疒部 14 畫

癡

丶 亠 广 广 疒 … 癡

ㄔ　也可寫成「痴」，見「痴」字。

疒部 14 畫

癟

丶 亠 广 广 疒 … 癟

ㄅㄧㄝˇ　物體表面凹下去，不飽滿：〈乾癟、餓癟了〉。

ㄅㄧㄝ　上海話稱無聊的流氓為「癟三」。

疒部 15 畫

癢

丶 亠 广 广 疒 … 癢

ㄧㄤˇ　①皮膚受到刺激而產生需要搔抓的感覺：〈抓癢〉②想要實現某種願望或表現某技藝：〈技癢〉。

造詞 不關痛癢、隔靴搔癢。

疒部 15畫

癥

ㄓㄥ　①中醫指腹腔中結硬塊的病：〈肉癥、癥結〉②比喻病根或事情的困難所在：〈癥結〉。

疒部 16畫

癩

ㄌㄞˋ　①惡性傳染病，就是「痲瘋」：〈癩病〉②因生癬疥而使毛髮脫落的病：〈癩痢〉③惡劣的：〈東西有好有癩〉④像生了癩似的：〈癩蛤蟆〉。

造詞 癩蛤蟆想吃天鵝肉。

疒部 17畫

癮

一ㄣˇ　一種成為習慣而不容易改掉的嗜好：〈酒癮、煙癮、毒癮〉。

造詞 癮頭兒。

同 癖。

請注意：「癮」和「癖」都有嗜好的意思，但習慣的用法不同，例如：酒癮、煙癮、潔癖、怪癖。

疒部 17畫

癬

ㄒㄩㄢˇ　一種皮膚傳染病，因感染黴菌引起局部發癢，有的會產生白色鱗狀皮：〈白癬、牛皮癬、頭癬〉。

造詞 癬疥。

疒部 18畫

癰

ㄩㄥ　一種惡性腫瘡，皮膚和皮下組織化膿，有多個膿頭，局部會腫脹：〈癰疽、癰瘡〉。

疒部 19畫

癱

ㄊㄢ　由於神經機能發生障礙，使身體、手腳麻木、不能自由行動的病症：〈癱瘓〉。

疒部 19畫

癲

ㄉㄧㄢ　一種精神錯亂、言行不正常的疾病：〈瘋癲〉。

造詞 癲狂、癲癇。

癶部 ㄅㄛ

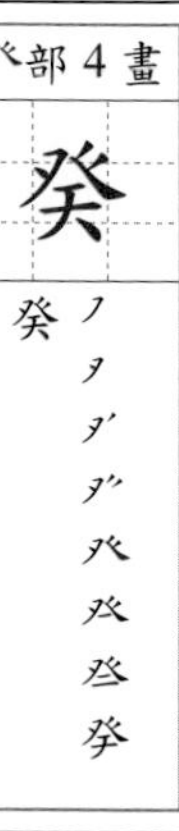

癶部4畫 **癸**

ㄍㄨㄟˇ ①天干的第十位，代表「第十」，可和地支相配，作為計算時日的代號：〈癸卯〉②月經：〈癸水〉③姓。

癶部7畫 **登**

ㄉㄥ ①攀援，從低處走到高處：〈登山、登樓〉②成熟：〈五穀豐登〉③記錄、刊載：〈登載、登記、登報〉④考上：〈登科〉⑤立即：〈登時〉⑥姓。

造詞 登高、登基、登門、登陸、登臺、登場、登臨／攀登、先登／登高一呼、登堂入室、登峰造極、捷足先登。

同 升。反 降。

癶部7畫 **發**

ㄈㄚ ①量詞，箭一支或彈炮、子彈一枚叫「一發」，炮放一次也叫「一發」：〈一發子彈、鳴禮炮二十一發〉②放射：〈百發百中、發射〉③生長：〈發芽〉④產生：〈發電〉⑤開動：〈發動汽車〉⑥開放：〈百花怒發〉⑦動身、啟程：〈出發、朝發夕至〉⑧散出、送出：〈發信、發電報、發錢〉⑨揭露：〈發奸擿伏〉⑩發洩：〈發脾氣〉⑪顯現：〈臉色發白〉⑫派遣：〈發兵〉⑬啟發、闡明：〈發人深省〉⑭揭穿：〈東窗事發〉⑮宣示、表達：〈發言、發議論〉。

造詞 發毛、發火、發布、發包、發生、發汗、發行、發呆、發抖、發抒、發作、發狂、發育、發表、發明、發洩、發怒、發炎、發財、發跡、發狠、發音、發威、發起、發展、發軔、發售、發問、發掘、發條、發情、發票、發現、發揮、發揚、發達、發愁、發源、發落、發楞、發暈、發瘋、發福、發酵、發誓、發霉、發燒、發憤、發願、發覺／分發、啟發、突發、開發、奮發、激發、蒸發、爆發、核發、頒發／發揚光大、發號施令、發憤圖強、發聾振聵、自動自發、一觸即發、容光煥發、意氣風發。

同 交、付、放、揭。

白部 ㄅㄞˊ

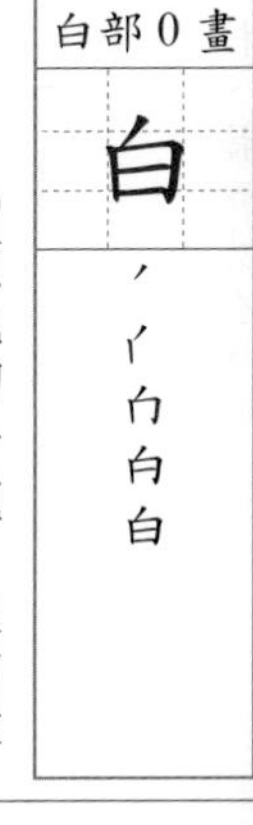

ㄅㄞˊ ①顏色的一種，像霜雪一樣的顏色：〈白色、雪白〉②善、是：〈黑白不分〉③戲劇中的對話：〈獨白、對白〉④陳述：〈表白、稟白〉⑤明白、清楚：〈真相大白〉⑥天亮：〈不知東方之既白〉⑦白色的：〈白布、白花〉⑧乾淨的：〈潔白〉⑨淺顯的：〈白話〉⑩直率的：〈坦白〉⑪錯誤的：〈寫白字〉⑫哀喪的：〈紅白帖〉⑬空無所有的：〈白手起家〉⑭沒有加東西的：〈白開水〉⑮徒然：〈白忙一場、白跑一趟〉⑯不付代價而享有的：〈白吃白喝〉⑰姓。

造詞 白人、白金、白板、白首、白宮、白眼、白堊、白費、白搭、白晝、白菜、白皙、白熱、白痴、白蟻、白麵、白內障、白日夢、白血病、白報紙、白蘭地／自白、明白、清白、蒼白、泛白、搶白／白衣天使、白馬王子、白面書生、白紙黑字、白費心機、白雲蒼狗、白駒過隙、白頭偕老、不明不白、不分青紅皂白。

同 素、皓。

白部1畫

百

ㄅㄞˇ ①數目字，十的十倍，大寫是「佰」②眾多的：〈百貨、百姓〉③多次的：〈百戰百勝、百聞不如一見〉④完全：〈百無禁忌〉。

ㄅㄛˊ 地名：〈百色（在廣東省）〉。

造詞 百合、百年、百般、百歲、百葉窗、百日咳、百分比、百家姓、百香果／百口莫辯、百尺竿頭、百年好合、百折不撓、百依百順、百感交集、百無一失、百家爭鳴、百步穿楊、殺一儆百、一傳十，十傳百。

白部2畫

皂

ㄗㄠˋ 同「皁」，「皂」是現在常用的字 ①用以去汙的用品：〈肥皂〉②植物名，落葉喬木，果實刀形，汁液可以用來洗衣服：〈皂莢〉。

白部2畫

皁

ㄗㄠˋ ①古代官府中的僕役：〈皁隸〉②盛草餵牛馬的槽：〈皁棧、皁櫪〉③黑色：〈青紅皁白〉④除去汙垢的用品：〈肥皁〉⑤黑色的：〈皁衣、皁帽〉。

白部3畫

的

，ｲ冇白白的的的

ㄉㄜ˙ ①人稱代名詞，表示「者」、「的人」：〈做工的、唱歌的〉②形容詞的詞尾：〈美麗的花、年輕的〉③表示所有格：〈我們的國家、我的書包〉④副詞的詞尾：〈慢慢的走〉⑤表示決定口氣的助詞：〈好的、這樣做是不可以的〉。

ㄉㄧˋ ①箭靶的中心：〈眾矢之的、鵠的〉②想要達到的目標：〈目的、準的〉。

ㄉㄧˊ 可靠的、實在的：〈的確、的當〉。

造詞 的然、的實、的歷／標的、端的／一語中的、毫無目的。

白部4畫

皆

皆 一ㄣㄣ比比毕皆皆

ㄐㄧㄝ 都、全：〈皆大歡喜、路人皆知〉。

同 都、全、盡。

白部4畫

皇

皇 ，ｲ冇白白白皇皇

ㄏㄨㄤˊ ①君王：〈女皇、皇帝〉②對神佛的一種稱呼：〈玉皇大帝〉③大、偉大的：〈皇天后土、堂皇〉④對祖先的敬稱：〈皇考〉⑤姓。

造詞 皇上、皇后、皇室、皇宮／富麗堂皇、冠冕堂皇。

請注意：「王」和「皇」都是君主，但是習慣上「國王」、「君王」不能用「皇」，「皇帝、皇家」不能用「王」。

白部4畫

皈

皈 ，ｲ冇白白白白皈

ㄍㄨㄟ 通「歸」，虔誠的歸向宗教：〈皈依〉。

白部5畫

皋

皋皋 ，ｲ冇白白皁皁皋

ㄍㄠ ①沼澤：〈九皋〉②近水邊的高地：〈江皋〉③水田：〈東皋〉④姓。

白部6畫

皎

皎皎皎 ，ｲ冇白白白白

ㄐㄧㄠˇ ①潔白光明的樣子：〈皎皎、皎潔〉②姓。

白部7畫

皖

皖皖皖皖 ，ｲ冇白白白白白

ㄨㄢˇ
①安徽省的簡稱②姓。

白部 7 畫
皓
ㄏㄠˋ
①明亮的：〈皓月〉②潔白的：〈明眸皓齒〉。

白部 8 畫
晳
ㄒㄧ
①皮膚潔白：〈白晳〉②通「晰」，清楚明白：〈明晳〉。

白部 10 畫
皚
ㄞˊ
潔白的樣子：〈白雪皚皚〉。

白部 10 畫
皜
ㄏㄠˋ
潔白光明的樣子：〈皜皜〉。

白部 12 畫
皤
ㄆㄛˊ
①豐盛的：〈皤皤〉②雪白的樣子：〈皤然、白髮皤皤〉。

白部 13 畫
皦
ㄐㄧㄠˇ
①玉石所發出的白光②潔白、明亮的：〈皦白、皦玉〉③潔白的：〈皦潔〉④清晰的：〈皦如〉。
同皎。

皮部 ㄆㄧˊ

皮部 0 畫
皮
ㄆㄧˊ
①動、植物的表層組織，具有保護等作用：〈樹皮、獸皮〉②薄片狀的東西：〈豆腐皮、鐵皮〉③表面，通常指面積或大小：〈地皮〉④包在物體外面的一層東西：〈書皮、封皮〉⑤食物放久後，變得不鬆脆了：〈這塊餅干已經皮了〉⑥用皮革製成的：〈皮包、皮鞋〉⑦小孩頑劣不聽話的：〈頑皮、這孩子真皮〉⑧膚淺的：〈皮相〉⑨姓。
造詞 皮毛、皮革、皮條、皮蛋、皮層、皮膚、皮箱、皮包骨／毛

皮、表皮、臉皮、果皮／皮肉生涯、皮開肉綻、與虎謀皮、雞毛蒜皮、皮笑肉不笑、人有臉樹有皮、人死留名，虎死留皮。

皮部 5 畫

皰

ㄆㄠˋ 臉上的油脂或內分泌過多，使皮膚上生小疙瘩：〈面皰〉。

皮部 7 畫

皴

ㄘㄨㄣ ①國畫畫法的一種，用細筆堆疊描畫而成②皮膚上積存的汙垢：〈幾天沒洗澡，身上都皴了〉③皮膚因受凍而裂開：〈手腳都凍皴了〉。

皮部 9 畫

皸

ㄐㄩㄣ 手腳的皮膚因寒冷或乾燥而破裂：〈皸裂〉。

皮部 10 畫

皺

ㄓㄡˋ ①擠緊：〈皺眉〉②皮膚因肌肉鬆弛而生的紋路：〈皺紋〉③物體因摺壓而生的摺痕：〈皺褶、皺痕〉。

同 蹙。

反 平。

皿部 ㄇㄧㄣˇ

皿部 0 畫

皿

ㄇㄧㄣˇ 一種口大底淺的容器，如碗、盤等的總稱：〈器皿〉。

皿部 3 畫

盂

ㄩˊ 用來裝液體或固體物質的圓形容器：〈缽盂、痰盂〉。

皿部 4 畫

盈

ㄧㄥˊ ①充滿：〈笑聲盈耳、熱淚盈眶〉②通「贏」，過多的、多餘的：〈盈利、盈餘〉③充滿的：〈豐盈〉。

造詞 盈盈、盈貫、盈虧／盈千累

萬、惡貫滿盈。

同 滿、豐、剩、餘。

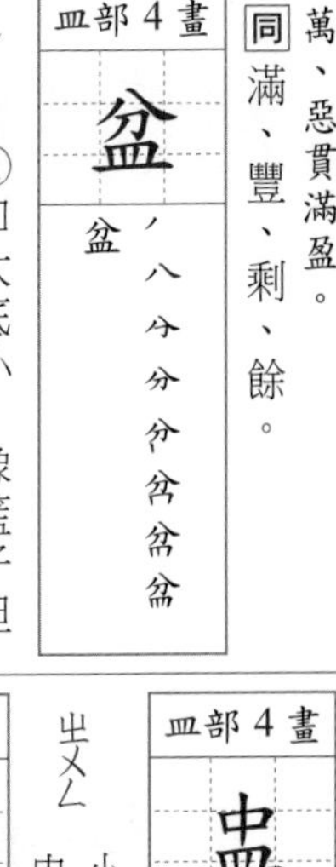

皿部 4 畫

盆

丿 八 分 分 分 岔 岔 盆 盆

ㄆㄣˊ ①口大底小，像籃子但比較深的容器，可用來盛東西或洗東西：〈臉盆、花盆〉②形狀像盆的：〈盆地〉。

造詞 盆栽、盆景／澡盆、傾盆、臨盆。

皿部 4 畫

盃

一 ア 不 不 不 否 否 否 盃

ㄅㄟ ①通「杯」，盛液體的容器：〈酒盃〉②競賽優勝的獎勵：〈獎盃、金盃、銀盃〉。

皿部 4 畫

盅

丶 口 口 中 中 串 串 串 盅

ㄓㄨㄥ 小杯子：〈茶盅、酒盅〉。

皿部 5 畫

益

丶 丷 丷 兰 兴 兴 兴 益 益

ㄧˋ ①好處：〈獲益匪淺、開卷有益、利益〉②助長、增加：〈延年益壽、增益〉③有利的：〈益處、益友〉④更加的：〈精益求精、老當益壯〉⑤姓。

造詞 益發、益智、益蟲、益壽／助益、損益、無益／集思廣益。

皿部 5 畫

盍

一 十 土 去 去 去 杏 杏 盍

ㄏㄜˊ ①何不、為什麼不：〈盍各言爾志、盍興乎來？〉②姓。

皿部 5 畫

盎

丶 冂 口 央 央 央 央 盎 盎

ㄤˋ ①一種腹大口小的容器：〈瓦盎〉②音譯的英美重量單位或容量單位：〈盎斯〉③洋溢：〈綠意盎然〉。

皿部 6 畫

盔

一 ナ 大 大 灰 灰 灰 灰 盔

ㄎㄨㄟ ①缽、盆一類的用具：〈瓦盔〉②用來保護頭部的帽子，用金屬或其他堅硬質料製成：〈頭盔、鋼盔、盔甲〉。

同 冑。

反 甲。

皿部 6 畫

盒

ㄏㄜˊ　有底和蓋子，可以相合的容器：〈鞋盒、餅干盒、飯盒〉。

皿部 6 畫

盛

ㄕㄥˋ　①興旺的：〈興盛、昌盛〉②繁茂的：〈繁盛、茂盛〉③規模大的、隆重的：〈盛會、盛況、盛典〉④深厚的：〈盛情〉⑤豐富的：〈盛饌、豐盛〉⑥華麗的：〈盛裝〉⑦姓。

ㄔㄥˊ　①用容器裝東西：〈盛飯〉②容納：〈這籃子盛不下這麼多東西〉。

造詞　盛大、盛行、盛年、盛名、盛怒、盛開、盛舉、盛夏／盛況空前、盛氣凌人、盛情難卻、盛極一時。

同　旺。

皿部 7 畫

盜

ㄉㄠˋ　①搶劫他人財物的人：〈強盜、盜賊〉②偷竊：〈竊盜〉③掠奪，用非法的方式取得：〈欺世盜名、盜竊、盜取〉④違法而隱祕的：〈盜印、盜版〉。

造詞　盜名、盜匪、盜墓、盜壘／大盜、海盜、偷盜／江洋大盜、監守自盜。

同　竊、匪、偷。

皿部 8 畫

盞

ㄓㄢˇ　①淺小的杯子：〈酒盞〉②計算燈的單位詞：〈一盞燈〉。

皿部 8 畫

盟

ㄇㄥˊ　①人與人或團體與團體之間的誓約：〈結盟、同盟〉②我國邊疆的行政區域劃分：〈盟旗〉③立約互相遵守：〈盟誓〉④有誓約關係的：〈盟友、盟邦〉。

造詞　盟主、盟帖、盟軍、盟國／聯盟、會盟／海誓山盟。

同　誓、約。

皿部 9 畫

盡

ㄐㄧㄣˋ　①竭力、全力：〈盡力、盡忠報國、盡其所能〉②自殺而死：〈自盡〉③完、終止：〈歲盡、春蠶到死絲方盡〉④隱沒：〈白日依山盡〉

⑤極、非常：〈盡善盡美〉⑥全部的：〈應有盡有〉⑦姓。

造詞 盡心、盡孝、盡情、盡然、盡瘁、盡興、盡致、盡頭、盡職、盡歡、盡人情／無盡、竭盡、窮盡／盡人皆知、盡力而為、盡收眼底、盡其在我／一網打盡、一言難盡、山窮水盡、仁至義盡、同歸於盡、江郎才盡、取之不盡、筋疲力盡、盡人事聽天命、盡信書不如無書。

同 完、畢、罄。

請注意：「盡」和「儘」不同。「盡」是竭盡的意思，例如：盡忠、盡力；「儘」是聽任的意思，例如：「儘管」、「儘量」。

監
皿部 9 畫

ㄐㄧㄢ ①拘禁犯人的地方：〈監獄〉②管理員：〈舍監〉③視察、督導：〈監工、監察〉④拘禁：〈監禁、監管〉。

ㄐㄧㄢˋ ①古代官署名：〈國子監〉②宦官：〈太監〉③姓。

造詞 監考、監牢、監事、監視、監督、監場、監製、監護／總監／監守自盜。

盤
皿部 10 畫

ㄆㄢˊ ①一種扁而淺的盛物器皿：〈盤子、茶盤、杯盤狼藉〉②形狀像盤或具有盤的功用的東西：〈羅盤、棋盤〉③買賣的價格：〈開盤〉④計算盤形東西的單位：〈一盤棋、五盤菜〉⑤旋繞：〈盤根錯節、蛇盤在樹幹上〉⑥屈曲相交：〈盤腿、盤膝而坐〉⑦徘徊：〈盤桓、盤旋〉⑧清點：〈盤點〉⑨查問：〈盤問〉⑩轉讓：〈把店盤給別人〉⑪姓。

造詞 盤古、盤存、盤貨、盤費、盤算、盤價、盤據、盤纏／玉盤、唱盤、碗盤、算盤。

同 問、查。

盧
皿部 11 畫

ㄌㄨˊ ①黑色的：〈盧弓〉②姓。

造詞 盧溝橋。

盥
皿部 11 畫

ㄍㄨㄢˋ ①盛水洗手的器具②用水洗滌、清洗：〈盥洗、盥滌〉。

盪
皿部 12 畫

ㄉㄤˋ ①洗滌：〈盪口、盪杯〉②搖晃、搖動：〈盪舟、盪秋千、震盪、搖盪〉③空曠廣大的樣子：〈盪盪〉。

造詞 盪漾。

目部 ㄇㄨˋ

目部0畫

目

丨 冂 月 月 目

ㄇㄨˋ ①人和動物的視覺器官，俗稱「眼睛」：〈目瞪口呆、眉清目秀〉②細則：〈請問其目〉③名稱④書籍前面用以檢索全書的條文：〈目錄〉⑤古代的官職：〈吏目〉⑥姓⑦注視：〈道路以目〉⑧用眼睛示意：〈范增數目項王〉⑨稱呼：〈以其目君〉⑩品評：〈目為時彥〉。

造詞 目力、目下、目今、目次、目的、目前、目送、目眩、目睹、目語、目標、目擊、目鏡、目的地／刮目、科目、細目、耳目、注目、反目、品目、名目、面目、要目、眉目、拭目、條目、孔目、頭目、魚目、側目、題目／目中無人、目不交睫、目不忍睹、目不暇睫、目不暇給、目不轉睛、目不窺園、目挑心招、目光如豆、目空一切、目使頤令、目食耳視、目無全牛、目無法紀、目無餘子、目濡耳染、死不瞑目、以耳代目、本來面目、掩人耳目、琳瑯滿目、賞心悅目、歷歷在目、獐頭鼠目。

目部2畫

盯

丨 冂 月 月 目 目一 盯

ㄉㄧㄥ ①注視：〈兩眼盯著他〉②直視的樣子：〈盯矃（ㄇㄥ）〉。

請注意：「盯」和「瞪」不同，「瞪」字含有怒意和埋怨的意思，而「盯」沒有這種含義。

目部3畫

盱

丨 冂 月 月 目 目一 目二 盱

ㄒㄩ ①張開眼睛：〈盱盱〉②憂慮③通「訏」，廣大的④姓。

造詞 盱衡、盱閱。

目部3畫

盲

丶 亠 亡 亡 肓 肓 肓 盲

ㄇㄤˊ ①眼睛看不見東西：〈盲人〉②對事情認識不清：〈盲目〉③昏暗的：〈大風晦盲〉④胡亂、不經考慮地：〈盲動〉。

造詞 盲風、盲從、盲斑／文盲、目盲、色盲、夜盲／盲人摸象、盲人瞎馬、盲者失杖、盲啞教育、問道於盲。

同 瞎。

目部3畫 **直**

一 十 𠂇 古 古 有 直 直

ㄓˊ ①伸展：〈枉尺而直尋〉②抵得上，通「值」：〈春宵一刻直千金〉③正而不偏斜：〈直線〉④縱的：〈直行書寫〉⑤沒有私心：〈正直〉⑥不隱諱的：〈直言〉⑦毫無阻礙地：〈直達車站〉⑧只、僅：〈直無由進之耳〉⑨逕自地：〈直入坐〉⑩竟然：〈姐夫直如此掛心〉⑪呆視的樣子：〈兩眼發直〉⑫故意：〈直墮其履圯下〉⑬正：〈愁看直北是長安〉⑭即、就：〈直是無情也斷腸〉⑮不停頓：〈直下了兩天雨〉⑯姓。

造詞 直立、直憑、直角、直爽、直接、直諒、直覺／曲直、垂直、拉直、剛直／直言不諱、直抒情懷、直搗黃龍、直截了當。

目部4畫 **盾**

盾 一 厂 𠂆 戶 斤 盾 盾 盾

ㄉㄨㄣˋ ①古代作戰時用來保護身體、遮擋敵人刀箭的武器：〈盾牌、矛盾、鐵盾〉②像盾形狀的裝飾品、紀念品、獎品等：〈銀盾、金盾〉。

造詞 以子之矛攻子之盾。

目部4畫 **相**

相 一 十 才 木 札 机 相 相

ㄒㄧㄤ ①交互、彼此：〈互相、相持不下〉②比較上：〈相差、相形見絀〉③用於動詞，指一方對另一方的行為：〈實不相瞞、另眼相看、相勸〉。

ㄒㄧㄤˋ ①形貌、樣子：〈相貌、貴相〉②我國古代輔佐皇帝、總理國事的最高官吏：〈宰相〉③神情：〈一臉慌張相〉④情形：〈真相大白〉⑤察看：〈相機而動、相命〉⑥輔助：〈相夫教子〉。

造詞 相反、相干、相似、相知、相同、相思、相逢、相配、相左、相連、相處、相當、相依、相迎、相投、相傳／面相、首相、真相、實相、虛相、照相、異相、手相／相安無事、相得益彰、相敬如賓、相輔相成。

目部4畫 **眈**

眈 丨 冂 月 月 目 目' 目冖 眈

ㄉㄢ ①喜悅的：〈眈悅〉②垂目注視的樣子：〈虎視眈眈〉。

請注意：「眈」與「耽」讀音同而意義不同：「耽」含有延遲、沉迷的意思，「眈」則是目光逼視的意思。

目部4畫

眇

ㄇㄧㄠˇ ①瞎了一隻眼睛：〈目眇〉②微小的：〈眇小、眇身〉③通「渺」，遼遠的：〈眇不知其所蹤〉④高遠的：〈眇然絕俗離世〉。

ㄇㄧㄠˋ 通「妙」，精微的：〈眇論〉。

造詞 玄眇、幽眇、微眇。

目部4畫

眄

ㄇㄧㄢˇ ①斜視：〈流眄〉②環顧：〈眄庭柯以怡顏〉③關愛：〈慈眄〉。

造詞 眄眄、眄睨、眄睞／佇眄、相眄、流眄、顧眄。

目部4畫

眊

ㄇㄠˋ ①年老的人，通「耄」：〈老眊〉②眼睛失神的樣子：〈眸子眊焉〉。

造詞 眊眊、眊瞶。

目部4畫

盼

ㄆㄢˋ ①看：〈左顧右盼〉②眷顧：〈亦蒙恩盼〉③想望：〈盼著歸期〉④期待、希望：〈盼望〉⑤眼睛黑白分明的樣子：〈美目盼兮〉。

造詞 盼倩／企盼。

目部4畫

眉

ㄇㄟˊ ①眼上額下的細毛：〈柳眉、眉開眼笑、眉毛〉②通「湄」，水邊：〈居井之眉〉③泛指位於事、物上端的部位：〈書眉〉④像眉般細長彎曲的：〈眉月〉⑤姓。

造詞 眉宇、眉批、眉筆、眉目／鬚眉、愁眉、濃眉、蹙眉、畫眉、頂眉、皺眉、刀眉／眉飛色舞、眉清目秀、眉來眼去、舉案齊眉。

目部4畫

盹

ㄉㄨㄣˇ 短時間的睡眠：〈打盹兒〉。

看

目部4畫

看

一 二 三 手 手 看 看 看

ㄎㄢˋ ①閱讀：〈看書、看報〉②估量：〈看著辦〉③診治：〈看病〉④觀賞：〈看戲、看熱鬧〉⑤探訪、問候：〈看朋友〉⑥對待：〈看待、另眼相看〉⑦注視：〈他看著我〉⑧以為：〈我看回家比較好〉。

ㄎㄢ ①守護：〈看門、看家〉②監管：〈看押〉。

造詞 看重、看穿、看齊、看輕、看中、看守、看護、看相／好看、細看、相看。

省

目部4畫

省

丨 丿 小 少 少 省 省 省

ㄕㄥˇ ①古代官署名：〈中書省、尚書省〉②我國地方最高的一級行政區域名：〈台灣省、浙江省〉③節約：〈省吃儉用、節省、省時〉④簡略的：〈省稱〉。

ㄒㄧㄥˇ ①檢討：〈反省、反躬自省〉②探望、問候：〈晨昏定省〉③知道：〈不省人事〉④明瞭、領悟：〈覺省〉。

造詞 省分、省力、省略、省視、省察、省親、省事、省悟／內省、自省、晨省、三省／發人深省。

眩

目部5畫

眩 眩

丨 冂 月 月 目 目 目 眩

ㄒㄩㄢˋ ①迷亂：〈眩惑〉②眼睛昏花而看不清楚：〈頭暈目眩〉。

造詞 眩暈／昏眩、目眩、暈眩、瞑眩。

眠

目部5畫

眠 眠

丨 冂 月 月 目 目 目 眠

ㄇㄧㄢˊ ①睡覺：〈睡眠、不眠不休〉②動物到了冬天不吃不動的現象：〈冬眠〉。

造詞 長眠、永眠、熟眠、蠶眠、安眠、臥眠／輾轉難眠。

ㄇㄧㄢˋ 通「瞑」(ㄇㄧㄢˋ)。

真

目部5畫

真 真

一 十 十 冇 冇 直 直 直

ㄓㄣ ①原來的樣子：〈傳真、寫真〉②人的自然本性：〈天真、返璞歸真〉③誠實的：〈真心、真話、不識廬山真面目〉④誠、的確、實在：〈真有其事、今天天氣真好〉。

造詞 真切、真空、真理、真情、真摯、真諦、真率、真相／純真、失真、清真、女真／真才實學、真知灼見、真憑實據、弄假成真、真金不怕火。

反 假、偽。

目部 5 畫

眨

丨 ㄇ 月 月 目 目′ 目⺊ 目𠃊 眨 眨

ㄓㄚˇ　眼睛一開一闔：〈眨眼〉。

目部 6 畫

眼

丨 ㄇ 月 月 目 目ㄱ 目ㅋ 目ヨ 目艮 眼 眼

ㄧㄢˇ　①視覺器官：〈眼睛〉②孔穴：〈針眼〉③要點，事物的關鍵所在：〈字眼、節骨眼兒〉④音樂的節拍：〈有板有眼〉⑤望、看：〈偷眼豔陽天〉。

造詞 眼光、眼力、眼拙、眼界、眼線、眼皮、眼神、眼淚、眼熟、眼眶、眼球、眼鏡、眼瞼、眼紅、眼福、眼窩／心眼、砂眼、斜眼、千里眼／眼花撩亂、眼明手快、眼高手低、獨具慧眼、殺人不眨眼、眼不見為淨。

同 目。

請注意：「眼」是指全部的視覺器官，「睛」是指眼睛的瞳孔部分。

目部 6 畫

眶

丨 ㄇ 月 月 目 目一 目二 目三 目王 眶 眶

ㄎㄨㄤ　眼睛的四周：〈眼眶、熱淚盈眶〉。

目部 6 畫

眸

丨 ㄇ 月 月 目 目⺊ 目ㄙ 目厶 目亾 目牟 眸

ㄇㄡˊ　眼珠裡的瞳仁，也可用來指眼睛：〈眸子、回眸一笑、明眸皓齒〉。

造詞 凝眸、雙眸、眼眸。

目部 6 畫

眺

丨 ㄇ 月 月 目 目丿 目儿 目兆 眺 眺 眺

ㄊㄧㄠˋ　①向遠處望去：〈遠眺、眺望〉②目不正視：〈邪眺旁剔〉。

造詞 臨眺、登眺、長眺。

請注意：「眺望」是隨意的觀看或欣賞風景；「瞭望」是負有任務，眼光專注的觀察情況。

目部 6 畫

眷

丶 丷 䒑 丷 龹 夫 关 卷 眷 眷 眷

ㄐㄩㄢˋ　①親屬：〈家眷、眷屬〉②關心、掛念、懷念：〈眷戀、眷念〉③照顧：〈眷顧〉。

造詞 恩眷、寵眷、女眷。

目部6畫

眾

ㄓㄨㄥˋ ①多數：〈寡不敵眾〉②許多人：〈眾口鑠金、眾志成城、觀眾〉③許多的：〈眾星拱月、眾多、眾人〉。

造詞 眾生／群眾、公眾、聽眾、大眾／眾望所歸、眾所周知、眾口同聲、眾叛親離。

同 多、夥。

反 寡。

目部6畫

眥

ㄗˋ ①眼眶：〈目眥皆裂〉②衣交領處：〈衣眥〉③怒目而視：〈睚眥〉。

目部7畫

睏

ㄎㄨㄣˋ ①睡覺：〈睏覺、睏一會兒〉②疲倦想要睡：〈睏得睜不開眼〉。

目部7畫

睇

ㄉㄧˋ ①斜著眼睛看，小視：〈微睇〉②流盼：〈含睇〉。

目部8畫

睛

ㄐㄧㄥ 眼珠：〈目不轉睛、畫龍點睛〉。

目部8畫

睫

ㄐㄧㄝˊ 眼皮上下邊緣所生的細毛：〈睫毛、目不交睫〉。

造詞 眼睫、眉睫／迫在眉睫。

目部8畫

睦

ㄇㄨˋ ①和好、親近：〈和睦〉②親厚：〈敦親睦鄰〉③和順的：〈百姓親睦〉④姓。

同 親。

目部8畫

睞

ㄌㄞˋ ①特別顧念：〈青睞〉②看：〈旁睞〉③向左右兩邊看：〈明眸善睞〉。

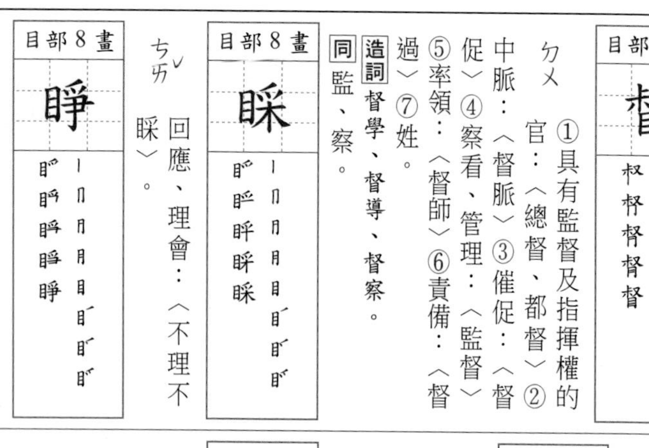

目部 8 畫

督

丨 ⺊ ⺊ 上 卡 未 未 叔 叔 督 督 督 督

ㄉㄨ ①具有監督及指揮權的官：〈總督、都督〉②中脈：〈督脈〉③催促：〈督促〉④察看、管理：〈監督〉⑤率領：〈督師〉⑥責備：〈督過〉⑦姓。

造詞 督學、督導、督察。

同 監、察。

目部 8 畫

睬

丨 冂 月 月 目 目 目 目 目 目 目 睬 睬

ㄘㄞˇ 回應、理會：〈不理不睬〉。

目部 8 畫

睜

丨 冂 月 月 目 目 目 目 目 目 目 目 睜

ㄓㄥ 張開眼睛：〈睜眼、睜目切齒而罵〉。

造詞 睜一眼閉一眼。

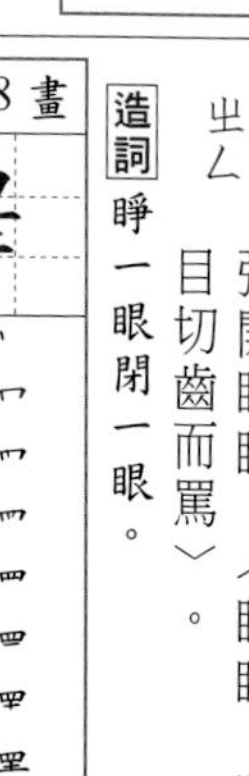

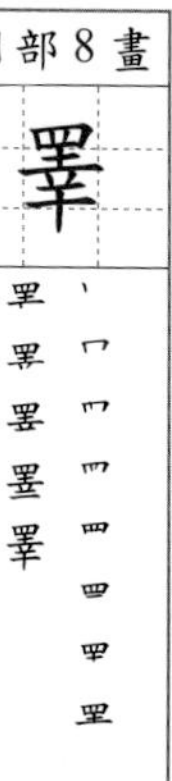

目部 8 畫

睪

丶 冂 冂 罒 罒 罒 罒 罒 罒 罒 罒 睪 睪

ㄍㄠ 雄性動物生殖器的一部分，能產生精子：〈睪丸〉。

ㄧˋ 姓。

目部 8 畫

睹

丨 冂 月 月 目 目 目 目 目 目 目 睹 睹

ㄉㄨˇ 看見：〈有目共睹、目睹、睹物思人〉。

造詞 耳聞目睹、視若無睹、慘不忍睹、熟視無睹。

同 看、見。

目部 8 畫

睥

丨 冂 月 月 目 目 目 目 目 目 目 目 睥

ㄅㄧˋ 斜眼看人，表示瞧不起或不服氣：〈睥睨〉。

目部 8 畫

睨

丨 冂 月 月 目 目 目 目 目 目 目 目 睨

ㄋㄧˋ 斜著眼看：〈睥睨〉。

目部 8 畫

睢

丨 冂 月 月 目 目 目 目 目 目 目 目 睢

ㄙㄨㄟ ①水名，發源於河南省虞城縣：〈睢河〉②地名，在今河南省商邱縣南：〈睢陽〉③任意：〈恣睢〉④仰目上視的樣子：〈萬眾睢睢〉。

造詞 暴戾恣睢。

目部 8 畫

睚

丨 ㄇ 月 目 目 目一 目厂 盯 眶 眶 睚 睚 睚

ㄧㄚˊ ①眼睛的周圍②憤怒的瞪著：〈睚眥〉③小怨小怨的：〈睚眥必報〉。

目部 9 畫

睡

丨 ㄇ 月 目 目 目一 目二 盱 盱 盱 睡 睡 睡

ㄕㄨㄟˋ ①閉著眼睛休息：〈睡覺〉②睡覺時用的：〈睡衣〉③熟眠的：〈睡獅〉。

造詞 睡袋、睡蓮、睡眠、睡意／午睡、昏睡、酣睡、瞌睡／共君今夜不須睡。

反 覺、醒。

目部 9 畫

睽

丨 ㄇ 月 目 目 目' 目' 目' 目' 目' 睽 睽 睽 睽

ㄎㄨㄟˊ ①分離：〈睽違、睽離、睽合〉②懷疑：〈內自睽疑〉③張大眼睛注視：〈眾目睽睽〉。

目部 9 畫

睿

丨 ⺊ 卜 占 占 卢 卢 卢 穾 穾 睿 睿 睿 睿

ㄖㄨㄟˋ ①聰明、通達事理：〈睿哲、睿智〉②有關天子的：〈睿旨〉。

同 智。

目部 9 畫

瞅

丨 ㄇ 月 目 目 目' 目' 盱 盱 盱 瞅 瞅 瞅

ㄔㄡˇ 看：〈瞅了一眼〉。

目部 9 畫

瞄

丨 ㄇ 月 目 目 目' 目' 目' 目' 目' 瞄 瞄 瞄 瞄

ㄇㄠˊ 看，注視著目標：〈瞄了一眼、瞄準〉。

請注意：「瞄」是注視的意思，「睨」則含有輕視的意思。

目部 10 畫

瞎

丨 ㄇ 月 目 目 目' 目' 目' 目' 目' 瞎 瞎 瞎 瞎

ㄒㄧㄚ ①眼睛看不見的人：〈瞎子〉②眼睛看不見：〈眼睛瞎了〉③胡亂的、沒有根據的：〈瞎鬧〉。

造詞 瞎扯、瞎謅、瞎忙、瞎攪／瞎子摸象、瞎貓碰見死耗子。

目部 10 畫

瞇

丨 ㄇ 月 目 目 目' 目' 目' 目' 目' 瞇 瞇 瞇 瞇 瞇

ㄇㄧ 上下眼皮微閉但不碰到：〈瞇眼〉。

請注意：「瞇」「迷」二字形音義都不同。「瞇」，指眼皮稍微合上；「迷」，有失去判斷力、醉心某物的意思。所以正確用法是：瞇著眼睛講話、色瞇瞇、瞇縫眼；迷失在繁華世界、迷戀賽車。

目部 10 畫

瞌

ㄎㄜ 疲倦時坐著或趴著小睡一會兒：〈瞌睡〉。

目部 10 畫

瞑

ㄇㄧㄥˊ ①閉上眼睛：〈瞑目〉②眼睛昏花：〈耳聾目瞑〉。

ㄇㄧㄢˋ 頭暈、憒悶：〈瞑眩〉。

ㄇㄧㄢˊ 通「眠」。

目部 10 畫

瞍

ㄙㄡˇ 沒有眼珠的人：〈瞽瞍、矇瞍〉。

目部 11 畫

瞞

ㄇㄢˊ 把真實情況隱藏起來，不讓別人知道：〈瞞騙、隱瞞、瞞上欺下〉。

造詞 瞞天過海、瞞心昧己。

同 騙、藏、掩、蔽。

目部 11 畫

瞠

ㄔㄥ 張大眼睛直看：〈瞠目〉。

造詞 瞠目結舌、瞠乎其後。

目部 11 畫

瞟

ㄆㄧㄠˇ 斜著眼睛看：〈我瞟了他一眼〉。

目部 11 畫

瞥

ㄆㄧㄝ 很快的看一眼，大略過目一下：〈一瞥、偷瞥、驚鴻一瞥、瞥見〉。

同 看、見。

目部 11 畫

瞢

ㄇㄥˊ ①視線模糊、看不清楚的病②慚愧的：〈瞢容〉③陰暗無光的樣子：〈日月瞢瞢〉。

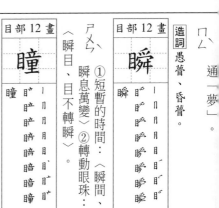

ㄇㄥˋ 通「夢」。

造詞 愚瞢、昏瞢。

目部 12 畫

瞬

ㄕㄨㄣˋ ①短暫的時間：〈瞬間、瞬息萬變〉②轉動眼珠：〈瞬目、目不轉瞬〉。

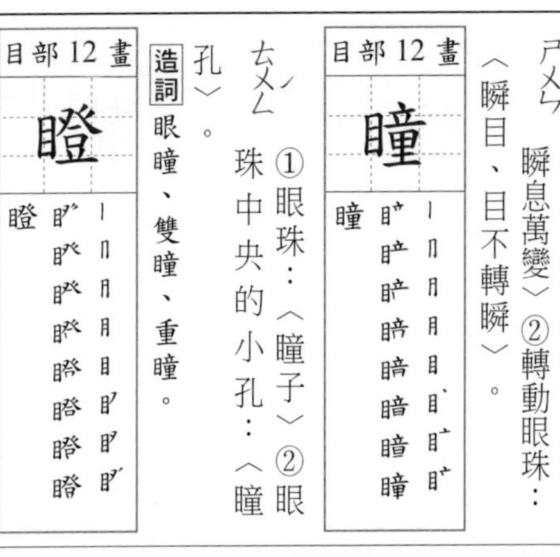

目部 12 畫

瞳

ㄊㄨㄥˊ ①眼珠：〈瞳子〉②眼珠中央的小孔：〈瞳孔〉。

造詞 眼瞳、雙瞳、重瞳。

目部 12 畫

瞪

ㄉㄥˋ ①睜大眼睛看，表示不滿意：〈瞪他一眼〉②睜眼直視，表示驚訝：〈目瞪口呆〉。

造詞 瞪眼。

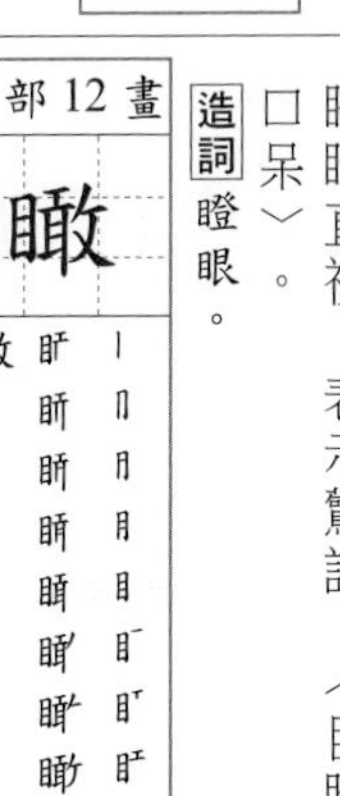

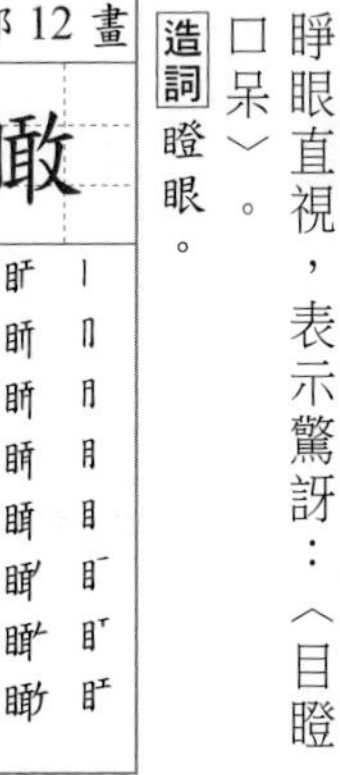

目部 12 畫

瞰

ㄎㄢˋ 從高處往下看：〈俯瞰、鳥瞰〉。

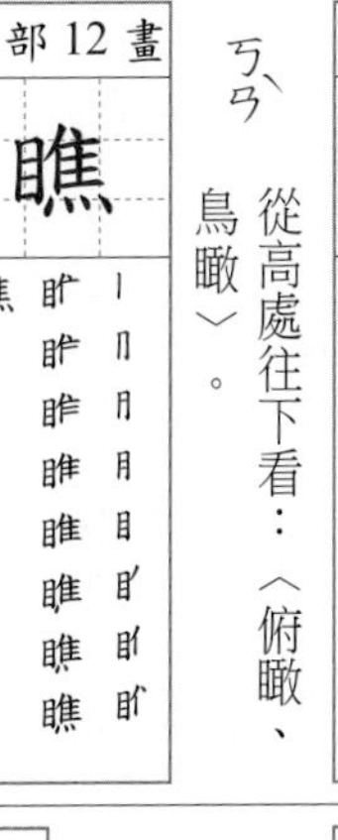

目部 12 畫

瞧

ㄑㄧㄠˊ ①看：〈瞧見、瞧一眼、瞧熱鬧〉②偷看。

造詞 瞧不起。

同 看、望、瞄。

目部 12 畫

瞭

ㄌㄧㄠˇ 明白、清楚：〈明瞭、瞭亮、瞭解〉。

ㄌㄧㄠˋ 在高處向遠方看：〈瞭望、遠瞭〉。

造詞 瞭如指掌。

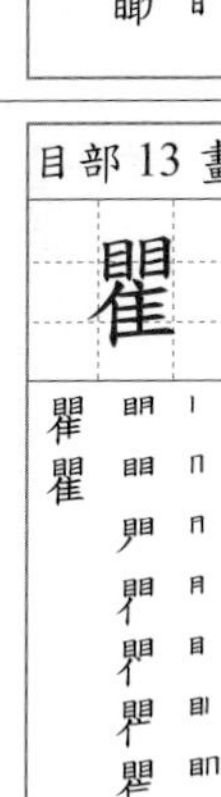

目部 13 畫

瞿

ㄑㄩˊ ①長江三峽之一，在四川省：〈瞿塘峽〉②姓。

ㄐㄩˋ 驚駭、害怕，通「懼」：〈瞿然、心瞿〉。

目部 13 畫

瞻

ㄓㄢ 仰著臉向上或向前看：〈瞻仰、瞻望、瞻前顧後〉。

造詞 前瞻、觀瞻、眺瞻、馬首是瞻。

反 顧。

請注意：「瞻」是向前看，「顧」是向後看。

目部 13 畫

瞽

一 十 士 吉 吉 吉 吉 吉 壴 壴 鼓 鼓 鼓 瞽 瞽 瞽 瞽

ㄍㄨˇ ①瞎子，眼睛看不見東西的人：〈瞽者〉②古代的樂工或樂官③不正確的：〈瞽說〉。

目部 13 畫

瞼

丨 冂 月 月 目 目' 目^ 目^ 盰 盰 盰 盰 盰 盰 盰 瞼 瞼

ㄐㄧㄢˇ 眼睛上下的軟皮，也就是「眼皮」：〈眼瞼、兩瞼〉。

目部 14 畫

矇

丨 冂 月 月 目 目' 目' 目' 目艹 目艹 目艹 目艹 目艹 目艹 目艹 目艹 矇 矇 矇

ㄇㄥˊ ①有黑眼珠而看不見東西的人：〈矇瞍〉②把東西蓋起來：〈矇住眼睛〉③模糊不清的樣子：〈矇矓〉。

ㄇㄥ ①欺騙：〈矇騙、別矇人了〉②僥倖、猜測：〈這次得獎全是矇的、這題被他矇著了〉。

目部 15 畫

矍

丨 冂 月 月 目 目 目 目 目 目 目 目 目 目 目 目 目 瞿 瞿 矍 矍

ㄐㄩㄝˊ ①老而強健的樣子：〈矍鑠〉②驚訝而注視的樣子：〈矍然〉。

目部 16 畫

矓

丨 冂 月 月 目 目' 目' 目' 目' 目' 目' 目' 目' 目' 目' 矓 矓 矓 矓 矓

ㄌㄨㄥˊ 模糊不清的樣子：〈矇矓〉。

目部 19 畫

矗

一 十 冇 冇 冇 冇 直 直 直 直 直 直 直 直 直 矗 矗 矗 矗 矗 矗

ㄔㄨˋ 高聳直立：〈矗立〉。

目部 21 畫

矚

丨 冂 月 目 目' 目' 目' 目' 目' 目' 目' 目' 目' 目' 目' 目' 矚 矚 矚 矚 矚 矚 矚

ㄓㄨˇ 注意的看：〈高瞻遠矚、矚目〉。

造詞 矚望。

矛部 ㄇㄠˊ

矛部 0 畫

矛

㇇ ㇇ 乛 予 矛

ㄇㄠˊ 古代的兵器之一，在長桿的一端裝有帶刃的鐵尖：〈操弓執矛、矛盾〉。

造詞 利矛、戟矛、弓矛。

矛部4畫

矜

ㄐㄧㄣ ①憐惜：〈矜惜、矜恤、天矜于民〉②驕傲、自大自誇：〈驕矜〉③慎重、拘謹：〈矜持〉。

ㄍㄨㄢ ①通「鰥」，年老而沒有太太的人：〈矜寡孤獨〉②通「瘝」，生病。

造詞 矜重、矜誇、矜寵／哀矜、自矜、伐矜、孤矜。

矢部 ㄕˇ

矢部0畫

矢

ㄕˇ ①箭：〈弓矢、無的放矢、飛矢〉②發誓：〈矢志不移、矢誓〉③姓。

造詞 嚆矢、毒矢、流矢／矢口否認、矢勤矢勇。

同 箭。

矢部2畫

矣

ㄧˇ 文言文中的語助詞，相當於「了」：〈悔之晚矣、由來久矣〉。

矢部3畫

知

ㄓ ①見識、學問：〈求知、知識〉②交情、好友：〈舊雨新知〉③了解、明白：〈知道、知法犯法、通知〉④對人了解且有交情：〈相知〉⑤通告：〈知會內政部〉。

ㄓˋ ①同「智」，智慧：〈大知若愚、好學近乎知〉②姓。

造詞 知己、知名、知足、知覺、知趣、知音、知遇、知悉／無知、良知、告知、新知／知人善任、知己知彼、知足常樂、知書達理。

同 曉、明。

請注意：「知」現在多作「知識」解；「智」現多作「智慧」、「智謀」解。

矢部5畫

矩

ㄐㄩˇ ①畫直角或方形用的曲尺：〈矩尺〉②法則、規則：〈規矩、不踰矩、循規蹈矩〉。

造詞 矩形、矩矱。

矢部7畫

短

ㄉㄨㄢˇ ①過失、缺點：〈護短、道長論短、取長補短〉②缺少、欠：〈短缺、短少〉③喪失：〈令人氣短〉④不長的：〈短外套、短刀〉⑤矮：〈五短身材〉⑥不好的：〈短處〉。

造詞 短見、短視、短路、短命、短暫、短期、短波、短篇／縮短、簡短、長短、淺短／短小精悍、短兵相接、短視近利、綆短汲深。

同 小。 **反** 長。

矮
矢部 8 畫

ㄞˇ ①身材短小的人：〈矮子〉②低的：〈矮屋、矮牆、矮凳子〉。

同 低、小。 **反** 大、高。

矯
矢部 12 畫

ㄐㄧㄠˇ ①糾正、把彎曲的弄直：〈矯正〉②掩飾：〈矯情〉③勇武、強健：〈矯捷、矯健〉④虛偽的：〈矯飾〉⑤假託：〈矯命〉⑥姓。

造詞 矯枉過正、矯揉造作。

矱
矢部 14 畫

ㄏㄨㄛˋ 尺度、標準：〈榘矱、梨矱〉。

石部
ㄕˊ

石
石部 0 畫

ㄕˊ ①構成地殼的物質，由礦物集結而成的堅硬塊狀物：〈石頭、岩石〉②藥用礦物：〈藥石無效〉③古代八音之一，指用石器製造的樂器：〈擊石拊石〉④碑碣的統稱：〈金石書畫〉⑤姓。

ㄉㄢˋ 容量單位，十斗為一石：〈十石米〉。

造詞 石灰、石英、石油、石綿、石膏、石礫、石版、石磨／化石、玉石、磁石、磐石、基石、木石／石沉大海、石破天驚、落井下石、以卵投石。

矽
石部 3 畫

ㄒㄧˋ　一種非金屬元素，褐色粉末或針狀板片狀的結晶體，是製造玻璃的重要材料。

造詞　矽藻、矽膠。

矻
石部3畫

ㄎㄨˋ　勤勞、不斷努力的樣子：〈孜孜矻矻〉。

砂
石部4畫

ㄕㄚ　①細碎的石粒：〈砂粒、飛砂走石〉②形狀像砂粒的東西：〈鐵砂、金砂〉。

造詞　砂紙、砂眼、砂礫、砂囊／丹砂、硃砂、礦砂。

研
石部4畫

ㄧㄢˊ　①細磨：〈研墨、研成粉〉②仔細探求事物的原理：〈研討、研究〉。

ㄧㄢˋ　同「硯」，磨墨的用具。

造詞　研習、研磨、研商、研究所／鑽研、精研、窮研、攻研。

同　磨。

砌
石部4畫

ㄑㄧˋ　①臺階：〈臺砌、雕欄玉砌〉②堆疊：〈砌磚頭、砌牆、堆砌文字〉。

ㄑㄧㄝˋ　元時戲劇中，出場所用的布景等雜物的總稱：〈砌末〉。

砍
石部4畫

ㄎㄢˇ　用刀斧把東西分開：〈砍柴、砍樹、砍頭、砍伐〉。

同　劈。

砒
石部4畫

ㄆㄧ　①化學元素「砷」的舊名②「砒霜」的簡稱，有劇毒。

砑
石部4畫

ㄧㄚˋ　①光滑的石頭②碾壓使器物光滑：〈砑光〉。

砰
石部5畫

ㄆㄥ　形容非常大的響聲：〈鼓聲砰砰、砰然作響〉。

石部 5畫

砧

砧 砧

一 丆 不 石 石 石丨 石卜 砧

ㄓㄣ　①搗衣石：〈秋至拭清砧〉②捶、切東西時墊在下面的器具：〈砧板、砧子〉。

造詞　刀砧、清砧、聞砧。

石部 5畫

砸

砸 砸

一 丆 不 石 石 石一 石丆 砸

ㄗㄚˊ　①打破：〈砸玻璃、把碗給砸了〉②弄壞、失敗：〈事情弄砸了、戲演砸了〉③用沉重的東西敲擊或搗築：〈砸地基、砸核桃〉④沉重的東西掉落在物體上：〈石頭砸了腳〉。

造詞　砸鍋、砸飯碗。

石部 5畫

砝

砝 砝

一 丆 不 石 石 石一 石十 砝

ㄈㄚˇ　天平或磅秤上用來計算重量的標準器：〈砝碼〉。

石部 5畫

破

破 破

一 丆 不 石 石 石丿 石⺁ 破

ㄆㄛˋ　①裂開、不完整：〈破裂、石破天驚〉②毀壞：〈破壞、家破人亡〉③解析：〈破題〉④攻下、擊敗：〈破城、破敵〉⑤花費：〈破費、破財消災〉⑥劈開：〈勢如破竹〉⑦不拘守：〈破例〉⑧使真相大白：〈破案〉⑨批判：〈破除〉⑩揭穿：〈道破心事〉⑪壞的、不完好的：〈破布、破鞋〉⑫差、不好的：〈他的數學很破〉。

造詞　破土、破戒、破相、破產、破滅、破綻、破曉、破相／打破、突破、看破、識破、攻破、擊破、撕破、刺破／破釜沉舟、破涕為笑、破鏡重圓、一語道破、不攻自破、牢不可破、顛撲不破。

同　爛、敗、裂。

石部 5畫

砥

砥 砥

一 丆 不 石 石 石丿 石厂 砥

ㄉㄧˇ　①細的磨刀石：〈砥劍〉②磨練：〈砥礪志節〉。

造詞　砥礪、砥柱。

石部 5畫

砭

砭 砭

一 丆 不 石 石 石丿 石乀 砭

ㄅㄧㄢ　①古代治病用的石針②用石針刺病人的經穴③刺入：〈寒風砭骨〉④改過遷善：〈痛下針砭〉。

石部 5 畫

砷

筆順：一 ㄏ 丆 石 石 矿 砌 砌 砷 砷

ㄕㄣ　一種非金屬元素，由於晶體結構不同，呈現黃、灰、黑褐三種顏色。砷的化合物有毒，可以用來殺菌、殺蟲和作為醫藥。

石部 5 畫

砲

筆順：一 ㄏ 丆 石 石 矿 矽 矽 砲 砲

ㄆㄠˋ　①古時用來發射石子，攻打敵人的兵器②通「炮」，軍用武器：〈高射砲、大砲〉。

造詞 砲火、砲艦、砲彈。

同 炮、礮。

石部 5 畫

砣

筆順：一 ㄏ 丆 石 石 矿 矿 矿 砣 砣

ㄊㄨㄛˊ　秤錘的俗稱。

石部 6 畫

硫

筆順：一 ㄏ 丆 石 石 矿 矿 矿 砼 砬 硫 硫

ㄌㄧㄡˊ　一種非金屬元素，是黃色結晶形固體，可供製火藥、火柴、硫酸等，通稱「硫磺」。

造詞 硫酸。

石部 6 畫

硃

筆順：一 ㄏ 丆 石 石 矿 矿 矿 砗 砗 硃

ㄓㄨ　①一種深紅色的礦物顏料，是水銀和硫磺的天然化合物：〈硃砂〉②紅色的：〈硃印〉。

造詞 硃批、硃筆。

石部 6 畫

硎

筆順：一 ㄏ 丆 石 石 矿 矸 研 研 硎

ㄒㄧㄥˊ　磨刀用的石頭。

石部 7 畫

硝

筆順：一 ㄏ 丆 石 石 矿 矿 矿 矿 硝 硝

ㄒㄧㄠ　①礦物的一種，為白色透明的結晶體，可製火藥及玻璃。加少量在肉中可防腐，製香腸、火腿時常用：〈硝石〉②用芒硝塗製毛皮，讓皮毛柔軟：〈硝皮〉。

造詞 硝酸。

石部 7 畫

硯

筆順：一 ㄏ 丆 石 石 矶 矶 研 研 硯 硯 硯

ㄧㄢˋ　①用來磨墨的文具，通常以石頭做成的為主：

〈硯臺〉②古時指同學關係：〈硯友〉。

造詞 硯田、硯池、硯右／石硯、端硯、筆硯、朱硯。

硬

石部7畫

ㄧㄥˋ ①與「軟」相對，物體質地堅固不易破碎：〈堅硬〉②剛強的：〈強硬、硬漢〉③狠心的：〈硬心腸〉④勉強，不自然：〈動作生硬〉⑤不能改變的：〈硬性規定〉⑥用金屬鑄成的：〈硬幣〉⑦勉強的：〈硬撐〉⑧不顧一切的：〈硬幹〉。

造詞 硬化、硬度、硬體、硬朗、硬性、硬水／軟硬、心硬／硬繃繃、硬著頭皮、吃軟不吃硬。

同 堅、固。

反 柔、軟。

硠

石部7畫

ㄌㄤˊ 石頭相撞擊的聲音：〈硠硠〉。

硜

石部7畫

ㄎㄥ ①通「磬」，石頭互相撞擊的聲音②淺見固執的樣子：〈硜硜〉。

碎

石部8畫

ㄙㄨㄟˋ ①破裂：〈碎裂、粉碎〉②煩瑣：〈瑣碎〉③細小的、不完整的：〈碎布、碎片〉④說話嘮叨：〈碎嘴〉。

造詞 碎務、碎步／擊碎、破碎、零碎、心碎、細碎、玉碎、摔碎、煩碎／碎屍萬段、支離破碎、寧為玉碎，不為瓦全。

同 破、爛。

請注意：「碎」(ㄙㄨㄟˋ)是完整的東西破裂成片或零塊，「誶」(ㄙㄨㄟˋ)是責罵或諫諍。

碰

石部8畫

ㄆㄥˋ ①偶然遇見：〈碰面、碰見〉②撞擊：〈碰擊、手碰疼了〉③試探：〈碰運氣〉。

造詞 碰巧、碰壁、碰頭、碰釘子、碰一鼻子灰。

同 撞、擊。

碗

石部8畫

ㄨㄢˇ 盛飯菜、湯水的器具：〈飯碗、碗盤〉。

造詞 碗櫃。

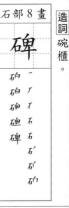

石部8畫
碑
一 ㄏ 不 石 石 矿 矿 矿 矿 砷 砷 碑 碑 碑

ㄅㄟ　豎立的石塊，表面刻有文字，用來紀念事業、功績或作為標記：〈石碑、紀念碑〉。

造詞 碑帖、碑碣、碑誌。

請注意：「碑」和「碣」不同，「碑」多是長方形，「碣」音ㄐㄧㄝˊ，多指圓頭、直立的石頭。

石部8畫
碉
一 ㄏ 不 石 石 矶 矶 矶 矾 碉 碉 碉 碉

ㄉㄧㄠ　用磚、石或其他建材築成的建築物，主要用在射擊、瞭望等防禦工事上：〈碉堡〉。

石部8畫
碘
一 ㄏ 不 石 石 矶 矶 矶 砷 砷 砷 碘 碘

ㄉㄧㄢˇ　鹵素之一，是紫灰色鱗片狀結晶，有金屬光澤，容易昇華呈紫紅色蒸氣，易溶於酒精等有機溶劑：〈碘酒〉。

石部8畫
硼
一 ㄏ 不 石 石 矶 矶 矶 砌 砌 硼 硼 硼

ㄆㄥˊ　①非金屬元素，是褐色粉末或淡黃色晶體，可用來製造合金、溫度計等②水聲：〈硼砰〉。

造詞 硼砂、硼酸。

石部8畫
碌
一 ㄏ 不 石 石 矿 矿 砕 砕 砕 碌 碌 碌

ㄌㄨˋ　①平凡：〈庸碌〉②事務多而忙：〈忙碌、勞碌〉③碌碡，農具名，圓柱形，用石頭做成，用來軋脫穀粒或軋平場院。

請注意：「碌」是繁忙的意思，「祿」是有福氣的意思，「錄」是記載的意思。

石部8畫
碇
一 ㄏ 不 石 石 石 矿 矿 矿 矿 碇 碇 碇

ㄉㄧㄥˋ　繫船的石礅或鐵錨，和「矴」、「椗」相通：〈下碇〉。

造詞 碇泊。

石部9畫
磁
一 ㄏ 不 石 石 石 矿 矿 矿 矿 矿 磁 磁 磁

ㄘˊ　①磁性，有吸引鐵、鎳、鈷等金屬的特性：〈磁鐵〉②通「瓷」，陶器的一種：〈磁器〉。

造詞 磁力、磁石、磁針、磁場、

磁磚、磁化、磁碟。

石部9畫

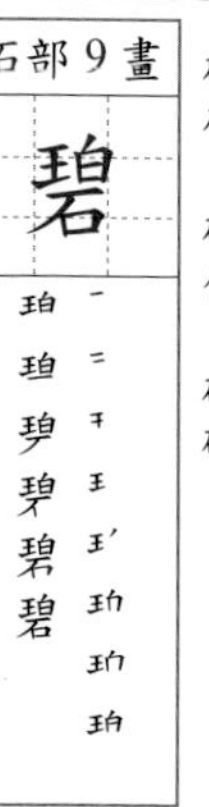

ㄅㄧˋ ①青綠色的美石②青綠色的：〈碧波、碧草如茵〉。

造詞 碧血、碧綠、碧玉。

同 綠。

石部9畫

碟

ㄉㄧㄝˊ ①形狀較小較淺的盤子，大都用來盛醬油、小菜：〈碟子〉②形狀像碟子的東西：〈飛碟〉③電腦中記憶或儲存資料的用具：〈磁碟片〉。

石部9畫

碳

ㄊㄢˋ 一種非金屬元素，是構成有機物的主要成分，在工業上和醫藥上用途很廣。

造詞 碳酸。

請注意：「碳」單指化學元素C，「炭」則多指木炭。

石部9畫

碩

ㄕㄨㄛˋ ①壯大：〈碩大、壯碩〉②健康而佼好的：〈碩大無朋〉③通「石」，堅實的：〈碩交〉④學識廣博的：〈碩儒〉。

造詞 碩士、碩彥、碩老／碩果僅存。

同 大、壯、健。

石部9畫

碴

ㄔㄚˊ ①碎屑：〈碗碴兒、玻璃碴兒〉②能夠引起爭吵的理由：〈找碴兒〉③皮肉被碎片割破：〈手被碴破了〉④小塊物：〈煤碴子〉。

石部9畫

碣

ㄐㄧㄝˊ 刻有文字，頂端為半圓形的碑石：〈碑碣〉。

石部10畫

磊

ㄌㄟˇ ①大石頭：〈磊塊〉②石頭很多的樣子：〈磊磊〉③心地光明：〈磊落〉。

石部10畫

確

ㄑㄩㄝˋ　①真實的：〈確實、的確、千真萬確〉②堅定的：〈確信不疑〉③堅固的：〈確立〉④實在的：〈確論〉。

造詞　確切、確保、確認／準確、正確、切確、明確、真確、精確、詳確／罪證確鑿。

同　真、實。

石部 10 畫

碾

ㄋㄧㄢˇ　①把東西弄碎、壓平或使米穀去殼的工具：〈石碾〉②滾動碾子去壓或磨：〈碾米、碾路〉。

石部 10 畫

磋

ㄘㄨㄛ　①把骨、角磨製成器物：〈如切如磋〉②商量討論：〈磋商、磋磨〉。

同　磨、研。

石部 10 畫

磅

ㄅㄤˋ　①英制重量單位，一公斤約等於二點二磅：〈兩磅奶粉〉②大秤：〈地磅〉③用磅秤測量物體的重量：〈磅體重〉。

ㄆㄤ　①石頭掉到地上的撞擊聲：〈砰磅〉②鼓擊聲：〈磅硠〉③雄偉浩大的：〈磅礴〉。

造詞　磅秤。

請注意：「鎊」是英國、土耳其等國的貨幣單位名，「磅」則是重量單位名。

石部 10 畫

磕

ㄎㄜ　①碰撞：〈磕頭〉②敲擊：〈磕打〉③咬開：〈磕瓜子〉。

造詞　磕牙、磕頭蟲。

請注意：「磕」和「瞌」不同。「瞌」是瞌睡的意思。

石部 10 畫

磐

ㄆㄢˊ　①巨大的石頭：〈磐石〉②通「盤」，流連：〈久磐京邑〉。

請注意：「盤」和「磐」只在解釋為「流連」時，才可以通用。

石部 10 畫

碼

ㄇㄚˇ　①表示數字的符號：〈號碼、頁碼〉②英制長度單位名，三呎為一碼③計算事物的單位詞，指一件事情或一類事情：〈兩碼子事〉④計數的用具：〈砝碼〉。

造詞 碼頭。

石部 10 畫

磔

一 丆 不 石 石 石' 矽 矽 矽 矽 砟 砵 磔 磔 磔

ㄓㄜˊ ①書法用字，向右下斜的一筆稱「磔」，也稱「捺」②古時分裂罪犯肢體的酷刑。

石部 11 畫

磚

一 丆 不 石 石 石̄ 石̄ 砢 砢 砢 砷 磚 磚 磚 磚 磚

ㄓㄨㄢ ①用黏土等燒成的長方形建築材料：〈紅磚、空心磚〉②方形或長方形像磚塊的東西：〈冰磚、茶磚〉。

石部 11 畫

磬

一 十 士 吉 吉 吉 声 声 声 殸 殸 殸 殸 磬 磬 磬

ㄑㄧㄥˋ ①古代用玉石做成的打擊樂器：〈編磬〉②寺廟念經時所敲的銅缽，又叫「磬兒」③通「罄」，空盡：〈磬龜無腹〉。

造詞 磬折／擊磬、空磬、懸磬。

石部 11 畫

磨

丶 亠 广 广 庁 庁 床 床 麻 麻 麻 麻 磨 磨 磨 磨

ㄇㄛˊ ①來回摩擦，使東西光滑或銳利：〈磨光、磨刀〉②把東西研細：〈磨藥粉、磨碎〉③消除：〈磨滅、百世不磨〉④拖延、耗時間：〈磨工夫〉⑤煩人的：〈這娃兒真磨人〉。

ㄇㄛˋ ①研磨用的工具：〈石磨、水磨〉②磨麵。

造詞 磨牙、磨坊、磨蝕、磨練／琢磨、推磨、折磨／好事多磨、耳鬢廝磨、有錢能使鬼推磨。

同 研。

請注意：「磨」是摩擦使東西光亮或銳利，「摩」是兩個物體輕輕接觸來回擦動。

石部 11 畫

磠

一 丆 不 石 石 石' 石' 石' 矿 矿 矿 硇 硇 磠 磠 磠

ㄌㄨˇ 礦物名，成分是氯化銨，無色，有鹹味，可供醫藥和工業用：〈磠砂〉。

石部 11 畫

磧

一 丆 不 石 石 石̄ 石̄ 石̄ 砟 砟 碃 碃 碃 磧 磧 磧

ㄑㄧˋ ①淺水中的沙石堆②沙漠：〈磧北〉。

造詞 磧鹵、磧礫。

磣　石部 11 畫

ㄔㄣˇ　①夾雜在食物中或落入眼中的沙子：〈飯中有磣〉②醜、不大方的：〈磣樣子〉。

磺　石部 12 畫

ㄏㄨㄤˊ　就是「硫磺」，硫的通稱，非金屬元素，是黃色的結晶體，易著火。可製火藥、火柴等，也可作藥品。

磴　石部 12 畫

ㄉㄥˋ　①用石頭鋪成的臺階：〈石磴〉②量詞，臺階一級叫「一磴」。

磯　石部 12 畫

ㄐㄧ　水中露出的石堆或水邊突出的大石：〈采石磯、燕子磯、釣磯〉。**請注意：**「磯」是指岩石的岸邊，「灘」是指沙石的岸際。

礁　石部 12 畫

ㄐㄧㄠ　①隱現在海洋水面的岩石：〈暗礁、礁石、珊瑚礁〉②障礙：〈觸礁〉。

磷　石部 12 畫

ㄌㄧㄣˊ　①非金屬元素，多以磷酸鹽的形態存在，有毒性，易燃燒。可用來製造火柴、肥料、藥品等：〈白磷〉②水流石間的：〈磷磷〉③「雲母」的別名④扁薄的：〈磨而不磷〉。

磻　石部 12 畫

ㄆㄢˊ　水名，在陝西省寶雞縣東南，相傳為周朝姜子牙釣魚的地方：〈磻溪〉。

ㄅㄛ　維繫繳矢所用的石塊。

磽　石部 12 畫

ㄑㄧㄠ　土質硬，不肥沃的：〈磽薄、磽瘠、磽确(ㄑㄩㄝˋ)〉。

礎　石部 13 畫

ㄔㄨˇ ①墊在柱子下面的石頭：〈礎石〉②事情的根本：〈基礎、礎業〉。

石部 14 畫

礙

ㄞˋ ①阻擋事情順利進行的人或事：〈障礙〉②阻擋、妨害：〈有礙觀瞻、礙手礙腳、礙國、有礙公正〉。

造詞 礙口、礙眼、礙難、礙事／阻礙、防礙、掛礙。

請注意：「礙」、「凝」、「擬」三字不同。「凝」音ㄋㄧㄥˊ，是液體受熱而凝結；「擬」音ㄋㄧˇ，是設計、摹倣。

石部 15 畫

礪

ㄌㄧˋ ①粗的磨刀石②磨：〈磨礪〉③通「勵」，鼓勵：〈砥礪〉。

造詞 淬礪、勉礪。

請注意：「砥礪」中的「礪」易被混淆成「勵」。「砥」是細的磨刀石，「礪」是粗的磨刀石；「砥礪」引申為「磨練」的意思。而「勵」是指勸勉，「鼓勵」才用「勵」。

石部 15 畫

礦

ㄎㄨㄤˋ 蘊藏在地下，有待開採的自然物質：〈煤礦、鐵礦、鈾礦〉。

造詞 礦石、礦工、礦物、礦產、礦坑、礦床、礦藏、礦泉、礦苗。

石部 15 畫

礬

ㄈㄢˊ 礦物名，是半透明的結晶體，可供染色、製革、澄清汙水用，白色的叫「明礬」。

石部 15 畫

礫

ㄌㄧˋ 小石子：〈砂礫、瓦礫、礫石〉。

石部 17 畫

礴

ㄅㄛˊ 廣被、充塞：〈磅礴〉。

示部 ㄕˋ

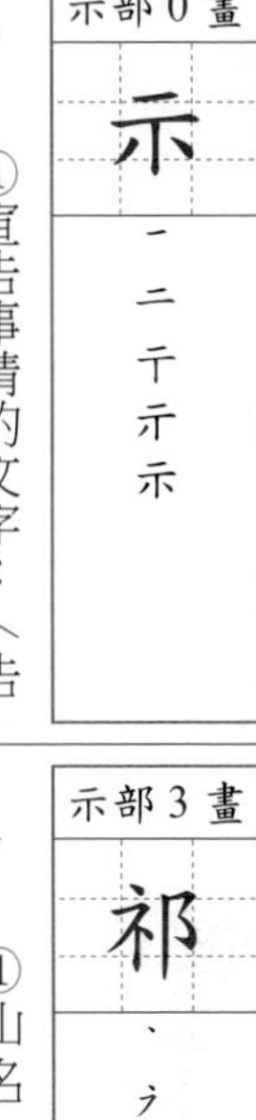

示部 0 畫

示

一 二 亍 亓 示

ㄕˋ ①宣告事情的文字：〈告示〉②告訴、表明：〈指示、示意〉③給人看：〈示眾〉。

造詞 示好、示威、示弱、示範／暗示、啟示、展示、顯示、提示、訓示、揭示。

示部 3 畫

社

、 ラ ネ ネ 社 社

ㄕㄜˋ ①土地神或祭祀土地神的地方：〈社稷、封土立社〉②有一定宗旨而結成的團體：〈報社、詩社、出版社〉③早期臺灣山地同胞的基層社會組織：〈番社〉④姓。

造詞 社論、社會、社交、社團、社區／結社、神社、旅社、書社。

示部 3 畫

祁

、 ラ ネ ネ 祁 祁 祁

ㄑㄧˊ ①山名，是甘肅省和青海省的界山：〈祁連山〉②秦國時代的地名，在今陝西省澄城縣附近③非常的：〈祁寒〉④姓。

請注意：「祁」是盛大的意思，「祈」是請求的意思。

示部 3 畫

祀

、 ラ ネ ネ 祀 祀 祀

ㄙˋ 祭拜：〈祭祀、祀天〉。

造詞 祀奉、祀典、祀祖／宗祀、郊祀、祠祀。

同 祭。

示部 3 畫

祂

、 ラ ネ ネ 祂 祂 祂

ㄊㄚ 稱上帝、耶穌或神的第三人稱代名詞。

示部 4 畫

祈

、 ラ ネ ネ 祈 祈 祈 祈

ㄑㄧˊ ①請求：〈祈求、敬祈光臨〉②求神保佑、向神求福：〈祈禱〉。

同 求、禱。

示部 4 畫

祉

、 ラ ネ ネ 祉 祉 祉 祉

ㄓˇ 幸福：〈福祉〉。

造詞 天祉、祿祉。

同 福。

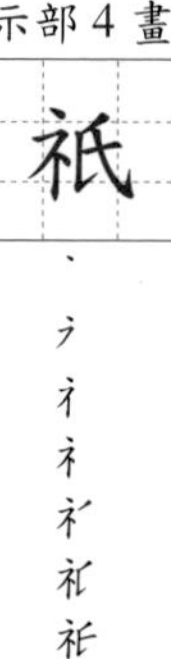

示部4畫

祇 　丶 ラ ネ ネ 礻 祇 祇

ㄑㄧˊ ①地神，後泛指神：〈神祇〉②盛大的。

ㄓˇ 通「只」，但、僅僅：〈祇得〉。

示部4畫

祆 　丶 ラ ネ ネ 礻 祆 祆

ㄒㄧㄢ ①波斯人創立的一種宗教，南北朝時傳入中國，也稱「拜火教」：〈祆教〉②妖怪：〈祆怪〉。

請注意：「祆」的右邊是「天」（ㄊㄧㄢ）不可寫成「夭」（ㄧㄠ）。

示部5畫

祟 　丨 ㄐ 屮 出 出 出 祟 祟 祟 祟

ㄙㄨㄟˋ ①鬼神所降的災禍：〈鬼神驟祟〉②泛指禍害：〈作祟〉③曖昧的：〈鬼鬼祟祟〉。

示部5畫

祖 　丶 ラ ネ ネ 礻 祖 祖 祖 祖

ㄗㄨˇ ①稱父母以上的直系親屬：〈祖母、祖父〉②通稱歷代已死的長輩：〈祖先、列祖列宗〉③事物或宗派的創始人：〈鼻祖、佛祖〉④開始：〈萬物之祖〉⑤創始的：〈祖師〉⑥先人的：〈祖產〉⑦本源的：〈祖籍、祖國〉⑧推崇效法：〈祖述堯舜〉⑨姓。

造詞 祖傳、祖孫、祖廟、祖妣、祖上、祖宗、祖考、祖父／遠祖、先祖、始祖／數典忘祖。

示部5畫

神 　丶 ラ ネ ネ 礻 神 神 神 神

ㄕㄣˊ ①指創造天地萬物、降禍賜福的主宰者：〈天神、土地神〉②聖賢或受崇拜的人死後的精靈：〈神明〉③心力、注意力：〈失神、聚精會神〉④奧妙不可思議的：〈神祕、神奇〉⑤不平凡的、特別高超的：〈神童〉⑥表情：〈神情〉⑦姓。

造詞 神父、神木、神色、神采、神氣、神祕、神聖、神話、神態、神往、神經、神仙／心神、精神、入神、出神、費神、眼神、留神、拜神／神出鬼沒、神氣活現、神通廣大、神機妙算、神不知鬼不覺。

示部5畫

祕

祕 丶ラネネ礻礻祕祕祕

ㄇㄧˋ ①隱密而不公開的：〈祕密、祕而不宣〉②稀有珍奇的：〈祕本、祕籍〉③姓。

ㄅㄧˋ 國名：〈祕魯〉。

造詞 祕訣、祕書、祕方。

同 秘。

示部5畫

祗

祗 丶ラネネ礻祁祇祗

ㄓ ①恭敬：〈父慈子祗〉②恭敬的：〈祗候光臨、祗請大安〉。

造詞 祗仰、祗奉。

請注意：「祗」是恭敬的意思，「祇」是「僅、只」。

示部5畫

祝

祝 丶ラネネ礻祀祀祀祝

ㄓㄨˋ ①祭祀時負責禮讚的人：〈廟祝〉②祈禱請求：〈祝福、祝你健康〉③恭賀：〈祝壽〉④斷絕：〈祝髮〉⑤姓。

造詞 祝賀、祝融、祝文、祝頌／慶祝、敬祝、恭祝。

同 禱、頌。

示部5畫

祐

祐 丶ラネネ礻祄祄祐

ㄧㄡˋ 神明保護、幫助：〈神祐、庇祐〉。

造詞 嘉祐、保祐、助祐。

請注意：「祐」是專指神明的護佑，「佑」則又有扶助的意思。

示部5畫

祠

祠 丶ラネネ祠祠祠祠祠

ㄘˊ 供奉祖先、鬼神或先賢烈士的廟：〈祖祠、土地祠、忠烈祠、祠堂〉。

示部5畫

祚

祚 丶ラネネ礻祚祚祚祚

ㄗㄨㄛˋ ①福氣：〈門衰祚薄、天祚明德〉②通「阼」，指帝位：〈帝祚〉③年歲：〈年祚、國祚〉。

示部5畫

祛

祛 丶ラネネ礻礻社祛

ㄑㄩ ①除去、消除：〈祛除、祛痰、祛暑、祛疑〉②祭鬼神以求除去災害：〈祛災〉。

示部5畫

祓

、ㄋ礻礻礻̄ 礻ナ 礻犮 祓 祓

ㄈㄨˊ ①消災求福的一種祭祀：〈秋祓〉②消除：〈祓除〉。

示部5畫

祔

、ㄋ礻礻礻丿 礻亻 礻付 祔 祔

ㄈㄨˋ ①奉剛死者的牌位入祖祠的一種祭祀②合葬，子孫的棺木葬在祖墳旁叫「祔葬」。

示部6畫

祥

、ㄋ礻礻礻丶 礻丷 礻䒑 礻羊 祥 祥

ㄒㄧㄤˊ ①福氣、吉利：〈吉祥〉②和善：〈慈祥、祥和〉③姓。

造詞 祥雲、祥瑞／不祥、發祥、嘉祥。

同 吉、瑞、慈。

反 凶、暴、禍。

示部6畫

票

一 冖 冂 襾 襾 覀 覀 覀 覀 票 票

ㄆㄧㄠˋ ①可作憑據、有價值或作用的紙張：〈鈔票、選票、電影票〉②量詞，事物一宗叫一票：〈一票貨、一票生意〉③稱受匪徒綁架的人：〈綁票、肉票〉④客串的、非職業性的演戲人員：〈票友〉。

ㄆㄧㄠ 輕捷的：〈票姚〉。

造詞 票房、票價、票面、票根、票匭、票據、票擬／彩票、投票、廢票、車票、支票、本票、撕票、郵票。

同 券。

示部6畫

祭

丿 ク タ タ 夕丶 夕又 夕又 夕又 祭 祭 祭

ㄐㄧˋ ①拜鬼神或對死去的人表示哀悼、致敬的儀式：〈家祭、公祭〉②對神明、祖先表示恭敬的禮節：〈祭祀、祭祖〉。

ㄓㄞˋ 姓。

造詞 祭司、祭典、祭品、祭文／血祭、告祭、拜祭、追祭、遙祭、郊祭、會祭。

同 祀、禱、拜。

示部6畫

祧

、ㄋ礻礻礻丿 礻丿 礻兆 礻兆 祧 祧

ㄊㄧㄠ ①祭祀遠祖的廟：〈宗祧〉②繼承先代的人：〈承祧〉。

祺　示部8畫

ㄑㄧˊ　安泰、吉祥，常用在書信結尾時的祝頌語：〈福祺、吉祺、敬頌文祺、順候時祺〉。

同 吉、祥。

祿　示部8畫

ㄌㄨˋ　①福分、善：〈福祿、天祿〉②薪水：〈俸祿〉③利益：〈無功不受祿〉④姓。

造詞 祿位。

禁　示部8畫

ㄐㄧㄣˋ　①古時稱帝王居住的地方：〈宮禁〉②法令或習俗所不允許的事情：〈禁忌〉③限制或阻止：〈禁止〉④把人關起來：〈囚禁、拘禁〉。

ㄐㄧㄣ　①擔當、忍受：〈弱不禁風、情不自禁〉②耐得住：〈衣服禁穿〉。

造詞 禁足、禁區、禁令、禁菸／失禁、監禁、宵禁、幽禁、軟禁、解禁、嚴禁。

祼　示部8畫

ㄍㄨㄢˋ　祭神時把酒洒在地上，請神降臨的禮儀。

禎　示部9畫

ㄓㄣ　吉祥：〈禎祥〉。

同 祥、瑞。

福　示部9畫

ㄈㄨˊ　①吉祥的事，富貴長壽的總稱：〈幸福、享福〉②古代婦女雙手扣合置於腰際的敬禮：〈道個萬福〉③保祐：〈福祐、福庇〉④幸運的：〈福將、福星、福音〉⑤姓。

造詞 福利、福氣、福相、福分、福祉、福澤、福地／禍福、祝福、託福、口福／福至心靈、福如東海、因禍得福、作威作福、福無雙至，禍不單行。

同 祥。反 禍。

禍　示部9畫

ㄏㄨㄛˋ　①災害、不如意的事：〈災禍、惹禍、大禍臨頭〉②為害、損害：〈禍國殃民〉。

造詞 禍水、禍首、禍根、禍害／慘禍、橫禍、闖禍、人禍／禍不單行、禍起蕭牆、禍從口出、禍從天降。

同 災。

反 福。

示部 9 畫

禊

ㄒㄧˋ 在水邊舉行的一種驅除不祥的祭祀：〈修禊、春禊、秋禊〉。

示部 9 畫

禕

ㄧ 美好有福氣。

示部 9 畫

禋

ㄧㄣ ①古時天子升煙祭天的祭禮：〈禋祀〉②升煙以祭天③誠心祭神。

示部 11 畫

禦

ㄩˋ 抵抗、抵擋：〈防禦、禦寒、禦敵、抵禦、禦侮〉。

造詞 扞禦、守禦、抗禦。

示部 12 畫

禧

ㄒㄧ 福、吉祥、喜慶：〈年禧、恭賀新禧〉。

同 福。

示部 12 畫

禪

ㄔㄢˊ ①佛法、佛道：〈入禪〉②梵語「禪那」的簡稱，指集中心意以思考真理的一種修行方法：〈坐禪、參禪〉③指佛教的一切事務：〈禪房、禪理、禪師〉。

ㄕㄢˋ 古時天子讓位給賢能的人：〈禪讓〉。

造詞 禪宗、禪杖、禪定、禪寺／封禪、心禪、內禪。

示部 13 畫

禮

ㄌㄧˇ ①人類行為的法則、規範、儀節，也就是規規矩矩的態度：〈守禮〉②表示敬意或慶祝的一種儀式：〈典禮、婚禮〉③贈送給人的財物：〈送禮、賀禮〉④書名，周禮、儀禮、禮記合稱「三禮」⑤祭拜：〈禮拜、頌經禮佛〉⑥以尊敬的態度待人：〈禮賢下士〉⑦姓。

造詞 禮物、禮節、禮堂、禮遇、禮服、禮券、禮貌、禮讚、禮聘、禮數、禮儀、禮讓、禮俗、禮法、禮炮、禮成／失禮、葬禮、非禮、行禮、答禮、敬禮、祭禮、嘉禮／禮尚往來、非禮勿視、分庭抗禮、彬彬有禮、克己復禮、禮多人不怪。

同 讚、敬、祭。

示部 14 畫
禱
、ㄋ礻礻礻礻礻礻礻礻禱禱禱禱

ㄉㄠˇ ①向神祈求：〈祈禱、禱告〉②祭祀：〈禱祀〉③向人請求，常用在書信：〈是所至禱〉。

造詞 祝禱、默禱、懇禱、求禱。

同 祝、拜、祭、祀。

示部 14 畫
禰
、ㄋ礻礻礻礻礻礻禰禰禰禰禰禰

ㄋㄧˇ ①隨行的神主：〈公禰〉。②亡父在宗廟中所立的神主：〈入廟稱禰〉。

ㄇㄧˊ 姓。

請注意： 又可寫成「祢」。

示部 17 畫
禳
、ㄋ礻礻礻礻礻礻礻礻礻禳禳禳禳禳禳

ㄖㄤˊ ①古人向神祈求解除瘟疫疾病而舉行的祭祀②祭神以求消除災禍：〈禳解、禳災、禳禱〉。

禸部 ㄖㄡˊ

禸部 0 畫
禸
丨冂内禸禸

ㄖㄡˊ 同「蹂」，獸類踐踏的蹄痕。

禸部 4 畫
禹
一丿白白白禹禹禹禹

ㄩˇ ①夏朝的開國君主，治洪水有功②姓。

禸部 4 畫
禺
丨冂日日月禺禺禺禺

ㄩˊ ①界域，一禺是指一里的地方：〈十禺〉②番(ㄆㄢ)禺：縣名，在廣州市的東南③古傳說中青目長尾、似猴但體型較大的野獸。

内部8畫

萬

丶 丷 艹 艹 芇 芇 苜 苜 苜 萬 萬 萬 萬

ㄨㄢˋ ①數目名，千的十倍：〈萬貫家財〉②比喻很多：〈千山萬水、萬事萬物〉③極、很、絕對、必然的：〈萬全、萬不可說、萬難成功〉④眾多的：〈千變萬化〉⑤姓。

造詞 萬能、萬一、萬分、萬幸、萬象、萬難、萬般、萬世、萬歲／千萬、億萬／萬象更新、萬眾一心、萬劫不復、萬夫莫敵、萬古流芳、萬無一失、萬籟無聲、萬丈深淵、萬全之計、萬世師表、成千上萬、掛一漏萬。

内部8畫

禽

ノ 人 𠆢 亼 今 今 佘 佘 禽 禽 禽 禽 禽

ㄑㄧㄣˊ ①鳥類的總稱：〈家禽、飛禽走獸〉②古時泛稱獸類：〈終日不獲一禽〉③通「擒」，捕捉④姓。

造詞 禽獸／生禽、珍禽、野禽、鳴禽。

禾部 ㄏㄜˊ

禾部0畫

禾

一 二 千 禾 禾

ㄏㄜˊ ①穀類植物的總稱：〈田禾、禾苗、禾稼〉②姓。

造詞 稻禾、嘉禾。

禾部2畫

私

一 二 千 禾 禾 私 私

ㄙ ①財產：〈家私〉②人的生殖器官：〈私處、女私、男私〉③偏愛：〈偏私、私暱〉④個人的：〈私事、私產、私生活〉⑤不公開的：〈私情、私貨〉⑥祕密的：〈私通、私奔〉⑦偏頗的：〈私心〉⑧暗中的：〈私下〉⑨姓。

造詞 私立、私交、私刑、私宅、私有、私人、私自、私怨、私衷、私章、私藏、私囊、私語、私塾、私見、私生子／營私、自私、走私、陰私／私相授受、私定終身、大公無私、假公濟私。

反 公。

禾部2畫

秀

一 二 千 禾 禾 秀 秀

ㄒㄧㄡˋ ①稻麥的穗或草木的花：〈麥秀、穀秀〉②才智傑出的人：〈後起之秀、南土之秀〉③天地間的靈氣：〈靈秀〉④稻麥草木開花：〈苗而不秀、叢蘭欲秀〉⑤優良的、傑出的：〈優秀〉⑥美麗：〈清秀、山明水秀〉⑦文雅靈巧的：〈秀氣〉⑧姓。

造詞 秀麗、秀才、秀髮／閨秀、俊秀、作秀、神秀／秀外慧中、秀色可餐、大家閨秀。

禾部 2 畫

禿

ㄊㄨ ①頭上沒有毛髮：〈禿子、禿頭〉②物體沒有尖端：〈筆尖禿了〉③樹沒有枝葉或山沒有樹木：〈禿樹、山是禿的〉。

造詞 禿筆、禿驢、禿鷲。

禾部 3 畫

秉

ㄅㄧㄥˇ ①容量單位，一公秉等於十公石②拿著、握著：〈秉燭、秉筆〉③按照：〈秉公處理〉④掌管、主持：〈秉政〉。

造詞 秉性、秉承、秉賦。

反 兼。

禾部 3 畫

秈

ㄒㄧㄢ 同「籼」，早熟而米粒不黏的稻子：〈秈米〉。

禾部 4 畫

科

ㄎㄜ ①指事物的類別：〈農科、文科、眼科〉②公司、機關裡辦事的單位：〈兵役科、業務科、財政科〉③從隋唐到清朝末年，政府選取人才的條例名目：〈登科〉④戲劇中的動作：〈科白〉⑤法律條文：〈作奸犯科〉⑥水坑：〈雨水盈科〉⑦論斷、判定：〈科罪〉。

造詞 科目、科技、科學、科刑、科系、科班、科舉、科名／學科、內科、外科、理科、專科、前科。

禾部 4 畫

秒

ㄇㄧㄠˇ ①穀類種子上所長出的幼毛：〈禾秒〉②時間的計算單位，分的六十分之一：〈讀秒〉③圓周角度計算的單位，六十秒為一分，六十分為一度。

造詞 秒針。

禾部 4 畫

秋

ㄑㄧㄡ ①四季之一，通常指農曆七、八、九月，國曆九、十、十一月：〈秋風、秋季〉②年歲：〈千秋萬世〉③孔子所作的魯史：〈春秋〉④緊急時刻：〈危急存亡之秋〉⑤穀類成熟：〈麥秋〉⑥姓。

造詞 秋分、秋收、秋色、秋波、秋毫、秋千、秋水／千秋、立秋、悲秋、中秋、清秋、早秋、晚秋、初秋／秋毫無犯、秋高氣爽、各有千秋、一雨成秋、一日不見如隔三秋。

禾部 4 畫

秕

丿 二 千 禾 禾 秕 秕 秕

ㄅㄧˇ ①只有外殼而裡面是空的穀類果實：〈秕子〉②不良的：〈秕政〉③通「紕」，漏洞：〈秕謬〉。

禾部 5 畫

秤

丿 二 千 禾 禾 秆 秆 秤 秤

ㄔㄥˋ ①同「稱」，測定物體重量的器具：〈磅秤〉②用秤來計量物體的輕重。

ㄆㄥˊ 計量物體輕重的工具：〈天秤〉。

造詞 秤鉈。

禾部 5 畫

秣

丿 二 千 禾 禾 秆 秆 秣 秣

ㄇㄛˋ ①牲口的飼料：〈糧秣〉②餵牲口：〈秣馬〉。

造詞 芻秣、糧秣、仰秣。

禾部 5 畫

秧

丿 二 千 禾 禾 和 和 秧 秧

ㄧㄤ ①初生的稻苗：〈插秧〉②可以移植的植物幼苗：〈樹秧、稻秧〉③魚苗：〈魚秧〉④出生不久的動物：〈豬秧〉⑤栽種：〈秧稻〉。

禾部 5 畫

秩

丿 二 千 禾 禾 秆 秆 秩 秩

ㄓˋ ①次序、條理：〈秩序〉②十年叫一秩：〈八秩誕辰〉③官吏的職位：〈爵秩〉④常有的：〈常秩〉。

禾部 5 畫

租

丿 二 千 禾 禾 和 和 租 租

ㄗㄨ ①田賦：〈租稅〉②房子、田地或東西借給人用，所收的代價：〈房租、田租〉③出錢向人借東西或把東西借給人用而收取代價：〈租房子、出租汽車〉。

造詞 租金、租界、租戶、租用、租賃、租約、租期、租契／官租、招租、分租。

秦　禾部5畫
一 二 三 夫 夫 夫 叁 奉 秦 秦
ㄑㄧㄣˊ　①朝代名②陝西省的簡稱③姓。

秘　禾部5畫
ノ 二 千 禾 禾 私 私 秘 秘 秘
ㄇㄧˋ　同「祕」，不公開的、不讓人知道的：〈秘密、神秘、秘而不宣〉。
ㄅㄧˋ　國名：〈秘魯〉。
造詞　秘方、秘訣、秘書／隱秘、奧秘、機秘、嚴秘。

秬　禾部5畫
ノ 二 千 禾 禾 秆 秆 秬 秬 秬
ㄐㄩˋ　黑色的黍，可以製酒。

秫　禾部5畫
ノ 二 千 禾 禾 秆 秫 秫 秫 秫
ㄕㄨˊ　有黏性的高粱，可以釀酒。

移　禾部6畫
ノ 二 千 禾 禾 移 移 移 移 移 移
ㄧˊ　①遷徙、搬遷：〈移民、愚公移山、遷移、移動〉②改變、動搖：〈移風易俗、堅定不移〉③傳遞：〈移交〉④姓。
造詞　移居、移步、移情、移植、移轉、移時／推移、轉移／移山倒海、移花接木、移樽就教、物換星移、江山易改本性難移。

稅　禾部7畫
ノ 二 千 禾 禾 秒 秒 秒 稅 稅 稅 稅
ㄕㄨㄟˋ　①國家向人民徵收的金錢：〈納稅、所得稅、營業稅〉②姓。
造詞　稅率、稅單、稅款、稅捐、稅務、稅額、稅制／課稅、繳稅、逃稅、漏稅、關稅、賦稅、免稅。
請注意：「稅」通常指國家向人民徵收其所得的一部分，以供國用；「租」是指借用器物或房地等所付出的代價。

稈　禾部7畫
ノ 二 千 禾 禾 和 和 和 稈 稈 稈 稈
ㄍㄢˇ　穀類植物的莖：〈稻稈、麥稈〉。

稍　禾部7畫
ノ 二 千 禾 禾 秒 秒 秒 稍 稍 稍 稍
ㄕㄠ　略微的：〈稍等一下〉。
造詞　稍息、稍微、稍稍、稍許／

稍安勿躁、稍縱即逝。

禾部7畫

程

ㄔㄥˊ ①標準、規章：〈規程、章程〉②道路的段落：〈路程、送你一程〉③事情進行的步驟、順序：〈過程、議程〉④一定的進度或數量：〈課程、日程〉⑤姓。

造詞 程度、程序／工程、行程、前程、里程、旅程、歷程、啟程、兼程／各奔前程、鵬程萬里。

禾部7畫

稀

ㄒㄧ ①疏、不密：〈稀疏、地廣人稀、月明星稀〉②薄而不濃的：〈稀飯〉③極、很：〈稀軟〉④不多、少有的：〈人生七十古來稀〉⑤姓。

造詞 稀少、稀有、稀客、稀薄、稀鬆、稀釋、稀奇、稀罕／依稀、古稀。

同 疏、少、薄。

反 濃、密、稠。

禾部7畫

稃

ㄈㄨ 穀類的外皮：〈麥稃、麩稃〉。

禾部7畫

稊

ㄊㄧˊ ①草名，結出的果實中有細米，不可以吃：〈稊稗〉②樹木新生的嫩葉：〈枯楊生稊〉。

禾部7畫

稂

ㄌㄤˊ 對禾苗有害的雜草：〈稂莠〉。

禾部8畫

稜

ㄌㄥˊ ①物體兩面相交點所形成的突起的角：〈稜角、桌子稜〉②威嚴的樣子：〈風采稜岸〉。

造詞 稜鏡。

請注意：「稜」和「凌」不同。「凌」音ㄌㄧㄥˊ，是侵犯、踰越、升登的意思。

禾部8畫

稚

ㄓˋ ①年齡幼小的兒童：〈童稚〉②年齡幼小或智能淺薄的：〈幼稚〉。

造詞 稚氣、稚子、稚嫩。

同 幼。

禾部8畫

稠

ㄔㄡˊ ①濃密、眾多：〈地廣人稠〉②濃厚的：〈濃稠〉。

造詞 稠密／黏稠、繁稠／綠野蠶稠、綠野平稠、地狹人稠。

同 濃、密。

反 稀、薄、疏。

禾部8畫

稔

ㄖㄣˇ ①古時穀物一年收成一次，所以一年叫一稔：〈三稔、不及五稔〉②熟悉某人：〈素稔、熟稔〉③穀物成熟：〈豐稔〉④豐收的：〈稔年〉。

禾部8畫

稟

ㄅㄧㄥˇ ①天賦的資質：〈稟賦、異稟〉②承受：〈稟受〉③下級對上級、晚輩對長輩報告：〈稟告、稟白〉。

ㄌㄧㄣˇ 通「廩」，穀倉。

造詞 稟性、稟明、稟承、稟陳／敬稟、天稟、承稟、上稟。

禾部8畫

稞

ㄎㄜ 一種耐寒耐旱的麥類，多生長在我國西北或西南高原，是藏族人民的主要食糧：〈青稞〉。

禾部8畫

稗

ㄅㄞˋ ①一種和稻米很類似的一年生草本植物②細小的、瑣碎的、非正統的：〈稗官、稗史〉。

禾部9畫

種

ㄓㄨㄥˇ ①植物的籽粒：〈菜種、樹種〉②人類的族類：〈黃種、白種〉③事物的類別：〈品種〉④生物的後代：〈傳種、絕種〉⑤量詞，事物一類叫一種：〈兩種花、各種顏色〉。

ㄓㄨㄥˋ ①把植物的籽粒或秧苗的根埋在土地裡，以求其生長繁殖：〈種菜、種花〉②把疫苗注射入人體內，以預防疾病：〈種牛痘〉。

造詞 種族、種田、種類、種植、種別、種子、種痘、種豬／接種、播種、耕種、栽種、純種、雜種、變種。

請注意：「種」讀ㄓㄨㄥˋ時，和「植」相通。

稱

禾部 9 畫

ノ 二 千 禾 禾 禾 禾 秎 秎 稍 稍 稱 稱 稱

ㄔㄥ ①人或東西的名號：〈通稱、簡稱、別稱、美稱〉②測量東西的輕重：〈稱一稱〉③讚美、讚揚：〈稱人之美〉④自居：〈稱帝、稱雄〉⑤叫做、喚：〈稱為、稱兄道弟〉⑥舉、發動：〈稱兵作亂〉⑦說、表示：〈稱病、人人稱快〉。

ㄔㄥˋ ①通「秤」，衡量輕重的工具：〈磅稱〉②適合、相當：〈相稱、稱職〉③滿足、適合於：〈稱心、稱意、稱身〉。

造詞 稱臣、稱謂、稱頌、稱呼、稱譽、稱道、稱揚、稱霸／尊稱、過稱、名稱、號稱、戲稱、自稱、全稱、對稱／稱心如意。

稰

禾部 9 畫

ノ 二 千 禾 禾 禾 禾 秄 秄 稰 稰 稰

ㄒㄩ 成熟後所收穫的穀物：〈稰穛〉。

穀

禾部 10 畫

一 十 士 声 声 声 壴 壴 㝅 㝅 㝅 穀 穀 穀

ㄍㄨˇ ①農作物的總稱：〈五穀雜糧〉②稻類的種子：〈稻穀〉③好、善：〈穀旦〉。

造詞 穀子、穀倉、穀粒／布穀、米穀、打穀、晒穀／穀賤傷農。

請注意：「穀」和「稻」、「米」不同。稻的種子是「穀」，穀去皮為米。

稿

禾部 10 畫

ノ 二 千 禾 禾 禾 禾 秝 秝 稿 稿 稿 稿 稿

ㄍㄠˇ ①指完成而未經過整理的文章或繪畫：〈草稿、底稿〉②尚未刊行的文章：〈投稿〉③計畫、底子：〈腹稿〉。

造詞 稿費、稿件、稿紙／原稿、擬稿、退稿、定稿、遺稿、完稿、脫稿、改稿。

稼

禾部 10 畫

ノ 二 千 禾 禾 禾 禾 秄 秄 稼 稼 稼 稼 稼

ㄐㄧㄚˋ ①農作物的總稱：〈莊稼〉②耕種的事：〈耕稼〉③栽種穀類植物：〈稼穡〉。

造詞 禾稼、農稼、桑稼、稻稼。

禾部 10 畫

稷

ㄐㄧˋ　①一年生草本植物、葉子細長，平行脈，莖稈高大，性硬而不黏，有紅、白兩種②古人認為稷是所有穀類中最重要的，所以把農官、穀神都叫做「稷」③國家的代稱：〈社稷〉。

禾部 10 畫

稻

ㄉㄠˋ　一年生的禾本植物，是重要的糧食作物，種在水田中的稱水稻，種在旱地的稱「旱稻」。

造詞 稻米、稻秧、稻穀、稻穗／割稻。

禾部 10 畫

稽

ㄐㄧ　①查考、查核：〈稽查、有案可稽、無稽之談〉②計較、爭論：〈反脣相稽〉③停留、拖延：〈稽留〉④考察：〈稽核〉⑤姓。

ㄑㄧˇ　雙手先下拜而後叩頭至地：〈稽首〉。

造詞 稽徵、稽延／會稽、考稽、滑稽、無稽。

禾部 10 畫

稹

ㄓㄣˇ　通「縝」，細密：〈稹密、稹理〉。

禾部 11 畫

積

ㄐㄧ　①數學上兩數或多數相乘的結果：〈乘積〉②聚集、堆聚：〈堆積〉③儲存：〈積穀防饑〉④長久的：〈積弊〉。

造詞 積木、積分、積欠、積水、積怨、積雪、積極、積壓／體積、面積、容積、累積、屯積、聚積、蓄積、充積／積習難改、積重難返、積年累月、積勞成疾。

禾部 11 畫

穎

ㄧㄥˇ　①禾本科植物果實的末端：〈稻穎〉②毛筆的尖端：〈毛穎〉③尖銳物的末端：〈脫穎而出〉④聰敏：〈穎慧、穎悟、聰穎〉。

禾部 11 畫

穆

ㄇㄨˋ ①宗廟裡神位的排列次序，左邊是昭、右邊是穆②溫和的：〈和穆〉③恭敬的：〈莊嚴肅穆〉④靜默的：〈穆然〉⑤姓。

造詞 昭穆、敦穆、清穆。

禾部 11 畫

穌

ㄙㄨ ①通「蘇」、「甦」，從昏迷中醒過來：〈復穌〉②基督教的神名：〈耶穌基督〉。

禾部 12 畫

穗

ㄙㄨㄟˋ ①植物上聚集成串的小花或果實：〈稻穗、麥穗、花穗〉②用絲線或布結成下垂的裝飾品通稱「繐」：〈帽穗、穗子〉。

造詞 拾穗、禾穗。

禾部 13 畫

穢

ㄏㄨㄟˋ ①田裡的雜草：〈荒穢〉②骯髒的、不乾淨的：〈汙穢、穢物〉③不好的、醜惡的：〈穢語、穢行、穢俗〉。

造詞 穢亂、穢土、穢多、穢氣、穢史、穢囊、穢地／蕪穢、淫穢／穢德彰聞、自慚形穢。

同 汙、髒。

禾部 13 畫

穡

ㄙㄜˋ ①指耕作方面的事：〈農穡〉②收割穀物：〈稼穡〉。

禾部 13 畫

穠

ㄋㄨㄥˊ 花木繁盛的樣子：〈穠豔、穠華〉。

造詞 穠纖合度。

禾部 14 畫

穫

ㄏㄨㄛˋ ①農產的收成：〈一年三穫、兩穫〉②收割農作物：〈收穫〉。

禾部 14 畫

穩

ㄨㄣˇ ①妥貼、安定：〈穩當、安穩〉②可靠：〈穩贏、穩操勝算〉③一定：〈十拿九穩〉。

造詞 穩定、穩重、穩固、穩健／

平穩、沉穩／穩如泰山、穩紮穩打、四平八穩。

禾部 17 畫

穰

ㄖㄤˊ ①穀類植物莖裡白色柔軟的部分②同「瓤」，果肉：〈棗穰〉③收穫豐盛：〈穰歲〉④繁盛的：〈稠穰、浩穰〉⑤紛亂：〈心緒紛穰、天下穰穰〉。

穴部 ㄒㄩㄝˋ

穴部 0 畫

穴

ㄒㄩㄝˋ ①岩洞、地洞：〈穴居〉②動物的窩巢：〈蟻穴、虎穴〉③墓坑、壙洞：〈墓穴〉④洞孔、窟窿：〈空穴來風〉⑤人體經脈要害的地方：〈穴道、太陽穴〉。

造詞 地穴、龍穴、洞穴、孔穴、要穴。

同 洞、巢。

穴部 2 畫

究

ㄐㄧㄡˋ ①深入探求事理：〈探究、研究〉②查問、推尋：〈追究、既往不究〉③表示結果：〈究竟〉。

造詞 究辦／學究、考究、講究、推究、深究、窮究。

同 盡、竟。

穴部 3 畫

空

ㄎㄨㄥ ①天：〈晴空〉②佛教所說超越色相現實的境界：〈四大皆空〉③虛無、沒有東西：〈落空、撲空〉④沒有東西的：〈空箱子、空城、空房子〉⑤不切實際的：〈空想、說空話〉⑥徒然、白費：〈空歡喜、空跑一趟〉⑦姓。

ㄎㄨㄥˋ ①閒隙：〈留個空兒〉②閒暇：〈沒空〉③窮困缺乏：〈簞瓢屢空〉④留出來待用：〈空出時間、空出一個位置〉⑤未加利用：〈空地、空位〉。

造詞 空白、空洞、空氣、空間、空隙、空幻、空心、空襲、空手、空防、空投、空虛、空運、空談、空曠、空間／航空、高空、真空、太空、中空、落空、虛空、上空／空中樓閣、空谷足音、空前絕後、空穴來風。

同 虛、間。

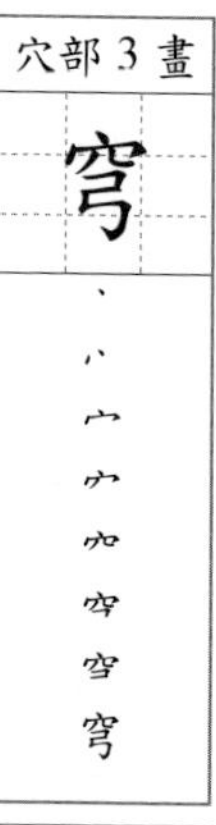

穹　穴部 3 畫

ㄑㄩㄥ　①天空：〈穹蒼〉②中間隆起、周圍下垂的：〈穹廬、穹隆〉③很深的：〈穹谷〉。

穸　穴部 3 畫

ㄒㄧˋ　墓穴：〈幽穸、窀穸〉。

穿　穴部 4 畫

ㄔㄨㄢ　①通過孔穴：〈穿針引線〉②著衣、著鞋襪：〈穿衣、穿鞋襪〉③物體損壞而有洞：〈鞋底穿了〉④通過、越過：〈穿過馬路、穿越平交道〉⑤鑿通：〈穿井、穿耳洞〉⑥破、透：〈看穿了、說穿〉。

造詞 穿梭、穿插、穿幫、穿鑿／反穿、貫穿、拆穿／穿鑿附會、望眼欲穿。

突　穴部 4 畫

ㄊㄨˊ　①煙囪：〈煙突、曲突徙薪〉②衝破：〈突破、突圍〉③忽然：〈突變、突然〉④比四周圍高：〈突出、突起〉⑤急速的：〈突飛猛進〉。

造詞 突兀、突擊、突穿／唐突、衝突／突如其來、窮虎奔突。

請注意：「突」和「凸」都有隆起的意思。「突」多指隆起的動作，而「凸」多指隆起的狀態。

窀　穴部 4 畫

ㄓㄨㄣ　墓穴：〈窀穸〉。

窄　穴部 5 畫

ㄓㄞˇ　①狹、寬度小：〈窄路、窄裙、窄橋〉②心胸不開朗、小心眼：〈心胸狹窄〉。

造詞 窄門、窄小／寬窄。

同 狹、隘。

反 寬、敞。

窈　穴部 5 畫

ㄧㄠˇ　①形容女孩子美麗、端莊：〈窈窕〉②幽深的樣子：〈窈然〉。

穴部5畫　窆

丶 丷 宀 ⺌ 穴 穸 穸 窆 窆

ㄅㄧㄢˇ　把棺木埋在墓穴裡。

穴部6畫　窒

丶 丷 宀 ⺌ 穴 空 空 空 窒 窒 窒

ㄓˋ　①阻塞不通、阻礙：〈窒息、窒礙、窒塞〉②壓抑：〈懲忿窒欲〉。

同 塞。

反 通。

穴部6畫　窕

丶 丷 宀 ⺌ 穴 穸 穸 穸 究 窕 窕

ㄊㄧㄠˇ　形容女子端莊、美麗：〈窈窕〉。

ㄧㄠˊ　通「姚」，美好的樣子：〈窕冶〉。

穴部7畫　窗

丶 丷 宀 ⺌ 穴 穴 穸 穹 窗 窗 窗

ㄔㄨㄤ　①建築物或車輛為了透光、通氣所開的洞口：〈玻璃窗、窗戶〉②求學讀書的處所：〈同窗三年〉。

造詞 窗帘、窗櫺／寒窗、天窗、車窗、東窗、綺窗、紙窗、落地窗、鋁門窗／窗明几淨。

穴部7畫　窘

丶 丷 宀 ⺌ 穴 穸 穸 穸 窘 窘 窘 窘

ㄐㄩㄥˇ　①難堪的情況：〈受窘〉②窮困的、窮迫的：〈窘境〉③難堪的、難為情的：〈窘色、窘態〉。

造詞 窘困、窘迫、窘促。

同 困、窮。

穴部7畫　窖

丶 丷 宀 ⺌ 穴 穴 穸 窖 窖 窖 窖

ㄐㄧㄠˋ　①用來收藏東西的地洞：〈地窖〉②將東西藏在地下室或地洞裡：〈窖果子、窖藏〉。

請注意：「窖」和「窟」不同。「窖」是指地下儲放物品處；「窟」音ㄎㄨ，除收藏物品外，也指可供人、畜、動物聚留的地方。

穴部8畫　窟

丶 丷 宀 ⺌ 穴 穸 穸 窟 窟 窟 窟 窟 窟

ㄎㄨ　①動物潛藏的洞穴：〈狡兔三窟〉②人居住的土室：〈石窟〉③壞人聚集的地方：〈匪窟、賭窟〉④坑洞：〈窟窿〉。

造詞 窟居、窟穴。

同 洞、穴。

穴部8畫

窣

ㄙㄨˋ 形容細碎的聲音：〈窸窣、窣窣〉。

穴部8畫

窠

ㄎㄜ 動物棲息的洞穴：〈虎窠、蜂窠〉。

造詞 窠臼。

請注意：「窠」和「巢」都有棲所的意思。在洞裡的叫「窠」，指鳥獸昆蟲棲息的地方；在樹上的叫「巢」，只能指鳥類棲息的地方。

穴部9畫

窩

ㄨㄛ ①禽獸或昆蟲居住的地方：〈鳥窩、豬窩、蜂窩、螞蟻窩〉②人聚集或居住的地方：〈賊窩、安樂窩〉③凹陷的地方：〈酒窩、腋窩〉④計算動物的單位：〈一窩小雞〉⑤藏匿犯人或贓物：〈窩藏〉⑥弄彎：〈把帽子窩圓〉。

造詞 窩集、窩囊、窩裡反、窩窩頭／心窩、燕窩、眼窩、梨窩。

同 巢。

穴部9畫

窪

ㄨㄚ ①低陷的地方：〈水窪〉②地陷的、深凹的：〈窪地〉。

造詞 低窪、下窪。

同 洼、凹。

穴部9畫

窨

ㄧㄣˋ ①地下室、地窖：〈地窨、窨室〉②把食物或酒藏在地下：〈窨藏〉。

穴部9畫

窬

ㄩˊ ①門旁的小孔：〈篳門圭窬〉②通「踰」，超越：〈穿窬之盜〉③中空的：〈窬木方板〉。

穴部10畫

窯

ㄧㄠˊ ①燒製陶瓷磚瓦的灶：〈瓦窯、磚窯〉②開採煤礦的洞：〈煤窯〉③可供居住的山洞或土屋：〈窯洞〉④

陶、瓷也稱為「窯」⑤俗稱妓女戶：〈窯子〉。

窮　穴部 10 畫

ㄑㄩㄥˊ　①終極、盡頭：〈辭窮、趣味無窮〉②貧苦的：〈窮人、窮困〉③偏遠的：〈窮鄉僻壤〉④終極的：〈窮途末路〉。

造詞　窮苦、窮忙、窮極、窮盡、窮酸、窮究、窮理、窮開心／貧窮、無窮、鬧窮、送窮／窮兵黷武、窮凶惡極、層出不窮、黔驢技窮、窮則變，變則通。

同　困、疲、乏、貧。

反　富、厚。

窰　穴部 10 畫

一ㄠˊ　同「窯」。

窳　穴部 10 畫

ㄩˇ　①衰弱的：〈手足墮窳〉②器物粗糙不精緻：〈窳劣、窳陋〉③怠惰的：〈窳民、窳農亂田〉。

反　良、佳。

窺　穴部 11 畫

ㄎㄨㄟ　①偷看：〈窺視〉②偵察：〈窺探虛實〉。

造詞　窺伺、窺測、窺探／管窺、俯窺、偷窺、暗窺。

同　看、視。

窸　穴部 11 畫

ㄒㄧ　細碎而又斷斷續續的聲音：〈窸窣〉。

窿　穴部 12 畫

ㄌㄨㄥˊ　孔穴：〈窟窿〉。

竄　穴部 13 畫

ㄘㄨㄢˋ　①亂跑、亂逃：〈流竄、東奔西竄〉②指文字方面的修改更換：〈竄改〉。

造詞　逃竄、奔竄、伏竄、逐竄／抱頭鼠竄。

同　逃。

穴部 13 畫

竅

ㄑㄧㄠˋ ①孔穴：〈七竅〉②事情的關鍵或要點：〈訣竅、竅門〉。

同 孔、穴。

穴部 15 畫

竇

ㄉㄡˋ ①孔穴、洞：〈狗竇〉②人體器官或組織裡凹入的地方：〈鼻竇〉③端倪：〈疑竇叢生〉④姓。

造詞 情竇、水竇。

同 孔。

穴部 16 畫

竈

ㄗㄠˋ 同「灶」，以磚石砌成，用來生火、做飯、烹煮的設備：〈鍋竈〉。

穴部 18 畫

竊

ㄑㄧㄝˋ ①小偷：〈慣竊〉②盜取、偷取：〈失竊、竊盜〉③用不正當的方法得到事物：〈竊國、竊據〉④偷偷的做，不讓人發現：〈竊聽、竊笑〉。

造詞 竊取、竊賊、竊案、竊犯／剽竊、偷竊、行竊／竊竊私語、竊玉偷香。

同 偷、盜。

立部 ㄌㄧˋ

立部 0 畫

立

ㄌㄧˋ ①站著：〈直立、立正、站立〉②決定：〈立志〉③制定：〈立法〉④訂定：〈立合同、立約〉⑤設置：〈立廟、公立〉⑥建立：〈立功、立業〉⑦豎起來：〈立竿見影〉⑧馬上：〈立辦、立刻〉⑨姓。

造詞 立即、立足、立定、立場、立論、立體、立冬、立方／自立、起立、孤立、建立、創立、獨立、對立、成立／立錐之地、立地成佛、亭亭玉立、誓不兩立。

同 站、企、建。

立部 5 畫

站

ㄓㄢˋ ①中途停留的地方：〈車站、火車站〉②機關團體在各地設立的小單位：〈服務站〉③一種地區性的小型組織，可供聯絡或服務之用：〈加油站、保健站〉④直立：〈站立、站好、站著〉。

造詞 站住、站長、站崗／驛站、終站、起站、過站、靠站、太空站、轉撥站。

同 立、企。

反 臥、躺。

竣 立部7畫

、 亠 亣 亣 立 竘 竘 竘 竣 竣 竣 竣

ㄐㄩㄣˋ 完成、結束：〈竣工〉。

同 卒、完、盡。

童 立部7畫

、 亠 亣 亣 立 产 音 音 音 音 童 童

ㄊㄨㄥˊ ①還未成年的人、小孩子：〈兒童、童言無忌〉②僕役：〈書童、童僕〉③幼小的：〈童工、童年〉④不長草木的：〈童山〉⑤無知的：〈童蒙〉⑥姓。

造詞 童裝、童詩、童話、童謠、童心、童貞、童子、童顏／頑童、學童、神童、牧童、孩童、幼童、乩童、孌童／童心未泯、童叟無欺、童顏鶴髮、返老還童。

竦 立部7畫

、 亠 亣 亣 立 立 竘 竘 竘 竦 竦 竦

ㄙㄨㄥˇ ①通「悚」，懼怕：〈毛骨竦然〉②恭敬的：〈竦聽、竦然起敬〉。

竫 立部8畫

、 亠 亣 亣 立 立 立 立 竫 竫 竫 竫 竫

ㄐㄧㄥˋ ①假造、杜撰：〈竫言〉②端正的：〈竫立安坐〉。

竭 立部9畫

、 亠 亣 亣 立 竘 竘 竘 竭 竭 竭 竭 竭

ㄐㄧㄝˊ ①用盡：〈竭盡〉②頹敗：〈衰竭〉。

造詞 竭力、竭誠／枯竭、窮竭、耗竭、困竭／竭澤而魚、竭力圖報、精疲力竭、竭盡心力。

同 盡、完。

端 立部9畫

、 亠 亣 亣 立 竘 竘 竘 竘 端 端 端 端

ㄉㄨㄢ ①事情的起頭：〈開端、發端〉②事物的一頭、一邊、一方面：〈筆端、橫木的兩端、變化多端〉③開始：〈惻隱之心，仁之端也〉④原因：〈無端〉⑤用手捧著東西：〈端茶、端盤子〉⑥詳審：〈端視〉⑦正派：〈品行不端、心術不端〉⑧姓。

造詞 端正、端倪、端莊、端詳／異端、極端、先端、尖端、萬端、末端、前端、兩端／鬼計多端。

同 正、始。

立部 15 畫

競

ㄐㄧㄥˋ ①比賽、爭勝：〈競賽、競選〉②爭先：〈競相走告〉。

造詞 競爭、競技、競走。

同 賽、爭、比。

請注意：「競」和「兢」不同。「兢」音ㄐㄧㄥ，是謹慎的意思。

竹部 ㄓㄨˊ

竹部 0 畫

竹

ㄓㄨˊ ①一種中空有節的植物：〈孟宗竹、湘妃竹〉②一種樂器：〈絲竹〉③簡冊：〈罄竹難書〉④姓。

造詞 竹山、竹竿、竹筍、竹筒、竹葉、竹夫人、竹葉青／新竹、破竹、爆竹／竹林七賢、竹報平安、胸有成竹、勢如破竹。

竹部 2 畫

竺

ㄓㄨˊ ①「天竺」的簡稱，古代印度稱為「天竺」②山名，在浙江省杭縣③姓。

竹部 3 畫

竿

ㄍㄢ ①竹幹：〈竹竿〉②類似竹竿的東西，通「杆」：〈旗竿〉。

請注意：「竿」與「杆」音同形近。「竿」為竹製的桿子，「杆」則是木製的。

竹部 3 畫

竽

ㄩˊ 古代樂器名，形狀像現在的笙。

竹部 4 畫

笆

ㄅㄚ ①有棘的竹籬：〈籬笆〉②用竹片或柳條編織成的器物：〈笆斗、笆簍〉。

竹部 4 畫

笑

ㄒㄧㄠˋ ①因為欣喜而顯露出高興的表情或發出快樂的聲音：〈微笑、哈哈笑〉②嘲諷、輕視：〈嘲笑、五十步笑百步〉。

造詞 笑話、笑容、笑語、笑談、笑罵、笑謔、笑靨／大笑、苦笑、冷笑、傻笑、玩笑、暴笑／笑容可掬、笑裡藏刀、不苟言笑、眉開眼笑、皮笑肉不笑。

同 哂。

反 哭。

竹部4畫

笈

ㄐㄧˊ 書箱：〈負笈、書笈〉。

竹部4畫

笏

ㄏㄨˋ 古代大臣朝見皇帝時所拿的手板：〈玉笏〉。

竹部4畫

笄

ㄐㄧ ①古代人盤挽髮髻時所用的頭簪：〈金笄、玉笄〉②古代女子年滿十五歲束髮插簪的習俗：〈及笄〉。

竹部4畫

笊

ㄓㄠˋ 在水裡撈東西的器具，用竹片、柳條或金屬絲編製成的，形狀像蜘蛛網：〈笊籬〉。

竹部5畫

笠

ㄌㄧˋ ①用竹葉或箬殼編成的帽子，用來防止日晒雨淋：〈箬笠、斗笠〉②用來蓋東西的竹製器具：〈笠蓋〉。

竹部5畫

笨

ㄅㄣˋ ①不聰明：〈笨伯、愚笨〉②不靈巧的：〈笨重、笨拙、笨手笨腳〉。

竹部5畫

符

ㄈㄨˊ ①古代傳送命令時用來作憑證的東西。用竹、木、玉或金屬做成，分成兩半，雙方各拿一半，以便驗證：〈兵符〉②事物的預兆：〈祥符〉③標誌：〈符號、音符〉④道士所畫的一種圖案：〈畫符、護身符〉⑤相合、正確：〈言行不符〉⑥姓。

造詞 符合、符咒。

同 對、合。

笙（竹部5畫）

ㄕㄥ　①古代的管樂器②指樂曲：〈笙歌〉。

造詞 笙歌宛轉、笙歌達旦。

笛（竹部5畫）

ㄉㄧˊ　①竹製的管樂器，有七孔：〈橫笛〉②響聲尖銳的發音器：〈警笛、汽笛〉。

造詞 笛子／長笛、牧笛、吹笛、鳴笛。

第（竹部5畫）

ㄉㄧˋ　①次序：〈第一、等第〉②古時稱有錢有地位人家的屋子：〈府第〉③科舉時代考試及格的標準：〈及第、落第〉④姓。

造詞 第一手、第一流、第六感、第三者／科第、門第／狀元及第。

笞（竹部5畫）

ㄔ　用鞭、杖或竹板打：〈鞭笞〉。

造詞 笞刑／撻笞。

同 鞭。

笳（竹部5畫）

ㄐㄧㄚ　古代的簧管樂器，漢朝時流行於北方：〈胡笳〉。

造詞 悲笳、基笳。

笱（竹部5畫）

ㄍㄡˇ　竹製的捕魚器，口大頸窄，腹大而長。

笭（竹部5畫）

ㄌㄧㄥˊ　竹籠子。

笘（竹部5畫）

ㄕㄢ　①折竹做成的馬鞭②古時小孩學習寫字的竹片。

笯（竹部5畫）

ㄊㄠˊ　竹製的掃地用具：〈笤箒〉。

竹部5畫

笥

ㄙˋ　古時候用來盛飯或放衣物的方形箱子用竹或葦做成。

竹部6畫

等

ㄉㄥˇ　①品級、次第：〈等級、上等〉②輩、類、們：〈我等〉③待、候：〈等候、等一下〉④同樣、相同：〈等長、等號、相等〉。

造詞 等於、等第／平等、均等、劣等、同等／等量齊觀、著書等身。

同 待、候、俟。

竹部6畫

策

ㄘㄜˋ　①古代用來記事的木片或竹片：〈簡策〉②古代一種文體：〈治安策〉③馬鞭：〈執策前進〉④書法中斜向上的筆畫⑤計畫、謀畫：〈策畫〉⑥古代皇帝以文書任命官位或封賜土地：〈策封〉⑦抶：〈策杖〉⑧驅使：〈策馬〉⑨姓。

造詞 策士、策動、策略／上策、決策、對策、獻策／束手無策、三十六計走為上策。

同 計、謀、略、鞭。

竹部6畫

筆

ㄅㄧˇ　①書寫或繪畫的用具：〈鉛筆、毛筆〉②書寫文字時的一畫：〈這一筆寫的不夠好〉③文字的描寫或議論：〈伏筆〉④計算單位：〈一筆交易、一筆大數目〉⑤寫：〈代筆〉⑥姓。

造詞 筆力、筆友、筆名、筆直、筆者、筆挺、筆記、筆跡、筆試、筆誤、筆調、筆戰／文筆、色筆、執筆、運筆、潤筆／筆禿墨乾、筆隨意走、筆酣墨飽、生花妙筆。

竹部6畫

筐

ㄎㄨㄤ　古代盛物的方形器具，現在通稱以竹片或柳條編成的盛物器具：〈籮筐〉。

竹部6畫

筒

ㄊㄨㄥˇ ①粗大的竹管：〈竹筒〉②像竹筒中空的器具：〈郵筒、錢筒〉。

請注意：「筒」和「桶」都是容器。「筒」是比較細長的容器，裝比較小的東西，例如：竹筒、筆筒、錢筒、注射筒。「桶」是較大的容器，容量較大，例如：水桶、酒桶、飯桶。

竹部 6 畫

答

丿 𠂉 𠂉 𥫗 𥫗 𥫗 竺 笒 答 答 答 答

ㄉㄚˊ ①應對，回覆別人的問題：〈答話、答題〉②回報：〈答禮、報答〉。

ㄉㄚ ①允許：〈答應〉②害羞的樣子：〈羞答答〉③姓。

造詞 答案、答謝、答覆、答辯／回答、問答、應答／答非所問。

同 回。

竹部 6 畫

筍

丿 𠂉 𠂉 𥫗 𥫗 𥫗 笱 筍 筍 筍 筍 筍

ㄙㄨㄣˇ ①竹類地下莖所長出的嫩芽：〈竹筍〉②竹器、竹器的結構上凸起的部分：〈筍頭〉。

造詞 筍子、筍乾、筍鞭／新筍／雨後春筍。

竹部 6 畫

筋

丿 𠂉 𠂉 𥫗 𥫗 𥫗 竻 筋 筋 筋 筋 筋

ㄐㄧㄣ ①連接在骨肉中的韌帶：〈牛筋、豬蹄筋〉②具有韌性的物體：〈橡皮筋〉③肌肉所產生的能力：〈筋疲力盡〉④姓。

造詞 筋骨、筋骸、筋斗、筋絡。

竹部 6 畫

筏

丿 𠂉 𠂉 𥫗 𥫗 𥫗 竹 竹 筏 筏 筏 筏

ㄈㄚˊ 用木或竹編成，可渡水的工具：〈木筏、竹筏〉。

竹部 6 畫

筑

丿 𠂉 𠂉 𥫗 𥫗 𥫗 竺 笁 筑 筑 筑 筑

ㄓㄨˊ ①古代一種樂器，和箏相似，有十三根弦，弦的下面有枕木。演奏時左手按弦的一端，右手拿竹尺拍打弦發出聲音：〈擊筑〉②貴州省貴陽市的簡稱③河流名，在湖北省：〈筑水〉。

竹部 6 畫

筌

丿 𠂉 𠂉 𥫗 𥫗 𥫗 笶 笒 筌 筌 筌 筌

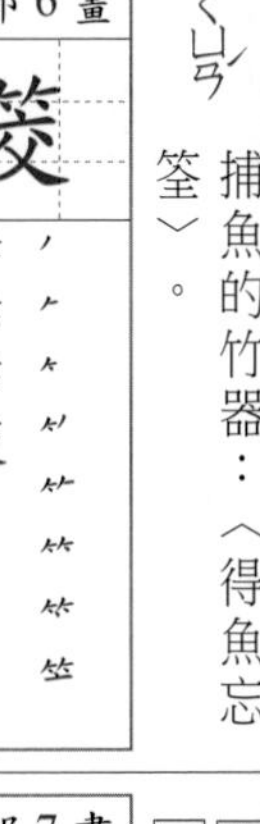

ㄑㄩㄢˊ 捕魚的竹器：〈得魚忘筌〉。

竹部6畫

筊

ㄐㄧㄠˇ ①用竹皮編的粗繩子②用竹或木做的占卜用具，也稱「杯筊」。

竹部6畫

筇

ㄑㄩㄥˊ 竹的一種，可以作枴杖，所以文言中稱竹杖為「筇」。

竹部7畫

筷

ㄎㄨㄞˋ 吃飯的用具，是一雙長條形的物體，用來夾菜、扒飯：〈一雙竹筷〉。

造詞 筷子。

同 筯。

竹部7畫

節

ㄐㄧㄝˊ ①植物枝幹連接的地方：〈竹節、松節〉②動物骨骸相互連接的部位：〈關節〉③事務或文章的段落：〈章節〉④國定紀念日或習俗佳日：〈青年節、雙十節〉⑤事情的情形：〈情節、細節〉⑥人的操守、品行：〈節操〉⑦法度準則：〈禮節〉⑧音樂的拍子：〈音節〉⑨古代使者所拿的信物：〈符節〉⑩時令：〈節氣〉⑪約束、限制：〈節制〉⑫減省：〈節省〉⑬姓。

造詞 節日、節目、節育、節流、節食、節奏、節哀、節約、節錄／志節、佳節、小節、季節、時節／節外生枝、節哀順變、節衣縮食、開源節流、高風亮節、不拘小節、繁文縟節。

同 省、刪、減、段。

竹部7畫

筠

ㄩㄣˊ ①竹子外層的青皮②竹子的別稱：〈翠筠、松筠〉。

竹部7畫

筮

ㄕˋ 古時候用蓍草占卜叫「筮」。

造詞 卜筮、占筮。

竹部7畫

筢

ㄆㄚˊ 農家取草用的有齒竹器，也稱「筢子」。

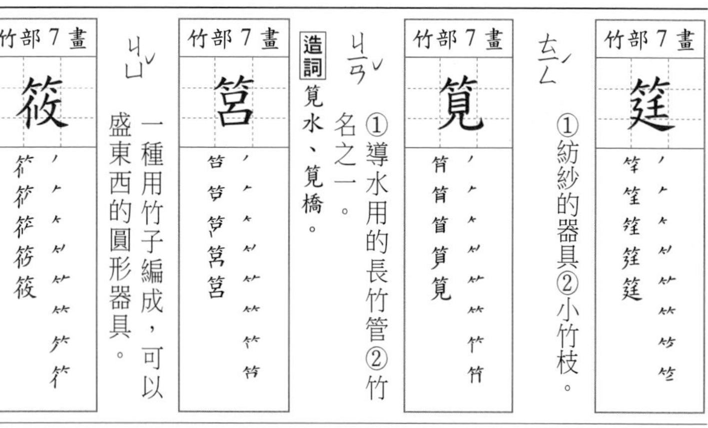

筳　竹部7畫

ㄊㄧㄥˊ　①紡紗的器具②小竹枝。

筧　竹部7畫

ㄐㄧㄢˇ　①導水用的長竹管②竹名之一。

造詞　筧水、筧橋。

筥　竹部7畫

ㄐㄩˇ　一種用竹子編成，可以盛東西的圓形器具。

筱　竹部7畫

ㄒㄧㄠˇ　細竹子，通「篠」。

筯　竹部7畫

ㄓㄨˋ　通「箸」，吃飯時挾菜的用具。

筲　竹部7畫

ㄕㄠ　①古時一種竹編的容器，可以用來盛飯②北方稱挑水的水桶為「水筲」，一桶水叫一筲水。

管　竹部8畫

ㄍㄨㄢˇ　①用竹製成的樂器：〈簫管〉②圓柱形中空的物體：〈水管、氣管〉③用來計算管形東西的單位詞：〈一管毛筆〉④筆：〈握管〉⑤處理、治理：〈管理〉⑥供給：〈管吃管住〉⑦約束、教導：〈看管、管教〉⑧干涉別人：〈管閒事〉⑨狹小的：〈管見〉⑩保證、準：〈管用十年〉⑪把、將：〈我們管他叫老王〉⑫姓。

造詞　管束、管家、管區、管絃、管轄、管家婆／主管、血管、鉛管、包管、保管、掌管、儘管／管中窺豹、管窺蠡測。

箕　竹部8畫

ㄐㄧ　①去除米糠的圓形竹器：〈簸箕〉②收集垃圾泥土的用具：〈畚箕〉③星宿名：〈南箕〉④姓。

造詞　箕斗、箕坐、箕裘／箕山之志。

竹部8畫

箋

丿 𠂉 𠂉 𥫗 𥫗 竹 笁 笅 笅 笺 笺 箋 箋 箋

ㄐㄧㄢ ①精緻的紙張：〈錦箋〉②泛稱信札：〈箋札〉③寫信或題辭用的紙：〈信箋、便箋〉④注解：〈箋注〉。

造詞 箋紙／詩箋、用箋。

竹部8畫

筵

丿 𠂉 𠂉 𥫗 𥫗 竹 笁 竹 笁 笁 筵 筵 筵 筵

ㄧㄢˊ ①古人坐在地上所鋪設的席子：〈筵席〉②酒席：〈喜筵、壽筵〉。

造詞 設筵、酒筵、開筵、瓊筵。

竹部8畫

算

丿 𠂉 𠂉 𥫗 𥫗 竹 笁 笞 笪 笪 筫 筫 算 算

ㄙㄨㄢˋ ①計畫：〈盤算〉②核計、計數：〈算帳〉③謀畫：〈老謀深算〉④當作、承認：〈這件事還不能算完〉⑤作罷、完結：〈算了算了！別吵啦！〉⑥姓。

造詞 算式、算命、算計、算盤／心算、打算、失算、划算、暗算、運算、結算／精打細算。

同 計、數。

竹部8畫

箔

丿 𠂉 𠂉 𥫗 𥫗 竹 笁 竺 竻 笵 笵 箔 箔 箔

ㄅㄛˊ ①簾子：〈珠簾玉箔〉②用竹子編成的養蠶器具：〈蠶箔〉③金屬薄片：〈金箔、鋁箔〉。

竹部8畫

箝

丿 𠂉 𠂉 𥫗 𥫗 竹 笁 竽 竽 笄 笄 箝 箝 箝

ㄑㄧㄢˊ ①挾東西的工具：〈竹箝、老虎箝〉②夾住、限制、約束：〈箝制、箝口〉。

竹部8畫

箏

丿 𠂉 𠂉 𥫗 𥫗 竹 笁 笁 笭 笭 筝 筝 箏 箏

ㄓㄥ 樂器名，形狀像瑟，有五弦、十二弦、十三弦、十六弦等：〈古箏、銀箏〉。

竹部8畫

箸

丿 𠂉 𠂉 𥫗 𥫗 竹 笁 竺 竿 笋 笋 箸 箸 箸

ㄓㄨˋ 筷子。

同 筯。

竹部8畫

箍

丿 𠂉 𠂉 𥫗 𥫗 竹 笁 竽 竽 竽 笄 箍 箍 箍

ㄍㄨ ①環繞器物的竹篾或金屬圈：〈金箍、鐵箍〉②圍束：〈箍水桶、頭上箍著一條毛巾〉。

竹部 8 畫

箇

ㄍㄜˋ ①和「個」、「个」字通用②雲南省的縣名：〈箇舊〉。

造詞 箇中人。

竹部 8 畫

箅

ㄅㄧˋ 墊在鍋底以便蒸熱食物的竹器，俗稱「箅子」。

竹部 8 畫

箜

ㄎㄨㄥ 箜篌，古樂器名，像瑟但比較小，有二十三絃。抱在懷裡，用手指或木片撥彈。

竹部 8 畫

箚

ㄓㄚˊ ①通「札」，舊時的一種公文②量詞，薄狀物一疊叫一箚：〈一箚信箋〉。

造詞 箚記。

竹部 9 畫

箱

ㄒㄧㄤ ①收藏物品的長方形器具：〈皮箱、箱子〉②火車、汽車容納乘客或貨物的部分：〈車箱〉③形狀像箱子的東西：〈風箱〉④商品的包裝單位，數量並不一致，如飲料二十四瓶叫一箱。

同 篋。

竹部 9 畫

範

ㄈㄢˋ ①應該遵守的規則、法令：〈規範〉②好的榜樣：〈模範〉③值得學習的：〈範例、範本〉④界限：〈範圍〉⑤限制：〈防範〉⑥姓。

造詞 範文／風範、典範、儀範。

同 樣、例。

竹部 9 畫

箭

ㄐㄧㄢˋ ①一種古代武器，要用弓發射出去：〈弓箭、飛箭、暗箭〉②一種細小可做箭桿用的竹子：〈箭竹〉③快速的：〈箭步、光陰似箭〉。

造詞 箭靶、箭頭／火箭、毒箭、射箭／箭無虛發、光陰似箭、歸心似箭。

竹部9畫

箴

ㄓㄣ ①同「針」，縫衣的工具②古代一種文章體裁，內容以勸戒為主：〈箴銘〉③勸告、勸戒：〈箴規、箴言〉。

造詞 文箴、世箴、良箴、規箴。

竹部9畫

篆

ㄓㄨㄢˋ ①我國文字的書體名：〈篆書、大篆、小篆〉②印章、印信：〈接篆〉③尊稱別人的名字：〈台篆〉。

造詞 篆文、篆刻。

竹部9畫

篇

ㄆㄧㄢ ①首尾完整的詩歌、文章：〈詩篇〉②一部著作可以分開的大段落：〈篇章〉③計算數量的語詞，通常用在詩歌、文章：〈一篇文章〉④姓。

造詞 篇幅／佳篇、全篇、長篇。

同 章。

反 簡。

竹部9畫

篁

ㄏㄨㄤˊ ①竹子的通稱②竹林：〈幽篁、風篁、修篁〉。

竹部9畫

篋

ㄑㄧㄝˋ 小箱子：〈行篋、書篋、籐篋〉。

造詞 翻箱倒篋。

竹部9畫

筅

ㄒㄧㄢˇ 用竹或其他植物的根所做的洗刷鍋碗用具。俗稱「炊帚」：〈筅帚〉。

竹部9畫

箠

ㄔㄨㄟˊ ①馬鞭子②打人的刑杖③古時用杖打人的刑罰：〈榜箠〉。

竹部9畫

篌

ㄏㄡˊ 箜篌，古樂器名。

竹部 10 畫

篛

ㄖㄨㄛˋ 竹子的一種，莖部中空細長，葉子寬大，可用來編織、包東西，竹筍可以食用：〈篛笠〉。

竹部 10 畫

篙

ㄍㄠ ①撐船用的竹竿：〈竹篙〉②船夫：〈篙夫〉③計算深度的量詞：〈不知水有幾篙深？〉。

請注意：竹部的「篙」是竹竿的意思，艸部的「蒿」(ㄏㄠ)是菜名，例如：茼蒿。

竹部 10 畫

簑

ㄙㄨㄛ 用草或棕櫚葉編成的防雨用具：〈簑笠〉。

造詞 簑衣。

竹部 10 畫

築

ㄓㄨˊ ①建築物：〈雅築、小築〉②建造、修建：〈築路、建築房屋〉③姓。

造詞 築社／營築、構築、修築／債臺高築。

同 建。

竹部 10 畫

篤

ㄉㄨˇ ①忠實、誠實：〈篤實、誠篤〉②病情沉重：〈病篤〉③專心、全心全意：〈篤學、篤信〉④姓。

造詞 篤行、篤志、篤定／仁篤、謹篤／篤志於學。

竹部 10 畫

篡

ㄘㄨㄢˋ ①奪取：〈篡奪〉②臣子奪取君主的權位：〈篡位〉。

造詞 篡改。

同 奪。

竹部 10 畫

篩

ㄕㄞ ①以竹、木等製成的器具，上面有許多小洞，可以留下要的東西而把不要的細碎東西漏下去：〈篩子〉②植物運送養分的管道：〈篩管〉③用篩子過濾物品：〈篩品〉。

造詞 篩板、篩酒、篩管。

竹部 10 畫

篦

ㄅㄧˋ　①細齒的梳子，用竹片或牛骨等做成②梳頭：〈篦髮〉。

竹部 10 畫

篚

ㄈㄟˇ　古時裝物品的方形或圓形竹器。

竹部 11 畫

簇

ㄘㄨˋ　①箭矢前端鋒利部分：〈箭簇〉②叢聚的團狀物：〈花團錦簇、一簇鮮花、竹簇〉③極新的：〈簇新〉。

造詞 簇集、簇擁。

同 聚。

竹部 11 畫

簍

ㄌㄡˇ　①用竹子、荊條等編成的盛物器具：〈油簍、字紙簍〉②量詞，計算竹籠的單位：〈一簍〉。

造詞 簍筐。

竹部 11 畫

篷

ㄆㄥˊ　①遮蔽陽光、風雨的設備，通常用竹席或帆布製成：〈船篷、車篷〉②船帆：〈扯起篷來〉。

造詞 篷車／孤篷、船篷、風篷。

請注意：「篷」和「蓬」音同意思卻不同。「篷」是擋風雨、日光的設備，例如：車篷。「蓬」是一種植物，用來形容鬆散雜亂的樣子，例如：蓬草、蓬頭垢面。

竹部 11 畫

篾

ㄇㄧㄝˋ　用竹子或蘆葦等的莖削成的薄片，用來編製東西：〈竹篾〉。

造詞 篾片。

竹部 11 畫

簌

ㄙㄨˋ　①繁密的樣子：〈風動落花紅簌簌〉②細碎不斷的聲音：〈竹林裡簌簌地響〉③紛紛落下來的樣子：〈淚珠簌簌地掉下來〉。

竹部 11 畫

篳

ㄅㄧˋ 用樹枝、荊條、竹子編成的籬笆等遮攔物：〈篷門篳戶〉。

造詞 篳路藍縷。

竹部 11 畫

簋

ㄍㄨㄟˇ 古時祭祀或請客時用來盛黍稷的器具。

竹部 11 畫

簀

ㄗㄜˊ 用竹片編成的席子。

竹部 12 畫

簧

ㄏㄨㄤˊ ①樂器裡振動發聲的薄銅片或竹薄片：〈笙簧〉②器物上有彈力的機件：〈彈簧、鎖簧〉。

造詞 簧鼓、簧樂器／鼓簧。

竹部 12 畫

簪

ㄗㄢ ①別在頭髮上的一種飾物：〈玉簪、扁簪〉②戴上、插上：〈簪筆、簪花〉。

造詞 簪子、簪笏／玉簪、斜簪、珠簪。

竹部 12 畫

簞

ㄉㄢ ①古時盛飯的圓形竹器：〈簞笥〉②圓形、有蓋的小箱子。

造詞 一簞、空簞、荷簞、瓢簞／簞食壺漿、簞食瓢飲、簞瓢屢空。

竹部 12 畫

簣

ㄎㄨㄟˋ 竹製的盛土筐子：〈功虧一簣〉。

竹部 12 畫

簫

ㄒㄧㄠ 竹製的單管直吹樂器，聲音清幽，常用於獨奏或合奏：〈洞簫〉。

造詞 簫管／玉簫、笙簫、吹簫、排簫。

竹部 12 畫

簡

ㄐㄧㄢˇ ①古時用來寫字的竹片：〈竹簡、簡冊〉②信件：〈手簡、書簡〉③挑選：〈簡拔〉④減省：〈簡略〉⑤不複雜的：〈簡單〉⑥姓。

造詞 簡化、簡任、簡要、簡報、簡稱、簡練、簡潔、簡體字／郵簡／簡明扼要、簡陋寒傖、因陋就簡。

同 單、陋、柬。

反 繁。

竹部 12 畫

簟

ㄉㄧㄢˋ 用竹編成的席子：〈竹簟〉。

竹部 13 畫

簾

ㄌㄧㄢˊ ①用布、竹子等做成，用來遮蔽門窗的物品：〈門簾、竹簾、窗簾〉②從前窗店門前作為標誌吸引顧客的旗子：〈酒簾〉。

造詞 簾幕、珠簾。

同 幕。

竹部 13 畫

簿

ㄅㄨˋ ①記事或記帳的本子：〈日記簿、作文簿、帳簿〉②訴訟文書：〈對簿公堂〉。

ㄅㄛˊ ①簾子，同「箔」②用細竹或蘆草編成的養蠶器具，同「箔」：〈蠶簿〉。

造詞 簿子、簿記／收支簿、筆記簿、點名簿、簽到簿。

同 部、冊。

竹部 13 畫

簽

ㄑㄧㄢ ①標示記號的紙片，通「籤」：〈標簽、簽條〉②親自寫上姓名或畫上記號：〈簽名〉③用比較簡單的文字提出要點或意見：〈簽呈〉。

造詞 簽約、簽訂、簽證。

同 寫、署、籤。

請注意：「簽」和「籤」都當作「標明事物的小紙條」解時，二字可通用，例如：標簽（籤）。但是簽名、簽字不可寫成「籤」。

竹部 13 畫

簷

ㄧㄢˊ ①屋頂向外伸出去的部分，用來遮風雨：〈屋簷、房簷〉②遮蓋屋的邊緣或物體伸展出去的部分：〈帽簷〉。

竹部 13 畫

簸

ㄅㄛˇ ①用箕上下顛動，去掉糧食中糠粃、塵土等雜物②搖動：〈簸盪〉。

ㄅㄛˋ 用來簸（ㄅㄛˇ）糧食或掃地時盛塵土的用具：〈簸箕〉。

造詞 簸弄。

竹部 13 畫

籀

ㄓㄡˋ 先秦古字體的一種，即「大篆」。

竹部 14 畫

籍

ㄐㄧˊ ①書本：〈古籍、典籍、書籍〉②登記後用來查考的冊子：〈戶籍〉③生長或久居的地方：〈籍貫、祖籍、國籍〉④姓。

造詞 史籍。

請注意：「籍」和「藉」字形很相似，也都讀ㄐㄧˊ。「籍」是書冊的意思，但是作眾多雜亂時，例如：籍籍、狼籍，和「藉」的用法是一樣的。但是「藉」還可以讀ㄐㄧㄝˋ，有假借、依靠的意思，例如：藉口、憑藉。

竹部 14 畫

籌

ㄔㄡˊ ①計算數目的用具：〈籌碼、酒籌〉②計畫：〈一籌莫展〉③謀劃：〈籌備、運籌帷幄〉④計算：〈籌算、預籌資金〉。

造詞 籌商、籌措。

竹部 14 畫

籃

ㄌㄢˊ ①用籐條、竹片編織成的器具，有提手，用來裝東西：〈菜籃、花籃〉②籃球架上作為投球目標的框框：〈投籃、籃板〉③姓。

造詞 籃球、籃壇／竹籃、搖籃。

請注意：「籃」和「藍」不同。「籃」是竹編製裝東西的器具，例如：花籃、菜籃。「藍」是植物名，是深青色的染料，也可以當姓，例如：藍色、藍小姐。

竹部 15 畫

籐

ㄊㄥˊ ①蔓生植物，有白籐、紫籐等多種，有的莖柔軟堅韌，可用來編織②指有匐匍莖或攀援莖的植物：〈瓜籐、葡萄籐〉。

造詞 籐椅、籐蔓、籐籮。

請注意：「籐」與「藤」二字通用，但作姓氏時只能用「藤」。

竹部 15 畫

籔

ㄕㄨˋ 古代的容量名，一籔等於十六斗。

ㄙㄡˇ 淘米的竹器。

竹部 16 畫

籟

ㄌㄞˋ ①古代一種管樂器，後來叫做排簫②指一切聲音：〈天籟、萬籟俱寂〉。

竹部 16 畫

籠

ㄌㄨㄥˊ ①用竹子編成可以盛東西或蓋東西的器具：〈蒸籠〉②關禽獸或犯人的用具：〈鳥籠、牢籠〉③包括：〈籠括〉④遮蓋、罩住：〈籠罩〉⑤深而且有蓋的大竹箱。

造詞 籠子、籠統、籠蓋／竹籠、紗籠／籠絡人心。

竹部 16 畫

籙

ㄌㄨˋ ①道家的祕密文字或符咒：〈符籙〉②簿冊：〈鬼籙〉③古時天神所賜的符信：〈圖籙〉。

竹部 17 畫

籤

ㄑㄧㄢ ①求神問卜用的竹片：〈卜卦抽籤〉②用來標明事務的小東西：〈標籤、書籤〉③用竹子或木片所製成的尖細用品：〈牙籤〉。

造詞 籤詩／竹籤、抽籤。

請注意：「籤」和「簽」在當作「標明事務的小紙條」時可通用，如：書籤（簽）、標籤（簽），但是拜神抽籤不可用「簽」。另外「簽」還有在文書上題字簽名，做為紀念或依據的用法，例如：簽名、簽字。

竹部 17 畫

籥

ㄩㄝˋ 古樂器名，同「龠」，形狀像笛，有的比笛短，三孔；有的比笛長，六孔或七孔。

竹部 18 畫

籪

ㄉㄨㄢˋ 用竹子編成，可用來捕魚、捉螃蟹的竹柵。

竹部 19 畫

籬

ㄌㄧˊ 在房子周圍用竹子或樹枝編成的隔離物：〈籬笆、竹籬茅舍〉。

造詞 籬下／東籬、垣籬、藩籬。

請注意：「籬」和「笆」都有柵欄的意思，但「籬」多是稱「圍柵」，「笆」則專指有刺的竹子所編成的柵欄。

竹部 19 畫

籮

ㄌㄨㄛˊ ①用竹子或柳條等編成的盛東西的器具：〈籮筐〉②量詞，商品十二打叫一籮：〈三籮鉛筆〉。

同 筐。

竹部 19 畫

籩

ㄅㄧㄢ 古代祭祀或宴會時用來裝果實、肉類的竹器。

竹部 26 畫

籲

ㄩˋ 呼、告、請求：〈呼籲〉。

造詞 籲天、籲訴、籲請。

同 呼、喊。

米部 ㄇㄧˇ

米部 0 畫

米

ㄇㄧˇ ①穀物或去了皮的植物種子：〈小米、花生米〉②粒狀像米的東西：〈蝦米〉③公制長度單位，就是「公尺」：〈百米賽跑〉④姓。

造詞 米尺、米色、米酒、米粉、米粒、米飯、米粟、米糠／玉米、糙米、稻米／米珠薪桂。

米部 3 畫

籽

ㄗˇ 植物的種子：〈花籽、菜籽〉。

米部 4 畫

粉

ㄈㄣˇ ①細小的碎末：〈粉末〉②指化粧品：〈面粉、塗脂抹粉〉③用澱粉製成的食品：〈通心粉〉④塗抹：〈粉刷〉⑤讓東西完全破碎：〈粉身碎骨〉⑥白色的：〈粉蝶、油頭粉面〉。

造詞 粉刺、粉筆、粉飾、粉碎、粉餅、粉黛／花粉、米粉、脂粉、麵粉／粉飾太平、粉墨登場。

同 末。

米部4畫

粑

ㄅㄚ　像餅且具有黏性的東西：〈糌粑、糠粑〉。

米部5畫

粗

ㄘㄨ　①不細緻的：〈粗布、粗茶淡飯〉②不周密的：〈粗率、粗心大意〉③不文雅的：〈粗俗、粗野〉④圓形而大的：〈樹幹很粗〉⑤聲音重濁：〈粗聲粗氣〉⑥費力的：〈粗活、粗工〉⑦稍微的：〈粗具規模〉。

造詞 粗人、粗淺、粗鹵、粗暴、粗糙、粗簡／粗枝大葉、粗製濫造、粗言惡語。

反 精、細。

米部5畫

粒

ㄌㄧˋ　①細小的固體：〈米粒、麥粒〉②表示數量用詞：〈一粒米、三粒花生〉。

造詞 粒子、粒食／砂粒、飯粒、穀粒。

同 顆。

米部5畫

粕

ㄆㄛˋ　糧食的渣滓，例如米渣、豆渣或酒渣等：〈糟粕〉。

米部5畫

粘

ㄋㄧㄢˊ　①用漿糊或膠把東西連在一起，同「黏」：〈粘信封、粘貼〉②姓。

造詞 粘皮帶骨。

米部6畫

粟

ㄙㄨˋ　①穀類植物，俗稱「小米」，是我國北方的主要食物②泛稱糧食：〈重農貴粟〉③「俸祿」的代稱：〈義不食周粟〉④姓。

造詞 粟米、粟飯／滄海一粟。

米部6畫

粥

ㄓㄡ　稀飯：〈稀粥、玉米粥〉。

ㄩˋ　民族名：〈葷粥〉。

ㄓㄨˋ　粥粥，柔弱的樣子。

造詞　豆粥、清粥、薄粥／粥少僧多。

粢
米部6畫

ㄗ　穀類的總稱，稻、麥、粱、菽、黍、稷合稱「六粢」。

粵
米部7畫

ㄩㄝˋ　①古代南方種族名，居住在浙、閩、粵一帶，又稱「百粵」或「百越」②廣東省的簡稱③姓。

粱
米部7畫

ㄌㄧㄤˊ　①穀類植物，所結的實就是「粟」，通稱「小米」，可以釀酒：〈高粱〉②古代稱品種特別好的穀子③指精美的食物：〈膏粱、粱肉〉。

造詞　黃粱。

粳
米部7畫

ㄍㄥ　粳稻，稻子的一種，米粒叫做粳米。

粲
米部7畫

ㄘㄢˋ　①精米②笑：〈博君一粲〉③鮮明的樣子。

造詞　粲然、粲爛。

粹
米部8畫

ㄘㄨㄟˋ　①精華：〈精粹〉②專一、不雜的：〈純粹〉。

造詞　粹白／國粹／含精納粹。

同　精。

粽
米部8畫

ㄗㄨㄥˋ　用竹葉把糯米包成三角錐狀後，煮熟或蒸熟的食品，俗稱「粽子」。

精
米部8畫

ㄐㄧㄥ　①經過挑選或提煉出來的純質物品：〈糖精、精鹽〉②神怪：〈狐狸精〉③靈氣、活力：〈精神〉④雄性動物生殖器所產生的一種液體：〈精液〉⑤擅長：〈精於醫術〉⑥細密的：〈精緻、精密〉⑦優良的：〈精兵〉⑧聰明的：〈精明〉⑨表示數量，全數的意思：〈輸得精光〉⑩姓。

造詞 精力、精子、精良、精采、精通、精華、精確、精練、精簡、精靈／水精、酒精、害人精／精打細算、精益求精、精誠團結、精疲力竭。

反 粗。

請注意：「精」與「菁」不同。「菁」是韭菜花，引申為物體最美的部分；「精」是經由提煉而成的純質。

米部8畫

粼

ㄌㄧㄣˊ 形容水、石等明淨、清澈的樣子：〈波光粼粼〉。

米部8畫

粺

ㄅㄞˋ 精細的白米。

米部8畫

粿

ㄍㄨㄛˇ 米做的食物：〈碗粿、紅龜粿〉。

米部9畫

糊

ㄏㄨˊ ①用米、麥的粉加水調成的黏漿：〈漿糊、麵糊〉②黏稠的食物：〈芋糊、鱔糊〉③黏貼：〈把這個洞用紙糊起來〉④通「餬」，餵食：〈糊口〉⑤不清楚、不明白：〈模糊〉⑥用麵粉調水而成的濃汁⑦草草了事：〈糊弄〉⑧黏合封閉：〈把門縫糊上〉。

造詞 糊塗／含糊、迷糊／糊里糊塗。

米部9畫

糌

ㄗㄢ 以炒熟的青稞磨製成的粗麵粉，是西藏人的主食：〈糌粑〉。

米部9畫

糈

ㄒㄩˇ 糧食、米麥的總稱：〈餉糈〉。

米部10畫

糕

ㄍㄠ　用米粉、麵粉等製成的食品：〈年糕、蛋糕〉。

造詞 糕餅。

米部 10 畫

糖

ㄊㄤˊ　①用甘蔗、甜菜等製成的甜性物質：〈蔗糖、白糖〉②由糖做成的食品：〈糖果〉③人體內產生熱能的主要物質：〈葡萄糖〉。

造詞 糖衣、糖漿、糖尿病。

請注意：「糖」和「醣」不同：「糖」是從植物中提取出來的甜性物質，範圍狹小，「醣」是一些有機物質，範圍較大。

米部 10 畫

糒

ㄅㄟˋ　乾糧：〈糒糗〉。

米部 10 畫

糗

ㄑㄧㄡˇ　①炒熟的米、麥等穀物，古時當乾糧，加水食用②尷尬的、不好意思的：〈糗事〉。

米部 11 畫

糢

ㄇㄛˊ　①大餅，通「饃」：〈烤糢〉②不清楚，通「模」：〈糢糊〉。

米部 11 畫

糠

ㄎㄤ　①穀粒的外皮：〈米糠、麥糠〉②質地變鬆而不堅實：〈糠蘿蔔〉。

造詞 糠秕、糠油。

米部 11 畫

糟

ㄗㄠ　①製酒剩下的渣子：〈酒糟〉②用酒糟醃漬食物：〈糟魚〉③敗壞：〈事情糟了〉④浪費：〈糟蹋〉⑤形容人能力差，或事情辦得不好：〈他這次考試考得很糟〉⑥姓。

造詞 糟粕、糟糕、糟糠／紅糟／亂七八糟。

米部 11 畫

糙

ㄘㄠ　①只去掉穀的米：〈糙米〉②不細緻的：〈粗糙〉。

米部 11 畫

糜

ㄇㄧˊ　①濃稠的稀飯：〈肉糜〉②浪費、耗損：〈糜費〉③爛：〈糜爛〉④黍類穀物：〈糜子〉⑤姓。

請注意：「靡」唸ㄇㄧˊ時，可解釋成靡費、靡爛，和「糜」相通。但唸ㄇㄧˇ時，有人人佩服、喜歡或不振作的意思，例如：風靡、靡靡之音，就不能和「糜」通用。

米部 11 畫

糞

ㄈㄣˋ　①動物的排泄物：〈糞土、糞便〉②施肥：〈糞地、糞田〉③掃除：〈糞除〉。

造詞 糞壞／糞土之牆不可圬。

同 屎、便。

米部 12 畫

糧

ㄌㄧㄤˊ　①穀類食物：〈糧食、乾糧〉②有田地的人對國家所繳的稅：〈納糧〉。

造詞 糧草、糧餉、糧票／米糧、兵糧、雜糧、斷糧／寅吃卯糧。

米部 13 畫

檗

ㄅㄛˋ　半生半熟的飯。

米部 13 畫

糬

ㄕㄨˇ　米做成之食品：〈麻糬〉。

米部 14 畫

糯

ㄋㄨㄛˋ　有黏性的稻米，可以釀酒或作糕點等食品，又叫「紅米」：〈糯米〉。

造詞 糯米、糯稻。

米部 14 畫

糰

ㄊㄨㄢˊ　用麵粉或米粉做的圓球形食物：〈湯糰、菜糰〉。

米部 15 畫

糲

ㄌㄧˋ　①糙米②粗糙的：〈糲食〉。

造詞 糲米。

米部 16 畫

糴

ㄉㄧˊ ①買進糧食：〈糴米〉②姓。

反 糶。

米部 16 畫

糵

ㄋㄧㄝˋ ①麥子經過浸泡後所生的芽②用來發酵的酵母：〈麴糵〉。

米部 19 畫

糶

ㄊㄧㄠˋ 賣出糧食：〈糶米、五月糶新穀〉。

糸部 ㄇㄧˋ

糸部 0 畫

糸

ㄇㄧˋ 細絲。

糸部 1 畫

系

ㄒㄧˋ ①有關係的事務：〈系統、水系〉②大學裡的科別：〈中文系、數學系〉③家族的聯屬關係：〈直系、旁系〉④姓。

造詞 系刊、系列、系譜／世系、母系、派系、太陽系。

請注意：「系」、「係」都有聯繫的意思，但是習慣上「系統」、「系別」不寫作「係」，「關係」、「干係」不寫作「系」。

糸部 2 畫

糾

ㄐㄧㄡ ①結繞在一起：〈糾纏〉②集合：〈糾合、糾眾生事〉③矯正：〈糾正〉④督察：〈糾察〉⑤檢舉、揭發：〈糾舉、糾彈〉⑥姓。

造詞 糾紛、糾葛、糾察隊。

糸部 3 畫

紂

ㄓㄡˋ ①勒在馬臂上的皮帶②商朝最後一個君主：〈紂王〉。

糸部 3 畫

紅

ㄏㄨㄥˊ ①淺赤色：〈青紅皂白〉②商業上扣除開銷後的

純利：〈紅利〉③使變紅：〈紅了臉〉④得寵、顯達：〈他現在紅得很〉⑤紅色的：〈紅花、紅布〉⑥成功的、成名的：〈紅歌星、電視紅星〉。

ㄍㄨㄥ　通「工」，女人的縫紉事務：〈女紅〉。

造詞 紅人、紅木、紅包、紅豆、紅利、紅妝、紅娘、紅塵、紅糖、紅檜、紅顏、紅鸞／口紅、朱紅、暗紅、鮮紅、臉紅、泛紅、雪裡紅／紅男綠女、紅杏出牆、紅粉佳人、紅顏薄命、紅粉知己、萬紫千紅、萬綠叢中一點紅。

請注意：形容紅色的字除了「紅」以外，還有「丹」、「赤」、「朱」、「彤」等。

糸部3畫

紀

ㄐㄧˋ　①一百年為一紀：〈二十世紀〉②歲數：〈年紀〉③法度、規律：〈紀律〉④記載：〈紀錄〉⑤留著：〈紀念〉⑥姓。

造詞 紀元、紀念日、紀錄片／校紀、軍紀、世紀／目無法紀。

請注意：「紀」和「記」在古代有時可相通，例如：記(紀)錄。但現在「記載」、「記得」用「記」，都當作動詞。當作名詞時用「紀」，例如：紀念、年紀。

糸部3畫

紇

ㄏㄜˊ　①粗劣的絲②唐代西北的民族：〈回紇〉③姓。

糸部3畫

約

ㄩㄝ　①共同訂立、遵守的條文：〈條約、契約〉②預先說定的事：〈失約、約會、有約在先〉③管束、限制：〈約束〉④預先說定：〈約定〉⑤節儉：〈節約〉⑥邀請：〈約他一同前往〉⑦大概：〈約計、約略〉⑧姓。

造詞 約莫／合約、締約、違約、盟約、隱約／約法三章。

同 邀、盟、簡、儉、省、束。

糸部3畫

紉

ㄖㄣˋ　①把線穿入針孔：〈紉針〉②縫補衣服：〈縫紉〉③佩服、深深感激（多用於書信）：〈紉服〉。

造詞 紉佩。

糸部3畫

紈

ㄨㄢˊ　輕細的白絹：〈羅紈〉。

造詞 紈扇／紈袴子弟。

糸部3畫

紆

ㄩ　①旋繞：〈盤紆〉②抑制、委曲：〈紆尊降貴〉。

造詞 煩紆／紆迴曲折。

糸部4畫

素

ㄙㄨˋ　①白色的生絹：〈素絹、纖素〉②蔬菜類食物：〈素菜〉③事物的本質：〈因素、元素〉④樸實、不華麗的：〈樸素〉⑤白色的：〈素衣、素食〉⑥空：〈尸位素餐〉⑦平常、向來：〈素味平生〉。

造詞 素描、素質、素淨、素行、素養、素願／味素、要素、酵素、激素、抗生素。

反 葷。

糸部4畫

索

ㄙㄨㄛˇ　①粗繩子：〈麻索、繩索〉②尋找、搜求：〈搜索〉③討取、要：〈索取〉④單獨的：〈索居〉⑤乾脆、直截了當、放手前進：〈索性不幹〉⑥姓。

造詞 索欠、索引／思索、摸索、探索／索然無味、不假思索。

糸部4畫

紊

ㄨㄣˋ　雜亂：〈紊亂、有條不紊〉。

糸部4畫

紛

ㄈㄣ　①擾攘、爭執：〈排難解紛〉②很亂的：〈紛亂〉③眾多的樣子：〈大雪紛飛〉④姓。

造詞 紛紛、紛紜、紛擾／內紛、糾紛、繽紛／紛至沓來、五彩繽紛、議論紛紛。

糸部4畫

紐

ㄋㄧㄡˇ　①器物的提柄，通「鈕」：〈門紐〉②衣服的扣子，通「鈕」：〈衣紐〉③聯結的：〈樞紐〉。

造詞 紐扣、紐約／關紐。

紡（糸部 4 畫）

ㄈㄤˇ ①一種柔軟細緻的絲織品：〈紡綢〉②把絲、麻、棉等纖維抽出來，製成紗線：〈紡紗、紡織〉。

造詞 紡錘、紡織娘／毛紡、棉紡、績紡、織紡／夜績日紡。

請注意：「紡」是把纖維抽理成細線，「績」是把黃麻分開，並加以搓接成線，「織」是把這些線編織成布匹。

紗（糸部 4 畫）

ㄕㄚ ①用棉、麻等紡成的細絲：〈棉紗〉②用紗織的有細孔的織品，輕薄又透明：〈窗紗、紗布〉。

造詞 紗門、紗廠、紗廚／紡紗、羅紗、輕紗。

純（糸部 4 畫）

ㄔㄨㄣˊ ①不含雜質的：〈純白、純金〉②充分的、完全的：〈純熟〉③真誠不假：〈純厚、純良〉④全、都：〈純屬虛構〉。

造詞 純正、純粹、純潔／清純、單純、精純、真純。

紋（糸部 4 畫）

ㄨㄣˊ ①布帛上的文彩：〈花紋〉②皺痕：〈水紋、指紋、皺紋〉③在皮膚上刺字或圖案等：〈紋身〉④陶、瓷、玻璃器物上的裂痕：〈裂紋〉。

造詞 紋彩、紋理、紋路／波紋。

納（糸部 4 畫）

ㄋㄚˋ ①放進來：〈納入〉②接受：〈採納、笑納〉③交錢：〈納稅〉④享受：〈納涼〉⑤忍住、耐住：〈納著性子聽他說話〉⑥收容：〈閉門不納〉⑦交接：〈結納〉⑧密密的縫：〈納鞋底〉⑨姓。

造詞 納福、納粹、納徵、納諫／出納、接納。

同 接、容。

反 出。

紙（糸部 4 畫）

ㄓˇ ①用來寫字、繪畫、印刷、包裝等所用的物品，大部分用植物的纖維製造成：〈色紙、面紙、衛生紙〉②計算文件的數量：〈一紙公文〉③姓。

造詞 紙灰、紙版、紙屑、紙張、紙筆、紙幣、紙錢／白紙、稿紙、牛皮紙／紙上談兵、紙醉金迷、紙包不住火。

請注意：「紙」的右邊是「氏」（ㄕˋ），不可寫成「氐」（ㄉㄧˇ）。

糸部4畫

級

ㄐㄧˊ ①階梯：〈十多級臺階〉②等第：〈等級〉③階層：〈階級〉④學校的班次：〈班級〉⑤古代戰爭中或用刑時斬下的人頭：〈首級〉⑥用數值來表示地震、風力強度的單位：〈二級地震、八級風力〉。

造詞 級任、級長、級會、級數／初級、晉級。

糸部4畫

紕

ㄆㄧ ①布帛、絲織品等破壞散開：〈線紕了〉②出了差錯或漏洞：〈紕漏、紕繆〉③衣帽的邊緣④裝飾。

糸部4畫

紜

ㄩㄣˊ 多而雜亂的樣子：〈紛紜〉。

糸部4畫

紘

ㄏㄨㄥˊ ①帽子上用來繫緊下巴的帶子：〈朱紘〉②通「宏」、「弘」，廣大。

糸部4畫

紓

ㄕㄨ 緩和、解除：〈紓憂、紓難〉。

造詞 紓禍、紓泄。

糸部4畫

紝

ㄖㄣˋ ①織布帛的絲線②紡織，用絲線來織綢、緞、紗、絹等。

糸部5畫

紮

ㄓㄚ ①量詞，東西一束叫「一紮」②行軍後屯駐下來：〈駐紮、紮營〉③纏綁：〈包紮〉④繫、纏束：〈紮辮子、紮鞋子〉。

糸部5畫

絆

ㄅㄢˋ ①勒馬的繩子：〈羈絆〉②阻攔：〈絆倒〉③走路時腳被擋住或纏住：〈絆了一跤〉。

造詞 絆腳石。

請注意：「羈」和「絆」都是勒馬的繩子：「羈」是用來綁馬頭，而「絆」是綁馬足的繩子。

糸部5畫

絃

ㄒㄧㄢˊ ①樂器上發聲的絲線：〈琴絃〉②比喻妻子：〈續絃〉。

造詞 絃歌、絃樂／絃外之音、絃歌不輟。

請注意：①「弦」、「絃」今通用②古人以琴瑟比喻夫婦，所以稱喪妻為「斷絃」，再娶為「續絃」。

糸部5畫

統

ㄊㄨㄥˇ ①民主國家最高元首：〈總統〉②絲的線頭③一代一代傳承的關係：〈血統、傳統〉④事務的連續關係：〈系統〉⑤總管：〈統理、統兵、統政〉⑥總括：〈統稱、統括〉⑦合：〈統一〉⑧姓。

造詞 統治、統計、統帥、統率、統戰、統轄／法統、道統／不成體統、籠籠統統。

糸部5畫

紹

ㄕㄠˋ ①繼續：〈紹承、克紹箕裘〉②引見雙方：〈介紹〉③姓。

造詞 紹介、紹衣、紹興酒。

糸部5畫

絀

ㄔㄨˋ ①通「黜」，貶斥、貶退：〈罷絀〉②不足、不夠：〈經費支絀、相形見絀〉。

糸部5畫

細

ㄒㄧˋ ①微小的：〈細沙、細鹽、細節〉②很窄的：〈細竹竿〉③精緻、不粗糙的：〈細布、細瓷〉④周到的：〈細心、細緻〉。

造詞 細胞、細菌、細微、細軟、細膩／巨細、仔細、奸細、詳細／細水長流、細嚼慢嚥、膽大心細。

反 粗、糙。

紳
糸部5畫

ㄕㄣ ①古人束在腰間的大帶子：〈垂紳〉②指地方上有名望地位的人：〈鄉紳、富紳〉③舊時稱曾擔任過官職的人：〈縉紳〉。

造詞 紳士／士紳、貴紳。

組
糸部5畫

ㄗㄨˇ ①絲帶②人事結合的單位：〈審查小組〉③量詞，計算東西的單位：〈一組茶具、二組電池〉④辦事的單位名：〈總務組〉⑤結合而成：〈華僑組團回國〉⑥合成一套的（文藝作品）：〈組詩、組曲〉。

造詞 組成、組長、組閣、組織／分組、改組、重組、解組。

累
糸部5畫

ㄌㄟˇ ①積增：〈累積、日積月累〉②重疊的：〈危如累卵〉③多年來的負擔：〈累贅〉。

ㄌㄟˋ ①災難、憂患：〈終身之累、國累〉②指家屬：〈攜家帶累〉③牽連：〈牽累〉④疲勞：〈感覺好累〉。

造詞 累人、累月、累犯、累次、累計、累累／家累、俗累、建累、疲累／累牘連篇、銖積寸累。

紼
糸部5畫

ㄈㄨˊ ①大的麻繩②牽引棺材的繩索：〈執紼〉。

終
糸部5畫

ㄓㄨㄥ ①結局：〈有始有終〉②死亡：〈送終、善終〉③從開始到結束的整段時間：〈終日、終年〉④完畢：〈曲終人散〉⑤到底、畢竟：〈終必、終究〉⑥姓。

造詞 終止、終夜、終生、終覺、終於、終身、終結、終點／始終、年終、臨終／終底於成、終南捷徑、終其天年、不知所終。

反 初、始。

紵
糸部5畫

ㄓㄨˋ 麻的一種：〈紵麻〉。

紽

糸部5畫

ㄊㄨㄛˊ 計算絲的單位，一紽為五絲：〈素絲五紽〉。

紱

糸部5畫

ㄈㄨˊ ①繫官印的絲帶：〈印紱〉②古代的一種服飾：〈朱紱〉。

絞

糸部6畫

ㄐㄧㄠˇ ①用繩索勒死犯人的刑罰：〈絞刑〉②量詞，用於紗、線等物：〈一絞紗、一絞線〉③擰緊、扭結：〈絞手巾〉。

造詞 絞痛、絞盤、絞乾／絞盡腦汁。

結

糸部6畫

ㄐㄧㄝˊ ①用繩、線或帶子打成的結：〈領結、蝴蝶結〉②表示保證或負責的文件：〈切結、具結〉③糾纏難解的事物：〈心有千千結〉④聯合：〈結盟〉⑤凝聚：〈水結冰了〉⑥構成：〈結怨〉⑦建築：〈結廬〉⑧終了：〈結束、結案〉⑨長出果實或種子：〈開花結果〉⑩姓。

ㄐㄧㄝ ①口吃：〈結巴〉②堅固的：〈結實〉。

造詞 結仇、結合、結交、結局、結束、結拜、結婚、結帳、結論／心結、永結、連結、作結、凝結、締結、困結／結黨營私、結草銜環、兵連禍結、精誠團結。

絕

糸部6畫

ㄐㄩㄝˊ ①絕句：〈七絕〉②中止：〈絕交〉③盡、完畢：〈絕命、氣絕身亡〉④沒有：〈絕境、絕望、絕子絕孫〉⑤停止：〈讚不絕口、絡繹不絕〉⑥出色、獨一無二：〈絕技、絕色〉⑦極、甚：〈絕妙、風景絕佳〉⑧必定的：〈絕不延期、絕不通融〉。

造詞 絕口、絕代、絕食、絕症、絕唱、絕跡、絕對、絕緣、絕響／杜絕、永絕、拒絕、根絕、卓絕、氣絕、謝絕、滅絕／絕妙好辭、絕處逢生、絕無僅有、深痛惡絕、趕盡殺絕。

請注意：「絕」和「決」字同音，有時容易混淆。除了「絕不」可以用「決不」以外，其他用法都不同。

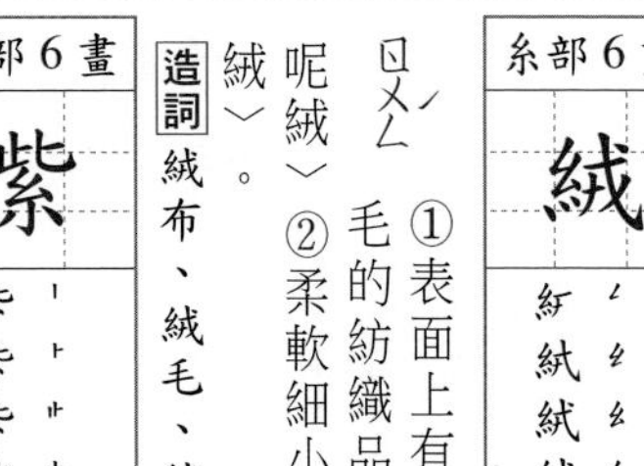

糸部6畫

絨

ㄑ ㄠ ㄠ 幺 糸 糸 糹 紅 紅 紈 絨 絨

ㄖㄨㄥˊ ①表面上有一種柔細短毛的紡織品：〈絲絨、呢絨〉②柔軟細小的毛：〈鴨絨〉。

造詞 絨布、絨毛、絨繩。

糸部6畫

紫

丨 ⺊ 止 止 止 此 此 些 些 紫 紫 紫

ㄗˇ ①由藍、紅兩色調成的顏色：〈萬紫千紅〉②姓。

造詞 紫菜、紫藥水、紫禁城／紫氣東來、紫外線。

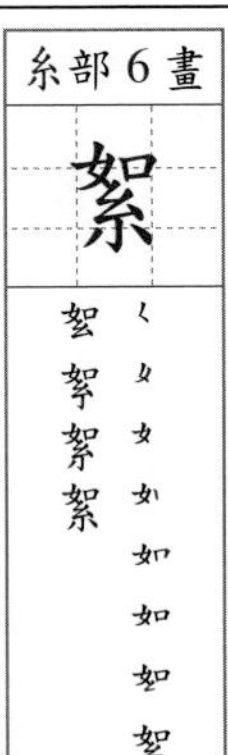

糸部6畫

絮

ㄑ 女 女 如 如 如 如 絮 絮 絮 絮 絮

ㄒㄩˋ ①彈過後鬆散的棉花：〈棉絮〉②白色而輕軟的花：〈柳絮、花絮〉③把棉花鋪平，均勻的塞進布套裡：〈絮被子〉④形容話很多的樣子：〈絮叨〉⑤姓。

造詞 絮絮、絮聒、絮語、絮衣／飛絮、落絮／絮絮不休、飛雪如絮。

糸部6畫

絲

ㄑ ㄠ ㄠ 幺 糸 糸 糹 糸 糸 絲 絲 絲

ㄙ ①蠶吐的細線，是綢緞的原料：〈生絲〉②纖細像絲的東西：〈雨絲、粉絲〉③絲織品的總稱：〈絲絨〉④重量單位，十忽為一絲，十絲為一毫，十毫為一釐⑤八音之一，凡是絃樂器所奏的稱為「絲」：〈絲竹並奏〉⑥綿延不絕的思緒：〈情絲、愁絲〉⑦細微的：〈絲雨、一絲不苟〉。

造詞 絲瓜、絲竹、絲路、絲毫／青絲、抽絲／絲絲入扣。

糸部6畫

絡

ㄑ ㄠ ㄠ 幺 糸 糸 糹 紁 紋 終 絡 絡

ㄌㄨㄛˋ ①勒住馬頭的皮帶②人體的血管和神經細脈：〈脈絡、經絡〉③果實內的網狀纖維：〈絲瓜絡〉④聯繫：〈聯絡〉⑤用權術控制人：〈籠絡〉⑥包羅：〈網絡古今〉。

ㄌㄠˋ 用線或繩編成的小網，可以裝東西：〈絡子〉。

造詞 綿絡、連絡、血絡／絡繹不絕。

糸部6畫

給

ㄑ ㄠ ㄠ 幺 糸 糸 糹 紒 紒 給 給 給

ㄐㄧˇ ①軍公教人員的薪水：〈薪給、年給〉②授與：〈給獎、給與〉③供應：〈給水、自給自足〉④允許：〈給假〉⑤姓。

ㄍㄟˇ ①把東西交付別人：〈我給他一本書〉②與：〈送給、借給〉③替、為：〈請把那本書給遞過來〉④向：〈快給他道謝〉⑤被：〈大伙都給他騙了〉。

造詞 給予、給事、給付、給足、給養／供給、交給、配給、俸給／目不暇給。

糸部 6 畫

絢

ㄒㄩㄢˋ ①美好的文采②色彩華麗的：〈絢麗、絢爛〉。

造詞 光絢、彩絢、明絢／光彩絢目。

糸部 6 畫

絳

ㄐㄧㄤˋ 深紅色：〈絳帳、絳脣黛眉〉。

造詞 絳紫。

糸部 6 畫

絜

ㄒㄧㄝˊ ①量度、衡量：〈絜矩、度長絜大〉②約束：〈絜之百圍〉。

ㄐㄧㄝˊ ①修整②通「潔」：〈自絜〉。

糸部 6 畫

絏

ㄒㄧㄝˋ ①拴馬的繩子②繩索：〈縲絏〉③綑綁，通「紲」。

糸部 6 畫

絪

ㄧㄣ 氣體充盛的樣子，通「氤」：〈絪縕〉。

造詞 煙絪。

糸部 7 畫

經

ㄐㄧㄥ ①織布機上的直線②通過南北兩極，與赤道成直角的線：〈經線〉③中醫稱人體的脈絡：〈經脈〉④古人所寫，有價值的書籍：〈四書五經〉⑤持久不變的禮法、常道：〈天經地義〉⑥宗教的典籍：〈佛經、聖經〉⑦專述某種技術的書或文章：〈藥經、鳥經〉⑧女人的月信：〈月經〉⑨親身經驗：〈身經百戰〉⑩策畫、從事：〈經營、經商〉

⑪通過：〈經過〉⑫治理：〈經國大業〉⑬持久不變：〈經常〉⑭姓。

造詞 經心、經手、經年、經典、經書、經費、經籍、經傳、經管、經歷、經濟／已經、曾經、神經、茶經、途經、易經、書經、業經／一本正經、荒誕不經、家家有本難唸的經。

同 常。

反 緯。

請注意： 直線為「經」，橫線為「緯」。

糸部 7畫

絹

ㄐㄩㄢˋ 用生絲織成的帛：〈絹布、素絹〉。

造詞 絹印／生絹、絲絹。

糸部 7畫

綁

ㄅㄤˇ 捆起來：〈綁住、綁在樹上〉。

造詞 綁架、綁票、綁匪、綁腿／五花大綁。

同 綑、縛。

糸部 7畫

綏

ㄙㄨㄟ ①上車時所拉的繩索：〈執綏〉②綏遠省的簡稱③安撫、使平定：〈綏靖、撫綏〉④雙方交戰：〈交綏〉。

造詞 綏民／鎮綏。

糸部 7畫

綑

ㄎㄨㄣˇ 通「捆」①量詞，稱可以捆束的東西：〈一綑報紙〉②綁住：〈綑綁、綑紮、綑行李〉。

造詞 綑縛、綑緊。

同 綁、縛。

糸部 7畫

綆

ㄍㄥˇ 繫在桶上，用來打水的繩子：〈綆短汲深〉。

糸部 7畫

絛

ㄊㄠ ①絲帶、絲繩：〈彩絛〉②寄生蟲的一種，寄生在脊椎動物及人類的腸內：〈絛蟲〉。

絺　糸部7畫

ㄔ　細的葛布：〈絺綌〉。

綉　糸部7畫

ㄒㄧㄡˋ　同「繡」。

綻　糸部8畫

ㄓㄢˋ　①衣服脫線：〈褲管綻開〉②裂開：〈皮開肉綻〉③開花：〈綻放〉。

造詞　綻開、綻破／補綻。

綰　糸部8畫

ㄨㄢˇ　①盤繞、繫結：〈綰結、綰髮〉②聯絡貫通：〈綰統〉③捲：〈綰袖子〉④控制：〈綰事〉。

造詞　綰合、綰髻。

綜　糸部8畫

ㄗㄨㄥˋ　①總合、聚集：〈綜合、錯綜複雜〉②治理、總理：〈綜理〉③起縐紋的：〈這紙綜了〉④織布機上的一種器具，使經、緯線可以交錯。

造詞　綜典、綜括、綜藝、綜攬／錯綜。

綽　糸部8畫

ㄔㄨㄛˋ　①寬裕的：〈綽綽有餘〉②姿態柔美的：〈綽約仙子〉③外號：〈綽號〉。

造詞　綽態、綽立／綽有餘裕。

綾　糸部8畫

ㄌㄧㄥˊ　①比緞還要細薄的絲織品：〈綾羅綢緞〉②用綾製成的：〈綾扇〉。

造詞　綾錦、綾紙。

綠　糸部8畫

ㄌㄩˋ　①像青草一樣的顏色：〈綠草、綠油油〉②綠色的：〈綠水、綠苔〉。

造詞 綠化、綠豆、綠洲、綠燈、綠林、綠島、綠卡／草綠、新綠、翠綠、碧綠／綠衣使者、綠林好漢、綠草如茵、燈紅酒綠。

糸部8畫

緊

ㄐㄧㄣˇ ①急迫的事：〈發緊、吃緊〉②事情急迫：〈緊急〉③密實、牢固：〈緊密〉④經濟不寬裕：〈手頭很緊〉⑤嚴格、不放鬆：〈管得很緊〉⑥密而沒有空隙的：〈緊靠〉⑦牢牢的：〈緊抓不放〉。

造詞 緊要、緊張、緊縮、緊湊／要緊、趕緊、鬆緊／緊要關頭、緊迫盯人、緊急命令、緊張大師。

反 寬、鬆、弛。

糸部8畫

綴

ㄓㄨㄟˋ ①用針線縫補：〈補綴、綴扣子〉②連接、組合：〈連綴、綴句成章〉③裝飾：〈點綴〉。

造詞 綴文、綴集／縫綴。

糸部8畫

網

ㄨㄤˇ ①用繩、線等結成的捕魚或抓鳥器具：〈魚網〉②多孔而形狀像網一樣的東西：〈蜘蛛網、鐵絲網〉③像網狀分布周密、互有連繫的嚴密組織：〈通訊網、發行網〉④捕捉：〈網了一條魚〉⑤羅致：〈網羅人材〉。

造詞 網球、網路、網膜／法網、絲網、情網、漏網／網開三面、天羅地網、自投羅網、法網恢恢。

同 羅、罟。

糸部8畫

綱

ㄍㄤ ①事物最主要的部分：〈大綱、綱領、綱要〉②生物分類的第三級：〈界、門、綱、目、科、屬、種〉。

造詞 提綱、政綱、德綱、黨綱／綱舉目張、八目三綱。

糸部8畫

綺

ㄑㄧˇ ①織有花紋的絲織品：〈綺羅〉②美麗的：〈綺麗〉③姓。

造詞 綺窗、綺雲、綺羅香／文綺、輕綺／綺年玉貌。

糸部8畫

綢

ㄔㄡˊ　一種細薄柔軟的絲織品：〈紡綢〉。

造詞 綢緞、綢繆。

糸部8畫

綿

㇜ 幺 幺 糸 糸 糸 糹 糹 紒 紒 紬 綿 綿 綿

ㄇㄧㄢˊ　①精純的絲絮：〈絲綿〉②形狀、質地像綿的東西：〈石綿、海綿〉③延長不絕：〈綿延〉④柔軟的：〈軟綿綿〉⑤薄弱的：〈綿力〉。

造詞 綿弱、綿亙、綿羊、綿長、綿連、綿紙、綿密、綿薄／木綿、純綿、纏綿／綿綿不斷。

請注意：①「緜」是「綿」的異體字。②「綿」和「錦」不同。「錦」是有花紋的絲織品，「綿」和「錦」都是絲織原料的一種。

糸部8畫

綵

㇜ 幺 幺 糸 糸 糸 糹 糹 紒 紒 紒 絣 綵 綵

ㄘㄞˇ　各種顏色的絲綢：〈剪綵、張燈結綵〉。

請注意：「綵球」與「繡球」許多人容易混淆，其實字義有別：二者雖然都是指五彩絲綢所編結成的球狀物，但是「綵球」通常為歡樂場合的裝飾物；而「繡球」卻為古代婚俗挑選女婿時所用。

糸部8畫

綸

㇜ 幺 幺 糸 糸 糸 糹 紒 紒 紒 紒 綸 綸 綸

ㄌㄨㄣˊ　①青色的絲帶②釣竿上的絲線：〈釣綸〉③量詞，長條的絲線，十根叫一綸④組合的絲線，引申為規畫：〈經綸〉⑤姓。

ㄍㄨㄢ　用青色絲帶編織成的頭巾：〈綸巾〉。

造詞 青綸、垂綸、紛綸／滿腹經綸。

糸部8畫

維

㇜ 幺 幺 糸 糸 糸 糹 糹 紒 紒 紒 紒 維 維

ㄨㄟˊ　①繫東西的粗繩子②綱目、條目：〈四維八德〉③纖細的物質：〈纖維〉④繫、連結：〈維繫〉⑤保持、保全：〈維生、維持〉⑥姓。

造詞 維修、維新、維護／四維、思維、綱維、國維／維妙維肖。

糸部8畫

緒

㇜ 幺 幺 糸 糸 糸 糹 糹 紶 紶 紶 緒 緒 緒

ㄒㄩˋ　①絲線的頭：〈絲緒〉②心思、心情：〈愁緒〉③比喻事情的開端：〈頭緒〉④事業：〈緒業〉⑤前面的、開頭的：〈緒言、緒論〉⑥姓。

造詞 緒餘、緒文／心緒、就緒、情緒、綱緒／千頭萬緒。

同 端、頭。

糸部 8 畫

緇

ㄗ ①黑色：〈緇衣〉②僧衣，也可作為僧侶的代稱。

造詞 緇門、緇黃、緇塵。

糸部 8 畫

緋

ㄈㄟ 紅色：〈兩頰緋紅〉。

造詞 緋聞。

糸部 8 畫

綹

ㄌㄧㄡˇ ①量詞，長條的絲線，十根叫一綸，十綸叫一綹②量詞，頭髮、鬍鬚叫一綹③繫荷包的絲線④輕拂：〈綹鬍子〉。

請注意：「綹」和「絡」形似，音、義卻不同。「絡」音ㄌㄨㄛˋ，有脈絡、聯絡等意思。所以「一綹頭髮」不可誤用成「絡」。

糸部 8 畫

緄

ㄍㄨㄣˇ ①繩索：〈緄縢〉②用線織成的帶子③滾邊。

糸部 8 畫

綦

ㄑㄧˊ ①鞋帶②青黑色的：〈綦巾〉③極、很：〈希望綦切〉④姓。

糸部 8 畫

綮

ㄑㄧˇ 古代官吏出巡時所用的戟衣。

ㄑㄧㄥˋ 筋骨交結處：〈肯綮〉。

糸部 8 畫

綬

ㄕㄡˋ 古人繫物的絲帶：〈印綬、紫綬〉。

糸部 8 畫

綖

ㄧㄢˊ 帽子前後垂下來的飾物。

糸部8畫

綣

ㄑㄩㄢˇ　①形容情意纏綿，感情難捨難分：〈繾綣〉②纏繞狀。

糸部9畫

綞

ㄉㄨㄛˇ　有花紋的絲織品，同「綾」：〈綞子〉。

糸部9畫

締

ㄉㄧˋ　①結合、訂立：〈締交、締約〉②約束、限制：〈取締違規停車〉。

造詞 締結、締造、締盟。

糸部9畫

練

ㄌㄧㄢˋ　①柔軟潔白的熟絹：〈白練千匹〉②熟悉：〈熟練〉③反覆學習：〈練習〉④經歷：〈歷練〉⑤姓。

造詞 練絲、練字、練達／訓練、苦練、教練。

請注意：練絲用「練」，煉金屬用「煉」或「鍊」，都是使物質更為精固美好。

糸部9畫

緯

ㄨㄟˇ　①編織物上的橫線，和「經」相對：〈緯線〉②地球上和赤道平行的線，以赤道為準，分成南緯、北緯③治理：〈緯世、緯國〉④姓。

造詞 緯度、緯書、緯車／北緯、經緯、絡緯。

反 經。

糸部9畫

緻

ㄓˋ　精細：〈細緻、精緻〉。

造詞 緻密／工緻、采緻。

請注意：「致」和「緻」二字用法不同：「致」是名詞，「緻」是形容詞，例如「興致」不可寫成「興緻」。

糸部9畫

緘

ㄐㄧㄢ　①書信：〈緘札〉②封、閉：〈三緘其口、緘默〉。

造詞 緘口、緘書、緘密／三緘、封緘。

請注意：「緘」為書信用字，

常用在信封左下角，表示寄信人親手緘封，如：王大明緘。

糸部9畫

緬

ㄇㄧㄢˇ ①緬甸的簡稱：〈滇緬公路〉②細絲③遙遠：〈緬懷、緬想〉④姓。

造詞 緬甸、緬邈。

糸部9畫

緝

ㄑㄧ ①接續麻線：〈緝麻〉②縫衣邊：〈緝邊〉③搜捕、捉拿：〈緝盜、緝私〉④一種縫紉的方法，一針一針細密的縫：〈緝鞋口〉。

造詞 緝捕、緝拿、緝訪／查緝、通緝。

請注意：「緝」、「輯」不同。「緝」有追捕的意思，例如：通緝。「輯」音ㄐㄧˊ，有編排的意思，例如：編輯。

糸部9畫

編

ㄅㄧㄢ ①書籍：〈巨編、續編〉②書中大於章的部分：〈上編〉③計算書的量詞：〈人手一編〉④依照順序排列：〈編排、編組、編班〉⑤交錯連結：〈編蓆子、編織〉⑥編集、製作：〈編輯、編劇〉⑦捏造：〈編謊話來哄人〉⑧姓。

造詞 編列、編曲、編制、編派、編造、編著、編審／主編、改編、新編、簡編。

糸部9畫

緣

ㄩㄢˊ ①原因：〈緣故〉②自然在一起的情分：〈緣分〉③佛教中的布施與募化：〈化緣〉④關係：〈血緣〉⑤邊界：〈生死邊緣〉⑥攀登：〈緣木求魚〉⑦順著：〈緣河而行〉⑧遵循：〈緣例〉。

造詞 緣由、緣生、緣起／因緣、良緣、宿緣、機緣／萍水因緣。

糸部9畫

緞

ㄉㄨㄢˋ 質地厚密、表面光滑而富有光澤的絲織品：〈綢緞、緞子〉。

造詞 緞帶、緞帶花。

糸部9畫

線

ㄒㄧㄢˋ ①用絲、棉、麻做成的細長物：〈毛線〉②由兩點決定的圖形：〈線段〉③交通路線：〈山線、航線〉④邊緣交界的地方：〈海岸線〉⑤研究事物的方法：〈線索〉⑥像線一樣細長的東西：〈光線〉⑦姓。

造詞 線民、線條、線路／曲線、眼線、電線、視線、斑馬線／穿針引線。

糸部9畫

緩

ㄏㄨㄢˇ ①放鬆：〈緩一口氣〉②延遲：〈緩期、緩刑〉③慢：〈緩慢、緩行〉④姓。

造詞 緩和、緩急、緩衝、緩步／和緩、延緩、遲緩、寬緩／緩兵之計、緩急輕重、緩衝地帶、刻不容緩。

同 舒、遲、徐、慢。

反 急、疾、快、速。

糸部9畫

緙

ㄎㄜˋ 編織物上的橫線。

造詞 緙絲。

糸部9畫

緲

ㄇㄧㄠˇ ①細微②若隱若現的樣子：〈縹緲〉。

造詞 虛無縹緲。

糸部9畫

緡

ㄇㄧㄣˊ ①釣魚的絲線②古代串錢的繩子③量詞，錢一串或一貫叫「一緡」。

糸部9畫

緹

ㄊㄧˊ ①橘紅色的絲綢②橘紅色的泥土③紅色的：〈緹幕〉。

糸部9畫

緗

ㄒㄧㄤ ①淺黃色的絲織品：〈緗素〉②淺黃色的：〈緗梅、緗縑〉。

糸部10畫

縊

ㄧˋ 用繩索繞緊脖子而死：〈自縊、縊死〉。

糸部 10 畫

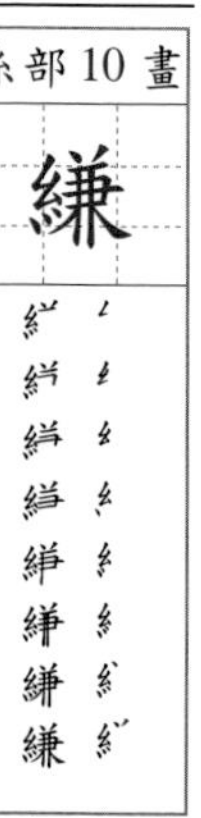

ㄐㄧㄢ　一種很細的絲織品，可以用來寫字、畫圖。

造詞 縑帛、縑素。

糸部 10 畫

縈

ㄧㄥˊ　環繞：〈縈繞、縈懷〉。

造詞 縈抱、縈迴／牽縈、魂縈、緹縈／魂牽夢縈。

糸部 10 畫

縛

ㄈㄨˊ　①綑綁：〈手無縛雞之力〉②不自由：〈束縛〉。

造詞 受縛、就縛、擒縛／作繭自縛。

糸部 10 畫

縣

ㄒㄧㄢˋ　地方行政區域單位，比省低一級：〈新竹縣、嘉義縣〉。

造詞 縣令、縣長、縣政府、縣轄市／州縣、府縣、郡縣。

糸部 10 畫

縞

ㄍㄠˇ　①白色的生絹②白色的：〈縞衣綦巾〉。

造詞 縞衣、縞素。

糸部 10 畫

縉

ㄐㄧㄣˋ　紅色的絲織品。

造詞 縉紳。

糸部 10 畫

縐

ㄓㄡˋ　①一種有皺紋的絲織品：〈縐紗〉②同「皺」，緊縮：〈縐眉〉。

造詞 縐紋、吹縐。

糸部 10 畫

縝

ㄓㄣˇ　①黑髮，通「鬒」②細緻的：〈縝密〉。

糸部 10 畫

縟

ㄖㄨˋ　繁雜而瑣碎的：〈繁文縟節〉。

造詞 縟麗／繁縟、纖縟。

糸部 10 畫

縗

ㄘㄨㄟ　粗麻布做的喪服：〈墨縗〉。

糸部 10 畫

縕

ㄩㄣˋ　①亂麻：〈束縕〉②精深的，通「蘊」：〈精縕〉③黃赤色。

造詞　縕袍、縕釀。

糸部 11 畫

縮

ㄙㄨㄛ　①不伸開，或伸開又收回去：〈縮手縮腳〉②減短、變小：〈縮小、收縮〉③害怕退避：〈畏縮〉④節省：〈縮衣節食〉。

造詞　縮頭、縮尺、縮水、縮短、縮減、縮寫、縮影、縮頭／緊縮、伸縮、瑟縮／縮頭縮腦。

糸部 11 畫

績

ㄐㄧ　①事業、功業：〈功績、豐功偉績〉②功效：〈成績〉③把麻、棉用手搓揉成長條的形狀：〈績麻〉。

造詞　績效／事績、治績、業績／績學之士。

請注意：「績」和「積」都讀ㄐㄧ。禾部的「積」，是數字相乘所得的總數、平面的大小，如：乘積、面積。糸部的「績」，是成果或功勞，例如：成績、戰績。所以「成績」不能寫成「成積」。

糸部 11 畫

縷

ㄌㄩˇ　①細長的線：〈絲縷〉②泛指纖細像線條的東西：〈香縷〉③計算長條物的單位：〈一縷炊煙、一縷麻〉④連續不斷的：〈離緒縷縷〉⑤詳細的：〈縷述、條分縷析〉。

造詞　縷析、縷訴、縷陳、縷縷／金縷、布縷、藍縷／不絕如縷、金絲如縷。

糸部 11 畫

縲

ㄌㄟˊ　古時候用來綁罪犯的黑色繩子：〈縲紲〉。

糸部11畫　繆

ㄇㄡˊ　籌劃經營：〈綢繆〉。

ㄇㄧㄠˋ　姓。

ㄇㄧㄡˋ　錯誤，同「謬」：〈繆論〉。

ㄇㄨˋ　宗廟的位次，通「穆」。

造詞　繆思、繆學／乖繆／未雨綢繆。

糸部11畫　繃

ㄅㄥ　①形容嬰兒穿的束衣：〈小兒繃〉②勉強支持：〈繃場面〉③緊撐：〈衣服繃在身上〉④草草的縫上或用針別上：〈繃被頭〉⑤用來包紮傷口的：〈繃帶〉。

ㄅㄥˇ　①忍受：〈繃不住笑〉②板著：〈繃著臉〉。

ㄅㄥˋ　脹裂：〈氣球繃了〉。

造詞　繃緊。

糸部11畫　縫

ㄈㄥˊ　用針線連綴：〈縫補〉。

ㄈㄥˋ　①針線連合的部分：〈衣縫〉②空隙：〈門縫〉。

造詞　縫合、縫工、縫紉／手縫、裁縫／天衣無縫。

同　隙、罅。

糸部11畫　總

ㄗㄨㄥˇ　①聚合：〈總合〉②收束：〈總髮〉③全部的：〈總數〉④負責領導的：〈總店、總司令〉⑤一直都這樣：〈總是〉⑥畢竟、終究：〈他總不答應〉⑦姓。

造詞　總共、總計、總括、總統、總理、總結、總督、總算、總論、總經理／總而言之、林林總總。

糸部11畫　縱

ㄗㄨㄥˋ　①釋放：〈欲擒故縱、縱虎歸山〉②騰空跳起：〈縱身一躍〉③放任、不加拘束：〈放縱〉④燃放：〈縱火〉⑤即使：〈縱使、縱然〉⑥姓。

ㄗㄨㄥ　①地理上指南北方向，和「橫」相對：〈縱貫鐵路、縱橫〉②直的、直線的：〈縱隊、縱線〉。

造詞　縱心、縱谷、縱身、縱使、縱容、縱目、縱慾、縱貫／操縱、恣縱、驕縱／縱情聲色、縱橫摔闔。

反 橫。

請注意：「縱」與「蹤」不同。「蹤」音ㄗㄨㄥ，是形跡的意思，所以「行蹤」不可寫成「行縱」。

糸部 11 畫

繅

ㄙㄠ　把蠶絲浸在熱水裡抽絲：〈繅絲〉。

造詞 繅絲娘。

同 繰。

糸部 11 畫

繁

ㄈㄢˊ　①眾多的：〈繁星滿天〉②複雜的：〈繁複〉③熱鬧的：〈繁華〉④熱鬧興盛的：〈繁盛〉⑤姓。

ㄆㄛˊ　姓。

ㄆㄢˊ　通「鞶」。

造詞 繁忙、繁衍、繁殖、繁榮、繁瑣／頻繁、庶繁、滋繁／繁文縟節、食指浩繁。

請注意：「繁」和「煩」解釋為「眾多」、「複雜」時可通用，如：繁（煩）雜、繁（煩）忙。

糸部 11 畫

縹

ㄆㄧㄠˇ　①淡青色的絲織品：〈縹緗〉②淡青色：〈縹玉〉③若隱若現的樣子：〈縹緲〉。

造詞 縹酒。

糸部 11 畫

縻

ㄇㄧˊ　①牽引牛的繩子②籠絡牽制：〈羈縻〉③姓。

糸部 11 畫

縭

ㄌㄧˊ　古代女孩子出嫁時，罩住臉部的紅巾：〈結縭（結婚）〉。

糸部 11 畫

縴

ㄑㄧㄢˋ　拉船前進或牽牲畜的繩索：〈拉縴〉。

造詞 縴夫、縴戶。

糸部 11 畫

縶

ㄓˊ　①韁繩②拴捆馬足：〈縶馬〉③拘禁：〈縶囚〉。

糸部 12 畫

織

ㄓ　①用絲、麻、棉紗、毛線等編製成物品：〈紡織、織毛衣〉②構成：〈組織〉。

造詞 織女、織布、織造、織錦／針織、彩織、編織／精紡細織。

糸部 12 畫

繕

ㄕㄢˋ　①修補：〈修繕〉②抄寫：〈繕寫〉。

造詞 繕治、繕造／營繕。

糸部 12 畫

繞

ㄖㄠˋ　①纏：〈纏繞〉②圍著轉動：〈繞場一週〉③走彎曲、迂迴的路：〈繞道〉④姓。

造詞 繞嘴、繞口令、繞圈子、圍繞、環繞、繚繞。

同 纏、繚。

請注意：「繞」、「饒」、「撓」不同。「饒」音ㄖㄠˊ，是寬恕、豐足的意思，例如：饒恕、富饒。「撓」音ㄋㄠˊ，是擾亂的意思，例如：阻撓。

糸部 12 畫

繚

ㄌㄠˊ　①縫紉法的一種，用針線把布邊斜著縫起來，也叫「撩貼邊」②圍繞：〈繚繞〉。

造詞 繚亂／糾繚、縈繚。

同 纏、繞。

請注意：「繚繞」易被誤寫成「撩繞」。「撩」是撥動、挑弄的意思，二字完全不同。

糸部 12 畫

繡

ㄒㄧㄡˋ　①刺有五彩花紋的絲織品：〈湘繡〉②用針連結彩色絲線，在綢緞上刺織：〈繡花〉③繡有花紋的：〈繡帳〉④華麗的、優美的：〈花梁繡柱〉⑤姓。

造詞 繡畫、繡球／刺繡、彩繡、錦繡／繡花枕頭。

請注意：「繡」與「錦」不同。「繡」是指刺花；「錦」是指織花。

糸部 12 畫

繑

ㄑㄧㄠ　縫紉法的一種，將布邊捲起來密縫，外面看起來很整齊：〈繑邊〉。

糸部 13 畫

繫

ㄒㄧˋ ①聯結：〈維繫〉②拴住：〈繫馬〉③牽涉、關係：〈身繫國家安危〉④拘禁：〈繫獄〉⑤牽掛：〈繫念〉。

ㄐㄧˋ 綁、打結：〈繫鞋帶〉。

造詞 繫懷、繫掛／拘繫、連繫、牽繫。

同 係、系、挂、掛。

糸部 13 畫

繹

ㄧˋ ①抽絲，引申為理出頭緒、推究事理：〈演繹、尋繹〉②連續不斷的：〈絡繹〉。

同 尋、討、原。

請注意：「繹」與「釋」不同。「釋」音ㄕˋ，是說明某事或解說字句的意思，例如：解釋；「繹」是推求事理的意思，例如：演繹。

糸部 13 畫

繩

ㄕㄥˊ ①用棉、麻、草或金屬製成的長條物：〈繩子、麻繩、草繩〉②規矩、法度：〈準繩〉③糾正、約束：〈繩之以法〉④姓。

造詞 繩索、繩墨／結繩、跳繩／繩之以禮。

同 索。

糸部 13 畫

繪

ㄏㄨㄟˋ ①作於絲絹上的畫：〈錦繪〉②畫圖、作畫：〈繪畫〉③描述、形容：〈繪聲繪影〉。

造詞 繪具、繪製、繪圖／彩繪、圖繪、描繪、浮世繪／繪事後素、繪事備考。

同 畫。

糸部 13 畫

繭

ㄐㄧㄢˇ ①蠶將變成蛹時，吐絲結成的橢圓形物體：〈蠶繭〉②手腳因過度摩擦而生的厚皮：〈老繭〉。

造詞 繭絲、繭綢／作繭、絲繭、結繭。

糸部 13 畫

繮

ㄐㄧㄤ 同「韁」。①拴住牲口的繩子：〈繮繩、脫繮〉②牽絆：〈名鎖利繮〉。

造詞 繮鎖。

繳

糸部 13 畫

ㄐㄧㄠˇ ①交付、交納：〈繳費、繳納〉②交還東西：〈繳還〉③迫使交出：〈繳械〉。

ㄓㄨㄛˊ 繫在箭上的絲繩，用來射馬，射中可以拉住：〈纓繳〉。

造詞 繳繞、繳交、繳銷、繳稅。

繯

糸部 13 畫

ㄏㄨㄢˊ ①用繩索結成的圈，可套住東西：〈投繯〉②用繩圈絞死：〈繯首〉。

辮

糸部 14 畫

ㄅㄧㄢˋ ①把頭髮分束交叉編成長條形：〈綁辮子〉②比喻把柄：〈抓住你的小辮子〉。

造詞 辮子、辮髮。

繽

糸部 14 畫

ㄅㄧㄣ 繁盛紛亂的樣子：〈五彩繽紛、繽紛花絮〉。

繼

糸部 14 畫

ㄐㄧˋ ①承續、接連下去：〈繼往開來、前仆後繼〉②後續的：〈繼母、繼室〉③隨後、接著：〈繼進〉④姓。

造詞 繼子、繼父、繼任、繼續、繼承、繼嗣／後繼、承繼、紹繼／繼絕存亡、饔飧不繼。

同 續、嗣、紹、襲、賡。

反 絕、斷。

纂

糸部 14 畫

ㄗㄨㄢˇ ①婦女的髮髻，通「䰖」：〈纂兒〉②編輯書籍：〈編纂、纂輯〉③姓。

造詞 纂述、纂修／論纂、修纂、總纂。

繾

糸部 14 畫

ㄑㄧㄢˇ 情意纏綿不忍分離的樣子：〈繾綣〉。

纏

糸部 15 畫

ㄔㄢˊ ①佛家稱「煩惱」的別名：〈八纏〉②環繞：〈纏繞〉③打擾：〈糾纏〉④

應付：〈難纏〉⑤姓。

造詞 纏足、纏鬥／纏綿悱惻。

同 繞、繚、束、縛。

續
系部 15 畫

ㄒㄩˋ ①連接下去：〈連續、續假〉②補綴：〈絕長續短〉③姓。

造詞 續版、續約、續弦、續航／手續、延續、繼續。

同 嗣、紹、賡、纘、繼。

反 斷、絕。

纖
系部 17 畫

ㄒㄧㄢ ①泛稱精美細緻的絲織品，如繒、帛、羅之類②細小的：〈纖小、纖腰〉。

造詞 纖手、纖巧、纖弱、纖細／雲纖、人造纖。

纓
系部 17 畫

ㄧㄥ ①帽帶：〈帽纓子〉②穗狀的裝飾物：〈紅纓槍〉③繩子：〈長纓〉④纏繞：〈纓絡〉。

造詞 纓子、纓帽、纓冠／朱纓、絡纓、帽纓、請纓。

纔
系部 17 畫

ㄘㄞˊ ①僅僅，只：〈走了纔五分鐘〉②剛剛：〈方纔、剛纔〉③表示強調的語氣：〈這纔是真的〉。

請注意：現在多寫成「才」。

纘
系部 19 畫

ㄗㄨㄢˇ 承繼：〈纘先烈之餘緒（繼續先烈未完成的志業）〉。

纜
系部 21 畫

ㄌㄢˇ ①繫船的粗繩：〈解纜揚帆、纜繩〉②用繩索拴住：〈纜舟〉。

造詞 纜車／電纜。

缶部 ㄈㄡˇ

缶
缶部 0 畫

ㄈㄡˇ ①一種口小腹大的瓦器②古時秦人用來敲擊的樂器：〈擊缶而歌〉。

造詞 瓦缶、鼓缶。

請注意：「缶」和「罐」都是盛物的器具。「缶」是指腹大口小者；「罐」是泛稱圓形的器物。

缶部 3 畫

缸

ㄍㄤ ①用陶土、瓷土做成的容器，圓形、口寬、肚大、底小：〈米缸、水缸〉②似缸的容器：〈汽缸、浴缸、菸灰缸〉。

缶部 4 畫

缺

ㄑㄩㄝ ①物品破漏的地方：〈缺口〉②事理不完善的地方：〈抱殘守缺〉③職位的空缺：〈出缺〉④短少、不夠：〈缺錢、缺貨〉⑤不足的、短少的：〈缺額〉⑥不完美的：〈缺點〉。

造詞 缺失、缺乏、缺席、缺陷、缺憾、缺德／殘缺、遺缺、懸缺。

同 虧、乏、少。

缶部 5 畫

缽

ㄅㄛ ①盛東西或研磨藥末的用具，形狀像小盆：〈菜缽、飯缽〉②和尚、尼姑的飯碗：〈沿門托缽〉。

缶部 11 畫

罄

ㄑㄧㄥˋ ①通「磬」，古代樂器名②盡、用完：〈告罄、罄其所有〉。

造詞 罄盡、罄竭／用罄／罄竹難書。

缶部 11 畫

罅

ㄒㄧㄚˋ ①裂縫：〈石罅〉②指事情的漏洞、破綻或缺失的地方：〈疏罅〉。

造詞 罅隙、罅漏。

缶部 12 畫

罎

ㄊㄢˊ 肚大口小的瓦器或瓷器，可用來裝東西：〈酒罎、菜罎、醋罎〉。

缶部 13 畫

罋

ㄨㄥˋ 陶器名：〈酒罋〉。

缶部 14 畫

罌

ㄧㄥ 古時肚大口小的瓶子：〈酒罌〉。

造詞 罌粟。

缶部 15 畫

罍

ㄌㄟˊ 古時一種酒器，外表像壺，表面刻有雲雷紋的圖案。

造詞 玉罍、樽罍。

缶部 16 畫

罏

ㄌㄨˊ ①裝酒的容器：〈金罏〉②火罏，通「爐」。

缶部 18 畫

罐

ㄍㄨㄢˋ 裝東西或取水用的器具：〈藥罐、茶葉罐〉。

造詞 罐頭。

网部 ㄨㄤˇ

网部 0 畫

网

ㄨㄤˇ 「網」的古字。

网部 3 畫

罕

ㄏㄢˇ ①柄長網小的捕鳥器②稀少的：〈罕見、罕聞〉③姓。

造詞 罕有、罕至、罕物。

同 少、稀、奇。

网部 3 畫

罔

ㄨㄤˇ ①用來捕捉鳥獸蟲魚的網子：〈罔罟〉②冤枉人：〈誣罔〉③欺騙：〈欺罔〉④無、沒有：〈藥石罔效〉⑤不，表示否定：〈罔顧人命〉。

造詞 罔兩、罔極／迷罔。

同 無。

网部 4 畫

罘

ㄈㄨˊ 捕捉野獸的網。

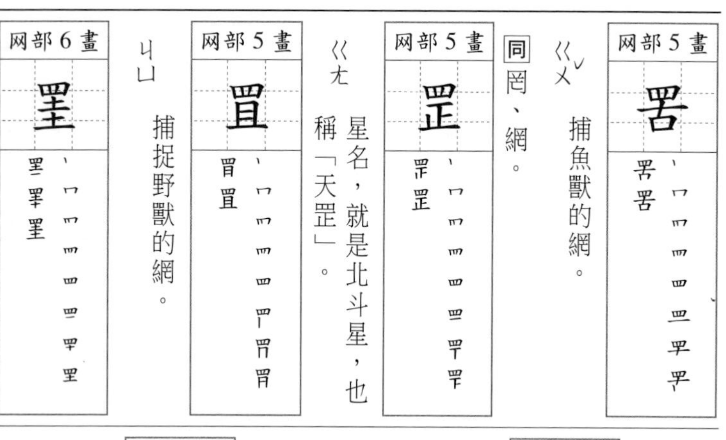

网部5畫

罟

丶 冂 冖 罒 罒 罒 罕 罕 罟 罟

ㄍㄨˇ　捕魚獸的網。

同 罔、網。

网部5畫

罡

丶 冂 冖 罒 罒 罒 罡 罡 罡 罡

ㄍㄤ　星名，就是北斗星，也稱「天罡」。

网部5畫

罝

丶 冂 冖 罒 罒 罒 罝 罝 罝 罝

ㄐㄩ　捕捉野獸的網。

网部6畫

罣

丶 冂 冖 罒 罒 罒 罜 罜 罣 罣 罣

ㄍㄨㄚˋ　①過失：〈罣誤〉②阻礙：〈罣礙〉③牽掛，通「掛」：〈罣念〉。

网部8畫

置

丶 冂 冖 罒 罒 罒 罝 罝 置 置 置 置 置

ㄓˋ　①放：〈本末倒置、擱置〉②創立：〈設置〉③購買：〈添置、置產〉④廢棄：〈置之不理〉。

造詞 置放、置備、置喙、置換／安置、布置、棄置／置之度外、置若罔聞。

同 放、設。

网部8畫

罩

丶 冂 冖 罒 罒 罒 罒 罒 罩 罩 罩 罩 罩

ㄓㄠˋ　①捕魚用的竹籠②遮蓋物體的器具：〈紗罩、燈罩〉③覆蓋：〈籠罩〉④套：〈在襯衫外再罩一件毛衣〉。

造詞 罩衫、罩得住／口罩、面罩、床罩。

同 遮、覆、蓋。

网部8畫

罪

丶 冂 冖 罒 罒 罒 罪 罪 罪 罪 罪 罪 罪

ㄗㄨㄟˋ　①犯法的行為：〈治罪、罪大惡極〉②過失：〈陪罪〉③痛苦：〈受罪〉④刑罰：〈判罪、待罪〉⑤責備：〈怪罪〉⑥犯法的、有過失的：〈罪犯〉。

造詞 罪過、罪名、罪行、罪惡／死罪、活罪、謝罪、贖罪／罪不可赦、罪魁禍首、負荊請罪、興師問罪。

同 惡、犯、咎。

网部8畫

署

丶 冂 冖 罒 罒 罒 里 罗 罗 署 署 署 署

ㄕㄨˇ　辦公的地方：〈公署、官署〉。

ㄕㄨˋ　①布置、安排：〈部署〉②簽名、題字：〈簽署〉③暫時代理：〈署理〉。

造詞 署名、署置／連署。

罰

网部 9 畫

ㄈㄚˊ　①犯法的人所受的處分：〈刑罰〉②懲治、處分：〈罰款、罰站〉。

造詞 罰金、罰球、罰跪、罰鍰／受罰、當罰、懲罰／賞罰分明、有罪必罰。

同 懲。

反 賞。

罵

网部 10 畫

ㄇㄚˋ　用惡毒難聽的話責備人：〈責罵、咒罵〉。

造詞 罵名、罵街／叫罵、笑罵、唾罵、痛罵／嬉笑怒罵、指桑罵槐。

同 責、斥、詈。

罷

网部 10 畫

ㄅㄚˋ　①停止：〈罷工〉②免去、解除：〈罷免、罷職〉③完成、完畢：〈做罷、說罷〉④感嘆詞，表示失望：〈不提也罷〉。

ㄆㄧˊ　疲勞的，通「疲」：〈罷於奔命〉。

造詞 罷市、罷斥、罷了、罷黜。

同 ①(ㄅㄚˋ)除、免、黜②(ㄆㄧˊ)疲、困、蔽。

請注意：「罷」當語尾助詞，表示停頓、商量等意思時，通「吧」，語音唸·ㄅㄚ，例如：好罷！就到此為止。

罹

网部 11 畫

ㄌㄧˊ　遭受、遇到：〈罹難〉。

造詞 罹患、罹災。

同 遭、受、遇。

羅

网部 14 畫

ㄌㄨㄛˊ　①捕鳥的網：〈張羅捕鳥〉②輕軟的絲織品：〈綾羅綢緞〉③捕捉：〈門可羅雀〉④分布：〈星羅棋布〉⑤尋求：〈羅致、搜羅人材〉⑥遭致：〈羅以荼毒〉⑦姓。

造詞 羅列、羅盤／蒐羅、網羅／天羅地網、羅雀掘鼠。

网部 17 畫

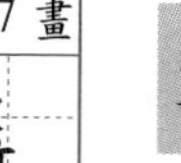

羇 ㄐㄧ

離開家在外地生活：〈羇身海外〉。

造詞 羇旅、羇留。

网部 19 畫

羈 ㄐㄧ

①拴馬、套馬頭的籠頭：〈執羈〉②拘束：〈放蕩不羈〉③捆綁、牽制：〈羈絆〉④寄居，通「羇」：〈羈旅〉⑤姓。

造詞 羈束、羈押、羈泊、羈牽／不羈、絆羈、繫羈／落拓不羈。

請注意：「羈」和「羇」只有解釋為「寄居」時，才可通用。

羊部 ㄧㄤˊ

羊部 0 畫

羊 ㄧㄤˊ

①反芻偶蹄類家畜：〈山羊、綿羊〉②姓。

ㄒㄧㄤˊ 吉祥，通「祥」：〈吉羊如意〉。

造詞 羊毛、羊皮、羊角、羊羹／放羊、牧羊／羊入虎口、羊腸小道、順手牽羊、羊毛出在羊身上。

羊部 2 畫

羋 ㄇㄧㄝ

羊叫的聲音。

ㄇㄧˇ 姓。

羊部 2 畫

羌 ㄑㄧㄤ

古時西方的種族名，舊稱「西戎」，現散居在甘肅省東南部和四川一帶。

羊部 3 畫

羑 ㄧㄡˇ

羑里，古地名，在今河南省湯陰縣北邊，傳說周文王曾被紂王關在這裡。

羊部 3 畫

美 ㄇㄟˇ

①指良好的品德：〈完美、內在美〉②漂亮的女人：〈選美〉③美利堅共和國的簡稱④亞美利加州的簡稱⑤稱讚：〈讚美〉⑥修飾：〈美

容〉⑦漂亮的、好看的：〈美女、美貌〉⑧好的：〈美玉〉。

造詞 美人、美化、美名、美色、美妙、美育、美味、美洲、美國、美術、美感、美意、美滿、美德、美觀／甘美、柔美、甜美、華美、真善美／美人遲暮、美不勝收、美中不足、美輪美奐、十全十美、價廉物美。

同 好、善、麗、秀、佳、妍。

羊部4畫
羔

ㄍㄠ　小羊：〈羔羊〉。

造詞 羔皮、羔裘。

羊部5畫
羚

ㄌㄧㄥˊ　哺乳類動物，形狀像山羊又像鹿，角向後彎，毛灰黑色，性情溫馴，奔跑的速度很快：〈羚羊〉。

羊部5畫
羝

ㄉㄧ　公羊。

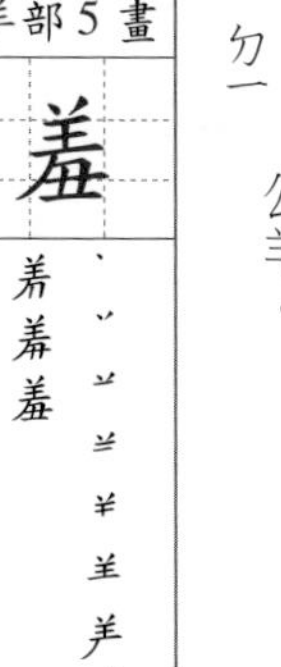

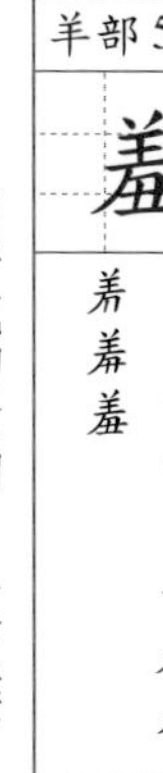

羊部5畫
羞

ㄒㄧㄡ　①好吃的食物：〈珍羞〉②怕人笑的心理或表情：〈害羞、怕羞〉③恥辱：〈羞恥、羞愧、遮羞〉④使人不好意思：〈你別羞他了〉⑤感到恥辱：〈羞與為伍〉。

造詞 羞怯、羞花、羞辱、羞澀／含羞、嬌羞、蒙羞。

同 臊、恥、辱。

羊部6畫
善

ㄕㄢˋ　①好事：〈善心、善良、日行一善〉②精於、長於：〈善戰〉③與人親近友好：〈親善〉④妥當處理：〈善後〉⑤容易：〈善忘、善變〉⑥好的：〈善人、善意〉⑦熟悉：〈面善〉⑧厚重、親切：〈善待〉⑨稱讚或感恩的語氣：〈善哉〉⑩姓。

造詞 善士、善事、善行、善文、善終、善類、善變／行善、和善、性善、好善、慈善、積善、樂善／善行偉業、善男信女、與人為善、隱惡揚善。

同 良、美、利。

反 惡。

羊部6畫

羢

丶 丷 䒑 䒑 羊 羊 羊 羊 羢 羢 羢

ㄖㄨㄥˊ　細的羊毛、駝毛等。

羊部7畫

群

㇇ ⺕ ⺕ 尹 尹 君 君 君 君 群 群 群 群

ㄑㄩㄣˊ　①同類的集合體：〈人群、鳥群〉②眾多的：〈群經、群英、群島〉③多數聚攏的：〈群居、群集〉。

造詞 群山、群芳、群生、群育、群眾、群毆、群體／合群、牛群、超群、離群／群策群力、群龍無首、三五成群、鶴立雞群。

請注意：「群」和「眾」不同。「群」是同類相聚的意思，例如：人群、鳥群；同時「群」有組織在一起的意思，例如：群策群力。「眾」是指很多不同的類別在一起的意思，例如：烏合之眾。

羊部7畫

羨

丶 丷 䒑 䒑 羊 羊 羊 羊 羊 羊 羨 羨 羨

ㄒㄧㄢˋ　①愛慕：〈羨慕、欣羨〉②剩餘、超出：〈以羨補不足〉③超過：〈功羨於五常〉④想要捉到：〈臨淵羨魚，不如退而結網〉。

造詞 羨煞。

同 慕、愛。

羊部7畫

義

丶 丷 䒑 䒑 羊 羊 羊 羊 羊 義 義 義 義

ㄧˋ　①合理的事情：〈正義、見義勇為〉②意思、意義：〈字義、意義〉③恩情：〈情義〉④義大利的簡稱⑤假的：〈義肢〉⑥非親生的：〈義父、義子〉⑦有志節的：〈義士〉⑧姓。

造詞 義女、義工、義行、義氣、義演、義警／主義、忠義、疑義、教義、禮義／義不容辭、義正辭嚴、義無反顧、義憤填膺、捨生取義、天經地義、急公好義、背信忘義。

羊部9畫

羯

丶 丷 䒑 䒑 羊 羊 羊 羊 羊 羯 羯 羯 羯 羯 羯

ㄐㄧㄝ　①我國古代的北方民族，匈奴的一支，為五胡之一②樂器名，古代的一種鼓，形狀像漆桶，用兩根棍子敲：〈羯鼓〉③閹割了的公羊：〈羯羊〉。

羊部10畫

羲

丶 丷 䒑 䒑 羊 羊 羊 羊 羊 羊 羊 羲 羲 羲 羲 羲

ㄒㄧ　①中國傳統中的古帝王之名：〈伏羲〉②姓。

羸 羊部13畫

丶 亠 亡 亡 … 羸 羸

ㄌㄟˊ ①瘦弱：〈羸弱、羸瘦〉②疲倦的：〈羸兵、羸憊〉。

造詞 羸老、羸病、羸師、羸馬／疲羸、餓羸、瘦羸。

同 弱。

羶 羊部13畫

丶 丷 䒑 䒑 兰 羊 … 羶 羶 羶

ㄕㄢ 羊身上所發出的腥臊氣味。

同 臊、腥。

羹 羊部13畫

丶 丷 䒑 䒑 兰 羊 … 羹 羹 羹

ㄍㄥ ①調和肉、菜等煮成的濃湯：〈肉羹〉②拒絕人家上門：〈閉門羹〉③東西加上太白粉、地瓜粉煮成，帶有黏性的濃湯：〈魷魚羹〉。

造詞 羹湯。

羼 羊部15畫

㇇ ㇇ 尸 尸 … 羼 羼

ㄔㄢˋ 混雜在一起：〈羼入〉。

造詞 羼雜。

羽部 ㄩˇ

羽 羽部0畫

𠃌 ㇆ 习 刃 羽 羽

ㄩˇ ①鳥類的毛：〈羽毛〉②指鳥類：〈蟲羽〉③五音之一：〈宮、商、角、徵、羽〉④箭尾部的毛：〈箭羽〉⑤姓。

造詞 羽衣、羽化、羽球、羽翼／毛羽、項羽、翠羽、鎩羽／羽毛未豐、羽扇綸巾。

羿 羽部3畫

𠃌 ㇆ 习 刃 羽 羽 … 羿 羿

ㄧˋ 人的名字，傳說是有窮國的國君，善於射箭：〈后羿〉。

翁 羽部4畫

丿 八 公 公 … 翁 翁

ㄨㄥ ①年老的男子：〈陳翁、老翁〉②稱父親：〈家翁〉③指丈夫或妻子的父親：〈翁姑、翁婿〉④對人的尊稱：〈仁翁〉⑤鳥名稱呼的一種：〈信天翁〉⑥姓。

造詞 翁嫗／岳翁、漁翁。

羽部 4 畫

翅

翅 翅

ㄔˋ ①鳥類或昆蟲的羽翼：〈翅膀、插翅難飛〉②某些魚類的鰭：〈魚翅〉。

造詞 翅羽／展翅、振翅、兩翅、舉翅。

同 翼。

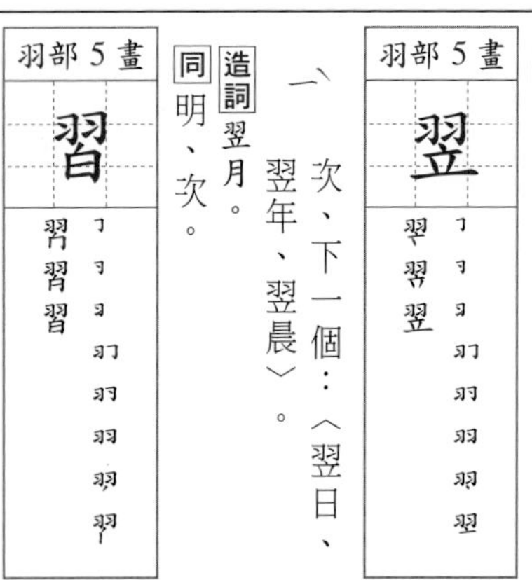

羽部 5 畫

翌

ㄧˋ 次、下一個：〈翌日、翌年、翌晨〉。

造詞 翌月。

同 明、次。

羽部 5 畫

習

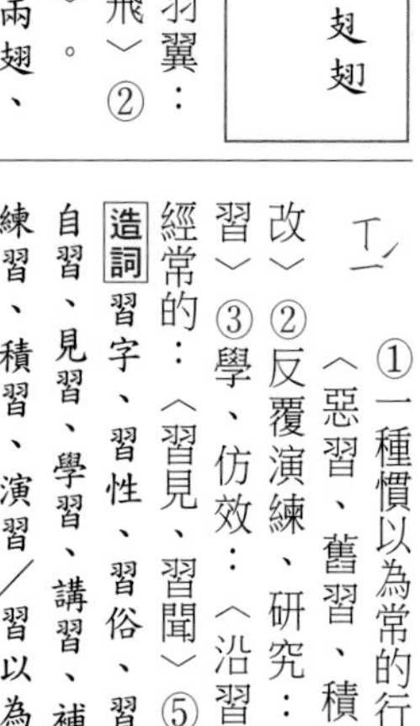

ㄒㄧˊ ①一種慣以為常的行為：〈惡習、舊習、積習難改〉②反覆演練、研究：〈溫習〉③學、仿效：〈沿習〉④經常的：〈習見、習聞〉⑤姓。

造詞 習字、習性、習俗、習慣／自習、見習、學習、講習、補習、練習、積習、演習／習以為常、陳規陋習。

同 學、練、慣。

請注意：「習」和「慣」都指長久形成的行為，但是習慣上「習題」、「習氣」都不用「慣」，而「慣例」也不用「習」。

羽部 5 畫

翎

ㄌㄧㄥˊ ①鳥類翅膀或尾巴上的長羽毛：〈雁翎、孔雀翎〉②箭羽，具有平衡飛行的作用：〈箭翎〉③清代裝飾在官帽上的羽毛：〈花翎〉。

造詞 翎毛。

同 羽。

羽部 5 畫

翊

ㄧˋ 輔助：〈匡翊、輔翊〉。

羽部 6 畫

翔

ㄒㄧㄤˊ ①在空中來回的飛：〈飛翔、滑翔〉②明確的，通「詳」：〈翔實〉③通「祥」，吉利。

造詞 翔集／迴翔、翱翔。

同 飛、翱。

羽部 6 畫

翕

ㄒㄧˋ ①合、收斂：〈翕張〉②和諧順暢的樣子：〈翕然〉。

造詞 翕如、翕翕、翕忽。

羽部 8 畫

翡

ㄈㄟˋ ①古書上指一種有紅毛的鳥：〈翡鳥〉②硬玉，色彩鮮豔的天然礦石，紅色的為翡，綠色的為翠：〈翡翠〉。

羽部 8 畫

翠

ㄘㄨㄟˋ ①青色羽毛的鳥：〈翠鳥〉②玉的名稱：〈翡翠〉③青綠色：〈青翠〉④姓。

造詞 翠綠／蒼翠、碧翠。

請注意：「翠」和「綠」顏色相同，但是「翠」指帶有光澤的綠色，「綠」指一般的綠色。

羽部 8 畫

翟

ㄓㄞˊ 姓。

ㄉㄧˊ 長尾巴的野雞。

羽部 9 畫

翩

ㄆㄧㄢ 飛得很輕快：〈翩翩〉。

造詞 翩然、翩翩起舞。

羽部 9 畫

翬

ㄏㄨㄟ ①有彩色花紋的山雞②奮力高飛：〈高翬〉。

羽部 9 畫

翦

ㄐㄧㄢˇ ①通「剪」，剪東西的用具②消滅：〈翦除〉③攔截：〈翦徑〉。

造詞 翦截、翦滅。

羽部 10 畫

翰

ㄏㄢˋ ①鳥類長而硬的羽毛②文章、書信：〈翰札〉③毛筆：〈翰墨〉④姓。

造詞 翰林、翰海、翰藻／文翰、華翰。

羽部 10 畫

翮

ㄍㄜˊ ①鳥羽中的硬梗：〈羽翮〉②翅膀：〈奮翮高

飛〉。

羽部 10 畫 翱

ㄠˊ 飛：〈翱翔〉。

羽部 11 畫 翼

ㄧˋ ①鳥類或昆蟲的翅膀：〈鳥翼、蟬翼〉②軍隊、球隊的左右兩側：〈兩翼夾攻、左翼〉③輔助：〈輔翼〉④姓。

造詞 翼翅、翼輔／比翼、羽翼／小心翼翼、如虎添翼。

同 翅、輔。

請注意：「翼」和「冀」字形相近，但意義不同。「翼」音ㄧˋ是有翅膀或輔助、謹慎的意思，例如：羽翼、如虎添翼、輔翼、小心翼翼。「冀」是希望的意思，例如：冀望。

羽部 11 畫 翳

ㄧˋ ①眼珠上所生遮蔽瞳孔的白膜：〈眼翳〉②掩蔽：〈翳日〉。

羽部 12 畫 翹

ㄑㄧㄠˊ ①鳥尾上的長羽毛②古時婦女的首飾：〈鳳翹〉③舉起：〈翹首、翹足〉④傑出的、才能出眾的：〈翹楚〉。

ㄑㄧㄠˋ 高起、突起：〈這塊木板兩邊都翹起來了〉。

造詞 翹起、翹翹板／雲翹、舒翹。

請注意：「翹」和「蹺」都有舉起的意思，也都可指舉起腳的意思，但是仰頭時只能用「翹」，不能用「蹺」。

羽部 12 畫 翻

ㄈㄢ ①倒轉過來：〈翻身、翻車、人仰馬翻〉②將某一種語言文字譯成另一種語言文字：〈翻譯〉③掀動：〈翻書、翻報紙〉④越過：〈翻山越嶺〉⑤作相反的改變：〈翻臉、翻供〉。

造詞 翻本、翻印、翻修、翻案、翻覆、翻騰／翻來覆去、翻雲覆雨、翻箱倒櫃、翻山越嶺。

同 轉、倒。

羽部 14 畫 耀

ㄧㄠˋ ①光彩：〈榮耀〉②光線照射：〈照耀、耀眼〉③誇示：〈炫耀、耀武揚威〉

④顯揚：〈光宗耀祖〉。

造詞 光耀、閃耀／浮光耀金、星光耀耀。

同 明、朗、照。

老部 ㄌㄠˇ

老部0畫

老

一 十 土 耂 老 老

ㄌㄠˇ ①年紀大的人：〈敬老、扶老攜幼〉②對尊長的敬稱：〈陳老〉③道家始祖老子的簡稱：〈老莊〉④尊敬：〈老吾老以及人之老（第一個老字）〉⑤熟練：〈老於文學、老於世故〉⑥加厚：〈老著臉皮向人借錢〉⑦年紀大的：〈老人、老狗〉⑧熟練的、有經驗的：〈老手、老練〉⑨硬的：〈這牛排很老〉⑩常往來的、時間久的：〈老顧客、老交情〉⑪總是、常常：〈他老愛撒謊〉⑫很、極：〈老早、老遠〉⑬詞頭，沒有意義：〈老虎、老師、老李〉⑭詞頭，加在兄弟姐妹排行之前：〈老大、老二〉⑮姓。

造詞 老天、老公、老旦、老年、老朽、老伴、老板、老命、老是、老氣、老婆、老婦、老嫗、老實、老人家、老百姓、老主顧、老爺車、老花眼、老油條／元老、長老、宿老、衰老、國老、養老、遺老／老大無成、老生常譚、老奸巨滑、老蚌生珠、老馬識途、老當益壯、老謀深算、天荒地老、寶刀未老。

同 舊、弱。

反 壯、健。

老部0畫

考

一 十 土 耂 耂 考

ㄎㄠˇ ①稱已死的父親：〈先考、皇考〉②測驗：〈考試〉③檢查：〈考察〉④研究：〈考古、思考〉⑤長壽：〈壽考〉。

造詞 考妣、考究、考查、考場、考驗、考慮、考據、考績、考證、考覆／月考、期考、參考、陪考、聯考。

同 試、測。

老部4畫

者

一 十 土 耂 耂 者 者 者

ㄓㄜˇ ①人或事物的代稱：〈仁者、弱者、大者〉②表示停頓的語氣③姓。

造詞 王者、作者、記者、老者、死者、患者、長者、筆者／始作俑者、犖犖大者。

老部4畫

耆

ㄑㄧˊ ①老人的通稱，也專指六十歲至七十歲的老人：〈耆老、耆宿〉②姓。

造詞 耆艾、耆碩、耆德、耆儒。

同 老。

老部4畫

耄

ㄇㄠˋ ①八、九十歲的老人：〈耄老〉②昏亂的：〈耄思〉。

造詞 耄期、耄耄、耄耋／老耄。

老部6畫

耋

ㄉㄧㄝˊ 七十歲以上的老人：〈耋老〉。

而部 ㄦˊ

而部0畫

而

ㄦˊ ①至、到：〈從南而北、自上而下〉②用在形容詞或副詞後面，沒有意義：〈忽而消失〉③又、並且：〈高而壯、物美而價廉〉④但是、卻，表示轉折的連詞：〈殘而不廢、花香清而不淡〉⑤則、就，表示因果關係：〈脣亡而齒寒〉⑥如果：〈人而無信，不知其可〉⑦只：〈不患寡而患不均〉。

而部3畫

耐

ㄋㄞˋ ①才能：〈能耐〉②忍受：〈吃苦耐勞、不耐煩〉③經久：〈耐磨、耐用〉。

造詞 耐久、耐心／忍耐、不耐／耐人尋味、俗不可耐。

而部3畫

耑

ㄓㄨㄢ 通「專」，特地：〈耑送〉。

ㄉㄨㄢ 通「端」，事務的開始。

而部3畫

耍

ㄕㄨㄚˇ ①遊戲：〈玩耍〉②施展、賣弄：〈耍花樣、耍手段〉③操縱、擺佈：〈耍猴子〉④舞動：〈耍大刀〉。

造詞 耍賴、耍寶、耍把戲、耍花招／耍嘴皮子。

同 玩、嬉、弄、舞。

耒部 ㄌㄟˇ

耒部0畫

耒

ㄌㄟˇ ①古代稱犁上的木把為「耒」②泛指耕作的器具：〈耒耜〉。

請注意：「耒」字第一筆是由右上往下撇，不可寫成橫畫。

耒部4畫

耘

ㄩㄣˊ 除草：〈耘草、耕耘〉。

造詞 鉏耘。

同 除、刈。

耒部4畫

耕

ㄍㄥ ①農具：〈耕耘機〉②用犁鬆土：〈耕田〉③比喻從事某種工作：〈筆耕〉。

造詞 **耕地、耕作、耕耘、耕種／火耕、休耕、農耕／耕者有其田。**

同 種、植。

請注意：「耕」與「耘」現在多連用，表示耕作農事的意思，但字義有別：「耕」多指種植，「耘」則是除草。

耒部4畫

耙

ㄆㄚˊ ①一種鋸齒形的農具，能使土塊細碎：〈耙犁〉②把泥土翻動：〈耙土〉。

造詞 **耙地。**

耒部4畫

耗

ㄏㄠˋ ①消息：〈噩耗、死耗〉②消費：〈耗錢〉③減損：〈虧耗〉④拖延：〈耗工夫、耗時間〉。

造詞 **耗子／消耗、凶耗。**

同 消、虛、費。

耒部5畫

耜

ㄙˋ 一種挖土的農具：〈耒耜〉。

耒部9畫

耦

ㄡˇ ①挖土的耕具②兩人並耕的方式，引申指兩人：〈耦耕〉③配偶，通「偶」：

〈齊大非耦〉④姓。

造詞 耦語。

耒部 10 畫

耨

ㄋㄡˋ ①農具名，樣子像鋤頭，又像內彎的鏟子，可用來除草②除草：〈耕耨〉。

耒部 15 畫

耰

ㄧㄡ ①農具名，古時用來打碎土塊，使地面平整的木槌②用土覆蓋種子：〈耰而不輟〉。

耳部 ㄦˇ

耳部 0 畫

耳

ㄦˇ ①人體或動物的聽覺器官：〈耳朵〉②裝在器物兩旁的把手：〈鼎耳〉③像耳朵的東西：〈木耳、銀耳〉④聽聞：〈耳熟能詳〉⑤而已、罷了，放在句末，表示限制的語氣，常用於文言文中：〈前言戲之耳〉⑥姓。

造詞 耳光、耳力、耳目、耳背、耳聞、耳熟、耳邊風／外耳、中耳、內耳、附耳／耳目一新、耳提面命、耳濡目染、耳聽八方、忠言逆耳、隔牆有耳、迅雷不及掩耳。

耳部 2 畫

耵

ㄉㄧㄥˇ 耵聹腺的分泌物，俗稱耳垢：〈耵聹〉。

耳部 3 畫

耶

ㄧㄝˊ ①父親，通「爺」：〈耶孃〉②文言文的疑問詞，相當於「嗎」、「呢」：〈是耶、非耶〉③表示感嘆：〈時耶！命耶！〉④用於譯音：〈耶穌、耶路撒冷〉。

造詞 耶誕節、耶和華。

耳部 4 畫

耽

ㄉㄢ ①拖延：〈耽擱、耽誤〉②沉迷：〈耽溺、耽於聲色〉③快樂：〈和樂且耽〉。

造詞 耽玩、耽憂、耽湎。

同 樂。

請注意：「耽」與「躭」音同

義不同。「耽」是沉迷的意思，例如：耽溺。「眈」是目光逼視的意思，例如：虎視眈眈。

耳部 4 畫

耿

一 ㄏ ㄇ ㄇ 月 耳 耳 耳' 耿 耿

ㄍㄥˇ ①形容光明的樣子：〈銀河耿耿〉②正直、有節氣：〈耿介、耿直〉③內心不安：〈憂耿、淒耿〉④姓。

造詞 耿耿於懷、忠心耿耿。

耳部 5 畫

聊

一 ㄏ ㄇ ㄇ 月 耳 耳' 耵 耶 聊 聊

ㄌㄧㄠˊ ①歡樂、趣味：〈無聊〉②閒談：〈聊天〉③依靠、寄託：〈民不聊生〉④姑且、暫且：〈聊表心意、聊勝於無〉⑤姓。

造詞 聊聊、聊生／閒聊／聊勝一

籌。

耳部 5 畫

聆

一 ㄏ ㄇ ㄇ 月 耳 耳' 耹 聆 聆 聆

ㄌㄧㄥˊ 聽：〈聆聽、聆教〉。

造詞 聆風。

同 聽。

耳部 5 畫

聃

一 ㄏ ㄇ ㄇ 月 耳 耳 耵 聃 聃 聃

ㄉㄢ ①古國名，在今河南省開封市②通「耽」，貪戀、沉溺。

耳部 6 畫

聒

一 ㄏ ㄇ ㄇ 月 耳 耳' 耳' 聒 聒 聒 聒

ㄍㄨㄛ 聲音很吵鬧：〈聒噪〉。

造詞 聒絮／耳聒、噪聒。

耳部 7 畫

聘

一 ㄏ ㄇ ㄇ 月 耳 耳 耶 聃 聃 聃 聘

ㄆㄧㄣˋ ①請某人擔任職務：〈聘用〉②訪問：〈聘問〉③訂婚：〈聘禮、下聘〉④女兒出嫁：〈出聘〉。

造詞 聘金、聘書、聘請／招聘、解聘、禮聘。

同 嫁。

請注意：「聘」和「騁」不同。「騁」音ㄔㄥˇ，是奔馳的意思，例如：馳騁。耳部的「聘」是任用的意思，例如：聘用。

耳部 7 畫

聖

一 ㄏ ㄇ ㄇ 月 耳 耳 耶 聖 聖 聖 聖 聖

ㄕㄥˋ ①學問廣博、明白事理的人：〈聖人〉②人格非常高尚的人：〈先聖、聖賢〉

③在學問或技藝上有很高成就的人：〈詩聖、草聖、樂聖〉④君主的：〈聖旨、聖駕〉⑤關於宗教的：〈聖經、聖誕節〉⑥姓。

造詞 聖火、聖母、聖典、聖明、聖雄、聖杯、聖誕卡／至聖、情聖／聖之時者、超凡入聖。

請注意：「聖」的下面是「壬」(ㄊㄧㄥˇ)，不可寫成「壬」(ㄖㄣˊ)。

聞

耳部 8 畫

ㄨㄣˊ ①知識：〈博學多聞、友多聞〉②消息：〈奇聞、新聞〉③聽到：〈所見所聞、久聞大名〉④用鼻子嗅：〈聞香、聞一聞〉⑤傳布：〈名聞千里〉⑥聲譽：〈聞聲、聞達〉⑦有好名譽的：〈聞人〉⑧姓。

造詞 聞名、聞訊、聞道／名聞、令聞、耳聞、見聞、傳聞、博聞、醜聞／聞一知十、孤陋寡聞、置若罔聞、駭人聽聞。

同 聽、嗅。

請注意：「聞」有聽、嗅兩個意思，要看上下文決定字義。「嗅」是指氣味，例如：聞香；「聽」是指聲音，例如：耳聞。

聚

耳部 8 畫

ㄐㄩˋ ①村落：〈聚落、鄉聚〉②群集、湊在一起：〈聚會、聚集〉③堆積：〈聚沙成塔〉④把財物收集起來：〈聚斂〉。

造詞 聚合、聚首、聚散、聚居、聚光、聚餐／屯聚、會聚、歡聚、團聚／聚精會神、聚訟紛紜、物以類聚。

同 集、湊。

聯

耳部 11 畫

ㄌㄧㄢˊ ①一種文體，兩邊的字數一樣，而且按照一定的音韻、排列方式組成：〈對聯、春聯〉②連接、結合：〈聯合、兩姓聯婚、珠聯璧合〉③通「連」、連續的：〈聯任〉④姓。

造詞 聯名、聯考、聯邦、聯軍、聯姻、聯袂、聯絡、聯想、聯播、聯合國／門聯、關聯。

請注意：「聯」和「連」均讀ㄌㄧㄢˊ，都有接著不斷的意思，例如：聯(連)合、聯(連)絡、聯(連)綿、聯(連)襟。但是「連忙」、「連帶」一定要用「連」，「聯貫」和「聯考」一定要用「聯」。

耳部11畫

聰

ㄘㄨㄥ ①聽力：〈失聰〉②天資高、智力好：〈聰明、聰慧〉③聽覺靈敏：〈耳聰目明〉。

造詞 聰穎、聰敏、聰悟／耳聰、失聰、啟聰。

耳部11畫

聱

ㄠˊ 話不順耳：〈聱牙〉。

造詞 聱口。

耳部11畫

聲

ㄕㄥ ①物體碰撞或摩擦所產生的音響：〈聲音、鐘聲、琴聲〉②音樂：〈聲色犬馬〉③言語：〈不聲不響、無聲勝有聲〉④名譽：〈名聲〉⑤語音學的輔音，例如ㄅ、ㄆ、ㄇ等⑥聲調的簡稱：〈上聲、輕聲〉⑦宣布、說出來：〈聲明、聲討〉⑧姓。

造詞 聲名、聲光、聲波、聲威、聲納、聲帶、聲張、聲望、聲援、聲勢、聲調／人聲、笑聲、和聲、家聲、鼓聲、歌聲／聲名狼藉、聲色犬馬、聲色俱厲、聲東擊西、聲淚俱下、聲嘶力竭、忍氣吞聲、異口同聲、此時無聲勝有聲、一犬吠影百犬吠聲。

耳部11畫

聳

ㄙㄨㄥˇ ①驚嚇：〈聳人聽聞、危言聳聽〉②直豎：〈聳入雲霄、聳立、聳峙〉。

造詞 聳動、聳肩／高聳、孤聳／高聳入雲。

耳部12畫

職

ㄓˊ ①份內應該做的事：〈天職、職責、盡職〉②所從事的工作：〈公職、兼職、職業〉③官位的分類：〈文職、武職〉④職業學校的簡稱：〈工職、商職〉⑤屬下對上司的自稱⑥主管、掌理：〈職掌〉⑦因為：〈職是之故〉⑧姓。

造詞 職位、職工、職守、職志、職員、職務、職銜、職權、職業病／失職、在職、免職、就職、離職、瀆職。

耳部12畫

聶

ㄋㄧㄝˋ ①附在耳邊小聲說話：〈聶嚅〉②姓。

耳部 14 畫

聹

ㄋㄧㄥˊ 耳垢：〈耵聹〉。

耳部 16 畫

聽

ㄊㄧㄥ ①用耳朵接受聲音：〈聽覺、聽演講、聽音樂〉②服從、不反抗：〈聽話、聽從〉③探問消息：〈打聽〉④等候：〈聽候、聽信兒〉⑤姓。

ㄊㄧㄥˋ ①任憑、順著：〈聽其自然、聽天由命〉②治理、管理：〈聽政〉③裁判、決定：〈聽訟〉。

造詞 聽任、聽命、聽取、聽信、聽眾、聽講／收聽、探聽、監聽、傾聽、聆聽、重聽、偷聽／危言聳聽、洗耳恭聽、盡人事聽天命。

同 聆。

耳部 16 畫

聾

ㄌㄨㄥˊ 耳朵聽不見聲音：〈聾子〉。

造詞 聾啞／耳聾、瘖聾、裝聾／震耳欲聾。

聿部 ㄩˋ

聿部 0 畫

聿

ㄩˋ ①「筆」的本字，寫字的工具②文言文中句子開頭用的發語詞，沒有意義③姓。

聿部 7 畫

肆

ㄙˋ ①數目名，「四」的大寫②市集、店鋪的通稱：〈茶肆、酒肆〉③鬧市、市街：〈市肆〉④盡力：〈肆力〉⑤任意、放縱：〈放肆、肆意〉⑥迅捷的：〈狂風肆虐〉⑦姓。

造詞 肆行、肆掠、肆欲／驕肆／肆無忌憚。

聿部 7 畫

肄

ㄧˋ 學習：〈肄業〉。

聿部 8 畫

肅

ㄙㄨˋ ①書信用語，表示尊敬：〈手肅、端肅、謹肅〉②整治、滅除：〈整肅異己〉③尊敬：〈肅然、肅立〉④認真、不開玩笑：〈嚴肅、肅敬〉⑤莊嚴的：〈肅穆〉⑥嚴苛的：〈肅刑〉。

造詞 肅容、肅清、肅靜／自肅、恭肅／肅然起敬、肅表賀忱。

同 敬、謹、嚴。

聿部8畫

肇

ㄓㄠˋ ①開始：〈肇始、肇端〉②引起、惹起：〈肇禍、肇事〉③姓。

造詞 肇基、肇歲、肇域。

同 始、創。

肉部 ㄖㄡˋ

肉部0畫

肉

丨 冂 内 内 肉 肉

ㄖㄡˋ ①人或動物接近皮膚部分的柔韌物質，也稱為「肌肉」②某些瓜果去皮核，剩下可吃的部分：〈果肉、桂圓肉〉③人的軀殼，相對是「精神」而言：〈靈肉一致〉。

造詞 肉刑、肉眼、肉粽、肉體／皮肉、骨肉、筋肉／肉山脯林、行屍走肉、掛羊頭賣狗肉、人為刀俎我為魚肉。

請注意：「肉」當偏旁時寫成「⺼」，不可寫成月亮的「月」。

肉部2畫

肋

丿 刀 月 月 肋 肋

ㄌㄜˋ 形成胸腔的彎曲骨條，部分為軟骨所組成：〈肋骨〉。

造詞 雞肋。

肉部2畫

肌

丿 刀 月 月 肌 肌

ㄐㄧ ①筋肉，人體和動物體內的一種組織，由許多肌纖維構成，可分成橫紋肌、平滑肌和心肌三種②皮膚：〈肌如白雪〉。

造詞 肌肉、肌膚、肌纖維／冰肌、玉肌／肌膚之親。

肉部3畫

肝

丿 刀 月 月 肝 肝 肝

ㄍㄢ 人和動物的消化器官，也是最大的腺體，主要功能是分泌膽汁、儲存養分、解毒、造血……。

造詞 肝火、肝油、肝炎、肝臟／心肝、肺肝、傷肝／肝腸寸斷、肝膽相照。

肉部 3 畫

肘

ノ 刀 月 月 月一 肘 肘

ㄓㄡˇ ①人的上下臂相接關節的部位：〈捉襟見肘〉②指動物的腿部：〈豬肘子〉。

造詞 肘臂／手肘、曲肘、掣肘。

肉部 3 畫

肓

丶 亠 亡 亡 肓 肓 肓

ㄏㄨㄤ 人體內心臟與橫膈膜間的部位。古人認為是藥力所無法達到的地方：〈病入膏肓〉。

肉部 3 畫

肛

ノ 刀 月 月 月一 肛 肛

ㄍㄤ 在直腸的末端，是排泄糞便的器官：〈肛門〉。

肉部 3 畫

肚

ノ 刀 月 月 月一 肚 肚

ㄉㄨˋ ①動物的腹部：〈肚子〉②圓而凸起，像肚子的部分：〈腿肚子〉。

ㄉㄨˇ 動物的胃：〈豬肚〉。

造詞 肚皮、肚量、肚臍／小肚、大肚、毛肚、羊肚／牽腸掛肚。

肉部 3 畫

肖

丨 丨 小 肖 肖 肖 肖

ㄒㄧㄠˋ ①類似、相像：〈酷肖、維妙維肖〉②好、善：〈不肖子〉③姓。

造詞 肖子、肖似、肖像／不肖／十二生肖。

同 似、像。

肉部 3 畫

育

一 亠 云 育 育 育 育

ㄩˋ ①生養：〈生育〉②教化、栽培：〈教育、培育〉③姓。

造詞 育才、育幼、育苗、育嬰／訓育、養育、四育、發育、德育、智育。

肉部 3 畫

肐

ノ 刀 月 月 月 肐 肐

ㄍㄜ 同「胳」，肩膀以下、手以上的部分：〈肐臂〉。

肉部 4 畫

肺

ノ 刀 月 月 月一 肺 肺 肺

ㄈㄟˋ 人和高等動物的呼吸器官，在胸腔內，左、右各一，有支氣管相連，負責氣氣和二氧化碳的交換。

造詞 肺炎、肺泡、肺臟／肺活量／人肺、心肺、肝肺、豬肺／狼心狗肺。

請注意：「肺」字右邊的「巿」字豎畫一筆完成，所以只有四畫，不可寫成五畫的「市」（ㄕˋ）。

肉部4畫

肥

丿 冂 月 月 月 月 月 肥

ㄈㄟˊ ①農田的滋養料：〈水肥、堆肥〉②利益：〈分肥〉③施肥：〈肥田〉④含脂肪多的：〈肥肉、肥胖〉⑤肌肉豐滿的：〈肥馬〉⑥土地養分充足：〈肥沃〉⑦姓。

造詞 肥大、肥油、肥皂、肥膩、肥美、肥料、肥鐵／施肥、減肥／肥美甘旨、腦滿腸肥、肥水不落外人田。

請注意：「肥」和「胖」都有豐滿的意思：「肥」是用在動物，「胖」是指人。

肉部4畫

肢

丿 冂 月 月 月 肘 肢 肢

ㄓ ①人的手和腳：〈四肢〉②鳥獸的翅膀和腳：〈後肢〉③軀幹：〈腰肢〉。

造詞 肢解、肢體／折肢、分肢、義肢。

請注意：「肢」是指動物的肢體，「枝」是指植物的枝幹。

肉部4畫

肱

丿 冂 月 月 月 肱 肱 肱

ㄍㄨㄥ 臂的第二節，從肘到腕，就是下臂：〈肱骨、股肱、曲肱而枕之〉。

肉部4畫

股

丿 冂 月 月 月 月 股 股

ㄍㄨˇ ①大腿②事物總體的一部分：〈合股、股份〉③機關裡辦事的分支單位：〈文書股〉④量詞，氣味一陣叫一股：〈一股香氣〉⑤三角形中較長的直角邊。

造詞 股肱、股東、股票／八股、大股、持股、刺股／股掌之上。

肉部4畫

肫

丿 冂 月 月 月 月 肫 肫

ㄓㄨㄣ 鳥類的胃：〈雞肫〉。

肉部4畫

肩

丶 厂 户 户 户 肩 肩 肩

ㄐㄧㄢ ①脖子與手臂連接的地方：〈肩膀、並肩〉②擔負、負起：〈身肩重任〉③姓。

造詞 肩負、肩章、肩輿／比肩、併肩、雙肩、五十肩。

肉部4畫

肴

ノ ㄨ 乂 产 产 肴 肴 肴

ㄧㄠˊ 指魚、肉等煮熟的食物：〈菜肴、美酒佳肴〉。

造詞 肴饌／酒肴、珍肴。

肉部4畫

肪

丿 刀 月 月 肚 肪 肪 肪

ㄈㄤˊ 動物體內的油脂：〈脂肪〉。

肉部4畫

肯

丨 卜 ⺊ 止 肯 肯 肯 肯

ㄎㄣˇ ①黏在骨頭上的筋肉②關鍵或要害的地方：〈中肯〉③允許：〈首肯〉④願意：〈肯不肯〉。

造詞 肯定、肯亞、肯求。

同 允、諾。

肉部5畫

胥

一 丆 下 疋 疋 胥 胥 胥 胥

ㄒㄩ ①古代辦理文書的小官：〈胥吏〉②全、都：〈胥可、胥是、萬事胥備〉。

肉部5畫

胖

丿 刀 月 月 胖 胖 胖 胖 胖

ㄆㄤˋ 人體內脂肪多、肉多：〈肥胖〉。

ㄆㄢˊ 安泰舒適：〈心寬體胖〉。

造詞 胖子／虛胖。

肉部5畫

胚

丿 刀 月 月 肝 肝 肧 胚 胚

ㄆㄟ ①初期發育的生物體：〈胚胎〉②植物種子所萌發的幼苗：〈胚芽〉③初具形狀、但整體尚未完成的器物：〈粗胚、陶胚〉。

肉部5畫

胃

丶 口 曰 田 田 甲 胃 胃 胃

ㄨㄟˋ ①消化器官，形狀像口袋，上連食道，下接十二指腸，能分泌胃液，消化食物②姓。

造詞 胃口、胃病、胃液、胃潰瘍／肝胃、洗胃、脾胃、腸胃。

肉部5畫

冑

丶 口 日 由 由 冑 冑 冑 冑

ㄓㄡˋ ①後代子孫：〈華胄、黃胄〉②長子：〈胄子〉③姓。

造詞 胄裔／世胄。

肉部5畫 背

背 丨 ㄧ ㄐ 丬 北 𠂇 背 背

ㄅㄟˋ ①胸部的後面，從後腰以上到肩下的部分：〈彎腰駝背、腰酸背痛〉②物體的反面或後部：〈手背、刀背、書背〉③違反：〈背約、背信忘義〉④遠離：〈離鄉背井〉⑤默記、默誦：〈背書、背誦、背臺詞〉⑥以背部向著或靠著：〈背山面海〉⑦不順利：〈手氣很背〉⑧方向相反：〈背道而馳〉⑨人死亡：〈見背〉⑩聽覺不靈敏：〈年老耳背〉。

ㄅㄟ ①負荷：〈背書包〉②負擔：〈背債〉。

造詞 背心、背地、背叛、背脊、背景、背黑鍋／牛背、向背、耳背、違背／背水一戰、汗流浹背、人心向背、芒刺在背。

同 反、負。

反 面、腹。

肉部5畫 胡

胡 一 十 ㄊ 古 古 古 刮 胡 胡

ㄏㄨˊ ①古時漢人對北方邊境或西域各族的稱呼：〈胡人、五胡亂華〉②古時稱外來的事物：〈胡琴、胡椒〉③混亂的、不明理的：〈胡鬧、胡塗、胡作非為〉④為何、何故：〈胡不歸〉⑤姓。

造詞 胡瓜、胡同、胡扯、胡來、胡虜、胡蘿蔔／二胡、五胡、東胡、南胡／胡言亂語、胡思亂想、胡說八道。

同 何。

肉部5畫 胛

胛 丿 刀 月 月 月 肌 胛 胛

ㄐㄧㄚˇ 背和兩臂相連接的部位，也稱「肩胛」。

造詞 胛骨。

肉部5畫 胎

胎 丿 刀 月 月 肸 肸 肸 胎

ㄊㄞ ①人或哺乳動物母體內的幼體：〈胎兒、胚胎、懷胎〉②襯在器物內部的東西：〈泥胎、輪胎〉③事物的起源：〈禍胎〉。

造詞 胎生、胎教、胎盤／投胎、鬼胎／胎死腹中、各懷鬼胎。

請注意：「胎」與「胚」都指懷孕中的胎兒，但其分期不同，「胎」可稱懷孕的全期，「胚」僅指懷孕的初期。

肉部5畫

胞

胞 丿刀月月肑肑肑胞

ㄅㄠ　①構成生物體的基本單位：〈細胞〉②包裹胎兒的薄膜，通稱「胞衣」③同一國籍人的自稱：〈同胞〉④同父母所生的：〈胞兄〉。

ㄆㄠ　通「脬」。

造詞 胞胎、胞與／災胞、義胞。

肉部5畫

胤

胤 丿𠂆户户户肩肩胤

ㄧㄣˋ　後代、後世：〈胤裔、胤嗣〉。

造詞 胤文／天胤、皇胤。

肉部5畫

胝

胝 丿刀月月月'月𠂆月𠂇胝

ㄓ　手掌足底因摩擦所生的厚皮：〈胼胝〉。

肉部5畫

胠

胠 丿刀月月月一月十月土胠

ㄑㄩ　①腋下②從旁打開：〈胠篋〉。

肉部5畫

胗

胗 丿刀月月月'月𠆢月𠆢胗

ㄓㄣ　通「肫」，鳥類的胃：〈雞胗〉。

肉部5畫

胙

胙 丿刀月月月'月𠂉胙胙

ㄗㄨㄛˋ　①祭祀所用的肉②通「祚」，降福：〈天地所胙〉③姓。

造詞 胙肉、胙土／祭胙。

肉部6畫

胰

胰 丿刀月月月一月𠃍月弓胰胰

ㄧˊ　也叫「胰腺」，人或高等動物體內的腺體之一，在胃的後下方，形狀像牛舌。

造詞 胰子、胰島素。

肉部6畫

脂

脂 丿刀月月月'月匕月𠤎脂脂

ㄓ　①動物體內或植物種子裡的油質：〈脂肪〉②舊時婦女的化粧品：〈胭脂〉③姓。

造詞 脂粉、脂膏、脂粉氣／油脂、凝脂、樹脂。

請注意：「脂」與「膏」都是油質，但是「脂」多指凝結的油質，「膏」多指流體的油質。

肉部6畫

脅

脅脅　ㄱ 力 力 力 劦 劦 脅 脅

ㄒㄧㄝˊ ①從腋下到肋骨盡處的部分：〈兩脅、脅下〉②逼迫：〈威脅、脅迫〉③收攏、聳起：〈脅肩諂笑〉。

造詞 脅制、脅從、脅逼／要脅、劫脅。

同 迫、逼。

肉部6畫

胱

胱胱　丿 刀 月 月 月 月 月 胱

ㄍㄨㄤ 泌尿器官，位於骨盆腔內，下通尿道，伸縮性大，有貯尿、排尿的功能：〈膀胱〉。

肉部6畫

胭

胭胭　丿 刀 月 月 月 肌 胴 胭

ㄧㄢ ①咽喉，通「咽」②紅色脂粉，可作化妝品用：〈胭脂〉。

造詞 胭脂虎。

肉部6畫

胴

胴胴　丿 刀 月 月 月 肌 胴 胴

ㄉㄨㄥˋ ①人的軀幹，常用來指女人的軀體：〈胴體〉②體腔，指胸腹部分③大腸。

肉部6畫

脆

脆脆　丿 刀 月 月 月 月 肸 脃

ㄘㄨㄟˋ ①容易折斷的、破裂的：〈這餅乾很脆〉②聲音清亮：〈清脆〉③說話做事很痛快、俐落：〈乾脆〉。

造詞 脆性、脆弱／甘脆、輕脆、薄脆。

同 弱、碎。

反 韌、堅。

肉部6畫

胸

胸胸　丿 刀 月 月 月 肑 肑 胸

ㄒㄩㄥ ①身體中脖子以下肚子以上的部分：〈胸部、胸膛〉②思想、見識、氣量的代稱：〈心胸、胸有成竹〉。

造詞 胸腔、胸懷、胸襟／前胸、挺胸、擴胸／胸無點墨、胸羅萬象、成竹在胸、義憤填胸。

肉部6畫

胳

胳胳　丿 刀 月 月 月 肜 肞 胳

ㄍㄜ ①腋下②肩膀以下，手腕以上的部分，通「肐」：〈胳膊〉。

造詞 胳臂、胳肢窩。

肉部6畫

脈

脈脈　丿 刀 月 月 月 𦙶 𦙶 脈

ㄇㄞˋ ①動物體內的血管，可以流通血液、輸送養分：〈動脈、靜脈〉②樹葉內成網狀分布的紋路：〈葉脈〉③連貫分布成為一個系統：〈山脈、礦脈〉。

ㄇㄛˋ 通「脈」：〈含情脈脈〉。

造詞 脈脈、脈搏、脈絡、脈經／心脈、血脈、命脈／脈絡相通、來龍去脈。

能

肉部6畫

ㄋㄥˊ ①本領：〈才能〉②可以擔任重任的人：〈選賢與能〉③力的本源：〈位能〉④「能量」的簡稱：〈核子能〉⑤擅長：〈能言善道〉⑥可以：〈不能借你錢〉⑦有能力的：〈能者多勞〉。

造詞 能力、能手、能夠、能量、能幹、能源、能見度／可能、功能、知能、效能、官能、技能、全能、萬能、機能、體能、賢能／能屈能伸、能者多勞、良知良能、碌碌無能。

同 才、力。

請注意：①「能」和「會」不完全相同。「能」表示具備有某種能力或達到某種效率，「會」表示學得某種本領。初次學會某種動作用「會」，例如：小弟弟會走路了。恢復某種能力用「能」，例如：他病好了，能下床了。具備某種技能可以用「能」，也可以用「會」，例如：能唱會跳。達到某種效率，用「能」不用「會」，例如：他一分鐘能打一百五十個字②跟「不……不」組成雙重否定，「不能不」表示必須，例如：你不能不來。「不會不」表示一定，例如：他不會不答應的。在疑問句或猜測的句子裡都表示可能的意思，例如：他不能（會）不來吧！

脊

肉部6畫

ㄐㄧˇ ①人或動物背上中間的骨頭：〈脊椎〉②中間高起的部分：〈山脊〉③屋頂傾斜面的交接處：〈屋脊〉。

造詞 脊背、脊柱、脊骨／刀脊、背脊。

胼

肉部6畫

ㄆㄧㄢˊ 手足因勞動過度而長出來的厚皮：〈胼胝〉。

造詞 胼手胝足。

肉部6畫

胯

丿 刀 月 月 肀 肸 胯 胯 胯

ㄎㄨㄚˋ ①腰的兩側和大腿之間的部分：〈腰胯〉②披在肩上：〈胯在肩上〉。

造詞 胯骨、胯下之辱。

肉部7畫

脫

丿 刀 月 月 肀 肸 胖 胎 胪 脫

ㄊㄨㄛ ①離開：〈脫險〉②取下、卸下：〈脫帽、脫衣服〉③逃跑：〈脫逃〉④落：〈脫皮、脫髮〉⑤漏掉：〈脫誤、這個地方脫了一個字〉⑥不拘形式：〈灑脫〉⑦姓。

造詞 脫毛、脫手、脫水、脫光、脫臼、脫身、脫俗、脫落、脫節、脫稿、脫離／開脫、解脫、超脫、舒脫／脫口而出、脫穎而出、脫胎換骨、金蟬脫殼。

同 解、落。

肉部7畫

脯

丿 刀 月 月 肀 肟 肵 肵 脜 脯 脯

ㄈㄨˇ ①肉乾：〈肉脯〉②脫水製成的食品：〈梅脯、杏脯〉。

ㄆㄨˊ 胸部的肉塊：〈胸脯、雞脯〉。

肉部7畫

脖

丿 刀 月 月 肀 肀 肀 肀 脖 脖 脖

ㄅㄛˊ 頸部：〈脖子〉。

請注意：「脖」和「膊」音同意義不同：「脖」是頸子的部分，「膊」是胳臂。

肉部7畫

脣

一 厂 厂 尸 辰 辰 辰 辰 脣 脣 脣

ㄔㄨㄣˊ 人或某些動物嘴巴四週的肌肉：〈嘴脣、脣亡齒寒〉。

造詞 脣舌、脣膏、脣齒／紅脣、兔脣、朱脣／脣紅齒白、脣焦舌敝、脣鎗舌劍。

肉部7畫

脩

丿 亻 亻 亻 亻 亻 攸 攸 脩 脩 脩

ㄒㄧㄡ ①乾肉條②古代學生拜見老師時拿成束的乾肉作見面禮，叫「束脩」，後來也把給老師的酬金叫「脩金」③研習，通「修」④姓。

造詞 脩慝／脯脩。

同 善、長。

反 短。

請注意：「脩」和「修」都有研習的意思，但是口語中多用「修」而少用「脩」。

脘
肉部 7 畫

ㄨㄢˇ 胃腔：〈胃脘〉。

脛
肉部 7 畫

ㄐㄧㄥˋ ①膝至腳踵的部分，俗稱「小腿」②正直的：〈脛脛〉。

造詞 脛衣、脛骨、腳脛。

脬
肉部 7 畫

ㄆㄠ 膀胱：〈尿脬〉。

腎
肉部 8 畫

ㄕㄣˋ 腎臟，俗稱腰子，位於腹腔後壁，左右各一，為新陳代謝中排泄廢物的器官。

造詞 腎上線。

腕
肉部 8 畫

ㄨㄢˋ ①手掌與前臂相連接可以活動的關節部分：〈手腕〉②管理：〈鐵腕〉。

造詞 腕力、腕法／扼腕／壯士斷腕。

腔
肉部 8 畫

ㄑㄧㄤ ①動物體內空的部分：〈口腔、腹腔〉②器物的中空處：〈炮腔〉③樂曲的調子：〈唱腔〉④說話的口音：〈南腔北調〉。

造詞 腔調／體腔、滿腔、胸腔／油腔滑調。

同 聲、調。

腋
肉部 8 畫

ㄧㄝˋ 肩與臂交接的地方，俗稱胳肢窩：〈兩腋生風〉。

造詞 腋下、腋窩。

腑
肉部 8 畫

ㄈㄨˇ ①人體內部器官的總名，中醫說胃、膽、三焦、膀胱、大、小腸是六腑②胸懷：〈襟腑〉。

造詞 內腑／五臟六腑、感人肺腑。

肉部8畫

脹

丿 刀 月 月 肝 肝 肝 肝 肝 脹 脹 脹

ㄓㄤˋ ①皮膚因感染而引起的紅腫、疼痛：〈腫脹〉②體積變大：〈膨脹、冷縮熱脹〉③因食物或焦慮引起生理或心理不舒服的感覺：〈肚子脹、頭昏腦脹〉。

同 膨、漲。

反 縮。

請注意：「脹」和「漲」都有膨大的意思，但是「漲」又有湧起、瀰漫的意思，不可混用。

肉部8畫

腆

丿 刀 月 月 肌 肋 肋 胣 腆 腆 腆 腆

ㄊㄧㄢˇ ①豐盛、豐厚：〈不腆之儀（不豐厚的禮品）〉②凸起或挺起：〈腆起胸脯、腆肚子〉③難為情的樣子：〈靦腆〉。

造詞 腆默、腆贈。

肉部8畫

脾

丿 刀 月 月 月′ 肑 肑 胸 胸 脾 脾 脾

ㄆㄧˊ ①人和高等動物的內臟之一，橢圓形，深紫色，在胃的左下側。有過濾血液、製造新血球、破壞衰老血球及儲血等機能：〈脾臟〉②性情：〈脾氣〉。

造詞 脾胃／沁人心脾。

肉部8畫

腐

丶 亠 广 广 广 庁 府 府 府 腐 腐 腐 腐 腐

ㄈㄨˇ ①古代割除男子生殖器官的刑罰：〈腐刑〉②朽爛、敗壞：〈腐爛〉③鬆軟的：〈豆腐〉④不通事理的：〈迂腐、腐儒〉⑤不振作的：〈腐敗〉。

造詞 腐心、腐朽、腐化、腐乳、腐蝕／陳腐、臭豆腐。

肉部8畫

腊

丿 刀 月 月 月一 月十 月卄 月卄 腊 腊 腊 腊

ㄒㄧˊ 乾肉：〈腊肉〉。

ㄌㄚˋ 「臘」字的簡寫。

肉部8畫

腌

丿 刀 月 月 月一 月ナ 肸 肸 腌 腌 腌 腌

ㄤ 汙穢、不清潔：〈腌臢（ㄗㄤ）〉。

肉部8畫

腴

丿 刀 月 月 月′ 月′ 月′ 胉 胉 胂 腴

ㄩˊ ①胖、豐滿：〈豐腴〉②肥沃：〈膏腴之地〉。

腓 肉部8畫

ㄈㄟˊ ①小腿後面肌肉突出的部分，俗稱「腿肚子」②古時砍斷犯人腳的刑罰。

造詞 腓尼基。

腱 肉部9畫

ㄐㄧㄢˋ ①連接肌肉和骨骼的一種組織，白色且富於韌性，也指附著在骨上的肌肉②牛蹄筋：〈肥牛之腱〉。

造詞 腱子。

腰 肉部9畫

ㄧㄠ ①肋骨下肚子左右和中間的地方：〈彎腰、腰酸背痛〉②獸類或昆蟲軀幹的中間部分：〈蜂腰〉③事物中間的地方：〈山腰〉④腎臟：〈腰子〉⑤和腰部有關的：〈腰帶、腰圍、腰包〉。

造詞 腰花、腰胯／細腰、扭腰、柳腰、楚腰、熊腰／腰纏萬貫。

腸 肉部9畫

ㄔㄤˊ ①消化器官，從胃的下面到肛門，分為小腸、大腸②情緒：〈迴腸盪氣〉。

造詞 腸胃／心腸、羊腸、盲腸、胃腸、愁腸、斷腸、灌腸／大小腸、十二指腸、腸肥腦滿、腸枯思竭、古道熱腸、傾訴衷腸、木石心腸、蛇蠍心腸、搜索枯腸。

腥 肉部9畫

ㄒㄧㄥ ①生肉：〈葷腥〉②魚、肉、血水的氣味：〈魚腥、血腥〉③有臭味的：〈腥風、腥氣〉。

造詞 腥味、腥聞、腥臊、腥羶／腥風血雨。

腳 肉部9畫

ㄐㄧㄠˇ ①人或動物的下端，和地面接觸、能支持身體的部分：〈腳背、手腳靈活〉②東西的最下部：〈山腳、桌腳〉③戲劇的演員：〈旦腳、丑腳〉④舊時和搬運有關的：〈腳夫〉。

ㄐㄩㄝˊ 同「角」，戲劇的演員：〈腳色〉。

造詞 腳力、腳本、腳印、腳步、腳跟／腳氣病、腳踏車／行腳、赤腳、註腳、手腳、屋腳、踏腳、跌腳／腳踏實地、腳鐐手梏、七手八腳、腳踏兩條船、頭痛醫頭，腳痛醫腳。

同 足。

反 手。

請注意：「腳」和「足」意思相同。「腳」是用在口語上，而「足」是用在文言。

肉部9畫

腫

丿 刀 月 月 … 腫

ㄓㄨㄥˇ ①粗厚的：〈臃腫〉②皮肉、浮脹：〈浮腫、紅腫〉。

造詞 腫瘤、腫脹。

同 脹、臃。

肉部9畫

腼

丿 刀 月 月 … 腼

ㄇㄧㄢˇ 害羞、慚愧的樣子：〈腼腆〉。

肉部9畫

腹

丿 刀 月 月 … 腹

ㄈㄨˋ ①位於胸腔下方，俗稱肚子：〈捧腹〉②正面、前面：〈腹背受敵〉③居中的位置：〈山腹〉④心裡：〈滿腹心事〉⑤內部：〈腹地〉⑥姓。

造詞 腹腔、腹稿、腹瀉／心腹、剖腹、果腹／腹熱心煎、東床坦腹、推心置腹、以小人之心度君子之腹。

肉部9畫

腺

丿 刀 月 月 … 腺

ㄒㄧㄢˋ 生物體內起分泌或排泄作用的組織：〈汗腺、淋巴腺〉。

造詞 腺體／淚腺、胸腺、扁桃腺。

肉部9畫

腦

丿 刀 月 月 … 腦

ㄋㄠˇ ①人體中指揮全身知覺、運動和思考、記憶等活動的器官，是神經系統的主要部分②心思：〈頭昏腦脹〉③白色像腦髓的東西：〈樟腦、豆腐腦〉。

造詞 腦力、腦炎、腦海、腦袋、腦筋、腦殼、腦膜、腦髓、腦下腺、腦溢血、腦震盪／大腦、小腦、頭腦、肝腦／腦滿腸肥、土頭土腦、丈二和尚摸不著頭腦。

肉部9畫

腮

丿 刀 月 月 … 腮

ㄙㄞ 面頰：〈腮幫子、托腮沉思〉。

造詞 腮腺、腮頰。

肉部 9 畫

腩

丿 刀 月 月 ⋯ 腩

ㄋㄢˇ　嫩牛肉：〈牛腩〉。

肉部 10 畫

膀

丿 刀 月 月 ⋯ 膀

ㄅㄤˇ　①上臂靠近肩的地方：〈肩膀、臂膀〉②鳥類、昆蟲飛行的器官：〈翅膀〉。

ㄆㄤˊ　排泄器官之一：〈膀胱〉。

ㄆㄤ　皮肉浮腫的：〈膀腫〉。

ㄅㄤˋ　指男女間互相勾引：〈吊膀子〉。

請注意：「膀」和「臂」不同：「臂」是肩頭以下的上肢，「膀」專指靠近肩頭的上臂。

肉部 10 畫

膏

丶 亠 ⋯ 膏

ㄍㄠ　①脂肪、肥油：〈焚膏繼晷〉②糊狀的東西：〈牙膏〉③中藥的藥劑：〈膏藥〉④恩惠：〈膏澤〉⑤辛勤工作而得到的成果：〈民脂民膏〉⑥把油加在車軸或機器等經常轉動的部分：〈膏油〉。

ㄍㄠˋ　①潤滑：〈膏車秣馬〉②沾：〈膏墨〉。

造詞　膏肓、膏腴、膏梁／油膏、軟膏、脂膏、藥膏。

肉部 10 畫

膈

丿 刀 月 月 ⋯ 膈

ㄍㄜˊ　人或哺乳動物體內的胸腔和腹腔之間的膜狀肌肉，也叫「橫膈膜」。

肉部 10 畫

膞

丿 刀 月 月 ⋯ 膞

ㄅㄛˊ　①上肢靠近肩膀的部分：〈胳膞〉②泛指上半身：〈赤膞〉。

同　膊。

肉部 10 畫

腿

丿 刀 月 月 ⋯ 腿

ㄊㄨㄟˇ　①人和動物用來走路、支持身體的部分：〈小腿、左右腿〉②器物底下用來支持物體的部分：〈桌腿〉③用鹽醃過，風乾的豬腿：〈火腿〉。

造詞　腿肚子、腿腳兒／大腿、狗腿、抬腿、伸腿、玉腿、跑腿、飛毛腿。

肉部 11 畫

膜

ㄇㄛˊ ①生物體內像薄皮，且有保護作用的組織：〈腦膜、眼角膜〉②像薄皮一類的東西：〈竹膜、笛膜〉③佛教徒拜佛的一種禮節，表示極端恭敬、虔誠：〈頂禮膜拜〉。

造詞 角膜、結膜、網膜、肋膜、橫膈膜、保護膜。

肉部 11 畫

膝

ㄒㄧ ①大腿和小腿相連的關節的前部：〈膝蓋、屈膝〉②姓。

造詞 膝下／抱膝、容膝、促膝／膝癢搔背、奴顏婢膝。

肉部 11 畫

膠

ㄐㄧㄠ ①能黏合東西的物質：〈膠水、樹膠、黏膠〉②用橡膠或塑膠做成的東西：〈膠鞋〉③姓。

造詞 膠卷、膠皮、膠布、膠漆／膠柱鼓瑟、膠漆相投、膠著狀態。

請注意：「膠」和「謬」不同：「膠」是黏貼的意思，例如：如膠似漆。「謬」音ㄇㄧㄡˋ，是荒唐的意思，例如：謬誤。

肉部 11 畫

膛

ㄊㄤˊ ①胸腔：〈胸膛〉②器物中的中空部分：〈炮膛〉。

肉部 11 畫

膚

ㄈㄨ ①人體的表皮：〈皮膚、體無完膚〉②表面的：〈膚淺、膚見〉。

造詞 膚色／肌膚／膚如凝脂、身體髮膚。

同 皮。

反 肌。

肉部 11 畫

膣

ㄓˋ 女性生殖器官的一部分，也就是「陰道」。

肉部 11 畫

膘

ㄅㄧㄠ 牲畜的肥肉，同「臕」：〈膘滿肉肥〉。

肉部 12 畫

膳

ㄕㄢˋ 飲食：〈早膳、晚膳〉。

造詞 膳食、膳房、膳宿、膳費／供膳、進膳、御膳。

肉部 12 畫

膩

ㄋㄧˋ ①油脂過多：〈油膩〉②汙垢：〈塵膩、垢膩〉③厭煩：〈膩不膩、聽膩了〉④黏、親密的：〈膩友〉⑤細柔光滑：〈細膩〉。

造詞 膩味、膩胃、膩煩。

同 油、滑、潤。

肉部 12 畫

膨

ㄆㄥˊ ①變大：〈膨脹〉②擴大：〈通貨膨脹〉。

肉部 13 畫

臆

ㄧˋ ①胸：〈胸臆〉②無根據的、主觀的：〈臆測、臆斷〉。

造詞 臆度、臆說。

請注意：「臆」和「憶」不同：「臆」是胸懷、私見的意思，「憶」是想念、記住的意思。

肉部 13 畫

臃

ㄩㄥ 肥胖：〈臃腫〉。

同 腫。

肉部 13 畫

膿

ㄋㄨㄥˊ 細胞因病菌侵入發炎後壞死分解而成的汁液，含大量的白血球、細菌、蛋白質、脂肪的混合物：〈化膿〉。

造詞 膿包。

肉部 13 畫

膽

ㄉㄢˇ ①膽囊的通稱②勇氣：〈膽量、膽大心細〉③某些器物內部，可以容納水、空氣等東西：〈球膽〉。

造詞 膽汁、膽怯、膽敢、膽識、膽固醇／大膽、肝膽、狗膽、蛇膽／膽大包天、膽戰心驚、臥薪嘗膽、忠肝義膽、明目張膽、提心吊膽。

請注意：「膽」和「瞻」不同：

「膽」是勇氣和力量的意思，例如：膽大妄為、膽小如鼠。「瞻」音ㄓㄢ，是眼光的意思，例如：瞻仰、瞻前顧後。

臉

肉部 13 畫

臉　丿 刀 月 月 肸 肸 肸 脍 脍 脍 脍 脍 臉

ㄌㄧㄢˇ ①面孔：〈笑臉迎人〉②面子：〈丟臉、無臉見人〉③身價：〈有頭有臉〉④某些物體的前部：〈門臉兒〉。

ㄐㄧㄢˇ 通「瞼」。

造詞 臉孔、臉色、臉皮、臉蛋、臉頰、臉譜／大花臉／油頭粉臉、愁眉苦臉、臉紅脖子粗。

同 面、顏。

膺

肉部 13 畫

膺　丶 亠 广 广 庐 庐 庐 府 府 府 府 膺 膺

ㄧㄥ ①胸膛：〈義憤填膺〉②承當、接受：〈膺選、榮膺勛章〉③討伐、懲罰、打擊：〈膺懲〉。

造詞 膺受／服膺、拊膺／悲憤填膺。

同 胸。

臂

肉部 13 畫

臂　𠃌 コ 尸 尸 吊 启 启 启 辟 辟 辟 臂 臂

ㄅㄧˋ ①從肩頭到手腕的部分：〈胳臂〉②動物的前肢：〈螳臂當車〉。

造詞 臂助、臂環、臂膀／手臂、玉臂／三頭六臂、失之交臂。

膾

肉部 13 畫

膾　丿 刀 月 月 肸 肸 肸 胎 胎 脍 脍 膾 膾

ㄎㄨㄞˋ 切得很細的肉。

造詞 膾炙人口。

臀

肉部 13 畫

臀　𠃌 コ 尸 尸 屄 屄 展 展 殿 殿 殿 臀 臀

ㄊㄨㄣˊ 人體背後，大腿以上與腰相連的部分，俗稱「屁股」：〈美臀〉。

造詞 臀圍。

臊

肉部 13 畫

臊　丿 刀 月 月 肸 肸 肸 脟 脟 脟 腥 臊 臊

ㄙㄠ 腥臭的氣味：〈腥臊、羊臊〉。

ㄙㄠˋ 羞愧：〈害臊、臊得滿臉通紅〉。

造詞 臊子、臊氣、臊聲。

臍　肉部14畫

ㄑㄧˊ　①胎生哺乳動物腹部中央的凹陷處，是出生時臍帶脫落的痕跡：〈肚臍〉②螃蟹腹部下的硬甲殼，雄的尖形，雌的圓形。

造詞 臍帶／噬臍。

臏　肉部14畫

ㄅㄧㄣˋ　①膝蓋骨，也稱「臏骨」②古代一種削去膝蓋骨的刑罰。

臘　肉部15畫

ㄌㄚˋ　①農曆十二月：〈臘月〉②經過醃烤或風乾的肉類食品：〈臘肉、臘魚、臘腸〉。

造詞 臘梅、臘味、臘雪、臘鼓、臘醅、臘八粥。

臚　肉部16畫

ㄌㄨˊ　①皮膚②陳列：〈臚列〉③傳達：〈臚傳、臚唱〉。

造詞 臚陳、臚情。

臟　肉部18畫

ㄗㄤˋ　體腔內器官的總稱：〈心臟、五臟六腑〉。

造詞 臟腑／肝臟、肺臟、腎臟、內臟、脾臟、腑臟。

臠　肉部19畫

ㄌㄨㄢˊ　切割成塊的肉。

臢　肉部19畫

ㄗㄤ　骯髒：〈腌臢〉。

臣部 ㄔㄣˊ

臣　臣部0畫

ㄔㄣˊ　①君主時代做官的人：〈臣子〉②屈服：〈臣服、臣於人〉③姓。

造詞 臣下、臣民、臣妾／人臣、大臣、家臣、奸臣、君臣、重臣、賢臣、謀臣、叛臣、良臣、孤臣、權臣。

臣部2畫

臥

ㄨㄛˋ ①躺下、趴下：〈臥倒〉②睡覺：〈臥室、臥具〉。

造詞 臥底、臥病、臥雲、臥鋪、臥軌、臥龍／仰臥、醉臥、睡臥、高臥／臥薪嘗膽。

臣部8畫

臧

ㄗㄤ ①好、善：〈人謀不臧〉②收受賄賂，同「贓」③姓。

造詞 臧否、臧獲。

臣部11畫

臨

ㄌㄧㄣˊ ①來到、到達：〈歡迎光臨、親臨指導〉②對面、接近、將要：〈居高臨下、臨別〉③照著他人的字畫書寫或繪畫：〈臨帖〉④當……之時：〈臨去秋波〉⑤姓。

造詞 臨行、臨危、臨床、臨盆、臨時、臨終、臨檢、臨摹、臨場、臨頭／君臨、登臨、來臨、面臨、蒞臨、駕臨／臨危授命、臨陣脫逃、臨陣磨槍、臨機應變、臨深履薄、臨時抱佛腳、臨財勿苟得。

自部 ㄗˋ

自部0畫

自

ㄗˋ ①起源、根源：〈其來有自、源自古代〉②本身：〈自己、自力更生、自欺欺人〉③當然的、一定的：〈努力自能成功〉④從某個時刻開始：〈自從你生病以後、自古至今〉⑤主動的：〈自願〉⑥姓。

造詞 自大、自白、自立、自主、自由、自用、自在、自此、自刎、自決、自序、自助、自私、自我、自卑、自奉、自治、自負、自信、自省、自重、自首、自修、自娛、自強、自處、自殺、自責、自問、自費、自然、自尊、自誇、自傳、自愛、自豪、自衛、自轉、自覺、自由日、自由業、自行車、自助餐、自來水、自然界／各自、親自、獨自、擅自／自不量力、自甘墮落、自以為是、自投羅網、自告奮勇、自作自受、自求多福、自私自利、自言自語、自命不凡、自取其辱、自知之明、自始至終、自相矛盾、自食其力、自怨自艾、自討沒趣、自動自發、自掘墳墓、自強不息、自給自足、自圓其說、自鳴得意、自慚形穢、自暴自棄、自掃門前雪，不管他人瓦上霜。

反 他。

自部4畫

臭

臭臭

ㄔㄡˋ ①難聞的氣味：〈臭味、惡臭〉②惡名：〈遺臭萬年〉③罵、譏笑：〈臭他一頓〉。

ㄒㄧㄡˋ ①氣味：〈無聲無臭〉②聞，通「嗅」。

造詞 臭名、臭美、臭氧、臭罵、臭蟲、臭皮囊／口臭、奇臭、異臭、乳臭、體臭、狐臭、香臭／臭味相投。

同 聞、嗅。

反 香。

自部4畫

臬

臬臬

ㄋㄧㄝˋ ①箭靶子：〈箭臬〉②標準、法度：〈圭臬〉。

至部 ㄓˋ

至部0畫

至

ㄓˋ ①節令名：〈夏至、冬至〉②到：〈從古至今、由始至終〉③最親密的：〈至友、至親好友〉④極、最：〈至善至美〉⑤到達某種程度：〈至於〉。

造詞 至上、至少、至尊、至誠／必至、乃至／至高無上、至理名言、至聖先師、呵護備至、接踵而至、無微不至、一蹴即至、群賢畢至、口惠而實不至。

同 到、臻、詣、抵、迄、屆、及。

至部3畫

致

致

ㄓˋ ①情趣、意態：〈興致〉②給予、表示：〈致送、致謝〉③集中力量、意志：〈致力〉④招來：〈致病、招致〉。

造詞 致死、致身、致命、致富、致賀、致意、致敬、致辭、致命傷／一致、雅致、精致、極致、獲致／言行一致、步調一致、淋漓盡致、閒情逸致。

至部 8畫

臺

ㄊㄞˊ ①高而平的建築物：〈陽臺、樓臺、瞭望臺〉②器物的底座：〈燭臺、燈臺〉③對人的敬稱：〈兄臺〉④計算單位：〈一臺機器〉⑤觀測天象或發送電訊的單位：〈氣象臺、天文臺、電臺〉⑥臺灣省的簡稱⑦姓。

造詞 臺北、臺步、臺風、臺柱、臺階、臺詞、臺灣／月臺、講臺、高臺、舞臺、塔臺／臺灣海峽、舞榭歌臺。

至部 10畫

臻

ㄓㄣ 到、達：〈日臻完善、漸臻佳境〉。

造詞 臻於至善。

臼部 ㄐㄧㄡˋ

臼部 0畫

臼

ㄐㄧㄡˋ ①舂米的器具，用石頭製成，樣子像盆：〈石臼〉②形狀像臼的東西：〈臼齒〉。

造詞 杵臼、舂臼、磨臼／不落窠臼。

請注意：舂米的器具，「杵」、「臼」為一副。

臼部 2畫

臾

ㄩˊ ①很短的時間：〈須臾〉②姓。

臼部 4畫

舀

ㄧㄠˇ 用瓢、勺等取東西：〈舀水、舀湯〉。

臼部 5畫

舂

ㄔㄨㄥ 把東西放在臼裡搗去外殼或搗碎：〈舂米、舂藥〉。

臼部 6畫

舄

ㄒㄧˋ 鞋子：〈黑舄〉。

臼部 7畫

舅

ㄐㄧㄡˋ ①母親的兄弟：〈舅舅〉②妻子的兄弟：〈小舅子〉③古時妻子稱丈夫的兄弟。

造詞 舅父、舅姑、舅媽。

與

臼部 7 畫

ㄩˇ ①送、給：〈贈與、與人方便〉②等待：〈時不我與〉③推舉：〈選賢與能〉④交往：〈相與甚歡〉⑤跟、隨：〈與日俱增〉⑥和：〈我與你〉⑦姓。

ㄩˋ 參加：〈與會人士〉。

ㄩˊ 和「歟」字相通，放在句尾。

造詞 與其／參與、授與、難與／與人為善、與世長辭、與世無爭、與生俱來、與虎謀皮、與眾不同、色授魂與。

同 及、偕、和、同、跟、許、從、贊、助、施、予、給、參、預。

興

臼部 9 畫

ㄒㄧㄥ ①流行：〈新興〉②創辦：〈興辦〉③旺盛：〈興盛〉④發動：〈興工、興兵作亂〉⑤姓。

ㄒㄧㄥˋ ①喜悅的情緒：〈盡興〉②喜悅：〈高興〉③詩經六義之一：〈賦、比、興〉。

造詞 興亡、興旺、興建、興衰、興起、興致、興趣、興奮、興學、興中會／中興、復興、振興、乘興、敗興、遊興、時興、酒興／興風作浪、興致勃勃、興高采烈、興師問罪。

反 亡、廢、衰、敗。

舉

臼部 10 畫

ㄐㄩˇ ①行為、動作：〈壯舉、善舉〉②考試：〈中舉〉③往上托、往上伸：〈舉重、舉牌子〉④興起：〈舉兵、舉義〉⑤推荐：〈舉賢、推舉〉⑥提出：〈舉例〉⑦全部：〈舉國皆知、舉國歡騰〉。

造詞 舉人、舉止、舉世、舉行、舉家、舉動、舉發、舉債、舉辦／一舉、列舉、枚舉、檢舉、選舉／舉一反三、舉止言談、舉手之勞、舉目無親、舉足輕重、舉案齊眉、舉世矚目、舉棋不定、不勝枚舉、不識抬舉、百廢待舉、輕而易舉。

同 揚、扛。

白部 12 畫

舊

ㄐㄧㄡˋ ①指老交情或老朋友：〈故舊〉②不新的：〈陳舊、舊報紙〉③從前的、過去的：〈舊日、舊事、舊文化〉。

造詞 舊友、舊地、舊式、舊故、舊情、舊惡、舊業、舊觀／新舊、懷舊、敘舊、念舊、老舊、破舊／舊雨新知、舊調重彈、喜新厭舊、舊瓶裝新酒。

反 新。

舌部 ㄕㄜˊ

舌部 0 畫

舌

ㄕㄜˊ ①人和動物的嘴巴裡能辨別味道、幫助咀嚼、發音的器官，通稱「舌頭」②鈴或鐸內的錘：〈鈴舌〉③形狀像舌的物體：〈火舌、帽舌〉④姓。

造詞 舌尖、舌苔、舌根、舌戰／口舌、長舌、捲舌、饒舌、吐舌、嚼舌／舌敝脣焦、脣槍舌劍、七嘴八舌、油嘴滑舌、張口結舌。

舌部 2 畫

舍

ㄕㄜˋ ①房屋：〈農舍、宿舍〉②謙稱自己的家：〈舍下、寒舍〉③古時軍隊走三十里稱一舍：〈退避三舍〉。

ㄕㄜˇ 通「捨」，丟棄、除去。

造詞 舍人、舍利、舍監／舍生取義、舍本逐末、舍我其誰、舍近求遠、打家劫舍、鍥而不舍。

反 取。

舌部 4 畫

舐

ㄕˋ 用舌頭舔：〈老牛舐犢、舐犢情深〉。

造詞 舐食。

舌部 6 畫

舒

ㄕㄨ ①伸展、展開：〈舒展、舒眉展眼〉②從容、緩慢的：〈舒緩〉③暢通的：〈舒暢〉④姓。

造詞 舒坦、舒服、舒張、舒適／舒筋活血。

同 展、開、申、伸、延、暢。

反 疾。

舌部8畫

舔

一 二 千 千 舌 舌 舌 舌 舐 舐 舔 舔 舔 舔

ㄊㄧㄢˇ 用舌頭取食或接觸東西：〈舔食、舔嘴脣、貓舔爪子〉。

舌部9畫

舖

丿 𠂉 𠂉 𠆢 亼 今 今 舍 舍 舍 鋪 鋪 鋪 舖 舖

ㄆㄨˋ 同「鋪」。

舛部 ㄔㄨㄢˇ

舛部0畫

舛

丿 ク 夕 夕 夕 舛

ㄔㄨㄢˇ ①困厄、不順利：〈命運多舛〉②錯誤：〈舛誤、舛錯〉。

造詞 舛訛、舛逆、舛馳。

同 差、違、爽、謬、誤。

舛部6畫

舜

一 𠂉 𠂉 爫 爫 爫 爫 爫 舜 舜 舜 舜

ㄕㄨㄣˋ ①通「蕣」，木槿的別名②古時帝王的名字，本姓姚，名重華，因為非常孝順，所以堯將帝位禪讓給他，建國號虞，因此也稱為「虞舜」③姓。

舛部8畫

舞

丿 𠂉 𠂉 ⺈ 𠂉 無 無 無 無 舞 舞 舞 舞 舞

ㄨˇ ①按一定韻律轉動身體，表演各種姿勢：〈芭蕾舞、土風舞〉②揮動：〈手舞足蹈〉③拿著東西跳舞：〈舞劍、舞獅〉④玩弄：〈舞文弄墨〉⑤姓。

造詞 舞女、舞曲、舞會、舞弊、舞臺、舞蹈、舞弄、舞廳／歌舞、鼓舞、跳舞、劍舞、交際舞／舞榭歌臺、舞龍舞獅、眉飛色舞、長袖善舞、聞雞起舞、龍飛鳳舞、歡欣鼓舞。

舟部 ㄓㄡ

舟部0畫

舟

丶 丿 ㄏ 月 舟 舟

ㄓㄡ ①船：〈泛舟、逆水行舟〉②姓。

造詞 舟子、舟車、舟楫、舟橋／小舟、扁舟、輕舟、歸舟、孤舟、客舟、操舟／舟車勞頓、木已成舟、破釜沉舟、順水推舟。

舢　舟部3畫

ㄕㄢ　小船：〈舢舨〉。

航　舟部4畫

ㄏㄤˊ　①船在水中行駛：〈航海〉②飛機在空中飛行：〈航空〉③屬於飛機或船所經過的路線：〈航線〉。

造詞　航行、航程、航船、航運、航業、航道、航向／出航、返航、渡航、慈航、歸航、護航。

舫　舟部4畫

ㄈㄤˇ　船：〈石舫、遊舫、畫舫〉。

般　舟部4畫

ㄅㄢ　①種類：〈十八般武藝〉②樣、等：〈這般人，不理他也罷〉③一樣的：〈他的臉像蘋果般紅〉。

ㄆㄢˊ　流連，安樂：〈般桓、般樂〉。

ㄅㄛ　梵語，智慧：〈般若〉。

造詞　一般、百般、萬般／如此這般。

舨　舟部4畫

ㄅㄢˇ　舢舨，一種只能坐幾個人的小船，也可寫成「舢板」。

舵　舟部5畫

ㄉㄨㄛˋ　船上或飛機上控制航行方向的裝置：〈掌舵、方向舵〉。

造詞　舵手、舵輪／尾舵／見風轉舵。

舷　舟部5畫

ㄒㄧㄢˊ　船隻的左右兩邊：〈船舷、左舷、右舷〉。

造詞　舷梯、舷窗。

舶　舟部5畫

ㄅㄛˊ　航行海洋中的大船：〈船舶、巨舶、海舶〉。

造詞　舶來品、舶趠風。

船　舟部 5 畫

ㄔㄨㄢˊ　①水上的交通工具：〈帆船、輪船、水行乘船〉。②航空工具：〈太空船〉。

造詞　船夫、船長、船員、船舶、船埠、船票、船塢、船艙／汽船、商船、漁船、沉船、渡船、乘船、坐船／太空飛船、船堅砲利、船到橋頭自然直。

舳　舟部 5 畫

ㄓㄨˊ　船尾把舵的地方。

造詞　舳艫。

舲　舟部 5 畫

ㄌㄧㄥˊ　有窗的小船。

舺　舟部 5 畫

ㄐㄧㄚˇ　小船。

艇　舟部 7 畫

ㄊㄧㄥˇ　①輕便的小船：〈汽艇、遊艇〉②可以潛到水裡的船艦：〈潛水艇〉③量詞，小舟一艘叫一艇。

艄　舟部 7 畫

ㄕㄠ　船尾：〈船艄〉。

造詞　艄公。

艙　舟部 10 畫

ㄘㄤ　①船或飛機中，分隔開來可以載人或裝東西的地方：〈客艙、貨艙、船艙〉②船艦內部的分層：〈底艙〉。

造詞　艙位、太空艙。

艘　舟部 10 畫

ㄙㄠ　量詞，船一隻叫一艘：〈兩艘船〉。

艤　舟部 13 畫

ㄧˇ　把船停靠岸邊：〈艤舟〉。

舟部14畫

艦

ㄐㄧㄢˋ　大型的軍用戰船：〈軍艦、航空艦〉。

造詞　艦長、艦隊、艦艇、艦橋／旗艦、戰艦、驅逐艦、巡洋艦、航空母艦。

艮部 ㄍㄣˋ

艮部0畫

艮

ㄍㄣˋ　易經八卦之一，代表「山」，卦形是「☶」。

ㄍㄣˇ　①堅韌不脆的：〈艮蘿蔔〉②耿直的：〈性情很艮、說話太艮〉。

艮部1畫

良

ㄌㄧㄤˊ　①德行美善的人：〈忠良〉②身家清白的人：〈逼良為娼〉③妻子稱丈夫為「良」或「良人」④美好的：〈良緣、良辰美景、優良〉⑤天賦的、本能的：〈良知、良能〉⑥優秀的、聖明的：〈良師、良醫〉⑦非常：〈用心良苦〉⑧確實、果然：〈良如所言〉⑨姓。

造詞　良久、良心、良友、良民、良田、良宵、良機、良策／改良、不良、善良、精良、賢良、從良／良莠不齊、良藥苦口、良朋益友、除暴安良。

同　好、善。

艮部11畫

艱

ㄐㄧㄢ　①憂，指父母之喪：〈丁艱〉②困難、不容易的：〈艱困、艱難〉。

造詞　艱辛、艱苦、艱深、艱鉅、艱險、艱澀、艱貞／多艱、險艱、時艱、履艱／艱危困厄、步履維艱。

色部 ㄙㄜˋ

色部0畫

色

ㄙㄜˋ　①光線照在物體上，反映在眼裡的現象：〈顏色、彩色〉②臉上的表情：〈和顏悅色、面有愧色〉③情景：〈景色、夜色〉④質量：〈成色、足色〉⑤容貌：〈姿色〉⑥種類：〈貨色齊全、各色人物〉⑦情慾：〈好色〉⑧訪求：〈物色〉。

ㄕㄞˇ 骰子，一種賭具：〈色子〉。

造詞 色盲、色相、色素、色彩、色狼、色調、色覺／天色、生色、女色、異色、氣色、原色、染色、特色、失色、變色、臉色、金色、暮色、春色、秋色、潤色、容色／色厲內荏、色衰愛弛、大驚失色、不動聲色、天香國色、五光十色、平分秋色、巧言令色、有聲有色、形形色色、勃然變色、面無人色、疾言厲色、喜形於色、察言觀色。

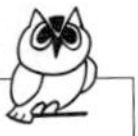

艸部 ㄘㄠˇ

艸部 2 畫

艾

丶 十 艹 艹 艾 艾

ㄞˋ ①草本植物，葉、莖點燃後可以驅蚊蠅，葉也可作藥物：〈艾草〉②美好的女子：〈少艾〉③老年人，五十歲稱艾④停止、繼絕：〈方興未艾〉⑤姓。

ㄧˋ 悔恨自己的過錯而改正：〈自怨自艾〉。

造詞 艾艾、艾老／耆艾。

艸部 3 畫

芒

丶 十 艹 艹 艹 芒 芒

ㄇㄤˊ ①多年生草本植物，葉細長而尖，莖可作造紙原料：〈芒草〉②莖、葉、果實上面所生的一種細毛或絨刺：〈稻芒、麥芒〉③喬木果樹名，台灣名產之一：〈芒果樹〉④四射的光線：〈光芒〉⑤刀劍最鋒利的部分：〈鋒芒〉⑥無知而迷亂的樣子，通「茫」：〈芒然〉⑦姓。

造詞 芒刺、芒果、芒種、芒鞋／芒刺在背、鋒芒畢露。

艸部 3 畫

芋

丶 十 艹 艹 艹 芋 芋

ㄩˋ ①多年生草本植物，葉大呈心形，地下莖為塊狀，可以食用，俗稱〈芋頭〉②泛指馬鈴薯、甘藷等植物：〈洋芋、山芋〉。

艸部 3 畫

芍

丶 十 艹 艹 艹 芍 芍

ㄕㄠˊ 芍藥：多年生草本植物，初夏時開花，有紅、白等色，大而美麗，可供觀賞，根可作藥。

艸部3畫 **芊**

ㄑㄧㄢ 芊芊，草木茂盛的樣子。

艸部3畫 **芃**

ㄆㄥˊ 芃芃，草木茂盛的樣子。

艸部3畫 **芎**

ㄑㄩㄥ 芎藭，多年生草本植物，根可作藥。

艸部4畫 **芟**

ㄕㄢ ①割草②除去、削除，同「刪」：〈芟除、芟荑〉。

艸部4畫 **芹**

ㄑㄧㄣˊ 一年或二年生草本植物，莖中空，羽狀複葉，夏天開白花，有水芹、香芹、藥芹等多種，都可食用。

造詞 芹菜、芹意。

艸部4畫 **芳**

ㄈㄤ ①花草的香味：〈芳香〉②比喻美好的名稱：〈萬世流芳、流芳百世〉③對人的敬稱：〈芳名、芳齡〉④有香氣的：〈芳草〉⑤姓。

造詞 芳年、芳華、芳蹤／芬芳、群芳、眾芳。

同 芬、香。

艸部4畫 **芝**

ㄓ ①菌類，寄生在枯樹上，古代當作珍貴的草：〈靈芝〉②香草，通「芷」：〈芝蘭〉③姓。

造詞 芝麻／仙芝、採芝／芝蘭玉樹。

艸部4畫 **芙**

ㄈㄨˊ ①荷花的別名：〈芙蓉〉②落葉灌木，花可供觀賞，也叫「木芙蓉」。

艸部4畫 **芭**

ㄅㄚ　①草本植物，葉大而綠，花白色，果實和香蕉相似但略短：〈芭蕉〉②姓。

造詞 芭蕾舞。

艸部４畫

芽

ㄧㄚˊ　①植物初生的嫩苗：〈新芽、豆芽〉②事物的開端：〈萌芽〉③姓。

造詞 芽眼。

艸部４畫

花

ㄏㄨㄚ　①植物的繁殖器官，也可供觀賞用的開花植物：〈花木、開花結果〉②像花一樣的東西：〈雪花、浪花〉③指美好的女子：〈姐妹花〉④指妓女或以色相賺錢的人：〈交際花〉⑤線條和圖案：〈花紋〉⑥棉絮：〈棉花〉⑦痘：〈天花〉⑧用、耗費：〈花費、花時間〉⑨模糊不清：〈眼花〉⑩像花一樣美的：〈花容月貌、花樣年華〉⑪虛假的、不美的：〈花言巧語〉⑫比喻雜色的：〈花貓〉⑬比喻人心不定而好玩樂：〈他這人很花、花花公子〉⑭姓。

造詞 花百、花旦、花卉、花甲、花市、花生、花托、花色、花車、花季、花冠、花圃、花粉、花瓶、花圈、花樣、花燈、花壇、花蕊、花蕾、花臉、花環、花柳病、花崗岩／火花、開花、燭花、百花、拈花、名花、心花、霧中花／花天酒地、花好月圓、花花世界、花枝招展、花前月下、花拳繡腿、明日黃花、閉月羞花、錦上添花、鐵樹開花。

艸部４畫

芬

ㄈㄣ　①花草的香氣：〈芬芳〉②姓。

造詞 芬郁、芬蘭、芬馨。

同 芳、馨、香。

艸部４畫

芥

ㄐㄧㄝˋ　①一年或二年生草本植物，葉子可以作菜。種子小而有辣味，磨成粉可供調味及藥用：〈芥菜〉②比喻細小：〈纖芥〉③微賤的：〈草芥〉。

造詞 芥子、芥末、芥蒂、芥藍菜／土芥、莽芥、塵芥／芥子毒氣。

艸部 4 畫

芻

丿 勹 勹 匀 刍 刍 刍 刍 芻 芻

ㄔㄨˊ ①餵養牲畜的草料：〈芻秣〉②牧養牲口：〈芻牧〉③割草④淺陋的：〈芻議〉。

造詞 芻狗、芻言、芻糧、芻豢、芻蕘、芻靈／反芻。

艸部 4 畫

芷

丶 ⺊ 艹 艹 芢 芢 芷 芷

ㄓˇ 白芷，香草名，根可作藥。

造詞 芷若／岸芷、蘭芷。

艸部 4 畫

芯

丶 ⺊ 艹 艹 艹 芯 芯 芯

ㄒㄧㄣ ①蘭草的一種，莖的中心潔白鬆軟，可以燃燈，俗稱「燈芯草」②物體的中心部分：〈蠟芯、岩芯〉③蛇的舌頭。

艸部 4 畫

芡

丶 ⺊ 艹 艹 艹 艹 芡 芡

ㄑㄧㄢˋ 一年生水草植物，莖有刺，葉圓而大，夏天開紫色的花，果實叫「芡實」，可以吃。

造詞 芡粉。

艸部 4 畫

芮

丶 ⺊ 艹 艹 芀 芮 芮 芮

ㄖㄨㄟˋ ①古國名，在今陝西省朝邑縣南②草細微的樣子：〈芮芮〉③姓。

造詞 芮城、芮稻／芮氏規模。

艸部 4 畫

芸

丶 ⺊ 艹 艹 芏 芸 芸 芸

ㄩㄣˊ ①多年生草本植物，有特殊香味，可作藥：〈芸香〉②除草，通「耘」③眾多的樣子：〈芸芸〉④姓。

造詞 芸夫、芸芳、芸帙、芸籤、芸萱／芸芸眾生。

艸部 4 畫

芣

丶 ⺊ 艹 艹 艹 芓 芣 芣

ㄈㄡˊ 芣苡，多年生草本植物，可以作藥，也稱「車前子」、「車前草」。

艸部 5 畫

苧

丶 ⺊ 艹 艹 苎 苎 苎 苧 苧

ㄓㄨˋ 「苧麻」的簡稱，多年生草本植物，花綠色，莖叢生，莖皮纖維潔白光澤，是紡織工業的重要原料。

艸部5畫

范

ㄈㄢˋ　姓。

艸部5畫

茅

ㄇㄠˊ　①草名，密生白色柔毛，莖葉可供蓋屋、製繩等：〈茅草〉②姓。

造詞 茅舍、茅屋、茅廁、茅廬、茅台酒／白茅、草茅、青茅／茅塞頓開、名列前茅。

艸部5畫

苴

ㄐㄩˋ　萵苣，蔬菜名，葉子窄長沒有柄，可以吃。

艸部5畫

苛

ㄎㄜ　①嚴厲刻薄的：〈苛政、苛刻〉②瑣碎的、繁重的：〈苛捐雜稅〉③過份的：〈苛求、苛責〉④姓。

造詞 苛令、苛法、苛虐／煩苛、嚴苛、嗇苛、殘苛。

艸部5畫

苦

ㄎㄨˇ　①五味的一種，和「甜」相對②難以忍受的事：〈吃苦、同甘共苦〉③感覺味道不好：〈良藥苦口〉④憂愁：〈苦於疾病〉⑤難受的：〈苦刑〉⑥不容易做的：〈苦差事〉⑦有苦味的：〈苦茶、苦瓜〉⑧憂愁的：〈愁眉苦臉〉⑨盡力的：〈苦讀、苦幹〉。

造詞 苦力、苦心、苦水、苦主、苦命、苦思、苦海、苦笑、苦衷、苦悶、苦惱、苦楚、苦練、苦難／辛苦、甘苦、刻苦、困苦、貧苦、痛苦、勞苦、疾苦／苦口婆心、苦不堪言、苦中作樂、苦盡甘來、千辛萬苦、不辭勞苦、含辛茹苦。

反 甘、甜。

艸部5畫

茄

ㄑㄧㄝˊ　一年生草本植物，葉橢圓形，花紫色，果實長圓形，呈紫色，可食用：〈茄子〉。

ㄐㄧㄚ　荷莖。

造詞 茄料。

請注意：「茄」與「笳」不同；

「笳」是胡人所製的樂器名。

艸部5畫

若

ㄖㄨㄛˋ ①好像：〈大智若愚、旁若無人、欣喜若狂〉②趕得上、比得上：〈未若〉③如果、假使：〈若非、倘若、若要〉④姓。

ㄖㄜˇ 般若，梵語，智慧的意思。

造詞 若干、若是／假若、自若、設若／若有所失、若有若無、若即若離、若無其事、若隱若現、悠然自若。

艸部5畫

茂

ㄇㄠˋ ①草木盛多：〈茂密、茂盛、根深葉茂〉②豐富美好的：〈圖文並茂〉③優秀的：〈茂材〉④姓。

造詞 茂才、茂齒／榮茂、修茂、繁茂、俊茂。

同 豐、盛。

艸部5畫

苗

ㄇㄧㄠˊ ①初生的植物秧苗或某些初生的動物：〈花苗、樹苗、魚苗〉②事情的開端：〈愛苗、禍苗〉③有免疫作用的抗菌素：〈疫苗〉④露出地面的能源：〈礦苗〉⑤我國國內種族名，散布貴州、湘西一帶：〈苗族〉⑥姓。

造詞 苗栗、苗圃、苗條、苗頭／青苗、稻苗／苗而不秀、民族幼苗。

艸部5畫

英

ㄧㄥ ①花：〈落英繽紛〉②才能或智慧出眾的人：〈精英〉③英國的簡稱：〈英尺〉④姓。

造詞 英才、英明、英俊、英勇、英雄、英靈／群英、雲英、石英／英雄本色、英雄氣短、英雄無用武之地。

艸部5畫

茁

ㄓㄨㄛˊ 草木初生壯盛的樣子：〈茁壯、茁芽〉。

造詞 茁長、茁茁。

同 壯。

艸部5畫

苜

ㄇㄨˋ 即「苜蓿」，一年生草本植物，花紫色，果實為莢果，莖葉可食，可作飼料或肥料，俗稱「金花菜」。

艸部 5 畫

苔

ㄊㄞˊ　①隱花植物，綠色，根、莖、葉不明顯，生在陰溼的地方：〈苔蘚、青苔〉②舌面所生的垢膩，由衰死的上皮細胞和黏液等形成：〈舌苔〉。

造詞 苔原、苔綱、苔線／綠苔、海苔。

艸部 5 畫

茉

ㄇㄛˋ　常綠灌木，初夏開小白花，花有香味：〈茉莉〉。

艸部 5 畫

苒

ㄖㄢˇ　①草茂盛的樣子：〈苒苒〉②時光漸漸過去：〈荏苒〉。

艸部 5 畫

苑

ㄩㄢˋ　①養禽獸、種花木的地方：〈上林苑、鹿苑〉②人物聚集的地方：〈文苑、藝苑〉③姓。

造詞 苑囿／學苑。

艸部 5 畫

苞

ㄅㄠ　①花未開時，包著花朵的小葉片：〈花苞、含苞待放〉②姓，同「包」。

造詞 苞葉。

艸部 5 畫

苓

ㄌㄥˊ　①菌類植物：〈茯苓、豬苓〉②香草名③散落，同「零」：〈苓落〉。

造詞 苓草。

艸部 5 畫

苟

ㄍㄡˇ　①草率、不認真：〈一絲不苟、不苟言笑〉②姑且、暫且：〈苟安、苟活、苟全〉③假使、假如：〈苟能堅持，必有收穫〉④姓。

造詞 苟同、苟得／苟且偷安、苟延殘喘、蠅營狗苟。

反 信、誠、真、洵。

艸部5畫

苡

苡

一ˇ 草名：〈薏苡〉。

造詞 苡米。

艸部5畫

苻

苻

ㄈㄨˊ ①一種叢生的草，又叫「鬼目草」②姓。

艸部5畫

苕

苕

ㄊㄧㄠˊ ①蔓生草本植物，秋天開花，可作藥，也稱「凌霄花」、「紫葳」②蘆葦的花，可以做掃帚，稱為「苕帚」。

艸部5畫

苯

苯

ㄅㄣˇ 化學名詞，通常是無色液體，有特殊氣味，可作燃料或溶劑。

艸部6畫

茫

茫

ㄇㄤˊ ①形容遼闊久遠的樣子：〈蒼茫、渺茫〉②空虛而看不清楚的樣子：〈茫昧〉③不知如何是好的樣子：〈茫然、茫無頭緒〉。

造詞 茫洋、茫茫／杳茫、空茫。

艸部6畫

荒

荒

ㄏㄨㄤ ①沒有開墾的土地：〈荒地、拓荒〉②廢棄：〈荒廢學業〉③通「慌」，急迫、忙亂：〈兵荒馬亂〉④收成不好：〈荒年〉⑤雜草滿地：〈荒田、荒蕪〉⑥偏僻、冷落：〈荒郊〉⑦非常缺乏的：〈煤荒、石油荒〉⑧不合情理的：〈荒謬、荒誕〉。

造詞 荒災、荒土、荒唐、荒涼／開荒、墾荒、八荒、北大荒、破天荒／荒誕不經、荒謬絕倫、荒腔走板、八荒九垓。

艸部6畫

荔

荔

ㄌㄧˋ ①常綠喬木，果皮有小顆粒突起，果實多汁，味道甜美，中間有核，又稱「荔枝」、「離枝」②姓。

艸部6畫

茸

茸

ㄖㄨㄥˊ　①草初生時細小柔軟的樣子：〈綠茸茸的一片草地〉②鹿角：〈鹿茸〉③細柔的：〈茸毛〉。

艸部 6 畫

荊

丶 ⺊ 十 艹 艹 芏 芏 芋 茾 荓 荊 荊

ㄐㄧㄥ　①一種多刺的灌木：〈荊棘、披荊斬棘〉②用荊木作成的刑杖：〈負荊請罪〉③謙稱自己的妻子：〈拙荊〉④姓。

造詞 荊扉、荊妻、荊室／柴荊／荊天棘地、荊釵布裙。

艸部 6 畫

草

丶 ⺊ 十 艹 艹 芍 苩 苩 苴 草

ㄘㄠˇ　①草本植物的通稱：〈花草、草木、碧草如茵〉②我國書寫體的一種：〈草書〉③山野：〈草莽〉④詩、文、畫的底稿：〈草稿、草圖〉⑤用草編成的：〈草鞋、草席〉⑥用草搭蓋的：〈草棚〉⑦初步的、尚未決定的：〈草案〉⑧粗率的：〈潦草、草率〉⑨開始：〈草創〉⑩姓。

造詞 草地、草坪、草約、草原、草菇、草莓、草藥／水草、花草、青草、枯草、野草、行草、除草、綠草、牧草、芳草、香草、萱草／草木皆兵、草根大使、草草了事、草菅人命、銜環結草、疾風知勁草。

反 正、精。

艸部 6 畫

茵

丶 ⺊ 十 艹 艹 芇 芇 茵 茵

ㄧㄣ　坐褥、墊子：〈茵褥、綠草如茵〉。

艸部 6 畫

茴

丶 ⺊ 十 艹 艹 芇 芇 芇 茴 茴

ㄏㄨㄟˊ　茴香，多年生草本植物，葉子羽狀分裂成線形，全株具強烈芳香，莖葉可食，果實可作香料。

艸部 6 畫

茱

丶 ⺊ 十 艹 艹 芢 芢 芊 茱

ㄓㄨ　茱萸，落葉喬木，有濃烈香味，果實可作藥，有吳茱萸、食茱萸、山茱萸三種。

艸部 6 畫

茲

丶 ⺊ 十 艹 艹 兹 兹 兹 茲

ㄗ　①時、年：〈今茲〉②此、這個：〈念茲在茲、茲定於明日開會〉③現在、表示時間：〈茲收到〉④姓。

ㄘˊ 漢代西域國名：〈龜茲〉。

艸部6畫

茶

ㄔㄚˊ ①常綠灌木，葉子長橢圓形，嫩葉加工後就是茶葉：〈茶樹〉②常綠喬木，花稱茶花，有紅、白等色，用來觀賞：〈山茶〉③用茶葉製成的飲料：〈品茶、飲茶〉④某些飲料的名稱：〈奶茶、杏仁茶〉⑤綠中帶黑的顏色：〈茶色〉⑥姓。

造詞 茶几、茶房、茶葉、茶壺／紅茶、綠茶、喝茶、泡茶／茶來伸手，飯來張口。

艸部6畫

茗

ㄇㄧㄥˊ 專指茶的嫩芽，現在泛指喝的茶：〈香茗、品茗〉。

艸部6畫

荀

ㄒㄩㄣˊ ①周代國名之一，春秋時滅亡，在今山西省境內②草名③姓。

艸部6畫

茹

ㄖㄨˊ ①蔬菜的總稱②相連的根③吃：〈茹毛飲血〉④姓。

造詞 茹素、茹茶、茹痛／含辛茹苦。

艸部6畫

荏

ㄖㄣˇ ①就是「白蘇」，一年生草本植物，果實可食，也可榨油②柔弱、軟弱：〈色厲內荏〉。

造詞 荏染、荏苒、荏弱。

艸部6畫

荐

ㄐㄧㄢˋ 推舉、介紹：〈舉荐、推荐〉。

造詞 荐引、荐任、荐拔、荐舉。

艸部6畫

茭

ㄐㄧㄠ ①餵牲口的乾草：〈芻茭〉②茭白，形狀像筍，可以食用，又稱「茭白筍」。

艸部6畫

荃

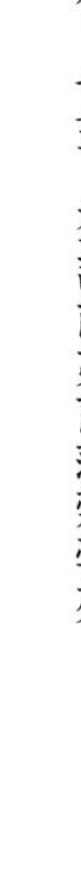

ㄑㄩㄢˊ ①香草名②捕魚器，通「筌」：〈得魚忘荃〉。

茜 （艸部 6 畫）

ㄑㄧㄢˋ 多年生草本植物，莖呈方形，中空，開白花，根可以做顏料和藥。

茼 （艸部 6 畫）

ㄊㄨㄥˊ 茼蒿，一年生草本植物，花黃色或白色，莖葉可以吃。

荑 （艸部 6 畫）

ㄧˊ ①草本初生的嫩芽②割除：〈芟荑雜草〉。

茛 （艸部 6 畫）

ㄍㄣˋ 多年生草本植物，生於低溼地區，莖葉均有細毛，花黃色，果實有毒。

莎 （艸部 7 畫）

ㄙㄨㄛ 莎草，草本植物，地下的塊莖叫「香附子」，可作藥。

ㄕㄚ ①莎雞，蟲名，也叫「紡織娘」②當譯名，用於地名、人名等：〈莎士比亞〉。

莞 （艸部 7 畫）

ㄨㄢˇ 微笑的樣子：〈莞爾〉。

ㄍㄨㄢˇ 東莞，縣名，在廣東省。

ㄍㄨㄢ ①水蔥，草本植物，多生在溼地，莖可編席子，又稱「席子」②姓。

荸 （艸部 7 畫）

ㄅㄧˊ 荸薺，草本植物，長在水田裡，地下球莖圓形，可以吃，也可以作粉，又叫「地栗」、「烏芋」、「慈姑」。

莢 （艸部 7 畫）

ㄐㄧㄚˊ ①豆類植物的果實：〈豆莢〉②如莢狀的乾果、裂果：〈榆莢〉③姓。

造詞 莢果、莢錢。

艸部7畫

莖

ㄐㄧㄥ ①植物的主幹，草本的稱「莖」，木本的稱「幹」②地下莖：〈塊莖〉③量詞，長狀物一根叫一莖：〈數莖白髮、數莖小草〉。

造詞 根莖、球莖、地下莖。

艸部7畫

莫

ㄇㄛˋ ①不可、不要：〈閒人莫進〉②不要：〈莫遲疑〉③沒有：〈莫不高興〉④不能：〈莫測高深〉⑤姓。

ㄇㄨˋ 日落、黃昏的時候，同「暮」。

造詞 莫名、莫非、莫逆、莫須有、莫等閒／莫可奈何、莫名其妙、莫可言狀。

同 無、靡、罔、亡、勿、毋、沒、微。

艸部7畫

莒

ㄐㄩˇ ①芋頭，塊莖可以吃②春秋時國名③莒縣，縣名，在山東省：〈毋忘在莒〉④姓。

請注意：「莒」和「筥」不同，「筥」是圓形的竹器。

艸部7畫

莊

ㄓㄨㄤ ①田家村落：〈村莊、李家莊〉②別墅：〈山莊〉③封建社會裡君主、貴族或地主等所占有的大片土地：〈莊園〉④稱規模較大或做批發生意的商店：〈布莊、錢莊〉⑤四通八達的大路：〈康莊〉⑥嚴肅、端正：〈莊嚴、端莊〉⑦姓。

造詞 莊子、莊重、莊稼、莊嚴／漁莊、別莊、老莊／莊敬自強。

同 敬、嚴。

反 諧、褻、慢。

艸部7畫

莓

ㄇㄟˊ ①薔薇科，開白花，結紅色果實，味酸甜：〈草莓〉②青苔：〈莓苔〉。

艸部7畫

莉

ㄌㄧˋ 常綠灌木，初夏開小白花，味清香：〈茉莉〉。

艸部7畫

莠

ㄧㄡˇ　①一年生草本植物，像稻禾，常妨害稻禾生長，又稱「狗尾草」②比喻壞人：〈良莠不齊〉③違反法紀、品行不良的：〈莠民〉。

艸部 7 畫

荷

ㄏㄜˊ　①草本植物，生於水中，葉圓而大，夏天開白花或紅花，果實稱蓮子，地下莖為藕，都可以吃：〈荷花〉②國名，在歐洲西海岸，以填海成陸地聞名於世：〈荷蘭〉。

ㄏㄜˋ　①負擔：〈重荷〉②用肩扛負：〈荷槍、荷鋤〉③承受：〈荷恩〉。

造詞 荷包、荷物、荷包蛋／負荷、担荷、蓮荷。

艸部 7 畫

莽

ㄇㄤˇ　①木蘭科，常綠灌木，葉子橢圓，花瓣細長，黃白色②叢生的草：〈草莽〉③粗魯的：〈鹵莽、莽夫〉④姓。

造詞 莽草、莽漢、莽撞。

艸部 7 畫

荻

ㄉㄧˊ　①草本植物，生長在水邊或原野，和「蘆」同類②姓。

艸部 7 畫

荼

ㄊㄨˊ　①古書上說的一種苦菜②古書上指一種茅草的白花：〈如火如荼〉③毒害：〈荼毒〉。

ㄕㄨ　神荼，門神名。

造詞 荼苦。

艸部 7 畫

莘

ㄕㄣ　①多年生草本植物，葉呈心形，開紫色的花，根可供藥用②修長的樣子③眾多的樣子：〈莘莘學子〉④姓。

ㄒㄧㄣ　通「辛」。

艸部 7 畫

莪

ㄜˊ　莪蒿，草本植物，生在水邊，嫩葉可食。

荳

艸部7畫

ㄉㄡˋ　通「豆」，豆類植物，花成蝶形，果實可為莢果，子圓扁或橢圓，可以食用。

造詞 荳蔻年華。

莩

艸部7畫

ㄈㄨˊ　蘆莖中的薄膜：〈葭莩〉。

ㄆㄧㄠˇ　通「殍」，餓死的人：〈餓莩〉。

莨

艸部7畫

ㄌㄧㄤˊ　①藏莨，多年生草本植物，莖葉粗硬，可用來餵牲口，也稱「狼尾草」②莨菪（ㄉㄤˋ），多年生草本植物，有毒，葉長橢圓形，開淡紫色鐘形的花朵，根可做頭痛或治療痙攣的藥劑③薯莨，多年生草本植物，塊莖外皮紫黑色，肉黃紅色，汁可以用來染綢紗。

莧

艸部7畫

ㄒㄧㄢˋ　莧菜，一年生草本植物，葉成橢圓形，有青、紅兩色，開黃綠色的花，莖葉可以食用。

菩

艸部8畫

ㄆㄨˊ　①可以編蓆子或蓋房屋的草：〈菩草〉②菩提樹，桑科，常綠亞喬木③梵語，正覺的意思：〈菩提〉。

造詞 菩薩、菩提子。

萃

艸部8畫

ㄘㄨㄟˋ　①聚集，也指聚在一起的人或事物：〈萃集、出類拔萃〉②草叢生的樣子：〈薈萃〉。

造詞 萃取／人文薈萃。

同 聚、集、輯、輳。

菸

艸部8畫

ㄧㄢ　菸草，草本植物，葉子可製捲煙、煙絲。

造詞 菸鹼酸。

請注意：也可寫成「煙」。

萸

艸部8畫

ㄩˊ 落葉喬木，有吳茱萸、食茱萸、山茱萸三種。

艸部8畫

萍

ㄆㄧㄥˊ ①浮萍，水草名，葉子浮在水面，可作藥用，也可作飼料等用途。②飄泊不定的：〈萍蹤〉。

造詞 萍寄／浮萍、漂萍、飄萍／萍水相逢。

請注意：「苹」和「萍」音相同。「苹」是陸上的草，而「萍」是水上的植物。

艸部8畫

菠

ㄅㄛ 蔬菜名，葉子略呈三角形，根部紅色，葉嫩綠有甜味，含豐富的鐵質。

艸部8畫

萋

ㄑㄧ 草茂盛的樣子：〈萋萋〉。

造詞 萋斐。

請注意：「萋」、「淒」、「棲」音同義不同。「淒」是寒冷的意思，「棲」是居息的意思。

艸部8畫

菽

ㄕㄨˊ 豆類的總稱。

造詞 菽水／菽水承歡。

艸部8畫

菁

ㄐㄧㄥ ①韭華，俗稱「韭菜花」：〈韭菁〉②草木茂盛的樣子：〈菁菁〉③事物的精粹：〈菁華〉。

造詞 菁莪／去蕪存菁。

艸部8畫

華

ㄏㄨㄚˊ ①中國的簡稱：〈華僑、華夏、五胡亂華〉②時光、時間：〈年華、韶華〉③化妝用的脂粉：〈鉛華〉④事物最精要的部分：〈精華〉⑤光輝、光彩、好看的：〈華麗、月華〉⑥繁榮、旺盛的：〈繁華〉⑦白色的：〈華髮〉⑧虛浮的：〈奢華〉⑨富有的：〈榮華〉。

ㄏㄨㄚ 通「花」：〈春華秋實〉。

ㄏㄨㄚˋ ①山名：〈華山〉②姓。

造詞 華人、華文、華陀、華府、華美、華廈、華裔、華語、華誕／中華、光華、才華、風華／華陀再世、華燈初上、二八年華、荳蔻年華。

艸部8畫

菱

ㄌㄧㄥˊ　一年生草本植物，生在池塘中，葉子浮在水面，花白色，果實有硬殼，可以吃：〈菱角〉。

造詞 菱形、菱歌。

艸部8畫

萊

ㄌㄞˊ　①草名，葉香可吃，也稱「藜」②雜草：〈草萊〉③姓。

造詞 萊衣、萊夷、萊服、萊茵河／蓬萊。

艸部8畫

菴

ㄢ　①小草屋：〈菴廬〉②寺廟，通「庵」：〈尼姑菴〉③菴蕳（ㄌㄩˊ），多年生草本植物，葉子像菊，開淡褐色小花，子可作藥。

造詞 菴舍。

艸部8畫

菰

ㄍㄨ　①蔬菜類植物，生在淺水裡，嫩葉可作菜，叫「茭白」。秋天結果實如米，稱「菰米」，可用來煮飯②菌類植物，同「菇」；〈香菰、蘑菰〉。

艸部8畫

萌

ㄇㄥˊ　①初出的嫩芽②比喻事務的開端：〈杜漸防萌〉③事情的徵兆：〈見微知萌〉④草木初生：〈萌芽〉⑤顯現、發生：〈萌發、故態復萌〉⑥姓。

造詞 萌生、萌動。

同 發。

艸部8畫

菌

ㄐㄩㄣˋ　①隱花植物，沒有葉綠素，寄生在土、木、石等物體上，種類很多，如香菇、靈芝等②細菌的簡稱：〈桿菌、黴菌〉。

造詞 菌托、菌絲／細菌、殺菌、毒菌、病菌、酵母菌／菌類植物。

艸部 8 畫

菲

ㄈㄟˇ ①菜名，花紫紅色，葉根可以吃，和「蕪菁」同類 ②微薄的：〈菲薄、菲禮〉。

ㄈㄟ ①芳草茂盛：〈芳菲〉 ②國名，「菲律賓」的簡稱，是亞洲東南部的共和國。

造詞 菲菲、菲儀／不菲。

同 薄。

艸部 8 畫

菊

ㄐㄩˊ 草本植物，種類很多，秋末開花，可供觀賞或作藥：〈菊花〉。

造詞 菊月、菊科、菊粉。

艸部 8 畫

萎

ㄨㄟˇ ①草木枯黃：〈枯萎〉 ②人死：〈哲人其萎〉 ③萎蕤(ㄖㄨㄟˊ)，草名，可作藥，根莖可製澱粉。

造詞 萎縮、萎靡／凋萎。

艸部 8 畫

萄

ㄊㄠˊ 葡萄，果類植物，蔓生，果實可食，亦可供釀酒。

艸部 8 畫

著

ㄓㄨˋ ①編寫出來的作品：〈譯著、名著、大著〉 ②久居當地的人：〈土著〉 ③寫作：〈編著、著書〉 ④明白：〈顯著〉 ⑤顯揚：〈著名〉。

ㄓㄨㄛˊ ①穿戴：〈穿著〉 ②象棋子或圍棋子：〈棋高一著〉 ③下落、結果：〈遍尋無著〉 ④塗上：〈著色〉 ⑤接觸、連在一塊：〈附著、膠著、不著邊際〉 ⑥到達：〈著陸〉 ⑦差遣、命令：〈這件事我已著人去辦〉。

ㄓㄠˊ ①燃燒：〈著火〉 ②表示中人計策：〈他著了我的道了〉 ③用、動：〈著眼〉 ④表示動作完成了：〈打著了、見著了、睡著了〉。

ㄓㄠ ①受到：〈著涼〉 ②發生：〈著慌〉 ③通「招」，方法。

˙ㄓㄜ ①表示正在進行：〈看著、坐著、聽著〉 ②表示狀況：〈貼著標語〉 ③表示命令或吩咐：〈你給我記著！〉。

造詞 著手、著力、著作、著者、著落、著地、著想、著實、著作權／先著、衣著、執著、沉著、論著／著作等身、見微知著。

同 附、就、即、傳、粘。

艸部 8 畫

菅

丶 十 廾 廾 艹 芢 芦 茾 茾 菅 菅 菅

ㄐㄧㄢ ①草名，葉細長而尖，莖可造紙，根可作刷帚②比喻輕賤：〈草菅人命〉。

艸部 8 畫

菜

丶 十 廾 廾 艹 艹 艹 苎 苎 苹 苹 菜

ㄘㄞˋ ①蔬類植物的總稱：〈蔬菜、白菜、高麗菜〉②菜肴的總稱：〈川菜、炒菜、小菜〉③青黃色：〈面有菜色〉④裝菜的竹製籃子：〈菜籃〉⑤不厲害的：〈菜鳥〉。

造詞 菜瓜、菜圃、菜根、菜單、菜蟲、菜根譚／合菜、青菜。

艸部 8 畫

菇

丶 十 廾 廾 艹 艺 艾 艾 妊 姑 菇 菇

ㄍㄨ 菌類植物：〈香菇、草菇〉。

艸部 8 畫

菔

丶 十 廾 廾 广 芀 芀 芀 茀 茀 菔 菔

ㄈㄨˊ ①萊菔，蘿蔔的別稱②通「蔔」，蘆菔就是蘿蔔。

艸部 8 畫

菡

丶 十 廾 廾 艹 芓 芓 芓 芓 茟 菡 菡

ㄏㄢˋ 菡萏，荷花的別名。

艸部 8 畫

萏

丶 十 廾 廾 艹 艹 艹 艹 芦 茗 萏 萏

ㄉㄢˋ 菡萏，就是荷花。

艸部 8 畫

菟

丶 十 廾 廾 艹 艹 艹 艹 茂 茂 菟 菟

ㄊㄨˋ 菟絲，一年生草本植物，沒有葉子，莖細長，可攀附其他植物而生長。夏天開淡紅色小花，子可作藥，也稱「菟絲子」。

ㄊㄨˊ ①於（ㄨ）菟，古代楚國人稱老虎為「於菟」②姓。

艸部 8 畫

菹

丶 十 廾 廾 艹 艹 艹 艹 艻 茿 菹 菹

ㄐㄩ ①多水草的沼澤②醎菜、酸菜。

艸部 8 畫

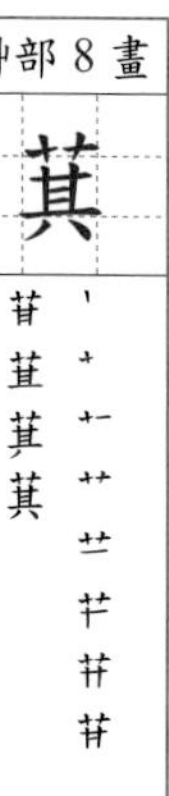

萁

ㄑㄧˊ ①豆類的莖：〈煮豆燃豆萁〉②野菜名，像蕨，可以食用。

艸部 8 畫

菖

ㄔㄤ 菖蒲，多年生草本植物，長在水邊，葉長像劍，花淡黃色，氣味香濃。端午節那天，人們把它掛在門上，傳說可以避邪、防小人。

艸部 8 畫

萇

ㄔㄤˊ 萇楚，蔓生植物，葉子狹長，果實味道很苦，葉子和果實的形狀都很像桃樹。

艸部 8 畫

菀

ㄨㄢˇ 紫菀，多年生草本植物，根細長，可以作藥。

艸部 9 畫

葵

ㄎㄨㄟˊ ①向日葵的簡稱，一年生草本植物，葉大、開黃色大花②姓。

造詞 葵扇、葵瓜子／蜀葵、蒲葵、秋葵。

艸部 9 畫

葦

ㄨㄟˇ ①草名，又叫「蘆葦」②小船。

造詞 葦塘、葦箔／蒲葦。

艸部 9 畫

葫

ㄏㄨˊ ①大蒜的別稱，百合科，多年生草本植物，葉、薹及地下莖都可食用，因來自西域，所以稱之為「葫」②葫蘆，一年生蔓生草本植物，莖有卷鬚，開白花，果實形狀像大小兩球疊在一起，可以食用。

造詞 葫蘆島。

艸部 9 畫

葉

ㄧㄝˋ ①植物管呼吸、蒸發等作用的器官：〈楓葉、落葉歸根〉②像葉子似的薄片：〈百葉窗〉③較長時期的分段：〈二十世紀中葉〉④輕小像葉子的：〈一葉扁舟〉⑤姓。

ㄕㄜˋ 古代地名，春秋時為楚國的城邑，現位於河南省：〈葉縣〉。

造詞 葉片、葉柄、葉脈、葉針、葉緣、葉綠素／枯葉、枝葉、紅葉、黃葉、花葉、綠葉／葉公好龍、葉落知秋、粗枝大葉、金枝玉葉。

艸部9畫

葬

ㄗㄤˋ 掩埋：〈葬花、埋葬〉。

造詞 葬身、葬送、葬禮／火葬、合葬、國葬。

艸部9畫

葛

ㄍㄜˊ ①多年生蔓草植物，莖細長，花紫紅色，根可作藥，又可取出澱粉，供食用及製漿糊，莖的纖維可以織成葛布。②複姓：〈諸葛〉。

ㄍㄜˇ 姓。

造詞 葛藤／瓜葛、糾葛。

艸部9畫

萼

ㄜˋ 片狀輪生、托在花下部的綠色小片：〈花萼〉。

艸部9畫

蒂

ㄉㄧˋ 瓜果和枝莖相連的部分：〈花蒂、瓜熟蒂落、根深蒂固〉。

艸部9畫

葷

ㄏㄨㄣ ①肉類食物：〈葷菜〉②蔥、蒜等帶刺激性的蔬菜③不雅的、粗俗的：〈葷話〉。

ㄒㄩㄣ 古代種族名：〈葷粥（ㄩˋ）〉。

造詞 葷辛、葷腥。

反 素。

艸部9畫

落

ㄌㄨㄛˋ ①人所聚居的地方：〈村落、部落〉②文筆停頓的地方：〈段落〉③掉下、下降：〈落雨、落價〉④安置、住下：〈落戶〉⑤歸屬：〈責任落在他身上、花落誰家〉⑥建築初成：〈落成〉⑦遺留在後面：〈落選、落伍〉⑧題字：〈落款〉⑨剃掉：〈落髮為尼〉⑩稀疏散亂的樣子：〈寥落〉⑪墜下的：〈落花〉⑫衰敗：

〈沒落〉⑬姓。

ㄌㄠˋ ①跌、降：〈落價、水落石出〉②得到：〈管閒事，落不是〉③墜下：〈鳥兒落在樹枝上〉④剩餘：〈這個月除去開銷，還落了幾塊錢〉。

ㄌㄚˋ ①遺忘：〈東西落在車上、落了一個字〉②跟不上：〈落在後頭〉。

造詞 落水、落日、落地、落單、落筆、落腳、落幕、落網、落實、落難、落魄、落籍／失落、脫落、墮落、凋落、衰落、磊落、降落／落井下石、落拓不羈、落花流水、落荒而逃、落落寡歡、落葉歸根、七零八落、瓜熟蒂落、自甘墮落、光明磊落、家道中落、胸懷磊落。

艸部9畫

葡

丶 十 廾 艹 艹 芍 芍 芍 荀 荀 荀 葡 葡

ㄆㄨˊ ①木本植物，蔓生，莖有卷鬚，果實圓或橢圓，味甜或酸，可供釀酒：〈葡萄〉②國名，位於歐洲伊比利半島北部，與西班牙為鄰：〈葡萄牙〉。

造詞 葡萄酒、葡萄柚、葡萄乾、葡萄樹。

艸部9畫

董

丶 十 廾 艹 艹 芏 芏 苦 菩 菩 菫 董

ㄉㄨㄥˇ ①器物：〈古董〉②督理事物的人：〈董事〉③姓。

造詞 董事會、董事長。

艸部9畫

萱

丶 十 廾 艹 艹 芇 芇 苎 苎 营 萱

ㄒㄩㄢ ①多年生草本植物，也稱「忘憂草」，花晒乾後可供食用，叫「金針草」②母親：〈萱堂〉。

造詞 萱草／椿萱。

艸部9畫

葩

丶 十 廾 艹 艹 芇 芇 芇 葩 葩 葩 葩

ㄆㄚ 花朵：「奇葩異卉」。

艸部9畫

萹

丶 十 廾 艹 艹 芦 芦 芦 芦 萹 萹 萹

ㄅㄧㄢˇ 萹竹，一年生草本植物，葉像竹葉，可作藥材。

艸部9畫

葑

丶 十 廾 艹 艹 芏 芏 芏 芏 葑 葑

ㄈㄥ 植物名，就是「蕪菁」。

艸部 9 畫

葭

ㄐㄧㄚ ①初生的蘆葦②樂器名，通「笳」③姓。

艸部 9 畫

蒠

ㄒㄧˇ ①害怕：〈畏蒠〉②不高興：〈色蒠〉。

艸部 9 畫

葚

ㄕㄣˋ 桑樹所結的果實，最初是青色，稍熟變為紅色，全熟時轉為紅黑色，汁多可食，也稱「桑葚」、「桑椹」。

艸部 9 畫

萵

ㄨㄛ 萵苣，菊科，一年生草本植物，葉無柄，抱莖，花黃色，莖可供食用。

造詞 萵筍。

艸部 9 畫

葯

ㄧㄠˋ ①草名，就是「芷」②雄蕊頂端藏有花粉的部分③「藥」的異體字。

艸部 9 畫

葳

ㄨㄟ ①葳蕤，植物名，就是「萎蕤」②草木茂盛的樣子。

艸部 10 畫

蓖

ㄅㄧˋ 蓖麻，一年生草本植物，葉呈掌狀，種子可以榨油，可供工業和醫藥用。

造詞 蓖麻油。

艸部 10 畫

蓉

ㄖㄨㄥˊ ①芙蓉，荷花的別名②落葉灌木，花和葉是消腫解毒的外敷藥：〈木芙蓉〉③城名，即「蓉城」，在四川省。

艸部 10 畫

蒿

ㄏㄠ ①多年生草本植物，有青蒿、香蒿、白蒿等種類，都可作藥②姓。

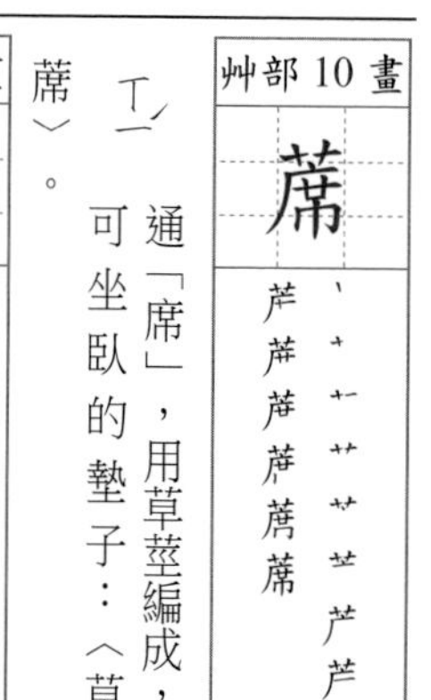

艸部 10 畫

蓆

丶 十 艹 艹 艹 芦 芦 芦 芦 芦 芦 蓆 蓆

ㄒㄧˊ 通「席」，用草莖編成，可坐臥的墊子：〈草蓆〉。

艸部 10 畫

蓄

丶 十 艹 艹 艹 茎 茎 茎 茎 蓄 蓄 蓄 蓄

ㄒㄩˋ ①儲存、積聚：〈儲蓄、蓄水池〉②隱藏不露：〈含蓄〉③保留、培養：〈蓄髮、養精蓄銳〉④存在心裡：〈蓄意〉⑤姓。

造詞 蓄電池／積蓄、貯蓄。

同 貯、儲、存、積。

反 放。

艸部 10 畫

蒲

丶 十 艹 艹 艹 艹 艹 芀 芀 芀 蒲 蒲 蒲 蒲

ㄆㄨˊ ①多年生草本植物，長在水邊，葉細長，可用來編蒲席、蒲包、扇子②菖蒲的簡稱，別稱「臭蒲」③蒲柳，即「水楊」，為楊樹的一種④姓。

造詞 蒲團、蒲劍、蒲公英／香蒲。

艸部 10 畫

蒙

丶 十 艹 艹 艹 芦 芦 芦 蒙 蒙 蒙 蒙 蒙 蒙

ㄇㄥˊ ①蒙古的簡稱，是種族名也是區域名②幼稚無知：〈啟蒙〉③遮蓋：〈蒙蔽〉④承受：〈承蒙〉⑤遭遇：〈蒙難〉⑥欺瞞：〈蒙騙〉⑦缺乏知識：〈蒙昧〉⑧姓。

造詞 蒙受、蒙羞、蒙面、蒙太奇、蒙古包／外蒙、內蒙／蒙古大夫、吳下阿蒙。

艸部 10 畫

蒜

丶 十 艹 艹 艹 艹 芢 芢 芢 蒜 蒜 蒜 蒜 蒜

ㄙㄨㄢˋ 蔬菜類食物，地下莖和葉有辣味，可供食用：〈蒜頭〉。

造詞 蒜泥。

艸部 10 畫

蓋

丶 十 艹 艹 艹 芏 芏 芏 蓋 蓋 蓋 蓋 蓋 蓋

ㄍㄞˋ ①覆於容器上的東西：〈瓶蓋、鍋蓋〉②人體內某些扁平的骨頭：〈膝蓋〉③寢具：〈捲鋪蓋〉④搭建、修造：〈蓋房子〉⑤超過：〈英勇蓋世、氣蓋山河〉⑥把圖章印在文件上：〈蓋章〉⑦遮掩：〈遮蓋〉⑧吹牛：〈蓋仙〉。

ㄍㄜˇ 姓。

ㄏㄜˊ　通「盍」。

造詞 蓋印、蓋頭／冠蓋、車蓋、頭蓋、掩蓋、覆蓋、亂蓋／蓋世英雄、蓋棺論定、蓋世太保、大蓋特蓋。

艸部 10 畫

蒸

ㄓㄥ　①水氣上升：〈蒸發〉②在密閉容器裡靠水的熱氣使食物變熟：〈蒸饅頭、蒸包子〉③眾多的：「蒸民」。

造詞 蒸氣、蒸餾、蒸籠、蒸氣機、蒸餾水／火蒸、清蒸／蒸蒸日上、炸炒燉蒸。

請注意：木柴粗大的是「薪」，細小的是「蒸」。

艸部 10 畫

蓀

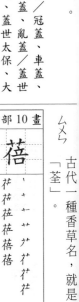

ㄙㄨㄣ　古代一種香草名，就是「荃」。

艸部 10 畫

蓓

ㄅㄟˋ　含苞未開的花：〈蓓蕾〉。

艸部 10 畫

蒐

ㄙㄡ　①聚集：〈蒐集、蒐羅〉②打獵：〈春蒐夏苗〉。

造詞 蒐索。

艸部 10 畫

蒼

ㄘㄤ　①上天：〈上蒼〉②青色的：〈蒼天、蒼松翠柏〉③衰老的：〈蒼老〉④灰白的：〈面色蒼白〉⑤姓。

造詞 蒼生、蒼茫、蒼涼、蒼蒼／青蒼、穹蒼、鬱蒼。

艸部 10 畫

蒞

ㄌㄧˋ　到、臨：〈蒞臨、蒞任、蒞會〉。

同 到、臨、至、達。

反 離。

艸部 10 畫

蓑

ㄙㄨㄛ　用草編成用來遮雨的衣服：〈蓑衣〉。

造詞 蓑草。

艸部 10 畫

蒻

ㄖㄨㄛˋ　①初生的香蒲，可以織席②荷莖在泥中白色的部分，俗稱「藕」。

艸部 10 畫

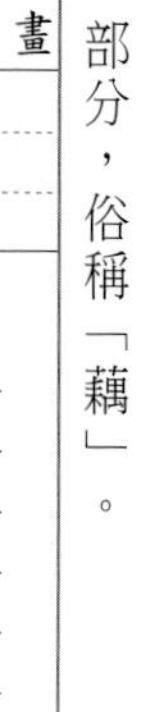

ㄖㄨˋ ①草蓆，引申作臥具：〈蓐被〉②婦女生產：〈坐蓐〉③姓。

造詞 蓐瘡。

艸部 10 畫

蒹

ㄐㄧㄢ 尚未長穗的荻草：〈蒹葭〉。

艸部 10 畫

蒺

ㄐㄧˊ 蒺藜，一年或二年生草本植物，多長在沙地上，葉形像羽毛。夏天開小黃花，果實有刺，可作藥。

艸部 10 畫

蒨

ㄑㄧㄢˋ ①草名，多年生草本植物，根黃花色，可提取染料，又可作藥②草茂盛的樣子：〈夏曄冬蒨〉③姓。

艸部 10 畫

蓁

ㄓㄣ ①荊棘，通「榛」②草茂盛的樣子：〈蓁蓁〉③蓁椒，就是「辣椒」。

艸部 10 畫

蒯

ㄎㄨㄞˇ ①一年生草本植物，長在水邊，莖可以搓繩子或編蓆子，種子可食②姓。

艸部 10 畫

蓍

ㄕ 多年生草本植物，葉細長，花白或淡紅，古人用它的莖來占卜吉凶。

造詞 蓍龜。

艸部 10 畫

蒔

ㄕˊ ①蒔蘿，一年生草本植物，高約六十至九十公分，葉如絲，開小黃花，果實黑褐色，像黍粒，氣味芳辛，可製香料，也稱「小茴香」②移植、栽種：〈蒔花〉。

造詞 蒔秧。

艸部 10 畫

蓊

ㄨㄥˇ　①草木茂盛的樣子②即蕹菜，俗稱「空心菜」。

造詞 蓊鬱。

艸部 10 畫

蒡

ㄅㄤˋ　牛蒡，二年生草本植物，葉呈心形，背面有白毛，開紫花，嫩葉和根可以吃，種子可以作藥。

艸部 10 畫

蓏

ㄌㄨㄛˇ　瓜類植物所結的果實。

請注意：瓜類的果實叫「蓏」，樹木的果實叫「果」。

艸部 11 畫

蔗

ㄓㄜˋ　熱帶和亞熱帶糖料作物，是製糖的主要原料，榨汁後剩下的渣，可製隔音板、紙漿等：〈甘蔗〉。

造詞 蔗板、蔗糖／食用蔗、製糖蔗。

艸部 11 畫

蔚

ㄨㄟˋ　①多年生草本植物，葉子呈楔形，夏天開淡黃色的小花②興起：〈蔚為風氣、蔚成大國〉③顏色深的：〈蔚藍〉④有文采的：〈雲蒸霞蔚〉。

ㄩˋ　①縣名，在察哈爾省②姓。

造詞 蔚蔚／蔚為大觀。

艸部 11 畫

蓮

ㄌㄧㄢˊ　①多年生草本植物，生在淺水裡，葉圓而大，花有紅有白，在花托下結子，地下莖稱「藕」，可食，也稱「荷」②佛家認為蓮是彌陀所居住的淨土，所以稱淨土為「蓮」。

造詞 蓮步、蓮社、蓮花、蓮蓬、蓮藕、蓮霧、蓮花落／睡蓮、池蓮、青蓮、秋蓮。

艸部 11 畫

蔬

ㄕㄨ　①可食用的草菜類的總稱：〈蔬菜〉②粗劣的：〈蔬膳〉。

造詞 蔬果、蔬食／菜蔬、果蔬、野蔬。

艸部 11 畫

蔭

ㄧㄣˋ ①樹下的陰影：〈樹蔭、柳蔭〉②因父祖有功而給予子孫仕宦的權利或特權，通「廕」：〈庇蔭〉。

造詞 蔭庇、蔭涼／恩蔭、祖蔭／蔭蔽之德。

艸部 11 畫

蔓

ㄇㄢˋ ①植物細長而攀繞他物的莖：〈瓜蔓、葛蔓〉②漸漸伸長和散布開來：〈蔓延〉③姓。

ㄇㄢˊ 蔓菁，或稱「蕪菁」，蔬類植物，根長而扁圓，俗稱「大頭菜」。

造詞 蔓延、蔓生植物。

艸部 11 畫

蔑

ㄇㄧㄝˋ ①侮辱：〈誣蔑〉②拋去、捨去：〈蔑棄〉③微小的：〈蔑視〉④無、沒有：〈蔑以復加〉。

造詞 蔑賤／輕蔑、侮蔑、汙蔑、鄙蔑。

同 小、藐。

艸部 11 畫

蔣

ㄐㄧㄤˇ ①草本植物，茭白筍的別名②姓。

艸部 11 畫

蔡

ㄘㄞˋ ①春秋時國名，在今河南上蔡、新蔡縣一帶②姓。

艸部 11 畫

蔔

ㄅㄛˊ 蘿蔔，蔬類植物，主根肥大，球形或圓柱形，根和葉都可食用，種子可作藥。

艸部 11 畫

蓬

ㄆㄥˊ ①蓮花結的果子：〈蓮蓬〉②散亂不整齊的：〈蓬髮、蓬鬆〉③興盛：〈蓬勃〉④用蓬編成的：〈蓬舍〉。

造詞 蓬門／飛蓬、帳蓬、雨蓬、布蓬／蓬首垢面、蓬戶甕牖、蓬華生輝。

艸部 11 畫

蔥

ㄘㄨㄥ ①多年生草本植物，葉中空成管狀，下部白色，有辛辣味，常用來爆炒食物，使食物更加可口②青色的：〈蔥翠〉。

造詞 蔥白、蔥花、蔥籠。

艸部 11 畫

蔽

ㄅㄧˋ ①遮蓋、擋住：〈遮蔽、掩蔽〉②欺騙、隱瞞事實：〈蒙蔽〉③掩藏：〈蔽惡〉④概括：〈一言蔽之〉。

造詞 蔽匿、蔽塞、蔽障／隱蔽、壅蔽／蔽日參天。

艸部 11 畫

蓿

ㄙㄨˋ 苜蓿，多年生草本植物，是優良的飼料，俗稱「金花菜」。

艸部 11 畫

蔻

ㄎㄡˋ ①豆蔻，草本植物，種子有香味，可作藥②蔻丹，泛稱女人用的各種顏色的指甲油。

艸部 11 畫

蓼

ㄌㄧㄠˇ ①草本植物，多生在水邊，葉子有辛香味，古人用來調味②古國名，在河南省境內③姓。

ㄌㄨˋ 長大的樣子：〈蓼蓼者莪〉。

造詞 蓼莪。

艸部 11 畫

蔦

ㄋㄧㄠˇ 蔦蘿，一年生蔓草植物，莖細長，多攀附在樹木上，夏天開紅白色小花，多栽培在庭院中，供觀賞。

艸部 11 畫

蓰

ㄒㄧˇ ①草名②數的五倍：〈倍蓰〉。

艸部 11 畫

蓽

ㄅㄧˋ ①草名，即「羊蹄草」②用荊竹樹枝編成的柴門，通「篳」：〈蓽門〉。

造詞 蓽路藍縷。

艸部 12 畫

蕩

ㄉㄤˋ　①水匯聚的地方，如湖澤、坑池等，通稱為「蕩」：〈黃天蕩〉②搖動、擺動：〈飄蕩、動蕩〉③放縱、不受拘束：〈放蕩〉④走來走去，無事閒逛：〈遊蕩〉⑤廣大的樣子：〈蕩蕩〉⑥姓。

造詞 蕩子、蕩婦、蕩漾、蕩然／掃蕩／蕩氣迴腸、蕩然無存。

同 搖、撼、動。

艸部 12 畫

蕈

ㄒㄩㄣˋ　菌類植物，生長在樹林裡或草地上，種類很多，有的可吃，例如：松蕈、香蕈，有的有毒。

艸部 12 畫

蕙

ㄏㄨㄟˋ　①香草名，葉橢圓形，秋初開紅花，結黑子，有香味②蕙蘭，多年生草本植物，花很香，可供觀賞③高雅芳潔的：〈蕙質蘭心〉。

造詞 蕙心。

艸部 12 畫

蕨

ㄐㄩㄝˊ　多年生草本植物，嫩葉可食用，地下莖多含澱粉，可製成澱粉。

造詞 蕨類植物。

艸部 12 畫

蕃

ㄈㄢˊ　①繁殖，通「繁」：〈蕃衍〉②繁多、茂盛：〈蕃盛〉。

ㄈㄢ　①中國古代稱西方的遊牧民族，通「番」：〈吐蕃、吐魯蕃〉②稱外國或來自外國的東西，通「番」：〈蕃茄、蕃薯〉。

造詞 蕃人、蕃兵／青蕃。

艸部 12 畫

蕊

ㄖㄨㄟˇ　①花心，是植物傳種的器官，有雄、雌的分別：〈花蕊、雄蕊、雌蕊〉②燈燭的心：〈燈蕊〉。

請注意：花外為「萼」，花內為「蕊」。

艸部 12 畫

蕉

ㄐㄧㄠ　①芭蕉的簡稱②香蕉的簡稱：〈蕉農〉。

造詞 蕉扇、蕉葉／綠蕉、美人蕉。

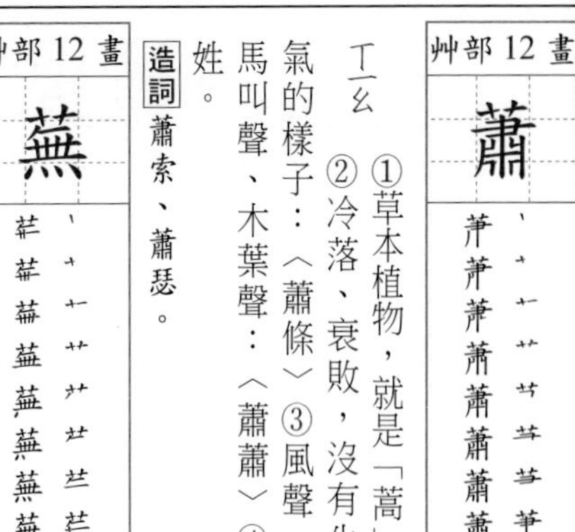

艸部 12 畫

蕭

ㄒㄧㄠ ①草本植物，就是「蒿」②冷落、衰敗，沒有生氣的樣子：〈蕭條〉③風聲、馬叫聲、木葉聲：〈蕭蕭〉④姓。

造詞 蕭索、蕭瑟。

艸部 12 畫

蕪

ㄨˊ ①草多而亂的樣子：〈荒蕪〉②雜亂：〈蕪雜〉③姓。

造詞 蕪湖／平蕪、繁蕪。

艸部 12 畫

蕎

ㄑㄧㄠˊ ①蕎麥，一年生草本植物，莖紅色，葉子三角狀心臟形，花白或淡粉紅色，子實磨成粉，可食用②即大戟，多年生草本植物，夏天開黃褐色花，莖、葉折斷時會流出毒汁，可作藥。

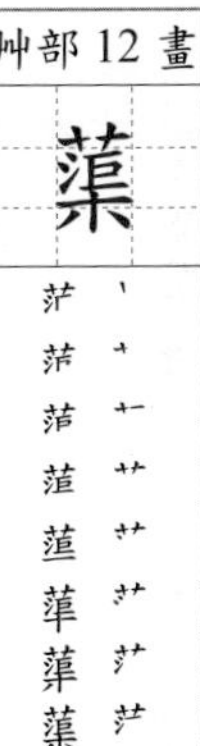

艸部 12 畫

蕖

ㄑㄩˊ ①芙蕖，荷花的別稱②芋的大根。

艸部 12 畫

蕤

ㄖㄨㄟˊ ①萎蕤，即「玉竹」②泛指草木的花③古代帽帶下垂的部分：〈冠蕤〉。

艸部 12 畫

蕁

ㄒㄩㄣˊ ①蕁麻，多年生草本植物，葉對生，莖皮纖維可作紡織原料②即「知母」，多年生草本植物，葉細長，開淡紫色小花，可作藥。

造詞 蕁麻疹。

艸部 12 畫

薌

ㄒㄧㄤ 通「香」，穀類的香氣。

艸部 12 畫

蕞

ㄗㄨㄟˋ 細小的：〈蕞爾〉。

造詞 蕞爾小國。

艸部 12 畫

蕢

蕢

ㄎㄨㄟˋ ①古代用草編成的盛土器具：〈荷蕢〉②姓。

艸部 13 畫

薪

薪

ㄒㄧㄣ ①柴火：〈釜底抽薪、臥薪嘗膽〉②薪水的簡稱：〈月薪、年薪〉③姓。

造詞 薪津、薪俸、薪餉／日薪、加薪／薪盡火傳、杯水車薪、留職停薪。

請注意：大而可剖析的是「薪」，小而可捆綁成束的是「柴」。

艸部 13 畫

薄

薄

ㄅㄛˊ ①迫近：〈日薄西山〉②輕視：〈輕薄、菲薄、厚古薄今〉③減輕：〈薄賦斂〉④不厚的：〈薄片、薄紙〉⑤不濃的、淡的：〈薄茶、薄酒〉⑥微小的：〈薄弱、薄禮〉⑦不肥沃的：〈薄田〉⑧卑賤的：〈出身微薄〉⑨姓。

ㄅㄛˋ 草本植物，莖葉有清涼的香味：〈薄荷〉。

造詞 薄冰、薄命、薄面、薄倖、薄情／刻薄、淺薄、淡薄／薄脣輕言、妄自菲薄。

同 菲、淡。

反 厚。

艸部 13 畫

蕾

蕾

ㄌㄟˇ 含苞待放的花朵：〈花蕾、蓓蕾〉。

造詞 蕾絲。

艸部 13 畫

薜

薜

ㄅㄧˋ ①薜荔，常綠灌木，莖、葉、果可作藥，也叫「木蓮」②藥草名，就是「當歸」。

艸部 13 畫

薑

薑

ㄐㄧㄤ 多年生草本植物，地下莖成塊狀，黃色，有辣味，可作調味及藥材，又名「生薑」。

造詞 薑桂。

艸部 13 畫

薔

薔

ㄑㄧㄤˊ 薔薇，落葉灌木，莖上多刺，花美而香，可供觀賞和製香水。

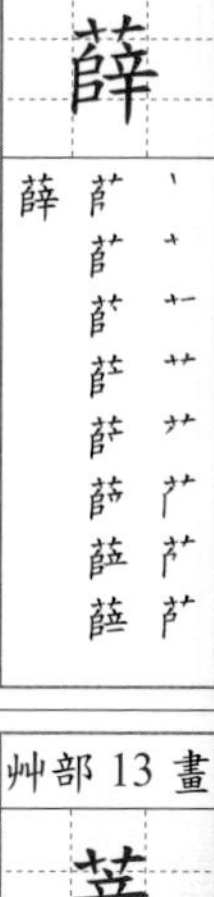

艸部 13 畫

薛

ㄒㄩㄝ　①草名，即「藾蒿」②春秋時代國名，在今山東省藤縣一帶③姓。

艸部 13 畫

薇

ㄨㄟˊ　①落葉喬木，夏秋開花：〈紫薇〉②落葉灌木，莖有刺，花豔麗，可供觀賞：〈薔薇〉。

艸部 13 畫

薯

ㄕㄨˇ　甘薯、馬鈴薯等薯類作物的總稱。

艸部 13 畫

薏

ㄧˋ　①蓮子心②薏苡，草本植物，種仁叫薏仁米，可以吃，也可作藥，也叫「薏米」、「苡仁」、「苡米」。

艸部 13 畫

薊

ㄐㄧˋ　①多年生草本植物，葉和莖都有刺，可以作藥，分為大薊和小薊②縣名，在河北省③姓。

艸部 13 畫

薈

ㄏㄨㄟˋ　①聚集：〈薈萃〉②草木茂盛的樣子：〈薈蔚〉。

艸部 13 畫

薦

ㄐㄧㄢˋ　①草、席墊：〈草薦〉②介紹、推舉：〈推薦、舉薦〉③姓。

造詞　薦任、薦舉、引薦／毛遂自薦。

艸部 13 畫

薐

ㄌㄥˊ　菠薐，就是「菠菜」。

艸部 13 畫

薨

ㄏㄨㄥ　①古時候諸侯死亡稱「薨」②昆蟲群飛的聲音：〈薨薨〉。

請注意：古時候天子死稱

「崩」，諸侯死稱「薨」，大夫死稱「卒」，士死稱「不祿」，庶人死稱「死」。

蕻 艸部 13 畫

ㄏㄨㄥˋ ①雪裡蕻，草本植物，葉子味道辛辣，可供醃漬，俗稱「雪裡紅」②草木萌芽③茂盛。

蕺 艸部 13 畫

ㄐㄧˊ ①蕺菜，葉像蕎麥，多生在溼地，莖、葉都有臭味，也叫「魚腥草」②蕺山，山名，在浙江省紹興縣東北。

薤 艸部 13 畫

ㄒㄧㄝˋ ①多年生草本植物，葉細長似韭菜，中空，夏開紫色小花，鱗莖和嫩葉可食②古時送葬時所唱的喪歌：〈薤露〉。

蕹 艸部 13 畫

ㄩㄥ 一年生草本植物，莖細長，中空，嫩葉、嫩莖可吃，俗稱「空心菜」。

藍 艸部 14 畫

ㄌㄢˊ ①草本植物，葉子含藍汁，提取出來可作染料：〈藍草〉②深青色：〈蔚藍、青出於藍〉③姓。

造詞 藍本、藍圖、藍縷、藍皮書／水藍、天藍、碧藍／藍田種玉。

薩 艸部 14 畫

ㄙㄚˋ ①梵語，菩薩的簡稱②國名，薩爾瓦多的簡稱，在中美洲③姓。

造詞 薩其馬。

藏 艸部 14 畫

ㄘㄤˊ ①隱匿：〈躲藏〉②收存：〈藏書、藏穀防饑〉③姓。

ㄗㄤˋ ①西藏自治區的簡稱②種族名，大都居住在西藏、青海一帶：〈藏包〉③貯存大量東西的地方：〈庫藏、寶藏〉④佛教或道教經典的總稱：〈道藏、大藏經〉。

造詞 藏奸、藏青、藏拙、藏匿、藏族、藏藍／行藏、收藏、儲藏、祕藏、冷藏、隱藏、潛藏／藏龍臥虎、藏諸名山、藏垢納汙。

同 收、斂、納。

反 露。

請注意：「寶藏」、「唐三藏」、「西藏」的「藏」音ㄗㄤˋ。「收藏」、「礦藏」的「藏」音ㄘㄤˊ。

艸部 14 畫

藐

ㄇㄧㄠˇ ①小看、輕視：〈藐視〉②微小：〈藐小〉。

同 蔑、小。

艸部 14 畫

藉

ㄐㄧㄝˋ ①依賴：〈憑藉〉②慰勞：〈慰藉〉③假借：〈藉故、藉端生事〉。

ㄐㄧˊ 眾多雜亂的樣子：〈藉藉、杯盤狼藉〉。

造詞 藉口、藉手／枕藉／聲名狼藉。

請注意：除「藉藉」和「狼藉」外都讀成ㄐㄧㄝˋ。

艸部 14 畫

薰

ㄒㄩㄣ ①多年生草本植物，味芳香，也稱「蕙草」②花的香氣：〈草薰〉③充滿：〈利慾薰心〉④溫和的：〈薰風〉⑤姓。

造詞 薰陶、薰染／香薰、麝薰／草欣木薰。

反 蕕（臭草）。

艸部 14 畫

薹

ㄊㄞˊ ①多年生草本植物，地下具有根莖，桿呈三稜形，葉為狹形，可以製笠帽②蒜、韭菜、油菜的花莖，分別叫蒜薹、韭薹、菜薹。

艸部 14 畫

薺

ㄐㄧˋ 薺菜，一年生草本植物，莖高約三十公分，開白花，莖、葉可以吃。

ㄑㄧˊ 荸薺，多年生草本植物，地下球莖可以吃。

艸部 14 畫

藎

ㄐㄧㄣˋ ①二年生草本植物，莖和葉都可以做黃色染料：〈藎草〉②沒有燒盡的柴草，通「燼」。

艸部 15 畫
藩

ㄈㄢˊ ①籬笆：〈藩籬〉②封建王朝分封的屬地或屬國：〈藩國、外藩〉③屏障：〈屏藩〉④姓。

造詞 藩鎮、藩屬／三藩。

艸部 15 畫
藝

ㄧˋ ①技能、技術：〈手藝、工藝〉②古時候稱禮、樂、射、御、書、數，或詩、書、禮、樂、易、春秋為六藝 ③具美感的價值活動，或這種活動的產物：〈藝術、文藝〉④限度：〈貪賄無藝〉⑤姓。

造詞 藝人、藝名、藝林、藝苑、藝廊、藝術館／演藝、園藝、農藝、武藝／藝文類聚、多才多藝、十八般武藝。

艸部 15 畫
藪

ㄙㄡˇ ①多草的湖泊，也指有草有水的沼澤 ②人或物聚集的地方：〈淵藪、人材藪〉。

造詞 林藪、澤藪、財賦藪、禽獸藪。

艸部 15 畫
藕

ㄡˇ 蓮的地下莖，長形，肥大有節，中間有許多管狀小孔，可以吃，也可製成藕粉。

造詞 藕絲／藕斷絲連。

艸部 15 畫
藤

ㄊㄥˊ ①蔓生的木本植物：〈紫藤〉②蔓生植物的卷鬚或莖：〈南瓜藤、瓜藤、葛藤〉③藤製品：〈藤椅〉。

造詞 藤蔓／爬藤、葡萄藤。

艸部 15 畫
藥

ㄧㄠˋ ①可以用來治病的物質：〈中藥、西藥、藥材〉②有爆發性的東西：〈火藥〉③治療：〈不可救藥〉④毒殺：〈藥老鼠〉⑤姓。

造詞 藥方、藥引、藥石、藥材、藥品、藥言、藥性、藥典、藥酒、藥膏、藥劑師／炸藥、湯藥、毒藥、服藥、靈藥／對症下藥。

藷 艸部 15 畫

ㄕㄨˇ 通「薯」，番藷也作「蕃薯」。

ㄓㄨ 藷蔗，就是「甘蔗」。

藻 艸部 16 畫

ㄗㄠˇ ①水草的總稱：〈海藻〉②華麗的文辭：〈辭藻〉。

造詞 藻井、藻飾、藻類／文藻、華藻。

藹 艸部 16 畫

ㄞˇ ①枝葉茂盛的樣子：〈藹藹〉②溫和的、態度親切的：〈和藹可親〉③姓。

造詞 藹然。

蘑 艸部 16 畫

ㄇㄛˊ 菌類植物名，多生在枯樹上，就是「蘑菇」，又作「蘑菰」。

藺 艸部 16 畫

ㄌㄧㄣˋ ①草名，也叫「燈芯草」，莖可編席，花小，黃綠色②姓。

蘆 艸部 16 畫

ㄌㄨˊ ①多年生草本植物，多生在水邊，莖光滑，可編席和造紙：〈蘆葦〉②姓。

造詞 蘆田、蘆花、蘆笙、蘆筍、蘆薈／胡蘆、瓠蘆／依樣畫胡蘆。

蘋 艸部 16 畫

ㄆㄧㄥˊ 落葉喬木，葉橢圓形，花白色帶紅暈，果實圓形，味道甘美：〈蘋果〉。

ㄆㄧㄣˊ 蕨類植物，生在淺水中，四片小葉組成一複葉，像「田」字，又叫「田字草」。

造詞 蘋果酸／青蘋、野蘋。

蘇 艸部 16 畫

ㄙㄨ ①一年生草本植物，莖、葉和果實都可作藥，有紫蘇、白蘇兩種②江蘇省的簡稱：〈蘇劇〉③蘇俄的簡稱：〈中蘇條約〉④下垂的穗狀物：〈流蘇〉⑤清醒：〈蘇醒〉⑥姓。

造詞 蘇打、蘇聯、蘇息／姑蘇、紫蘇、復蘇。

艸部 16 畫

蘊

ㄩㄣˋ ①佛學以覆蔽真性、妙明的現象為「蘊」：〈照見五蘊皆空〉②奧祕：〈內蘊〉③包含：〈蘊藏〉④聚積：〈蘊結〉。

造詞 蘊涵、蘊蓄／含蘊、精蘊、義蘊／不明底蘊。

艸部 16 畫

蘅

ㄏㄥˊ ①多年生草本植物，就是「杜蘅」，葉呈心形，開紫色的花，根、莖可作藥②蘅蕪，一種香草名。

艸部 16 畫

蘄

ㄑㄧˊ ①就是「當歸」②蘄州，古地名，在今湖北省境內③姓。

艸部 17 畫

蘭

ㄌㄢˊ ①多年生草本植物，葉長而尖，春天開花，味道清香，種類很多，可供盆栽觀賞：〈蝴蝶蘭〉②香草名，就是「蘭草」③姓。

造詞 蘭交、蘭室、蘭嶼／木蘭、金蘭、芝蘭、幽蘭／蕙質蘭心。

艸部 17 畫

蘗

ㄅㄛˋ 落葉喬木，果實呈黑色，可供藥用，莖的內皮可當染料，木材可製器具：〈黃蘗〉。

ㄅㄧˋ 通「薜」。

艸部 17 畫

蘚

ㄒㄧㄢˇ 隱花植物，葉莖細小，叢生在陰溼的地方，生命力極強：〈苔蘚〉。

艸部 19 畫

蘸

ㄓㄢˋ 在液體、粉末或糊狀的東西裡沾一下就拿出來：

〈蘸墨水、蘸糖〉。

艸部 19 畫

蘿

ㄌㄨㄛˊ ①蘿蔔②指能攀爬的植物：〈藤蘿、女蘿、松蘿〉。

造詞 蔦蘿、蔓蘿。

虍部 ㄏㄨ

虍部 2 畫

虎

丨 ⺊ 𠂉 广 卢 卢 虍 虎 虎

ㄏㄨˇ ①哺乳類動物，食肉，形狀像貓，長一至二公尺，全身黃褐色，雜有黑色條紋，性情凶猛，力大，一般稱「老虎」②勇猛威武的：〈虎將、虎威〉③威猛似虎的：〈虎視眈眈〉④姓。

造詞 虎口、虎牙、虎穴、虎嘯、虎頭蜂／臥虎、猛虎、母老虎／虎口餘生、如狼似虎、虎頭蛇尾、初生之犢不畏虎。

虍部 3 畫

虐

丨 ⺊ 𠂉 广 卢 卢 虍 虐 虐

ㄋㄩㄝˋ ①殘害、殘暴：〈虐待〉②酷烈的：〈虐暑〉。

造詞 虐政、虐待狂／殘虐、暴虐、苛虐、自虐／助紂為虐。

同 暴、殘。

虍部 4 畫

虔

丨 ⺊ 𠂉 广 卢 卢 虍 虍 虔 虔

ㄑㄧㄢˊ ①恭敬：〈虔誠、虔心〉②姓。

造詞 虔敬／恭虔、肅虔。

虍部 5 畫

處

丨 ⺊ 𠂉 广 卢 卢 虍 虍 虔 虔 處

ㄔㄨˋ ①地方：〈住處、通訊處〉②機關或團體組織的單位：〈訓導處、教務處〉③事務表現的特點：〈好處、壞處〉。

ㄔㄨˇ ①居住：〈穴居野處〉②存在、置身：〈處境〉③辦理：〈處理〉④和別人一起生活、交往：〈相處〉⑤懲戒：〈處罰、處刑〉⑥姓。

造詞 處分、處世、處長、處處、處置／長處、妙處、到處、各處、隨處、益處／處心積慮、處變不驚、一無是處、恰到好處。

虍部 5 畫

彪

丨 ⺊ 𠂉 广 卢 卢 虍 虍 虎 虎 彪 彪

ㄅㄧㄠ ①小老虎②老虎身上的斑紋③指人的體格高大壯碩：〈彪形大漢〉④姓。

造詞 彪炳。

虍部6畫

虛

丨 ⺊ 𠂇 卢 卢 虍 虍 虍 虚 虚 虚 虛

ㄒㄩ ①天空：〈太虛〉②空隙：〈乘虛而入〉③不自滿、不自大：〈謙虛〉④不真實的：〈虛情假意〉⑤衰弱：〈虛弱〉⑥白白的、徒然的：〈虛有其表、形同虛設〉⑦草率的：〈虛應故事〉。

造詞 虛幻、虛心、虛名、虛字、虛度、虛假、虛報、虛榮、虛線、虛驚、虛榮心／空虛、心虛／虛張聲勢、虛與委蛇、虛懷若谷、故弄玄虛、做賊心虛。

同 空、曠。

反 實、盈、滿。

虍部7畫

虞

丨 ⺊ 𠂇 卢 卢 虍 虍 虍 虐 虞 虞 虞 虞

ㄩˊ ①朝代名②猜測、預料：〈不虞〉③擔心、憂慮：〈無虞、衣食無虞〉④欺騙：〈爾虞我詐〉⑤姓。

造詞 虞舜。

同 詐、疑。

虍部7畫

虜

丨 ⺊ 𠂇 卢 卢 虍 虍 虍 虜 虜 虜 虜 虜

ㄌㄨˇ ①作戰時抓到的敵人：〈俘虜〉②舊時稱入侵或擾亂邊界的異族：〈韃虜〉③捉到、擒住：〈虜獲〉④搶奪：〈虜掠〉。

造詞 囚虜、降虜、胡虜／虜掠一空。

同 囚、俘、擒。

虍部7畫

號

丶 口 口 旦 号 号 号 号 號 號 號 號 號

ㄏㄠˋ ①名稱：〈國號、帝號〉②命令：〈發號施令〉③軍用的小喇叭：〈軍號〉④標誌：〈信號〉⑤舊時指商店：〈商號〉⑥排定的秩序：〈編號、座號〉⑦表示等級：〈小一號、特大號〉⑧日：〈五月五號〉⑨稱謂：〈自號、號為竹林七賢〉。

ㄏㄠˊ ①大聲的喊叫：〈呼號〉②大聲的哭：〈哀號〉。

造詞 號手、號令、號召、號外、號角、號啕、號稱、號碼／年號、雅號、綽號、學號、記號、句號、逗號、口號、熄燈號／號令如山、號寒啼飢。

同 叫、哭。

虢　虍部9畫
筆順：虢

ㄍㄨㄛˊ　①周代諸侯國名②姓。

虧　虍部11畫
筆順：虧

ㄎㄨㄟ　①缺陷、不完滿：〈月有盈虧〉②減損：〈吃虧〉③消耗、損失：〈虧本〉④欠缺：〈功虧一簣(ㄎㄨㄟˋ)〉⑤負、對不起：〈虧欠〉⑥違背：〈虧心〉⑦幸而、幸好，表示僥倖的意思：〈幸虧〉⑧表示斥責或諷刺：〈這種話，虧你說的出來〉。

造詞 虧待／眼前虧。
同 乏、損、缺、弱。
反 盈、實、強。

虫部 ㄏㄨㄟˇ

虫　虫部0畫
筆順：虫

ㄏㄨㄟˇ　①毒蛇②姓。
ㄔㄨㄥˊ　「蟲」字的簡寫。

虱　虫部2畫
筆順：虱

ㄕ　寄生在人、動物身上的灰白色小昆蟲，吸食血液，能傳染疾病，同「蝨」。

造詞 虱子、虱目魚。

虯　虫部2畫
筆順：虯

ㄑㄧㄡˊ　①古代傳說中一種有角的龍：〈虯龍〉②形容蜷曲的樣子：〈虯髯〉。

造詞 虯髯客。

虹　虫部3畫
筆順：虹

ㄏㄨㄥˊ　①大氣中一種光的現象，天空中的小水珠經過日光照射發生折射和反射作用所形成的弧形彩帶：〈彩虹〉②姓。

造詞 虹霓、虹吸管／長虹、白虹、霓虹。

虻　虫部3畫
筆順：虻

ㄇㄥˊ　昆蟲名，形狀像是大蒼蠅，頭闊眼大，觸角短。種類很多，有些愛吸花蜜：〈花虻〉；有些愛吸人和牲畜的血：〈牛虻〉。

虫部3畫

虺

ㄏㄨㄟˇ　爬蟲類動物，毒蛇的一種，頭大脖子細，身體是土黃色，長約六十公分：〈蛇虺〉。

ㄏㄨㄟ　生病的樣子：〈虺隤（ㄊㄨㄟˊ）〉。

虫部4畫

蚊

ㄨㄣˊ　昆蟲名，種類很多，通常雄蚊吸食植物汁液，雌蚊吸食人畜的血液：〈三斑家蚊〉。

造詞　蚊帳、蚊蚋、蚊繩。

虫部4畫

蚌

ㄅㄤˋ　軟體動物，生活在淡水中，用鰓呼吸，有兩扇堅硬的殼。肉可食用，殼可作裝飾品，有的蚌能產珍珠。

造詞　蚌珠／鷸蚌相爭。

虫部4畫

蚣

ㄍㄨㄥ　節足動物多足類，軀幹扁長，有二十二個環節，每節有一對腳，頭部的腳像鉤子，有毒腺，會分泌毒液，烘乾後可製成藥材：〈蜈蚣〉。

虫部4畫

蚤

ㄗㄠˇ　黑褐色無翅、能跳的小昆蟲，吸食人、畜的血液，會傳染鼠疫等疾病。

虫部4畫

蚩

ㄔ　①毛蟲名②無知、傻，通「痴」③姓。

請注意：「蚩」字上的撇筆由右上向左下撇，才是正確的寫法。

虫部4畫

蚪

ㄉㄡˇ　蛙類的幼蟲：〈蝌蚪〉。

虫部4畫

蚓

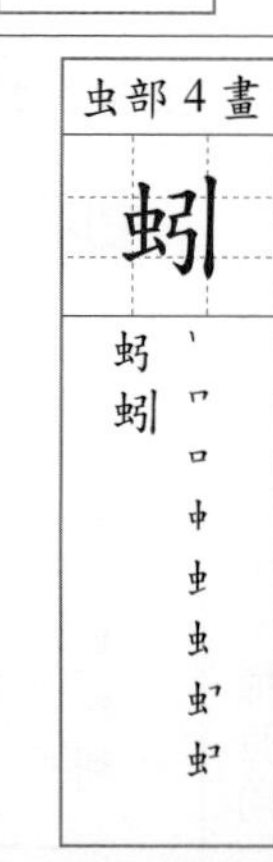

ㄧㄣˇ 昆蟲名，身體柔軟，有環節，生活在泥中，有改良土壤的作用：〈蚯蚓〉。

虫部4畫
蚜

ㄧㄚˊ 蚜蟲，形狀像蝨，口部有吸管，能刺入植物嫩芽裡吸食汁液，再從肛門排出甜液，是一種害蟲。

虫部5畫
蛇

ㄕㄜˊ ①爬蟲類，身體圓長有鱗片，沒有四肢，嘴大，齒像鉤，利用身體伸縮來運動②姓。

ㄧˊ 虛與委蛇。

造詞 毒蛇、青蛇、白蛇、百步蛇／蛇蠍心腸、虛與委蛇、打草驚蛇。

請注意：「蛇」和「委」字一起用時應讀「ㄧˊ」，例如「虛與委蛇」。

虫部5畫
蛀

ㄓㄨˋ ①咬樹木、衣物、書籍的小蟲：〈蛀蟲〉②被蟲子咬壞：〈衣服被蟲蛀了一個洞〉。

造詞 蛀牙。

虫部5畫
蛄

ㄍㄨ ①蟪蛄，昆蟲名，蟬的一種，體較小，紫青色，雄性能發音②螻蛄，昆蟲名，生活在土中，前足能掘土，是咬食農作物的害蟲。

虫部5畫
蚵

ㄎㄜ 俗稱蟯蛔為「屎蚵蛔」。

ㄜˊ 即牡蠣。

虫部5畫
蛆

ㄑㄩ 蠅類的幼蟲，多生在糞便、動物屍體和不潔淨的地方。

ㄐㄩ 蝍蛆，也就是蜈蚣或蟋蟀。

虫部5畫
蛋

ㄉㄢˋ ①鳥類或爬蟲類所產的卵：〈雞蛋、蛇蛋〉②

形狀像蛋的東西：〈雞蛋臉〉③比喻的用法：〈搗蛋〉。

造詞 蛋黃、蛋糕、蛋白質。

虫部5畫

蚱

ㄓㄚˋ　昆蟲名，蝗蟲的一種，身體草綠色或枯黃色，喜歡吃稻葉，是農作物的害蟲：〈蚱蜢〉。

虫部5畫

蚯

ㄑㄧㄡ　環節動物，體圓長，由多個環節合成，無眼、無耳、無鼻。常吞食泥土，會挖地成洞，使土壤疏鬆，有益農作：〈蚯蚓〉。

虫部5畫

蛉

ㄌㄧㄥˊ　①白蛉子，比蚊子小，吸人、畜的血，能傳染黑熱病②脈翅目昆蟲的總稱，例如草青蛉、粉蛉等。

虫部5畫

蚶

ㄏㄢ　軟體動物，蚌類的一種，外殼很厚，生長在近陸的淺海泥中，也可以人工養殖，肉味鮮美，也稱「魁蛤」。

虫部5畫

蚿

ㄒㄧㄢˊ　馬蚿，多足類節肢動物，圓筒形，多環節及足，常出現在潮溼的地方，碰觸後即蜷曲成螺旋狀，也稱「馬陸」。

虫部5畫

蚰

ㄧㄡˊ　蚰蜒，多足類節肢動物，與蜈蚣同類，長約五公分，黃黑色，腳細長，全身分十五個環節，每節有足一對。觸覺敏銳，行動迅速，捕食害蟲，有益農作物，又稱「蠼螋」，俗稱「錢龍」或「錢串子」。

虫部6畫

蛟

ㄐㄧㄠ　古代傳說中一種像龍，而且又能引發洪水的動物：〈蛟龍〉。

虫部6畫

蛙

丶口口中虫虫虫一虫+ 虫土 虫圭 虫寺 蛙

ㄨㄚ 兩棲類動物，幼蟲稱「蝌蚪」，長成後稱「蛙」。四肢有力，善跳躍，前肢小，有四趾，後肢粗大，有五趾，趾間有蹼。雄蛙善鳴。種類多，有牛蛙、樹蛙等。

造詞 蛙人、蛙式、蛙類／青蛙、井底蛙。

虫部6畫

蛔

丶口口中虫虫虫｜虫冂 蛔 蛔 蛔 蛔

ㄏㄨㄟˊ 一種寄生蟲，在人或其他動物體內活動，能損害人體或動物的健康，會引起多種疾病：〈蛔蟲〉。

虫部6畫

蛛

丶口口中虫虫虫丿虫𠂉 虫𠂉 虫牛 蛛 蛛

ㄓㄨ 昆蟲名：〈蜘蛛〉。

造詞 蛛絲馬跡、蛛網塵封。

虫部6畫

蛭

丶口口中虫虫虫一虫𠫔 虫𠫔 虫至 蛭 蛭

ㄓˋ 環節動物，生在水中，體型扁平，前後有吸盤，常附著在人畜的肌膚上吸取血液維生，又叫「螞蟥」：〈水蛭〉。

造詞 馬蛭。

虫部6畫

蛤

丶口口中虫虫虫丿虫人 虫𠆢 虫合 蛤 蛤

ㄍㄜˊ 一種軟體動物，有兩片卵圓形的殼，生活在淺海泥沙中，肉質鮮美，可以食用：〈蛤蜊〉。

ㄏㄚˊ 青蛙和癩蛤蟆的總稱：〈蛤蟆〉。

虫部6畫

蛐

丶口口中虫虫虫｜虫冂 蛐 蛐 蛐 蛐

ㄑㄩ 蟋蟀：〈蛐蛐兒〉。

造詞 蛐蛐罐子。

虫部6畫

蛞

丶口口中虫虫虫一虫二 虫千 虫舌 蛞 蛞

ㄎㄨㄛˋ ①蛞蝓，形似無殼的蝸牛，身體能分泌粘液，俗稱「鼻涕蟲」②蛞螻，螻蛄的別名。

虫部6畫

蛘

丶口口中虫虫虫丶虫丷 虫丷 虫羊 蛘 蛘

ㄧㄤˊ　昆蟲名，背有甲殼，頭小嘴長，是穀類植物的害蟲。

虫部6畫

蛩

ㄑㄩㄥˊ　①蝗蟲的別名②蟋蟀的別名。

造詞　吟蛩、秋蛩、飛蛩。

請注意：「跫音」是足音，「蛩音」是蟲鳴。

虫部7畫

蛻

ㄊㄨㄟˋ　①蟲類脫下來的皮：〈蛇蛻、蟬蛻〉②蛇、蟬在生長期間脫皮：〈蛻化〉。

造詞　蛻變。

虫部7畫

蛹

ㄩㄥˇ　昆蟲由幼蟲變為成蟲、不吃不動的期間，一般體外有繭或厚皮包裹，叫作「蛹」。

造詞　蛹期。

虫部7畫

蜈

ㄨˊ　節足動物，身體長而扁，軀幹由許多環節構成，每個環節都有一對足。第一對呈鉤狀，有毒腺，能分泌毒液，以小蟲為食：〈蜈蚣〉。

虫部7畫

蜓

ㄊㄧㄥˊ　昆蟲名，身體細長，有薄膜般的翅膀，飛翔在水邊，捕食蚊子等小蟲。雌蜻蜓用尾部點水產卵在水中。

虫部7畫

蜇

ㄓㄜˊ　①海裡生長的一種腔腸動物，可食用：〈海蜇〉②蜂、蠍子等用尾部的毒刺來螫刺人類和牧畜：〈蟲蜇〉。

同　螫。

虫部7畫

蛾

ㄜˊ　①昆蟲名，身體比蝴蝶粗大，多在夜間活動，幼蟲大多為農作物害蟲②比喻美人的眉：〈蛾眉〉③姓。

ㄧˇ　同「蟻」。

虫部7畫

蜂

丶 口 口 中 虫 虫 虫' 虫ク 虫夂 蚤 蚤 蜂 蜂

ㄈㄥ ①昆蟲的一種，種類很多，有毒刺，常成群住在一起，有蜜蜂、馬蜂、虎頭蜂等②成群的、眾多的：〈盜賊蜂起〉。

造詞 蜂王、蜂房、蜂蜜、蜂擁、蜂王乳、蜂窩壁／群蜂、一窩蜂。

請注意：「蜂擁」一詞是形容人群擁擠，如蜜蜂般群聚，不可寫作「蜂湧」。

虫部7畫

蜀

丶 冂 冂 冂 罒 罒 罒 罓 罓 蜀 蜀 蜀 蜀

ㄕㄨˇ ①古代國名②四川省的簡稱③姓。

造詞 蜀犬吠日、得隴忘蜀、樂不思蜀。

虫部7畫

蜃

一 厂 厂 厂 尸 辰 辰 辰 辰 辰 辰 蜃 蜃

ㄕㄣˋ ①蛤類的總稱②大蛤蜊③古傳說中海裡的蜃吐氣所形成的：〈蜃景〉。

造詞 海市蜃樓。

虫部7畫

蜊

丶 口 口 中 虫 虫 虫' 虫' 虫千 虫千 虫禾 虫利 蜊

ㄌㄧˊ 蛤蜊，軟體動物名，生活在淺海的泥沙裡，肉味鮮美。

虫部7畫

蜍

丶 口 口 中 虫 虫 虫' 虫八 虫人 虫合 虫合 虫余 蜍

ㄔㄨˊ ①蟾蜍，兩棲動物，背上有疙瘩，晚上出來捕食昆蟲，俗稱「癩蛤蟆」②蟢蜍，蜘蛛的別名。

虫部7畫

蛺

丶 口 口 中 虫 虫 虫一 虫一 虫丆 虫丆 虫夾 蛺 蛺

ㄐㄧㄚˊ 蛺蝶，蝶的一種，複眼，翅黃紅色，有許多大小不等的斑紋。

虫部7畫

蜆

丶 口 口 中 虫 虫 虫ｌ 虫ｌ 虫目 虫目 虫目 蜆 蜆

ㄒㄧㄢˇ 軟體動物，像小蛤蜊，殼表面黑褐色，有環紋，內面紫色。產在淡水中，肉味鮮美，可食用或作為肥料及魚類的食餌，殼可磨粉作藥。

虫部8畫

蜿

丶 口 口 中 虫 虫 虫丶 虫宀 虫宀 虫宀 虫宀 虫宛 蜿 蜿

ㄨㄢ 彎曲的樣子：〈蜿蜒〉。

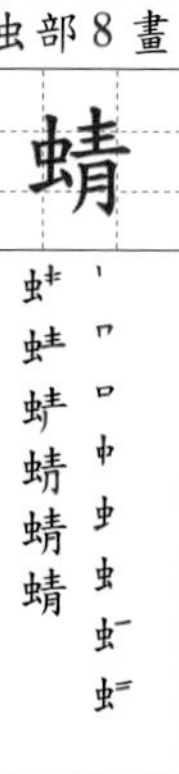

蜻 虫部8畫

ㄑㄧㄥ 昆蟲名，身體細長，有薄膜般的翅膀，飛翔在水邊，捕食蚊子等小飛蟲。雌蜻蜓用尾部點水產卵在水中。

造詞 蜻蜓點水。

蜢 虫部8畫

ㄇㄥˇ 昆蟲名，是蝗蟲的一類：〈蚱蜢〉。

蜥 虫部8畫

ㄒㄧ 爬蟲類，有四隻腳，生活在草叢裡，有些種類棲居在岩石縫裡或樹洞中，捕食昆蟲和其他小動物，俗稱「四腳蛇」：〈蜥蜴〉。

蜴 虫部8畫

ㄧˋ 爬蟲類：〈蜥蜴〉。

蜘 虫部8畫

ㄓ 節肢動物的一種，體型長圓形，有八隻腳，肛門周圍有瘤狀突起的紡績器，能抽絲織網，捕食小飛蟲：〈蜘蛛〉。

蜜 虫部8畫

ㄇㄧˋ ①蜜蜂採取花液所釀成的東西，非常營養，可當藥用：〈蜂蜜〉②甜美的：〈甜言蜜語、口蜜腹劍〉。

造詞 蜜蜂、蜜餞／採蜜。

請注意：「蜜」和「密」不同：「蜜」是甜美的意思，例如：甜蜜、蜜月、花蜜。「密」有隱藏、多的意思，例如：密室、密布。

蝕 虫部8畫

ㄕˊ ①日月的光被遮蔽：〈日蝕、月蝕〉②侵剝損傷：〈剝蝕、侵蝕〉③虧損：〈蝕本〉。

蜷 虫部8畫

ㄑㄩㄢˊ 彎曲身體：〈蜷曲〉。

造詞 蜷伏、蜷縮。

同 踡。

蜒　虫部8畫

一ㄢˊ　蜒蚰（一ㄡˊ），軟體動物名，就是無殼的蝸牛，也叫「蛞（ㄎㄨㄛˋ）蝓（ㄩˊ）」。

蜮　虫部8畫

ㄩˋ　水中毒蟲，形狀像鱉，傳說中能含沙射人，使人生病。

蜚　虫部8畫

ㄈㄟ　①揚名：〈蜚聲國際〉②沒有根據的話：〈蜚語、蜚短流長〉。

ㄈㄟˇ　昆蟲名，會發出惡臭，是農業的害蟲。

蜾　虫部8畫

ㄍㄨㄛˇ　昆蟲名，細腰蜂的一種，身體黑色，能捕食螟蛉等害蟲，有益農作：〈蜾蠃〉。

蜣　虫部8畫

ㄑㄧㄤ　昆蟲名，與金龜子相似，背部有硬殼，全身黑色，會損害農作物的根或吸食動物的糞便，也稱「運屎蟲」、「屎蚵（ㄎㄜ）螂」：〈蜣螂〉。

蝴　虫部9畫

ㄏㄨˊ　昆蟲名，幼蟲多吃農作物，是農業的害蟲。翅膀美麗而寬大，喜於白天活動：〈蝴蝶〉。

造詞　蝴蝶蘭。

蝶　虫部9畫

ㄉㄧㄝˊ　昆蟲名，種類繁多，翅膀寬大，色彩鮮豔，善於採集花蜜，幼蟲多是農業的害蟲。

造詞　蝴蝶、蝶夢、蝶戀花。

請注意：「蝶」與「鰈」音相同義不同。「蝶」是昆蟲名，「鰈」是魚類名。

蝦　虫部9畫

ㄒㄧㄚ　水生節肢動物，身上有透明的軟殼，頭部有長、短觸角各一對，種類很多，生活在水中：〈草蝦、龍蝦〉。

ㄏㄚˊ 兩棲動物名，同「蛤」：〈蝦蟆〉。

蝸 虫部9畫

ㄍㄨㄚ 生活在陸地上的軟體動物，有螺旋狀的外殼，爬行後會留下一條發光的涎線，是農作物的害蟲，有些種類可食：〈蝸牛〉。

造詞 蝸居。

蝨 虫部9畫

ㄕ 昆蟲名，頭大腹小，身體橢圓形，有六隻腳，灰白色：〈頭蝨、衣蝨〉。

造詞 蝨子。

請注意：「蝨」和「虱」互相通用，但是虱目魚的「虱」不可寫成「蝨」。

蝙 虫部9畫

ㄅㄧㄢ 哺乳類動物，頭和身體像老鼠，四肢和尾部之間有飛膜，夜間在空中飛翔，吃蚊、蛾等昆蟲。視力不好，靠本身發出的超聲波來引導飛行：〈蝙蝠〉。

蝗 虫部9畫

ㄏㄨㄤˊ 昆蟲名，軀體粗，後腳有力，適合跳躍，在灌木林、雜草間、田間活動，多危害農作物。其中能成群遠飛的叫飛蝗，不能遠飛的叫土蝗：〈蝗蟲〉。

蝠 虫部9畫

ㄈㄨˊ 能飛的哺乳動物名：〈蝙蝠〉。

蝌 虫部9畫

ㄎㄜ 蛙或蟾蜍的幼蟲，身體橢圓，有長尾巴，生活在溪流或靜水中，能吃孑孓（ㄐㄧㄝˊ ㄐㄩㄝˊ，蚊子的幼蟲），是有益的小動物：〈蝌蚪〉。

造詞 蝌蚪文。

螂 虫部9畫

ㄌㄤˊ 昆蟲名，體長腹大，頭是三角形，前肢像鐮刀，有刺，可用來捕捉食物：〈螳螂〉。

造詞　螳螂捕蟬，黃雀在後。

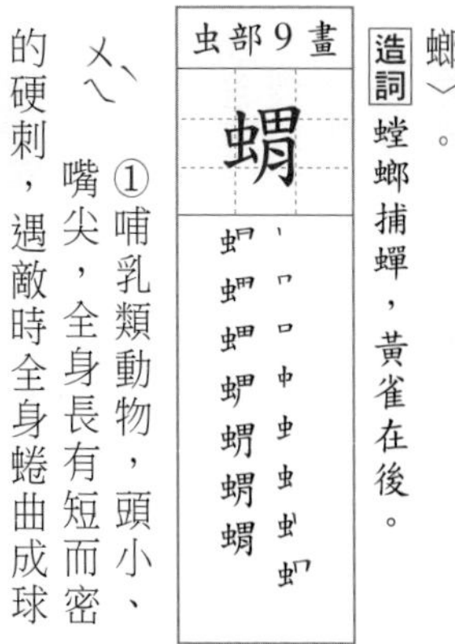

虫部9畫　**蝟**

ㄨㄟˋ　①哺乳類動物，頭小、嘴尖，全身長有短而密的硬刺，遇敵時全身蜷曲成球狀保護自己，捕食昆蟲和小動物：〈刺蝟〉②繁多雜亂的：〈蝟集〉。

造詞　蝟縮。

虫部9畫　**蝓**

ㄩˊ　蛞蝓，無殼的蝸牛。

虫部9畫　**蝎**

ㄏㄜˊ　木頭中的蛀蟲。

ㄒㄧㄝ　「蠍」的異體字。

虫部9畫　**蝣**

ㄧㄡˊ　蜉蝣，一種朝生暮死的昆蟲。

虫部10畫　**螃**

ㄆㄤˊ　甲殼類節肢動物，有五對腳，前一對腳長成鉗子的形狀，橫著爬行，種類很多：〈螃蟹〉。

虫部10畫　**螟**

ㄇㄧㄥˊ　①昆蟲名，主要侵害農作物以及林木、果樹等：〈螟蟲〉②泛指各種鑽心的蛾類幼蟲。

造詞　螟蛉。

虫部10畫　**螞**

ㄇㄚˇ　①昆蟲名，多築巢群居。在蟻群中，由工蟻、蟻后和雄蟻組成：〈螞蟻〉②軟體動物名，就是「水蛭」：〈螞蟥〉③昆蟲名，蜻蜓的俗稱：〈螞螂〉。

ㄇㄚˋ　昆蟲名，就是蝗蟲的幼蟲：〈螞蚱〉。

虫部10畫　**螢**

ㄧㄥˊ　昆蟲名，長約一公分，能飛，夜間腹部末端發燐光，吃害蟲，對農作物有益。夏天產卵於水邊，一般稱「螢火蟲」。

造詞 螢火、螢光、螢光幕／流螢、飛螢、野螢。

融

虫部 10 畫

ㄖㄨㄥˊ ①火神名，祝融的簡稱（引申為火災）②融化：〈融冰〉③調和：〈融洽〉④流通：〈金融〉⑤姓。

造詞 融和、融解、融融、融會／渾融、雪融／融會貫通、水乳交融。

同 和、合、洽。

反 固、凝。

請注意：「溶」和「融」都有消散的意思。「溶」指物質消散在液體裡，變成溶液。「融」指物質本身的消散或變化，例如：柏油融化了。

螣

虫部 10 畫

ㄊㄜˋ 昆蟲名，吃稻葉的青色害蟲。

ㄊㄥˊ 神蛇名：〈螣蛇〉。

螓

虫部 10 畫

ㄑㄧㄣˊ 昆蟲名，一種頭寬闊而方正的小蟬。

造詞 螓首蛾眉。

反 蛹。

螅

虫部 10 畫

ㄒㄧ ①同「蟋」②水螅，腔腸動物。

螗

虫部 10 畫

ㄊㄤˊ 蟬的一種：〈蜩螗〉。

同 蝘、蜩、蟬。

蟆

虫部 11 畫

ㄇㄚˊ ①兩棲類動物名：〈蝦蟆〉②一種形狀像蚊子而較小的蟲。

蟒

虫部 11 畫

ㄇㄤˇ ①爬蟲類動物，一種沒有毒牙的大蛇，長約六公尺，體色灰黑，有斑紋，大都產於熱帶的河湖附近，捕食禽獸維生，也稱「王蛇」：〈錦蟒〉②繡有蟒形圖案的衣物：〈蟒服〉。

造詞 蟒袍、蟒蛇。

虫部 11 畫　蟑

ㄓㄤ　昆蟲名，種類多，體扁平，能分泌惡臭、沾汙食物、傳染疾病：〈蟑螂〉。

虫部 11 畫　螳

ㄊㄤˊ　螳螂，昆蟲名，頭三角形，前足像鐮刀，種類很多。

造詞 螳臂當車、螳螂捕蟬。

虫部 11 畫　螻

ㄌㄡˊ　昆蟲名，體長約三公分，前足粗大，善於掘土。白天居於土洞中，晚上才出來活動：〈螻蛄〉。

造詞 螻蟻。

虫部 11 畫　螺

ㄌㄨㄛˊ　①軟體動物，體外有一個螺旋形的殼，種類很多：〈田螺、海螺〉②迴旋形的：〈螺紋〉。

造詞 螺角、螺旋、螺絲、螺旋槳／陀螺／大吹法螺。

虫部 11 畫　螫

ㄓㄜ　蜂、蠍等毒蟲用尾針或鉤刺人畜：〈他被蜜蜂螫了〉。

同 蜇。

虫部 11 畫　蟀

ㄕㄨㄞˋ　蟋蟀，昆蟲名，也叫「促織」、「蛐蛐兒」。參見「蟋」。

虫部 11 畫　蟈

ㄍㄨㄛ　一種像蝗蟲的昆蟲，身體綠色或褐色，吃植物的嫩葉和花，雄的前翅摩擦能發出清脆的聲音，有的地方稱「叫哥哥」：〈蟈蟈〉。

虫部 11 畫　蟋

ㄒㄧ　昆蟲名，類似蚱蜢但身體較肥大，雄蟲前翅有發聲器，摩擦會發出聲音。喜歡吃植物的嫩苗、葉子，對農作物有害：〈蟋蟀〉。

造詞 蟋蟀草。

虫部 11 畫

螯

ㄠˊ 螃蟹等節肢動物的第一對腳，形狀像鉗子，用來取食和保護自己：〈蟹螯〉。

虫部 11 畫

蟄

ㄓˊ 動物或蟲類在冬天藏伏起來，不吃不動：〈蟄伏〉。

造詞 蟄居／冬蟄、驚蟄。

虫部 11 畫

螽

ㄓㄨㄥ ①蝗類的總稱②螽斯，昆蟲名，體褐綠色，飛行時振翅能發聲。雌蟲尾端有產卵器，生活在草叢中，善跳躍，對農作物有害。

虫部 11 畫

螭

ㄔ 傳說中一種像龍而沒有角的動物。

造詞 螭魅。

虫部 12 畫

蟯

ㄖㄠˊ 寄生蟲，常寄生在人的小腸和大腸內，頭部鑽入腸粘膜，吸取營養，被寄生的人會引起蟯蟲病：〈蟯蟲〉。

虫部 12 畫

蟬

ㄔㄢˊ ①昆蟲名，也叫「知了」，種類很多。雄的腹部有發音器，能不斷發出尖銳的聲音。幼蟲生活在土中，吸食植物的根，成蟲吃植物的汁②續接：〈蟬聯〉。

造詞 蟬蛻、蟬娟、蟬翼／寒蟬、貂蟬、秋蟬、鳴蟬／噤若寒蟬、螳螂捕蟬。

虫部 12 畫

蟲

ㄔㄨㄥˊ ①昆蟲的通稱：〈毛蟲〉②動物的總名。古人說鳥是羽蟲、獸是毛蟲、龜是甲蟲、魚是鱗蟲、人是倮蟲③看不起或罵人的詞：〈懶蟲、跟屁蟲〉④姓。

造詞 蟲子、蟲害、蟲吟、蟲眼／益蟲、害蟲、昆蟲、可憐蟲。

蟠
虫部 12 畫

ㄆㄢˊ 彎曲、環繞：〈龍蟠虎踞〉。

造詞 蟠木、蟠桃、蟠龍。

蟪
虫部 12 畫

ㄏㄨㄟˋ 昆蟲名，蟬的一種，體黃綠色或紫色，翅膀有黑紋。雄蟲的腹部有發聲器，鳴聲終日不斷：〈蟪蛄〉。

蟥
虫部 12 畫

ㄏㄨㄤˊ 馬蟥，即「水蛭」。

蟢
虫部 12 畫

ㄒㄧˇ 一種長腳的小蜘蛛，古時以為看見後有喜兆，故稱此名：〈蟢子〉。

蟳
虫部 12 畫

ㄒㄩㄣˊ 螃蟹的一種，體青色，棲於淺海中，可食，味道鮮美。

蟻
虫部 13 畫

ㄧˇ ①一種昆蟲，喜於築巢群體居住。一般雌蟻、雄蟻有翅膀，工蟻、兵蟻沒有翅膀②微賤的：〈蟻命〉③眾多如蟻的：〈蟻附、蟻聚〉④姓。

造詞 蟻穴、蟻視／百蟻、螞蟻、螻蟻。

蠅
虫部 13 畫

ㄧㄥˊ 昆蟲名，種類很多，頭上複眼很大，口器呈管狀，腿上有密毛，能傳霍亂、傷寒等疾病，有的是農業害蟲：〈蒼蠅、種蠅、麥稈蠅〉。

造詞 蠅營、蠅蠅／蚊蠅、果蠅、青蠅／蠅頭微利、蠅營狗苟。

蠍
虫部 13 畫

ㄒㄧㄝ 節肢動物，尾部末端有毒鉤，能螫人，多在夜間活動。蠍的乾燥體可供藥用。

造詞 蠍子。

蟹（虫部 13 畫）

ㄒㄧㄝˋ 節肢動物名，有甲殼，有五對足，第一對長成螯，橫著爬行：〈螃蟹〉。

造詞 蟹行、蟹黃、蟹螯／毛蟹、淡水蟹／蟹行文字。

蟾（虫部 13 畫）

ㄔㄢˊ ①兩棲動物名，是「蟾蜍」的簡稱②傳說月亮上有蟾蜍，所以用作「月亮」的代稱：〈蟾兔〉。

造詞 蟾光。

蠃（虫部 13 畫）

ㄌㄨㄛˇ 蜾蠃，細腰的工蜂。

ㄌㄨㄛˊ 通「螺」，一種藏在旋紋硬殼裡的軟體動物。

蠉（虫部 13 畫）

ㄒㄩㄢ ①昆蟲名，就是孑孓②蟲屈曲行走的樣子：〈蠕行蠉動〉。

蠋（虫部 13 畫）

ㄓㄨˊ 蝶蛾類的幼蟲，形狀像蠶，會為害植物：〈烏蠋〉。

蠆（虫部 13 畫）

ㄔㄞˋ ①像蠍子而尾較長的毒蟲②水蠆，蜻蜓的幼蟲。

蟶（虫部 13 畫）

ㄔㄥ 軟體動物，蚌類的一種，可用人工在海邊繁殖，長約七公分，殼長橢圓形，肉白色，可食，味鮮美。

蠔（虫部 14 畫）

ㄏㄠˊ 也叫「牡蠣」，軟體動物，體外有兩扇貝殼，固著生活在海邊岩石上，肉味鮮美，殼可作藥。

造詞 蠔油。

蠕（虫部 14 畫）

ㄖㄨˊ　蟲類扭曲緩慢向前的移動：〈蠕動〉。

蠖

虫部 14 畫

ㄏㄨㄛˋ　昆蟲名，蛾類的幼蟲。行動時，身體一屈一伸；停息不動時，姿態很像枯枝，可避免被鳥、蟲侵害，也稱「尺蠖」、「蚇蠖」。

蠐

虫部 14 畫

ㄑㄧˊ　蠐螬，金龜子的幼蟲。

蠑

虫部 14 畫

ㄖㄨㄥˊ　蠑螈，兩棲類動物，很像蜥蜴，皮粗糙，頭扁平，背面暗黑色，腹面米紅或橙黃色，四肢很短，用肢行走，用尾游泳，是水陸兩棲動物。

蠣

虫部 15 畫

ㄌㄧˋ　牡蠣，軟體動物名，就是「蠔」。

蠢

虫部 15 畫

ㄔㄨㄣˇ　①蟲類爬動的樣子：〈蠢動〉②頭腦遲鈍、行動笨拙的：〈愚蠢、蠢貨、蠢材〉。

造詞　蠢蠢欲動。

蠡

虫部 15 畫

ㄌㄧˇ　①蟲蛀食木頭②東西因使用年代久遠而剝落③蠡縣，縣名，在河北省。

ㄌㄧˊ　貝殼做的瓢：〈以蠡測海〉。

造詞　蠡測。

蠟

虫部 15 畫

ㄌㄚˋ　①從動物、礦物、植物等提煉出來的含油性植物，易熔化，但不溶於水，可以用來做防水劑：〈黃蠟、白蠟、木蠟〉②蠟燭的簡稱③石油製品之一，具有潤滑、打光、去汙等用途：〈打蠟、汽車蠟〉④用蠟製成的：〈蠟人〉⑤色澤如蠟的：〈蠟梅〉。

造詞　蠟炬、蠟筆、蠟像／蜜蠟、封蠟／味同嚼蠟。

虫部 17 畫

蠱

丶 ㄇ ㄇ 中 虫 虫 虫 虫 虫 虫 虫 蠱 蠱 蠱 蠱 蠱 蠱 蠱 蠱 蠱 蠱 蠱 蠱

ㄍㄨˇ　①古代傳說中能害人的毒蟲②以符咒詛咒人的邪術：〈巫蠱〉。

造詞 蠱毒、蠱惑。

虫部 18 畫

蠹

一 ㄏ ㄏ ㄏ 㠯 㠯 㠯 㠯 ... 蠹

ㄉㄨˋ　①昆蟲名，蛀蟲的一種，身上有一層銀白色的細鱗，尾巴有三根毛，會蛀蝕衣物、書籍等：〈蠹魚、木蠹〉②比喻侵占、損害財物的人：〈國蠹〉③蛀爛、腐蝕：〈這張椅子被蛀蟲蠹壞了〉。

造詞 蠹書蟲／蠹國嚼民。

虫部 18 畫

蠶

一 ㄷ ㄷ ... 蠶

ㄘㄢˊ　①昆蟲名，幼蟲能吐絲成為繭蛹，成熟後破蛹化為蛾。蠶繭是紡織業的重要原料②指某些能吐絲結繭的昆蟲：〈柞蠶〉。

造詞 蠶衣、蠶豆、蠶絲／天蠶、春蠶、養蠶、野蠶／蠶食鯨吞。

虫部 19 畫

蠻

丶 亠 ㇊ 言 言 言 言 言 言 ... 蠻

ㄇㄢˊ　①我國古代稱南方民族為「蠻」：〈南蠻、蠻夷〉②粗野、不講理的：〈蠻橫〉③落後、未開化的：〈蠻邦〉④不顧一切的：〈蠻幹〉⑤很、挺怎樣的：〈蠻好的〉。

造詞 蠻荒、蠻族／荊蠻、野蠻／蠻不在乎。

虫部 20 畫

蠼

丶 ㄇ ㄇ 虫 虫 虫 虫 ... 蠼

ㄐㄩㄝˊ　蠼螋，昆蟲名，全體黑色，有六隻腳，尾巴能發出毒液自衛，捕食蚜蟲等，有益於農業。

血部 ㄒㄧㄝˇ

血部 0 畫

血

丿 ㇒ 𠂉 㐭 血 血

ㄒㄧㄝˇ　①高等動物全身管脈中的紅色液體，以心臟為中心，循環全身，有輸送養分、排泄廢物及促進新陳代謝的功能：〈血液〉②同一祖先的：〈血統、血緣〉③染有血汙的：〈血衣〉④熱情、勇敢的：〈血性〉。

造詞 血本、血汗、血型、血庫、血書、血球、血管、血漿、血壓、血淋淋、血友病／心血、泣血、止血、冷血、流血、熱血、輸血、吐血、鮮血、貧血、充血、淤血／血肉橫飛、血流如注、血海深仇、血氣方剛、血濃於水、一針見血、嘔心瀝血。

血部 15 畫

衊

ㄇㄧㄝˋ ①汙濁的血②捏造罪名陷害他人：〈汙衊〉。

造詞 衊視。

行部 ㄒㄧㄥˊ

行部 0 畫

行

ㄒㄧㄥˊ ①作為：〈行為〉②行書的簡稱：〈行楷〉③樂府詩歌的一種體裁：〈短歌行〉④走：〈慢行、步行〉⑤前往：〈南行、遠行〉⑥流傳發布：〈發行、刊行〉⑦做：〈行事、日行一善〉⑧可以：〈這樣做行不行？〉⑨流通：〈風行、行銷〉⑩歷程：〈行年七十〉⑪能幹、有辦法：〈你真行〉⑫為出門而準備的：〈行李、行裝〉⑬將要：〈行將就木〉。

ㄒㄧㄥˋ 品德、行為：〈品行、操行〉。

ㄏㄤˊ ①直排的：〈一目十行〉②職業：〈三百六十行〉③商業機構、店鋪：〈銀行、商行〉④兄弟姐妹的長幼順序：〈排行〉⑤軍隊：〈行伍〉。

ㄏㄤˋ ①剛強的樣子：〈行行〉②成行的樹木：〈樹行子〉。

造詞 行人、行凶、行止、行文、行列、行刑、行色、行車、行使、行刺、行軍、行星、行政、行家、行書、行動、行規、行情、行期、行善、行賄、行業、行樂、行禮、行竊／五行、言行、內行、外行、道行、孝行、施行、隨行、流行、旅行、德行／行尸走肉、行色匆匆、行動飄忽、特立獨行、三思而行、言出必行、身體力行、寸步難行、禍不單行、謹言慎行、行行出狀元、三句不離本行、行百里者半九十。

同 走。

行部3畫

衍

一ㄢˇ ①延長、推展：〈推衍〉②增加：〈人口蕃衍〉③多餘的：〈衍文〉④不切實際的：〈敷衍〉。

造詞 衍變。

行部5畫

術

ㄕㄨˋ ①技藝、才能：〈武術、醫術〉②方法、策略：〈防身術、戰術〉③姓。

ㄙㄨㄟˋ 通「遂」，古代在郊外的行政區。

造詞 術士、術科、術語／心術、仁術、美術、學術、技術、算術、忍術、道術、法術、魔術／回天乏術、駐顏有術、不學無術。

行部6畫

街

ㄐㄧㄝ ①都市中交通、運輸的道路：〈街道、大街小巷〉②商業集中的地方：〈上街、逛街〉。

造詞 街坊、街頭／市街、花街／街頭巷尾、街談巷議。

同 道、路。

行部6畫

衖

ㄌㄨㄥˋ 巷子：〈大街小衖〉。

造詞 衖堂。

行部7畫

衙

一ㄚˊ ①古代官署名：〈縣衙〉②姓。

ㄩˊ 行走的樣子：〈衙衙〉。

造詞 衙門、衙役／公衙、府衙、官衙。

同 署。

行部9畫

衝

ㄔㄨㄥ ①位置適中的交通要道：〈要衝〉②向前闖：〈衝鋒、橫衝直撞〉③豎起、直立：〈怒髮衝冠〉④猛烈的撞擊：〈衝突〉。

ㄔㄨㄥˋ ①向著、對著：〈衝東走〉②根據：〈衝著你這句話，我請你吃飯〉③氣味濃烈的：〈油漆味好衝〉④勇猛的：〈他憑著一股衝勁猛幹〉⑤指人的態度暴躁激烈：〈這人好衝〉。

造詞 衝刺、衝破、衝浪、衝動、衝撞、衝激、衝擊／折衝、緩衝／衝口而出、衝鋒陷陣、首當其衝。

衛 行部9畫

ㄨㄟˋ ①防守的兵士：〈侍衛〉②古代邊境駐兵防敵的地方：〈屯衛〉③球類運動的防禦位置：〈後衛〉④防護：〈防衛、自衛〉⑤姓。

造詞 衛士、衛生、衛兵、衛星、衛冕、衛道、衛生紙／守衛、前衛、警衛、護衛。

同 護。

衡 行部10畫

ㄏㄥˊ ①古代車子前端的橫木②稱物品較重的器具：〈度量衡〉③考慮、斟酌：〈衡量、權衡利弊〉④使平均：〈平衡、均衡〉⑤姓。

造詞 制衡。

同 平、量、測、稱。

衞 行部10畫

ㄨㄟˋ 「衛」的異體字。

衢 行部18畫

ㄑㄩˊ ①四通八達的道路：〈衢路、衢道、通衢大道〉②縣名，在浙江省③姓。

同 道、路。

衣部

衣 衣部0畫

ㄧ ①衣服：〈衣裳、外衣〉②包在某些物體外面的一層東西：〈糖衣〉③姓。

ㄧˋ 動詞讀ㄧˋ，穿著：〈衣（ㄧˋ）布衣（ㄧ）〉。

造詞 衣料、衣著、衣冠、衣缽、衣襟、衣櫥／內衣、布衣、羽衣、更衣、征衣、簑衣、雨衣／衣冠不整、衣冠楚楚、衣冠禽獸、衣食父母、衣錦還鄉、弱不勝衣。

請注意：古人叫上衣為「衣」，下衣為「裳」，現在則以「衣」為服裝的全稱，如：太空衣、睡衣。

初 衣部2畫

ㄔㄨ ①開始：〈初夏、月初、人之初〉②第一次的、剛開始：〈初次見面、初出茅廬〉③最低的、基本的：〈初級、初等〉④原來的情況：〈和好如初〉⑤姓。

造詞 初犯、初步、初版、初學、初戀／太初、年初、起初、原初／悔不當初、初生之犢不畏虎。

同 首、端、啟、始、肇、甫。

反 末、尾。

表

衣部 3 畫

一 ＝ 丰 主 声 耒 表 表

ㄅㄧㄠˇ ①外貌：〈外表、虛有其表〉②模範、榜樣：〈為人師表、萬世師表〉③奏章的一種：〈出師表〉④親屬關係：〈表哥、姑表〉⑤測量的器具：〈手表、儀表〉⑥分類排列的記載文件：〈調查表、統計表〉⑦姓。

造詞 表皮、表白、表決、表面、表格、表情、表現、表揚、表演、表達、表親、表識／年表、發表／表裡如一、表露無遺、出人意表。

同 標、識、明、宣。

衫

衣部 3 畫

丶 ㄋ 礻 衤 衤 衫 衫

ㄕㄢ ①單衣：〈長衫、短衫〉②衣服的通稱：〈汗衫、襯衫〉。

衩

衣部 3 畫

丶 ㄋ 礻 衤 衤 衩 衩

ㄔㄚˋ 衣裙兩旁開叉的地方：〈裙衩、腰衩〉。

造詞 衩衣。

衰

衣部 4 畫

丶 亠 亣 市 亩 亩 声 衰 衰 衰

ㄕㄨㄞ 指體力、精神的虛弱：〈衰弱、衰老〉。

ㄘㄨㄟ 用粗麻布縫成邊緣不整齊的喪衣：〈齊（ㄗ）衰〉。

造詞 衰退、衰頹、衰微／興衰、盛衰／衰敝不振、未老先衰。

同 弱、虛。

反 強、健、壯。

衷

衣部 4 畫

丶 亠 亣 市 亩 亩 声 衷 衷

ㄓㄨㄥ ①內心：〈言不由衷、無動於衷〉②適當、適中，同「中」：〈折衷〉③發自內心的：〈衷心感謝〉④姓。

造詞 衷曲、衷情、衷誠／苦衷、初衷、情衷／衷誠悅服。

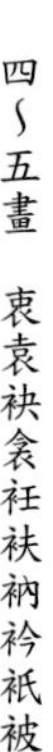

同　誠。

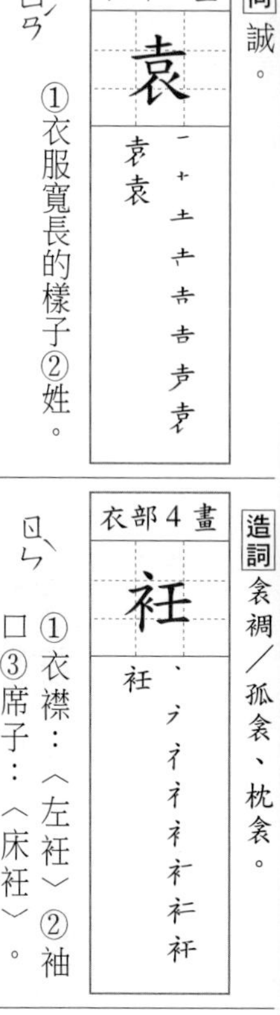

袁
衣部4畫

袁袁

ㄩㄢˊ　①衣服寬長的樣子②姓。

袂
衣部4畫

袂

ㄇㄟˋ　衣袖：〈分袂（分手、分別）、聯袂（結伴同行）〉。

造詞　衣袂、連袂。

同　袖。

衾
衣部4畫

衾衾

ㄑㄧㄣ　①大被子：〈衾枕、同衾共枕〉②屍體入殮時用的被子：〈衣衾棺槨〉。

造詞　衾裯／孤衾、枕衾。

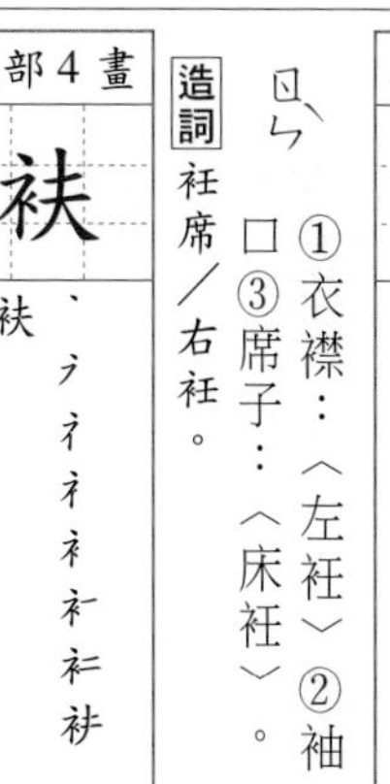

衽
衣部4畫

衽

ㄖㄣˋ　①衣襟：〈左衽〉②袖口③席子：〈床衽〉。

造詞　衽席／右衽。

衭
衣部4畫

衭

ㄈㄨ　衣服的前襟。

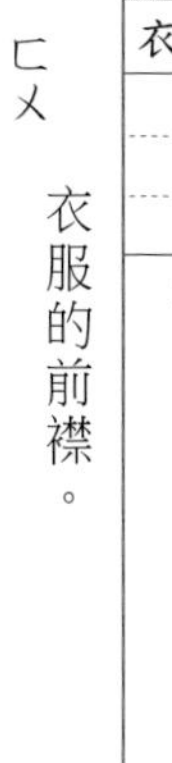

衲
衣部4畫

衲

ㄋㄚˋ　①和尚穿的衣服②和尚的自稱或代稱：〈老衲、野衲〉。

衿
衣部4畫

衿

ㄐㄧㄣ　①通「襟」，指衣服前面有鈕扣，可以開合的部分：〈對衿〉②衣領：〈青衿〉。

衹
衣部4畫

衹

ㄑㄧˊ　和尚、尼姑所穿的衣服。

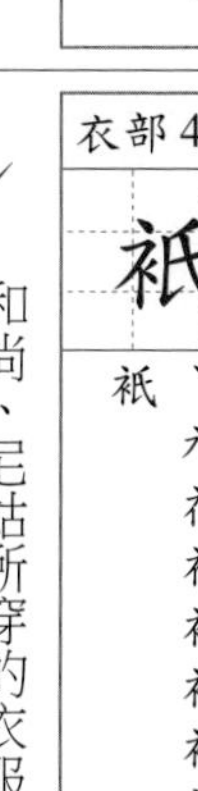

被
衣部5畫

被被

ㄅㄟˋ　①睡覺時蓋在身上的東西：〈棉被、絲被〉②覆蓋、遮蓋：〈被覆〉③遭受：〈被人尊敬、被風吹倒〉④及、達到：〈澤被天下〉。

ㄆㄧ ①通「披」：〈被衣〉②姓。

造詞 被告、被動、被窩、被害人／光被、布被、擁被／被堅執銳、被髮左衽、被選舉權、恩澤廣被。

同 覆、蓋。

衣部 5 畫

袞

ㄍㄨㄣˇ ①古代帝王穿的禮服：〈袞服〉②眾多的樣子：〈袞袞諸公（指眾多有權勢的人）〉。

衣部 5 畫

袈

ㄐㄧㄚ 和尚所披的法衣：〈袈裟〉。

衣部 5 畫

袋

ㄉㄞˋ ①三面密封、一面開口可以用來裝東西的用具：〈口袋、皮袋〉②量詞，袋裝物品一包叫一袋：〈一袋水泥〉。

造詞 袋鼠／香袋、睡袋、錢袋／酒囊飯袋。

同 囊。

衣部 5 畫

袒

ㄊㄢˇ ①脫去或敞開上衣：〈袒胸露背〉②偏護、庇護：〈袒護〉。

造詞 袒開、袒露／偏袒、裸袒／袒腹東床。

同 露、裎、裸。

衣部 5 畫

袖

ㄒㄧㄡˋ ①上衣穿在手臂的部分：〈袖子、袖管〉②藏在袖子裡：〈袖手〉③小型或輕巧的：〈袖珍〉④姓。

造詞 袖口、袖套／衣袖、長袖、領袖、斷袖／袖手旁觀。

同 袂。

衣部 5 畫

袍

ㄆㄠˊ 長形的衣服：〈棉袍、睡袍〉。

造詞 袍澤。

衣部 5 畫

袜

ㄇㄛˋ　袜腹，婦女束肚腹的衣物，也稱「肚兜」。

ㄨㄚˋ　同「襪」。

衣部5畫

袤

ㄇㄠˋ　①衣帶以上的衣服②土地的長度，南北向的長度稱「袤」，東西向的寬度稱「廣」。

衣部6畫

袱

ㄈㄨˊ　包裹或覆蓋東西的方巾：〈包袱〉。

衣部6畫

裁

ㄘㄞˊ　①體制、格式：〈體裁、別出心裁〉②用刀子或剪刀將紙或布裁開：〈裁紙、裁縫〉③決斷：〈裁奪、裁決〉④消滅：〈裁人、裁員〉⑤割殺：〈自裁〉⑥衡量、估計：〈裁度〉⑦節制、壓抑：〈制裁〉。

造詞　裁判／獨裁、總裁／獨出新裁。

同　剪、減、判、定。

衣部6畫

裂

ㄌㄧㄝˋ　①判斷、破碎：〈破裂、四分五裂〉②姓。

造詞　裂口、裂痕、裂開、裂縫／決裂、爆裂、斷裂／身敗名裂。

同　開、縫。

請注意：「裂」與「列」音同義不同。「裂」是破裂的意思，「列」是排列的意思。

衣部6畫

袴

ㄎㄨˋ　同「褲」。

衣部6畫

袷

ㄐㄧㄚˊ　①沒有棉絮的衣服：〈繡袷〉②古代交叉式的衣領。

衣部7畫

裟

ㄕㄚ　僧侶所穿的衣服：〈袈裟〉。

衣部7畫

裔

ㄧˋ ①後代子孫：〈後裔、華裔〉②邊遠的地方：〈四裔〉③姓。

造詞 裔民、裔夷、裔胄。

衣部7畫

裝

ㄓㄨㄤ ①服飾、穿著：〈西裝、春裝、戎裝〉②行李：〈整裝待發〉③書籍訂成的形式：〈平裝、精裝、線裝〉④商品盛放的方法：〈瓶裝、盒裝〉⑤打扮、修飾：〈裝飾、裝扮、佛要金裝〉⑥安置：〈裝配〉⑦作假：〈裝傻〉⑧承載：〈裝運〉。

造詞 裝束、裝訂、裝備、裝甲車、裝鬼臉／衣裝、行裝、軍裝、服裝、盛裝、便裝、假裝、偽裝／裝神弄鬼、裝腔作勢、裝瘋賣傻、裝模作樣、全副武裝。

同 扮、放。

衣部7畫

裊

ㄋㄧㄠˇ ①繚繞的樣子：〈炊煙裊裊〉②音調悠揚悅耳：〈餘音裊裊〉③細長柔弱的樣子：〈裊娜〉。

造詞 裊繞／裊裊婷婷。

衣部7畫

裡

ㄌㄧˇ ①衣物的內層：〈內裡、裡子〉②內部：〈手裡、屋裡〉③指某個地方：〈這裡、那裡〉④指某段時間：〈白天裡、寒假裡〉。

造詞 裡海、裡頭／心裡／裡裡外外、裡應外合。

同 內、中。

反 外。

衣部7畫

裙

ㄑㄩㄣˊ 腰部以下的衣服：〈裙子〉。

造詞 裙釵／布裙、長裙、短裙、迷你裙／裙帶關係、荊釵布裙。

衣部7畫

補

ㄅㄨˇ ①滋養品：〈涼補、進補〉②把破裂的地方修好：〈修補、縫補、女媧補天〉③把欠缺的地方添足：〈補充、彌補〉④增益：〈補血〉⑤救助：〈勤能補拙〉⑥姓。

造詞 補白、補助、補品、補考、補習、補給、補償／冬補、食補、後補／補過贖罪、於事無補。

同 足、充。

反 缺、漏。

請注意：「補」與「捕」不同。「補」是「補足」的意思，「捕」是「捕捉」的意思。

衣部 7 畫

裘

ㄑㄡˊ　①皮衣：〈狐裘、集腋成裘〉②姓。

請注意：「裘」與「衣」音義皆不同。「裘」是指皮毛製的成品，「衣」是泛指一般服裝。

衣部 7 畫

裕

ㄩˋ　①使富足：〈富國裕民〉②豐富的、充足的：〈充裕、富裕、寬裕〉③姓。

造詞 裕國、裕裕、裕如／餘裕／綽有餘裕。

同 厚、富、足、利。

衣部 7 畫

裎

ㄔㄥˊ　①光著身子：〈裸裎〉②對襟的單衣。

衣部 8 畫

裳

ㄔㄤˊ　古人把穿在下半身的衣服叫「裳」，上半身的叫「衣」：〈綠衣黃裳〉。

·ㄕㄤ　限於「衣裳」一詞。

造詞 雲裳、霓裳、羅裳。

衣部 8 畫

褂

ㄍㄨㄚˋ　北方人稱單衣為褂：〈大褂（長褂）、小褂（短褂）、長袍馬褂〉。

請注意：「褂」和「掛」不同：「褂」的旁邊是衣部，指衣服，而「掛」的旁邊是手部，有懸吊的意思。

衣部 8 畫

裴

ㄆㄟˊ　①通「徘」，「徘徊」也可寫作「裴回」②姓。

衣部 8 畫

裹

ㄍㄨㄛˇ　①包封起來的物品：〈包裹〉②纏繞、包紮：〈裹腳、裹傷口〉③停止：〈裹足不前〉。

造詞 裹糧。

同 包、紮、綑、綁。

反 拆。

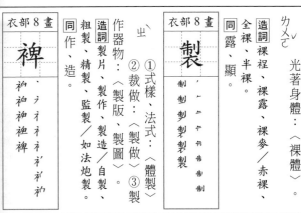

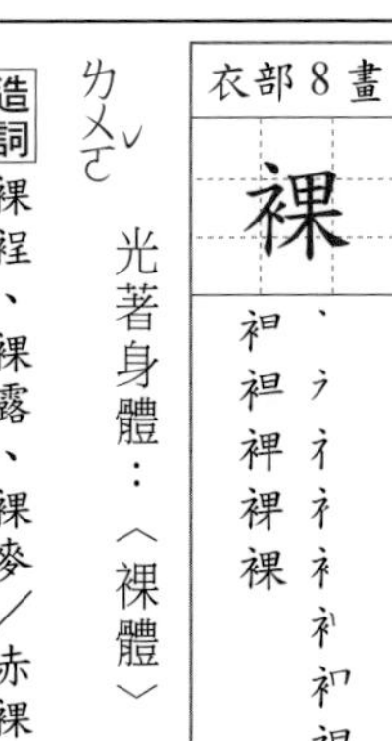

衣部 8 畫　裸

ㄌㄨㄛˇ　光著身體：〈裸體〉。

造詞　裸程、裸露、裸麥／赤裸、全裸、半裸。

同　露、顯。

衣部 8 畫　製

ㄓˋ　①式樣、法式：〈體製〉②裁做：〈製做〉③製作器物：〈製版、製圖〉。

造詞　製片、製作、製造／自製、粗製、精製、監製／如法炮製。

同　作、造。

衣部 8 畫　裨

ㄅㄧˋ　益處：〈裨益、無裨於事〉。

ㄆㄧˊ　①副的、偏的：〈裨將〉②小的：〈裨海〉③姓。

造詞　裨補缺漏。

同　助、益。

衣部 8 畫　褚

ㄔㄨˇ　①口袋②把棉絮裝進衣服的夾層中③姓。

衣部 8 畫　裱

ㄅㄧㄠˇ　①用紙或絲織品糊在字畫背面做襯托：〈裱褙〉②用紙糊牆或頂棚：〈裱糊〉。

衣部 8 畫　裾

ㄐㄩ　①衣服的前後襟②衣服前後下垂的邊緣。

衣部 8 畫　裼

ㄒㄧˊ　①披風②裸露：〈袒裼〉。

ㄊㄧˋ　嬰兒的包布。

衣部 9 畫　褐

ㄏㄜˊ　①粗布或粗布做成的衣服：〈短褐〉②黃黑色：〈褐色、褐煤、褐鐵礦〉③姓。

衣部 9 畫　複

ㄈㄨˋ　①又、再一次：〈重複〉②多數的，和「單」相對：〈複眼〉③繁雜的、不簡單的：〈複雜〉。

造詞 複印、複診、複習、複數、複印機／單複。

同 重、雜、繁。

反 單。

請注意：「複」和「復」音同義不同。「複」是重疊的意思；「復」是恢復、反覆的意思。

褒
衣部9畫

ㄅㄠ ①古國名，在今陝西褒城縣東南②誇獎、讚美：〈褒揚、褒獎〉③姓：〈褒姒〉。

造詞 褒貶、褒顯／過褒、稱褒、寵褒／褒諱貶損。

同 讚、揚、獎。

反 貶、損。

褓
衣部9畫

ㄅㄠˇ 包裹嬰兒的衣服：〈襁褓〉。

造詞 褓抱提攜。

褙
衣部9畫

ㄅㄟˋ 裝裱黏貼書畫：〈裱褙〉。

褊
衣部9畫

ㄅㄧㄢˇ 狹小的：〈褊窄、褊狹〉。

ㄆㄧㄢˊ 褊褼（ㄒㄧㄢ），衣服飄揚的樣子。

造詞 褊小、褊心、褊急。

褌
衣部9畫

ㄎㄨㄣ 有襠的褲子：〈褌襠〉。

褘
衣部9畫

ㄏㄨㄟ 古時王后在祭祀時所穿的衣服：〈褘衣〉。

褪
衣部10畫

ㄊㄨㄣˋ ①脫掉：〈褪衣〉②漸漸消失、脫落：〈褪色〉③向後退：〈褪身〉。

造詞 褪後趨前。

同 脫、掉、落。

衣部10畫 **褲**

ㄎㄨˋ 穿在下半身的衣服：〈褲子、短褲〉。

造詞 褲袋、褲裙、褲腿、褲襪／衣褲、西褲、內褲、牛仔褲、開襠褲。

衣部10畫 **褫**

ㄔˇ ①剝除衣服：〈褫衣〉②革除、剝奪：〈褫奪公權〉。

同 脫、剝。

衣部10畫 **褥**

ㄖㄨˋ 坐臥時墊在身體下面的東西：〈被褥、墊褥〉。

造詞 褥套、褥瘡／床褥。

衣部10畫 **褡**

ㄉㄚ ①無袖的衣服：〈背褡〉②裝東西的袋子：〈錢褡〉。

造詞 褡包、褡褳。

衣部11畫 **褻**

ㄒㄧㄝˋ ①貼身的內衣：〈褻衣〉②輕慢、不莊重的：〈褻瀆〉③寵信的：〈褻臣〉④汙穢的：〈穢褻〉。

造詞 褻玩／狎褻、猥褻。

同 親、穢、暱、汙。

衣部11畫 **襄**

ㄒㄧㄤ ①幫助：〈襄助、襄理、共襄盛舉〉②完成：〈襄事〉③姓。

造詞 襄贊。

同 助。

衣部11畫 **褶**

ㄉㄧㄝˊ 古時候的一種夾衣。

ㄓㄜˊ 衣服折疊後所留下的痕跡：〈褲褶、百褶裙〉。

ㄓㄜˊ 衣服上的皺痕：〈褶子〉。

ㄒㄩㄝˊ 戲裝：〈褶子〉。

衣部11畫 **褸**

ㄌㄩˇ ①衣襟②形容衣服破爛的樣子：〈襤褸〉。

衣部 11 畫

襁

ㄑㄧㄤˇ 背小孩的布條：〈襁褓〉。

造詞 襁負。

衣部 13 畫

襠

ㄉㄤ ①兩褲管相連的地方：〈褲襠〉②兩腿的中間：〈腿襠〉。

衣部 13 畫

襟

ㄐㄧㄣ ①上衣胸前的部分：〈衣襟、開襟〉②女婿間相互的稱呼：〈連襟〉③指人的志向或抱負：〈襟懷、胸襟〉。

造詞 襟曲、襟抱／披襟。

衣部 13 畫

襖

ㄠˇ 有襯裡的外衣：〈棉襖、皮襖、紅褲綠襖〉。

衣部 14 畫

襤

ㄌㄢˊ 形容衣服破爛：〈衣衫襤褸〉。

衣部 15 畫

襪

ㄨㄚˋ 穿在腳上的東西，通常用棉、毛、絲或化學纖維做成，有保護和保暖的作用：〈絲襪、棉襪、毛線襪〉。

衣部 16 畫

襲

ㄒㄧˊ ①計算衣服的數量單位：〈一襲棉衣〉②照樣作、承繼：〈因襲、世襲〉③趁別人不注意時突然攻擊：〈侵襲、襲擊〉。

造詞 襲封／夜襲、偷襲。

衣部 16 畫

襯

ㄔㄣˋ ①內衣：〈襯衣〉②相互比較對照：〈襯托〉③協助：〈幫襯〉④在裡面托上一層：〈襯紙〉。

造詞 襯衫、襯裙。

襾部

ㄧㄚˋ

襾部 0 畫

一ㄚˋ　覆蓋。

西部 0 畫

西

ㄒㄧ　①方位名，與「東」相對，是太陽西下去的地方：〈西面、太陽西下〉②西洋，歐美各國的代稱：〈西式、西餐〉③複姓：〈西門〉。

·ㄒㄧ　物品：〈東西〉。

造詞　西子、西土、西元、西天、西瓜、西服、西洋、西域、西湖、西醫、西藥／東西、河西、偏西／西窗剪燭、一命歸西、聲東擊西。

反　東。

襾部 3 畫

要

一ㄠˋ　①重點、主要內容：〈摘要、綱要〉②請求、拜託：〈他要我替他辦事〉③乞討：〈要飯〉④希望擁有：〈我想要一隻鋼筆〉⑤總括：〈要之〉⑥叫、讓：〈他要人立刻去辦〉⑦急切的：〈要緊〉⑧將要：〈天要下雨了〉⑨很有價值或地位的：〈要害、要塞〉⑩應該：〈你要乖一點〉⑪大概的：〈要言之〉。

一ㄠ　①腰部，通「腰」②約定：〈要約〉③強求：〈要脅、要迫〉④邀請，同「邀」⑤姓。

造詞　要人、要犯、要旨、要好、要求、要事、要員、要訣、要道、要隘、要點、要臉、要職／主要、必要、切要、重要、紀要、緊要、需要、扼要／要言不煩。

同　想、欲、將。

襾部 6 畫

覃

ㄊㄢˊ　①深：〈覃思〉②蔓延：〈覃及〉。

ㄑㄧㄣˊ　姓。

造詞　覃恩。

同　深。

襾部 12 畫

覆

ㄈㄨˋ　①遮蓋：〈覆蓋、天覆地載〉②翻、傾斜：〈覆舟、覆巢〉③回、還，通「復」：〈答覆〉④重、再：〈覆核〉。

造詞　覆亡、覆文、覆命／回覆、反覆／覆水難收、天翻地覆、覆巢之下無完卵。

請注意：「覆」「復」「複」三字用法常被混淆。「復」「覆」二字都有反轉過來、回答的意思，所以「反復」「往復」「答復」「復信」「復發」都可通用，其餘則不可。而「復」和「複」均有重新一次意，在「重復」「復習」「死灰復然」詞中可通用，其他如「報復」「復活」「收復」則不可。

見部 ㄐㄧㄢˋ

見部0畫

見

丨 冂 月 月 目 貝 見

ㄐㄧㄢˋ ①對事務的看法：〈高見、意見〉②看到：〈見到〉③拜訪：〈拜見〉④接待、會面：〈接見、見客〉⑤被、受：〈見諒、見笑〉。

ㄒㄧㄢˋ ①顯露、現出，同「現」②現在，同「現」。

造詞 見外、見地、見好、見怪、見面、見教、見習、見聞、見解、見識／見仁見智、見死不救、見利忘義、見風轉舵、見異思遷、見義勇為、見機行事、見賢思齊。

見部4畫

覔

ㄇㄧˋ 尋找、尋求：〈尋覔、覔食〉。

同 尋。

見部4畫

規

ㄍㄨㄟ ①畫圓形的工具：〈圓規〉②法則、準則：〈校規、法規〉③過去已有的事例：〈陋規〉④勸告：〈規勸〉。

造詞 規定、規矩、規則、規律、規格、規章、規畫、規程、規模、規範、規避、規律性、規規矩矩／規過勸善、規行矩步、規模遠舉。

請注意：畫圓的工具是「規」，畫方的工具是「矩」。

見部4畫

視

ㄕˋ ①眼睛看東西的能力：〈弱視〉②看：〈視力〉③察看：〈巡視〉④看待：〈重視、視而不見〉。

造詞 視事、視野、視察、視線、視覺、視聽、視神經／遠視、監視、凝視、檢視、斜視、敵視、輕視／視若無睹、視同兒戲、視同路人、視死如歸、視聽教學。

同 見、看、觀。

見部 5 畫

覘

丨 ⺊ ⺊ 占 占 占ᄀ 占ᄀ 占ᄀ 覘 覘 覘 覘

ㄓㄢ　暗中觀察：〈覘候〉。

見部 7 畫

覡

一 丅 ㄒ 巫 巫 巫 巫 巫 巫ᄀ 巫ᄀ 覡 覡 覡 覡

ㄒㄧˊ　從前替人向鬼神祝禱祈求的男巫。

見部 8 畫

覩

一 十 土 耂 耂 者 者 者 者ᄀ 都 都 都 覩

ㄉㄨˇ　同「睹」。

見部 8 畫

覥

丨 冂 日 由 曲 曲 典 典 典ᄀ 典ᄀ 典ᄀ 典ᄀ 典ᄀ 典ᄀ 覥

ㄊㄧㄢˇ　害羞的樣子：〈靦覥〉。

見部 9 畫

親

丶 亠 亣 立 立 辛 辛 亲 亲ᄀ 亲ᄀ 亲ᄀ 亲ᄀ 亲ᄀ 親 親

ㄑㄧㄣ　①父母：〈雙親〉②和自己有血統關係的人：〈近親、遠親〉③婚姻：〈成親〉④接近：〈親近〉⑤用唇接觸表示喜愛：〈親吻、親嘴〉⑥自己處理事情或直接參與：〈親洽、親臨指導〉。

ㄑㄧㄥˋ　夫妻雙方的父母彼此相互的稱呼：〈親家〉。

造詞　親人、親友、親手、親王、親生、親自、親情／懇親、六親、定親、血親、相親／親朋好友、親自出馬、親子關係、親痛仇快、大義滅親。

見部 9 畫

覦

丿 人 亼 亽 佥 俞 俞 俞 俞ᄀ 俞ᄀ 俞ᄀ 覦 覦 覦 覦 覦

ㄩˊ　見「覬覦」。

見部 10 畫

覬

丨 山 山 屮 岂 岂 岂 岂 岂ᄀ 岂ᄀ 覬 覬 覬 覬 覬 覬 覬

ㄐㄧˋ　想得到不屬於自己的東西：〈覬覦〉。

見部 10 畫

覯

一 二 ᅳ 卄 卄 井 井 冓 冓 冓 冓ᄀ 冓ᄀ 冓ᄀ 冓ᄀ 冓ᄀ 覯 覯

ㄍㄡˋ　遇見，通「遘」、「逅」：〈覯見〉。

見部 11 畫

覯

一 十 廾 廾 廾 苩 苩 苩 苩 苩 苩ᄀ 苩ᄀ 苩ᄀ 苩ᄀ 苩ᄀ 苩ᄀ 覯

ㄐㄧㄣˋ ①諸侯見天子，今指政要見一國元首：〈入覲、覲見〉②宗教徒朝拜聖地的儀式：〈朝覲〉。

見部 12 畫

覷

ㄑㄩˋ ①暗中觀察：〈偷覷〉②看：〈小覷、冷眼相覷、面面相覷〉。

見部 13 畫

覺

ㄐㄩㄝˊ ①各種感官對外界刺激的辨識能力：〈味覺、視覺〉②明白事理的人：〈先覺〉③明白領悟：〈覺悟〉。

ㄐㄧㄠˋ ①睡眠：〈睡午覺〉②計算睡眠的單位：〈一覺醒來〉。

造詞 覺得、覺察、覺醒／感覺、嗅覺、幻覺、發覺、直覺／先知先覺、不知不覺、後知後覺、神不知鬼不覺。

見部 14 畫

覽

ㄌㄢˇ ①觀看：〈遊覽、閱覽〉②姓。

造詞 覽勝／博覽、展覽、瀏覽。

見部 18 畫

觀

ㄍㄨㄢ ①對於事物的看法：〈人生觀、悲觀〉②景氣：〈奇觀〉③仔細的看：〈觀察〉④遊覽：〈觀光〉。

ㄍㄨㄢˋ ①道教的廟宇：〈道觀〉②指小樓和它上面的建築物：〈樓觀〉。

造詞 觀止、觀念、觀眾、觀望、觀測、觀感、觀摩、觀賞、觀點／外觀、概觀、客觀、參觀、主觀、壯觀、美觀、樂觀、歷史觀、世界觀／冷眼旁觀、作壁上觀、袖手旁觀、等量齊觀。

同 見、視、看、覽、瞻。

請注意：「寺」、「庵」、「觀」不同，僧侶居住的稱「寺」，尼姑所居住的稱「庵」，道士所居住的稱「觀」。

角部 ㄐㄧㄠˇ

角部 0 畫

角

ㄐㄧㄠˇ ①某些動物頭上長出的堅硬東西：〈鹿角、牛角〉②古時軍中的樂器：〈號角〉③形狀像角的東西：〈菱角〉④物體兩邊相接的地方：〈桌角〉⑤兩條直線相交所夾的範圍：〈直角〉⑥錢幣的單位：〈一角、五角〉⑦比賽、競爭：〈角力、角逐〉。

ㄐㄩㄝˊ ①古代五音之一：〈宮商角徵羽〉②演員：〈名角、主角、配角〉。

ㄌㄨˋ 通「甪（ㄌㄨˋ）」：〈角里〉（地名、複姓）。

造詞 角色、角度、角落、角膜／銳角、鈍角、觸角、頭角、稜角、口角／天涯海角、拐彎抹角、鉤心鬥角、鳳毛麟角。

角部2畫

觔

丿 ⺈ 𠂊 ⺆ 角 角 角 角 觔

ㄐㄧㄣ ①通「筋」，筋力②通「斤」，重量名。

造詞 觔斗。

角部5畫

觝

丿 ⺈ 𠂊 ⺆ 角 角 角 角 觝 觝 觝 觝

ㄉㄧˇ 獸類用角碰觸東西：〈觝觸〉。

角部5畫

觚

丿 ⺈ 𠂊 ⺆ 角 角 角 角 觚 觚 觚 觚

ㄍㄨ 古代用青銅器做的酒杯。

角部6畫

觥

丿 ⺈ 𠂊 ⺆ 角 角 角 角 觥 觥 觥 觥 觥

ㄍㄨㄥ ①古時用犀牛角做的酒杯②盛大的：〈觥飯〉。

造詞 觥籌交錯。

角部6畫

解

丿 ⺈ 𠂊 ⺆ 角 角 角 角 解 解 解 解 解

ㄐㄧㄝˇ ①見識：〈見解〉②剖開、分開：〈分解、瓦解〉③打開、鬆開：〈解開、解扣子〉④消除：〈解渴〉⑤說明白：〈解答〉⑥懂、明白：〈通俗易解〉⑦大、小便：〈大解、小解〉。

ㄐㄧㄝˋ ①明、清兩代鄉試中錄取的第一名：〈解元〉②押送：〈押解〉。

ㄒㄧㄝˋ ①縣名，在山西省②解池，山西省解縣附近的鹹水湖，產鹽③姓。

造詞 解手、解決、解放、解析、解恨、解約、解剖、解紛、解除、解脫、解救、解悶、解雇、解散、解圍、解說、解嘲、解職、解釋、解囊、解體、解毒劑、解語花／曲解、誤解、詳解、圖解、正解、理解、了解、和解、無解、化解／一知半解、迎刃而解、不求甚解、冰消瓦解、難分難解、百思不得其解、解鈴還需繫鈴人。

角部8畫

觭

丿 ⺈ 𠂊 ⺆ 角 角 角 角 觭 觭 觭 觭 觭 觭 觭

ㄐㄧ ①獸類的角傾斜不一的樣子②通「奇」，單個的。

角部 10畫

觳

一 十 士 声 声 声 壳 壳 … 觳

ㄏㄨˊ ①古代量器的一種，通「斛」②恐懼的：〈觳觫〉。

ㄑㄩㄝˋ 貧瘠的：〈觳土〉。

角部 11畫

觴

ノ ク ク 角 角 角 角 角 … 觴 觴

ㄕㄤ ①酒杯的名稱：〈舉觴自罰〉②勸人喝酒或自己喝酒。

造詞 觴酌／羽觴、飛觴／曲水流觴。

角部 13畫

觸

ノ ク ク 角 角 角 角 角 … 觸 觸 觸 觸

ㄔㄨˋ ①獸類用角頂東西：〈牴觸〉②碰撞：〈接觸〉③冒犯：〈觸犯〉④姓。

造詞 觸手、觸目、觸角、觸怒、觸動、觸發、觸電、觸摸、觸礁、觸覺／感觸、輕觸／觸目驚心、觸景生情、觸類旁通。

言部 ㄧㄢˊ

言部 0畫

言

丶 亠 亠 亠 言 言 言

ㄧㄢˊ ①話：〈格言、言語〉②字：〈五言絕句〉③說：〈言之成理〉④姓。

造詞 言行、言和、言重、言詞、言論／遺言、佳言、嘉言、寡言、諫言、讒言、至言、真言、雜言、斷言、方言、宣言、謊言、留言、謠言、諾言、誓言、發言、流言、空言、傳言／言不及義、言不由衷、言之有物、言出必行、言外之意、言多必失、言行一致、言而無信、言過其實、言歸正傳、言歸於好、言簡意賅、言聽計從／仗義直言、有口難言、至理名言、沉默寡言、妙不可言、金玉良言、啞口無言、暢所欲言、敢怒不敢言、事無不可對人言。

同 謂、曰、云、道、說、語。

言部 2畫

計

丶 亠 亠 亠 言 言 言 計 計

ㄐㄧˋ ①策略：〈妙計〉②測量度數、數量的儀器：〈溫度計、晴雨計〉③估量、核算：〈總計、預計〉④籌畫、打算：〈計畫、設計〉⑤商量：〈從長計議〉⑥姓。

造詞 計謀、計時、計策、計較、計算、計議、計程車、計算機／會計、家計、詭計、合計、主計、生計、伙計、算計、奸計／千方百計、百年大計、將計就計、陰謀詭計、緩兵之計、權宜之計。

同 籌、算、圖、謀。

言部2畫

訂

ㄉㄧㄥˋ ①彼此結交為朋友：〈訂交〉②商量、約定：〈訂約、私訂終身〉③預約：〈訂貨、訂報〉④固定：〈裝訂、訂書機〉。

造詞 訂正、訂定、訂金、訂單、訂閱、訂購／改訂、增訂、文訂、議訂。

請注意：「訂」和「定」音同義不同。「訂」是約商、預定的意思，例如：訂約、校訂、訂婚。「定」是穩固的意思，例如：定律、決定。

言部2畫

訃

ㄈㄨˋ 向親友報告喪事的文書：〈訃聞〉。

言部3畫

記

ㄐㄧˋ ①載錄事情的書冊或文書：〈日記、西遊記〉②圖章：〈圖記、戳記〉③標誌、標號：〈記號〉④登載：〈記帳、記錄〉⑤將事物保留在腦子裡：〈記憶〉。

造詞 記功、記住、記者、記取、記性、記事、記掛、記過、記載、記敘文／手記、札計、暗計、速記、書記、傳記、登記、筆記、簿記／記憶猶新、博聞強記。

言部3畫

訐

ㄐㄧㄝˊ 揭發別人的祕密、缺點：〈攻訐、詆訐〉。

造詞 訐發陰私。

言部3畫

討

ㄊㄠˇ ①征伐有罪的人：〈討伐、討袁〉②向人要東西：〈討債、討飯〉③要求：〈討饒〉④娶：〈討老婆〉。

造詞 討好、討教、討情、討厭、討論、討生活／征討、檢討、追討、索討、乞討、求討、研討／討價還價、南征北討、東征西討。

言部3畫

訌

丶亠亠亠言言言訁訂訌

ㄏㄨㄥˋ　爭吵、紛亂：〈內訌〉。

造詞　外阻內訌。

言部3畫

訕

丶亠亠亠言言言訁訕訕

ㄕㄢˋ　①難為情的樣子：〈訕訕〉②譏笑：〈訕笑〉。

言部3畫

訊

丶亠亠亠言言言訁訊訊

ㄒㄩㄣˋ　①音信、消息：〈音訊、通訊〉②詢問：〈問訊〉③審問：〈偵訊〉。

造詞　訊息、訊號、訊斷／審訊、資訊。

同　息、信、聞、詢、問、咨、諏。

言部3畫

託

丶亠亠亠言言言訁託託

ㄊㄨㄛ　①請求：〈拜託〉②依賴：〈託福、託孤〉③推辭、不答應：〈推託〉。

造詞　託付、託故、託夢、託辭、託兒所／依託、委託、寄託、囑託、信託、請託。

言部3畫

訓

丶亠亠亠言言言訁訓訓

ㄒㄩㄣˋ　①可供參考、作為立身處世準則的言語：〈古有明訓〉②教導：〈教訓〉③解釋字義：〈訓詁〉④教練、操練：〈訓練〉。

造詞　訓斥、訓示、訓育、訓政、訓勉、訓話、訓誨、訓誡、訓導／遺訓、家訓、祖訓、庭訓、師訓、校訓／不足為訓、十年生聚十年教訓。

請注意：「訓」是端正人品，「練」是學習技藝。

言部3畫

訖

丶亠亠亠言言言訁訖訖

ㄑㄧˋ　完畢、終結：〈查訖、銀貨兩訖〉。

言部3畫

訏

丶亠亠亠言言言訁訏訏

ㄒㄩ　廣大的、遠大的：〈訏謀〉。

言部4畫

訪

丶亠亠亠言言言訁訪訪

ㄈㄤˇ　①向人詢問調查：〈採訪、訪問〉②探望：〈訪友〉③尋找：〈訪古〉。

造詞 訪求、訪客、訪視、訪查／探訪、求訪、拜訪、詢訪、查訪、走訪／明查暗訪。

言部4畫

訣

、亠亠亖言言言訂訁訣訣

ㄐㄩㄝˊ ①方法、要領：〈祕訣、要訣〉②把事物的內容編成順口、押韻、容易記的詞句：〈歌訣〉③分別，常用在永遠分別時使用：〈訣別、永訣〉。

造詞 訣竅／口訣、妙訣。

言部4畫

訝

、亠亠亖言言言訂訐訝訝

ㄧㄚˋ 驚奇、奇怪：〈訝然〉。

同 驚、怪、奇、異。

言部4畫

訥

、亠亠亖言言言訁訂訥訥

ㄋㄜˋ 言語遲鈍，不擅長說話：〈木訥〉。

造詞 訥澀／口訥、拙訥／訥澀寡言。

言部4畫

許

、亠亠亖言言言訁訐訐許

ㄒㄩˇ ①大略計算數量的詞：〈少許〉②地方、處所：〈先生不知何許人也〉③答應：〈允許〉④稱讚：〈讚許〉⑤期望：〈期許〉⑥很、非常：〈許多、許久〉⑦可能：〈也許〉⑧姓。

造詞 許可、許配、許婚、許諾、許願／默許、特許、認許、應許、些許、准許。

言部4畫

訩

、亠亠亖言言言訁訊訩訩

ㄒㄩㄥ ①訟爭②議論紛紛的樣子：〈訩訩〉。

言部4畫

設

、亠亠亖言言言訁訊設設

ㄕㄜˋ ①布置、陳設：〈設置、設宴〉②建立、開辦：〈設立、建設〉③計畫、籌畫：〈設計、設法〉④假如：〈假設〉⑤想像自己在某種環境之下：〈設想、設身處地〉。

造詞 設防、設局、設施、設備、設計圖／常設、虛設、陳設／天造地設、十大建設。

言部4畫

訟

、亠亠亖言言言訁訟訟

ㄙㄨㄥˋ ①打官司：〈訴訟〉②爭辯：〈爭訟〉。

造詞 訟案、訟棍／獄訟、聚訟、自訟、纏訟。

言部4畫

訛

丶亠亠亠言言言訁訃訛

ㄜˊ ①錯誤：〈訛誤〉②謠言：〈以訛傳訛〉③詐騙：〈訛詐、訛人〉④不實在的、假的：〈訛言〉。

造詞 訛傳／舛訛、謬訛。

同 誤、錯、謬、舛、愆、過。

反 確。

言部4畫

訢

丶亠亠亠言言言訁訂訢訢

ㄒㄧㄣ ①快樂、高興的樣子，通「欣」：〈訢訢〉②姓。

言部5畫

註

丶亠亠亠言言言訁訁訁計註

ㄓㄨˋ ①用來解釋說明文字，通「注」：〈附註〉②記載、登記：〈註冊〉。

造詞 註解、註消、註疏、註腳、註釋、註冊商標／夾註、小註、古註、箋註、舊註。

請注意：「註」與「注」當作「解釋、記載」時可相通。

言部5畫

詠

丶亠亠亠言言言訁訁訁詠詠

ㄩㄥˇ ①吟唱，唸出聲音：〈歌詠、吟詠〉②用某種事物當主題來作詩：〈詠雪、詠梅〉。

造詞 高詠、贊詠。

同 咏。

言部5畫

評

丶亠亠亠言言言訁訁訂訂評

ㄆㄧㄥˊ ①對人、事、物是非好壞的評論：〈影評〉②判斷是非好壞：〈評論、批評〉③比較、判斷：〈評分、評選〉。

造詞 評估、評定、評理、評量、評語、評價、評審、評閱、評議、評鑑／書評／評頭論足。

請注意：「評」和「抨」讀音和意義不同。「評」音ㄆㄧㄥˊ，有判斷、判定的意思，如評斷、評判。「抨」音ㄆㄥ，有批評、攻擊的意思，如：抨擊。

言部5畫

詞

丶亠亠亠言言言訁訂訂詞詞

ㄘˊ ①代表一個觀念的文字或語言：〈形容詞、名詞〉②說話或詩歌中的語言、文字：〈義正詞嚴、歌詞〉③組織過的語言、文字：〈演講詞〉④一種宋代的流行文體，長短句押韻，有規定的詞譜，按詞譜填上詞句。

造詞 詞句、詞尾、詞性、詞牌、詞話、詞類、詞藻／賀詞、祝詞、誓詞、文詞、詩詞、動詞、副詞、代名詞、連接詞、介系詞／大放厥詞、片面之詞、支吾其詞、振振有詞、眾口一詞、絕妙好詞、言過其詞。

請注意：「詞」和「辭」在「文詞」、「辭典」、「辭藻」等處可通用，其他如「名詞」、「動詞」等都用「詞」；「辭別」、「辭讓」用「辭」。文學史中「辭」是樂府詩的一種體裁，和長短句的「詞」又有不同。

言部5畫

証

、 亠 亠 亠 言 言 言 訁 訂 訐 訐 証

ㄓㄥˋ 同「證」。

言部5畫

詁

、 亠 亠 亠 言 言 言 訁 計 計 詁 詁

ㄍㄨˇ ①用現代語言解釋古代的詞語：〈訓詁〉②解釋：〈詁解經文〉。

造詞 解詁、纂詁、評詁。

言部5畫

詔

、 亠 亠 亠 言 言 言 訒 訒 訒 詔 詔

ㄓㄠˋ ①古代皇帝所發布的命令：〈詔書〉②告示：〈以詔後世〉。

造詞 下詔、恩詔、聖詔、寵詔、遺詔。

言部5畫

詛

、 亠 亠 亠 言 言 言 訂 訂 訂 詛 詛

ㄗㄨˇ ①祈求鬼神降禍給自己所痛恨的人，引申為咒罵的意思：〈詛咒〉②立誓：〈詛盟〉。

請注意：以事告神為「祝」，請神降禍為「詛」。

言部5畫

詐

、 亠 亠 亠 言 言 言 訁 訐 許 許 詐

ㄓㄚˋ ①用話欺騙別人：〈詐財、詐騙〉②假裝：〈詐死、詐降〉③用言語試探：〈他拿話詐我〉。

造詞 詐術、詐欺／奸詐、詭詐、巧詐、狡詐、欺詐、敲詐、權詐／兵不厭詐、爾虞我詐。

同 偽、詭、佯、矯、譎。

反 誠。

言部5畫

詆

丶 亠 亠 亠 言 言 言 訁 訂 訢 詆 詆

ㄉㄧˇ ①故意說人壞話：〈詆毀〉②責罵：〈痛詆邪說〉。

造詞 誣詆、欺詆、醜詆。

同 誹、毀、謗、訕。

反 譽。

言部5畫

訴

丶 亠 亠 亠 言 言 言 訁 訂 訢 訴 訴

ㄙㄨˋ ①說：〈告訴〉②把心裡的話對人說：〈訴苦、訴情〉③控告：〈上訴〉④姓。

造詞 訴訟、訴說、訴狀／公訴、哭訴、投訴、細訴、低訴、傾訴、勝訴、敗訴。

言部5畫

診

丶 亠 亠 亠 言 言 言 訁 訃 訡 診 診

ㄓㄣˇ 察看、檢查：〈診斷、診病〉。

造詞 診所、診治、診脈、診療、診斷書／出診、休診、急診、停診、會診、義診、聽診。

同 療。

言部5畫

詈

丨 冂 冂 罒 罒 罒 罒 罟 罟 詈 詈 詈

ㄌㄧˋ 罵：〈詈罵〉。

言部5畫

訶

丶 亠 亠 亠 言 言 言 訁 訂 訂 訂 訶

ㄏㄜ 大聲斥責：〈訶責、訶求〉。

同 呵。

言部5畫

詎

丶 亠 亠 亠 言 言 言 訁 訂 訂 詎 詎

ㄐㄩˋ 豈，那裡：〈詎料、詎能〉。

言部5畫

詒

丶 亠 亠 亠 言 言 言 訁 訁 訁 詒 詒

ㄧˊ 通「貽」，送給。

ㄉㄞˋ 欺騙，通「紿」。

言部5畫

詖

丶 亠 亠 亠 言 言 言 訁 訂 訂 詖 詖

ㄅㄧˋ 偏頗不正：〈詖辭〉。

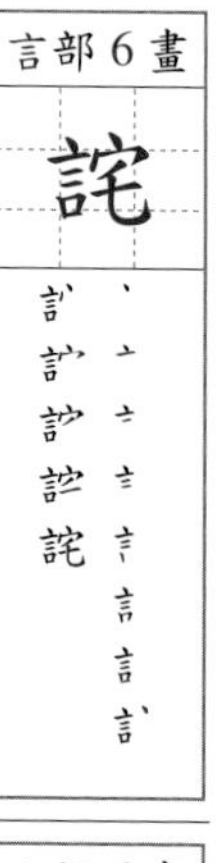

ㄔㄚˋ ①誇大、誇張：〈誇詫〉②驚奇、驚訝：〈詫異〉③不實在的：〈詫語〉。

言部6畫

該

ㄍㄞ ①輪到：〈該我倒垃圾〉②指示形容詞，「這」、「那」的意思：〈該局、該生〉③應該：〈你該上學了〉④通「賅」，完備：〈該備〉⑤加強語氣：〈事情這麼多，他該有多累啊！〉。

造詞 該死、該當／活該、應該、總該。

言部6畫

詳

ㄒㄧㄤˊ ①知道、明白：〈姓名不詳、內容不詳〉②非常完備、周密：〈不厭其詳、詳細〉③和善：〈舉止端詳〉④仔細的：〈詳問、詳查〉⑤謹慎的：〈詳斷、詳審〉。

造詞 詳明、詳密、詳情、詳盡、詳實／未詳、精詳、周詳／耳熟能詳、語焉不詳、願聞其詳。

言部6畫

試

ㄕˋ ①測驗：〈考試〉②探：〈試探〉③實驗、做做看：〈嘗試、試行〉。

造詞 試用、試卷、試紙、試場、試管、試題、試驗、試金石、試看／入試、口試、面試、筆試／牛刀小試、躍躍欲試、試管嬰兒。

同 驗。

言部6畫

詩

ㄕ ①一種文學體裁，用最少的文字表現美感，抒發情感。可分為舊詩和新詩，舊詩又可分為古體詩和近體詩，必須押韻，同時字數固定。新詩可以押韻，也可以不押韻，字數不一定，也稱為現代詩或白話詩②「詩經」的簡稱③姓。

造詞 詩人、詩意、詩集、詩仙、詩社、詩聖、詩歌、詩興／古詩、唐詩、律詩、新詩、近體詩、詠懷詩、散文詩、敘事詩／詩情畫意、詩中有畫、畫中有詩。

言部 六畫 詰誇詼詣話誅詭

言部6畫

詰

、亠亠亠言言言訁 計 詁 詁 詰 詰

ㄐㄧㄝˊ 追問、查問：〈詰問、盤詰〉。

造詞 查詰、反詰、質詰／詰屈聱牙。

言部6畫

誇

、亠亠亠言言言訁 訃 訡 誇 誇 誇

ㄎㄨㄚ ①說大話：〈自誇、誇口〉②向別人炫耀：〈誇示、誇耀〉③稱讚、讚美：〈誇獎〉。

造詞 誇大、誇張、誇讚／浮誇、矜誇、競誇／誇下海口、老王賣瓜，自賣自誇。

言部6畫

詼

、亠亠亠言言言訁 訃 訡 詼 詼 詼

ㄏㄨㄟ ①嘲笑、戲弄：〈詼笑〉②言談風趣，使人發笑：〈詼諧〉。

言部6畫

詣

、亠亠亠言言言訁 訃 訃 詣 詣 詣

ㄧˋ ①學問或技術所達到的程度：〈造詣〉②往、到：〈詣闕〉。

造詞 遊詣、趨詣／苦心孤詣、詣府問候。

言部6畫

話

、亠亠亠言言言訁 訐 訐 話 話 話

ㄏㄨㄚˋ ①言語：〈廢話、正經話〉②語言：〈台灣話、日本話〉③談論：〈話別、話家常〉。

造詞 話柄、話題、話劇、話舊、話匣子／會話、佳話、閒話、情話、神話、說話、插話、對話、談話、痴話、童話、夜話、真話、假話、鬼話、通話、壞話、悄悄話／話中有話、話不投機、見鬼說鬼話，見人說人話。

言部6畫

誅

、亠亠亠言言言訁 訃 訃 誅 誅 誅

ㄓㄨ ①殺害：〈誅殺〉②用話責備：〈口誅〉。

造詞 誅除、誅討／天誅、筆誅／口誅筆伐、不教而誅、罪不容誅。

言部6畫

詭

、亠亠亠言言言訁 訃 訃 詭 詭 詭

ㄍㄨㄟˇ ①違反：〈言行相詭〉②騙人的、狡詐的：〈詭計、詭詐〉③奇怪多變的：〈詭譎〉④姓。

造詞 詭密、詭異、詭辯／奇詭、虛詭、弔詭、詼詭／波詭雲譎。

同 偽、詐、譎、佯、矯。

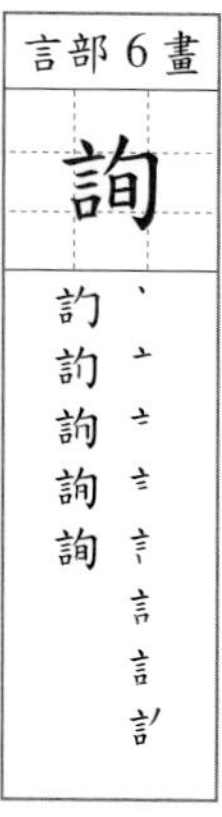

言部6畫 **詢**

ㄒㄩㄣˊ ①和別人商量、徵求別人意見：〈諮詢、詢商〉②查問：〈詢問〉。

造詞 詢察／探詢。

同 問、訊、咨、諏、訪。

言部6畫 **詮**

、亠亠亠言言言訁訃詅詅詮詮

ㄑㄩㄢˊ ①事情的真理：〈真詮〉②詳細解釋：〈詮釋〉。

言部6畫 **詬**

、亠亠亠言言言訁訂訢訢詬詬

ㄍㄡˋ ①恥辱、汙辱：〈含辱忍詬〉②責罵：〈詬病、詬罵〉。

言部6畫 **詹**

ノ ク ク 彑 产 产 产 产 产 产 产 詹 詹 詹

ㄓㄢ ①選定：〈謹詹於三月十二日宴客〉②看見，通「瞻」③話多又細碎：〈詹詹〉④姓。

言部6畫 **誠**

、亠亠亠言言言訁訂訢誠誠誠

ㄔㄥˊ ①真實、不假：〈誠心、誠實〉②實在的：〈誠然〉③表示假設，有「如果」的意思：〈誠能如此〉④真正的：〈心悅誠服〉。

造詞 誠摯、誠懇／精誠、至誠、真誠、忠誠、虔誠、輸誠、投誠、坦誠／誠心誠意、誠惶誠恐。

同 允、真、實、信、諒。

反 詐、欺、偽。

言部6畫 **誆**

、亠亠亠言言言訁訂訂誆誆

ㄎㄨㄤ 欺騙：〈誆騙、誆哄〉。

言部6畫 **詿**

、亠亠亠言言言訁計詿詿詿詿

ㄍㄨㄚˋ 牽累延誤：〈詿誤〉。

言部6畫 **詡**

、亠亠亠言言言訁訇訇詡詡詡

ㄒㄩˇ 說大話、誇耀：〈自詡〉。

言部6畫 **訾**

丨 卜 止 止 止 此 此 此 些 些 訾 訾 訾

ㄗˇ 誹謗：〈相訾、互訾〉。

造詞 訾議。

言部6畫 誄

、亠亠亠言言言 訂訃誄誄誄

ㄌㄟˇ 哀祭文之一，敘述死者生平德行，並致哀悼之意的文章。

言部6畫 詵

、亠亠亠言言言 訁訁詵詵詵

ㄕㄣ ①詢問②眾多的樣子：〈詵詵〉。

言部7畫 誦

、亠亠亠言言言 訁訁誦誦誦誦

ㄙㄨㄥˋ ①念出聲音：〈朗誦〉②背書後念出來：〈過目成誦〉③稱讚：〈誦揚、稱誦〉。

造詞 誦經、誦讀／背誦、傳誦、諷誦、覆誦、口誦、記誦、歌誦。

請注意：「誦」和「頌」只有作「讚美」解釋時可以相通，例如：誦(頌)揚、稱誦(頌)。

言部7畫 誌

、亠亠亠言言言 訁訁誌誌誌誌

ㄓˋ ①定期出版的刊物：〈雜誌〉②記事文的一種：〈墓誌〉③記號、標識：〈標誌〉④記住：〈永誌不忘〉⑤表示：〈誌喜、誌哀〉。

造詞 日誌、地誌。

言部7畫 誣

、亠亠亠言言言 訂訂訂誣誣誣

ㄨ ①沒有證據隨便亂說：〈誣賴〉②欺騙：〈誣民〉。

造詞 誣告、誣陷、誣衊。

言部7畫 語

、亠亠亠言言言 訂語語語語語

ㄩˇ ①所說的話：〈國語、語言〉②以一字或多字表示一種觀念或意義：〈語詞〉③古人說的話或一直流傳下來的話：〈成語、諺語〉④代表語言的動作：〈手語、旗語〉⑤蟲子或鳥兒的叫聲：〈花香鳥語〉⑥說：〈不言不語〉。

ㄩˋ 告訴：〈吾語汝〉。

造詞 語文、語音、語病、語氣、語意、語調／口語、言語、綺語、梵語、俚語、俗語、耳語、術語、豪語、英語、外來語、標準語／世說新語、千言萬語、枕邊細語、三言兩語、切切私語、自言自語、冷言冷語、花言巧語、甜言蜜語、豪情壯語、牙牙學語、竊竊私語、不可同日而語。

言部7畫
認
丶 亠 亠 亠 言 言 言 訒 訒 訒 訒 認 認 認

ㄖㄣˋ ①分辨事物：〈認字〉②同意、承受：〈認可、認輸〉③跟沒有關係的人建立關係：〈認她做乾媽〉。

造詞 認生、認同、認命、認定、認為、認真、認清、認罪、認錯、認識／公認、否認、確認、誤認、承認、默認、辨認、體認／認賊做父、六親不認。

言部7畫
誡
丶 亠 亠 亠 言 言 言 訁 訁 訁 誡 誡 誡 誡

ㄐㄧㄝˋ ①勸人不要做壞事的條文或文章：〈十誡、女誡〉②用話勸告或警告別人：〈勸誡、告誡〉③通「戒」，戒備、警戒：〈引以為誡〉。

造詞 誡條／家誡、訓誡、警誡／小懲大誡。

言部7畫
說
丶 亠 亠 亠 言 言 言 訁 訁 訁 訁 訁 說 說

ㄕㄨㄛ ①言論、主張：〈學說、立說〉②用言語來表達意思：〈說笑話、說故事〉③解釋：〈說明、說清楚〉④責備、批評：〈說他一頓〉⑤介紹：〈說媒〉。

ㄕㄨㄟˋ 用話勸告別人，使他聽從自己的意見、主張：〈遊說、說服〉。

ㄩㄝˋ 同「悅」，喜悅：〈有朋自遠方來，不亦說乎？〉。

造詞 說法、說客、說穿、說笑、說書、說教、說情、說謊、說大話、說不定、說明文、說明書、說破嘴、說閒話、說夢話、說瞎話／力說、小說、口說、分說、胡說、自說、妄說、傳說、伸說、論說、演說、解說、訴說、瞎說、聽說／說一不二、說好說歹、說風涼話、說短論長、不由分說、自圓其說、道聽塗說。

言部7畫
誤
丶 亠 亠 亠 言 言 言 訁 訁 訁 誤 誤 誤 誤

ㄨˋ ①差錯：〈傳聞有誤、筆誤〉②耽擱、錯過：〈誤點、誤事〉③不是故意的：〈誤傷〉④因自己的錯失而使他人受害：〈誤人子弟〉。

造詞 誤時、誤殺、誤服、誤會、誤解／失誤、刊誤、訛誤、耽誤、錯誤、延誤、脫誤、謬誤／誤打誤撞、誤蹈法網。

同 錯、差、訛、失、過。

反 對、正。

言部7畫 **誥**

丶 亠 亠 亠 言 言 言 誥 誥

ㄍㄠˋ ①古代一種告誡的文體：〈康誥、酒誥〉②上級告訴下級：〈訓誥〉。

造詞 誥命／詔誥。

言部7畫 **誨**

丶 亠 亠 亠 言 言 言 誨 誨

ㄏㄨㄟˋ ①教導：〈誨人不倦〉②引誘人做壞事：〈誨淫誨盜〉。

造詞 教誨、訓誨、勸誨。

言部7畫 **誘**

丶 亠 亠 亠 言 言 言 誘 誘

ㄧㄡˋ ①教導、勸引：〈誘導、循循善誘〉②用手段打動人，使他照著自己的希望去做：〈誘降、誘敵〉。

造詞 誘因、誘拐、誘惑、誘餌、誘騙／引誘、善誘、勸誘／威脅利誘。

言部7畫 **誑**

丶 亠 亠 亠 言 言 言 誑 誑

ㄎㄨㄤˊ ①不實在的、騙人的：〈誑語〉②欺騙：〈誑騙〉。

言部7畫 **誓**

一 十 扌 扌 折 折 折 誓 誓

ㄕˋ ①互相約定、共同遵守的話：〈盟誓、信誓〉②表明決心，表示不改變的話：〈宣誓、立誓〉③告誡：〈誓師〉④為證明自己言行而下賭咒：〈發誓〉。

造詞 誓言、誓約、誓詞、誓願／約誓、海誓／誓不甘休、誓不兩立、誓死不屈、山盟海誓。

同 盟、約、矢。

言部7畫 **誚**

丶 亠 亠 亠 言 言 言 誚 誚

ㄑㄧㄠˋ ①譏諷、挖苦：〈譏誚〉②責備。

言部8畫 **誕**

丶 亠 亠 亠 言 言 言 誕 誕

ㄉㄢˋ ①生日：〈華誕、聖誕〉②出生：〈誕生〉③誇大不實的：〈荒誕〉④行為怪異不守規則：〈怪誕〉。

造詞 誕辰／放誕／誕慢不經。

言部8畫 **誼**

丶 亠 亠 亠 言 言 言 誼 誼

ㄧˋ ①交情：〈友誼、情誼〉②通「義」，合於正常的原則或道理：〈正誼、誼理〉。

請注意：「誼」、「義」僅在「事情合於正常道理」時可通用，如正誼（義）、誼（義）理。

諒
言部8畫

、亠亠亠言言言……諒

ㄌㄧㄤˋ ①寬恕：〈原諒、諒解〉②料想、推想：〈諒你不敢再犯〉③誠意而可以信賴的：〈友諒〉。

造詞 諒察／見諒、寬諒。

談
言部8畫

、亠亠亠言言言……談

ㄊㄢˊ ①言論：〈無稽之談、老生常談〉②彼此對話：〈談論、談話〉③商量：〈我要和他商談，再作決定〉④姓。

造詞 談天、談心、談吐、談判／怪談、奇談、清談、對談、面談、美談、座談、言談、空談、論談、交談、暢談／談天說地、談何容易、談虎色變、談笑自若、談笑風生、談情說愛、不經之談、侃侃而談、誇誇而談。

請
言部8畫

、亠亠亠言言言……請

ㄑㄧㄥˇ ①聘來、邀來：〈請醫生、請家教〉②很有禮貌的要求：〈請您原諒、請求〉③出錢：〈請客、請看電影〉④問候：〈請安〉⑤拿、抱的敬詞：〈把神明請出來〉。

ㄐㄧㄥ 古代官員覲見君王或參加朝會：〈朝請〉。

造詞 請示、請命、請帖、請便、請假、請教、請罪、請願、請纓／懇請、敦請、申請、邀請、聘請、敬請、再請／請君入甕、不情之請。

諉
言部8畫

、亠亠亠言言言……諉

ㄨㄟˇ 利用言辭推卸自己的責任：〈推諉、諉過〉。

課
言部8畫

、亠亠亠言言言……課

ㄎㄜˋ ①教學的時間單位：〈一節課〉②教材的段落：〈這一冊國語有二十四課〉③教學的科目：〈國語課〉④同一機關中分別辦事的單位：〈總務課〉⑤徵收賦稅：〈課稅〉。

造詞 課文、課本、課堂、課程、課業、課餘、課題／上課、代課、日課、功課、早課、選課、蹺課、聽課、講課、晚課、兼課、停課、課外活動、課外讀物。

言部8畫

調

、亠亠亠言言言訁訂訂訶訶調調調

ㄊㄧㄠˊ ①混合均勻：〈調色〉②配合得均勻合適：〈調味〉③幫人和解：〈調停、調和〉④戲弄、玩弄：〈調笑、調弄〉⑤改變一下，使它更好：〈調整、調劑〉⑥維護健康：〈調養〉⑦和暢：〈風調雨順〉。

ㄉㄧㄠˋ ①音樂的聲律曲調：〈C大調、A小調〉②聲音的高低：〈音調〉③說話的口音：〈南腔北調〉④古時候的賦稅名稱：〈租庸調法〉⑤更動、更換：〈調動、調換〉⑥察看、詢問：〈調查〉。

造詞 調子、調勻、調皮、調任、調兵、調侃、調配、調息、調動、調理、調教、調情、調換、調節、調戲、調羹、調色板、調味品／主調、曲調、長調、短調、強調、變調、聲調、藍調、長短調／調兵遣將、調虎離山、油腔滑調、陳腔濫調。

言部8畫

諄

、亠亠亠言言言訁訁訁諄諄諄諄諄

ㄓㄨㄣ 誠懇而有耐心：〈諄諄〉。

言部8畫

諍

、亠亠亠言言言訁訁訁諍諍諍諍諍

ㄓㄥˋ ①用坦白的話勸告他人，或是糾正別人的錯誤：〈諍言〉②競，同「爭」：〈諍訟〉。

造詞 諍人、諍友、諍諫。

言部8畫

諂

、亠亠亠言言言訁訁訁諂諂諂諂諂

ㄔㄢˇ 故意說好話來巴結別人，就是拍馬屁：〈諂媚〉。

造詞 諂笑。

同 媚、佞、諛。

言部8畫

誰

、亠亠亠言言言訁訁訁誰誰誰誰誰

ㄕㄟˊ ①甚麼人，表示疑問：〈誰在敲門〉②任何人：〈誰都喜歡他〉。

造詞 誰人、誰料、誰家。

言部8畫

論

、亠亠亠言言言訁訁訁論論論論論

ㄌㄨㄣˋ ①評論事理的文章或言辭：〈社論、言論〉②學說或主張：〈唯心論、相對論〉③分析事情加以說明：〈議論、辯論〉④商量：〈討論〉⑤評定：〈論罪、論功〉⑥當作、處理：〈以棄權論〉

⑦按照：〈論件計酬〉⑧說：〈一概而論〉。

ㄌㄨㄣˊ ①論語的簡稱，是記載孔子和他的弟子討論學問或為人處世道理的書，全書共二十篇，是儒家很重要的書②姓。

造詞 論文、論書、論定、論說、論價、論調、論點、論斷、論說文／立論、正論、空論、公論、結論、序論、爭論、高論、概論、評論、談論／論功行賞、大發謬論、平心而論、放言高論、持平之論、相提並論、格殺勿論、高談闊論、違心之論。

言部8畫

諸

丶亠亠亠言言言 訁計訪諸諸諸

ㄓㄨ ①眾多、許多：〈諸子百家〉②「之於」二字的合音，解釋為「在」：〈公諸於世〉③「之乎」二字的合音：〈有諸〉④複姓：〈諸葛〉。

造詞 諸多、諸位、諸侯／諸如此類。

言部8畫

誹

丶亠亠亠言言言訁 訁訁訓訃誹誹

ㄈㄟˇ 說別人的壞話：〈誹謗〉。

同 詆、謗。

言部8畫

諛

丶亠亠亠言言言 訁訁訁訁諛諛

ㄩˊ 故意用話討好：〈阿諛、讒諛〉。

造詞 諛詞／諂諛、佞諛。

言部8畫

諏

丶亠亠亠言言言 訁訂訂訂諏諏

ㄗㄡ ①聚在一起討論：〈諏議〉②詢問：〈諮諏〉。

言部8畫

闍

丨ㄗ冂冂冂門門門 門門門闍闍闍

ㄧㄣ ①和樂的樣子：〈闍闍〉②姓。

言部9畫

諮

丶亠亠亠言言言 言訁訁諮諮諮諮

ㄗ 同「咨」，商量、詢問：〈諮詢、諮商〉。

造詞 諮諏、諮議。

言部9畫

諾

丶亠亠亠言言言言 訁訁訁訁諾諾諾

ㄋㄨㄛˋ ①答應人的話：〈一諾千金〉②同意、答應：〈許諾〉③回答的聲音，表示同意：〈唯唯諾諾、諾諾連聲〉。

造詞 諾言、諾魯／承諾、應諾、重然諾／一呼百諾。

言部9畫
諦
、 亠 亠 亠 言 言 言 言 訁 訁 訁 訁 諦 諦

ㄉㄧˋ ①道理、意義（是佛教的用語）：〈真諦、妙諦〉②仔細的：〈諦聽、諦視〉。

造詞 俗諦、審諦。

請注意：諦、締、蒂都讀ㄉㄧˋ，但音同義不同。「諦」有意義、道理的意思，例如：真諦。「締」有連接、接合的意思，例如：締結、締造。「蒂」是瓜果和枝莖相連的地方，例如：花蒂、瓜蒂。

言部9畫
諺
、 亠 亠 亠 言 言 言 言 訁 訁 訁 訁 諺 諺 諺

ㄧㄢˋ 俗語，有的是從古代流傳下來的，有的則是現代流行的話：〈俗諺、古諺〉。

造詞 諺語／西諺、俚諺。

言部9畫
諫
、 亠 亠 亠 言 言 言 訁 訁 訁 訁 訁 諫 諫 諫

ㄐㄧㄢˋ 以前指用話去勸告皇帝、尊長，使他們能改過，現在則泛指用話去勸告別人：〈進諫、規諫〉。

造詞 諫諍／正諫、直諫、勸諫、諷諫。

言部9畫
諱
、 亠 亠 亠 言 言 言 訁 訁 訁 訁 訁 諱 諱 諱

ㄏㄨㄟˋ ①古代對皇帝、將軍、長輩不能直接稱呼或是書寫他們的名字叫諱：〈避諱〉②稱呼已經去世的尊長名字：〈名諱〉③考慮其他因素而不敢說或不願說出來：〈忌諱〉。

造詞 諱言／隱諱／諱病忌醫、諱莫如深。

言部9畫
謀
、 亠 亠 亠 言 言 言 訁 訁 訁 訁 訁 謀 謀 謀

ㄇㄡˊ ①計策、方法：〈計謀、謀略〉②計畫、策畫：〈謀畫〉③設法求取：〈謀幸福、謀事〉④暗中計畫、有計畫：〈謀殺〉⑤商量：〈不謀而合〉⑥見面：〈謀面〉。

造詞 謀反、謀生、謀求、謀事、謀害／陰謀、奇謀、遠謀、策謀、參謀、無謀、權謀、智謀／謀財害命、足智多謀、有勇無謀。

言部9畫
諜
、 亠 亠 亠 言 言 言 訁 訁 訁 訁 訁 諜 諜 諜

ㄉㄧㄝˊ ①探聽軍事機密或敵人情形的人：〈間諜、匪諜〉②偵探敵人的軍事、政治及經濟方面的重要消息：〈諜

報〉。

造詞 偵諜。

言部9畫

諧

ㄒㄧㄝˊ ①配合恰當、協調：〈和諧〉②風趣、愛開玩笑：〈詼諧〉。

造詞 諧和、諧趣／調諧。

言部9畫

謁

ㄧㄝˋ 進見、拜見：〈晉謁、拜謁〉。

造詞 謁見／上謁、私謁、請謁、朝謁。

言部9畫

謂

ㄨㄟˋ ①道理、意義：〈無謂的煩惱〉②關係：〈無所謂〉③告訴：〈兄謂弟曰〉④稱呼：〈稱謂〉⑤姓。

同 言、曰、云、道、告、稱、說、語。

言部9畫

諭

ㄩˋ ①古代皇帝的命令：〈諭旨〉②上級對下級的指示：〈手諭〉③明白告訴：〈曉諭〉④姓。

造詞 告諭、令諭、詔諭、教諭、諷諭。

言部9畫

諷

ㄈㄥˋ ①用含蓄的話勸告或指責：〈諷刺、譏諷〉②背書或誦讀：〈諷誦〉。

造詞 嘲諷／冷嘲熱諷。

言部9畫

謔

ㄋㄩㄝˋ 開玩笑：〈戲謔、謔稱〉。

造詞 嘲謔／謔而不虐。

言部9畫

諠

ㄒㄩㄢ 通「喧」，大聲吵鬧：〈諠譁〉。

言部9畫

諼

ㄒㄩㄢ ①通「萱」，萱草：〈諼草〉②忘記：〈永矢弗諼〉。

言部9畫

諡

丶亠亠亠言言言言 訁訁訁訁訁諡諡諡

ㄕˋ ①對有道德、有功業的人死後所封加的稱號②為死者立稱號：〈岳飛諡武穆〉。

造詞 賜諡、追諡、贈諡。

言部9畫

諢

丶亠亠亠言言言言 訁訁訁訁訁諢諢諢

ㄏㄨㄣˋ 開玩笑、逗趣的話：〈打諢〉。

造詞 插科打諢。

言部9畫

諳

丶亠亠亠言言言言 訁訁訁訁諳諳諳諳

ㄢ ①明白、熟悉：〈熟諳〉②記誦：〈諳誦〉。

造詞 諳記、諳練。

言部9畫

諶

丶亠亠亠言言言言 訁訁訁訁訁諶諶諶

ㄔㄣˊ ①相信：〈天難諶〉②姓。

言部9畫

諤

丶亠亠亠言言言言 訁訁訁訁訁諤諤諤

ㄜˋ 正直的話：〈忠諤〉。

言部10畫

謊

丶亠亠亠言言言言 訁訁訁訁訁訁訁謊謊

ㄏㄨㄤˇ ①騙人的話：〈說謊、謊話〉②不真實的：〈謊報軍情〉。

造詞 謊言／扯謊、撒謊。

言部10畫

謎

丶亠亠亠言言言言 訁訁訁訁訁訁訁謎謎

ㄇㄧˊ ①不直接說明，只用隱約的話或文字讓人猜測的一種遊戲：〈打謎、猜謎〉②不容易了解的事：〈謎團〉。

造詞 謎底、謎面、謎語／燈謎、啞謎。

言部10畫

謗

丶亠亠亠言言言言 訁訁訁訁訁訁訁謗謗

ㄅㄤˋ 故意說別人的壞話：〈毀謗〉。

同 毀、誹、詆。

言部10畫

講

丶亠亠亠言言言言 訁訁訁訁訁訁訁講講

ㄐㄧㄤˇ ①述說：〈講故事〉②解釋、說明：〈講課、講解〉③注重：〈講求、講效率〉④商量：〈講價〉。

造詞 講究、講和、講述、講師、講座、講堂、講理、講情、講習、講義、講臺、講演、講題／主講、開講、侍講、演講、聽講、論講。

同 談、說。

言部10畫

謠

丶 亠 亠 亠 言 言 言 訁 詅 詅 詅 詅 謡 謡 謡 謠

一ㄠˊ ①民間流傳的歌曲：〈歌謠〉②沒有根據、憑空捏造的話：〈謠言〉。

造詞 民謠、童謠。

言部10畫

謝

丶 亠 亠 亠 言 言 言 訁 訁 訂 訂 訂 謝 謝 謝 謝 謝

ㄒㄧㄝˋ ①表示感激：〈感謝、謝謝〉②認錯、道歉：〈謝罪〉③拒絕、不願意：〈謝絕〉④花或葉子凋落：〈花謝了、凋謝〉⑤更換：〈新陳代謝〉⑥姓。

造詞 謝世、謝客、謝神、謝恩、謝幕、謝儀、謝師宴／小謝、大謝、再謝、致謝、長謝、答謝、辭謝、深謝、銘謝／謝天謝地、大德不言謝。

言部10畫

謙

丶 亠 亠 亠 言 言 言 訁 訁 訁 詳 詳 詳 謙 謙 謙 謙

ㄑㄧㄢ 虛心、不自大：〈謙虛〉。

ㄑㄧㄝˋ 通「慊」，滿足：〈謙於心、自謙〉。

造詞 謙和、謙遜、謙讓／柔謙、和謙、卑謙、恭謙、過謙／謙沖自牧。

言部10畫

謄

丿 月 月 月 月' 月' 月' 月' 月' 朕 朕 朕 腾 腾 謄 謄 謄

ㄊㄥˊ ①照原樣抄寫的文件：〈戶籍謄本〉②照著抄寫：〈謄寫、謄稿〉。

言部10畫

謐

丶 亠 亠 亠 言 言 言 訁 訁 訁 訟 訟 謐 謐 謐 謐 謐

ㄇㄧˋ 安靜：〈靜謐〉。

言部10畫

謅

丶 亠 亠 亠 言 言 言 訁 訁 訁 訁 訁 謅 謅 謅 謅 謅

ㄗㄡ 亂說、編造假話：〈胡謅〉。

言部11畫

謨

丶 亠 亠 亠 言 言 言 訁 訁 訁 詌 詌 謨 謨 謨 謨 謨 謨

ㄇㄛˊ ①計策、謀略：〈良謨、遠謨、宏謨〉②姓。

造詞 朝謨、帝謨、典謨、令謨、德謨。

請注意：「謨」通常指大的計畫、方針，而「謀」指較小的計畫、策略。

言部11畫

謹

ㄐㄧㄣˇ ①小心慎重：〈謹記在心、謹慎〉②鄭重的、正式的：〈謹致謝意〉③恭敬的：〈謹受教〉。

造詞 謹防、謹上／恪謹、恭謹、敬謹、忠謹、嚴謹／謹小慎微、謹言慎行。

同 敬、慎、恭、肅。

言部11畫

謬

ㄇㄧㄡˋ ①錯誤：〈謬誤〉②荒唐的：〈謬論〉③誤差、差錯：〈差之毫釐，謬以千里〉。

造詞 違謬、訛謬、誤謬、差謬、乖謬、荒謬、糾謬、紕謬、錯謬。

同 誤、訛、錯、妄、誑、舛、愆、過、失。

反 正。

言部11畫

謫

ㄓㄜˊ ①古代官吏因為犯罪而被降職：〈謫守、貶謫〉②責備：〈謫罵〉。

造詞 謫仙、謫戍、謫居、謫降／流謫、遷謫。

言部11畫

謳

ㄡ ①歌曲、名歌：〈吳謳〉②歌唱：〈謳歌〉③姓。

同 讚美。

言部11畫

謾

ㄇㄢˋ 態度不尊敬、沒有禮貌：〈輕謾、謾罵〉。

ㄇㄢˊ 欺騙：〈謾言、欺謾〉。

造詞 謾天謾地。

言部11畫

謼

ㄏㄨ ①喊叫，通「呼」：〈號謼〉②姓。

言部11畫

謷

ㄠˊ 詆毀：〈謷詆〉。

言部 12 畫

譁

丶 亠 亠 亠 言 言 言 訁 訁 訁 訁 訁 訁 訁 譁 譁 譁

ㄏㄨㄚˊ 大聲吵鬧：〈喧譁〉。

造詞 譁然／譁眾取寵。

言部 12 畫

識

丶 亠 亠 亠 言 言 言 訁 訁 訁 訁 訁 訁 識 識 識

ㄕˋ ①見解或辨別能力：〈見識、遠識〉②道理、學問：〈常識、學識〉③相知的朋友：〈舊識〉④知曉：〈認識〉⑤辨別：〈識貨〉。

ㄓˋ ①通「幟」，標記：〈標識〉②通「誌」，記憶。

造詞 識別、識見、識相、識破、識趣、識別證／意識、眼識、膽識、相識、知識、辨識、默識、有識／識時務者為俊傑。

同 認、知、曉、諭、解。

言部 12 畫

證

丶 亠 亠 亠 言 言 言 訁 訁 訁 訁 訁 訁 訁 證 證 證

ㄓㄥˋ ①可以讓人相信的人或事物：〈證人、證物〉②可以讓人知道身分、地位的文件：〈身分證、貴賓證〉③用事實、憑據來判斷或說明：〈證明、證婚〉④佛教稱修行得道：〈證果〉。

造詞 證件、證實、證據／引證、反證、保證、佐證、考證、旁證、疏證、偽證、簽證、憑證、准考證、通行證。

言部 12 畫

譚

丶 亠 亠 亠 言 言 言 訁 訁 訁 訁 訁 訁 訁 譚 譚 譚

ㄊㄢˊ ①談話，通「談」：〈東方夜譚、老生常譚〉②姓。

言部 12 畫

譏

丶 亠 亠 亠 言 言 言 訁 訁 訁 訁 訁 訁 譏 譏 譏

ㄐㄧ 用話指責或嘲笑對方的缺點或過錯：〈譏笑、譏刺〉。

同 非、誹、訕、詆、刺、嘲、誚。

請注意：「譏」和「嘰」音同意義卻不同。「譏」有嘲笑的意思，例如：譏笑、譏嘲。「嘰」是形容聲音的字，例如：嘰哩咕嚕。

言部 12 畫

譜

丶 亠 亠 亠 言 言 言 訁 訁 訁 訁 訁 訁 訁 譜 譜 譜

ㄆㄨˇ ①按照事務的類別或系統編成的冊子：〈家譜、年譜〉②可以當作示範或參考的書籍：〈棋譜、畫譜〉③音樂上記載音符的圖樣：〈五線譜〉④打算或根據：〈他做事，心裡有譜〉⑤根據歌詞來寫歌曲：〈譜曲、譜寫〉⑥大約：〈約五百元之譜〉。

造詞 譜系／樂譜、族譜、曲譜、歌譜、圖譜、套譜。

言部 12 畫

譎

ㄐㄩㄝˊ　狡猾、奸詐：〈詭譎、譎詐〉。

造詞 狡譎、詐譎、怪譎。

同 偽、詐、詭、異。

反 正。

言部 12 畫

譙

ㄑㄧㄠˊ　①高樓：〈譙樓〉②姓。

ㄑㄧㄠˋ　責備，通「誚」：〈譙呵〉。

言部 12 畫

譔

ㄓㄨㄢˋ　①讚美：〈論譔〉②著述，通「撰」。

言部 12 畫

譖

ㄗㄣˋ　說壞話誣陷別人：〈譖人〉。

造詞 誣譖、毀譖。

言部 13 畫

譯

ㄧˋ　①把一種語文按照它的意思用不同的語文寫或說出來：〈翻譯〉②解釋意思：〈注譯〉。

造詞 譯文、譯本、譯名、譯音、譯者、譯電／中譯、英譯、意譯、直譯、通譯、語譯、節譯。

同 翻。

言部 13 畫

議

ㄧˋ　①言論、意見：〈建議、提議〉②文體的一種，是討論公事的文章：〈奏議〉③討論、商量：〈決議、會議〉④評論、談論好壞：〈議論、街談巷議〉。

造詞 議和、議決、議定、議長、議案、議員、議會、議論／異議、協議、公議、抗議、參議、眾議、審議、非議、評議、物議、橫議、清議、代議、政議、謗議／議論紛紜、不可思議、力排眾議、無可非議、獨排眾議。

言部 13 畫

譬

ㄆㄧˋ　比喻、比方：〈譬喻〉。

造詞 譬如。

同 比、方、擬、諭。

言部 13 畫

警

ㄐㄧㄥˇ　①警察的簡稱：〈刑警〉②危急的消息和情況的提醒或報告：〈火警、警報〉③戒備：〈警衛、警戒〉④告誡：〈警世〉⑤覺悟：〈警醒〉⑥反應或感覺敏銳：〈機警〉。

造詞 警犬、警句、警告、警員、警笛、警探、警惕、警鈴、警察、警標、警覺、警戒色、警戒線、警察局／自警、巡警、女警、義警、軍警、盜警、預警、員警。

同 儆、戒。

言部 13 畫

譟

ㄗㄠˋ　一群人聚在一起呼喊叫鬧，通「噪」：〈輿情大譟〉。

言部 14 畫

譴

ㄑㄧㄢˇ　①罪過、過錯：〈譴咎〉②因做錯事而遭到懲罰：〈遭天譴〉③責備別人的過錯：〈譴責〉。

造詞 斥譴、呵譴、罪譴。

言部 14 畫

護

ㄏㄨˋ　①保衛、救助：〈保護、救護〉②掩蔽、包庇：〈袒護〉。

造詞 護士、護航、護送、護理、護短、護照、護衛、護身符／愛護、衛護、維護、加護、看護、守護、庇護、防護、養護、擁護、呵護／關稅保護、官官相護。

言部 14 畫

譽

ㄩˋ　①名聲：〈榮譽、譽滿天下〉②稱讚、讚揚：〈稱譽〉。

造詞 譽望／沽名釣譽、無毀無譽。

同 稱、揚、褒、美、聞、名。

反 毀。

言部 14 畫

讘

ㄙㄜˋ　言語艱難的樣子：〈訥讘〉。

言部 15 畫

讀

ㄉㄨˊ ①閱覽、看：〈閱讀〉②照著文字而念出聲音：〈宣讀〉③指上學、念書：〈他正在讀高中〉。

ㄉㄡˋ 文章中語氣沒有結束，需要停頓的地方：〈句讀〉。

造詞 讀本、讀者、讀物、讀音、讀書／侍讀、熟讀、默讀、精讀、速讀、細讀、伴讀、朗讀、閱讀、攻讀。

請注意：文章中語意已完整稱為「句」，常用「。」為符號。語意不完整，為了誦讀方便而停頓稱為「讀」，常用「，」為符號。

言部 15 畫

讆

ㄨㄟˋ 虛偽，通「偽」：〈讆言〉。

言部 16 畫

變

ㄅㄧㄢˋ ①禍亂或事件：〈兵變、災變〉②隨機應付的方法：〈通權達變〉③性質、狀態或情形跟原來有所不同：〈改變〉。

造詞 變化、變幻、變心、變色、變更、變形、變卦、變性、變革、變故、變相、變動、變通、變換、變亂、變節、變種、變態、變賣、變調、變遷、變質、變樣、變臉、變奏曲、變電所／變幻莫測、變本加厲、一成不變、談虎色變、隨機應變、瞬息萬變。

言部 16 畫

讎

ㄔㄡˊ ①怨恨，通「仇」：〈世讎〉②校對：〈讎校〉③姓。

言部 16 畫

讌

ㄧㄢˋ 用酒席招待客人，通「宴」：〈讌飲、里讌巷飲〉。

言部 17 畫

讒

ㄔㄢˊ 說別人的壞話：〈讒言〉。

造詞 讒陷／譏讒、進讒。

同 毀、謗、誹、訕。

言部 17 畫

讖

ㄔㄣˋ ①預言、徵兆：〈讖語〉②占驗術數符命的書：〈讖緯〉。

造詞 詩讖、符讖、圖讖／一語成讖。

言部 17 畫

讓

ㄖㄤˋ ①「爭」的相反，把好處給別人：〈孔融讓梨、讓步〉②恭迎：〈讓座〉③推辭：〈當仁不讓〉④隨便、任憑：〈讓他去吧！〉⑤令、使人有某種感覺：〈這件事讓我很高興〉⑥躲避、走開：〈讓開〉⑦允許：〈媽媽不讓他出門〉⑧被：〈他讓人家揍一頓〉⑨把東西所有權轉給別人：〈吉屋廉讓、出讓〉⑩責備：〈責讓〉。

造詞 讓位、讓路、讓賢／謙讓、辭讓、推讓、禪讓、退讓、揖讓、禮讓。

言部 17 畫

讕

ㄌㄢˊ ①抵賴：〈不可相讕〉②誣告：〈讕言〉。

言部 18 畫

讙

ㄏㄨㄢ ①喧嘩。②高興的樣子，通「歡」③姓。

言部 19 畫

讚

ㄗㄢˋ ①古代的一種文體，專門歌頌人物的，通「贊」②佛經中的頌詞：〈梵讚〉③通「贊」，幫助：〈讚助〉④誇獎：〈稱讚、讚不絕口〉。

造詞 讚美、讚許、讚揚、讚嘆、讚賞／誇讚。

言部 20 畫

讜

ㄉㄤˇ ①正直的言論：〈忠讜〉②正直的：〈讜論〉。

言部 20 畫

讞

ㄧㄢˋ 審判定案：〈三審定讞〉。

言部 22 畫

讟

ㄉㄨˊ 怨言：〈怨讟〉。

谷部 ㄍㄨˇ

谷部0畫

谷

丿 八 夕 仌 仌 谷 谷

ㄍㄨˇ ①兩山間的低地或水道：〈山谷、河谷〉②困境：〈進退維谷〉③深穴：〈幽谷〉④姓。

ㄩˋ 古代民族：〈吐谷渾〉。

造詞 谷地、谷灣／空谷、岩谷、溪谷、深谷／虛懷若谷。

請注意：「谷」和「谿」(ㄒㄧ)都是指山間的陷落地帶，通常沒有水的是「谷」，有水的是「谿」。

谷部10畫

豁

丶 丷 宀 宀 宀 宇 宇 宇 害 害 害 害 害 割 豁 豁 豁

ㄏㄨㄛˋ ①寬敞、廣大的：〈豁然開朗〉②心胸寬大、看得開：〈豁達〉③免除：〈豁免〉④捨棄、不管：〈豁出去〉⑤破裂的：〈豁嘴〉。

ㄏㄨㄚˊ 同「划」，猜拳：〈豁拳〉。

造詞 豁命、豁免權／空豁、開豁、洞豁／豁然貫通、豁達大度。

谷部10畫

谿

丶 ⺍ ⺍ 爫 爫 乊 乊 奚 奚 奚 奚 奚 谿 谿 谿 谿 谿

ㄒㄧ ①兩山之間的低谷：〈谿谷〉②同「溪」，低谷中的流水、溪澗：〈深谿〉③家庭中的爭吵：〈勃谿〉④姓。

造詞 谿壑／小谿、山谿、水谿、碧谿。

豆部 ㄉㄡˋ

豆部0畫

豆

一 丆 百 百 戸 豆 豆

ㄉㄡˋ ①豆類植物的種子：〈大豆、綠豆、黃豆〉②形狀像豆粒的東西：〈花生豆〉③姓。

造詞 豆子、豆沙、豆油、豆豉、豆腐、豆芽菜、豆腐乾、豆腐腦／俎豆、竹豆、紅豆、土豆、毛豆、菽豆、豌豆、相思豆／豆蔻年華、目光如豆、種瓜得瓜，種豆得豆。

豆部3畫

豈

丨 山 山 屵 岂 岂 豈 豈 豈 豈

ㄑㄧˇ 難道，怎麼，表示反問的語氣：〈豈能如此、豈有此理〉。

ㄎㄞˇ 和樂的，同「愷」：〈豈弟（ㄊㄧˋ）〉。

造詞 豈只、豈敢。

豆部3畫 豇

ㄐㄧㄤ 一年生草本豆類植物，莖蔓生，纏繞攀升在他物上面。葉為複葉，夏日開花，果實為長莢，含數粒種子，可食用：〈豇豆〉。

豆部4畫 豉

ㄔˇ 用黃豆或黑豆發酵製成的食品：〈豆豉〉。

豆部8畫 豎

ㄕㄨˋ ①跟地面垂直：〈豎旗杆〉②直的：〈豎行、一橫一豎〉③姓。

造詞 豎立、豎琴。

同 立、樹、建、直。

反 倒、傾、橫。

豆部8畫 豌

ㄨㄢ 豆類植物，有卷鬚可以幫助生長，每年的四、五月開花，形狀像蝴蝶。外表看起來像彎彎的月亮，剝開後就可看見綠色果實：〈豌豆〉。

豆部11畫 豐

ㄈㄥ ①充足，很多：〈豐富、豐收〉②大：〈豐功偉業〉③地名：〈豐原〉④姓。

造詞 豐年、豐足、豐厚、豐盈、豐盛、豐滿、豐腴、豐饒／新豐／豐衣足食、羽毛未豐。

豆部21畫 豔

ㄧㄢˋ ①羨慕：〈豔羨〉②鮮明的，華麗的：〈鮮豔〉③美麗的：〈美豔〉④有關愛情的：〈豔史、豔遇〉。

造詞 豔陽、豔福、豔麗／妖豔、冶豔、嬌豔、濃豔。

豕部 ㄕˇ

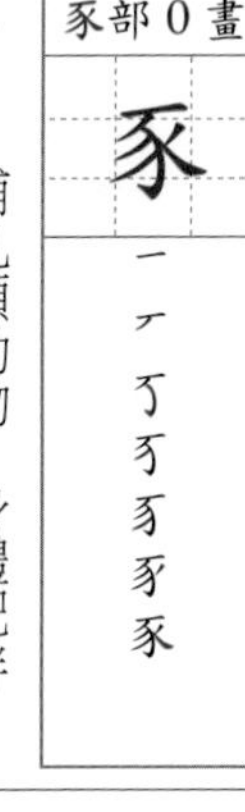

ㄕˇ　哺乳類動物，身體肥胖，大頭小眼，嘴長而微翹，鼻突出，肉可食，俗稱「豬」。

豕部 4 畫

豝

ㄅㄚ　母豬。

豕部 4 畫

豚

ㄊㄨㄣˊ　古代把小豬叫豚，後來豚也成為豬的代稱。

豕部 5 畫

象

ㄒㄧㄤˋ　①現在陸地上最大的哺乳動物，身高三公尺，耳朵大、鼻子呈長圓筒形，能自由蜷曲，有一對長門牙伸出口外，皮很厚，個性溫馴，多產於熱帶區②形狀、樣子，通「像」：〈形象、景象、圖象〉③模擬、倣效：〈象形、象聲〉④表現在外的狀態：〈天象、氣象〉⑤相似，通「像」：〈相象〉⑥姓。

造詞　象牙、象棋、象徵、象牙塔／印象、具象、現象、對象、抽象、表象、易象／森羅萬象、包羅萬象。

豕部 6 畫

豢

ㄏㄨㄢˋ　飼養牲畜、動物：〈豢養〉。

同　飼、養、餵。

豕部 7 畫

豪

ㄏㄠˊ　①才能出眾的人：〈豪傑、英豪〉②有氣魄，直爽痛快、不受拘束：〈豪情、豪放、豪爽、豪邁〉③值得驕傲、感到光榮：〈自豪〉④強橫的：〈豪強、豪門、巧取豪奪〉。

造詞　豪氣、豪華、豪飲、豪豬、豪興、豪舉／文豪、土豪、權豪、富豪、愛森豪／劣紳土豪。

豕部 8 畫

豬

ㄓㄨ　哺乳類動物，身體肥胖，頭大，嘴長而翹，鼻子突出，肉可以食用，皮可以製皮革，鬃毛可以做刷子。

造詞　豬油、豬排、豬圈、豬鬃、豬八戒／山豬、毛豬、豪豬、野豬、箭豬、蠢豬。

同 豕。

豫（豕部9畫）

ㄩˋ　①河南省的簡稱②歡喜、快樂：〈面有不豫之色〉③安適：〈逸豫亡身〉④事先的，通「預」：〈豫求〉⑤遲疑的：〈猶豫〉⑥姓。

造詞 豫遊。

同 喜、悅、怡、先。

請注意：「豫」和「預」只有在解釋為「參與、事先」時才可通用。

豭（豕部9畫）

ㄐㄧㄚ　公豬：〈豭豚〉。

豸部 ㄓˋ

豸（豸部0畫）

ㄓˋ　①沒有腳的蟲：〈蟲豸〉②長脊的猛獸。

豺（豸部3畫）

ㄔㄞˊ　哺乳類動物，長得像狗但體形較小，喜歡群居，生性非常凶猛，因為和狼同類，所以常和狼並稱。

造詞 豺狼／豺狼當道。

豹（豸部3畫）

ㄅㄠˋ　①大型貓科哺乳動物，外形有點像老虎，體形比老虎小一點，身上有黑色斑點或花紋，奔跑速度很快，種類很多：〈金錢豹、雲豹〉②姓。

造詞 虎豹、花豹、金豹、獅豹／豹死留皮、管中窺豹。

豻（豸部3畫）

ㄢˋ　古時北方的一種野狗，形狀像狐狸。

貂（豸部5畫）

ㄉㄧㄠ　哺乳類動物，是一種野鼠，嘴尖，腳短，身體細長，尾巴粗大，毛皮細柔輕暖，可做衣帽，是珍貴的皮革。貂皮的質料很好，

造詞 花貂／狗尾續貂。

貉
豸部6畫

ㄏㄜˊ 食肉哺乳類動物，外型像狐狸，但體型較肥大，尾巴較短，生活在山林中，是我國重要皮貨來源。

ㄇㄛˋ 古代稱住在北方的民族，通「貊」。

造詞 一丘之貉。

貊
豸部6畫

ㄇㄛˋ 北方夷狄名，通「貉」。

造詞 蠻貊。

貍
豸部7畫

ㄌㄧˊ ①動物名，為貓的一類，尖嘴利齒，四肢細短，夜間出來獵食家畜，毛皮可製成皮衣②姓。

貌
豸部7畫

ㄇㄠˋ ①長相：〈面貌、容貌〉②外表、樣子：〈全貌、風貌〉③姓。

造詞 貌似／才貌、外貌、美貌、形貌、禮貌／貌不驚人、貌合神離、綺年玉貌、堂堂相貌、郎才女貌、沉魚落雁之貌。

貓
豸部9畫

ㄇㄠ ①哺乳類動物，頭圓齒利，腳有利爪，腳底有肉墊，所以走路沒有聲音，善長捕捉老鼠②姓。

造詞 貓咪、貓熊、貓眼石、貓頭鷹。

貘
豸部11畫

ㄇㄛˋ ①一種像熊的野獸②哺乳類動物，形狀有點像豬，皮像犀牛一樣厚，毛短頸粗，喜歡吃樹葉、果實，性情溫馴。

貛
豸部18畫

ㄏㄨㄢ 哺乳類動物，體型矮胖，爪子長而粗，會掘土洞居住。尾根有囊，能放臭屁。喜歡吃蚯蚓、蝸牛、草根。

貝部
ㄅㄟˋ

貝部0畫

貝

丨 冂 月 月 目 貝 貝

ㄅㄟˋ ①蚌、螺、蛤等軟體有殼的動物②古代的貨幣：〈貝幣、貨貝〉③翻譯字，計算聲音大小的單位：〈分貝〉④姓。

造詞 貝勒、貝殼、貝多芬／川貝、珠貝、螺貝、寶貝。

貝部2畫

貞

貞

ㄓㄣ ①古代稱占卜為貞②意志堅定、不輕易改變：〈忠貞、堅貞〉③女子不失身、不改嫁、從一而終的：〈貞女、貞節〉④堅固的：〈貞石〉。

造詞 貞烈、貞婦、貞傑、貞操、貞德／女貞、不貞、守貞、童貞／貞亮死節、貞觀之治、貞節牌坊。

同 正、定。

反 淫、悔。

請注意：「貞」與「真」音同義不同。「貞」是正直、堅固的意思，而「真」是自然、不虛假的意思。

貝部2畫

負

負

ㄈㄨˋ ①戰敗：〈不分勝負、一決勝負〉②擔荷、負擔：〈肩負、負責〉③拖欠：〈負債〉④違背、離開：〈忘恩負義〉⑤背向：〈負山面水〉⑥具有、享有：〈久負盛名〉⑦背著或帶著：〈負重賽跑、負傷〉⑧「正」的相反：〈負電〉⑨姓。

造詞 負心、負氣、負荷、負擔／自負、抱負、正負、背負、辜負、擔負／負笈從師、負荊請罪、負傷頑抗、負債累累、如釋重負。

同 叛、畔、背、反、倍、欠、虧。

反 正、勝。

貝部3畫

財

財 財

ㄘㄞˊ ①金錢和物資的總稱：〈錢財、財富、重義輕財〉②才能，通「才」③僅、只有，通「纔」④姓。

造詞 財力、財主、財物、財神、財源、財運、財閥、財團、財寶／家財、散財、資財、理財、發財、蓄財、貨財／財大氣粗、財迷心竅、和氣生財、仗義疏財、勞民傷財、添福招財。

同 才、僅、纔。

貝部3畫

貢

一 丅 工 …… 貢 貢

ㄍㄨㄥˋ ①君王時代向帝王進獻的禮物：〈納貢、進貢〉②古代地方選拔人材，推荐給朝廷：〈貢生、貢士〉③夏朝賦稅的名稱④奉獻：〈貢獻〉⑤姓。

造詞 貢品、貢賦／入貢、朝貢、鄉貢、歲貢。

同 進、獻、荐。

貝部4畫

販

丨 冂 月 月 目 貝 貝 …… 販

ㄈㄢˋ ①買賣貨物、獲取薄利的小商人：〈菜販、攤販〉。②賣、出售：〈販茶、販賣〉。

造詞 販子、販毒／小販、市販、商販／販夫走卒。

貝部4畫

責

一 二 十 主 …… 責 責

ㄗㄜˊ ①分內應盡的任務：〈責任、盡責〉②要求達到某一個標準：〈責善、責成〉③詢問：〈責問、責難、質責〉④批評別人的過錯：〈斥責、責備〉⑤處罰：〈責打、責罰、笞責〉⑥姓。

ㄓㄞˋ 通「債」，欠人某些財物。

造詞 責罵、責任感／自責、負責、卸責、重責、譴責、職責／責無旁貸、引咎自責、敷衍塞責、難辭己責。

同 攻、譴、咎。

反 褒、獎。

貝部4畫

貫

ㄴ 口 毌 …… 貫 貫

ㄍㄨㄢˋ ①古代穿錢用的繩子②古代一千枚錢為一貫：〈家財萬貫〉③世居的地方：〈籍貫〉④穿通、穿過：〈貫穿、貫通、橫貫公路〉⑤連續不斷：〈連貫、魚貫進入〉⑥專心：〈全神貫注〉⑦通「慣」，習慣⑧姓。

造詞 貫串、貫徹／一貫、縱貫、通貫／貫徹始終。

同 穿、串。

請注意：貫字上方是「毌」，不可寫成「母」(ㄇㄨˇ)或「毋」(ㄨˊ)。

貝部4畫

貨

ノ イ 亻 化 …… 貨 貨

ㄏㄨㄛˋ ①商品：〈國貨、洋貨、二手貨〉②錢幣：〈貨幣、通貨〉③罵人的話，把人比做「東西」：〈笨貨、賤貨、蠢貨〉④出賣：〈貨腰〉⑤姓。

造詞 貨主、貨色、貨車、貨品、貨運、貨樣／奇貨、百貨、財貨、雜貨、黑貨、濫貨、好貨、舶來貨、來路貨／貨真價實、貨暢其流、殺人越貨。

同 賄、賂、買、賣。

請注意：「貨」和「貸」字形相近。「貨」是買賣的物品，例如：貨物、貨櫃。「貸」音ㄉㄞˋ，是借東西，例如：借貸、貸款。

貝部4畫

貪

ノ 人 亼 今 今 含 含 含 貪 貪 貪

ㄊㄢ　①欲望：〈貪念、貪財〉②求多、不知滿足：〈貪心、貪玩〉③原本指受財，現在卻有收取不正當財務的意思：〈貪汙、貪官〉。

造詞 貪吃、貪杯、貪婪、貪圖、貪便宜／猛貪、狼貪／貪小失大、貪心不足、貪生怕死、貪官汙吏、貪得無厭、貪贓枉法。

同 婪、饕。

貝部4畫

貧

ノ 八 分 分 分 分 分 貧 貧 貧 貧

ㄆㄧㄣˊ　①「富」的相反：〈貧苦、貧民〉②缺少、不足：〈貧乏、貧血〉③多話令人討厭：〈貧嘴〉④僧道自謙的詞：〈貧道、貧僧〉。

造詞 貧戶、貧困、貧寒、貧瘠、貧賤、貧窮、貧民窟／清貧、赤貧／貧無立錐、貧病交迫、劫富濟貧。

同 窮。

反 富。

貝部5畫

貯

丨 冂 冃 目 目 貝 貝 貝 貯 貯 貯 貯

ㄓㄨˇ　①儲存積聚：〈貯藏〉②等候，通「佇」：〈延貯〉。

造詞 貯水、貯存。

同 儲、蓄、積、存。

貝部5畫

貼

丨 冂 冃 目 目 貝 貝 貝 貼 貼 貼 貼

ㄊㄧㄝ　①黏上去：〈貼郵票、貼布告、剪貼〉②挨近、緊跟：〈貼身、貼近〉③補助：〈津貼〉④虧損：〈這趟買賣，就是貼上老本也得幹〉⑤恰當：〈貼切〉。

造詞 貼己、貼金、貼現、貼補、貼紙／浮貼、妥貼、招貼、張貼、服貼、黏貼、補貼、體貼／服服貼貼。

貝部5畫

貶

丨 冂 冃 目 目 貝 貝 貝 貶 貶 貶 貶

ㄅㄧㄢˇ　①降低官位或價格：〈貶官〉②給予低劣的評價：〈貶

〈貶低、貶義〉③減少、降低：〈貶值〉。

造詞 貶損、貶謫／抑貶、褒貶／一字褒貶、有褒有貶、先褒後貶。

同 黜、損、斥、降。

反 褒、獎、勉。

貝部5畫

貳

一 二 三 亍 亍 亍 亍 亍 貢 貳 貳

ㄦˋ ①數目名，「二」的大寫：〈貳拾元〉②再一次、重複：〈不貳過〉③改變、背叛：〈貳心、貳臣〉。

造詞 乖貳、負貳、離貳。

同 副、次。

貝部5畫

費

一 ㄋ 弓 弗 弗 弗 弗 弗 費 費 費 費

ㄈㄟˋ ①應用的錢財：〈水費、電費、學費〉②用的很多且不合理：〈浪費〉③花用：〈費力、費時〉④減損、消耗：〈費神、消費〉⑤姓。

造詞 費心、費用、費事、費勁、費解／公費、自費、私費、花費、會費、經費、旅費、破費／費盡心機。

同 花、用。

反 省。

貝部5畫

賀

フ カ か 加 加 加 智 賀 賀 賀 賀 賀

ㄏㄜˋ ①慶祝人家的喜慶：〈賀慶、賀喜〉②祝福、恭喜：〈賀節、賀新年〉③姓。

造詞 賀年、賀忱、賀函、賀電、賀儀、賀禮、賀年片／祝賀、敬賀、恭賀、朝賀、電賀、拜賀、慶賀、道賀／額手稱賀、可喜可賀。

同 喜、悅、欣、歡、慶。

貝部5畫

貴

丶 口 口 中 中 虫 冑 冑 貴 貴 貴 貴

ㄍㄨㄟˋ ①貴州省的簡稱②地位崇高的人：〈權貴、新貴〉③價格高：〈昂貴、這東西很貴〉④地位高：〈貴族、貴賓〉⑤難得、視某種情形為有價值：〈人貴自強〉⑥價格上漲：〈洛陽紙貴〉⑦敬稱對方有關的事：〈貴姓、貴校〉⑧尊崇的、崇高的：〈貴為天子〉⑨受到珍視、重視：〈物以稀為貴、珍貴〉⑩姓。

造詞 貴人、貴府、貴庚、貴客、貴重、貴國、貴幹、貴金屬／高貴、華貴、顯貴、富貴、嬌貴、尊貴／貴遠賤近、貴賣賤買、紆尊降貴、貴人多忘事。

同 尊、崇、尚。

反 賤、卑。

貝部 5 畫

買

ㄇㄞˇ ①用錢購入物品，與「賣」相對：〈買菜、買票、買東西〉②用金錢拉攏：〈收買、買通〉③姓。

造詞 買主、買方、買帳、買賣、買辦、買路錢／採買、洽買、新買、購買、競買、選買／買空賣空、買櫝還珠、只看不買。

同 市、酬、貿、賈。

反 賣、售。

貝部 5 畫

貿

ㄇㄠˋ ①買賣：〈國際貿易〉②隨便、不慎重的：〈貿然〉③姓。

造詞 外貿、國貿、經貿。

同 買、市、賈、酤。

貝部 5 畫

貸

ㄉㄞˋ ①借出或借入：〈告貸、貸款〉②推卸責任：〈責無旁貸〉③寬恕：〈嚴懲不貸〉。

造詞 借貸、寬貸、賑貸。

同 借。

貝部 5 畫

賁

ㄅㄧˋ ①易經卦名②裝飾很美：〈賁如、賁若草木〉③請客人光臨：〈賁臨〉。

ㄅㄣ ①古人對勇士的稱呼：〈虎賁〉②食道與胃連接處，在胃的上口：〈賁門〉③姓。

造詞 孟賁。

貝部 5 畫

貽

ㄧˊ ①贈品：〈餽貽〉②贈送：〈貽贈、貽我鯉魚〉③留下、遺留，通「遺」：〈貽害、貽患無窮〉④姓。

造詞 貽誤／敬貽、相貽／貽笑大方、貽人口實。

同 贈、送、饋。

貝部 5 畫

貺

ㄎㄨㄤˋ ①別人贈送的東西：〈厚貺〉②恩惠：〈以謝神貺〉③賞賜：〈貺以財物〉④姓。

貝部 5 畫

貰

ㄕˋ ①出租或出租物品：〈貰屋〉②賒欠：〈貰米、貰酒〉。

貝部6畫

賅

丨 冂 月 月 目 貝 貝 貝` 貝亠 貝亠 貝亥 賅 賅

ㄍㄞ 豐富、完備：〈賅備、言簡意賅〉。

造詞 賅博。

同 具、備。

貝部6畫

賊

丨 冂 月 月 目 貝 貝 貝一 貝一 貝ナ 賊 賊 賊

ㄗㄟˊ ①偷東西的人：〈竊賊、盜賊〉②叛亂造反、禍國殃民的人：〈賣國賊〉③敵人：〈漢賊不兩立〉④殘殺、傷害：〈賊仁、賊害〉⑤奸詐的、狡猾的：〈賊性、老鼠真賊〉⑥鬼祟不端莊的：〈賊頭賊腦〉⑦不易察覺、乘隙而入的：〈賊風〉⑧叛逆的：〈賊臣〉⑨姓。

造詞 賊子、賊禿、賊亮、賊船、賊骨頭、賊窩子、賊頭兒／山賊、逆賊、叛賊、烏賊／賊走關門、大盜小賊。

同 偷、竊、盜、攘。

貝部6畫

資

丶 冫 冫 次 次 次 次 资 资 资 资 資 資

ㄗ ①金錢或財物：〈工資、物資、車資〉②天生的聰明才智：〈天資、英資、資質優異〉③所具備的條件：〈考試資格、資歷〉④具有用途的材料：〈資料〉⑤資本家的簡稱：〈勞資雙方〉⑥提供事物幫助他人：〈資助、以資參考〉⑦姓。

造詞 資方、資本、資金、資政、資訊、資產、資深、資源、資本家／出資、合資、投資、軍資、薪資、賭資、勞資。

同 助、輔、翼、佐、執、把、秉、操。

貝部6畫

賈

一 𠃌 𠀀 西 西 西 覀 覀 賈 賈 賈 賈 賈

ㄍㄨˇ ①古代對商人的稱呼：〈商賈、書賈〉②招來、招引：〈賈禍、賈害〉③賣出：〈餘勇可賈〉。

ㄐㄧㄚˇ 姓。

ㄐㄧㄚˋ 通「價」。

造詞 賈人／良賈、善賈。

同 沽、售、買、賣。

貝部6畫

貲

丨 ト 止 止 此 此 此 此 貲 貲 貲 貲 貲

ㄗ ①錢財，通「資」②計算：〈所費不貲、損失不貰〉。

造詞 貰力。

同 資、財、貨。

貝部6畫 **賃**

ㄌㄧㄣˋ ①雇用的傭人：〈傭賃〉②租借：〈賃屋〉。

造詞 賃金／租賃、貸賃。

同 租、借、雇、傭。

貝部6畫 **賄**

ㄏㄨㄟˋ ①不正當得來的金錢或財物：〈受賄〉②送人財物，希望對方幫助自己達到某種目的：〈行賄、賄選〉。

造詞 賄賂。

同 賂。

貝部6畫 **賂**

ㄌㄨˋ 有所請託而送人財物：〈行賂、賄賂〉。

造詞 厚賂、重賂。

同 賄。

貝部7畫 **賑**

ㄓㄣˋ 救濟：〈賑災〉。

造詞 賑濟。

同 贍、賙、濟。

貝部7畫 **賓**

ㄅㄧㄣ ①客人：〈來賓、貴賓、國賓〉②古代戲曲稱二人交談為「賓」，一人自言自語為「白」③順從、服從：〈賓服、賓從〉④尊敬、有禮的：〈賓禮〉⑤姓。

造詞 賓果、賓客、賓館／上賓、外賓、嘉賓／賓主盡歡、賓至如歸、入幕之賓、相敬如賓。

同 客。

反 主。

貝部7畫 **賒**

ㄕㄜ 買東西先欠著，以後再付錢：〈賒欠〉。

造詞 賒賬。

同 貸、欠。

貝部8畫 **賠**

ㄆㄟˊ ①償還他人財物：〈賠償、賠他一塊玻璃〉②虧損：〈賠本、賠光了〉③道歉、認錯，通「陪」：〈賠禮、賠不是〉。

造詞 賠款、賠罪、賠錢、賠不起、賠償金／理賠、暗賠、虧賠／穩賺不賠。

同 虧、蝕。

反 賺。

貝部8畫

賦

ㄈㄨˋ ①我國古代的一種文體：〈漢賦、詩賦〉②國民向國家繳納的稅：〈田賦〉③資質、天性：〈天賦、秉賦〉④給予：〈賦予〉⑤創作：〈賦詩〉。

造詞 賦有、賦性、賦閒、賦稅／租賦、稅賦、歌賦、貢賦、辭賦／悉索敝賦。

同 授、與。

貝部8畫

賤

ㄐㄧㄢˋ ①輕視、看不起：〈人皆賤之、賤貨貴德〉②價錢低：〈賤賣、賤價〉③地位卑下：〈卑賤、低賤〉④罵人的話：〈賤骨頭、賤貨〉⑤自稱的謙詞：〈賤內〉⑥不好的：〈賤工〉⑦不尊重自己：〈賤行〉⑧姓。

造詞 賤妾／下賤、貴賤、貧賤、輕賤、窮賤、微賤／買貴賣賤。

同 鄙、野、俚、低。

反 貴、豪。

貝部8畫

賬

ㄓㄤˋ ①有關錢財進出的記載，同「帳」：〈記賬、賬單、賬本〉②債務：〈欠賬、還賬〉③人所做的行為：〈不認賬〉。

造詞 賬目、賬號／付賬、結賬、買賬、賣賬／死不認賬。

請注意：「賬」與「帳」當作「財務記錄」時可以通用，作其他意思時不能通用。

貝部8畫

賜

ㄙˋ ①恩惠、好處：〈受賜〉②上級把東西送給下級：〈賜田、賞賜〉③任命官位：〈賜爵、賜他為卿大夫〉④感謝他人對自己所做的事：〈賜示、賜教〉⑤姓。

造詞 賜予、賜函、賜福／天賜、恩賜、惠賜、厚賜。

同 錫、給。

反 受。

貝部8畫

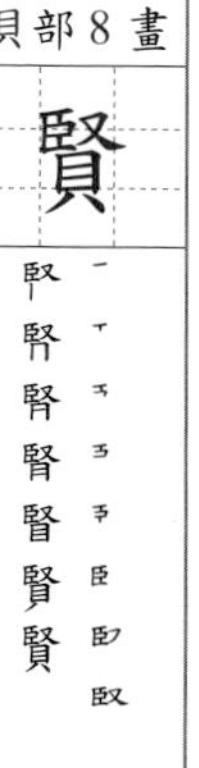

ㄒㄧㄢˊ ①有才能、道德的人：〈賢人、見賢思齊、選賢與能〉②勝過：〈你賢於他〉③尊崇：〈賢賢易色（以敬賢的心代替好色的心）〉④善良的：〈賢妻、賢良〉⑤對平輩或晚輩的敬稱：〈賢弟、賢伉儷〉。

造詞 賢士、賢才、賢明、賢能、賢哲、賢淑、賢慧、賢內助、賢昆仲／先賢、忠賢、英賢、前賢、後賢、聖賢／賢妻良母、先聖先賢、敬老尊賢。

同 善、優、勝。

反 愚。

貝部8畫

賣

ㄇㄞˋ ①出售物品，和「買」相對：〈拍賣、買賣〉②誇耀自己的本事：〈賣弄、賣功、賣乖〉③用他人或國家作交易，換取自己的私利：〈賣國、賣友求榮〉④努力做事：〈賣力、賣勁〉⑤姓。

造詞 賣方、賣主、賣身、賣笑、賣座、賣帳、賣淫、賣絕、賣價、賣錢、賣藝、賣人情、賣本事、賣面子、賣國賊、賣關子／公賣、出賣、賤賣、廉賣、大拍賣／賣文為生、賣弄口舌、賣官鬻爵、賣弄風情、現買現賣、囤積不賣。

同 沽、酤、售、賈。

反 買。

貝部8畫

賞

ㄕㄤˇ ①獎勵的東西：〈領賞〉②把東西賜給有功勞的人：〈獎賞、賞金〉③領會事物的美：〈欣賞、賞月、賞花〉④歡樂、愉快：〈賞心悅目〉⑤獎勵：〈賞善罰惡〉⑥讚美、誇獎：〈讚賞、嘆賞〉⑦尊稱他人接受自己的請求：〈賞光、賞臉〉⑧姓。

造詞 賞玩、賞罰、賞賜、賞錢、賞識／玩賞、觀賞、鑑賞、激賞、懸賞／賞罰分明、孤芳自賞、雅俗共賞、論功行賞、擊節嘆賞。

同 欣、悅、喜、獎。

反 罰。

貝部8畫

質

ㄓˊ ①事物的根本特性：〈本質、資質〉②構成事物的材料：〈物質、鐵質〉③詢問：〈質問〉④樸素單純：〈質樸〉⑤姓。

ㄓˋ 抵押、抵押品：〈典質、人質〉。

造詞 質子、質料、質量、質感、質詢、質疑、質因素／品質、氣質、美質、性質、實質、變質／質直好義、纖纖弱質。

請注意：「質」和「資」不同。「質」有物體本質的意思，例如：質樸、質地。「資」音ㄗ 有財貨、天賦的意思，例如：資料、資格、資俸。

貝部 8 畫

賭

ㄉㄨˇ ①一種用金錢、財物來比賽輸贏的不正當娛樂：〈賭博、賭徒〉②比輸贏的事：〈打賭〉③表示決心做到或實現：〈賭咒〉④意氣用事：〈賭氣〉。

造詞 賭友、賭局、賭鬼、賭棍、賭場、賭錢／下賭、聚賭、豪賭、嗜賭。

同 博、奕。

請注意：「賭」與「睹」不同。「賭」有爭輸贏的意思，例如：賭博、賭徒。「睹」有看見的意思，例如：目睹、有目共睹。

貝部 8 畫

賚

ㄌㄞˋ ①詩經・周頌篇名之一②賞賜：〈賚獎〉。

貝部 8 畫

賡

ㄍㄥ ①連續：〈賡續〉②償還：〈賡酬〉。

貝部 8 畫

賙

ㄓㄡ 救助：〈賙人之急〉。

貝部 9 畫

賴

ㄌㄞˋ ①依靠：〈依賴、仰賴、賴以為生〉②不承認自己做的事：〈賴帳、賴皮、賴婚〉③硬說別人有錯：〈誣賴〉④故意拖延：〈賴著不走〉⑤壞、不好：〈好死不如賴活、今年收成不賴〉⑥怠惰的、通「懶」：〈富歲子弟多賴〉⑦姓。

造詞 賴床／信賴、耍賴、抵賴、無賴／矢口抵賴、百無聊賴。

同 憑、恃、依、據。

貝部 10 畫

賺

ㄓㄨㄢˋ ①獲得、贏取：〈賺錢〉②欺騙：〈賺人熱淚〉。

同 贏。

反 賠、虧、損。

貝部 10 畫

購

ㄍㄡˋ ①草名：〈購草〉②用錢財買進貨物：〈購買、採購〉③講和，同「媾」：〈北購於匈奴〉。

造詞 購物、購置、購辦、購買力、購買慾／添購、收購、洽購、選購、郵購。

同 買。

反 賣、售。

貝部 10 畫

賽

ㄙㄞˋ ①一種競技活動：〈球賽、比賽〉②祭告神明的儀式：〈冬賽禱祀、迎神賽會〉③競爭：〈賽跑〉④勝過、超越：〈飯後一根煙，賽過活神仙〉⑤姓。

造詞 賽車、賽馬、賽神、賽球、賽程、賽鴿／馬賽、競賽、會外賽、表演賽、邀請賽、國際比賽。

同 勝、競。

貝部 10 畫

賸

ㄕㄥˋ ①通「剩」，餘留下來：〈賸餘〉②餘留下來的：〈家無賸財〉。

貝部 10 畫

賻

ㄈㄨˋ 拿財物幫別人辦理喪事：〈賻贈〉。

貝部 11 畫

贅

ㄓㄨㄟˋ ①男子到女方家去成親，婚後住在女方家，並冠上女方的姓：〈入贅〉②多餘無用的：〈贅言、累贅〉。

造詞 贅文、贅述、贅疣、贅婿／招贅。

同 疣。

貝部 11 畫

贄

ㄓˋ ①古代初次拜見長輩或比自己地位高的人所送

的禮物②不動的：〈贄然立〉。

造詞 贄見、贄敬、贄儀／嘉贄、執贄。

貝部 11 畫

賾

ㄗㄜˊ 深奧：〈探賾索隱〉。

貝部 12 畫

贈

ㄗㄥˋ ①送給：〈贈閱、贈言〉②政府追封已經去世而有功勞的人：〈追贈為一級上將〉③互相送詩或禮物：〈贈答、贈別〉。

造詞 贈序、贈品、贈送、贈與／分贈、加贈、頒贈、持贈、敬贈／傾囊相贈。

同 送、貽、饋、餽。

反 受。

貝部 12 畫

贊

ㄗㄢˋ ①一種具有評論性的文體（多見於史籍）：〈史贊〉②稱頌人物的文體：〈像贊、傳贊〉③幫助、輔助：〈贊助〉④同意：〈贊成〉⑤同「讚」，稱讚、誇獎：〈贊美〉⑥姓。

造詞 贊同、贊助人／禮贊、襄贊。

同 助、輔、佐、翼、佑、援。

請注意：「贊」和「讚」都有「幫助、稱許」的意思。但是「贊助」不能寫成「讚助」，而「讚美詩」不可寫成「贊美詩」。

貝部 13 畫

贏

ㄧㄥˊ ①經商所得的利潤：〈贏利〉②勝過：〈贏了〉。

造詞 贏得／輸贏、虧贏。

同 餘、剩、賸、克、勝、捷。

反 輸、賠。

貝部 13 畫

贍

ㄕㄢˋ ①提供生活所需的財物給人：〈贍養父母〉②充足、足夠：〈力不贍〉。

造詞 贍養費。

同 賑、賙、濟。

反 缺、乏。

請注意：「贍」和「瞻」字形相似，容易弄錯。「贍」是提供生活必需品給人的意思，例如：贍養。「瞻」音ㄓㄢ，有看的意思，例如：瞻仰偉人的銅像。

貝部 14 畫

贓

ㄗㄤ ①偷竊所得來的財物：〈贓款、贓物〉②賄賂：〈貪贓枉法〉③貪汙的：〈贓官〉。

貝部 14 畫

贐

ㄐㄧㄣˋ 送行的禮物：〈餽贐〉。

造詞 贐儀。

貝部 15 畫

贖

ㄕㄨˊ ①用錢財把抵押的人、物換回來：〈贖身、贖回當票〉②用錢財、力氣或行動來抵掉過錯或刑罰：〈將功贖罪〉。

造詞 贖命、贖金、贖當／救贖、赦贖、重贖。

反 質、當、押。

貝部 15 畫

贗

ㄧㄢˋ 假的、偽造的：〈贗品、贗本〉。

同 假、偽。

反 真。

貝部 17 畫

贛

ㄍㄢˋ 江西省的簡稱。江西省境內有贛縣、贛江。

赤部

ㄔˋ

赤部 0 畫

赤

ㄔˋ ①紅色：〈發赤、近朱者赤〉②裸露：〈赤腳、赤著身體〉③紅色的：〈赤痣〉④真誠的：〈赤膽忠心〉⑤空無所有的：〈赤貧、赤手空拳〉⑥共產黨的：〈赤禍橫流〉⑦姓。

造詞 赤子、赤字、赤忱、赤貧、赤焰、赤誠、赤道、赤膊、赤裸裸／丹赤／赤子之心、赤心報國、赤地千里、面紅耳赤。

同 紅、朱、丹、彤。

赤部 4 畫

赦

ㄕㄜˋ ①減輕或免除罪刑：〈赦罪、赦免〉②姓。

造詞 大赦、求赦、容赦、恩赦、

特赦、寬赦、獲赦／十惡不赦。

赧 赤部4畫

ㄋㄢˇ 因慚愧、害羞而臉紅：〈赧愧、羞赧〉。

造詞 赧然／愧赧、澀赧。

赫 赤部7畫

ㄏㄜˋ ①頻率的單位，一秒鐘振動一次就是一赫茲，可以簡稱為「赫」：〈千赫〉②像火一樣的赤紅色③恐嚇，通「嚇」：〈震赫古今〉④顯著、盛大的：〈顯赫、聲勢赫赫〉⑤姓。

造詞 赫然／光赫、怒赫、威赫／赫赫有名。

赭 赤部8畫

ㄓㄜˇ 紅褐色：〈赭色〉。

同 紅、赤、朱、丹。

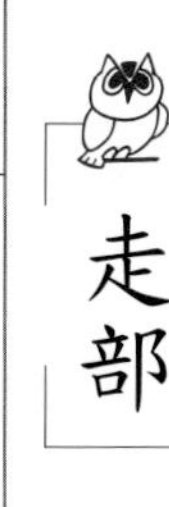

走部 ㄗㄡˇ

走 走部0畫

ㄗㄡˇ ①步行：〈走路、行走〉②奔逃：〈逃走、敗走〉③移動、挪動：〈走錯一步棋、這鐘走得很準〉④離開：〈車剛走〉⑤失去原來樣子：〈走樣、唱走調了〉⑥交逢：〈走運〉⑦洩漏：〈走漏消息〉⑧親友間往來：〈兩家走得很勤〉⑨供人通行的：〈走道〉⑩供人驅使的：〈販夫走卒〉。

造詞 走火、走失、走向、走私、走板、走狗、走動、走廊、走下坡、走不開、走江湖、走後門、走馬燈、走著瞧／出走、奔走、疾走、脫走、遁走、遊走、競走、馳走／走火入魔、走投無路、走馬看花、走馬上任、走漏風聲、不脛而走、東奔西走、銜枚疾走。

赴 走部2畫

ㄈㄨˋ ①到某個地方去：〈赴差就醫、赴京趕考〉②投身進去：〈全力以赴、共赴國難〉③前往參加：〈赴約、赴宴〉。

造詞 赴任、赴會、赴試、赴義、赴難／往赴、走赴、奔赴、疾赴、馳赴／赴湯蹈火，在所不辭。

同 趨、歸。

走部2畫
赳
一 十 土 キ キ 未 走 赳 赳

ㄐㄧㄡ　勇敢威武的樣子：〈雄赳赳〉。

走部3畫
起
一 十 土 キ キ 未 走 起 起 起

ㄑㄧˇ　①量詞，事件發生一次或一件叫一起：〈車禍一起〉②量詞：人一群或一批叫一起：〈一起請客〉③站立：〈起立〉④離開原來的位置：〈起飛〉⑤物體由下往上升：〈飛起來〉⑥長出（疙瘩、痱子等）：〈起痱子〉⑦發生：〈起義、起兵〉⑧擬定：〈起草、起個大綱〉⑨荐舉、任用：〈起用新人〉⑩建築、建立：〈起房子、白手起家〉⑪提取：〈起貨〉⑫開始：〈起頭〉⑬表示力量夠得上或夠不上：〈太貴了，買不起〉⑭姓。

造詞 起子、起火、起色、起伏、起先、起身、起步、起初、起因、起見、起床、起居、起勁、起動、起程、起訴、起落、起意、起源、起誓、起碼、起鬨、起錨、起點、起重機、起頭兒／不起、引起、坐起、早起、發起、談起、晚起、興起、奮起、緣起／起死回生、起承轉合、東山再起、拂袖而起、揭竿而起、異軍突起、一波未平一波又起。

反 止、伏、坐、臥。

走部5畫
越
一 十 土 キ キ 未 走 走 赴 越 越

ㄩㄝˋ　①古代南方種族名，分布在浙、閩、粵一帶：〈百越〉②春秋時國名：〈越國〉③浙江省的別稱，或單指「紹興」一帶：〈吳越〉④超過：〈越級、越權、越軌〉⑤跨過：〈翻山越嶺〉⑥經過：〈越過〉⑦悠揚的：〈聲音清越〉⑧更加：〈越來越冷〉⑨姓。

造詞 越南、越昇、越發、越獄、越禮、越野車／卓越、超越、踰越、激越、優越、僭越／越俎代庖。

同 超、踰、躐。

請注意：「越來越……」表示程度隨著時間發展，如：端午節一到，天氣就越來越熱。

走部5畫
超
一 十 土 キ キ 未 走 起 起 超 超 超

ㄔㄠ　①越過、高出：〈超越、超載〉②僧、尼或道士為死人誦經，使能早日脫離苦海：〈超渡〉③不平常的、特出的：〈超人〉④姓。

造詞 超支、超凡、超出、超車、超級、超脫、超速、超絕、超然、超過／入超、出超、班超、高超／超群絕倫、超俗拔群、超級市場。

同 越、踰、躐。

走部 5 畫　趁

一 十 土 丰 丰 丰 走 走 赴 赴 趁 趁

ㄔㄣˋ　利用時間、機會：〈打鐵趁熱、趁火打劫〉。

造詞 趁早、趁便、趁機、趁勢、趁熱兒／趁虛而入、趁風揚帆。

走部 7 畫　趙

一 十 土 丰 丰 丰 走 走 赴 赴 趙 趙 趙 趙

ㄓㄠˋ　①戰國七雄之一：〈趙國〉②東晉時，五胡十六國中劉曜所建的前趙和石勒所建的後趙③姓。

造詞 完璧歸趙。

走部 7 畫　趕

一 十 土 丰 丰 丰 走 走 赴 赴 趕 趕 趕 趕

ㄍㄢˇ　①從後面追上去：〈追趕〉②加快行動，以爭取時間：〈趕路〉③跟在後面催促：〈趕驢、趕鴨子〉④驅逐：〈趕走〉⑤及時奔赴：〈趕集、趕廟會〉⑥加緊：〈趕製衣服〉。

造詞 趕上、趕忙、趕快、趕場、趕緊、趕時髦、趕得上／趕盡殺絕、趕鴨子上架。

走部 8 畫　趣

一 十 土 丰 丰 丰 走 走 赴 趄 趄 趄 趄 趣 趣

ㄑㄩˋ　①興味：〈興趣、趣味、有趣〉②行動或意志的傾向：〈志趣、旨趣〉。

ㄘㄨˋ　通「促」。

ㄑㄩ　通「趣」。

造詞 趣事、趣聞、趣談／生趣、奇趣、風趣、情趣、無趣、識趣／趣味雋永、自討沒趣、大異其趣、相映成趣。

走部 8 畫　趟

一 十 土 丰 丰 丰 走 走 赴 赴 趟 趟 趟 趟

ㄊㄤˋ　量詞，來回一次叫一趟，同「回」或「次」：〈麻煩你再跑一趟〉。

走部 10 畫　趨

一 十 土 丰 丰 丰 走 走 赹 赹 赹 趜 趜 趨 趨 趨 趨

ㄑㄩ　①快走：〈趨前〉②傾向：〈趨向〉③依附：〈趨炎附勢〉④奔赴：〈趨吉避凶〉。

ㄘㄨˋ　通「促」。

亦趨。

走部 12 畫

趫

一 十 土 キ 卡 走 走 赱 赱 赱 赱 赱 趫 趫 趫

ㄑㄧㄠˊ 行動敏捷，善於爬高、奔走：〈趫捷〉。

走部 14 畫

趯

一 十 土 キ 卡 走 走 赱 赱 赱 赱 赱 趯 趯 趯 趯 趯 趯

ㄊㄧˋ 書法用字，筆鋒向上鉤挑的筆畫。

走部 19 畫

趲

一 十 土 キ 走 走 赱 赱 赱 赱 赱 赱 趲 趲 趲 趲 趲 趲 趲

ㄗㄢˇ ①趕路：〈趲向前去〉②使、用：〈趲勁〉。

足部 ㄗㄨˊ

足部 0 畫

足

丶 ㄇ 口 早 𧾷 足

ㄗㄨˊ ①腳：〈舉足、前足〉②支撐器物的腳：〈鼎足〉③敬稱別人的學生：〈高足〉④充滿、不缺乏的：〈足夠、富足〉⑤止：〈不一而足〉⑥可以、能夠：〈足以自豪〉⑦值得：〈微不足道、何足掛齒〉⑧姓。

ㄐㄩˋ 過份：〈足恭〉。

造詞 足下、足以、足見、足足、足球、足跡、足癬／充足、手足、不足、遠足、義足、禁足、豐足、立足、滿足、失足／足不出戶、足智多謀、豐衣足食、心滿意足、自給自足、畫蛇添足、評頭品足、學然後知不足、美中不足、心有餘而力不足。

同 夠。

反 缺、乏。

足部 2 畫

趴

丶 ㄇ 口 早 𧾷 趴

ㄆㄚ ①臉朝下臥倒：〈趴下、趴在地上〉②身體向前靠在物體上：〈趴在桌上〉。

請注意：「趴」是靠著不動，例如：趴下。「爬」是手腳並用的行動，例如：爬山、在地上爬。趁人不備偷取別人身上東西叫「扒」，例如：扒手。

足部 4 畫

趾

丶 ㄇ 口 早 𧾷 趾

ㄓˇ　腳或腳指頭：〈腳趾、舉趾〉。

造詞 足趾、蹼趾、芳趾／趾高氣昂。

請注意：「趾」和「指」不同。手部的「指」是手掌前方的指頭，例如：指甲、手指頭。足部的「趾」是腳或腳下的指頭，例如：腳趾、趾甲。

足部4畫

趿

ㄊㄚ　穿鞋只穿腳尖部分，而把後跟踩在腳下：〈趿拉著鞋〉。

ㄙㄚ　用腳勾取的意思。

足部4畫

趺

ㄈㄨ　①腳背：〈足趺〉②碑下的石座：〈龜趺〉。

造詞 趺坐。

足部4畫

跂

ㄑㄧˊ　①腳上多出的趾頭②蟲子爬行的樣子：〈跂跂〉。

ㄑㄧˋ　通「企」，提起腳跟：〈跂踵〉。

造詞 跂望。

足部5畫

跋

ㄅㄚˊ　①文體的一種，寫在文章或書籍後面的文字：〈題跋〉②在山上行走：〈跋山涉水〉③姓。

造詞 跋涉、跋扈／序跋、書跋、畫跋。

請注意：寫在文章、書籍前面的文字稱為「序」或「題」，後面的文字稱為「跋」。

足部5畫

跎

ㄊㄨㄛˊ　虛度、浪費光陰：〈蹉跎〉。

足部5畫

距

ㄐㄩˋ　①公雞後爪後面突出的尖刺，打鬥時可當作武器②相隔、相離：〈距離、距今三十年〉。

造詞 差距、相距、間距。

同 離、隔。

請注意：足部的「距」和手部的「拒」用法不同。「距」是遠近時使用，而「拒」則有反抗、抵抗的意思。

足部5畫

跑

ㄆㄠˇ ①大步快速向前走：〈快跑、賽跑〉②逃走：〈小偷跑了〉③走：〈東跑西跑〉④奔走採訪：〈跑新聞〉⑤以動物來比賽速度：〈跑馬、跑狗〉⑥漏出：〈跑氣、跑電、跑油〉。

ㄆㄠˊ 通「刨」，動物用爪或蹄挖地：〈跑地作穴〉。

造詞 跑車、跑堂、跳道、跑腿、跑鞋、跑單幫、跑龍套。

足部5畫

跌

ㄉㄧㄝˊ ①摔倒：〈跌倒、跌跤〉②降低：〈跌價〉③跺腳：〈跌足〉④文章音節有頓挫：〈跌宕〉。

造詞 跌落、跌傷／傾跌、爬跌、慘跌／跌跌撞撞。

請注意：跌、迭、瓞都唸ㄉㄧㄝˊ，但用法不同：「迭」有更替的意思，例如：高潮迭起。「瓞」是小瓜。

足部5畫

跛

ㄅㄛˇ 腿或腳有病或殘廢，走路一拐一拐的：〈跛足、跛腳〉。

ㄅㄧˋ 偏斜不正：〈跛倚〉。

造詞 跛子／足跛、腳跛、偏跛、蹇跛。

足部5畫

跚

ㄕㄢ 走路困難、很慢的樣子：〈蹣跚〉。

足部5畫

跆

ㄊㄞˊ 用腳踩、踏。

造詞 跆拳道。

足部5畫

跖

ㄓˊ ①腳掌②人名。春秋時魯國大盜，相傳是柳下惠的弟弟：〈盜跖〉。

足部5畫

跏

ㄐㄧㄚ 跏趺，盤腿而坐，腳背放在股下，是佛教徒修行坐法之一。

跡

足部6畫

ㄐㄧ　①行走後留下的痕跡：〈足跡、馬跡〉②前人留下來的事物〈名勝古跡、遺跡、歷史的陳跡〉③事物遺留下來的情況：〈事跡、痕跡、筆跡〉。

造詞 跡象／史跡、行跡、陳跡、軌跡、形跡、蹤跡／蛛絲馬跡、消聲匿跡。

同 迹、蹟。

跟

足部6畫

ㄍㄣ　①腳或鞋、襪的後部：〈腳跟、鞋跟〉②隨後：〈跟在後面、請跟我來〉③隨從：〈跟著師傅學手藝〉④介詞，「對」、「向」的意思：〈我跟你說〉⑤連接詞，「和」的意思：〈我跟你是同學〉。

造詞 跟前、跟班、跟從、跟隨、跟蹤、跟頭／後跟、前跟、緊跟。

同 從、隨。

請注意：「根」和「跟」不同。「根」是指植物生長在土中的部分，意思多是指事物的基礎，例如：根本、根基。而「跟」是腳的後部，因此「高跟鞋」、「腳跟」的「跟」都不能寫成「根」。

路

足部6畫

ㄌㄨˋ　①人、車通行的通道：〈馬路、公路、鐵路〉②路程：〈八千里路〉③途徑、方向：〈路線、生路、兵分四路〉④條理：〈思路、紋路〉⑤方面：〈各路英雄〉⑥種類：〈一路貨、同路人〉⑦姓。

造詞 路人、路考、路徑、路途、路基、路費、路隊、路程、路過、路標、路燈／水路、走路、沿路、海路、隘路、歧路、航路、線路、通路、道路、迷路、陸路、筆路、天堂路／路不拾遺、窮途末路、走投無路、天無絕人之路。

同 道、徑、途。

請注意：「街」和「路」用作街名時有別，「街」較「路」為小。

跨

足部6畫

ㄎㄨㄚˋ　①越過：〈跨欄、跨越馬路〉②橫架在上方：〈西螺大橋橫跨在濁水溪上〉③佩帶、懸掛：〈跨刀〉④騎乘：〈跨馬〉⑤越過界限：〈跨了兩個會計年度〉。

請注意：跨、誇、垮、胯不同。足部的「跨」，有橫越的意思，例如：跨越、跨過。言部的「誇」音ㄎㄨㄚ，是用言語說一些事，例如：誇口、誇獎。土部的「垮」音ㄎㄨㄚˇ，是東西倒塌，例如：垮臺。肉部的「胯」音ㄎㄨㄚˋ是指兩股間，例如：胯下。

跳 足部6畫

ㄊㄧㄠˋ ①兩腳離地，身體向上或向前躍起：〈跳高、跳遠〉②一起一伏的動：〈心跳〉③越過：〈這頁跳過去不教〉④脫逃：〈跳出火坑〉⑤自高往下跳躍：〈跳傘〉。

造詞 跳水、跳板、跳馬、跳級、跳棋、跳腳、跳舞、跳樓、跳箱、跳槽、跳繩、跳躍／蛙跳、起跳、飛跳、仙人跳／跳梁小丑、雞飛狗跳、心驚肉跳、連跑帶跳。

同 躍、踊、踴。

跺 足部6畫

ㄉㄨㄛˋ 用力踏地：〈跺腳〉。

跪 足部6畫

ㄍㄨㄟˋ 使膝蓋彎曲著地：〈跪下、跪地求饒〉。

造詞 跪乳、跪拜、跪坐／下跪、拜跪、長跪。

同 跽。

跤 足部6畫

ㄐㄧㄠ ①跌倒：〈他跌了一跤〉②角力：〈摔跤〉。

跬 足部6畫

ㄎㄨㄟˇ 走路時兩腳各走一步叫「步」，只有一腳向前走叫「跬」。

造詞 跬步／跬步不離。

跫 足部6畫

ㄑㄩㄥˊ 走路時的腳步聲：〈跫然〉。

造詞 跫音。

跣 足部6畫

ㄒㄧㄢˇ 光腳、赤腳：〈跣足〉。

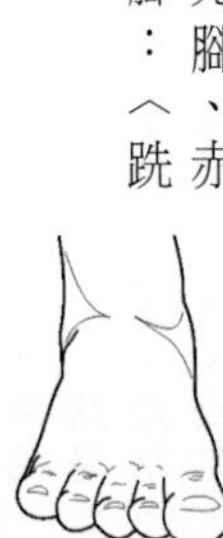

足部6畫

跩

ㄓㄨㄞˇ　①鴨子一搖一擺的走：〈鴨子跩行〉②譏稱人得意的樣子：〈你少跩了、你跩個什麼勁？〉。

足部7畫

跼

ㄐㄩˊ　①彎曲身體表示敬畏：〈跼蹐（ㄐㄧˊ）、跼天蹐地〉②徘徊不前的樣子：〈跼躅（ㄓㄨˊ）〉。

足部7畫

踉

ㄌㄧㄤˊ　腳亂動的樣子：〈跳踉〉。

ㄌㄧㄤˋ　腳步亂，走起路來搖搖晃晃的樣子：〈踉蹌（ㄑㄧㄤˋ）〉。

足部7畫

跽

ㄐㄧˋ　長跪，就是挺著上身跪著。

足部7畫

踅

ㄒㄩㄝˊ　①轉過去：〈踅身〉②來回轉動：〈左右亂踅〉。

足部8畫

踟

ㄔˊ　遲疑不定、要走不走的樣子：〈踟躕（ㄔㄨˊ）不前〉。

足部8畫

踫

ㄆㄥˋ　①撞擊，同「碰」：〈相踫〉②試探，同「掽」：〈踫踫看〉。

足部8畫

踐

ㄐㄧㄢˋ　①踩踏：〈踐踏〉②實行：〈踐約〉③皇帝登基：〈踐位〉。

造詞　踐阼／作踐、實踐、履踐、蹧踐。

同　踏、蹈、踩、履。

請注意：「踐」與「餞」、「賤」音相同而意義不同，「餞」為糖漬的果品，例如：蜜餞。「賤」有卑微、輕視的意思，例如：賤人、下賤。

踝
足部8畫

丶口口早早足足' 趴 跀 跀 跙 踝 踝 踝

ㄏㄨㄞˊ ①腳後跟：〈腳踝〉②小腿和腳相連的地方，兩旁凸出的圓骨叫「踝」。

踢
足部8畫

丶口口早早足足' 趴 跀 跀 跀 踢 踢 踢

ㄊㄧ 舉起腳去觸擊東西：〈踢球、踢腿、踢毽子〉。

造詞 踢踏舞。

同 蹴。

請注意：踢的右邊是「易」(一`)，不可寫成「昜」(一ㄤˊ)。

踏
足部8畫

丶口口早早足足' 趴 趴 趾 趾 踏 踏 踏

ㄊㄚˋ ①以腳著地或踩在東西上面：〈踐踏、踏水車〉②步行：〈踏青〉③親自到現場去：〈踏看、踏勘〉。

造詞 踏步、踏實／踢踏、腳踏、踩踏／踏破鐵鞋。

同 蹋、蹈、踩、踐、履。

請注意：「踏」和「蹋」都有踐踩的意思，而「蹋」另外又有浪費的意思，例如：糟蹋。

踩
足部8畫

丶口口早早足足' 趴 趴 趴 趴 踩 踩 踩

ㄘㄞˇ 用腳踐踏：〈踩壞、亂踩〉。

造詞 踩蹻、踩高蹻。

同 踐、踏。

踮
足部8畫

丶口口早早足足' 趴 趴 趴 趴 趴 踮 踮

ㄉㄧㄢˋ 提起腳跟，用腳尖著地：〈他太矮，要踮腳才能看到風景〉。

踡
足部8畫

丶口口早早足足' 趴 趴 趴 趴 趴 踡 踡

ㄑㄩㄢˊ 彎曲身體：〈踡伏〉。

造詞 踡跼。

踞
足部8畫

丶口口早早足足' 趴 趴 趴 趴 趴 踞 踞

ㄐㄩˋ ①蹲、坐：〈龍盤虎踞〉②占據：〈盤踞〉③傲慢，通「倨」：〈踞傲〉。

踦
足部8畫

丶口口早早足足' 趴 趴 趴 趴 趴 踦 踦

ㄐㄧˇ 小腿。

ㄑㄧˊ 通「崎」，傾斜不平。

ㄧˇ 牴觸。

足部8畫

踔

ㄓㄨㄛˊ ①超越②跳躍：〈天跳地踔〉。

造詞 踔絕／踔厲風發。

足部9畫

蹄

ㄊㄧˊ 獸類的腳：〈牛蹄、馬蹄〉。

造詞 蹄鐵。

請注意： 哺乳動物中，有蹄的多半是草食性，有爪的多半是肉食性。

足部9畫

踱

ㄉㄨㄛˋ 慢慢的走：〈踱來踱去〉。

造詞 踱步。

足部9畫

蹂

ㄖㄡˊ 踐踏、迫害：〈蹂躪〉。

請注意： 「蹂」、「揉」、「鞣」音相同但意義不同。「揉」是揉搓的意思，「鞣」是熟的皮革。

足部9畫

踴

ㄩㄥˇ ①跳躍：〈一踴而起〉②形容熱烈積極、爭先恐後：〈踴躍報名〉。

同 跳、躍。

請注意： 踴、俑、恿、湧、蛹都讀ㄩㄥˇ，但意義不同。「俑」是陪葬的木頭人或泥人。「恿」是用心機使別人做事，例如：慫恿。「湧」是水向上冒。「蛹」是蠶的幼蟲。

足部9畫

踹

ㄔㄨㄞˋ ①用力踢：〈把門踹開、踹你一腳〉②破壞：〈一樁交易竟被人給踹了〉。

同 踢、蹴。

足部9畫

踵

ㄓㄨㄥˇ ①腳後跟：〈接踵而至〉②追隨前人的事業：〈踵

事〉③跟隨、繼續：〈踵至〉④親自到：〈踵門、踵謝〉。

造詞 踵事增華、比肩繼踵、摩肩接踵。

請注意：「踵」、「種」不同，「種」有類別的意思。

足部9畫

踰

ㄩˊ　超越，同「逾」：〈踰越〉。

足部9畫

踽

ㄐㄩˇ　孤獨無伴的樣子：〈踽踽〉。

足部9畫

蹀

ㄉㄧㄝˊ　①踏、蹈：〈蹀足〉②涉：〈蹀血〉。

足部9畫

蹁

ㄆㄧㄢˊ　走路時腳步不正的樣子。

造詞 蹁躚。

足部10畫

蹉

ㄘㄨㄛ　①浪費、虛度光陰：〈蹉跎〉②差誤、錯失：〈蹉跌〉。

請注意：「蹉」與「搓」、「磋」不同。「搓」是兩手摩擦，「磋」是磨治骨角。

足部10畫

蹋

ㄊㄚˋ　①踐踏，通「踏」：〈蹋地、蹋上〉②浪費財物或侮辱他人：〈糟蹋〉。

同 踏、踩、蹈、履、踐。

足部10畫

蹈

ㄉㄠˋ　①遵循：〈循規蹈矩〉②踩、踏：〈赴湯蹈火、重蹈覆轍〉③跳動：〈手舞足蹈〉。

造詞 蹈海、蹈襲／舞蹈、高蹈、躬蹈、踐蹈／蹈常襲故。

同 履、踐、躡。

足部10畫

蹊

ㄒㄧ　①小路：〈蹊徑〉②踩、踏：〈蹊田〉③奇怪、可疑：〈蹊蹺〉。

造詞 蹊徑。

同 徑。

蹌 足部10畫

ㄑㄧㄤˋ 走路不穩、搖搖晃晃：〈踉蹌〉。

ㄑㄧㄤ 走動的樣子：〈蹌蹌〉。

蹙 足部11畫

ㄘㄨˋ ①皺、收縮：〈蹙眉〉②急迫危險的：〈窮蹙、國勢日蹙〉。

造詞 困蹙、窘蹙、顰蹙／蹙額太息。

蹤 足部11畫

ㄗㄨㄥ ①腳印、足跡：〈蹤跡〉②人或物的形影和痕跡：〈行蹤不定〉③跟隨在人家背後：〈跟蹤〉。

造詞 蹤影／人蹤、芳蹤、失蹤、追蹤、遺蹤、舊蹤／無影無蹤。

蹣 足部11畫

ㄇㄢˊ ①踰越：〈蹣山度水〉②走路困難、搖搖晃晃的樣子：〈蹣跚〉。

蹦 足部11畫

ㄅㄥˋ ①向上跳：〈蹦跳、活蹦亂跳〉②東西從地面彈起：〈皮球蹦得很高〉。

造詞 蹦蹦跳跳。

同 跳、躍。

蹟 足部11畫

ㄐㄧ 事物留下來的情況：〈古蹟、奇蹟、墨蹟〉。

造詞 史蹟、功蹟、血蹟、筆蹟、遺蹟、事蹟。

蹚 足部11畫

ㄊㄤ ①踏到爛泥或涉水行走：〈蹚了一腳泥、蹚水〉②踐踏：〈這些花全被牛蹚壞了〉。

造詞 蹚混水。

蹩 足部11畫

ㄅㄧㄝˊ 跛的：〈蹩足〉。

造詞 蹩腳。

躇
足部 12 畫

ㄔㄨˊ 拿不定主意：〈躊躇〉。

蹼
足部 12 畫

ㄆㄨˊ 在水裡游的家禽或兩棲類腳趾間的薄膜，可以用來划水。

蹲
足部 12 畫

ㄉㄨㄣ ①兩腿彎曲，像坐的樣子，但是臀部不著地：〈蹲下〉②閑居或待著：〈蹲在家裡〉。

蹶
足部 12 畫

ㄐㄩㄝˊ ①跌倒：〈馬蹶〉②挫敗：〈一蹶不振〉。

蹬
足部 12 畫

ㄉㄥˋ ①穿著：〈蹬上高跟鞋〉②腿、腳一起向腳底用力：〈蹬腳踏車〉。

蹺
足部 12 畫

ㄑㄧㄠ ①高蹺，一種民間舞蹈，表演的人踩著有踏腳裝置的木棍邊走邊舞②抬起：〈蹺腳、蹺二郎腿〉③逃：〈蹺課〉④舉起：〈蹺起大拇指〉⑤死亡：〈蹺辮子〉。

蹴
足部 12 畫

ㄘㄨˋ ①用腳踢東西：〈蹴球、蹴踘〉②踏、踩：〈一蹴可及〉。

蹭
足部 12 畫

ㄘㄥˋ ①摩擦：〈蹭破表皮、蹭了一身灰〉②拖延、慢吞吞的：〈磨蹭、別蹭了〉③搖動：〈蹭頭晃腦〉。

蹻
足部 12 畫

ㄑㄧㄠ 把腳抬起來：〈蹻足、踩高蹻〉。

ㄐㄩㄝˊ 草鞋：〈履蹻〉。

ㄐㄧㄠˇ 行動敏捷：〈蹻捷、蹻蹻、蹻勇〉。

躉
足部 13 畫

ㄉㄨㄣˇ ①整數的貨物稱「躉」，零星的稱「零」，連稱「零躉」②整批的買進：〈現躉現賣〉③整批或大批的：〈躉批、躉賣〉。

反 零。

躁
足部 13 畫

ㄗㄠˋ ①浮動：〈稍安勿躁、浮躁〉②個性急、不冷靜：〈急躁、暴躁、狂躁〉。

造詞 躁進／煩躁、焦躁。

請注意：「躁」、「噪」、「燥」音相同但意義不同。「噪」是喧鬧的意思，「燥」是乾爽的意思。

躅
足部 13 畫

ㄓㄨˊ ①足跡：〈芳躅〉②踐踏：〈躅足〉③徘徊不前進的樣子：〈躑躅〉。

躂
足部 13 畫

ㄊㄚˋ 失足跌倒：〈躂蹶、躂了一跤〉。

˙ㄉㄚ 蹓躂，閒逛、散步。

躊
足部 14 畫

ㄔㄡˊ 拿不定主意：〈躊躇〉。

造詞 躊躇滿志。

躍
足部 14 畫

ㄩㄝˋ ①跳：〈跳躍、飛躍〉②歡喜：〈欣躍、雀躍〉。

造詞 躍升、躍進、躍馬、躍躍然／活躍、踴躍、騰躍／躍然紙上、躍躍欲試。

同 跳、踊、踴。

躑
足部 15 畫

ㄓˊ 徘徊不前進的樣子：〈躑躅不前〉。

躐
足部 15 畫

ㄌㄧㄝˋ ①越過：〈躐等〉②踐踏。

足部 15 畫

蹮

ㄒㄧㄢ 形容跳舞的姿態：〈蹁蹮〉。

足部 15 畫

躓

ㄓˋ ①遇阻礙而跌倒：〈顛躓〉②阻礙、不順利：〈困躓〉。

足部 18 畫

躡

ㄋㄧㄝˋ ①放輕腳步行走：〈躡手躡腳〉②追隨：〈躡蹤〉③踩：〈躡足〉。

足部 18 畫

躥

ㄘㄨㄢ ①向上猛跳：〈縱身一躥、貓兒躥上屋頂了〉②噴瀉：〈飛躥〉③對人疾言厲色的表示憤怒：〈他聽了這話就躥了起來〉。

足部 20 畫

躪

ㄌㄧㄣˋ 踐踏、迫害：〈蹂躪〉。

身部

ㄕㄣ

身部 0 畫

身

ㄕㄣ ①人或動物的軀體：〈轉身、翻身、身體〉②指生命：〈捨身救人〉③物體的主要部分：〈船身、車身〉④人的品格和修養：〈修身〉⑤本人、自己：〈以身作則、身臨其境〉⑥懷孕：〈有了身孕〉⑦計算衣服的單位：〈一身新衣〉⑧名份：〈妾身未明〉⑨指人的一世：〈前身〉⑩我，自稱：〈本身、自身、老身〉。

ㄐㄩㄢ 印度的古稱：〈身毒（也可譯為申毒、天篤、天竺、天督）〉。

造詞 身上、身分、身心、身世、身材、身段、身家、身教、身性、身分證、身外事、身後事／化身、心身、出身、立身、挺身、單身、保身、替身、獻身／身不由己、身手不凡、身敗名裂、身懷六甲、身體力行、孑然一身、明哲保身、奮不顧身、獨善其身、牽一髮而動全身、以其人之道還治其人之身。

反 心。

身部3畫

躬

ㄍㄨㄥ ①身體：〈政躬康泰〉②彎曲身體：〈鞠躬〉③親身去做：〈躬行、躬耕〉④姓。

造詞 躬身、躬親／聖躬／躬逢其盛。

同 自、親。

身部6畫

躲

ㄉㄨㄛˇ ①隱藏：〈躲藏〉②避開：〈躲雨、躲債〉。

造詞 躲避／躲躲閃閃。

同 避、藏。

身部8畫

躺

ㄊㄤˇ 身體平臥：〈躺下、躺在床上〉。

造詞 躺椅。

同 臥。

反 立。

身部11畫

軀

ㄑㄩ ①身體：〈軀體、七尺之軀〉②生命：〈為國捐軀〉。

造詞 軀殼、軀幹／身軀、形軀、體軀、賤軀。

同 體。

車部 ㄔㄜ

車部0畫

車

ㄐㄩ 讀音。①象棋棋子的一種：〈車馬炮〉②形容學識豐富的人：〈學富五車〉。

ㄔㄜ 語音。①陸地上用輪子轉動的運輸工具：〈車子、汽車、腳踏車〉②利用輪軸轉動的機械裝置：〈水車、風車〉③用機械運動製造物品：〈車布邊〉。

造詞 車夫、車行、車把、車庫、車站、車票、車牌、車費、車廂、車掌、車輛、車篷、車馬費、車輪戰／牛車、火車、馬車、客車、貨車、乘車、戰車、停車、電車、暈車、修車、騎車、開車、飛車、機車、跳車／車水馬龍、安步當車、閉門造車、螳臂當車。

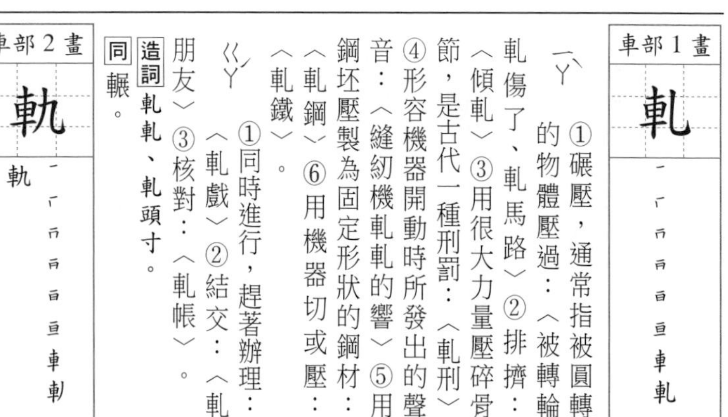

車部1畫

軋

一 ㄏ 币 百 亘 車 軋

ㄧㄚˋ ①碾壓，通常指被圓轉的物體壓過：〈被轉輪軋傷了、軋馬路〉②排擠：〈傾軋〉③用很大力量壓碎骨節，是古代一種刑罰：〈軋刑〉④形容機器開動時所發出的聲音：〈縫紉機軋軋的響〉⑤用鋼坯壓製為固定形狀的鋼材：〈軋鋼〉⑥用機器切或壓：〈軋鐵〉。

ㄍㄚˊ ①同時進行，趕著辦理：〈軋戲〉②結交：〈軋朋友〉③核對：〈軋帳〉。

造詞 軋軋、軋頭寸。

同 輾。

車部2畫

軌

一 ㄏ 币 百 亘 車 軌 軌

ㄍㄨㄟˇ ①車子兩輪間的距離：〈車同軌，書同文〉②車輛經過的痕跡或星球運轉的路線：〈軌跡〉③比喻事物正常的規則、秩序：〈正軌、常軌〉④照一定路線前進的設施：〈鐵軌、軌道〉⑤姓。

造詞 軌範／出軌、脫軌、越軌、車軌、臥軌、寬軌、窄軌／圖謀不軌。

車部2畫

軍

丶 冖 冖 冖 冒 冒 宣 軍

ㄐㄩㄣ ①武裝部隊：〈陸軍、海軍〉②兵士的通稱：〈全軍覆沒〉③部隊的編制，在師以上④姓。

造詞 軍人、軍火、軍心、軍令、軍法、軍官、軍政、軍旅、軍校、軍訓、軍師、軍容、軍眷、軍備、軍隊、軍港、軍閥、軍團、軍餉、軍需、軍種、軍樂、軍機、軍營、軍禮、軍糧、軍醫、軍艦、軍人節、軍人魂／三軍、空軍、行軍、大軍、治軍、國軍、將軍、進軍、勝利軍、義勇軍、救世軍／潰不成軍、倉促成軍。

車部3畫

軒

一 ㄏ 币 百 亘 車 車 軒 軒

ㄒㄩㄢ ①古代的車子，高頂有布幔，通常士大夫以上階級才能乘坐：〈朱軒〉②有窗戶的長廊或小屋子：〈華軒、茅軒〉③高：〈軒然大波、軒昂〉。

造詞 軒廠、軒輊／高軒、重軒／不分軒輊。

反 輊。

車部3畫

軔

一 ㄏ 币 百 亘 車 軔 軔 軔

ㄖㄣˋ ①阻止車輪轉動的木條 ②抽動木條就可以使車前進，引申為事情的開始：〈發軔〉③七尺或八尺為一軔，通「仞」。

車部4畫

軟

ㄖㄨㄢˇ ①懦弱的人：〈欺軟怕硬〉②柔、不硬：〈柔軟〉③疲倦痠疼沒有力氣：〈四肢發軟〉④溫柔的：〈軟語〉⑤缺乏主見，容易改變主意：〈心軟〉⑥用溫和的方式處理：〈軟禁〉⑦姓。

造詞 軟片、軟化、軟水、軟弱、軟膏、軟體、軟木塞／手軟、細軟、輕軟、腳軟、鬆軟／軟體動物、吃人口軟、拿人手軟。

反 硬。

車部4畫

軛

ㄜˋ 車轅兩端架在牛馬等牲口脖子上的橫木。

車部5畫

軸

ㄓㄡˊ ①貫穿車輛中心、控制車輛轉動的橫杆：〈車軸、輪軸〉②可以打開或捲起來成軸的，多半指書、畫：〈橫軸〉③圓軸形的東西：〈線軸〉④計算可以收捲成軸的物體：〈書法一軸、一軸畫〉⑤國劇術語，在一次演出當中，最後一齣戲叫大軸子，倒數第二齣戲叫壓軸子，通常都是精彩好戲，因此我們把好的表演稱為「壓軸」。

造詞 軸心、軸心國／掛軸、卷軸、地軸、轉軸、機軸、當軸。

車部5畫

軻

ㄎㄜ 一種由軸接合而成的車子。

ㄎㄜˇ 通「坷」。

車部5畫

軼

ㄧˋ ①超過：〈軼群、起軼〉②沒有正式記載或已經散失：〈軼事〉。

造詞 軼聞。

車部5畫

軫

ㄓㄣˇ ①車底後面的橫木：〈車軫四尺〉②車子的通稱

③傷痛、悲哀：〈軫悼、軫念〉④姓。

車部6畫　載

一 十 土 吉 吉 吉 青 青 青 載 載 載 載

ㄗㄞˋ ①書籍：〈載籍〉②裝運：〈載貨、載人〉③充滿：〈怨聲載道〉④記錄：〈記載〉⑤刊登：〈連載小說〉⑥兩個載字連用，表示同時進行兩個動作：〈載歌載舞〉⑦姓。

ㄗㄞˇ 年：〈一年半載〉。

造詞 載重量／刊載、重載、轉載、登載、負載、滿載、連載、超載、偷載、盛載／載舟覆舟、車量斗載、天覆地載。

同 乃、迺、則、便、始、初。

請注意：「載」和「戴」形狀相近，意義不同。「載」是裝運、記錄的意思，例如：載重、刊載。「戴」是穿戴或尊敬的意思，例如：戴帽子、擁戴。

車部6畫　較

一 ㄏ 冂 百 百 亘 車 車 軒 軒 軡 較

ㄐㄧㄠˋ ①同類的事物相比：〈比較、較量〉②計量：〈計較〉③略微的：〈較勝一籌〉④明顯：〈彰明較著〉⑤相互競爭：〈較量〉。

造詞 斤較、相較／斤斤計較、錙銖必較。

同 略、稍。

車部6畫　軾

一 ㄏ 冂 百 百 亘 車 車 軒 軒 軾 軾

ㄕˋ 古代車子前面用來扶手的橫木。

車部6畫　輊

一 ㄏ 冂 百 百 亘 車 車 軒 軒 軽 輊

ㄓˋ 車後較低的部分：〈軒輊〉。

造詞 不分軒輊。

反 軒。

車部7畫　輔

一 ㄏ 冂 百 百 亘 車 車 軒 斬 輌 輔 輔 輔

ㄈㄨˇ ①車兩旁的夾本②首都附近的地區：〈畿輔〉③從旁協助：〈輔助、輔導〉④次要的：〈輔幣〉⑤姓。

造詞 輔佐、輔弼／王輔、匡輔、宰輔、翼輔。

同 助、弼、扶、佐、翼。

車部7畫　輒

一 ㄏ 冂 百 百 亘 車 車 軒 斬 斬 輒 輒 輒

ㄓㄜˊ ①總是：〈動輒得咎〉②則、就：〈淺嘗輒止、動輒數千人〉③專擅、獨：〈輒以為是〉④姓。

同 乃、迺、則、即、便。

車部7畫

輕

ㄑㄧㄥ ①看不起：〈輕敵〉②不注重：〈輕生〉③重量小：〈輕裘、油比水輕、身輕如燕〉④簡單：〈輕便、輕易〉⑤數量小：〈工作輕〉⑥程度淺：〈輕傷〉⑦負載力小的：〈輕裝〉⑧沒有壓力的：〈無事一身輕〉⑨微弱的：〈輕聲〉⑩隨意的：〈輕率〉⑪不用猛力的：〈輕拿輕放〉⑫薄的：〈輕霧〉⑬隨便：〈輕舉妄動〉⑭不費力氣、不加修飾的：〈輕描淡寫〉。

造詞 輕巧、輕舟、輕快、輕狂、輕言、輕佻、輕忽、輕度、輕信、輕重、輕盈、輕浮、輕視、輕微、輕蔑、輕薄、輕鬆、輕工業、輕音樂、輕飄飄／年輕、減輕、看輕／輕而易舉、輕車簡從、輕重緩急、輕財重義、避重就輕、人微言輕。

同 淺、低、賤。

反 重、貴。

車部7畫

輓

ㄨㄢˇ ①哀悼死者的詞：〈輓聯、輓歌〉②製作哀悼死者的歌曲或對聯：〈敬輓、拜輓〉③拉引，通「挽」：〈輓車〉。

車部8畫

輛

ㄌㄧㄤˋ 量詞，計算車子的單位：〈一輛腳踏車、五輛汽車〉。

車部8畫

輟

ㄔㄨㄛˋ 停止、中間停頓：〈輟學〉。

造詞 輟筆／中輟、暫輟、罷輟、停輟。

同 已、息、罷、歇、弭、休。

反 作。

車部8畫

輩

ㄅㄟˋ ①家族的世代、長幼的行次：〈前輩、長輩、晚輩〉②同類的人：〈我輩、鼠輩、無能之輩〉③家族的世代，一代叫一輩④人的一生：〈一輩子、半輩子〉⑤一代一代延續的：〈人才輩出〉。

造詞 輩分、輩出／同輩、先輩、平輩。

請注意：「輩」和「輦」，不同。「輦」音ㄋㄧㄢˇ，是古代天子或貴族所乘坐的車輛，例如：鳳輦、玉輦。

車部 8 畫

輦

ㄋㄧㄢˇ ①稱君王所乘坐的車輛：〈御輦、龍車鳳輦〉②指用人力拉引的車輛：〈車輦〉。

同 車。

車部 8 畫

輝

ㄏㄨㄟ ①閃耀的光彩：〈光輝〉②照耀：〈輝映、日月交輝〉。

造詞 輝煌／明輝、星輝。

同 光、耀、亮。

請注意：「輝」、「煇」、「暉」不同。「輝」是指一般的光亮，「煇」是燒灼的意思，「暉」是指日光。

車部 8 畫

輪

ㄌㄨㄣˊ ①車、船或機器上能轉動的圓形物件：〈車輪、齒輪〉②輪船的略稱：〈渡輪、郵輪〉③計算圓形的單位：〈一輪明月〉④量詞，循環一週叫一輪⑤按次序擔任：〈輪值、輪班〉⑥大：〈美輪美奐〉。

造詞 輪作、輪流、輪迴、輪船、輪椅、輪廓／年輪、火輪、前輪、後輪、巨輪、月輪、獨輪。

車部 8 畫

輜

ㄗ 古代前後都有帷幔的車：〈輜車〉。

造詞 輜重。

車部 9 畫

輸

ㄕㄨ ①敗：〈輸贏、認輸、服輸〉②運送：〈運輸、輸電〉③捐配：〈捐輸、輸誠〉④注入：〈輸血〉⑤姓。

造詞 輸入、輸出、輸送、輸精管／委輸。

同 捐。

反 贏。

車部 9 畫

輯

車部9畫 輯
ㄐㄧˊ ①聚集許多資料來進行編排：〈編輯〉②聚集很多資料編成的書：〈專輯〉③和睦：〈輯睦〉。
造詞 輯要、輯錄／收輯、合輯、纂輯。
同 聚、集、纂。

車部9畫 輻
ㄈㄨˊ 車輪上連接車輪和輪圈的木條或鋼條：〈車輻〉。
造詞 輻射、輻輳、輻射線／輪輻。

車部9畫 輳
ㄘㄡˋ ①車輪的輻條聚集在車轂上②聚集：〈人煙輳集〉。

車部10畫 轂
ㄍㄨˇ ①車輪中心②車的代稱。
ㄍㄨ 北方口語稱車輪：〈轂轆（ㄍㄨ ㄌㄨˋ）〉。

車部10畫 轄
ㄒㄧㄚˊ 原本是車軸上的鐵銷子，可以控制車輪，現在則引申為管理、統治：〈管轄、轄區、直轄市〉。
同 管。

車部10畫 輾
ㄓㄢˇ 轉：〈輾轉〉。
ㄋㄧㄢˇ 通「碾」，用轉輪把東西壓碎：〈輾米〉。
造詞 輾轉反側。

車部10畫 轅
ㄩㄢˊ ①車前用來套住牲口牽引車子的直木：〈轅子〉②本來指軍營的大門，也可以用來指軍政官府：〈轅門〉③姓。

車部10畫 輿
ㄩˊ ①車子、轎子：〈肩輿、乘輿〉②大地、疆域：〈地輿、輿圖〉③群眾的：〈輿論〉。
造詞 輿情／權輿、坤輿。

轉　車部 11 畫

ㄓㄨㄢˇ ①迴旋運動：〈轉動、轉身〉②行動時改變方向：〈轉彎、向右轉〉③遷移：〈轉移〉④不直接傳送：〈轉送、轉達〉⑤變換：〈轉變〉⑥運輸：〈轉運〉。

ㄓㄨㄢˋ ①旋轉的次數②迴旋環繞：〈轉個圈〉。

造詞 轉口、轉化、轉手、轉世、轉交、轉折、轉注、轉帳、轉眼、轉嫁、轉圜、轉機、轉學、轉讓、轉捩點、轉播站／公轉、自轉、回轉、流轉、旋轉、移轉、運轉、婉轉、翻轉、輾轉／轉敗為勝、轉彎抹角、轉危為安、天旋地轉、時來運轉。

同 旋、相、繞。

轍　車部 11 畫

ㄔㄜˋ ①車輪軋過後的痕跡：〈車轍〉②途徑：〈如出一轍〉。

ㄓㄜˊ ①方言中的「辦法」：〈要他準時交作業就沒轍了〉②歌詞、戲曲等所押的韻：〈合轍〉。

造詞 軍轍、故轍、輪轍／一改故轍、改弦易轍、南轅北轍、重蹈覆轍。

轆　車部 11 畫

ㄌㄨˋ ①安裝在井上絞起水桶的工具：〈轆轤〉②形容車聲：〈轆轆〉。

轎　車部 12 畫

ㄐㄧㄠˋ 一種前後用人抬的交通工具：〈轎子、花轎〉。

造詞 轎夫、轎車。

轔　車部 12 畫

ㄌㄧㄣˊ ①車輪：〈轉轔〉②門檻：〈戶轔〉③車子走動的聲音：〈車轔轔〉。

轟　車部 14 畫

ㄏㄨㄥ ①用大砲或炸彈加以破壞：〈砲轟、轟炸、轟擊〉②驅逐、趕走：〈轟走、轟出去〉③很大的聲音：〈轟然巨響〉④形容聲勢盛大：

〈轟轟烈烈〉。

造詞 轟隆、轟走、轟動、轟然、轟炸機。

車部 15 畫

轡

一 ㄏ 𠀆 百 亘 車 俥 俥 俥 俥 俥 俥 俥 轡 轡 轡 轡 轡 轡 轡 轡 轡

ㄆㄟˋ 控制馬的韁繩：〈並轡而行〉。

車部 16 畫

轤

一 ㄏ 𠀆 百 亘 車 軎 軤 軤 軤 軤 軤 軤 軤 軤 軤 轤 轤 轤 轤 轤 轤 轤

ㄌㄨˊ 古時裝在井上汲水的裝置：〈轆轤〉。

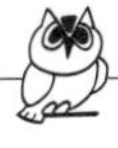

辛部 ㄒㄧㄣ

辛部 0 畫

辛

丶 亠 亣 立 立 辛 辛

ㄒㄧㄣ ①天干的第八位，可和地支相配，作為計算時日的代號：〈辛亥、辛丑條約〉②辣的味道：〈辛辣、辛薑〉③困難、勞累的：〈辛苦、辛勞、艱辛〉④悲傷：〈辛酸、悲辛〉⑤姓。

造詞 辛勤／辛亥革命。

辛部 5 畫

辜

一 十 古 古 古 古 辜 辜 辜 辜 辜 辜

ㄍㄨ ①罪、過錯：〈無辜〉②違背、虧負：〈辜負〉③姓。

辛部 6 畫

辟

ㄱ ㄱ 尸 尸 吕 吕 吕 吕 辟 辟 辟 辟 辟

ㄅㄧˋ ①皇位，古代稱國君為辟：〈復辟〉②徵召：〈徵辟〉③驅除、除去：〈辟邪〉④通「避」，迴避：〈內舉不辟親〉。

ㄆㄧˋ ①刑法、懲罰：〈大辟（死刑）〉②開墾：〈辟地〉③通「闢」、「僻」、「譬」、「擗」。

辛部 7 畫

辣

丶 亠 亣 立 立 辛 辛 辛 辛 辛 辣 辣 辣 辣

ㄌㄚˋ ①刺激的辛味，如薑、蒜、辣椒等的味道：〈酸甜苦辣〉②狠毒的：〈辣手、毒辣、心狠手辣〉。

造詞 辛辣、潑辣。

同 辛。

請注意：「辣手」是說手段狠毒，「棘（ㄐㄧˊ）手」是指事情困難很難辦理。

辛部 9 畫

辨

丶 亠 亣 立 立 辛 辛 辛 辛 辛 辛 辛 辛 辛 辨 辨

ㄅㄧㄢˋ 判別：〈辨別、明辨是非〉。

造詞 辨白、辨認、辨識／分辨、考辨、認辨、詳辨／真偽莫辨、男女難辨。

請注意：「辦」音ㄅㄢˋ，是花費心力做的事，如：辦事、辦理。「瓣」音ㄅㄢˋ，是指花片，如：花瓣。「辨」含有弄清楚的意思，如：分辨、辨別。「辮」音ㄅㄧㄢˋ，是指把頭髮編成長條形，如：辮子。「辯」音ㄅㄧㄢˋ，是指用言語爭辯是非，如：辯論。

辛部 9 畫

辦

ㄅㄢˋ ①處理事情：〈辦理、辦事〉②購買：〈辦貨、採辦〉③處罰：〈依法究辦〉④準備：〈辦一桌酒席〉⑤舉行：〈舉辦〉。

造詞 辦法、辦公、辦案／法辦、買辦、官辦、自辦／一手包辦、咄嗟立辦。

辛部 12 畫

辭

ㄘˊ ①通「詞」，言語：〈言辭、辭藻、無辭以對〉②文句、語言文章：〈文辭、修辭〉③我國古代文體名，介於詩歌和散文間的文體：〈木蘭辭、歸去來辭〉④藉口：〈欲加之罪，何患無辭？〉⑤告別：〈告辭、辭行〉⑥不接受、推讓：〈推辭、辭謝〉⑦解雇：〈辭退〉⑧請求離去：〈辭職〉⑨推避：〈不辭辛苦〉。

造詞 辭典、辭讓、辭歲、辭呈、辭令、辭世、辭別／答辭、題辭、謙辭、訓辭、賀辭、謝辭／辭不達意、義不容辭、在所不辭。

辛部 14 畫

辯

ㄅㄧㄢˋ ①爭論是非曲直：〈辯論〉②通「辨」，判別、分別：〈目能辯色，耳能辯聲〉③口才很好的、善於言詞的：〈辯才〉。

造詞 辯白、辯駁、辯護、辯解／強辯、主辯、助辯、結辯、巧辯、狡辯、分辯、雄辯／百口莫辯、能言善辯、事實勝於雄辯。

辰部 ㄔㄣˊ

辰部 0 畫

辰

ㄔㄣˊ ①地支中的第五位，可和天干相配，作為計算代號：〈丙辰年〉②時辰名，指上午七點到九點：〈辰時〉③日子：〈誕辰〉④時間、時候：〈良辰美景、出生時辰〉⑤日、月、星星的統稱：〈星辰〉⑥時運：〈生不逢辰〉。

造詞 忌辰、生辰、吉辰、北辰、時辰。

辰部 3 畫

辱

一 厂 尸 尸 尸 尸 辰 辰 辱 辱

ㄖㄨˋ　①羞恥：〈奇恥大辱〉②欺侮、蒙受羞恥：〈侮辱、喪權辱國、不辱其身〉③謙詞，有承蒙的意思：〈辱臨、辱承指教、辱惠書，語高而旨深〉④姓。

造詞 辱命、辱沒、辱罵／汙辱、屈辱、恥辱、忍辱、凌辱、玷辱、受辱／寧死不辱、自取其辱、士可殺不可辱、衣食足而後知榮辱。

同 恥、羞、愧、慚、忝、怍。

反 榮。

辰部 6 畫

農

丶 冂 冂 冃 冊 曲 曲 曲 曲 農 農 農 農

ㄋㄨㄥˊ　①從事耕種的事業：〈農業、務農〉②從事耕種的人：〈吾不如老農〉③與農業相關的：〈農具〉④姓。

造詞 農夫、農田、農村、農事、農場、農會、農藥、農曆／耕農、貧農、佃農、勸農／穀賤傷農。

辵部　ㄔㄨㄛˋ

辵部 3 畫

迂

一 二 于 于 迂 迂 迂

ㄩ　①曲折迴繞的：〈迂迴〉②指一個人言行不切實際、不明事理：〈迂腐、迂儒、迂闊〉。

造詞 迂緩。

請注意：「迂」和「紆」（ㄩ）都可以說是路途的曲折，但是指心理的鬱結只可用「紆」。

辵部 3 畫

迅

丨 几 凡 凡 訊 訊 迅

ㄒㄩㄣˋ　很快的、疾速的：〈迅速、迅捷〉。

造詞 迅雷不及掩耳。

同 快、速、急、遽、捷。

辵部 3 畫

迆

㇆ 㔾 也 也 池 池 迆

ㄧˊ　①斜曲著延伸：「迆東、迆北」②曲折綿延的樣子：〈辿邐〉③道路、河流彎曲綿長的樣子：〈逶辿〉。

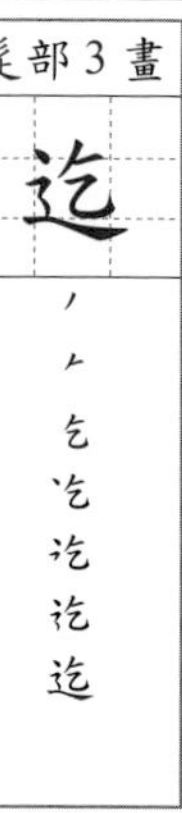
辵部3畫 迄

ㄑㄧˋ ①到、及：〈迄今〉②終究、到底：〈迄未成功〉。

同 到、達、至、及。

辵部3畫 巡

ㄒㄩㄣˊ ①量詞，繞一圈或經歷一遍叫一巡，通常用於計算斟酒的次數：〈酒過三巡〉②往來視察：〈巡視、巡查〉。

造詞 巡更、巡夜、巡捕、巡迴、巡行、巡邏、巡禮、巡遊／逡巡、出巡、夜巡。

辵部4畫 迎

ㄧㄥˊ ①朝著、向著：〈迎面、迎風〉②接待：〈迎賓、歡迎〉③奉承：〈逢迎〉④依照別人的意思：〈迎合〉⑤人還沒來而先去接：〈迎迓、親迎〉。

造詞 迎接、迎娶、迎親、迎春／送迎、奉迎／迎刃而解、迎新送舊、迎頭痛擊、曲意逢迎。

同 逢、接。

反 送、逆。

辵部4畫 返

ㄈㄢˇ ①回來：〈返家、返鄉、返校、往返〉②歸還：〈返璧歸趙、免息返本〉③回復：〈返老還童〉。

造詞 返回、返航／復返、回返／流連忘返、積重難返。

同 反、回、復、旋、歸、還。

辵部4畫 近

ㄐㄧㄣˋ ①指空間或時間的距離短：〈他家離學校很近〉②靠近、接觸：〈近鄉情怯、近朱者赤，近墨者黑〉③合乎：〈不近人情〉④關係密切：〈親近〉⑤差不多、相似：〈近似、接近、相近〉⑥指血統、關係、時間、地點等的距離不遠：〈近郊、近鄰、近親〉⑦容易明白的：〈淺近〉⑧姓。

造詞 近視、近畿、近因、近況、近作、近體詩、近代史／靠近、附近、臨近、逼近／近水樓臺、近在咫尺。

同 邇。

反 遙、遠。

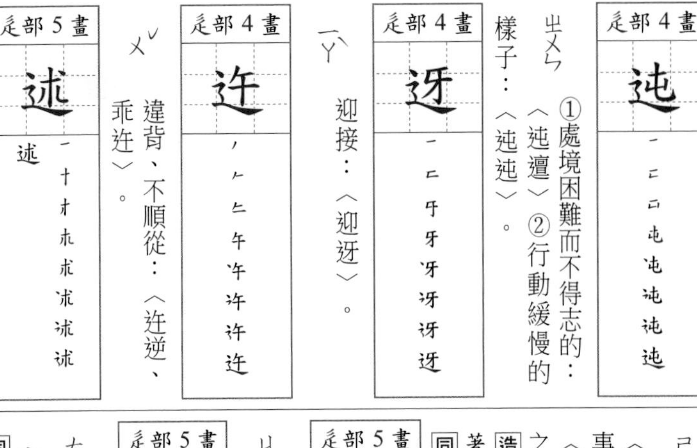

辵部 4 畫

迍

ㄓㄨㄣ ①處境困難而不得志的：〈迍邅〉②行動緩慢的樣子：〈迍迍〉。

辵部 4 畫

迓

ㄧㄚˋ 迎接：〈迎迓〉。

辵部 4 畫

迕

ㄨˇ 違背、不順從：〈迕逆、乖迕〉。

辵部 5 畫

述

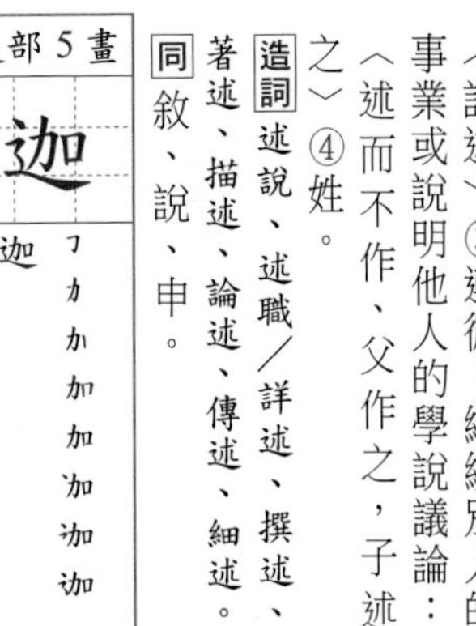

ㄕㄨˋ ①說明：〈口述、陳述、敘述〉②記錄、記載：〈記述〉③遵循、繼續別人的事業或說明他人的學說議論：〈述而不作、父作之，子述之〉④姓。

造詞 述說、述職／詳述、撰述、著述、描述、論述、傳述、細述。

同 敘、說、申。

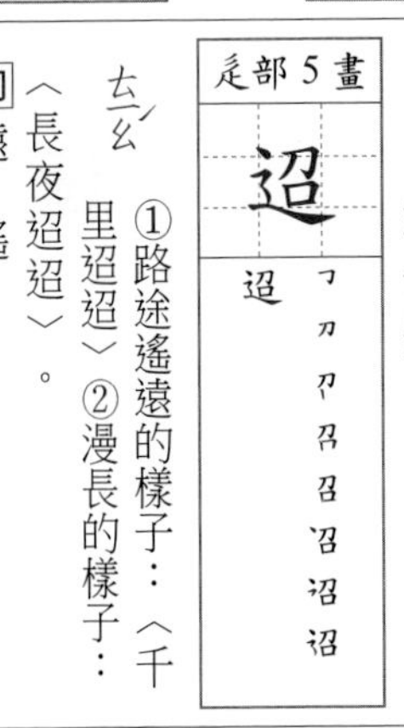

辵部 5 畫

迦

ㄐㄧㄚ 譯音用字：〈迦南、釋迦牟尼〉。

辵部 5 畫

迢

ㄊㄧㄠˊ ①路途遙遠的樣子：〈千里迢迢〉②漫長的樣子：〈長夜迢迢〉。

同 遠、遙。

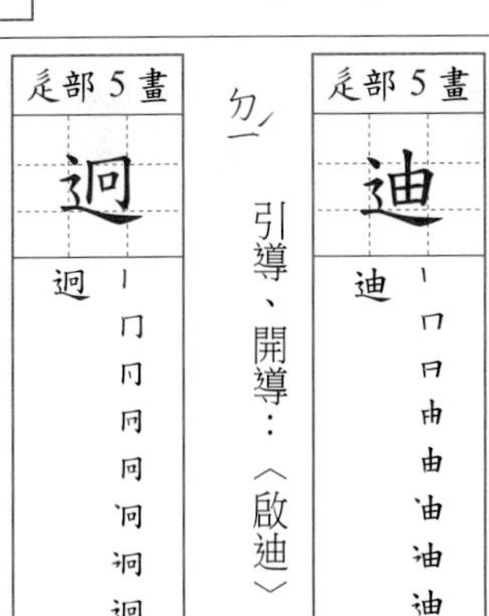

辵部 5 畫

迪

ㄉㄧˊ 引導、開導：〈啟迪〉。

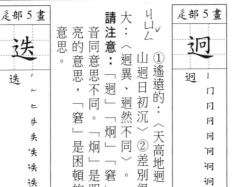

辵部 5 畫

迥

ㄐㄩㄥˇ ①遙遠的：〈天高地迥、山迥日初沉〉②差別很大：〈迥異、迥然不同〉。

請注意：「迥」「炯」「窘」音同意思不同。「炯」是明亮的意思，「窘」是困頓的意思。

辵部 5 畫

迭

ㄉㄧㄝˊ ①輪流替換：〈更迭、迭起〉②停止：〈叫苦不迭〉③及：〈忙不迭〉④屢次：〈迭有所聞、迭挫敵人〉。

辵部5畫

迫

′ 亻 ㇒ 白 白 ˋ白 泊 迫　迫

ㄆㄛˋ ①接近：〈迫近〉②用威勢逼人：〈逼迫、強迫〉③急切：〈迫切、迫不及待〉④殘害：〈迫害〉⑤催促：〈催迫〉⑥壓制：〈迫使〉。

造詞 局迫、壓迫、緊迫、急迫／迫不得已、迫在眉睫。

同 逼。

辵部5畫

迨

ㄙ ㄙ ㄙ 台 台 ˋ台 治 迨　迨

ㄉㄞˋ ①同「逮」，等到：〈迨明年再說〉②趁著：〈迨其不備而擊之〉。

辵部5畫

迤

′ ㇒ 乍 乍 乍 池 迤 迤　迤

ㄧˊ ①山、河、道路等彎曲、綿延不絕的：〈逶迤〉②通「迆」，延伸：〈迤東〉。

辵部6畫

送

ˋ ˊ ㇔ 丷 关 关 ˋ关 送　送 送

ㄙㄨㄥˋ ①沒有收取金錢或代價而將東西給人：〈他送我一本書、贈送〉②把東西從一個地方運到另一個地方：〈送貨〉③陪伴著走：〈護送、送行〉④傳遞：〈暗送秋波〉⑤糟蹋、犧牲：〈送命、斷送前途〉。

造詞 送別、送終、送死、送報、送信、送達、送殯、送禮／歡送、遣送、運送、奉送／送往迎來、限時專送。

反 迎、逆。

辵部6畫

逆

ˋ ˊ ㇔ 屰 屰 屰 ˋ屰 逆　逆 逆

ㄋㄧˋ ①預料：〈不逆有詐〉②相反方向：〈逆風〉③違反、違背：〈違逆〉④不順的：〈逆境〉⑤不孝順的：〈逆子〉⑥預先的：〈莫可逆料〉⑦倒反的：〈倒行逆施〉。

造詞 逆流、逆耳、逆旅／橫逆、叛逆、忤逆、莫逆／逆來順受、逆水行舟。

同 忤、迎、向。

反 順。

辵部6畫

迷

ˋ ˊ ㇔ 半 米 米 ˋ米 迷　迷 迷

ㄇㄧˊ ①沉醉於某種事物的人：〈球迷、影迷〉②分辨不清：〈迷路、迷失〉③疑惑：

〈迷惘〉④失去知覺：〈昏迷不醒〉⑤心中感到懷疑：〈迷惑〉⑥誘惑：〈酒色迷人〉⑦對某種事物過於喜愛而情不自主：〈迷戀武俠小說〉⑧不辨真假、盲目的：〈迷信〉。

造詞 迷糊、迷離、迷津、迷宮、迷霧、迷漫、迷路、迷你裙、迷幻藥／沉迷、低迷、執迷、著迷、悽迷／迷途知返、紙醉金迷。

同 惑。

請注意：「醚」是一種化學物，如：乙醚。「謎」是一種叫人猜想的文字遊戲，如：謎語。

辵部 6 畫

退

退 退

ㄊㄨㄟˋ ①向後移動：〈後退、退兵〉②歸還、不接受：〈退錢、退貨〉③離去：〈退休、退役、退職、功成身退〉④取消、解除：〈退婚、退約、退租〉⑤謙讓：〈退讓、退一步保百年身〉⑥減除：〈減退〉⑦畏縮：〈退縮〉⑧離開：〈遲到早退〉⑨降低：〈退熱〉。

造詞 退化、退隱、退卻、退伍、退學、退還、退燒／隱退、衰退、擊退、辭退／退避三舍、功成身退、知難而退、急流勇退。

反 進。

辵部 6 畫

迺

迺 迺

ㄋㄞˇ 同「乃」。

辵部 6 畫

迴

迴 迴

ㄏㄨㄟˊ ①掉轉、折回：〈迴車〉②往來循環旋轉：〈輪迴、迴旋〉③躲避：〈迴避〉④曲折的：〈迴廊〉。

造詞 迴盪、迴轉、迴紋針／迴腸盪氣。

辵部 6 畫

逃

逃 逃

ㄊㄠˊ ①躲避：〈逃難、逃避、逃學、逃婚〉②離開：〈逃走、逃離〉。

造詞 逃亡、逃匿、逃荒、逃命、逃犯、逃逸、逃稅／竄逃、奔逃、潛逃、脫逃／逃之夭夭、臨陣脫逃。

同 遁、遯、逋、竄。

請注意：「逃」與「兆」、「咷」、「桃」、「佻」、「眺」字形中雖都有「兆」字，意思卻完全不同。「兆」音ㄓㄠˋ，是龜甲的裂痕，可以用來占卜事情，如：預兆。「咷」音ㄊㄠˊ，是大聲痛哭，如：號咷大哭。「桃」音

ㄊㄠˊ，是一種果樹。「佻」音ㄊㄠ，是說人的行為不端莊，如：輕佻。「眺」音ㄊㄠˋ，是向四處遠望，如：眺望。

辵部6畫

追

丿 亻 户 户 白 自 ⻌自 追 追

ㄓㄨㄟ ①跟從、相隨：〈追隨〉②從後面趕：〈追趕〉③探尋：〈追根究底（柢）〉④把東西要回：〈追贓、追債〉⑤事後補做或補救：〈來者可追、追加〉⑥因愛慕而去親近、結交：〈追求〉⑦回顧過去：〈追憶、追溯〉⑧尾隨而來：〈追兵〉⑨事後的：〈追贈〉⑩極力探求：〈追問〉。

ㄉㄨㄟ ①鐘紐②雕琢。

造詞 追求、追悼、追逐、追尋、追念、追蹤、追擊／追本溯源、急起直追、一言既出，駟馬難追。

同 逐、趕。

辵部6畫

逅

一 厂 斤 斤 后 后 ⻌后 逅 逅

ㄏㄡˋ 無意中相遇：〈邂逅〉。

辵部6畫

迸

丶 丷 丷 兰 并 并 ⻌并 迸 迸

ㄅㄥˋ ①散開、裂開：〈迸出、迸裂、飛迸〉②通「摒」，驅除：〈迸諸四夷〉。

辵部6畫

迹

丶 亠 广 亣 亦 亦 ⻌亦 迹 迹

ㄐㄧ ①腳印兒：〈足迹、蹤迹〉②事物的遺痕：〈血迹斑斑、痕迹〉③前代或前人留下的文物：〈陳迹、古迹〉。

同 跡、蹟。

辵部6畫

迻

丿 ク 夕 夕 多 多 ⻌多 迻 迻

ㄧˊ ①同「移」，遷徙：〈遷迻〉②轉變，把一種文字譯成另一種文字：〈迻譯〉。

辵部7畫

這

丶 亠 亠 亖 言 言 言 ⻌言 這 這

ㄓㄜˋ ①指示代名詞，指比較近的人、事、物：〈這本書、這是什麼話？〉②指示形容詞，形容近處的人、事、物：〈這人很守規矩〉③立刻、馬上：〈我這就回來〉。

造詞 這些、這樣、這麼、這裡、這是。

同 此。

反 那、彼。

請注意：「這」、「此」是指比較近的，「那」、「彼」

是指比較遠的。

辵部7畫

通

ㄊㄨㄥ ①精於某事或熟悉某方面的人：〈中國通、萬事通〉②量詞，一次為一通：〈一通電話〉③順暢無阻：〈此路不通、通風〉④傳達：〈通知、通訊〉⑤有路到達：〈條條大路通羅馬〉⑥往來交換：〈通商〉⑦了解、洞曉：〈精通、通情達理〉⑧勾結：〈串通〉⑨共同的、一般的：〈通常、通病、通稱〉⑩博曉事物的：〈通儒〉⑪整個的：〈通宵、通夜、通國〉⑫平暢的：〈政通人和〉⑬很、非常：〈眼睛通紅〉⑭姓。

造詞 通令、通告、通俗、通婚、通牒、通緝、通融／貫通、交通、私通、變通、流通、開通、溝通／通權達變、通宵達旦、通力合作、融會貫通、觸類旁通。

反 阻、塞。

辵部7畫

逗

ㄉㄡˋ ①標點符號的一種，表示一句話中間的停頓，符號是「，」：〈逗號〉②停留：〈逗留〉③招引、引弄：〈逗人喜歡、逗人發笑〉。

造詞 逗趣、逗弄／挑逗。

同 留、止、駐、停。

辵部7畫

連

ㄌㄧㄢˊ ①軍隊的基層組織，在營以下、排以上：〈第一營第二連〉②接合：〈骨肉相連、連接、藕斷絲連〉③持續不斷：〈連續、接二連三〉④靠近、挨著：〈毗連〉⑤包括：〈連袋子共重五公斤〉⑥連續在一起的：〈廢話連篇〉⑦一次又一次的：〈連戰連勝〉⑧牽涉：〈連坐〉⑨甚至：〈連我都不懂〉⑩和，包括在內：〈連帶、連同、連你一共五人〉⑪姓。

造詞 連累、連任、連貫、連環、連串、連結、連署、連手／流連、相連、關連、牽連／連綿不斷、連本帶利、血肉相連。

辵部7畫

速

ㄙㄨˋ ①急快：〈欲速則不達〉②快的程度：〈速度、音速、光速〉③邀請：〈不速之客〉④快疾的：〈速戰速決〉⑤姓。

造詞 速成、速記、速寫、速食店／加速、快速、高速、時速、急速、迅速、神速。
同 快、疾、捷。
反 緩、慢、遲、延。

辵部7畫

逝

一 十 扌 扌 扩 扩 折 折 逝 逝 逝

ㄕˋ ①時間或流水去而不復返：〈時光飛逝、流逝〉②死亡：〈溘然長逝、逝世〉③消失：〈消逝、逝水〉。
造詞 永逝、遠逝／逝者如斯、稍縱即逝。
同 往、去、如、徂。

辵部7畫

逐

一 丆 丂 豕 豕 豕 豕 豕 逐 逐 逐

ㄓㄨˊ ①追趕：〈追逐、喪馬勿逐〉②下令趕走：〈逐客令、驅逐〉③爭奪、競爭：〈角逐〉④按照順序：〈逐次、逐日、逐字逐句、逐條說明〉⑤循序漸進的：〈逐步加強〉。
造詞 逐一、逐鹿、逐年、逐漸／斥逐、競逐、放逐。

辵部7畫

逕

一 𡿨 巛 巛 巠 巠 巠 巠 逕 逕 逕

ㄐㄧㄥˋ ①通「徑」，小路：〈古木無人逕〉②直接的：〈逕寄、逕行告發〉。
造詞 逕自、逕庭。
同 徑、蹊。

辵部7畫

逍

丨 ㇑ 小 ⺌ 肖 肖 肖 肖 逍 逍 逍

ㄒㄧㄠ 自由自在不受拘束：〈逍遙〉。
造詞 逍遙自在、逍遙法外。

辵部7畫

逞

丶 口 口 口 呈 呈 呈 呈 逞 逞 逞

ㄔㄥˇ ①顯示、誇耀、賣弄：〈逞能、逞強〉②任意放縱：〈逞慾、逞兇犯法、逞性子〉③滿足如願、達到目的：〈得逞、驕逞〉。
造詞 逞威風。

辵部7畫

造

丿 ⺊ 牛 生 牛 告 告 造 造 造 造

ㄗㄠˋ ①時代：〈滿清末造〉②訴訟的雙方稱「造」：〈兩造具備〉③成就：〈造詣〉④培養：〈可造之才〉⑤製作：〈造船、造槍炮〉⑥發明：〈田真造墨、蔡倫造紙〉⑦虛構：〈造謠、捏造〉⑧到、前往：〈造訪、登峯造極〉⑨研究學問：〈深造〉⑩為、做出：〈造反、編造預算〉⑪姓。
造詞 造化、造次、造林、造形、造孽／改造、營造、偽造、構造、釀造、創造、監造、製造／造化弄人、造福人群、造謠生事、粗製濫造。

請注意：「造」和「製」不同。「製」「造」兩字常常一起用，但是習慣上「造就」、「造句」不寫成「製」，「製版」、「製圖」也不寫成「造」。

辵部7畫

透

丿 二 千 禾 禾 秀 秀 透 透 透

ㄊㄡˋ ①穿過、通過：〈透水、透光、透氣〉②洩漏：〈透漏〉③顯露出來：〈白裡透紅、透著寒意〉④超過：〈透支〉⑤極、非常：〈快活透了、我恨透了他〉⑥深入、明白：〈透徹〉⑦徹底：〈浸透〉。

造詞 透明、透視、透鏡、透過／穿透、溼透、滲透。

辵部7畫

逢

丿 ク 夂 夂 夅 夆 夆 逢 逢 逢

ㄈㄥˊ ①遇見：〈相逢〉②迎合：〈逢迎〉③遭遇：〈逢凶化吉〉。

ㄆㄥˊ ①鼓聲：〈逢逢〉②姓。

造詞 遭逢／逢場作戲、逢人說項、萍水相逢。

同 遇、遭。

辵部7畫

逖

丿 犭 犭 犭 犭 犾 狄 逖 逖 逖

ㄊㄧˋ ①使遠離：〈離逖〉②遙遠的：〈逖聽〉。

辵部7畫

逛

丿 犭 犭 犭 犭 犴 狂 逛 逛 逛

ㄍㄨㄤˋ 閒遊：〈逛街、逛夜市〉。

辵部7畫

途

丿 人 亼 今 今 佘 余 途 途 途

ㄊㄨˊ 道路：〈路途、半途而廢〉。

造詞 途中、途徑／歸途、前途、坦途、殊途、用途、畏途、窮途、中途／老馬識途。

同 道、路、涂、塗。

請注意：「途」和「塗」當作道路用時，二字可以互通，例如：窮途（塗）末路、殊途（塗）同歸。但「塗」有「抹去」、「不明事理」的意思，所以「塗抹」、「糊塗」的「塗」都不可以用「途」。

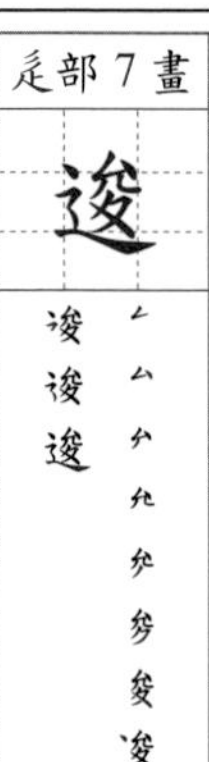

逡
辵部 7 畫

ㄑㄩㄣ　退：〈逡巡〉。

逋
辵部 7 畫

ㄅㄨ　①逃亡：〈逋遷、逋逃〉②拖欠：〈逋懸、逋稅〉。

逑
辵部 7 畫

ㄑㄧㄡˊ　①配偶、對象：〈窈窕淑女，君子好逑〉②聚合：〈以為民逑〉。

逮
辵部 8 畫

ㄉㄞˋ　趕上、及：〈力所不逮〉。

ㄉㄞˇ　捕捉：〈逮住、逮捕〉。

同 及、迨、洎。

週
辵部 8 畫

ㄓㄡ　①量詞，環行一圈叫一週：〈繞場一週、環島一週〉②星期：〈週六、週三〉③環繞：〈週而復始〉④一個區域的外圍：〈四週〉⑤每一星期一次的：〈週刊〉⑥全：〈週身是傷〉⑦完備的：〈招待不週〉⑧普遍的：〈眾所週知〉。

造詞 週記、週期、週歲、週會／下週、隔週、每週。

請注意：「週」和「周」意思相近，週（周）圍、一週（周）時可以相通，但是習慣上「周遭」不用「週」，「週末」、「週知」不用「周」。

逸
辵部 8 畫

ㄧˋ　①安樂、安閒：〈安逸、以逸待勞〉②逃脫：〈逃逸〉③安樂：〈逸樂、一勞永逸〉④散失：〈逸事、逸聞〉⑤高雅的：〈逸興〉⑥放縱不加約束：〈驕奢淫逸、意驕志逸〉⑦超出平常的：〈超逸、逸群、逸品〉。

造詞 隱逸、橫逸、飄逸、奔逸／逸趣橫生。

反 勞。

辵部8畫

進

ㄐㄧㄣˋ ①輩分：〈老師先進〉②房屋分成幾個前後庭院，每個庭院稱為一進：〈後進、兩進院子〉③向前移動、發展：〈前進、推進、進步〉④從外面到裡面：〈進入、進門、閒人莫進〉⑤推荐、荐引：〈引進、進賢〉⑥奉呈、呈獻：〈進貢〉⑦收入：〈進貨、進帳〉。

造詞 進口、進化、進見、進言、進修、進展、進行、進取／新進、精進、行進、漸進、躍進、激進、日進、急進／循序漸進、突飛猛進。

同 入。

反 退、卻、出。

辵部8畫

逯

ㄌㄨˋ ①沒有目的的行走的樣子：〈逯然〉②姓。

辵部8畫

逵

ㄎㄨㄟˊ ①四通八達的大路：〈通逵〉②水中可互通的穴道：〈螣魚居逵〉。

辵部8畫

逭

ㄏㄨㄢˋ 逃避：〈罪無可逭〉。

辵部8畫

逴

ㄔㄨㄛˋ ①高遠的：〈逴行殊遠〉②通「踔」，超越的：〈逴躒〉。

辵部8畫

逶

ㄨㄟ 曲折前進的：〈逶迤〉。

辵部9畫

運

ㄩㄣˋ ①氣數，命中注定的遭遇：〈命運、運氣〉②運動會的簡稱：〈奧運、校運、世運、區運〉③輸送、搬送：〈運輸、運貨〉④使用：〈運用、運思、運筆〉⑤轉動：〈運行〉⑥姓。

造詞 運河、運銷、運費、運動、運送、運轉／空運、海運、幸運、惡運、搬運、機運、好運、國運

／運籌帷幄、匠心獨運。

同 輸、送、轉、行、命、數、天。

辵部9畫

遊

丶 亠 方 方 方 方 方 方 斿 斿 游 游 遊

ㄧㄡˊ ①行走、玩賞：〈遊覽、夜遊、遊山玩水〉②走動：〈遊行〉③到遠地去：〈遠遊、遊學、遊子〉④運轉：〈遊目四顧、遊刃有餘〉⑤來往：〈交遊〉⑥不固定的：〈遊牧、遊絲〉⑦閒蕩不務正業的：〈遊民〉⑧旅行中的：〈遊客〉。

造詞 遊記、遊說、遊樂、遊戲、遊艇、遊伴、遊歷／外遊、郊遊、漫遊、夢遊／遊手好閒、遊目騁懷。

辵部9畫

道

丶 丷 䒑 䒑 产 首 首 首 首 道 道 道 道

ㄉㄠˋ ①路：〈道不拾遺、道路、通道、道聽塗說〉②行動的方向、途徑：〈同道、志同道合〉③正當的事理：〈道理〉④方法：〈處世之道、門道〉⑤我國古代的一個思想流派：〈道家〉⑥宗教名：〈道教〉⑦「道士」的簡稱：〈貧道〉⑧單位詞：〈一道菜、一道彩虹、一道題目〉⑨談說：〈論長道短、說東道西〉⑩表白：〈道賀、道歉〉。

造詞 道白、道地、道具、道破、道義、道德、道謝、道觀、道統、道別／劍道、公道、柔道、食道、茶道、傳道、街道、軌道、王道、赤道、人道、水道／道貌岸然、安貧樂道、微不足道、怨聲載道、津津樂道、康莊大道、口碑載道、道高一尺魔高一丈、道不同不相為謀。

同 路、途、涂、言、謂、曰、云。

辵部9畫

遂

丶 丷 䒑 䒑 㒸 㒸 㒸 㒸 㒸 㒸 遂 遂 遂

ㄙㄨㄟˋ ①達到目的：〈殺人未遂、要求不遂〉②順心如意、滿足：〈遂心、遂願〉③進用：〈選賢遂才〉④順利的：〈順遂〉⑤即、就：〈服藥後病遂癒、人心遂定〉⑥姓。

造詞 完遂、半身不遂。

同 順。

辵部9畫

達

一 十 土 土 去 去 垚 垚 幸 幸 達 達 達

ㄉㄚˊ ①通、到：〈抵達、四通八達〉②實現、完成：〈目的已達，達成願望〉③表現、表示、告訴：〈詞不達意、轉達、表達、傳達〉④明白、通曉：〈知書達理〉⑤地位顯要的：〈達官貴人〉⑥興旺：〈發達〉⑦寬宏的、宏遠的：〈達觀、達見明遠〉⑧常行不變的：〈三達德〉⑨姓。

造詞 通達、豁達、顯達／飛黃騰達。

同 通、暢、至、到。

反 窮、塞。

辵部9畫

逼

一 ㄏ 戸 戸 戸 畐 畐 畐 畐 逼 逼 逼 逼

ㄅㄧ　①強迫、威脅：〈逼迫、逼人太甚〉②被迫：〈逼上梁山〉③極、非常接近：〈逼近、逼真〉。

造詞 逼供、逼視。

同 迫、蹙。

辵部9畫

違

ㄱ ㄌ 五 韦 韦 韦 韦 韦 韋 違 違 違 違

ㄨㄟˊ　①不遵守、不依從、背離：〈違背、違法、違約、事與願違〉②離別：〈久違〉③避免：〈天作孽，猶可違〉。

造詞 違反、違和、違抗、違規／乖違、相違／違心之論、陽奉陰違。

同 背、反。

反 依、從。

辵部9畫

遐

ㄱ ㄱ 尸 尸 尸 尸 尸 尸 叚 遐 遐 遐 遐

ㄒㄧㄚˊ　①遠處：〈名聞遐邇〉②遙遠的：〈遐方〉③長久的：〈遐齡〉。

造詞 遐思、遐想。

同 遠、遙、長、久。

反 近、邇。

辵部9畫

遇

丨 ㄇ 日 日 尸 禺 禺 禺 禺 遇 遇 遇 遇

ㄩˋ　①時機、機會：〈際遇〉②相逢、碰上：〈相遇、遇見〉③遭受：〈遇難、遇禍〉④對待：〈禮遇、待遇、遇人恭謹〉⑤配嫁：〈遇人不淑〉。

造詞 遇害、遇險、遇合／遭遇、豔遇、恩遇／不期而遇、懷才不遇。

同 逢、遭、值。

辵部9畫

遏

丨 ㄇ 日 日 旦 曷 曷 曷 曷 遏 遏 遏 遏

ㄜˋ　①阻止、禁止：〈遏止〉②壓制：〈遏抑、怒不可遏〉③逮、及：〈響遏行雲〉。

造詞 遏制、遏阻。

辵部9畫

過

丨 ㄇ 日 日 冎 冎 冎 咼 咼 咼 咼 過 過

ㄍㄨㄛˋ ①錯誤：〈犯過、知過能改、改過自新〉②超出：〈過分、才智過人、過期〉③承受：「難過」④從一個時間、地點到另一個時間、地點：〈過年、過橋、過河〉⑤經往、經由：〈過門不入〉⑥計量：〈過磅〉⑦拜訪：〈過訪、過從〉⑧轉移：〈土地過戶〉⑨死亡：〈過世〉⑩太、甚、非常：〈您過謙了、過獎了〉⑪行路的、旅行的：〈過客〉⑫表示動作已經完成：〈吃過飯、看過書〉⑬超越、太甚：〈過多、過少〉。

ㄍㄨㄛ 姓。

造詞 過失、過目、過火、過問、過節、過活、過時、過敏、過剩、過境、過濾、過關／經過、罪過、通過、超過／過河拆橋、過眼雲煙、過猶不及、得過且過。

同 誤、謬、錯、愆、失。

反 功。

辵部9畫

遍

丶 𠃌 户 户 户 扁 扁 扁 扁 遍 遍 遍

ㄅㄧㄢˋ ①量詞，從頭到尾經歷一次叫一遍，指次數：〈我把課文抄一遍〉②到處：〈他的學生遍布天下〉③全部的：〈滿山遍野〉。

造詞 遍及、遍地／普遍、周遍／遍體鱗傷。

同 徧。

辵部9畫

遑

丿 亻 白 白 白 皇 皇 皇 皇 遑 遑 遑 遑

ㄏㄨㄤˊ ①空閒、閒暇：〈不遑、未遑〉②急迫、匆忙的樣子：〈遑遑、遑急〉。

辵部9畫

逾

丿 人 亼 亼 俞 俞 俞 俞 俞 逾 逾 逾 逾

ㄩˊ ①越過：〈逾越〉②超過：〈逾期、年逾六十〉③更加：〈亂乃逾甚〉。

造詞 逾分、逾齡、逾限。

請注意：「逾」和「踰」都有超越的意思，可是習慣上「逾齡」、「逾期」不寫作「踰」，「踰矩」、「踰閑」不寫作「逾」。

辵部9畫

遁

丿 厂 斤 斤 斤 盾 盾 盾 盾 遁 遁 遁 遁

ㄉㄨㄣˋ ①逃避、逃走：〈逃遁、遠遁〉②隱去：〈隱遁、遁世〉。

造詞 遁形、遁辭、遁走、遁逃、遁跡。

同 逃。

辵部 9 畫

遒

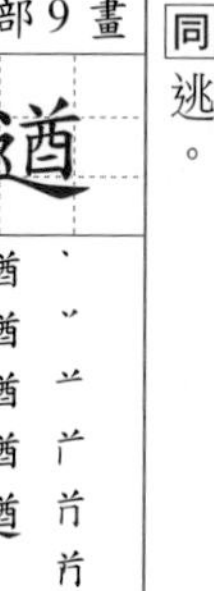

ㄑㄡˊ ①聚集：〈百祿是遒〉②終了、完畢：〈歲遒〉③強勁有力：〈遒勁〉。

辵部 9 畫

遄

ㄔㄨㄢˊ 快速的：〈遄返、胡不遄死？〉。

辵部 10 畫

遠

ㄩㄢˇ ①距離長的：〈我家離車站很遠、遠山含笑〉②很久以前的：〈久遠〉③關係不親近：〈遠親〉④大而恆久的：〈遠大志向〉⑤差別很大：〈差得很遠〉⑥深奧的：〈深遠、遠旨〉⑦姓。

ㄩㄢˋ 避開、不接近：〈遠小人、敬鬼神而遠之、君子遠庖廚〉。

造詞 遠見、遠足、遠征、遠視、遠景、遠望、遠祖、遠慮／永遠、高遠、疏遠、幽遠、遙遠、遼遠、長遠、悠遠／遠走高飛、遠近知名、好高騖遠、殷鑑不遠、遠親不如近鄰、遠水救不了近火。

反 近。

辵部 10 畫

遜

ㄒㄩㄣˋ ①退讓：〈遜位〉②謙虛、恭敬：〈謙遜、出言不遜〉③差、不如：〈遜色、略遜一籌〉。

同 謙、讓。

辵部 10 畫

遣

ㄑㄧㄢˇ ①發送：〈遣送〉②派任：〈遣兵用將、派遣〉③置、安排：〈遣詞用字〉④排解：〈消遣、排遣〉⑤釋放：〈遣囚〉⑥放逐：〈遣戍〉。

造詞 遣悶、遣散、遣懷、遣返／發遣、自遣、差遣。

辵部 10 畫

遙

ㄧㄠˊ 遠：〈遙遠、遙望〉。

造詞 遙控、遙祭／遙遙無期、遙遙領先。

請注意：「謠」、「搖」、「徭」和「遙」在字形上相似但意義不同：「謠」是不實在的話，「搖」是擺動的意思，

「傜」是勞役的意思。

辵部 10 畫

遞

ㄉㄧˋ ①傳送：〈遞送、遞信、傳遞、郵遞、遞眼色〉②順著次序、一個接一個的：〈遞次、遞加〉③替換、替代：〈遞解〉④交替：〈更遞〉。

造詞 遞補、遞變、遞增。

同 易、換、更、替、迭、代。

辵部 10 畫

遘

ㄍㄡˋ ①遇見：〈遘見〉②遭遇：〈遘疾〉③通「構」，造成：〈遘禍〉。

同 遭、遇、逢。

辵部 10 畫

遛

ㄌㄧㄡˋ ①散步、慢慢走：〈到街上遛了一圈、遛街〉②帶著動物慢慢散步：〈遛狗、遛鳥〉。

請注意：「遛」形近於「溜」。「溜」音ㄌㄧㄡ時，有一溜煙等意思。所以「遛狗」不可誤用成「溜狗」。

辵部 10 畫

遝

ㄊㄚˋ 眾多紛亂的：〈人聲雜遝〉。

辵部 10 畫

遢

ㄊㄚˋ ①不整潔的：〈邋遢〉②行走平穩的樣子。

辵部 11 畫

適

ㄕˋ ①往、去：〈遠適異國〉②女子出嫁：〈適人〉③遵循、歸向：〈無所適從〉④舒服的：〈舒適、安適〉⑤剛才：〈適才〉⑥恰巧、正好：〈適逢其會〉。

ㄉㄧˊ 通「嫡」，正妻所生的兒子。

ㄓㄜˊ 通「謫」。

造詞 適合、適中、適宜、適度、適當、適應、適齡、適時／合適、順適、閒適、自適／適可而止、適得其反。

辵部 11 畫

遮

丶 亠 广 广 庐 庐 庐 庐 庐 庶 庶 庶 庶 遮 遮 遮

ㄓㄜ ①阻擋：〈遮攔、高山遮住了陽光〉②掩蓋：〈遮蔽、遮面〉③掩飾：〈遮醜〉④沖淡、蔽蓋：〈酸能遮鹹、醋能遮腥〉。

造詞 遮蓋、遮掩、遮擋、遮瞞、遮羞。

同 蓋、蔽、障、阻。

辵部 11 畫

遨

一 十 士 圭 圭 丰 青 青 吉 吉 敖 敖 敖 遨 遨 遨

ㄠˊ 閒遊：〈遨遊〉。

辵部 11 畫

遭

一 厂 冂 冃 冃 曲 曲 曲 曲 曹 曹 曹 遭 遭 遭 遭

ㄗㄠ ①量詞，指次數，通「趟」：〈白走一遭〉②際遇：〈遭遇〉③遇到：〈遭難、遭殃〉④被、承受：〈遭罵〉。

同 遇、逢、遘。

辵部 11 畫

遷

一 厂 冂 襾 襾 西 西 覀 覀 覀 要 要 䙴 䙴 遷 遷

ㄑㄧㄢ ①移動：〈遷移、遷都〉②調職：〈升遷、左遷〉③改變：〈時過境遷、見異思遷、變遷〉④移轉：〈遷怒〉⑤就、趨向：〈改過遷善〉。

造詞 遷就、遷居、遷徙、遷放、遷調。

同 移、徙、轉、變。

辵部 11 畫

遯

丿 刀 月 月 月 肝 肝 肝 豚 豚 豚 遯 遯 遯 遯 遯

ㄉㄨㄣˋ ①易經六十四卦之一②通「遁」，逃避：〈遯世〉。

辵部 12 畫

遵

丶 丷 丷 亠 产 芮 芮 酋 酋 酋 尊 尊 尊 尊 遵 遵 遵

ㄗㄨㄣ ①依照、順從：〈遵命、遵守〉②姓。

造詞 遵照、遵循、遵從。

同 順、從、隨、率、循。

辵部 12 畫

選

ㄱ ㄱ 巳 巳 巳 巳 巳 巳 巽 巽 巽 巽 巽 選 選 選

ㄒㄩㄢˇ ①被挑出來放在一起的作品：〈文選〉②優秀而被擇取的人或物：〈入選、上選〉③推舉：〈選賢與能〉④從多數中挑出所需要的：〈選擇〉。

造詞 選手、選民、選拔、選舉／票選、人選、挑選、精選、圈選、改選、當選、落選、徵選。

同 擇、揀、挑、簡。

辵部 12畫

遲

ㄔˊ ①緩、慢：〈遲緩、事不宜遲〉②不靈活的：〈遲鈍〉③晚：〈遲到〉④遷延的：〈遲遲不決〉⑤姓。

ㄓˋ ①想望、希望②等到。

造詞 遲滯、遲疑、遲暮、遲早／姍姍來遲。

同 緩、慢、晚。

反 早。

辵部 12畫

遼

ㄌㄧㄠˊ ①朝代名，姓耶律氏，原名契丹，後改為遼，是耶律阿保機所建立②河名，在遼寧省西部：〈遼河〉③遼寧省的簡稱：〈松遼平原〉④遼遠而闊：〈遼遠、遼闊〉。

請注意：「療」是醫治的意思，如：醫療。「僚」有官吏的意思，如：官僚。「嘹」是聲音高昂的意思，如：嘹亮。「撩」有挑弄的意思，如：撩撥。

辵部 12畫

遺

ㄧˊ ①丟失的東西：〈路不拾遺〉②漏掉的文字：〈補遺〉③丟失：〈遺失〉④漏掉、忘記：〈遺忘、遺漏〉⑤留下：〈遺留、不遺餘力〉⑥捨棄：〈遺棄〉⑦不自覺的排泄：〈遺尿〉⑧存留的：〈遺產〉。

ㄨㄟˋ 贈送：〈遺贈〉。

造詞 遺言、遺願、遺志、遺孤、遺物、遺恨、遺教、遺憾／遺臭萬年、遺珠之憾、一覽無遺。

同 送、贈、餽、貽。

辵部 12畫

遴

ㄌㄧㄣˊ 審慎選擇：〈遴選〉。

辵部 13畫

避

ㄅㄧˋ ①躲開：〈躲避、避雨、閃避前方來車〉②免除：〈避免〉③防止：〈避雷針〉。

造詞 避暑、避難、避亂、避嫌、避孕、避諱、避席／迴避、逃避、閃避、退避／避重就輕、避實就虛。

反 趨。

請注意：「僻」音ㄆㄧˋ，偏遠的

意思，例如：偏僻。「壁」音ㄅㄧˋ，是牆，如：牆壁。「璧」音ㄅㄧˋ，是中間有圓孔的玉器，如：和氏璧。以上三個字都和「避」不同。

辵部 13 畫

遽

ㄐㄩˋ ①害怕、恐懼：〈惶遽〉②急速、突然：〈急遽、遽死〉③匆忙：〈不能遽下決定〉。

造詞 遽然、遽增、遽爾。

同 忙、忽、急、驟、猝。

反 遲、緩、慢。

辵部 13 畫

還

ㄏㄨㄢˊ ①恢復：〈還原、還他本來面目〉②回、返：〈還鄉〉③退回、償付：〈還錢、送還、還債〉④回報：〈還禮、還手、還擊〉。

ㄏㄞˊ ①依舊：〈還是錯了、他到半夜還沒睡〉②尚、猶：〈時間還早〉③再、又：〈另外還有事〉④更：〈今天比昨天還冷〉⑤或者：〈你要牛奶還是咖啡〉。

ㄒㄩㄢˊ ①通「旋」，旋轉：〈巨魚無所還其體〉②立刻：〈還踵之間〉。

造詞 還俗、還願／往還、歸還、生還、償還。

同 歸、返、回、旋。

反 往、借。

辵部 13 畫

邁

ㄇㄞˋ ①抬起腳來向前跨步：〈邁開大步、邁過門檻〉②前行：〈邁進〉③超越：〈超邁〉④衰老：〈年邁、老邁〉⑤豪放的：〈豪邁〉⑥姓。

造詞 大門不出二門不邁。

辵部 13 畫

邂

ㄒㄧㄝˋ 沒有約定，偶然相遇：〈邂逅〉。

辵部 13 畫

邀

ㄧㄠ ①招請：〈邀請〉②求取：〈邀准、邀功、邀賞〉③阻留、阻擋：〈邀擊、中途邀截〉④稱重量：〈邀斤論兩〉。

造詞 敬邀、恕邀、懇邀。

同 約、請。

反 辭。

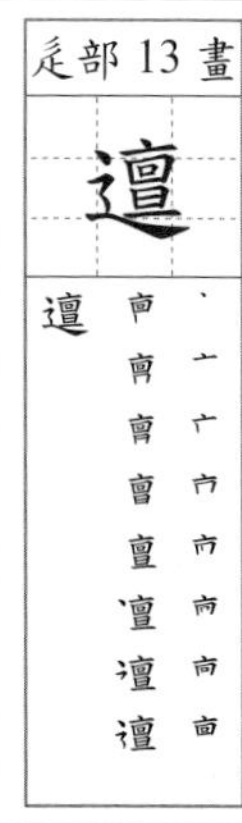

ㄓㄢ　形容人困頓不得志：〈迍邅〉。

辵部 14 畫

邇

ㄦˇ　①近的地方：〈名聞遐邇、行遠必自邇〉②接近：〈惟王不邇聲色〉。

同 近。

反 遐、遠。

辵部 14 畫

邃

ㄙㄨㄟˋ　①精通：〈少邃於學、邃於醫道〉②深遠的：〈深邃、邃古之初〉。

造詞 神邃、幽邃、精邃。

辵部 14 畫

邈

ㄇㄧㄠˇ　①通「藐」，輕視：〈顧邈〉②遙遠的：〈邈而不可慕、遐邈〉③憂悶的樣子：〈邈邈〉。

造詞 綿邈、幽邈、曠邈／邈然／邈不可聞。

辵部 15 畫

邊

ㄅㄧㄢ　①指兩國或兩地區的交界處：〈邊界、守邊〉②兩旁：〈河邊、路邊〉③周圍：〈桌邊、床邊〉④方位：〈西邊、左邊〉⑤際限：〈苦海無邊〉⑥頭緒：〈摸不著邊兒〉⑦幾何學名詞，稱多角形區域的周圍或夾角的半線為邊⑧衣裙的緣飾：〈花邊〉⑨兩種動作一起做、又：〈邊走邊吃〉⑩姓。

造詞 邊防、邊境、邊疆、邊緣／海邊、旁邊、拓邊、周邊、身邊。

同 旁、側、緣、畔。

辵部 15 畫

邋

ㄌㄚ　不整潔：〈邋遢〉。

ㄌㄧㄝˋ　旗幟在風中飄拂的聲音：〈邋邋〉。

辵部 19 畫

邏

ㄌㄨㄛˊ　①山或溪河的周緣：〈溪邏鬥芙蓉〉②往來察看：〈巡邏〉。

造詞 邏輯。

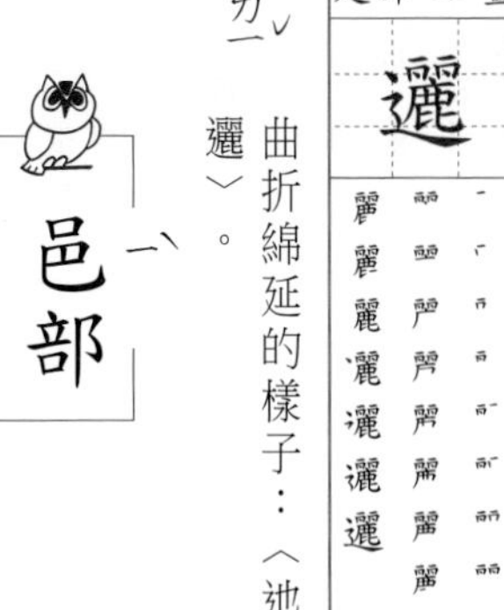

辵部19畫

邐

ㄌㄧˇ 曲折綿延的樣子：〈迆邐〉。

邑部 ㄧˋ

邑部0畫

邑

ㄧˋ ①古代地方區域名，大的稱「都」，小的稱「邑」②泛稱城市：〈通都大邑、都邑〉③古時候的「邑」相當於秦朝所立的「縣」：〈邑長〉④封地：〈封以六邑、采邑、食邑〉⑤聚落：〈再徙成邑〉⑥通「悒」，煩悶的：〈忿邑非之〉。

造詞 山邑、縣邑、富邑。

邑部3畫

邕

ㄩㄥ ①地名，廣西省邕寧縣的簡稱②同「壅」，淤塞：〈邕涇水不流〉③同「雍」，和樂的樣子：〈閨門邕穆〉。

邑部3畫

邗

ㄏㄢˊ ①古地名，在今江蘇省江都縣：〈邗江〉②運河名，在江蘇省：〈邗溝〉③姓。

邑部4畫

邦

ㄅㄤ ①國家：〈友邦〉②古時諸侯的封地，大的稱「邦」，小的稱「國」③姓。

造詞 邦交、邦基、邦本、邦土／異邦、外邦、興邦、聯邦／禮義之邦、多難興邦、民惟邦本、本固邦寧。

同 國。

邑部4畫

那

ㄋㄚˋ ①指示代名詞，指遠處的人或事物：〈那邊、那是什麼？〉②遠指的指示形容詞：〈那件、那本〉③承接上文說明後果：〈你不拿走，那你就不要啦！〉。

ㄋㄚˇ ①表示懷疑或反問：〈這是那一個人說的〉②怎麼：〈他那能再受傷害？〉。

ㄋㄚ 姓。

ㄋㄨㄛˊ　通「挪」，移動：〈便請那步下山〉。

造詞 那些、那裡、那怕、那麼、那樣。

邑部4畫

邪

ㄒㄧㄝˊ　①不正當的思想或行為：〈改邪歸正〉②怪異荒誕：〈邪門〉③中醫上指引起疾病的環境因素：〈風邪〉④迷信的人指鬼神所降的災禍：〈中邪〉⑤不正當的、怪異的：〈邪說、邪教〉。

ㄧㄝˊ　通「耶」，表示疑問的語助詞，等於白話文中的「嗎」、「呢」：〈是邪？非邪？〉。

造詞 邪氣、邪術、邪惡、邪念、邪行、邪佞、邪魔／避邪、驅邪、妖邪、凶邪／邪魔歪道、邪不勝正。

邑部4畫

邢

ㄒㄧㄥˊ　①古國名，在今河北省邢臺縣②姓。

邑部5畫

邵

ㄕㄠˋ　①北魏郡名，今山西垣曲縣②唐代州名，今湖南寶慶縣③姓。

邑部5畫

邸

ㄉㄧˇ　①古時王侯的府第，今用來尊稱他人或達官貴人的住宅：〈官邸、府邸、邸第〉②旅館：〈旅邸、客邸〉。

造詞 私邸、京邸、舊邸。

邑部5畫

邱

ㄑㄧㄡ　①通「丘」，土堆、小山：〈青草池邊土一邱〉②縣名，在山東省③姓。

請注意：①「邱」和「丘」是同宗，古時候只有「丘」，後來避孔子的名諱改為「邱」②「丘」、「邱」在古時候都有土堆的意思，現在「丘」有土堆的意思，也可當作姓，而「邱」只能當作姓來用。

邑部5畫

邰

ㄊㄞˊ　①古國名，在今陝西省武功縣境②姓。

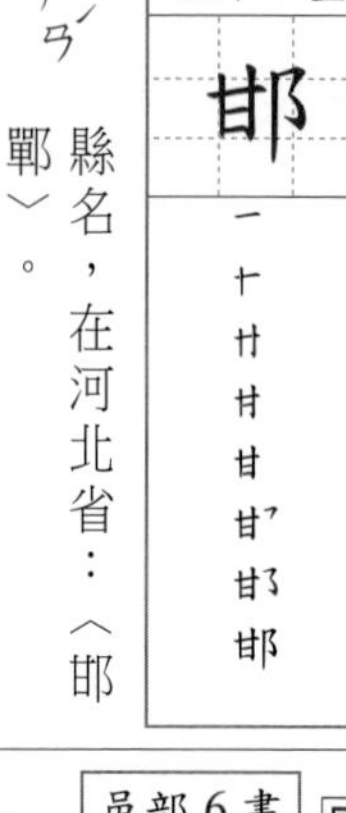

邑部 5 畫

邯

ㄏㄢˊ　縣名，在河北省：〈邯鄲〉。

造詞 邯鄲學步。

邑部 6 畫

郊

ㄐㄧㄠ　①離城市不遠的地方：〈近郊、郊外〉②古代祭祀的名稱：〈郊祀〉③姓。

造詞 郊野、郊區、郊遊／遠郊、市郊、荒郊、四郊。

邑部 6 畫

郁

ㄩˋ　①濃烈的香味：〈馥郁、濃郁的花香〉②文彩鮮明的：〈文彩郁郁〉③姓。

同 馥。

邑部 6 畫

郎

ㄌㄤˊ　①古官名：〈侍郎〉②年輕男子的美稱：〈周郎〉③古時妻子稱丈夫：〈郎君〉④稱別人的兒子：〈令郎〉⑤通稱年輕男女：〈女郎、少年郎〉⑥姓。

造詞 郎中、郎舅／新郎、情郎、夜郎、江郎才盡、郎才女貌。

邑部 6 畫

邽

ㄍㄨㄟ　①古地名，「上邽」在今甘肅省天水縣，「下邽」在今陝西省渭南縣②姓。

邑部 7 畫

郡

ㄐㄩㄣˋ　①古時的地方行政區域名，比現在的縣大些：〈郡國、郡縣〉②姓。

造詞 郡主、郡守、郡望／州郡、邊郡、國郡。

邑部 7 畫

郛

ㄈㄨˊ　外城牆：〈城郛〉。

邑部 7 畫

郝

ㄏㄠˇ　①古地名，在今陝西省②姓。

邑部 7 畫

郢

ㄧㄥˇ　①古都名，在湖北省②請人修改自己詩文時的敬詞：〈郢政〉。

造詞 郢書燕說。

邑部 8 畫

部

ㄅㄨˋ　①政府行政機關的名稱：〈教育部、國防部、外交部〉②按業務區分的單位名稱：〈編輯部、門市部〉③全體中的一分子：〈局部、部分、胸部〉④量詞，用於計算書籍、影片、車輛等：〈一部影片、一部辭典〉⑤率領統治：〈部下〉⑥安排：〈部署、按部就班〉。

造詞 部位、部首、部隊、部落、部長、部屬、部門、部族／幹部、刑部、全部、內部、本部、師部、營部。

請注意：按「部」就班不可寫成按「步」就班。

邑部 8 畫

郭

ㄍㄨㄛ　①古代在城的外圍加築的城牆：〈城郭〉②姓。

造詞 外郭、山郭、負郭／郭公夏五。

請注意：「郭」是外城的意思；「廓」音ㄎㄨㄛˋ，是掃蕩、擴張的意思。

邑部 8 畫

都

ㄉㄨ　①一國中央政府的所在地：〈首都、國都〉②大城市：〈都市、名都〉。

ㄉㄡ　①全部、總括一切：〈全家都來了、都是〉②尚且：〈連他都能，你還有啥問題？〉③已經：〈你都沒工作了，還想到處花錢〉④表示加重語氣：〈連小孩都搬得動〉。

造詞 都城、都會、都督／故都、首都、舊都、遷都。

邑部 8 畫

郯

ㄊㄢˊ　①古國名，在今山東省②姓。

邑部 9 畫

郵

ㄧㄡˊ　①古時傳送公文的驛亭：〈置郵傳命〉②由國家專設的機構負責傳遞、寄發信件、物品：〈郵寄、郵電〉③有關傳送信件的：〈郵差、郵局〉④遞寄的：〈郵購〉。

造詞 郵政、郵件、郵票、郵筒、郵戳、郵資、郵務。

同 遞、傳、送。

請注意：「郵」和「寄」都有遞送的意思。習慣上，「郵匯」、「郵遞」不作「寄」；「寄信」、「寄包裹」不作「郵」。

邑部 9 畫

鄂

ㄜˋ　①湖北省的簡稱：〈湘鄂一帶〉②姓。

邑部 9 畫

鄉

ㄒㄧㄤ　①地方行政區域名，介於縣與村里之間：〈鄉鎮〉②城市以外人煙稀少的地區：〈鄉下、鄉村〉③稱自己出生的地方或祖籍：〈家鄉、故鄉〉④同省或同縣的人：〈同鄉〉⑤地區：〈魚米之鄉〉⑥某種超脫現實的境界：〈夢鄉、醉鄉〉⑦本地的：〈鄉土〉。

ㄒㄧㄤˋ　通「嚮」。

ㄒㄧㄤˇ　通「響」。

造詞 鄉音、鄉里、鄉民、鄉長、鄉紳、鄉親、鄉愿／異鄉、歸鄉、水鄉、思鄉、還鄉、懷鄉、他鄉／衣錦還鄉。

反 市、城、鎮。

邑部 9 畫

郾

ㄧㄢˇ　地名，在今河南省。

邑部 10 畫

鄒

ㄗㄡ　①古國名，在山東省②姓。

邑部 10 畫

鄔

ㄨ　①古地名，一在今山西省，一在今河南省②姓。

邑部 11 畫

鄙

ㄅㄧˇ　①邊遠的地方：〈邊鄙〉②輕視：〈鄙夷、鄙視〉③粗俗的、低下的：〈鄙陋、粗鄙、鄙俗〉④低賤、卑下：〈卑鄙〉⑤謙稱自己：〈鄙人、鄙夫〉⑥度量小：〈鄙吝〉。

造詞 鄙棄、鄙笑、鄙薄。

同 俚、野、卑、陋、賤。
反 雅。

鄞
邑部 11 畫

ㄧㄣˊ 縣名，在浙江省，舊名「寧波」。

鄢
邑部 11 畫

ㄧㄢ ①地名，在河南省：〈鄢陵〉②姓。

鄰
邑部 12 畫

ㄌㄧㄣˊ ①村里以下的基層組織，大約十戶左右為一鄰②接近自己住處的人家：〈左鄰右舍〉③靠近的、接壤的：〈鄰近、鄰國〉。

造詞 鄰居、鄰長、鄰人、鄰里、鄰境／近鄰、比鄰、芳鄰、緊鄰、天涯若比鄰。
同 近、接。
反 遠。

鄭
邑部 12 畫

ㄓㄥˋ ①周代諸侯國名②認真的：〈鄭重〉③姓。

鄧
邑部 12 畫

ㄉㄥˋ ①縣名，在河南省②姓。

鄱
邑部 12 畫

ㄆㄛˊ ①地名，在江西省：〈鄱陽〉②湖名，我國最大的淡水湖，在江西省北部：〈鄱陽湖〉。

鄯
邑部 12 畫

ㄕㄢˋ 漢朝時西域的國家，在今新疆自治區。

鄲
邑部 12 畫

ㄉㄢ 河北縣名：〈邯鄲〉。

鄹
邑部 14 畫

ㄗㄡ ①古國名，同「鄒」②鄹城，古地名，在山東省曲阜縣東南，為孔子的故里。

鄺 邑部 15 畫

ㄎㄨㄤˋ 姓。

酈 邑部 19 畫

ㄌㄧˋ ①古地名，在今河南省 ②姓。

酉部 ㄧㄡˇ

酉 酉部 0 畫

ㄧㄡˇ ①醴酒，「酒」的本字 ②地支的第十位 ③時辰名，指下午五點到七點：〈酉時〉④姓。

酋 酉部 2 畫

ㄑㄧㄡˊ 首領、頭目：〈酋長、匪酋〉。

酊 酉部 2 畫

ㄉㄧㄥˇ 喝了很多酒、醉醺醺的樣子：〈酩酊大醉〉。

ㄉㄧㄥ 凡溶於酒精的藥都叫做「酊」：〈碘酊〉。

酌 酉部 3 畫

ㄓㄨㄛˊ ①筵席、酒席：〈便酌、喜酌、敬備菲酌〉②酒：〈清酌〉③倒酒：〈酌酒〉④喝酒：〈小酌一番、獨酌〉⑤考慮、考量：〈參酌、斟酌、酌量辦理〉。

配 酉部 3 畫

ㄆㄟˋ ①妻子：〈元配〉②夫妻：〈配偶〉③用適當的比例調和：〈配藥〉④成親：〈婚配〉⑤分發、安排：〈配給、支配〉⑥把缺少的補足：〈配零件〉⑦合適：〈別人穿了實在不配、她穿這件衣服很配〉⑧古代充軍：〈發配〉⑨添補：〈配眼鏡、配鑰匙〉⑩使牲畜交合：〈配種〉⑪對主體有陪襯、幫助的：〈配角〉。

造詞 配音、配備、配方、配合、配色、配菜、配件、配對／交配、相配、匹配、分配。

請注意：「配」的右邊是「己」（ㄐㄧˇ），不可寫作「巳」（ㄙˋ）或「已」（ㄧˇ）。

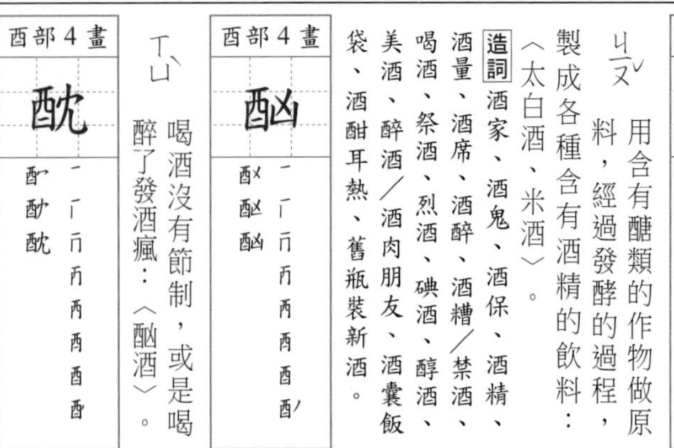

酉部3畫

酒

丶 冫 氵 汀 沂 洒 洒 酒 酒

ㄐㄧㄡˇ 用含有醣類的作物做原料，經過發酵的過程，製成各種含有酒精的飲料：〈太白酒、米酒〉。

造詞 酒家、酒鬼、酒保、酒精、酒量、酒席、酒醉、酒糟／禁酒、喝酒、祭酒、烈酒、碘酒、醇酒、美酒、醉酒／酒肉朋友、酒囊飯袋、酒酣耳熱、舊瓶裝新酒。

酉部4畫

酗

一 丆 冂 丙 襾 西 酉 酉ノ 酉㐅 酗 酗

ㄒㄩˋ 喝酒沒有節制，或是喝醉了發酒瘋：〈酗酒〉。

酉部4畫

酖

一 丆 冂 丙 襾 西 酉 酉 酉冖 酖 酖

ㄉㄢ 愛喝酒：〈酖於酒〉。

ㄓㄣˋ ①通「鴆」，一種羽毛有毒的鳥②毒酒：〈飲酖止渴〉③以毒酒殺害。

酉部5畫

酣

一 丆 冂 丙 襾 西 酉 酉一 酉十 酣 酣 酣

ㄏㄢ ①喝酒喝得很盡興、開心：〈酣飲〉②濃、重、盛：〈酣睡〉③暢快：〈酣暢〉④睡得很香甜：〈酣睡〉⑤持久激烈的：〈酣戰〉。

酉部5畫

酥

一 丆 冂 丙 襾 西 酉 酉一 酉二 酥 酥 酥

ㄙㄨ ①用牛奶凝成的薄皮製成的食物：〈奶酥〉②用油和麵粉製成的鬆脆食品：〈鳳梨酥〉③身體柔軟沒有力氣：〈全身酥軟〉④柔滑光潔：〈酥胸〉⑤指食品鬆脆的：〈酥糖〉。

造詞 酥油。

同 脆、柔、膩。

請注意：「酥」是鬆脆的意思，「穌」是穌醒的意思。

酉部5畫

酢

一 丆 冂 丙 襾 西 酉 酉ノ 酉𠂉 酢 酢 酢

ㄗㄨㄛˋ 客人用酒回敬主人：〈酬酢、或獻或酢〉。

ㄘㄨˋ 「醋」的本字，一種有酸味的調味料。

造詞 酢漿草。

酉部5畫

酡

一 丆 冂 丙 襾 西 酉 酉丶 酉宀 酡 酡 酡

ㄊㄨㄛˊ 喝酒後臉變紅：〈酡顏〉。

酉部 6 畫

酬

ㄔㄡˊ ①用財物報答或償付：〈酬謝、酬恩、報酬〉②實現：〈壯志未酬〉③交際往來：〈應酬〉④在宴會上，主人向客人敬酒稱為「酬」。

造詞 酬金、酬勞、酬唱。

同 酧、醻。

酉部 6 畫

酪

ㄌㄨㄛˋ ①用牛、羊、馬的乳汁製成半凝固或凝固的食品：〈乳酪、奶酪〉②熬製果實成漿，做成的糊狀食品：〈山楂酪、杏仁酪〉。

造詞 酪農、酪酸／乾酪、牛酪、羊酪。

酉部 6 畫

酩

ㄇㄧㄥˇ 大醉的樣子：〈酩酊〉。

酉部 6 畫

酮

ㄊㄨㄥˊ 一種有機化合物，較重要的一類叫丙酮，是無色的液體，不溶於水，但可溶於乙醇和乙醚，在工業上用作溶劑。

酉部 6 畫

酯

ㄓˇ 一種有機化合物，是脂肪的主要成分，可用有機酸或無機酸製造。

酉部 7 畫

酵

ㄒㄧㄠˋ 有機物受細菌等的作用，而發生分解或分子轉換的現象：〈發酵〉。

造詞 酵素、酵母菌。

酉部 7 畫

酸

ㄙㄨㄢ ①五味之一：〈酸、甜、苦、辣、鹹〉②化學名詞，含有可電離的氫離子化合物的總稱：〈硫酸、硝酸、醋酸〉③悲切、傷心：〈心酸〉④食物腐敗產生的味道：〈牛奶酸了〉⑤通「痠」，疼痛：〈四肢酸痛、腰酸背痛〉⑥諷刺文人不通情理：〈酸秀才〉⑦味道酸的：〈酸梅〉。

造詞 酸楚、酸疼、酸菜、酸溜溜

／辛酸、寒酸、鹽酸、悲酸。

酶　酉部7畫

一 丆 冂 丙 丙 两 酉 酉' 酉ᐟ 酐 酶 酶 酶 酶

ㄇㄟˊ　就是「酵素」，是由生物的細胞產生的一種蛋白質，可以加速生物體內的化學變化。

酷　酉部7畫

一 丆 冂 丙 丙 两 酉 酉' 酉ᐟ 酐 酷 酷 酷 酷

ㄎㄨˋ　①殘暴的：〈酷刑、酷吏〉②很、極，表示程度深的：〈酷寒、酷似、酷熱、酷愛〉。

造詞　酷暑、酷虐、酷嗜／殘酷、冷酷、嚴酷、慘酷。

同　虐、苛、極、甚。

酹　酉部7畫

一 丆 冂 丙 丙 两 酉 酉' 酉ᐟ 酐 酹 酹 酹 酹

ㄌㄟˋ　把酒灑在地上祭神：〈酹酒〉。

酲　酉部7畫

一 丆 冂 丙 丙 两 酉 酉 酊 酊 酲 酲 酲 酲

ㄔㄥˊ　醉酒醒來所感到的種種不適的症狀：〈憂心如酲〉。

醇　酉部8畫

一 丆 冂 丙 丙 两 酉 酉 酉 酊 酊 酊 醇 醇 醇

ㄔㄨㄣˊ　①味道香濃的酒：〈醇酒〉②一種有機化合物：〈乙醇〉③味道濃厚：〈香醇〉④通「淳」，謙順樸厚的樣子：〈醇樸、醇厚〉⑤通「純」，純正不雜：〈醇粹〉。

同　淳、厚、純。

醉　酉部8畫

一 丆 冂 丙 丙 两 酉 酉 酉 酊 酊 酊 醉 醉 醉

ㄗㄨㄟˋ　①喝酒過量而失態：〈爛醉如泥〉②著迷：〈陶醉、心醉〉③酒喝得太多而神志不清的：〈醉漢、醉臥〉④醉酒後所說的：〈醉話、醉言醉語〉⑤用酒浸漬的：〈醉蝦、醉蟹〉。

造詞　醉鬼、醉酒、醉鄉、醉醺醺／狂醉、酣醉、宿醉、沉醉、麻醉、迷醉、長醉、昏醉／醉生夢死、金迷紙醉、醉翁之意不在酒。

同　暈、眩、酲。

反　醒。

醋　酉部8畫

一 丆 冂 丙 丙 两 酉 酉 酉 酐 酐 酣 醋 醋 醋

ㄘㄨˋ ①用米、麥、高粱釀成的有酸味的液體，可以當調味料：〈白醋、烏醋〉②妒意：〈吃醋〉③嫉妒的：〈醋勁〉④古「酢」字，客人以酒回敬主人：〈酬醋〉。

造詞 醋意、醋酸、醋罈子／醋海生波。

同 酢。

酉部 8 畫

醃

ㄧㄢ 加工製造食品的方法，在食物中添加鹽、糖、酒等佐料，浸泡一段時間就可以食用：〈醃肉、醃鹹菜〉。

酉部 8 畫

醅

ㄆㄟ 還沒過濾的濁酒：〈家貧只舊醅〉。

酉部 9 畫

醒

ㄒㄧㄥˇ ①從睡眠、酒醉、昏迷中恢復知覺：〈他醒了、睡醒〉②由迷惑轉為清楚：〈提醒、覺醒〉③覺悟：〈醒悟〉④使人恢復清楚的：〈醒藥〉⑤使看得清楚或突出顯明的：〈醒目〉。

造詞 清醒、喚醒、獨醒、醉醒／大夢初醒、如夢初醒。

反 睡、眠、睏。

酉部 9 畫

醍

ㄊㄧˊ ①酥酪上如油脂的凝結物：〈醍醐〉②清酒：〈一甕醍醐待我歸〉③美好的人品。

酉部 9 畫

醐

ㄏㄨˊ 經過多次提煉的乳酪：〈醍醐〉。

酉部 10 畫

醣

ㄊㄤˊ 一種有機化合物，從前稱碳水化合物，由碳、氫、氧三種元素組成，種類很多，是人體熱能的主要來源：〈葡萄醣、蔗醣〉。

請注意：「醣」是碳水化合物的有機物，所指的範圍較廣，「糖」指從植物中提煉出的甜性物質，範圍較小。

酉部 10 畫

醞

ㄩㄣˋ ①釀造：〈醞酒〉②本指釀酒時的發酵過程，引申有逐漸變成或形成的意思：〈醞釀〉。

同 釀、製。

醜
酉部 10 畫

ㄔㄡˇ ①罪惡：〈醜事〉②惡聞：〈醜聞〉③恥辱：〈以雪先王之醜、雪醜〉④相貌難看：〈長得很醜〉⑤不雅觀的：〈醜態〉⑥惡劣的：〈醜話、醜行〉⑦姓。

造詞 醜化、醜陋、醜惡、醜名／出醜、奇醜、美醜、肥醜／醜態百出、出乖露醜、家醜不可外揚。

同 惡、劣、陋。

反 美。

請注意：「醜」是惡劣，「丑」是滑稽。

醚
酉部 10 畫

ㄇㄧˊ 一種有機化合物，是醫學上常用的麻醉劑：〈乙醚〉。

醢
酉部 10 畫

ㄏㄞˇ ①肉醬：〈仲尼覆醢〉②剁成肉醬：〈醢人、烹醢〉。

醛
酉部 10 畫

ㄑㄩㄢˊ 有機化合物的名稱，是醇類氧化或酸還原的初產品：〈乙醛〉。

醫
酉部 11 畫

一 ①替人治病的人：〈名醫〉②診治疾病：〈醫治、頭痛醫頭〉③與醫療相關的：〈醫德、醫術〉。

造詞 醫官、醫學、醫藥／軍醫、西醫、校醫、良醫、中醫、神醫、御醫、獸醫／諱疾忌醫、死馬當活馬醫。

同 療、治。

醬
酉部 11 畫

ㄐㄧㄤˋ ①豆、麥發酵做成的調味品：〈醬油、豆醬、甜麵醬、豆瓣醬〉②通稱搗爛像泥狀的東西：〈果醬、肉醬、花生醬、魚醬〉③用醬醃漬的：〈醬瓜、醬菜〉。

酉部 11 畫

醪

ㄌㄠˊ 古時指含有渣滓的濁酒，也泛指酒：〈春醪〉。

酉部 11 畫

醨

ㄌㄧˊ 薄酒。

酉部 11 畫

醯

ㄒㄧ ①醋的古稱：〈或乞醯焉〉②醯雞，酒上的小飛蟲。

同 醢。

酉部 12 畫

醱

ㄆㄛˋ ①把釀好的酒再釀一次：〈醱醅〉②通「發」，加酵母在麵粉或酒中所發生的化學變化：〈醱酵〉。

酉部 12 畫

醮

ㄐㄧㄠˋ ①和尚、道士設壇替人念經祈福、超渡鬼魂：〈打醮、羅天大醮〉②嫁：〈再醮〉。

酉部 13 畫

醲

ㄋㄨㄥˊ ①味道醇厚的酒：〈肥醲甘脆〉②通「濃」，厚重的。

請注意：衣服厚是「襛」，肉厚是「膿」，酒厚為「醲」，花木繁多是「穠」。

酉部 13 畫

醴

ㄌㄧˇ ①甜酒：〈甘露如醴〉②地名，在湖南省：〈醴陵〉。

酉部 14 畫

醺

ㄒㄩㄣ ①醉：〈微醺〉②感染：〈但願不為世所醺〉③酒醉的樣子：〈醉醺醺〉。

同 醉。

反 醒。

酉部 17 畫

釀

ㄋㄧㄤˋ ①酒：〈佳釀〉②利用發酵的方法製造：〈釀酒〉③事情逐漸形成：〈醞釀、釀成大禍〉。

造詞 釀造、釀蜜。

酉部 18 畫

釁

ㄒㄧㄣˋ ①爭端：〈挑釁、尋釁〉②血祭，古代祭祀時把牲畜的血塗在器皿上，用來祭祀神靈：〈釁鐘〉③薰塗：〈三釁三沐〉。

造詞 釁端／乘釁、間釁、隙釁。

釆部 ㄅㄧㄢˋ

釆部 0 畫

釆

ㄅㄧㄢˋ 「辨」的本字，分辨、辨別：〈釆章〉。

釆部 1 畫

采

ㄘㄞˇ ①通「彩」，顏色：〈五采〉②儀容，就是人的風度：〈神采、丰采〉③禮品：〈納采〉④大聲叫好：〈喝采〉⑤通「採」，摘取：〈采集、采風錄〉⑥姓。⑦采地，古代卿大夫的封地，又稱「采邑」、「食邑」：〈大夫有采〉。

造詞 采用、采納、采取／風采、文采、精采、異采／無精打采。

釆部 6 畫

釉

ㄧㄡˋ 塗在陶、瓷器表面的玻璃質料，可以增加美觀：〈上釉、彩釉〉。

釆部 13 畫

釋

ㄕˋ ①佛教創始人「釋迦牟尼」的簡稱②稱佛教：〈釋教、釋典〉③說明：〈解釋、釋義〉④消除：〈釋疑、誤會冰釋〉⑤赦免、解放：〈開釋、釋放〉⑥放下、放開：〈手不釋卷、如釋重負、釋手〉。

造詞 釋然、釋懷、釋服／保釋、詮釋、稀釋、注釋／愛不忍釋、渙然冰釋。

同 赦、宥、免。

反 繫。

里部 ㄌㄧˇ

里部0畫

里

丶 冂 日 日 旦 甲 里

ㄌㄧˇ ①家鄉、故鄉：〈鄉里、榮歸故里〉②戶政的單位名稱，古時候五家為鄰，五鄰為里，現在則是鄉、里、鄉、鎮：〈里長、里民大會〉③長度單位名：〈不遠千里而來〉④居住：〈里仁為美〉⑤姓。

造詞 里民、里程碑／故里、閭里、鄰里、公里／一瀉千里、鵬程萬里、好事不出門，醜事傳千里。

請注意：「里」泛指「長度」或「公里」，「哩」專作「英里」解釋。

里部2畫

重

一 二 千 斤 盲 盲 亩 重 重

ㄓㄨㄥˋ ①物體的分量：〈體重、超重〉②尊敬：〈尊重、器重〉③特別注意、關切：〈看重、注重〉④莊嚴、不輕率：〈慎重、莊重、君子不重則不威〉⑤物體的分量大、不輕：〈重負、重擔、這塊石頭很重〉⑥優厚的：〈重酬〉⑦要緊的：〈重要、重鎮、軍事重地〉⑧利害的：〈重病〉⑨濃厚：〈口味重、鄉音重〉。

ㄔㄨㄥˊ ①量詞，物體一層叫一重：〈萬重山〉②複疊的、一層層的：〈重門、困難重重〉③相同的：〈重號〉④再、又一次：〈重複、久別重逢、舊地重遊、重整旗鼓〉。

造詞 重力、重大、重用、重任、重點、重聽、重賞、重視、重新、重見、重修、重婚／貴重、珍重、保重、嚴重、自重、言重／重溫舊夢、重修舊好、重見天日、重蹈覆轍、老成持重、忍辱負重、德高望重、舉足輕重。

同 厚、複、疊。 **反** 輕。

里部4畫

野

丶 冂 日 日 旦 甲 里 里 野 野 野

ㄧㄝˇ ①郊外空曠的地方：〈荒野、田野〉②指民間：〈朝野、下野、在野〉③界限、範圍：〈視野、分野〉④不講理的：〈野蠻、粗野、撒野〉⑤不是人所飼養或培植的：〈野生、野獸、野草〉⑥放肆、不受拘束的：〈野性未改〉⑦不正當的：〈野合〉。

造詞 野心、野餐、野史、野宴、野戰、野味、野花、野馬／原野、綠野、草野／野人獻曝、野心勃勃、哀鴻遍野、堅壁清野。

同 陋、卑、賤。

請注意：「野」偏重質樸性，還可經人工改造，「蠻」偏重頑固性，很難有什麼改變。

量
里部5畫

丶 ㄇ 日 日 旦 早 昌 昌 昌 昌 量 量

ㄌㄧㄤˋ ①容納的程度：〈容量、飯量〉②事物的大小、輕重、多少：〈分量、重量〉③估計：〈打量、量入為出〉④審度：〈不自量力〉。

ㄌㄧㄤˊ ①計算物體的大小、長短、輕重、多少：〈測量、丈量、量體溫〉②商議、考慮、斟酌：〈商量、思量、衡量〉。

造詞 量杯、量筒、量尺、量角器／考量、雅量、酒量、器量、適量、酌量、估量、數量／量力而行。

同 測、度、審、計。

釐
里部11畫

一 二 キ 未 未 未' 未ㄣ 粋 敉 敉 斄 斄 斄 斄 斄 釐 釐 釐

ㄌㄧˊ ①長度單位，一公分於十分之一公分②面積名，一畝的百分之一③重量名，一分的十分之一④稅捐：〈釐金〉⑤訂正：〈釐定〉。

ㄒㄧ 通「禧」，幸福：〈恭賀新釐〉。

造詞 釐正、釐清、釐革。

同 革、更、正。

金部 ㄐㄧㄣ

金
金部0畫

ノ 人 亼 亼 今 全 金 金

ㄐㄧㄣ ①金屬的通稱：〈五金、合金〉②一種金屬元素，赤黃色，質軟，是貴重金屬，可以製成貨幣或各種裝飾品，俗稱「黃金」或「金子」③稱兵器或金屬製成的樂器：〈鳴金收兵〉④五行之一：〈金、木、水、火、土〉⑤古代的八音之一⑥太陽系的九大行星之一：〈金星〉⑦錢、貨幣：〈現金、公積金〉⑧古代朝代名⑨珍貴的：〈金科玉律〉⑩鞏固堅牢的：〈金城湯池〉⑪金黃色的：〈金橘〉⑫用黃金製成的：〈金幣〉⑬姓。

造詞 金文、金石、金山、金門、金剛、金庫、金魚、金牌、金條、金針、金婚、金錢、金融、金額、金蘭、金屬、金光黨、金字塔、金馬獎、金絲雀、金嗓子、金龜子／基金、資金、拜金、純金、募金、鍍金、罰金、禮金／金石之交、金玉良言、金光閃閃、金枝玉葉、金屋藏嬌、金童玉女、金榜題名、金碧輝煌、金雞獨立、金蟬脫殼、一諾千金、點石成金、一擲千金、一寸光陰一寸金。

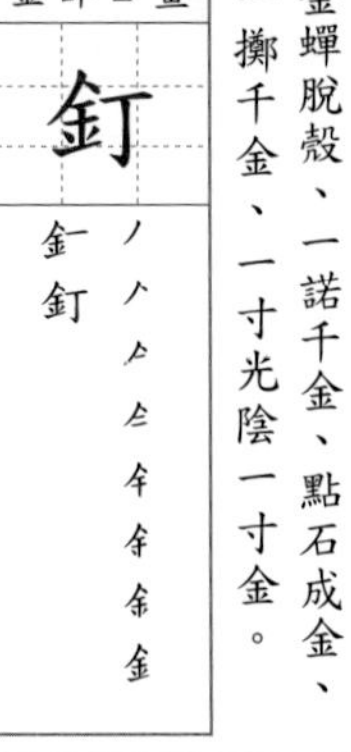

金部2畫

釘

ㄉㄧㄥ　①細長、有尖頭，用來貫穿和固定物體的東西，通常用鋼鐵、竹木等材料製成：〈鋼釘、鐵釘、螺絲釘〉②注視、緊跟著不放鬆：〈釘著他看、緊迫釘人〉③督促：〈釘問〉。

ㄉㄧㄥˋ　①把釘子打入別的東西裡，或用釘子把東西固定起來：〈釘釘子、把木條釘在門上〉②用針線連綴衣物，使縫合在一起：〈釘鈕扣〉。

造詞 釘牢、釘鞋、釘書機。

請注意：「釘」和「盯」都有注視的意思，但是「釘」偏重在緊跟不捨。

金部2畫

針

ㄓㄣ　①縫紉、刺繡或編織衣物的細長工具，一頭尖銳，一頭有眼，可以引線：〈繡花針、縫衣針〉②形狀像針的東西：〈時針、松針、大頭針〉③注射用的針形器具：〈打針吃藥〉④刺：〈他拿針針我〉⑤中醫扎針治療：〈針灸〉⑥姓。

造詞 針眼、針線、針葉、針對／方針、金針、指針、分針／針鋒相對、大海撈針。

請注意：「針」「箴」「鍼」字義為「縫衣針」時可通用，但是「箴規」「箴言」作「箴」；「鍼灸」也可以寫作「針灸」。

金部2畫

釗

ㄓㄠ　①勸勉、勉勵：〈勉釗〉②姓。

金部2畫

釜

ㄈㄨˇ　古代烹飪用的鍋子：〈釜底抽薪、破釜沉舟〉。

金部3畫

釣

ㄉㄧㄠˋ　①尖端掛著魚餌，用來誘捕魚的鉤針：〈垂釣、釣鉤〉②用魚餌讓魚上鉤：〈釣魚〉③用手段騙取或誘取：〈沽名釣譽〉④姓。

造詞 釣竿、釣餌、釣線／海釣、漁釣、獨釣。

金部3畫

釧

ノ ㇒ 𠆢 亼 今 全 牟 金 釒 釗 釧

ㄔㄨㄢˋ ①帶在臂上或腕上的環形飾物，俗稱「手鐲」：〈玉釧〉②姓。

金部3畫

釵

ノ ㇒ 𠆢 亼 今 全 牟 金 釒 釵 釵

ㄔㄞ 從前婦女插在頭髮上，用來固定頭髮的飾物：〈玉釵、髮釵、釵釧〉。

金部3畫

釦

ノ ㇒ 𠆢 亼 今 全 牟 金 釒 釦 釦

ㄎㄡˋ 扣住衣服的鈕子：〈釦子、衣釦、袖釦、暗釦〉。

同 扣。

金部4畫

鈕

ノ ㇒ 𠆢 亼 今 全 牟 金 釕 釦 鈕 鈕

ㄋㄡˇ ①扣住衣物的東西：〈鈕釦〉②器物上隆起、可以用手提拿的部分：〈鎖鈕、印鈕〉③器物上用手按壓可以發生作用的開關：〈電鈕、按鈕〉④姓。

金部4畫

鈣

ノ ㇒ 𠆢 亼 今 全 牟 金 釒 釘 鈣 鈣

ㄍㄞˋ 金屬元素，銀白色，質輕，常和其他物質化合，例如石灰石、石膏等。人體的血液、骨骼和牙齒的組織中都含有鈣，對生理機能有幫助。

金部4畫

鈉

ノ ㇒ 𠆢 亼 今 全 牟 金 釒 釕 鈉 鈉

ㄋㄚˋ 金屬元素，銀白色，質地輕軟，在空氣中容易氧化，遇到水會發熱而起火，常和其他物質化合，在工業上用途很廣。

金部4畫

鈔

ノ ㇒ 𠆢 亼 今 全 牟 金 釒 釗 釸 鈔

ㄔㄠ ①紙幣：〈鈔票、千元大鈔〉②選錄彙編而成的書籍：〈文鈔、十八家詩鈔〉③票券：〈鹽鈔〉④姓。

金部4畫

鈞

ノ ㇒ 𠆢 亼 今 全 牟 金 釒 釣 釣 鈞

ㄐㄩㄣ ①古代的重量單位，一鈞等於三十斤：〈千鈞一髮、洪鐘萬鈞〉②書信中尊稱長輩或上級的敬辭：〈鈞座、鈞安、鈞啟、鈞鑒〉。

造詞 雷霆萬鈞。

金部4畫

鈍

ㄉㄨㄣˋ ①不銳利的：〈鈍刀、鈍劍〉②不順利的：〈成敗利鈍〉③不靈敏的：〈遲鈍、魯鈍〉。

造詞 鈍兵、鈍角／利鈍、頑鈍、愚鈍。

反 銳、利、鋒。

金部4畫

鈐

ㄑㄧㄢˊ ①鎖鑰：〈鈐鍵〉②烘茶葉的器具：〈茶鈐〉③圖章：〈鈐記〉④蓋印：〈鈐印〉。

金部4畫

鈦

ㄊㄞˋ 金屬元素，顏色灰白，質硬而輕，主要用於製造飛機和各種太空機械零件。

金部5畫

鈷

ㄍㄨˇ 金屬元素，銀白色，具有磁性，硬度和延展性都比鐵高，可以和別的金屬製成合金。醫學上用放射性鈷來治療癌症。

ㄍㄨˇ 熨斗的別稱：〈鈷鉧〉。

金部5畫

鉗

ㄑㄧㄢˊ ①古代的刑具，用來鎖夾犯人的脖子或腳②箝夾東西的用具：〈老虎鉗、火鉗〉③用鐵器夾住④通「箝」，夾住、壓制、約束：〈鉗制、鉗口〉。

請注意：「鉗」是用鐵器夾住，「箝」是用竹器夾住，「拑」是用手夾住。

金部5畫

鈸

ㄅㄚˊ 樂器的一種，是銅製的敲擊樂器，由兩個周圍扁平而中央凸出的圓形銅片組成，互相拍擊就能發出響亮的聲音：〈鐃鈸、銅鈸〉。

金部5畫

鉛

ㄑㄧㄢ ①金屬元素的一種，銀灰色，質軟，在空氣中容易氧化。用途很廣，可以製成鉛管、電池、槍彈、鉛字等②黑鉛的簡稱，就是「石墨」，是一種礦物，加入黏土，可以製成鉛筆芯③姓。

ㄧㄢˊ 地名：〈鉛山〉（位於江西省）。

造詞 鉛粉、鉛球、鉛印。

鉀

金部5畫

ノ 𠂉 亼 亽 仐 全 金 金 釒 釦 鈤 鉀 鉀

ㄐㄧㄚˇ ①通「甲」，護身的戰服②金屬元素的一種，銀白色，質軟，遇水會產生氫氣，並能引起爆炸，必須保存在煤油中。鉀的化合物可以用作肥料，如碳酸鉀、氯化鉀等。

鈾

金部5畫

ノ 𠂉 亼 亽 仐 全 金 金 釒 釦 釦 鈾 鈾

ㄧㄡˋ 金屬元素的一種，銀白色，質硬，有放射性。在自然界中分布極少，主要用來製造原子彈。

鉋

金部5畫

ノ 𠂉 亼 亽 仐 全 金 金 釒 釣 鉤 鉤 鉋

ㄅㄠˋ ①裝有利刃、將物體表層刮起，使物體平整的工具：〈鉋子、鋼鉋〉②梳理馬毛的鐵刷：〈馬鉋〉③用鉋子刮削：〈鉋平、鉋木板〉④通「刨」，鋤地使平：〈鉋地〉。

造詞 鉋花、鉋凳。

鉤

金部5畫

ノ 𠂉 亼 亽 仐 全 金 金 釒 釣 釣 鉤 鉤

ㄍㄡ ①形狀彎曲，可用來掛東西或探取東西的工具：〈釣鉤、鉤子〉②書法中末端彎曲的筆法，如亅、乚、乛等③用鉤子挑取或懸掛：〈鉤住、把衣服鉤起來〉④同「勾」，用挑、折等描繪法來描繪：〈鉤勒〉⑤用鉤針編織：〈鉤圍巾〉⑥彎曲的：〈鸚鉤鼻〉⑦做事不爽快的：〈鉤心鬥角〉。

造詞 鉤爪、鉤染、鉤稽、鉤蟲／鉤玄提要、倒掛金鉤。

同 鈎。

鉑

金部5畫

ノ 𠂉 亼 亽 仐 全 金 金 釒 釒 鉑 鉑 鉑

ㄅㄛˊ ①通「箔」，金屬薄片：〈金鉑〉②金屬元素的一種，俗稱「白金」，灰白色，延展性很強，在空氣中不氧化，容易導電、導熱，可以做電極、催化劑。

鈴

金部5畫

ノ 𠂉 亼 亽 仐 全 金 金 釒 鈆 鈴 鈴 鈴

ㄌㄧㄥˊ ①用金屬製成的圓殼形器具，中間是空的，裝上鐵球，搖動時會因撞擊而發出清脆的聲音，可作為樂器或信號用具②按鈕時會因通電而發聲的裝置：〈電鈴〉。

造詞 鈴鈴、鈴鐺／風鈴、按鈴、鬧鈴／掩耳盜鈴。

請注意：「鈴」和「鐘」形狀不一樣，「鈴」比較小，聲音也比較小，「鐘」比較大，聲音宏亮。

金部 5 畫

鈽

ㄅㄨˋ 核子分裂時所產生的一種新元素，可用作核反應器的燃料及製作核武器。

金部 5 畫

鉍

ㄅㄧˋ 金屬元素的一種，銀白色，質硬而脆，用來製造低熔點的合金，例如：保險絲、安全栓等。

金部 5 畫

鉅

ㄐㄩˋ 通「巨」，大的：〈鉅款、鉅額〉。

造詞 鉅子、鉅富、鉅萬／鉅細靡遺。

反 細。

金部 5 畫

鉏

ㄔㄨˊ ①通「鋤」，翻土鋤草的農具②用鋤頭翻土鋤草，整理田地③消除、殺滅：〈鉏強〉。

金部 5 畫

鉢

ㄅㄛ 是「缽」的異體字①和尚盛飯的食具：〈鉢盂〉②用來盛飯、菜等的陶製器皿，比盆小：〈菜鉢〉。

金部 5 畫

鈿

ㄉㄧㄢˋ 用金玉珠寶製成的花形飾物：〈花鈿、珠鈿、鈿頭〉。

金部 5 畫

鉦

ㄓㄥ 古代行軍時用的樂器名，用青銅做成，形狀像鐘，敲打時表示要軍隊停下來：〈鉦鼓〉。

金部 5 畫

銃

ㄔㄨㄥˋ　①斧頭裝柄的部分②古代指槍械類的火器：〈火銃〉。

鉞　金部5畫

筆順：ノ ㇒ 亼 今 全 全 金 金 釒 釒 鉽 鉽 鉞

ㄩㄝˋ　大斧，古代的一種兵器：〈斧鉞、兵鉞〉。

鉸　金部6畫

筆順：ノ ㇒ 亼 今 全 全 金 金 釒 釒 釒 鈫 鉸 鉸

ㄐㄧㄠˇ　①剪刀：〈鉸子〉②用剪刀裁剪：〈把紙鉸成方形〉③工業上用鑽床切削：〈在木板上鉸兩個洞〉。

造詞　鉸剪、鉸鏈。

銀　金部6畫

筆順：ノ ㇒ 亼 今 全 全 金 金 釒 釒 釒 鉬 鉬 銀

ㄧㄣˊ　①金屬元素的一種，白色有光澤，質軟，富延展性，是導電、導熱的最佳金屬。可用來做貨幣、器皿、飾物等②金錢：〈賀銀〉③銀白色的：〈銀髮、銀幕〉④銀製的：〈銀牌〉⑤姓。

造詞　銀行、銀耳、銀杯、銀河、銀圓、銀海、銀根、銀樓／水銀、金銀、純銀。

銅　金部6畫

筆順：ノ ㇒ 亼 今 全 全 金 金 釒 釦 銅 銅 銅 銅

ㄊㄨㄥˊ　①金屬元素的一種，紅綜色，有光澤，富延展性，容易導電、導熱，表面容易生成銅鏽②銅製的：〈銅像、銅器〉③堅固的：〈銅牆鐵壁〉④姓。

造詞　銅臭、銅幣、銅錢／古銅、青銅、紅銅、黃銅。

銘　金部6畫

筆順：ノ ㇒ 亼 今 全 全 金 金 釒 釸 釸 鉻 銘 銘

ㄇㄧㄥˊ　①文體的一種，把文字刻在石頭或器物上，用來記述事蹟、自我警惕、讚頌他人等：〈墓誌銘、座右銘〉②鏤刻、題記：〈銘之座右〉③牢記不忘：〈刻骨銘心、永銘肺腑〉。

造詞　銘言、銘刻、銘篆。

銖　金部6畫

筆順：ノ ㇒ 亼 今 全 全 金 金 釒 釒 釒 鉷 鉷 銖

ㄓㄨ　①古代重量單位，二十四銖是一兩②比喻微不足道的事物，或極輕的分量：〈錙銖必爭〉③姓。

造詞　銖積寸累。

鉻　金部6畫

ㄍㄜˋ　金屬元素的一種，銀白色，有光澤，質硬而脆，耐腐蝕，可用來電鍍及製造不鏽鋼等。

銓　金部6畫

ㄑㄩㄢˊ　①衡量：〈銓衡輕重〉②考選官吏：〈銓敘、銓選〉③姓。

銜　金部6畫

ㄒㄧㄢˊ　①裝在馬口中，用來控制馬的器具：〈鞍銜、銜勒〉②職位和階級的名稱：〈官銜、職銜、頭銜〉③用嘴含著或叼著：〈燕子銜泥、銜著石頭〉④連接：〈銜接、銜尾〉⑤放在心裡：〈銜恨、銜冤〉⑥尊奉、承受：〈銜命〉。

造詞　銜石填海、銜華佩實。

同　啣。

銛　金部6畫

ㄒㄧㄢ　①鐵鍬②魚叉一類的捕魚具③鋒利的：〈銛刀、銛兵、銛矛〉④姓。

同　利。

反　頓。

鋅　金部7畫

ㄒㄧㄣ　金屬元素的一種，青白色，質脆，能結晶，可和其他金屬混合，製成合金。鍍在鐵板上，可以防鏽，俗稱「白鐵」。

銻　金部7畫

ㄊㄧ　金屬元素的一種，銀灰色，有光澤質硬而脆，熱縮冷脹。可以和鉛、錫等金屬混合，以增加硬度和強度。可以製成鉛字、軸承等。

ㄊㄧˋ　美石：〈鎕銻〉。

銳　金部7畫

ㄖㄨㄟˋ　①鋒利的兵器：〈披堅執銳〉②勇往直前的氣概：〈銳不可當、養精蓄銳〉③尖利的：〈銳利、尖銳〉④靈敏、靈巧：〈敏銳〉⑤堅決的：〈銳意〉⑥急速的：〈銳減〉⑦姓。

造詞 銳角、銳志、銳氣、銳眼／精銳、剛銳。
同 利、鋒、快。
反 頓。

銷
金部 7 畫

ㄒㄧㄠ ①生鐵②機器上的銷子：〈插銷〉③熔解金屬：〈銷熔〉④毀壞：〈銷毀〉⑤通「消」，剔除、除去：〈撤銷、註銷〉⑥售賣：〈銷售、推銷〉⑦減損：〈銷聲匿跡〉⑧花費：〈開銷〉⑨姓。

造詞 銷貨、銷量、銷路、銷魂、銷差。

鋪
金部 7 畫

ㄆㄨ ①把東西展開放平、攤開：〈鋪床、鋪被子〉②敘述、陳述：〈平鋪直敘〉③敷設：〈鋪一層柏油〉④安排：〈鋪派、鋪排〉。

ㄆㄨˋ ①商店：〈店鋪、雜貨鋪〉②古代傳遞公文的郵亭或驛站：〈急遞鋪〉③睡覺時躺臥的床：〈床鋪〉。

造詞 鋪張、鋪陳、鋪蓋。
同 布、敷、席。

銬
金部 6 畫

ㄎㄠˋ ①可以扣牢雙手、雙腳，使人不能任意活動、逃跑的刑具：〈手銬〉②用手銬束縛：〈把犯人銬起來〉。

鋤
金部 7 畫

ㄔㄨˊ ①一種用來翻土和除草的農具：〈鋤頭〉②用鋤頭鬆土或除草：〈鋤地〉③剷除、消滅：〈鋤奸〉。

造詞 鋤強扶弱。

鋁
金部 7 畫

ㄌㄩˇ 金屬元素的一種，是自然界存量最多的金屬。銀白色，有光澤，質地很輕，不生鏽，導電、導熱的性能很好。鋁合金是製造飛機、汽車、火箭、日用器皿的主要材料。

造詞 鋁箔、鋁門窗。

銼
金部 7 畫

ㄘㄨㄛˋ ①古代一種大口像釜的烹飪器②有細齒的鋼刀，用來打磨銅、鐵、竹、木等東西：〈銼刀〉③用銼刀磨削東西：〈銼平、銼圓〉。

同 磨。

金部7畫

鋒

ㄈㄥ ①刀劍等兵器的銳利部分：〈刀鋒、劍鋒〉②器物的尖銳部分：〈針鋒〉③軍隊的先導、帶頭領導的人：〈前鋒、開路先鋒〉④銳利的情勢：〈詞鋒、談鋒〉⑤氣象上指密度、溫度、溼度都不同的兩個氣團間的交界面或接觸面：〈鋒面、滯流鋒〉⑥銳利的：〈鋒利、鋒刃〉。

造詞 鋒芒、鋒頭健／交鋒、折鋒、論鋒／鋒芒畢露。

同 利、銳。

反 鈍。

金部7畫

銲

ㄏㄢˋ 把錫、鉛等焊料加熱熔化，用來接合金屬物品或補缺口、漏洞：〈銲接、電銲〉。

金部7畫

鋌

ㄊㄧㄥˇ ①還未冶煉的銅鐵②走得很快的樣子：〈鋌而走險〉。

金部7畫

鋃

ㄌㄤˊ ①金屬撞擊的聲音：〈鋃鐺（又寫作琅璫）〉②刑具名，捆綁犯人的鐵鍊：〈鋃鐺〉。

金部7畫

鋏

ㄐㄧㄚˊ ①夾東西的長鐵鉗子②劍柄：〈長鋏〉。

金部8畫

錠

ㄉㄧㄥˋ ①古代祭祀時使用的有腳的燈燭器②紡織機上纏線繞紗的機件：〈紡線錠〉③通「鋌」，古代鎔鑄成一定形狀的金銀貨幣：〈金錠、銀錠〉④計算塊狀物的單位：〈一錠白銀、一錠墨〉。

金部8畫

錶

ㄅㄧㄠˇ ①通「表」，可以攜帶在手腕上或腰帶中的小型計時器：〈手錶、懷錶、掛錶〉②記時、測量器的通稱：〈體溫錶〉。

金部 8 畫

鋸

ㄐㄩˋ ①用鋼片製成，邊緣有尖齒，可用來截斷東西的工具：〈電鋸、鋸子〉②用鋸子把東西截斷：〈鋸木頭〉③形狀像鋸子的：〈鋸齒〉。

ㄐㄩ 通「鋦」，用特製的兩腳鉤釘，把破裂的陶瓷鐵器等綴合起來：〈鋸碗兒〉。

造詞 鋸牙、鋸床、鋸屑。

金部 8 畫

錳

ㄇㄥˇ 金屬元素的一種，銀灰色，質堅而脆，耐重力強，可用來製造各種合金、化學品。

金部 8 畫

錯

ㄘㄨㄛˋ ①用來磨刀或磨玉的石頭：〈他山之石可以攻錯〉②過失：〈過錯、認錯〉③交互、雜亂：〈交錯〉④岔開、相互避讓：〈錯車、錯開時間〉⑤誤差的、不正確的：〈錯字、錯簡〉⑥交互雜出的：〈盤根錯節〉⑦失誤：〈錯過時機、錯怪〉⑧壞、差：〈交情不錯、挺不錯〉⑨姓。

造詞 錯愕、錯亂、錯愛、錯誤、錯綜、錯覺／失錯、知錯、雜錯、參錯／錯綜複雜、錯誤百出、忙中有錯、將錯就錯。

同 誤、謬、過、失、訛。

反 對。

金部 8 畫

錢

ㄑㄧㄢˊ ①貨幣的通稱：〈金錢、銅錢、錢幣〉②泛指財富：〈有錢有勢〉③費用：〈菜錢、書錢〉④形狀像錢的東西：〈榆錢〉⑤重量單位，一錢等於十分之一兩⑥和錢有關的：〈錢包〉⑦姓。

ㄐㄧㄢˇ 古時的農具，就是銚（ㄧㄠˊ）。

造詞 錢財、錢莊、錢糧、錢癬／花錢、存錢、省錢、賺錢、零錢、賞錢、紙錢。

請注意：「錢」和「鈔」都有貨幣的意思。「錢」多指金屬製品，例如：銅錢、銀錢。「鈔」多指紙製品，例如：大鈔、美鈔。

金部8畫

鋼

ㄍㄤ　把生鐵中所含的碳、硫、磷等雜質除去，精鍊成韌性強的鐵：〈不鏽鋼〉。

ㄍㄤˋ　磨利：〈這把刀鈍了，要鋼一鋼〉。

造詞　鋼板、鋼珠、鋼條、鋼絲、鋼琴、鋼筆、鋼筋、鋼鐵／鋼鐵陣容、百鍊成鋼。

金部8畫

錫

ㄒㄧˊ　金屬元素的一種，銀白色，質軟，但比鉛硬，韌性大，富延展性，不生鏽，可製成錫箔及各種器具。

造詞　錫杖、錫蘭。

金部8畫

錄

ㄌㄨˋ　①記載言行或事物的文章、書籍等：〈嘉言錄、通訊錄〉②記載：〈錄音、錄影、錄口供〉③抄寫、謄寫：〈抄錄、錄稿〉④採用：〈錄用、錄取〉⑤姓。

造詞　目錄、收錄、記錄、登錄、附錄、載錄、筆錄。

同　載、記、登。

金部8畫

錐

ㄓㄨㄟ　①鑽孔的尖銳器具：〈錐子〉②像錐子，一頭尖銳的東西：〈冰錐、圓錐體〉③狹窄的地方：〈貧無立錐之地〉④用錐刺入：〈錐股、錐心〉。

造詞　引錐、利錐／錐心蝕骨、錐處囊中。

金部8畫

錦

ㄐㄧㄣˇ　①一種有彩色花紋的絲織品：〈織錦、文錦〉②華麗的服飾：〈衣錦〉③色彩鮮豔華麗的：〈錦鯉、錦霞〉④花樣繁多的：〈什錦〉⑤姓。

造詞　錦衣、錦蛇、錦旗、錦標、錦畫、錦緞、錦繡、錦囊／錦上添花、錦衣玉食、錦繡河山、錦囊妙計。

金部8畫

錚

ㄓㄥ　①國樂中的敲擊樂器②金屬撞擊的聲音：〈錚錚〉。

錮　金部8畫

ㄍㄨˋ　①通「痼」，長久難以治癒的疾病：〈錮疾〉②用金屬熔液填塞空隙：〈錮漏〉③禁閉、監禁：〈禁錮〉。

錁　金部8畫

ㄎㄜˋ　用金銀鑄成的小錠：〈金錁子、銀錁子〉。

錙　金部8畫

ㄗ　①古代的重量單位，一錙等於六銖，或二十四分之一兩②微小的數量：〈錙銖必較〉。

錨　金部9畫

ㄇㄠˊ　船舶停止時，用來穩定船身的鐵鉤子，上端有繩索或鐵鍊和船身相連，把它丟入水底或岸邊，使船停止不動：〈拋錨〉。

錘　金部9畫

ㄔㄨㄟˊ　①掛在秤桿上的金屬塊，用來量物體的重量：〈秤錘〉②古代的捶打兵器，柄的上端是一個金屬球③柄端有鐵塊，用來敲擊東西的工具，俗稱「榔頭」：〈鐵錘〉④通「鎚」，用錘敲打：〈千錘百鍊、錘鍊〉。

造詞　鉛錘、紡錘。

請注意：「錘」和「鎚」都是打擊的工具，但是「錘」常指體形較大的，「鎚」指體形較小的。

鍍　金部9畫

ㄉㄨˋ　用電解或其他化學方法，將某一種金屬均勻的附著在另一種金屬或物體的表面：〈電鍍、鍍金〉。

鎂　金部9畫

ㄇㄟˇ　①金屬元素的一種，銀白色，在空氣中燃燒時會發出極強的光，可以製成閃光燈或信號彈②動物體內的「鎂」大多存在於骨骼和牙齒中。

造詞　鎂光燈。

金部9畫

鍵

ㄐㄧㄢˋ ①門上的鎖鑰②鋼琴、風琴或打字機上用手按壓的方形板片：〈琴鍵、字鍵、按鍵、鍵盤〉③事物的重要部分：〈關鍵〉。

金部9畫

鍊

ㄌㄧㄢˋ ①通「鏈」，用金屬環相連而成的繩狀物：〈鐵鍊、項鍊〉②通「煉」，冶金：〈千錘百鍊、鍊鋼〉③熬製：〈鍊丹〉④比喻寫作時對於用詞、造句都力求精美：〈鍊字〉。

造詞 手鍊、精鍊、錶鍊、鍛鍊／鍊石補天。

金部9畫

鍋

ㄍㄨㄛ ①烹煮食物的器具：〈飯鍋、炒菜鍋〉②形狀像鍋的：〈煙袋鍋〉。

造詞 鍋巴、鍋盔、鍋貼。

金部9畫

鍾

ㄓㄨㄥ ①古代盛酒的器皿：〈酒鍾〉②古代的容量單位，一鍾等於六斛四斗③聚集、集中：〈鍾愛、鍾情〉④姓。

造詞 老態龍鍾、情有獨鍾。

金部9畫

鍬

ㄑㄧㄠ 挖掘泥土的圓口器具：〈鐵鍬〉。

金部9畫

鍛

ㄉㄨㄢˋ ①通「碫」，磨刀石②把金屬放入火中燒紅，再用鐵錘捶打：〈鍛劍〉③磨鍊：〈鍛鍊〉④銲，用高熱將金屬熔化再加以結合：〈鍛接〉。

金部9畫

鍥

ㄑㄧㄝˋ 用刀雕刻：〈鍥而不捨〉。

金部9畫

鍰

ㄏㄨㄢˊ ①古代稱金子的重量單位，一鍰等於六兩：〈千金百鍰〉②贖罪金：〈罰鍰〉。

金部 9 畫

鍘

丿 𠂉 𠂉 𠂉 牟 牟 金 金 釒 釗 釗 鉬 鉬 鉬 鍘 鍘 鍘

ㄓㄚˊ ①切草用的大刀：〈鍘刀〉②用鍘刀切東西：〈鍘草〉。

金部 9 畫

鍔

ㄜˋ 刀劍的鋒利部分：〈劍鍔〉。

金部 9 畫

鍼

ㄓㄣ ①同「針」，縫紉、刺繡或編結的工具②古代治病的器具：〈鍼灸、鍼砭〉③用針刺。

金部 10 畫

鎔

ㄖㄨㄥˊ ①鑄造金屬器物的模型：〈陶鎔〉②通「熔」，用火融化金屬：〈鎔鑄、鎔化、鎔解〉③固體受熱到一定的溫度時，將變成液體：〈鎔點〉。

請注意：「鎔」是指金屬在火中融釋，「溶」是指物質在液體中分解。

金部 10 畫

鎊

ㄅㄤˋ 「英鎊」的音譯字，是英國的貨幣單位。

金部 10 畫

鎖

ㄙㄨㄛˇ ①裝在門、箱、抽屜上的金屬器具，使人不能隨便打開：〈銅鎖、鎖匙、鎖鑰〉②形狀像鎖的東西：〈金鎖片〉③鍊條：〈枷鎖〉④用鎖關住：〈把門鎖上〉⑤封閉：〈封鎖、閉關鎖國〉⑥緊皺眉頭：〈愁眉深鎖〉⑦一種縫紉法，用針線順著布邊密密的縫緊：〈鎖布邊〉⑧遮住、籠罩：〈霧鎖〉⑨姓。

造詞 鎖匠、鎖骨、鎖愁、鎖鏈／心鎖、閉鎖、連鎖。

同 閉、關、闔。

金部 10 畫

鎢

ㄨ 金屬元素的一種，灰色，有光澤，是硬度最大、熔點最高的金屬，大都做為電燈泡中的鎢絲。

金部 10 畫

鎳

ㄋㄧㄝˋ　金屬元素的一種，銀白色，有光澤，在空氣中不容易氧化，是優良的導體。可用於電鍍及製成各種合金，例如：鎳幣（是各國的輔幣，我國的五元、十元硬幣也是）。

金部 10 畫

鎮

ㄓㄣˋ　①壓住東西使其不移動或被風吹走的器具：〈書鎮、鎮紙〉②古代稱較大的市集：〈景德鎮〉③地方行政區域的單位，在縣以下、村以上，和鄉平行：〈鄉鎮〉④用武力把守的地方：〈軍事重鎮〉⑤壓制：〈鎮壓、鎮暴〉⑥安定：〈鎮國、鎮靜、鎮定〉⑦用冰使食物或飲料冰涼：〈冰鎮酸梅湯〉⑧整段時間：〈鎮日〉⑨姓。

造詞　鎮反、鎮公所／要鎮、重鎮、藩鎮。

金部 10 畫

鎬

ㄍㄠˇ　掘土的工具：〈十字鎬〉。

ㄏㄠˋ　①古代地名，在今陝西省②光明的樣子：〈鎬鎬〉。

金部 10 畫

鎘

ㄍㄜˊ　①金屬元素的一種，銀白色，富延展性，用於電鍍、製合金等②鼎的一種，同「鬲」。

金部 10 畫

鎧

ㄎㄞˇ　古代戰士所穿的護身鐵甲：〈鎧甲〉。

金部 10 畫

鎗

ㄑㄧㄤ　①形容金石互相撞擊的聲音②通「槍」，可以發射子彈傷人的武器：〈手鎗、機關鎗〉③通「槍」，古代的一種兵器，長柄上有刀刃：〈刀鎗〉。

金部 10 畫

鎚

ㄔㄥ　古用以溫酒的三足鼎。

ㄔㄨㄟˊ 同「錘」①敲打用的手工具：〈鐵鎚〉②敲擊：〈鎚打〉。

金部 10 畫

鎰

ㄧˋ 古代的重量單位，約等於二十兩。

金部 11 畫

鏡

ㄐㄧㄥˋ ①用銅或玻璃製成，可以反映物體影像的器具：〈鏡子、青銅鏡〉②利用光學原理，由透光玻璃片所製成的器具：〈眼鏡、顯微鏡〉③借別的事情來做參考或警惕：〈借鏡、引古自鏡〉。

造詞 鏡面、鏡框、鏡頭、鏡鑒／破鏡、望遠鏡、照妖鏡／鏡花水月。

金部 11 畫

鏑

ㄉㄧˊ 箭頭：〈金鏑、鋒鏑〉。

ㄉㄧ 金屬元素的一種，銀白色，產量很少，可以製造合金。

金部 11 畫

鏟

ㄔㄢˇ ①一種鐵製帶柄的器具，可用來下挖、削平或翻動東西：〈鏟子、鐵鏟〉②通「剷」，用鏟子削平或翻動：〈鏟平、鏟草、鏟煤〉。

金部 11 畫

鏃

ㄗㄨˊ ①箭頭：〈箭鏃〉②鋒利的：〈鏃矢〉。

同 鏑。

金部 11 畫

鏈

ㄌㄧㄢˋ 通「鍊」，用許多金屬環連接起來的繩狀物：〈鐵鏈、鎖鏈、鏈球〉。

請注意：「鏈」大多指許多金屬環連接成的長條形物品，例如：鐵鏈。「鍊」大多指由許多環結連接成的圓圈形物品，例如：項鍊。

金部 11 畫

鏜

ㄊㄤ ①國樂的打擊樂器，形狀像小銅鑼②形容打鐘、敲鑼的聲音：〈鏜鏜〉。

金部 11 畫
鏝
ノ ㇒ 亼 全 牟 余 金 金 釒 鈤 鈤 鉬 鉬 鍻 鍻 鍻 鍻 鍻 鏝

ㄇㄢˋ ①泥水匠塗抹牆壁時，將水泥敷平的工具，也叫「抹子」②古代一種沒有利刃的戟：〈鏝胡〉③錢幣的背面叫「鏝兒」，正面叫「字兒」。

金部 11 畫
鏖
丶 亠 广 户 户 声 声 声 声 声 鹿 鹿 鹿 鹿 鹿 鏖 鏖 鏖 鏖

ㄠˊ 雙方戰鬥激烈，死傷很多：〈鏖戰〉。

金部 11 畫
鏢
ノ ㇒ 亼 全 牟 余 金 金 釒 釘 釘 鈿 鈿 鈿 鉀 鏢 鏢 鏢 鏢

ㄅㄧㄠ ①通「鑣」，古代的一種兵器，是一種投擲暗器，形狀像長矛的頭，體積小，通常由金屬製成：〈飛鏢〉②古代委託鏢局保護運送的旅客或財物：〈保鏢、放鏢〉。

造詞 鏢局、鏢師。

金部 11 畫
鏍
ノ ㇒ 亼 全 牟 余 金 金 釒 釦 釦 鈿 鈿 鉀 鍟 鍟 鏍 鏍 鏍

ㄌㄨㄛˊ ①應用螺旋原理，用金屬做成，用來連接或固定物體的零件：〈鏍絲釘〉②小釜，古代的一種烹飪器，形狀像鍋子。

金部 11 畫
鏘
ノ ㇒ 亼 全 牟 余 金 金 釒 釗 釗 釗 鈋 鈋 鈋 鈋 鏘 鏘 鏘

ㄑㄧㄤ 形容金石撞擊的清脆聲音：〈鏗鏘有聲〉。

金部 11 畫
鏗
ノ ㇒ 亼 全 牟 余 金 金 釒 釘 釘 鈤 鈤 鉭 鉭 鉭 鏗 鏗 鏗

ㄎㄥ ①琴瑟的聲音②形容金石撞擊的清脆聲音，也用來形容歌聲或樂器聲響亮好聽：〈鏗鏘、鏗然〉③鐘聲。

金部 11 畫
鏤
ノ ㇒ 亼 全 牟 余 金 金 釒 釦 釦 鈤 鈤 鈤 鈤 鏤 鏤 鏤 鏤

ㄌㄡˋ ①雕刻：〈鏤刻、鏤花、鏤金刻玉〉②挖鑿：〈鏤冰為壁〉③刺繡：〈鏤身〉。

造詞 鏤心刻骨、鏤骨銘心。

請注意：「鏤」和「刻」都有雕刻的意思，但是「鏤」是指雕金屬，「刻」是指雕木頭。

金部 11 畫
鏞
ノ ㇒ 亼 全 牟 余 金 金 釒 釯 釯 鈩 鈩 鈩 鈩 鏞 鏞 鏞 鏞

ㄩㄥ 古代的一種樂器，就是「大鐘」。

金部 11 畫

鏇

ㄒㄩㄢˋ ①溫酒的器具：〈鏇子、酒鏇〉②使酒溫熱：〈把酒鏇熱了〉③把金屬或木材裁成圓形或圓柱形。

金部 11 畫

鏹

ㄑㄧㄤˇ ①古代用繩索把錢幣串成一串串的錢貫：〈藏鏹巨萬〉②金銀的總稱：〈累金積鏹〉。

ㄑㄧㄤ 濃硫酸、濃硝酸、濃鹽酸等的統稱：〈鏹水〉。

金部 11 畫

鎩

ㄕㄚ ①古代的一種長矛②殘毀、損傷：〈鎩羽而歸〉。

金部 11 畫

鏨

ㄗㄢˋ ①雕鑿金石用的小鑿子：〈鋼鏨、鏨刀〉②雕刻：〈鏨字、鏨花〉。

金部 11 畫

鏊

ㄠˋ 烙餅用的平底鍋，中間稍微凸出來：〈鏊子〉。

金部 12 畫

鐘

ㄓㄨㄥ ①計時的器具：〈鬧鐘、時鐘〉②計算時間的單位：〈三點鐘、五分鐘、八個鐘頭〉③金屬製成的敲擊樂器，中空，敲撞時會發聲：〈鐘鼓齊鳴〉④姓。

造詞 鐘鼎、鐘樓、鐘錶、鐘點、鐘擺、鐘乳石／鐘鼎山林、暮鼓晨鐘。

金部 12 畫

鐃

ㄋㄠˊ ①古代的軍樂器，形狀像鈴，但沒有舌鈴，下面有柄，搥擊時會發聲，用來引導鼓聲停止②銅製的圓形打擊樂器，每副兩片，相互撞擊而發出聲音，大的叫「鐃」，小的叫「鈸」。

金部 12 畫

鏽

ㄒㄧㄡˋ ①金屬在空氣中氧化表面所生的物質：〈鐵鏽、

生鏽〉②金屬品被氧化，表面黏附著氧化物：〈這把刀鏽了〉。

金部 12 畫

鐐

ㄌㄧㄠˊ ①刑具名，綁在腳踝上的鐵鎖和鐵鍊：〈腳鐐〉②質地純美的銀子。

金部 12 畫

鐙

ㄉㄥ ①古代盛放熱食物的金屬器具②通「燈」。

ㄉㄥˋ 掛在馬鞍兩旁，讓騎馬的人踏腳用的鐵製器具：〈馬鐙〉。

金部 12 畫

鍚

ㄊㄤˊ ①一種小型的銅鑼：〈鍚鑼〉②磨平木板的石器。

金部 13 畫

鐮

ㄌㄧㄢˊ 用來除草和收割農作物的器具，形狀彎曲，內彎部分有刃：〈鐮刀〉。

金部 13 畫

鐳

ㄌㄟˊ 金屬元素的一種，是法國居里夫人從瀝青鈾礦中發現的。銀白色，有放射性，可以治療癌症和皮膚病。

金部 13 畫

鐵

ㄊㄧㄝˇ ①金屬元素的一種，灰白色，有光澤，磁性很強，富延展性，容易生鏽、導電、傳熱。用途很廣，並且是動植物的重要構成成分②指刀、槍等兵器：〈手無寸鐵〉③黑灰色的：〈臉色鐵青〉④堅固的：〈銅牆鐵壁〉⑤堅定不移的：〈鐵證〉⑥堅強不屈的：〈鐵漢〉⑦冥頑不靈的：〈鐵石心腸〉⑧絕對的、一定的：〈鐵是他做的〉⑨姓。

造詞 鐵人、鐵牛、鐵甲、鐵口、鐵定、鐵匠、鐵軌、鐵馬、鐵筆、鐵面、鐵窗、鐵絲、鐵路、鐵道、鐵餅、鐵幕、鐵嘴、鐵樹、鐵鎚、鐵公雞、鐵板燒、鐵算盤／生鐵、磁鐵、鋼鐵、煉鐵／鐵杵磨針、鐵面無私、鐵畫銀鉤、鐵樹開花、斬釘截鐵。

金部 13 畫

鐺

ㄉㄤ　①古代捆綁犯人的鐵鎖鏈：〈鋃鐺入獄〉②同「噹」，形容金屬撞擊的聲音：〈鐘聲鐺鐺的響〉。

ㄔㄥ　①古代一種有腳架的鍋：〈藥鐺〉②一種平底鍋，通常用來烙餅。

金部 13 畫

鐸

ㄉㄨㄛˊ　①古代宣布政教法令時用的大鈴：〈木鐸、金鐸〉②風鈴：〈牛鐸〉③姓。

金部 13 畫

鐲

ㄓㄨㄛˊ　①古代的軍樂器，形狀像小鐘②戴在手腕上的環狀裝飾品：〈手鐲、玉鐲〉。

金部 13 畫

鐶

ㄏㄨㄢˊ　圓形、有孔、可以穿東西的金屬：〈銅鐶〉。

金部 14 畫

鑄

ㄓㄨˋ　①把金屬鎔化倒在模型裡，做成各種器物：〈鎔鑄、鑄錢、鑄造〉②造成：〈鑄成大錯〉③造就：〈陶鑄〉④姓。

金部 14 畫

鑑

ㄐㄧㄢˋ　①鏡子：〈明鑑、波平如鑑〉②可作為警戒、勸勉的事：〈前車之鑑〉③審視、審查：〈鑑往知來、鑑別〉④映照：〈光可鑑人〉⑤警戒：〈鑑戒〉。

造詞　鑑定、鑑賞、鑑識／般鑑、寶鑑。

請注意：「鑑」和「鑒」都有省察、警戒的意思。但習慣上，「鑑別」、「鑑賞」不用「鑒」，「均鑒、鑒諒」不用「鑑」。

金部 14 畫

鑒

ㄐㄧㄢˋ　①通「鑑」，鏡子②映照：〈光可鑒人〉③審查、審視：〈鑒微知著〉④書信用語，用在開頭，表示請人看信：〈大鑒、鈞鑒、賜鑒〉。

造詞　鑒核、鑒諒。

金部 14 畫

鑊

ㄏㄨㄛˋ ①古代煮食物的大鍋：〈鼎鑊〉②古代烹、煮犯人的刑具：〈鑊烹〉。

金部 15 畫

鐫

ㄐㄩㄢ ①雕刻：〈鐫刻、鐫碑〉②貶官：〈鐫級、鐫黜〉。

同 雕、刻、鑿、銼。

金部 15 畫

鑣

ㄅㄧㄠ ①夾在馬嘴裡的鐵鏈，在口中的叫「銜」，在口邊的叫「鑣」②馬的代稱：〈分道揚鑣〉③通「鏢」，形狀像矛頭，可以投擲出去傷人的暗器：〈飛鑣〉。

金部 15 畫

鑠

ㄕㄨㄛˋ ①用高溫鎔化金屬：〈鑠金〉②毀損③同「爍」，光明的樣子：〈鑠鑠、閃鑠〉。

請注意：「鑠」「爍」「礫」三個字並不同。「閃爍」與「閃鑠」哪一個正確？是「眾口鑠金」還是「眾口礫金」呢？「爍」是光線閃動明亮的樣子，形狀和「鑠」很接近；但是「鑠」卻是熔化金屬的意思。「閃爍」一詞是指光線明暗不定的樣子，應當用火部的「爍」，非金部的「鑠」。而「礫」音ㄌㄧˋ，指的是小石子。「眾口鑠金」的意思是眾人的說法一致，力量大到可以銷毀金石，後來引用為人多口雜足以混淆是非，與小石子的字義無關。

金部 15 畫

鑢

ㄌㄩˋ ①磋磨骨、角、銅、鐵的器具，就是「銼刀」②磋磨：〈磨鑢〉③修身反省：〈躬自鑢〉。

金部 15 畫

鑛

ㄎㄨㄤˋ 同「礦」。

金部 16 畫

鑪

ㄌㄨˊ 通「爐」，盛碳生火的器具。

金部 16 畫

鑫

ㄒㄧㄣ　錢財多的意思，是商店字號或人名常用的字。

金部 17 畫

鑲

ㄒㄧㄤ　①古代一種屬於劍類的兵器：〈鉤鑲〉②配製在邊緣：〈鑲花邊〉③把金、銀、寶石等東西嵌進別的東西裡：〈鑲牙、鑲寶石、鑲嵌〉。

金部 17 畫

鑰

ㄧㄠˋ　①開鎖的器具：〈鑰匙〉②鎖：〈門鑰〉③比喻事物的重要關鍵或軍事要地：〈鎖鑰之地〉④姓。

金部 17 畫

鑭

ㄌㄢˊ　金屬元素的一種，灰白色，有光澤，和鉛混合可製成合金。

金部 17 畫

鑱

ㄔㄢˊ　①用鐵製成，有長柄的掘土器具②古代針灸時用的石針：〈鑱石〉。

金部 18 畫

鑷

ㄋㄧㄝˋ　①拔除毛髮或夾取細小東西的鉗子：〈鑷子〉②用鑷子拔除毛髮或夾取細小東西：〈鑷豬毛〉。

請注意：「鑷」和「鉗」類似，但是鑷比較小。

金部 19 畫

鑽

ㄗㄨㄢ　①刺入：〈鑽木取火〉②穿過、進入：〈鑽山洞、鑽到水裡〉③深入研究：〈鑽研〉④運用各種關係以求達到目的：〈鑽營〉⑤穿孔：〈鑽洞、鑽孔〉。

ㄗㄨㄢˋ　①穿孔的工具：〈電鑽、扁鑽〉②金鋼石：〈鑽石〉③姓。

造詞　鑽戒、鑽探／鑽牛角尖、鑽天入地。

請注意：「鑽」和「鑿」都有穿孔的意思。「鑽」是用力旋轉挖洞，「鑿」是用任何方法挖成圓形的洞。

鑾 金部 19 畫

ㄌㄨㄢˊ　①古代繫在馬脖子底下的鈴鐺②皇帝的座車：〈鑾駕、鑾輿〉③姓。

鑼 金部 19 畫

ㄌㄨㄛˊ　一種打擊樂器，用銅做成，像盤子一樣，用槌敲擊，會發出聲音：〈敲鑼打鼓、鑼鼓喧天〉。

鑿 金部 20 畫

ㄗㄠˊ　①挖削或穿孔的器具：〈鑿子〉②穿孔、挖掘：〈鑿井、鑿洞〉③牽強附會：〈穿鑿附會〉④確切的、確定的：〈確鑿、言之鑿鑿〉。

钁 金部 20 畫

ㄐㄩㄝˊ　掘地用的大鋤頭。

長部 ㄔㄤˊ

長 長部 0 畫

ㄔㄤˊ　①兩端的距離：〈這條橋長十公尺〉②優點：〈截長補短、說長論短〉③專精的技能：〈專長、一技之長〉④擅長、專精：〈長於繪畫、各有所長〉⑤空間、時間或距離大：〈長空萬里、長壽、萬古長春、長途電話〉⑥優越的、優良的：〈長才〉⑦慢慢的：〈長談、從長計議〉⑧姓。

ㄓㄤˇ　①領導人或負責人：〈首長、校長〉②年紀大或輩分高的人：〈長幼有序〉③發育、滋生：〈生長、成長、長高〉④生成：〈她長得很漂亮〉⑤進展：〈日有所長〉⑥增加、擴大：〈長進、增長見識、長他人威風〉⑦年齡比別人大：〈我比他長一歲〉⑧排行第一的：〈長子〉。

ㄓㄤˋ　剩餘的、多餘的：〈一無長物〉。

造詞　長工、長久、長大、長日、長年、長幼、長生、長官、長度、長存、長舌、長老、長青、長征、長命、長相、長眼、長處、長途、長期、長輩、長江、長城、長方形、長頸鹿／冗長、延長、身長、消長、幼長、家長、會長、市長、隊長、部長、院長、排長／長生不老、長吁短嘆、長此以往、長命百歲、長袖善舞、長篇大論、土生土長、山高水長、來日方長、淵遠流長、語重心長、揠苗助長。

反 短。

門部 ㄇㄣˊ

門 門部0畫

ㄇㄣˊ ①建築物或車、船、飛機等，可以開關的進出口：〈家門、車門、開門、關門〉②家族、家庭：〈雙喜臨門、一門忠烈〉③形狀或作用像門的東西：〈水門、閘門、國門〉④人身的孔竅：〈肛門、幽門〉⑤生物分類系統上所用的等級之一：〈脊椎動物門〉⑥學術思想或宗教的派別：〈孔門子弟、佛門弟子〉⑦種類：〈分門別類〉⑧關鍵、要點：〈門徑、竅門〉⑨計算大炮或功課的單位：〈一門重炮、一門功課〉⑩姓。

造詞 門人、門戶、門市、門牙、門生、門房、門面、門風、門徒、門神、門路、門票、門牌、門診、門檻、門外漢／正門、守門、紗門、名門、寒門、閉門、專門、蓬門／門戶之見、門庭若市、門可羅雀、門當戶對、不二法門、五花八門、上天無路，入地無門。

閂 門部1畫

ㄕㄨㄢ ①關門用的橫木：〈門閂〉②插上門閂，把門關緊：〈閂門〉。

閃 門部2畫

ㄕㄢˇ ①一瞥就消失的光，就是「電光」：〈打閃〉②身體轉向一邊避開：〈躲閃、閃開〉③動作太猛而扭傷筋肉：〈閃了腰〉④突然出現：〈山後閃出一條小路〉⑤光亮突然一現或忽明忽暗的樣子：〈閃閃、閃爍〉⑥極迅速的：〈閃電〉⑦姓。

造詞 閃失、閃避、閃耀。

閉 門部3畫

ㄅㄧˋ ①關上、闔上：〈閉門、閉目養神〉②停止、結束：〈閉市、閉幕〉③阻塞不通：〈閉塞〉④姓。

造詞 閉口、閉鎖、閉關、閉攏／

封閉、掩閉、密閉、關閉／閉月羞花、閉門思過、閉門造車、閉關自守。

門部4畫

閔

丨ｒｐｐ𠁣門門門門閂閔閔

ㄇㄧㄣˇ ①憂患，指死亡、疾病之類的事：〈閔凶〉②姓。

門部4畫

閏

丨ｒｐｐ𠁣門門門門閂閏閏

ㄖㄨㄣˋ 地球繞太陽公轉一圈的時間是一年，共三百六十五天五時四十八分四十六秒。陽曆把一年定為三百六十五天，多出的時間約六小時，所以每四年累積成一個「閏日」，加在二月裡，使二月共有二十九天。又陰曆把一年定為三百五十四天或三百五十五天，每年比陽曆少十天，所以每三年累積成一個「閏月」。這樣的分法叫做「閏」。

門部4畫

開

丨ｒｐｐ𠁣門門門門閂閈開

ㄎㄞ ①整張紙的分割單位，用來計算紙張的大小：〈八開、十六開〉②黃金的純度單位，二十四開是純金：〈十八開金項鍊〉③啟，和「關」相對：〈開門、開口〉④花朵綻放：〈百花盛開、開花〉⑤教導、啟發：〈開導、開啟〉⑥釋放、赦免：〈開釋〉⑦起頭、起始：〈開土、開始、開學〉⑧拓展：〈開拓、開疆闢土〉⑨駕駛、操縱、發動：〈開車、開炮〉⑩列出、寫出：〈開支票、開藥方〉⑪挖掘：〈開礦、開採〉⑫創辦、設立：〈開公司、開國紀念日〉⑬免除、革除：〈開除〉⑭逃跑：〈開溜〉⑮分離：〈分開、離開〉⑯舉行：〈開會〉⑰公布：〈開獎〉⑱切破、割破：〈開膛破肚、開刀、開西瓜〉⑲受熱而沸騰：〈水開了〉⑳發給、支付：〈開支、開銷〉㉑解除：〈開禁、開戒〉㉒快樂、高興：〈開心〉㉓消散：〈雲開、霧開〉㉔豁達的：〈想得開、看得開〉㉕明白的、清楚的：〈把話說開了〉㉖煮沸的：〈開水〉㉗姓。

造詞 開火、開市、開交、開明、開胃、開庭、開朗、開恩、開通、開張、開發、開飯、開場、開創、開幕、開演、開價、開墾、開戰、開竅、開關、開懷、開闢、開鑼、開鑿、開端、開天窗、開心果、開玩笑、開夜車、開麥拉、開場白／公開、打開、展開、掀開／開山祖師、開天闢地、開門見山、開門揖盜、開源節流、開誠佈公、開路先鋒、笑逐顏開、見錢眼開、異想天開、茅塞頓開。

同 放、啟、發、通。

反 閉、關、合。

門部 4 畫

閑

丨 ｢ ｢ 𠂭 𠂭 門 門 門 門 閅 閑 閑

ㄒㄧㄢˊ ①道德法律的規範：〈踰閑〉②通「閒」，安靜的樣子：〈安閑、幽閑〉③通「閒」，空著不用：〈機器閑著〉④通「閒」，和正事無關的：〈閑談〉。

造詞 閑居、閑暇、閑靜／空閑、清閑、等閑、餘閑。

同 閒。

反 忙。

門部 4 畫

間

丨 ｢ ｢ 𠂭 𠂭 門 門 門 門 問 問 間

ㄐㄧㄢ ①當中，兩者之中：〈兩地之間、中間〉②計算房屋的單位：〈一間教室〉③房屋：〈房間、車間〉④地方、處所：〈鄉間、田間、民間〉⑤時候：〈晚間、午間〉。

ㄐㄧㄢˋ ①縫隙、空隙：〈合作無間、間不容髮〉②受過特殊訓練，潛入別的國家，搜集祕密情報，或製造政治事件，進行顛覆活動的人：〈間諜〉③不連接、隔開：〈間隔〉④挑撥使人不和：〈離間〉。

造詞 間或、間接、間歇、間斷／人間、空間、居間、眉間／字裡行間、瞬息之間。

門部 4 畫

閒

丨 ｢ ｢ 𠂭 𠂭 門 門 門 門 閂 閒 閒

ㄒㄧㄢˊ ①安靜沒事可做的時候：〈忙裡偷閒〉②放著不用：〈房子閒在那裡〉③安靜：〈安閒、悠閒〉④沒事做的樣子：〈閒暇〉⑤與正事無關的：〈閒話、閒人莫入〉⑥不用的、多餘的：〈閒錢〉⑦不重要的：〈閒書〉⑧隨意的、不經心的：〈閒聊、閒逛〉。

造詞 閒坐、閒事、閒氣、閒不住／閒言閒語、閒情逸致、閒雲野鶴、遊手好閒。

同 閑。

門部 4 畫

閎

丨 ｢ ｢ 𠂭 𠂭 門 門 門 門 閃 閎 閎

ㄏㄨㄥˊ ①巷口的門②宏大的：〈建築閎偉〉③姓。

造詞 閎中肆外。

門部 5 畫

閘

丨 ｢ ｢ 𠂭 𠂭 門 門 門 門 問 問 閘 閘

ㄓㄚˊ ①用來調節水量、可以隨時開關的水門：〈水閘、閘口〉②車輛上的煞車裝置：〈手閘〉③可以操縱機械開合的機器：〈電燈的閘盒〉。

門部5畫

閟

丨 𠃍 𠃍 𠃍 𠃍 門 門 門 門 閁 閁 閁 閟

ㄅㄧˋ ①關閉：〈閟門〉②隱藏：〈珍閟〉③清靜的、幽深的：〈閟宮〉。

門部6畫

閡

丨 𠃍 𠃍 𠃍 𠃍 門 門 門 門 閅 閅 閡 閡 閡

ㄏㄜˊ 阻礙不通：〈隔閡〉。

門部6畫

閨

丨 𠃍 𠃍 𠃍 𠃍 門 門 門 門 閅 閆 閆 閨 閨

ㄍㄨㄟ ①宮中的小門②女子的臥室：〈待字閨中〉③婦女的：〈閨情、閨範、閨房〉④未出嫁的：〈閨女〉。

造詞 閨秀、閨怨、閨閣／空閨、深閨、秀閨、春閨。

門部6畫

閩

丨 𠃍 𠃍 𠃍 𠃍 門 門 門 門 問 問 閘 閩 閩

ㄇㄧㄣˇ ①福建省的簡稱②古代的種族名，分布在福建省和浙江省東部一帶。

造詞 閩江、閩南語。

門部6畫

閣

丨 𠃍 𠃍 𠃍 𠃍 門 門 門 門 閁 閁 閣 閣 閣

ㄍㄜˊ ①小樓房：〈樓閣〉②古代收藏書的地方：〈文淵閣〉③官署的名稱，行立憲政體國家的最高行政機關：〈內閣〉④未出嫁女子的居室：〈閨閣、出閣〉⑤姓。

ㄍㄜ 通「擱」：〈耽閣〉。

造詞 閣下、閣員／組閣、庭閣、書閣／束之高閣、空中樓閣。

門部6畫

閥

𠃍 𠃍 𠃍 𠃍 門 門 門 門 閁 閁 閥 閥 閥

ㄈㄚˊ ①門下的橫木：〈門閥〉②門第：〈名閥、世閥〉③在某一方面有特別勢力或影響力的團體、家族或個人：〈軍閥、財閥〉④在機器中的一種裝置，可以調節氣體或液體的流量和壓力。

門部6畫

閤

丨 𠃍 𠃍 𠃍 𠃍 門 門 門 門 閃 閃 閤 閤 閤

ㄍㄜˊ ①大門旁的小門②通「閣」，小樓房：〈檀山香閤〉。

ㄏㄜˊ 通「合」、「闔」，全部：〈閤第光臨〉。

同 合、闔、閣。

門部 7 畫

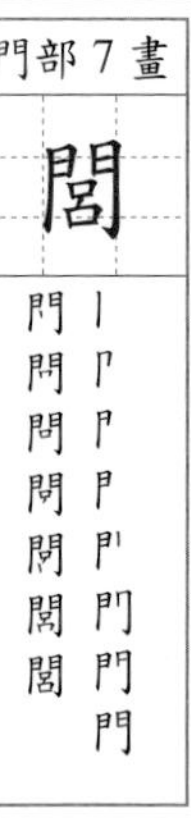

閭

丨 ㄏ ㄕ ㄕ ㄕ 門 門 門
門 問 問 閅 閅 閭 閭

ㄌㄩˊ ①里巷的門：〈倚閭而望〉②古代的基層民政單位，二十五戶為一「閭」③鄰里：〈鄉閭、閭里〉。

門部 7 畫

閱

丨 ㄏ ㄕ ㄕ ㄕ 門 門 門
門 門 問 閅 閅 閲 閱

ㄩㄝˋ ①長椽②看：〈閱讀、閱覽〉③檢視、檢驗：〈閱兵、檢閱〉④經歷：〈閱歷〉。

門部 7 畫

閫

丨 ㄏ ㄕ ㄕ ㄕ 門 門 門
門 問 問 閜 閜 閫 閫

ㄎㄨㄣˇ ①門檻②內室：〈閫奧〉③婦女：〈閫範〉④軍事職務：〈閫外〉⑤姓。

門部 8 畫

閻

丨 ㄏ ㄕ ㄕ ㄕ 門 門 門
門 閃 閃 閄 閆 閆 閻 閻

ㄧㄢˊ ①里中的門，引申為里巷②姓。

造詞 閻羅王。

門部 8 畫

閼

丨 ㄏ ㄕ ㄕ ㄕ 門 門 門
門 門 閂 閅 閅 閼 閼 閼

ㄜˋ ①閘板口②阻塞不通：〈閼塞〉。

ㄧㄢ 漢代匈奴稱君主的正妻為：「閼氏」。

門部 8 畫

閹

丨 ㄏ ㄕ ㄕ ㄕ 門 門 門
門 閂 閃 閃 閹 閹 閹 閹

ㄧㄢ ①太監的通稱：〈閹官、閹人〉②割去雄性的生殖器官：〈閹割〉。

門部 8 畫

闇

丨 ㄏ ㄕ ㄕ ㄕ 門 門 門
門 閂 閄 閄 闇 闇 闇 闇

ㄏㄨㄣ ①守門的②宮門。

門部 9 畫

闊

丨 ㄏ ㄕ ㄕ ㄕ 門 門 門
門 門 門 閅 闊 闊 闊 闊
闊

ㄎㄨㄛˋ ①寬度：〈長三尺，闊四尺〉②奢侈豪華的行為：〈裝闊、擺闊、闊氣〉③寬廣的：〈地闊天長、海闊天空〉④遙遠的：〈山長路闊〉⑤不細密的：〈闊略、疏闊〉⑥有錢而奢侈的：〈闊佬、闊綽〉⑦時間長久的：〈闊別〉。

造詞 寬闊、廣闊、遼闊。

同 廣、博、弘、寬。

反 窄。

門部 9 畫

闋

丨 ㄏ 尸 尸 尸 門 門 門 門 閂 閂 閂 閃 闋 闋 闋 闋

ㄑㄩㄝˋ ①古代計算歌、詞、曲的單位名詞②終止：〈樂闋〉。

門部 9 畫

闌

丨 ㄏ 尸 尸 尸 門 門 門 門 閂 閂 閂 閂 閘 闌 闌 闌

ㄌㄢˊ ①通「欄」，欄杆：〈憑闌〉②晚、盡：〈夜闌人靜〉③姓。

造詞 闌干、闌尾、闌珊。

同 酣、欄。

門部 9 畫

闈

丨 ㄏ 尸 尸 尸 門 門 門 門 閂 閂 閂 閂 閂 闈 闈 闈

ㄨㄟˊ ①宮中的旁門：〈闈門〉②宮中后妃居住的地方：〈宮闈〉③父母所住的房間，引申為父母：〈庭闈〉④古代指科舉考試的會場，引申為考試：〈秋闈〉⑤現在指考試時辦理命題、印試卷的場所：〈入闈、闈場〉。

門部 9 畫

闆

丨 ㄏ 尸 尸 尸 門 門 門 門 閂 閂 閂 閂 閂 闆 闆 闆

ㄅㄢˇ 俗稱商店的主人為「老闆」，也可寫成「老板」。

門部 9 畫

闇

丨 ㄏ 尸 尸 尸 門 門 門 門 閂 閂 閂 閂 閂 闇 闇 闇

ㄢˋ ①通「暗」，幽暗不明亮：〈陰闇、闇昧、闇淡〉②愚昧的：〈昏闇、闇行〉。

ㄢ 守喪的屋子：〈諒闇〉。

門部 9 畫

闃

丨 ㄏ 尸 尸 尸 門 門 門 門 閂 閂 閂 閂 閂 闃 闃 闃

ㄑㄩˋ ①安靜無聲：〈闃寂〉②寂靜的：〈闃然〉。

門部 10 畫

闔

丨 ㄏ 尸 尸 尸 門 門 門 門 閂 閂 閂 閂 閂 闔 闔 闔 闔

ㄏㄜˊ ①門扉②關閉：〈闔門〉③掩蓋：〈闔棺〉④總合、全部的：〈闔第光臨〉。

造詞 闔府、闔家。

同 閉、關、鎖。

門部 10 畫

闖

丨 ㄏ 尸 尸 尸 門 門 門 門 閂 閂 閂 閂 閂 闖 闖 闖 闖

ㄔㄨㄤˇ ①用力猛衝：〈橫衝直闖〉②突然或任意出入：〈闖進闖出〉③經歷、歷練：〈闖出名堂、闖出膽兒〉④衝撞：〈被車闖倒了〉⑤惹出：〈闖禍〉。

造詞 闖越、闖關、闖蕩、闖天下、闖空門。

同 撞。

門部 10 畫

闐

ㄊㄧㄢˊ 充滿、盈滿：〈賓客闐門〉。

同 填。

門部 10 畫

闕

ㄑㄩㄝˋ ①古代宮殿、祠廟和陵墓門前的高樓，供瞭望用：〈石闕〉②皇帝居住的地方：〈宮闕〉③姓。

ㄑㄩㄝ ①過錯：〈闕失〉②缺空待補的官位：〈遺闕、美闕〉③短少、缺少：〈不闕此物〉④空著、擱著：〈闕疑〉⑤缺少的：〈付之闕如〉⑥殘缺不全的：〈闕字、闕文〉。

門部 11 畫

關

ㄍㄨㄢ ①閉門用的橫木，就是「門閂」②古代在險要的地方設置的守衛處所：〈關口、山海關〉③檢查出入口貨物、徵收貨物稅的地方：〈海關〉④比喻重要的樞紐或轉折點：〈關鍵、緊要關頭〉⑤比喻艱險不容易度過的地方或一段時間：〈難關〉⑥中醫稱人體重要的部位：〈四關（耳、目、心、口）〉⑦集合多數人做事的地方：〈機關〉⑧鄉里：〈鄉關〉⑨閉合：〈關門、關閉〉⑩牽連：〈事不關己、關係〉⑪拘留、拘禁：〈關入牢裡〉⑫領取：〈關餉〉⑬顧念：〈關心〉⑭打通的：〈關說〉⑮姓。

造詞 關卡、關防、關切、關稅、關連、關節、關照、關愛、關懷／交關、玄關、攸關、有關、無關、閉關／關山萬里、生死攸關、休戚相關、息息相關。

反 開。

門部 12 畫

闡

ㄔㄢˇ ①詳細說明：〈闡明〉②彰顯、發揚：〈闡揚〉。

同 發、啟、開、闢。

反 隱。

門部 12 畫

闞

ㄎㄢˋ ①勇猛的樣子：〈闞闞〉②姓。

門部13畫

闢

丨 ㄇ 尸 尸 尸' 門' 門 門 門 閂 閅 閅 閅 閅 閅 闢 闢 闢 闢 闢

ㄆㄧˋ ①打開：〈闢門、另闢門戶〉②開拓：〈開闢、開疆闢土〉③駁斥、糾正：〈闢謠、闢邪〉④透徹的：〈精闢〉。

反 闔。

阜部 ㄈㄨˋ

阜部0畫

阜

㇒ 𠂆 𠂆 白 白 𠂤 阜

ㄈㄨˋ ①用土堆成的土山：〈高阜〉②盛多、豐富的：〈物阜民豐〉。

造詞 丘阜、曲阜。

阜部3畫

阡

㇇ ㇋ 阝 阝ˊ 阝二 阡

ㄑㄧㄢ ①田間南北方向的小路：〈阡陌〉②墓道，也可做為「墓」的代稱③姓。

請注意：田間的小路，南北向的稱「阡」，東西向的稱「陌」。

阜部3畫

阢

㇇ ㇋ 阝 阝一 阝丆 阢

ㄨˋ 危險不安的樣子：〈阢隉〉。

阜部4畫

防

㇇ ㇋ 阝 阝ˋ 阝亠 阝方 防

ㄈㄤˊ ①堤岸，築在河邊、海邊，用來擋水的建築物：〈隄防〉②有關警備的設施：〈冬防、海防〉③預先戒備：〈防火、防盜〉④守備：〈防守、防備〉⑤姓。

造詞 防止、防災、防空、防毒、防堵、防患、防衛、防範／空防、消防、預防、邊防、國防、嚴防／防不勝防、防微杜漸。

反 攻。

阜部4畫

阮

㇇ ㇋ 阝 阝一 阝二 阝丆 阮

ㄖㄨㄢˇ ①一種撥絃樂器，就是「阮咸」的簡稱②姓。

阜部4畫

阱

㇇ ㇋ 阝 阝一 阝二 阝井 阱

ㄐㄧㄥˇ 為捕捉野獸而挖掘的深坑，比喻害人的計謀：〈陷阱〉。

阪
阜部4畫

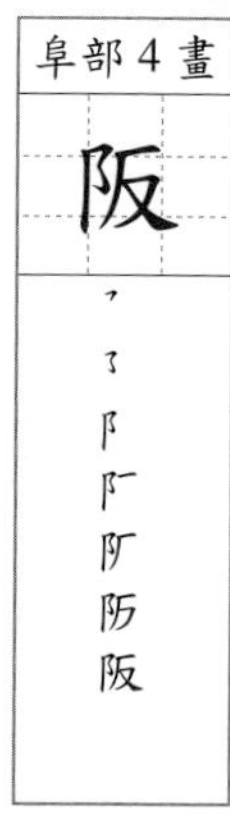

ㄅㄢˇ　①山坡：〈山阪〉②高低不平又貧瘠的土地：〈阪田〉。

同 坂、岅、坡。

阨
阜部4畫

ㄜˋ　①阻隔、阻塞：〈阻阨〉②窮困：〈困阨〉③險要的地方：〈閉關據阨〉④狹小的：〈阨巷〉⑤簡陋的：〈阨陋〉。

陀
阜部5畫

ㄊㄨㄛˊ　①山勢或山勢不平的樣子：〈陂陀〉②一種用木頭或塑膠製成的圓錐形玩具，繞上細繩，急甩出去，落地後尖端能在地上旋轉：〈陀螺〉。

造詞 佛陀。

阿
阜部5畫

ㄚ　①通「啊」，語尾助詞：〈你好大的膽子阿！〉②加在稱呼或譯名的詞頭：〈阿姨、阿公、阿斗、阿波羅〉③通「啊」，語尾助詞：〈好阿！〉④表示驚疑：〈啊！原來這件事是你做的阿！〉。

ㄜ　①大土山②彎曲的地方：〈山阿〉③偏袒、迎合：〈阿附、阿其所好〉④通「屙」，便溺：〈阿屎、阿尿〉⑤姓。

造詞 阿飛、阿諛、阿拉伯、阿里山、阿根廷、阿斯匹靈、阿彌陀佛／剛正不阿。

阻
阜部5畫

ㄗㄨˇ　①險要的地方：〈惡阻、險阻、天阻〉②擋住、遏止：〈阻止、勸阻〉③隔斷不通：〈阻隔〉④被隔斷的：〈道阻且長〉。

造詞 阻力、阻塞、阻撓、阻擋、阻礙、阻攔／風雨無阻。

同 間、隔、止。

附
阜部5畫

ㄈㄨˋ　①另外加上：〈附上〉②依靠、依傍：〈依附、歸附〉③靠近、貼近：〈附耳交談、附近〉④跟從別人的意見：〈附議〉⑤連帶：〈附帶、附加〉⑥外加的：〈附錄、附件〉⑦另外加上的：〈附設〉。

造詞 附則、附庸、附著、附會、附點、附屬／附庸風雅。

同 著、就、即、粘。

阜部5畫

陂

ㄆㄛ ①地勢傾斜而且不平坦的樣子：〈陂陀〉②小山坡：〈山陂〉③路旁：〈路陂〉。

ㄆㄧˊ ①池塘：〈陂池〉②山旁的坡地。

阜部5畫

阼

ㄗㄨㄛˋ ①古代堂前的東階，是主人上下、接待賓客的地方：〈阼階〉②天子的座位，古代稱天子即位為「踐阼」。

阜部6畫

限

ㄒㄧㄢˋ ①門下的橫木，就是「門檻」：〈戶限、門限〉②分界，規定不能超越的範圍：〈界限、期限、限時〉③指定範圍：〈限期完成、限三天內交卷〉④窮盡的：〈無限光榮、有限的財力〉。

造詞 限定、限制、限度、限量／年限、局限、極限、權限、大限。

阜部6畫

陋

ㄌㄡˋ ①容貌醜、不好看的：〈醜陋〉②學識淺薄、粗俗的：〈孤陋寡聞〉③狹小的：〈陋巷〉④粗劣的、不精細的：〈陋室、陋車〉⑤壞的、不正當的：〈陋習、陋規〉⑥卑賤的：〈卑陋〉⑦自謙的詞：〈陋見〉。

造詞 陋俗、陋儒／俗陋、淺陋、儉陋、鄙陋。

同 惡、劣、鄙、賤。

請注意：「陋」有粗劣、不華麗的意思；「漏」有遺漏、漏洞等意思。「簡陋」是指簡單粗陋，因此當用「陋」才正確。

阜部6畫

陌

ㄇㄛˋ ①田間東西方向的小路：〈阡陌〉②街道、道路：〈街陌〉③不熟悉的：〈陌生〉④姓。

造詞 陌路、陌頭。

阜部6畫

降

ㄐㄧㄤˋ ①從上落下：〈降雨、喜從天降〉②壓低、貶低：〈降級、降低、降落〉③往後：〈以降〉。

ㄒㄧㄤˊ ①屈服、歸順：〈投降、降服〉②用威力使馴服、制服：〈降妖、降魔、降龍伏虎〉。

造詞 降生、降福、降臨、降旗、降神／下降、升降、招降、空降／降心相從、降格以求。

反 升、昇。

阜部 7 畫

院

ㄩㄢˋ ①圍牆內房屋四周的空地：〈院子、庭院〉②場所：〈戲院、醫院、寺院〉③古代的官署：〈大理院、翰林院〉④我國中央政府由五院構成：〈行政院、立法院、司法院、考試院、監察院〉⑤大學中行政和學習單位：〈法學院、文學院〉。

造詞 院長、院落、院轄市／學院、議院、書院、道院、法院、育幼院、博物院。

阜部 7 畫

陣

ㄓㄣˋ ①古代作戰時布置的戰鬥隊列：〈布陣、背水為陣〉②指戰場：〈臨陣磨槍〉③量詞，指時間的一個段落或事情經過一段時間：〈一陣子、颳一陣風、一陣雨〉④量詞，表示動作的一個段落：〈一陣掌聲〉⑤鳥蟲飛行時的行列：〈雁陣〉⑥間斷且持續的：〈陣痛〉。

造詞 陣亡、陣地、陣雨、陣容、陣勢、陣腳、陣營／衝鋒陷陣。

阜部 7 畫

陡

ㄉㄡˇ ①山勢直立的：〈陡峭、陡立、懸崖陡壁〉②突然：〈陡然〉。

阜部 7 畫

陝

ㄕㄢˇ ①陝西省的簡稱②縣名，在河南省。

阜部 7 畫

除

ㄔㄨˊ ①臺階：〈庭除〉②計算方法的一種，符號是「÷」，用一個不是零的數，把另一個數分成若干等分：〈除法〉③去掉：〈剷除、除去、斬草除根〉④不計算在內：〈除了、除外、挑除〉⑤辭去舊官職，改任新官職：〈除官、除拜〉⑥更換：〈歲除〉⑦姓。

造詞 除夕、除名、除兆、除害、除草、除暴、除數／掃除、開除、消除、解除／除此之外、除暴安良、除舊布新、藥到病除。

反 乘。

阜部 7 畫

陛

ㄅㄧˋ ①古代宮殿中臺階的最高層，天子坐在上面聽政②對天子的尊稱：〈陛下〉。

阜部 7 畫

陞

ㄕㄥ 通「升」，高升：〈陞官、陞遷〉。

阜部 7 畫

陟

ㄓˋ ①升、登：〈登山陟巔〉②進用、升遷：〈黜陟〉。

阜部 8 畫

陵

ㄌㄧㄥˊ ①大土山：〈丘陵〉②帝王、偉人的墳墓：〈中山陵、陵墓〉③通「淩」，欺負：〈欺陵、陵犯〉④通「凌」，登：〈陵雲、陵駕〉⑤姓。

造詞 陵寢、陵遲、陵壓／山陵、金陵。

反 谷。

請注意：「陵」是大土山，「丘」是小土山。

阜部 8 畫

陪

ㄆㄟˊ ①伴隨，跟在旁邊作伴：〈陪考、陪伴、敬陪末座〉②從旁協助：〈陪審〉③通「賠」，償還：〈陪罪〉。

造詞 陪侍、陪客、陪嫁、陪葬、陪禮、陪襯、陪笑臉／敬陪、做陪、奉陪、失陪／恕不奉陪。

同 伴。

請注意：「陪」與「賠」二字的用法常被混淆。「陪」有做伴的意思；而「賠」含道歉義，所以是「陪客」「陪禮」「陪笑臉」「賠罪」「賠償」「賠款」。

阜部 8 畫

陳

ㄔㄣˊ　①朝代名，南朝之一②春秋時國名③老舊的事物：〈推陳出新〉④擺設、排列：〈陳設、陳列〉⑤敘述：〈陳述、陳訴〉⑥老舊的、年代久的：〈陳舊、陳年老酒〉⑦姓。

ㄓㄣˋ　通「陣」，軍隊的行列。

造詞 陳言、陳俗、陳跡、陳情、陳腐、陳請、陳皮梅／上陳、交陳、列陳／陳言老套、陳陳相因、陳腔濫調、陳義過高。

同 故、舊、羅、列。

反 新。

阜部 8 畫

陸

ㄌㄨˋ　①高出水面的土地：〈登陸、陸地〉②旱路：〈水陸交通〉③航線經過地面的：〈陸路〉④連續不斷：〈陸續〉⑤姓。

ㄌㄧㄡˋ　數目名，「六」的大寫：〈陸拾元〉。

造詞 陸運、陸軍、陸橋、陸戰隊／大陸、海陸、著陸、新大陸。

反 海、水。

阜部 8 畫

陰

ㄧㄣ　①月亮：〈太陰〉②山的北面，水的南面：〈山陰、華陰、淮陰〉③時間：〈光陰〉④光線照不到的地方：〈樹陰〉⑤祕密的事：〈揭陰〉⑥人的生殖器官，有時特指女性的生殖器官：〈陰部〉⑦我國古代的一種哲學概念，和「陽」相對：〈陰陽五行〉⑧天空有雲，看不到陽光或星星、月亮的天氣：〈時晴時陰〉⑨天氣不晴不雨的：〈陰天〉⑩隱蔽不顯露的：〈陰謀、陰計、陰德〉⑪幽暗的：〈陰暗〉⑫險詐的：〈陰險〉⑬器物鏤刻凹入的：〈陰文圖章〉⑭雌的、女性的、柔弱的：〈陰性〉⑮有關死人或鬼魂的：〈陰間、陰宅、陰曹地府〉⑯帶負電的：〈陰極、陰電〉⑰姓。

ㄧㄣˋ　通「蔭」，遮蓋庇護：〈庇陰〉。

ㄢ　通「諒闇」之闇。守喪的屋子：〈諒陰〉。

造詞 陰私、陰沉、陰狠、陰乾、陰森、陰莖、陰溝、陰影、陰曆／寸陰、夕陰、惜陰／陰陽怪氣、陰險狡詐、陰錯陽差。

反 陽。

阜部 8 畫

陴

ㄆㄧˊ　城上凹凸形的矮牆。

陶
阜部8畫

ㄊㄠˊ ①瓦器或用黏土燒製成的器物：〈彩陶、陶器〉②製造瓦器：〈陶冶〉③教化、造就：〈陶冶、薰陶〉④快樂的樣子：〈陶然、陶醉、樂陶陶〉⑤姓。

ㄧㄠˊ 傳說古代虞舜時的名臣：〈皋陶〉。

造詞 陶土、陶染、陶俑、陶瓷、陶鑄。

陷
阜部8畫

ㄒㄧㄢˋ ①為了捕捉野獸而挖的坑，比喻害人的陰謀：〈陷阱〉②過失或缺點：〈缺陷〉③沉、沒、掉進去：〈陷入泥沼、身陷火坑〉④設計害人：〈誣陷、陷害〉⑤攻破：〈衝鋒陷陣〉。

造詞 失陷、攻陷、淪陷。

陬
阜部8畫

ㄗㄡ ①角落：〈邊陬〉②山腳：〈山陬〉③聚居的地方：〈蠻陬〉。

階
阜部9畫

ㄐㄧㄝ ①便於行人上下的層級或梯子：〈階梯、臺階〉②音樂的高低段落：〈音階〉③官位的等級：〈官階〉④途徑：〈晉身之階〉。

造詞 階段、階下囚／石階、庭階、殿階。

同 級、層。

隋
阜部9畫

ㄙㄨㄟˊ ①朝代名，楊堅所建立，被唐朝滅亡②姓。

陽
阜部9畫

ㄧㄤˊ ①日：〈秋陽、夕陽、朝陽〉②水的北面，山的南面：〈衡陽、漢陽〉③男性的生殖器官④古代的一種哲學概念，和「陰」相對：〈陰陽五行〉⑤正面：〈碑陽〉⑥雄性的、男性的、剛強的：〈陽性、陽剛之氣〉⑦人間的：〈陽世、陽壽〉⑧明顯的：〈陽報〉⑨帶正電的：〈陽極、陽電〉⑩在外面的：〈陽溝〉⑪器物刻鏤凸出來的：〈陽文圖章〉⑫表面上的：〈陽奉陰違〉⑬姓。

造詞 陽光、陽春、陽傘、陽臺、陽曆、陽關道、陽明山／太陽、斜陽、重陽、豔陽。

反 陰。

阜部9畫

隅

ㄩˊ ①角落：〈四隅、城隅〉②邊遠的地方：〈海隅〉。

同 角。

阜部9畫

隆

ㄌㄨㄥˊ ①使興盛：〈隆國保家〉②增高：〈隆鼻〉③盛大的：〈隆重〉④深厚的：〈隆情厚誼、隆恩〉⑤程度深的：〈隆冬〉⑥興盛的：〈生意興隆、昌隆〉⑦形容聲音很大：〈雷聲隆隆〉⑧凸出：〈隆起〉⑨姓。

造詞 隆盛、隆替、隆顏／國運昌隆。

同 盛。

反 衰、替。

阜部9畫

隍

ㄏㄨㄤˊ 環繞在城牆外的壕溝，有水的稱「池」，沒有水的稱「隍」。

阜部9畫

陲

ㄔㄨㄟˊ 邊疆，靠邊界的地方：〈邊陲〉。

阜部9畫

隊

ㄉㄨㄟˋ ①有組織的士兵們：〈軍隊、聯隊、部隊〉②多數人為同一目標而集合成的組織：〈球隊、樂隊〉③行列：〈排隊、隊伍〉。

ㄓㄨㄟˋ 通「墜」。

造詞 隊形、隊長、隊員／路隊、組隊、編隊、敢死隊、特攻隊。

阜部9畫

隄

ㄊㄧˊ 通「堤」，沿河或沿海修築的防水建築物：〈防水隄、隄防〉。

阜部9畫

隉

ㄋㄧㄝˋ 危險不安的樣子：〈阢隉〉。

阜部 9 畫

隈

ㄨㄟ　①山或水彎曲的地方：〈水隈〉②角落：〈四隈〉。

阜部 10 畫

隘

ㄞˋ　①險要的地方：〈要隘、關隘〉②狹窄的：〈狹隘、隘巷〉③器量不廣的。

同 窄、狹、褊。

阜部 10 畫

隔

ㄍㄜˊ　①距離：〈千里之隔〉②遮斷、阻礙：〈隔成兩間房、隔斷、隔絕〉③相距、離：〈相隔十里〉④經過、過了：〈隔幾天再來、隔夜〉。

造詞 隔天、隔世、隔代、隔壁、隔間、隔閡、隔離／分隔、阻隔、間隔／隔岸觀火、隔靴搔癢、隔牆有耳、隔行如隔山。

同 阻、障、間。

阜部 10 畫

隕

ㄩㄣˇ　①從高處落下：〈隕墜〉②通「殞」，死亡：〈隕命、隕身〉。

造詞 隕石、隕星、隕首、隕滅、隕越。

同 落、墜、零、墮。

阜部 11 畫

隙

ㄒㄧˋ　①牆壁上的小孔或裂縫：〈白駒過隙、縫隙〉②空閒的時間：〈農隙〉③仇怨：〈仇隙、怨隙〉④感情上的裂痕：〈嫌隙〉⑤機會、漏洞：〈伺隙、乘隙而入〉⑥空著的：〈隙地〉。

造詞 隙無不照。

阜部 11 畫

障

ㄓㄤˋ　①在邊塞所築的城寨：〈城障〉②用來防衛的設施：〈屏障〉③防衛：〈保障〉④妨礙、阻礙：〈障礙〉⑤阻塞：〈阻障〉⑥遮蔽：〈障眼〉。

造詞 障蔽、障壁、障眼法／故障、藩障、蘊障、白內障。

同 阻、隔、間、屏、蔽。

阜部 11 畫

際

ㄐㄧˋ ①邊、岸：〈天際、水際、一望無際〉②兩段時間相接處：〈夏秋之際〉③中間：〈腦際〉④時候：〈青黃不接之際〉⑤彼此之間：〈國際、校際、人際〉⑥機會、機遇：〈因緣際會、際遇〉⑦到達：〈高不可際〉⑧結交：〈交際〉⑨正值、當、逢：〈際此良機〉。

造詞 分際、實際、邊際／不着邊際。

隧

阜部 13 畫

ㄙㄨㄟˋ ①古代帝王葬禮用的墓道②地下道：〈隧道〉③人體血液通行的管道：〈經隧〉。

隨

阜部 13 畫

ㄙㄨㄟˊ ①易經卦名，六十四卦之一②跟從：〈跟隨、隨從〉③任憑：〈隨他去吧〉④順應：〈隨機應變〉⑤順便：〈隨手關門〉⑥相像：〈他長得隨他父親〉⑦立刻：〈隨即〉⑧表示兩個動作同時做，或一個動作跟著一個動作的：〈隨叫隨到、隨聽隨忘〉。

造詞 隨口、隨地、隨同、隨行、隨身、隨和、隨便、隨時、隨處、隨筆、隨意、隨緣／伴隨、追隨、聽隨／隨心所欲、隨波逐流、隨風轉舵、隨時隨地、隨遇而安、隨聲附和、夫唱婦隨、銜尾相隨、蕭規曹隨。

同 順、從、遵、循、跟、依。

險

阜部 13 畫

ㄒㄧㄢˇ ①利於防守的重要地帶：〈天險〉②艱危不安的情形、成敗難料的事：〈脫險、冒險〉③意外不幸的災害：〈保險、火險、壽險〉④艱困危急的：〈險象環生〉⑤地勢艱危的：〈險坡〉⑥邪惡、狠毒的：〈陰險〉⑦幾乎、差一點：〈險遭毒手〉。

造詞 險阻、險要、險詐、險惡、險境、險勝、險灘／危險、艱險、歷險／鋌而走險。

同 危。

反 夷。

隱

阜部 14 畫

ㄧㄣˇ ①心事、祕密的事：〈難言之隱〉②痛苦：〈民隱〉③藏匿，使人看不到：〈隱形匿影、隱藏、隱姓埋名〉④瞞著不說：〈隱瞞、隱惡〉⑤憐憫、同情：〈惻隱〉⑥不明顯的：〈隱約〉⑦不顯露的：〈隱情〉⑧避世的：〈隱士〉⑨內裡的：〈隱痛〉。

造詞 隱沒、隱私、隱性、隱形、隱居、隱祕、隱疾、隱現、隱匿、隱憂、隱諱／退隱、遁隱、歸隱／隱惡揚善。

同 匿、藏。

反 顯、明。

隰 阜部 14 畫

隰（筆順）

ㄒㄧˊ ①低溼的地方②新開墾的田地③姓。

隳 阜部 15 畫

隳（筆順）

ㄏㄨㄟ 毀壞：〈隳壞〉。

隴 阜部 16 畫

隴（筆順）

ㄌㄨㄥˇ ①通「壟」，土堆或高地：〈隴畝〉②甘肅省的簡稱。

隶部 ㄉㄞˋ

隸 隶部 9 畫

隸（筆順）

ㄌㄧˋ ①古代供人使喚、社會地位很低的人：〈奴隸、僕隸〉②漢字字體的一種，由篆書演變而來。相傳是秦朝的程邈所創，在漢朝非常盛行。因為最初是官獄隸卒所用的字體，所以稱為「隸書」③附屬：〈隸屬〉④姓。

隹部 ㄓㄨㄟ

隻 隹部 2 畫

隻（筆順）

ㄓ ①計算動物的單位：〈一隻鳥、二隻貓、三隻羊〉②稱成雙東西的單數：〈一隻鞋、一隻襪子〉③單一的、單獨的：〈隻身、形單影隻、隻字片語〉。

同 單、孤、獨。

反 雙、群。

隹部3畫

雀

丨 ⺌ 小 少 尐 尐 尐 尐 雀 雀 雀

ㄑㄩㄝˋ ①鳥名，體形小，毛褐色，有黑色麻點，吃穀物和昆蟲：〈麻雀〉②小鳥的通稱③臉上、手背等皮膚上所生的黑褐色細斑點：〈雀斑〉④動作像小鳥一樣的：〈雀躍〉。

造詞 孔雀、黃雀、紅雀、燕雀／雀屏中選、門可羅雀。

隹部4畫

雁

一 厂 厂 厂 厂 厂 厂 厂 厂 雁 雁 雁

ㄧㄢˋ ①鳥名，形狀像鵝，飛行時很有秩序，排成「人」或「一」字形。每年春分後飛往北方，秋分後又飛往南方，屬於候鳥的一種：〈飛雁、鴻雁〉②書信的代稱：〈魚雁〉③有次序的：〈雁行有序〉。

造詞 沉魚落雁。

隹部4畫

雅

一 二 于 牙 牙 牙 牙 牙 雅 雅 雅 雅

ㄧㄚˇ ①詩經內容三大部分之一：〈風、雅、頌〉②古代訓詁的書籍名稱：〈爾雅〉③清麗：〈淡雅〉④高尚的、不俗氣的：〈雅事、文雅、雍容嫻雅〉⑤正直的、規範的：〈雅言〉⑥優美的：〈嫻雅〉⑦對別人的敬辭：〈雅賜〉⑧姓。

ㄧㄚ 「鴉」的本字。

造詞 雅士、雅正、雅致、雅座、雅量、雅號、雅意、雅痞、雅興、雅觀／高雅、典雅、優雅／雅俗共賞、一日之雅、無傷大雅、溫文儒雅。

反 俗。

隹部4畫

雄

一 ナ 𠂇 厷 厷 厷 厷 厷 雄 雄 雄 雄

ㄒㄩㄥˊ ①指強壯、勇敢的人：〈英雄〉②強盛的國家：〈戰國七雄〉③優勝：〈一決雌雄〉④公的、陽性的：〈雄雞、雄蕊〉⑤有氣魄的、威武的：〈雄壯、雄赳赳〉⑥遠大的：〈雄心萬丈〉。

造詞 雄厚、雄姿、雄師、雄偉、雄健、雄辯、雄鷹／雄才大略、雄心勃勃。

反 雌、牝、母。

請注意：「雄」是指勇敢強壯的人，「英」是指聰明傑出的人。

隹部4畫

集

丿 亻 亻 亻 亻 亻 隹 隹 隼 集 集 集

ㄐㄧˊ ①定期買賣交易的市場：〈市集、趕集〉②把單篇作品彙集起來編成的書：〈文集、詩集〉③我國古代的圖書分類法：〈經、史、子、集〉④篇幅較大的書籍或長度較長的影片中的一個段落：〈上集、第三集〉⑤聚合、會合：〈集合、高手雲集、集大成〉⑥聚在一起的：〈集議、集訓〉⑦姓。

造詞 集中、集居、集散、集會、集團、集錦、集數、集體／召集、交集、收集、採集、會集、雲集、蒐集／集思廣益、集腋成裘。

同 聚、輯、纂。

反 離。

隹部4畫

雇

一 厂 戶 戶 戶 戸 戸 戸 屌 屌 雇 雇

ㄍㄨˋ ①通「僱」，出錢請人做事：〈聘雇、約雇、雇工〉②租用：〈雇車、雇船〉。

造詞 雇主、雇員。

隹部4畫

雋

ノ イ 亻 亻 仹 仹 隹 隹 隹 雋 雋 雋

ㄐㄩㄢˋ ①意義深遠的：〈雋永〉②姓。

ㄐㄩㄣˋ 通「俊」①才德出眾：〈英雋〉②賢良的：〈雋輔〉③卓越的：〈雋拔〉。

隹部5畫

雍

丶 亠 亠 玄 玄 玄 玄 玄 㢠 雍 雍 雍 雍

ㄩㄥ ①古代音樂名②和諧的：〈雍和、雍熙、雍穆〉③威儀的、態度大方而從容不迫的：〈雍容華貴〉④姓。

隹部5畫

雉

ノ ㇒ 𠂉 午 矢 矢 矢 矢 矢 矢 雉 雉 雉

ㄓˋ ①一種野雞在荒山竹林中活動。雄的尾巴長，羽毛很漂亮，可做裝飾品：〈山雉、野雉〉②錯雜的樣子：〈雉雉〉③姓。

造詞 呼盧喝雉。

隹部5畫

雎

丨 ㄇ 冂 冃 目 目 目 目 即 盷 睢 睢 雎

ㄐㄩ 古代傳說中的水鳥名，雌雄的配合恆久，擇一而終。用來比喻君子的配偶：〈雎鳩〉。

隹部6畫

雌

丨 ㅏ 屮 止 止 此 此 此 此 此 此 雌 雌

ㄘ ①母的、陰性的：〈雌鳥、雌蕊〉②柔弱的：〈雌節、雌伏〉③一種黃色的礦物，古人用來塗改文字：〈雌黃〉。

造詞 雌雄、雌性。

同 母。

反 雄、牡、公。

雒

隹部 6 畫

ㄌㄨㄛˋ 通「洛」，水名，發源於陝西省雒南縣。

雕

隹部 8 畫

ㄉㄧㄠ ①通「鵰」，鳥名，就是「鷲」。性情凶猛，愛吃鼠、兔等：〈射雕〉②用刀刻鏤：〈雕刻、雕琢〉③有彩畫裝飾的：〈雕欄、雕弓〉。

造詞 雕砌、雕飾、雕塑、雕像／雕梁畫棟、雕蟲小技、雕欄玉砌。

雖

隹部 9 畫

ㄙㄨㄟ ①爬蟲名，像蜥蜴，但比較大②連接詞，縱然、即使：〈雖死猶生、雖敗猶榮、雖然〉。

雛

隹部 10 畫

ㄔㄨˊ ①出生不久的幼禽：〈雛雞、雛燕〉②幼小的孩子：〈孤雛〉③幼小的：〈稚子雛孫、雛妓〉。

造詞 雛形、雛兒、雛菊。

雞

隹部 10 畫

ㄐㄧ ①家禽的一種，頭部有鮮紅色的肉冠，雄的會啼叫。種類很多，肉和蛋都可以食用②姓。

造詞 雞冠、雞蛋、雞眼、雞瘟／火雞、來亨雞、鐵公雞／雞毛蒜皮、雞犬不寧、雞皮鶴髮、雞皮疙瘩、雞鳴不已、雞飛狗跳、雞鶩爭食、呆若木雞、雞蛋裡挑骨頭、三更燈火五更雞。

雙

隹部 10 畫

ㄕㄨㄤ ①量詞，兩個成對的叫一雙：〈一雙鞋〉②匹敵：〈舉世無雙〉③偶數的：〈雙號、雙數〉④加倍的：〈雙薪、雙料冠軍〉⑤姓。

造詞 雙方、雙打、雙重、雙飛、雙唇、雙棲、雙親、雙關、雙邊、雙十節、雙胞胎、雙氧水、雙眼皮、雙掛號／雙手萬能、雙宿雙飛、雙管齊下。

同 匹、偶。

反 單、隻、孤。

隹部 10 畫

雜

丶 亠 亣 卞 亦 亦 立 卒 卒 杂 杂 刹 刹 刹 斜 斜 雜 雜

ㄗㄚˊ ①混合在一起：〈摻雜、混雜、夾雜〉②瑣碎的：〈雜音、雜亂〉③混亂不清的：〈雜務〉④不同類的、各式各樣的：〈雜貨、雜糧〉⑤不單純的：〈複雜〉⑥紛亂的：〈雜居、雜陳〉。

造詞 雜交、雜技、雜耍、雜費、雜感、雜碎、雜種、雜誌、雜燴／紛雜、錯雜、繁雜／雜亂無章、魚龍混雜。

同 純。

隹部 10 畫

臒

丿 刀 月 月 月' 月' 月'' 月'' 月'' 月'' 月'' 月'' 月'' 月'' 月'' 月'' 臒 臒

ㄏㄨㄛˋ 一種赤石脂，可做油漆、顏料：〈丹臒〉。

隹部 10 畫

雝

巛 巛 巛 巛 巛 巛 巛 巛 邕 邕 邕 邕 邕 邕 邕 邕 雝 雝

ㄩㄥ 通「雍」，和樂的樣子：〈雝雝〉。

隹部 11 畫

難

一 十 廿 廿 廿 苩 苩 苩 苴 茣 茣 茣 茣 茣 茣 難 難 難

ㄋㄢˊ ①使感到不易：〈難不倒我〉②阻礙：〈為難〉③不容易的：〈難題、難關〉④不好的：〈難吃、難聽〉⑤不能夠：〈自身難保〉⑥不太可能：〈難免〉⑦姓。

ㄋㄢˋ ①災禍：〈災難、苦難〉②不幸的遭遇：〈遇難〉③仇敵：〈與人為難〉④責問、責備：〈責難〉。

ㄋㄨㄛˊ ①驅除疫鬼的儀俗，通「儺」：〈鄉難〉②盛大的。

造詞 難民、難色、難忘、難易、難怪、難受、難保、難度、難為、難得、難產、難堪、難道、難過、難說、難纏／困難、患難、艱難、國難、殉難、避難、落難／難以置信、難兄難弟、難言之隱、難能可貴、難解難分、勉為其難。

反 易。

隹部 11 畫

離

丶 亠 ナ 文 这 卤 卤 离 离 离 离 离 离 离 离 離 離 離

ㄌㄧˊ ①易經八卦之一，代表火，卦形是「☲」②分別：〈人生有離聚〉③分開、分散：〈別離、分離〉④走出：〈離家出走、離鄉背景〉⑤背叛、違背：〈眾叛親離、離經叛道〉⑥相距、相隔：〈距離很遠〉⑦不和：〈上下離心〉⑧斷絕、解除：〈離婚〉⑨分別的：〈離情〉⑩姓。

造詞 離合、離別、離奇、離異、離棄、離間、離譜、離心力／支離、乖離、隔離、陸離、流離、逃離、疏離、偏離／離心離德、寸步不離、光怪陸離、若即若離、形影不離、貌合神離、撲朔迷離、顛沛流離。

同 分、析、別。

反 合、會、聚。

雨部 ㄩˇ

雨（雨部0畫）

一 丆 冂 帀 币 雨 雨 雨

ㄩˇ ①空氣中的水蒸氣上升到空中，遇冷慢慢凝結成雲，雲裡的小水滴增大到不能再浮在空中時，就落下來成為「雨」②朋友：〈舊雨新知〉③正下著雨的：〈雨天、雨夜〉④防雨用的：〈雨衣、雨傘〉。

ㄩˋ ①降雨、下雨②落下：〈雨雪、雨淚〉③潤澤，比喻施恩惠：〈夏雨（ㄩˇ）雨（ㄩˋ）人〉。

造詞 雨水、雨季、雨具、雨量／陣雨、梅雨、風雨、雷雨、暴風雨、及時雨、毛毛雨／雨後春筍、雨過天青、揮汗成雨、槍林彈雨、傾盆大雨、滿城風雨、翻雲覆雨、櫛風沐雨。

反 晴。

雪（雨部3畫）

一 丆 冂 帀 币 雨 雨 雨 雪 雪 雪

ㄒㄩㄝˇ ①空氣中的水蒸氣遇冷到攝氏零度以下，凝結成六角形的白色結晶體降落下來，就是「雪」②洗刷、清除：〈雪恥、雪冤〉③像雪一樣潔白的：〈雪白、雪肌〉④高潔的：〈雪格〉⑤正下著雪的：〈雪天〉。

造詞 雪人、雪花、雪亮、雪茄／冰雪、瑞雪、風雪、積雪／雪上加霜、雪中送炭、雪泥鴻爪、陽春白雪。

雩（雨部3畫）

一 丆 冂 帀 币 雨 雨 雨 雩 雩 雩

ㄩˊ 古代求雨的祭典或祭壇：〈雩祭、雩壇〉。

雯（雨部4畫）

一 丆 冂 帀 币 雨 雨 雨 雩 雯 雯 雯

ㄨㄣˊ 形成花紋的雲彩。

雲
雨部 4 畫

ㄩㄣˊ ①地面的水蒸氣上升，遇冷凝結成微細的水滴，並聚成團狀，浮游在空中，稱為「雲」②雲南省的簡稱③形狀像雲的：〈雲鬢、雲篦〉④高聳入雲的：〈雲梯〉⑤飄蕩不定的：〈雲遊四海〉⑥多而密集的：〈車馬雲集〉⑦姓。

造詞 雲石、雲母、雲雨、雲海、雲泥、雲彩、雲雀、雲霄、雲霓、雲霞、雲霧／白雲、流雲、烏雲、祥雲／雲消霧散、雲淡風清、雲開見日、平步青雲、叱咤風雲、壯志凌雲。

雰
雨部 4 畫

ㄈㄣ ①霧氣②雨雪盛大的樣子：〈雰雰〉。

雷
雨部 5 畫

ㄌㄟˊ ①空氣中帶電的雲層互相接觸時，因放電而激盪空氣，所發出的巨大聲響：〈打雷〉②一種碰觸時會爆炸的武器：〈地雷、水雷、魚雷〉③敲擊：〈雷鼓出門〉④猛烈的：〈雷厲風行〉⑤大聲的：〈雷鳴〉⑥快速的：〈雷馳〉⑦姓。

造詞 雷同、雷射、雷達、雷霆／迅雷、疾雷、春雷、悶雷／雷霆萬鈞、暴跳如雷、雷聲大雨點小。

雹
雨部 5 畫

ㄅㄠˊ 空中的水蒸氣遇到極冷的空氣結成冰雪，馬上裹合成塊狀而降落，稱為「雹」。

零
雨部 5 畫

ㄌㄧㄥˊ ①餘數，不成整數的尾數：〈零存整付、三點零一分〉②三位數以上數的空位：〈一百零三〉③數目名，阿拉伯數字寫作「〇」④數學上表示沒有：〈二減二等於零〉⑤落下：〈感激涕零〉⑥草木枯落：〈凋零〉⑦部分的、不成整數的：〈零售、零買〉⑧姓。

造詞 零丁、零工、零用、零件、零食、零散、零碎、零落、零頭、零錢、零亂／孤零、飄零／化整為零。

反 整。

請注意：草枯死稱為「零」，木枯死稱為「落」。

雨部 5 畫

電

ㄉㄧㄢˋ ①指空中帶電的雲氣互相摩盪、放電時所發出的閃光：〈閃電〉②物質中固有的一種能，有正、負兩種，二者相接觸或失去均衡時，會發生放電作用，產生光、熱和動力，可以廣泛應用在生產和生活中③電報或電話的簡稱：〈急電、來電〉④觸電：〈我被插頭電了一下〉⑤藉電流來發動使用的：〈電燈、電扇〉⑥形容時間短暫：〈電光石火〉⑦像電一樣迅速的：〈風馳電掣〉。

造詞 電力、電子、電池、電車、電流、電線、電器、電影、電動、電視、電路、電源、電匯、電鍍、電療、電壓、電臺、電擊、電纜、電信局／充電、供電、放電、發電、蓄電、停電、漏電、觸電、電動玩具。

雨部 6 畫

需

ㄒㄩ ①費用：〈軍需〉②八卦名之一③滿足某種欲望的東西：〈不時之需〉④有所欲求：〈需求、需要〉⑤姓。

造詞 供需、急需／需才孔亟。

反 供。

請注意：「需」是指須用，例如需要、需求，「須」是指必要、應當，例如：必須、須知。

雨部 7 畫

霄

ㄒㄧㄠ ①天空：〈雲霄、九霄雲外〉②姓。

造詞 霄漢、霄壤。

雨部 7 畫

霉

ㄇㄟˊ ①一種菌類，形狀像細絲：〈霉菌〉②通「黴」，衣物或食物等因為受到溼氣，霉菌起作用，而產生淺黑色的小汙點：〈發霉〉。

造詞 霉氣、霉運、霉爛。

雨部 7 畫

霆

ㄊㄧㄥˊ ①突然而起的雷聲：〈雷霆〉②震盪的：〈霆亂〉。

造詞 大發雷霆。

震
雨部7畫

ㄓㄣˋ ①易經八卦之一，代表雷，卦形是「☳」②打雷：〈雷震〉③激烈的動盪：〈地震、震動〉④驚動：〈震驚、震懾〉⑤轟動：〈名震天下〉⑥極、非常：〈震怒〉。

造詞 震波、震撼、震盪、震驚／威震、強震／震古鑠今、震耳欲聾。

同 振、動。

霈
雨部7畫

ㄆㄟˋ ①大雨：〈甘霈〉②恩澤③雨水很多的樣子：〈霈霈〉。

霎
雨部8畫

ㄕㄚˋ ①小雨②極短的時間：〈霎時〉。

請注意：「霎」和「剎」都表示極短的時間，如：霎時、一剎那。

霖
雨部8畫

ㄌㄧㄣˊ ①連續下三天以上的雨②雨的代稱：〈甘霖、春霖〉。

霍
雨部8畫

ㄏㄨㄛˋ ①古代國名及地名②快速的：〈霍然而癒、霍地〉③姓。

造詞 霍亂。

霓
雨部8畫

ㄋㄧˊ ①大氣中和虹同時出現的一種現象，它的顏色、排列順序和虹相反，顏色也比較淡，又叫「副虹」②雲氣：〈雲霓〉③姓。

造詞 霓虹燈。

霏
雨部8畫

ㄈㄟ ①雲氣：〈夕霏〉②飄盪：〈煙霏霧結〉③形容雨雪下得多而密的樣子：〈霏霏〉。

霑
雨部8畫

ㄓㄢ ①通「沾」，浸溼：〈霑衣〉②潤澤，比喻接受別人的恩惠：〈霑恩、霑惠〉。

雨部 9 畫

霞

ㄒㄧㄚˊ ①日出或黃昏的時候，太陽光斜射在天空中，而使天空和雲層出現黃、橙、紅等光彩：〈晚霞、朝霞、彩霞、雲霞〉②華麗的、帶有彩色的：〈鳳冠霞帔〉。

雨部 9 畫

霜

ㄕㄨㄤ ①接近地面的水蒸氣，遇冷而凝結成的白色細微顆粒，常發生在秋冬晴朗的夜晚：〈秋霜〉②像霜一樣的東西：〈砒霜、面霜、糖霜〉③像霜一樣白的：〈霜髮、霜鬢〉④姓。

造詞 霜華、霜露／冰霜、降霜、風霜、寒霜／白髮如霜、歷盡風霜。

雨部 11 畫

霧

ㄨˋ ①氣溫下降時，空氣中所含的水蒸氣結成小水滴，浮在接近地面的上空，會影響能見度：〈濃霧、晨霧、起霧〉②像霧的東西：〈噴霧氣、煙霧〉。

造詞 迷霧、雲霧／霧裡看花、吞雲吐霧、騰雲駕霧。

雨部 11 畫

霪

ㄧㄣˊ 下了很久的雨：〈霪雨〉。

雨部 12 畫

霰

ㄒㄧㄢˋ 雨點遇冷空氣而凝結成的白色不透明的小雪珠，常在下雪以前降落：〈雨霰〉。

雨部 13 畫

霸

ㄅㄚˋ ①古代諸侯的首領：〈春秋五霸〉②地方上依靠財勢作惡稱雄的人：〈惡霸〉③強橫無理的：〈霸占〉。

ㄆㄛˋ 每月初生的月光；或月體殘缺黑暗的部分：〈哉生霸〉。

造詞 霸王、霸政、霸道、霸權／爭霸、稱霸、雄霸。

反 王。

露（雨部 13 畫）

ㄌㄨˋ　讀音。①靠近地面的水蒸氣，夜間遇冷而凝結成的小水珠：〈朝露、露珠〉②味道芳香的液體，例如：酒或香水：〈玫瑰露、茉莉露〉③表現在外，沒有遮蔽：〈暴露、顯露〉④在屋外或野外的：〈露天、露宿〉⑤姓。

ㄌㄡˋ　語音。表現出來，沒有遮住：〈露口風、露出馬腳、藏頭露尾〉。

造詞 露台、露白、露面、露骨、露營／甘露、玉露、披露、果露、透露、流露／鋒芒畢露。

同 顯、現、形。

反 藏。

霹（雨部 13 畫）

ㄆㄧ　又急又響的雷聲，也可比喻突然來的打擊：〈霹靂、晴天霹靂〉。

霾（雨部 14 畫）

ㄇㄞˊ　大風吹起塵埃，使空中形成陰暗的景象：〈陰霾〉。

霽（雨部 14 畫）

ㄐㄧˋ　①雨、雪停後天氣轉晴稱為「霽」：〈大雪初霽、秋雨新霽〉②停止：〈連雨未霽〉③比喻怒氣消散：〈霽色〉④明朗的：〈霽月〉。

靂（雨部 16 畫）

ㄌㄧˋ　急雷的聲音：〈霹靂〉。

造詞 晴天霹靂。

靈（雨部 16 畫）

ㄌㄧㄥˊ　①指巫或神：〈神靈、精靈〉②魂魄：〈靈魂〉③指最精明傑出的人類：〈萬物之靈〉④人的精神：〈心靈〉⑤祭祀死者所設的牌位：〈靈前〉⑥有效驗的：〈這個方法很靈、靈藥〉⑦關於鬼神的：〈靈位、靈堂〉⑧神妙的：〈靈效、靈劍〉⑨機敏的、聰明的：〈靈巧、靈敏、靈活〉⑩姓。

造詞 靈光、靈性、靈芝、靈柩、

靈通、靈感、靈機、靈驗／生靈、性靈、英靈、幽靈／靈魂之窗、冥頑不靈。

雨部 16 畫

靄

ㄞˇ ①雲氣，介於霾和霧之間的東西：〈暮靄、夕靄、晨靄〉②雲聚集的樣子：〈靄靄〉③姓。

青部 ㄑㄧㄥ

青部 0 畫

青

ㄑㄧㄥ ①藍色：〈雨過天青〉②綠色的草木、山脈：〈踏青、看青〉③竹皮、竹簡的代稱：〈殺青、汗青〉④用青草的顏色象徵少年時代：〈青年、青春〉⑤青海省的簡稱⑥綠色的：〈青草、青豆〉⑦黑色的：〈青衣、青絲〉⑧藍色的：〈青天〉⑨姓。

ㄐㄧㄥ 通「菁」。

造詞 青史、青菜、青蛙、青蔥／丹青、黛青／青天白日、青天霹靂、青出於藍、青紅皂白、青雲直上、青黃不接、青梅竹馬、爐火純青。

青部 5 畫

靖

ㄐㄧㄥˋ ①平定：〈靖亂、靖難〉②停止：〈靖兵〉③平安沒有動亂的：〈清靖、安靖〉。

青部 7 畫

靚

ㄐㄧㄥˋ ①婦女用脂粉打扮：〈靚妝〉②美麗的、漂亮的：〈靚女、靚仔〉③通「靜」，沉靜的：〈幽靚〉。

青部 8 畫

靛

ㄉㄧㄢˋ ①藍青色的染料，用藍草的葉子浸水，再加上石灰製成：〈靛青、靛藍〉②顏色介於青、藍之間的，深藍色的：〈靛藍〉。

青部 8 畫

靜

ㄐㄧㄥˋ ①安定不動的情況：〈動靜、入靜〉②停止：〈靜止、風平浪靜〉③沒有聲音的：〈靜夜、安靜〉④停止不動的：〈靜物、靜態〉⑤沉默的：〈靜聽、靜候佳音〉。

造詞 靜脈、靜電、靜悄悄／平靜、冷靜、沉靜、寂靜、清靜、鎮靜、寧靜、肅靜／靜極思動、六根清靜、夜闌人靜、一動不如一靜。

反 動。

非部 ㄈㄟ

非部0畫

非

ㄈㄟ ①壞事、惡事：〈為非作歹、痛改前非〉②阿非利加洲的簡稱③違背、不合：〈非禮、非法〉④反對、責備：〈非議、非難〉⑤不是：〈非死即傷、答非所問〉⑥不：〈非凡、非但〉⑦表示必須、一定要：〈非去不可〉。

造詞 非分、非命、非笑、非常／是非、無非、豈非、莫非／非分之想、非同小可、非我莫屬、口是心非、似是而非、惹事生非、無可厚非、面目全非、啼笑皆非、想入非非。

反 是。

非部7畫

靠

ㄎㄠˋ ①依賴：〈靠天吃飯、依靠〉②信任、依賴：〈可靠、靠得住〉③接近、挨近：〈靠山、靠岸、靠近〉。

同 依、傍、憑、藉、託、倚、仗。

非部11畫

靡

ㄇㄧˊ ①損傷②通「糜」，爛：〈靡爛〉。

ㄇㄧˇ ①無、沒有：〈靡室靡家〉②倒下：〈所向披靡〉③奢侈的：〈奢靡〉④華麗的：〈靡衣、靡麗〉⑤衰弱的：〈委靡〉。

造詞 靡靡之音。

請注意：「靡」與「糜」的用法常被混淆。「靡」通「糜」時，含有腐爛、奢侈義，所以「糜爛」「糜費」，也寫作「靡爛」「靡費」。但是形容低級趣味的音樂，僅能用「靡靡之音」。

面部 ㄇㄧㄢˋ

面部0畫

面

面 一ㄏㄏ丙丙而而面

ㄇㄧㄢˋ ①臉孔：〈滿面春風、面紅耳赤〉②物體的外表：〈封面、路面、桌面〉③方位：〈四面八方、上面、南面〉④用來計算扁平東西的單位名詞：〈一面鏡子、一面國旗〉⑤情形、狀況：〈場面、局面〉⑥事物的部分：〈反面、光明面〉⑦數學名詞，線移動所造成的軌跡，是有長度、寬度但沒有厚度的空間：〈平面、面積〉⑧相見：〈一面之緣〉⑨向著、對著：〈面壁思過、背山面水〉⑩當面的、直接的：〈面談、面試〉。

造詞 面子、面孔、面目、面交、面具、面皰、面善、面對、面貌、面熟、面額、面臨／外面、方面、水面、見面、對面、側面、當面、表面、滿面、謀面、畫面／面目一新、面目可憎、面目全非、面有菜色、面面相覷、面面俱到、面授機宜、面黃肌瘦、別開生面、改頭換面、洗心革面、網開一面、獨當一面、蓬頭垢面。

同 臉。

面部7畫

靦

靦 一ㄏㄏ丙丙而而面面面面面面靦

ㄊㄧㄢˇ 慚愧的、羞愧的：〈靦顏〉。

ㄇㄧㄢˇ 通「腼」，害羞、難為情的樣子：〈靦覥〉。

面部14畫

靨

靨 一厂厂厂戶戶戶戶戶戶戶戶戶戶厭厭厭厭厭厭靨靨靨靨靨靨靨

ㄧㄝˋ 臉頰上的小圓渦，俗稱「酒窩」：〈笑靨、嬌靨、酒靨〉。

革部 ㄍㄜˊ

革部0畫

革

革 一十廿廿廿芇芇革

ㄍㄜˊ ①去掉毛的獸皮：〈皮革、牛革、馬革裹屍〉②古代作戰時穿的甲冑：〈兵革〉③古代的八音之一，是用皮革製成的樂器所發出的聲音④除去：〈革除、革職〉⑤變更、改換：〈洗心革面、革新、革命〉⑥姓。

ㄐㄧˊ 通「急」。

造詞 革履、革命黨／改革、沿革、變革。

同 改、更。

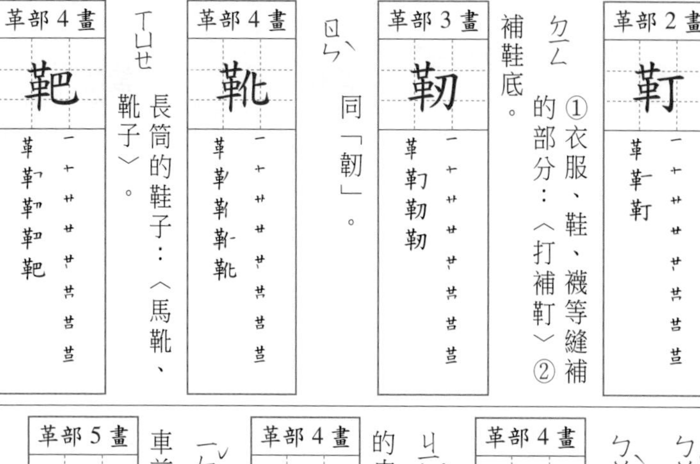

革部 2 畫　**靪**

ㄉㄧㄥ ①衣服、鞋、襪等縫補的部分：〈打補靪〉②補鞋底。

革部 3 畫　**靭**

ㄖㄣˋ 同「韌」。

革部 4 畫　**靴**

ㄒㄩㄝ 長筒的鞋子：〈馬靴、靴子〉。

革部 4 畫　**靶**

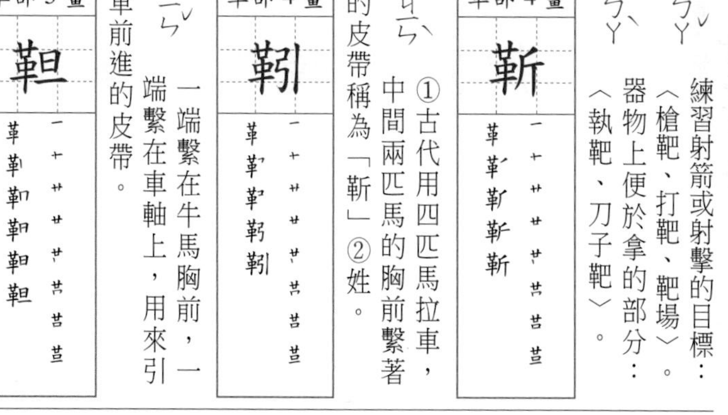

ㄅㄚˇ 練習射箭或射擊的目標：〈槍靶、打靶、靶場〉。

ㄅㄚˋ 器物上便於拿的部分：〈執靶、刀子靶〉。

革部 4 畫　**靳**

ㄐㄧㄣˋ ①古代用四匹馬拉車，中間兩匹馬的胸前繫著的皮帶稱為「靳」②姓。

革部 4 畫　**靷**

ㄧㄣˇ 一端繫在牛馬胸前，一端繫在車軸上，用來引車前進的皮帶。

革部 5 畫　**靼**

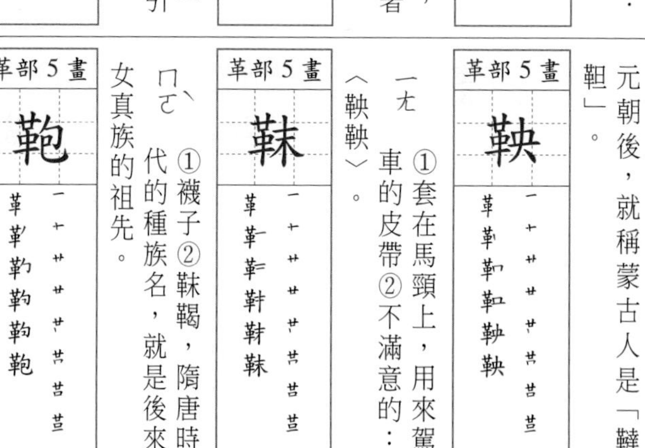

ㄉㄚˊ ①柔軟的皮革②韃靼，唐朝末年的蒙古種族名，元朝後，就稱蒙古人是「韃靼」。

革部 5 畫　**鞅**

ㄧㄤ ①套在馬頸上，用來駕車的皮帶②不滿意的：〈鞅鞅〉。

革部 5 畫　**靺**

ㄇㄛˋ ①襪子②靺鞨，隋唐時代的種族名，就是後來女真族的祖先。

革部 5 畫　**鞄**

ㄅㄠˊ　軟皮製成的小箱子：〈提鞄〉。

革部6畫
鞍

ㄢ　放在馬、驢等牲口背上，用來承受重量或供人騎坐的墊子：〈馬鞍、鞍轡〉。

革部6畫
鞋

ㄒㄧㄝˊ　一種腳上的穿著物，可以保護腳部，便於行走：〈球鞋、雨鞋、皮鞋〉。

造詞 鞋匠、鞋底、鞋油、鞋幫、鞋帶／布鞋、涼鞋、釘鞋、拖鞋。

同 履。

革部6畫
鞏

ㄍㄨㄥˇ　①用皮革捆東西②堅固、穩固：〈鞏固〉③姓。

同 固。

革部7畫
鞘

ㄑㄧㄠˋ　裝刀、劍的套子：〈劍鞘、刀鞘〉。

革部7畫
鞔

ㄇㄢˊ　①鞋面②用皮革蒙製成大鼓：〈鞔鼓〉。

革部8畫
鞠

ㄐㄩˊ　①撫養、養育：〈鞠育、鞠養〉②彎曲：〈鞠躬〉③幼小的：〈鞠子〉④姓。

造詞 鞠躬盡瘁。

革部9畫
鞣

ㄖㄡˊ　①熟的或柔軟的皮革②加工使皮革變柔軟：〈鞣皮、鞣革、鞣製〉。

革部9畫
鞦

ㄑㄧㄡ　①套在拉車的牲畜臀部後面的皮帶②鞦韆，一種供人遊戲、運動的器材，在木架或鐵架上懸掛繩子或鐵鍊，下面拴一塊板子，人在板子上坐或站著，前後擺動，也可寫成「秋千」。

革部9畫
鞭

ㄅㄧㄢ ①古代的兵器，形狀像劍，但有節：〈竹節鞭、鋼鞭〉②用來趕牲畜或打人的長條形東西：〈鞭子、馬鞭、皮鞭〉③成串的爆竹：〈一掛鞭、鞭炮〉④俗稱雄性獸類的生殖器：〈鹿鞭、虎鞭〉⑤用鞭子抽打：〈鞭打、鞭笞、鞭撻〉。

造詞 鞭策、鞭屍、鞭箠／皮鞭、教鞭、執鞭／鞭長莫及、鞭辟入裡。

革部 9 畫

鞨

ㄏㄜˊ ①鞋子：〈履鞨〉②靺鞨，女真族的祖先名。

革部 13 畫

韃

ㄉㄚˊ ①韃靼，我國古代北方的種族，元朝滅亡後稱蒙古人為「韃靼」②從前漢人對塞外民族的稱呼：〈韃子〉。

革部 13 畫

韁

ㄐㄧㄤ 繫在馬脖子上的皮繩，用來控制馬的前進、轉彎：〈韁繩〉。

革部 15 畫

韆

ㄑㄧㄢ 鞦韆。

革部 17 畫

韉

ㄐㄧㄢ 馬鞍下面的墊子：〈鞍韉〉。

韋部 ㄨㄟˊ

韋部 0 畫

韋

ㄨㄟˊ ①去毛加工後所製成的柔軟獸皮：〈韋帶〉②姓。

請注意：生皮稱為「革」，熟皮稱為「韋」。

韋部 3 畫

韌

ㄖㄣˋ 柔軟而堅固的：〈堅韌、韌性〉。

造詞 韌勁、韌帶。

韋部 8 畫

韓

ㄏㄢˊ ①國名，在亞洲東北部，現在由北緯三十八度分為南韓、北韓②姓。

韋部 9 畫

韙

ㄨㄟˇ 是、正確的、好的。

請注意：「韙」常和否定字連用，例如「不韙」是「不是」的意思。

韋部 10 畫

韜

ㄊㄠ ①弓、劍的套子：〈弓韜〉②打仗的謀略、兵法：〈韜略〉③掩藏：〈韜晦、韜光養晦、隱韜〉。

造詞 韜聲匿迹。

韋部 10 畫

韞

ㄩㄣˋ 藏：〈石韞玉而山暉〉。

造詞 韞匵而藏。

韋部 12 畫

韡

ㄨㄟˇ 光明的樣子：〈韡韡〉。

韭部 ㄐㄧㄡˇ

韭部 0 畫

韭

ㄐㄧㄡˇ 多年生草本植物，葉子扁平而細長，味道刺激，可以食用：〈韭黃、韭菜〉。

音部 ㄧㄣ

音部 0 畫

音

ㄧㄣ ①物體受振動後，由空氣傳播而發出的聲響：〈聲音、音波〉②腔調：〈口音、鄉音〉③樂曲：〈靡靡之音〉④消息、書信：〈佳音、音信〉⑤對別人言語的敬稱：〈德音、玉音〉⑥姓。

造詞 音色、音符、音義、音節、音質、音樂、音量、音響／合音、注音、語音、福音、噪音、遺音、餘音、讀音／音容宛在、音韻天成。

章
音部2畫

丶亠𠆢立产音音音章章章

ㄓㄤ　①音樂的段落：〈樂章〉②詩歌、文詞的段落：〈第三章、章節〉③可以表達完整意思的成篇文詞：〈文章〉④規則、條例：〈約法三章〉⑤圖記、印信：〈印章、私章〉⑥古代臣子呈給君王看的文書：〈奏章〉⑦標幟：〈徽章、勛章〉⑧條理：〈雜亂無章〉⑨姓。

造詞 章回、章法、章程、章魚／表章、周章、蓋章、獎章／出口成章、順理成章。

竟
音部2畫

丶亠𠆢立产音音音竟竟

ㄐㄧㄥˋ　①結束、完畢：〈未竟全程〉②深究、追究：〈窮竟其事、窮源竟委〉③整個的、從頭到尾：〈竟日、竟夜不睡〉④居然，表示出乎意料之外：〈竟然、竟敢〉⑤終於：〈有志竟成〉⑥姓。

造詞 究竟、終竟、畢竟。

同 終、畢、遂。

韶
音部5畫

丶亠𠆢立产音音音音韶韶韶韶韶

ㄕㄠˊ　①古代虞舜所製的樂曲名：〈韶樂〉②美好的：〈韶華、韶光〉③姓。

韻
音部10畫

丶亠𠆢立产音音音音韻韻韻韻韻韻韻韻韻韻

ㄩㄣˋ　①和諧好聽的聲音：〈琴韻、餘韻〉②字音中收尾的部分，例如ㄕㄠ，ㄕ是聲，ㄠ是韻，四聲是調：〈押韻、聲韻〉③風度、風格：〈氣韻、風韻、韻味〉④風雅的、有情趣的：〈韻事〉⑤姓。

造詞 韻文、韻律、韻語、韻腳／神韻、音韻、情韻。

響
音部12畫

𠂉𠂉乡乡乡乡乡乡乡乡乡乡乡鄉鄉鄉鄉鄉鄉鄉響響響響響

ㄒㄧㄤˇ　①聲音：〈聲響、回響〉②發出聲音：〈一聲不響、鐘響了〉③附和、呼應：〈響應〉④能發出聲音的：〈響板、響箭〉⑤聲音大的：〈響亮、叫得太響了〉。

造詞 響馬、響尾蛇／音響、影響／響徹雲霄、響過行雲、不同凡響。

頁部
ㄧㄝˋ

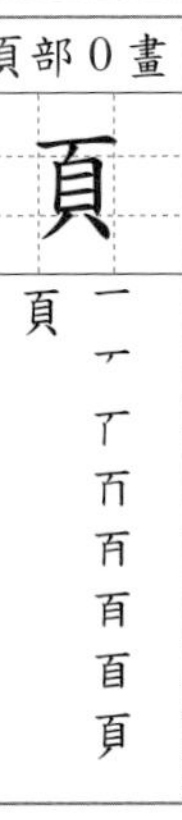

ㄧㄝˋ　①計算紙的單位：〈冊頁、活頁紙〉②書、雜誌等印刷品的一面叫一頁：〈全書共三百頁、第六頁〉③一片一片的：〈頁岩〉。

頁部 2 畫

頂

ㄉㄧㄥˇ　①頭的最上端：〈頭頂〉②物的最高部分：〈山頂、屋頂〉③計算有頂的東西，例如帽子、轎子等的單位名詞：〈一頂帽子〉④用頭承載、支撐、撞擊：〈頭頂著菜籃、用頭頂人〉⑤用東西擋住：〈把門頂上〉⑥觸犯、衝撞：〈頂嘴、頂撞〉⑦冒充、代替：〈冒名頂替〉⑧讓售：〈把店面頂出去〉⑨抵得住：〈一個人可以頂三個用〉⑩管用：〈頂用、頂事〉⑪最、極：〈頂好、頂最〉。

造詞 頂禮、頂點、頂刮刮／丹頂、絕頂、滅頂／頂天立地、頂禮膜拜。

反 底、踵。

請注意：「頂」和「最」的用法不同。「頂」只用在說話上，而且在先、後、前等形容詞前面只用「最」，不用「頂」。

頁部 2 畫

頃

ㄑㄧㄥˇ　①計算土地面積的單位，一百畝等於一頃②不久前、剛才：〈頃接來信〉③形容很短的時間：〈頃刻、少頃、俄頃〉。

ㄑㄧㄥ　通「傾」。

頁部 3 畫

項

ㄒㄧㄤˋ　①脖子的後部：〈頸項、秀髮垂項、項圈、項鍊〉②事物分類的條目：〈項目、事項〉③計算事物件數的單位：〈十項全能、一項任務〉④錢、經費：〈款項、用項〉⑤姓。

造詞 項背相望。

頁部 3 畫

順

ㄕㄨㄣˋ　①向著同一個方向去：〈順風、順流、順水推舟〉②遵循：〈順序〉③沿著、靠著：〈順著河堤走〉④服從：〈百依百順、順從〉⑤適合：

〈順心〉⑥隨手、趁便：〈順手關門、順便〉⑦整理、使有條理：〈把頭髮順一順、順一順文章〉⑧柔和的：〈溫順、柔順〉⑨調和的：〈風調雨順〉⑩服從的：〈順民〉⑪暢達的：〈通順〉⑫順利的：〈事情進行得很順〉⑬依次的：〈順延〉⑭姓。

造詞 順口、順成、順利、順眼、順遂、順境、順應、順風耳／耳順、孝順、恭順、歸順／順手牽羊、順其自然、順理成章、一帆風順、名正言順。

同 從。

反 逆、反、違、忤。

請注意：「順」和「延」的用法不同。「延」可以用在具有抽象意義的途徑，「順」卻不能，例如：「延」著光明富強的道路前進，不能說成「順」著光明富強的道路前進。

頁部3畫

須

ㄒㄩ ①必得、應當：〈必須、務須、須知〉②短時間、片刻：〈須臾〉③姓。

請注意：「須」和「需」用法不同。「須」是助動詞或副詞，如「人須吃飯」、「必須」，「需」是動詞，如：「我需要錢」、「需才」。而「須要」的意思是必須，「需要」的意思是需用。

頁部3畫

頇

ㄏㄢ 糊塗不清醒的樣子：〈顢頇了事〉。

頁部4畫

預

ㄩˋ ①通「與」，參與：〈參預〉②加入、干涉：〈干預〉③通「豫」，事先：〈預付、預兆、預防、預備〉。

造詞 預先、預言、預知、預定、預約、預料、預習、預期、預算、預謀、預賽。

同 先、豫。

頁部4畫

頑

ㄨㄢˊ ①愚蠢無知的：〈冥頑不靈〉②不服從的、難以制服的：〈頑民、頑亂、頑固〉③調皮的：〈頑皮、頑童〉④不可當真的：〈頑話〉⑤不易變好的：〈頑癖〉。

造詞 頑劣、頑強、頑鈍／頑石點

頭。

反 廉。

頁部 4 畫

頓

ㄉㄨㄣˋ ①表示次數的單位名詞：〈一頓飯、打了一頓〉②用頭叩地：〈頓首〉③用腳猛踏：〈頓足〉④整理、處置：〈安頓、整頓〉⑤暫停：〈停頓〉⑥疲倦：〈困頓〉⑦忽然：〈茅塞頓開〉⑧立刻：〈頓悟、頓時〉⑨姓。

ㄉㄨˊ 漢朝初年匈奴的一個君主名：〈冒（ㄇㄛˋ）頓〉。

造詞 頓筆／頓悟成佛。

頁部 4 畫

頒

ㄅㄢ ①發給、賜給：〈頒獎、頒贈、頒發〉②公布、宣布：〈頒布、頒行〉。

頁部 4 畫

頌

ㄙㄨㄥˋ ①用讚美、表揚作為內容的文體：〈領袖頌〉②稱讚：〈讚頌、歌頌、頌揚〉③通「誦」，朗讀：〈頌詩〉④書信中表示祝福的詞：〈歌頌安好〉。

造詞 頌詞、頌歌、頌讚。

頁部 4 畫

頊

ㄒㄩˋ ①顓頊，古代帝王名②茫然失意的樣子：〈頊頊〉。

頁部 4 畫

頏

ㄏㄤˊ 鳥向下飛翔：〈頡頏〉。

請注意：鳥向上飛翔叫「頡」，向下飛翔叫「頏」。

頁部 4 畫

頎

ㄑㄧˊ 形容身材高挺的樣子：〈頎長、頎然〉。

頁部 5 畫

頗

ㄆㄛ ①很、相當、非常：〈頗感興趣、頗大〉②歪斜、不正：〈偏頗、險頗〉③姓。

同 偏。

反 平。

頁部 5 畫

領

ㄌㄧㄥˇ ①指脖子部分、頸部：〈引領而望〉②衣服上圍繞脖子的部分：〈衣領、領子〉③事物或文章的大綱、要點：〈綱領、要領〉④才能：〈本領〉⑤首長：〈首領〉⑥計算衣服、席子等的單位名詞：〈一領衣服、一領席〉⑦引導：〈你領他進去、引領、領導〉⑧統帥：〈領兵、各領風騷五百年〉⑨取得、受取：〈領薪水、領獎〉⑩了解、明白：〈領悟〉⑪接受：〈領教〉⑫管轄的：〈領土〉。

造詞 領巾、領先、領空、領事、領海、領班、領袖、領情、領域、領略、領隊、領養／占領、心領、白領、率領、請領、承領、總領／不得要領、提綱挈領。

同 頭、項、脖。

頁部6畫

頡

ㄒㄧㄝˊ ①直著脖子②鳥向上飛翔：〈頡頏〉③姓。

ㄐㄧㄝˊ ①減扣：〈盜頡資糧〉②人名用字：〈倉頡〉。

頁部6畫

頦

ㄏㄞˊ 讀音。面頰的下部，也就是嘴下面到喉頭上面的部分，俗稱「下巴」。

ㄎㄜ 語音。下巴頦兒，就是「下巴」。

頁部6畫

頞

ㄜˋ 鼻梁：〈蹙頞〉。

頁部6畫

頫

ㄈㄨˇ 通「俯」，低頭向下：〈頫首〉。

頁部7畫

頰

ㄐㄧㄚˊ 面部兩旁顴骨以下的部分，俗稱「腮幫子」：〈臉頰、面頰〉。

頁部7畫

頸

ㄐㄧㄥˇ ①頭和軀幹相連的部分，也就是「脖子」：〈頸子、頸項、長頸鹿〉②瓶口下面的細長部分：〈瓶頸〉。

ㄍㄥˇ 脖子的後面部分：〈脖頸子〉。

頁部7畫

頻

ㄆㄧㄣˊ ①接連著的：〈頻年、頻仍〉②屢次、常常：〈頻頻犯錯、頻繁〉。

造詞 頻率、頻道。

同 仍、連、累。

頁部7畫

頷

ㄏㄢˋ ①就是「下巴」：〈頷下〉②微微點頭，表示答應的意思：〈頷首〉。

頁部7畫

頭

ㄊㄡˊ ①人體的最高部分或其他動物身上的最前部分，俗稱「腦袋」：〈頭顱、頭頂、魚頭〉②頭髮：〈蓬頭垢面、梳頭〉③事物的最前、最高部分：〈山頭、船頭、車頭〉④一群人中的領導人：〈頭子、工頭〉⑤開始：〈年頭、起頭〉⑥邊、岸、處：〈江頭、街頭、盡頭〉⑦剩下的部分：〈布頭、零頭〉⑧對象：〈冤有頭，債有主〉⑨方面：〈話分兩頭〉⑩計算動物的單位名詞，動物一隻叫一頭：〈三頭牛〉⑪第一的：〈頭等艙、頭期款〉⑫次序在前面的：〈頭幾天〉。

・ㄊㄡ ①名詞的詞尾，沒有意義：〈木頭、舌頭、石頭〉②形容詞、動詞的詞尾，使形容詞或動詞變成名詞：〈有看頭、苦頭、甜頭〉③方位詞的詞尾，沒有意義：〈上頭、前頭、後頭〉。

造詞 頭目、頭大、頭寸、頭版、頭痛、頭腦、頭號、頭銜、頭緒／口頭、心頭、回頭、年頭、掉頭、滑頭、砍頭、轉頭／頭角崢嶸、頭昏眼花、頭頭是道、生死關頭、百尺竿頭、獨占鰲頭。

反 尾。

頁部7畫

頹

ㄊㄨㄟˊ ①倒塌：〈頹垣斷壁、頹圮〉②衰老的：〈頹齡〉③敗壞的、衰敗的：〈頹風敗俗、頹敗〉④意志消沉的：〈頹喪、頹唐〉。

造詞 頹然、頹勢、頹廢。

同 崩、壞、隤。

頁部7畫

頤

ㄧˊ ①下巴：〈托頤〉②面頰：〈豐頤〉③保養、修養：〈頤養天年、頤性〉。

造詞 頤和園／朵頤、解頤。

頁部8畫

顆

丶 ㄇ 日 日 旦 甲 果 果 果 果 果 顆 顆 顆 顆 顆 顆

ㄎㄜ　計算小圓粒狀的東西的單位名詞：〈一顆紅豆、一顆珍珠、顆粒〉。

頁部9畫

額

丶 丶 宀 宀 夕 安 客 客 客 客 客 額 額 額 額 額 額 額

ㄜˊ　①頭的前面、眉毛以上，頭髮以下的部分：〈額頭〉②掛在門上或堂前的有題字的木板，橫的叫「額」，直的叫「匾」：〈門額、匾額〉③規定的數目或數量：〈名額、金額、稅額〉④姓。

造詞 額外、額角、額度、額數／足額、定額、員額、總額／焦頭爛額。

頁部9畫

顏

丶 亠 亠 文 文 产 产 彥 彥 彥 彥 彥 顏 顏 顏 顏 顏 顏

ㄧㄢˊ　①本來是指兩眉之間，又指額頭：〈龍顏〉②臉上的表情、臉色：〈笑顏、歡顏、和顏悅色〉③面子：〈無顏見人〉④色彩：〈顏色、五顏六色〉⑤姓。

造詞 顏回、顏面、顏料／汗顏、紅顏、慈顏、愁顏、展顏、醉顏。

同 臉、面。

頁部9畫

題

丨 ㄇ 日 日 旦 早 早 是 是 是 是 是 題 題 題 題 題 題

ㄊㄧˊ　①詩、文章、演講或一件事的名稱：〈主題、標題、文不對題〉②考試的問話或求解的文字：〈試題、題目〉③書寫、寫上：〈題詩、題字〉④評論：〈品題人物〉⑤同「提」，述說：〈重題往事〉。

造詞 題材、題名、題庫、題款／命題、出題、考題、問題、課題、難題、解題。

請注意：寫在書籍、字畫、碑帖前面的文字稱「題」，寫在後面的稱「跋」。

頁部9畫

顎

丶 ㄇ 口 口 吅 吅 吅 咢 咢 咢 咢 咢 顎 顎 顎 顎 顎 顎

ㄜˋ　指嘴的上下兩部分，構成臉下半部的骨骼。在上方的稱「上顎骨」，固定不動；在下方的稱「下顎骨」，可以開合。

頁部9畫

顓

丨 山 山 山 屵 屵 耑 耑 耑 耑 耑 耑 顓 顓 顓 顓 顓 顓

ㄓㄨㄢ　①顓頊：古代的帝王名，黃帝的孫子②通「專」，專擅：〈顓權〉③愚昧無知的：〈顓蒙、顓愚〉④謹慎的樣子⑤複姓：〈顓孫〉。

頁部 10 畫

類

丶 丷 䒑 半 米 米 米 类 类 类 类 类 类 类 类 類 類 類 類

ㄌㄟˋ ①性質相同或相似的人、事、物的總合：〈人類、種類、同類〉②好像：〈類似、畫虎不成反類犬〉③大概：〈類皆如此〉④姓。

造詞 類別、類型、類推／分類、相類、事類／分門別類、不倫不類、有教無類。

頁部 10 畫

願

一 厂 厂 历 历 盾 盾 原 原 原 原 原 原 原 原 原 願 願 願

ㄩㄢˋ ①期望、希望：〈心願、事與願違〉②信徒對神佛許下的酬謝：〈許願、還願〉③肯、樂意：〈自願、情願、甘願〉④希望：〈但願如此〉。

造詞 願望、願意／志願、訴願、誓願／心甘情願。

同 望。

頁部 10 畫

顛

一 十 十 冇 冇 有 育 直 真 真 真 真 真 真 真 真 顛 顛 顛

ㄉㄧㄢ ①通「巔」，頂端：〈山顛、樹顛〉②根本：〈顛末〉③跌倒：〈顛仆〉④推翻：〈顛覆〉⑤搖晃震盪：〈車顛得很厲害〉⑥上下倒置：〈顛倒〉⑦通「癲」，瘋狂：〈顛狂、瘋顛〉⑧姓。

造詞 顛沛、顛峯、顛蹶／顛撲不破、顛三倒四。

同 仆、倒、蹶。

頁部 10 畫

顙

ㄱ 又 叒 叒 叒 叒 叒 桑 桑 桑 桑 桑 桑 桑 桑 桑 顙 顙 顙

ㄙㄤˇ ①額頭②古代喪禮中的跪拜禮，用額頭碰地，表示非常悲痛：〈稽顙〉。

頁部 11 畫

顢

一 十 卄 廿 芇 芇 苒 苒 苒 苒 苒 苒 苒 苒 顢 顢 顢 顢

ㄇㄢˊ 糊塗、不明事理的：〈顢頇〉。

頁部 12 畫

顧

丿 厂 户 户 户 户 户 户 雇 雇 雇 雇 雇 雇 雇 顧 顧 顧 顧 顧 顧

ㄍㄨˋ ①回頭看：〈顧左右而言他〉②看：〈回顧、四顧無人〉③關懷、眷念：〈照顧、不顧舊情〉④理會：〈不顧我的反對、奮不顧身〉⑤拜訪：〈光顧、三顧茅廬〉⑥客人前來購買貨物：〈惠顧〉⑦姓。

造詞 顧主、顧客、顧忌、顧念、顧問、顧慮、顧不得／反顧、眷顧、兼顧／顧名思義、顧此失彼、不屑一顧、義無反顧。

頁部 12 畫

顥

丨 ㄇ 日 日 旦 早 昊 昊 昦 昦 昦 昦 景 景 景 顥 顥 顥 顥 顥 顥

ㄏㄠˋ ①通「昊」，天空：〈顥穹〉②明亮的：〈顥氣、顥顥〉。

頁部 13 畫

顫

丶 亠 亣 亣 亩 亩 亩 亩 亶 亶 亶 亶 亶 亶 顫 顫 顫 顫 顫 顫 顫 顫

ㄓㄢˋ ①因寒冷、害怕或情緒激動而身體發抖：〈顫抖、顫悸〉②物體振動：〈顫動〉③晃動：〈顫顫巍巍〉。

造詞 心驚膽顫。

同 振、震、抖、戰。

反 定。

頁部 14 畫

顯

丨 ㄇ 日 日 旦 旦 旦 显 显 显 显 显 显 显 顯 顯 顯 顯 顯 顯 顯 顯 顯

ㄒㄧㄢˇ ①表現：〈大顯身手〉②露出來：〈顯而易見、顯露〉③表揚：〈顯揚〉④明白的：〈顯明、顯著〉⑤有名望又有權勢的：〈顯要、顯貴〉⑥尊稱去世的直系親屬：〈顯妣、顯考〉。

造詞 顯示、顯現、顯然、顯赫、顯耀／明顯、榮顯／顯而易見、顯露頭角。

反 隱、晦。

頁部 15 畫

顰

丨 卜 屮 止 屮 屮 步 步 步 步 步 步 頻 頻 頻 頻 頻 頻 顰 顰 顰 顰 顰 顰

ㄆㄧㄣˊ 皺眉：〈顰眉、顰蹙、一顰一笑〉。

頁部 16 畫

顱

丨 卜 上 广 卢 卢 虍 虍 虍 虐 虐 虛 盧 盧 盧 盧 盧 顱 顱 顱 顱 顱 顱 顱 顱

ㄌㄨˊ 頭部：〈頭顱、顱骨〉。

頁部 18 畫

顴

丶 丷 艹 艹 艹 艹 艹 艹 萑 萑 萑 萑 萑 萑 雚 雚 顴 顴 顴 顴 顴 顴 顴 顴 顴

ㄑㄩㄢˊ 面頰骨，眼眶下面，兩頰突起的部分：〈顴骨〉。

風部 ㄈㄥ

風部 0 畫

風

丿 几 凡 凡 凤 凤 凤 風 風

ㄈㄥ ①空氣流動的現象：〈狂風、微風〉②社會上的習尚：〈移風易俗、風俗〉③人的格調、氣質：〈風格、風采、長者之風〉④教化：〈遺風、流風〉⑤訊息：〈空穴來風、聞風而來、風聲〉⑥威勢：〈望風披靡〉⑦男女之間的情愛：〈爭風吃醋〉⑧古代各地的歌謠：〈國風、秦風、采風〉⑨詩經六藝之一：〈風雅頌〉⑩肢體癱瘓的病：〈中風〉⑪交配：〈風馬牛不相及〉⑫沒有確實根據的：〈風言風語〉⑬轉動生風的：〈風箱〉⑭像風一樣快的：〈風行〉⑮傳說的：〈風聞〉⑯風吹的：〈風乾〉⑰姓。

ㄈㄥˋ ①吹動：〈春風風人〉②通「諷」，勸諫：〈風世勵俗〉。

造詞 風土、風水、風化、風向、風光、風車、風波、風味、風浪、風流、風景、風琴、風雲、風箏、風範、風趣、風潮、風險、風騷／民風、家風、旋風、颱風、暴風／風中之燭、風平浪靜、風行草偃、風光明媚、風吹雨打、風吹草動、風雨同舟、風花雪月、風姿綽約、風流倜儻、風起雲湧、風雲際會、風馳電掣、風塵僕僕、風調雨順、風聲鶴唳、甘拜下風、兩袖清風、弱不禁風、滿面春風。

風部 5 畫

颯

丶 亠 亣 立 立 立几 立凡 立凡 立凡 立凡 颯 颯

ㄙㄚˋ ①衰竭：〈衰颯〉②形容風吹的聲音：〈颯颯、蕭颯、颯然〉。

風部 5 畫

颱

丿 几 凡 凡 凡 凡 凡 風 風 颱 颱 颱 颱 颱 颱

ㄊㄞˊ 發生在西太平洋區的熱帶氣旋，由赤道附近的低氣壓所形成，常帶來暴風豪雨，造成災害：〈颱風〉。

風部 6 畫

颳

丿 几 凡 凡 凡 凡 凡 風 風 颳 颳 颳 颳 颳 颳

ㄍㄨㄚ 通「刮」，風吹起：〈颳颱風、什麼風把你颳來了〉。

風部 8 畫

颶

丿 几 凡 凡 凡 凡 凡 風 風 颶 颶 颶 颶 颶 颶 颶 颶

ㄐㄩˋ 熱帶氣旋，常在海上形成暴風：〈颶風〉。

風部 9 畫

颺

丿 几 凡 凡 凡 凡 凡 風 風 颺 颺 颺 颺 颺 颺 颺 颺 颺

ㄧㄤˊ ①飛揚，被風吹起：〈風颺〉②飛翔：〈高颺、飛颺、遠颺〉。

風部 10 畫

颼

丿 几 凡 凡 凤 凨 風 風 風 颭 颭 颼 颼 颼 颼 颼

ㄙㄡ　①被風吹乾或吹冷：〈別讓風颼乾了〉②形容風吹的聲音：〈北風颼颼的吹〉③冷的樣子：〈冷颼颼〉④形容東西在空中快速通過的聲音：〈子彈颼的一聲飛了過去〉。

風部 11 畫

飄

一 丆 丙 襾 覀 覀 覀 覀 票 票 票 票 剽 剽 剽 剽 飄 飄 飄 飄

ㄆㄧㄠ　①旋風：〈飄風〉②隨風飛動：〈飄揚、飄蕩〉③通「漂」，浮在水面上：〈飄流、飄浮〉④動作輕快的樣子：〈飄忽〉。

造詞　飄泊、飄逸、飄零、飄落、飄眇、飄飄／飄飄欲仙、飄洋過海。

同　吹、拂、揚。

風部 12 畫

飆

一 ナ 大 犬 犬 犬 犬 犬 犬 犬 猋 猋 猋 猋 猋 飆 飆 飆 飆 飆 飆

ㄅㄧㄠ　突然興起的暴風：〈狂飆〉。

造詞　飆車、飆漲、飆塵。

飛部 ㄈㄟ

飛部 0 畫

飛

乁 飞 飞 飞 飞 飛 飛 飛 飛

ㄈㄟ　①鳥蟲振動翅膀，在空中浮動滑行：〈鳥飛了〉②飛行器利用機械和流體力學原理在空中浮動滑行：〈飛行、起飛、飛翔〉③飄揚、飄浮移動：〈雪花紛飛〉④在空中飄揚的：〈飛絮〉⑤迅速噴射的：〈飛泉〉⑥意外的：〈飛禍〉⑦投擲出去的：〈飛鏢、飛彈〉⑧沒有根據的：〈飛言飛語、飛短流長〉⑨迅速的：〈飛奔、飛馳〉。

造詞　飛刀、飛吻、飛紅、飛逝、飛船、飛碟、飛舞、飛機、飛禽、飛躍、飛毛腿／阿飛、高飛、單飛、飄飛／飛沙走石、飛來橫禍、飛黃騰達、飛蛾撲火、飛簷走壁、不翼而飛、血肉橫飛、插翅難飛、勞燕分飛、遠走高飛、健步如飛。

食部 ㄕˊ

食部 0 畫

食

丿 人 𠆢 今 今 今 食 食 食

ㄕˊ　①吃的東西：〈豐衣足食、糧食〉②吃東西：

〈食不知味、食宿〉③通「蝕」，虧蝕：〈日食、月食〉④背棄：〈食言而肥〉⑤姓。

ㄙˋ ①飯：〈一簞食〉②通「飼」，拿食物給人或牲畜吃：〈飲之食之、以食(ㄕˊ)食(ㄙˋ)人〉。

ㄧˋ 人名：〈酈(ㄌㄧˋ)食其(ㄐㄧ)〉。

造詞 食品、食物、食客、食指、食道、食糧、食譜、食慾、食鹽、食補／美食、粗食、飲食、絕食、偏食、素食、零食、暴食／食古不化、食指大動、食髓知味、因噎廢食、弱肉強食、節衣縮食、飢不擇食、鮮衣美食。

同 吃、喫、啖、哺、飧、饗。

食部2畫

飢

ノ 𠆢 𠂊 今 今 今 刍 自 自 飣 飢

ㄐㄧ ①通「饑」，農作物收成不好的荒年：〈飢荒、飢亂〉②餓：〈飢寒交迫、飢餓、飢渴〉③姓。

造詞 飢溺、飢饉／飢不擇食、飢腸轆轆、畫餅充飢。

同 餒、餓、饑、饉。

反 飽。

食部3畫

飧

ノ ク タ 夕 夕 夕 夕 夕 飧 飧 飧 飧

ㄙㄨㄣ ①晚飯②飯菜：〈盤飧〉。

食部4畫

飪

ノ 𠆢 𠂊 今 今 今 刍 自 食 飦 飪 飪

ㄖㄣˋ 煮熟食物：〈烹飪〉。

食部4畫

飲

ノ 𠆢 𠂊 今 今 今 刍 自 食 飲 飲 飲

ㄧㄣˇ ①可以喝的液體食物：〈飲料、冷飲〉②喝：〈飲酒、飲水〉③含著、忍著：〈飲恨〉④受：〈飲彈而亡〉。

ㄧㄣˋ ①拿液體食物給人喝：〈飲以酒〉②讓牲畜喝水：〈飲馬於河〉。

造詞 飲泣、飲食、飲茶、飲德／牛飲、對飲、痛飲、暢飲／飲水思源、飲酒作樂。

同 喝。

食部4畫

飩

ノ 𠆢 𠂊 今 今 今 刍 自 食 飩 飩 飩

ㄉㄨㄣˋ 一種用薄麵皮裏肉做成的食品，煮熟後連湯一起吃：〈餛飩〉。

食部4畫

飯

ノ 𠆢 𠂊 今 今 今 刍 自 食 飣 飯 飯

ㄈㄢˋ ①煮熟的穀類食品，多指米飯：〈煮飯〉②每天定時分次吃的正餐：〈早飯、午飯、晚飯〉③用來盛飯的：〈飯碗、飯盒〉④販賣飲食的：〈飯館、飯店〉。

造詞 飯局、飯匙、飯桶、飯票、飯量、飯鍋、飯廳／用飯、討飯、噴飯／飯來張口、粗茶淡飯。

食部 4 畫

飭

ㄔˋ ①整頓、治理：〈整飭〉②古代上級命令下級辦事：〈飭令、飭辦〉③告誡：〈申飭〉④嚴謹的樣子：〈謹飭〉。

造詞 飭交、飭派、飭導／匡飭、嚴飭。

食部 5 畫

飼

ㄙˋ ①餵養動物的東西：〈飼料〉②餵養動物：〈飼鳥、飼養〉。

食部 5 畫

飴

ㄧˊ 米麥發酵後，和糖漿加工製成的軟糖：〈甘之如飴、含飴弄孫、香蕉飴、新港飴〉。

食部 5 畫

飽

ㄅㄠˇ ①不餓、滿足：〈只求溫飽〉②吃夠了，不覺得餓：〈酒足飯飽、吃飽〉③滿足：〈大飽眼福、飽學之士〉④極、盡：〈飽受驚駭、飽經世故〉⑤姓。

造詞 飽和、飽暖、飽滿、飽德／填飽、醉飽／飽食終日。

同 饜。

反 飢、餓。

食部 5 畫

飾

ㄕˋ ①佩帶在身上，用來裝扮的物件：〈首飾、服飾〉②裝扮、美化：〈修飾、粉飾、裝飾〉③遮掩：〈文過飾非、飾偽、飾過〉④扮演：〈飾演〉。

造詞 掩飾、虛飾、矯飾。

食部 6 畫

餃

ㄐㄧㄠˇ 用麵粉製成薄皮，包著肉、菜等餡，做成元寶形的食物，蒸、煮熟後再吃：〈餃子、水餃、蒸餃〉。

餅　食部6畫

ㄅㄧㄥˇ ①用米、麵做成的扁形食物：〈月餅、烙餅、燒餅、餅乾〉②形狀扁圓的東西：〈鐵餅〉。

餌　食部6畫

ㄦˇ ①用米、麵製成的糕餅：〈餅餌〉②泛指各種食品：〈果餌、藥餌〉③釣魚時用來引魚上鉤的魚食：〈魚餌、釣餌〉④用來引誘人的事物：〈誘餌、以金錢為餌〉⑤引誘：〈餌敵〉。

餉　食部6畫

ㄒㄧㄤˇ ①軍糧：〈軍餉、糧餉〉②軍警人員的薪水：〈領餉、發餉、關餉〉③贈送：〈餉遺〉。

養　食部6畫

ㄧㄤˇ ①生育：〈生養、養孩子〉②撫育、照顧：〈撫養、養家〉③栽植花木：〈養蘭花〉④飼養動物：〈養豬〉⑤治療、使身體復元：〈養傷、養病〉⑥修鍊、培植：〈修身養性、培養、教養〉⑦保護、修補：〈養護〉⑧領養的，不是親生的：〈養子〉⑨姓。

ㄧㄤˋ 晚輩侍奉長輩：〈奉養〉。

造詞 養分、養父、養生、養老、養育、養料、養神、養珠／休養、供養、保養、飼養、涵養、滋養、靜養、療養／養家活口、養尊處優、養精蓄銳、嬌生慣養。

餓　食部7畫

ㄜˋ ①「飽」的相反，感到肚子空了，想吃東西：〈肚子餓了、飢餓〉②飢餓的：〈餓民、餓狼、餓鬼〉。

造詞 挨餓、凍餓。

同 餒、飢、饉。

反 飽。

餒　食部7畫

ㄋㄟˇ ①飢餓：〈餒死、凍餒、餓餒〉②頹喪、失去勇氣：〈氣餒、勝不驕敗不餒〉。

同 餓。

餘 食部7畫

ㄩˊ ①多出而剩下的東西：〈剩餘、其餘〉②空閒的時間：〈公餘、課餘〉③零數，大約估計的詞：〈十餘人、五尺有餘〉④剩下：〈餘下〉⑤多出的、剩下的：〈餘力、餘味、餘地〉⑥將盡的、殘：〈餘生、餘年〉⑦未盡的：〈死有餘辜〉⑧以後：〈悲痛之餘，力求補救〉⑨姓。

造詞 餘利、餘款、餘暉、餘數、餘興、餘裕、餘蔭、餘額／多餘、存餘、殘餘、無餘／餘音繞梁、遊刃有餘、成事不足敗事有餘。

同 贏、賸、利、殘、留。

餐 食部7畫

ㄘㄢ ①飯一頓叫一餐：〈一日三餐〉②飯食、食物：〈用餐、進餐、早餐、晚餐、中餐、西餐〉③吃：〈秀色可餐、飽餐一頓〉。

造詞 餐巾、餐具、餐桌、餐館／自助餐／餐風宿露、尸位素餐。

餑 食部7畫

ㄅㄛ 北方人稱饅頭、糕餅或其他麵食：〈餑餑〉。

餔 食部7畫

ㄅㄨ ①吃：〈餔啜（吃喝的意思）〉②拿食物給人吃③申時，就是下午三點到五點，通「晡」。

館 食部8畫

ㄍㄨㄢˇ ①供賓客或旅客住宿的房舍：〈旅館、賓館〉②商店：〈照相館、茶館〉③政府機關團體的所在地：〈大使館、國立編譯館〉④供展覽、閱讀或其他公共活動的處所：〈博物館、圖書館〉⑤飲食店：〈飯館、菜館〉⑥尊稱別人的住宅：〈王公館〉。

造詞 館子、館邸。

餞 食部8畫

ㄐㄧㄢˋ ①將水果晒乾，用糖浸漬後製成的食品：〈蜜餞〉②用酒菜送行：〈餞行、餞別〉。

食部 8 畫

餛

ㄏㄨㄣˊ　用麵粉做成薄皮包肉餡，煮熟後連湯一起吃的食品：〈餛飩〉。

食部 8 畫

餡

ㄒㄧㄢˋ　包在米、麵食品裡的肉、菜、豆沙等材料：〈餃子餡、肉餡兒、餡兒餅〉。

食部 8 畫

餜

ㄍㄨㄛˇ　①用麵粉製成的油炸食品，例如油條、麻花等：〈油炸餜〉②有餡的圓形餅。

食部 8 畫

餚

ㄧㄠˊ　同「肴」，煮熟的魚、肉等葷菜：〈菜餚、酒餚〉。

食部 9 畫

餵

ㄨㄟˋ　①把吃的東西送到別人的嘴裡：〈餵小孩、餵哺、餵奶〉②拿東西給動物吃：〈餵狗〉。

食部 9 畫

餬

ㄏㄨˊ　①濃稠的粥或其他類似食品：〈麵餬、芝蔴餬〉②把粥塞入口中，比喻謀食求生、勉強維持生活：〈餬口〉③通「糊」，塗黏：〈餬燈籠〉。

食部 9 畫

餮

ㄊㄧㄝˋ　古代傳說中一種貪吃的惡獸，比喻貪吃的人：〈饕餮〉。

食部 10 畫

餾

ㄌㄡˋ　①把已經涼了的食物再蒸熱：〈把包子餾一餾〉②加熱使液體變成蒸氣，再冷卻變成純淨的液體：〈蒸餾水〉。

食部 10 畫

餿

ㄙㄡ　①食物腐敗而有酸臭的味道：〈菜餿了〉②酸臭的：〈餿味、餿水〉③壞的、不好的：〈餿主意〉。

餽　食部 10 畫

ㄎㄨㄟˋ　①用酒食祭祀鬼神②通「饋」，贈送：〈饋贈、饋送〉。

同 送、贈、饋、貼。

餼　食部 10 畫

ㄒㄧˋ　①送人的穀物或飼料②祭祀用的活牲畜。

饅　食部 11 畫

ㄇㄢˊ　用麵粉和水搓揉，發酵後蒸熟的食品，有圓形或長圓形：〈饅頭〉。

饃　食部 11 畫

ㄇㄛˊ　北方人稱饅頭類的麵食為「饃饃」。

饉　食部 11 畫

ㄐㄧㄣˇ　①蔬菜因災害而沒有收成：〈饑饉〉②荒年。

饈　食部 11 畫

ㄒㄧㄡ　美味的食品：〈珍饈、膳饈〉。

饋　食部 12 畫

ㄎㄨㄟˋ　①準備食物進獻給人吃：〈主人親饋〉②通「餽」，把東西贈送給別人：〈饋贈〉。

饒　食部 12 畫

ㄖㄠˊ　①寬恕、原諒：〈饒恕、饒他一命〉②富足、多：〈富饒、豐饒〉③任憑、儘管：〈饒他怎麼說，我都不相信〉④姓。

造詞 饒人、饒舌、饒命／告饒、求饒。

同 恕、豐、裕、富。

饑
食部 12 畫

ㄐㄧ ①五穀收成不好的荒年：〈饑荒、饑饉〉②通「飢」，飢餓的：〈饑寒交迫、饑腸轆轆〉。

同 飢、餓、餒、饉。

反 飽。

請注意：五穀收成不好稱為「饑」，蔬菜收成不好稱為「饉」，果實收成不好稱為「荒」。

饌
食部 12 畫

ㄓㄨㄢˋ ①酒食菜肴的總稱：〈肴饌、盛饌、美饌〉②吃喝、享用：〈有酒食，先生饌〉。

饗
食部 12 畫

ㄒㄧㄤˇ ①用酒食款待別人：〈宴饗〉②祭祀祖先或神明：〈祝饗、祭饗〉③提供某些東西給別人：〈以饗讀者〉。

饘
食部 13 畫

ㄓㄢ 濃稠的粥：〈饘粥〉。

饔
食部 13 畫

ㄩㄥ ①煮熟的食物②早飯：〈饔飧不繼〉。

請注意：早飯稱「饔」，晚飯稱「飧」。

饕
食部 13 畫

ㄊㄠ 傳說中的一種貪吃的惡獸，比喻貪吃的人，也稱「老饕」。

饜
食部 14 畫

ㄧㄢˋ ①吃飽②滿足：〈饜足、貪得無饜〉。

同 飽、飫、厭。

饞
食部 17 畫

ㄔㄢˊ ①貪吃東西的慾望：〈解饞〉②貪吃的：〈饞嘴、饞相〉③對某種事物有貪得念頭的：〈饞眼、手饞〉。

首部 ㄕㄡˇ

首部0畫

首

首：丶丷䒑丬䒑苎首首首

ㄕㄡˇ ①頭、腦袋：〈昂首闊步、首飾〉②領導的人物：〈元首、匪首、首長〉③第一名：〈榜首〉④開始：〈首尾〉⑤計算詩詞歌賦的單位：〈一首歌、唐詩三百首〉⑥向治安機關報告犯罪的經過：〈自首〉⑦最高的、第一的：〈首席、首功、首惡〉⑧最先的、開始的：〈首先、首創〉⑨姓。

造詞 首次、首府、首肯、首相、首都、首腦、首領、首輪／白首、匕首、部首、馬首／首屈一指、首當其衝、不堪回首、痛心疾首、罪魁禍首、群龍無首。

反 尾。

首部2畫

馗

馗：丿九九尤尤尤尤尤尤馗馗馗

ㄎㄨㄟˊ 四通八達的大路。

首部8畫

馘

馘：丶丷䒑丬丬苎首首首首首首馘馘馘

ㄍㄨㄛˊ 古代作戰時，割下敵人的左耳，用來計算戰功：〈獻馘〉。

ㄒㄩˋ 臉面。

香部 ㄒㄧㄤ

香部0畫

香

香：一二千禾禾禾香香香

ㄒㄧㄤ ①芬芳的氣味：〈花香、菜香〉②有香味的原料或製成的東西：〈檀香、蚊香、麝香〉③「女子」的代稱：〈憐香惜玉〉④用鼻子聞，表示親吻的意思：〈香一香〉⑤受歡迎或受重視：〈吃香〉⑥氣味芬芳的：〈香皂、香水、香料〉⑦美好的：〈香名〉⑧有關女子的：〈香閨、香巾、香汗〉⑨表示一定好的程度：〈吃得香、睡得香〉⑩姓。

造詞 香片、香火、香瓜、香肉、香油、香味、香草、香甜、香港、香菇、香腸、香煙、香蕉、香燭、香檳、香爐／沉香、清香、芳香、留香、異香、燒香、調香／香消玉殞、古色古香、鳥語花香、國色天香。

同 甜。
反 臭。

馥（香部9畫）

ㄈㄨˋ ①香氣：〈流香吐馥〉②香氣很濃的：〈馥郁、馥馥〉。

馨（香部11畫）

ㄒㄧㄣ ①散布很遠的香氣：〈芳馨、遠馨〉②美好的功德、聲名：〈德馨遠播〉③像香味一樣流傳得很久遠：〈馨德〉。

馬部 ㄇㄚˇ

馬（馬部0畫）

ㄇㄚˇ ①哺乳類草食動物，頭頸和四肢都很長，足有蹄，跑得很快。性情溫馴，可供人坐騎或載運貨物②通「碼」，計數的工具：〈籌馬、砝馬〉③形容大的：〈馬蜂〉④姓。

造詞 馬力、馬子、馬上、馬匹、馬車、馬克、馬虎、馬桶、馬棚、馬路、馬褂、馬達、馬鞍、馬錶、馬戲、馬鈴薯、馬殺鷄、馬拉松、馬後炮／木馬、斑馬、駿馬、戰馬、河馬、騎馬、千里馬／馬不停蹄、馬到成功、馬齒徒長、馬馬虎虎、心猿意馬、青梅竹馬、塞翁失馬、單槍匹馬、害群之馬、招兵買馬、懸崖勒馬。

馭（馬部2畫）

ㄩˋ ①駕車、駕馬車的人：〈僕馭〉②駕、乘：〈馭馬〉③通「御」，統制、管理、支配：〈馭眾、駕馭、控馭、統馭〉。

同 御。

馮（馬部2畫）

ㄈㄥˊ 姓。

ㄆㄧㄥˊ ①通「憑」，依靠、靠在東西上②徒步過河：〈暴虎馮河〉③馬跑得很快的樣子：〈馮馮然〉。

馬部3畫

馳

丨 ㄏ ㄈ ㄈ ㄈ 馬 馬 馬 馬 馬 馬ㄱ 馳 馳

ㄔˊ ①車、馬快跑：〈馳騁〉②快跑：〈奔馳、飛馳〉③競賽：〈馳競〉④嚮往：〈心馳、心往神馳〉⑤傳揚：〈遠近馳名〉⑥時間很快消逝：〈歲月易馳〉⑦姓。

造詞 背道而馳。

馬部3畫

駄

丨 ㄏ ㄈ ㄈ ㄈ 馬 馬 馬 馬 馬一 馱 駄

ㄊㄨㄛˊ 背著人或物：〈馱運、馱著貨物〉。

ㄉㄨㄛˋ ①牲口背著的貨物：〈解馱〉②背著貨物的牲口：〈趕騾馱子〉。

馬部3畫

馴

丨 ㄏ ㄈ ㄈ ㄈ 馬 馬 馬 馬 馬 馴 馴

ㄒㄩㄣˊ ①使人或動物服從：〈馴獸、馴服〉②服從的、順從的：〈溫馴、馴良〉③逐漸的：〈馴至〉④姓。

ㄒㄩㄣˋ 通「訓」，教化：〈教馴〉。

同 順。

反 野。

馬部4畫

駁

丨 ㄏ ㄈ ㄈ ㄈ 馬 馬 馬 馬 馬ˊ 駁 駁 駁

ㄅㄛˊ ①爭辯是非指出別人的錯誤，說出自己的意見：〈反駁、辯駁〉②裝載貨物：〈駁運、駁貨〉③雜揉：〈舛駁〉④馬的毛色不純的。比喻顏色雜亂或事物紛雜：〈顏色斑駁、內容駁雜〉。

造詞 駁斥、駁回、駁倒。

馬部4畫

駃

丨 ㄏ ㄈ ㄈ ㄈ 馬 馬 馬 馬 馬ㄱ 駃 駃 駃

ㄐㄩㄝˊ 公馬和母驢交配所生的牲畜：〈駃騠〉。

馬部5畫

駟

丨 ㄏ ㄈ ㄈ ㄈ 馬 馬 馬 馬 馬 駟 駟 駟

ㄙˋ ①古代指同拉一輛車所套的四匹馬，或指由四匹馬拉著的車：〈駟馬〉②泛指馬：〈若駟之過隙、駿駟〉③姓。

馬部5畫

駐

丨 ㄏ ㄈ ㄈ ㄈ 馬 馬 馬 馬 馬 馬 駐 駐 駐

ㄓㄨˋ ①車、馬停止不走，比喻停留：〈駐足、留駐、停駐〉②保住、留住：〈青春永駐、駐顏有術〉③部隊或工作人員住在執行任務的地方：〈駐守、駐軍、駐紮〉④機關設在某地：〈駐華辦事處〉。

同 止、留。

馬部5畫

駝

ㄊㄨㄛˊ ①哺乳類草食動物，背部有隆起的肉峰，分單峰駝和双峰駝。耳朵可以自動開閉，能夠負載重物在沙漠裡行走，數天不吃不喝，又稱「沙漠之舟」：〈駱駝〉②通「馱」，牲畜背負著東西：〈馬背上駝著三袋米〉③背部隆起彎曲的：〈駝背〉。

請注意：「駝」與「鴕」音同形似義不同。指「駱駝」、「駝背」不可用「鴕」；指「鴕鳥」不可用「駝」。

馬部5畫

駛

ㄕˇ ①車或馬快跑：〈急駛而過、飛駛〉②開動及操縱交通工具：〈駕駛〉③急促的：〈駛雨、駛彈〉。

造詞 行駛、奔駛、停駛。

馬部5畫

駒

ㄐㄩ ①少壯善跑的馬：〈良駒、名駒、千里駒〉②泛指小馬、小驢等：〈驢駒子〉③姓。

造詞 駒光、駒隙、駒影／白駒、神駒、家駒。

馬部5畫

駕

ㄐㄧㄚˋ ①車、馬和乘具的總稱：〈並駕齊驅、車駕〉②對別人的尊稱：〈尊駕、大駕、勞駕〉③尊稱天子：〈救駕、接駕〉④乘、騎：〈騰雲駕霧、駕鶴西歸〉⑤開動並操縱車、船、飛機等：〈駕車、駕駛〉⑥控制：〈駕馭〉⑦超越：〈凌駕〉。

造詞 駕臨／駕輕就熟。

馬部5畫

駙

ㄈㄨˋ ①古代拉副車的馬②古代的官名。漢朝設「駙馬都尉」，專管拉副車的馬；魏晉以後皇帝的女婿都授以此官職，因此後代稱公主的丈夫為「駙馬」。

馬部5畫

駑

ㄋㄨˊ ①低劣的馬：〈駑馬〉②愚笨遲鈍，才能淺薄的：〈駑鈍、駑怯〉。

馬部5畫

駘

ㄊㄞˊ ①遲鈍低劣的馬②比喻才能低劣的人：〈駑駘〉③脫落。

ㄉㄞˋ 駘蕩，放蕩的。

馬部6畫

駭

ㄏㄞˋ ①馬受到驚嚇，比喻害怕、吃驚：〈駭異、驚駭、駭怕〉②混亂、擾亂：〈全國大駭〉③令人驚怕的：〈驚濤駭浪〉④令人訝異的：〈粉紅駭綠〉⑤驚恐的樣子：〈駭然〉⑥姓。

造詞 駭人聽聞。

馬部6畫

駱

ㄌㄨㄛˋ ①除了頸部和尾巴的毛是黑色外，其餘全是白色的馬②哺乳類草食動物，背部有隆起的肉峰，分單峰駱駝和雙峰駱駝。能夠負載重物在沙漠行走，數天不吃不喝，又稱「沙漠之舟」：〈駱駝〉③姓。

馬部6畫

駢

ㄆㄧㄢˊ ①我國古代的文體名，全篇以偶句為主，講究對句和押韻，詞藻華麗，也稱「四六文」：〈駢文〉②兩匹馬並行③並列的、成双的：〈駢肩、駢句〉④兩匹馬並列的：〈駢馳〉⑤茂盛的：〈駢駢〉⑥姓。

同 並、并、併、比、双。

反 散。

馬部7畫

騁

ㄔㄥˇ ①馬向前奔跑，引申為奔跑：〈馳騁〉②舒展、放開：〈騁懷、騁目、騁能〉。

同 馳、逐。

反 收。

馬部7畫

駿

ㄐㄩㄣˋ ①良馬：〈駿馬、神駿、良駿〉②通「俊」，才能出眾的：〈駿才〉③宏大的、盛大的：〈駿業〉④健壯的：〈駿犬〉⑤迅速的：〈駿發〉⑥俊秀的：〈駿雄〉。

反 駘。

馬部 7 畫

騂

ㄒㄧㄥ ①紅毛的馬或牛②紅色的：〈騂牲、騂牛〉。

馬部 8 畫

騎

ㄑㄧˊ ①兩腿分開跨坐：〈騎馬、騎腳踏車〉②跨靠著兩邊的：〈騎牆、騎縫〉。

ㄐㄧˋ ①指套上韁繩和坐具的馬：〈坐騎〉②騎馬作戰的軍隊：〈鐵騎雄兵〉③騎馬的人：〈車騎、輕騎、鐵騎〉④軍中一人一馬合稱為一騎⑤姓。

造詞 騎士、騎兵、騎樓／騎虎難下。

馬部 8 畫

騏

ㄑㄧˊ ①青黑色的馬②一種良馬的名稱：〈騏驥〉。

馬部 9 畫

騙

ㄆㄧㄢˋ ①詐欺，用謊言或詭計使人上當的行為：〈行騙〉②用謊言或詭計使人上當：〈騙錢、欺騙〉③用假話使人相信：〈哄騙〉。

造詞 騙子、騙局、騙取／連哄帶騙、招搖撞騙。

同 欺、詐。

馬部 9 畫

騖

ㄨˋ ①馬混亂奔跑：〈奔騖〉②放縱的追求：〈好高騖遠〉。

馬部 9 畫

騠

ㄊㄧˊ ①一種好馬的名字：〈駃騠〉②一種公馬和母驢交配所生的牲畜名。

馬部 10 畫

騫

ㄑㄧㄢ ①通「愆」，過失、過錯②高舉：〈騫騰、騫舉〉③通「搴」，拔取：〈斬將騫旗〉④姓。

ㄐㄧㄢˇ　通「蹇」，頑劣的：〈騫馬〉。

馬部10畫

騰

丿 刀 月 月 月' 月'' 肸 肸 肸 胖 胖 胖 勝 腾 騰 騰 騰 騰 騰 騰

ㄊㄥˊ　①奔跑、跳躍：〈萬馬奔騰、飛騰〉②乘、騎：〈騰雲駕霧〉③上升：〈升騰、騰空而起〉④讓出、空出：〈騰出空間、騰不出時間〉⑤翻動：〈沸騰〉⑥旺盛的樣子：〈殺氣騰騰〉⑦語尾助詞，表示動作不斷反覆：〈折騰〉⑧很、極：〈熱騰騰、慢騰騰〉。

造詞　歡騰。

馬部10畫

騷

丨 ㄏ F F 甲 馬 馬 馬 馬 馬 馬 馭 馭 馭 駱 駱 騷 騷 騷 騷

ㄙㄠ　①憂愁：〈離騷〉②一種韻文體，創始於屈原，內容大多敘述有才華的人無法得到重用的情懷③抱怨：〈牢騷〉④通「臊」，腥臭的氣味：〈羊騷〉⑤擾亂不安：〈騷擾、騷動〉⑥舉止輕浮、不端莊的：〈騷婦、風騷〉⑦擅長詩文的：〈騷人墨客〉。

馬部10畫

騶

丨 ㄏ F F 甲 馬 馬 馬 馬 馬 馬 馬 馰 駒 駒 駒 騶 騶 騶 騶

ㄗㄡ　①古代負責養馬和駕駛馬車的小官②姓。

馬部10畫

騭

ㄋ ㄋ 阝 阝 阝 阝 阝 阝 阝 阝 阝 阝 陟 陟 騭 騭 騭 騭

ㄓˋ　①公馬②安全：〈陰騭下民〉③安排：〈評騭高下〉。

馬部10畫

騮

丨 ㄏ F F 甲 馬 馬 馬 馬 馬 馬 馬 馭 馭 駒 駒 騮 騮 騮 騮

ㄌㄧㄡˊ　①頸部的鬃毛和尾巴的毛是黑色，其餘部分的毛都是紅色的馬②一種好馬名，比喻有才華的人：〈驊騮〉。

馬部11畫

驀

丶 十 廾 廾 廾 甘 甘 甘 苩 苩 莫 莫 莫 莫 驀 驀 驀 驀 驀 驀 驀

ㄇㄛˋ　突然、忽然：〈驀地一陣雷響、驀然回首〉。

馬部11畫

驅

丨 ㄏ F F 甲 馬 馬 馬 馬 馬 馬 馬 馬 馬 馬 馬 驅 驅 驅 驅 驅

ㄑㄩ　①領頭在前面的人：〈先驅〉②鞭馬前進、趕牲口：〈驅馬、驅車、驅牛〉③趕走、除去：〈驅邪、驅除、驅逐〉④行進、前行：〈長驅直入、並駕齊驅〉⑤逼迫：〈情勢所驅〉⑥差遣：〈驅使、驅策〉。

造詞 長驅、馳驅。

馬部 11 畫

驃

ㄆㄧㄠˋ ①全身淡黃棕色，只有鬃毛、尾巴的毛是白色的馬，現在稱「銀鬃」或「銀河馬」②有白色斑點的黃馬：〈黃驃〉③勇猛的：〈驃悍〉④馬跑得很快的樣子：〈驃騎〉。

馬部 11 畫

騾

ㄌㄨㄛˊ 哺乳類動物，是母馬和公驢交配所生的雜種牲畜，體形像馬，叫聲像驢。力氣大，適應力強，常用來載貨，但是不能繁殖後代，俗稱「馬騾」。

馬部 11 畫

驂

ㄘㄢ ①古代用三匹馬拉的車子②古代用馬拉車，位置在兩側的馬③古代乘車在車右邊陪乘的人：〈驂乘〉。

馬部 11 畫

驁

ㄠˊ ①駿馬②馬不馴服的樣子，比喻高傲倔強：〈桀驁不馴、驁放〉。

馬部 12 畫

驕

ㄐㄧㄠ ①六尺高的馬②自大、傲慢：〈驕矜、驕傲〉③輕視：〈驕敵〉④自大傲慢的：〈驕兵必敗〉⑤強烈的：〈驕陽〉⑥特別受寵愛的：〈天之驕子〉。

造詞 驕恣、驕奢、驕橫、驕縱／驕奢淫佚、恃寵而驕。

馬部 12 畫

驊

ㄏㄨㄚˊ 古代紅色的良馬，比喻才華特殊的人：〈驊騮〉。

馬部 12 畫

驍

ㄒㄧㄠ ①高大強壯的良馬名②勇猛剛健的：〈驍勇、驍將、驍悍〉。

造詞 驍勇善戰。

馬部 13 畫

驛

一ˋ ①古代傳遞公文的人或出巡的官員在途中休息、換馬的地方：〈驛站〉②姓。

造詞 驛馬星動。

馬部 13 畫

驗

一ㄢˋ ①證明、證據：〈證驗〉②功效、效果：〈效驗〉③徵兆：〈靈驗、應驗〉④檢查、察看：〈驗血、檢驗〉⑤考查：〈測驗、考驗〉。

造詞 驗收、驗光、驗屍／經驗、實驗、試驗、體驗。

馬部 13 畫

驚

ㄐㄧㄥ ①馬、騾等受到突然的刺激而行動失常：〈馬驚車敗〉②震動：〈驚天動地〉③害怕：〈驚慌、驚恐〉④侵擾：〈驚動、驚擾〉⑤可怕的：〈驚濤駭浪〉。

造詞 驚人、驚奇、驚訝、驚惶、驚嘆、驚險、驚醒、驚嚇／心驚、收驚、震驚／驚世駭俗、驚惶失措、驚弓之鳥、驚心動魄、驚鴻一瞥、大吃一驚、石破天驚、受寵若驚、膽戰心驚、處變不驚。

馬部 14 畫

驟

ㄗㄡˋ ①馬奔跑：〈馳驟〉②急速的：〈狂風驟雨〉③突然：〈驟然〉。

馬部 16 畫

驢

ㄌㄩˊ 哺乳類草食動物，體型比馬小，耳朵尖長，尾巴像牛尾。性情溫馴，忍耐力強，可用來馱運東西。

馬部 16 畫

驥

ㄐㄧˋ ①古代的一種千里馬：〈驥騄〉②比喻傑出的人才：〈世不乏驥〉。

造詞 按圖索驥。

馬部 17 畫

驤

ㄒㄧㄤ ①馬昂首快跑：〈驤騰〉②高舉。

馬部 18 畫

驩

ㄏㄨㄢ ①馬名②通「歡」，歡欣的、喜樂的：〈驩附、驩洽〉。

馬部 19 畫

驪

ㄌㄧˊ ①純黑色的馬②姓。

造詞 驪歌、驪駒。

骨部 ㄍㄨˇ

骨部 0 畫

骨

ㄍㄨˇ ①脊椎動物體內支持身體的架子：〈骨骼、脊椎骨〉②像骨骼一樣能支撐東西的支架：〈傘骨〉③人的品格：〈傲骨、骨氣、風骨〉④姓。

ㄍㄨˊ 骨頭。

ㄍㄨ 骨朵兒，就是「花苞」。

造詞 骨肉、骨灰、骨折、骨架、骨董、骨幹、骨骸、骨牌／肋骨、遺骨、軟骨、接骨／骨瘦如柴、骨肉相殘、仙風道骨、脫胎換骨。

同 骼。

骨部 4 畫

骯

ㄤ 不清潔、不乾淨：〈骯髒〉。

ㄎㄤˇ 剛直倔強的樣子。

骨部 4 畫

骰

ㄊㄡˊ 一種賭具，是用象牙、獸骨或塑膠做成的正方體，六面分別刻上一、二、三、四、五、六個點：〈骰子〉；一名「色(ㄕㄞˇ)子」。

骨部 5 畫

骷

ㄎㄨ 死人的頭骨或沒有皮肉、毛髮的屍體骨架：〈骷髏〉。

骨部 6 畫

骸

ㄏㄞˊ ①骨頭：〈骸骨〉②脛骨：〈膝下為骸〉③身體、軀體的代稱：〈遺骸、殘骸〉。

造詞 放浪形骸。

骨部 6 畫

骼

ㄍㄜˊ　骨頭的通稱：〈骨骼〉。

骨部 6 畫

骴

ㄘ　上面還留有爛肉的骨頭。

骨部 7 畫

骾

ㄍㄥˇ　通「鯁」，卡在喉嚨裡的骨頭：〈骨骾在喉〉。

骨部 8 畫

髀

ㄅㄧˋ　①大腿的外側②在軀幹下面，左右各一個，由腸骨、恥骨、坐骨合成的不規則大骨，也稱「胯骨」：〈髀骨〉。

骨部 8 畫

髁

ㄎㄜ　①大腿骨②膝蓋骨。

骨部 11 畫

髏

ㄌㄡˊ　死人的頭骨或沒有皮肉、毛髮的屍體骨架：〈骷髏〉。

骨部 13 畫

髒

ㄗㄤ　①使不乾淨、汙損：〈衣服髒了〉②不乾淨的：〈骯髒、髒亂〉。

同 骯。

反 淨、潔。

骨部 13 畫

髓

ㄙㄨㄟˇ　①植物莖中央的薄壁組織：〈稻髓〉②骨頭裡面像膏脂的東西：〈骨髓、脊髓〉③事物的精華部分：〈精髓〉。

骨部 13 畫

體

ㄊㄧˇ　①人或其他動物的全身：〈身體、大體、心寬體胖〉②指身體的某一部分，例如四肢叫「四體」③幾何學名詞，具有長、寬、高的東西：〈立方體、圓柱體〉④一定的格式、規模、制度：〈文體、國體、政體〉⑤文字書寫的形式：〈字體、印刷體、宋體〉⑥事物的本身或全部：〈個體、整體〉⑦物質存在的狀態：〈固體、氣體、液體〉⑧根本：〈中學為體，西學為用〉⑨設身處地為別人着想、憐惜別人：〈體諒、體恤〉⑩身體的：〈體重、體溫〉⑪親自的：〈體會、體驗〉⑫姓。

造詞 體力、體己、體式、體系、體育、體念、體例、體味、體型、體面、體格、體裁、體貼、體認、體質、體積／一體、主體、人體、全體、物體、具體、肉體、團體／體無完膚、體貼入微、赤身露體、魂不附體。

骨部13畫

髑

ㄉㄨˊ 死人的頭骨或沒有皮肉、毛髮的屍體骨架：〈髑髏〉。

高部 ㄍㄠ

高部0畫

高

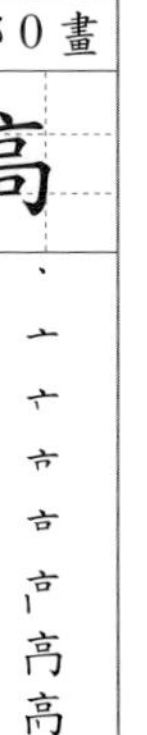

ㄍㄠ ①物體直立時從上到下的距離：〈身高〉②三角形從頂點到底邊的垂直距離，平行四邊形相對兩邊或梯形平行二邊的垂直距離都叫「高」：〈等高〉③與「低」相對，上下的距離大，離地面遠的：〈高樓、山高水長、高低〉④年紀老的：〈年高〉⑤超過一般的：〈高手、曲高和寡〉⑥優良的，超過一定水準的：〈高標準、高材生〉⑦等級在上或程度較深的：〈高年級、高中、高等教育〉⑧音調尖銳的：〈高音〉⑨美好的：〈德高望重〉⑩價錢貴的：〈高價〉⑪熱烈的：〈興高采烈〉⑫對別人的敬稱：〈高見、高就〉⑬向上的：〈高飛〉⑭過分的：〈高估〉⑮姓。

造詞 高人、高亢、高足、高明、高招、高尚、高昂、高級、高原、高堂、高貴、高雅、高傲、高壽、高論、高潮、高興、高壓、高攀、高血壓、高利貸、高跟鞋／清高、崇高、登高、跳高／高官厚祿、高朋滿座、高枕無憂、高風亮節、高抬貴手、高談闊論、高頭大馬、高瞻遠矚、高樓大廈、月黑風高、水漲船高、勞苦功高。

同 長、大。

反 低、小、矮。

髟部 ㄅㄧㄠ

髟部0畫　髟

ㄅㄧㄠ　頭髮很長，垂下來的樣子。

ㄕㄢ　屋翼。

髟部3畫　髡

ㄎㄨㄣ　①古代一種剃掉頭髮的刑罰：〈髡鉗〉②剪修樹枝：〈髡一樹〉。

髟部4畫　髦

ㄇㄠˊ　①毛髮中的長毛②比喻英俊傑出的人：〈英髦〉③古代稱小孩垂在前額的短髮④俊秀的：〈髦士〉⑤式樣新潮的：〈時髦〉。

髟部4畫　髣

ㄈㄤˇ　模糊看不清楚的樣子、好像：〈髣髴〉。

同　彷。

髟部5畫　髮

ㄈㄚˇ　①人類頭上的毛：〈頭髮、理髮〉②古代的長度單位，是一寸的千分之一，比喻非常微小：〈千鈞一髮、毫髮不差〉③像頭髮的東西：〈髮菜〉④姓。

造詞　髮妻、髮型、髮指、髮際／毛髮、怒髮、結髮、落髮／髮短心長、披頭散髮、間不容髮、雞皮鶴髮。

髟部5畫　髫

ㄊㄧㄠˊ　①小孩額前下垂的短髮：〈垂髫〉②比喻童年：〈髫年、髫齡〉。

髟部5畫　髴

ㄈㄨˊ　模糊看不清楚的樣子、好像：〈髣髴〉。

髟部5畫　髯

ㄖㄢˊ　①長在臉頰上兩腮的鬚：〈美髯〉②指鬍鬚多的人。

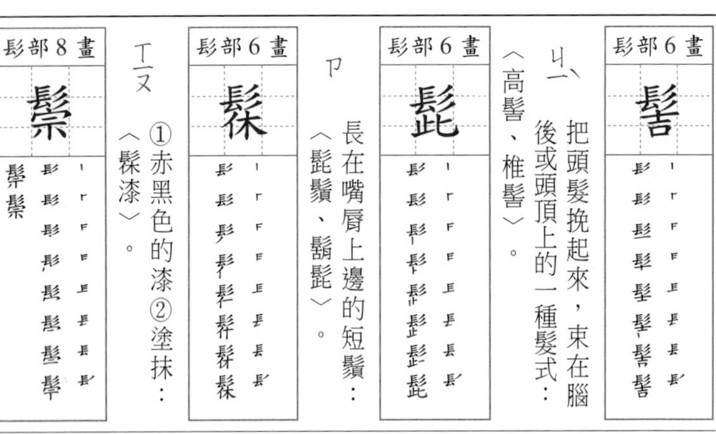

髟部 6 畫

髻

ㄐㄧˋ　把頭髮挽起來，束在腦後或頭頂上的一種髮式：〈高髻、椎髻〉。

髟部 6 畫

髭

ㄗ　長在嘴唇上邊的短鬚：〈髭鬚、鬍髭〉。

髟部 6 畫

髹

ㄒㄧㄡ　①赤黑色的漆②塗抹：〈髹漆〉。

髟部 8 畫

鬃

ㄗㄨㄥ　①馬、豬等動物頸部上面的毛：〈馬鬃、豬鬃〉②高挽的髻。

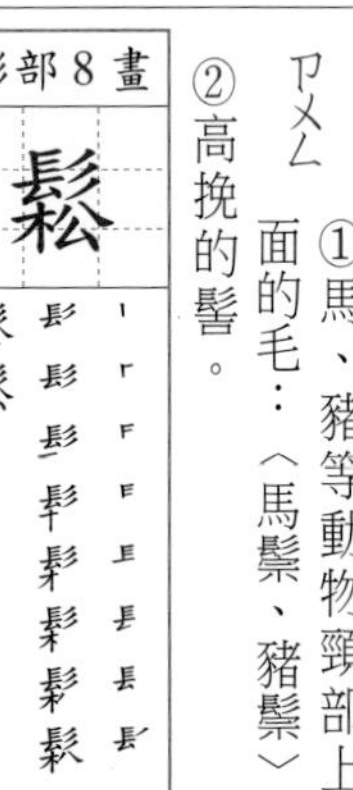

髟部 8 畫

鬆

ㄙㄨㄥ　①把煮熟的瘦肉炒乾，製成茸毛狀或碎末狀的食品：〈肉鬆、魚鬆〉②放開、解開：〈鬆手、鬆綁、鬆口氣〉③寬解：〈天熱了，把衣服鬆一鬆〉④散亂的：〈頭髮蓬鬆〉⑤不緊密的：〈鞋帶很鬆〉⑥不煩重、不緊要、不嚴的：〈工作輕鬆、稀鬆平常〉⑦質地不緊密、不結實：〈土質很鬆〉⑧經濟寬裕、有錢：〈手頭很鬆〉⑨精神懈怠的：〈鬆懈、鬆弛〉。

造詞 鬆散、鬆脆、鬆軟、鬆開／放鬆、疏鬆、寬鬆。

同 開。

反 緊、閉。

髟部 8 畫

鬈

ㄑㄩㄢˊ　頭髮捲曲美好的樣子：〈鬈髮〉。

髟部 9 畫

鬍

ㄏㄨˊ　人類長在口部四周或臉頰上的毛：〈鬍子、鬍鬚、落腮鬍〉。

髟部 12 畫

鬚

ㄒㄩ　①人類長在下巴或嘴邊的毛：〈鬍鬚、髯鬚、髭鬚〉②動物口邊的毛：〈羊鬚、虎鬚〉③植物的花蕊、細根、芒末等④昆蟲頭上的觸角

⑤像鬍鬚一樣的東西：〈參鬚、苔鬚〉。

造詞 鬚眉、鬚根。

同 鬢。

髟部 13 畫

鬟

ㄏㄨㄢˊ ①婦女梳成的環形髮髻：〈雲鬟〉②婢女：〈丫鬟〉。

髟部 14 畫

鬢

ㄅㄧㄣˋ ①指面頰兩邊靠近耳朵前面的地方：〈鬢角〉②耳朵前面兩頰上所長的頭髮：〈兩鬢皆白、雲鬢〉。

請注意：面頰上的頭髮叫「鬢」，面頰上的鬚叫「髯」。

髟部 15 畫

鬣

ㄌㄧㄝˋ ①粗硬的長鬚：〈長鬣〉②某些獸類脖子上的長毛：〈獅鬣、馬鬣〉③魚類鰓旁邊的小鰭：〈鯨鬣〉④蛇鱗⑤鳥頭上的毛。

鬥部 ㄉㄡˋ

鬥部 0 畫

鬥

ㄉㄡˋ ①互相對打：〈爭鬥、械鬥、鬥毆〉②讓動物互相爭鬥：〈鬥牛、鬥雞、鬥蟋蟀〉③較量、比賽爭勝：〈鬥智、鬥棋〉④姓。

造詞 鬥志、鬥爭、鬥氣、鬥嘴、鬥勁、鬥雞眼／決鬥、格鬥、暗鬥、奮鬥／孤軍奮鬥、明爭暗鬥、龍爭虎鬥。

同 爭、戰。

反 讓。

請注意：「爭」是兩人共搶一物，「鬥」是兩人互相敵對。

鬥部 5 畫

鬧

ㄋㄠˋ ①喧吵、喧擾：〈大哭大鬧、鬧翻〉②發生、發作：〈鬧水災、鬧脾氣、鬧意見〉③生病、發病：〈鬧氣喘、鬧肚子〉④戲耍、開玩笑：〈別跟他鬧了〉⑤使、導致：〈鬧得大家不歡而散〉⑥變化：〈事情鬧到這種局面〉⑦吵嘈的、擾嚷的：〈熱鬧、鬧市、鬧區〉⑧濃盛的：〈枝頭春意鬧〉。

造詞 鬧事、鬧鬼、鬧劇、鬧鐘、

鬧烘烘、鬧笑話、鬧情緒／喧鬧、吵鬧、胡鬧／無理取鬧。

同 吵、亂。

反 靜、閒。

鬨 門部 6 畫

ㄏㄨㄥˋ ①聚集吵鬧：〈起鬨、笑鬨、一鬨而散〉②爭鬥：〈內鬨〉③吵鬧的：〈鬨堂大笑〉。

同 吵、鬧。

鬩 門部 8 畫

ㄒㄧˋ 爭吵：〈兄弟鬩牆〉。

鬪 門部 12 畫

ㄉㄡˋ 同「鬥」。

鬮 門部 16 畫

ㄐㄧㄡ 抽取做有記號的紙團或紙條來賭勝負或決定事情：〈抓鬮〉。

鬯部 ㄔㄤˋ

鬯 鬯部 0 畫

ㄔㄤˋ ①古代祭祀用的一種香酒②通「暢」，茂盛的：〈草木鬯茂〉。

鬱 鬯部 19 畫

ㄩˋ ①積聚：〈鬱積、鬱結〉②愁悶的、不快樂的：〈憂鬱、鬱悶、鬱鬱〉③草木茂盛的樣子：〈鬱鬱、蒼鬱〉。

造詞 鬱悒、鬱壘、鬱金香／鬱鬱以終、鬱鬱寡歡。

同 悶、憂。

反 樂、怡。

鬲部 ㄌㄧˋ

鬲 鬲部 0 畫

ㄌㄧˋ 古代烹煮食物的器具，樣子像鼎：〈瓦鬲、鼎鬲〉。

ㄍㄜˊ ①古代國名，在山東省②通「隔」，阻隔③人的穴道名稱④姓。

鬲部 12 畫

鬻

ㄩˋ ①姓②賣出：〈鬻官〉③生養：〈孕鬻〉。

鬼部 ㄍㄨㄟˇ

鬼部 0 畫

鬼

丿 亻 白 白 由 由 鬼 鬼 鬼 鬼

ㄍㄨㄟˇ ①傳說人死後的魂魄：〈鬼魂、鬼神〉②指有不良嗜好或習慣的人：〈酒鬼、小氣鬼、冒失鬼〉③不可告人的勾當：〈搞鬼〉④指機靈的小孩子：〈小鬼、淘氣鬼〉⑤懷疑的詞：〈鬼相信〉⑥陰險的、不正派的：〈鬼把戲〉⑦醜陋的：〈鬼臉〉⑧精巧的：〈鬼斧神工〉⑨機警的：〈鬼靈精〉⑩不實在的：〈鬼話連篇〉⑪胡亂的：〈鬼混〉。

造詞 鬼才、鬼火、鬼計、鬼魅、鬼戲、鬼點、鬼畫符／死鬼、惡鬼、厲鬼、裝鬼、變鬼／鬼使神差、鬼哭神號、鬼鬼祟祟、鬼頭鬼腦、裝神弄鬼。

鬼部 4 畫

魁

ㄎㄨㄟˊ ①領頭的人：〈魁首、罪魁禍首〉②明代科舉分五經取士，每一經的第一名稱「魁」，比喻比賽得勝：〈奪魁〉③星宿名，北斗七星中離斗柄最遠的第一顆星：〈魁星〉④高大強壯的：〈魁偉、魁梧〉⑤姓。

造詞 魁甲、魁奇、魁壘／占魁、黨魁、花魁。

同 偉、壯、雄。

反 弱。

鬼部 4 畫

魂

ㄏㄨㄣˊ ①能離開人的肉體而單獨存在的精神、靈氣：〈英魂、靈魂、魂不附體〉②人的意念或精神狀態：〈魂魄、神魂顛倒〉③物的精神：〈花魂〉④聚精會神的：〈魂祈夢請〉。

造詞 亡魂、招魂、銷魂、鬼魂／借屍還魂。

同 魄。

鬼部 5 畫

魄

ㄆㄛˋ　①依附在人身上的精神、精力：〈魂魄〉②人的靈氣：〈魄力、體魄〉。

ㄊㄨㄛˋ　通「拓」，潦倒、不得意：〈落魄〉。

造詞　失魂落魄、驚心動魄。

魅　鬼部5畫

丿亻白白甶甶申鬼鬼鬼鬽鬽魅魅魅

ㄇㄟˋ　①古代傳說中住在深山裡的鬼怪：〈魑魅〉②迷惑：〈魅惑〉。

造詞　魅力／鬼魅、妖魅。

魈　鬼部7畫

丿亻白白甶甶申鬼鬼鬼鬼'鬼'鬼'鬼'魈魈魈

ㄒㄧㄠ　一種像狒狒的猛獸，喜歡在晚上攻擊人，古人以為是山中的鬼怪：〈山魈〉。

魏　鬼部8畫

一二千禾禾秂委委委委'委'委'委'委'委'委'魏魏

ㄨㄟˋ　①古代國名，是戰國七雄之一，被秦滅亡②朝代名，是三國吳、蜀、魏之一，曹操的兒子曹丕所建立③姓。

ㄨㄟˊ　通「巍」。

魎　鬼部8畫

丿亻白白甶甶申鬼鬼鬼鬽鬽魎魎魎魎

ㄌㄧㄤˇ　古代傳說中山川木石裡的精怪：〈魍魎〉。

魍　鬼部8畫

丿亻白白甶甶申鬼鬼鬼鬼魍魍魍魍魍魍

ㄨㄤˇ　古代傳說中山川木石裡的精怪，常用來比喻壞人：〈魑魅魍魎〉。

魔　鬼部11畫

丶亠广广庐庐庐庐庥庥庥麻麻麻磨磨磨魔魔魔魔

ㄇㄛˊ　①鬼怪：〈妖魔、魔鬼〉②邪惡的壞人：〈打擊惡魔〉③過度的嗜好成癖或迷戀事物：〈走火入魔〉④神奇的、不可思議的：〈魔術、魔力〉⑤邪惡的：〈魔爪、魔界〉。

造詞　魔王、魔掌、魔法／邪魔、降魔、情魔、著魔。

魑　鬼部11畫

丿亻白白甶甶申鬼鬼鬼鬼鬼鬼鬼鬼魑魑魑魑

ㄔ　古代傳說中躲藏在深山裡會害人的妖怪：〈魑魅〉。

鬼部 14 畫

魘

一ㄢˇ 做噩夢時的驚叫，或睡夢中覺得被什麼東西壓在身上不能動彈：〈夢魘〉。

魚部 ㄩˊ

魚部 0 畫

魚

ㄩˊ ①生活在水中的脊椎動物，用鰓呼吸，靠鰭游泳，冷血，卵生。種類很多，大都可以食用：〈淡水魚、海水魚、熱帶魚〉②書信的代稱：〈魚沉雁杳〉③形狀像魚的昆蟲或器物：〈蠹魚、木魚〉④姓。

造詞 魚肉、魚刺、魚乾、魚餌、魚塭、魚雷、魚網、魚鱗、魚肝油、魚腥味／打魚、釣魚、飛魚、鯉魚、鯨魚、草魚、鰱魚、鮮魚／魚目混珠、魚米之鄉、魚肉鄉民、魚貫而行、緣木求魚、混水摸魚。

魚部 4 畫

魯

ㄌㄨˇ ①周朝時的國名，在山東省西南部②山東省的簡稱③愚笨的：〈愚魯、頑魯〉④直率的：〈魯直、樸魯〉⑤粗心大意的：〈魯莽〉⑥粗野的：〈粗魯〉⑦姓。

同 鹵、鈍。

反 聰、明、通。

魚部 4 畫

魷

一ㄡˊ 魚名，是烏賊的一種。生活在海洋中的軟體動物，頭像烏賊，尾端是扁三角形，身體是菱形，有十條觸腳，也稱「柔魚」，可以食用。

魚部 4 畫

魴

ㄈㄤˊ 淡水魚名。頭小腹闊，扁身細鱗，背脊隆起。

魚部 5 畫

鮑

ㄅㄠˋ ①魚名。海生軟體動物，有長圓形的貝殼，肉可食用，味道鮮美。殼可以做藥，稱「石決明」②一種潮溼的醃魚，味道腥臭：〈鮑魚之肆〉③姓。

魚部 5 畫

鮎

ㄋㄧㄢˊ　同「鯰」，魚名。頭扁平，口寬大，有兩對鬚，尾巴短而圓，表皮光滑無鱗，有黏液，可食用。

魚部 5 畫

鮒

ㄈㄨˋ　淡水魚名，就是「鯽魚」。

魚部 5 畫

鮓

ㄓㄚˇ　經過加工醃製的魚類食品。

魚部 6 畫

鮮

ㄒㄧㄢ　①剛殺的魚、鳥、獸等：〈海鮮〉②指清新、美味的食物：〈時鮮〉③清新的、不乾枯腐敗的：〈鮮花、鮮魚〉④味美的：〈好鮮的湯〉⑤色彩明亮光豔的：〈鮮豔、光鮮〉⑥有趣的：〈鮮事〉⑦姓。

ㄒㄧㄢˇ　少的：〈鮮見、鮮有〉。

造詞 鮮民、鮮血、鮮美、鮮卑／新鮮、朝鮮／鮮紅嫩綠、屢見不鮮。

同 少、寡。

魚部 6 畫

鮫

ㄐㄧㄠ　海水魚名，就是「鯊魚」。

魚部 6 畫

鮪

ㄨㄟˇ　海水魚名。兩端細而中間粗，背部藍黑色，背側有若干條黑色細帶，嘴尖，牙細小。分布在溫帶、熱帶海洋中，味道鮮美，可製罐頭，也稱「鱣魚」、「鱘魚」。

魚部 6 畫

鮚

ㄐㄧㄝˊ　一種蛤科，長約二、三公分，肉可食。

魚部 6 畫

鮭

ㄍㄨㄟ　海水魚名。身體銀白色，有粉紅色寬斑，長約一公尺，是名貴的食用魚。秋天游到江河上產卵，產完卵後雌魚立刻死去。

ㄒㄧㄝˊ　蘇州人對魚類菜肴的總稱：〈鮭菜〉。

鯉

魚部７畫

ㄌㄧˇ　①淡水魚名。身體扁而肥，青黃色，尾鰭紅色，嘴巴有兩對鬚。味道鮮美，是我國重要的養殖魚類②指書信。

鯊

魚部７畫

ㄕㄚ　魚名。種類很多，身體是圓柱形，頭大眼小，鰓裂在側面，每側有五至七個。生活在海洋中，性情凶猛。肉可食用，肝可以製魚肝油，皮可製皮革，骨可製膠，鰭幹可製魚翅。常張口吹沙，也稱「吹沙魚」、「沙魚」或「鮫魚」。

鯀

魚部７畫

ㄍㄨㄣˇ　①古人名，傳說是夏禹的父親②大魚。

鯽

魚部７畫

ㄐㄧˋ　淡水魚名。身體側扁，頭和口都很小，背部青褐色，腹部白色，鱗很細，沒有觸鬚。味道鮮美，我國各地的淡水都有產。

鯁

魚部７畫

ㄍㄥˇ　①魚骨頭：〈骨鯁在喉〉②魚骨頭卡在喉嚨裡：〈被魚骨鯁到了〉③通「耿」，正直的：〈鯁言、鯁直〉。

鰷

魚部７畫

ㄔㄡˊ　魚名。喜歡游出水面，體型小而白，也稱「白鰷」。

鯨

魚部８畫

ㄐㄧㄥ　海洋中最大的哺乳類動物，外形像魚，類種很多，最小的只有一公尺，最大的超過三十公尺。體型扁平而大，皮膚平滑而厚。前肢呈鰭狀，後肢完全退化。鼻孔生在頭頂上，常露出水面噴水、呼吸。皮肉可食用，脂肪可以製工業用油：〈藍鯨、抹香鯨、白鯨〉。

造詞 鯨吞。

魚部8畫

鯧

ㄔㄤ 海水魚名。身體側扁，呈菱形，銀灰色，頭小、尾成鰭狀。鱗細，骨軟，脂肪多，肉味鮮美，是名貴的食用魚：〈白鯧、黑鯧〉。

魚部8畫

鯖

ㄑㄧㄥ 海水魚名。背部青黑色，腹部銀白色，肉味鮮美，俗稱「青花魚」。

魚部8畫

鯪

ㄌㄧㄥˊ ①淡水魚名。背腹有刺，體側扁平，口小，有兩對鬚②哺乳類動物，全身有角質的鱗甲，遇到敵人會捲曲成球狀。舌頭很長，便於舔食螞蟻，也稱「穿山甲」：〈鯪鯉〉。

魚部8畫

鯤

ㄎㄨㄣ 古代傳說中的大魚，常用來比喻極大的東西：〈鯤鵬〉。

魚部8畫

鯛

ㄉㄧㄠ 海水魚名。身體扁圓，紅色有藍斑點，俗稱「銅盆魚」，是名貴的食用魚。

魚部8畫

鯢

ㄋㄧˊ ①魚名。兩棲類動物，四肢短小，能爬樹，穴居在流水旁，吃山椒皮，所以又稱「山椒魚」。又因為叫聲像嬰兒啼哭，所以稱「娃娃魚」，可以食用②雌的鯨魚：〈鯨鯢〉③小魚：〈鯢鮒〉。

魚部8畫

鯰

ㄋㄧㄢˊ 淡水魚名。頭平扁，口寬大，有兩對鬚，身體有許多黏液，沒有鱗，可以食用。

魚部9畫

鰓

ㄙㄞ 大部分水生動物的呼吸器官，生在頭部的兩側，是深紅色的羽毛狀或絲狀，用來吸取溶解在水中的氧。

ㄒㄧˇ 恐懼的樣子：〈鰓鰓〉。

魚部 9 畫

鰍

ㄑㄧㄡ 魚名。身體圓長，尾巴側扁，鱗細小或退化，外皮有黏液，背部蒼綠色，有黑色斑點。大部分居住在泥濘中：〈泥鰍、花鰍〉。

魚部 9 畫

鯷

ㄊㄧˊ 一種海產的小魚類。腹部是圓柱形，眼睛和嘴巴都很大。

魚部 9 畫

鰈

ㄉㄧㄝˊ 魚名。是比目魚的一種，兩眼都生在右側，棲息在沿海沙底。

造詞 鶼鰈情深。

魚部 10 畫

鰭

ㄑㄧˊ 魚類和其他水生動物的運動器官，由刺狀的硬骨或軟骨支撐薄膜所構成，分成胸鰭、尾鰭、背鰭、腹鰭、臀鰭，可用來撥水、游泳。

魚部 10 畫

鰥

ㄍㄨㄢ ①一種大魚名②死了妻子的成年男子：〈鰥夫〉。

造詞 鰥寡孤獨。

魚部 10 畫

鰜

ㄐㄧㄢ 海水魚名，就是「大口鰈」。比目魚的一種，體側扁而不對稱，兩眼全生在左或右側。

魚部 10 畫

鰣

ㄕˊ 淡水魚名。體側扁，背部是青綠色，腹部銀白色，肉味鮮美，是名貴的食用魚。

魚部 11 畫

鰱

ㄌㄧㄢˊ 淡水魚名，又稱「大頭鰱」。身體扁長，腹肥鱗細，銀白色。因為成長很快，所以民間養殖最多。

魚部 11 畫

鰾

ㄅㄧㄠˋ　俗稱「魚胞」，是大多數魚類內臟的一部分，是一個透明的長形氣囊，可以自由漲縮，使魚類在水中浮沉，並輔助魚類的呼吸。

魚部 11 畫

鰻

ㄇㄢˊ　淡水魚名。頭部尖小，身體細長而圓，皮厚，表面有黏液。肉味鮮美，台灣養殖很多。

魚部 11 畫

鱉

ㄅㄧㄝ　又稱「甲魚」。爬蟲類動物，形狀像龜，背腹有甲殼，呈暗灰色，腹部是白色或淡紅色。常棲息在江、湖、池、沼之間，肉多養分，殼可作藥。

魚部 11 畫

鱆

ㄓㄤ　海魚名。形狀像烏賊，但體型較大，有八條觸鬚，具有吸盤，肉可以吃，也稱「章魚」。

魚部 11 畫

鱈

ㄒㄩㄝˇ　也稱「大口魚」，海魚名。口大鱗細，身體呈紡錘形。肉潔白如雪，肉味鮮美，肝臟可製魚肝油。

魚部 12 畫

鱗

ㄌㄧㄣˊ　①魚類或爬蟲類身體表面所覆蓋的角質或骨質的透明小薄片，像瓦片一樣，依次重疊，具有保護作用：〈蛇鱗、魚鱗、鱗甲〉②形狀像魚鱗的：〈鱗集、遍體鱗傷〉。

造詞 鱗片、鱗爪、鱗次／鱗次櫛比。

魚部 12 畫

鱖

ㄍㄨㄟˋ　①淡水魚名，俗稱「桂魚」、「鯚花魚」。口大鱗細，背鰭有硬刺，全身有不規則形的黑色斑點，是我國名貴的食用魚②一種小魚名，像鯽魚，但更小，又稱「婢妾魚」、「青衣魚」。

鱔
魚部 12 畫

ㄕㄢˋ 淡水魚名。形狀像蛇，沒有鱗，眼睛很小，腹部黃色，可以食用，俗稱「黃鱔」。

鱒
魚部 12 畫

ㄗㄨㄣ 海魚名。形狀像鮭魚，但頭較圓，腹部銀白色，背略帶黑色，肉味鮮美。

鱘
魚部 12 畫

ㄒㄩㄣˊ 海魚名。產在江河和近海之間。骨軟鱗硬，呈紡錘形，長一丈多，肉可食用。

鱣
魚部 13 畫

ㄓㄢ 一種沒有鱗的大魚。

ㄕㄢˋ 通「鱔」。

鱸
魚部 16 畫

ㄌㄨˊ 魚名。產在近海中，春夏季由海中游入河裡，秋冬時又由河中游入海裡。身體狹長而扁平，銀灰色，肉味鮮美，生性凶猛。因為有四個鰓，所以又叫「四鰓魚」。

鱷
魚部 16 畫

ㄜˋ 俗稱「鱷魚」。爬蟲類動物，外貌兇惡，頭扁，嘴突出，四肢短，全身都是硬皮和厚鱗。會爬行，也會游泳，常捕食鳥獸或人畜，壽命可達三百餘年。大部分產在熱帶的河沼裡。

鳥部 ㄋㄧㄠˇ

鳥
鳥部 0 畫

ㄋㄧㄠˇ 會飛的脊椎動物，全身有羽毛，有一對翅膀、兩隻腳。卵生，有肺和氣囊呼吸：〈百靈鳥、海鳥〉。

ㄉㄧㄠˇ 北方罵人的土話：〈鳥兒郎當〉。

造詞 鳥瞰、鳥糞、鳥獸散／水鳥、比翼鳥、籠中鳥／鳥語花香、一石二鳥。

反 獸。

鳥部2畫

鳩

ㄐㄧㄡ ①鳥名。外形像鴿子，頭小胸凸，尾短翼長。種類很多，有斑鳩、雉鳩、祝鳩等②聚集：〈鳩合、鳩集〉③強占：〈鳩占〉。

造詞 鳩形鵠面。

鳥部2畫

凫

ㄈㄨˊ 水鳥名。是小型的野鴨，嘴扁腳短，羽毛柔軟，能飛行，常聚集在沼澤地。

造詞 凫乙、凫水、凫舟。

鳥部3畫

鳳

ㄈㄥˋ ①古代傳說中代表吉祥的鳥，雄的稱「鳳」，雌的稱「凰」②比喻珍貴的東西：〈鳳毛麟角〉③姓。

造詞 鳳梨、鳳蝶、鳳仙花／瑞鳳、龍鳳／鳳凰于飛、攀龍附鳳。

反 凰。

鳥部3畫

鳴

ㄇㄧㄥˊ ①鳥、獸、昆蟲發出叫聲：〈鳥鳴、鹿鳴、蛙鳴〉②泛指一切聲響：〈雷鳴、鐘鳴〉③敲擊、使發生聲音：〈鳴鼓、鳴炮〉④聲明、表示出來：〈鳴謝、鳴冤〉。

造詞 鳴叫、鳴笛、鳴奏／共鳴、悲鳴、和鳴／鳴金收兵、鳴鼓而攻、不平則鳴、孤掌難鳴。

同 發、叫。

鳥部3畫

鳶

ㄩㄢ ①鳥名。性情凶猛，比老鷹小，身體是褐色，嘴帶藍色，視力很好，常捕食蛇、鼠等動物②風箏：〈紙鳶〉。

鳥部4畫

鴉

ㄧㄚ ①鳥名。體型大，嘴細小彎曲，常棲息在樹林中，以穀類、果實為食②醜字：〈信手塗鴉〉③黑色的：〈鴉鬢〉。

造詞 鴉片／昏鴉、烏鴉／鴉雀無聲。

請注意：「烏」和「鴉」都是

鴉科。「烏」不會反哺，羽毛全黑。「鴉」會反哺，背部是灰色的。

鳥部4畫

鴆

ㄓㄣˋ ①傳說中的一種毒鳥，羽毛含有劇毒，浸在酒裡，喝了會中毒而死 ②毒酒：〈鴆酒〉。

鳥部4畫

鴇

ㄅㄠˇ ①鳥名，比雁大一點，背上有黃黑色斑紋，腹部白色，善奔走，但不善飛翔 ②收養妓女或開設妓院的婦女：〈老鴇、鴇母〉。

鳥部4畫

鴃

ㄐㄩㄝˊ ①鳥名，就是「伯勞鳥」②比喻說話難聽、難懂：〈鴃舌〉。

鳥部4畫

鳷

ㄓ 鳥名。鳷鵲，嘴短而尖，翅膀黑色，群居在森林中，很會叫。

鳥部5畫

鴛

ㄩㄢ ①鳥名。鴛鴦，嘴扁，脖子長，像野鴨。雌雄成對，棲息在水中不分離。雄的叫「鴛」，羽毛美麗，嘴是紅色的 ②比喻感情好的夫妻或情侶：〈鴛鴦〉③成對偶的：〈鴛侶〉④姓。

鳥部5畫

鴦

ㄧㄤ 鳥名。鴛鴦，常雌雄相隨，雌的叫「鴦」，羽毛褐色，嘴是灰黑色。

鳥部5畫

鴨

ㄧㄚ 鳥名。嘴扁腳短，趾間有蹼，善於游泳，翅膀小，不能高飛。

造詞 鴨舌帽、鴨嘴筆／水鴨、野鴨、家鴨、旱鴨。

鳥部5畫

鴒

ㄌㄧㄥˊ ①鶺鴒，鳥名。身體小，頭黑，前額白，尾巴長，常棲息在水邊，喜歡啼叫②比喻兄弟：〈鴒原〉。

鳥部5畫

鴕

ㄊㄨㄛˊ 鳥名。鴕鳥，是最大的鳥類，身高約二公尺，頭小頸長，嘴扁而短。腿細長，走得很快，翅膀短，不能高飛。產於美洲、非洲的沙漠。

鳥部5畫

鴣

ㄍㄨ 鳥名。①鷓鴣，外形像斑鳩，羽毛黑白相雜，頭頂紫紅色，腳深紅色。常站立在山頂樹上啼叫，叫聲像是「行不得也哥哥」②鵓鴣，就是「斑鳩」。

鳥部5畫

鴟

ㄔ ①鳥名。傳說幼鴟長大後會吃母鴟，因此用來比喻凶殘的壞人：〈鴟鴞〉②鴟鵂，也稱「貓頭鷹」。頭像貓，眼圓大，夜間視力特別好。常捕食蛇、鼠等小動物。

鳥部5畫

鴞

ㄒㄧㄠ ①鳥名。性情凶猛，常在夜間活動②比喻壞人：〈鴟鴞〉。

鳥部6畫

鴻

ㄏㄨㄥˊ ①水鳥名。比雁大，聽覺靈敏，喜歡聚集在沼澤裡②書信的代稱：〈來鴻〉③通「洪」，大的：〈鴻福、鴻恩、鴻圖〉④姓。

造詞 鴻毛、鴻文、鴻門、鴻雁／飛鴻、悲鴻、哀鴻。

鳥部6畫

鴿

ㄍㄜ 鳥名。飛行速度很快，記憶力很好，可訓練成傳遞書信的「信鴿」，俗稱「鵓鴿」。

造詞 鴿子、鴿子籠、賽鴿、家鴿、野鴿。

鳥部6畫

鴰

ㄍㄨㄚ ①老鴰，「烏鴉」的俗稱②鴰鹿，「黃鸝」的別稱。

鵠 鳥部7畫

ㄏㄨˊ ①鳥名，就是「天鵝」。羽毛全白、善游泳：〈鴻鵠〉②比喻像鵠般靜靜地站立：〈鵠立、鵠候〉。

ㄍㄨˇ 箭靶的中心：〈鵠的（ㄉㄧˋ）〉。

造詞 黃鵠、正鵠。

鵑 鳥部7畫

ㄐㄩㄢ ①杜鵑，鳥名。灰褐色，胸腹有黑色橫紋，以昆蟲為主食，是一種益鳥，又叫「杜宇」或「子規」②植物名，又稱「映山紅」。在春夏時開紅、紫或白色的花，是一種觀賞植物。

鵝 鳥部7畫

ㄜˊ 鳥名。頸長，身軀肥壯，嘴扁闊，前額有肉瘤，羽毛是灰色或白色，不能飛，吃穀物、蔬菜、魚蝦等。

造詞 鵝毛、鵝黃、鵝卵石。

請注意：野生的叫「雁」，家養的叫「鵝」。

鵓 鳥部7畫

ㄅㄛˊ 鳥名。①鵓鴣，就是「斑鳩」。在下雨前會咕咕地叫，農人可以作為預測晴雨的依據，又叫「水鵓鴣」②鵓鴿，就是「鴿子」。

鵜 鳥部7畫

ㄊㄧˊ 鳥名：〈鵜鶘、鵜鴂〉。

鵡 鳥部8畫

ㄨˇ 鳥名。①鸚鵡，羽毛美麗，嘴大呈彎鉤形，舌柔軟，能學人說話②鸚哥，綠毛紅嘴，尾巴很長，體型較小。

造詞 鸚鵡學舌。

鵲 鳥部8畫

ㄑㄩㄝˋ 鳥名，就是「喜鵲」。身體的羽毛大部分是黑色，肚子是白色，一般認為鵲的叫聲是吉祥的預兆。

造詞 鵲巢、鵲起、鵲橋／鵲巢鳩占。

鶉
鳥部8畫

丶 亠 亠 亣 古 亯 亨 享
享 享 郭 郭 郭 郭 鶉 鶉
鶉 鶉 鶉

ㄔㄨㄣˊ 鳥名。腳短尾禿，身體肥圓、羽毛有暗黃色的條紋，雜有白色斑點，通常和鵪合稱「鵪鶉」。鶉性好鬥，有人養鶉互鬥來賭錢，叫「鬥鶉」。

造詞 鶉居／鶉衣百結。

鵬
鳥部8畫

丿 刀 月 月 朋 朋 朋 朋
朋 朋 朋 朋 朋 朋 鵬 鵬
鵬 鵬 鵬

ㄆㄥˊ 古書上記載的一種大鳥，能一飛數千里：〈大鵬鳥〉。

造詞 鵬飛、鵬舉／鵬程萬里。

鵰
鳥部8畫

丿 冂 冂 円 用 周 周 周
周 周 周 周 周 周 鵰 鵰
鵰 鵰 鵰

ㄉㄧㄠ 鳥名。生性凶猛，嘴爪是鉤狀，羽毛是深褐色，捕食鼠、兔等動物吃，也稱「鷲」。

造詞 鵰扇、鵰悍、鵰鶚、鵰鷙／一箭雙鵰。

鵪
鳥部8畫

一 ナ 大 夲 夲 夲 夲 奄
奄 奄 奄 奄 奄 奄 鵪 鵪
鵪 鵪 鵪

ㄢ 鳥名。和鶉相似，羽毛上沒有斑點，吃穀類和雜草種子。

鵩
鳥部8畫

丿 刀 月 月 月 肜 服 服
服 服 服 服 服 服 鵩 鵩
鵩 鵩 鵩

ㄈㄨˊ 鳥名。常在夜裡發出難聽的聲音，古人認為是一種不祥的鳥。

鶘
鳥部9畫

一 十 十 古 古 古 胡 胡
胡 胡 胡 胡 胡 胡 胡 鶘
鶘 鶘 鶘

ㄏㄨˊ 水鳥：〈鵜鶘〉（即伽藍鳥）。

鶚
鳥部9畫

丨 口 口 口 吅 吅 吅 咢
咢 咢 咢 咢 咢 咢 咢 鶚
鶚 鶚 鶚

ㄜˋ 鳥名。是一種凶猛的鳥，背黑腹白，能在水面飛翔，捕食魚類，也叫「魚鷹」。

造詞 鶚表、鶚胎、鶚書、鶚視、鶚荐、鶚顧。

鶩
鳥部9畫

ㄱ ㄱ ㄋ 予 矛 矛 矛 矛
敄 敄 敄 敄 敄 敄 敄 敄
鶩 鶩 鶩

ㄨˋ 鳥名，就是「鴨子」。嘴扁頸長，善游泳，吃穀物、蔬菜、魚蟲等。

造詞 鶩舲。

鶖
鳥部 9 畫

ㄑㄧㄡ 鳥名。頸長嘴扁，頭禿眼紅，有喉囊，性情貪暴，喜吃蛇類，也稱「禿鶖」。

造詞 鶖露子。

鶯
鳥部 10 畫

ㄧㄥ 鳥名，又叫「黃鶯」、「黃鸝」。腹部灰白色，背灰黃色，尾部有黑色羽毛，體型很小，叫聲很好聽。

造詞 鶯遷／春鶯、流鶯／鶯歌燕舞、鶯聲燕語、鶯鶯燕燕、黃鶯出谷。

鶴
鳥部 10 畫

ㄏㄜˋ 鳥名。頭小脖子長，全身純白，頭頂紅色，雙腳細長，叫聲響亮，俗稱「仙鶴」。

造詞 鶴唳、鶴壽、鶴髮、鶴氅／白鶴、黃鶴、松鶴、野鶴、丹頂鶴／鶴立雞群、鶴髮童顏、閒雲野鶴。

鷂
鳥部 10 畫

ㄧㄠˋ ①鳥名。像鷹但比鷹小，性情凶猛，捕小鳥為食，也叫「鷂鷹」或「鷂子」。②指風箏：〈放鷂子、紙鷂〉。

鶼
鳥部 10 畫

ㄐㄧㄢ 鳥名。鶼鶼，傳說中的「比翼鳥」，每隻都只有一目一翼，所以總是兩隻一起飛翔。

造詞 鶼鰈情深。

鶻
鳥部 10 畫

ㄍㄨˇ 鳥名。①鶻鵃（ㄓㄡ），尾巴短，羽毛是青黑色，形狀像山雀但較小的鳥，喜歡叫②鶻鳩，就是「班鳩」。

ㄏㄨˊ ①鳥名。屬鷹類，就是「隼鳥」②回族的古稱。

造詞 鶻軍、鶻突、鶻鳩、鶻崙、鶻鴒、鶻蹏／回鶻。

鳥部 10 畫

鶺

ㄐㄧˊ　鳥名。鶺鴒，背黑腹白，形狀像燕，常飛到水邊，捕食害蟲。

鳥部 11 畫

鷓

ㄓㄜˋ　鳥名。鷓鴣，形狀像雞，不能久飛，常相互鳴叫，主食穀類兼食昆蟲。

造詞　鷓鴣天、鷓鴣菜。

鳥部 11 畫

鷗

ㄡ　水鳥名。嘴為鉤曲狀，羽毛白色，翅膀灰而長，善於飛翔，視力敏銳，捕食魚類為生。

造詞　鷗波、鷗盟／銀鷗／鷗鷺忘機、天地一沙鷗。

鳥部 11 畫

鷙

ㄓˋ　①一種凶猛的鳥類：〈鷙鳥〉②形容性情勇猛凶狠：〈鷙悍〉。

造詞　鷙勁、鷙眭、鷙距、鷙曼、鷙蟲。

鳥部 12 畫

鷥

ㄙ　水鳥名。鷺鷥，羽毛純白，身體瘦削，腳頸細長，嘴直而尖，棲息在水邊，捕食魚類，又稱「白鷺」。

鳥部 12 畫

鷸

ㄩˋ　鳥名。嘴細長而直，羽毛茶褐色，腳長，適合在淺水或沼澤中捕食魚、貝或昆蟲。

造詞　鷸蚌相爭。

鳥部 12 畫

鷦

ㄐㄧㄠ　鳥名。鷦鷯，又叫「巧婦鳥」。長約三寸，嘴尖，羽毛灰色帶有黑褐色條紋。

造詞　鷦明。

鳥部 12 畫

鷲

ㄐㄧㄡˋ　鳥名，就是「鵰」。性情凶猛，上嘴鉤曲，喜歡吃動物的屍體。

造詞　鷲鵰。

鳥部 13 畫

鷺

ㄌㄨˋ　水鳥名。鷺鷥，見「鷥」字。

造詞 鷺汀／白鷺、沙鷺、鷗鷺、牛背鷺。

鳥部 13 畫

鷹

ㄧㄥ　鳥名。性凶悍，上嘴是鉤形，腳趾有鉤爪。力大，眼光銳利，捕食鳥、雞等弱小動物，俗稱「老鷹」、「蒼鷹」。

造詞 鷹犬、鷹派、鷹架、鷹視、鷹爪、鷹揚／飛鷹、白鷹、禿鷹／鷹式飛彈。

鳥部 13 畫

鸊

ㄆㄧˋ　水鳥名。鸊鷉（ㄊㄧ），身體肥圓，嘴短，翅小，不善飛行，喜潛水，捕食魚類。

鳥部 13 畫

鷽

ㄒㄩㄝˊ　鳥名。頭黑、背灰、胸腹是紅色，叫聲十分悅耳，又叫「山雀」、「山鵲」。

造詞 鷽鳩笑鵬。

鳥部 14 畫

鸑

ㄩㄝˋ　①水鳥名。鸑鷟，像鴨而比鴨大②古書中的一種祥瑞的鳥，是鳳凰的別名。

鳥部 16 畫

鸕

ㄌㄨˊ　水鳥名。鸕鶿（ㄘˊ），形狀像烏鴉而大，脖子白，嘴長，善於潛水捕魚，俗稱「水老鴉」。

造詞 鸕鶿杓、鸕鶿喜。

鳥部 17 畫

鸚

ㄧㄥ　鳥名。鸚鵡，腳有四趾，羽毛十分美麗，能學人說話，多產在熱帶。

鳥部 18 畫

鸛

ㄍㄨㄢˋ　鳥名。形狀像鶴，羽毛灰白，生活在水邊，腿長，趾間有蹼，捕食魚、蛙、蛇和甲殼類，也叫「老鸛」或「灰鸛」。

造詞 鸛崖、鸛雀樓／白鸛。

鳥部 19 畫

鸞

ㄌㄨㄢˊ 鳥名。羽毛五彩，傳說中是鳳凰一類的鳥。

造詞 鸞力、鸞事、鸞鳳、鸞鏡／彩鸞、錫鸞、祥鸞、鳳鸞／鸞翔鳳集、鸞鳳和鳴。

鳥部 19 畫

鸝

ㄌㄧˊ 鳥名。黃鸝，叫聲很好聽，吃林中的害蟲，也稱「黃鶯」。

鹵部 ㄌㄨˇ

鹵部 0 畫

鹵

ㄌㄨˇ ①含有鹹性，不適合耕種的土壤：〈鹵地〉②粗野的：〈鹵莽〉③通「魯」，愚笨、遲鈍：〈鹵鈍〉。

造詞 鹵化、鹵素、鹵掠、鹵獲、鹵薄／鹵莽滅裂。

鹵部 9 畫

鹹

ㄒㄧㄢˊ ①鹽味：〈酸甜苦辣鹹〉②含有鹽分的：〈鹹肉〉。

造詞 鹹水、鹹魚、鹹菜、鹹海、鹹水魚、鹹水湖。

鹵部 13 畫

鹼

ㄐㄧㄢˇ ①泥土中所含的一種物質，成分為碳酸鈉，可以用來洗衣服、去油垢，是製造肥皂、玻璃等物質的原料②指遭到鹼性的物質侵蝕：〈這堵牆都鹼了〉。

造詞 鹼地、鹼性、鹼度、鹼性土／鹼土金屬、鹼性反應、酸鹼中和。

同 碱。

鹵部 13 畫

鹽

ㄧㄢˊ ①食物中鹹味的原料，可用來調味，分為海鹽、池鹽、井鹽等②化學名詞，鹽類化合物的簡稱。

ㄧㄢˋ 用鹽來醃食物。

造詞 鹽析、鹽埕、鹽梟、鹽梅、鹽稅、鹽漠、鹽滷、鹽酸、鹽澤、鹽漬化、鹽漬法／岩鹽、青鹽、粗鹽、精鹽／鹽土植物、煮海成鹽。

鹿部 ㄌㄨˋ

鹿部 0 畫

鹿

、亠广户户庐庐庐庐庐庐鹿

ㄌㄨˋ　哺乳類動物。毛黃褐色，有花紋或條紋。四肢細長，性情溫和，通常公鹿頭上長犄角，母鹿不長。

造詞 鹿車、鹿茸、鹿鳴、鹿獨、鹿皮冠、鹿盧劍。

鹿部 2 畫

麂

、亠广户户庐庐庐庐庐麂麂麂

ㄐㄧˇ　哺乳類動物。像鹿但比鹿小，雄的上犬齒較長，有短角，皮很柔軟，可製成皮件。產於我國的有黃麂、黑麂、赤麂等。

鹿部 5 畫

麈

、亠广户户庐庐庐庐庐庐麈麈麈麈麈

ㄓㄨˇ　①哺乳類動物，頸背像駱駝，頭像鹿，腳像牛，尾巴像驢，俗稱「四不像」②「麈尾」的簡稱，也就是「拂塵」。

鹿部 6 畫

麋

、亠广户户庐庐庐庐庐庐麋麋麋麋麋麋

ㄇㄧˊ　哺乳類動物。和鹿同類但稍大，雄麋是青黑色，頭上有角，雌麋褐色，體型較小：〈麋鹿〉。

造詞 麋沸。

請注意：「麋」、「糜」二字形相近，但「糜」是爛的意思，「麋」是麋鹿的簡稱。

鹿部 8 畫

麒

、亠广户户庐庐庐庐庐庐麒麒麒麒麒麒麒麒

ㄑㄧˊ　麒麟，古代傳說中的一種怪獸，形狀像鹿，全身佈滿鱗甲，頭上有角。雄的叫麒，雌的叫麟，古人視為吉祥的象徵。

鹿部 8 畫

麗

一厂丙丙丙丽丽丽丽丽丽丽丽丽麗麗麗麗麗

ㄌㄧˋ　華美、美好的：〈華麗、風和日麗〉。

ㄌㄧˊ　高麗，古國名，也稱「高句（ㄍㄡ）麗」，在朝鮮半島上，也就是現在的韓國。

造詞 麗人、麗都、麗澤、麗藻／豔麗、秀麗、鮮麗、壯麗、美麗、綺麗、亮麗、清麗／麗質天生。

鹿部 8 畫

麓

ㄌㄨˋ　山腳：〈山麓〉。

請注意：山林生在平地，稱為「林」，生在山腳，稱為「麓」。

鹿部 10 畫

麝

ㄕㄜˋ　哺乳動物。像鹿但比鹿小，前腳短，後腳長，沒有角。雄麝會分泌麝香，可做成藥材、香料。

造詞　麝煤、麝香牛／香麝、蘭麝。

鹿部 11 畫

麞

ㄓㄤ　哺乳類動物。形狀像鹿但比鹿小，毛黃黑色，皮很柔軟，跑得很快。

造詞　麞頭鼠目。

鹿部 12 畫

麟

ㄌㄧㄣˊ　①古代傳說中的一種獸名：〈麒麟〉②光明的樣子：〈麟麟〉。

造詞　麟角、麟兒、麟趾、麟經、麟鳳／祥麟、獲麟／麟角鳳距、鳳毛麟角。

鹿部 22 畫

麤

ㄘㄨ　不精細的，通「粗」。

造詞　麤中、麤觕、麤糲／麤服亂頭。

麥部 ㄇㄞˋ

麥部 0 畫

麥

ㄇㄞˋ　①五穀之一，有大麥、小麥、燕麥等，是我國北方主要的農作物，可作為糧食、飼料及釀酒的原料②姓。

造詞　麥子、麥芽、麥浪、麥穗、麥隴、麥克風／蕎麥、黑麥、稞麥。

麥部 4 畫

麩

ㄈㄨ　麥子磨粉後留下的外皮，可作為牲畜的飼料，也叫做「麩子」或「麩皮」。

同　麬。

麯 麥部6畫

一 十 才 木 朩 朩 來 夾 麥 麥 麥 麥 麯 麯 麯 麯 麯

ㄑㄩˊ 將麥子或白米蒸過，使它發酵後再晒乾，就是「麯」，可以用來釀酒，也叫做「酒母」或「酒麯」。

造詞 大麯。

麴 麥部8畫

一 十 才 木 朩 朩 來 夾 夾 麥 麥 麥 麴 麴 麴 麴 麴 麴 麴

ㄑㄩˊ 酒母。

造詞 麴塵、麴錢、麴黴。

麵 麥部9畫

一 十 才 木 朩 朩 來 夾 夾 麥 麥 麥 麵 麵 麵 麵 麵 麵 麵 麵

ㄇㄧㄢˋ ①麥或其他穀物磨成的粉末：〈麵粉〉②麥粉製成的長條狀食物：〈炒麵〉。

造詞 麵包、麵食、麵條、麵筋、麵包屑、麵包樹。

麻部 ㄇㄚˊ

麻 麻部0畫

丶 亠 广 广 庐 庐 庥 庥 府 府 麻

ㄇㄚˊ ①麻類植物的總稱，有大麻、亞麻、苧麻、胡麻等，莖皮纖維可以做紡織原料②肢體全部或部分失去知覺：〈手麻腳軟〉③臉上有斑點疤痕：〈麻臉〉④芝麻的簡稱：〈麻油〉⑤瑣碎、煩多：〈麻煩〉⑥姓。

造詞 麻木、麻沸、麻姑、麻疹、麻雀、麻將、麻痺、麻醉、麻繩、麻沙本／桑麻、黃麻、胡麻、白麻、蓖麻、績麻、搓麻、肉麻／麻木不仁、麻衣相法、麻醉藥品、殺人如麻、心亂如麻。

麼 麻部3畫

丶 亠 广 广 庐 庐 庥 庥 府 府 麻 麻 麼 麼

ㄇㄛˊ 微不足道的：〈么麼小丑〉。

ㄇㄚˊ 甚麼，為什麼：〈幹麼〉。

˙ㄇㄜ 限於作綴詞時：〈甚麼〉表示疑問。

麾 麻部4畫

丶 亠 广 广 庐 庐 庥 庥 府 府 麻 麻 麻 麾 麾

ㄏㄨㄟ ①古代指揮軍隊的旗幟：〈旌麾〉②對將帥的尊稱，或指部下：〈麾下〉③指揮：〈麾軍前進〉。

造詞 麾安／軍麾、指麾。

黃部 ㄏㄨㄤˊ

黃部0畫

黃

一 十 廾 廾 丗 丗 芇 苗 苗 苗 黃 黃

ㄏㄨㄤˊ ①顏色的一種，是三原色（黃、紅、藍）之一 ②黃帝的簡稱：〈炎黃子孫〉 ③姓。

造詞 黃口、黃牛、黃白、黃色、黃瓜、黃昏、黃河、黃門、黃泉、黃海、黃豆、黃金、黃疸、黃教、黃袍、黃湯、黃道、黃曆、黃鶯、黃包車、黃皮書、黃花岡、黃梅雨、黃粱夢／黃土高原、黃巾之亂、黃老之學、黃花閨女、黃金時代、黃淮平源、黃道吉日、黃髮垂髫。

黃部13畫

黌

ㄏㄨㄥˊ 古代的學校：〈黌宮〉。

造詞 黌宇、黌舍、黌門。

黍部 ㄕㄨˇ

黍部0畫

黍

丿 二 千 禾 禾 秂 秂 黍 黍 黍 黍 黍

ㄕㄨˇ 穀類植物，果實叫「黍子」，有黏性。碾成的米叫黃米，有黃、白、黑幾種，可以釀酒，或磨粉作糕。

造詞 黍尺、黍累／禾黍、炊黍、稷黍。

黍部3畫

黎

丿 二 千 禾 禾 利 利 犂 犂 黎 黎 黎 黎 黎 黎

ㄌㄧˊ ①種族名，我國少數民族之一，分布在廣東、廣西兩省，以海南島黎母嶺下的人數最多：〈黎人〉 ②眾多的：〈黎庶〉 ③黑色的：〈黎面〉 ④姓。

造詞 黎元、黎民、黎明、黎巴嫩／群黎、黔黎、巴黎。

黍部5畫

黏

丿 二 千 禾 禾 秂 秂 黍 黍 黍 黍 黍 黏 黏 黏 黏 黏

ㄋㄧㄢˊ ①像膠水般凝結後很難分離的物質：〈黏汁〉 ②使東西互相連結或附在別的東西上：〈黏信封〉 ③小孩糾纏人不放：〈黏人〉。

造詞 黏土、黏性、黏液、黏掛、黏膜、黏合劑、黏稠性。

黑部 ㄏㄟ

黑部0畫

黑

丨 ㄇ 冂 冂 回 回 甲 里 里 黑 黑 黑

ㄏㄟ　①顏色名，類似墨水或生煤的顏色：〈黑色〉②昏暗無光的：〈黑暗〉③邪惡的：〈黑心〉④黑龍江省的簡稱⑤非公開的：〈黑市〉⑥姓。

造詞 黑豆、黑金、黑奴、黑店、黑馬、黑貨、黑鄉、黑道、黑潮、黑話、黑五類、黑白講、黑吃黑、黑社會、黑黝黝／漆黑、黝黑、赤黑、月黑、染黑、掃黑／天昏地黑、近墨者黑。

黑部3畫

墨

ㄇㄛˋ　①寫字、繪畫時用的黑色顏料：〈筆墨紙硯〉②黑色：〈墨鏡〉③文章：〈舞文弄墨〉④字畫的代稱：〈墨寶〉⑤法度、規矩：〈繩墨〉⑥貪汙的：〈墨吏〉⑦固執、拘泥：〈墨守成規〉⑧姓。

造詞 墨子、墨水、墨汁、墨客、墨家、墨魚、墨跡、墨綠、墨西哥、墨累河／粉墨、水墨、香墨、文墨、翰墨、油墨。

黑部4畫

默

ㄇㄛˋ　①靜靜的不出聲：〈默想〉②憑記憶寫出或讀出：〈默誦〉③暗地裡：〈默許〉④姓。

造詞 默片、默契、默然、默認、默寫、默默、默禱、默劇、默讀／沉默、靜默、幽默／默而不答、默默無言、默默無聞、默識心通。

同 靜。

黑部4畫

黔

ㄑㄧㄢˊ　①黑色：〈黔首〉②貴州省的簡稱③姓。

造詞 黔江、黔突、黔黎／黔驢技窮。

黑部5畫

點

ㄉㄧㄢˇ　①幾何學上只有位置而沒有長、寬、厚、薄的稱「點」：〈兩點連成直線〉②數學名詞，放在小數中：〈三點五〉③細小的液體：〈兩點〉④小的痕跡：〈汙點〉⑤放在文句中的符號：〈標點〉⑥計算時間的單位：〈下午一點〉⑦事物所在的位置：〈起跑點〉⑧食品：〈早點〉⑨計算事物的單位：〈主要有三點〉⑩指事物的某一部分或某一方面：〈缺點〉⑪起火：〈點火〉⑫指定：〈點菜〉⑬滴落：〈點眼藥水〉⑭輕碰：〈蜻蜓點水〉⑮指示：〈指點〉⑯核對、檢查：〈點貨〉⑰裝飾：〈點綴〉

⑱頭動一下：〈點頭〉⑲比喻少量的：〈一點兒〉⑳姓。

造詞 點子、點穴、點名、點收、點字、點破、點唱、點痣、點醒、點滴、點題／終點、弱點、優點、觀點、地點、圓點、要點、圈點、查點、同點、打點、據點、鐘點、立足點、著力點／點到為止、點頭之交、點石成金、點鐵成金、可圈可點。

黑部5畫

黜

ㄔㄨˋ ①貶斥或革職：〈黜免〉②斥退：〈黜斥〉。

造詞 黜退、黜陟、黜惡／廢黜、罷黜、貶黜、退黜。

同 退、屏、斥、卻。

反 陟。

黑部5畫

黝

ㄧㄡˇ 深黑色的：〈黝黑〉。

黑部5畫

黛

ㄉㄞˋ ①古代女子畫眉用的青色顏料：〈粉黛〉②指婦女的眉毛：〈秀黛〉。

造詞 黛眉、黛筆／青黛、翠黛、眉黛／黛綠年華。

黑部6畫

黠

ㄒㄧㄚˊ ①聰明，靈巧：〈黠慧〉②狡猾：〈狡黠〉。

造詞 黠吏／慧黠、敏黠。

黑部8畫

黨

ㄉㄤˇ ①有組織、理想的團體：〈政黨〉②親族：〈父黨、母黨〉③志同道合、常在一起的朋友：〈死黨〉④古代的地方組織，五百家為一黨：〈鄉黨〉⑤姓。

造詞 黨人、黨羽、黨派、黨參、黨章、黨禍、黨魁、黨綱／朋黨、結黨、同黨、逆黨、奸黨、叛黨、亂黨／黨同伐異、黨國多艱、黨錮之禍、狐群狗黨、君子不黨。

黑部8畫

黥

ㄑㄧㄥˊ 古代在犯人臉上刺字的一種刑罰，也叫做「墨刑」。

造詞 黥首、黥面。

黧
黑部 8 畫

ㄌㄧˊ 黑裡帶黃的顏色：〈面目黧黑〉。

造詞 黧牛、黧黃、黧雞。

黯
黑部 9 畫

ㄢˋ ①深黑：〈黯藍〉②不光明的：〈黯淡〉③失望、沮喪：〈黯然〉。

造詞 黯色、黯藹／黯然失色、黯然神傷、黯淡無光。

黴
黑部 11 畫

ㄇㄟˊ ①東西因受潮變質而產生的小青黑點：〈發黴〉②腐敗：〈這東西已經黴了〉。

造詞 黴菌。

同 霉。

黷
黑部 15 畫

ㄉㄨˊ ①輕率：〈黷職〉②玷汙：〈汙黷〉③沒有節制：〈黷武〉。

造詞 黷貨／冒黷、窮黷、慢黷／窮兵黷武。

同 瀆、汙、穢。

黹部 ㄓˇ

黹
黹部 0 畫

ㄓˇ 女紅的通稱，指刺繡、縫紉等工作：〈針黹〉。

黻
黹部 5 畫

ㄈㄨˊ 古代禮服上黑青相間的花紋：〈黼（ㄈㄨˇ）黻〉。

造詞 黻班、黻冕。

黼
黹部 7 畫

ㄈㄨˇ 古禮服上黑白相間如斧形的花紋：〈黼黻〉。

造詞 黼扆、黼座、黼繡。

黽部 ㄇㄣˇ

黽
黽部 0 畫

ㄇㄧㄣˇ 努力、勤勉：〈黽勉〉。

ㄇㄥˇ 蛙的一種。

黽部 4 畫

黿

ㄩㄢˊ 爬蟲類動物，就是「元魚」，和鼈同類，比鼈大，背甲近似圓形，暗綠色。

黽部 5 畫

鼂

ㄓㄠ 同「朝」。

ㄔㄠˊ ①蟲名②姓，同「晁」。

黽部 5 畫

鼀

ㄘㄨˊ 兩棲類動物，就是「蟾蜍」。形狀像青蛙，不能發聲，身大背黑，不善跳躍。

黽部 11 畫

鼈

ㄅㄧㄝ 爬蟲類動物。形狀像龜，生活在水中，背腹皆有甲殼，俗稱「甲魚」或「團魚」。

同 鱉。

黽部 11 畫

鼇

ㄠˊ 傳說是海中的大龜或大鼈。

造詞 鼇抃、鼇峯、鼇署、鼇頭、鼇戴／鼇背負山。

同 鰲。

黽部 12 畫

鼉

ㄊㄨㄛˊ 爬蟲類動物。形狀像鱷魚，長約三、四公尺，四隻腳，捕食魚、蛙、鼠等小動物，俗稱「鼉龍」、「豬婆龍」，是我國特產。

造詞 鼉更、鼉鼓。

鼎部 ㄉㄧㄥˇ

鼎部 0 畫

鼎

ㄉㄧㄥˇ ①古代煮東西的器具，有兩耳三腳，多用青銅製成，可用來烹飪、煉丹、煮藥、焚香等②重大、有力：〈鼎力相助〉③正當：〈鼎盛之年〉④像鼎足般三方對立：〈鼎立〉。

造詞 鼎甲、鼎臣、鼎足、鼎沸、鼎革、鼎峙、鼎食、鼎祚、鼎新、鼎銘、鼎鑊／鐘鼎、問鼎、奠鼎、寶鼎／一言九鼎、大名鼎鼎、力能扛鼎、鼎足三分、鼎鼎大名。

鼎部2畫 **鼏**

ㄇㄧˋ 鼎的蓋子。

鼎部2畫 **鼐**

ㄋㄞˋ 大鼎。

鼎部3畫 **鼒**

ㄗ 口細小的鼎。

鼓部 ㄍㄨˇ

鼓部0畫 **鼓**

ㄍㄨˇ ①一種打擊樂器，用木片箍成圓桶形，上下以牛、羊皮蒙上，敲起來有鼕鼕聲：〈大鼓〉②拍、擊：〈鼓鐘〉③彈奏：〈鼓瑟吹笙〉④振動：〈鼓翼〉⑤突出：〈鼓著腮幫子〉。

造詞 鼓手、鼓舌、鼓吹、鼓動、鼓掌、鼓詞、鼓瑟、鼓舞、鼓樂、鼓膜、鼓樓、鼓噪、鼓勵、鼓風爐、鼓子詞、鼓種子／旗鼓、鐘鼓、擊鼓、打鼓／鼓動風潮、大張旗鼓、重整旗鼓、偃旗息鼓。

鼓部5畫 **鼕**

ㄉㄨㄥ 鼓聲：〈鼕鼕〉。

鼓部5畫 **鼖**

ㄈㄣˊ 軍用的大鼓：〈鼖鼓〉。

鼓部8畫 **鼙**

ㄆㄧˊ ①漢代軍中騎在馬上所敲的戰鼓：〈鼙鼓〉②小鼓。

鼓部8畫 **鼛**

ㄍㄠ 古代徵召役事完畢時所敲的大鼓：〈鼓鐘代鼛〉。

鼓部 10 畫

鼜

ㄑㄧˋ 古代巡夜時所敲擊的鼓：〈軍旅夜擊鼜〉。

鼠部 ㄕㄨˇ

鼠部 0 畫

鼠

ㄕㄨˇ 哺乳類動物。腳短尾巴長，門齒發達，繁殖迅速。常咬壞衣物、傳染疾病，破壞力很強。

造詞 鼠子、鼠技、鼠疾、鼠患、鼠疫、鼠輩、鼠竄、鼠變虎／老鼠、田鼠、白鼠、碩鼠、蒼鼠、熏鼠、補鼠／鼠牙雀角、鼠目寸光、鼠肚雞腸、鼠肝蟲臂、鼠竄狼奔、鼠竊狗盜、城狐社鼠、膽小如鼠、羅雀掘鼠。

鼠部 5 畫

鼧

ㄊㄨㄛˊ 鼧鼥，哺乳類動物，也叫「土撥鼠」。鼴鼠類，樣子像水獺，產在我國東北，毛皮可以做皮衣。

鼠部 5 畫

鼬

ㄧㄡˋ 哺乳類動物。毛黃褐色，行動輕快，晝伏夜出，遇到敵人會分泌臭氣自衛。吃小動物的血或鳥蛋，俗稱「黃鼠狼」。

鼠部 7 畫

鼯

ㄨˊ 哺乳類動物。形狀像松鼠，前後肢之間有膜，能滑翔，住在樹洞中，晝伏夜出，吃果實、昆蟲等。

鼠部 9 畫

鼴

ㄧㄢˇ 哺乳類動物，生活在地下，能在土壤中挖掘隧道，捕食昆蟲、蚯蚓等，也吃植物的根，又叫「錢鼠」。

鼠部 10 畫

鼸

ㄑㄧㄢˇ 哺乳類動物，就是「田鼠」，會用面頰貯藏食物。

鼠部10畫

鼷

ㄒㄧ 哺乳類動物，是一種形體很小的老鼠，遍布在世界各地。

造詞 鼷穴。

鼻部 ㄅㄧˊ

鼻部0畫

鼻

ㄅㄧˊ ①人和高等動物的呼吸、嗅覺器官，分成外鼻、鼻腔兩部分②器物上突出而帶孔像鼻的部分：〈印鼻〉③創始的：〈鼻祖〉④姓。

造詞 鼻子、鼻孔、鼻炎、鼻音、鼻涕、鼻疽、鼻息、鼻衄、鼻烟、鼻梁、鼻笛、鼻淵、鼻準、鼻竇、鼻腔、鼻咽癌、鼻飼法、鼻韻母／高鼻、隆鼻、犢鼻、耳鼻、朝天鼻／鼻加答兒、鼻青臉腫、鼻歪眼斜、嗤之以鼻。

鼻部3畫

鼾

ㄏㄢ 熟睡時所發出的粗重呼吸聲：〈鼾聲如雷〉。

造詞 鼾睡。

鼻部5畫

齁

ㄏㄡ ①吃了太鹹或太甜的東西後所產生的難受感覺：〈齁著了〉②極、很：〈齁苦〉③睡著時的鼻息聲：〈齁如雷吼〉。

造詞 齁齁。

同 鼾。

鼻部11畫

齇

ㄓㄚ 鼻子上的紅皰：〈酒齇鼻子〉。

鼻部22畫

齉

ㄋㄤˋ 鼻腔不順暢，說話時發聲不清楚，叫「齉鼻子」或「齉鼻兒」。

齊部 ㄑㄧˊ

齊部0畫

齊

ㄑㄧˊ ①平整而有秩序：〈整齊〉②同等、一致：〈齊唱〉③完備：〈齊全〉④治理：〈齊家〉⑤朝代名：〈北齊〉⑥古國名，在現在的山東東部，戰國七雄之一，後來被秦國所滅⑦姓。

ㄓㄞ 同「齋」：〈齊戒〉。

ㄗ 喪服的一種，用粗麻布製成，有縫邊：〈齊衰〉。

ㄐㄧˋ 合金時所放的固定成分。

造詞 齊心、齊名、齊步、齊女、齊民、齊年、齊明、齊眉、齊奏、齊莊、齊盛、齊備、齊給、齊集、齊盟、齊詩、齊聲、齊論、齊齒、齊學、齊梁體、齊齒呼／均齊、平齊、看齊、南齊、修齊、對齊／齊大非偶、齊民要術、齊足並馳、齊肩大士、齊京野語、齊家文化、齊頭並進、見賢思齊、良莠不齊、參差不齊。

齊部3畫

齋

ㄓㄞ ①房舍，一般指可以安居靜修的屋子：〈書齋〉②素食：〈吃齋〉③古人在祭祀前要沐浴吃素，表示莊敬：〈齋戒沐浴〉。

造詞 齋夫、齋公、齋心、齋月、齋沐、齋食、齋宿、齋教、齋慄、齋僧、齋醮／寢齋、禪齋、心齋／齋居決事。

齊部7畫

齎

ㄐㄧ ①拿東西給人：〈齎送〉②抱持，心中一直記存：〈齎志〉。

造詞 齎恨。

齊部9畫

齏

ㄐㄧ ①調味用的蔥、蒜等辛辣物的粉末或菜末②粉碎：〈齏骨粉身〉。

造詞 齏粉、齏糟。

齒部

齒部0畫

齒

ㄔˇ ①人和動物口腔中咀嚼食物的器官：〈牙齒〉②物體像牙齒般排列：〈鋸齒〉③年齡：〈齒德俱增〉。

造詞 齒舌、齒列、齒冷、齒冠、齒音、齒根、齒槽、齒髮、齒輪、齒劍、齒頸、齒錄、齒豁、齒齦

／齲齒、義齒、馬齒、乳齒、門齒、犬齒、臼齒、智齒、沒齒、換齒／齒亡舌存、齒牙餘論、齒牙動搖、齒白脣紅、齒危髮禿、齒若編貝、齒頰留芳、明眸皓齒、不足掛齒、令人切齒、何足掛齒、伶牙俐齒、咬牙切齒。

齒部2畫

齔

ㄔㄣˋ ①指七、八歲的幼童：〈童齔之子〉②小孩脫去乳齒，換永久齒：〈八齒而齔〉。

齒部5畫

齣

ㄔㄨ 傳奇或戲劇中的一個段落，也指戲劇中一個獨立的劇目：〈一齣戲〉。

齒部5畫

齟

ㄐㄩˇ 上下齒參差不齊，比喻意見不合：〈齟齬〉。

齒部5畫

齡

ㄌㄧㄥˊ 年紀、歲數：〈年齡〉。

造詞 齡猴／延齡、高齡、弱齡、妙齡、樹齡、頹齡、稚齡、齠齡。

齒部5畫

齠

ㄊㄧㄠˊ ①兒童換牙②指童年：〈齠年〉。

造詞 齠髮、齠齔。

齒部6畫

齜

ㄗ ①張嘴露牙：〈齜牙咧嘴〉②牙齒參差不齊：〈齜齒〉。

齒部6畫

齦

ㄧㄣˊ ①齒根肉：〈牙齦〉②爭辯的樣子：〈齦齦〉。

造詞 齦溝。

齒部6畫

齧

ㄋㄧㄝˋ 用牙齒咬：〈蟲咬鼠齧〉。

齒部7畫

齬

ㄩˇ 見「齟」。

齒部7畫

齪

ㄔㄨㄛˋ 見「齷」。

齒部9畫

齷

ㄨㄛˋ 髒、不乾淨：〈齷齪〉。

齒部9畫

齲

ㄑㄩˇ 牙齒被蛀蝕成洞，俗稱「蛀牙」：〈齲齒〉。

齒部9畫

齵

ㄩˊ ①牙齒不正②參差不齊的樣子。

造詞 齵差（ㄘ）、齵齒。

龍部

龍部0畫

龍

ㄌㄨㄥˊ ①我國古代傳說中一種有鱗、角、鬚、五爪，能飛、能走、能游、能呼風喚雨且具有靈性的動物：〈海龍王〉②比喻帝王：〈真龍天子〉③傑出的人才：〈人中之龍〉④姓。

造詞 龍文、龍光、龍舟、龍門、龍虎、龍套、龍宮、龍袍、龍骨、龍涎、龍眼、龍蛇、龍種、龍蝦、龍鳳、龍樹、龍頭、龍顏、龍鍾、龍藏／龍井茶、龍舌蘭、龍泉窯、龍骨車、龍捲風、龍鳳帖／臥龍、恐龍、亢龍、潛龍、蛟龍、飛龍、翼手龍、獨眼龍／龍山文化、龍生九子、龍行虎步、龍肝豹胎、龍肝鳳髓、龍吟虎嘯、龍虎風雲、龍爭虎鬥、龍門石窟、龍飛鳳舞、龍馬精神、龍蛇飛動、龍蛇混雜、龍馭賓天、龍鳳呈祥、龍跳虎臥、龍潭虎穴、龍頭鳳尾、龍蟠虎踞、龍蟠鳳逸、龍躍鳳鳴、車水馬龍、葉公好龍。

龍部6畫

龔

ㄍㄨㄥ ①通「供」，供給②通「恭」，肅敬③姓。

龍部6畫

龕

ㄎㄢ 供奉神像、牌位的櫥櫃：〈佛龕〉。

造詞 龕山、龕亂、龕赭、龕廟／神龕、古龕、山龕、幽龕、龍龕。

龜部 ㄍㄨㄟ

龜部0畫

龜

ㄍㄨㄟ 爬蟲類動物。口大眼小，頭形像蛇，腹背都有硬甲，頭、尾、四肢都能縮進甲殼內，動作遲緩、壽命很長。

ㄐㄩㄣ 皮膚因嚴寒而凍裂，通「皸」：〈龜裂〉。

ㄑㄧㄡ 龜茲，古代西域國名，在現在新疆維吾爾自治區。

造詞 龜甲、龜玉、龜兆、龜貝、龜坼、龜趺、龜策、龜筮、龜綬、龜鶴、龜鑑／神龜、玉龜、海龜、烏龜。

龠部 ㄩㄝˋ

龠部0畫

龠

ㄩㄝˋ ①古代一種管樂器，形狀像笛子，有三孔或六孔②古代的一種量器，形狀像爵。

龠部5畫

龢

ㄏㄜˊ 通「和」，聲音和諧相應。

附錄

一、國語注音與通用拼音暨漢語拼音對照表

注音符號	通用拼音	漢語拼音	注音符號	通用拼音	漢語拼音
ㄅ	b	b	ㄅㄥˊ	béng	béng
ㄅㄚ	ba	bā	ㄅㄥˇ	běng	běng
ㄅㄚˊ	bá	bá	ㄅㄥˋ	bèng	bèng
ㄅㄚˇ	bǎ	bǎ	ㄅㄧ	bi	bī
ㄅㄚˋ	bà	bà	ㄅㄧˊ	bí	bí
˙ㄅㄚ	bå	ba	ㄅㄧˇ	bǐ	bǐ
ㄅㄛ	bo	bō	ㄅㄧˋ	bì	bì
ㄅㄛˊ	bó	bó	ㄅㄧㄝ	bie	biē
ㄅㄛˇ	bǒ	bǒ	ㄅㄧㄝˊ	bié	bié
ㄅㄛˋ	bò	bò	ㄅㄧㄝˋ	biè	biè
ㄅㄞˊ	bái	bái	ㄅㄧㄠ	biao	biāo
ㄅㄞˇ	bǎi	bǎi	ㄅㄧㄠˇ	biǎo	biǎo
ㄅㄞˋ	bài	bài	ㄅㄧㄠˋ	biào	biào
ㄅㄟ	bei	bēi	ㄅㄧㄢ	bian	biān
ㄅㄟˇ	běi	běi	ㄅㄧㄢˇ	biǎn	biǎn
ㄅㄟˋ	bèi	bèi	ㄅㄧㄢˋ	biàn	biàn
ㄅㄠ	bao	bāo	ㄅㄧㄣ	bin	bīn
ㄅㄠˊ	báo	báo	ㄅㄧㄣˋ	bìn	bìn
ㄅㄠˇ	bǎo	bǎo	ㄅㄧㄥ	bing	bīng
ㄅㄠˋ	bào	bào	ㄅㄧㄥˇ	bǐng	bǐng
ㄅㄢ	ban	bān	ㄅㄧㄥˋ	bìng	bìng
ㄅㄢˇ	bǎn	bǎn	ㄅㄨˇ	bǔ	bǔ
ㄅㄢˋ	bàn	bàn	ㄅㄨˋ	bù	bù
ㄅㄣ	ben	bēn	ㄆ	p	p
ㄅㄣˇ	běn	běn	ㄆㄚ	pa	pā
ㄅㄣˋ	bèn	bèn	ㄆㄚˊ	pá	pá
ㄅㄤ	bang	bāng	ㄆㄚˋ	pà	pà
ㄅㄤˇ	bǎng	bǎng	ㄆㄛ	po	pō
ㄅㄤˋ	bàng	bàng	ㄆㄛˊ	pó	pó
ㄅㄥ	beng	bēng	ㄆㄛˇ	pǒ	pǒ

注音符號	通用拼音	漢語拼音	注音符號	通用拼音	漢語拼音
ㄆㄛˋ	pò	pò	ㄆㄧㄝ	pie	piē
ㄆㄞ	pai	pāi	ㄆㄧㄝˇ	piě	piě
ㄆㄞˊ	pái	pái	ㄆㄧㄠ	piao	piāo
ㄆㄞˇ	pǎi	pǎi	ㄆㄧㄠˊ	piáo	piáo
ㄆㄞˋ	pài	pài	ㄆㄧㄠˇ	piǎo	piǎo
ㄆㄟ	pei	pēi	ㄆㄧㄠˋ	piào	piào
ㄆㄟˊ	péi	péi	ㄆㄧㄢ	pian	piān
ㄆㄟˋ	pèi	pèi	ㄆㄧㄢˊ	pián	pián
ㄆㄠ	pao	pāo	ㄆㄧㄢˋ	piàn	piàn
ㄆㄠˊ	páo	páo	ㄆㄧㄣ	pin	pīn
ㄆㄠˇ	pǎo	pǎo	ㄆㄧㄣˊ	pín	pín
ㄆㄠˋ	pào	pào	ㄆㄧㄣˇ	pǐn	pǐn
ㄆㄡˇ	pǒu	pǒu	ㄆㄧㄣˋ	pìn	pìn
ㄆㄢ	pan	pān	ㄆㄧㄥ	ping	pīng
ㄆㄢˊ	pán	pán	ㄆㄧㄥˊ	píng	píng
ㄆㄢˋ	pàn	pàn	ㄆㄧㄥˋ	pìng	pìng
ㄆㄣ	pen	pēn	ㄆㄨ	pu	pū
ㄆㄣˊ	pén	pén	ㄆㄨˊ	pú	pú
ㄆㄣˋ	pèn	pèn	ㄆㄨˇ	pǔ	pǔ
ㄆㄤ	pang	pāng	ㄆㄨˋ	pù	pù
ㄆㄤˊ	páng	páng	ㄇ	m	m
ㄆㄤˋ	pàng	pàng	ㄇㄚ	ma	mā
ㄆㄥ	peng	pēng	ㄇㄚˊ	má	má
ㄆㄥˊ	péng	péng	ㄇㄚˇ	mǎ	mǎ
ㄆㄥˇ	pěng	pěng	ㄇㄚˋ	mà	mà
ㄆㄥˋ	pèng	pèng	·ㄇㄚ	må	ma
ㄆㄧ	pi	pī	ㄇㄛ	mo	mō
ㄆㄧˊ	pí	pí	ㄇㄛˊ	mó	mó
ㄆㄧˇ	pǐ	pǐ	ㄇㄛˇ	mǒ	mǒ
ㄆㄧˋ	pì	pì	ㄇㄛˋ	mò	mò

注音符號	通用拼音	漢語拼音	注音符號	通用拼音	漢語拼音
·ㄇㄜ	me̊	me	ㄇㄧㄝˋ	miè	miè
ㄇㄞˊ	mái	mái	ㄇㄧㄠˊ	miáo	miáo
ㄇㄞˇ	mǎi	mǎi	ㄇㄧㄠˇ	miǎo	miǎo
ㄇㄞˋ	mài	mài	ㄇㄧㄠˋ	miào	miào
ㄇㄟˊ	méi	méi	ㄇㄧㄡˋ	miòu	miù
ㄇㄟˇ	měi	měi	ㄇㄧㄢˊ	mián	mián
ㄇㄟˋ	mèi	mèi	ㄇㄧㄢˇ	miǎn	miǎn
ㄇㄠ	mao	māo	ㄇㄧㄢˋ	miàn	miàn
ㄇㄠˊ	máo	máo	ㄇㄧㄣˊ	mín	mín
ㄇㄠˇ	mǎo	mǎo	ㄇㄧㄣˇ	mǐn	mǐn
ㄇㄠˋ	mào	mào	ㄇㄧㄥˊ	míng	míng
ㄇㄡˊ	móu	móu	ㄇㄧㄥˋ	mìng	mìng
ㄇㄡˇ	mǒu	mǒu	ㄇㄨˇ	mǔ	mǔ
ㄇㄢˊ	mán	mán	ㄇㄨˋ	mù	mù
ㄇㄢˇ	mǎn	mǎn	ㄈ	f	f
ㄇㄢˋ	màn	màn	ㄈㄚ	fa	fā
ㄇㄣ	men	mēn	ㄈㄚˊ	fá	fá
ㄇㄣˊ	mén	mén	ㄈㄚˇ	fǎ	fǎ
ㄇㄣˋ	mèn	mèn	ㄈㄚˋ	fà	fà
ㄇㄤˊ	máng	máng	ㄈㄛˊ	fó	fó
ㄇㄤˇ	mǎng	mǎng	ㄈㄟ	fei	fēi
ㄇㄥ	meng	mēng	ㄈㄟˊ	féi	féi
ㄇㄥˊ	méng	méng	ㄈㄟˇ	fěi	fěi
ㄇㄥˇ	měng	měng	ㄈㄟˋ	fèi	fèi
ㄇㄥˋ	mèng	mèng	ㄈㄡ	fou	fōu
ㄇㄧ	mi	mī	ㄈㄡˇ	fǒu	fǒu
ㄇㄧˊ	mí	mí	ㄈㄢ	fan	fān
ㄇㄧˇ	mǐ	mǐ	ㄈㄢˊ	fán	fán
ㄇㄧˋ	mì	mì	ㄈㄢˇ	fǎn	fǎn
ㄇㄧㄝ	mie	miē	ㄈㄢˋ	fàn	fàn

注音符號	通用拼音	漢語拼音	注音符號	通用拼音	漢語拼音
ㄈㄣ	fen	fēn	ㄉㄠˋ	dào	dào
ㄈㄣˊ	fén	fén	ㄉㄡ	dou	dōu
ㄈㄣˇ	fěn	fěn	ㄉㄡˇ	dǒu	dǒu
ㄈㄣˋ	fèn	fèn	ㄉㄡˋ	dòu	dòu
·ㄈㄣ	fe̊n	fen	ㄉㄢ	dan	dān
ㄈㄤ	fang	fāng	ㄉㄢˇ	dǎn	dǎn
ㄈㄤˊ	fáng	fáng	ㄉㄢˋ	dàn	dàn
ㄈㄤˇ	fǎng	fǎng	ㄉㄤ	dang	dāng
ㄈㄤˋ	fàng	fàng	ㄉㄤˇ	dǎng	dǎng
ㄈㄥ	fong	fēng	ㄉㄤˋ	dàng	dàng
ㄈㄥˊ	fóng	féng	ㄉㄥ	deng	dēng
ㄈㄥˇ	fǒng	fěng	ㄉㄥˇ	děng	děng
ㄈㄥˋ	fòng	fèng	ㄉㄥˋ	dèng	dèng
ㄈㄨ	fu	fū	ㄉㄧ	di	dī
ㄈㄨˊ	fú	fú	ㄉㄧˊ	dí	dí
ㄈㄨˇ	fǔ	fǔ	ㄉㄧˇ	dǐ	dǐ
ㄈㄨˋ	fù	fù	ㄉㄧˋ	dì	dì
ㄉ	d	d	ㄉㄧㄝ	die	diē
ㄉㄚ	da	dā	ㄉㄧㄝˊ	dié	dié
ㄉㄚˊ	dá	dá	ㄉㄧㄠ	diao	diāo
ㄉㄚˇ	dǎ	dǎ	ㄉㄧㄠˇ	diǎo	diǎo
ㄉㄚˋ	dà	dà	ㄉㄧㄠˋ	diào	diào
ㄉㄜˊ	dé	dé	ㄉㄧㄡ	diou	diū
·ㄉㄜ	de̊	de	ㄉㄧㄢ	dian	diān
ㄉㄞ	dai	dāi	ㄉㄧㄢˇ	diǎn	diǎn
ㄉㄞˇ	dǎi	dǎi	ㄉㄧㄢˋ	diàn	diàn
ㄉㄞˋ	dài	dài	ㄉㄧㄤ	diang	diāng
ㄉㄟˇ	děi	děi	ㄉㄧㄥ	ding	dīng
ㄉㄠ	dao	dāo	ㄉㄧㄥˇ	dǐng	dǐng
ㄉㄠˇ	dǎo	dǎo	ㄉㄧㄥˋ	dìng	dìng

注音符號	通用拼音	漢語拼音	注音符號	通用拼音	漢語拼音
ㄉㄨ	du	dū	ㄊㄠˋ	tào	tào
ㄉㄨˊ	dú	dú	ㄊㄡ	tou	tōu
ㄉㄨˇ	dǔ	dǔ	ㄊㄡˊ	tóu	tóu
ㄉㄨˋ	dù	dù	ㄊㄡˋ	tòu	tòu
ㄉㄨㄛ	duo	duō	ㄊㄢ	tan	tān
ㄉㄨㄛˊ	duó	duó	ㄊㄢˊ	tán	tán
ㄉㄨㄛˇ	duǒ	duǒ	ㄊㄢˇ	tǎn	tǎn
ㄉㄨㄛˋ	duò	duò	ㄊㄢˋ	tàn	tàn
ㄉㄨㄟ	duei	duī	ㄊㄤ	tang	tāng
ㄉㄨㄟˋ	duèi	duì	ㄊㄤˊ	táng	táng
ㄉㄨㄢ	duan	duān	ㄊㄤˇ	tǎng	tǎng
ㄉㄨㄢˇ	duǎn	duǎn	ㄊㄤˋ	tàng	tàng
ㄉㄨㄢˋ	duàn	duàn	ㄊㄥˊ	téng	téng
ㄉㄨㄣ	dun	dūn	ㄊㄧ	ti	tī
ㄉㄨㄣˇ	dǔn	dǔn	ㄊㄧˊ	tí	tí
ㄉㄨㄣˋ	dùn	dùn	ㄊㄧˇ	tǐ	tǐ
ㄉㄨㄥ	dong	dōng	ㄊㄧˋ	tì	tì
ㄉㄨㄥˇ	dǒng	dǒng	ㄊㄧㄝ	tie	tiē
ㄉㄨㄥˋ	dòng	dòng	ㄊㄧㄝˇ	tiě	tiě
ㄊ	t	t	ㄊㄧㄠ	tiao	tiāo
ㄊㄚ	ta	tā	ㄊㄧㄠˊ	tiáo	tiáo
ㄊㄚˇ	tǎ	tǎ	ㄊㄧㄠˇ	tiǎo	tiǎo
ㄊㄚˋ	tà	tà	ㄊㄧㄠˋ	tiào	tiào
ㄊㄜˋ	tè	tè	ㄊㄧㄢ	tian	tiān
ㄊㄞ	tai	tāi	ㄊㄧㄢˊ	tián	tián
ㄊㄞˊ	tái	tái	ㄊㄧㄢˇ	tiǎn	tiǎn
ㄊㄞˋ	tài	tài	ㄊㄧㄥ	ting	tīng
ㄊㄠ	tao	tāo	ㄊㄧㄥˊ	tíng	tíng
ㄊㄠˊ	táo	táo	ㄊㄧㄥˇ	tǐng	tǐng
ㄊㄠˇ	tǎo	tǎo	ㄊㄧㄥˋ	tìng	tìng

注音符號	通用拼音	漢語拼音	注音符號	通用拼音	漢語拼音
ㄊㄨ	tu	tū	ㄋㄞˋ	nài	nài
ㄊㄨˊ	tú	tú	ㄋㄟˇ	něi	něi
ㄊㄨˇ	tǔ	tǔ	ㄋㄟˋ	nèi	nèi
ㄊㄨˋ	tù	tù	ㄋㄠˊ	náo	náo
ㄊㄨㄛ	tuo	tuō	ㄋㄠˇ	nǎo	nǎo
ㄊㄨㄛˊ	tuó	tuó	ㄋㄠˋ	nào	nào
ㄊㄨㄛˇ	tuǒ	tuǒ	ㄋㄢˊ	nán	nán
ㄊㄨㄛˋ	tuò	tuò	ㄋㄢˇ	nǎn	nǎn
ㄊㄨㄟ	tuei	tuī	ㄋㄢˋ	nàn	nàn
ㄊㄨㄟˊ	tuéi	tuí	ㄋㄣˋ	nèn	nèn
ㄊㄨㄟˇ	tuěi	tuǐ	ㄋㄤˊ	náng	náng
ㄊㄨㄟˋ	tuèi	tuì	ㄋㄥˊ	néng	néng
ㄊㄨㄢ	tuan	tuān	ㄋㄧˊ	ní	ní
ㄊㄨㄢˊ	tuán	tuán	ㄋㄧˇ	nǐ	nǐ
ㄊㄨㄣ	tun	tūn	ㄋㄧˋ	nì	nì
ㄊㄨㄣˊ	tún	tún	ㄋㄧㄝ	nie	niē
ㄊㄨㄣˋ	tùn	tùn	ㄋㄧㄝˋ	niè	niè
ㄊㄨㄥ	tong	tōng	ㄋㄧㄠˇ	niǎo	niǎo
ㄊㄨㄥˊ	tóng	tóng	ㄋㄧㄠˋ	niào	niào
ㄊㄨㄥˇ	tǒng	tǒng	ㄋㄧㄡ	niou	niū
ㄊㄨㄥˋ	tòng	tòng	ㄋㄧㄡˊ	nióu	niú
ㄋ	n	n	ㄋㄧㄡˇ	niǒu	niǔ
ㄋㄚ	na	nā	ㄋㄧㄡˋ	niòu	niù
ㄋㄚˊ	ná	ná	ㄋㄧㄢˊ	nián	nián
ㄋㄚˇ	nǎ	nǎ	ㄋㄧㄢˇ	niǎn	niǎn
ㄋㄚˋ	nà	nà	ㄋㄧㄢˋ	niàn	niàn
·ㄋㄚ	nå	na	ㄋㄧㄣˊ	nín	nín
ㄋㄜˋ	nè	nè	ㄋㄧㄤˊ	niáng	niáng
·ㄋㄜ	ne̊	ne	ㄋㄧㄤˋ	niàng	niàng
ㄋㄞˇ	nǎi	nǎi	ㄋㄧㄥˊ	níng	níng

注音符號	通用拼音	漢語拼音	注音符號	通用拼音	漢語拼音
ㄋㄧㄥˇ	nǐng	nǐng	ㄌㄠˇ	lǎo	lǎo
ㄋㄧㄥˋ	nìng	nìng	ㄌㄠˋ	lào	lào
ㄋㄨˊ	nú	nú	ㄌㄡ	lou	lōu
ㄋㄨˇ	nǔ	nǔ	ㄌㄡˊ	lóu	lóu
ㄋㄨˋ	nù	nù	ㄌㄡˇ	lǒu	lǒu
ㄋㄨㄛˊ	nuó	nuó	ㄌㄡˋ	lòu	lòu
ㄋㄨㄛˋ	nuò	nuò	ㄌㄢˊ	lán	lán
ㄋㄨㄢˇ	nuǎn	nuǎn	ㄌㄢˇ	lǎn	lǎn
ㄋㄨㄥˊ	nóng	nóng	ㄌㄢˋ	làn	làn
ㄋㄨㄥˋ	nòng	nòng	ㄌㄤˊ	láng	láng
ㄋㄩˇ	nyǔ	nǚ	ㄌㄤˇ	lǎng	lǎng
ㄋㄩˋ	nyù	nǜ	ㄌㄤˋ	làng	làng
ㄋㄩㄝˋ	nyuè	nüè	ㄌㄥˊ	léng	léng
ㄌ	l	l	ㄌㄥˇ	lěng	lěng
ㄌㄚ	la	lā	ㄌㄥˋ	lèng	lèng
ㄌㄚˊ	lá	lá	ㄌㄧ	li	lī
ㄌㄚˇ	lǎ	lǎ	ㄌㄧˊ	lí	lí
ㄌㄚˋ	là	là	ㄌㄧˇ	lǐ	lǐ
˙ㄌㄚ	lå	la	ㄌㄧˋ	lì	lì
˙ㄌㄛ	lo̊	lo	ㄌㄧㄚˇ	liǎ	liǎ
ㄌㄜˋ	lè	lè	ㄌㄧㄝˋ	liè	liè
˙ㄌㄜ	le̊	le	ㄌㄧㄠˊ	liáo	liáo
ㄌㄞˊ	lái	lái	ㄌㄧㄠˇ	liǎo	liǎo
ㄌㄞˋ	lài	lài	ㄌㄧㄠˋ	liào	liào
ㄌㄟ	lei	lēi	ㄌㄧㄡ	liou	liū
ㄌㄟˊ	léi	léi	ㄌㄧㄡˊ	lióu	liú
ㄌㄟˇ	lěi	lěi	ㄌㄧㄡˇ	liǒu	liǔ
ㄌㄟˋ	lèi	lèi	ㄌㄧㄡˋ	liòu	liù
ㄌㄠ	lao	lāo	ㄌㄧㄢˊ	lián	lián
ㄌㄠˊ	láo	láo	ㄌㄧㄢˇ	liǎn	liǎn

注音符號	通用拼音	漢語拼音	注音符號	通用拼音	漢語拼音
ㄌㄧㄢˋ	liàn	liàn	ㄌㄩˋ	lyù	lǜ
ㄌㄧㄣˊ	lín	lín	ㄌㄩㄝˋ	lyuè	lüè
ㄌㄧㄣˇ	lǐn	lǐn	ㄍ	g	g
ㄌㄧㄣˋ	lìn	lìn	ㄍㄚ	ga	gā
ㄌㄧㄤˊ	liáng	liáng	ㄍㄚˊ	gá	gá
ㄌㄧㄤˇ	liǎng	liǎng	ㄍㄚˋ	gà	gà
ㄌㄧㄤˋ	liàng	liàng	ㄍㄜ	ge	gē
ㄌㄧㄥ	ling	līng	ㄍㄜˊ	gé	gé
ㄌㄧㄥˊ	líng	líng	ㄍㄜˇ	gě	gě
ㄌㄧㄥˇ	lǐng	lǐng	ㄍㄜˋ	gè	gè
ㄌㄧㄥˋ	lìng	lìng	ㄍㄞ	gai	gāi
ㄌㄨ	lu	lū	ㄍㄞˇ	gǎi	gǎi
ㄌㄨˊ	lú	lú	ㄍㄞˋ	gài	gài
ㄌㄨˇ	lǔ	lǔ	ㄍㄟˇ	gěi	gěi
ㄌㄨˋ	lù	lù	ㄍㄠ	gao	gāo
ㄌㄨㄛ	luo	luō	ㄍㄠˇ	gǎo	gǎo
ㄌㄨㄛˊ	luó	luó	ㄍㄠˋ	gào	gào
ㄌㄨㄛˇ	luǒ	luǒ	ㄍㄡ	gou	gōu
ㄌㄨㄛˋ	luò	luò	ㄍㄡˇ	gǒu	gǒu
ㄌㄨㄢˊ	luán	luán	ㄍㄡˋ	gòu	gòu
ㄌㄨㄢˇ	luǎn	luǎn	ㄍㄢ	gan	gān
ㄌㄨㄢˋ	luàn	luàn	ㄍㄢˇ	gǎn	gǎn
ㄌㄨㄣ	lun	lūn	ㄍㄢˋ	gàn	gàn
ㄌㄨㄣˊ	lún	lún	ㄍㄣ	gen	gēn
ㄌㄨㄣˋ	lùn	lùn	ㄍㄣˇ	gěn	gěn
ㄌㄨㄥˊ	lóng	lóng	ㄍㄣˋ	gèn	gèn
ㄌㄨㄥˇ	lǒng	lǒng	ㄍㄤ	gang	gāng
ㄌㄨㄥˋ	lòng	lòng	ㄍㄤˇ	gǎng	gǎng
ㄌㄩˊ	lyú	lǘ	ㄍㄤˋ	gàng	gàng
ㄌㄩˇ	lyǔ	lǚ	ㄍㄥ	geng	gēng

注音符號	通用拼音	漢語拼音	注音符號	通用拼音	漢語拼音
ㄍㄥˇ	gěng	gěng	ㄎ	k	k
ㄍㄥˋ	gèng	gèng	ㄎㄚ	ka	kā
ㄍㄨ	gu	gū	ㄎㄚˇ	kǎ	kǎ
ㄍㄨˊ	gú	gú	ㄎㄜ	ke	kē
ㄍㄨˇ	gǔ	gǔ	ㄎㄜˊ	ké	ké
ㄍㄨˋ	gù	gù	ㄎㄜˇ	kě	kě
ㄍㄨㄚ	gua	guā	ㄎㄜˋ	kè	kè
ㄍㄨㄚˇ	guǎ	guǎ	ㄎㄞ	kai	kāi
ㄍㄨㄚˋ	guà	guà	ㄎㄞˇ	kǎi	kǎi
ㄍㄨㄛ	guo	guō	ㄎㄞˋ	kài	kài
ㄍㄨㄛˊ	guó	guó	ㄎㄠˇ	kǎo	kǎo
ㄍㄨㄛˇ	guǒ	guǒ	ㄎㄠˋ	kào	kào
ㄍㄨㄛˋ	guò	guò	ㄎㄡˇ	kǒu	kǒu
ㄍㄨㄞ	guai	guāi	ㄎㄡˋ	kòu	kòu
ㄍㄨㄞˇ	guǎi	guǎi	ㄎㄢ	kan	kān
ㄍㄨㄞˋ	guài	guài	ㄎㄢˇ	kǎn	kǎn
ㄍㄨㄟ	guei	guī	ㄎㄢˋ	kàn	kàn
ㄍㄨㄟˇ	guěi	guǐ	ㄎㄣˇ	kěn	kěn
ㄍㄨㄟˋ	guèi	guì	ㄎㄤ	kang	kāng
ㄍㄨㄢ	guan	guān	ㄎㄤˊ	káng	káng
ㄍㄨㄢˇ	guǎn	guǎn	ㄎㄤˇ	kǎng	kǎng
ㄍㄨㄢˋ	guàn	guàn	ㄎㄤˋ	kàng	kàng
ㄍㄨㄣˇ	gǔn	gǔn	ㄎㄥ	keng	kēng
ㄍㄨㄣˋ	gùn	gùn	ㄎㄨ	ku	kū
ㄍㄨㄤ	guang	guāng	ㄎㄨˇ	kǔ	kǔ
ㄍㄨㄤˇ	guǎng	guǎng	ㄎㄨˋ	kù	kù
ㄍㄨㄤˋ	guàng	guàng	ㄎㄨㄚ	kua	kuā
ㄍㄨㄥ	gong	gōng	ㄎㄨㄚˇ	kuǎ	kuǎ
ㄍㄨㄥˇ	gǒng	gǒng	ㄎㄨㄚˋ	kuà	kuà
ㄍㄨㄥˋ	gòng	gòng	ㄎㄨㄛˋ	kuò	kuò

注音符號	通用拼音	漢語拼音	注音符號	通用拼音	漢語拼音
ㄎㄨㄞˋ	kuài	kuài	ㄏㄠˇ	hǎo	hǎo
ㄎㄨㄟ	kuei	kuī	ㄏㄠˋ	hào	hào
ㄎㄨㄟˊ	kuéi	kuí	ㄏㄡˊ	hóu	hóu
ㄎㄨㄟˇ	kuěi	kuǐ	ㄏㄡˇ	hǒu	hǒu
ㄎㄨㄟˋ	kuèi	kuì	ㄏㄡˋ	hòu	hòu
ㄎㄨㄢ	kuan	kuān	ㄏㄢ	han	hān
ㄎㄨㄢˇ	kuǎn	kuǎn	ㄏㄢˊ	hán	hán
ㄎㄨㄣ	kun	kūn	ㄏㄢˇ	hǎn	hǎn
ㄎㄨㄣˇ	kǔn	kǔn	ㄏㄢˋ	hàn	hàn
ㄎㄨㄣˋ	kùn	kùn	ㄏㄣˊ	hén	hén
ㄎㄨㄤ	kuang	kuāng	ㄏㄣˇ	hěn	hěn
ㄎㄨㄤˊ	kuáng	kuáng	ㄏㄣˋ	hèn	hèn
ㄎㄨㄤˋ	kuàng	kuàng	ㄏㄤˊ	háng	háng
ㄎㄨㄥ	kong	kōng	ㄏㄤˋ	hàng	hàng
ㄎㄨㄥˇ	kǒng	kǒng	ㄏㄥ	heng	hēng
ㄎㄨㄥˋ	kòng	kòng	ㄏㄥˊ	héng	héng
ㄏ	h	h	ㄏㄥˋ	hèng	hèng
ㄏㄚ	ha	hā	ㄏㄨ	hu	hū
ㄏㄚˊ	há	há	ㄏㄨˊ	hú	hú
ㄏㄚˇ	hǎ	hǎ	ㄏㄨˇ	hǔ	hǔ
ㄏㄜ	he	hē	ㄏㄨˋ	hù	hù
ㄏㄜˊ	hé	hé	ㄏㄨㄚ	hua	huā
ㄏㄜˋ	hè	hè	ㄏㄨㄚˊ	huá	huá
ㄏㄞ	hai	hāi	ㄏㄨㄚˋ	huà	huà
ㄏㄞˊ	hái	hái	ㄏㄨㄛˊ	huó	huó
ㄏㄞˇ	hǎi	hǎi	ㄏㄨㄛˇ	huǒ	huǒ
ㄏㄞˋ	hài	hài	ㄏㄨㄛˋ	huò	huò
ㄏㄟ	hei	hēi	˙ㄏㄨㄛ	huo̊	huo
ㄏㄠ	hao	hāo	ㄏㄨㄞˊ	huái	huái
ㄏㄠˊ	háo	háo	ㄏㄨㄞˋ	huài	huài

注音符號	通用拼音	漢語拼音	注音符號	通用拼音	漢語拼音
ㄏㄨㄟ	huei	huī	ㄐㄧㄝˇ	jiě	jiě
ㄏㄨㄟˊ	huéi	huí	ㄐㄧㄝˋ	jiè	jiè
ㄏㄨㄟˇ	huěi	huǐ	ㄐㄧㄠ	jiao	jiāo
ㄏㄨㄟˋ	huèi	huì	ㄐㄧㄠˊ	jiáo	jiáo
ㄏㄨㄢ	huan	huān	ㄐㄧㄠˇ	jiǎo	jiǎo
ㄏㄨㄢˊ	huán	huán	ㄐㄧㄠˋ	jiào	jiào
ㄏㄨㄢˇ	huǎn	huǎn	ㄐㄧㄡ	jiou	jiū
ㄏㄨㄢˋ	huàn	huàn	ㄐㄧㄡˇ	jiǒu	jiǔ
ㄏㄨㄣ	hun	hūn	ㄐㄧㄡˋ	jiòu	jiù
ㄏㄨㄣˊ	hún	hún	ㄐㄧㄢ	jian	jiān
ㄏㄨㄣˋ	hùn	hùn	ㄐㄧㄢˇ	jiǎn	jiǎn
ㄏㄨㄤ	huang	huāng	ㄐㄧㄢˋ	jiàn	jiàn
ㄏㄨㄤˊ	huáng	huáng	ㄐㄧㄣ	jin	jīn
ㄏㄨㄤˇ	huǎng	huǎng	ㄐㄧㄣˇ	jǐn	jǐn
ㄏㄨㄤˋ	huàng	huàng	ㄐㄧㄣˋ	jìn	jìn
ㄏㄨㄥ	hong	hōng	ㄐㄧㄤ	jiang	jiāng
ㄏㄨㄥˊ	hóng	hóng	ㄐㄧㄤˇ	jiǎng	jiǎng
ㄏㄨㄥˇ	hǒng	hǒng	ㄐㄧㄤˋ	jiàng	jiàng
ㄏㄨㄥˋ	hòng	hòng	ㄐㄧㄥ	jing	jīng
ㄐ	ji	j	ㄐㄧㄥˇ	jǐng	jǐng
ㄐㄧ	ji	jī	ㄐㄧㄥˋ	jìng	jìng
ㄐㄧˊ	jí	jí	ㄐㄩ	jyu	jū
ㄐㄧˇ	jǐ	jǐ	ㄐㄩˊ	jyú	jú
ㄐㄧˋ	jì	jì	ㄐㄩˇ	jyǔ	jǔ
ㄐㄧㄚ	jia	jiā	ㄐㄩˋ	jyù	jù
ㄐㄧㄚˊ	jiá	jiá	ㄐㄩㄝˊ	jyué	jué
ㄐㄧㄚˇ	jiǎ	jiǎ	ㄐㄩㄝˋ	jyuè	juè
ㄐㄧㄚˋ	jià	jià	ㄐㄩㄢ	jyuan	juān
ㄐㄧㄝ	jie	jiē	ㄐㄩㄢˇ	jyuǎn	juǎn
ㄐㄧㄝˊ	jié	jié	ㄐㄩㄢˋ	jyuàn	juàn

注音符號	通用拼音	漢語拼音	注音符號	通用拼音	漢語拼音
ㄐㄩㄣ	jyun	jūn	ㄑㄧㄤˇ	ciǎng	qiǎng
ㄐㄩㄣˋ	jyùn	jùn	ㄑㄧㄤˋ	ciàng	qiàng
ㄐㄩㄥˇ	jyǒng	jiǒng	ㄑㄧㄥ	cing	qīng
ㄑ	ci	q	ㄑㄧㄥˊ	cíng	qíng
ㄑㄧ	ci	qī	ㄑㄧㄥˇ	cǐng	qǐng
ㄑㄧˊ	cí	qí	ㄑㄧㄥˋ	cìng	qìng
ㄑㄧˇ	cǐ	qǐ	ㄑㄩ	cyu	qū
ㄑㄧˋ	cì	qì	ㄑㄩˊ	cyú	qú
ㄑㄧㄚˇ	ciǎ	qiǎ	ㄑㄩˇ	cyǔ	qǔ
ㄑㄧㄚˋ	cià	qià	ㄑㄩˋ	cyù	qù
ㄑㄧㄝ	cie	qiē	ㄑㄩㄝ	cyue	quē
ㄑㄧㄝˊ	cié	qié	ㄑㄩㄝˊ	cyué	qué
ㄑㄧㄝˇ	ciě	qiě	ㄑㄩㄝˋ	cyuè	què
ㄑㄧㄝˋ	ciè	qiè	ㄑㄩㄢ	cyuan	quān
ㄑㄧㄠ	ciao	qiāo	ㄑㄩㄢˊ	cyuán	quán
ㄑㄧㄠˊ	ciáo	qiáo	ㄑㄩㄢˇ	cyuǎn	quǎn
ㄑㄧㄠˇ	ciǎo	qiǎo	ㄑㄩㄢˋ	cyuàn	quàn
ㄑㄧㄠˋ	ciào	qiào	ㄑㄩㄣˊ	cyún	qún
ㄑㄧㄡ	ciou	qiū	ㄑㄩㄥ	cyong	qiōng
ㄑㄧㄡˊ	cióu	qiú	ㄑㄩㄥˊ	cyóng	qióng
ㄑㄧㄢ	cian	qiān	ㄒ	si	x
ㄑㄧㄢˊ	cián	qián	ㄒㄧ	si	xī
ㄑㄧㄢˇ	ciǎn	qiǎn	ㄒㄧˊ	sí	xí
ㄑㄧㄢˋ	ciàn	qiàn	ㄒㄧˇ	sǐ	xǐ
ㄑㄧㄣ	cin	qīn	ㄒㄧˋ	sì	xì
ㄑㄧㄣˊ	cín	qín	ㄒㄧㄚ	sia	xiā
ㄑㄧㄣˇ	cǐn	qǐn	ㄒㄧㄚˊ	siá	xiá
ㄑㄧㄣˋ	cìn	qìn	ㄒㄧㄚˋ	sià	xià
ㄑㄧㄤ	ciang	qiāng	ㄒㄧㄝ	sie	xiē
ㄑㄧㄤˊ	ciáng	qiáng	ㄒㄧㄝˊ	sié	xié

注音符號	通用拼音	漢語拼音	注音符號	通用拼音	漢語拼音
ㄒㄧㄝˇ	siě	xiě	ㄒㄩㄝˋ	syuè	xuè
ㄒㄧㄝˋ	siè	xiè	ㄒㄩㄢ	syuan	xuān
ㄒㄧㄠ	siao	xiāo	ㄒㄩㄢˊ	syuán	xuán
ㄒㄧㄠˊ	siáo	xiáo	ㄒㄩㄢˇ	syuǎn	xuǎn
ㄒㄧㄠˇ	siǎo	xiǎo	ㄒㄩㄢˋ	syuàn	xuàn
ㄒㄧㄠˋ	siào	xiào	ㄒㄩㄣ	syun	xūn
ㄒㄧㄡ	siou	xiū	ㄒㄩㄣˊ	syún	xún
ㄒㄧㄡˇ	siǒu	xiǔ	ㄒㄩㄣˋ	syùn	xùn
ㄒㄧㄡˋ	siòu	xiù	ㄒㄩㄥ	syong	xiōng
ㄒㄧㄢ	sian	xiān	ㄒㄩㄥˊ	syóng	xióng
ㄒㄧㄢˊ	sián	xián	ㄓ	jh	zh
ㄒㄧㄢˇ	siǎn	xiǎn	ㄓ	jhih	zhī
ㄒㄧㄢˋ	siàn	xiàn	ㄓˊ	jhíh	zhí
ㄒㄧㄣ	sin	xīn	ㄓˇ	jhǐh	zhǐ
ㄒㄧㄣˋ	sìn	xìn	ㄓˋ	jhìh	zhì
ㄒㄧㄤ	siang	xiāng	ㄓㄚ	jha	zhā
ㄒㄧㄤˊ	siáng	xiáng	ㄓㄚˊ	jhá	zhá
ㄒㄧㄤˇ	siǎng	xiǎng	ㄓㄚˇ	jhǎ	zhǎ
ㄒㄧㄤˋ	siàng	xiàng	ㄓㄚˋ	jhà	zhà
ㄒㄧㄥ	sing	xīng	ㄓㄜ	jhe	zhē
ㄒㄧㄥˊ	síng	xíng	ㄓㄜˊ	jhé	zhé
ㄒㄧㄥˇ	sǐng	xǐng	ㄓㄜˇ	jhě	zhě
ㄒㄧㄥˋ	sìng	xìng	ㄓㄜˋ	jhè	zhè
ㄒㄩ	syu	xū	·ㄓㄜ	jhė	zhe
ㄒㄩˊ	syú	xú	ㄓㄞ	jhai	zhāi
ㄒㄩˇ	syǔ	xǔ	ㄓㄞˊ	jhái	zhái
ㄒㄩˋ	syù	xù	ㄓㄞˇ	jhǎi	zhǎi
ㄒㄩㄝ	syue	xuē	ㄓㄞˋ	jhài	zhài
ㄒㄩㄝˊ	syué	xué	ㄓㄠ	jhao	zhāo
ㄒㄩㄝˇ	syuě	xuě	ㄓㄠˊ	jháo	zháo

注音符號	通用拼音	漢語拼音	注音符號	通用拼音	漢語拼音
ㄓㄠˇ	jhǎo	zhǎo	ㄓㄨㄢˇ	jhuǎn	zhuǎn
ㄓㄠˋ	jhào	zhào	ㄓㄨㄢˋ	jhuàn	zhuàn
ㄓㄡ	jhou	zhōu	ㄓㄨㄣ	jhun	zhūn
ㄓㄡˊ	jhóu	zhóu	ㄓㄨㄣˇ	jhǔn	zhǔn
ㄓㄡˇ	jhǒu	zhǒu	ㄓㄨㄤ	jhuang	zhuāng
ㄓㄡˋ	jhòu	zhòu	ㄓㄨㄤˋ	jhuàng	zhuàng
ㄓㄢ	jhan	zhān	ㄓㄨㄥ	jhong	zhōng
ㄓㄢˇ	jhǎn	zhǎn	ㄓㄨㄥˇ	jhǒng	zhǒng
ㄓㄢˋ	jhàn	zhàn	ㄓㄨㄥˋ	jhòng	zhòng
ㄓㄣ	jhen	zhēn	ㄔ	ch	ch
ㄓㄣˇ	jhěn	zhěn	ㄔ	chih	chī
ㄓㄣˋ	jhèn	zhèn	ㄔˊ	chíh	chí
ㄓㄤ	jhang	zhāng	ㄔˇ	chǐh	chǐ
ㄓㄤˇ	jhǎng	zhǎng	ㄔˋ	chìh	chì
ㄓㄤˋ	jhàng	zhàng	ㄔㄚ	cha	chā
ㄓㄥ	jheng	zhēng	ㄔㄚˊ	chá	chá
ㄓㄥˇ	jhěng	zhěng	ㄔㄚˋ	chà	chà
ㄓㄥˋ	jhèng	zhèng	ㄔㄜ	che	chē
ㄓㄨ	jhu	zhū	ㄔㄜˇ	chě	chě
ㄓㄨˊ	jhú	zhú	ㄔㄜˋ	chè	chè
ㄓㄨˇ	jhǔ	zhǔ	ㄔㄞ	chai	chāi
ㄓㄨˋ	jhù	zhù	ㄔㄞˊ	chái	chái
ㄓㄨㄚ	jhua	zhuā	ㄔㄠ	chao	chāo
ㄓㄨㄚˇ	jhuǎ	zhuǎ	ㄔㄠˊ	cháo	cháo
ㄓㄨㄛ	jhuo	zhuō	ㄔㄠˇ	chǎo	chǎo
ㄓㄨㄛˊ	jhuó	zhuó	ㄔㄡ	chou	chōu
ㄓㄨㄞˋ	jhuài	zhuài	ㄔㄡˊ	chóu	chóu
ㄓㄨㄟ	jhuei	zhuī	ㄔㄡˇ	chǒu	chǒu
ㄓㄨㄟˋ	jhuèi	zhuì	ㄔㄡˋ	chòu	chòu
ㄓㄨㄢ	jhuan	zhuān	ㄔㄢ	chan	chān

注音符號	通用拼音	漢語拼音	注音符號	通用拼音	漢語拼音
ㄔㄢˊ	chán	chán	ㄔㄨㄣˇ	chŭn	chŭn
ㄔㄢˇ	chăn	cȟan	ㄔㄨㄤ	chuang	chuāng
ㄔㄢˋ	chàn	chàn	ㄔㄨㄤˊ	chuáng	chuáng
ㄔㄣˊ	chén	chén	ㄔㄨㄤˇ	chuăng	chuăng
ㄔㄣˋ	chèn	chèn	ㄔㄨㄤˋ	chuàng	chuàng
ㄔㄤ	chang	chāng	ㄔㄨㄥ	chong	chōng
ㄔㄤˊ	cháng	cháng	ㄔㄨㄥˊ	chóng	chóng
ㄔㄤˇ	chăng	chăng	ㄔㄨㄥˇ	chŏng	chŏng
ㄔㄤˋ	chàng	chàng	ㄔㄨㄥˋ	chòng	chòng
ㄔㄥ	cheng	chēng	ㄕ	sh	sh
ㄔㄥˊ	chéng	chéng	ㄕ	shih	shī
ㄔㄥˇ	chĕng	chĕng	ㄕˊ	shíh	shí
ㄔㄥˋ	chèng	chèng	ㄕˇ	shĭh	shĭ
ㄔㄨ	chu	chū	ㄕˋ	shìh	shì
ㄔㄨˊ	chú	chú	˙ㄕ	shi̊h	shi
ㄔㄨˇ	chŭ	chŭ	ㄕㄚ	sha	shā
ㄔㄨˋ	chù	chù	ㄕㄚˇ	shă	shă
ㄔㄨㄚˇ	chuă	chuă	ㄕㄚˋ	shà	shà
ㄔㄨㄛ	chuo	chuō	ㄕㄜ	she	shē
ㄔㄨㄛˋ	chuò	chuò	ㄕㄜˊ	shé	shé
ㄔㄨㄞˇ	chuăi	chuăi	ㄕㄜˇ	shĕ	shĕ
ㄔㄨㄞˋ	chuài	chuài	ㄕㄜˋ	shè	shè
ㄔㄨㄟ	chuei	chuī	ㄕㄞ	shai	shāi
ㄔㄨㄟˊ	chuéi	chuí	ㄕㄞˇ	shăi	shăi
ㄔㄨㄢ	chuan	chuān	ㄕㄞˋ	shài	shài
ㄔㄨㄢˊ	chuán	chuán	ㄕㄟˊ	shéi	shéi
ㄔㄨㄢˇ	chuăn	chuăn	ㄕㄠ	shao	shāo
ㄔㄨㄢˋ	chuàn	chuàn	ㄕㄠˊ	sháo	sháo
ㄔㄨㄣ	chun	chūn	ㄕㄠˇ	shăo	shăo
ㄔㄨㄣˊ	chún	chún	ㄕㄠˋ	shào	shào

注音符號	通用拼音	漢語拼音	注音符號	通用拼音	漢語拼音
ㄕㄡ	shou	shōu	ㄕㄨㄟˇ	shuěi	shuǐ
ㄕㄡˊ	shóu	shóu	ㄕㄨㄟˋ	shuèi	shuì
ㄕㄡˇ	shǒu	shǒu	ㄕㄨㄢ	shuan	shuān
ㄕㄡˋ	shòu	shòu	ㄕㄨㄢˋ	shuàn	shuàn
ㄕㄢ	shan	shān	ㄕㄨㄣˇ	shǔn	shǔn
ㄕㄢˇ	shǎn	shǎn	ㄕㄨㄣˋ	shùn	shùn
ㄕㄢˋ	shàn	shàn	ㄕㄨㄤ	shuang	shuāng
ㄕㄣ	shen	shēn	ㄕㄨㄤˇ	shuǎng	shuǎng
ㄕㄣˊ	shén	shén	ㄖ	r	r
ㄕㄣˇ	shěn	shěn	ㄖˋ	rìh	rì
ㄕㄣˋ	shèn	shèn	ㄖㄜˇ	rě	rě
ㄕㄤ	shang	shāng	ㄖㄜˋ	rè	rè
ㄕㄤˇ	shǎng	shǎng	ㄖㄠˊ	ráo	ráo
ㄕㄤˋ	shàng	shàng	ㄖㄠˇ	rǎo	rǎo
·ㄕㄤ	shång	shang	ㄖㄠˋ	rào	rào
ㄕㄥ	sheng	shēng	ㄖㄡˊ	róu	róu
ㄕㄥˊ	shéng	shéng	ㄖㄡˋ	ròu	ròu
ㄕㄥˇ	shěng	shěng	ㄖㄢˊ	rán	rán
ㄕㄥˋ	shèng	shèng	ㄖㄢˇ	rǎn	rǎn
ㄕㄨ	shu	shū	ㄖㄣˊ	rén	rén
ㄕㄨˊ	shú	shú	ㄖㄣˇ	rěn	rěn
ㄕㄨˇ	shǔ	shǔ	ㄖㄣˋ	rèn	rèn
ㄕㄨˋ	shù	shù	ㄖㄤˊ	ráng	ráng
ㄕㄨㄚ	shua	shuā	ㄖㄤˇ	rǎng	rǎng
ㄕㄨㄚˇ	shuǎ	shuǎ	ㄖㄤˋ	ràng	ràng
ㄕㄨㄛ	shuo	shuō	ㄖㄥ	reng	rēng
ㄕㄨㄛˋ	shuò	shuò	ㄖㄥˊ	réng	réng
ㄕㄨㄞ	shuai	shuāi	ㄖㄨˊ	rú	rú
ㄕㄨㄞˇ	shuǎi	shuǎi	ㄖㄨˇ	rǔ	rǔ
ㄕㄨㄞˋ	shuài	shuài	ㄖㄨˋ	rù	rù

注音符號	通用拼音	漢語拼音	注音符號	通用拼音	漢語拼音
ㄖㄨㄛˋ	ruò	ruò	ㄗㄤ	zang	zāng
ㄖㄨㄟˇ	ruěi	ruǐ	ㄗㄤˋ	zàng	zàng
ㄖㄨㄟˋ	ruèi	ruì	ㄗㄥ	zeng	zēng
ㄖㄨㄢˇ	ruǎn	ruǎn	ㄗㄥˋ	zèng	zèng
ㄖㄨㄣˋ	rùn	rùn	ㄗㄨ	zu	zū
ㄖㄨㄥˊ	róng	róng	ㄗㄨˊ	zú	zú
ㄖㄨㄥˇ	rǒng	rǒng	ㄗㄨˇ	zǔ	zǔ
ㄗ	z	z	ㄗㄨㄛˊ	zuó	zuó
ㄗ	zih	zī	ㄗㄨㄛˇ	zuǒ	zuǒ
ㄗˇ	zǐh	zǐ	ㄗㄨㄛˋ	zuò	zuò
ㄗˋ	zìh	zì	ㄗㄨㄟˇ	zuěi	zuǐ
ㄗㄚ	za	zā	ㄗㄨㄟˋ	zuèi	zuì
ㄗㄚˊ	zá	zá	ㄗㄨㄢ	zuan	zuān
ㄗㄜˊ	zé	zé	ㄗㄨㄢˇ	zuǎn	zuǎn
ㄗㄜˋ	zè	zè	ㄗㄨㄢˋ	zuàn	zuàn
ㄗㄞ	zai	zāi	ㄗㄨㄣ	zun	zūn
ㄗㄞˇ	zǎi	zǎi	ㄗㄨㄣˋ	zùn	zùn
ㄗㄞˋ	zài	zài	ㄗㄨㄥ	zong	zōng
ㄗㄟˊ	zéi	zéi	ㄗㄨㄥˇ	zǒng	zǒng
ㄗㄠ	zao	zāo	ㄗㄨㄥˋ	zòng	zòng
ㄗㄠˊ	záo	záo	ㄘ	c	c
ㄗㄠˇ	zǎo	zǎo	ㄘ	cih	cī
ㄗㄠˋ	zào	zào	ㄘˊ	cíh	cí
ㄗㄡ	zou	zōu	ㄘˇ	cǐh	cǐ
ㄗㄡˇ	zǒu	zǒu	ㄘˋ	cìh	cì
ㄗㄡˋ	zòu	zòu	ㄘㄚ	ca	cā
ㄗㄢ	zan	zān	ㄘㄜˋ	cè	cè
ㄗㄢˊ	zán	zán	ㄘㄞ	cai	cāi
ㄗㄢˋ	zàn	zàn	ㄘㄞˊ	cái	cái
ㄗㄣˇ	zěn	zěn	ㄘㄞˇ	cǎi	cǎi

注音符號	通用拼音	漢語拼音	注音符號	通用拼音	漢語拼音
ㄘㄞˋ	cài	cài	ㄙˋ	sìh	sì
ㄘㄠ	cao	cāo	ㄙㄚ	sa	sā
ㄘㄠˊ	cáo	cáo	ㄙㄚˇ	sǎ	sǎ
ㄘㄠˇ	cǎo	cǎo	ㄙㄚˋ	sà	sà
ㄘㄡˋ	còu	còu	ㄙㄜˋ	sè	sè
ㄘㄢ	can	cān	ㄙㄞ	sai	sāi
ㄘㄢˊ	cán	cán	ㄙㄞˋ	sài	sài
ㄘㄢˇ	cǎn	cǎn	ㄙㄠ	sao	sāo
ㄘㄢˋ	càn	càn	ㄙㄠˇ	sǎo	sǎo
ㄘㄣ	cen	cēn	ㄙㄠˋ	sào	sào
ㄘㄣˊ	cén	cén	ㄙㄡ	sou	sōu
ㄘㄤ	cang	cāng	ㄙㄡˇ	sǒu	sǒu
ㄘㄤˊ	cáng	cáng	ㄙㄡˋ	sòu	sòu
ㄘㄥˊ	céng	céng	ㄙㄢ	san	sān
ㄘㄨ	cu	cū	ㄙㄢˇ	sǎn	sǎn
ㄘㄨˋ	cù	cù	ㄙㄢˋ	sàn	sàn
ㄘㄨㄛ	cuo	cuō	ㄙㄣ	sen	sēn
ㄘㄨㄛˋ	cuò	cuò	ㄙㄤ	sang	sāng
ㄘㄨㄟ	cuei	cuī	ㄙㄤˇ	sǎng	sǎng
ㄘㄨㄟˋ	cuèi	cuì	ㄙㄤˋ	sàng	sàng
ㄘㄨㄢˋ	cuàn	cuàn	ㄙㄥ	seng	sēng
ㄘㄨㄣ	cun	cūn	ㄙㄨ	su	sū
ㄘㄨㄣˊ	cún	cún	ㄙㄨˊ	sú	sú
ㄘㄨㄣˇ	cǔn	cǔn	ㄙㄨˋ	sù	sù
ㄘㄨㄣˋ	cùn	cùn	ㄙㄨㄛ	suo	suō
ㄘㄨㄥ	cong	cōng	ㄙㄨㄛˇ	suǒ	suǒ
ㄘㄨㄥˊ	cóng	cóng	ㄙㄨㄛˋ	suò	suò
ㄙ	s	s	ㄙㄨㄟ	suei	suī
ㄙ	sih	sī	ㄙㄨㄟˊ	suéi	suí
ㄙˇ	sǐh	sǐ	ㄙㄨㄟˇ	suěi	suǐ

注音符號	通用拼音	漢語拼音	注音符號	通用拼音	漢語拼音
ㄙㄨㄟˋ	suèi	suì	ㄠˋ	ào	ào
ㄙㄨㄢ	suan	suān	ㄡ	ou	ou
ㄙㄨㄢˋ	suàn	suàn	ㄡ	ou	ōu
ㄙㄨㄣ	sun	sūn	ㄡˇ	ǒu	ǒu
ㄙㄨㄣˇ	sǔn	sǔn	ㄡˋ	òu	òu
ㄙㄨㄥ	song	sōng	ㄢ	an	an
ㄙㄨㄥˇ	sǒng	sǒng	ㄢ	an	ān
ㄙㄨㄥˋ	sòng	sòng	ㄢˇ	ǎn	ǎn
ㄚ	a	a	ㄢˋ	àn	àn
ㄚ	a	ā	ㄣ	en	en
·ㄚ	å	a	ㄣ	en	ēn
ㄛ	o	o	ㄤ	ang	ang
ㄛ	o	ō	ㄤ	ang	āng
ㄛˊ	ó	ó	ㄤˊ	áng	áng
ㄜ	e	e	ㄤˋ	àng	àng
ㄜ	e	ē	ㄦ	er	er
ㄜˊ	é	é	ㄦˊ	ér	ér
ㄜˇ	ě	ě	ㄦˇ	ěr	ěr
ㄜˋ	è	è	ㄦˋ	èr	èr
ㄞ	ai	ai	ㄧ	y	i
ㄞ	ai	āi	ㄧ	yi	yī
ㄞˊ	ái	ái	ㄧˊ	yí	yí
ㄞˇ	ǎi	ǎi	ㄧˇ	yǐ	yǐ
ㄞˋ	ài	ài	ㄧˋ	yì	yì
ㄟ	ei	ei	ㄧㄚ	ya	yā
ㄟˋ	èi	èi	ㄧㄚˊ	yá	yá
ㄠ	ao	ao	ㄧㄚˇ	yǎ	yǎ
ㄠ	ao	āo	ㄧㄚˋ	yà	yà
ㄠˊ	áo	áo	·ㄧㄚ	yå	ya
ㄠˇ	ǎo	ǎo	ㄧㄛ	yo	yō

注音符號	通用拼音	漢語拼音	注音符號	通用拼音	漢語拼音
ㄧㄝ	ye	yē	ㄨ	wu	wū
ㄧㄝˊ	yé	yé	ㄨˊ	wú	wú
ㄧㄝˇ	yě	yě	ㄨˇ	wǔ	wǔ
ㄧㄝˋ	yè	yè	ㄨˋ	wù	wù
ㄧㄞˊ	yái	yái	ㄨㄚ	wa	wā
ㄧㄠ	yao	yāo	ㄨㄚˊ	wá	wá
ㄧㄠˊ	yáo	yáo	ㄨㄚˇ	wǎ	wǎ
ㄧㄠˇ	yǎo	yǎo	ㄨㄚˋ	wà	wà
ㄧㄠˋ	yào	yào	ㄨㄛ	wo	wō
ㄧㄡ	you	yōu	ㄨㄛˇ	wǒ	wǒ
ㄧㄡˊ	yóu	yóu	ㄨㄛˋ	wò	wò
ㄧㄡˇ	yǒu	yǒu	ㄨㄞ	wai	wāi
ㄧㄡˋ	yòu	yòu	ㄨㄞˇ	wǎi	wǎi
ㄧㄢ	yan	yān	ㄨㄞˋ	wài	wài
ㄧㄢˊ	yán	yán	ㄨㄟ	wei	wēi
ㄧㄢˇ	yǎn	yǎn	ㄨㄟˊ	wéi	wéi
ㄧㄢˋ	yàn	yàn	ㄨㄟˇ	wěi	wěi
ㄧㄣ	yin	yīn	ㄨㄟˋ	wèi	wèi
ㄧㄣˊ	yín	yín	ㄨㄢ	wan	wān
ㄧㄣˇ	yǐn	yǐn	ㄨㄢˊ	wán	wán
ㄧㄣˋ	yìn	yìn	ㄨㄢˇ	wǎn	wǎn
ㄧㄤ	yang	yāng	ㄨㄢˋ	wàn	wàn
ㄧㄤˊ	yáng	yáng	ㄨㄣ	wun	wēn
ㄧㄤˇ	yǎng	yǎng	ㄨㄣˊ	wún	wén
ㄧㄤˋ	yàng	yàng	ㄨㄣˇ	wǔn	wěn
ㄧㄥ	ying	yīng	ㄨㄣˋ	wùn	wèn
ㄧㄥˊ	yíng	yíng	ㄨㄤ	wang	wāng
ㄧㄥˇ	yǐng	yǐng	ㄨㄤˊ	wáng	wáng
ㄧㄥˋ	yìng	yìng	ㄨㄤˇ	wǎng	wǎng
ㄨ	w	u	ㄨㄤˋ	wàng	wàng

注音符號	通用拼音	漢語拼音	注音符號	通用拼音	漢語拼音
ㄨㄥ	wong	wēng	ㄩㄢˊ	yuán	yuán
ㄨㄥˋ	wòng	wèng	ㄩㄢˇ	yuǎn	yuǎn
ㄩ	yu	ü	ㄩㄢˋ	yuàn	yuàn
ㄩ	yu	yū	ㄩㄣ	yun	yūn
ㄩˊ	yú	yú	ㄩㄣˊ	yún	yún
ㄩˇ	yǔ	yǔ	ㄩㄣˇ	yǔn	yǔn
ㄩˋ	yù	yù	ㄩㄣˋ	yùn	yùn
ㄩㄝ	yue	yuē	ㄩㄥ	yong	yōng
ㄩㄝˋ	yuè	yuè	ㄩㄥˇ	yǒng	yǒng
ㄩㄢ	yuan	yuān	ㄩㄥˋ	yòng	yòng

附註：本表取音依教育部公布之「國語一字多音審訂表」，
並取其常用者。

二、標點符號用法表

符號	名稱	位置	說明	舉例
。	句號	占行中一格	用在敘述句的後面，表示這句話已經說明完畢。	♣我的名字叫孫永昌。 ♣學校已經放假了。 註：中文的句號是一個圓圈「。」，英文的句號則是一個小圓點「．」。
，	逗號	占行中一格	用在一句中需要停頓、分開的地方，閱讀起來更方便明白。	♣他喜歡游泳，所以臉曬得黑黑的。 ♣明天就要考試了，你還想去野餐！
、	頓號	占行中一格	1.用在句中並列連用的同類詞或短語短句之間。 2.用在表明次序的數目字後面。	♣紙、指南針、印刷術和火藥都是中國人發明的。 ♣古人把筆、紙、墨、硯合稱為文房四寶。
；	分號	占行中一格	用來分開複句中並列的句子，使意思清楚明白。	♣男孩子的優點是刻苦耐勞，敢作敢為；女孩子的優點是謹慎細心，絕不魯莽。
：	冒號	占行中一格	1.用來總起下文或總結上文，表示前面後面的句子意思相等。 2.用在正式提引句的前面，表示後面是接著提引的話。 3.用在書信的稱呼後面和「某某人說」之後，並常和引號配合。	♣爸爸從國外帶回來許多東西：玩具啦、衣服啦、吃的啦，什麼都有。 ♣總統　蔣公說：「有健全的國民，才有健全的民族；有健全的民族，才能建設富強的國家。」

？	問　號	占行中一格	用在表示疑問、發問、反問的句子後面。	♣你是從哪裡來的？ ♣小華到哪裡去了？ 註：如果遇到間接疑問，沒有問號口氣的句子時，不能用問句。如：①我不知道他是從哪裡來的。②我根本就不知道小華去了哪裡。
！	驚嘆號	占行中一格	用來表示強烈的感情，如興奮、堅定、憤怒、嘆息、驚奇、請求或祝福等。	♣呵，我終於成功了！（興奮） ♣這件工作，只許成功，不許失敗！（堅定） ♣這種忘恩負義的人，我恨不得揍他一頓！（憤怒） ♣唉，我們還有什麼辦法呢！（嘆息） ♣什麼，非洲下雪了！（驚奇） ♣你就做做好人，幫個忙吧！（請求）
（）〔〕——	夾註號	（）〔〕各占行中一格 ——占行中二格	在句中用來說明或註釋的部分。	♣二十年前，我就住在那個甘榜（馬來話「鄉村」的意思）裡。 ♣我在小學讀書時，就開始學注音符號（當時叫做「注音字母」）了。
——	破折號	占行中二格	1. 語意突然轉變。 2. 時間的起止。 3. 空間的起止。 4. 代替夾註號。	♣這是表哥送給我的書——據說是著名童話家安徒生所寫的。 ♣中日戰爭發生於清光緒二十年至二十一年（西元一八九四——一八九五年）。 ♣詩仙——李白，和杜甫並稱李杜。

「」『』	引號	左右符號各占行中一格	1. 說話。 2. 專有名詞。 3. 特別強調的詞句。 4. 引號有兩種：「」叫單引號，『』叫雙引號。一般都用單引號，如果引號中還要用到引號的話，就用雙引號。 5. 直接引用別人的話或文字時，才用引號，否則不能用。	♣老師說得好：「人如果沒有毅力，便不能克服各種各樣的困難。」 ♣你聽過「愚公移山」這個寓言嗎？ ♣對於他的這一番「好意」，我看你還是小心一點。 ♣小李說：「聽說張明病得很重，所以昨天我便到醫院去看他。哪裡知道他一看到我，就跳起來說：『小李，醫院裡悶死了，快帶我逃出去吧！』我聽了，不知道怎麼說才好。」 ♣老師說：「你們把作業簿放在桌上。」（老師叫我們把作業簿放在桌上。）
﹏﹏	書名號	直行標在專名左旁，橫行標在專名之下。	用在書名、篇名、歌曲名、報章雜誌名、影劇名等的左旁。橫寫的文字則標在文字的下面。	♣愛的教育是一本很有教育性的書。 ♣本地的中英文報紙有中央日報、聯合報、中國時報等等。
──	私名號又稱專名號	直行標在專名左旁，橫行標在專名之下。	用在人名、種族名、國名、時代名、地名、學派名、機構名稱的左旁。橫寫的文字則標在下面。	♣發明電燈的是美國的愛迪生。 ♣漢唐兩代是我國歷史上著名的盛世。

·	音界號	占行中一格	用在譯成中文的外國人的姓和名字中間。	♣羅曼・羅蘭是法國著名的戲劇家兼小說家。
……	刪節號	占行中二格	1. 文章中省略的部分。 2. 意思尚未說完。 3. 聲音的延續。 4. 刪節號的用途有時差不多等於「等」或「等等」的意思。	♣我曾經到香港、印尼、馬來西亞、日本……去旅行。 ♣在百貨公司裡可以買到罐頭食品、文具、衣服、化妝品……。 ♣「噹！噹！噹……」下課鐘響了。 ♣我們所學的科目有國語、美勞、英文、體育……。 註：刪節號的點數是六點，不能隨意延長或縮短。如果要表示省略很多文字的話，可連用兩個刪節號（十二點），千萬不要把刪節號和「等等」同時用，以免重複。如：我們所學的科目有國語、美勞、英文、體育……。

三、認識中國文字

(一)中國文字的演變

中國的「方塊字」是世界上最古老的文字之一，從商代的「甲骨文」到現在的「楷書」，歷經了四千多年的歷史。其中經過：

甲骨文→鐘鼎文→大篆→小篆→隸書→楷書 等階段。

甲骨文：是商代遺留下來的「占卜文字」。商朝時，流行在龜甲或獸骨上鑿洞，並用火燒烤，再以甲殼上出現的裂紋，來判定事情的吉凶，並在旁記錄下來。這就是我們所見到的「甲骨文」，也就是中國最古老的文字。

鐘鼎文：後來在商、周兩代發明了銅器，當時的人習慣在銅器上面刻字，這些刻在上面的字，我們稱為「鐘鼎文」或「金

甲骨文

鐘鼎文

文」。「鐘鼎文」的字形與「甲骨文」相似，但筆畫較簡單，可以看出比「甲骨文」更進步。其中最著名的「毛公鼎」上面刻了四百九十七個字，是銅器上刻字最多的一件。

大篆：相傳是周朝時的太史籀所作，又稱「籀文」。「籀文」是從「鐘鼎文」演變而來，是一種工整、筆畫繁多的文字，非常地難寫難認，後來才簡化成「小篆」。相對於「小篆」的簡略，「籀文」因而又稱為「大篆」。

小篆：秦始皇統一六國後，命令丞相李斯整理全國的文字，將繁複的「籀文」加以簡化，訂出一種新的標準字體，也就是「小篆」。這是中國第一次把文字統一起來，在歷史上具有莫大的意義，對於我國的教育、文化、科學各項發展，都有很大的幫助。「小篆」的特點是線條化，整齊化，大體已十分接近「方塊」字形了。

隸書：相傳秦朝時為了求書寫的方便，有個叫程邈的人，將「小

大篆

小篆

篆」加以簡化，把筆畫改曲為直，變圓為方，以橫、豎、撇、捺、點來書寫，是中國文字脫離圖畫的開始。這種通俗、草率的寫法，最初只通行於下層社會，統治階級因為他們是賤民，所以用看不起的態度，把它們叫做「隸書」。中國文字演變到「隸書」，大致都定型了，跟現在的字形相差不遠，大部分都可以辨認出來。

隸書

楷　書：漢代末年，「隸書」又變為「楷書」，「楷書」的筆畫明確，形狀整齊，比起過去那些字來，更便於書寫，所以能一直沿用至今。中國文字演變至此，已成為固定的方塊造型，很多字寫出來都是方方正正，占一個方格大，所以又稱為「方塊字」。

楷書

㈡造字的原理

古人根據文字的產生、發展和變化規律，歸納出造字的六個原理：

象　形：按照事物的形體來造字，物體圓便畫圓，彎便畫彎，一看就知道什麼字代表什麼事物。

⊙日、月、水、目。

指　事：有些抽象觀察，沒有具體的形象可描繪，所以用指示符號來表示。

上：以地面上的一點，表示「上」的概念。

下：把地上的一點移到下面，表示「下」的概念。

會　意：以幾個文字組合起來，拼成一個新的字。

苗：由艸和田組成「苗」字，表示田中長出草來，也就是「幼苗」的意思。

武：戈和止表示「停止戰爭」，古人造「武」是希望防止戰爭，所以用「止、戈」會合出「武」的意思。

形　聲：以「聲符」和「形符」組合而成的字，「聲符」表示讀音，「形符」表示意義或類別。

江：是一種水流，因此以「水」作為形符，表示水的性質，而工，是江的聲符，表示「江」的讀音。

湖：是一種大水池，所以用「水」作為形符，代表水的性質，「胡」是湖的聲符，表示「湖」的讀音。

轉　注：是一種溝通文字的方法，同一個意思，因為地方的不同，使用的字就可能不一樣，所以用轉注來溝通重複的兩個字。如：父，爸也。爸，父也。

假　借：借用同音字代替未造出的字；或因一時想不起原本的字，而以同音字代替；甚至有寫錯字冒充為假借。如：令，本來是指發號施令，後來假借為「縣令」的「令」。

這簡單的六個原理，並非在造字前就產生了，而是後人根據文字中的條理，加以分析、歸納成的。以簡單的六個原理，就可以統馭所有的中國文字，由此可知，中國文字的構造與方法，是有系統、有條理的，只要了解了這六個方法，要認識中國文字就十分地簡單、迅速了。

四、國語文法表

名稱	說明	舉例
名詞	用來指稱事物的詞。	♣白雪公主是一則家喻戶曉的童話故事。 ♣我們都是國家未來的主人翁。 ♣他不畏困難的精神，非常令人敬佩。
代名詞	用來代替或指示名詞的詞。	♣只要大家同心協力，彼此信賴，就一定能完成這個計畫。 ♣公園裡綠草如茵，弟弟常常到那裡玩。
動詞	表示動作或情況的詞。	♣小鳥在天空自由自在地飛翔。 ♣請你不要拒絕我的好意。 ♣「艋舺」就是「萬華」的舊稱。
連接詞	用來連接詞句的詞。	♣恆心和毅力是成功的兩大祕訣。 ♣他平時很用功，所以成績總是名列前茅。 ♣連他都不知道，何況我呢！ ♣假如你同意，我們立刻就出發。

形容詞	形容事物的形態、性質的詞。多加在名詞的上面。	♣媽媽是個典型的賢妻良母。 ♣巷口的榕樹，已經有十幾年的樹齡了。 ♣每個偉人背後都有一段艱苦的奮鬥歷程。
副　詞	把事物的動作、形態，加以區別或限制；用來修飾形容詞、動詞或其他副詞。	♣經過長久的努力，他終於取得博士學位。 ♣月亮高高地掛在天邊，好像一面明亮的鏡子。 ♣老師推荐的這本書，的確是一本好書。 ♣開山闢路是一項十分艱鉅的工程。
介　詞	介紹名詞或代名詞與另一詞發生關係的詞。	♣弟弟自從上學以後，就變得很乖巧懂事。 ♣太陽被烏雲遮住了。 ♣這道菜的味道有點奇怪。
助　詞	用來輔助文句，傳達語氣的詞。	♣我決定從今以後再也不貪玩了。 ♣我實在忙不過來，請你幫幫忙吧！ ♣那些魔術對他來說，不過是雕蟲小技罷了。
感嘆詞	表示感慨嘆息的用語。	♣看到車禍的情景，她不禁：「啊！」的一聲叫了出來。 ♣噯呀！你認錯人了，他不是我哥哥。 ♣哥哥追著公車大叫：「喂！等等我。」

五、中國歷代系統表

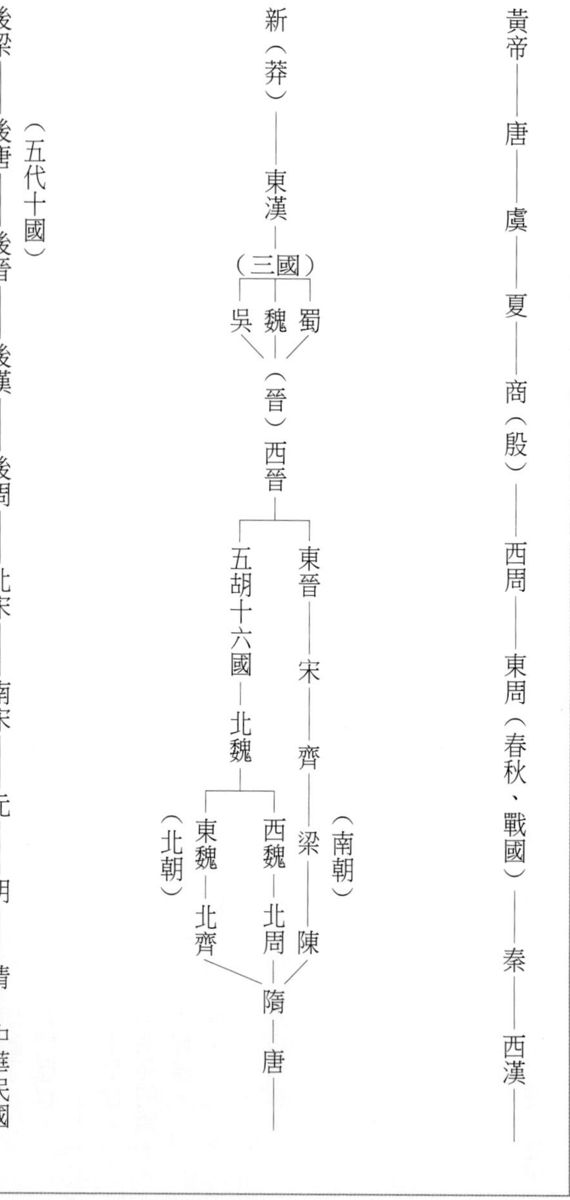
黃帝—唐—虞—夏—商（殷）—西周—東周（春秋、戰國）—秦—西漢—
新（莽）—東漢—
（三國）
蜀
魏
吳
（晉）西晉
東晉—宋—齊—梁—陳
（南朝）
五胡十六國—北魏
西魏—北周
東魏—北齊
（北朝）
隋—唐—
後梁—後唐—後晉—後漢—後周
（五代十國）
北宋—南宋—元—明—清—中華民國

注音查字表

【ㄅ】

ㄅㄚ 八 五〇　叭 八九　吧 九三　巴 一九八　扒 二六一　捌 二七八　疤 五〇七　笆 五七二　粑 五八九　芭 六六八　羓 七六九

ㄅㄚˊ 拔 二六八　跋 七八九　鈸 八四九

ㄅㄚˇ 把 二六四　靶 九〇一

ㄅㄚˋ 伯 二五　壩 一四四　把 二六四　灞 四四八　爸 四六七　罷 六二三　霸 八九六　靶 九〇一

·ㄅㄚ 吧 九三

ㄅㄛ 剝 六四　撥 二九六　波 四〇六　玻 四八五　磻 五四七　缽 六二〇　般 六六三　菠 六八〇　鉢 八五一　餑 九一九

ㄅㄛˊ 伯 二四　剝 六四　勃 六八　博 七八　帛 二〇〇　悖 二三五　搏 二九〇　柏 三四九　泊 四〇九　渤 四二五　百 四一九　礴 五四八　箔 五七九　簿 五八五　糪 五九三　脖 六四七　膊 六五二　舶 六六三　蔔 六九二　薄 六九六　鈸 八四九　鉑 八五〇　駁 九二五　鵓 九五一

ㄅㄛˇ 簸 五八五　跛 七九〇

ㄅㄛˋ 播 二九五　擘 三〇〇　檗 三七七　簸 五八六　薄 六九六　蘗 七〇二

ㄅㄞ 掰 二八四

ㄅㄞˊ 白 五一九

ㄅㄞˇ 佰 二七　擺 三〇三　百 五一九

ㄅㄞˋ 拜 二七二　敗 三〇九　稗 五六一　粺 五九一

ㄅㄟ 卑 七七　埤 一三五　悲 二三九　揹 二八八　杯 三四五　痺 五一二　盃 五二三　碑 五四三　背 六四三

ㄅㄟˇ 北 七三

ㄅㄟˋ 倍 三一　備 三九　北 七三　悖 二三五　憊 二五〇　焙 四五五　狽 四七七　糒 五九二　背 六四三　蓓 六八九　被 七二七　褙 七三三　貝 七七二　輩 八〇五

ㄅㄠ 包 七二　孢 一七〇　炮 四五二　煲 四五八　胞 六四四　苞 六七二　褒 七三三　鞄 九〇二

ㄅㄠˊ 雹 八九三

ㄅㄠˇ 保 二九　堡 一三七　寶 一八一　褓 七三三　飽 九一七　鴇 九四九

ㄅㄠˋ 刨 六〇　報 一三七　抱 二七一　暴 三三一　瀑 四四六　爆 四六五　豹 七七〇　鉋 八五〇　鮑 九四一

ㄅㄢ 扳 二六五　搬 二八九　斑 三一三　班 四八六　瘢 五一五　般 六六三　頒 九〇八

ㄅㄢˇ 板 三四六　版 四六九　舨 六六三　闆 八七五　阪 八七八

ㄅㄢˋ 伴 二二　半 七六　扮 二六三　拌 二六七　爿 四六八　瓣 四九六　絆 五九九　辦 八一〇

ㄅㄣ 奔 一五〇　賁 七七六

ㄅㄣˇ 本 三三九　畚 五〇三　苯 六七三

ㄅㄣˋ 笨 五七三

ㄅㄤ 傍 三九　幫 二〇三　梆 三五六　邦 八三一

ㄅㄤˇ 榜 三六八　綁 六〇四　膀 六五二

ㄅㄤˋ 傍 三九　徬 二二四　旁 三一七　棒 三六一　磅 五四五　膀 六五二　蒡 六九一　蚌 七〇六　謗 七五九　鎊 八六〇

ㄅㄥ 崩 一九三　繃 六一四

ㄅㄥˊ 甭 五〇〇

ㄅㄥˇ 繃 六一四

ㄅㄥˋ 榜 三六八　繃 六一四　蹦 七九七　迸 八一六

ㄅㄧ 逼 八二三

ㄅㄧˊ 荸 六七六　鼻 九六七

ㄅㄧˇ 匕 七三　妣 一五五　彼 二二〇　比 三九二　秕 五五八　筆 五七五　鄙 八三五

ㄅㄧˋ 佛 二二　俾 三五　嗶 一一七　埤 一三五　壁 一四二　婢 一六三　幣 二〇三　庇 二〇六　弊 二一三　弼 二一六

必 二二六 愎 二四二 拂 二六七 敝 三〇九 斃 三一二 枇 三四五 比 三九二 毖 三九二 泌 四〇八 狴 四七七 璧 四九四 畀 五〇二 畢 五〇四 痹 五一二 痺 五一三 睥 五三二 碧 五四四 祕 五五一 秘 五五九 箅 五八〇 篦 五八三 篳 五八四 臂 六五五 蓖 六八七 蔽 六九三 蓽 六九三

薜 六九六 蘗 七〇二 裨 七三二 詖 七四七 賁 七七六 跛 七九〇 辟 八〇九 避 八二八 鉍 八五一 閉 八七〇 閟 八七三 陛 八八一 髀 九三三

ㄅㄧㄝ 憋 二四八 癟 五一六 鱉 九四六 鼈 九六四

ㄅㄧㄝˊ 別 五九 蹩 七九七

ㄅㄧㄝˇ 癟 五一六

ㄅㄧㄝˋ 彆 二一六

ㄅㄧㄠ 摽 二九四 杓 三四三 標 三七一 猋 四七八 膘 六五三 彪 七〇四 鏢 八六三 鑣 八六七 飆 九一五 髟 九三五

ㄅㄧㄠˇ 婊 一六三 表 七二六 裱 七三二 錶 八五五

ㄅㄧㄠˋ 摽 二九四 鰾 九四六

ㄅㄧㄢ 砭 五四〇 籩 五八八 編 六一〇 蝙 七一四 邊 八三〇 鞭 九〇三

ㄅㄧㄢˇ 匾 七五 扁 二五九 窆 五六七 萹 六八六 褊 七三三 貶 七七四

ㄅㄧㄢˋ 便 二九 卞 七八 平 二〇四 弁 二一二 徧 二二三 汴 四〇二 辮 六一八 變 七六五 辨 八一〇 辯 八一〇 遍 八二四 釆 八四四

ㄅㄧㄣ 儐 四五 彬 二一八 斌 三一三 檳 三七七 濱 四四三 瀕 四四六 繽 六一八 賓 七七八

ㄅㄧㄣˋ 擯 三〇二 殯 三八九 臏 六五六 鬢 九三七

ㄅㄧㄥ 兵 五一 冰 五四 并 二〇四

ㄅㄧㄥˇ 丙 四 屏 一八七 昺 三二四 柄 三四八 炳 四五二 秉 五五七 稟 五六一 餅 九一八

ㄅㄧㄥˋ 並 五 併 二七 并 二〇四 摒 二八八 病 五〇八

ㄅㄨ 逋 八二〇 餔 九一九

ㄅㄨˇ 卜 七八 哺 一〇五 捕 二七五 補 七三〇

ㄅㄨˋ 不 三 佈 二三 埠 一三五 布 一九九 怖 二二九 步 三八五 簿 五八五 部 八三四 鈽 八五一

【ㄆ】

ㄆㄚ 啪 一〇六 葩 六八六 趴 七八八

ㄆㄚˊ 扒 二六一 杷 三四五 爬 四六六 琶 四九〇 筢 五七七 耙 六三三

ㄆㄚˋ 帕 二〇〇 怕 二三〇

ㄆㄛ 坡 一三二 潑 四三八 陂 八七九

ㄆㄛˊ 婆 一六三 皤 五二一 繁 六一五 鄱 八三六

ㄆㄛˇ 叵 八八 頗 九〇八

ㄆㄛˋ 朴 三四一 珀 四八五 破 五四〇 粕 五八九 迫 八一四 醱 八四三 霸 八九六 魄 九四〇

ㄆㄞ 拍 二七〇

ㄆㄞˊ 俳 三六 徘 二二三 排 二八二 牌 四六九

ㄆㄞˇ 排 二八二

ㄆㄞˋ 派 四一二 湃 四二七

ㄆㄟ 呸 九七 胚 六四二 醅 八四一

ㄆㄟˊ 坏 一三一 培 一三六 裴 七三一 賠 七七八 陪 八八一

ㄆㄟˋ 佩 二七 妃 一五四 沛 四〇二 珮 四八六 轡 八〇九 配 八三七 霈 八九五

ㄆㄠ 拋 二六九 泡 四〇七 胞 六四四 脬 六四八

ㄆㄠˊ 刨 六〇 匏 七三 咆 九八 庖 二〇七 炮 四五二 袍 七二八 跑 七九〇

ㄆㄠˇ 跑 七九〇

ㄆㄠˋ 泡 四〇六 炮 四五二 疱 五〇九

炮 五二二　砲 五四一

ㄆㄡˊ　抔 二六六

ㄆㄡˇ　剖 六三　培 一三六　瓿 四九七

ㄆㄢ　攀 三〇三　潘 四四〇　番 五〇四

ㄆㄢˊ　弁 二一三　槃 三六九　盤 五二五　磐 五四五　磻 五四七　繁 六一五　胖 六四二　般 六六三　蟠 七一九

ㄆㄢˋ　判 六〇　叛 八五　拚 二七〇　畔 五〇三　盼 五二八

ㄆㄣ　噴 一一八

ㄆㄣˊ　湓 四二八　盆 五二三

ㄆㄣˋ　噴 一一八

ㄆㄤ　乓 八　滂 四二九　磅 五四五　膀 六五二

ㄆㄤˊ　傍 三九　龐 二一一　彷 二一九　徬 二二四　方 三一六　旁 三一七　膀 六五二　螃 七一五

ㄆㄤˋ　胖 六四二

ㄆㄥ　亨 一四　怦 二三一　抨 二六九　烹 四五四　砰 五三九

ㄆㄥˊ　彭 二一九　朋 三一七　棚 三六二　澎 四三九　硼 五四三　篷 五八三　膨 六五四　芃 六六七　蓬 六九二　逢 八一九　鵬 九五二

ㄆㄥˇ　奉 一四九　捧 二八〇

ㄆㄥˋ　椪 三六三　碰 五四二　踫 七九三

ㄆㄧ　丕 四　劈 六六　匹 七五　批 二六五　披 二六八　砒 五三九　紕 五九八　被 七二八　霹 八九七

ㄆㄧˊ　啤 一〇八　埤 一三五　枇 三四四　比 三九二　毗 三九二　琵 四八九　疲 五〇九　皮 五二一　罷 六二三　脾 六四九　裨 七三二　陂 八七九　陴 八八二　鼙 九六五

ㄆㄧˇ　仳 二一　匹 七五　否 九三　圮 一三〇　疋 五〇六　痞 五一一　癖 五一六

ㄆㄧˋ　僻 四三　副 六四　媲 一六五　屁 一八六　擗 三〇〇　譬 七六四　辟 八〇九　闢 八七七　鷿 九五五

ㄆㄧㄝ　撇 二九二　瞥 五三四

ㄆㄧㄝˇ　撇 二九二

ㄆㄧㄠ　嫖 一六六　漂 四三四　票 五五二　飄 九一五

ㄆㄧㄠˊ　嫖 一六六　朴 三四一　瓢 四九六

ㄆㄧㄠˇ　摽 二九四　殍 三八八　漂 四三四　瞟 五三四　縹 六一五　莩 六七九

ㄆㄧㄠˋ　剽 六五　僄 二四八　漂 四三四　票 五五二　驃 九三〇

ㄆㄧㄢ　偏 三八　扁 二五九　篇 五八一　翩 六二九

ㄆㄧㄢˊ　便 二九　胼 六四六　褊 七三三　蹁 七九六　駢 九二七

ㄆㄧㄢˋ　片 四六九　騙 九二八

ㄆㄧㄣ　姘 一五九　拼 二七四

ㄆㄧㄣˊ　嬪 一六七　蘋 七〇一　貧 七七四　頻 九一〇　顰 九一三

ㄆㄧㄣˇ　品 一〇二

ㄆㄧㄣˋ　牝 四七一

ㄆㄧㄥ　乒 八　娉 一六二

ㄆㄧㄥˊ　坪 一三一　屏 一八七　平 二〇四　憑 二五〇　枰 三五〇　瓶 四九七　秤 五五八　萍 六八〇　蘋 七〇一　評 七四五　馮 九二四

ㄆㄧㄥˋ　聘 六三五

ㄆㄨ　仆 一五　噗 一一八　扑 二六一　撲 二九五　鋪 八五四

ㄆㄨˊ　僕 四二　匍 七三　扶 二六三　朴 三四一　樸 三七三　濮 四四五　璞 四九四　脯 六四七　菩 六七九　葡 六八六　蒲 六八八　蹼 七九八

ㄆㄨˇ　圃 一二六　埔 一三四　普 三二七　浦 四一四　溥 四二九　譜 七六二

ㄆㄨˋ　暴 三三一　曝 三三三　瀑 四四六　舖 六六二　鋪 八五四

【ㄇ】

ㄇㄚ　媽 一六五　嬤 一六七　摩 二九三

ㄇㄚˊ　嘛 一一五　痲 五一二　蟆 七一六　麻 九五九　麼 九五九

ㄇㄚˇ 嗎 一一三 瑪 四九二 碼 五四五 螞 七一五 馬 九二四
ㄇㄚˋ 罵 六二三 螞 七一五
ㄇㄚ˙ 嗎 一一三 嘛 一一五
ㄇㄛ 摸 二九二
ㄇㄛˊ 摹 二九三 摩 二九三 模 三七〇 無 四五五 磨 五四六 糢 五九二 膜 六五三 蘑 七〇一 謨 七六〇 饃 九二一 魔 九四〇 麼 九五九
ㄇㄛˇ 抹 二六七
ㄇㄛˋ 万 三 冒 五二 嘿 一一八 寞 一七八 幕 二〇三 抹 二六八 末 三四〇 歿 三八七 沒 四〇〇 沫 四〇六 漠 四三四 磨 五四六 秣 五五八 脈 六四六 茉 六七二 莫 六七七 袜 七二九 貉 七七一 貊 七七一 貘 七七一 陌 八七九 靺 九〇一 驀 九二九 墨 九六一 默 九六一
ㄇㄛ˙ 麼 九五九
ㄇㄞˊ 埋 一三四 霾 八九七
ㄇㄞˇ 買 七七六
ㄇㄞˋ 脈 六四六 賣 七八〇 邁 八二九 麥 九五八
ㄇㄟˊ 媒 一六四 嵋 一九四 枚 三四六 某 三四七 梅 三五八 楣 三六六 沒 四〇〇 湄 四二七 煤 四五七 玫 四八四 眉 五二八 莓 六七七 酶 八四〇 霉 八九四 黴 九六三
ㄇㄟˇ 每 三九一 美 六二四 鎂 八五八
ㄇㄟˋ 妹 一五七 媚 一六四 寐 一七八 昧 三二四 瑁 四九一 袂 七二七 魅 九四〇
ㄇㄠ 貓 七七一
ㄇㄠˊ 旄 三一八 毛 三九二 氂 三九三 矛 五三六 茅 六七〇 錨 八五八 髦 九三五
ㄇㄠˇ 卯 七九
ㄇㄠˋ 冒 五二 帽 二〇二 懋 二五二 旄 三一八 眊 五二八 耄 六三二 茂 六七一 袤 七二九 貌 七七一 貿 七七六
ㄇㄡˊ 牟 四七〇 眸 五三〇 繆 六一四 謀 七五七
ㄇㄡˇ 某 三四七
ㄇㄢˊ 埋 一三四 瞞 五三四 蔓 六九二 蠻 七二二 謾 七六一 蹣 七九七 鞔 九〇二 顢 九一二 饅 九二一 鰻 九四六
ㄇㄢˇ 滿 四三五
ㄇㄢˋ 曼 八五 墁 一四一 幔 二〇三 慢 二四六 漫 四三六 蔓 六九二 謾 七六一 鏝 八六三
ㄇㄣ 悶 二四〇
ㄇㄣˊ 們 三三 捫 二八一 門 八七〇
ㄇㄣˋ 悶 二四〇 懣 二五二 燜 四六三
ㄇㄣ˙ 們 三三
ㄇㄤˊ 忙 二二六 氓 三九四 盲 五二六 芒 六六六 茫 六七三
ㄇㄤˇ 莽 六七八 蟒 七一六
ㄇㄥ 矇 五三六
ㄇㄥˊ 懵 二五三 曚 三三二 朦 三三九 檬 三七七 氓 三九四 濛 四四三 甍 四九七 盟 五二四 瞢 五三四 矇 五三六 萌 六八一 蒙 六八八 虻 七〇六
ㄇㄥˇ 猛 四七二 蜢 七一二 錳 八六六 黽 九六四
ㄇㄥˋ 夢 一四七 孟 一六九 瞢 五三五
ㄇㄧ 咪 一〇二 瞇 五三三
ㄇㄧˊ 彌 二一七 瀰 四四七 獼 四八二 禰 五五三 糜 五九三 縻 六一五 謎 七五九 迷 八一四 醚 八四二 靡 八九九 麋 九五七
ㄇㄧˇ 弭 二一五 敉 三〇八 米 五八八 芈 六二四 靡 八九九
ㄇㄧˋ 冪 五四 宓 一七四 密 一七七 日 三二〇 汨 四〇二 泌 四〇八 祕 五五一 秘 五五九 糸 五九四 蜜 七一二 覓 七三七 謐 七六〇 鼏 九六五
ㄇㄧㄝ 咩 一〇三 芈 六二四
ㄇㄧㄝˋ 滅 四三〇 篾 五八三 蔑 六九二

巙 七二三　ㄇㄧㄠ 喵 一一三　ㄇㄧㄠˊ 描 二八五 瞄 五三三 苗 六七一　ㄇㄧㄠˇ 杪 三四六 淼 四二三 渺 四二六 眇 五二八 秒 五五七 緲 六一一 藐 六九九 邈 八三〇　ㄇㄧㄠˋ 妙 一一五 廟 二一一 眇 五二八 繆 六一四　ㄇㄧㄡˋ 繆 六一四 謬 七六一　ㄇㄧㄢˊ 棉 三六二

眠 五二九 瞑 五三四 綿 六〇七　ㄇㄧㄢˇ 免 四八 冕 五三 勉 六八 娩 一六二 沔 四〇三 湎 四二八 眄 五二八 緬 六一〇 腼 六五一 靦 九〇〇　ㄇㄧㄢˋ 眠 五二九 瞑 五三四 面 九〇〇 麵 九五九　ㄇㄧㄣˊ 岷 一九〇 民 三九一 緡 六一一　ㄇㄧㄣˇ 愍 二四四 憫 二四九

抿 二六七 敏 三〇九 暋 三三〇 泯 四〇九 澠 四四二 皿 五二二 閔 八七一 閩 八七三 黽 九六四　ㄇㄧㄥˊ 冥 五四 名 九一 明 三二一 暝 三三〇 溟 四三二 瞑 五三四 茗 六七五 螟 七一五 酩 八三九 銘 八五二 鳴 九四八　ㄇㄧㄥˋ 命 九九　ㄇㄨˇ 姆 一五七 姥 一六〇

拇 二七〇 母 三九一 牡 四七一 畝 五〇三　ㄇㄨˋ 募 七〇 墓 一四〇 幕 二〇三 慕 二四七 暮 三三〇 木 三三九 沐 四〇一 牟 四七〇 牧 四七一 目 五二六 睦 五三一 穆 五六四 繆 六一四 苜 六七一 莫 六七七

【ㄈ】

ㄈㄚ 伐 一九 發 五一八　ㄈㄚˊ 乏 八 法 四〇七 筏 五七六 罰 六二三 閥 八七三　ㄈㄚˇ 法 四〇七 砝 五四〇 髮 九三五　ㄈㄚˋ 琺 四八九　ㄈㄛˊ 佛 二二　ㄈㄟ 啡 一〇七 妃 一五四 扉 二五九 緋 六〇八 菲 六八二 蜚 七一三 霏 八九五 非 八九九 飛 九一五　ㄈㄟˊ 淝 四二三 肥 六四一

腓 六五〇　ㄈㄟˇ 匪 七四 悱 二四〇 斐 三一三 榧 三六九 篚 五八三 翡 六二九 菲 六八二 蜚 七一三 誹 七五六 非 八九九　ㄈㄟˋ 吠 九五 廢 二一〇 沸 四〇七 狒 四七六 痱 五一二 肺 六四〇 費 七七五　ㄈㄡ 不 三　ㄈㄡˊ 芣 六六九　ㄈㄡˇ 不 三

否 九三 缶 六一九　ㄈㄢ 幡 二〇三 旛 三一九 番 五〇四 翻 六三〇 蕃 六九四　ㄈㄢˊ 凡 六 帆 一九九 樊 三七一 煩 四五七 燔 四六三 礬 五四八 繁 六一五 蕃 六九四 藩 七〇〇　ㄈㄢˇ 反 八四 返 八一二　ㄈㄢˋ 梵 三五六 氾 三九八 汎 三九九 泛 四〇七

犯 四七四 範 五八〇 范 六七〇 販 七七三 飯 九一七　ㄈㄣ 分 五八 吩 九四 棻 三六三 氛 三九五 紛 五九六 芬 六六八 雰 八九三　ㄈㄣˊ 墳 一四一 汾 四〇二 焚 四五五 鼖 九六五　ㄈㄣˇ 粉 五八八　ㄈㄣˋ 份 二一 分 五八 奮 一五三 忿 二二八 憤 二四九

糞 五九三　˙ㄈㄣ 噴 一一八　ㄈㄤ 坊 一三〇 方 三一六 枋 三四四 芳 六六七　ㄈㄤˊ 坊 一三〇 妨 一五五 房 二五八 肪 六四二 防 八七七 魴 九四一　ㄈㄤˇ 仿 一八 倣 三二 彷 二一九 放 三〇七 紡 五九七 舫 六六三 訪 七四三 髣 九三五　ㄈㄤˋ 放 三〇七

ㄈㄥ 封 一八一 峰 一九二 楓 三六四 灃 四四八 烽 四五四 瘋 五一三 葑 六八六 蜂 七一一 豐 七六八 鋒 八五五 風 九一三
ㄈㄥˊ 縫 六一四 逢 八一九 馮 九二四
ㄈㄥˋ 俸 三二 奉 一四九 縫 六一八 諷 七五八 風 九一四 鳳 九四八
ㄈㄨ 不 三 伕 一九

傅 三九 夫 一四八 孵 一七一 敷 三一一 溥 四二九 稃 五六〇 膚 六五三 衭 七二七 趺 七八九 麩 九五八
ㄈㄨˊ 伏 二〇 佛 二二 俘 三〇 匐 七三 夫 一四八 孚 一六九 宓 一七四 幅 二〇二 弗 二一四 彿 二二〇 扶 二六三 拂 二六七 服 三三七 枹 三五一 桴 三五九

氟 三九五 浮 四一五 袚 五五二 福 五五三 符 五七三 紼 六〇〇 紱 六〇一 縛 六一二 罘 六二一 芙 六六七 苻 六七三 莩 六七九 菔 六八三 蝠 七一四 袱 七二九 輻 八〇七 郛 八三三 髴 九三五 鳧 九四八 鵩 九五二 黻 九六三
ㄈㄨˇ 俯 三二 府 二〇七 拊 二七二 撫 二九六

斧 三一五 父 四六七 甫 五〇〇 脯 六四七 腑 六四八 腐 六四九 輔 八〇四 釜 八四七 頫 九〇九 黼 九六三
ㄈㄨˋ 付 一七 傅 三九 副 六四 咐 九八 婦 一六三 富 一七八 復 二二三 父 四六七 袝 五五二 腹 六五一 複 七三二 覆 七三六 訃 七四二 負 七七二 賦 七七九

賻 七八二 赴 七八五 阜 八七七 附 八七八 馥 九二四 駙 九二六 鮒 九四二

【ㄉ】

ㄉㄚ 搭 二八九 答 五七六 褡 七三四
ㄉㄚˊ 妲 一五九 瘩 五一四 答 五七六 達 八二二 靼 九〇一 韃 九〇三
ㄉㄚˇ 打 二六一
ㄉㄚˋ 大 一四七
˙ㄉㄚ 躂 七九九

ㄉㄜˊ 得 二二二 德 二二五
˙ㄉㄜ 地 一二九 底 二〇七 得 二二二 的 五二〇
ㄉㄞ 呆 九三 待 二二〇 獃 四七九
ㄉㄞˇ 歹 三八七 逮 八二〇
ㄉㄞˋ 代 一七 大 一四七 岱 一九一 帶 二〇一 待 二二〇 怠 二三一 戴 二五八 殆 三八七 毒 三九一 玳 四八五

袋 七二八 詒 七四七 貸 七七六 迨 八一四 逮 八二〇 駘 九二七 黛 九六二
ㄉㄟˇ 得 二二二
ㄉㄠ 刀 五八 叨 八七
ㄉㄠˇ 倒 三三 導 一八三 島 一九二 搗 二九〇 擣 三〇二 禱 五五五
ㄉㄠˋ 倒 三三 到 六一 悼 二三八 盜 五二四 稻 五六三 蹈 七九六

道 八二二
ㄉㄡ 兜 四九 都 八三四
ㄉㄡˇ 抖 二六三 斗 三一三 蚪 七〇六 陡 八八〇
ㄉㄡˋ 瀆 四四五 痘 五一一 竇 五七〇 荳 六七九 讀 七六五 豆 七六七 逗 八一七 鬥 九三七 闘 九三八
ㄉㄢ 丹 六 單 一一一 擔 三〇〇 殫 三八九 湛 四二五 眈 五二七

簞 五八四 耽 六三四 聃 六三五 鄲 八三六 酖 八三八
ㄉㄢˇ 撢 二九七 撣 二九八 疸 五〇九 膽 六五四
ㄉㄢˋ 但 二四 啖 一〇七 彈 二一七 憚 二四九 憺 二五二 擔 三〇〇 旦 三二〇 檐 三七七 氮 三九六 淡 四一八 澹 四四二 石 五三八 萏 六八三 蛋 七〇七 誕 七五三

ㄉㄤ
噹 一一九
璫 四九五
襠 七三五
鐺 八六六

ㄉㄤˇ
擋 二九八
檔 三七六
讜 七六六
黨 九六二

ㄉㄤˋ
宕 一七四
擋 二九八
當 五〇五
盪 五二六
蕩 六九四

ㄉㄥ
燈 四六二
登 五一八
鐙 八六五

ㄉㄥˇ
等 五七五

ㄉㄥˋ
凳 五六
澄 四三八
瞪 五三五
磴 五四七
蹬 七九八
鄧 八三六
鐙 八六五

ㄉㄧ
低 二五
氐 三九四
滴 四三三
羝 六二五
鏑 八六二

ㄉㄧˊ
嘀 一一五
嫡 一六五
敵 三一一
滌 四三七
狄 四七五
的 五二〇
笛 五七四
糴 五九四
翟 六二九
荻 六七八
迪 八一三
適 八二六
鏑 八六二

ㄉㄧˇ
底 二〇七
抵 二七〇
柢 三五〇
氐 三九四
牴 四七二
砥 五四〇
骶 七四〇
詆 七四七
邸 八三二

ㄉㄧˋ
地 一二九
娣 一六二
帝 二〇〇
弟 二一五
棣 三六一
的 五二〇
睇 五三一
第 五七四
締 六〇九
蒂 六八五
諦 七五七
遞 八二六

ㄉㄧㄝ
爹 四六七

ㄉㄧㄝˊ
佚 二五
喋 一一一
堞 一三八
涉 四一五
渫 四二八
牒 四七〇
瓞 四九六
疊 五〇六
碟 五四四
耋 六三二
蝶 七一三
褶 七三四
諜 七五七
跌 七九〇
蹀 七九六
迭 八一三
鰈 九四五

ㄉㄧㄠ
凋 五六
刁 五八
叼 八七
彫 二一九
碉 五四三
貂 七七〇
雕 八九〇
鯛 九四四
鵰 九五二

ㄉㄧㄠˇ
鳥 九四七

ㄉㄧㄠˋ
吊 九〇
弔 二一四
掉 二八〇
調 七五五
釣 八四七

ㄉㄧㄡ
丟 五

ㄉㄧㄢ
巔 一九五
掂 二八四
滇 四三〇
癲 五一七
顛 九一二

ㄉㄧㄢˇ
典 五一
碘 五四三
點 九六一

ㄉㄧㄢˋ
佃 二三
墊 一四〇
奠 一五二
店 二〇七
惦 二三七
殿 三九〇
淀 四二二
澱 四四一
玷 四八五
田 五〇〇
甸 五〇一
簟 五八五
踮 七九四
鈿 八五一
電 八九四
靛 八九八

ㄉㄤ
噹 一二〇

ㄉㄥ
丁 一
仃 一五
叮 八七
町 五〇二
疔 五〇七
盯 五二六
酊 八三七
釘 八四七
靪 九〇一

ㄉㄥˇ
耵 六三四
酊 八三七
頂 九〇六
鼎 九六四

ㄉㄥˋ
定 一七三
碇 五四三
訂 七四二
釘 八四七
錠 八五五

ㄉㄨ
嘟 一一七
督 五三二
都 八三四

ㄉㄨˊ
櫝 三七八
毒 三九一
瀆 四四五
牘 四七〇
犢 四七三
獨 四八一
讀 七六五
讟 七六六
頓 九〇八
髑 九三四
黷 九六三

ㄉㄨˇ
堵 一三六
睹 五三二
篤 五八二
肚 六四〇
覩 七三八
賭 七八一

ㄉㄨˋ
妒 一五五
度 二〇七
杜 三四二
渡 四二四
肚 六四〇
蠹 七二二
鍍 八五八

ㄉㄨㄛ
哆 一〇三
多 一四六

ㄉㄨㄛˊ
奪 一五二
掇 二八四
鐸 八六六

ㄉㄨㄛˇ
垛 一三四
朵 三四〇
躲 八〇一
剁 六二
咄 九七
垜 一三四
墮 一四二
度 二〇八
惰 二四一
沱 四〇八
舵 六六三
跺 七九二
踱 七九五
馱 九二五

˙ㄉㄨㄛ
朵 三四〇

ㄉㄨㄟ
堆 一三五

ㄉㄨㄟˋ
兌 四八
對 一八三
敦 三一〇
懟 二五二
追 八一六
隊 八八四

ㄉㄨㄢ
端 五七一
耑 六三二

ㄉㄨㄢˇ
短 五三八

ㄉㄨㄢˋ

【ㄊ】

ㄊㄧㄠˊ 佻 二八　條 三五八　笤 五七五　苕 六七三　調 七五五　迢 八一三　髫 九三五　齠 九六九
ㄊㄧㄠˇ 挑 二七五　窕 五六七
ㄊㄧㄠˋ 眺 五三〇　糶 五九四　跳 七九二
ㄊㄧㄢ 天 一四八　添 四一八
ㄊㄧㄢˊ 填 一三九　恬 二三三　甜 四九八　田 五〇〇　畋 五〇二　闐 八七六
ㄊㄧㄢˇ 忝 二二八　殄 三八八　腆 六四九　舔 六六二　覥 七三八　靦 九〇〇
ㄊㄧㄥ 廳 二一二　汀 三九七　聽 六三八
ㄊㄧㄥˊ 亭 一四　停 三六　婷 一六四　庭 二〇八　廷 二一二　筳 五七八　蜓 七一〇　霆 八九四
ㄊㄧㄥˇ 挺 二七六　梃 三五八　珽 四八八　町 五〇二　艇 六六四　鋌 八五五
ㄊㄧㄥˋ 聽 六三八
ㄊㄨ 禿 五五七
ㄊㄨˊ 凸 五七　圖 一二八　塗 一三八　屠 一八八　徒 二二一　涂 四一六　突 五六六　荼 六七八　菟 六八三　途 八一九
ㄊㄨˇ 吐 九〇　土 一二八
ㄊㄨˋ 兔 四八　吐 九〇　菟 六八三
ㄊㄨㄛ 佗 二二　托 二六一　拖 二七一　脫 六四七　託 七四三
ㄊㄨㄛˊ 佗 二二　坨 一三二　橐 三七〇　沱 四〇八　砣 五四一　紽 六〇一　跎 七八九　酡 八三八　陀 八七八　馱 九二五　駝 九二六　鴕 九五〇　鼉 九六四　鼧 九六六
ㄊㄨㄛˇ 妥 一五六　橢 三七四
ㄊㄨㄛˋ 唾 一〇九　拓 二六八　柝 三五一　魄 九四〇
ㄊㄨㄟ 推 二八一
ㄊㄨㄟˊ 頹 九一〇
ㄊㄨㄟˇ 腿 六五二
ㄊㄨㄟˋ 蛻 七一〇　退 八一五
ㄊㄨㄢ 湍 四二六
ㄊㄨㄢˊ 團 一二八　摶 二九四　糰 五九三
ㄊㄨㄣ 吞 九二　暾 三三二
ㄊㄨㄣˊ 囤 一二六　屯 一八九　臀 六五五　豚 七六九
ㄊㄨㄣˋ 褪 七三三
ㄊㄨㄥ 恫 二三三　痌 五一〇　通 八一七
ㄊㄨㄥˊ 仝 一八　僮 四二　同 八九　彤 二一八　曈 三三二　桐 三五三　洞 四一一　潼 四三八　瞳 五三五　童 五七一　茼 六七六　酮 八三九　銅 八五二
ㄊㄨㄥˇ 捅 二七七　桶 三五七　筒 五七六　統 五九九
ㄊㄨㄥˋ 慟 二四六　痛 五一〇

【ㄋ】

ㄋㄚ 那 八三一
ㄋㄚˊ 南 七七　拏 二七二　拿 二七五
ㄋㄚˇ 哪 一〇六　那 八三一
ㄋㄚˋ 內 四九　吶 九五　娜 一六一　捺 二八四　納 五九七　衲 七二七　那 八三一　鈉 八四八
˙ㄋㄚ 哪 一〇六
ㄋㄜˋ 訥 七四四
˙ㄋㄜ 呢 九九
ㄋㄞˇ 乃 七　奶 一五三　妳 一五八　氖 三九五　迺 八一五
ㄋㄞˋ 奈 一五〇　耐 六三二　鼐 九六五
ㄋㄟˇ 餒 九一八
ㄋㄟˋ 內 四九
ㄋㄠˊ 呶 九八　撓 二九六　橈 三七五　猱 四七九　鐃 八六四
ㄋㄠˇ 惱 二四一　瑙 四九一　腦 六五一
ㄋㄠˋ 淖 四二三　鬧 九三七
ㄋㄡˋ 耨 六三四
ㄋㄢˊ 南 七七　喃 一一七　楠 三六四　男 五〇一　難 八九一
ㄋㄢˇ 腩 六五二　赧 七八五
ㄋㄢˋ 難 八九一
ㄋㄣˋ 嫩 一六六
ㄋㄤˊ 囊 一二四
ㄋㄤˇ 曩 三三三
ㄋㄤˋ 齉 九六七
ㄋㄥˊ 能 六四六
ㄋㄧˊ 倪 三五

兒 四八　呢 九九　妮 一五七　尼 一八五　怩 二三二　泥 四〇四　霓 八九五　鯢 九四四

ㄋㄧˇ　你 二四　妳 一五九　擬 三〇一　旎 三一八　禰 五五五

ㄋㄧˋ　匿 七五　暱 三三一　泥 四〇四　溺 四三一　睨 五三二　膩 六五四　逆 八一四

ㄋㄧㄝ　捏 二七六　捻 二八三

ㄋㄧㄝˋ　囁 一二三　孽 一七一　攝 三〇四　櫱 三七九　涅 四一六　糵 五九四　聶 六三七　臬 六五八　躡 八〇〇　鎳 八六一　鑷 八六八　隉 八八四　齧 九六九

ㄋㄧㄠˇ　嫋 一六五　嬝 一六七　蔦 六九三　裊 七三〇　鳥 九四七

ㄋㄧㄠˋ　尿 一八六　溺 四三一

ㄋㄧㄡ　妞 一五五

ㄋㄧㄡˊ　牛 四七〇

ㄋㄧㄡˇ　忸 二二八　扭 二六四　狃 四七五　紐 五九六　鈕 八四八

ㄋㄧㄡˋ　拗 二七一

ㄋㄧㄢˊ　年 二〇四　拈 二六九　粘 五八九　鮎 九四二　鯰 九四四　黏 九六〇

ㄋㄧㄢˇ　拈 二六九　捻 二八三　撚 二九六　攆 三〇二　碾 五四五　輦 八〇六　輾 八〇七

ㄋㄧㄢˋ　唸 一〇八　廿 二一二　念 二二八

ㄋㄧㄣˊ　恁 二三四　您 二三六

ㄋㄧㄤˊ　娘 一六一

ㄋㄧㄤˋ　釀 八四四

ㄋㄧㄥˊ　凝 五六　嚀 一二一　寧 一七八　檸 三七七　獰 四八一　甯 五〇〇　聹 六三八

ㄋㄧㄥˇ　擰 三〇一

ㄋㄧㄥˋ　佞 二二　寧 一七八　擰 三〇一　濘 四四三　甯 五〇〇

ㄋㄨˊ　奴 一五三　帑 二〇〇　駑 九二七

ㄋㄨˇ　努 六八　弩 二一五

ㄋㄨˋ　怒 二三〇

ㄋㄨㄛˊ　哪 一〇六　娜 一六一　挪 二七七　那 八三二　難 八九一

ㄋㄨㄛˋ　喏 一一三　懦 二五二　糯 五九三　諾 七五六

ㄋㄨㄢˇ　暖 三二九

ㄋㄨㄥˊ　儂 四四　噥 一二〇　濃 四四一　穠 五六四　膿 六五四　農 八一一　醲 八四三

ㄋㄨㄥˋ　弄 二一三

ㄋㄩˇ　女 一五三

ㄋㄩˋ　女 一五三

ㄋㄩㄝˋ　瘧 五一三　虐 七〇三　謔 七五八

【ㄌ】

ㄌㄚ　啦 一〇七　拉 二六七　邋 八三〇

ㄌㄚˊ　剌 六三

ㄌㄚˇ　喇 一一一

ㄌㄚˋ　剌 六二　瘌 五一四　腊 六四九　臘 六五六　落 六八六　蠟 七二一　辣 八〇九

˙ㄌㄚ　啦 一〇七

˙ㄌㄛ　咯 一〇三

ㄌㄜˋ　勒 六九　垃 一三一　捋 二七八　樂 三七一　肋 六三九

˙ㄌㄜ　了 一〇

ㄌㄞˊ　來 二七　淶 四二三　萊 六八一

ㄌㄞˋ　厲 八二　瀨 四四六　癩 五一七　睞 五三一　籟 五八七　賚 七八一　賴 七八一

ㄌㄟ　勒 六九

ㄌㄟˊ　嫘 一六六　擂 二九九　縲 六一三　罍 六二一　羸 六二七　鐳 八六五　雷 八九三

ㄌㄟˇ　儡 四五　壘 一四三　磊 五四四　累 六〇〇　耒 六三三　蕾 六九六　誄 七五一

ㄌㄟˋ　淚 四一八　累 六〇〇　酹 八四〇　類 九一二

ㄌㄠ　撈 二九六

ㄌㄠˊ　勞 七〇　嘮 一一七　撈 二九六　牢 四七一　癆 五一五　醪 八四三

ㄌㄠˇ　佬 二六　姥 一六〇　潦 四三八　老 六三一

ㄌㄠˋ　勞 七〇　潦 四三八　澇 四四〇　烙 四五三　絡 六〇二　落 六八六　酪 八三九

ㄌㄡ　摟 二九三

ㄌㄡˊ　僂 四一　嘍 一一六

調襤蘭藍籃瀾欄斕攔嵐婪　露陋鏤漏　簍摟塿　體嶁樓摟妻

七七七六五五三三三一一　ㄌㄢ　八八四四二　ㄌㄡ　五二一　ㄌㄡ　九七三二一
六三○八八六四一一○九　　　　九七六三　　　　九四一　　　三一七九六
六五二六七六○三三四三　　　　三三一　　　　　三二　　　　一七三一

朗　銀郎螂稂碙瑯琅狼榔廊　爛瀾濫　覽纜欖攬懶　闌鑭

ㄌㄤˇ　　　八八七五五四四四三二　ㄌㄢ　四四四　七六三三二　ㄌㄢ　八八
三三　　　五三六四九八七六○　　　六四四　三一八○五　　　七六
七　　　　五三一四八二五一　　　　四一九　二一　　　　　一五八

蜊罹繚籬璃狸犛犁犂灕漓梨　哩　楞愣忔　冷　藤稜楞　浪

七六六五四四四四四四三　ㄌㄧ　一　三二二　ㄌㄥˇ　六　五三ㄌㄥ　四
一二一八九七七七七四三五　○　　六四一九　　五　　九六六　　一三
一三五一二七三三三二一九　五　　四二　　　　五　　五四　　　三

鯉里醴邐裡蠡禮理澧浬李娌　喱哩俚　鷺黎麗鸝驪離鼇醨狸蠡

九八八八七七五四四三一一一　ㄌㄧ　九九九九九八八八七七二
四四四三三二五六一六一○一　　六六五五六二一一一
三五三一○一四八二五一五一　　三　三七六一一六一

立礫礪癘痢珋瀝沴歷櫪櫟栗曆戾慄壢唳吏屬勵力利儷俐例

五五五五五四四四三三三三二二二一一一　八八七六六四三二二
七七四一○八六六九六九九二一一八五三九九二一六六○五一六
○八六六○八六九六九九三一八五三九二

裂獵烈洌捩劣列冽　唎　倆　麗鬲靂隸酈詈蠣茘莉荔櫔粒笠

七四四四二　六五五　ㄌㄧㄚˇ　九九八八八七七六六六五五五
二八八二一三七五九　　　　　五三八七七七八八一五九五三
九二三一三七九五　　　ㄌㄧㄝ　七一九七一七一九七三三九

撂廖蓼瞭了　鐐遼聊繚療獠燎潦撩寮寥嘹僚　唎　鬮邌蹽

二二　六五一　八八六六五四四四二一一　ㄌㄧㄝ　九八七九
九九　九三　六六三二六八八一七七一二　　　　三三九
四○　三五　五八五六五一二八七○九七二　　　七七

奁　餾陸遛溜六　絡柳　騮硫瘤留琉瀏流榴旒劉　溜　瞭料

一　九八七四　六三　九五五五四四三三三一　ㄌㄧㄡˋ　五三
五一二二五一　○八　二一一○二三六六八一　　　三一四
二　○二六一　　八　九一四三六六八一六六

嶙　鏈鍊練煉瀲殮楝斂戀　臉　鰱鑷連蓮聯簾鏈濂漣憐廉帘

一　四八八四三三三三二　六六九九八六五五四四二一九
九　六六五五八五六六五　六六一九六一三九三四五○九
四　二九○八七九六六四　　五五五七一六三五三一六○

一○一八

林 三四五　淋 四一九　燐 四六二　琳 四八九　痳 五一三　磷 五四七　粼 五九一　臨 六五七　轔 八〇八　遴 八二八　鄰 八三六　霖 八九五　鱗 九四六　麟 九五八

ㄌㄧㄣˇ
凜 五六　廩 二一一　懍 二五〇　稟 五六一

ㄌㄧㄣˋ
吝 九二　藺 七〇一　賃 七七八　躪 八〇〇

ㄌㄧㄤˊ
梁 三五六　涼 四一七　樑 五九〇　糧 五九三　良 六六五　莨 六七九　踉 七九三　量 八四六

ㄌㄧㄤˇ
倆 三二　兩 五〇　魎 九四〇

ㄌㄧㄤˋ
亮 一四　兩 五〇　晾 三二八　涼 四一七　諒 七五四　踉 七九三　輛 八〇五　量 八四六

ㄌㄧㄥ
拎 二七二

ㄌㄧㄥˊ
伶 二五　凌 五五　囹 一二六　櫺 三八〇　泠 四〇九　淩 四二二　玲 四八五　笭 五七四　綾 六〇五　羚 六二五　翎 六二八　聆 六三五　舲 六六四　苓 六七二　菱 六八一　蛉 七〇八　鈴 八五〇　陵 八八一　零 八九三　靈 八九七　鯪 九四四　鴒 九五〇　齡 九六九

ㄌㄧㄥˇ
嶺 一九五　領 九〇九

ㄌㄧㄥˋ
令 一八　另 八八

ㄌㄨ
嚕 一二二

ㄌㄨˊ
廬 二一二　瀘 四四七　爐 四六二　盧 五二五　罏 六二一　臚 六五六　蘆 七〇一　轤 七〇九　鑪 八六七　顱 九一三　鱸 九四七　鸕 九五五

ㄌㄨˇ
擄 二九九　櫓 三七九　滷 四三七　磠 五四六　虜 七〇四　魯 九四一　鹵 九五六

ㄌㄨˋ
六 五〇　戮 二五七　淥 四二三　漉 四三七　潞 四四三　璐 四九五　碌 五四三　祿 五五三　籙 五八七　蓼 六九三　角 七四〇　賂 七七八　路 七九一　轆 八〇八　逯 八二一　錄 八五七　陸 八八二　露 八九七　鷺 九五五　麓 九五八

ㄌㄨㄛ
囉 一二四　捋 二七八

ㄌㄨㄛˊ
囉 一二四　玀 四八二　籮 五八八　羅 六二三　蘿 七〇三　螺 七一七　蠃 七二〇　邏 八三〇　鏍 八六三　鑼 八六九　騾 九三〇

ㄌㄨㄛˇ
綞 六〇九　蓏 六九一　蠃 七二〇　裸 七三二

ㄌㄨㄛˋ
洛 四一二　漯 四三六　濼 四四六　烙 四五三　犖 四七三　珞 四八七　絡 六〇二　落 六八五　酪 八三九　雒 八九〇　駱 九二七

˙ㄌㄨㄛ
囉 一二四

ㄌㄨㄢˊ
孿 一七一　巒 一九五　攣 三〇五　灤 四四九　臠 六五六　鑾 八六九　鸞 九五六

ㄌㄨㄢˇ
卵 八〇

ㄌㄨㄢˋ
亂 一〇

ㄌㄨㄣ
掄 二七九

ㄌㄨㄣˊ
侖 二八　倫 三五　圇 一二七　崙 一九三　掄 二七九　淪 四二一　綸 六〇七　論 七五六　輪 八〇六

ㄌㄨㄣˋ
論 七五五

ㄌㄨㄥˊ
嚨 一二二　曨 三三三　朧 三三九　櫳 三七九　瀧 四四七　瓏 四九五　矓 五三六　窿 五六九　籠 五八七　聾 六三八　隆 八八四　龍 九七〇

ㄌㄨㄥˇ
壟 一四三　攏 三〇三　隴 八八七

ㄌㄨㄥˋ
弄 二一三　衖 七二四

ㄌㄩˊ
櫚 三七八　閭 八七四　驢 九三一

ㄌㄩˇ
侶 三〇　呂 九四　婁 一六二　屢 一八八　履 一八八　捋 二七八　旅 三一七　縷 六一三　褸 七三四　鋁 八五四

ㄌㄩˋ
壘 一四三　律 二二一　慮 二四七　氯 三九六　濾 四四五　率 四八三　綠 六〇五　鑢 八六七

ㄌㄩㄝˋ
掠 二七八　略 五〇三

ㄍ

ㄍㄚ 嘎 一一七　ㄍㄚˊ 軋 八〇二　ㄍㄚˇ 尬 一八五　˙ㄍㄚ 價 四四　ㄍㄜ 割 六四　咯 一〇二　哥 一〇四　戈 二五四　擱 三〇一　歌 三八三　疙 五〇七　肐 六四〇　胳 六四五　閣 八七三　鴿 九五〇　ㄍㄜˊ 假 三七　咯 一〇二　嗝 一一五　噶 一二一

洛 二七五　格 三五四　翮 六二九　膈 六五二　葛 六八五　蛤 七〇九　鎘 八六一　閣 八七三　閤 八七三　隔 八八五　革 九〇〇　骼 九三三　鬲 九三九　ㄍㄜˇ 個 三四　合 九一　葛 六八五　蓋 六八八　ㄍㄜˋ 個 三四　各 九〇　箇 五八〇　鉻 八五三　ㄍㄞ 垓 一三四　該 七四八

賅 七七七　ㄍㄞˇ 改 三〇六　ㄍㄞˋ 丐 三　概 三六五　溉 四二七　蓋 六八八　鈣 八四八　ㄍㄟˇ 給 六〇三　ㄍㄠ 咎 一〇〇　皋 五二〇　睾 五三二　篙 五八二　糕 五九二　羔 六二五　膏 六五二　高 九三四　鼛 九六六　ㄍㄠˇ 搞 二八九　攪 三〇五　槁 三六八　稿 五六二

縞 六一二　鎬 八六一　ㄍㄠˋ 告 九四　膏 六五二　誥 七五三　ㄍㄡ 勾 七二　句 八九　枸 三四八　溝 四二九　鉤 八五〇　ㄍㄡˇ 枸 三四八　狗 四七五　笱 五七四　苟 六七二　ㄍㄡˋ 勾 七二　句 八九　垢 一三三　夠 一四六　媾 一六五　搆 二九〇　構 三六七　覯 七三八

詬 七五〇　購 七八二　遘 八二六　ㄍㄢ 乾 一〇　坩 一三二　尷 一八五　干 二〇四　杆 三四二　柑 三四九　泔 四一〇　甘 四九七　疳 五〇九　竿 五七二　肝 六三九　ㄍㄢˇ 感 二四四　擀 三〇一　敢 三一〇　桿 三五七　橄 三七四　澉 四四〇　稈 五五九　趕 七八七　ㄍㄢˋ 幹 二〇五

旰 三二一　榦 三六九　灨 四四九　贛 七八四　ㄍㄣ 根 三五二　跟 七九一　ㄍㄣˇ 艮 六六五　ㄍㄣˋ 亙 一二　亘 一二　艮 六六五　茛 六七六　ㄍㄤ 亢 一三　剛 六三　岡 一九〇　崗 一九三　扛 二六二　杠 三四三　綱 六〇六　缸 六二〇　罡 六二二　肛 六四〇　鋼 八五七

ㄍㄤˇ 崗 一九三　港 四二三　ㄍㄤˋ 戇 二五四　杠 三四三　槓 三六七　鋼 八五七　ㄍㄥ 庚 二〇七　更 三三四　粳 五九〇　羹 六二七　耕 六三三　賡 七八一　ㄍㄥˇ 埂 一三四　梗 三五七　綆 六〇四　耿 六三五　頸 九〇九　骾 九三三　鯁 九四三　ㄍㄥˋ 更 三三四　ㄍㄨ

估 二二　咕 九七　呱 九八　姑 一五七　孤 一七〇　家 一七五　沽 四〇六　箍 五七九　菰 六八一　菇 六八三　蛄 七〇七　觚 七四〇　轂 八〇七　辜 八〇九　鈷 八四九　骨 九三二　鴣 九五〇　ㄍㄨˊ 骨 九三二　ㄍㄨˇ 古 八六　汩 四〇三　沽 四〇六　滑 四三一　牯 四七二　瞽 五三六

穀 五六二　罟 六二二　股 六四一　蠱 七二二　詁 七四六　谷 七六七　賈 七七七　轂 八〇七　鈷 八四九　骨 九三二　鵠 九五一　鶻 九五三　鼓 九六五　ㄍㄨˋ 估 二二　僱 四三　告 九四　固 一二六　故 三〇八　梏 三五九　痼 五一三　錮 八五八　雇 八八九　顧 九一二　ㄍㄨㄚ 刮 六一

呱 九八　括 二七四　栝 三五五　瓜 四九六　聒 六三五　蝸 七一四　颳 九一四　鴰 九五〇
ㄍㄨㄚˇ　剮 六四　寡 一七八
ㄍㄨㄚˋ　卦 七九　掛 二八一　罣 六二二　褂 七三一　詿 七五〇
ㄍㄨㄛ　嘓 一一七　堝 一三八　渦 四二六　蟈 七一七　過 八二四　郭 八三四　鍋 八五九
ㄍㄨㄛˊ　國 一二七　幗 二〇三　摑 二九三　虢 七〇五　馘 九二三
ㄍㄨㄛˇ　果 三四三　槨 三七二　猓 四七八　粿 五九一　蜾 七一三　裹 七三一　餜 九二〇
ㄍㄨㄛˋ　過 八二四
ㄍㄨㄞ　乖 八
ㄍㄨㄞˇ　拐 二七〇　枴 三四九
ㄍㄨㄞˋ　怪 二二九
ㄍㄨㄟ　傀 三九　圭 一二九　歸 三八六　珪 四八七　瑰 四九三　皈 五二〇　規 七三七　邽 八三三　閨 八七三　鮭 九四二　龜 九七一
ㄍㄨㄟˇ　晷 三二八　癸 五一八　簋 五八四　詭 七四九　軌 八〇二　鬼 九三九
ㄍㄨㄟˋ　匱 七五　會 三三六　桂 三五三　櫃 三七八　貴 七七五　跪 七九二　鱖 九四六
ㄍㄨㄢ　倌 三一　冠 五三　官 一七三　棺 三五九　瘝 五一五　矜 五三七　綸 六〇七　莞 六七六　觀 七三九　關 八七六　鰥 九四五
ㄍㄨㄢˇ　管 五七八　莞 六七六　館 九一九
ㄍㄨㄢˋ　丱 五　冠 五三　慣 二四六　摜 二九五　灌 四四八　盥 五二五　祼 五五三　罐 六二一　觀 七三九　貫 七七三　鸛 九五五
ㄍㄨㄣˇ　滾 四三三　緄 六〇八　袞 七二八　鯀 九四三
ㄍㄨㄣˋ　棍 三六二
ㄍㄨㄤ　光 四七　胱 六四五
ㄍㄨㄤˇ　廣 二一一　獷 四八一
ㄍㄨㄤˋ　逛 八一九
ㄍㄨㄥ　供 二六　公 五〇　共 五一　功 六七　宮 一七六　工 一九六　弓 二一四　恭 二三四　攻 三〇六　紅 五九五　肱 六四一　蚣 七〇六　觥 七四〇　躬 八〇一　龔 九七〇
ㄍㄨㄥˇ　共 五一　拱 二七三　汞 三九九　鞏 九〇二
ㄍㄨㄥˋ　供 二六　共 五一　貢 七七三

【ㄎ】

ㄎㄚ　咖 九七　咔 一〇〇　哈 一〇二　喀 一〇九
ㄎㄚˇ　卡 七八　咯 一〇二
ㄎㄜ　柯 三四八　棵 三六〇　珂 四八六　瞌 五三四　磕 五四五　科 五五七　稞 五六一　窠 五六八　苛 六六七　蚵 七〇七　蝌 七一四　軻 八〇三　頦 九〇九　顆 九一一　髁 九三三
ㄎㄜˊ　咳 一〇一　殼 三九〇
ㄎㄜˇ　可 八六　坷 一三一　渴 四二六　軻 八〇三
ㄎㄜˋ　克 四八　刻 六〇　剋 六三　可 八六　嗑 一一四　客 一七四　恪 二三三　溘 四三〇　緙 六一一　課 七五四　錁 八五八
ㄎㄞ　揩 二八五　開 八七一
ㄎㄞˇ　凱 五六　剴 六四　慨 二四二　愷 二四六　楷 三六三　豈 七六八　鎧 八六一
ㄎㄞˋ　愒 二四四　愾 二四五
ㄎㄠˇ　拷 二七四　烤 四五三　考 六三一
ㄎㄠˋ　犒 四七三　銬 八五九　靠 八九八
ㄎㄡ　摳 二九四
ㄎㄡˇ　口 八六
ㄎㄡˋ　佝 二五　叩 八七　寇 一七六　扣 二六二　蔻 六九三　釦 八四八
ㄎㄢ　刊 五九　勘 六九　堪 一三六　戡 二五六　看 五二九　龕 九七一
ㄎㄢˇ　侃 二七　坎 一三一　崁 一九二　嵌 一九四

ㄎㄢˇ（續） 檻 三七八　砍 五三九

ㄎㄢˋ 看 五二九　瞰 五三五　闞 八七六

ㄎㄣˇ 啃 一〇七　墾 一四二　懇 二五一　肯 六四二

ㄎㄤ 康 二〇八　慷 二四六　糠 五九二

ㄎㄤˊ 扛 二六二

ㄎㄤˇ 骯 九三二

ㄎㄤˋ 亢 一三　伉 一九　抗 二六四　炕 四五〇

ㄎㄥ 吭 九二

坑 一三〇　硜 五四二　鏗 八六三

ㄎㄨ 哭 一〇五　枯 三四九　窟 五六七　骷 九三二

ㄎㄨˇ 苦 六七〇

ㄎㄨˋ 嚳 一二三　庫 二〇八　矻 五三九　袴 七二九　褲 七三四　酷 八四〇

ㄎㄨㄚ 夸 一四九　誇 七四九

ㄎㄨㄚˇ 垮 一三三

ㄎㄨㄚˋ 胯 六四七　跨 七九一

ㄎㄨㄛˋ 廓 二一〇　括 二七四　擴 三〇二　蛞 七〇九　闊 八七四

ㄎㄨㄞˇ 蒯 六九〇

ㄎㄨㄞˋ 儈 四四　劊 六六　塊 一三九　快 二二七　會 三三六　檜 三七六　澮 四四三　獪 四八一　筷 五七七　膾 六五五

ㄎㄨㄟ 盔 五二三　窺 五六九　虧 七〇五

ㄎㄨㄟˊ 夔 一四五　奎 一五一　揆 二八五　睽 三三〇　睽 五三三　葵 六八四　逵 八二一　馗 九二三　魁 九三九

ㄎㄨㄟˇ 傀 三九　跬 七九二

ㄎㄨㄟˋ 匱 七五　喟 一一二　愧 二四五　憒 二五〇　歸 三八六　潰 四三九　簣 五八四　蕢 六九六　餽 九二一　饋 九二一

ㄎㄨㄢ 寬 一八〇

ㄎㄨㄢˇ 款 三八二

ㄎㄨㄣ 坤 一三二　崑 一九三　昆 三二二　混 四二〇　琨 四九〇　褌 七三三　髡 九三五　鯤 九四四

ㄎㄨㄣˇ 壼 一四五　悃 二三七　捆 二七六　梱 三五七　綑 六〇四　閫 八七四

ㄎㄨㄣˋ 困 一二五　睏 五三一

ㄎㄨㄤ 匡 七四　框 三五二　眶 五三〇　筐 五七五　誆 七五〇

ㄎㄨㄤˊ 狂 四七四　誑 七五三

ㄎㄨㄤˋ 壙 一四三　曠 三三三　況 四〇五　礦 五四八　貺 七七六　鄺 八三七　鑛 八六七

ㄎㄨㄥ 倥 三二　空 五六五　箜 五八〇

ㄎㄨㄥˇ 倥 三二　孔 一六八　恐 二三四

ㄎㄨㄥˋ 控 二七八　空 五六五

【ㄏ】

ㄏㄚ 哈 一〇二

ㄏㄚˊ 蛤 七〇九　蝦 七一四

ㄏㄚˇ 哈 一〇二

ㄏㄜ 呵 九六　喝 一一〇　訶 七四七

ㄏㄜˊ 何 二二　劾 六八　合 九一　和 九八　嗑 一一四　害 一七五　曷 三三二　核 三五四　河 四〇四　涸 四二〇　渴 四二六　盍 五二三　盒 五二四　禾 五五六　紇 五九五　荷 六七八　蓋 六八九　蝎 七一五　褐 七三二　貉 七七一　閡 八七三　閤 八七三　闔 八七五　鞨 九〇三　餄 九七一

ㄏㄜˋ 何 二二　和 九八　喝 一一〇　嚇 一二二　荷 六七八　賀 七七五　赫 七八五　鶴 九五三

ㄏㄞ 咳 一〇一　嗨 一一五

ㄏㄞˊ 孩 一七〇　還 八二九　頦 九〇九　骸 九三二

ㄏㄞˇ 海 四一四　醢 八四二

ㄏㄞˋ 亥 一三　害 一七五　氦 三九六　駭 九二七

ㄏㄟ 嘿 一一八　黑 九六一

ㄏㄠ 嚆 一二二　蒿 六八七

ㄏㄠˊ 嗥 一一五　嚎 一二一　壕 一四二　毫 三九三　濠 四四三　號 七〇四　蠔 七二〇　豪 七六九

ㄏㄠˇ 好 一五四　郝 八三三

ㄏㄠˋ 好 一五四　昊 三二二

浩 四一六　灝 四四八　皓 五二一　皜 五二一　耗 六三三　號 七〇四　鎬 八六一　顥 九一三

ㄏㄡ　齁 九六七

ㄏㄡˊ　侯 二九　喉 一一三　猴 四七八　篌 五八一

ㄏㄡˇ　吼 九五

ㄏㄡˋ　候 三四　厚 八一　后 九二　後 二二一　逅 八一六

ㄏㄢ　憨 二五〇　蚶 七〇八　酣 八三八　頇 九〇七　鼾 九六七

ㄏㄢˊ　函 五七　含 九六　寒 一七七　幹 二〇五　榦 三六九　汗 三九八　涵 四二一　邗 八三一　邯 八三三　韓 九〇四

ㄏㄢˇ　喊 一一〇　罕 六二一

ㄏㄢˋ　和 九八　悍 二三五　憾 二五一　扞 二六二　捍 二七八　撼 二九八　旱 三二一　旰 三二一　汗 三九八　漢 四三四　瀚 四四六　焊 四五四　琀 四八九　翰 六二九　菡 六八三　銲 八五五　頷 九一〇

ㄏㄣˊ　痕 五一〇

ㄏㄣˇ　很 二二〇　狠 四七六

ㄏㄣˋ　恨 二三二

ㄏㄤˊ　吭 九二　杭 三四四　桁 三五五　航 六六三　行 七二三　頏 九〇八

ㄏㄤˋ　沆 四〇三　行 七二三

ㄏㄥ　亨 一四　哼 一〇四

ㄏㄥˊ　恆 二三二　桁 三五五　横 三七三　珩 四八七　蘅 七〇二　衡 七二五

ㄏㄥˋ　横 三七三

ㄏㄨ　乎 八　呼 九八　忽 二二八　惚 二三九　戲 二五七　欻 三八二　滹 四三七　謼 七六一

ㄏㄨˊ　和 九九　囫 一二六　壺 一四四　弧 二一五　斛 三一四　槲 三七二　湖 四二五　狐 四七五　猢 四七九　瑚 四九一　糊 五九一　胡 六四三　葫 六八四　蝴 七一三　縠 七四一　醐 八四一　餬 九二〇　鬍 九三六　鶘 九五一　鵠 九五二　鶻 九五三

ㄏㄨˇ　唬 一〇九　滸 四三七　琥 四八九　虎 七〇三

ㄏㄨˋ　互 一二　怙 二三一　戶 二五八　戽 二五九　扈 二五九　滬 四三九　瓠 四九六　笏 五七三　護 七六四

ㄏㄨㄚ　化 七三　嘩 一一七　花 六六八　華 六八〇

ㄏㄨㄚˊ　划 五九　劃 六五　嘩 一一七　滑 四三一　猾 四七九　華 六八〇　譁 七六二　豁 七六七　驊 九三〇

ㄏㄨㄚˋ　劃 六五　化 七三　樺 三七四　畫 五〇四　華 六八〇　話 七四九

ㄏㄨㄛˊ　活 四一一

ㄏㄨㄛˇ　伙 一九　夥 一四七　火 四四九

ㄏㄨㄛˋ　和 九八　壑 一四三　惑 二三九　或 二五六　濩 四四五　獲 四八一　矱 五三八　禍 五五三　穫 五六四　蠖 七二一　豁 七六七　貨 七七三　鑊 八六七　臛 八九一　霍 八九五

˙ㄏㄨㄛ　午 七六

ㄏㄨㄞˊ　和 九八　徊 二二一　懷 二五三　槐 三六八　淮 四二二　踝 七九四

ㄏㄨㄞˋ　壞 一四三

ㄏㄨㄟ　墮 一四二　徽 二二五　恢 二三二　戲 二五七　揮 二八七　暉 三二九　灰 四四九　翬 六二九　虺 七〇六　褘 七三三　詼 七四九　輝 八〇六　隳 八八七　麾 九五九

ㄏㄨㄟˊ　回 一二五　洄 四一三　茴 六七四　蛔 七〇九　迴 八一五

ㄏㄨㄟˇ　悔 二三五　會 三三六　毀 三九〇　燬 四六四　虫 七〇五　虺 七〇六

ㄏㄨㄟˋ　匯 七四　卉 七七　彗 二一七　彙 二一八　惠 二四〇　慧 二四七　晦 三二七　會 三三五　燴 四六四　穢 五六四　繪 六一七　蕙 六九四　薈 六九七　蟪 七一九

誨 七五三　諱 七五七　賄 七七八

ㄏㄨㄢ　歡 三八四　獾 四八二　讙 七六六　貛 七七一　驩 九三一

ㄏㄨㄢˊ　寰 一八〇　桓 三五二　環 四九四　繯 六一八　還 八二九　鍰 八五九　鐶 八六六　鬟 九三七

ㄏㄨㄢˇ　緩 六一一

ㄏㄨㄢˋ　喚 一一二　奐 一五一　宦 一七四　幻 二〇五　患 二三六　換 二八七　渙 四二七　煥 四五八　瘓 五一四　豢 七六九　逭 八二一

ㄏㄨㄣ　婚 一六三　惛 二四〇　昏 三二二　葷 六八五　閽 八七四

ㄏㄨㄣˊ　渾 四二七　琿 四九一　餛 九二〇　魂 九三九

ㄏㄨㄣˋ　混 四二〇　渾 四二七　溷 四三二　諢 七五九

ㄏㄨㄤ　慌 二四五　肓 六四〇　荒 六七三

ㄏㄨㄤˊ　凰 五六　徨 二二四　惶 二四一　湟 四二八　潢 四四〇　煌 四五八　璜 四九四　皇 五二〇　磺 五四七　篁 五八一　簧 五八四　蝗 七一四　蟥 七一九　遑 八二四　隍 八八四　黃 九六〇

ㄏㄨㄤˇ　幌 二〇二　恍 二三三　晃 三二五　謊 七五九

ㄏㄨㄤˋ　晃 三二六

ㄏㄨㄥ　哄 一〇二　訇 四二八　烘 四五三　薨 六九七　轟 八〇八

ㄏㄨㄥˊ　宏 一七三　弘 二一四　泓 四〇七　洪 四一〇　紅 五九四　紘 五九八　虹 七〇五　訌 七四三　閎 八七二　鴻 九五〇　黌 九六〇

ㄏㄨㄥˇ　哄 一〇二

ㄏㄨㄥˋ　蕻 六九八　閧 九三八

ㄐ

ㄐㄧ　乩 九　其 五一　几 五六　嘰 一一九　基 一三五　奇 一五〇　姬 一六一　屐 一八七　嵇 一九四　幾 二〇六　期 三三八　機 三七五　激 四四二　犄 四七三　璣 四九四　畸 五〇五　畿 五〇五　磯 五四七　稽 五六三　積 五六三　笄 五七三　箕 五七八　績 六一三　羇 六二四　羈 六二四　肌 六三九　觭 七四〇　譏 七六二　跡 七九一　蹟 七九七　迹 八一六　雞 八九〇　飢 九一六　饑 九二二　齎 九六八　齏 九六八

ㄐㄧˊ　亟 一二　即 七九　及 八四　吉 八九　吃 九一　唧 一〇六　嫉 一六四　寂 一七七　岌 一九〇　急 二三一　戢 二八七　揖 二八七　擊 三〇〇　棘 三六〇　楫 三六四　極 三六五　殛 三八八　汲 四〇二　疾 五〇八　瘠 五一五　笈 五七三　籍 五八六　級 五九八　蒺 六九〇　蕺 六九八　藉 六九九　輯 八〇七　集 八八九　革 九〇〇　鶺 九五四

ㄐㄧˇ　己 一九七　幾 二〇六　戟 二五一　擠 三〇三　濟 四四三　給 六〇三　脊 六四六　踦 七九四　麂 九五七

ㄐㄧˋ　伎 二一　偈 三六　冀 五二　劑 六六　妓 一五六　季 一七〇　寄 一七七　忌 二二六　悸 二三九　技 二六三　既 三一九　暨 三三〇　濟 四四三　祭 五五二　稷 五六三　紀 五九五　繫 六一七　繼 六一八　薊 六九七　薺 六九九　覬 七三八　計 七四一　記 七四二　跽 七九三　際 八八六　霽 八九七　騎 九二八　驥 九三一　髻 九三六　鯽 九四三　齊 九六八

ㄐㄧㄚ　伽 二三　佳 二六　傢 三九　加 六七　嘉 一一六　家 一七五　枷 三五〇　珈 四八六　痂 五〇九　笳 五七四　茄 六七〇　葭 六八七　袈 七二八　豭 七七〇　跏 七九〇　迦 八一三

ㄐㄧㄚˊ　夾 一四九　戛 二五六　浹 四一六　莢 六七六　蛺 七一一

袷 七二九　鋏 八五五　頰 九〇九

ㄐㄧㄚˇ
假 一三七　夏 一四五　岬 一九一　甲 五〇一　胛 六四三　舺 六六四　賈 七七七　鉀 八五〇

ㄐㄧㄚˋ
假 三七　價 四四　嫁 一六四　架 三四七　稼 五六二　賈 七七七　駕 九二六

ㄐㄧㄝ
偕 三八　嗟 一一三　接 二七九　揭 二八七　皆 五二〇

結 六〇一　街 七二四　階 八八三

ㄐㄧㄝˊ
偈 三六　傑 三九　劫 六七　孑 一六八　截 二五七　拮 二七三　捷 二七九　擷 三〇三　杰 三四五　桔 三五三　桀 三五五　楬 三六六　櫛 三七六　潔 四三八　癤 五一六　睫 五三一　碣 五四四　竭 五七一　節 五七七　結 六〇一　絜 六〇三　羯 六二六

訐 七四二　詰 七四九　頡 九〇九　鮚 九四二

ㄐㄧㄝˇ
姐 一五八　姊 一五八　解 七四〇

ㄐㄧㄝˋ
介 一六　借 三三　屆 一八七　戒 二五五　玠 四八四　界 五〇二　疥 五〇八　芥 六六八　藉 六九九　解 七四〇　誡 七五二

ㄐㄧㄠ
交 一三　咬 一〇〇　嬌 一六七　教 三〇九　椒 三六二

澆 四三九　焦 四五五　燋 四六三　礁 五四七　膠 六五三　茭 六七五　蕉 六九四　蛟 七〇八　跤 七九二　郊 八三三　驕 九三〇　鮫 九四二　鷦 九五四

ㄐㄧㄠˊ
嚼 一二三

ㄐㄧㄠˇ
佼 二八　僥 四二　剿 六五　勦 七〇　姣 一五九　攪 三〇五　湫 四二八　狡 四七六　皎 五二〇　皦 五二一

矯 五三八　筊 五七七　絞 六〇一　繳 六一八　腳 六五〇　角 七三九　蹻 七九九　鉸 八五二　餃 九一七

ㄐㄧㄠˋ
叫 八八　教 三〇九　校 三五二　珓 四八七　窖 五六七　覺 七三九　較 八〇四　轎 八〇八　醮 八四三

ㄐㄧㄡ
九 九　啾 一一二　揪 二八七　樛 三七二　湫 四二八　糾 五九四

赳 七八六　鬮 九三八　鳩 九四八

ㄐㄧㄡˇ
久 七　九 九　灸 四五〇　玖 四八四　酒 八三八　韭 九〇四

ㄐㄧㄡˋ
咎 一〇〇　就 一八五　廄 二一〇　救 三〇八　柩 三四八　疚 五〇七　究 五六五　臼 六五九　舅 六六〇　舊 六六一　鷲 九五四

ㄐㄧㄢ
兼 五二　堅 一三五　奸 一五四

姦 一六〇　尖 一八四　戔 二五六　殲 三八九　淺 四一九　湔 四二三　濺 四四六　煎 四五六　牋 四六九　犍 四七三　監 五二五　箋 五七九　緘 六〇九　縑 六一二　肩 六四二　艱 六六五　菅 六八三　蒹 六九〇　間 八七二　韉 九〇三　鰜 九四五　鶼 九五三

ㄐㄧㄢˇ
儉 四四　剪 六四　揀 二八五

撿 二九九　柬 三四七　檢 三七六　減 四二七　瞼 五三六　筧 五七八　簡 五八四　繭 六一七　翦 六二五　臉 六五五　錢 八五六　謇 九二九　鹼 九五六

ㄐㄧㄢˋ
件 二〇　健 三七　僭 四二　劍 六六　建 二一二　檻 三七八　毽 三九三　漸 四三五　澗 四四〇　濺 四四五　監 五二五　箭 五八〇

腱 六五〇　艦 六六五　荐 六七五　薦 六九七　見 七三七　諫 七五七　賤 七七九　踐 七九三　鍵 八五九　鑑 八六六　鑒 八六六　間 八七二　餞 九一九

ㄐㄧㄣ
今 一六　巾 一九八　斤 三一五　津 四一一　矜 五三七　禁 五五三　筋 五七六　衿 七二七　襟 七三五　觔 七四〇　金 八四六

ㄐㄧㄣˇ

僅 四一
儘 四五
槿 三七二
瑾 四九三
緊 六〇六
謹 七六一
錦 八五七
饉 九二一

ㄐㄧㄣˋ
噤 一二〇
妗 一五六
搢 二九一
晉 三二五
浸 四一四
燼 四六五
盡 五二四
禁 五五三
縉 六一二
藎 七〇〇
覲 七三九
贐 七八四
近 八一二
進 八二一
靳 九〇一

ㄐㄧㄤ
僵 四四
姜 一五九
將 一八二
殭 三八九
江 三九九
漿 四三七
疆 五〇六
繮 六一七
薑 六九六
豇 七六八
韁 九〇三

ㄐㄧㄤˇ
槳 三七一
獎 四八〇
蔣 六九二
講 七五九

ㄐㄧㄤˋ
匠 七四
將 一八二
強 二一六
彊 二一七
糨 四三七
絳 六〇三
醬 八四二
降 八八〇

ㄐㄧㄥ
京 一四
兢 四九
旌 三一八
晶 三二八
涇 四一四
睛 五三一
精 五九〇
經 六〇三
荊 六七四
莖 六七七
菁 六八〇
青 八九八
驚 九三一
鯨 九四三

ㄐㄧㄥˇ
井 一一
儆 四四
憬 二四九
景 三二八
警 七六四
阱 八七七
頸 九〇九

ㄐㄧㄥˋ
勁 六九
境 一四〇
徑 二二二
敬 三一一
淨 四二二
獍 四八〇
痙 五一一
竫 五七一
競 五七二
脛 六四八
請 七五四
逕 八一八
鏡 八六二
靖 八九八
靚 八九八
靜 八九八
竟 九〇五

ㄐㄩ
且 四
居 一八六
拘 二七一
据 二八四
沮 四〇八
狙 四七五
疽 五〇九
痀 五一〇
罝 六二二
苴 六八三
蛆 七〇七
裾 七三二
車 八〇一
鋸 八五六
雎 八八九
駒 九二六

ㄐㄩˊ
局 一八六
掬 二八二
桔 三五三
橘 三七三
菊 六八二
跼 七九三
鞠 九〇二

ㄐㄩˇ
咀 九七
枸 三四八
櫸 三七九
沮 四〇八
矩 五三七
筥 五七八
舉 六六〇
莒 六七七
踽 七九六
齟 九六九

ㄐㄩˋ
倨 三四
俱 三四
具 五一
劇 六五
句 八九
巨 一九六
懼 二五三
拒 二六八
据 二八四
據 二九九
沮 四〇八
炬 四五二
瞿 五三五
秬 五五九
聚 六三六
苣 六七〇
詎 七四七
足 七八八
距 七八九
踞 七九四
遽 八二九
鉅 八五一
鋸 八五六
颶 九一四

ㄐㄩㄝ
噘 一一九
撅 二九七

ㄐㄩㄝˊ
倔 三四
厥 八二
噱 一二一
嚼 一二三
孓 一六八
崛 一九三
抉 二六三
掘 二八〇
攫 三〇五
橛 三七五
決 四〇一
炔 四五一
爝 四六六
爵 四六七
獗 四八〇
玨 四八四
玦 四八五
矍 五三六
絕 六〇一
腳 六五〇
蕨 六九四
蠼 七二二
覺 七三九
角 七三九
訣 七四四
譎 七六三
蹶 七九八
蹻 七九八
钁 八六九
駃 九二五
鴃 九四九

ㄐㄩㄝˋ
倔 三四

ㄐㄩㄢ
娟 一六一
捐 二七七
涓 四一五
身 八〇〇
鐫 八六七
鵑 九五一

ㄐㄩㄢˇ
卷 八〇
捲 二七九

ㄐㄩㄢˋ
倦 三二
卷 八〇
圈 一二七
悁 二三六
狷 四七七
眷 五三〇
絹 六〇四
雋 八八九

ㄐㄩㄣ
君 九四
均 一三〇
皸 五二二
軍 八〇二
鈞 八四八
龜 九七一

ㄐㄩㄣˋ
俊 三〇
峻 一九二
浚 四一五
濬 四四四
竣 五七一
菌 六八一
郡 八三三
雋 八八九
駿 九二七

ㄐㄩㄥ
扃 二五九

ㄐㄩㄥˇ
炯 四五二
窘 五六七
迥 八一三

【ㄑ】

ㄑㄧ

七 一　妻 一五七　悽 二三七　慼 二四八　戚 二五六　桼 三五一　栖 三五六　棲 三六一　欺 三八二　沏 四〇三　淒 四二一　漆 四三五　萋 六八〇

ㄑㄧˊ

俟 三〇　其 五一　奇 一五〇　岐 一九〇　崎 一九三　旂 三一八　旗 三一九　期 三三八　枝 三四五　棋 三六一　歧 三八五　淇 四一九

琪 四八九　琦 四九〇　畦 五〇四　祁 五四九　祈 五四九　祇 五五〇　祺 五五三　綦 六〇八　耆 六三二　臍 六五六　萁 六八四　薺 六九九　蘄 七〇二　蠐 七二一　衹 七二七　跂 七八九　踦 七九五　頎 九〇八　騎 九二八　騏 九二八　鰭 九四五　麒 九五七　齊 九六七

ㄑㄧˇ

乞 九　啟 三〇八

杞 三四二　稽 五六三　綺 六〇六　綮 六〇八　豈 七六八　起 七八六

ㄑㄧˋ

亟 一三　企 二一　器 一二〇　契 一五〇　妻 一五七　憩 二五〇　揭 二八七　棄 三五八　氣 三九五　汔 四〇〇　泣 四〇四　砌 五三九　磧 五四六　緝 六一〇　訖 七四三　跂 七八九　迄 八一二　鬐 九六六

ㄑㄧㄚ

掐 二八四

ㄑㄧㄚˇ

卡 七八

ㄑㄧㄚˋ

恰 二三二　楬 三六六　洽 四一二

ㄑㄧㄝ

切 五八

ㄑㄧㄝˊ

伽 二三　茄 六七〇

ㄑㄧㄝˇ

且 四

ㄑㄧㄝˋ

切 五八　妾 一五六　愜 二四〇　挈 二七四　砌 五三九　竊 五七〇　篋 五八一　謙 七六〇　鍥 八五九

ㄑㄧㄠ

敲 三一一

橇 三七五　磽 五四七　繑 六一六　蹺 七九八　蹻 七九八　鍬 八五九

ㄑㄧㄠˊ

僑 四三　喬 一一二　憔 二四九　橋 三七四　樵 三七五　瞧 五三五　翹 六三〇　蕎 六九五　譙 七六三　趫 七八八

ㄑㄧㄠˇ

巧 一九六　悄 二三五　愀 二四二

ㄑㄧㄠˋ

俏 二九　峭 一九一　撬 二九七　竅 五七〇

翹 六三〇　誚 七五三　譙 七六三　鞘 九〇二

ㄑㄧㄡ

丘 四　秋 五五七　蚯 七〇八　邱 八三二　鞦 九〇二　鰍 九四五　鶖 九五三　龜 九七一

ㄑㄧㄡˊ

仇 一五　囚 一二四　毬 三九三　求 三九八　泅 四〇八　犰 四七四　球 四八八　虯 七〇五　裘 七三一　逑 八二〇　遒 八二五　酋 八三七

ㄑㄧㄡˇ

糗 五九二

ㄑㄧㄢ

千 七六　仟 七六　嵌 一九四　愆 二四四　扦 二六二　搴 二九一　牽 四七二　簽 五八五　籤 五八七　芊 六六七　謙 七六〇　遷 八二七　鉛 八四九　阡 八七七　韆 九〇三　騫 九二八

ㄑㄧㄢˊ

乾 一〇　前 六二　掮 二八四　潛 四三九　揵 四七三　箝 五七九

虔 七〇三　鈐 八四九　鉗 八四九　錢 八五六　黔 九六一

ㄑㄧㄢˇ

淺 四一九　繾 六一八　譴 七六四　遣 八二五　[illegible] 九六六

ㄑㄧㄢˋ

倩 三二　塹 一四〇　欠 三八〇　歉 三八三　綪 六一五　芡 六六九　茜 六七六　蒨 六九〇

ㄑㄧㄣ

侵 二八　欽 三八二　衾 七二七　親 七三八

ㄑㄧㄣˊ

勤 七〇　噙 一一九　懃 二五二　擒 三〇〇　琴 四九〇　禽 五五六　秦 五五九　芹 六六七　螓 七一六　覃 七三六

ㄑㄧㄣˇ

寢 一七九

ㄑㄧㄣˋ

撳 二九八　沁 四〇二

ㄑㄧㄤ

將 一八二　搶 二九〇　槍 三六九　羌 六二四　腔 六四八　蜣 七一三　蹌 七九七　鎗 八六一　鏘 八六三　鏹 八六四

ㄑㄧㄤˊ 強 二一六　彊 二一七　戕 二五六　檣 三七六　爿 四六八　牆 四六八　薔 六九六

ㄑㄧㄤˇ 強 二一六　彊 二一七　搶 二九〇　襁 七三五　鏹 八六四

ㄑㄧㄤˋ 嗆 一一五　蹌 七九七

ㄑㄧㄥ 傾 四一　卿 八一　氫 三九六　氰 三九六　清 四一九　烴 四五五　蜻 七一二　輕 八〇五　青 八九八　頃 九〇六　鯖 九四四

ㄑㄧㄥˊ 情 二三七　擎 三〇〇　晴 三二七　檠 三七七　黥 九六二

ㄑㄧㄥˇ 請 七五四　頃 九〇六

ㄑㄧㄥˋ 慶 二四八　磬 五四六　綮 六〇八　罄 六二〇　親 七三八

ㄑㄩ 區 七五　屈 一八六　嶇 一九四　曲 三三四　毆 三九一　祛 五五一　胠 六四四　蛆 七〇七　蛐 七〇九　趣 七八七　趨 七八七　軀 八〇一　驅 九二九

ㄑㄩˊ 劬 六八　渠 四二四　璩 四九四　瞿 五三五　蘧 六九五　衢 七二五　麯 九五九　麴 九五九

ㄑㄩˇ 取 八四　娶 一六二　曲 三三四　齲 九七〇

ㄑㄩˋ 去 八二　覷 七三九　趣 七八七　闃 八七五

ㄑㄩㄝ 缺 六二〇　闕 八七六

ㄑㄩㄝˊ 瘸 五一五

ㄑㄩㄝˋ 卻 八〇　怯 二二九　榷 三六七　爵 四六七　確 五四五　觳 七四一　闋 八七五　闕 八七六　雀 八八八　鵲 九五一

ㄑㄩㄢ 圈 一二六

ㄑㄩㄢˊ 全 四九　卷 八〇　惓 二四〇　拳 二七四　權 三八〇　泉 四〇九　痊 五一〇　筌 五七七　荃 六七六　蜷 七一二　詮 七五〇　踡 七九四　醛 八四三　銓 八五三　顴 九一三　鬈 九三六

ㄑㄩㄢˇ 犬 四七四　甽 五〇二　畎 五〇二　綣 六〇九

ㄑㄩㄢˋ 券 六一　勸 七一

ㄑㄩㄣ 逡 八二〇

ㄑㄩㄣˊ 群 六二六　裙 七三〇

ㄑㄩㄥ 穹 五六六　芎 六六七

ㄑㄩㄥˊ 煢 四五八　瓊 四九五　窮 五六九　筇 五七七　芎 六六七　蛩 七一〇　跫 七九二

【ㄒ】

ㄒㄧ 兮 五〇　吸 九五　嘻 一一七　奚 一五二　嬉 一六六　希 一九九　悉 二三六　攜 三〇四　晞 三二七　晰 三二七　曦 三三三　析 三四四　栖 三五六　棲 三六一　樨 三七五　欷 三八一　淅 四二〇　溪 四三一　烯 四五五　熙 四五九　熹 四六二　犀 四七三　犧 四七四　皙 五二一　禧 五五四　稀 五六〇　窸 五六九　羲 六二六　膝 六五三　蜥 七一二　螅 七一六　蟋 七一七　西 七三六　谿 七六七　蹊 七九六　醯 八四三　釐 八四六　鼷 九六七

ㄒㄧˊ 媳 一六五　席 二〇〇　息 二三四　惜 二三八　昔 三二一　檄 三七六　濕 四四五　熄 四五九　畦 五〇四　習 六二八　腊 六四九　蓆 六八八　裼 七三二　襲 七三五　覡 七三八　錫 八五七　隰 八八七

ㄒㄧˇ 喜 一一〇　屣 一八八　徙 二二二　洗 四一一　洒 四一二　璽 四九五　葸 六八七　蓰 六九三　蟢 七一九　鰓 九四五

ㄒㄧˋ 係 三一　夕 一四五　戲 二五七　歙 三八三　汐 三九九　潟 四四〇　矽 五三九　禊 五五四　穸 五六六　系 五九四　細 五九九　繫 六一七　翕 六二九　舄 六五九　隙 八八五　餼 九二一　鬩 九三八

˙ㄒㄧ 西 七三六

ㄒㄧㄚ 呀 九六　瞎 五三三　蝦 七一三

ㄒㄧㄚˊ 俠 二九　假 三七　匣 七四

呷 九七
峽 一九一
挾 二七五
暇 三二九
柙 三五一
狎 四七六
狹 四七六
瑕 四九一
轄 八〇七
遐 八二三
霞 八九六
黠 九六二

ㄒㄧㄚˋ

下 二
嚇 一二二
夏 一四五
廈 二一〇
罅 六二〇

ㄒㄧㄝ

些 一二
楔 三六五
歇 三八二
蝎 七一五
蠍 七一九

ㄒㄧㄝˊ

偕 三八
協 七七
斜 三一四
絜 六〇三
脅 六四五
諧 七五八
邪 八三二
鞋 九〇二
頡 九〇九
鮭 九四三

ㄒㄧㄝˇ

寫 一八〇
血 七二二

ㄒㄧㄝˋ

卸 八〇
契 一五〇
屑 一八八
懈 二五一
械 三五八
榭 三六九
泄 四〇八
洩 四一三
渫 四二八
瀉 四四五
瀣 四四七
燮 四六四
紲 六〇三
薤 六九八
蟹 七二〇
褻 七三四
解 七四〇
謝 七六〇
邂 八二九

ㄒㄧㄠ

削 六二
哮 一〇六
囂 一二三
宵 一七六
枵 三五一
梟 三五九
消 四一四
瀟 四四六
硝 五四一
簫 五八四
蕭 六九五
逍 八一八
銷 八五四
霄 八九四
驍 九三〇
魈 九四〇
鴞 九五〇

ㄒㄧㄠˊ

姣 一五九

ㄒㄧㄠˇ

小 一八三
曉 三三一
筱 五七八

ㄒㄧㄠˋ

嘯 一一九
孝 一六九
效 三〇八
校 三五一
笑 五七三
肖 六四〇
酵 八三九

ㄒㄧㄡ

休 一九
修 三五
咻 一〇三
羞 六二五
脩 六四七
饈 九二一
髹 九三六

ㄒㄧㄡˇ

宿 一七七
朽 三四一
滫 四三七

ㄒㄧㄡˋ

嗅 一一五
宿 一七七
岫 一九一
溴 四三二
琇 四八九
秀 五五六
綉 六〇五
繡 六一六
臭 六五八
袖 七二八
鏽 八六四

ㄒㄧㄢ

仙 一八
先 四七
掀 二八三
暹 三三一
祆 五五〇
秈 五五七
纖 六一九
躚 八〇〇
銛 八五三
鮮 九四二

ㄒㄧㄢˊ

咸 一〇一
啣 一〇九
嫌 一六四
嫻 一六六
弦 二一五
涎 四一七
癇 五一六
絃 五九九
舷 六六三
蚿 七〇八
賢 七八〇
銜 八五三
閑 八七二
閒 八七二
鹹 九五六

ㄒㄧㄢˇ

洗 四一一
洒 四一二
燹 四六五
獮 四八三
癬 五一七
筅 五八一
蘚 七〇二
蜆 七一一
跣 七九二
險 八八六
顯 九一三
鮮 九四二

ㄒㄧㄢˋ

憲 二五〇
獻 四八二
現 四八八
線 六一〇
縣 六一二
羨 六二六
腺 六五一
莧 六七九
見 七三七
限 八七九
陷 八八三
霰 八九六
餡 九二〇

ㄒㄧㄣ

心 二二五
新 三一五
昕 三二三
欣 三八一
歆 三八二
炘 四五一
芯 六六九
莘 六七八
薪 六九六
訢 七四五
辛 八〇九
鋅 八五三
鑫 八六八
馨 九二四

ㄒㄧㄣˋ

信 二八
囟 一二五
釁 八四四

ㄒㄧㄤ

廂 二〇九
湘 四二五
相 五二七
箱 五八〇
緗 六一一
薌 六九五
襄 七三四
鄉 八三五
鑲 八六八
香 九二一
驤 九三一

ㄒㄧㄤˊ

庠 二〇七
祥 五五二
羊 六二四
翔 六二八
詳 七四八
降 八八〇

ㄒㄧㄤˇ

享 一四
想 二四四
鄉 八三五
響 九〇五
餉 九一八
饗 九二二

ㄒㄧㄤˋ

像 四二
向 九一
嚮 一二二
巷 一九八
曏 三三二
橡 三七四
相 五二七
象 七六九
鄉 八三五
項 九〇六

ㄒㄧㄥ

惺 二四一
星 三二四
猩 四七八
腥 六五〇
興 六六〇
騂 九二八

ㄒㄧㄥˊ

刑 五九
型 一三三

形 二一八
榮 四三二
硎 五四一
行 七二三
邢 八三二

ㄒㄧㄥˇ
擤 三〇二
省 五二九
醒 八四一

ㄒㄧㄥˋ
倖 三二
姓 一五八
幸 二〇五
性 二三〇
悻 二三八
杏 三四一
興 六六〇
行 七二三

ㄒㄩ
于 一一
吁 九〇
噓 一一八
墟 一四一
戌 二五四
歔 三八三
盱 五二六
稰 五六二
胥 六四二
虛 七〇四
訏 七四三
需 八九四
須 九〇七
鬚 九三六

ㄒㄩˊ
余 二五
徐 二二二

ㄒㄩˇ
休 一九
咻 一〇三
栩 三五三
煦 四五八
糈 五九一
許 七四四
詡 七五〇

ㄒㄩˋ
勖 七〇
卹 八〇
婿 一六四
序 二〇六
恤 二三三
敘 三〇九
旭 三二〇
勗 三三五
洫 四一三
潊 四三八
畜 五〇三
絮 六〇二
緒 六〇七
續 六一九
蓄 六八八
酗 八三八
頊 九〇八
鹹 九二三

ㄒㄩㄝ
噱 一二一
薛 六九七
靴 九〇一

ㄒㄩㄝˊ
學 一七一
褶 七三四
踅 七九三
鷽 九五五

ㄒㄩㄝˇ
雪 八九二
鱈 九四六

ㄒㄩㄝˋ
削 六二
穴 五六五

ㄒㄩㄢ
亘 一二
喧 一〇九
宣 一七四
暖 三二九
暄 三三〇
瑄 四九二
萱 六八六
蠉 七二〇
諠 七五八
諼 七五八
軒 八〇二

ㄒㄩㄢˊ
懸 二五三
旋 三一八
漩 四三三
玄 四八三
璇 四九三
璿 四九五
還 八二九

ㄒㄩㄢˇ
烜 四五四
選 八二七

ㄒㄩㄢˋ
旋 三一八
楦 三六六
泫 四一〇
渲 四二五
炫 四五一
琄 四八九
眩 五二九
絢 六〇三
鏇 八六四

ㄒㄩㄣ
勛 七〇
勳 七一
曛 三三三
熏 四六〇
燻 四六五
獯 四八一
葷 六八五
薰 六九九
醺 八四三

ㄒㄩㄣˊ
尋 一八三
峋 一九一
循 二二四
撏 二九七
旬 三二〇
潯 四四一
燖 四六三
珣 四八七
荀 六七五
蕁 六九五
蟳 七一九
詢 七五〇
巡 八一二
馴 九二五
鱘 九四七

ㄒㄩㄣˋ
孫 一七〇
巽 一九八
徇 二二一
殉 三八八
汛 三九九
蕈 六九四
訊 七四三
訓 七四三
迅 八一一
遜 八二五
馴 九二五

ㄒㄩㄥ
兄 四七
兇 四七
凶 五七
匈 七二
汹 四〇三
洶 四一二
胸 六四五
訩 七四四

ㄒㄩㄥˊ
熊 四五九
雄 八八八

【ㄓ】

ㄓ
之 七
卮 七九
只 八八
吱 九六
支 三〇五
枝 三四五
梔 三五八
氏 三九四
汁 三九七
知 五三七
祗 五五一
織 六一六
肢 六四一
胝 六四四
脂 六四四
芝 六六七
蜘 七一二
隻 八八七
鴲 九四九

ㄓˊ
值 三三
執 一三六
姪 一六〇
拓 二六八
摭 二九四
擲 三〇二
植 三六二
殖 三八八
直 五二七
縶 六一五
職 六三七
蟄 七一八
質 七八〇
跖 七九〇
蹠 七九九

ㄓˇ
只 八八
咫 一〇三
址 一三〇
徵 二二五
抵 二六六
抵 二七〇
指 二七三
旨 三二〇
枳 三五一
止 三八四
沚 四〇三
祉 五四九
衹 五五〇
紙 五九七
芷 六六九
趾 七八九
酯 八三九
黹 九六三

ㄓˋ
制 六二
峙 一九一
幟 二〇三
彘 二一七
志 二二六
忮 二二八
摯 二九三
智 三二八
桎 三五六
治 四〇五
滯 四三五
炙 四五一
痔 五一〇
痣 五一一
知 五三七

錚 鉦 諍 蒸 箏 睜 癥 猙 爭 正 掙 怔 徵 征 崢（ㄓㄥ）　障 長 賬 脹 瘴 潒 杖 幛 帳

錚	鉦	諍	蒸	箏	睜	癥	猙	爭	正	掙	怔	徵	征	崢	障	長	賬	脹	瘴	潒	杖	幛	帳
八	八	七	六	五	五	五	四	四	三	二	二	二	二	一	八	八	七	六	五	四	三	二	二
五	五	五	六	七	三	一	七	六	八	二	二	八	二	九	八	六	七	四	三	三	○	二	一
七	一	五	九	九	二	七	八	六	四	九	五	○	九	五	五	九	九	九	五	五	二	二	一

拯 整　幀 掙 政 正 症 証 證 鄭（ㄓㄨ）　侏 朱 株 楮 絑 洙 珠 硃 茱 藷 蛛 誅 諸 豬

助 佇 住　塵 貯 囑 煮 渚 拄 屬 囑 主（ㄓㄨ）　逐 躅 蠋 舳 築 筑 竺 竹 燭 术（ㄓㄨ）　銖

勺 棹 桌 捉　爪（ㄓㄨㄚ）　搲 抓　駐 鑄 註 蛀 著 芧 紵 粥 箸 筋 祝 炷 注 柱 杼

椎 搥 踐 鐲 酌 踔 著 茁 繳 琢 焯 灼 濯 濁 涿 淀 櫂 斲 斫 擢 拙 啄 卓（ㄓㄨㄛ）

屯 饌 轉 賺 譔 篆 撰 傳 囀 轉 顓 耑 磚 專 隊 贅 綴 惴 墜 錐 追（ㄓㄨㄟ）

衷 蠹 終 盅 忪 忠 中 狀 撞 戇 壯 僮 裝 莊 樁 妝 準 准 迍 諄 朏 窀

蟻 螢 繨 答 癡 痴 嗤 吃　重 種 眾 仲 中（ㄓㄨㄥ）　踵 腫 種 种 塚 冢 鐘 鍾

翅 熾 斥 救 彳 奮 吃　齒 豉 褫 恥 尺 呎 侈　馳 遲 跖 池 持 弛 匙　鷗 魖

〔彳〕

赤 七八四　飭 九一七
ㄔㄚ　叉 八三　差 一九七　插 二八六　杈 三四三
ㄔㄚˊ　察 一七九　搽 二八九　查 三五〇　槎 三六九　碴 五四四　茶 六七五
ㄔㄚˋ　剎 六二　岔 一九〇　衩 七二六　詫 七四八
ㄔㄜ　車 八〇一
ㄔㄜˇ　哆 一〇三　尺 一八五　扯 二六五
ㄔㄜˋ　坼 一三二　徹 二二四　掣 二八三　撤 二九二　澈 四三六　轍 八〇八
ㄔㄞ　差 一九七　拆 二七一　釵 八四八
ㄔㄞˊ　柴 三五一　豺 七七〇
ㄔㄞˋ　蠆 七二〇
ㄔㄠ　勦 七〇　抄 二六三　超 七八六　鈔 八四八
ㄔㄠˊ　嘲 一一八　巢 一九六　晁 三二六　朝 三三八　潮 四三九
鼂 九六四
ㄔㄠˇ　吵 九五　炒 四五一
ㄔㄡ　抽 二六九　搊 二九一
ㄔㄡˊ　仇 一五　儔 四五　惆 二三八　愁 二四三　疇 五〇六　稠 五六一　籌 五八六　綢 六〇七　讎 七六五　躊 七九九　酬 八三九　儵 九四三
ㄔㄡˇ　丑 三　瞅 五三二　醜 八四二
ㄔㄡˋ　臭 六五八
ㄔㄢ　摻 二九四　攙 三〇四
ㄔㄢˊ　單 一一二　嬋 一六七　孱 一七一　潺 四三九　澶 四四三　禪 五五四　纏 六一八　蟬 七一八　蟾 七二〇　讒 七六五　鑱 八六八　饞 九二二
ㄔㄢˇ　剷 六五　產 四九九　諂 七五五　鏟 八六二　闡 八七六
ㄔㄢˋ　懺 二五三　羼 六二七
ㄔㄣ　嗔 一一五　抻 二八五　琛 四九〇
ㄔㄣˊ　塵 一四〇　宸 一七六　忱 二二七　晨 三二七　沈 四〇〇　沉 四〇〇　湛 四二五　臣 六五六　諶 七五九　辰 八一〇　陳 八八二
ㄔㄣˇ　磣 五四七
ㄔㄣˋ　櫬 三七九　疢 五〇八　襯 七三五　讖 七六六　趁 七八七　齔 九六九
ㄔㄤ　倀 三四
倡 三四　娼 一六三　昌 三二二　猖 四七八　菖 六四四　鯧 九四四
ㄔㄤˊ　倘 三四　償 四五　嘗 一一六　嚐 一二一　嫦 一六六　常 二〇一　徜 二二三　腸 六五〇　萇 六八四　裳 七三一　長 八六九
ㄔㄤˇ　場 一三七　廠 二一一　敞 三〇〇　昶 三二四　氅 三九三
ㄔㄤˋ　倡 三四
唱 一〇七　悵 二三八　暢 三三〇　鬯 九三八
ㄔㄥ　撐 二九五　槍 三六九　樘 三七七　琤 四九〇　瞠 五三四　稱 五六二　蟶 七〇〇　鎗 八六一　鐺 八六六
ㄔㄥˊ　丞 四　乘 八　呈 九四　城 一三三　埕 一三四　懲 二五二　成 二五五　承 二六六　晟 三二六　橙 三七三　澄 四三八
盛 五二四　程 五六〇　裎 七三一　誠 七五〇　酲 八四〇
ㄔㄥˇ　逞 八一八　騁 九二七
ㄔㄥˋ　秤 五五八　稱 五六二
ㄔㄨ　出 五七　初 七二六　齣 九六九
ㄔㄨˊ　儲 四五　廚 二一〇　櫥 三七八　滁 四三二　芻 六六九　蜍 七一一　躇 七九八　鉏 八五一　鋤 八五四　除 八八〇
雛 八九〇
ㄔㄨˇ　杵 三四五　楮 三六二　楚 三六三　礎 五四八　處 七〇四　褚 七三二
ㄔㄨˋ　怵 二二九　搐 二九〇　畜 五〇三　矗 五三六　絀 五九九　處 七〇三　觸 七四一　黜 九六二
ㄔㄨㄚ　抓 二六六
ㄔㄨㄛ　戳 二五八
ㄔㄨㄛˋ　啜 一〇八　歠 三八四　綽 六〇五　輟 八〇五

逴 八二一
齪 九七〇

ㄔㄨㄞ
搋 二九一

ㄔㄨㄞˇ
揣 二八六

ㄔㄨㄞˋ
踹 七九五

ㄔㄨㄟ
吹 九四
炊 四五一

ㄔㄨㄟˊ
垂 一三二
捶 二八五
搥 二九一
棰 三六六
槌 三六九
箠 五八一
錘 八五八
鎚 八六二
陲 八八四

ㄔㄨㄢ
川 一九六
穿 五六六

ㄔㄨㄢˊ
傳 四〇
椽 三六六
船 五六四
遄 八二五

ㄔㄨㄢˇ
喘 一一〇
舛 六六二

ㄔㄨㄢˋ
串 六
釧 八四八

ㄔㄨㄣ
春 三二三
椿 三六六

ㄔㄨㄣˊ
唇 一〇六
屯 一八九
淳 四一七
純 五九七
脣 六四七
醇 八四〇
鶉 九五二

ㄔㄨㄣˇ
蠢 七二一

ㄔㄨㄤ
創 六五
囪 一二五
瘡 五一四
窗 五六七

ㄔㄨㄤˊ
幢 二〇三
床 二〇六
牀 四六八

ㄔㄨㄤˇ
闖 八七五

ㄔㄨㄤˋ
創 六五
愴 二四五

ㄔㄨㄥ
充 四六
忡 二二八
憧 二四九
沖 四〇一
舂 六五九
衝 七二四

ㄔㄨㄥˊ
崇 一九二
虫 七〇五
蟲 七一八
重 八四五

ㄔㄨㄥˇ
寵 一八〇

ㄔㄨㄥˋ
衝 七二四
銃 八五二

【ㄕ】

ㄕ
失 一四八
尸 一八五
屍 一八七
師 二〇一
施 三一七
溼 四三〇
濕 四四五
獅 四七九
著 六九〇
虱 七〇五
蝨 七一四
詩 七四八

ㄕˊ
什 一五
十 七五
實 一七九
拾 二七四
時 三二五
石 五三八
蒔 六九〇
蝕 七一二
食 九一五
鰣 九四五

ㄕˇ
使 二六
史 八八
始 一五八
屎 一八七
矢 五三七
豕 七六九
駛 九二六

ㄕˋ
世 四
事 一一
仕 一七
侍 二六
勢 七一
嗜 一一四
噬 一二一
士 一四四
室 一七四
市 一九八
式 二一三
弒 二一三
恃 二三三
拭 二七三
是 三二四
柿 三四七
氏 三九四
示 五四九
筮 五七七
舐 六六一
視 七三七
試 七四八
誓 七五三
謚 七五九
識 七六二
貰 七七七
軾 八〇四
逝 八一八
適 八二六
釋 八四四
飾 九一七

·ㄕ
匙 七四

ㄕㄚ
殺 三九〇
沙 四〇〇
煞 四五八
痧 五一一
砂 五三九
紗 五九七
莎 六七六
裟 七二九
鎩 八六四
鯊 九四三

ㄕㄚˊ
啥 一〇九

ㄕㄚˇ
傻 四一

ㄕㄚˋ
歃 三八三
殺 三九〇
煞 四五八
霎 八九五

ㄕㄜ
奢 一五二
畬 五〇五
賒 七七八

ㄕㄜˊ
它 一七一
折 二六二
舌 六六一
蛇 七〇七

ㄕㄜˇ
捨 二八三
舍 六六一

ㄕㄜˋ
射 一八一
拾 二七四
攝 三〇四
歙 三八三
涉 四一五
社 五四九
舍 六六一
葉 六八五
設 七四四
赦 七八四
麝 九五八

ㄕㄞ
篩 五八二

ㄕㄞˇ
色 六六六

ㄕㄞˋ
晒 三二六
曬 三三三
殺 三九〇

ㄕㄟˊ
誰 七五五

ㄕㄠ
捎 二七七
梢 三五七
燒 四六一
稍 五五九
筲 五七八
艄 六六四

ㄕㄠˊ
勺 七一
杓 三四三
芍 六六六
韶 九〇五

ㄕㄠˇ
少 一八四

ㄕㄠˋ
劭 六八
召 八七
哨 一〇三
少 一八四
捎 二七七
紹 五九九
邵 八三二

ㄕㄡ
收 三〇六

ㄕㄡˊ
熟 四六〇

ㄕㄡˇ
守 一七二
手 二六〇
掱 二八五
首 九二三

ㄕㄡˋ
受 八五

售 一〇八　壽 一四五　授 二八一　狩 四七六　獸 四八二　瘦 五一四　綬 六〇八
ㄕㄢ　刪 六〇　姍 一五八　山 一八九　扇 二五九　搧 二九一　杉 三四二　潸 四三九　煽 四五九　珊 四八五　笘 五七四　羶 六二七　舢 六六三　芟 六六七　衫 七二六　跚 七九〇　髟 九三五
ㄕㄢˇ　摻 二九四

閃 八七〇　陝 八八〇
ㄕㄢˋ　單 一一二　扇 二五九　撣 二九八　擅 二九八　汕 三九九　疝 五〇七　禪 五五四　繕 六一六　善 六二五　膳 六五四　訕 七四三　贍 七八三　鄯 八三六　鱔 九四七　鱣 九四七
ㄕㄣ　伸 二三　信 二八　參 八三　呻 九七　娠 一六二　深 四二一　申 五〇一

砷 五四一　紳 六〇〇　莘 六七八　詵 七五一　身 八〇〇
ㄕㄣˊ　什 一五　甚 四九八　神 五五〇
ㄕㄣˇ　哂 一〇一　嬸 一六七　審 一八〇　沈 四〇〇　瀋 四四五
ㄕㄣˋ　慎 二四四　椹 三六六　滲 四三七　甚 四九八　腎 六四八　葚 六八七　蜃 七一一
ㄕㄤ　傷 四一　商 一〇六

殤 三八九　湯 四二六　觴 七四一
ㄕㄤˇ　上 三　晌 三二五　賞 七八〇
ㄕㄤˋ　上 二　尚 一八四
˙ㄕㄤ　裳 七三一
ㄕㄥ　勝 七〇　升 七六　昇 三二二　牲 四七二　生 四九八　甥 四九九　笙 五七四　聲 六三七　陞 八八一
ㄕㄥˊ　澠 四四二　繩 六一七
ㄕㄥˇ

省 五二九
ㄕㄥˋ　乘 八　剩 六五　勝 七〇　盛 五二四　聖 六三五　賸 七八二
ㄕㄨ　俞 三一　姝 一六〇　抒 二六六　攄 三〇三　書 三三五　梳 三五一　樞 三七一　樗 三七二　殊 三八八　疋 五〇六　疏 五〇六　紓 五九八　舒 六六一　荼 六七八　蔬 六九一　輸 八〇六
ㄕㄨˊ

叔 八五　塾 一四〇　孰 一七〇　淑 四一九　秫 五五九　菽 六八〇　贖 七八四
ㄕㄨˇ　屬 一八九　數 三一一　暑 三二八　糬 五九三　署 六二三　薯 六九七　藷 七〇一　蜀 七一一　黍 九六〇　鼠 九六六
ㄕㄨˋ　倏 三九　豎 一四一　庶 二〇九　恕 二三四　戍 二五五　數 三一一　曙 三三二

束 三四一　樹 三七四　漱 四三五　澍 四四一　藪 五八七　署 六二三　術 七二四　豎 七六八　述 八一三
ㄕㄨㄚ　刷 六一
ㄕㄨㄚˇ　耍 六三二
ㄕㄨㄛ　說 七五二
ㄕㄨㄛˋ　妁 一五五　搠 二九二　數 三一一　朔 三三七　槊 三七〇　爍 四六五　碩 五四四　鑠 八六七
ㄕㄨㄞ　摔 二九二

衰 七二六
ㄕㄨㄞˇ　甩 五〇〇
ㄕㄨㄞˋ　帥 二〇〇　率 四八三　蟀 七一七
ㄕㄨㄟˇ　水 三九七
ㄕㄨㄟˋ　睡 五三三　稅 五五九　說 七五二
ㄕㄨㄢ　拴 二七四　栓 三五五　閂 八七〇
ㄕㄨㄢˋ　涮 四二〇
ㄕㄨㄣˇ　吮 九五　楯 三六七
ㄕㄨㄣˋ　瞬 五三五　舜 六六二　順 九〇六

ㄕㄨㄤ　孀 一六八　瀧 四四七　雙 八九〇　霜 八九六
ㄕㄨㄤˇ　爽 四六八

【ㄖ】

ㄖˋ　日 三一九
ㄖㄜˇ　喏 一一三　惹 二四三　若 六七一
ㄖㄜˋ　熱 四六〇
ㄖㄠˊ　蟯 七一八　饒 九二一
ㄖㄠˇ　擾 三〇二
ㄖㄠˋ　繞 六一六
ㄖㄡˊ　揉 二八五

柔 三四七　内 五五五　蹂 七九五　鞣 九〇二　ㄖㄡˇ　煣 四五九　ㄖㄡˋ　肉 六三九　ㄖㄢˊ　然 四五六　燃 四六二　髯 九三五　ㄖㄢˇ　冉 五二　染 三四七　苒 六七二　ㄖㄣˊ　人 一四　仁 一五　任 二〇　壬 一四四　ㄖㄣˇ　忍 二二七　棯 五六一　荏 六七五　ㄖㄣˋ

仞 一八　任 二〇　刃 五八　妊 一五六　恁 二三四　紉 五九五　紝 五九八　衽 七二七　認 七五二　軔 八〇三　靭 九〇一　韌 九〇三　飪 九一六　ㄖㄤˊ　攘 三〇三　瓤 四九六　禳 五五五　穰 五六五　ㄖㄤˇ　嚷 一二二　壤 一四四　ㄖㄤˋ　讓 七六六　ㄖㄥ　扔 二六一　ㄖㄥˊ

仍 一五　ㄖㄨˊ　儒 四四　嚅 一二二　如 一五四　孺 一七一　濡 四四四　茹 六七五　蠕 七二一　ㄖㄨˇ　乳 九　女 一五三　汝 三九八　ㄖㄨˋ　入 四九　洳 四一三　溽 四三二　縟 六一二　蓐 六九〇　褥 七三四　辱 八一一　ㄖㄨㄛˋ　偌 三七　弱 二一六　篛 五八二　若 六七一

蒻 六八九　ㄖㄨㄟˊ　蕤 六九五　ㄖㄨㄟˇ　蕊 六九四　ㄖㄨㄟˋ　叡 八五　汭 四〇三　瑞 四九一　睿 五三三　芮 六六九　銳 八五三　ㄖㄨㄢˇ　軟 八〇三　阮 八七七　ㄖㄨㄣˋ　潤 四四〇　閏 八七一　ㄖㄨㄥˊ　容 一七六　嶸 一九五　戎 二五四　榮 三六八　榕 三六九　溶 四二八　熔 四五九

狨 四七六　絨 六〇二　羢 六二六　茸 六七四　蓉 六八七　融 七一六　蠑 七二一　鎔 八六〇　ㄖㄨㄥˇ　冗 五三

【ㄗ】

ㄗ　咨 一〇〇　姿 一五九　孜 一六九　孳 一七〇　淄 四二二　滋 四二七　粢 五九〇　緇 六〇八　茲 六七四　諮 七五六　資 七七七　貲 七七七　輜 八〇六

錙 八五八　髭 九三六　鼒 九六五　齊 九六八　齜 九六九　ㄗˇ　仔 一七　姊 一五八　子 一六八　梓 三五七　滓 四二九　秄 五八八　紫 六〇二　訾 七五一　ㄗˋ　字 一六九　恣 二三三　漬 四三四　眥 五三一　自 六五七　˙ㄗ　子 一六八　ㄗㄚ　匝 七四　ㄗㄚˊ　咱 一〇三

砸 五四〇　雜 八九一　ㄗㄜˊ　則 六三　咋 九九　嘖 一一七　擇 二九九　柞 三五〇　澤 四四一　簀 五八四　責 七八三　賾 七八三　ㄗㄜˋ　仄 一六　昃 三二三　ㄗㄞ　哉 一〇一　栽 三五四　災 四五〇　ㄗㄞˇ　仔 一七　宰 一七五　崽 一九四　載 八〇四　ㄗㄞˋ　再 五二

在 一二九　載 八〇四　ㄗㄟˊ　賊 七七七　ㄗㄠ　糟 五九二　遭 八二七　ㄗㄠˊ　鑿 八六九　ㄗㄠˇ　早 三二〇　棗 三六〇　澡 四四一　藻 七〇一　蚤 七〇六　ㄗㄠˋ　噪 一二〇　灶 四五〇　燥 四六四　皂 五一九　皁 五一九　竈 五七〇　譟 七六四　躁 七九九　造 八一八　ㄗㄡ

諏 七五六　謅 七六〇　鄒 八三五　鄹 八三六　陬 八八三　騶 九二九　ㄗㄡˇ　走 七八五　ㄗㄡˋ　奏 一五一　揍 二八六　驟 九三一　ㄗㄢ　簪 五八四　ㄗㄢˊ　偺 三六　咱 一〇三　糌 五九一　ㄗㄢˇ　攢 三〇五　昝 三二五　趲 七八八　ㄗㄢˋ　讚 七六六　贊 七八三　鏨 八六四

ㄗㄣˇ 怎 二三一
ㄗㄣˋ 譖 七六三
ㄗㄤ 臢 六五六 臧 六五七 贓 七八四 髒 九三三
ㄗㄤˋ 奘 一五二 臟 六五六 葬 六八五 藏 六九八
ㄗㄥ 增 一四一 憎 二四九 曾 三三五
ㄗㄥˋ 贈 七八三
ㄗㄨ 租 五五八
ㄗㄨˊ 卒 七七 族 三一八 足 七八八 鏃 八六二
ㄗㄨˇ 俎 三一 祖 五五〇 組 六〇〇 詛 七四六 阻 八七八
ㄗㄨㄛˊ 作 二四 昨 三二三
ㄗㄨㄛˇ 佐 二二 左 一九七
ㄗㄨㄛˋ 作 二四 做 三七 坐 一三一 座 二〇八 怍 二三二 柞 三四九 祚 五五一 胙 六四四 酢 八三八 阼 八七九
ㄗㄨㄟˇ 嘴 一一九
ㄗㄨㄟˋ 最 五三 晬 三二九 罪 六二二 蕞 六九五 醉 八四〇
ㄗㄨㄢ 鑽 八六八
ㄗㄨㄢˇ 纂 六一八 纘 六一九
ㄗㄨㄢˋ 揝 二八八 鑽 八六八
ㄗㄨㄣ 尊 一八二 樽 三七三 遵 八二七 鱒 九四七
ㄗㄨㄣˋ 圳 一二八
ㄗㄨㄥ 宗 一七三 從 二二三 棕 三五九 縱 六一四 蹤 七九七 鬃 九三六
ㄗㄨㄥˇ 傯 四一 總 六一四
ㄗㄨㄥˋ 從 二二三 粽 五九〇 綜 六〇五 縱 六一四

ㄘ

ㄘ 差 一九七 疵 五一〇 雌 八九〇 骴 九三三
ㄘˊ 慈 二四三 瓷 四九七 磁 五四三 祠 五五一 茲 六七五 詞 七四六 辭 八一〇
ㄘˇ 此 三八五 玼 四八七
ㄘˋ 伺 二三 刺 六一 次 三八一
ㄘㄚ 擦 三〇一
ㄘㄜˋ 側 三八 冊 五二 廁 二〇九 惻 二四一 測 四二六 策 五七五
ㄘㄞ 猜 四七七
ㄘㄞˊ 才 二六〇 材 三四一 纔 六一九 裁 七二九 財 七七二
ㄘㄞˇ 彩 二一八 採 二八二 睬 五三二 綵 六〇七 踩 七九四 采 八四四
ㄘㄞˋ 菜 六八三 蔡 六九二
ㄘㄠ 操 二九九 糙 五九二
ㄘㄠˊ 嘈 一一六 曹 三三五 槽 三七二 漕 四三六
ㄘㄠˇ 草 六七四
ㄘㄡˋ 湊 四二四 輳 八〇七
ㄘㄢ 参 八三 餐 九一九 驂 九三〇
ㄘㄢˊ 慚 二四六 殘 三八八 蠶 七二二
ㄘㄢˇ 慘 二四七
ㄘㄢˋ 摻 二九四 燦 四六四 璨 四九五 粲 五九〇
ㄘㄣ 參 八三
ㄘㄣˊ 岑 一九〇 涔 四一六
ㄘㄤ 倉 三六 傖 四〇 滄 四三一 艙 六六四 蒼 六八九
ㄘㄤˊ 藏 六九八
ㄘㄥˊ 層 一八八 曾 三三五
ㄘㄥˋ 蹭 七九八
ㄘㄨ 粗 五八九 麤 九五八
ㄘㄨˊ 殂 三八八 鼀 九六四
ㄘㄨˋ 促 二九 卒 七七 數 三一二 槭 三七三 猝 四七八 簇 五八三 趣 七八七 趨 七八七 蹙 七九七 蹴 七九八 酢 八三八 醋 八四一
ㄘㄨㄛ 差 一九七 搓 二八八 磋 五四五 蹉 七九六
ㄘㄨㄛˊ 痤 五一一
ㄘㄨㄛˋ 厝 八一 挫 二七七 措 二八〇 撮 二九六 銼 八五四 錯 八五六
ㄘㄨㄟ 催 四一 崔 一九三 摧 二九三 縗 六一三 衰 七二六
ㄘㄨㄟˇ 洒 四一二 璀 四九三
ㄘㄨㄟˋ 啐 一〇九 悴 二三七 毳 三九三 淬 四二二 焠 四五六 瘁 五一二 粹 五九〇 翠 六二九

【ㄙ】

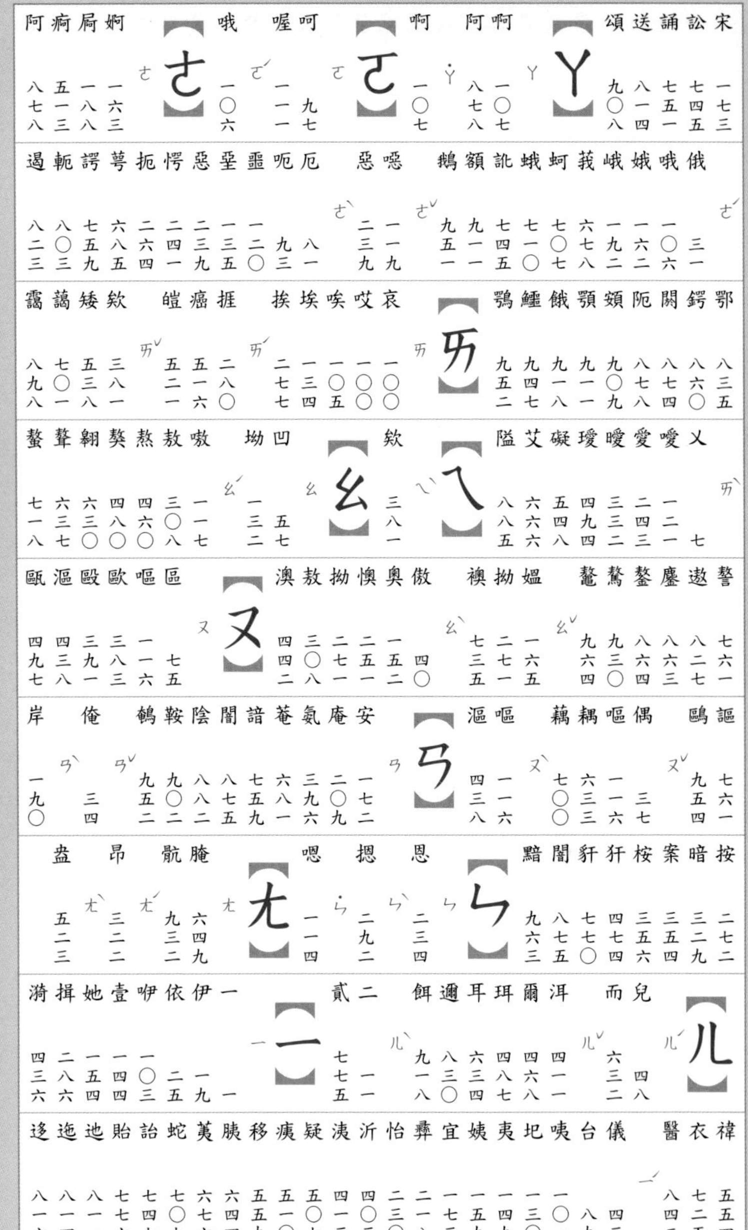

遺 八二八　頤 九一○　飴 九一七

一ˇ

乙 九　以 一六　倚 三三　已 一九八　旖 三一九　椅 三六○　矣 五三七　艤 六六四　苡 六七三　蛾 七一○　螘 七一九　踦 七九五

一ˋ

乂 七　亦 一三　佚 二五　佾 二八　億 四三　刈 五九　嗌 一一九　囈 一二四　奕 一五○

射 一八二　屹 一八九　弈 二一三　役 二二○　悒 二三六　意 二四二　憶 二五一　懌 二五二　懿 二五四　抑 二六六　挹 二七八　施 三一七　易 三二二　曳 三三四　毅 三九一　泄 四○八　洩 四一三　浥 四一七　溢 四二九　熠 四六一　異 五○四　疫 五○七　益 五二三　睪 五三二　縊 六一一　繹 六一七

義 六二六　羿 六二七　翌 六二八　翊 六二八　翼 六三○　翳 六三○　肄 六三八　臆 六五四　艾 六六六　薏 六九七　藝 七○○　蜴 七一二　衣 七二五　裔 七三○　詣 七四九　誼 七五三　譯 七六三　議 七六三　軼 八○三　逸 八二○　邑 八三一　鎰 八六二　食 九一六　驛 九三一

一Y

丫 五

呀 九五　啞 一○七　壓 一四三　押 二六九　椏 三六二　雅 八八八　鴉 九四八　鴨 九四九

一Yˊ

崖 一九三　枒 三四六　涯 四一九　牙 四七○　睚 五三三　芽 六六八　蚜 七○七　衙 七二四

一Yˇ

啞 一○七　氬 三九六　疋 五○六　雅 八八八

一Yˋ

亞 一二　揠 二八八

砑 五三九　西 七三六　訝 七四四　軋 八○二　迓 八一三

˙一Y

呀 九六

一ㄛ

唷 一○四

一ㄝ

噎 一一八　掖 二七九

一ㄝˊ

斜 三一四　揶 二八八　椰 三六五　爺 四六七　琊 四八八　耶 六三四　邪 八三二

一ㄝˇ

也 九　冶 五四　野 八四五

一ㄝˋ

咽 一○一

夜 一四六　射 一八二　掖 二七九　曄 三三二　業 三六三　液 四一八　燁 四六三　腋 六四八　葉 六八四　謁 七五八　靨 九○○　頁 九○六

一ㄠ

么 七　吆 九二　喲 一一一　夭 一四八　妖 一五六　腰 六五○　要 七三六　邀 八二九

一ㄠˊ

僥 四二　堯 一三六　姚 一六○　搖 二九○

殽 三九○　淆 四二二　爻 四六八　猺 四八○　瑤 四九二　窕 五六七　窯 五六八　窰 五六九　肴 六四二　謠 七六○　遙 八二五　陶 八八三　餚 九二○

一ㄠˇ

咬 一○○　杳 三四四　殀 三八七　窈 五六六　舀 六五九

一ㄠˋ

曜 三三二　樂 三七一　耀 六三○　葯 六八七　藥 七○○　要 七三六

鑰 八六八　鷂 九五三

一ㄡ

優 四五　幽 二○六　悠 二三六　憂 二四七　攸 三○七　櫌 六三四

一ㄡˊ

尤 一八四　油 四○五　游 四二三　猶 四七八　猷 四七九　由 五○○　疣 五○八　蚰 七○八　蝣 七一五　遊 八二二　郵 八三四　魷 九四一

一ㄡˇ

友 八三　有 三三六　牖 四七○

羑 六二四　酉 八三七　黝 九六二

一ㄡˋ

佑 二三　又 八三　右 八七　囿 一二六　宥 一七五　幼 二○五　有 三三六　柚 三四九　祐 五五一　莠 六七八　誘 七五三　釉 八四四　鈾 八五○　鼬 九六六

一ㄢ

厭 八二　咽 一○一　奄 一五○　嫣 一六六　懨 二五二　殷 三九○　淹 四二○

焉 四五四　煙 四五七　燕 四六二　胭 六四五　菸 六七九　鄢 八三六　醃 八四一　閼 八七四　閹 八七四

ㄧㄢˊ　嚴 一二三　妍 一五六　岩 一九一　巖 一九五　延 二一二　檐 三七七　沿 四〇五　炎 四五〇　研 五三九　筵 五七九　簷 五八五　綖 六〇八　蜒 七一三　言 七四一　鉛 八五〇　閻 八七四

顏 九一一　鹽 九五六

ㄧㄢˇ　偃 三七　儼 四六　兗 四八　奄 一五〇　掩 二八〇　晻 三二九　演 四三三　琰 四九〇　眼 五三〇　衍 七二四　郾 八三五　魘 九四一　鼴 九六六

ㄧㄢˋ　俺 三四　厭 八二　咽 一〇一　唁 一〇四　嚥 一二二　堰 一三七　宴 一七五　彥 二一八　晏 三二五

灩 四四九　焰 四五五　焱 四五六　燕 四六二　餤 四六三　研 五三九　硯 五四一　諺 七五七　讌 七六五　讞 七六六　豔 七六八　贗 七八四　雁 八八八　饜 九二二　驗 九三一　鹽 九五六

ㄧㄣ　因 一二五　堙 一三七　姻 一六〇　慇 二四五　殷 三九〇　氤 三九六　湮 四二五　瘖 五一四　禋 五五四

絪 六〇三　茵 六七四　陰 八八二　音 九〇四

ㄧㄣˊ　吟 九六　垠 一三三　夤 一四七　寅 一七六　淫 四二一　闇 七五六　鄞 八三六　銀 八五二　霪 八九六　齦 九六九

ㄧㄣˇ　尹 七　引 二一四　檃 三七七　殷 三九〇　癮 五一七　蚓 七〇七　隱 八八七　靷 九〇一　飲 九一六

ㄧㄣˋ　印 七九　廕 二一〇　窨 五六八　胤 六四四　蔭 六九二　陰 八八二　飲 九一六

ㄧㄤ　央 一四八　泱 三八七　殃 四〇九　秧 五五八　鞅 九〇一　鴦 九四九

ㄧㄤˊ　佯 二五　徉 二二一　揚 二八八　楊 三六三　洋 四一〇　烊 四五三　煬 四五八　瘍 五一三　羊 六二四　蛘 七一〇　陽 八八三

颺 九一四

ㄧㄤˇ　仰 二〇　氧 三九五　癢 五一六　養 九一八

ㄧㄤˋ　怏 二二九　恙 二三三　樣 三七〇　漾 四三三　養 九一八

ㄧㄥ　嚶 一二三　嬰 一六七　應 二五一　櫻 三八〇　瑛 四九一　瓔 四九五　纓 六一九　罌 六二一　膺 六五五　英 六七一　鶯 九五三　鷹 九五五　鸚 九五五

ㄧㄥˊ　嬴 一六七　楹 三六四　滎 四三二　瀛 四四七　瀠 四四七　熒 四六〇　營 四六三　瑩 四九三　盈 五二二　縈 六一二　螢 七一五　蠅 七一九　贏 七八三　迎 八一二

ㄧㄥˇ　影 二一九　景 三二八　潁 四三七　穎 五六三　郢 八三四

ㄧㄥˋ　應 二五一　映 三二一　硬 五四二

【ㄨ】

ㄨ　嗚 一一四　圬 一二九　屋 一八七　巫 一九七　惡 二三九　於 三一七　汙 三九八　污 三九八　烏 四五四　誣 七五一　鄔 八三五　鎢 八六〇

ㄨˊ　亡 一三　吾 九二　吳 九三　唔 一〇五　梧 三五七　毋 三九一　浯 四一七　無 四五五　蕪 六九五　蜈 七一〇

鼯 九六六

ㄨˇ　五 一二　伍 一九　侮 三〇　午 七六　嫵 一六七　廡 二一一　忤 二二九　捂 二七六　摀 二九一　武 三八五　牾 四七三　舞 六六二　迕 八一三　鵡 九五一

ㄨˋ　兀 四六　務 六九　勿 七二　塢 一三九　寤 一七九　悟 二三五　惡 二三九　戊 二五四　晤 三二七

杌 三四三　物 四七一　誤 七五二　阢 八七七　霧 八九六　鶩 九二八　鶩 九五二

ㄨㄚ　哇 一〇一　媧 一六四　挖 二七二　窪 五六八　蛙 七〇九

ㄨㄚˊ　娃 一五九

ㄨㄚˇ　瓦 四九六

ㄨㄚˋ　袜 七二九　襪 七三五

·ㄨㄚ　哇 一〇一

ㄨㄛ　倭 三五　渦 四二六　窩 五六八　萵 六八七

ㄨㄛˇ　我 二五五

ㄨㄛˋ　喔 一一一　幄 二〇二　握 二八六　斡 三一四　沃 四〇一　渥 四二四　臥 六五七　齷 九七〇

ㄨㄞ　歪 三八六

ㄨㄞˇ　歪 三八六

ㄨㄞˋ　外 一四六

ㄨㄟ　偎 三八　委 一五七　威 一六〇　渨 四二八　煨 四五九　萎 六八二　葳 六八七　逶 八二一　隈 八八五

ㄨㄟˊ　危 七九　唯 一〇八　圍 一二七　巍 一九五　帷 二〇一　幃 二〇二　微 二二四　惟 二三八　桅 三五五　潍 四四四　為 四五一　維 六〇七　薇 六九七　違 八二三　闈 八七五　韋 九〇三　魏 九四〇

ㄨㄟˇ　偉 三七　委 一五七　娓 一六一　尾 一八六　煒 四五九　猥 四七八　瑋 四九二　痿 五一三　緯 六〇九　葦 六八四　諉 七五四　韙 九〇四　韡 九〇四　鮪 九四二

ㄨㄟˋ　位 二一　偽 三六　味 九六　喂 一一〇　尉 一八二　慰 二四八　未 三四〇　渭 四二六　為 四五一　畏 五〇二　胃 六四二　蔚 六九一　蝟 七一五　衛 七二五　衞 七二五　謂 七五八　讆 七六五　遺 八二八　餵 九二〇　魏 九四〇

ㄨㄢ　剜 六三　彎 二一七　灣 四四九　蜿 七一一　豌 七六八

ㄨㄢˊ　丸 六　完 一七二　烷 四五四　玩 四八四　紈 五九六　頑 九〇七

ㄨㄢˇ　娩 一六二　婉 一六二　宛 一七四　挽 二七七　晚 三二六　浣 四一六　琬 四九〇　皖 五二一　碗 五四二　綰 六〇五　脘 六四八　莞 六七六　菀 六八四　輓 八〇五

ㄨㄢˋ　万 三　惋 二三七　萬 六五六　腕 六四八

ㄨㄣ　塭 一三九　溫 四三〇　瘟 五一四

ㄨㄣˊ　文 三一二　玟 四八四　紋 五九七　聞 六三六　蚊 七〇六　雯 八九二

ㄨㄣˇ　刎 五九　吻 九五　穩 五六四

ㄨㄣˋ　免 四八　問 一〇八　抆 二六六　文 三一三　汶 四〇四　紊 五九六

ㄨㄤ　汪 四〇一

ㄨㄤˊ　亡 一三　王 四八三

ㄨㄤˇ　往 二二〇　惘 二三八　枉 三四六　網 六〇六　网 六二一　罔 六二一　魍 九四〇

ㄨㄤˋ　妄 一五四　忘 二二六　旺 三二一　望 三三八　王 四八三

ㄨㄥ　嗡 一一四　翁 六二七

ㄨㄥˇ　蓊 六九一

ㄨㄥˋ　甕 四九七　罋 六二〇

【ㄩ】

ㄩ　淤 四一八　瘀 五一二　紆 五九六　迂 八一一

ㄩˊ　予 一〇　于 一一　余 二五　俞 三一　妤 一五六　娛 一六一　愉 二四二　愚 二四二　揄 二八八　於 三一七　楡 三六四　歟 三八四　渝 四二七　漁 四三六　狳 四七七　玗 四八四　瑜 四九二　畬 五〇五　盂 五二二　禺 五五五　窬 五六八　竽 五七二　腴 六四九　臾 六五九　與 六六〇　萸 六八〇　虞 七〇四　蝓 七一五　衙 七二四　覦 七三八　諛 七五六　踰 七九六　輿 八〇七　逾 八二四　隅 八八四　雩 八九二

餘 九一九　魚 九四一　鸆 九七〇

ㄩˇ

予 一〇　傴 四一　噢 一二一　圄 一二六　宇 一七二　嶼 一九五　庾 二〇九　瑀 四九二　禹 五五五　窳 五六九　羽 六二七　與 六六〇　語 七五一　雨 八九二　齬 九七〇

ㄩˋ

喻 一一二　域 一三四　嫗 一六六　寓 一七八　尉 一八二　御 二二三

愈 二四三　慾 二四八　昱 三二五　欲 三八一　毓 三九二　浴 四一六　煜 四五八　熨 四六一　燠 四六四　獄 四八〇　玉 四八四　瘉 五一四　癒 五一六　禦 五五四　籲 五八八　粥 五九〇　聿 六三八　育 六四〇　與 六六〇　芋 六六六　蔚 六九一　蜮 七一三　裕 七三一　語 七五一　諭 七五八　譽 七六四

谷 七六七　豫 七七〇　遇 八二三　郁 八三三　雨 八九二　預 九〇七　馭 九二四　鬱 九三八　鬻 九三九　鷸 九五四

ㄩㄝ

曰 三三三　約 五九五

ㄩㄝˋ

兌 四八　岳 一九一　嶽 一九五　悅 二三五　月 三三六　樂 三七一　樾 三七五　櫟 三七九　瀹 四四七　爚 四六六　籥 五八七　粵 五九〇

說 七五二　越 七八六　躍 七九九　鉞 八五二　閱 八七四　鸑 九五五　龠 九七一

ㄩㄢ

冤 五三　宛 一七四　淵 四二〇　鳶 九四八　鴛 九四九

ㄩㄢˊ

元 四六　原 八一　員 一〇五　園 一二七　圓 一二七　垣 一三三　媛 一六四　援 二八七　沅 四〇二　湲 四二八　源 四二九　爰 四六六

猿 四七九　緣 六一〇　袁 七二七　轅 八〇七　黿 九六四

ㄩㄢˇ

遠 八二五

ㄩㄢˋ

原 八一　怨 二三一　愿 二四六　瑗 四九二　苑 六七二　遠 八二五　院 八八〇　願 九一二

ㄩㄣ

暈 三二九　氳 三九七

ㄩㄣˊ

云 一一　勻 七二　員 一〇五　昀 三二一　筠 五七七　紜 五九八

耘 六三三　芸 六六九　雲 八九三

ㄩㄣˇ

允 四六　殞 三八九　隕 八八五

ㄩㄣˋ

均 一三〇　孕 一六八　慍 二四五　暈 三三〇　熅 四六〇　熨 四六一　緼 六一三　蘊 七〇二　運 八二一　醞 八四二　韞 九〇四　韻 九〇五

ㄩㄥ

傭 四〇　壅 一四二　庸 二〇九　慵 二四八　灉 四四八

癰 五一七　臃 六五四　蕹 六九八　邕 八三一　鏞 八六三　雍 八八九　雝 八九一　饔 九二二

ㄩㄥˇ

俑 二九　勇 六八　恿 二三六　擁 二九八　永 三九七　泳 四〇四　涌 四二〇　甬 五〇〇　蛹 七一〇　詠 七四五　踴 七九五

ㄩㄥˋ

佣 二四　用 四九九

國家圖書館出版品預行編目資料

小學生字典／周何審訂. ——六版. ——臺北市：五南圖書出版股份有限公司，2022.12

面； 公分

ISBN 978-626-343-449-3（精裝）

1. CST: 漢語字典

802.3 111016347

1A05

小學生字典

審 訂 者 — 周　何
企劃主編 — 黃文瓊
責任編輯 — 吳雨潔
封面設計 — 王麗娟
封面繪圖 — 王宇世
出 版 者 — 五南圖書出版股份有限公司
發 行 人 — 楊榮川
總 經 理 — 楊士清
總 編 輯 — 楊秀麗
地　　址：106臺北市大安區和平東路二段339號4樓
電　　話：(02)2705-5066　傳　　真：(02)2706-6100
網　　址：https://www.wunan.com.tw
電子郵件：wunan@wunan.com.tw
劃撥帳號：01068953
戶　　名：五南圖書出版股份有限公司

法律顧問　林勝安律師

出版日期　1994年8月初版一刷
1996年4月二版一刷
1998年4月三版一刷
2004年1月四版一刷
2012年6月五版一刷
2022年12月六版一刷
2024年11月六版三刷

定　　價　新臺幣380元

部首查字表

部首	注音	頁碼
一畫		
一	ㄧ	一
丨	ㄍㄨㄣˇ	五
丶	ㄓㄨˇ	六
丿	ㄆㄧㄝ	七
乙 乚	ㄧˇ	八
亅	ㄐㄩㄝˊ	十
二畫		
二	ㄦˋ	十一
亠	ㄊㄡˊ	十三
人 亻	ㄖㄣˊ	十四
儿	ㄖㄣˊ	四六
入	ㄖㄨˋ	四九
八	ㄅㄚ	五〇
冂	ㄐㄩㄥ	五二
冖	ㄇㄧˋ	五三
冫	ㄅㄧㄥ	五四
几	ㄐㄧ	五六
凵	ㄎㄢˇ	五六
刀 刂	ㄉㄠ	五七
力	ㄌㄧˋ	六六
勹	ㄅㄠ	七一
匕	ㄅㄧˇ	七三
匚	ㄈㄤ	七四
匸	ㄒㄧˋ	七五
十	ㄕˊ	七五
卜	ㄅㄨˇ	七八
卩 㔾	ㄐㄧㄝˊ	七九
厂	ㄏㄢˇ	八一
厶	ㄙ	八二
又	ㄧㄡˋ	八三
三畫		
口	ㄎㄡˇ	八六
囗	ㄨㄟˊ	一二四
土	ㄊㄨˇ	一二八
士	ㄕˋ	一四四
夂	ㄙㄨㄟ	一四五
夕	ㄒㄧˋ	一四五
大	ㄉㄚˋ	一四七
女	ㄋㄩˇ	一五三
子	ㄗˇ	一六八
宀	ㄇㄧㄢˊ	一七一
寸	ㄘㄨㄣˋ	一八一
小	ㄒㄧㄠˇ	一八三
尢	ㄨㄤ	一八四
尸	ㄕ	一八五
屮	ㄔㄜˋ	一八九
山	ㄕㄢ	一八九
巛 川	ㄔㄨㄢ	一九五
工	ㄍㄨㄥ	一九六
己	ㄐㄧˇ	一九七
巾	ㄐㄧㄣ	一九八
干	ㄍㄢ	二〇四
幺	ㄧㄠ	二〇五
广	ㄧㄢˇ	二〇六
廴	ㄧㄣˇ	二一二
廾	ㄍㄨㄥˇ	二一二
弋	ㄧˋ	二一三
弓	ㄍㄨㄥ	二一三
彐 彑 ⺕	ㄐㄧˋ	二一七
彡	ㄕㄢ	二一八
彳	ㄔˋ	二一九
四畫		
心 忄	ㄒㄧㄣ	二二五
戈	ㄍㄜ	二五四
戶	ㄏㄨˋ	二五八
手 扌	ㄕㄡˇ	二五九
支	ㄓ	三〇五
攴 攵	ㄆㄨ	三〇六
文	ㄨㄣˊ	三一二
斗	ㄉㄡˇ	三一三
斤	ㄐㄧㄣ	三一四
方	ㄈㄤ	三一六
无 旡	ㄨˊ	三一九
日	ㄖˋ	三一九
曰	ㄩㄝ	三三三
月	ㄩㄝˋ	三三六
木	ㄇㄨˋ	三三九
欠	ㄑㄧㄢˋ	三八〇
止	ㄓˇ	三八四
歹 歺	ㄉㄞˇ	三八六
殳	ㄕㄨ	三八九
毋 母	ㄨˊ	三九一
比	ㄅㄧˇ	三九二
毛	ㄇㄠˊ	三九二
氏	ㄕˋ	三九四
气	ㄑㄧˋ	三九四
水 氵	ㄕㄨㄟˇ	三九七
火 灬	ㄏㄨㄛˇ	四四九
爪 爫	ㄓㄠˇ	四六六
父	ㄈㄨˋ	四六七
爻	ㄧㄠˊ	四六八
爿	ㄑㄧㄤˊ	四六八
片	ㄆㄧㄢˋ	四六九
牙	ㄧㄚˊ	四七〇
牛 牜	ㄋㄧㄡˊ	四七〇
犬 犭	ㄑㄩㄢˇ	四七四
五畫		
玄	ㄒㄩㄢˊ	四八三
玉 王	ㄩˋ	四八三
瓜	ㄍㄨㄚ	四九五
瓦	ㄨㄚˇ	四九六
甘	ㄍㄢ	四九七
生	ㄕㄥ	四九八
用	ㄩㄥˋ	四九九
田	ㄊㄧㄢˊ	五〇〇
疋 ⺪	ㄆㄧˇ	五〇六
疒	ㄔㄨㄤˊ	五〇七
癶	ㄅㄛ	五一七
白	ㄅㄞˊ	五一八
皮	ㄆㄧˊ	五二一
皿	ㄇㄧㄣˇ	五二二
目	ㄇㄨˋ	五二六
矛	ㄇㄠˊ	五三六
矢	ㄕˇ	五三七